中华传世藏书

【图文珍藏版】

中国历史演义小说

刘凯⊙主编

线装书局

目 录

说唐前传

说唐后传

说唐三传

中华传世藏书

中国历史演义小说

图文珍藏本

说唐全传

[清] 如莲居士 ◦ 著

导读

《说唐全传》著者不详，以瓦岗寨群雄的风云际会为中心，铺叙自秦彝托孤、隋文帝平陈统一南北起，到唐李渊削平群雄、太宗登极称帝止的一段故事。它以相当篇幅揭露了隋炀帝荒淫无道，大兴徭役，宇文氏恃宠骄横，残暴凶狠，给人民带来的深重苦难。而统治阶级内部的倾轧矛盾，又加剧了隋王朝的分崩离析之势，致使全国各地爆发了“十八路反王，六十四路烟尘”的反隋起义。这一类著作多本正史纪传，益以唐宋杂说，形成一种系统。而《说唐演义全传》虽与《隋唐演义》《隋史遗文》《大唐秦王词话》《隋唐两朝志传》等小说梗概略同，却独能广泛吸取民间传说而加以敷演，不拘泥于史实，具有鲜明的民间文学色彩，书中的多数内容无史可考，李元霸、宇文成都、杨林、伍云召、伍建章等人物也是杜撰的。

说唐前传

第一回 战济南秦彝托孤 破陈国李渊杀美

诗曰：

繁华消长似浮云，不朽还须建大勋；
壮略欲扶天日坠，雄心岂入驽骀群；
时危俊杰姑埋迹，运起英雄早致君；
怪是史书收不尽，故将彩笔补奇文。

上古历史，传说有三皇五帝，历夏、商、周、秦、汉、两晋，又分为南北两朝。南朝刘裕代晋，称宋；萧道成代宋，号齐；萧衍代齐，称梁；陈霸先代梁，号陈。那北朝拓跋称魏，后又分东西两魏：高洋代东魏，号北齐；宇文泰代西魏，称周。

其时周主国富兵强，起兵吞并北齐。封护卫大将军杨忠为元帅，其弟杨林为行军都总管，发大兵六十万，侵伐北齐。这杨林生得面如傅粉，两道黄眉，身长九尺，腰大十围。善使两根囚龙棒，每根重一百五十斤，有万夫不当之勇，在大隋称第八条好汉。逢州取州，逢府夺府，兵到济南，离城扎寨。当时镇守济南的是武卫大将军秦彝，父名秦旭，在齐授亲军护卫。夫人宁氏，妹名胜珠，远嫁勋爵燕公罗艺为妻。宁夫人只生一子，名唤太平郎，是隋唐第十六条好汉。其时年方五岁。

齐主差秦彝领兵镇守济南，父旭在晋阳护驾。因周兵大至，齐主出奔檀州，只留秦旭和高延宗把守。与周兵相持月余，延宗被擒，杨林奋勇打破城池，秦旭孤军力战而死。周兵得了晋阳，起兵复犯济南，探子飞报入城，秦彝闻报，放声大哭，欲报父仇，点兵出战。

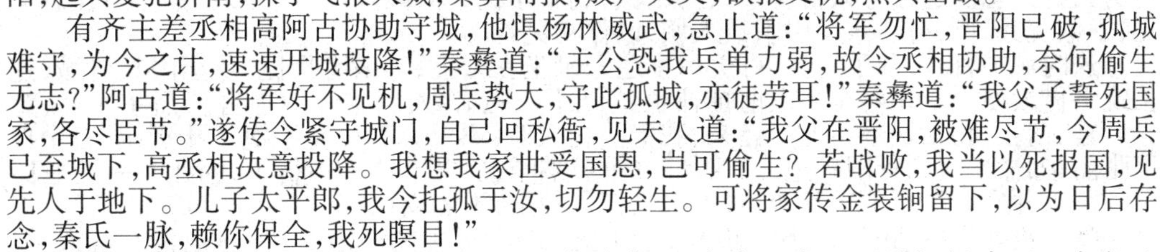

有齐主差丞相高阿古协助守城，他惧杨林威武，急止道："将军勿忙，晋阳已破，孤城难守，为今之计，速速开城投降！"秦彝道："主公恐我兵单力弱，故令丞相协助，奈何偷生无志？"阿古道："将军好不见机，周兵势大，守此孤城，亦徒劳耳！"秦彝道："我父子誓死国家，各尽臣节。"遂传令紧守城门，自己回私衙，见夫人道："我父在晋阳，被难尽节，今周兵已至城下，高丞相决意投降。我想我家世受国恩，岂可偷生？若战败，我当以死报国，见先人于地下。儿子太平郎，我今托孤于汝，切勿轻生。可将家传金装锏留下，以为日后存念，秦氏一脉，赖你保全，我死瞑目！"

正在悲泣之际，忽听外面金鼓震天，军声鼎沸，原来高阿古已开城门投降了。秦彝连忙出厅上马，手提浑铁枪，正欲交战，只见周兵如潮水涌来。部下虽有数百兵，怎挡得杨林这员骁将，将他大杀一阵，秦彝部下十不存一。杀得血透重袍，箭攒遍体，尚执短刀，连杀数人。被杨林抢入，把他刺死，杨林遂得了秦彝盔甲。

此时城中鼎沸，宁夫人收拾细软，同秦安走出私衙。使婢家奴，俱各乱窜，单剩太平郎母子二人，东跑西走，无处安身。走到一条僻静小巷，已是黄昏时候，家家闭户，听得一家有小儿啼哭，遂连忙叩问。却走出个妇人，抱着三岁孩儿，把门一开，见夫人不是下人，连忙接进，关了门，问道："这样兵荒马乱，娘子是哪里来的?"夫人把被难实情，哭诉一遍。妇人道："原来是夫人，失敬了！我家丈夫程有德，不幸早丧，妾身莫氏，只有此子一郎，别无他人。夫人何不在此权住，候乱定再去?"宁夫人称谢，就在程家住下。

不几日，杨忠收拾册籍，安民退兵。宁夫人将所带金珠变换，就在离城不远的斑鸠镇上觅了所房子，与莫氏一同居住。却喜两姓孩子，都是一对顽皮，甚是相合。太平郎长成十五岁，生得河目海口，燕项虎头。宁夫人将他送入馆中攻书，先生为他取名秦琼，字叔宝。程一郎名咬金，字知节。后因济南年荒，咬金母子别了夫人，自往历城去了。这是后话。

且说杨忠获胜班师，周主大喜，封杨忠为隋公，自此江北已成一统。这杨忠所生一子，名杨坚，生得目如朗星，手有奇文，俨成"王"字。杨忠夫妇，知他是个异人，后杨忠死了，遂袭了隋公之职。周主见杨坚相貌瑰奇，十分忌他，杨坚知道，遂将一女夤缘做了太子宠妃。然周主忌他之心，亦未尝忘。不幸周主宴驾，太子庸懦，他倚着杨林之力，将太子废了，竟夺了江山，改称国号大隋。正是：

莽因后父移刘祚，操纳娇儿覆汉家；
自古奸雄同一辙，莫将邦国易如花。

杨坚即了帝位，称为隋文帝，立长子杨勇为太子，次子杨广为晋王，封杨林为靠山王，独孤氏为皇后，勷理国政。文有李德邻、高颍、苏威等，武有杨素、李国贤、贺若弼、韩擒虎等，一班君臣，并胆同心，渐有吞并南陈之意。

且说陈后主是个聪明之人，因宠了两个美人张丽华、孔贵妃，每日锦帐风流，管弦沸耳。又有两个宠臣孔范、江总，他二人百般迎顺，每日引主上不是杯中快乐，定是被底欢娱，何曾把江山为念？隋主闻之，即与杨素等商议，起兵吞陈。忽次子杨广奏道："陈后主荒淫无度，自取灭亡，儿臣请领一旅之师，前往平陈，混一天下。"你道晋王如何要亲身统兵伐陈？盖因哥哥杨勇慈儒，日后不愿向他北面称臣，已有夺嫡之念，故要统兵伐陈，可以立功。又且总握兵权，还好结交英雄，以作羽翼。

那隋主未决，忽报罗艺兵犯冀州，隋主着杨林领兵平定冀州。又差晋王为都元帅，杨素为副元帅，高颍、李渊为长史司马，韩擒虎、贺若弼为先锋，领兵二十万，前往伐陈。晋王等领命，一路进发，金鼓喧天，干戈耀日，所到之处，望风而降。

陈国边将，雪片告急，俱被江总、孔范二人不奏。不想隋兵已到广陵，直犯采石。守将徐子建，见隋兵强盛，不敢交战，弃了采石，逃至石头城。又值后主醉倒，自早候至晚，始得相见，细奏隋兵形势强盛。后主道："卿且退，明日会议出兵。"过了数日，方议得二将出兵拒战，一个贲武将军萧摩诃，一个英武将军任忠。

二人领兵到钟山，与贺若弼会战，两下排成队伍，萧摩诃出马当先，贺若弼挺枪迎敌，两人战不十余合，贺若弼大喊一声，把萧摩诃挑于马下，陈兵大败。任忠逃回见后主，后主并不责他，说道："王气在此，隋兵其奈我何哉！"反与任忠黄金二柜，叫作重赏之下，必有勇夫的意思。这任忠只得再整兵马出城，到石子岗，却撞着韩擒虎的人马前来，任忠一见，不敢交兵，倒戈投降，反引隋兵入城，以作初见首功。

这时城中百姓，乱窜逃生，可笑后主还呆呆坐在殿上，等诸将报捷；及至隋兵进城，连忙跳下御殿便走。仆射袁宪上前扯住道："陛下衣冠御殿，料他不敢加害。"后主不从，走入后宫，谓张、孔二妃道："北兵已来，我们一处去躲，不可失落！"左手挽了孔贵妃，右手挽了张丽华，慌忙走到景阳井边。忽听一派军声呐喊，后主道："去不得了，同死在一处吧！"一齐跳下井去。喜是冬尽春初，井中水只打在膝下，不能淹死。

隋兵抢入宫中，获了太子与正宫，单不见后主，隋兵擒一宫女，吓逼她说。宫人道："适见跑至井边，想是投井死了。"众人听说，都到井边探望，见井中黑洞洞，大呼不应，军士遂把大石打下。后主见飞石下来，急喊道："不要打，快把绳子放下，扯起我来便了。"众军急取绳子放下井去，一霎时众军把绳子拖起，怪其太重。及拖起来，却是三个人束在一堆，故此沉重。众人簇拥去见韩、贺二人，后主见二人作了一揖，贺若弼笑道："不必恐惧，不失作一归命侯耳！"着他领了宫眷，暂住德教殿，外面添军把守。

这时晋王领兵在后，闻得后生作俘，建康已破，先着李渊、高颖进城安民。不数日，晋王遣高颖之子记室高德弘，来取美人张丽华，营前听用。高颖道："晋王为元帅，伐暴救民，岂可以女色为事？"不肯发遣。李渊道："张丽华、孔贵妃，狐媚迷君，窃权乱政，陈国灭亡，本于二人。岂可留下祸根，再秽隋主？不如杀了，以正晋王邪念。"高颖点头道："是。"德弘道："晋王兵权在手，若抗不与，恐触其怒。"李渊不听，叫军士带出张丽华、孔贵妃双双斩了。这一来弄的高德弘有兴而来，没兴而去。回至行宫，参见晋王，竟把斩张丽华、孔贵妃之事，独推在李渊身上，对晋王说了。晋王大惊道："你父亲怎不做主？"高德弘道："臣与父亲三番五次阻挡他，只是不依，反说我们父子备美人局，愚媚大王。"晋王闻言大怒道："这厮可恶，他是个酒色之徒，定是看上这两个美人，怪我去取他，故此捻酸吃醋，把两个美人杀了。我必杀此贼子，方遂吾愿！"遂立意要害李渊不题。

且说李渊乃成纪人，后来起兵太原，称号唐主。他系李虎之孙，李炳之子。李虎为西魏陇西公，李炳为北周唐公。李渊夫人窦氏，乃周主之甥女。曾在龙门镇破贼，发七十二箭，杀七十二人，其威名远近皆知。当下灭陈，杀了张、孔二妃，与晋王结下深仇。那晋王兵到，勉强做个好人，把孔范等尽行斩首，以息建康民怨。收了图籍，封好府库，将宫内之物，给赏三军，班师回朝，献俘太庙。隋主大喜，封晋王为太尉，封杨素为越国公，其子杨元感封为开府仪同三司，贺若弼封宋公。韩擒虎纵放士卒，淫污陈宫，不与爵禄，封上柱国。高随为齐公，李渊为唐公。随征将士，俱各重赏。

自是晋王威权日盛，名望日增，奇谋秘策之士，多入幕府。重用一个宇文述，叫作小陈平，晋王曾荐他为州刺史，因欲谋议密事，故留在府。又有左庶子张衡，一同谋议。这宇文述有一子，名叫化及，后篡位灭隋于扬州，称许王。当时晋王与一班心腹，谋夺东宫之事。宇文述道："大王要谋此事，还少三件大事。"

晋王忙问道："是哪三件大事？"未知宇文述说出甚么事来，且听下回分解。

第二回　谋东宫晋王纳贿　反燕山罗艺兴兵

宇文述道："大王，那第一件，皇后虽不深喜东宫，然还在两便；必须大王做个苦肉计，动皇后之怜，激皇后之怒，以坚其心；第二件，须要一位亲信大臣，言语足以取信于上，平日间进些谗言，临期一力撺掇。这便是内外夹攻，万无一失；第三件，废斥东宫，是件大事，若没罪恶，怎好废斥？须是买他一个亲信，要他首发。无事认有事，小事认大事，有了此证见，他自分辩不得。大王行了这三件事，即不怕他不废。"晋王道："我自准备，只要足下为我谋之，他日功成，富贵共享。"自此晋王不惜资财，从朝中宰相起，下至僚属，皆有厚赠，宫中宦官世侍，皆赏重锡，只有唐公说人臣不敢私交，不受晋王礼物。

时有大理寺卿杨约，乃越公杨素之弟，与宇文述是厚交好友。一日，宇文述往拜杨约，将奇珍异宝，许多礼物送上。杨约把礼物看了，问道："仁兄这礼物从何处得来？小弟从未尝见这等异宝。"宇文述道："弟乃武夫，如何有这些宝贝？此是晋王有求于兄，故托弟送上。"杨约道："晋王之物，弟如何敢领？"宇文述道："仁兄且收入，还有一场大富贵送令兄，肯容纳否？"杨约道："请教！"宇文述道："仁兄知东宫不欲令兄久矣！他日得登大位，自有所用的臣，岂肯使令兄专权乎？况权高招谮，今之低首于贤昆玉之下者，安知他日不危及贤昆玉乎？今幸东宫失德，主上有废立之心，若贤昆玉在主上面前肯进言语，废东宫而立晋王，则晋王当铭于肺腑，才算得永远悠久的富贵。仁兄以为何如？"杨约道："兄言固是，得永远悠久的富贵。仁兄以为何如？"杨约道："兄言固是，容弟与家兄图之。"言讫，宇文述辞去。

到次日，杨约来见杨素，假作愁容，杨素忙问为了何故，杨约道："前日东宫护卫苏孝慈道：'兄长过傲太子，太子道，必杀老贼。'我愁兄长者，恐遭危耳！"杨素道："他怎奈何我？"杨约道："太子乃将来人主，若有不测，身命所系，岂可不作深虑？"杨素道："据你意思，还是谢位避他？还是改心顺他？"杨约道："谢位失势，顺他不能释怨。只有废他，更立一人，不惟免祸，还有大功。"杨素抚掌道："不料你有此奇谋，出我意外。"杨约道："这事宜

速不宜迟，若太子一旦用事，祸无日矣！”杨素点头会意。

于是杨素在隋主面前，说晋王好，东宫歹，一齐搬出。隋主十分听信，皇后亦为晋王所惑，她认晋王为孝顺，时时进些谗言，使太子如坐针毡。宇文述又打听东宫有个幸臣，唤作姬戚，与段达相厚。宇文述将金宝托段达买嘱姬戚，要伺太子动静。自此积毁成山，按下不表。

且说靠山王杨林，统兵五万，直抵冀州。那领兵前来攻打冀州的大将罗艺，字廉庵，父名允刚。北齐因他功高，远封在燕山，世袭燕公。罗允刚中年早亡，罗艺年少，就袭了燕公之职。他为人刚勇，能使一杆滚银枪。夫人秦氏，乃亲军护卫秦旭之女，结发二十年，尚未生子，甚是忧闷。当时罗艺夫妇，闻秦旭父子被杨林所困，尽忠死节，夫人一哭几绝。后闻杨坚篡位，灭了周主，罗艺得了此报，正欲复仇，遂起兵十万，进犯河北冀州等处。忽报隋主着杨林领兵五万前来，罗艺遂领兵前来迎敌。

那杨林的先锋是四太保张开，七太保纪曾，二人正行，忽报罗艺兵马挡住去路。张开闻报，飞马向前，见阵前一员大将，面如满月，髯须甚美。张开知是罗艺，便举蛇矛，分心就刺，罗艺插枪来迎，战不数合，罗艺逼开蛇矛，扯起银花锏打来，正中后心，张开吐血伏鞍而走。纪曾大怒，举斧劈来，罗艺回马便走，纪曾在后追赶，罗艺看得亲切，将坐骑一磕，那马忽失前蹄，纪曾舞斧砍下，罗艺举枪一晃，向纪曾咽喉一枪，挑于马下。这是罗家“回马杀手独门抢”。罗艺挥兵杀来，有数里之遥。杨林大军已到，闻得锏打张开，枪挑纪曾，登时大怒。催兵前进，到了九龙山，扎下营寨。次日摆齐队伍，亲出营前对阵。

罗艺见杨林白面黄眉，髭须三绺，勒马横枪，立于旗门之下，遂叫道：“杨林，你如何贪心不足，灭北齐，废周主？今必欲灭你邦家，吾之愿也。”杨林道：“罗将军，你之所论，但知其一，不知其二。古云：‘天下非一人之天下，唯有德者居之。’而今天时在隋，故一战而定北，再战而平陈，四海咸平，边疆敬服。将军虽有旧仇，亦只好待时而动，料不能再兴齐室，何不归我大隋，老夫自当保奏将军，永镇燕山，世守此职。不知将军意下如何？”罗艺闻言，想了一想，就说道：“你要俺顺隋，必依俺三件事，俺就顺隋；如若不依，俺誓死不降。”杨林道：“将军，是那三件事？”罗艺道：“第一件：是俺部下兵马，须听俺调度，永镇燕山；第二件：俺名虽降隋，却不上朝见驾，听调不听宣；第三件：凡有诛戮，得以生杀自专。”杨林笑道：“将军，此三件乃易事耳，都在老夫身上。”遂令三军退回十里。罗艺见杨林退兵，亦令三军退十里。杨林道：“将军不放心，老夫同将军到燕山府，动表奏闻圣上，候旨下，然后回去。”

罗艺大喜，同杨林并辔而行，及到燕山府，请杨林入城，大排筵宴，款待杨林。杨林忙修表章，令差官至长安奏上，隋主闻奏，即差窦建德赍诏到燕山府来。罗艺闻之，出城迎接天使，窦建德入城，开读诏书：

奉天承运皇帝诏曰：今据靠山王所奏，燕公罗艺，廉明刚勇，堪为冀北屏藩。今加封为靖边侯，统本部强兵，永守冀北，听调不听宣，生杀自专，世袭所职，无负朕意。钦哉！谢恩！

罗艺接过圣旨，大排筵宴，厚待天使，又赠杨林、窦建德金银彩缎，次日排酒长亭，与杨林饯别，亲送十里而回。

那杨林、窦建德二人回朝，尚在路中，忽报登州海寇作乱，上岸抢劫居民。杨林闻报，对窦建德道：“汝且先回复旨，老夫亲往登州，剿灭海寇。”遂领兵望登州而来。那海寇闻知杨林兵到，不敢交战，个个散去，杨林只扑个空。但见那里人烟稀少，城池倒坏，杨林十分叹息。就上表奏闻，自愿镇守登州。叫军士召集民工，整治府库，修筑城垣，不一年，把登州修得十分齐整，不在话下。

再说李渊当日不受晋王礼物，晋王不喜道：“我已内外都谋成，不怕你怎的！若我如愿，必杀此老贼，方消我恨。”那杨素得了晋王厚礼，百般谤毁太子，又知文帝惧内，最听妇人谗言，每每乘内宴时，在皇后面前，称扬晋王贤孝，挑拨独孤皇后。妇人见识浅薄，认以为真，常在文帝面前，冷言冷语，弄得文帝十分猜疑，常常遣人打听太子消息。

到开皇三年十月，有东宫幸臣姬戚出首太子，说：“东宫叫师姥卜吉凶，道圣上忌在十八年，此期速矣！又于厩中养马千匹，欲谋悖逆之事。”文帝闻言，料事已真，不觉大怒。即召太子，太子跪在殿下，宣读诏书，废太子为庶人，立晋王为太子，宇文述为护卫。东宫旧臣唐今臣、邹文胜等，皆被杨素诬奏斩首。朝廷侧目，无敢言者。大夫袁旻，与文林郎杨孝政同奏道："父子乃天性至亲，今陛下反听谗言，有伤天性。况太子这事，又无实据，今依臣奏，将杨素、姬戚以诬罪太子之事反坐，伏乞陛下速斩杨素等，朝野肃清，臣等幸甚。"文帝闻奏大怒，将杨、袁二臣，并皆拿下，再无敢言者。

只有李渊上疏道："太子所谋事情，俱无实据，又无对证。今既废黜，不可加罪，还宜悯恤。"文帝览疏，虽不全听，却给太子五品俸禄，终养于内苑。晋王见李渊这疏，一时大怒，即召宇文述、张衡计议道："这李渊明明是为斩张丽华之故，恐我怀恨，怕我为君，故上这疏。必须杀此老贼，你我方得安稳！"张衡道："杀李渊有何难哉！"欲知后事如何，且听下回分解。

第三回 造流言李渊避祸 当马快叔宝听差

晋王忙问道："欲杀李渊，如何不难？"张衡道："主上素性猜忌，常梦洪水淹没都城，心中不悦。前日郕公李浑之子，名唤洪儿，圣上疑他名应图谶，叫他自尽。如今可散布流言，说渊洪从水，却是一体，未有不动疑者！主上听信谣言，恐李渊难免杀身之祸。"晋王大喜。自此张衡暗布流言，道："李子结实并天下，杨主虚花没根基。"又道："日月照龙舟，淮南逆水流，扫尽杨花落，天子季无头。"初时乡村乱说，后来街市传喧，巡城官禁约不住，渐渐传入禁中。

晋王故意奏道："里巷妖言，大是不祥，乞行禁止！"文帝听了，甚是不悦，但心中疑在李浑身上，不以李渊为意。登时发下圣旨，把李浑合家五十二口，拿赴市曹斩首。又有晋王心腹方士安伽佗奏道："李氏当为天子，皇上可尽杀姓李之人。"丞相高颍奏道："主上若专务杀戮，反致人心动摇，大为不可。如主上有疑，可将一应姓李的不用便了。"此时蒲山公李密，与杨素相交最厚，杨素要保全李密，遂赞美高颍之言，暗叫李密退避（按李密后兵反金墉，称魏公）。其时在朝姓李者，皆解兵权归田里，李渊也趁这势乞回太原，圣旨准行，令他为太原留守，刻日起程。

晋王闻李渊解任，谓张衡道："计策虽好，只是不能杀他。"宇文述道："殿下若不肯饶他，臣有一计，把他全家不留一个。"晋王大喜道："计将安出？"宇文述道："只须点东宫骠骑，命臣子化及，悄悄出城，到临潼山埋伏，扮作强人，把他父子一齐杀绝，岂不干净！"晋王拍掌道："如此甚妙！但他是个武官，必须一个勇士方好。"宇文述道："臣子足矣！若殿下亲行，何愁这事不成？"晋王欢喜，依计而行。

且说唐公见圣旨允奏，心中大喜，收拾起程。着宗弟李道宗，长子建成，带领了四十名家将，押着夫人小姐车辇。虽夫人身怀六甲，将及分娩，也顾不得。遂一齐上路，望太原进发，不表。

且说秦叔宝久居山东历城县，学得一身好武艺，有万夫不当之勇，专打不平，好出死力，不顾口舌，宁夫人屡次戒他。幸家中还有积蓄，叔宝性情豪爽，济困扶危，结交好汉，因此人称为"小孟尝"。他祖上传留下来一件兵器，是两条一百三十斤镀金熟铜锏。娶妻张氏，贤德无比。最和他相好的是济南捕快都头，姓樊名虎，号建威，也有三五百斤气力。与叔宝结交往来，如一个人相似。又一个豪杰，姓王名勇，字伯当，此人胸襟洒落，器宇轩昂，且武艺绝伦，时时与叔宝议论，辄自叹服。还有两人，就是历城东门头开鞭杖行的贾闰甫，伙计柳周臣，他两个不但全身武艺，还有一桩好处，就是过往豪杰，无不交结，叔宝每每与他们往来。

当时青济一带，连年荒旱，又兼盗贼四起，本府刺史刘芳，出了告示，招募有勇谋的充当本府捕快。这一日，叔宝正在贾闰甫家闲话，只见樊虎忽走来对叔宝道："今日州里发下告示，新招有勇谋的充当捕快，小弟在本官面前，赞哥哥做人慷慨，智勇双全。本官欢喜，就着小弟奉屈哥哥，不知哥哥意下如何？"叔宝道："我想身不役官为贵。况我累代将门，若得志斩将搴旗，开疆拓土，也得耀祖荣宗。若不然，守几亩田园，供养老母，村酒野蔬，亦可与知己谈心。奈何充当捕快，听人使唤了，拿得贼是他的功，起得赃是他的钱。

至于尽心竭力，拿着贼盗，他暗地得钱卖放了，反坐个诬良的罪名。若一味掇臀捧屁，狐假虎威，诈害良民，这便是畜生所为。你想这捕快，劝我当他作甚?”言讫，遂怫然回去。

樊虎见叔宝去了，自想：“在官府面前，夸了口，不料他不肯。我今再往他家去说，且看他如何?”遂走到秦家来。只见宁夫人在堂前，樊虎作了揖，把前事一一告诉，又把叔宝推辞的话，述了一遍。宁夫人道：“做官也非容易，祖上有甚荫袭，也想将就靠他。”樊虎道：“一刀一枪的事业，谁不愿为？奈时机未至，只得将就从权，哥哥偏偏不肯！”忽叔宝从里面走出来道：“母亲不要听他。”宁夫人道：“你虽志大，但樊哥哥的话，我想也是。且由此出身，也未可知。况你祖也是东宫卫士出身，从来人不可料，不宜固执。”叔宝是个孝顺的，只得诺诺连声道：“是！”樊虎见允了，道：“如此，明日我来约会哥哥同去。”

次日两人同见刺史，刺史问道：“你是秦琼吗?”叔宝道：“小人就是秦琼。”刺史又道：“我闻你是个豪杰，今就与你做个都头，你须小心任事。”叔宝叩谢了出来。樊虎道：“哥哥当差，须要好脚力。”叔宝道：“如此，我们就到贾闰甫行中去看看。”二人径到行内，贾闰甫拱手道：“恭喜，恭喜！还不曾奉贺。”叔宝道：“何喜要贺？不过奉母命耳！但今新充差役，恐早晚有差，要寻个脚力，故特专到你这边来。”闰甫道：“昨日新到了四百匹马，就凭秦兄选择便了。”言讫，就引二人到后面来看，果然到了四百匹好马。贾闰甫、樊虎两个道这一匹好，那一匹强。叔宝只不中意，踱来踱去。忽听后边槽头马嘶，叔宝举目观看，却是一匹羸瘦黄骠马，身子虽高八尺，却是毛长筋露。叔宝问道：“此马如何这般瘦?”闰甫道：“这马是关西客贩来，到此三月，上料喂养，只是落膘不起，谁肯要它？那客人不肯耽搁，小弟这里称了三十两马价与他，两月前起身去了。此马又养了两月，仍是这样羸瘦。”叔宝就到槽边细看，那马一见叔宝，把领鬃毛一掮，双眼圆睁，卓荦之状，如见故主一般。叔宝知是一匹好马，就对闰甫道：“此马待弟牧养了吧?”樊虎笑道：“哥哥如何要这匹瘦马?”叔宝微笑不言。贾闰甫道：“既然叔宝兄爱此坐骑，即当相赠。”遂备酒与叔宝相贺，尽醉而散。

叔宝带这匹黄骠马回家，不上半月，养得十分肥润，人人皆夸奖叔宝好眼力。叔宝奉公缉盗，远近谁不羡慕，都愿和他结交，因此山东一省，皆知叔宝是个豪杰。

一日刘刺史发下一起盗犯，律该充军，要发往平阳驿、潞州府收管。恐山西地面有失，当堂就点了叔宝、樊虎二人押解，樊虎解往平阳驿进发，秦琼解往潞州投递。叔宝忙回家中，收拾行李，拜别母亲妻子，同樊虎将一起人犯，解到长安司挂号，然后向山西进发。

这是正值暮秋天气，西风飒飒，一日行到长安道上，离长安五十里，有一山名临潼山，十分险峻，上有伍相国神祠。叔宝对樊虎道：“我闻伍子胥，昔日身力明辅，挟制诸侯，临潼会上，举鼎千斤，名震海宇。今山上有祠，我欲上去瞻仰一番，你可代我押着人犯，到临潼关外等我。”樊虎应诺，就把人犯带过岗子，自到关口去了。

不知叔宝在临潼山上又作何事？且听下回分解。

第四回　临潼山秦琼救驾　承福寺唐公生儿

那叔宝见樊虎去了，就行到临潼山上，见殿宇萧条，人烟冷落。下马进庙，拜了神圣，站起来，见神像威仪，十分钦仰。闲玩之际，不觉困倦，就在神像前打睡片时，不表。

且说李渊辞朝起程，来到临潼山植树岗地方，日方正午，李道宗和李建成行到林中，忽听林中响喊一声，奔出无数强人来，都用黑煤涂面，长枪阔斧，拦住去路，高声叫道：“快留下买路钱来！”建成吃了一惊，回马跑往原路。还是李道宗胆大，喝道：“你这般该死的男女，岂不知咱家是陇西李府，敢来阻截道路！”说罢，拔出腰刀便砍，那些家丁都拔短刀相助。

那建成骤马跑回，对唐公道：“不好了！前面尽是强人，围住叔父要钱买路。”唐公道：“怎么辇毂之下，就有盗贼?”一面叫家将取过方天画戟，又令建成护着家眷，却要上前。不料后面又有强人杀来，唐公不敢上前，先自保护家眷要紧，那贼人一齐逼近，唐公大吼一声，摆开画戟，同家将左冲右突，众贼虽有着伤，死不肯退。那晋王与宇文父子，闪在林中，见唐公威武，兵丁不敢近身，晋王就用青纱蒙面，手提大刀，冲杀过来。宇文父子随后夹攻，把李渊团团围住，十分危急，这话慢说。

且说叔宝在伍员庙中正要睡去，忽听庙外有人马喊杀之声，好生惊异。他自己平时乘坐的黄骠马在一厢嘶鸣不已，似有奔驰之势。叔宝上马，奔至半山，山下烟尘四起，喊杀连天。叔宝勒马一望，只见无数强人，围住了一起官兵，在那边厮杀。叔宝一见，把马一纵，借那山势冲下来，厉声高叫道："响马不要逞强，妄害官员！"只这一声，恰似迅雷一般，众强人吃了一惊，回头一看，只见是一个人，哪里放在心上？及到叔宝来至垓心，方有三五个来抵敌，叔宝手起锏落，一连打死十数人。

那唐公正在危急，听得一声喝响，有数人落马，见一员壮士，撞围而入，头戴范阳毡笠，身穿皂色箭衣，外罩淡黄马褂，脚登虎皮靴，坐着黄骠马，手提金装锏，左冲右突，如弄风猛虎，醉酒狂狼。战不多时，叔宝顺手一锏，照晋王顶上打来，晋王眼快，把身一闪，那锏梢打中他的肩上，晋王负痛，大叫一声，败下阵去。宇文化及见晋王着伤，忙勒回马，保晋王逃走。众人见晋王受伤，也俱无心恋战，被叔宝一路打来，四处逃散。

叔宝拿住一人问道："你等何处毛贼，敢在此地行劫？"那人慌了道："爷爷饶命！只因东宫太子与唐公不睦，故扮作强人，欲行杀害。方才老爷打伤的，就是东宫太子。求爷爷饶命。"叔宝听了，吓出一身冷汗，便喝道："这厮胡言！饶你狗命，去吧！"那人抱头鼠窜而去。叔宝自思太子与唐公不睦，我在是非丛里，管他怎的，若再迟延，必然有祸。遂放开坐骑，向前跑去。

那唐公脱离虎口，见壮士一马跑去，忙对道宗道："你快保护家小，待我赶去谢他！"遂急急赶去，大叫道："壮士，请住，受我李渊一礼！"叔宝只是跑。李渊赶了十余里，叔宝见唐公不舍，只得回头道："李爷休追，小人姓秦名琼。"把手摇上两摇，将马一夹，如飞去了。唐公再欲追赶，奈马是战乏的，不能前进。只听得风送鸾铃响处，他说一个琼字，又见他把手一摇，错认为"五"，就把它牢牢记在心上。

正要回马，忽见尘头起处，一马飞来。唐公道："不好！这厮们又来了！"急忙扯满雕弓，飕的照面一箭射去，早见那人双脚腾空，翻身落马。又见尘头起处，来的乃是自家家将。唐公对道宗道："幸亏了壮士，救我一家性命，此恩不可忘了！"言讫，又见几个大汉，与种庄稼的农夫，赶到马前啼哭道："不知小人家主，何事触犯老爷，被老爷射死？"唐公道："我并未射死你家主。"众人道："适喉下拔出箭来，现有老爷名号。"唐公想道："啊呀！是了！方才与一班强盗厮杀方散，恰遇你主人飞马而来，我道是响马余党，误伤你家主人。你主人姓甚名谁？我与你白银百两，买棺收殓回籍，待我前面去，多做功德，超度他便了。"家人道："俺主人乃潞州单道便是，二贤庄人，今往长安贩缎回来，被你射死，谁要你的银子？俺还有二主人单二员外，名通，号雄信，他自会向你讨命的。"唐公道："死者不能复生，教我也无可奈何。"众人不理，自去买棺收殓，打点回乡，不表。

唐公行至车辇下，问说："夫人受惊了！贼今退去，好赶路矣！"遂一齐起行。夫人因受惊恐，忽然腹痛，待要安顿，又没个驿递。旁边有座大寺，名曰承福寺，只得差人到寺中说，要暂借安歇。本寺住持法名五空，忙呼集众僧，迎接进殿。唐公领家眷在附近后房暂住，叫家将巡哨，以防不虞。自己带剑观书。到三更时候，忽有侍儿来报："夫人分娩世子了！"李渊大喜。这诞生的世子就是后来劝父举兵，开基立业，神文圣武大唐太宗皇帝。到天明时，参拜如来，众僧叩贺。唐公道："寄居分娩，污秽如来道场，罪归下官，何喜可贺？怎奈夫人已经分娩，不胜路途辛苦，欲要再借上刹，宽住几时，如何？"五空道："贵人降世，古刹生光，何敢不留！"唐公称谢。

一日，唐公在寺中闲玩，见屏上有联一对，上写道："宝塔凌云，一日江山，无边清净；金灯代月，十方世界，何等悠闲！"侧边写"汾阳柴绍题。"唐公见词义深奥，笔法雄劲，便问五空道："这柴绍是甚人？"五空道："这是汾阳县柴爷公子，向在寺内读书，偶题此联。"唐公道："如今可在此间吗？"五空道："就在寺左书斋里。"唐公道："你可领我去看。"五空就引唐公向柴绍书房而来。只见一路苍松掩映，翠竹参天。到了门首，五空向前叩门。见一书童启扉，问是何人。五空道："是太原唐公，特来相访。"柴绍听得，即忙迎接，请入书斋。柴绍下拜道："久违年伯，不知驾临，有失远迎！"唐公扶起叙坐，彼此闲谈。唐公看柴

绍双眉入鬓。凤眼朝天,语言洪亮,气宇轩昂,心内欢喜。唐公询知未有妻室,便对柴绍道:"老夫有一小女,年已及笄,尚未受聘。意欲托住持为媒,以配贤契,不知贤契意下如何?"柴绍道:"小屋寒微,蒙年伯不弃,敢不如命?"唐公大喜,回至方丈,对夫人说知,即令五空为媒,择日行聘。在寺半月有余,窦夫人身体已健,着五空通知柴绍,收拾起行。柴绍将一应事体,托了家人,自随唐公往太原就亲去了。按下不表。

且说叔宝单骑跑到关口,方才住鞭,见樊虎在店,就把这事说了一遍。到次日早饭后,匆匆分了行李,各带犯人分路去了。

这叔宝不止一日,到了潞州,住在王小二店中。就把犯人带到衙门,投过了文,少时发出来,着禁子把人犯收监,回批候蔡太爷往太原贺唐公回来才发,叔宝只得到店中耐心等候。不想叔宝量大,一日三餐,要吃斗米。王小二些小本钱,连人带马,只二十余天,都被吃完了。小二就向叔宝说道:"秦爷,小人有句话对爷说,犹恐见怪,不敢启口。"叔宝道:"俺与你宾主之间,有话便说,怎么见怪?"小二道:"只因小店连月没有生意,本钱短少,菜蔬不敷。我的意思,要问秦爷预支几两银子,不知可使得吗?"叔宝道:"这是正理,我就取出与你。"就走入房去,在箱里摸一摸,吃了一惊。你道叔宝如何吃惊?却有个缘故:因在关口与樊虎分行李时,急促了些,有一宗银子,是州里发出做盘费的,库吏因樊虎与叔宝交厚,故一总兑与樊虎。这宗银子,都在樊虎身边。及至匆匆分别,行李文书,件件分开,只有银子不曾分得。心内踌躇,想起母亲要买潞绸做寿衣,十两银子,且喜还在箱内,就取出来与小二道:"这十两银子,交与你写了收账。"小二收了。

又过数日,蔡刺史到了码头,衙役出郭迎接,刺史因一路辛苦,乘暖轿进城。叔宝因盘缠短少,心内焦躁,暗想他一进衙门,事体忙乱,难得禀见了,不如在此路上禀明为是,只得当街跑下喊道:"小的是山东济南府的解差,伺候大爷回批。"蔡刺史在轿内,半眠半醒,那里有答应?从役喝道:"太爷难道没有衙门?却在这里领回批?还不起去!"言讫,轿夫一发走得快了。叔宝起来,又想我在此一日,多一日盘费,他若几日不坐堂,怎么了得!就赶上前要再禀,不想性急力大,用手在轿杠上一把,将轿子拖了一侧,四个轿夫,两个扶轿的,都一闪撑支不住。幸喜太爷正睡在轿里,若是坐着,岂不跌将出来?刺史大怒道:"这等无礼,叫皂隶扯下去打!"叔宝自知礼屈,被皂隶按翻了,重打二十。

叔宝被责,回到店中,挨过一夜,到天明,负痛来府中领文。那蔡知府甚是贤能,次日升堂,把诸事判断极明。叔宝候公事完了,方才跪下禀道:"小的是济南府刘爷差人,伺候老爷批文回去。"叔宝今日怎么说出刘爷,因刺史与刘爷是个同年好友,是要望他周全的意思。果然那蔡刺史回嗔作喜道:"你就是济南刘爷的差人吗?昨日鲁莽得紧,故此责你几板。"遂唤经承取批过来签押,叫库吏取银三两,付与叔宝道:"本府与你老爷是同年,念你千里路程,这些赏你为路费。"叔宝叩头谢了,接着批文银两,出府回店。

小二看见叔宝领批文回来,满脸堆笑道:"秦爷批文既然领来,如今可把账算算何如?"叔宝道:"拿帐来。"小二道:"秦爷是八月十六到的,如今是九月十八,共三十二天,前后两日不算,共三十日。每日却是六钱算的,该十八两银,前收过银十两,尚欠八两。"叔宝道:"这三两是太爷赏的,也与你吧!"小二道:"再收三两,还欠五两,乞秦爷付足。"叔宝道:"小二哥且莫忙,我还未去,因我有个朋友,到泽州投文,盘缠银两,都在他身边,等他来会我,才有银子还你。"小二听了这话,即时变脸,暗想:"他若把马骑走了,叫我哪里去讨银子?莫若把他的批文留住,倒是稳当。"就向叔宝笑道:"秦爷势既不起身回去,这批文是要紧的,可拿到里面,交拙荆收藏,你也好放心盘桓。"

叔宝不知是计,就将批文递与王小二收了。自此日日去到官塘大路,盼望樊虎到来。望了许久,不见樊虎的影子。又被王小二冷言冷语,受了腌臜之气。所叫茶饭,不是宿的,就是冷的。

一日晚上回来,见房中已点灯了,向前一看,见里面猜三喝五,掷色饮酒。王小二跑出来道:"秦爷不是我有心得罪。因今日来了一伙客人,是贩珠宝古董的,见秦爷房好要住,你房门又不锁,被他们竟把铺盖搬出来,说三五日就去的。我也怕失落行李,故搬到后面一间上房内,秦爷权宿数夜,待他们去了,依旧移进。"叔宝此时人贫志短,便说道:"小二哥,屋随主便,怎么说出这等活来!"

小二就掌灯引叔宝转弯抹角,到后面一间破屋里,地上铺着一堆草,那铺盖丢在草上，四面风来，灯儿也没处挂。叔宝见了，闷闷不乐。小二带上门，就走了出去，叔宝把金锏用指一弹，作歌道：

旅舍荒凉风又雨，英雄守困无知己；
平生弹锏有谁知？尽在一声长叹里！

正吟之间，忽闻脚步到门口，将门搭钮后扣了。叔宝道："你这小人，我秦琼来清去白，焉肯做此无耻之事？况有批文鞍马在你家，难道走了不成？"外边道："秦爷切勿高声，妾乃王小二之妻柳氏。"叔宝道："你素有贤名，今夜来此何干？"柳氏道："我那拙夫，是个小人，出言无状，望秦爷海涵些儿。我丈夫睡了，存得晚饭在此，还有数百文钱，送秦爷买些点心吃，晚间早些回寓。"叔宝闻言，不觉落下几点泪来，道："贤人，你就好似淮阴的漂母，恨我他日不能如三齐王报答千金耳！若得侥幸，自当厚报！"柳氏道："我不敢比漂母，岂敢望报？"说罢，把门扭开，将饭篮放在地上，径自去了。叔宝将饭搬进，见青布条穿着三百文钱，盘中又有一碗肉羹。叔宝只得吃了，睡到天色未明，又走到大路，盼望樊虎。未知后来如何，且听下回分解。

第五回　秦叔宝穷途卖骏马　单雄信交臂失知音

叔宝望樊虎不来，又过几日，把三百文钱都用尽了，受了小二无数冷言冷语，忽然想道："我有两条金装锏，今日穷甚，可拿到典铺里，押当些银子，还他饭钱，也得还乡，待异日把钱来赎回未迟。"主意定了，就与小二说了，小二欢喜。叔宝就走到三义坊当铺里来，将锏放在柜上。当铺的人见了道："兵器不当，只好作废铜称！"叔宝见管当的装腔，没奈何，说道："就作废铜称吧！"当铺人拿大杆来称，两条锏，重一百二十八斤，又要除些折耗，四分一斤，算该五两银子，多要一分也不当。叔宝暗想道："四五两银子，如何能济得事？"依旧拿回店来。

王小二见了道："你说要当过兵器还我，怎么又拿了回来？"叔宝托辞应道："铺中说，兵器不当。"小二道："既如此，你再寻甚么值钱的当吧。"叔定道："小二哥，你好呆，我公门中道路，除了这随身兵器，难道有金珠宝物带在身边不成？"小二道："既如此，你一日三餐，我如何顾得你？你的马若饿死了，也不干我事。"叔宝道："我的马可有人要么？"小二道："我们潞州城里，都是用脚力的，马若出门，就有银子。"叔宝道："这里马市在哪里？"小二道："就在西门大街上，五更开市，天明就散。"叔宝道："明早去吧。"

叔宝到槽头看马，但见马蹄穿腿瘦，肚细毛长，见了叔宝，摇头流泪，如向主人说不出话的一般。叔宝眼中流泪，叫声："马呵……"要说话，口中噎塞，也说不出，只得长叹一声，把马洗刷一番，割些草与它吃。这一夜，叔宝如坐针毡，睡到五更时分，把马牵出门，走到西市。那马市已开，但见王孙公子，往来不绝，见着叔宝牵了一匹瘦马，都笑他："这穷汉，牵着劣马，来此何干？"叔宝闻言，对着马道："你在山东时，何等威风！如何今日就如此垂头落颈？"又把自己身上一看道："我今衣衫褴褛，也是这般模样。只为少了几个店账，弄得如此，何况于你？"遂长叹一声，见市上没有人睬他，就把马牵回。

他因空心出门，一时打着睡眼。顺脚走过马市时，城门大开，乡下人挑柴进城来卖，那柴上还有些青叶，马是饿极的，见了青叶，一口扑去，将卖柴的老儿冲了一跤，喊叫起来。叔宝如梦中惊觉，急会扶起老儿。那老儿看着马问道："此马敢是要卖的，这市上人哪里看得上眼！这马骠虽瘦了，缠口实是硬挣，还算是好马。"叔宝闻言欢喜道："老丈，你既识得此马，要到哪里去卖？"那老儿道："'卖金须向识金家。'要卖此马，有一去处，包管成交。"叔宝大喜道："老丈，你同我去卖得时，送你一两茶金。"老儿听说欢喜道："这西门十五里外，有个二贤庄，庄上主人姓单号雄信，排行第二，人称他为二员外，常买好马送朋友。"叔宝闻言，如醉方醒，暗暗自悔，失了检点。在家时闻得人说，潞州单雄信，是个招纳好汉的英雄，今我怎么到此许久，不去拜他，如今衣衫褴褛，若去拜他，也觉无颜。又想道："我今只认作卖马的便了！"就叫老丈引进。

那老儿把柴寄在豆腐店，引叔宝出城，行了十余里路，见一所大庄院，古木阴森，大厦

连云。这庄上主人,姓单名通,号雄信,在隋朝是第十八条好汉。生得面如蓝靛,发似朱砂,性同烈火,声若巨雷。使一根金钉枣阳槊,有万夫不当之勇,专好交结豪杰,处处闻名,收买亡命,做的是没本营生,各处劫来货物,尽要坐分一半。凡是绿林中人,他只一支箭传去,无不听命,所以十分富厚。

一日他闲坐厅上,只见苏老走到面前,唱了个喏,雄信回了半礼。苏老道:"老汉今日进城,撞着一个汉子,牵匹马卖。我看那马虽瘦,却是千里龙驹,特领他来,请员外出去看看。"雄信遂走出来。叔宝隔溪一望,见雄信身长一丈,面若灵官,青脸红须,衣服齐整,觉得自身不像个样,便躲在树后。雄信走过桥来,将马一看,高有八尺,遍体黄毛,如纯金细卷,并无半点杂色。双手用力向马背一按,雄信膂力最大,这马却分毫不动。看完了马,方与叔宝见礼道:"这马可是足下要卖的吗?"叔宝道:"是。"雄信道:"要多少价钱?"

叔宝道:"人贫物贱,不敢言价,只赐五十两足矣!"雄信道:"这马讨五十两不多,只是膘跌太重,不中细料喂养,这马就是废物了。今见你说得还好,咱与你三十两吧。"言讫,就转身过桥去了。

叔宝无奈,只得跟进桥来,口里说道:"凭员外赐多少罢了。"雄信到庄,立在厅前,叔宝站于月台旁边,雄信叫手下人把马牵到槽头,上了细料,因问叔宝道:"足下是哪里人?"叔宝道:"在下是济南府人氏。"雄信听得济南府三字,就请叔宝进来坐下,因问道:"济南府咱有个慕名的朋友,叫作秦叔宝,在济南府当差,兄可认得否?"叔宝随口应道:"就是在下——"即住了口。雄信失惊道:"得罪!"遂走下来。叔宝道:"就是在下同衙门朋友。"雄信方立住道:"既如此!先瞻了!访问老兄高姓?"叔宝道:"姓王。"雄信道:"小弟要寄个信与秦兄,不知可否?"叔宝道:"有尊札尽可带得。"雄信入内,封了三两程仪,潞绸两疋,并马价,出厅前作揖道:"小弟本欲寄一封书,托兄奉与叔宝兄,因是不曾会面,恐称呼不便,只好烦兄道个单通仰慕之意罢了。这是马价三十两,另具程仪三两,潞绸两疋,乞兄收下。"叔宝辞不敢收,雄信致意送上,叔定只得收了。雄信留饭,叔宝恐露自己名声,急辞出门。苏老儿跟叔宝到路上,叔宝将程仪拈了一锭,送与苏老,那苏老欢喜称谢去了。

叔宝自望西门而来,正是午牌时分,此时腹中饥饿,走入酒店来,见三间大厅,摆着精致桌椅,两边厢房,也有座头。叔定就走到厢房,拣了座头坐下,把银子放在怀内,潞绸放在一边,酒保摆上酒肴,叔宝吃了几杯。只见店外来有两个豪杰,后面跟些家人进来。叔宝一看,却认得一个是王伯当,连忙把头别转了。

你道这王伯当是何等人,他乃金山人氏,曾做武状元。若论他武艺,一枝画戟,神出鬼没;论他箭法,百发百中。只因他见奸臣当道,故此弃官,游行天下,交结英雄。这一个是长州人,姓谢名映登,善用银枪,因往山西探亲,遇见王伯当,同到店中饮酒。叔宝回转头,早被伯当看见,便问道:"那位好似秦大哥,为何在此?"就走入厢房,叔宝只得起身道:"伯当兄,正是小弟。"伯当一见叔宝这般光景,连忙把自己身上绣花战袄脱下,披在叔宝身上道:"秦大哥,你为何到此,弄得这样?"当下叔宝与二人见过了礼,方把前事细说一遍,又道:"今早牵马到二贤庄,卖与单雄信,三十两银子,他问起贱名,弟不与他说。"伯当道:"雄信既问起兄长,兄何不道姓名与他?他若知是兄长,休说不收兄马,定然还有厚赠,如今兄同小弟再去便了。"叔宝笑道:"我若再去,方才便道姓名与他了。如今卖马有了盘费,回到下处,收拾行李,就要起身回乡了。"

伯当道:"兄不肯去,弟也不敢相强,兄长下处,却在何处!"叔宝道:"在府前王小二店内。"伯当道:"那王小二是潞州城里著名的势利小人,对兄可曾有不到之处?"叔宝因感柳氏之贤,不便在两个朋友面前说王小二的过错,便道:"二位兄长,那王小二虽属炎凉,他夫妇二人,在我面上还算周到。"伯当听了点头,便叫酒保摆上酒馔畅饮,于是三人作别,伯当、映登二人往二贤庄去了。

叔宝回到下处,小二见没有了马,知是卖了,便道:"秦爷,这遭好了!"叔宝听了不言语,把饭银算还于小二,取了批文,谢别柳氏,收拾行李,把双锏背上肩头。又恐雄信追来,故此连夜出城,往山东而去。

那王伯当、谢映登到二贤庄,雄信出迎,伯当道:"单二哥,你今日做了不妙的事了!"雄信忙问何事,伯当道:"你今日可曾买一匹马吗?"雄信道:"买马不是假的,二位如何得知?”伯当道:“方才卖马的对我说道,说你贪小利,失了名望的人了!”雄信道:“他不过是个好手,有何名望?”伯当道:“他名望比别个不同些儿,你可知道他的名姓否?”雄信道:“我问他,他说是济南府人姓王,我便问起秦叔宝,他说是他的同班,我就央他进里坐。”伯当闻言哈哈大笑道:“可惜你当面错过,他正是‘小孟尝秦叔宝’。”雄信吃惊道:“呵啊呀,他为何不肯通名,如今在哪里?”伯当道:“就在府前王小二店内。”

雄信就要赶去,伯当道:“天色已晚,赶进城来不及了,明早去吧。”雄信性急,与二人吃了一夜酒,天色微明,就上马赶到小二店前下马,问小二道:“有名望的山东秦爷,可在庄吗?”小二道:“秦爷昨晚起身去了。”

雄信闻言,就要追赶,忽见家将跑来叫道:“二员外,不好了,大员外在楂树岗被唐公射死,如今棺木到庄了。”雄信闻言大哭道:“伯当兄,弟今不得去赶叔宝兄弟,请兄多多致意,代为请罪!”说罢飞马回去了。伯当、映登辞别回去,欲知后事如何,且所下回分解。

第六回 樊建威冒雪访良朋 单雄信挥金全义友

再说叔宝恐雄信赶来,走了一夜,自觉头昏,硬着身子又走十余里。不料脚软,不能前进,见路旁有一东岳庙,叔宝奔入庙来,要去拜台上坐坐。忽然头昏,仰后一交,豁喇一声,倒在地上,肩上双锏,竟把七八块砖都打碎了。惊得道人慌忙来扶,哪里扶得他动?只得报知观主。这观主姓魏名征,维扬人氏,曾做过吉安知州,因见奸臣当道,挂冠修行,从师徐洪客在此东岳庙住。半月前,徐洪客云游别处去了。

当下魏征闻报,连忙出来,见叔宝倒在地上,面红眼闭,口不能言,就与叔宝诊脉,便道:“你这汉子,只因失饥伤饱,风寒入骨,故有此症。”叫道人煎金银花汤一服药,与叔宝吃了,渐渐能言。魏征问道:“你是何处人氏? 叫什么名字?”叔宝将姓名并前事说了一遍。魏征道:“兄长,既如此,且在敝观将养,等好了再回乡不迟。”便吩咐道人,在画廊下打铺,扶叔宝去睡了。魏征日日按脉用药与叔宝吃。

过了几天,这一日,道人摆正经堂,只等员外来,就要开经。你道这法事是何人做的?原来就是单雄信,因哥哥死了,在此看经。霎时雄信到了,在大殿参拜圣像,只见家丁把道人打嚷,雄信喝问何故,家丁道:“可恶这个道人,昨日吩咐他打扫洁净,他却把一个病人,睡在廊下,故此打他。”雄信大怒,叫魏征来问。魏征道:“员外有所不知,这个人是山东豪杰,七日前得病在此,贫道怎好赶他?”雄信道:“他是山东人,叫么名姓?”魏征道:“他姓秦,名琼,号叔宝。”雄信闻言大喜,跑到廊下。此时叔宝见雄信来,恨不得有个地洞爬下去。雄信赶到跟前,扯住叔宝的手,叫声:“叔宝哥哥,你端的想杀了单通也!”叔宝回避不得,起来道:“秦琼有何德能,蒙员外如此见爱?”雄信捧住叔宝的脸,看他形状,不觉泪下道:“哥哥,你前日见弟,不肯实说,后伯当兄说知,次早赶至下处,不料兄长连夜长行,正欲追兄,忽遭先兄之变,不得赶来。谁知兄落难在此,皆单通之罪了!”叔宝道:“岂敢,弟因贫困至此,于心有愧,所以瞒了仁兄。”雄信叫家丁扶秦爷洗澡,换了新衣,吩咐魏征自做道场。又叫一乘轿子,抬了叔宝。雄信上马,竟回到二贤庄。

叔宝欲要叙礼,雄信扯住道:“哥哥贵体不和,何必拘此故套?”即请医生调治,不消半月,这病就治好了。雄信备酒接风,叔宝把前事细说一遍,雄信把亲兄被唐公射死告知,叔宝十分叹息,按下不表。

却说樊虎到泽州,得了回文,料叔宝亦已回家,故直回济南府,完了公干。闻叔宝尚未回来,就到了秦家,安慰老太太一番。又过了一月,不见叔宝回来,老太太十分疑惑,叫秦安去请樊虎来。老太太说道:“小儿一去,将近三月,不见回来,我恐怕他病在潞州。今老身写一封书,欲烦大爷去潞州走一遭,不知你意下如何?”樊虎道:“老伯母吩咐,小侄敢不从命,明日就去。”接上书信,秦母取出银子十两做路费,樊虎坚辞不受,说:“叔宝兄还有银在侄处,何用伯母费心?”遂离秦家,入衙告假一月,次日起程,向山西潞州府来。

行近潞州,忽然彤云密布,朔风紧急,落下一天雪来。樊虎见路旁有座东岳庙,忙下马进庙避雪。魏征一见问道:“客官何来? 有何公干?”樊虎道:“我是山东来的,姓樊名

虎，因有个朋友来到潞州，许久不回，特来寻他。今遇这样大雪，难以行走，到宝观借坐一坐。"魏征又问道："客官所寻的朋友，姓甚名谁？"樊虎道："姓秦，名琼，号叔宝。"魏征笑道："足下，那个人，远不过千里，近只在眼前。"樊虎闻言，忙问今在何处，魏征道："前月有个人病倒在庙，叫作秦叔宝，近来在西门外二贤庄单雄信处。"

樊虎听了，就要起身。魏征道："这般大雪，如何去得？"樊虎道："无妨，我就冒雪去吧。"就辞魏征上马，向二贤庄来。到了庄门，对庄客道："今有山东秦爷的朋友来访。"庄客报入，雄信、叔宝闻言，遂走出来。叔宝见是樊虎，就说："建威兄，你因何到这时才来？我这里若没有单二哥，已死多时了。"樊虎道："弟前日在泽州，料兄已回，及弟回济南，将近三月，不见兄长回来，令堂纪念，差弟来寻，方才遇魏征指示至此。"

叔宝就把前事说了一遍，樊虎取出书信与叔宝看了，叔宝即欲回家，雄信道："哥哥，你去不得，今贵恙未安，冒雪而回，恐途中病又复作，难以保全。万有不测，使老夫人无靠，反为不美。依弟主意，先烦建威兄回济南，安慰令堂。且过了残年，到二月中，天时和暖。送兄回去，一则全兄母子之礼，二则尽弟朋友之道。"樊虎道："此言有理，秦兄不可不听。"叔宝允诺，雄信吩咐摆酒，与樊虎接风。

过了数日，天色已晴，叔宝写了回信，雄信备酒与樊虎饯行，取出银五十两，潞绸五疋，寄予秦母。另银十两，潞绸五疋，送与樊虎。樊虎收了，辞别雄信、叔宝，竟回济南去了。你道雄信为何不放叔宝回去？只因他欲厚赠叔宝，恐叔宝不受，只得暗暗把他黄膘马养得雄壮，照马的身躯，叫匠人打一副镏金鞍辔并踏镫。又把三百六十两银子，打做数块银板，放在一条缎被内。一时未备，故留叔宝在此。

那叔宝在二贤庄，过了残年，又过灯节，辞别雄信。雄信摆酒饯行，饮罢，雄信叫人把叔宝的黄骠马牵出来，鞍镫俱全，铺盖捎在马上，双锏挂在两旁。叔宝见了道："何劳兄长厚赐鞍镫？"雄信道："岂敢，不过尽小弟一点心耳！"又取出潞绸十疋，白银五十两，送与叔宝为路费。叔宝推辞不得，只得收下，雄信送出庄门，叔宝辞谢上马去了。未知叔宝此去如何，且听下回分解。

第七回 打擂台英雄聚会 解幽州姑侄相逢

却说秦叔宝离了二贤庄，行不上几十里，天色已晚，见有一村人家，地名皂角林，内有客店。叔宝下马进店，主人随即把马牵去槽上加料，走堂的把他行李铺盖，搬入客房。叔宝到客房坐下，走堂的摆上酒肴与叔宝吃，就走出来，悄悄对主人吴广说道："这个人有些古怪，马上的鞍镫，好似银的。行车又沉重，又有两根锏，甚是厉害，前日前村失盗，这些捕人缉访无踪，此人莫非是个响马强盗？"吴广叫声轻口，不可泄漏，待我去张他，看他怎生的，再作道理。

当下吴广来至房门边，在门缝里一张，只见叔宝吃完了酒饭，打开铺盖要睡，觉得被内沉重，把手一提，噗的一声，脱出许多砖块来，灯光照得雪亮；叔宝吃了一惊，取来一看，却是银的，便放在桌上。想雄信何故不与我明言，暗放在内。吴广一见，连忙叫声："小二，不要声张，果是响马无疑，待我去叫捕人来。"言讫，就走出门。恰遇着二三个捕人，要来店上吃酒。吴广遂把这事对众人说了，众人就要下手。吴广道："你们不可造次，我看这人十分了得，又且两根锏甚重，若拿他不住，被他走了，反为不美。你们可埋伏在外，把索子伏在地下，我先去引他出来，绊倒了他，有何不可？"众人点头道："是！"各埋伏。吴广拿起斧头，把叔宝房门打开，叫声："做得好事！"抢将进来。叔宝正对着银子思想，忽见有人抢进来，只道是响马来劫银子，立起身来。吴广早到面前，叔宝把手一推，吴广立脚不住，噗的一声，撞在墙上，把脑浆都跌出来。外边众人呐一声喊，叔宝就拿双锏抢出房门，两边索子拽起，把叔宝绊倒在地。众人把兵器往下就打。叔宝把头抱住，众人便拿住了，用绳将叔宝绑了，吊在房内。见吴广已死在地下，他妻子央人写了状子，次日天明，众捕人取了双锏及行李、银子、黄骠马，牵着叔宝，带了吴广妻子，投入潞州府。

那潞州知府蔡建德，听得拿到一个响马强盗，即刻升堂，众捕人上堂跪禀，说在皂角

林拿得一名响马。吴广妻子亦上堂哭告道："响马行凶，打死丈夫。"蔡公问了众人口词，喝令把响马带进来，众人答应一声，就把叔宝带到丹墀。蔡公看见，吃了一惊，问道："我认得你是济南差人，何故做了响马？"秦琼跪下道："小人正是济南差人，不是响马。"蔡建德喝道："好大胆的奴才，去岁十月内得了回文，就该回去，怎么过了四个月，还不曾回？明明是个响马无疑。"秦琼道："小人去年十月，得了回文，行不多路，因得了病，在朋友家将养到今，方才回去。"这些银子是朋友赠小人的，乞老爷明察。蔡建德道："你那朋友住在哪里？"秦琼就要说出，忽想恐连累雄信，不是要的，遂托言道："小人的朋友是做客的，如今去了。"蔡建德听了，把案一拍，骂道："好大胆的奴才，焉有做客的留你住这多时？又有许多银子赠你？我看你形状雄健，不像有病方好的人，明明是个响马了。又行凶打死吴广，你还敢将言搪塞！"叔宝无言可答。蔡建德令收吴广尸首，就把这一干人，发下参军厅审问明白，定罪施行。参军孟洪，问了口词，叔宝不肯认作响马，打了四十板收监，另日再审。

不料这桩事沸沸腾腾，传说山东差人，做了响马，今在皂角林拿了，收在监内。这话渐渐传到二贤庄，雄信一闻此事，吃了一惊，连忙进城打听，叔宝被祸是实，叫家人备了酒饭，来到监门口，对禁子道："我有个朋友，前日在皂角林，被人诬作响马，下在牢内，故此特来与他相见。"禁子见是雄信，就开了牢门，引雄信去到一处，只见叔宝被木栲锁在那里。雄信一见，抱头大哭道："叔宝兄，弟害兄受般苦楚，小弟虽死难辞矣！"忙令禁子开了木栲。叔宝道："单二哥，这是小弟命该如此，岂关兄长之故？但弟今有一言相告，不知吾兄肯见怜否？"雄信道："兄有何见教，弟敢不承命？"叔宝道："弟今番料不能再生了！就是死在异乡，也不足恨，但是可怜家母在山东，无人奉养，弟若死后，二哥可寄信与家母，时时照顾。俺秦琼在九泉之下，感恩不尽矣！"雄信道："哥哥不必忧心，弟自去上下衙门周全，拨轻了罪，那时便有生机了。"言罢，吩咐家人摆上酒饭，同叔宝吃了，取出银子与那禁子，叫他照顾秦爷，禁子应诺。

雄信别了叔宝，出得牢门，就去挽一个虞候，在参军厅蔡知府上下说情。参军厅就审叔宝，实非响马，不会误伤跌死吴广，例应充军。知府将审语详至山西大行台处，大行台批准，如详结案，把秦琼发配河北幽州，燕山罗元帅标下为军。

那蔡建德按着文书，吩咐牢中取出秦琼，当堂上了行枷，点了两名解差。这二人也是好汉：一个姓金名甲，字国俊；一个姓童名丫鬟，字佩之，与雄信是好朋友，故雄信买他二人押解。当下二人领文书，带了叔宝。出得府门，早有雄信迎着，同到酒店饮酒。雄信道："这燕山也是好去处，弟有几个朋友在彼：一个叫张公瑾，他是帅府旗牌，又有两个兄弟，叫尉迟南、尉迟北，现为帅府中军。弟今有书信在此。那张公瑾他住在顺义村，兄弟可先到他家下了书，然后可去投文。"叔宝谢道："弟蒙二哥，不惜千金，拚身相救，此恩此德，何时可报？"雄信道："叔宝兄说哪里话？为朋友者生死相救，岂有惜无用之财，而不救朋友之难也！况此事是弟累兄，弟虽肝脑涂地，何以赎罪？兄此行放心，令堂老伯母处，弟自差人安慰，不必挂念。"叔宝十分感谢。

吃完了酒，雄信取出白银五十两，送与叔宝；又二十两送与金甲、童环。三人执意不受，雄信哪里肯听，只得收了，与张公瑾的书信，一同收拾，别了雄信，竟投河北而去。

三人在路，晓行夜宿，不日将近燕山，天色已晚，三人宿在客店。叔宝问店主人道："这里有个顺义村吗？"店主人道："东去五里便是。"叔宝道："你可晓得村中有个张公瑾吗？"店主人道："他是帅府旗牌官，近来元帅又选一个右领军，叫作史大奈。帅府规矩，送领职的演过了武艺，还恐没有本事，就在顺义村土地庙前造了一座擂台，限一百日，没有人打倒他，才有官做。倘有好汉打倒他，就把这领军官与那好汉做。如今这史大奈在顺

义村将有百日了,若明日没有人来打,这领军官是他的了。那张公瑾、白显道,日日在那里经营,你们若要寻他,明日只到庙前去寻便了。"叔宝闻言欢喜。

次日吃完了早饭,算还饭钱,三人就向顺义村土地庙来。到了庙前,看见一座擂台,高有一丈,阔有二丈,周围挂着红彩,四下里有人做买卖,十分热闹。左右村坊人等,都来观看。这史大奈还未曾来。叔宝三人看了一回,忽见三个人骑着马,来到庙前,个个下马,随后有人抬了酒席。史大奈上前参拜神道,转身出来,脱了团花战袍,把头上扎巾按一按,身上穿一件皂缎紧身,跳上擂台。这边张公瑾、白显道,自在殿上吃酒。那史大奈在台上,打了几回拳棒。

此时叔宝三人,虽在人丛里观看,只见史大奈在台上叫道:"台下众人,小可奉令在此,今日却是百日满期。若有人敢来台上,与我交手,降服得我,这领军职分,便让与他。"连问数声,无人答应。童环对叔宝、金甲道:"你看他目中无人,待我去打这狗头下来!"遂大叫道:"我来与你较对!"竟向石阶上来,史大奈见有人来交手,就立一个门户等候。童环上得台来,便使个高探马势,抢将进来。被史大奈把手虚闪一闪,特左脚飞起来,一腿打去,童环正要接他的腿,不想史大奈力大,弹开一腿,把童环撞下擂台去了。金甲大怒,奔上台来,使个大火烧天势,抢将过来。史大奈把身一侧,回身佯走,金甲上前,大叫一声"不要走!"便拦腰抱住,要吊史大奈下去,却被史大奈用个关公大脱袍,把手反转,在金甲腿上一挤,金甲一阵酸麻,后一松,被大奈两手开个空,回身一膀子,喝声"下去!"扑通一声,把金甲打下台来,旁观的人齐声喝彩。叔宝看了大怒,也就跳上擂台,直奔史大奈,两个打起来。史大奈用尽平生气力,把全身本事,都拿出来招架。下面看的人,齐齐呐喊。他两个打得难解难分,却有张公瑾跟来的家将,看见势头不好,急忙走入庙内叫道:"二位爷,不好了!谁想史爷的官星不现,今日遇着敌手,甚是厉害。小的看史爷有些不济事了!"

二人闻说,吃了一惊,跑出来。张公瑾抬头一看,见叔宝人才出众,暗暗喝彩,便问众人道:"列位可知道台上好汉,是哪里来的?"有晓得的便指金、童二人道,是他们同来的。张公瑾上前,把手一供道:"敢问二位仁兄,台上的好汉是何人?"金甲道:"他是山东大名府驰名的秦叔宝。"张公瑾闻言大喜,望台上叫道:"叔宝兄,请住手,岂闻君子成人之美?"叔宝心中明白:"我不过见他打了金甲、童环,一时气愤,与他交手,何苦坏他名职?"遂虚闪一闪,跳下台来,史大奈也下了台。叔宝道:"不知哪一位呼我的名?"张公瑾道:"就是小弟张公瑾呼兄。"叔宝闻言,上前见礼道:"小的正要来拜访张兄。"公瑾请叔宝三人来至庙中,个个见礼,现成酒席,大家坐下。叔宝取出雄信的书信,递与公瑾。公瑾拆开观看,内说叔宝根由,要他照顾之意。公瑾看罢,对叔宝道:"兄诸事放心,都在小弟身上。"当下略饮数杯,公瑾吩咐家将备三匹良马,与叔宝三人骑了,六人上马,回到村中,大摆筵席,款待叔宝。

及至酒罢,公瑾就同众人上马,进城来至中军府,尉迟南、尉迟北、韩实忠、李公旦一齐迎入,见了叔宝三人,叩问来历。公瑾道:"就是你们日常所说的山东秦叔宝。"四人闻言,忙请叔宝见礼,就问为何忽然到此。公瑾把单雄信的书信,与四人看了,尉迟兄弟只把双眉紧锁,长叹一声道:"元帅性子,十分执拗,凡有解到罪人,先打一百杀威棍,十人解进,九死一生。如今雄信兄不知道理,将叔宝兄托在你我身上,这事怎么处?"众人听说,个个面面相看,无计可施。李公旦道:"列位不必愁烦,小弟有个计在此:我想元帅生平最怕是牢瘟病,若罪人犯牢瘟病,就不打。恰好叔宝兄尊容面黄如金,何不装作牢瘟病。"公瑾道:"此计甚善!"大家欢喜。尉迟南设席款待,欢呼畅饮,直至更深方散。

次日天明,同到帅府前伺候。少刻辕门内鼓打三通,放了三个大炮,吆吆喝喝,帅府开门。张公瑾自同旗牌班白显道归班。左领军韩实忠、李公旦,中军官尉迟南、尉迟北,随右统制班一齐上堂参见。随后又有辕门官、听事官、传宣诸将同五营、四哨、偏副、牙将,上堂打躬。唯有史大奈不曾投职,在辕门外伺候。金甲、童环将一扇板门抬着叔宝,等候投文。

那罗元帅坐在堂上,两旁明灰亮甲,密布刀枪,十分严整。众官参见后,有张公瑾上前跪禀道:"小将奉令,在顺义村监守擂台,一百日完满,史大奈并无敌手,特来缴令!"站过一边,罗公就叫史大奈进来!史大奈走到丹墀下,跪下磕头,罗公令他授右领军之职。

史大奈磕头称谢，归班站立。然后听事官唱："投文进来。"金甲、童环火速上前，捧着文书，走到仪门内，远远跪下。旗牌官接了文书，当堂拆开，遂将上来。罗公看罢，叫他把秦琼带上来。金甲跪下禀道："犯人秦琼，在路不服水土，犯了牢瘟病，不能前进。如今抬在辕门，候大老爷发落。"

罗公从来怕的是牢瘟病，今见禀说，又恐他装假，遂叫抬进来亲验。金甲、童环就把叔宝抬进。罗公远远望去，见他的面色焦黄，乌珠定着，认真是牢瘟病。就把头点一点，将犯人发落去调养刑房，发回文书。两旁一声答应，金甲、童环叩谢出来。罗公退堂放炮，吹打封门。那张公瑾与众人，都到外面来见叔宝，恭喜相邀，同到尉迟南家中，摆酒庆贺，不在话下。彼时罗公退堂，见公子罗成来接，这罗成年方十四岁，生得眉清目秀，齿白唇红，面如团粉，智勇双全，隋朝排他第七条好汉。罗公就问道："你母亲在哪里？"罗成道："母亲不知为什么早上起来，愁容满面，只在房内啼哭。"罗公见说，吃了一惊，忙到房里，只见夫人眼泪汪汪，坐在一边。罗公就问："夫人为何啼哭？"秦夫人道："每日思念先兄，为国捐躯，尽忠战死，撇下寡妇孤儿，不知逃往何方，存亡未卜。不想昨夜梦见先兄，对我说：'侄儿有难，在你标下，须念骨肉之情，好生看顾。'妾身醒来，想起伤心，故此啼哭。"罗公道："令侄是叫何名字？"夫人道："但晓得他乳名叫太平郎。"罗公心中一想，对夫人道："方才早堂，山西潞州解来一名军犯，名唤秦琼，与夫人同姓。令兄托梦，莫非应在此人身上？"

夫人着惊道："不好了！若是我侄儿，这一百杀威棍，如何当得起！"罗公道："那杀威棍却不曾打，因他犯了牢瘟病，所以下官从轻发落了。"夫人道："如此还好，但不知这姓秦的军犯，是哪里人氏？"罗公道："下官倒不曾问得。"夫人流涕道："老爷，妾身怎得能够亲见那人，盘问家下根由。倘是我侄儿，也不枉了我先兄一番托梦。"罗公道："这也不难，如今后堂挂下帘子，差人去唤这军犯，到后堂复审。那时下官细细将他盘问，夫人在帘内听见，是与不是，就知明白了。"夫人闻言欢喜，命丫鬟挂下帘儿，夫人出来坐下。罗公取令箭一枝，与家将罗春，吩咐带山西潞州解来的军犯秦琼，后堂复审。罗春接了令箭，来到大堂，交与旗牌官曹彦宾，传说元帅令箭，即将秦琼带到后堂复审。曾彦宾接过令箭，忙到尉迟南家里来。

此时众人正在吃酒，忽见曹彦宾拿令箭人来，说："本官令箭在此，要带秦大哥后堂复审。"众人闻说，不知何故，只面面相觑，全无主意。叔宝十分着急，曹彦宾道："后堂复审，绝无甚厉害，秦大哥放心前去。"叔宝无奈，只得随彦宾来到帅府，彦宾将叔宝交罗春带进，罗春领进后堂，上前缴令。叔宝远远偷看，见罗公不似平堂威仪，坐在虎皮交椅上，两边站几个青衣家丁，堂上挂着珠帘。只听罗公叫秦琼上来，家将引叔宝到阶前跪下。罗公道："秦琼，你是哪里人氏？祖上什么出身？因何犯罪到此？"叔宝暗想，他问我家世，必有缘故，便说道："犯人济南人氏，祖父秦旭，乃北齐亲军。父名秦彝，乃齐王驾前武卫将军，可怜为国捐躯，战死沙场。止留犯人，年方五岁，母子相依，避难山东。后来犯人蒙本府抬举，点为捕盗都头，去岁押解军犯，到了潞州，在皂角林误伤人命，发配到大老爷这里为军。"

罗公又问："你母亲姓什么，你可有乳名否？"叔宝道："犯人母亲宁氏，我的乳名叫太平郎。"罗公又问："你有姑娘吗？"叔宝道："有一姑娘，犯人三岁时，就嫁与姓罗的官长，后来杳无音信。"罗公大笑道："远不远千里，近只近在目前。夫人，你侄儿在此，快来相认！"秦夫人听得分明，推开帘子，急出后堂，抱住叔宝，放声大哭，口叫："太平郎，我的儿！你嫡亲的姑娘在此！"

叔宝此时，不知就里，吓得通身发抖："呵呀！夫人不要错认，我是军犯。"罗公站起身来，叫声："贤侄，你莫惊慌！老夫罗艺，是你的姑夫，这就是你姑娘，一些不错。"叔宝此时，如醉方醒，大着胆上前拜认姑爹、姑母，也掉下几点泪来，然后又与表弟罗成见过了礼，罗公吩咐家人，服侍秦大爷沐浴更衣，备酒接风。张公瑾众人闻知，十分大喜，俱送礼来贺喜。未知叔宝此后如何，且听下回分解。

第八回 叔宝神箭射双雕 伍魁妒贤成大隙

叔宝换了新衣,来到后堂,重新见礼,秦夫人喜笑颜开。罗公看叔宝人才出众,相貌魁梧,暗暗喝彩,便叫:"贤侄,老夫想你令尊,为国忘身,归天太早,贤侄那时尚幼,可惜这两根金装锏,不知落于何人之手?谅你秦家锏法,不复传于后世了。"叔宝道:"不敢瞒姑爹,当初父亲赴难时节,就将金装锏托付母亲,潜身避难,以存秦氏一脉。后来侄儿长成,赖有老仆秦安,教这家传锏法。侄儿不才,略知一二。"罗公喜道:"贤侄,如今这锏可曾带来?"叔宝道:"侄儿在皂荚林被祸,潞州知府认侄儿为响马,这锏当作凶器,还有马匹箱子铺盖,认作盗赃,入了官了。"罗公道:"这不要紧,你将各项物件,并银子多少,开一细账,待我修书,差官去见蔡知府,不怕他不差人送来。"叔宝道:"若得姑爹如此用心,侄儿不胜感激!今有解侄儿的两个解差,尚未回去,明日就着他带书,去见本府,岂非两便?"罗公道:"说得有理!"

他们饮至更深方散。罗公即吩咐家人,收拾书房,请秦大爷安睡。叔宝来到书房,在灯下修书一封,致谢单雄信,又开一纸细账,方才去睡。到次日起来,进内堂请姑爹姑母安。罗公就写信一封,命叔宝出堂,着解差回潞州,见本府投下。

叔宝奉命出帅府,竟到尉迟南家来。恰好金甲、童环正欲起向,一见叔宝来,与张公瑾众人上前恭喜。叔宝道:"金、童二兄,欲回贵府,弟有书信一封,烦带二贤庄交雄信兄。另有细账一纸,家姑夫手书一缄,烦兄送与太爷。"言讫,在袖中取出十两银子,说道:"碎银几两,送与二兄路中买茶。"金甲、童环推辞不得,连书信收了,就起身作别,众豪杰相送,叔宝送到城外,珍重而别。回到中军,谢过众友,然后进帅府,到后堂来禀姑爹,罗公点头,吩咐摆酒,至亲四人,相对开怀。席间罗公讲些兵法,叔宝应答如流,夫妻二人甚是欢喜。

当下酒散,叔宝回书房安睡,罗公对夫人道:"我看令侄人才出众,兵法甚熟,意欲提拔他做一官半职。但下官从来赏罚严明,况令侄乃是配军,到此无尺寸之功,若骤加官职,恐众将不服。我意欲下教场演武,使令侄显一显本事,那时将他补在标下,以服众心。不识夫人尊意如何?"夫人道:"相公主意不差。"

那日罗公对叔宝说明就里,秦琼道:"可惜侄儿锏在潞州,不曾取到。"罗成道:"这不打紧,我的锏借与表兄用一用吧!"叔宝说:"也好。"罗公就传令五营兵将,整顿队伍,明日下教场操演。次早,罗公冠带出堂,放炮开门,众将行礼。罗公上轿,下教场,随后叔宝、罗成与众将跟随,一路往教场来,十分威武。及到了教场,放起三个大炮,罗公到演武厅下轿,朝南坐定,众将下见。五营兵丁。各按队伍,分列两行。罗公下令,三军演武,一声号炮,众军踊跃,战马咆哮,依队行动,排成阵势。将台上令字旗一展,两声号炮,鼓角齐鸣,人马奔驰,杀气漫天。又换了阵势,呐喊摇旗,互相攻击,有鬼神不测之妙。及三声号炮,一棒鸣金,收了阵势,三军各归队伍。众将进前射箭,射中的磨旗擂鼓,不中的吊胆惊心。

少停,射箭已完,罗公又传下令来,唤山西解来的军犯秦琼。叔宝闻唤,连忙答应上前,跪下磕头。罗公道:"今日本帅操兵,非为别事,欲选一名都领军,不论马步兵丁,囚军配犯,只要弓马娴熟,武艺高强,即授此职。你有什么本事,不妨演来?"叔宝禀道:"小的会使双锏。"罗公吩咐,赏他坐骑,军政官闻令,就给予战马。叔定提锏上马,加一鞭,那马嘶叫一声,拨开四蹄,跑将下来。叔宝把双锏一摆,兜回坐马,勒住丝缰,在教场中间,往来驰骋,把两枝银锏,使将开来。起初还见他一上一下,或左或右,护顶蟠头,前遮后躲,舞到后来,但听呼呼风响,万道寒光,冷气飕飕。这两根锏宛如银龙摆尾,玉蟒翻身,裹住英雄体,只见银光不见人。罗公暗暗喝彩,罗成不住称赞,军将看得眼花缭乱。

霎时使完收了锏,叔宝下马,上前缴令。罗公叫一声:"好!"便问两边众将道:"秦琼锏法精明,本帅意欲点他为都领军,你们可服吗?"当下尉迟南等,巴不得叔宝有了前程,大家齐应道:"我等俱服。"言还未毕,忽闪出一员战将,大叫道:"我偏不服。"叔宝抬头一看,此人身高八尺,紫草脸,竹根须,戴一顶金盔,穿一副金甲,宫绿战袍衬里,姓伍名魁,乃是隋文帝钦点先锋、当朝宰相伍建章族侄。罗公见他不服,大怒喝道:“好大胆匹夫!今日操兵演武,量材擢用,众将俱服,你这厮擅敢喧哗,乱我军法。”伍魁道:“元帅差矣!秦琼是一个配军,并无半箭之功,元帅突然补他为都领军,若是小将等久战沙场,屡战有功,还该封侯了!元帅赞他使的锏,天上少,地下无。据小将看起来,也只平常,内中还有不到之处。”罗公闻说,哑口无言,唤过秦琼大叫道:“你怎敢将这些学不全的锏法搪塞本帅?”叔宝暗想:“这秦家锏天下无双,为何被此人看低了,难道此人用锏法,比我家又高吗?”以心问心,未肯就信。只得认个晦气,跪禀道:“小的该死,望元帅爷开恩恕罪!”

罗公心内明白,怎奈伍魁作对,难以回复,只得又问道:“你还有什么本领?”叔宝道:“小的能射天边飞鸟。”罗公大喜,命军政官,约付弓箭。叔宝站起来,伍魁大叫道:“秦琼,你好大胆,擅敢戏弄元帅,妄夸大口,少刻没有飞鸟射下来,我看你可活得成!”叔宝道:“巧言无益,做出便见,我射不下飞鸟,自甘认罪,何用伍将军如此费心,为我担忧?”伍魁闻言,气得面皮紫胀,大怒道:“你这该死的配军,敢顶撞俺老爷!也罢,你若有本事射下飞鸟,俺把这个钦赐的先锋印输与你;如射不下来,你便怎的?”叔宝道:“若射不下来,我就把首级输与你。”罗公道:“军中无戏言,吩咐立了军令状。”

叔宝此时,拈弓搭箭,仰天遥望飞鸟。忽听呀呀之声,有两只饿老鹰,在前村抓了人家一只鸡,一只雌的抓着鸡在下,一只雄的扑着翅在上,带夺带飞,追将下来。叔宝看了,扯开弓,发出箭,飕的一声响,把两只鹰和那小鸡一箭贯了胸脯,扑地跌将下来。大小三军,齐声呐喊,众将拍掌称奇。军政官取了一箭双鹰,同叔宝上前缴令。罗公看了,赞道:“好神箭也!”心中欢喜。那叔宝的箭法,乃是王伯当所传,原有百步穿杨之功。若据小说上说,罗成暗助一箭,非也,并无此事,抑且岂有此理。

当下罗公唤过伍魁说道:“秦琼已经射下飞鸟,你还有什么讲的?快取先锋印与他!”伍魁道:“元帅说哪里话?俺这先锋印,乃朝廷钦赐,岂可让与军犯秦琼!”未知罗公怎么处置,且听下回分解。

第九回 夺先锋教场比武 思乡里叔宝题诗

当下罗公闻伍魁之言,大怒喝道:“你这匹夫,擅敢违吾军令?”喝叫刀斧手,快绑去砍了。伍魁大叫道:“元帅假公济私,要杀俺伍魁,俺就死也不服。秦琼果有本事,敢与俺伍魁一比武艺,胜得俺这口大刀,就愿把先锋印让他。”罗公怒气少息,喝道:“本帅本该将你按照军法处斩,今看朝廷金面,头颅权寄在汝颈上。”又唤秦琼过来道:“本帅命你同伍魁比武,许胜不许败!”着军政官给予盔甲,叔宝遵令,全装披挂,跨马抡锏。

只见伍魁催开战马,举钢刀大叫道:“秦琼快来受死!”叔宝道:“伍魁休得无礼!”言罢放马过来。伍魁此时眼空四海,那里把秦琼放在心上?双手舞刀,劈面砍来。叔宝双锏架住,战了十合,两锏打去,伍魁把刀来迎,那锏打在刀口上,火星乱迸,震得伍魁两膀酸麻,面皮失色。耳边但闻呼呼风响,两条锏如骤雨一般,弄得伍魁这口刀,只有招架之功,并无还刀之力。虚晃一刀,思量要走,早被叔宝左手的锏,在前胸一打,护心镜震得粉碎,仰面朝天,哄咙一交,跌下鞍桥。他此时靴尖不能退出葵花镫,那匹马溜缰,拖了伍魁一个辔头,可怜伍魁不为争名夺利,只因妒忌秦琼,反害了自己性命。当时罗元帅吓得面如土色,众官将目瞪口呆,叔宝惊惶无措,不敢上前缴令。军政官来禀元帅:“伍魁与秦琼比武,秦琼打伍魁前胸,击碎护心镜,战马惊跳,把伍魁颠下鞍桥。马走如飞,众将不能相救,伍先锋被马拖碎头颅,脑浆迸流,死于非命,请元帅定夺。”罗公听了,吩咐将伍魁尸骸,用棺盛殓。

言讫,那右军队里闪出一将,姓伍名亮,乃伍魁之弟,厉声叫道:“反了!反了!配军犯罪,擅伤大将,元帅不把秦琼处斩,是何道理?”罗公大怒喝道:“好大胆匹夫,擅敢喧哗胡闹!伍魁身死,与秦琼无涉。况且军中比武,有伤无论,你这厮适才叫反,乱我军心,该当何罪!”即命军政官,除了伍亮名字,把他赶出。两边军士答应一声,走过来,不由伍亮做主，赶出演武场，弄得伍亮进退无门，大怒道："可恨罗艺偏护秦琼，纵他行凶，杀我兄长，此仇不可不报！我今反出幽州，投沙陀国，说动可汗兴兵，杀到瓦桥关。我若不踏平燕山，生擒罗艺、秦琼，碎尸万段，也不显俺的厉害。"主意已定，就反出幽州，星夜投沙陀国去了。

那罗公传令散操，回到帅府，三军各归队伍，叔宝、罗成随进后堂，夫人上前接住，见老爷面带忧容，就向根由。罗公细言一遍，夫人大惊。忽有中军传报送来说："伍亮不缴巡城令前，赚出幽州，不知去向。"罗公闻报大喜，叫声："夫人，天使伍亮反了燕山，令侄恭喜无事，下官也脱了干系。"就差探子四路打探伍亮踪迹。过了数日，探子回来说："伍亮当日赚出城门，诈称公干，星夜走瓦桥关，将巡城令箭，叫开关门，竟投沙陀国，拜在大元帅奴儿星扇帐下，说动可汗，将欲起兵来犯燕山。"罗公闻言，立刻做成表章，差官往长安申奏朝廷，不在话下。

再说金甲、童环回到潞州，此时蔡公正坐堂上，二人进见，缴上回文。又将罗公书帖，并叔宝细账呈上。蔡公当堂开看，方知就里，即唤库吏取寄库赃簿来查看。蔡公对罗公来的细账，见银两不敷其数，想当日皂角林有些失落。黄骠马一匹，镏金鞍镫一副，已经官卖，册上注明马价银三十两，其余物件，俱符细账。蔡公将朱笔逐一点明，备就文书，即命金甲、童环送去，将秦琼银两物件，并马价当堂交付，限三日内起程。金甲、童环不敢违命，领了物件，回家安宿一宵。次日，将秦琼书信，托人转送到二贤庄，与单雄信。送起身前往幽州，候罗公坐堂，将文书投进。罗公当堂拆看，照文收明物件，即发回批。金甲、童环叩谢回去，不表。

再说叔宝在罗公衙内，日日与罗成闲耍。一日同在花园内演武，罗成道："表兄，小弟的罗家枪，别家不晓得，表兄的秦家锏，也算天下无二。不若小弟教哥哥枪法，哥哥教小弟锏法如何？"叔宝道："兄弟说得有理，只是大家不可私瞒一路，必须盟个咒方好。"罗成道："哥哥所言有理，做兄弟的教你枪法，若还瞒了一路，不逢好死，万箭攒身而亡。"叔宝道："兄弟，我为兄的教你锏法，若私瞒了一路，不得善终，吐血而亡。"兄弟在花园盟警，只道戏言并无凭证，谁知后来俱应前言。他二人赌过了咒，秦琼把锏法一路路传与罗成，看看传到杀手锏，心中一想："不要吧，表弟勇猛，我若传了他杀手锏，天下只有他，没有我了。"呼的一声，就住了手。罗成学了一回，也把枪法一路路传与秦琼，看着传到回马枪，也是心中一想："表兄英雄，若传了他，只显得他的英名，不显得我的手段了！"也是一声响，把枪收住，叔宝也学了一回。自此二人在花园内，学枪学锏，不在话下。

一日罗公来到书房，不见二人在内，遂走进叔宝房内，忽见粉壁上写着一行大家。近前一看，见壁上写道：

一日离家一日深，犹如孤岛宿寒林；
纵然此地风光好，还有思乡一片心。

罗公看了，认得是叔宝笔迹，怫然不悦，遂回后堂。夫人道："老爷到书房去，观看二子学业，此时为什么匆匆回来，面有怒色？"罗公叹道："他儿不足养，养杀是他儿。"夫人惊问何故，罗公道："夫人，自从令侄到来，老夫待他如同己子。我本意待边庭有变，着他出马立功，那时我表奏朝廷，封他一官半职，衣锦还乡。谁想令侄不以我为恩，而反以我为怨。适才进他房中，见壁上写着四句胡言，后两句一发可笑，说道：'纵然此地风光好，还有思乡一片心。'这等看起来，反是我留他不是了！"夫人闻言，不觉下泪道："先兄去世太早，家嫂寡居异乡，只有此子，出外多年，举目无亲。老爷就使小侄有一品官职，他也思念老母为重，必不愿留在此。依妾愚见，不如叫他归家省母，免得两头悬望。"说罢，泪下如雨。

罗公道："不要伤感，待老夫打发令侄回去便了！"吩咐家人备酒送行，就令书童，请叔宝赴席。叔宝闻说是送行酒席，十分欢喜，同罗成进到后堂。夫人道："侄儿，你姑夫见你怀抱不开，知道你念母远离，故备酒替你饯行。"叔宝闻言，哭拜于地。罗公扶起说道："贤侄，不是老夫屈留你在此，只为要待你成功立业，求得一官半职，衣锦回乡，才如我愿。今你姑母说你令堂年高，无人侍奉，所以今日打发你回去。前日潞州蔡知府已将银两等物送来，一向不曾对你说得，今日回去，逐一点收明白。我还修书一封，你可送到山东大行台节度使唐璧处投递。他是老夫年侄，故荐你在他标下，做个旗牌官，日后也可图些进步。"叔宝接领,叩谢姑爹姑母,又与表弟对拜四拜,方入席饮酒。

酒至数巡,告辞起身,出了帅府,去辞别了尉迟昆玉并众朋友,遂匆匆上马,竟奔河北,来到了潞州府前下马。到了饭店,王小二见了,忙跑入内,对老婆柳氏说道:"前年秦客人被我冷落,今做了官,骑马到门前来了。他恼我得紧,必然拿我送官,打一顿板子,出他的气,我今要躲避他,你可说我如此如此,就可打发他去。"说罢,溜开去了。柳氏乃是个贤妻,只得依了丈夫之言。霎时叔宝走入店来,柳氏迎着道:"秦爷,你来了吗?"叔宝道:"我来了,要见你丈夫。"柳氏闻言,哭拜于地道:"我拙夫向日得罪秦爷,原来是作死。自秦爷遭事,参军厅捉拿窝家,拙夫用了几两银子,心中不悦,就亡过了。"叔宝道:"贤人请起,昔日是我囊中空乏,以致你丈夫白眼相看。世态炎凉,古今皆然,我也不怪他。只是我受你大恩,今日来此,正欲答报。"未知叔宝怎样报答,且听下回分解。

第十回 省老母叔宝回乡 送礼物唐璧贺寿

叔宝道:"贤人,你丈夫既然亡过,遗存寡妇孤儿,我恨不能学韩信,用千金来报答漂母。今日权以百金为酬,聊报大德!"即便取银相送,柳氏感谢不尽,叔宝就出门上马,向二贤庄去了。

那单雄信闻人传报,叔宝重回潞州,心中大喜道:"谅他必来望我。"吩咐备酒,倚门等候。再说叔宝因马力不济,步行迟缓,直到月上东山,才到庄上。雄信听得林中马嘶,高声道:"可是叔宝兄来了吗?"叔宝道:"正是秦琼,特来叩谢!"雄信大笑道:"真乃月明千里故人来!"二人携手登堂,喜动颜色,顶礼相拜。家人摆上酒席,二人坐下,开怀痛饮,各有醉意。雄信将杯放下道:"恕小弟今日不能延纳,有逐客之意,林酌之后,就要兄行。"叔宝道:"这是何故?"雄信道:"自兄去燕山二载,令堂老伯母,有十三封书信到此。前十二封书信,是令堂写的,小弟薄具甘旨,回书安慰。只个月内第十三封书,不是令堂写的,是令正写的。书中说令堂有恙,不能修书,故小弟要兄速速回去,与令堂相见一面,以全母子之情。"

叔宝闻言,五内皆裂,泪如雨下道:"单二哥,若这等,弟时刻难容。只是燕山来,马被骑坏了,路程遥远,心焦马迟,怎生是好?"雄信道:"兄不说,我倒忘了,自兄去后,潞州府将兄的黄骠马发卖,小弟就用银三十两,纳在库内,买回寒舍,今仍旧送还兄长。"叫手下把秦爷的黄骠马牵出来,手下应诺,不一时,牵了出来。那马见了故主,嘶喊乱跳,有如人言之状。雄信又把向日的鞍辔,挂在马上,然后将行李背上。叔宝拜辞,连夜起身,出庄上马,纵辔加鞭,如逐电追风,十分迅速。

及行到济南,叔宝飞奔入城,走到自己后门,跳下马来,一手牵马,一手敲门,叫声:"娘子,我母亲病势如何?我回来了。"张氏所见丈夫回来,忙来开门,说道:"婆婆还未曾好。"叔宝牵马进来,张氏关了门,叔宝拴上马,与娘子相见。张氏道:"婆婆方才吃药睡着,虚弱得紧,你缓些进去。"叔宝蹑足,轻轻走进母亲卧房,伏在床边,见老母面向里,鼻息只有一线,膀臂身躯,犹如枯柴一般。叔宝就跪在床前,低声叫道:"母亲醒了吧!"那母亲游魂缓返,身体沉重,翻不过来,面朝床里,恍如梦中,叫声:"媳妇!"张氏道:"媳妇在此!"秦母道:"我方才略睡一睡,只听得你丈夫在床前絮絮叨叨叫我,想是已为泉下之人,千里游魂,来家见母了。"张氏道:"婆婆,你儿子回来了,跪在这里。"叔宝道:"太平郎回来了。"

秦母原无重病,因思想儿子,想得这般模样。忽听得儿子回来,病就好了一半,即忙爬起来,坐在床沿上,扯住叔宝的手,大哭起来。但又哭不出眼泪,张着大口,只是喊。叔宝叩拜老母,老母道:"你不要拜我,可拜你妻子。你三年在外,若不是你媳妇能尽妇道,我久已死了,也不得与你相见。"叔宝遵母命,回身叩拜张氏,张氏跪下,对拜四拜。秦母问道:"你在外作何勾当,至今方回?"叔宝将潞州府颠沛,远配燕山,得遇姑父姑母,前后事情,细说一遍,秦母道:"姑父作何官职?姑母可曾生子否?"叔宝道:"姑父作幽州大元帅,镇守燕山。姑母已生表弟罗成,今年十四岁了。"秦母大喜。又说受单雄信大恩,如何

得报？

到了次日，有樊虎等众友来访，叔宝迎接，相叙阔别之情。叔宝就取罗公那封荐书，自己开个脚册手本，戎装打扮，带两根金装锏，往唐璧帅府投书。这唐璧是江都人，因平陈有功，官拜黄县公开府仪同三司，山东大行台兼济州节度使。是日放炮开门，升堂坐下。叔宝将文书投进，唐璧看了罗公荐书，又看了秦琼手本，叫秦琼上来。叔宝答应一声，就上月台跪下。唐璧抬头一看，见秦琼身高八尺，两根金装锏拿于手中，身材凛凛，相貌堂堂，有万夫莫敌之威风。唐璧大喜，对秦琼道："我衙门中大小将官，都是论功行赏，今权补你一个实授旗牌官，日后有功，再行升赏。"秦琼叩谢。唐璧令中军给付秦琼旗牌官服色，点鼓闭门。秦琼回家，就有营下二十多军士，各拿手本，到宅门叩见秦爷。

叔宝虽为旗牌官，唐璧却待为上宾，另眼相看。过了四个月，正值隆冬天气，唐璧叫秦琼至后堂说道："你在标下，为官四月，不曾重用。来年正月十五日，长安越国公杨爷六旬寿诞，今欲差官送礼，前去贺寿。因天下荒乱，盗贼生发，恐路中有失。我知你有兼人之勇，能当此任，你肯去吗？"叔宝道："养兵千日，用在一朝，小人焉有不去之理？"唐璧大喜，叫家人抬出卷箱来，另取一领大红毡包，一张礼物单。唐璧开卷箱，照单检点，付秦琼六色，计开：

圈金一品服五色，计十套；玲珑白玉带一圈；

夜明珠二十颗；马蹄金两千两；寿图一轴；寿表一道。

话说越公杨素，乃突厥可汗一种，又非皇亲，如何用寿表贺他？这里有个缘故：因他在隋朝大有战功，御赐姓杨，出将入相，宠冠百僚，又因废太子，立了晋王，内外官员，皆以王侯事之，故差官送礼，俱用寿表。唐璧赏秦琼马牌令箭，又令中军选两名壮丁健步，服侍秦琼。

秦琼回家，拜辞老母，秦母见叔宝又要出门，眼中流泪道："我儿，我残年暮景，喜的是相逢，怕的是别离。你回家不久，又要出门，使我老身倚门而望。"叔宝道："儿今出门，非昔日之长远，明年二月，准拜膝下。"说罢，别了老母妻子，令健步背包上马而去。欲知后事如何，且听下回分解。

第十一回　英雄混战少华山　叔宝权栖承福寺

叔宝与健步上马长行，离了山东、河南一带地方，过了潼关，来到华阴县少华山。只见这山八面嵯峨，四围险峻。叔宝使吩咐两个健步道："你们后来，待我当先前去。"那两人晓得山路险恶，内中恐有强人，就让叔宝先行。

他们来到前山，只听得树林内一声呐喊，闪出三四百喽啰，拥着一个英雄，貌若灵官，髯须倒卷，二目铜铃，横刀跨马，拦住去路，大叫道："要性命的，留下买路钱来！"吓得两名健步尿屁直流，叫声："秦爷，果然有强人来了，如何是好？"叔宝道："无妨，你们站远些。"遂纵马前进，把双锏一挥，照他顶梁门当的一锏，那人就把全背刀招架。两人斗了七八回合，叔宝把双锏使得开来，瀌瀌的有如风车一般，那人只有招架之功，没有还刀之力，渐渐抵敌不住。那些喽啰见了，连忙报上山来。

山上还有两个豪杰：一个是叔宝的通家王伯当，因别了谢映登，打从此山经过，也要他买路钱，二人杀将起来，战他不过，知他是个豪杰，留他入寨。那拦叔宝的叫作齐国远，山上陪王伯当吃酒的，叫作李如珪。二人正饮之间，忽见喽啰来报说："齐爷下山观看，遇见一个衙门将官，就向他讨长例钱，不料那人不服，就杀了起来了。不上七八回合，齐爷刀法散乱，敌不过他，请二位爷早早出救。"

二人闻言，各拿兵器，跳上战马，一齐出了宛子城，来到半山。王伯当看见下面交锋，好像秦叔宝，恐怕伤了齐国远，就在半山大叫道："秦大哥，齐兄弟，不要动手！"此山有二十余里高，就下来一半，还有十余里，虽高声大叫，无奈此时两人交战，一心招架，那里听得叫唤？不一时，两匹马走到前面，王伯当叫道："果然是叔宝兄，齐兄弟，快住手了，大家都是相好朋友。"叔宝见是伯当，遂住了手。

当下伯当请叔宝进到山寨，叔宝到了山寨。健步两人已经吓坏，叔宝道："你两人不要惊怕，这不是外人，乃是相好朋友。"二人方才放心。王伯当道："是你的从者吗？"秦叔宝道："是两个健步。"李如珪吩咐手下，抬秦爷的行李到山，大家一同上少华山，进宛子城，入聚义厅，摆酒与叔宝接风。王伯当道："自从仁寿元年十月初一日，在潞州分手，次日，同单二哥到王小二店中来奉拜，兄长已行。单二哥又有胞兄之变，不得追兄，我与谢映登个个分散。后来闻兄遭了一场官司，因路程遥远，不能相顾，今日幸得相逢，愿闻兄行藏。"叔宝就把前后事情，说了一遍，并指出今奉唐节度差遣赍送礼物，赶正月十五日，到长安杨越公府中贺寿。因问伯当缘何在此。伯当道："小弟因过此山，蒙齐李两弟相捐，故得在此。今日遇见兄长进长安公干，小弟欲陪兄长同往，乘势看灯如何？"叔宝道："同往甚妙！"齐国远、李如珪二人齐道："王兄同往，小弟亦愿随鞭镫。"

叔宝闻言，不敢应承，暗想："王伯当偶在绿林走动，却是个斯文人，进长安还可，这两个乃是鲁莽之夫，进长安倘有泄漏，惹出事来，连累于我，如何处置？"一时沉吟不语。李如珪笑道："秦兄不语，是疑我们在此打家劫舍，养成野性，进长安看灯，恐怕不遵约束，惹出事来，有害兄长，不肯领我二人同去。但我们自幼学习武艺，岂就要落草为寇不成？只因奸臣当道，我们没奈何，只好啸聚山林，待时而动。岂真要把绿林勾当，作为终身之事？我们识势晓理，同往长安，自不致有累兄长，愿兄长勿疑。"叔宝听了这一篇话，只得说道："二位贤弟，既然晓得情理，同去何妨。"齐国远吩咐喽啰，收拾行囊战马，多带银两，选二十名壮健喽啰同去，其余喽啰不许擅自下山，小心看守山寨。叔宝也吩咐两名健步，不可泄漏。到了二更，众人离了少华山，取路奔向陕西。

一日，天色将晚，离长安只有六十里之地，远远望见一座旧寺，新修得十分齐整。叔宝暗想："这齐李二人到京，只住三四日便好，若住的日子多，少不得有祸。今日才十二月十五日，还有一月，不如在前边新修的这个寺内，问长老借间僧房，权住几日，到灯节边进城。乘这三五日时光，也好拘管他们。"思算已定，又不好明言，只得设计对齐李二人道："二位贤弟，我想长安城内，人多屋少，又兼行商过客，往来甚多，哪里有宽阔下处，足够你我二十余人居住？况城内许多拘束，甚不爽快。我的意思，要在前边新修寺里，借间僧房权住。你看这荒郊旷野，又无拘束，任我们走马射箭，舞剑抡枪，岂不快活？住过今年，到灯节进，我便进城送礼，列位就去看灯。"王伯当因二人有些碍眼，也极力撺掇。

说话之间，早到山门首下马。拿手下看了行李马匹，四人一齐入寺。进了二山门，过韦驮殿内，又有一座佛殿，望将上去，四面还不曾修好。月台下搭了高架，匠人修整檐口，木架边设公座一张，公座上撑一把黄罗伞，伞下公座上坐了一位紫衣少年，旁站六人，青衣小帽，垂手侍立。月台下竖两面虎头牌，用朱笔标点，前面还有刑具排列。这官儿不知何人。叔宝看了，对三人道："贤弟，不要上去，那黄罗伞下，坐一少年，必是现任官长。我们四人上去，还是与他见礼好，不与他见礼好？刚则取祸，弱则取辱，不如避他为是。"伯当道："有理！我们与他荣辱无关，只往后边去，与长老借住便了。"

兄弟四人，一齐走过小甬道，至大雄殿前，见许多泥水匠，在那里刮瓦磨砖。叔宝向匠人道："我问你一声，这寺是何人修理？"匠人道："是并州太原府唐国公修的。"叔宝道："我闻他告病还乡，如今又闻他留守太原，为何在此间干此功德？"匠人道："唐国公昔年奉旨还乡，途间在此寺权住，窦夫人分娩了第二位世子在这里。唐国公怕污秽了佛像，发心布施万金，重新修建这大殿。上坐的紫衣少年，就是他的郡马，姓柴名绍，字嗣昌。"

叔宝听了，四人遂进东角门，见东边新建起虎头门楼，悬朱红大匾，大书"报德祠"三个金字。四人走进里边，乃是小小三间殿宇，居中一座神龛，龛内站着一尊神像。头戴青色范阳毡笠，身穿皂布海青箭衣，外套黄色罩甲，足穿黄鹿皮靴。面前一个牌位，上写六

个金字，乃是“恩公琼五生位”。旁边又有几个细字：“是信官李渊沐手奉祀”。叔宝一见，暗暗点头。你道为何？只因那年叔宝在临潼山，打败了一班响马，救了李渊，唐公要问叔宝姓名，叔宝恐有是非，放马奔走。唐公赶了十余里，叔宝只通名“秦琼”二字，摇手叫他不要赶。唐公只听得“琼”字，见他伸手，乃借认“五”字。故误书在此。

齐国远看了，连这六个字也不认得，问道：“伯当兄，这神像可是韦驮吗？”伯当笑道：“不是韦驮，乃是生像，此人还在。”各人都惊异起来，看看这像，实与秦叔宝无异。那个神龛左右，和塑两个从人，一个牵一匹黄骠马，一个捧两根金装锏。伯当走近叔宝低声问道：“往年兄出潞州，是这样打扮吗？”叔宝道：“这就是我的形象。”伯当就问其故，叔宝遂将救唐公事情说了一遍。

不想柴绍见四人进来，气宇轩昂，即着人随看他们作何勾当。叔宝所言之事，却被家丁听见，连忙报告柴绍。柴绍闻言，遂走进生祠来，着地打拱道：“哪位是妻父的活命恩人？”四人答礼，伯当指叔宝道：“此兄就是老千岁的故人。姓秦名琼。当初千岁仓促之间，错记琼五。如若不信，双锏马匹，现在山门外。”嗣昌道：“四位杰士，料无相欺之理，请至方丈中献茶。”各人通了姓名，柴绍即差人到太原，报知唐公，就把四人留在寺内安住，每日供给，十分丰盛。

看看年尽，到了正月十四日，叔宝要进长安公干，柴绍亦要同往看灯。遂带了四个家丁，共三十一人，离了寺中，到长安门外，歇宿在陶家店内。众人吃了些酒，却去睡了。叔宝不等天明，就问店主人道：“你这里有识路的尊使借一位，乘天未明，指引我进明德门，往杨越公府中送礼，自当厚谢！”店主叫陶容、陶化引路，叔宝将两串钱赏了二人。即取礼物，分作四个纸包，与两名健步拿着，带了陶容、陶化，瞒了众人进明德门去。欲知后事如何，且看下回分解。

第十二回　李药师预言祸变　柴郡马大耍行头

话说杨越公知天下进礼贺寿的官员，在城外的甚多，是夜二更，就发兵符，大开城门，放各处进礼官员入城。都到巡视京营衙门报单，京营官总録递到越公府中。你道那京营官是何人？却是宇文化及长子，名唤宇文成都，他使用一根流金铛，万夫难敌，乃隋朝第二条好汉。

是日五鼓，文武官员，与越公上寿。彼时越公头戴七宝冠，身穿暗龙袍，后列珠翠，群妾如锦屏一般，围绕左右。左首执班的女官，乃江南陈后主之妹乐昌公主。曾配驸马徐德言，因国破家亡，夫妻分别时，将镜一面，分为两半，各怀一半，为他日相见之用。越公见她不是全身，问她红铅落于何人？此妇哭拜于地，取出半面宝镜，诉告前情。越公即令军士，将半面宝镜货于市中，乃遇徐德言，收于门下为幕宾，夫妻再合，破镜重圆。右首领班女官，就是红拂张美人，她不惟颜色过人，还有侠气深心。又一个异人，是京兆三原坊人氏，姓李名靖，号药师，是林澹然徒弟，善能呼风唤雨，驾雾腾云，知过去未来，为越公认中主簿。

此日一品、二品、三品官员，登堂拜寿，越公优礼相待，献茶一杯。四品、五品以下官员就不上堂，只在丹墀下总拜。其他藩镇差遣、送礼官将，则分由众人查收礼物。山东各官礼物，晓谕向李靖处交割，秦琼便押着礼物，到主簿厅上来。李靖见叔宝一貌堂堂，仪表不凡，就与行礼。看他手本，方知是旗牌官秦琼，表章礼物全收，留入后堂，取酒款待，就问道：“老兄眼下气色不正，送礼来时，同伴还有几人？”叔宝不敢实言，说道：“小可奉本官差遣，只有两名健步，并无他人。”李靖微笑道：“老兄这话只可对别人说，小弟面前却说不得。现带来了四个朋友，跟随二十余人。”叔宝闻言，犹如天打一个响雷，一惊不小，忙立起来，深深一揖道：“诚如先生所言，幸勿泄漏。”李靖道：“关我甚事？但兄今年正值印堂管事，黑气凌人，有惊恐之灾，不得不言。今夜切不可与同来朋友观灯玩月，恐招祸患，难以脱身，天明即回山东方妙。”叔宝道：“奉本官之命，送礼到此，不得杨老爷回文，如何回复本官？”李请道：“回书不难，弟可以任得。”李靖怎么应承叔宝说有回书？原来杨公的

一应书札，都假手于李靖，所以这回书出在他手。不多时，将回书回文写完了，付与叔宝，这时天色已明。临行叮嘱道："切不可入城看灯。"叔宝作别回身，李靖又叫转来道："兄长，我看你心中不快，难免此祸。我今与你一个包儿，放在身边；若临危之时，打开包儿，往上一撒，连叫三声'京兆三原李靖'，那时就好脱身了。"叔宝接包藏好，作谢而去。且说叔宝得了回书，由陶容引路，他心中暗想："我去岁在少华山，就说起看灯。众朋友所以同来，就是柴绍也说同来看灯。我如今公事完了，怎么好说遇着高人，说我面上部位不好，我就要先回去？这不是大丈夫气概。宁可有祸，不可失了朋友之约。"回到下处，见众朋友换了衣服，正欲起身入城。众人见叔宝回来，一齐说道："兄长，怎么不带我们同去公干？"叔宝道："弟起早先进城，完了公干，如今正好同众位入城玩耍。不知列位可曾用过酒饭吗？"众人道："已用过了，兄长可曾用过吗？"叔宝道："也用过了。"柴绍算还店账，手下把马匹都牵在外边，众豪杰就要上马。伯当道："我们如今进城，到处玩耍，或酒肆，或茶坊，大家取乐。若带了这二十余人，驮着包裹，甚是不雅，我的意思将马寄放安顿，众人步行进城，随意玩耍，你道如何？"叔宝此时记起了李靖言语，心想："这话不可全信，也不可不信，如今入城，倘有不测之事，跨上马就好走脱，若依伯当步行，倘有紧要处，没有马，如何走得脱？"就对伯当道："安顿手下人，甚为有理，但马匹定要随身。"两人只管争这骑马不骑马的话。

李如珪道："二兄不必相争，小弟愚见：也不依秦大哥骑马，也不依伯当兄不骑马。若依小弟之言，马只骑到城门旁边就罢，城门外寻着一个下处，将行李放在店内，把马牵在护城河边饮水吃草，众人轮流吃饭看管。柴郡马两员家将，与他带了毡包拜匣，多拿银两，带入城去，以供杖头之费。其余手下人，到黄昏时候，将马紧辔鞍雕，在城门口等候。"众朋友听说，都道："讲得有理！"他们骑到城门口下马。叔宝吩咐两名健步道："把回书回文，随着带好。到黄昏时分将我的马加一条肚带，小心牢记！"遂同众友各带随身兵器，带领两员家将，一齐入城。

只见六街三市，勋将宰臣，黎民百姓，奉天子之命，与民同乐，家家户户，结彩悬灯。五个豪杰，一路玩玩耍耍，说说笑笑，都到司马门首来。这是宇文述的衙门，只见墙后十分宽敞，那些圆情的把持，两个一伙，吊挂着一副行头，雁翅排于左右，不下二百多人。又有一二十处抛球场，每一处用两根柱，扎一座牌楼，楼上一个圈儿，有斗来大，号为彩门，不论膏粱子弟，军民人等，皆愿登场，踢过彩门。这原是宇文述的公子宇文惠及所设。那宇文述有四子：长曰化及，官拜御史；次曰士及，尚南阳公主，官拜驸马都尉；三曰智及，将作少监。惠及是最小儿子。他倚着门前，如逞风流，手下有一班帮闲痜附，故搭合圆情把持，在衙门前做个球场。自正月初一，摆到元宵，公子自搭一座彩牌，坐在月台上，名曰观球台。有人踢过彩门，公子在月台上就送他彩缎一疋，银花一对，银牌一面。也有踢过彩门，赢了彩缎银花的，也有踢不过彩门，被人作笑的。

五个好汉，看了些时，那李如珪出自富贵，还晓得圆情。这齐国远自幼落草，只晓得风高放火，月黑杀人，哪里晓得圆情的事？叔宝虽是一身武艺，圆情最有觔节。伯当是弃隋名公，搏艺皆精。只是众人皆说，柴郡马青年俊逸，推他上去。柴绍少年，乐于玩耍，欣然应诺。就有两个圆情的捧行头来，说："哪位相公请行头？"柴绍道："二位把持，那公子旁边两位美女，可会圆情？"二人答道："是公子在平康巷聘来的，惯会圆情，绰号金凤舞、彩霞飞。"柴绍道："我欲相攀，不知可否？"圆情道："只要相公破格些相赠。"柴绍道："我不惜缠头之赠，烦二位通禀一声。"

圆情听了，就走上月台来，禀公子说："有一位富豪相公，要同二位美人同耍行头。"公子闻言，即吩咐两个美人下去，后边随着四个丫鬟，捧两个五彩行头，下月台来，与柴绍相见。施礼毕，各依方位站下，却起个五彩行头。公子离了座位，立在牌楼下观看。那各处抛球的把持，尽来看美女圆情。柴绍拿出平生搏艺的手段来，用肩挤拃，踢过彩门里，就如穿梭一般，连连踢过去。月台上家将，把彩缎银花连连抛下来，两个跟随的只管收拾起来。齐国远喜得手舞足蹈，叫郡马不要住脚。两个美女卖弄精神。你看：

这个飘扬翠袖，轻笼玉笋纤纤；那个摇曳湘裙，半露金莲窄窄。这个丢头过论有高低，那个张泛送来真又楷。踢个明珠上佛头，实蹑埋尖拐。倒膝弄轻佻，错认多摇摆；踢到眉心处，千人齐喝彩。汗流粉面湿罗衫，兴尽情疏方叫悔。

及踢罢行头，叔宝取银二十两，彩缎四端，赠两位美女；金扇二把，白银五两，谢两个监论。此时公子打发圆情的美女，各归院落，自家也要在街市出游了。那叔宝一班朋友，出了戏场，到一个酒楼上吃酒。听得各处笙歌交杂，饮酒者络绎不绝，众豪杰开怀痛饮，直吃到月上花梢，算还酒钱，方才下楼出店看灯。未知众豪杰看灯如何，且看下回分解。

第十三回 长安士女观灯行乐 宇文公子强暴宣淫

叔宝众人出了酒店，行至街上，见灯烛辉煌，如同白昼。及看到司马衙门前，见一个灯楼，却是彩缎装成，居中挂一盏麒麟灯，楼上挂着四个金字的匾额，写着："万兽来朝。"牌楼上有一副对联道：

周祚呈祥，贤圣降凡邦有道。
隋朝献瑞，仁君治世寿无疆。

麒麟灯下，有各样兽灯围绕，见各项兽类，无不齐备。两边有两位圣贤，骑着两盏兽灯，也有着对联一副，悬于左右。上写道：

梓潼帝君，乘白骡下临凡世。
玉清老子，踏青牛西出阳关。

众人看罢，过了兵部衙门，行到杨越公府东首来。这些附近百姓人家门首，各搭一个小小灯棚，设天子牌位，点灯焚香供花，以示与民同乐的意思。街中走马撮戏，做鬼接神，闹嚷嚷填满街道。不多时，已到杨越公门首。灯楼与兵部衙门一样，楼虽一样，灯却不同，挂的是一盏凤凰灯，牌匾上面写四个金字，写的是："天朝仪凤"。牌楼柱上左右一副金字对联道：

凤翅展丹山，天下咸欣兆瑞。
龙须扬北海，人间尽得沾恩。

凤凰灯下，各色鸟灯齐备，悬挂四周。另有两个古人，骑着两盏鸟灯，甚是齐整。也有一副对联，悬于牌楼柱左右，上写道：

西方王母坐青鸾，瑶池赴宴。
南极寿星骑白鹤，海屋添筹。

众人看过，已是初更时分。那齐国远自幼落草，不曾到过帝都。今日又是良辰佳节，灯明月灿，锣鼓喧天，笙歌盈耳，欢喜得紧，也没有一句话，好对朋友讲。只是在人丛里，挨来挤去，摇头摆脑，乱叫乱跳，按捺不住。

众人遂进皇城，到五凤楼前，人烟挤塞得紧。那五凤楼外，却设一座御灯楼，有两个太监，坐在交椅上，带五百军士，各穿锦袄，每人拿一根齐眉朱红棍把守。这座灯楼，不是纸绢颜料扎缚的，都是海外异香，宫中宝玩砌就。这一座灯楼上面是一牌匾，都是珠宝穿就。当时众游人都在灯棚内，穿来插去，寻香嗅味，何尝真心看灯？以致剪绺的杂在人丛，掳了首饰，割了衣服。那些风骚妇女，在家坐不安，又喜欢出来布施，趁此机会，结识标致后生，算为一乐。

不想有一个孀居王老娘，不识祸福，领了一个十八岁的女儿，小名琬儿，出来看灯。那琬儿又生得十分美貌，才出门时，就有一班少年跟随在后，挨上闪下。一到大街，蜂攒蚁聚，身不由己。琬儿母女，个个惊慌。不料宇文公子有多少门下游棍，在外寻查，见了琬儿姿色，就飞报公子，公子急忙追上，看见琬儿容貌，魂消魄落，便去挨肩擦背调戏他，婉儿吓得不敢作声，走避无路。王老娘不认得宇文惠及，就发作起来，惠及趁势假怒道："这妇人无礼，敢顶撞我？拿他回去！"说得一声，家人就把母女掳去。

王老娘与琬儿大惊，叫喊救人，街上的人哪个不认得是宇文公子，谁敢惹他？掳到府门，将王老娘羁在门房内，只有琬儿被这些人撮过几个弯，转过了几座厅房，方到书房里。那宇文公子即时赶到，把嘴一呶，众家人都走出去，只剩几个丫鬟。公子将琬儿抱住，便去亲嘴，这琬儿是未经见识的女子，不知什么意思，把脸侧开，将手推去。公子还要伸过手去，琬儿惊得乱跳，急得挣扎一番，啼哭叫道："母亲快来救我！"公子笑嘻嘻，又抱住说道："不消哭，少不得有你好处？"就叫丫鬟，把婉儿抱到床上，由他奸淫一次。事后吩咐丫鬟看守，遂往外去。

公子走到府门，那王老娘看见，一发喊叫要讨女儿。公子道："你女儿我已收用，你早早回去，休得在此讨死！"王老娘大哭道："我单生此女，已许人家了，快快还我。若不还我，我就死在这里！"公子道："既是这等说，我府门首死不得许多！"叫手下人撵她开去。众人推的推，打的打，把王老娘打出巷口，关了栅门，凭她叫喊啼哭。那公子又带了一二百名狠仆，街上闲撞，还想再撞出个有色的女子，抢来作乐。此时已三鼓了。

再说叔宝一班豪杰，遍处玩耍，忽见一簇人在喧嚷，众豪杰进前观看，见一个老妇人，匍匐在地，放声大哭。伯当问旁边看的人道："这妇人为何在街坊啼哭？"众人道："这老妇人因今夜带女儿到街上看灯，撞见宇文公子，被公子抢了去。"叔宝道："哪个宇文公子？"众人道："是兵部尚书的公子。"叔宝道："可就是射圃圆情的？"众人道："正是。"叔宝又问哪妇人道："你姓什么？住在哪里？"老妇人道："老身姓王，住在宇文老爷府后。"叔宝道："你且回去，那个宇文公在射圃踢球，我们赢他彩缎银花，有数十件在此。待我寻着公子，赎你女儿还你。"老妇闻言，叩头四拜，哭回家去。

叔宝问众人道："抢他女儿，可是真吗？"众人道："稀罕抢她一个？那公子见有姿色妇人，不论缙绅庶民，都要抢去，百般淫污。他们的父母丈夫，会说话的，次日进去，婉转哀求，或者还他。不会说话的，冲撞了他，即时打死，丢在夹墙，谁敢与他索命？"叔宝听了，竟忘李靖之言，恨恨不平，就动了打的念头。又问道："那公子如今在哪里？"众人道："那公子不是好说话的，惹着他有命无毛，你问他怎的，我看列位雄赳赳，气昂昂，只怕惹祸。"叔宝道："我们是外乡人氏，不知底里，问他怎么样行头，若中途遇着，我们也好回避。"未知众人说出什么话来，且看下回分解。

第十四回 参社火公子丧身 行弑逆杨广篡位

众人见叔宝问宇文公子怎么样行头，就说道："那公子的行头太多哩！他养着许多亡命之徒，每人拿一根齐眉棍，有一二百个在前开路，后边都是会武艺的家将，真刀真枪，摆着社火。公子骑着马，马前都是青衣大幅管家。长安城内，这些勋卫府内家将，扮得什么社火，遇见公子，当场舞来。舞得好，赏赐花红，舞得不好，用棍打开。列位若遇着，避他为是。"叔宝道："多承指教了！"

众豪杰听了此语，个个摩拳擦掌，扎缚停当，只在长安西门外御街道上找寻。等到三更中，忽见宇文公子来了，果然短棍有一二百，如狼牙相似，自己穿了艳服，坐在马上，背后拥着家丁。众豪杰观看明白，就躲在路旁，正要寻出事来，恰恰前面探子来报说："夏国公窦爷府中家将，有社火来参。"公子问道："什么故事？"他回说："是'虎牢关三战吕布'。"

公子看他舞来。众社火舞了些时，及舞罢，公子道："好！"赏了众人去。叔宝高叫道："还有社火来参！"说罢，五个豪杰窜进来喊道："我们是'五马破曹'。"叔宝拿两条金锏，王伯当两口宝剑，齐国远两柄金锤，李如珪一条竹节钢鞭，柴嗣昌两口宝剑，那鞭锏相撞，发出叮当哔啄之声，只管舞过来。旁观之人；重重叠叠，塞满街衢。

齐国远想道："此时打死他不难，只是不好脱身，除非是灯棚上放起火来。这百姓救火要紧，就没人阻拦我们了！"便往屋上一窜，公子只道这人要从上边舞将下来，却不防他放火。叔宝见火起，料止不得这件事，将身一纵，纵于马前，举锏照公子头上打去。那公子跌下马来，登时殒命。众家人叫道："不好了！把公子打死了！"各举刀枪棍棒，齐奔叔宝打来。叔宝抡动双锏，哪个是他敌手？打得落花流水。齐国远就灯棚上跳下来，抡动金锤，逢人便打，众豪杰一齐动手，不论军民，尽皆打伤。打得东倒西歪，裂开一条血路，齐奔明德门来。

那巡视京营官宇文成都，闻知此事，吃了一惊，遂发令闭城、亲身赶来。叔宝当先挥锏打去，宇文成都把二百斤的流金镗，往下一拦，锏打着镗上，把叔宝右手的虎口都震开

了,叫声:“好家伙!”回身便走。王伯当、柴嗣昌、齐国远、李如珪四个好汉,一齐举兵器上来,被宇文成都把镗往下一扫,只听得叮叮当当,兵器乱响,四个人身子摇动,几乎跌倒。叔宝赶快取出李靖的包儿,打开一看,原来是五粒赤豆,便望空一抛,就叫:“京兆三原李靖”。连叫三声,只见呼的一声风响,变了叔宝五人模样,竟往东首败下去了,把叔宝五人的真身隐过。那宇文成都纵马望东赶来。叔宝五人乘机向明德门外逃走。那些进城着灯的喽啰们见百姓狂奔叫喊,知道城中出了乱事,就连忙走出城来,向看马的喽啰说道:“列位,想是爷们五个在城内闯了祸,打死什么人。你们几个牵马到大路上伺候,几个有膂力的同我们去按住城门,不要被守门的官将城门关了。”众人都道:“说得有理。”十数个大汉到城门首,几个故意要进城,互相扭扯,便打起来,把门的军士都被推倒了。那巡视营官的军令下来,要关城门,如何关得?这时众豪杰恰好逃到了城门边,见城门未关,便有生路,齐招呼出门,众喽啰看见主人齐到了,便一哄而散,抢出城门。见自己马在路旁,各飞身上马,一齐奔向临潼关来。

众人至承福寺前,嗣昌要留叔宝在寺,候唐公的回书,叔宝道:“怕有人知道不便。”还嘱咐他把报德祠毁去。说罢,就举手作别,马走如飞。将近少华山,叔宝对伯当道:“来年九月二十三日,是家母六十寿诞,贤弟可来光顾。”伯当、国远与如珪都道:“弟辈自然都来拜祝。”叔宝也不入山,个个分手,自回家去。

却说长安城内,杀得尸积满街,血流遍地,百姓房屋,烧毁不计其数。宇文述闻报爱子被响马打死,五内皆裂,说道:“我儿与响马何仇,被他们打死?”家将禀道:“因小爷酒后与王氏女子做戏玩耍,其母哭诉于响马,响马就行凶,将小爷打死。”宇文述大怒,就叫家将把琬儿拖出仪门,敌棍打死,并差家将前去,把王老娘一家尽行杀死。又令紧随小爷的家将,把响马的年貌衣饰,一一报来。家将道:“那响马共有五人,打死公子的,身长一丈,年纪二十多岁。穿青色衣服,舞着双锏。”宇文述就叫几个善写丹青的。把响马的年貌衣服,画了图形,四面张挂缉获,不题。

再说太子杨广,既谋夺了哥哥杨勇东宫,又逼去了李渊,他生平最怕独孤娘娘。不料开皇元年娘娘也崩了,斯时无所畏忌,奢华好色之心,渐渐发起。那文帝因独孤娘娘身死,没人拘束,宠幸了两个绝色,一个是宣华陈夫人,一个是容华蔡夫人,朝政渐渐不理。

仁寿四年,文帝年纪高大,当不起两把斧头,四月间已成病了。因令杨素营建仁寿宫,就在仁寿宫养病。到了七月,病势渐渐不起,尚书仆射杨素、礼部尚书柳述、黄门侍郎元岩,三人值宿阁中,太子入宿太宝殿上。宫内是陈、蔡二夫人服侍,太子因侍疾,两个都不回避。蔡夫人容貌十分美丽,陈夫人比之更胜,况他是陈高宗之女,生长锦绣丛中,说不尽的齐整。太子见了,魂消魄落,要闯入宫去调戏他,因他侍疾时多,不得凑巧。

一日,太子入宫问疾,远远见一丽人出宫,又无个宫女跟随。太子举目一看,却是陈夫人,为要更衣,故此独自出来。太子喜得心花大放,暗想:“机会在此时矣!”吩咐从人不要随来,自己急急赶上。陈夫人看见,吃了一惊道:“太子到此何为?”太子道:“夫人,我终日在御榻前,与夫人相对,神情飞越。今幸得便,望乞夫人赐我片刻之欢。”陈夫人道:“太子,我已托体圣上,名分所在,岂可如此?”太子道:“夫人,情之所钟,何名分之有?”就把陈夫人紧紧抱住,求一接唇,陈夫人竭力推拒。

正在不可解之际,只听得一声传呼道:“圣旨宣陈夫人。”此时太子知道留她不住,道:“不敢相强,且留后会。”夫人喜得脱身,神色惊慌,要稍俟喘息宁静入宫,又恐文帝索取药饵,如何敢迟?只得走到御榻前面。文帝怪其神色有异,因问何故。此时陈夫人欲要把这件事说知,恐文帝着恼,病加沉重,但一时没有遮饰,只说得一声:“太子无礼!”帝闻此言,不觉大怒,把手在榻上敲了几下道:“畜生,何足以付大事?独孤误我!”即宣柳述、元岩进宫。太子心中不安,走在宫门打听,听得文帝怒骂,又听得宣柳述、元岩,不宣杨素,知有难为他的意思,急奔来寻张衡等一班计议。张衡等见太子来得慌张,只道文帝驾崩,及至问时,方知为陈夫人之事。张衡道:“事既如此,只有一件急计,不得不行了!”太子忙问何计?张衡附耳道:“如此,如此。”

急见杨素慌慌张张走来道:“殿下不知因甚事忤了旨,圣上宣柳述、元岩撰诏,去召太子杨勇。他二人已在撰诏,只待用宝印赍往济宁。他若来时,我们都是他仇家,怎生是好?”太子附耳道:“张衡已定一计,说如此如此。”杨素听了道:“如今也不得不如此了!”

就催张衡去做。又假一道圣旨,着宇文化及带校尉到撰诏处,将柳述、元岩拿住,说他乘上弥留,不能将顺,妄思拥戴,将他下了大理寺狱。再传旨说:“宿卫兵立劳苦,暂时放散。”就令郭衍带领东宫兵士,守定各处宫门,不许内外人等出入,泄漏宫中事务。又矫诏去济宁召太子杨勇,只说文帝有事,宣他到来,斩草除根。众人遂分头去做事。

此时文帝半睡问道:“柳述、元岩,写诏曾完否?”陈夫人道:“还未见呈进。”文帝道:“完时即便用宝,着柳述飞递去。”言讫,只见外边报太子差张衡侍疾,带了二十余太监,闯入宫中,先吩咐当值内侍道:“太子有旨,你们连日辛苦,着我带这些内监更替。”又对御榻前这些宫人道:“太子有旨,将带来这些内监承应,尔等也去歇息。”这些宫女因承值久了,巴不得偷闲,听得吩咐,一齐都出去了。唯有陈夫人、蔡夫人仍立在御榻前,张衡走到榻前,也不叩头,见文帝昏昏沉沉,就对二位夫人道:“二位夫人也暂回避。”这两个夫人乃是女流,没甚主意,只得离了御榻,在阁子后坐了。但又放心不下,即着宫人在门外打听。

过了一个时辰,那张衡洋洋地走出来道:“启上二夫人,圣上已归天了!适才还是这等守着,不报太子知道?”又吩咐各宫嫔妃,不得哭泣,待奏过太子来,举哀发丧。正是:

鼎湖龙去寂无闻,谁向湘江泣断云?
变起萧墙人莫识,空将旧恨说隋文。

这些宫妃嫔女,虽然疑惑,却不敢说是张衡谋死。那张衡忙走来见太子与杨素,说道:“恭喜大事毕了!”太子听了改愁为喜,就令传旨,着杨素之弟杨约,提督京师十门,郭衍为右铃卫大将军,管领行宫宿卫,及护从车驾人马,宇文成都升无敌大将军,管辖京师各省提督军务。秘不发丧。不数日,有济宁大将军杨通,保废太子杨勇,到长安城外安营。杨广假文帝旨,召杨勇夫妻父子三人进城,其余不准入内。及至杨勇赚进城中,父子二人同被缢死。因见萧妃有国色,杨广乃纳为妃子。杨勇一闻此事,大怒不息,领部下十万雄兵,返回济宁,自称吓天霸王。按下不表。

当下文帝驾崩时,并无遗诏,太子与杨素计议,叫谁人作诏,然后发丧?杨素保举伍建章为人耿直,众臣信服,如召他来,令他作诏,颁行天下,庶不被众臣谤议。太子见说,即差内监前去宣召。

那伍建章一生忠直,不交奸党,这日在府,闻皇帝已死,东宫亦亡,大哭道:“杨广听信奸臣,谋害父兄,好不可恨!”忽见家人来报说:“太子差内监,宣老爷即刻就行。”建章出见内监道:“公公请回,我打点就来。”内监告别,回复太子。伍建章拜辞家庙与夫人,乃麻巾衰绖,进见太子,痛哭不止。太子谕之曰:“此我家事耳,先生不必苦楚!取御笔来,先生代孤写诏,当裂土分封。”建章将笔大书:“文皇死得不明,太子无故屈死!”写毕,掷笔于地。太子一看,大怒道:“老匹夫,孤不杀你,你却来伤孤。”命左右推出斩首。建章高声骂道:“你弑父缢兄,人伦大变,天道不容。今日又要杀我,我生不能啖汝之肉,死必勾汝之魂。”左右不由分说,把伍建章斩首宫门外。就与杨素等商议发表,假为遗诏,命太子杨广即皇帝位,颁行天下。当时太子取一个黄金小盒,内藏同心彩结,差内侍送与陈夫人,至晚就在陈夫人宫中宿了。

七月丁未,文帝晏驾,至甲寅,诸者皆备。次日,杨素先辅太子,在梓宫侧举哀发丧,群臣皆衰绖,依着班次送殡。然后太子换吉服,拜告天地祖宗,换冕冠,即大位,群臣都换朝服入贺,大赦天下,改元大业元年,称为炀帝。在朝文武,各晋爵赏。就差宇文化及,带了铁骑,围住府,将阖门老幼,尽行斩首。可怜伍建章一门三百余口,个个不留,只逃走了马夫。那马夫名唤伍保,一闻此信,逃出后槽,离了长安,星夜往南阳,报与伍云召老爷去了。

炀帝又追封东宫为房陵王,以掩其谋害之迹。斯时宇文述与杨素,惧怕伍云召在南阳,思欲斩草除根,忙上一本道:“伍建章之子云召,官封侯爵,镇守南阳,勇冠三军,力敌万人。若不早除,必为大患,望陛下遣兵讨之,庶无后忧。”炀帝准奏,即拜韩擒虎为征南大元帅,麻叔谋为先锋,化及之子成都,在后接应,点起雄兵六十万,即日兴师。韩擒虎等领命出朝,望南阳发进。未知此去胜负如何,且看下回分解。

第十五回　雄阔海打虎显英雄　伍云召报仇集众将

再说伍建章之子云召，身长八尺，面如紫玉，目若朗星，声如铜钟，力能举鼎，万夫莫敌，拥雄兵十万，镇守南阳，是隋朝第五条好汉。夫人贾氏，生一位公子，才方周岁。一日，伍云召往金顶太行山打围，来至山边，叫军士安营，摆下围场，各驾鹰犬，追兔逐鹿。此山周围有数百余里，山中有一大王，姓雄名阔海，本山人氏，身高一丈，腰大数围，铁面虬须，虎头环眼，声若巨雷。使两柄板斧，重一百六十斤，两臂有万斤气力。在本山落草，聚集喽啰数千，打家劫舍，往为商客，不敢单身行走，是隋朝第四条好汉。这日因山中钱粮缺少，他即令众头目各带喽啰下山，到各处打劫往来客商。众头目得令，带着喽啰下山去了。

那雄阔海就换便报，走出寨门，望山下而来。行到半山，见林中跳出两只猛虎，扑将过来。阔海上前双手擎住，那两只虎动也不敢动，将右脚连踢几脚，举手将虎望山下一丢，那虎撞下山岗而死。又把一只虎，一连几拳打死。这名为“双拳伏两虎”那伍云召在山上打围，望见前村有一好汉，不消片时，将两虎打死。便吩咐家将，上前相请。家将领命上前，大叫：“壮士慢行，我老爷相请。”阔海就问：“你老爷是何人？”家将道：“我老爷是南阳侯伍老爷。”阔海心中暗想：“伍老爷乃当世之英雄，无由进见，今来相请，是大幸了！”就随家将来到营前，入营进见云召，朝上一揖。

云召看此人，相貌堂堂，威风凛凛，即出位迎接道：“壮士少礼，请问壮士姓甚名谁？哪里人氏？作何生理？”阔海道：“在下姓雄名阔海，本山人氏，做些无本经纪。”云召道：“怎么叫作无本经纪？”阔海道：“只不过在山中聚集喽啰，白要人财帛，故叫作无本经纪。”伍云召笑道：“本帅见你双拳打虎，定是一个豪杰。本帅回府，意欲为你进表招安，同为一殿之臣，你意下如何？”阔海道：“多谢元帅！”云召道：“本帅今日欲与你结拜为兄弟。”阔海道：“在下一个鲁夫，怎敢与元帅结拜？”云召道：“说哪里话来！”即吩咐家将摆着香案，云召年长一岁，拜为哥哥，阔海拜为兄弟。立誓后日要患难相扶，若有私心，天地不容。拜毕，云召道：“贤弟，你回山中守候，待哥哥回到南阳，修本进朝，招安便了。”阔道谢道：“多谢哥哥！”二人告别，阔海自回山寨。

云召令众将摆齐队伍，回转南阳，到了城外，众将出城迎接。云召同众将入城，至衙门大堂中坐下，那旗牌官四营八哨，游击把总，千户百户，齐齐上堂。行礼毕，云召吩咐众将，各回汛地，四营八哨，各回营寨。众将士得令，一齐退出，放炮三声，封门退堂。夫人接着，就问：“相公出去打围如何？”

云召就把与雄阔海结拜之事，细说一遍。夫人大喜，即吩咐摆宴，与老爷接风。夫妻二人，对坐同饮，按下不提。

再说那马夫伍保，逃出长安，在路闻得又差韩擒虎起大兵，前来讨伐，心中着急，便不分星夜，赶到南阳。来至辕门，把鼓乱敲，旗牌官上前喝问何事，伍保道：“咱是都中太师爷府中差来，要见老爷，烦你通报。”旗牌官闻言，即到里面，对中军说了。中军将走到内堂禀道：“都中太师爷差官在外面，要见老爷。”云召大喜，吩咐唤那差官进来，中军将此话传出，旗牌官就请差官进内。伍保闻言，走到后堂，望见云召，坐在椅中，两旁数十名家将站立。伍保走进一步，大叫一声：“老爷，不好了！”禁不住眼中流泪。伍云召心下大惊，急问道：“太师爷，太夫人，在都中何如？可有书信？拿来我看。”伍保道：“那里有书信？”云召道：“为何没有书信？你快快说与我知道。”伍保道：“太子杨广与奸臣谋死圣上，要太师爷草诏，太师爷不肯，就把太师爷杀了。又围住府门，将家中三百余口，尽行斩首。小人在后槽越墙而逃，报与老爷知道。”云召听了，大叫一声，晕倒在地。夫人与家将上前叫唤，云召半晌方醒。家将扶起云召，放声大哭，夫人流泪劝解。云召道：“我家世代忠良，我们赤心为国，南征北伐，平定中原。今日昏君弑父篡位，反把我父亲杀了，又将我一门尽行斩首，此恨如何得消？”伍保道：“老爷，那昏君把太师爷杀了之后，又听奸臣之言，差韩擒虎为元帅，麻叔谋为先锋，宇文成都为后应，领兵前来讨伐，老爷作速打点。”夫人道：

"公公婆婆既被昏君所害,伍氏只存相公一人,并无哥弟,相公还须打点主意,决不可束手无策,坐以待毙。"

云召道:"夫人所言有理,待下官与众将商议,然后举行。"遂打鼓升堂,三声炮响,把门大开,众将齐人参见,分立两旁。云召道:"众将在此,本帅有句话儿,要与众将商议。"众将道:"老爷吩咐,末将怎敢不遵?"云召道:"我老太师在朝,官居仆射。又兼南征北讨,平定中原,不想太子杨广,弑父篡位,与奸臣算计,要老太师草诏,颁行天下。老太师忠心不昧,直言极谏,杨广反把老太师杀了,并家眷三百余口,尽行斩首,言之真可痛心!今差韩擒虎、麻叔谋、宇文成都,领兵前来拿我,我欲弃了南阳,身投别处,不知诸将意下如何?"忽见总兵队里,闪出一员大将,复姓司马名超,身长八尺,青面红须,使一柄大刀,有万夫不当之勇,大叫道:"主帅之言差矣!杨广弑父篡位,人人可得而诛。老太师尽忠被戮,理当不共戴天,奈何欲弃南阳,逃遁他方,而不念君父之仇乎?今末将愿随主帅,杀入长安,去了杨广,别立新主。一则为君,二则为亲,岂不是忠孝两全?"云召道:"将军赤心如此,不知众将如何?"只见统制班内闪出一员上将,姓焦名芳,身长六尺,白面长须,使一杆长枪,上马临阵,无人抵敌,大声叫道:"主帅不必费心,末将等愿同主帅报仇。"又见四营八哨,齐声愿随报仇。云召道:"既然如此,明日下教场操演。"众将得令,齐声答应退出,放炮三声,掩门退堂。

夫人把他迎接进去,就问众将之意若何?云召就把众将之言,说了一遍,又道:"本帅明日即下教场,点齐众将,分兵各处把守,调齐各处粮草。待擒了韩擒虎,然后杀上长安,与父报仇,岂不快哉!"夫人道:"相公主意不差!"

次日天明,众将各个收拾兵器盔甲鞍马,带领官下军马,往教场伺候。云召用了早膳,来到大堂,点齐三百名家将,出了辕门,来到教场将台边上。三声炮响,云召下马,坐在虎皮交椅上,众将进前参见礼毕,站立两旁。云召传令着总兵官司马超领兵二万,前去把守麒麟关各处营寨,须要小心抵敌,不可有违。司马超得令,领了人马,往麒麟关去了。云召又着统制官焦芳,领令箭一枝,往各处催趱粮草,不可有误。焦芳得令,领了令箭,前往各处去了。云召吩咐,大小将官,须要盔甲鲜明,各归营寨,操演该管军士,候命不日听点。众将得令,各归营寨,操演军士。伍保牵过马匹,三声炮响,云召上马,带了家将,回转帅府。毕竟不知后事如何,且看下回分解。

第十六回　麒麟关莽将捐躯　南阳城英雄却敌

再说齐国公韩擒虎,奉旨征讨南阳,令麻叔谋领前队先行,自领中军在后,缓缓而行。看官,你道韩擒虎为何在道延迟?只因他与伍建章有八拜八交,意欲使伍云召知觉,逃往别处,故此打发麻叔谋领前队。那叔谋在路上,纵容军士,掳掠百姓,奸人妻女,罪不可当。及兵至麒麟关。麻叔谋出马观看,只见总兵司马超,关门紧闭,关上扯起两面白旗。那旗上大书"忠孝王与父报仇"七个大字。叔谋看了,十分大怒,令军士叩关下寨,自己到军中见韩擒虎禀道:"小将领兵到麒麟关,那总兵司马超扶助反贼,把关门紧闭,扯起旗号,上写着'忠孝王与父报仇'。"韩擒虎道:"这厮反叛朝廷,殊为无礼。"吩咐三军、拔营前去。

众军得令,直至关下,韩擒虎道:"哪一位将军前去讨战?"有副先锋雷明,进前应道:"末将愿取此关!"遂翻身上马,手执方天画戟,直至关下大叫道:"关上军士,快报与守将知道,有本领的出来会战!"军士飞报入府说,有一位隋将讨战。司马超闻言,提刀上马,领兵出关。雷明看见大叫道:"青面贼,你是何人?"司马超大喝道:"吾乃伍元帅帐下总兵司马超便是。"雷明听说大喝道:"我乃天朝大将,岂识你反臣贼子?"拿戟便刺,司马超举刀相迎,不上几个回合,雷明看司马超这把大刀,神出鬼没,自己招架不住,慌忙要走。被司马超撇开画戟,举刀把雷明砍做两段。败兵逃去,飞报入营,说:"雷将军被贼将杀了!"擒虎大怒道:"未曾破关,先折一员大将。"即叫道:"众将官,哪一位与去擒这贼来?"闪过正先锋麻叔谋道:"小将愿往擒此反贼。"遂提枪上马,来到关下,大叫道:"反贼,你是朝廷

命官，乃助这逆贼，有违天命，自取灭亡。如今趁早投降，饶你性命！”司马超大怒喝道：“放屁！”上前把刀劈面砍来，麻叔谋将枪架住，两马相交，枪刀并举，大战四十四合，不分胜败。麻叔谋暗想：“战他不胜，必须回马一枪，方可胜他。”就把枪虚晃一晃，分开大刀，拖枪回马而走。司马超在后追赶，麻叔谋见他渐渐走近，即取枪在手，回马一枪。枪还未起，司马超把刀在马后砍来，叔谋将身一闪，跌下马来。众将抢上前去，救了叔谋，天色已晚，各自收兵。

叔谋回营，来见元帅道：“小将出去，与那贼交战四十回合，看他本事高强，意欲用回马枪挑他，不料马失前蹄，自己跌下马来，败走回营，来见元帅，望乞总罪。”韩擒虎道：“胜败兵家常事，何足为虑？但北关不破，此贼难擒，待本帅明日自去擒他便了！”

及至次日，韩擒虎全装披挂，直抵关前讨战，探子报入军中，司马超闻报道：“这老匹夫，合当要死，待我出去斩了他。”便吩咐三军，齐出会战。那司马超顶盔贯甲，当先出见，欠身施礼道：“老元帅，小将甲胄在身，不能全礼，马上打躬了。”看官，那司马超昔日也在他麾下，做过指挥，知他本事。他十二岁打过老虎，十三岁出兵，曾破番兵数十万。南往北讨，至今年近七旬，须发苍白，不知会过多少英雄，并无敌手。后归隋朝，封为齐国公。当时他见司马超马上欠身，口称老元帅，忙答礼道：“将军少礼，本帅有句直言，不知肯容纳否？”司马超道：“元帅有何金言，末将自当洗耳。”韩擒虎道：“本帅奉旨南征，大兵六十万，战将一千员，后队天保将军宇文成都，不日就到。将军退回关中，与云召商议，早早打点。不然，打破南阳，玉石俱焚，悔之晚矣！”韩擒虎心中，不过要云召逃走，不好明言，故此暗暗点醒。但司马超是个莽夫，那里听得出这话？又且昨日胜了二将，今又欺其年老，即大喝道：“不必多言，看兵器吧！”当头一刀劈来。擒虎大怒道：“这狗头，如此无礼！”忙把刀架住。那司马超虽勇，不是韩擒虎对手，当时战了七八回合，被韩擒虎架开司马超的刀，照头一刀砍下。可怜他为主忠心，不能成功，竟死于擒虎之手！众军见主将已死，四散逃走，擒虎乘势抢关，关内无主，开关投降。擒虎兵马入关，点明户口，盘算钱粮，养息三日，就起兵直抵南阳，离城十里，安营下寨，下表。

再说那探子飞马报进南阳，见了云召，把司马超交战始末，说了一遍。“今韩元帅乘势起兵，直抵南阳来了，大老爷须速速打点迎敌。”云召听说微笑道：“自古说‘兵来将挡，水来土掩’。他人马虽多，有何惧哉！”遂传令众将，整顿盔甲，操演兵马，预备交战。又见外面报道：“趱粮将军焦芳缴令。”云召唤他进来，焦芳步进辕门，上堂参见，云召叫声：“免礼。”焦芳道：“末将奉主帅将令，往新野等县，催运粮米十万斛，今在城外渭河里。”云召道：“将军路上辛苦，且回营安歇，再候本帅令吧！”焦芳拜谢主帅，出了辕门回营，不表。再说韩擒虎升讨账，众将参见毕，就问道：“哪一位将军前去擒拿反贼？”闪过汜水关总兵何伦道：“元帅，待小将去擒来！”韩擒虎道：“那反臣武艺高强，你须要小心前去！”何伦道：“元帅放心，末将此去，拿伍云召不来，誓不回营！”即提斧上马，领兵近城讨战。城上军士报至府中，云召闻报，即提枪上马，领兵出城迎敌，大叫道：“来将何名？”何伦向前喝道：“反贼，你不识得我汜水关总兵何伦吗？你速速下马受缚，免污我宣花斧。”云召大喝道：“啐！你乃无名小卒，敢来说这大言？速速叫韩擒虎出来会战，不然，先把你这匹夫，碎尸万段。”何伦大怒，举起宣花斧，劈面砍来。云召把枪一架，叮当一响，何伦双手酸麻，虎口震开，复一枪，结果了性命。众将上前围住云召，云召一杆枪，神出鬼没，一连几枪，又挑死了隋朝十余员将官，众皆败走。云召又趁势把三军乱砍，杀得血流成河，尸积如山，云召得胜入城。

那隋朝败兵报进营中，把战败事情，说了一遍。擒虎闻报大惊，连忙出营，计点军士，折了十余员大将，兵卒一万，马三千匹，盔甲不计其数。韩擒虎大怒道：“待本帅明日亲自临阵，擒此匹夫，与何将军报仇。”到了次日，韩擒虎点起三军，正欲出战，忽闪出先锋麻叔谋上前道：“元帅，今日待小将前去，擒拿反贼，解上朝廷，何劳元帅亲战！”擒虎道：“既如此，将军须要小心！”叔谋应声：“得令。”回到营中，点齐众将，令帐下四员猛将，领三千人马，在离此五里路名叫长平冈的地方埋伏。又命四员心腹勇将，领三千人马，离城三里埋伏。麻叔谋又对护从猛将四员道：“你四位将军，乃是我亲信之将。要晓得那反贼英雄盖世，勇冠三军，今日元帅要亲自临阵，俺为先锋，焉敢退避？故此讨下差来，与那反贼交战，四位将军，俱要紧随着我，我若胜了反贼，你们可速速帮助擒他。若我杀败了，你们速速上前挡住，尽力死战。若拿得反贼，功劳是一样的。”四人应声道：“得令！”

麻叔谋点了四万人马，与四将齐出营门，来到城下，大叫：“城上军士，你可速报与反贼知道。你说：‘今日我先锋亲来，快早早出来受缚，免我先锋动手。’”军士报入帅府道：“隋将麻叔谋在城外讨战。”云召道：“杀不尽的狗头，今日也来讨死！”遂执了长枪，挂了宝剑，带了军士，上马出城，来到战场。麻叔谋提枪上前，四员猛将随列于后，云召出马骂道：“杀不尽的狗头！敢兴无名之师，犯我南阳，速速下马受死，免累三军遭难。”遂把枪劈面刺来，叔谋举枪便迎，两马相交，双枪并举。战了三四回，叔谋气力不加，大叫众将上前抵敌，虚刺一枪，大败而走。云召后面追来，四将上前挡住，云召独战四将，不上二三合，二将中枪落马而死。另外那二将见势头不好，正待要走，被云召拔出青虹剑，俱斩落马下。

隋兵败走，云召追至长平冈，只听一声炮响，闪出埋伏四将，领了三千人马，拦住去路。后面那四员大将，听得炮声呐喊，连忙领兵从后面杀来。云召急引兵回时，韩禽虎又差二员大将，一员是陈州总兵吴烈，一员是曹州参将王明，各带兵马五千，四面围住。云召东冲西突，隋兵愈加众多，云召手执长枪，杀上前面，四将来迎，云召大喊一声，竟冲四将。那四将抵敌不住，被云召刺死三将，一将往前逃走，又被云召一箭射死，前军四散逃生。云召从后追来，两胁伏兵齐起，吴烈、王明各执大刀，一齐杀来。云召在中央独战二将，全无惧怯，不上五个回合，吴烈中枪落马。王明要走，也被云召一枪，结果了性命。军士乱逃，被云召把青虹剑乱砍，如砍瓜切菜一般，不消半个时辰，四将皆丧在沙场。可怜麻叔谋帐下十二员将官，俱伤于伍云召之手。只逃走了麻叔谋。

那麻叔谋亏了四将挡住，杂入小军中逃脱，盔袍尽落，衣甲全无，急急然如丧家之狗，茫茫然如漏网之鱼，逃到营中，来见擒虎，大叫：“元帅，不好了！”擒虎抬头一看，见叔谋盔甲全无，衣衫不整，垂着头，拐着脚，好似落汤鸡一般，忙问道：“先锋为什么这般光景？”叔谋将交战败走的事情，说了一遍，韩擒虎大怒道：“我差二员大将，前来接应，你怎么不与那反贼死战，私下逃回？前日被司马超败，本帅念你初次，今又丧师误国，军法难逃，左右与我绑去砍了。”叔谋大叫：“饶命！”左右不由分说，把叔谋绑出营门。未知性命如何，且看下回分解。

第十七回　韩擒虎调兵二路　伍云召被困危城

当时左右把叔谋押出营门，叔谋大哭道：“众将快来救我，必当犬马相报！”当有军中参谋包生上前禀道：“未破南阳，先斩大将，于军不利。不如暂恕先锋，待破了南阳，与反贼一并解上朝廷，候旨定夺。”擒虎道：“此言有理。”即叫左右将叔谋免斩，发军政司重打四十，令他后营管马。左右答应一声，就解往军政司去发落了。忽见败兵来报说：“麻爷手下十二员大将，并总兵吴爷，参将王爷，俱被反贼杀了。”擒虎闻言大怒道：“这反贼猖狂如此，待本帅自去擒他。”便去执刀上马，带了三军，齐出营来，不表。

再说伍云召杀死隋将二十余员，士卒不计其数，当下杀出长平冈，只见探子报道：“韩元帅大兵到了！”伍云召遂列阵以待。只见韩擒虎当先出马，云召马上欠身道：“老伯，小侄甲胄在身，不能全礼，马上打拱了，望老伯恕罪！”擒虎答礼道：“贤侄少礼。老夫有一言相告，不知贤侄可容纳否？”云召道：“老伯有何见教，小侄自当恭听。”擒虎道：“贤侄，你世食隋禄，官居极品，乃不思报效，叛逆称王，自立旗号，称为忠孝王。你知忠孝二字之义否？自古道：‘君要臣死，不死非忠；父要子亡，不亡非孝。’又称与父报仇，你的仇在哪里？今老夫奉命征讨，你又抗拒天兵，杀害朝廷大将，罪孽重大。何况你南阳一郡之地，如何敌得天下之兵？不如归降，待老夫回奏朝廷，赦你之罪，封你为王，你意下如何？”云召道：“我父亲赤心为国，并无过犯，老伯尽知。不料杨广弑父篡位，纳娘为后，古今罕有。我父亲忠心不昧，直言极谏，那杨广反把我父亲杀了！又把我一门三百余口，尽行斩首，又烦老伯前来拿我。小侄本该引颈受刑，奈君父之仇，不共戴天。老伯请速回兵，待小侄不日杀进长安，除昏君，杀奸逆，复立东宫，以定天下。复立东宫谓之忠，除昏君，报父仇谓之

孝，岂不是忠孝两全？老伯请自详察。”

擒虎大怒道：“反贼，我好意劝你去邪归正，你却有许多支吾。”遂举起大刀，照头砍去，云召将枪架住道：“老伯，念小侄有大仇在身，还求老伯怜恤！”擒虎不听，又一刀砍下，云召又把枪架住道：“老伯，我因你与我父亲有八拜之交，故此让你两刀，你可就此回去，不然小侄要得罪了。”擒虎又是一刀砍下，云召逼开大刀，把枪一刺，两下大战十余合，擒虎看看抵敌不住，回马就走，云召拍马赶来。擒虎不走自己营门，竟往侧首山下而走。云召看看赶上。

擒虎看四面无人，住马大叫道：“贤侄休赶，老夫有言相告。”云召住马道：“你且讲来。”擒虎道：“贤侄少年英雄，无人可敌，是未逢敌手耳！后队救应使宇文成都，好不厉害，贤侄虽勇，恐非所敌。今老夫劝贤侄弃此南阳，投往河北，暂且守候，想目下真主已出，隋朝气数亦不久矣！然后自当报仇，贤侄意下如何？”云召道：“老伯此言虽是，但我大仇在身，刻不容缓。宇文成都到了，有何惧哉！老伯请速回去。”擒虎转马就走，叫道：“贤侄，你仍旧追赶，以别嫌疑。”云召依言追出山口，那隋朝众将，看见大叫道：“反臣不可伤我元帅！”一齐进前挡住，保护擒虎回营。云召也不追赶，收兵而去。

擒虎入营，吩咐众将，退回麒麟关扎住。一面修表进朝求救，一面差官催救应使宇文成都，速来讨战。又发令箭两枝，一枝去调临潼关总兵尚师徒，一枝去调红泥关总兵新文礼，前来助战。差官得令，各自分头前去。

且说伍云召战胜入城，到了私衙，夫人接住，就问交战如何。云召把杀败擒虎之事，细说一遍，夫人大喜，即吩咐摆酒贺庆，此话不表。

再说宇文成都趱粮已齐，来到麒麟关，闻元帅尚在关上，遂入关进营参见。擒虎道：“将军少礼。”成都道：“元帅起兵已及三月，因何还在这里？”擒虎就把两次交战，折去许多将士，细说一遍。成都大怒道：“那反贼如此猖獗，待小将明日出城，擒那反贼，与诸将报仇。”言讫，辞别出营，令军士将粮草上了仓廒。吩咐随征将士，明日同进南阳，擒拿反贼，众将得令。

那宇文成都身高一丈，腰大十围，虎目龙眉，使一柄流金镋，重二百斤，乃隋朝第二条好汉。一日，跟随文帝到甘露寺行香，文帝见殿内寺前有一鼎，是秦始皇铸的，高有一丈，大有二抱，上写着重五千零四十八斤，遂谓成都道：“朕闻卿力能举鼎，可将此鼎举与朕看。”成都领旨，走下殿来，将袍脱下，两手把鼎脚拿住。将身一低，托将起来，离地有三尺高，就走了几步，复归原所放下。两旁文武看见，无不喝彩。成都走入殿上，神气不变，喘息全无。文帝大喜，即封为无敌大将军。这是说成都力大，也不必表。

再说成都次日，领兵下南阳，离城十五里安营。那探子飞报入城，把这事说与伍老爷知道。云召闻报，暗想宇文成都猛勇难当，必须预备保守城池。就令伍保带领三百名家将，到南山所伐树木，备作城上檑木，伍保得令前去。云召又令焦芳带领三千人马，往吊桥守住，倘后隋兵追来，即将弓箭齐射，不得有违。焦芳得令，自领人马，前去准备。

云召遂带人马出城，来到阵前，只见宇文成都大叫道：“反贼，速来受缚，免我动手！”云召大骂道：“奸贼，你通谋篡逆，死有余辜，尚敢阵前大言！”就把枪劈面刺去。成都大怒，把流金镋一挡，叮当一响，云召的马倒退两步。成都又是一镋，云召拿枪架住，两个战了十余合。云召料难敌他，回马便走。成都纵马追赶，看看相近，云召回马挺枪，又战了二十余合，云召气力不加，虚刺一枪，回马又走，成都纵马又赶。

恰好伍保在南山砍树，见前面有二将大战，一将败下来。伍保一看，大惊道：“这是我家老爷败回，如今我手无寸铁，如何是好！”只见山边一枝大枣树，用力一拔，拔起来，去了枝叶，拿在手中，赶下山来，大喝一怕道：“勿伤我主！”忙把枣树照成都马前劈头一打，成都把流金镋一挡，那马也退三四步。看官，那成都算是一条好汉，为何也倒退了三四步？只因这枝枣树大又大，长又长，伍保气力又大，成都的兵器短，所以倒退了。

云召一看见是伍保，那伍保将树又打去，成都把流金镋往上一迎，将树截做两段。云召在前面山岗，忙拔箭张弓，照成都射去。成都不妨暗箭，叫声：“呵呀，不好了！”一箭正中在手，回马走了。伍保赶去，云召叫声：“不要赶！”伍保回步，同三百家将上山，抬上树木，回进南阳吊桥边，焦芳接着，叫声：“主将得胜了！”云召道：“若无伍保，几乎性命不留。”言讫，同众将回至辕门，吩咐众将紧闭四门，安摆檑木炮石，紧守城池。众将得令，前

去准备不题。

再说韩擒虎坐在营中，探子来报说："宇文老爷大败回来，请元帅发兵相救。"擒虎正要发兵，只见兵士报临潼关总兵尚师徒，和红泥关总兵新文礼，各带雄兵，在外候令。擒虎吩咐进来。二将进营参见。擒虎道："二位将军，可带领本部人马，前去助宇文将军，同擒反贼。"二将应声："得令。"各带人马来到宇文成都营中。军士报进，成都出营迎接，二将下马同进营中，三人相见行礼毕，各叙寒温，成都命军士摆酒接风。

次日，军士报元帅到了，三人出接元帅进营，下马坐定，三人上前见礼。擒虎道："将军少礼，我想反贼昨日出战，见我兵将强勇，紧闭城门，不出相敌，如何是好？"成都道："元帅放心，待小将打破城池，捉拿反贼便了！"擒虎大喜，便同三位将军，离营来至城下，把城地周围，细细看了一遍。就令尚师徒领本部人马，围住南城，新文礼领本部人马，围住北城，宇文成都领众将人马，围住西城，个个不得纵放反贼。三将应声得令，各上马分头前去。韩擒虎自领三军，围住东城。那伍云召坐在衙中，忽见军士报道："韩擒虎调临潼关总兵尚师徒，红泥关总兵新文礼，与宇文成都，将东西南北四城围住，好不厉害。"云召闻报，只得亲督将士巡守四城，安摆大炮檑木弓箭，成都督兵攻城，城上炮石矢箭，如雨而下，折损了许多人马。只得吩咐暂退三里，候元帅军令定夺。未知攻城如何，且看下回分解。

第十八回　焦芳借兵沱罗寨　天锡救兄南阳城

再说南阳军士见隋兵退去，忙入帅府报知。云召闻报，便上城一看，果然退去有三里远近。只是放心不下，早晚上城，巡视数回。见隋营人马，如蝼蚁之密，一到夜来，灯火照耀，有如白日，只得吩咐众将，尽心把守。云召下城谓众将道："隋兵如此之多，众将如此之勇，如何是好！"统制官焦芳上前道："主帅勿忧，明日待小将同主帅杀入隋营，斩其主帅，隋营兵将自然退去，主帅意下如何？"云召道："将军有所不知，隋营将帅，皆不足虑，唯有宇文成都勇猛无敌，倘杀出去，枉送性命。我有个族弟，名唤伍天锡，身高一丈，腰大十围，红脸黄须，使一柄混金挡，重有二百多斤，有万夫不当之勇。他在河北沱罗寨落草，手下喽啰数万，若有人前去请他，领兵到此相助，方能敌得宇文成都之勇。"焦芳道："既主帅令弟将军有如此之勇，待末将往河北沱罗寨，请他领兵前来相助便了。"焦芳即时提枪上马出营，前往河北去了。行了一里，只见埋伏军士向前大叫道："呔，反贼，你往哪里走？"焦芳不应，军士一齐围将拢来，焦芳大喝道："来，来，来，你们来一个，我杀一个！"军士各执兵器前来。焦芳大怒，左手提枪，右手执刀，枪到处人人皆死，刀着处个个皆亡。焦芳杀出重围，往前飞走，那败兵将这事报进营中，新文礼闻报，提刀上马，赶出营来，那焦芳已去远了。只得回营，唤过队长喝道："你怎么不来早报于我？拿去砍了，以警将来。"此言不表。

再说焦芳杀出重围，渴饮饥餐，在路不分昼夜，来到河北。却不知沱罗寨在哪里，一路地广人稀，无从访问。看看天色已晚，不免趱向前去。走不上三里多路，只见金乌西落，玉兔东升，前面一座高山，好不峻险。树木森茂，山林嵯峨，猿啼虎啸，涧水潺潺。焦芳不管好歹，只顾策马前行。忽听得地铃一响，早被绊马索一绊，将焦芳连人带马，跌将下来。两边走出喽啰几个，把焦芳拿住绑了。

喽啰牵了马，拾了枪，将焦芳押过三四个山头，见小岗下，一个大大的围场，方圆数

里。过了围场，又见两山相对，中间一座关栅，两旁刀剑密密，枪戟重重。喽啰来到关前，叫道："开关！"那关上喽啰认是自家的人，遂开了侧首小关，喽啰带了焦芳，望内而走，过了三重栅门，来到聚义厅上。里面摆着虎皮交椅一张，案桌上点了两支画烛，喽啰把焦芳绑在将军柱上。只见里面报出来道："大王出来了！"喽啰立在两旁，大王出来，坐在交椅上问道："你们今日出击劫客商，有多少财物？"喽啰上前禀道："大王，今日小人下山，没有客商经过，只拿得一个牛子，与大王醒酒。"大王道："与我取来！"喽啰取一盆水，放在焦芳面前，手拿着刀，把焦芳胸前解开，取水向心中一喷。原来那心里热血裹住的，必须用冷水喷开热血，好取心肝来吃。焦芳见明亮一把刀，魂飞天外，大叫道："我焦芳横死于此，亦无足惜，可恨误了南阳伍老爷大事！"大王听得问道："那一个说南阳伍老爷？"喽啰道："这牛子口中说的。"大王大惊，忙叫道："与我把这牛子唤过来。"喽啰把焦芳解了绑，带将上来，那焦芳已吓得半死。大王问道："你这牛子，怎么说起南阳伍老爷？"焦芳道："他是小将的主帅，官受南阳侯，名唤伍云召。被隋将宇文成都围住南阳，攻打城池，危在旦夕。差小将到河北沱罗寨那边，求取救兵，不料遇着大王。乞大王放回小将，救伍老弟城池。"

大王便立起身来问道："你叫什么名字？"焦芳道："小将是伍老爷帐下统制官，叫作焦芳。"大王道："请起，看坐。"左右忙把交椅过来，焦芳坐定，抬头一看，只见那大王身长一丈，红脸黄须，因吃人心多了，连眼睛也是红的。大王道："焦将军，你说伍大王叫什么名字？"焦芳道："是主帅的兄弟，名唤伍天锡。"大王道："俺就是伍天锡，这里就是沱罗寨了，将军受惊了。"便吩咐左右摆酒压惊，又问道："我云召哥哥，不知为的何事，被宇文成都围住南阳？"焦芳就把杨广弑父，老太师受害，前后事细说了一遍。天锡闻言大怒道："这昏君害我一家，我必把这昏君碎尸万段，才得出气。既是奸臣之子宇文成都这狗头厉害，待俺去擒来，作醒酒汤。"当下两人谈论饮酒，直饮到天明，伍天锡遂留焦芳守寨，点了数千喽啰，救取南阳。众头目相送启程，伍天锡对众头目道："俺此去救了南阳，不日就要回来。你们与我把守山寨，各路须要小心，不得有违。"头目应声："得令。"那伍天锡离了沱罗寨，晓行夜住，一日来到太行山，安营造饭，按下不表。

单说那金顶山中雄阔海，坐在聚义厅，暗想："伍云召哥哥说回转南阳，申奏朝廷，不日就有招安到了。为何一去数月，并无音信？如今山寨人众粮少，只得再劫客商，以备山寨之用。"即令头目到各路打听来往客商，有财帛的尽行取来。头目得令，带领喽啰分头下山，各路打听，不表。

再说当时有一班客商，都是贩珠宝金银的，共有二十余人，在路商议道："此地盗贼甚多，倘被他瞧见，性命难保。不如把这货物藏在身边，各人身上换了破碎衣服，有人看见，只道我们是求乞的，便不来想了。"众客人都道："有理。"各人换了衣服，藏了珠宝，在路缓缓而行。

及行近太行山，被众喽啰望见，皆认为乞丐，不以为意。内中一个头目打听有大商下来，因说道："这班人必定是贩珠宝的大商，故意扮作乞丐，以瞒我们，我们不可错过。"众喽啰听说，就鸣锣一声，跳出数百人，手执短刀，大叫道："来的留下买路钱来，放你过去。"众客道："小人们是关中难民，要往南阳去求乞的，望大王方便。"只见跳出一个头目，厉声大叫道："我们知道，你这班人是贩珠宝的大商扮下来的。快快留下金宝，饶你性命。不然，照我斧头吧！"言讫，举起斧头劈来，众客大喊，往前乱跑，喽啰在后追赶。

众客看见前面一所大营，即抢进营中跪下道："小人是求乞的难民。后面有大王追来捉拿，乞老爷救命，公侯万代！"那伍天锡正要拔营前去，见外面走进许多乞丐，哀求救命，天锡认以为真，便叫往后营出去。众客叩谢，一齐往后营逃走，不表。

那追来的喽啰，见众客逃入营中，就上前问道："你们是哪里人马，在此扎营？"喽啰答道："你这班瞎眼狗头，岂不认得沱罗寨伍大王的营寨吗？"喽啰道："你不要开口就骂，兄弟们也是有名目的，乃是太行山雄大王的头目。方才追下一班客商，入你营中，求伍大王发放还我，好回山缴令。"沱罗寨的喽啰笑道："原来是我同道中的朋友，即如此，待我进去禀大王，还你便了。"言讫，进营禀道："启大王，今有太行山雄大王头目，追赶一班客商，乞大王发放他去。"伍天锡道："没有什么客商呀！想是指的这班破衣乞丐，但我已放他们往后营去了。你可去回复他，说没有客商进营。"喽啰答应："就把这话出来回复。"那头目道："好奇怪，我方才明明见这班客商，望你营中进去，说什么没有？想是你家大王，要独吞此宝货了!”喽啰大怒道:“你这不知方向的狗头,有什么客商! 什么宝货! 你等不要在此妄想了。”

那头目敢怒而不敢言,只得跑回太行山,将这事报与雄阔海知道。阔海大怒,遂带喽啰亲身赶来。未知此事如何,且看下回分解。

第十九回 太行山伍天锡鏖兵 关王庙伍云召寄子

却说伍天锡见雄阔海的头目去了,遂拔营前行,行未一里,忽见后面有人赶来,飞马大喊道:“伍大王人马慢行,雄大王赶来,要讨客商宝物,望乞发还!”喽啰听了,遂将这话报与伍天锡知道。天锡闻言,令喽啰摆开兵马,以待阔海。阔海望见,便叫喽啰扎住人马,列兵相待,遂纵马出阵。伍天锡问道:“雄大王久不相会了,今日台驾前来,有何话说?”雄阔海道:“俺因头目打听山南有一班大客商下来,是咱家的衣食,故今喽啰上前拦阻,要劫他宝物。不想这班客商,逃进大王营中,不见出来。头目取讨不还,故此咱自来,要大王送还这班客商。”伍天锡道:“俺从没有见什么客商进营,若果然有这班商客,自然送还大王。大王若不信,请大王进来一搜,就明白了。”雄阔海道:“岂敢! 咱与大王是同道中人,这一班客商的宝贝货物,大王拿出来对分罢了。”伍无锡道:“哪里有什么宝货,俺也不管。俺有正事在身,不与你讲,各自走吧!”阔海大怒道:“我们衣食被你夺去,若不拿出来对分,你也去不得!”天锡大怒道:“放屁! 你敢拦阻我们的去路吗?”阔海道:“不分,我与你战三百合。”说罢,双斧抡起,劈面砍来,天锡将混金铛挡住,珰琅一声,只见两人战了五十余合,并无高下。天色已晚,各自收兵,安营造饭。次日,又战了二百余合,不分胜负。两下鸣金,各回营寨。自此两人直杀了半月,不肯住手,此话不表。

再说南阳伍云召,一日同众将上城观看,见城外隋兵十分凶勇,云梯火炮弓箭,纷纷打上城来,喊声不绝,炮响连天,把城池围得铁桶相似。云召看了,无计可施,想此城池,料难保守,只得退下城来,回至私衙。夫人问道:“相公,大事如何况?”云召道:“嗳! 夫人,不好了! 隋兵四门围住,下官前日差焦芳往沱罗寨,请兄弟伍天锡来助,不料一去二月,并无音信。如今城中少粮,又无救兵,如何是好?”夫人道:“为今之计,相公主意若何?”云召低头一想,长叹道:“夫人! 我有三件事放心不下。”夫人道:“是哪三件事不能放心?”云召道:“第一件,父仇未报;第二件,夫人年轻,行路不便;第三件,孩儿年幼,无人抚养。这三件,实难放心。”夫人道:“要报父母之仇,那里顾得许多?”

正谈论间,忽听炮响连天,喊声震地,军士报进道:“老爷,不好了! 那宇文成都已打破西城了!”云召面皮失色,吩咐军士再去打听,就叫:“夫人呵! 事急矣! 快些上马。待下官保你杀出重围,逃往别处,再图报仇。夫人意下如何?”夫人道:“言之有理。你抱了孩儿,待妾往里面收拾,同相公去便了。”就将孩儿递与云召,往内去收拾,谁知一去竟不出来。云召走进一看,并不见夫人影子,连叫数声,又不答应,忽听得井中咚咚响,云召向井一看,说声:“不好了! 一定夫人投井死了!”只见井中水面上有一双小脚一蹬,一连几个小泡,不见了。云召扳井大哭道:“夫人呀,你因家亡,投井身死,深为可怜。”哭叫了几声,将井边一堵花墙推倒,掩了那井,忙走出来,把战袍解开,将孩儿放在怀中,便把袍带收紧了,又到井边跪下道:“夫人,你阴魂保佑孩儿,下官去了!”拜了几拜,就走出堂来。

只见众将大叫:“主帅,怎么处?”云召吩咐伍保,汝往西城挡住宇文成都。伍保得令,手拿二百四十斤一对铁锤,竟走西城。只见数万人马,拥入城来,伍保把铁锤乱打,那伍保只有膂力,不会武艺,见人也是一鎚,见马也是一鎚。一路把鎚打去,只见人亡马倒,无人可敌。忙报宇文成都,飞马进前,正遇伍保。伍保拿了大铁鎚劈面打来,宇文成都把流金铛一迎,这铁鎚倒打转来,把伍保的头打碎了,身子望后跌倒,成都令军士将伍保斩首号令。

那伍云召杀出南门,被临潼关总兵尚师徒拦住,云召无心恋战,提枪撞阵而走。尚师徒拍马追赶道:“反臣那里走?”照背后一枪刺来,云召回马,也是一枪刺去。大战八九合,尚师徒那里战得过,竟败下来。云召不追,竟回马往前而走,那尚师徒又赶上来。这伍云

召的马，是追风千里马，尚师徒如何就追得上？原来尚师徒的马，是龙驹马，名曰呼雷豹，其走如飞，更快于千里马。若有人交战不过，那马头上有一宗黄毛，用手将毛一提，那马大叫一声，别马听了，就惊得尿屁直流，坐上将军就颠下来，性命不保。就是尚师徒那支枪，名曰提炉枪，也好不厉害，若撞着身上，见血就不活了。

云召见尚师徒追来，走避不脱，只得复又回马再战十余合。尚师徒到底战不过，只得将马头上宗毛一拔，那呼雷豹嘶叫一声，口中吐出一阵黑烟。只见云召坐的追风马，也是一叫，倒退了十余步，便屁股一蹲，尿屁直流，几乎把云召跌下马来。云召心慌，将手中枪往地上一拄，连打几个旺壮，那马就立定了。尚师徒见他不曾跌下，又把马头上的毛一拔，那马又嘶叫起来，口中又吐出一口黑烟，往云召的马一喷。那追风马惊跳起来，把头一登，前蹄一仰，后蹄一蹲，把云召从马上翻跌下来。

尚师徒把枪刺来，只见前面一个人，头戴毡帽，身穿青衫，面如黑漆，眼似铜铃，一部胡须，手执青龙偃月刀，照尚师徒劈面砍来。尚师徒大惊，说道："不好了！周仓来了！"回马就走。那黑面大汉要赶去，云召大唤道："好汉，不要赶了。"那人听得，回身转来，放下大刀，望云召便拜。云召答礼，便问姓名。那人道："恩公听禀，小人姓朱名灿，住居南庄。我哥哥犯事在狱，多蒙老爷释放，此恩未报。小人方才在山打柴，见老爷与尚师徒交战，小人正要相助，因手无寸铁，只得到关王庙中，借周将军手中执的这把大刀来用用。"云召喜道："关王庙在哪里？"朱灿道："在前面。"云召道："快同我前去。"朱灿道："当得。"就引云召来到庙中。云召向关王下拜，祝道："先朝忠义圣神，保佑弟子无灾无难。伍云召前往河北，借兵复仇，回来重修庙宇，再塑金身。"

祝罢，对朱灿道："恩人，我有一言相告，未知肯容纳否？"朱灿道："有何见谕，无不允从。"云召便把袍带解开，胸前取出公子，放在地下，说道："恩人，我有大仇在身，此去前往河北，存亡未卜。伍氏只有这点骨血，今交托恩人抚养，以存伍氏一脉，恩德无穷。倘有不测，各从天命。"便跪下道："恩人，念此子无母之儿，寄托照管。"朱灿也跪下道："恩公请起，承蒙见托公子，小人理当抚养。"就把公子抱过，问道："公子叫什么名字？后来好相认？"云召道："今日登山，在庙内寄子，名字就叫伍登吧。"

二人庙中分别，朱灿将刀仍放在周将军手内，将公子抱出庙门，说道："老爷前途保重，小人要去了，后会有期。"云召道："恩人请便。"言讫，流泪而去。未知云召此去如何，且听下回分解。

第二十回　韩擒虎收兵复旨　程咬金逢赦回家

云召别了朱灿，提枪上马，匆匆行去。行到太行山。忽听得金鼓之声，喊杀连天，暗想道："此地怎么有兵马在此厮杀？"遂走上山顶，向下一看，叫声："不好了！这两个都是我兄弟，为何在此厮杀？"即纵马跑下山来。

那两人正在杀得高兴，只见山上走下一个骑马的人来。伍天锡认得是云召，便叫道："哥哥，快来帮我！"雄阔海也认得是云召，也叫道："哥哥，快快帮我。"云召道："二位兄弟不要战了，都是一家人，快下马来，我要问个明白。"二人听了下马。天锡问道："哥哥为何认得他？"云召道："他是我结拜的兄弟。"就把前日金顶山打猎，遇见打虎因由，说了一遍，故此与他结义。雄阔海也问道："哥哥为何认得他？"云召道："他是我堂弟伍天锡。"二人听了，一齐大笑，各道："得罪！"

阔海遂请天锡、云召到山寨去坐坐。二人应允，各自上马，带领两寨喽啰，到太行山中聚义厅下马坐定。阔海吩咐摆酒接风，就问云召道："前日哥哥说回转南阳上表，奏过朝廷，不日就有招安。为何一去，将及半年，尚未见来？"云召道："一言难尽。"就把父亲受害，满门斩首，以及城陷妻子离散，细细地说了一遍，不觉泪如雨下。阔海大怒道："哥哥请免悲泪，待我起兵前去，与兄收复南阳，以报此仇。"天锡大怒道："前日哥哥差焦芳来取救兵，兄弟随即前来，被这个黑贼阻住厮杀，误我大事。致我哥哥城破，嫂嫂身亡，我好恨也！"阔海道："你休埋怨我，前日相会，你就该对我说明，我也不与你交战这许多日期了。

自然同你领兵去救哥哥,擒拿宇文成都,岂不快哉!如今埋怨也迟了。”云召道:“二位兄弟不必争论。也是我命该如此,说也枉然了。”

这时只见喽啰来报道:“筵席完备。”阔海就请二位上席,喽啰送酒,三人轮杯把盏。云召愁容满面,食不下咽。阔海道:“哥哥不必心焦,待弟与天锡哥哥,明日帮助大哥,杀到南阳,斩了宇文成都,复取城池。”天锡道:“雄大哥说得有理,明日就起程便了。”云召摇手道:“二位兄弟,只知其一,不知其二。昔日我镇守南阳,有雄兵十万,战将百员,尚不能保守。今城池已失,兵将全无,二弟虽勇,若要恢复南阳,岂不难哉!明日我往河北,投奔寿州王李子通处。他久镇河北,兵精粮足,自立旗号,不服隋朝所管。又与我姑表至戚,我去借兵复仇。二位兄弟,可守本寨,招兵买马,积草屯粮。待愚兄借得兵来,与二位兄弟同去报仇便了。”阔海苦劝再三,云召只是不听。阔海道:“既是哥哥要往河北去,不知几时方可起兵?”云召道:“这也论不定日期,大约一二年间耳?”阔海道:“兄弟在此等候便了。”云召道:“多谢贤弟!”

到了次日,云召辞别起身,天锡随行,阔海送出关外。两人分手,行到沱罗寨,焦芳接着。天锡请云召先到山中歇马,设筵款待,极其丰盛。次日,云召将行,吩咐焦芳且在山中操演人马,待一二年后一同起兵报仇。说罢,与天锡分别,取路而去。却说李子通坐镇寿州,掌管河北等处,有雄兵百万,战将千员,各处关寨,遣将把守;因此隋文帝封他为寿州王,称为千岁。一日早朝,文武两班朝参毕,只见朝门外报进来说:“外面有一员大将,匹马单枪,口称南阳侯伍云召特来求见。”李千岁闻报大喜道:“原来我表弟到此,快宣他进来。”手下领旨,出来宣进。云召走到殿上,口称:“千岁,末将南阳侯伍云召参见。”李千岁叫左右扶起,问道:“表弟,你镇守南阳,为何到此?”云召把父亲被害,宇文成都打破南阳的事情,说了一遍。言讫,放声大哭。李千岁道:“你一门遭此大变,深为可叹,待孤家与你复仇便了。”云召叩谢。军师高大材奏道:“大王正缺元帅,伍老爷今来相投,可当此任。”李千岁大喜,即封云召为大元帅,掌管河北各路兵将,云召拜谢。自此伍云召在河北为帅,此话不表。

再说宇文成都打破西城,杀进帅府,闻说反臣逃出南城走了。不多时,军士听闻元帅逃走,军中无主,遂开城投降。韩擒虎、新文礼,俱进帅府,独尚师徒不见。擒虎问道:“反臣如今何在?”成都道:“末将攻城之时,他已开了南城逃走,末将想南城有尚师徒把守,必被遭擒。”须臾尚师徒来帅府参见元帅,擒虎问道:“反臣拿住了吗?”尚师徒道:“不曾拿得。”就把追赶的事情,并周仓将军显圣,说了一遍。擒虎道:“原来云召大数未绝,故有神明相佑。”遂差人盘查仓库,点明户口,养马五日,放炮回军。成都禀道:“元帅,那麻叔谋虽然失机有罪,但他非反臣对手,乞元帅开莫大之恩,释他无罪!”韩擒虎听了,就令麻叔谋仍领先锋之职。叔谋得放,即来叩谢。擒虎吩咐尚师徒,回临潼关把守,新文礼回红泥关把守。二将得令,各带本部人马回去。

韩擒虎委官把守南阳,不许残害百姓,遂班师回朝。军马浩荡,旌旗遮道,正是:“鞭敲金蹬响,齐唱凯歌声。行到长安城外,擒虎令三军扎位教场内,自同宇文成都、麻叔谋三人进城、来到朝门,时炀帝尚未退朝,黄门官启奏。”韩擒虎得胜班师回朝,门外候旨。”炀帝命宣进来,韩擒虎等进殿俯伏,山呼万岁,将平南阳表章上达。炀帝展开一看。龙颜大悦,封韩擒虎为平南王,宇文成都为平南侯,麻叔谋为都总管。其余将士,各皆封赏,设太平宴,赐文武群臣。又出赦书,颁行天下。除犯十恶大罪,谋反叛逆不赦外,其余流徙笞杖等,不论已结证,未结证,已发觉,未发觉,俱皆赦免。

赦书一出,放出一个大虫来。他乃是一个惯好闯祸的卖盐浪汉。那人身长力大,因卖私盐打死巡捕官,问官怜他是个好汉,审做误伤,监在牢内。得此赦书一到,他却赦了出来。此人住居山东济南府历城县一个乡村,名唤斑鸠镇,姓程名知节,又名咬金。身长八尺,虎体龙腰,面如青泥,发似朱砂,勇力过人。父亲叫作程有德,早卒。母亲程太太,与人做些生活,苦守着。他七岁上与秦叔宝同学读书,到来却一字不识。后来长大,各自分散。因有几无赖。和他去卖私盐,他动不动与人厮打,个个怕他,都唤他做“程老虎”。不料一日撞着一起盐捕,相打起来,咬金性发,把一个巡盐捕快打死。官府差人捉拿凶身,他恐连累别人,自己挺身到官,认了凶身,问成大罪。问官怜他是个直性汉子,缓决在狱,已经三年。时逢炀帝大赦天下,他也在赦内。一日监门大开,犯人纷纷出去,独程咬

金呆呆坐着，动也不动。禁子道："程大爷，朝廷大赦，罪人都已去尽了，你却赖在此怎的？"咬金听见"赖在此"三字，就起了风波，大怒起来，赶上前撩开五指打去。众牢头晓得他厉害，俱来解劝。咬金道："入娘贼的，你要找出去，须要请我吃酒，吃得醉饱，方肯干休！"那几个老成的牢头，知拗他不得，就沽些酒来，买了些牛肉，请他吃，算作是赔罪的。那咬金正在枯竭，拿这酒肉，直吃了个风卷残云，立起身来道："酒已吃完，咱要去了！但咱的衣服都破，屪屠子露出来，怎好外边去见人？你们可有衣服，拿来借咱穿穿？"禁子道："这是难题目了，我们只有随身衣，日日当差，那里有得空？"咬金红着眼，只是要打。禁子无奈，说道："只有孝衣一件，是白布道袍，一项孝帽，是麻布头巾，是闲着的。程爷若不嫌弃，我们就拿出来。"咬金道："咱如今也不管他，你可拿出来。"

禁子就拿孝衣孝帽递与咬金，咬金接着，就穿戴起来，跑出监门。因纪念着母亲，急急向西门而去。未知回家见母如何，且看下回分解。

第二十一回　俊达有心结好汉　咬金学斧闹中宵

程咬金回到家中，程母认是咬金，母子抱头大哭一场。然后程母说道："儿呵！自从你打死捕人，问成死罪，下在狱中三年，我做娘的十分苦楚。欲要来看看你，那牢头禁子如狼似虎，没有银钱给他，哪肯放我进监？因此做娘的日不能安，夜不能睡，逐日与人做些针黹，方得度命。如今不知我儿因何得放回家？"咬金道："母亲的苦楚，孩儿也尽知道。如今换了皇帝，大赦天下，不管大小罪犯，一齐赦了，故此孩儿遇赦回来。"

程母闻言大喜，咬金道："母亲，我饿得很了，有饭拿来我吃。"程母道："说也可怜，自从你入牢之后，做娘的指头上做来，每日只吃三顿粥，口内省下来，余有五升米，在床下小缸内，你自去取出来煮饭吃吧！"咬金听说，就把米取出来洗好了，放在釜里煮饭，等得熟了，吃一个不住，待吃了个光，还只得半饱。程母道："看你，如此吃法，若不挣些银钱，如何过得日子。"咬金道："母亲，这也不难，快些拿银子出来，待我再去贩卖私盐，就有饭吃了。"程母道："我哪里有银就是铜钱也没有，你不要想差了。"咬金道："既没有银子，当头是有的，快拿出来，待孩儿去当米做本钱。"程母道："我有一条旧布裙子，你拿去当几十个铜钱吧。不要贩私盐，买些竹子回来，待我做几个柴扒，拿去卖卖，也可将就度日。"咬金道："母亲说得是。"

当下程母取出裙子，咬金接了，出门竟奔斑鸠镇上来。那市上的人，见了都吃惊道："不好了！这个大虫又出来了！"有受过他气的，连忙闭门不出。咬金来到当铺，大叫道："当银子的来了，走开！走开！"把那些赎当的人一齐推倒，都跌在两边。他便将这条布裙，望柜上一抛，把手一搭，腾地跳上柜台坐了，大喝道："快当与我！"当内大小朝奉，齐吃了一惊。内中一个认得他是程老虎，连忙说道："呵呀！我道是谁，原来是程大爷。恭喜！贺喜！遇赦出来了！小可尚未来做贺，不知程大爷要当多少。"咬金道："要当一两银子。"

朝奉连忙打开一看，却是一条布裙，又是旧的。若是新的，所值有限，哪里当得一两银子？心中想道："不当与他，打起来非同小可；若当与他，今日也来，明日也来，那如何使得？倒不如做个人情吧！"主意已定，就称了一两银子，双手捧过来，说道："程大爷，恭喜出来，小可不曾奉贺。今有白银一两，送与程大爷作贺礼，裙子断不敢收。"咬金笑道："你这人倒也知趣。"说道，接了银子，拿了布裙，跳下柜来，也不作谢，竟出当门，到竹行内来。

那竹行的主人名唤王小二，向日与咬金赌银钱，为咬金所打，正立在门首观看，远远望见咬金走来，连忙背转身朝里面看，假意说道："你们这班人，吃了饭不要做生活，把这些竹子放齐了。"话还未完，咬金一见，奔至后边，登的一脚，将王小二踢倒。王小二连忙爬起来说话："是那个？为甚的踢我一交？"咬金又打了一掌，骂道："入娘贼，你不识得我程大爷吗？快送几十枝竹子与我，我便饶你。"王小二道："我怎么不认得你？实是方才不曾见你，你休冤屈了人，白白踢我一交，打我一掌。要竹子自去拿便了，拿得动，竟拿两排去。"咬金笑道："你这入娘贼，欺我程大爷拿不动吗？竟叫我拿两排去，我就拿两排与你看！"当下咬金将银子含在口内，布裙拴在腰间，走至河边，把一排竹子一提，将索子背在

肩上。又提了一排，双手扯住，飞跑去了。惊得王小二目瞪口呆，眼巴巴看他把三十枝毛竹拖去了，又不敢上前扯住他，只得忍耐。再说程咬金拽了这两排毛竹，奔至自家门首放下，口中取出银子来，搦在手内。程母看见，又惊又喜说："我儿，这许多竹子，又有银子，是那里来的。"咬金道："孩儿拿了裙子，到当铺去当。那朝奉是认得的，道我遇赦放出，送我一两银子作贺，不收当头。这竹子是一个朋友送与我做本钱的。"程母闻言大喜道："你今再去买一把小竹刀来，待我连夜做些柴扒起来，明日清早，好与你拿到市上去卖。"咬金即将这一两银去买一把刀，一担柴，几斗米，称了些肉，沽了些酒，回到家中，烧煮起来，吃个醉饱，程母削起竹来，叫咬金去睡，咬金道："母亲辛苦，孩儿怎么睡得？"便陪他母亲直到四更，做成了十个柴扒，方才去睡，未到天明，程母起来，煮好了饭，叫咬金起来吃了。咬金问道："母亲，这个柴扒，要卖多少价钱一个？"程母道："每个扒，要讨五分，三分就好卖了。"咬金答应，背着柴扒，一直往市镇上来。

到了市中，两边开店的人见了他，都收店关门。咬金放下扒儿，等人来买。不想镇上这些人，都知道他厉害，谁敢来买？就要买的，看见他也躲避开去。咬金直等到下午，不见人来买，心中一想："要等一个体面人来，扯住他买，不怕他不买。"主意已定，又等了一回，再不见个人影，肚中饥饿，思道："且去酒店内，吃他一顿，再作计较。背了柴扒，要往酒店里去，众店看见，个个紧闭。直到市消尽头，却有一所村酒店。原来那店中老儿老婆两个，是别处新移来居住的，这情形他们哪里知道？一见咬金走进店来，便问道："官人要吃酒么"咬金道："是。"放下柴扒，向一处座头坐了。那婆子连忙暖起酒来，老儿切了一盘牛肉，并碗筋，拿到咬金面前。婆子送酒过来，咬金放开大嘴，只顾吃，不一时，把一壶酒，一盘肉，吃得罄尽。抹抹嘴，取了柴扒，往外便走。老儿道："官人吃了酒，酒钱呢？"咬金道："今日不曾带来，明日还你吧！"老儿赶出来，一声喊，一把扯住，将他旧布衫扯破。咬金大怒，抛下柴扒，回身打下一掌，把老儿打得一个发昏，跌入店里去。那老婆大声叫屈，惹得咬金性发，蹬地一脚，把锅灶踢翻，双手一锨，把架上碗盏物体，一齐打碎。老儿老婆见不是路，奔上楼去，将扶梯扯了上去，大叫："地方救命！"此时外边的人，见是程咬金撒泼，谁敢上前来劝？咬金把店中桌凳，打个罄尽，喝一声："入娘贼，你不下来，我把这间牢房打坍，不怕你不下来！"蹬地一脚，踢在中央柱上，把房子震得乱动。老儿老婆在楼上吓慌，大叫："爷爷救命！"

正打之间，忽见一个大汉，分开旁观众人，赶入门内，叫一声："好汉息怒，有话好好地说，不必动手。咬金回身一看，见这个人身长九尺，面如满月，目若寒星，颏下微有髭须，头戴线紫巾，身穿绿战袍，像是个好汉，便说道："若非老兄解劝，我就打死了这入娘贼，方肯干休。"那人叫老儿老婆放好扶梯下来，陪咬金的罪，又叫家丁取十两银子与了他，就对咬金道："请仁兄到敝庄上，可另有话说。"言讫，就挽咬金的手要走。咬金说："我还有十个柴扒要拿了去。"那人道："赏了这老儿吧。"咬金道："便宜了他！"

他二人挽手出了店门，行到庄上，只见四下里人家稀少，团团都是峻岭高山，树木丛茂。入得庄门，到了堂上，那人吩咐家丁，请好汉用香汤沐浴，换了衣巾，进堂来见礼，又吩咐擂酒。不多时，咬金换了衣冠，整整齐齐，来至中堂见礼，分宾主坐定。

那人问道："不知长兄尊姓大名？家居何处？府上还有何人？"咬金道："小可姓程名咬金，字知节，斑鸠镇人。自幼丧父，只有老母在堂。请问仁兄高姓大名？"那人道："小弟姓尤，名通，字俊达，祖居此地，向来出外，以卖珠宝为业，近因年荒世乱，盗贼频多，难以行动。今见兄长如此英雄，意欲合兄做个伙计，去卖珠宝，不知兄意下如何？"咬金闻言，起身就走。尤俊达忙扯住道："兄长为何不言就走？"咬金道："你真是个痴子，我是卖柴扒的，那里有本钱，与你合伙，去卖珠宝？"俊达笑道："小弟不是要你出本钱，只要你出身力。"咬金道："怎么出身力？"俊达道："小弟一人出本钱，只要兄同出去，一路上恐有歹人行劫，不过要兄护持，不致失误。卖了珠宝回来，除本分利，这个就是合伙了。"咬金道："原来如此，这也使得。只是我母亲独自在家，如何是好？"俊达道："这个不难，兄今日回去与令堂说明，明日请来敝庄同住如何？"咬金听说大喜道："如此甚妙，这合伙便合得成了。"

说话之间，酒席完备，二人开怀畅饮，直吃到月上。咬金辞别要行。俊达叮咛不可失信，叫两个家丁，取了几件衣服首饰，抬一桌酒，送咬金回去。俊达送出庄门，咬金作别，

同两个家丁来到家里。程母看见咬金满身华丽，慌忙便问，咬金告知其故，程母大喜。家丁搬上酒肴，送上衣服首饰，径自去了。母子二人，吃了酒肴，安睡一夜。

次日天明，尤俊达着家丁轿马到门相请，程母把门锁好上轿，咬金上马，一齐奔到武南庄来。俊达出门相接，咬金下马，挽手入庄。俊达妻子出来，迎接程母，进入内堂，见礼一番，内外饮酒，酒至数杯，俊达道："如今同兄出去做生意，不久就要起身。只是一路盗贼甚多，要学些武艺才好，未知兄会使何等兵器?"咬金道："小弟不会使别的兵器，往常劈柴的时候，就把斧头来舞舞弄弄，所以会使斧头。"俊达闻言，就叫家丁取出一柄八卦宣花斧，重六十四斤，拿到面前。咬金接斧在手，就要舞弄，俊达道："待我教兄斧法。"就叫家丁收过酒肴，把斧拿在手中，一路路的从头使起，教导咬金，不料咬金心性不通，学了第一路，忘记第二路；学了第二路，又忘记了第一路。当日教到更深，一路也不会使，俊达无法，叫声："住着，吃了夜饭睡吧，明日再教。"二人同吃酒饭，吃罢，俊达唤家丁同咬金在侧厅耳房中歇了，自己入内去睡。

且说咬金方才合眼，只见一阵风过去，来了一个老人，对他说："快起来，我教你斧法。你这一柄斧头，后来保真主，定天下，取将封侯，还你一生富贵。"咬金看那老人，举斧在手，一路路使开，把六十四路斧法教会了，说一声："我去也。"说罢，那老人忽然不见。咬金大叫一声："有趣。"醒将转来，却是南柯一梦，叫声："且住，待我赶快演习一番，不要忘记了。只是没有马骑，使来不甚威武!"想了半晌，忽说道："马有了，何不将厅上一条板凳，当作马骑，坐了跑起来，自然一样的。"

遂开了门，走至厅上。取一条索子，一头缚在板凳上，一头缚在自己颈上，骑了板凳，双手抡斧，满厅乱跑，使将起来。只是这厅上用地板铺满的，他骑了板凳，使了斧头，震动一片响声。尤俊达在内惊醒，不知外边什么响，连忙起来，走至厅后门缝里一觑，只见月光照人，如同白昼，见咬金在那里舞斧头，甚是奇妙，比日间教不会的时节，大不相同。心中大喜，遂走出来，大叫道："妙呵!"这一声竟冲破了，他只学得三十六路，后边的数路就忘记了。俊达道："有这斧法，为何日间假推不会?"咬金听说，就装体面，说起捣鬼的大话来了，呵呵大笑道："我方才日间是骗你，难道我这样一个人，这几路斧头不会使的吗?"俊达道："原来如此！我兄既然明白，连这下面几路斧头索性一发使完了，与我看如何?"咬金道："你若要看这几路斧使来，可牵出马来，待我试他一试看。"俊达叫家丁到后槽牵出一匹铁脚枣骝马来。

咬金抬头一看，见是一匹宝驹，自头至尾，有一丈长，背高八尺，四足如墨，满身毛片兼花。那匹马却也作怪，见了咬金，如遇故主一般，摆尾摇头，大声嘶吼。咬金大喜道："且把他牵过一边，拿酒来吃，等至天明，骑马演几路斧头便了。"家丁摆下酒肴，二人吃了。天色微明，咬金起身，牵马出庄，翻身上马，加上两鞭，那马一声嘶吼，四足蹬开，往前就跑，如登云雾一般。顷刻之间，跑上数十余里。试毕回庄。欲知后事如何，且看下回分解。

第二十二回　众马快荐举叔宝　小孟尝私入登州

咬金回到庄上，尤俊达道："事已停妥，明日就要动身，今日与你结为兄弟，后日无忧无虑。"咬金道："说得有理!"就供香案，二人结为生死之交。咬金小两岁，拜俊达为兄。俊达请程母出来，拜为伯母。咬金请俊达妻子出来，拜为嫂嫂。大设酒席，直吃到晚，各自睡了。

次日起来，吃过早茶，咬金道："好动身了。"俊达道："尚早哩！且等到晚上动身。"咬金问其何故，俊达道："如今盗贼甚多，我卖的又是珠宝，日里出门，岂不招人耳目？故此到晚方可出门。"咬金道："原来如此。"

到晚，二人吃了酒饭，俊达令家丁把六乘车子，上下盖好，叫声："兄弟，快些披挂好，上马走路。"咬金笑道："我又不去打仗上阵，为何要披挂?"俊达道："兄弟不在行了，黑夜行路，最防盗贼，自然要披挂了去。"咬金听了，同俊达一齐披挂上马，押着车子，从后门而去。

走了半个更次，来到一个去处。地名长叶林。望见号灯有数百盏，又有百余人，各执兵器，齐跪在地下，大声道："大小喽啰迎接大王。"咬金大叫道"不好了！响马来了！"俊达连忙说道："不瞒兄弟说，这班不是响马，都是我手下的人，愚兄向来在这里行劫。近来许久不做，如今特请兄弟来做伙计，若能取得一宗大财物，我和你一世受用。"咬金听说，把舌头一伸道："原来你是做强盗，骗我说做生意。这强盗可是做得的吗？"俊达道："兄弟，不妨，你是头一遭。就做出事来，也是初犯，罪可免的。"咬金道："原来做强盗，头一次不妨碍的吗？"俊达道："不妨碍的。"咬金道："也罢，我就做一遭便了。"

俊达听了大喜，带了喽啰，一齐上山。那山上原有厅堂舍宇，二人入厅坐下，众喽啰参见毕，分列两边。俊达叫道："兄弟，你要讨账，要观风？"咬金想道："讨帐，一定是杀人劫财；观风，一定是坐着观看。"遂应道："我去观风吧。"俊达道："既如此，要带多少人去行劫？"咬金道："我是观风，为何叫我去行劫？"俊达笑道："原来兄弟对此道行中的哑谜都不晓得。大凡强盗见礼，谓之'剪拂'。见了些客商，谓之'风来'，来得少谓之'小风'，来得多谓之'大风'。若杀之不过。谓之'风紧'，好来接应。'讨账'，是守山寨，问劫得多少。这行中哑谜，兄弟不可不知。"咬金道："原来如此。我今去观风，不要多人，只着一人引路便了。"俊达大喜，便着一个喽啰，引路下山。

咬金遂带喽啰，来到东路口，等了半夜，没有一个客商经过，十分焦躁。看看天色微晚，喽啰道："这时没有，是没有的了。程大王上山去吧！"咬金道："做事是要顺溜，难道第一次空手回山不成，东边没有，待我到西边去看。"小喽啰只得引到西边，只见远远的旗幡招飐，剑戟光明，旗上大书："靠山王响杠"。一支人马，溜溜而来。原来这镇守登州净海大元帅靠山王，乃炀帝叔祖，文帝嫡亲叔父，名唤杨林，字虎臣。因炀帝初登大宝，就差继子大太保罗芳，二太保薛亮，解一十六万饷银，龙衣数百件，路经长叶林，望长安进贡。

咬金一见，叫声："妙啊啊呀，大风来了！"喽啰连忙说道："程大王，这是登州老大王的饷银，动不得的。"咬金喝道："放屁，什么老大王，我不管他！"遂拍动自己乘坐的铁脚枣骝驹，手持大斧，大叫："过路的，留下买路钱来！"小校一见，忙入军中报道："前面有响马断路。"罗芳闻报，叫声："奇怪！难道有这样大胆的强人，白日敢出来断王杠！待我去拿来。"说罢便上前大喝一声："何方盗贼，岂不闻登州靠山王的厉害。敢在这里断路！"咬金并不回言，把斧砍来，罗芳举枪，往上一架，当的一声响，把枪折为两段，叫声："哎呀！"回马而走。薛亮拍马来迎，咬金顺手一斧，正中刀口，当的一声，震得双手血流，回马而走。

众兵校见主将败走，呐喊一声，弃了银桶，四下逃走。咬金放马来赶，二人叫声："强盗，银子你拿去罢了，苦苦赶我怎的？"咬金喝道："你这两个狗头，休认我是无名强盗，我们实是有名强盗。我叫作程咬金，伙计尤俊达，今日权寄下你两个狗头，迟日可再送些来。"咬金说罢，回马转来。

罗芳、薛亮惊慌之际，错记了姓名，只记着陈达、尤金，连夜奔回登州去了。咬金回马一看，只见满地俱是银桶，跳下马来，把斧砍开，滚出许多元宝，咬金大喜。忽见尤俊达远远跑来，见了元宝，就叫众喽啰，将桶劈开，把元宝装在那六乘车子内，上下盖好，回至山上。过了一日，到晚一更时分，放火烧寨，收拾回庄，从后门而入。花园中挖了一个地穴，将一十六万银子尽行埋了。到次日，请了二十四员和尚，挂榜开经，四十九日梁王忏。劫杠这日，是六月二十二日，他榜文开了二十一日起忏，将咬金藏在内房，不敢放他出来，此话慢讲。

且说登州靠山王杨林，这一日升帐理事，外面忽报："大太保，二太保回来了。"杨林吃了一惊道："为何回来这般快？"就叫他们进来。二人来至帐前，跪下禀道："父王，不好了！王杠银子，被响马尽劫去了！"杨林听了大怒道："响马劫王杠，要你们押杠何用？与我绑去砍了！"左右一声答应，将二人拿下。二人哀叫："父王呵，这响马厉害无比，他还通名姓哩！"杨林喝道："强盗叫甚名字？"二人道："那强盗一个叫陈达，一个叫尤金。"杨林道："失去王杠，在何处地方？"二人道："在山东历城县地方，地名长叶林。"杨林道："既有这地方名姓，这响马就好拿了。"吩咐将二人松了绑，死罪饶了，活罪难免，叫左右捆打四十棍，遂发下令旗令箭，差官赍往山东，限一百日内，要拿长叶林劫王杠的响马陈达、尤金。百日之内，如拿不着，府县官员，俱发岭南充军，一应行台节制武职，尽行革职。

这令一出，吓得济南文武官员，心碎胆裂。济南知府钱天期，行文到历城县，县官徐有德，即刻升堂，唤马快樊虎，步快连明，当堂吩咐道："不知何处响马，于六月二十二日在长叶林劫去登州老大王饷银一十六万。临行又通了两个姓名。如今老大王行文下来，限百日之内，要这陈达、尤金两名响马。若百日之内没有，府县俱发岭南充军，武官俱要革职。自古道：'上不紧则慢。'本县今限你一个月，要拿到这两名响马。每逢三六九听比，若拿得来，重重有赏；如拿不来，休怪本县！"二人领牌出衙，各带公人去寻踪觅迹，并无影响。到了比期，二人重责三十板，徐有德喝道："如若下卯比没有响马，每人打四十板。"二人出来，会齐众人商量道："这两个响马，一定是过路的强盗，打劫去往外州县受用。叫我们哪里去拿？况且强盗再没有肯通个姓名的，这两个名姓，一定是假的。"众人道："如此说来，难道就此死了不成？"樊虎道："我有一计在此，到下卯比的时节，打完了不要起来，只求本官把下卯比一齐打了吧。本官一定问是何故，我们一齐保举秦叔宝大哥下来。若得他下来。这两个响马，就容易拿了。"连明道："秦大哥，现为节度旗牌，如何肯下来？"樊虎道："不难，只消如此如此，他自然下来了。"众人大喜，各自散去。

不几日，又到比期，徐有德升堂，问众捕人道："响马可拿到了吗？"众人道："并无影响。"有德道："如此说，拿下去打。"左右一声呐喊，扯将下去，每人打四十大板。及打完，众人都不起来，一齐说道："求老爷将下次比板，一总打了吧，就打死了小的们，这两个响马也没处拿的。"徐有德道："据你们如此说来，这响马一定拿不得了。"樊虎道："老爷有所不知，这两个强人，一定是别处来的。打劫了，自往外府去了，如何拿得他来？若能拿得他，必要秦琼。他尽知天下响马的出没去处，得他下来，方有拿处。"徐有德道："他是节度大老爷的旗牌，如何肯下来追缉响马？"樊虎道："此事要老爷去见大老爷，只需如此如此，大老爷一定放他下来。"徐有德听了道："说得有理，待本县自去。"即刻上马，竟投节度使衙门来。

此时唐璧正坐堂理事，忽见中军官拿了徐有德的禀摺，上前禀道："启老爷，今有历城县知县在辕门外要见。"唐璧看了禀摺，叫："请进来。"徐有德走至檐前，跪下拜见，唐璧叫免礼赐座。徐有德道："大老爷在上，卑职焉敢坐？"唐璧道："坐了好讲话。"徐有德道："故此，卑职告坐了。"唐璧道："贵县到来，有何事故？"徐有德道："卑职因响马劫了王杠，缉获无踪，闻贵旗牌秦琼大名，他当初曾在县中当过马快，不论什么响马，手到擒来。故此卑职前来，求大老爷将秦琼旗牌发下来，拿了响马，再送上来。"唐璧闻言喝道："哇！狗官，难道本藩的旗牌，是与你当马快的吗？"徐有德忙跪下道："既然大老爷不肯，何必发怒？卑职不过到了百日限满之后，往岭南去走一遭，只怕大老爷也未必稳便。还求大老爷三思。难道为一旗牌，而弃前程不成？"

唐璧听说，想了一想，暗说："也是，前程要紧，秦琼小事。"因说道："也罢！本藩且叫秦琼下去，待拿了响马，依旧回来便了。"有德道："多谢大老爷。但卑职还要禀上大老爷，自古道：'上不紧则下慢，'既蒙发下秦旗牌，若逢比限不比，决然怠慢，这响马如何拿得着？要求大老爷做主。"唐璧道："既发下来，听从比限便了。"就叫秦琼同徐知县下去，好生着意，获贼之后，定行升赏。秦琼见本官吩咐，不敢推辞，只得同徐有德来到县中。

徐有德下马坐堂，叫过秦琼，吩咐道："你向来是节度使旗牌，本县岂敢得罪你？如今既请下来，权当马快，必须尽心获贼。如三六九比期，没有响马，那时休怪本官无情！"叔宝道："这两名响马，必须出境缉获，数日之间，如何得有？还要老爷宽恕。"有德道："也罢，限你半个月，要这两名响马，不可迟缓。"叔宝领了牌票，出得县门，早有樊虎、连明接着。叔宝道："好朋友！自己没处拿贼，却保我下来！"樊虎道："小弟们向日知仁兄的本事，晓得这些强人出没，一时不得已，故此请兄长下来，救救小弟们的性命！”叔宝道：“你们依先四下去察访，待我自往外方去寻便了。”遂别了众友回家，见了母亲，并不提起这事，只说奉公出差。别了母亲妻子，带了双锏，翻身上马，出得城来，暗想：“长叶林乃尤俊达地方，但他许久不做，绝不是他。一定是少华山的王伯当、齐国远、李如珪前来劫去，通了两个鬼名，待我前去问他们便了。”遂纵马竟向少华山来。

到了山边，小喽啰看见，报上山来。三人忙下来迎接，同到山寨，施礼坐下。王伯当道：“近日小弟正欲到单二哥那边去，知会打点，前来与令堂老伯母上寿。不料兄长到此，有何见教？”叔宝道：“不要说起。不知哪一个于六月二十二日，在长叶林劫了靠山王饷银一十六万，又通了两个鬼名。叫陈达、尤金。杨林着历城县要这两名强人，我只恐是你们，到那里打劫了，假意通这两个鬼名，故此来问一声。”王伯当道：“兄长说哪里话？我们从来不曾打劫王杠，就是要打劫，登州解来饷银，少不得他要经此山行过，就在此地打劫，却不省力，为何到那里去打劫？”李如珪道：“我晓得了！那长叶林是尤俊达的地方，一定是他合了一个新伙计打劫了去。那伙计就如上阵一样，通了姓名，那押杠的差官慌忙中听差了。”齐国远道：“是呵，你说得不差。叔宝兄你只去问尤俊达便了。”叔宝听了，即便动身，三人苦留不住，只得齐送下山。

叔宝纵马加鞭，竟往武南庄来，到了庄前，忽听得里边钟鼓之声。抬头一看，见榜文上写着：“演四十九日梁王忏，于六月二十一日为始。”想他既二十一日在家起经，如何二十二日有工夫去打劫？如今不要进去问他吧。想了一想，竟奔登州而来。及至登州，天色微明，一直入奔城去。未知此事如何，且看下回分解。

第二十三回　杨林强嗣秦叔宝　雄信暗传绿林箭

却说杨林自从失去饷银，虽向历城县要人，自己却也差下许多公人，四下打听。这日早上，众公人方要出城，只见秦叔宝气昂昂，跑马入城。众公人疑心道：“这人却来得古怪，又有两根金装锏，莫非就是劫王杠的响马，也未可知。”大家一齐跟了走来。

叔宝到了一个酒店下马，叫道：“店小二，你这里可有僻静所在吃酒吗？”店小二道：“楼上极僻静的。”叔宝道：“既如此，把我的马牵到里边去，莫与人看见，酒肴只顾搬上楼来。”店小二便来牵马到里边去了。

叔宝取锏上楼。小二牵马进去出来，众公差把手招他出来，悄悄说道：“这个人来得古怪，恐是劫王杠的响马，你可上去套他口风，切不可泄漏。”店小二点头会意，搬酒肴上楼摆下，叫：“官人吃酒。”叔宝问道：“那长叶林失了王杠，这里可拿得紧吗？”小二道：“拿得十分紧急。”叔宝闻言，脸色一变，呆了半晌，叫道：“小二，你快去拿饭来我吃，吃了要赶路。”小二应了，走下楼来，暗暗将这问答形状，述与众公人知道。众公人道：“必是响马无疑，我们几个，如何拿得他住？你可慢将饭去，我去报与老大王知道，着将官拿他便了。”遂即飞报杨林，杨林即差百十名将官，如飞赶至酒店门首，团团围住，齐声呐喊，大叫：“楼上的响马，快快下来受缚，免我动手。”叔宝正中心怀，跑下楼来，把双锏一摆，喝道：“今日是我自投罗网，不必你们动手，待我自去见老大王便了。”众将道：“我们不过奉命来拿你，你若肯去，我们与你做什么冤家？快去！快去！”

大家围住叔宝，竟投王府而来，到了辕门，众将报人。杨林喝令：“抓进来！”左右答应，飞奔出来，拿住叔宝要绑。叔宝喝道：“谁要你们动手，我自进去！”遂放下双锏，走入辕门，上丹墀来。杨林远远望见，赞道：“好一个响马！”叔宝来至殿阶，双膝跪下，叫道：“老大王在上，山东济南府历城县马快秦琼，叩见大王。”杨林闻言，把众将一喝道：“你这班该死的狗官，怎的把一个快手当作响马，拿来见孤？”众将慌忙跪下道：“小将拿他的时节，他自认是响马，所以拿来。”当有罗芳在侧跪禀道：“呵，父王，果然不是劫饷银的强盗。那劫饷银强盗是青面獠牙，形容十分可怕，不比这人相貌雄伟。”

杨林便叫：“秦琼，你为何自认作响马？”叔宝道：“小人欲见大王，无由得见，故作此耳。”杨林点头，仔细将叔宝一看：面如淡金，五绺长须，飘于脑后，跪在地下，还有八尺来

高,果然雄伟,便问道:“秦琼,你多少年纪,父母可在否?”叔宝道:“小人父亲秦理,自幼早丧,只有老母在堂,妻子张氏,至亲三口。小人今年二十五岁。”看官,你道叔宝为何不说出真面目来?只因昔日杨林在济南府枪挑了秦彝,若说出来,恐怕命不保,故此将假话回对。

杨林道:“你会什么兵器?”叔宝道:“小人会使双锏。”杨林道:“取锏来,使与孤看。”众将抬叔宝的双锏进来放下,叔宝道:“大王在上,小人焉敢无礼?”杨林道:“孤不罪你。”叔宝道:“既蒙大王吩咐,小人不敢推辞,但盔甲乃为将之威,求大王赐一副盔甲,待小人好演武。”杨林闻言,遂叫左右:“取我的披挂过来。”左右答应,连忙取与叔宝。杨林道:“这件盔甲,原不是我的,向日我出兵征战,在济南府杀了一名贼将,叫作秦彝,就得他这件盔甲,并一枝虎头金枪,孤爱他这盔甲,乃赤金打成,故此留下,今日就赏你吧。”

叔宝闻言,心中悽惨,只得谢了一声。立起身来,把盔甲穿戴起来,换了一个人物。就提起双锏,在手摆动。初时人锏分明,到了后来,只见金光万道,呼呼的风响逼人寒,闪闪的金光眩双目。这回锏使起来,把个杨林欢喜得手舞足蹈,不一时把五十六路锏法使完了跪下禀道:“大王锏法使完了。”杨林大喜道:“你还会使什么兵器?”叔宝道:“小人还会使枪。”杨林道:“甚妙。”即叫左右抬过虎头金枪,左右答应,把八十二斤虎头金枪扛过来。

叔宝双手接过。将柄上一看,上写:“武卫将军秦彝置。”知是父亲之物,不敢明言,只好暗暗流泪。遂将身子一摇,使将起来。杨林一见问道:“这是罗家枪,你如何晓得?”叔宝道:“前小人在潞州受了官司,发配燕山,见罗元帅在教场演枪,小人因此偷学他的枪法,故此会使。”杨林道:“原来如此,快使起来。”叔宝就将十八门,三十六路,六十四招,尽行使出。

杨林见了大喜,将枪也赐了叔宝,说道:“孤年过六旬,苦无子息,虽有十二太保,过继为义子,本事皆不若你。如今孤欲过继你为十三太保,不知你意下如果何?”叔宝暗想:“他是我杀父仇人,不共戴天,怎可拜他为父?”就推却道:“小人一介庸夫,焉敢承当太保之列,绝难从命!”杨林闻言,二目圆睁,喝道:“胡说,孤继你为子,有何耻辱于你?如若不从,左右看刀!”叔宝连忙说道:“小人焉敢不从,只因老母在堂,放心不下。若大王依得小人一件,即便允从,如若不从,甘愿一刀。”杨林道:“是哪一件?”叔宝道:“待小人回转济南,见了母亲,收拾家中,乞限一月,同了老母前来便了。”杨林道:“这是王儿的孝道,孤家岂有不依?”叔宝无奈,只得拜了八拜,叫声:“父王,臣儿还有一句话,要求父王依允。”杨林道:“有何话说!”叔宝就道:“失饷银一事,要求父王宽限,令府县慢慢访拿。”杨林道:“孤只待限满,将这些狗官,个个重处。既是王儿说了,看王儿面上,再发令箭下去,吩咐府县慢慢拿缉便了。”

叔宝拜辞杨林,杨林令众将送出城外。叔宝回到济南,坐在家中,俨然是一个爵主爷爷。光阴迅速,过了一月,杨林不见叔宝到来,心中焦躁。依旧发下令箭,拿这两个响马。薛亮吩咐差官到历城县,着县官依旧叫秦琼拿贼。徐有德这次翻了脸,到三六九没有响马,从重比责,叔宝却受了若干板子,这也不在话下。

且说少华山王伯当,对齐国远、李如珪道:“叔宝母亲九月二十三日,是六旬寿诞,日期将近,咱要往潞州知会单二哥,前去拜寿。你二人稍停几天动身,山东相会便了。”二人应允,王伯当就起身下山,竟投山西潞州府二贤庄上。不一日,到了庄上,单雄信闻知,迎接入庄,礼毕坐下。

雄信道:“多时不会,我兄弟甚风吹得到此?”伯当道:“九月二十三日,乃叔宝兄令堂寿辰,小弟特来知会吾兄,前去祝寿。”雄信道:“原来如此,如今事不宜迟,即速通知各处兄弟,同去恭祝。”说罢,即取绿林中号箭,差数十家丁,分头知会众人,限于九月二十三日,在济南府东门会齐,如有一个不到,必行重罚。一面打点各样贺礼,择日同王伯当往山东进发。那时各处好汉,得了单雄信的号箭,个个动身,不表。

单讲幽州燕山罗元帅夫人秦氏,一日对罗公说道:“妾身有句话,不知相公肯允否?”罗公道:“何事?”夫人道:“九月二十三日,乃家嫂六旬寿诞。我已备下寿礼,欲令孩儿前去与舅母拜寿,不知相公意下如何?”罗公道:“这是正理,明日就叫孩儿动身。”夫人大喜。

这信一传出来,早有外边张公瑾、史大奈、白显道、尉迟南、尉迟北、南延平、北延道七人皆要去拜寿，都来求公子点拨同行。罗成依允，就在父亲面前点了他七人随往。到次日，罗成拜别父母，收拾寿礼，带着七人投济南而来。未知罗成在路如何，且看下回分解。

第二十四回　秦叔宝劈板烧批　贾柳店拜盟刺血

今不暇说罗成在路。且说山西太原柴绍，说知唐公，要往济南与叔宝母亲上寿。唐公道："去年你在承福寺遇见恩公，及至我差人去接他时，他已回济南去了。大恩未报，心中不安。如今他母亲大寿，你正当前去。"即备黄金一千两，白银一万两，差官同柴绍往济南来。

再说少华山齐国远、李如珪两人计议道："我们要去济南上寿，将甚寿物为贺？"李如珪道："去年闹花灯时节，我抢一盏珠灯在此，可为贺礼。"二人遂收拾珠灯，带了两个喽啰，下山而来，将近山东地界，刻见罗成等八人来了。

齐国远不认得罗成，说道："好呵！这班人行李沉重，财物必多，何不打劫来去做寿礼？"遂拍马抡刀大叫道："来的留下买路钱！"罗成见了，就令信张公瑾等退后。自家一马当先，大喝道："响马你要怎的？"齐国远道："要你的财物。"罗成道："你休妄想，看我这杆枪。"齐国远大怒，把斧砍来。罗成把枪一举，哨的一响，拦开斧头，拿起银花锏就刺，正齐国远头颈上。国远大叫一声，回马便走，李如珪见了，举起两根狼牙棒，拍马来迎。被罗成一枪逼开狼牙棒，也照样的一锏，正中左臂。如珪负痛，回马便走，两个喽啰抛掉珠灯，也走了。罗成叫史大奈取了珠灯，笑道："这个毛贼，正是偷鸡不着，反折一把米。"按下不表。

且说齐、李二人败下来，一个被打了头颈，一个挂落了手，正想："财物劫不来，反失了珠灯，如今却将何物去上寿？"忽见西边转出一队人来，却是单雄信、王伯当，后边跟了些家将。齐国远道："好了！救星到了！"二人遂迎上前去，细言其事，雄信大怒，叫众人一齐赶来。罗成听见人喊马嘶，晓得是败去的响马，纠合同伙追来，遂住马候着。看看将近，国远道："就是这个小贼种。"雄信一马当先，大喝道："还我珠灯来便罢，如不肯还，看俺的家伙！"罗成大怒，正欲出马相杀，后面张公谨认得是雄信，连忙上前叫道："公子不可动手，单二哥也不必发怒。"二人听得，便住了手。公瑾告罗成知道："这人就是秦大哥所说的大恩人单雄信便是。"罗成听说，便与雄信下马相见毕，大家各叙过了礼。取金枪药与齐国远、李如珪搽好，疼痛即止。都说往济南拜寿，合作一处同行，不表。且说尤俊达得了雄信的令箭，见寿期已近，吩咐家将，打点贺礼，即日起身。程咬金问道："你去到谁家拜寿？我也去走一遭。"俊达道："去拜一个朋友的母亲，你与他篡来不熟，如何去得？"咬金道："且说这人姓甚名谁？"俊达道："这人乃山东第一条好汉，姓秦名琼，字叔宝。你何曾与他熟识？"咬金闻言大笑道："这人是我从小相知，如何不熟，乌还是他的恩人呢，他父亲叫作秦彝，官拜武衔将军，镇守济南，被杨林杀了。他那时年方三岁，乳名太平郎，母子二人，与我母子同居数载，不时照顾他。后来各自分散，虽多年不会，难道不是熟识？"俊达道："原来有这段缘故，去便同你去，只是你我心上之事，酒后切不可露。"咬金应声："晓得。"二人收拾礼物，领了四个家将，望济南而来。

那咬金久不骑马，在路上好不躁皮，把马加鞭，上前跑去。转出山头，望见单雄信一队人马。咬金大叫："妙呀！大风来了！"遂抡起宣花斧，大叫："来的留下买路钱去！"雄信笑道："我是强盗头儿，好笑那厮目不识丁，反要我买路钱！待我赏他一槊。"遂一马上前，把金顶枣阳槊就打。咬金把斧一架，架过了槊，当当的连砍两斧，雄信急架忙迎，那里招架得住？叫声："好家伙！"回马忙走。罗成看见，一马冲来，摇枪便刺。咬金躲避枪，把斧砍来，罗成拦开斧，闪的一枪，正中咬金左臂。咬金回马要走，不提防腿上又中了一枪，大叫："风紧！风紧！"只见后边尤俊达到了，见咬金受伤，遂抡起朴刀，拍马赶来。单雄信认得，连忙叫住罗成，不要追赶。俊达唤转咬金，个个相见，取出金枪药，与咬金敷了伤痕，登时止痛。大家合作一处，取路而行。

将近济南，见城外一所客店，十分宽敞，板上写着贾柳店，雄信对众人道："我们今日

且在这里居住，等齐了众友，明早入城便了。”众人皆说：“有理。”遂一齐入店。店主贾闰甫、柳周臣，接进众人，上楼去坐。几个家丁，派在路上，要等上寿的朋友，招呼进店。当下吩咐安排七八桌酒，先拿两桌上来吃。不一时，来了潞州金甲、童环、梁师徒、丁天庆，家丁招呼，入店上楼，个个见礼，又添上了一桌酒。不多时，又来了柴绍、屈突通、屈突盖、盛彦师、黄天虎、李成龙、韩成豹、张显扬、何金爵。谢映登、濮固忠、费天喜一班豪杰，陆续俱到，各上楼吃酒。忽听外面渔鼓响，走入魏征，徐勣，二人上楼来，个个见礼，坐下饮酒。这时楼下又来了兄弟两人，叫作鲁明月、鲁明星，他二人乃是海贼，所以家丁不认得。二人走入店中，看见楼上有客，就在楼下坐了。走堂的摆上酒肴，二人对饮。

且表接上呼三喝四，吃得热闹，咬金暗想：“我当初贫穷，衣食不足，今日大鱼大肉，这般富贵，又且结交众英雄，十分荣耀。”想到此处；欢喜之极，不觉把脚在楼上当的一蹬。恰好底下是鲁家兄弟的坐处，把那灰尘落在酒中，好似下了一阵花椒末。鲁明星大怒，骂道：“楼上入娘贼的，你蹬什么？”咬金在上面听见，心头火发，跑下楼来，骂一声：“入娘贼，焉敢骂我？”就一拳望鲁明星打来，早被明星举手接住。咬金摆不脱，就举右手一拳打来，鲁明月又上前接住。兄弟两个，两手扯住咬金两只手，这两只空手，尽力在咬金背上如擂鼓一般打下。楼上听得，一齐下楼来。雄信认得二人，连忙叫住，挽手上楼，彼此赔罪，依前饮酒。

且表贾闰甫见这班人不三不四，心内疑惑，悄悄对柳周臣道：“这班人来得古怪，更兼相貌凶奇，莫非有劫王杠的陈达、尤金在内？你可在此看店，待我入城叫叔宝兄来，看看风色，却不可泄漏。”柳周臣点头会意，贾闰甫飞奔往县前来，看见叔宝，就说道：“今日小弟店中，来了一班人，十分古怪。恐有陈达、尤金在内，故此急来，通知兄长。”叔宝就叫樊虎、连明同闰甫走到店中。叔宝当先入内，走上楼梯一看，照面坐的却是单雄信，连忙缩下头来。早被雄信看见，遂立起身来叫：“叔宝兄！”极宝躲避不及，只得与连明、樊虎上楼，逐一相见行礼，叙了阔别之情。

叔宝走到咬金面前，却不认得，竟作一揖，又无言语，就向别人行礼。尤俊达扯住咬金低低说道：“你说与他自小好相知，如今何不与你叙话？倒像个从不识面的！”咬金闻言大怒，扯住叔宝道：“你这势利小人，为何不睬我？”叔宝笑道：“小可实不认得仁兄。”咬金大喝道：“太平郎，你这等无恩无义，可记得当初住在斑鸠镇上，我母子怎样照顾你？你今日一时发迹，就忘记了我程咬金吗？”叔宝闻言叫声：“呵呀！原来你就是程一郎哥！我一时忘怀，多多有罪！”说罢跪将下去。咬金大笑道：“尤大哥，如何？我不哄你！”连忙扶起叔宝道：“折杀！折杀！”又重新行礼，各叙别后事情。

言讫，叔宝叫贾、柳二人，一齐上来喝酒。酒至数巡，叔宝起身劝酒，劝到雄信面前，回转身来，在桌子脚上撞了痛处，叫声：“呵呀！”把腰一曲，几乎跌倒。雄信扶起叔宝，忙问为何痛得如此厉害？樊虎把那王杠被劫，缉访无踪，被县官比板，细细说了一遍。所以方才撞了痛处，几乎晕倒。雄信与众人听了，一齐骂道：“可恨这个狗男女，劫了王杠，却害得叔宝兄受苦。”此时尤俊达心内突突的跳，忙在咬金腿上扭，咬金大叫道：“不要扭，我是要说的。”便道：“列位不要骂，那劫王杠的就是尤俊达、程咬金，不是尤金、陈达！”

叔宝闻言大惊，忙将咬金的口掩住道：“恩兄何出此言？倘给别人听见，不大稳便。”咬金道：“不妨，我是初犯，就到官也无甚大事。”李如珪道：“如何？我说一定是尤俊达合了新伙计打劫的。如今怎么处？”咬金道：“怎么难处？快找索子绑我去见官就是了！”叔宝道：“恩兄呀！弟虽鲁莽，那情理二字，亦略知一二。怎肯背义忘恩，拿兄去见官？如兄不信，弟有凭据在此，请他做个见证。”言讫，就在怀中取出捕批牌票，将佩刀一劈，破为两半，就在灯火上，连批文一齐烧了。众人看见，齐说道：“好朋友，这个才是好汉！”

徐茂公道：“今日众英雄齐集，是很难得的。今叔宝兄如此仗义，何不就在此处摆设香案，大家歃血为盟，以后必须生死相救，患难相扶，不知众位意下如何？”众人齐说道：“是！”就于楼上摆设香案，个个写了年纪，茂公写了盟单，众人跪下。茂公将盟单念道：

维大业二年，九月二十二日，有徐勣、魏征、秦琼、单通、张公瑾、史大奈、尉迟南、尉迟北、鲁明星、鲁明月、南延平、北延道、白显道、樊虎、连明、金甲、童环、屈突通、屈突盖、齐国运、李如珪、贾闰甫、柳周臣、王勇、尤通、程咬金、梁师徒、丁天庆、盛彦师、黄天虎、李成龙、韩成豹、张显杨、何金爵、谢映登、濮固忠、费天

喜、柴绍、罗成三十九人，歃血为盟。不愿同日生，只愿同日死。吉凶相共，患难相扶，如有异心，天神共鉴。

祝罢，众人举刀，在臂上刺出血来，滴入酒中，大家各吃一杯血酒。叔宝道：“天色已晚，我同表弟入城回家，明朝在舍等候众兄弟便了。”众人齐道：“有理。”即时别了众友，同罗成进城到家。罗成拜见舅母，秦母见罗成一表人物，十分欢喜，各叙寒温。就叫张氏与罗成见过了礼，吩咐摆酒，请罗成吃酒。未知后来如何，且看下回分解。

第二十五回　庆寿辰罗单相争　劫王杠咬金被捉

次日清晨，秦叔宝先到后边一个土地庙中，吩咐庙祝在殿上打扫，等候众人殿上吃酒。你想这班人，可在自家厅上久坐得的吗？万一有衙门中人来撞见，如何使得？所以预先端整，一等拜完了寿，就在土地庙中吃酒。早饭毕，众人到了厅上，摆满寿礼，无非是珠宝彩缎金银之类。大家先与叔宝见礼，然后请老伯母出来拜寿。叔宝道：“不消，待小弟说知便了。”大家定要请见，叔宝只得请老母出房。秦母走到屏风后一张，见众人生得异相，不觉心惊，不肯出来。叔宝低声指道：“那青面的是单二员外，蓝脸的是程一郎，这一个是秀才柴绍，乃唐公的郡马。其余众人，都是好朋友，出去不妨。”

正在说话，外边程咬金性急，就走入内，看见秦母，就叫：“老伯母，小侄程咬金拜寿。”遂跪下去。秦母用手扶起，便问叔宝：“这就是程一郎吗？”叔宝道：“正是。”秦母就问：“令堂近日可好吗？”咬金道：“家母近来无病，饭也要吃，肉也要吃，叫侄儿致意伯母。”说罢，就请秦母出来。秦母不肯，咬金竟将秦母抱出厅来，对众人道：“我是拜过寿的了，你们大家一总拜吧。”众人齐说：“有理！”一齐跪下，秦母要回礼，被咬金一把按定，哪里动得？只得道：“老身折福了。”叔宝在旁回礼，拜罢起身，叔宝又跪下，拜谢众友。秦母又致谢单雄信往日之情，雄信回称：“不敢！”秦母又向众人谢道：“今日老身贱辰，何德何能，敢劳列位前来，惠赐厚礼。叫老身何以克当？”众人齐说：“老伯母华诞，小侄等理当奉拜，些许薄礼，何足挂齿？”彼此礼毕，秦母入内去了。

叔宝请众人到土地庙来，进得山门，却是一块平坦空地。走入正殿，酒席早已摆设端整，一齐坐下吃酒。不多时，只见秦安来说道：“有节度使衙门中众旗牌爷来家拜寿，请大爷暂时回去。”叔宝忙起身说道：“家中有客，不得奉陪，烦咬金代我做主，小弟去去就来。”众人道：“请便。”叔宝竟自回去。

饮酒中间，咬金暗想，在席众友，唯有单雄信与罗成厉害。待我哄他二人，打一阵看看，有何不可。想罢，立起身来劝酒，对到单雄信面前，低声道：“我通个信与你。罗成要打断你的肋子骨哩！”雄信吃惊道：“他为什么缘故？”咬金道：“他骂你坐地分赃的强盗头，倚着财主的势，不把他靖边侯公子放在眼内，把你肋子骨打断，这句话，是我亲耳听见的，好意来通知你，你须小心防备。”雄信听罢大怒。咬金复向众人劝过，劝到罗成面前，轻轻叫道：“罗兄弟，你可晓得吗？雄信要搂出你的乌珠哩！”罗成道：“他为什么缘故？”咬金道：“他道你仗着公子的势，不把他放在眼内。要寻着事端，把你的乌珠搂出来，你须小心！”罗成听了，微微而笑。咬金依旧坐下，照前饮酒。两个心中越想越恼，各怀了打的念头。

小时换席，众人下阶散步，罗成在空地走了一转，回身入殿。雄信立在殿门，两下肩头一撞，罗成力大，把雄信哄的一声，仰后一交，直跌入殿内。众人吃了一惊，不知就里。雄信大怒，爬起来骂道：“小贼种，焉敢跌我！”罗成道：“青脸贼，我就打你，怕你怎的？”奔近前来，雄信飞起一脚踢去，早被罗成接住，提起一丢，有如小孩子一般，扑通响撩在空地上去了。众人上前劝解，哪里劝得住？雄信被罗成抓住，按倒在地，挥拳便打。恰好叔宝走到，喝开罗成，扶起雄信。雄信道：“好打！好打！我怕你这小畜生难脱我手！”罗成道：“我不怕你这个坐地分赃的强盗！”叔宝喝道：“胡说，还要放屁！”罗成见表兄骂他，回身就走，竟到家中，拜别舅母，撇了张公瑾等七人，上马回河北去了。

秦母不知何故，忙着秦安来通知叔宝，叔宝大惊道：“如此一发成仇了！哪一位兄弟

去追他转来?”咬金道:“我去。”带了斧头上马追去。叔宝问为何相打,雄信就把咬金所言,说了一遍,尤俊达道:“这程咬金惯会说谎,你如何听他?”茂公道:“既如此,咬金追去,罗成决不转来。”叔宝道:“何以不转来?”茂公道:“他方才在内做鬼,若把罗成追转来,岂非对出是非来?要叫他追,是催他走了。”俊达道:“待我去追。”遂取双胜托天叉,飞身上马赶去。

单表这程咬金追到黄土岗,看见王杠银子来了。原来杨林又起了十六万王杠,恐路中有失,亲自解来,这咬金哪里知道杨林不是儿戏的?一见王杠便大叫道:“妙呵,大风来了!”遂摇斧高叫道:“来的留下买路钱!”这边罗芳看见认得,飞报老大王说:“前日长叶林劫王杠的响马又来了!”杨林闻言大怒,提起两根囚龙棒,飞马出来,喝问:“响马,你是陈达、尤金吗?”咬金笑道:“我是程咬金,伙计尤俊达,不是陈达、尤金。你快把王杠送过来,免我动手!”杨林道:“你可晓得登州靠山王杨林吗?”咬金道:“我不晓得什么靠山王、靠水王,照我的斧吧!”遂举宣花斧照杨林头上砍了过来。杨林大怒,把囚龙棒拦开宣花斧,伸过手来,一把扯住咬金的围腰带,叫声:“过来吧!”遂提过马抛在地上,叫左右绑了。随后尤俊达赶到,见咬金被擒,飞马动叉,直奔上前。被杨林拦开,也擒过来,抛下绑了。

当下杨林就叫安营,发一枝令箭,着济南府中大小官员,并众马快手,前来听令。个个闻知,同文武官员忙出城来。单雄信等三十余人,也出城住在贾柳店内,打听消息,那文武官员一齐到了黄土岗营外候令。杨林唤历城县徐有德进营,有德闻唤入营,恭拜杨林。杨林问道:“你县里有一个马快秦琼吗?”徐有德道:“有一个秦琼,现在营外候令。”杨林叫左右叫秦琼过来。未知后事如何,且看下回分解。

第二十六回　劫囚牢好汉反山东　出潼关秦琼赚令箭

左右一声答应,传令出营,秦琼慌忙进见跪下。杨林问道:“秦琼,你请你母亲去,因何直至如今,不前来见我?”叔宝道:“小人因家母偶然得病,所以违了千岁之令。”那程咬金绑在旁边,却待要叫,叔宝把头只管摇,咬金便不作声。当下杨林道:“孤人承继你为子,你今随孤到京,回来之日,接你母亲去登州便了。”叔宝不敢违命,只得拜谢,并要回家,取披甲兵器。那杨林道:“不必自去,可写下书信与你母亲,我差官去取来便了。”叔宝无奈,退出帐外,索了纸笔,于无人之处,写了两封信,交与差官说:“一封送到西门外,有个贾柳店中投下;一封到我家中取东西,不可错了。”那差官接了,飞马而去。

杨林问两个强人,是何处响马?咬金道:“我们是太行山好汉,还有十万个在那里。”杨林叫左右押去斩了!叔宝上前叫声:“父王,这两个人不可杀他,可交济南府下在牢中。待父王长安回来,那时追究,前赃明白,诛灭余党,然后斩他未迟。”杨林道:“说得有理!”吩咐左右将二名响马,交与济南府监候。少时,差官取到叔宝的盔甲兵器,杨林令叔宝引兵先行,遂拔营往长安去了。

且表留在贾柳店的三十五位好汉接了叔宝书信,拆开一看,方知前事。叫众人设计,救出二人。茂公道:“要这二人出狱,必大反山东方能济事。”众人道:“若能救出两个朋友出狱,我们大家就反何妨。”茂公道:“我有一个计策在此,众兄弟必须听我号令方好。”众人道:“谨遵大哥号令。如有违逆者,军法从事!”茂公道:“如此齐心,事必济矣!只是柴郡马在此不便,可收拾回去。”柴绍即忙带了家将,回太原去了。

茂公道:“单二哥打扮贩马客人,将众人的马匹,赶入城去,到秦家等候。”茂公问贾、柳二人,取了十来个箱子,放了短兵器并盔甲,贴上爵主的封皮。着几个兄弟,抬入城去,秦家相会。再取毛竹数根,将肚内打通,藏了长兵器,拖进城中,也在秦家相会。众兄弟陆续进城,当下众好汉依了茂公吩咐,个个进城,齐到秦家。茂公叫秦安请老太太出来说话,秦母不知何故,忙走出来。茂公把事情说了一遍,暗暗道:“今晚就要动手,特来请老伯母同秦大嫂往小孤山。如今可快快收拾起身。”秦母闻言,连声叫苦,却不敢不依从,暗暗把秦琼骂个不住。茂公吩咐贾、柳二人,带了樊虎、连明的家眷,扮作家人,随老太太秦大嫂出去,只说庙中进香,到自己店中。二人领命,即带樊虎、连明的家眷,随秦母与秦大嫂出城，到店中收拾完备，带了家小，往小孤山去了。

茂公因樊虎衙门相熟，叫他入牢，暗暗约定程咬金、尤俊达，今夜只听号炮一响，可就动手，自有人来接应。茂公再叫："单二哥，你可在城外黄土岗等候。明日若有追兵，你独自一马挡住。"雄信答应，上马而去。又叫鲁明星、鲁明月扮作乞丐，如此如此。又叫屈突通、屈突盖、尉迟南、尉迟北、南延平、北延道，各带引火之物，如此如此。又叫张公瑾、史大奈、樊虎、连明去劫牢。齐国远、李如珪、金甲、童环拦住府门。王伯当、谢映登拦住节度使衙门。梁师徒、丁天庆拦住县门，俱不可放那官员出来。又叫盛彦师、黄天虎斩开西门，以便走路。众兄弟俱各听号炮为号，不可有误。其余众兄弟，往来接应，齐出西门，往小孤山会齐。大家应声"得令"，分路而去。茂公同魏征坐在厅上，只听号炮一响，即便动身。

当下鲁明星、鲁明月扮作乞丐，篮内藏着火炮，在街上游走。到了人静更深，二人走到城东，见前面有一座宝塔。二人手脚伶俐，走上塔顶，取出火炮，把火石打出火来，点着药线，往空中一抛。那炮虽小，却十分响亮，四下里一齐动手。屈突通、屈突盖城南放火，尉迟南、尉迟北城北放火，南延平、北延道城东放火。城中百姓，逃出火来，又遇众好汉厮杀，号哭之声，震动山岳。那张公瑾、史大奈、樊虎、连明乘乱打入狱中，尤俊达听见号炮响，遂与程咬金挣断铁索，大声喊叫："众囚徒要性命者，随我们一齐反出去吧！"众囚徒一齐答应，打出牢来。

恰好众好汉前来救应，俊达、咬金取了披挂马匹兵器，打入库中，劫了钱粮。此时各衙门闻报，因被众好汉拒住，那里取出来？单雄信在黄土岗等候，先见徐勣、魏征过去；又见众好汉并咬金、俊达，载着钱粮，随着许多囚徒，一齐过去，并无遗失。此时天色微明，看见节度使唐璧、知府益洪公，领兵追至。雄信一马拦住厮杀，哪里挡得住许多官兵？

正在十分危急，忽见王伯当赶来，冲入重围，招呼雄信，两马杀出，知府孟洪公逞勇追来，被王伯当一箭射死。随后又有几个将官赶来，也是一箭一个，断送了性命。余者不敢上前，一齐退入城去。雄信、伯当见无追兵，即来小孤山缴令，茂公令各人回去，取了家眷，遂扯起招兵旗号。

那唐璧退回城中，有人报叔宝举家潜逃，响马却在他家安歇。唐璧大惊，连忙往秦琼家内一看，见正桌上有一张大红盟帖，是众好汉结盟的。茂公因要叔宝回来，故放在此出首，只涂抹了柴绍、罗成二人。当下唐璧一看，见第三名就是秦琼，遂连夜修下表章，连盟帖封了，差官星夜送往长安。

此时杨林已到长安面过君王，把秦琼封为十三太保。一日，杨林接了唐璧的文书，拆开一看，上说："九月二十四日，有响马劫牢，大反山东。杀了知府孟洪公，劫了钱粮，杀了百姓一万余人，烧毁民房二万余间。那响马都是十三太保的朋友，现有盟帖一张，众响马名字在上。"杨林看了大吃一惊，又疑秦琼未必有此事，就发一枝令箭，差了一个旗牌名叫尚义的，去召秦琼来问。那尚义前日有罪当死，遇叔宝极力保救，今日领了令箭，知此消息，连忙来见叔宝，低声说道："小人向蒙恩公保救，今日恩公大难临身，小人岂敢不以实告？"就把唐璧的文书所言之事，说了一遍，并道："今大王狐疑，差小人来召，此去绝无好意，我劝恩公不如走了吧！"叔宝呆了半晌，方才说道："走出长安不打紧，只恐不能走出潼关。"尚义道："小人总无妻子，愿随恩公逃走，有令箭在此，赚出潼关便了。"叔宝大悦。二人飞身上马，出了长安，竟奔潼关而来。

这杨林坐在殿上，直等到下午，不见叔宝回前来。又差官去催，少停报说："有人看见二人，飞马出东门去了！"杨林闻言，遂取了囚龙棒，上马赶来。若说叔宝的黄骠马，行走甚快，杨林是赶不上的。但尚义所骑的是一匹川马，行走不快，叔宝只得等他，以此行慢。日将下山，后边杨林赶到，大叫道："王儿住马。"叔宝对尚义道："你速去赚开潼关，待我去挡他一挡。"遂带回了马。杨林赶近叫道："王儿，你要往哪里去？如今快同孤家回转长安。"叔宝道："杨林，你要我转回去，今生休想了！"杨林怒道："畜生，怎么叫起我名字来？既不肯转去，照我的家伙吧！"就把囚龙棒打来，叔宝把枪一架，当的又是一棒。叔宝用尽平生的气力，哪里招架得住？回头就走，看见尚义的马，还在前面，杨林又在后赶来，此时月色又不甚明亮。

叔宝暗想："他只管追来，待我回复他吧！"又带转马来，放下枪，取双锏在手，叫声：

"杨林,你知道我是什么人?"杨林道:"畜生,你不过是一个马快罢了!"叔宝道:"我不是别人,我乃先朝武卫将军秦彝之子。我父被你枪挑而亡,我与你不共戴天之仇。拜你为父,正欲杀你,以报父仇,不料不能遂意,且饶你再活几时!"杨林听了大怒,举囚龙棒乱打,叔宝忙举双锏招架。被杨林一连七八棒,叔宝拦挡不住,回马便走。杨林拍马赶来,后面十二家太保又带了兵丁追来。此时已有二更时分,叔宝一马跑到灞陵桥上。看见这桥十分高大,连忙上桥占住上风,下面一条大溪,又无船只。那杨林赶到桥边,叔宝在桥上看得分明,一箭射下,把杨林头上龙紫巾射脱,连头发削去一把。

杨林吃了一惊,不敢上去。后面十二家太保赶到,叫道:"父王,为何不过桥去?"杨林道:"秦强盗在上边,占了上风,上去不得!"罗芳、薛亮道:"不难,待我兄弟上去战住他,父王在后接应。"说罢,一齐要上桥,被叔宝连发二箭,个个射中,跌下马来。杨林道:"上去不得,且待天明上去,谅他也飞不出潼关。"遂相持到五更时分。叔宝心生一计,把马头上九个金铃取下来,挂在桥头拦杆紫藤上。微风略动,那金铃朗朗的响,叔宝轻轻退下桥来,加上两鞭,飞马直奔潼关。

却说尚义到了潼关,此时天色尚未大明,走到帅府,把鼓乱敲。魏文通大开府门,出来迎接,尚义递过令箭道:"老大王得报,反了山东。连夜差十三太保同我先行,后军就到,你且速速开关。"魏文通取出令箭一看,果然是金鈚令箭,遂发钥匙去开关。叔宝一时赶到,两人一齐出关。叔宝对文通道:"后面老大王就到,你可速去迎接。"文通道:"是。"遂退入关。叔宝与尚义行了些时,两人分别,叔宝往山东去,尚义往曹州去,按下不表。

再说杨林等到了天明,方知秦琼走了,连忙赶向潼关来。只见魏文通率领众将迎接。杨林道:"秦琼这个强盗哪里去了?"文通道:"十三太保出潼关去了。"杨林大怒道:"你好大胆,擅自放走强盗!"喝声手下拿去绑了。文通大叫道:"方才他有千岁爷的令箭来叫关,故此小将开关。"罗芳道:"就是父王与那尚义的令箭,他假传令旨,已赚出关。父王就差魏文通去捉他便了!"杨林听了,就令文通速速追去。

这魏文通乃隋朝第九条好汉,因他面貌似关爷,有"赛关爷"之称。当下他奉令赶出潼关,赶了五十里,看见叔宝大喝道:"好强盗,赚我出关,快下马受缚!"叔宝回马,与他交战,抵敌不住,回马便走。文通急急追来,直战九阵,皆不能敌。未知后事如何,且看下回分解。

第二十七回　秦叔宝走马取金隄　程咬金单身探地穴

叔宝见杀文通不过,回马又走,文通大叫道"秦强盗,你上天,我也跟你上天,你入地,我也跟你入地。看你走哪里去!"直赶到下午时分,下面有一条大河,半干不干。那边有一石桥,名曰:"石龙桥"。叔宝看见,到桥边还有五六箭之路,自知这马本事好,不如跳过去吧。把马加上两鞭,那马一声吼叫,将前蹄一纵,后蹄一起。谁知这马一日一夜,走乏的了,到得河心,身体疲软,跌下河中。却是没水的,把四足陷住了。文通追到河边,把刀望后砍来,不料对岸有一个人把箭射来,正中文通左手。那人又叫道:"我要射你右手。"又是一箭射来,果中右手,说道:"你还不走,我要射你心口。"文通大惊,忙回马走了,那射魏文通的,就是王伯当,当下救了叔宝。叔宝便叫:"贤弟,为何在此!"伯当道:"徐大哥因许久不见你,叫我专程前来探望,却不料在此地会面。"叔宝大喜,二人同行。

一日，行近金隄关，望见兵马在关前厮杀。你道那厮杀的是谁？原是徐茂公在小孤山招兵万余，又见众好汉取家眷齐到，就令三军抢取金隄关，以为基业。不料守将华公义，十分勇猛，连战数阵，不能取胜。当日咬金与公义一战，被公义打下一鞭，正中左臂，回马便走。公义纵马赶来。叔宝看见咬金败阵，忙举枪向前敌住，公义看见叔宝，头戴一顶双龙闹珠的金盔，想是贼人立了王。急忙把大戟刺来，叔宝用拦住。两人战了三十余合，不分胜负。叔宝见公义戟法高强，不能取胜，只得虚闪一枪，回马便走。公义赶来，叔宝把枪右手横拿，将左手扯出锏来，执在胸前。华公义马头相撞马尾，举戟望叔宝后心便刺，叔宝左手把枪反在背后往上一架，扭回身一锏打去，把公义的头都打得不见了，跌下马来。这人名为"杀手锏"。叔宝回马乘势抢关，众将随后应接，取了金隄关。只因叔宝从长安逃回初到，人不卸甲，马不卸鞍，因此名为"走马取金隄"。叔宝随到后营，安慰母亲妻子，说道："金隄关已破，孩儿养兵三日，邀同众兄弟一同攻取瓦岗寨。"当下众好汉一齐入关，养马三日，留贾闰甫、柳周臣分兵一千镇守金隄关，其余一齐竟奔瓦岗寨而来。到了瓦岗寨，放炮安营。徐茂公问道："那一个兄弟前去取瓦岗寨？"程咬金道："小弟愿往。"遂提斧上马出营，直到关下，大叫道："关上的军士，快报守将得知，说我程爷爷讨战。"探子报入帅府，守将马三保闻报，即问众将道："哪一位将军前去迎敌？"有胞弟马宗应道："小弟愿往。"遂披挂上马，手执大刀出城。见了咬金，状貌非常，便喝道："丑鬼何人？"咬金大怒喝道："我乃是卖私盐，劫王杠、反山东的程咬金便是，你这厮却是何人？"马宗道："俺乃大隋朝正印元帅马三保胞弟马宗是也。"咬金道："不管你是什么马，吃我一斧！"遂举斧劈面砍来。马宗把刀往上一架，不想刀杆被咬金砍断，马宗措手不及，被咬金一斧，砍落马下。咬金便又抵关讨战。

此时徐茂公一干众将，领兵齐出营门观看。那败兵报入帅府，马三保闻报大惊，忙问："哪位将军再去迎敌？"闪出第三个胞弟马有周道："兄弟愿与二兄报仇，杀此赋人。"遂披挂出城，一马冲来。咬金催马向前，当头就是一斧，有周兵器未举，一斧就斩下马来。败兵又飞报入帅府，马三保闻报，长叹一声道："总是当今无道，因此天下荒乱，盗贼四发。也罢，众将收拾家小，待本帅自去开兵。若不能胜，穿城走了吧！"收拾齐备，马三保提刀上马。冲出城来，大喝道："哪个是反山东的程咬金？"程咬金道："爷爷便是。想你也是要来尝尝爷爷的大斧头滋味吗？"遂把斧当头劈下，马三保叫声："好家伙！"回马便走。背后程咬金、徐茂公众好汉一齐赶上，马三保带了众将并老小，穿城而走，投奔山东去了。

徐茂公鸣金收军，与众好汉入城，安民查库，在帅府中摆了筵席。正吃酒之间，急听得豁喇喇一声，震天地响，大家齐吃一惊。左右来报："启众位爷们，教军场中演武厅后，震开一个大地穴了。"徐茂公与众好汉一齐上马，来至教场中演武厅后一看，只见黑洞洞，不知多少浅深。程咬金道："这个底下，一定是个地狱。"徐茂公叫取数丈的索子来，索头上缚了一只黑犬、一只公鸡，放下去顺手一松，便到底了。咬金道："这是什么意思？"茂公道："贤弟有所不知，若放下去，鸡犬没有了，这是个妖穴；若鸡犬俱在，这是个神穴。"咬金道："原来如此。"少时拽起来，鸡犬虽在，却是冻坏的了。

咬金道："原来是个寒水地狱。我们走开吧，不要跌下去冻死了。"徐茂公道："是神穴。必须那一位兄弟下去探一探，便知分晓了。"咬金道："大哥舍得自己，莫说他人，就是你下去便了。"徐茂公道："我有个道理：写下三十七个纸阄，三十六个'不去'，一个'去'字；那个拈着了'去'字的，就下去。"众人道："有理。"茂公遂写了，个个折好，叫众人拈。众人个个拈完了，打开来看，大家都是"不去"二字，那一个"去"字，恰好是程咬金拈着。茂公道："这没得说，却是你自拈的。"咬金道："我又不识字，你们作弄我，说我是'去'字。"茂公道："'不去'是两个字，'去'字是一个字，难道你也不识？"众人拿出来看，都是两个字。

看自己手中，却是一个字，便扯住尤俊达道："我的哥哥，都是你害我。我在那里卖柴扒，你却招我做伙计劫王杠、反山东。如今要下这寒冰地狱，料想不能活了，只是我与你相好一番，我的母亲望你朝夕照管。"俊达道："兄弟，说哪里话？你下去，包你不妨。"咬金道："什么妨不妨？不过做个寒冰小鬼罢了。"

茂公吩咐取一个大筐子，缚住索头。一丈挂一个大铃，叫咬金坐在筐内。咬金不得已，带了大斧，坐在筐子内。众人放下索子去。那铃儿朗朗地响，放下有六七十丈大索

子，就到了底。索子一松，上面住了手。咬金爬出筐子，提斧在手，却黑洞洞不见有些亮光，只管摸去，转过了两个弯，忽见前面有一对亮光，咬金道："哎呀！这一定是妖怪的两只眼睛了。"赶上前，一斧劈去。豁浪一声砍开，原来两扇石门里面，又是一天世界。遂走进石门，见上边也有天，下边一条大河，中间一条石桥。走过了桥，却是三间大殿，静悄悄并没一人。咬金走上厅中间，见桌上摆着一顶冲天翅的金瑛璞头、一件杏黄龙袍、一条碧玉带、一双无忧履。咬金见了，以为稀奇，就把头上紫巾除去，将冲天翅的金璞头戴在头上，把杏黄龙袍穿了，将碧玉带紧了，脱去皮靴，蹬上了无忧履。又见桌边有一个宝匣，开来一看，见一块玄圭，一张字纸，咬金却不识得。就把匣塞在怀里，就下厅来。走至桥上，见寒气侵人，只得跑出石门，那石门一声响，即时关上。

咬金七爬八跌，奔过来摸着筐子，坐在里面，把索子乱摇。那铃儿响动，上面连忙拽起，出得了地穴。咬金方走出筐，一声响，地穴就闭了。咬金道："造化了，略迟些地就活埋了。"众人见他这般穿戴，大家稀奇起来。咬金细言前事，取出宝匣与茂公看。茂公把那字纸一看，只见上写道：

程咬金举义集兵，为三年混世魔王，扰乱天下。

咬金大喜道："这个自然我做皇帝。"茂公道："虽然你为主，恐众将不服。今可将旗杆帅字旗放下来，我们大家个个拜过去，若那一个拜得旗起的，即推他为主。"众人齐说："有理。"遂一个个拜完，哪里能拜得起？咬金道："待我来拜。"遂上前拜下去。呼一声响，那面旗拽将起来。咬金大喜道："到底我做皇帝！"

徐茂公吩咐把帅府改作皇殿，择吉日请程咬金升殿。众人朝贺毕，徐茂公请主公改年号，立国号。咬金道："我在此做皇帝，不过混混而已！如今可称长久元年，混世魔王便了。"茂公道："请主公封官赏爵。"咬金道："徐茂公为左丞相，护国军师；魏征为右丞相，秦叔宝为大元帅，其余一概都是将军。"众人听了，个个谢恩。咬金吩咐大摆御宴，与各位皇兄御弟吃酒。

正吃之间，忽见探子来报道："启大王爷，今有山东节度使唐璧，领兵十万，在瓦岗东门外下营了。"又见探子来报道："启大王，今有临潼关总兵尚师徒，领兵十万，在瓦岗南门外安营了。"又见探子报道："启大王，今有红泥关总兵新文礼，领兵五万，在瓦岗北门外下寨了。"一时三路兵马，齐来报到。咬金道："呵呀，罢了！罢了！你们再去打听。"探子齐应道："得令。"忽又来报说："靠山王杨林领十万人马，离瓦岗只有一百里了。"咬金听说大惊道："这……这……这……杨林那厮来了吗？如今要驾崩了！这个皇帝当真做不成了，大家散伙吧！"徐茂公道："主公不必心焦，自古道：'兵来将挡，水来土掩。'趁杨林未到，臣等保主公出南门面会尚师徒，待臣用一席之话，说退尚师徒。若师徒一退，这新文礼不战而自去矣。唐璧这支人马，不足为忧，待杨林来，臣等再设计退之。"咬金道："既如此，备孤家的御马来！"咬金遂上了铁脚枣紧驹，提着宣花斧，大小将官，一齐上马。拥着龙凤旗旛，飞虎掌扇，三声号炮，大开南门，一拥而出。未知如何说退尚师徒，且看下回分解。

第二十八回　茂公智退两路兵　杨林怒摆长蛇阵

却说尚师徒闻瓦岗寨出兵，遂跨上马，带了十万大兵出营。这尚师徒乃隋朝第十条好汉，向年因征南阳，走了伍云召，所以今日不奉圣旨，合了新文礼来攻瓦岗寨，要图头功。

这尚师徒坐下的马，却是个名驹。那马身上毛片，犹如老虎一般，一根尾巴似狮子一般。马头上有一个肉瘤，瘤上有几根白毛，一扯白毛，这马一声吼叫，口中吐出一口黑烟。凡马一见，便尿屁滚流，就跌倒了，真算是一匹宝马。

当下程咬金一马上前，大叫道："尚师徒，我与你风马无关，你为何兴兵到此？"尚师徒喝道："好强盗，你反山东，取了瓦岗，我在邻近要郡，岂可不兴兵来擒你？"咬金大叫道："将军只知其一，不知其二。当今皇帝无道，欺娘弑父，酌兄图嫂，嫉贤害忠，荒淫无道，因此英雄四起，占据州府。将军何不弃暗投明、归降瓦岗，孤家自当赏爵封官，不知将军意

下如何?”尚师徒闻言大怒,举枪就刺。叔宝飞马来迎。徐茂公恐怕他扯那马的白毛,急令众将一齐上去,这番二十多员好汉,各使器械,团团围住。尚师徒使枪招架众人的兵器,哪里有工夫扯那马的白毛,暗想:“我从来不曾见有如此战法。”茂公叫众将下马住手,众好汉一齐跳下马来,举兵器围住尚师徒。徐茂公叫声:“尚将军,不是我们没体面,围住交战,只怕你的坐骑叫起来,就要吃你亏了。这且不要管他,但将军此来差矣!却又自己冒了大大的罪名,难道不知吗?”尚师徒道:“本帅举兵征讨反贼,有何罪名?”茂公道:“请问将军此来,还是奉圣旨的,还是奉靠山王将令的?”尚师徒道:“本帅闻你等猖獗瓦岗,理宜征剿,奉什么旨?奉什么令?”茂公道:“将军独不记向年奉平南王韩擒虎将令,往征伍云召,令你把守南城,却被伍云召逃走,幸而韩擒虎未曾对你责怪,如今靠山王杨林,不比韩擒虎心慈。若将军胜了瓦岗还好,倘或不胜,二罪俱发。况又私离汛地,岂不罪上加罪。且目下盗贼众多,倘有人闻将军出兵在外,领众暗袭临潼,临潼一失,将军不唯有私离汛地之罪,还有失机之罪矣!我等从山东反出来,那唐璧乃职分当为,是应该来的,即新文礼私自起兵,亦有些不便。”尚师徒闻言,大惊失色道:“本帅失于算计,多承指教,自当即刻退兵。”徐茂公吩咐众将不必围住:“保公主回瓦岗,让尚将军回营。”这尚师徒忙回营内,知会新文礼,二人连夜拔寨,各自领兵回关去了。

再说杨林兵至瓦岗西门,安了营寨,唐璧闻知,入营参见,杨林大喝道:“好狗官,你为山东节度使,孤家把两个响马,交付与你。却被贼众劫牢,反出山东。孤家闻得只有三十六个强盗,你今却掌令数十万兵马,如何拿他不住?又不及早追灭,却被贼人成了基业,还敢来见我?”言罢即吩咐左右:“与我把狗官绑出营门斩首。”左右一声答应,便将唐璧捆绑。唐璧大叫道:“老大王,你却斩不得臣!”杨林喝道:“狗官,怎么孤家斩你不得?”唐璧道:“臣放走了响马,还是三十六个,所以拿他不住。请问大王,秦琼只是一个,为何也拿他不住?况臣只有一座城池,三十六个反了出来,那长安却是京城,外有潼关之险,一个秦琼,也被他走了;大王不自三思,而反责臣,臣死去也不瞑目!”杨林听了道:“你这狗官倒会强辩,如今孤家且饶了你,就着你身上去拿秦琼。若拿不到秦琼,你这狗官休想得活,去吧!”

当下唐璧回到东门自己营内,没奈何,领众将抵关讨战,要叔宝答话。探子飞报入殿,程咬金对秦琼道:“秦王兄,唐璧讨战,你可出马对阵。”叔宝领旨,披挂上马,出了东门,只见唐璧亲在营外。叔宝横枪出马,马上欠身道:“故主在上,末将甲胄在身,不能全礼,望乞恕罪!”那唐璧道:“秦琼,本帅从前待你不薄,今日杨林着我拿你,你若想我平昔待你之恩,便自己绑了,同我去吧!”叔宝道:“末将就肯与故主拿去,只怕众朋友不肯,故主亦有些不便。若末将不与故主拿去,杨林又不肯干休。况今皇上无道,弑父欺娘,酌兄图嫂,残害忠良,天下大乱,因此四方反者,不计其数。当此之秋,正英雄得势之时,成王定霸之日也。故主倒不如改天年,立国号,进则可为天子,退亦不失为藩王。何苦反受人之辱?”唐璧闻言,如梦初觉,叫声:“叔宝,本帅虽有此心,只恐杨林不容。”叔宝道:“不妨,他若有犯故主,我瓦岗自当相救。”唐璧道:“本帅今日听你言,退兵自立,他日若有患难,你等必须相助。”叔宝道:“这个自然,必不有负故主之恩。”唐璧遂回营下令,叫将官将大隋旗号改了,自称为济南王,兴兵拔寨,返回山东去了。

那杨林坐在营内,忽见探子来报说:“唐璧与秦琼合谋,返回山东了。”杨林闻言大怒,即被挂上马,率领十二太保、大小众将,领兵出来捉拿唐璧。叔宝在城上看见杨林率兵下去,料必追赶唐璧,忙与众将领兵出城,齐声呐喊,大叫快拿杨林,一齐杀来。哨马飞报杨林道:“启大王,城中贼将杀出来了!”杨林道:“这强盗怎敢杀出?”吩咐:“不必追赶唐璧,把后队作前队,前队作后队,先去杀强盗。”那叔宝等见杨林回来,即忙退入城去了。杨林见了,又回军来追赶唐璧,叔宝等又杀出来。及杨林转来,叔宝等又退入城。杨林大怒,必要灭除这班强盗。遂同十二个太保,摆下一阵,名曰“一字长蛇阵”,把瓦岗四面围了。

秦叔宝一班人,在城上见杨林调兵,布下一个阵势,众将俱皆不识,便问军师:“此是何阵?”茂公道:“此乃‘一字长蛇阵‘。击首则尾应,击尾则首应,攻其腰则首尾相应。须得一员大将能敌杨林者,从头杀入,四面调将,冲入阵中,其破必矣!”叔宝道:“不知何人能敌得杨林?”茂公道:“如要敌得杨林,除令表弟罗成不能也!必须奏知主公,差一位兄弟前去,请他到来方妥。”叔宝道:“徐大哥此言差矣!俺姑爹镇守燕山,法令严明,岂容我

等猖獗？他若得知，还要见罪，焉肯使表弟前来助我？”茂公道：“我自有妙算，只消差一个的当兄弟，前往燕山，悄悄相请令表弟同来，包你令姑丈一些也不知道。”叔宝道：“徐大哥妙算虽好，小弟细想，到底使不得。纵然我姑爹瞒得过了，那杨林虽未会过罗成，枪法是瞒不得的。倘一时泄漏，干系不浅。”茂公笑道：“贤弟，我若泄漏，那盟帖上也不抹去罗成的名字了。我自有安排，包你一些不妨。”

当下众人下城到朝中来，咬金看见，忙问：“众位王兄，方才出兵，胜败若何？”茂公道：“杨林那厮被臣等攻击，激怒了他。他摆下一阵，名为‘一字长蛇阵’。”咬金道：“这阵，不知王兄怎样破法？”茂公道：“欲破此阵，必须燕山罗成到来，方可破得。”咬金听了大喜道：“妙！妙！妙！徐三兄，你可速速替孤家写起诏书来，差官前去，连他父亲也召来。他是靖边侯，孤家就封他为靖边侯，快快写诏书来！”

茂公一班人，看咬金这般局促，心中倒也好笑。却欺他不识字，胡乱应声“领旨”。茂公写了书，咬金道：“念与孤听。”茂公便依他口气，假做诏书，召他父子，念了一遍。咬金道：“要差那一位去？”茂公道：“此事必须王伯当前去方妥。”当下封好了书，茂公叫过了伯当，附耳言道：“过隋营如此如此，见罗成这般这般。”伯当领命，将书藏好，手提方天画戟，上马出城，竟奔隋营而去。

那隋兵一见，飞报入账说：“启大王爷，有贼人单枪匹马，来冲营了！”杨林闻报，就令第七太保杨道源来出战。道源领命，提枪上马出营，一看见王伯当，忙喝道：“来将何名？”伯当横戟在手，忙叫道：“将军请了，我却不来交锋，要去请个人来。”道源喝问道：“你去请什么人？”伯当道：“将军有所不知。我们起初原不肯反，只因秦叔宝有个堂兄弟，名叫秦叔银，他叫我们反的。我们说：‘反是要反，只怕杨林兴兵来，十分厉害，如何反得？’他说：‘不妨你们竟反，若杨林来，待我把这老狗囊挖出眼睛，用两根灯草，塞在他那眼眶之内，做眼灯照。’我们一时听了他，所以反了。不料老大王果然到来，我今要去山东请他，特与将军说声，可去说与大王知道。若怕我去请他来，挖大王眼睛做灯儿呢，你不放我去。若不怕呢，你放我去。”

杨道源一闻此言，这把无名火直透顶梁门，高有三千丈，说声：“呵呀！罢了！罢了！你去请他来！”伯当道：“将军不要着恼，还该与大王说了，大家计较一下。将军若放我去，倘老大王怕他，岂不要见罪将军？”杨道源气得三尸暴跳，七窍生烟，大喝道：“不必多讲，你去便了！”吩咐三军道：“让他一条大路，放他去吧。”自己回进营来。未知后事如何，且看下回分解。

第二十九回　假行香罗成全义　破阵图杨林丧师

杨道源回到营中，杨林见他颜色不平，两个眼乌珠，滴溜溜不胜怒气的形状，便问道：“王儿为何如此？”道源道：“嗳，父王不要说起，真活活气死！”杨林道：“为何呢？”道源就把伯当的言语，一一述了一遍，并道：“如今臣儿放他出营，叫他请来。”杨林闻言，气得眼珠突出，银须倒竖，叫道：“好儿子，放得好，这厮焉敢无礼，辱没孤家！待他到来，看他是怎么样！”

不表杨林营中生气，再说王伯当出了隋营，竟往燕山而来。不一日，到了燕山，入城寻个下处歇了，问店主人道：“罗元帅公子，可在府中吗？”店主人道：“罗公子不在府中。”伯当道：“他到哪里去了？”店主人道：“因边外突厥，兴兵犯边关，罗元帅令公子带领兵马，出征去了。”伯当道：“可晓得几时回来？”店主人道：“早间闻公人说，罗公子破番兵，明日就回来了。”伯当大喜，就在店中宿了。

到了次日，早饭后伯当出城，到一个僻静处等候。到了下午，忽见有几个敲鼓锣的过去，少时，又见一队队的兵过去。将次过完，却见罗成有四五个家将跟随在后面，按辔而来。伯当呼哨一声，罗成早看见是伯当，即吩咐家将先行，自己跳下马来，与伯当施礼。罗成道：“你们反了山东，今日因何到此？”伯当道：“我们反了山东，秦大哥反出潼关，取了金隄，得了瓦岗。令舅母亦在瓦岗；众人奉程咬金为主。今被杨林摆了一字长蛇阵，围困瓦岗。弟奉徐茂公之令，来请罗贤弟，故而到此。”怀中取书，付与罗成。罗成拆开一看道：“兄且在下处坐着，待我回去与母亲商量，设个计较。若能脱身，弟自差人来知会兄。”遂别伯当，上马入城，回至帅府缴了令，罗公自去赏军。

罗成入后堂来见母亲，行礼毕，罗成道：“母亲，好笑得紧，秦叔宝表兄，立程咬金在瓦岗寨为王。舅母也在那边。今被杨林围困，写书来请孩儿去救他。母亲，你道好笑不好笑？”老夫人道：“书在哪里？”罗成便从怀中取出，老夫人接过一看，不觉坠下泪来，叫声：“我儿，你母亲面上，只有这点骨血。杨林杀你母舅，仇还未报，今又要害你表兄，一有差错，秦氏一脉休矣！儿呵，必须设个法儿，去救他才好。”罗成道：“只怕爹爹得知，不大稳便。儿有一计，少停爹爹进来，母亲可如此如此，爹爹一定允的，孩儿便好前去。”夫人依允，把这封书烧毁了。

少时，只听云板一响，夫人便大哭起来。罗公进来见了，十分惊骇，忙问道：“夫人却是为何？”夫人道：“我当初怀孕的时节，曾许武当山香愿，日远事忙，至今未曾了得。昨日晚间，梦见神圣震怒，要伤我儿，故此啼哭。”罗公道：“夫人既有此兆，作速差人前去，还此香愿便了。”夫人道：“这香愿原是为孩儿许的，须待孩儿自去方妙。”罗公依允，令罗安打点香烛祭品，明日动身前去。罗成悄悄吩咐罗安，去通知王伯当，叫他去城外僻静处相等，罗安领命自去知会。

次日天明，罗成收拾盔甲器械，暗暗叫罗安拿去，寄在中军厅。然后别了父母，带罗安、罗春一同起身，到中军厅，取了盔甲器械，吩咐罗安、罗春在朋友处借住，等他回来，进帅府复命，不可泄漏。自己一马奔出城来。伯当在前相等，二人拍马，连夜兼行。不一日，来到瓦岗，果见许多人马，团团围住。罗成叫声：“伯当兄，我今杀入阵去，你可乘势入城去知会。”伯当依允，罗成遂纵马冲入阵内，大道：“隋兵让开路，俺秦叔银来了。”隋兵听了，齐说：“不好了，要挖老大王眼珠的来了。”大家把箭射来，罗成把枪一撵，那射来的箭，都叮叮当当落在地下。被罗成哄一声响，冲进营盘，直冲得一路兵东倒西歪，死者不计其数。杨林闻报，同众将一齐上马，先是杨道源一马杀来，被罗成抡枪拦开刀，喝声过来。将手勒住甲绦，提过马来，扯了双脚，哈喇一声响，撕为两半片，抛在地下。那徐茂公在城上看见尘土冲天，知是罗成已到，忙令众将大开城门，分头杀出，齐攻大寨。

且说罗成在阵内，撕开杨道源，枪挑卢芳，锏打薛亮，十二太保被他杀了八个。杨林大怒，举囚龙棒劈面来迎，罗成使开枪，如银龙出水，猛虎离山。杨林道：“这是罗家枪法。”罗成道：“我哥哥秦叔宝学得罗家枪，难道我堂弟秦叔银，学不得罗家枪吗？”遂提枪直刺，杨林举棍相迎，大战十余合。杨林只战得平手，却被瓦岗众好汉杀来，杨林心中一慌，被罗成耍的一枪，正中左腿，杨林几乎坠马，大叫一声，回马便走。罗成纵马赶来，隋兵降者二万余人，弃下粮草马匹军器，不计其数。追赶二十余里，鸣金收兵。罗成会见叔宝，诉说前事，雄信也撞见，彼此赔罪。罗成对叔宝道：“哥哥，弟今不敢入城见舅母，恐有泄漏。如今就要回去，可为我致意舅母。”叔宝道：“这个自然，我也不敢相留。”罗成遂别叔宝，连夜回燕山去了。

当下叔宝等收兵入城，咬金问道：“罗成御弟呢？为何不来朝见？”叔宝道：“他瞒了父亲，私自走来，恐有泄漏，已回燕山去了。”咬金道：“前日孤家去召他的诏书，难道他不奉诏吗？”王伯当道：“臣路上遇见他的，因此不曾说起。”咬金道：“这也罢了！这次败了杨林，岂不是孤家之福星？王王兄，你可为孤家去金州取景阳钟。秦王兄，你可为孤家去雷州取龙凤鼓。”二人领旨，分头而去。

且说杨林败去二十余里，收了残兵，再欲来打瓦岗，忽有圣旨到来，说：“海外离石湖刘留王，起兵来犯登州，令杨林回登州镇守，不可擅离。”杨林无奈，只得上本，保举潼关总兵魏文通，攻打瓦岗寨，自回登州镇守。那刘留王闻得杨林已回，亦收兵回去，若杨林一离登州，他又引兵复来，因此杨林不敢远离，按下不表。

却说炀帝得了杨林本章，下旨魏文通领本部人马，攻打瓦岗，又差大将杨讷镇守潼关。魏文通点齐十万雄兵，杀奔瓦岗而来，离西门五十里下寨。徐茂公得报，不与交兵，暗暗差齐国远、李如珪、金甲、童环、梁师徒、丁天庆，带一千人马出东门，转总路口等候。

且说秦叔宝雷州取鼓回来，远远见有人马正在扎营，吩咐从人，将龙凤鼓藏在树林，自己一马冲来，大喝道：“何处人马？闪开让路！”魏文通方才下寨，见有人冲营，遂提刀上

马出来。叔宝一见,有些胆寒道:“原来是你!”文通见是叔宝,大喝道:“好强盗,前日被你走了,今日相逢,吃我一刀。”两人遂交战十余合,叔宝力怯,回马就走。文通催马赶来,却逢王伯当金州取钟回来,看见魏文通追赶叔宝,伯当忙取弓箭,开弓射去,正中魏文通咽喉,翻身落马,叔宝取了首级。那十万兵见主将被杀,慌忙退去,被齐国远等拦住去路,大叫:“投降,免我诛戮。”十万大兵,尽弃刀降顺。众将收兵,齐回瓦岗。叔宝、伯当,一齐缴旨。咬金见射死魏文通,又得了十万兵马,十分快活,吩咐大摆御宴,吃酒贺功,不表。

再说炀帝闻报魏文通身死,十万兵尽降瓦岗,十分大惊,便问宇文化及如何是好。此时杨素出镇黎阳,因此兵权尽归化及。当下化及就保举兵部尚书、征戎大元帅、长平王邱瑞,大有将才,可当此任,必破瓦岗。炀帝依奏,召过邱瑞,封为兵马大元帅,领十五万雄兵,攻打瓦岗。炀帝又问:“谁敢为前部先锋?”化及次子宇文成龙道:“臣愿挂先锋印。”炀帝大喜,即封为正印先锋。化及欲待阻住,奈圣旨已下,无可奈何,退朝回府,埋怨成龙道:“你没有本事,如何挂先锋印?此去若有一失,性命难保。”即备一副厚礼,来见邱瑞说道:“愚男成龙,不自揣菲才,冒挂先锋之印。老夫因圣旨已下,难以违令,千岁若到瓦岗,乞相看一二,回兵之日,自当重报!”邱瑞道:“这事自当从命!”

化及大喜,即叫家将把金银礼物送上。邱瑞正色道:“丞相若送金银,是以利心动邱瑞耳!本藩不敢领命。”化及见他色变,连忙道:“千岁既然不收,老夫不敢相强。”叫家将收回,辞别回府。邱瑞退入后堂,夫人与公子邱福迎接,邱瑞就把出征之事,说与夫人知道。夫人闻喜,暗暗悲伤,只得吩咐摆酒送行。次日五更,邱瑞点齐人马,三声炮响起行。未知此去如何,且听下回分解。

第三十回 降瓦岗邱瑞中计 取金隄元庆扬威

邱瑞领了军马,一路浩浩荡荡,来至瓦岗,放炮安营。探子飞报入朝说:“兵部尚书邱瑞,领兵十万,在城外安营。”咬金忙问茂公,有何妙计。茂公道:“臣有一计,包管十余万雄兵,不出两月,尽降主公。”话未尽,又有探子报道:“启上大王,隋兵先锋宇文成龙在外讨战。”茂公叫单雄信出兵,许败不许胜,雄信得令上马而去。

咬金道:“出兵要胜,如何反说要败?”茂公道:“兵机不可预泄,到后自然明白。”那单雄信出城,与成龙战了十余合,若说这样将官,不消一二合,就可擒来。雄信因奉军师将令,虚闪一槊,回马败入城去。成龙纵马赶来,又抵关讨战,次后又令秦叔宝出来,又败。再遣齐国远、李如珪、金甲、童环前去,个个败回。一日连败十五员大将,打得胜鼓回营。邱瑞大喜,摆酒赏功,遂写书一封,差官上长安报捷。

次日宇文成龙又抵关讨战,瓦岗诸将坚守不出。成龙令军士大骂,城中只是不出。一连半个月,不见有一点动静。成龙那一日到关大骂讨战,茂公令叔宝出战:“只三合内,可把他生擒来。”叔宝得令,上马出城,与成龙战无三合,拦开刀,把成龙擒过马来,拿入城去。小军飞报入营说:“先锋被他擒去了!”邱瑞闻报大惊,下令紧守营门,不可出战。

叔宝把成龙拿入城中,茂公吩咐斩了首级,石灰拌了。茂公早已造下一个夹底的竹箱,把头放在箱底下,前日有邱瑞的战书,叫魏征照笔迹写了一封,叫王伯当带了五十个人并竹箱与许多行头,包在袱内,吩咐如此如此,不可泄漏。伯当领命,与五十人到夜间,悄悄出城,从别路竟奔长安而来。

及到长安,伯当只叫一人取了竹箱,叫余人在兵部衙门左边相等,自与那拿竹箱的,竟往宇文丞相府来。到了府门,伯当上前道:“众位哥们,相爷可在府中吗?”门上的道:“相爷在朝未回,你是哪里来的?”伯当道:“我是瓦岗营中邱老爷差来,有书一封,竹箱一个,送与相爷。既相爷不在府,书信与竹箱,都放在此。我往别处去了。相爷到后,再来讨回书。”说罢,就将书信与竹箱,递与门上人,自与随来的这个人,竟往兵部府门后边,一条僻静巷内去了,那五十人正在内边相等。

伯当打开包袱,取出行头,个个打扮起来,把囚车装好了,竟往邱瑞府中。一声:圣旨下。夫人与邱福出来接旨,便开读道:“邱瑞无故伤杀大将,把家属拿下。”众人动手拿了,齐囚入囚笼，赶散众人，将拿来的布包，把囚的人都包了头。出了府门，把一张假封皮，贴在门上，飞奔出城，往瓦岗寨去了。

再说宇文化及回府，家将禀道："方才有邱老爷差官，把书一封，竹箱一个，送与老爷，停一会要来讨回书。"化及先打开竹箱一看，却是空的。细看底下，又有一个屉儿，抽出一看，见是一个人头，不觉吃了一惊。仔细看来，原来是自己儿子的头，忙把那封书拆开一看，却说："你儿子恃功，不把我元帅放在眼内，屡次违我军令，今已把他斩首，特此告知。"化及看罢，大哭大骂："邱瑞老贼，我子与你何仇，把他斩首？"即入朝把邱瑞的书，并儿子的头，与炀帝看。炀帝大怒，即着锦衣卫去拿邱瑞家属。锦衣卫领旨出朝，来到兵部衙门，见门上贴上封皮，细细问了居民，即复旨道："据附近居民说，早上有校尉到府，把家属尽行拿去了。"炀帝闻言大惊道："朕却不曾有什么旨意。"化及跌足道："这是邱瑞降了瓦岗，暗暗差人盗取家眷去了！圣上如今事不宜迟，可差官前去，若邱瑞还未曾降，可赐他三般朝典，令其自尽。"炀帝即差官一员，校尉四名，飞奔瓦岗行事，此话不表。

且说王伯当赚取邱瑞家小，到了瓦岗，茂公吩咐收拾房屋，好好安顿。遂令叔宝出城讨战，叔宝得令，领军放炮出城。邱瑞闻报，就令大小官将，摆齐队伍出城。两军相对，叔宝横枪在手，欠身说道："将军在上，小将秦琼，甲胄在身，不能全礼，马上打拱了。"邱瑞连忙回礼，叫声："秦将军，老夫闻你是个英雄，为何做这反贼勾当，岂不可惜？不如下马投降，本藩也不计你从前之过，保你做个将官。你意下如何？"叔宝道："将军但知其一，不知其二。当今皇上无道，杀害忠良，英雄并起，料来气数不久。我瓦岗寨混世魔王，有仁有义，赏罚分明，将军不如降顺瓦岗，亦不失为王侯之位。将军意下如何？"邱瑞大怒道："好匹夫，焉敢来说本藩，看家伙吧。"遂把双鞭打来，叔宝把枪一架，大战四十余合，不分胜负。邱瑞暗想："叔宝本事高强，不如用独门鞭打死他。"遂把双鞭并为一条，打将下来。叔宝将枪往上一架，就趁此把枪往后一拖。邱瑞的马拖近，叔宝双手扯住了邱瑞甲带，要提过马来。此时邱瑞见叔宝扯住甲带，心中慌了，却将鞭放下，一把扯住了叔宝的头。叔宝把带一扯，说声："过来！"邱瑞也把头盔一捧，说声："过来！"两下一扯，一齐跌下马来。又是你一扯，我一扯，叔宝扯断了邱瑞甲带，邱端扯落了叔宝盔缨。大家不好看相，各自收兵。

邱瑞回营，换了战袍，忽报长安家人邱天宝到。邱瑞叫他进来，天宝入营，哭拜于地，邱瑞忙问其故。天宝细述前事，邱瑞大惊道："宇文成龙是瓦岗拿去，哪有此事？"外边又报公子到来，邱瑞一发疑心。邱福来到营中，拜了父亲，那邱瑞忙问道："你已被拿，缘何到此？"邱福道："此乃瓦岗徐茂公之计，要爹爹归降，如今家属俱已赚在瓦岗城中，叫孩儿来奉请。"邱瑞闻言，急得七窍生烟，一些主意全无。又见传报说："天使到。"邱瑞接了圣旨，差官开读道："邱瑞欲顺瓦岗，故杀大将，速令自尽！"旨未读完，邱福大怒，一刀砍了天使。邱瑞大惊，邱福道："爹爹，这样昏君，保他何益？今瓦岗混世魔王，十分仁德，不如归顺了吧！"邱瑞长叹一声，吩咐邱福先去通报，即便收拾十五万人马，归降瓦岗。咬金率领众将，迎接入城，设宴庆贺不表。

再说隋朝天使的校尉逃回长安，飞报入朝。炀帝大怒，问谁敢领兵再打瓦岗，宇文化及道："若非上将，焉能取胜？今有山马关总兵裴仁基，他有三子：长元绍、次元福、三元庆。这元庆虽只十二岁，他用的两柄锤，却有五升斗大，重三百斤，从未遇过敌手。圣上可差官召他来。封他为元帅，他若提兵前去，必破瓦岗矣。"炀帝大喜，即差官星夜往山马关，宣召裴仁基。差官飞马到关，裴仁基父子接了旨，即时起行。来到长安午门外，问圣上何在，黄门官道："圣上同国丈在紫微殿下棋。"裴仁其见说，率三子到紫微殿，果然炀帝与张大宾，对坐下棋。裴仁基与三子俯伏于地，说道："臣山马关总兵裴仁基父子朝见，愿我皇万岁！"炀帝一心下棋哪里听得？仁基再宣一遍，又不曾听得。

足足等了一个时辰，不见动静。裴元庆大怒，立起身来，走上前，一把扯住张大宾举起来。炀帝吃了一惊，忙问道："这是何人？"裴仁基道："是臣三子裴元庆，因见国丈与圣上下棋，分了圣心，不理臣等，故放肆如此。"炀帝道："原来是卿，朕实不知，快放下来！"此时国丈肚子被住喊痛得紧，大叫："将军放手！"元庆又闻圣旨说："快放下他！"竟把他一抛，跌在地下，皮都抓下了一大块。炀帝看元庆年纪不大，又如此勇猛，心中大喜，便叫："裴爱卿，朕封卿为元帅，卿子为先锋，兴兵征讨瓦岗，得胜回来，另行升赏。"又道："朕欲

封一位监察行军使，以观卿父子出兵。不知何人可去？"张大宾道："臣愿往。"炀帝大喜，就封大宾为行兵都指挥，天下都招讨。四人谢恩而出。

那大宾怀恨在心，思想要害他父子，遂点起十万雄兵，克日兴师，离了长安。张大宾下令：先取金隄关，然后攻打瓦岗，以此兵到金隄关下寨。张大宾吩咐裴元庆道："限你今日要取金隄关，若取不得关，休想回来见我！"元庆心中想道："呀，是了，我晓得张大宾记恨我提他之仇，今欲害我父子了！咳，张大宾，你若识时务便罢，若不识时务，我父子一齐降瓦岗，看你怎生奈何我？"吩咐带过马来，那匹马竟像老虎，不十分高大。元庆拿两柄铁锤，飞身上马，跑到关前讨战。

守关将官乃贾闰甫、柳周臣，得了报，即上马领兵，出关交战。二人一看裴元庆年纪甚小，手中拿斗大两柄铁锤，心中奇异，喝问道："来将何名？你手中的锤敢是木头的？"元庆道："我乃山马关总兵裴仁基三子裴元庆便是。我这两柄锤，只要上阵打人，你管我是木头的不是？"贾柳二人大笑，把刀一齐砍下。元庆把两柄锤轻轻往上一架，贾柳二人的刀，一齐都震断了，二人虎口也震开了，只得叫声："好厉害！"回马就走。元庆一马赶来，二人方过吊桥，元庆也到桥上。城上军士认了自家主将，不敢放箭，倒被元庆冲入城来。贾柳二人，只得奔向瓦岗去了。张大宾领兵入金隄关，遂向瓦岗而来。未知后事如何，且听下回分解。

第三十一回　裴元庆怒投瓦岗寨　程咬金喜纳裴翠云

不说张大宾领兵前来，且说瓦岗寨这日程咬金升殿，众将拜毕，忽报金隄关贾柳二位老爷，在外候旨，咬金叫宣进来。二人入殿俯伏，叫声："主公，不好了！"就把裴元庆勇猛难当，说了一遍。咬金道："这是你二人无用，待他来时，必要杀他大败而去。"这时闪过邱瑞，说道："主公有所不知，这裴仁基第三子元庆，论他年纪，不过十来岁，使两柄铁锤，重有三百斤，英雄无比。若是这位小将来了，大家须要小心。"咬金听了微笑，不以为然。

众人说话之间，外边隋兵已到，扎下营寨。张大宾吩咐裴元庆道："今日限你取瓦岗，若取不得瓦岗，休来见我！"裴元庆见说，微微一笑，遂上马抵关讨战。探子报入城中，咬金便问："那位王兄前去迎敌？"忽见史大奈出班应道："小将愿往！"遂提刀上马，冲出城来，见了裴元庆，不觉大笑道："你这个小孩子就是裴元庆吗？"元庆道："正是。"史大奈道："我看你乳臭未干，到此做什么？好好回去吧！"裴元庆道："我若怕你，也不算为好汉！"史大奈遂把刀照顶门砍来，元庆将身一侧，举锤照刀柄上略架一架，刀便断为两截。史大奈一个虚惊，登时跌下马来。裴元庆喝道："这样没用的！也要算什么将官！我小将军不杀无名之将，饶你去吧！"史大奈爬起来，跳上马，奔入城中。咬金忙问道："小将可曾拿来吗？"史大奈摇摇头道："不要说起，吓杀吓杀！"就把前事述了一遍，众将见说，皆以为奇。

正说之间，又报小将在外讨战，单雄信大怒，上马出城，远远一望，哪里见什么将官？到了元庆面前，还不见他。元庆大喝道："青脸贼，那里去！"雄信往下一看，只见一个小孩坐的马竟像驴子一般，遂大笑道："你这小孩子要来送死吗？"元庆道："你这青脸贼，还不知道我小将军的厉害，特来杀你！"雄信大怒，把槊打下去。元庆把左手的锤举着，等他槊打到锤上，方将右手的锤举过来，把槊一夹。雄信用力乱扯？哪里扯得脱，元庆笑道："你在马上用的是虚力，何不下马来，在地下扯，我若在马上，身子动一动，就不算好汉。"雄信竟跳下马来，用尽平生之力乱扯，你在马上用的是虚力，何不下马来，在地下扯，竟像猢狲摇石柱，动也不动一动。雄信只涨那里扯得脱？元庆笑道："得一张青脸内泛出红来，竟如酱色一般。"元庆把鎚一放，说道："去吧！"把雄信仰后跌去，跌了一脸的血，忙爬起来，跳上马，飞跑入城来。

咬金见了这形状，又好笑，又好恼，便叫："秦王兄，你去战一阵看。"秦叔宝上马出城，一看裴元庆，暗想："小孩子为何如此厉害？不要管他，赏他一枪再说。"就把枪刺来。元庆将锤当的一架，把一杆虎头金枪，打是弯弯如蚯蚓一般。连叔宝的双手都震开了，虎口流出血来。叔宝回马便走，败入城中。咬金大怒道："何方小子，敢如此无礼！"下旨："孤家亲征。”带领三十六员大将，放炮出城。咬金一马上前，把斧砍下，元庆把锤一架，当的一声响亮，斧转了口，震得咬金满身麻了，双手流血，大叫：“众位王兄，快来救驾！”众将遂放开马，齐声呐喊，团团围住。裴元庆见了，哈哈大笑，把锤往四下轻轻摆动，众将哪里敢近他身？有几个略拢得一拢，撞着锤锋的，就跌倒了。众将只得远远呐喊。

那隋营裴仁基，在营前见三子元庆战了一日，恐他脱力，忙令鸣金收兵。张大宾听见，就召裴仁基入账喝道：“你身为大将，怎么贪惜儿子，不与国家出力。他正欲取城，你为何私自鸣金收兵？目中全无本帅，绑去砍了！”左右答应一声，就把仁基绑缚，他两个儿子元绍、元福上前说道：“就是鸣金收兵，也无处斩之罪。”张大宾喝道：“你两个人也敢来抗拒本帅！”吩咐左右：“绑去砍了。”左右一声答应，把裴仁基父子三人绑出营门。阵上裴元庆听得鸣金，把铁锤一摆，众将分开，就冲出去了。咬金收兵，上城观看。

且说元庆回到营前，见父亲哥哥都被缚着。元庆大喝一声道：“你们这些该死的，焉敢听那张奸贼，将老将军和小将军如此！还不放了！”这些军校被喝，怎敢不遵？连忙放了。元庆叫声：“爹爹，今皇上无道，奸臣专权，我们尽忠出力，也觉无益。不如降瓦岗吧！”父子四人身不由己，竟奔瓦岗而来。到了城下，见咬金在城上观看，裴元庆叫道：“混世魔王在上，臣裴元庆父子四人，被奸臣谋害，特此前来归降。”咬金大喜道：“三王兄，难得你善识时宜。但恐归降是计，乞三王兄转去，把张大宾拿了，招降隋家兵马，那时孤家亲自出城相迎。”裴元庆道：“既如此，千岁少待，父亲哥哥等一等，待孩儿去拿命来。”说罢，即便回马，跑入隋营。

此时张大宾正在帐中发落放走裴家父子的军士，忽见裴元庆匹马跑来，张大宾要走，被裴元庆跳下马来，一把擒住，又喝道：“大小三军，汝等可同我归降吧！”十万兵齐应道：“愿随将军！”裴元庆一手提着张大宾，跳上了马，招呼大队人马，来至瓦岗城下，向城上叫道：“张大宾已捉在此了，请开城受降！”程咬金看见是真，就领众将出城，迎接入内。到了殿上，裴仁基率三子朝见毕，咬金命武士绞死张大宾，封裴仁基为逍遥王，裴元庆为齐眉一字王，并命摆宴款待。裴仁基写书一封，寄予山马关焦洪。那焦洪是仁基的外甥，将书与他，要他与夫人并翠云小姐说知，收拾府中钱粮，与二十万人马，一齐到瓦岗来。咬金封焦洪为镇国将军，令贾柳二人依旧镇守金隄关。徐茂公与咬金为媒，娶翠云小姐为正宫。咬金大喜，即令择日迎娶成亲，自此瓦岗威声大震。

消息传入长安，炀帝大惊，即与宇文化及商议。化及道：“如今发不得兵了，只好与他议和，可封程咬金为混世魔王，割瓦岗之东一带地方，与他讲和便了！”炀帝依奏，就差一官员，下诏到瓦岗封咬金。咬金竟不奉诏，亦不遣回使者，按下不表。且说洛阳城外，有一安乐村，村中一个英雄，姓王，名世充。他武艺高强，件件皆精，父母俱亡，只有一个妹子，名叫青英，年方十五岁，同住在家。这王世充射鸟为活。有一个族兄，叫作王明德，常常照顾他。明德母亲养了一个鹦鹉，会说好话。不想有一天被他挣断了金丝索，飞去了。四下寻觅，并无踪迹，其母气出病来。明德烦恼，即来求王世充，代他寻觅。若寻得到，愿谢一百两银子，今先交五十两银子。世充许诺，接了银子，明德回去。世充将银子交与妹子，就拿了粘竿鸟笼，入城寻觅，并未看见，只得回家。

歇了一夜，到次日就在乡村寻觅，寻至日中，见前面林子内，众小孩子团团围住。世充向前一看，正是白鹦鹉，在一株松树上与小孩子相骂。那鹦鹉看见世充便叫道：“二员外，你来，我脚上的金丝索被树枝兜住了，飞不动，回去不得，二员外，你上树来，替我解一解。”世充听了，即放下粘竿鸟笼，溜上树去，将金索儿解了。鹦鹉得放，即跳在王世充头上。王世充爬下树来，就向头上取下鹦鹉，放在笼内，取了粘竿，提了竹笼，忙忙回来。

他从一个庄院经过，那庄内一个员外，姓水名要，在庄前乘凉，看见这鹦鹉会说话，又认得是王世充，就叫道：“王兄弟，你笼内的鹦鹉，借我看看。”世充依言，取出来与他看。水要接过一看，问道：“这鹦鹉肯卖吗？”世充道：“这是我伯母最喜之物，是不肯卖的。”那鹦鹉也叫道：“二员外，我要回去，不要卖我。”水要道：“与你三百银子，卖与我吧。”世充道：“就是与我三千两银子，总是不卖！”水要变脸道：“你果然不卖？”世充道：“果然不卖。”水要用两手扯了鹦鹉两脚，一撕撕做两块，丢在地下，回身去了。

王世充敢怒而不敢言，把撕开的鹦鹉抛在笼内，提了笼，走入城来，见了明德，明德见笼内鹦鹉撕开，忙问其故。世充把水要之事，说了一遍。不料有个丫头听见此言，忙报与

老太太。那时老太太正在吃药，一闻此言，一口药一噎，老人家一口气转不过，就呜呼哀哉了。丫头飞报出来，明德大哭，抛了世充，哭入内房去了。世充见了这事，不觉大怒，就出门去了。未知后事如何，且听下回分解。

第三十二回　王世充避祸画琼花　麻叔谋开河扰百姓

世充忙走出来，回到家中，向妹子取些银子，拿了一口宝刀，并一只包袋，奔到做粉食店内，称了三四钱银子，买了几百个馒头，用包袋包好。时天色将晚，就拿出店。行至一更时分，才到水家庄边，忽有十多只犬，看见人影，都吠起来。世充忙向包袋内，取出馒头，一齐抛去。众犬吃着馒头，就不吠了。世充放胆，走到庄门，把门就敲。那管门的老儿在床上问道："是哪个敲门？"世充道："是我。"老儿道："你敢是张小二讨账回来？待我来开。"遂披衣起来，把门一开，被世充兜胸一把，提翻在地。那老儿欲要喊叫，因见他手中执着明晃晃的钢刀，只得哀求道："好汉饶命！"世充道："你快快说，员外在哪里？领我去见他，我便饶你。"老儿道："员外在东厅吃酒，待我引你去。"

老儿就把庄里门开了，走出去，转了两个弯，见前面有一个门关紧。老儿道："这里进去，就是东厅，待我敲门。"世充就把老儿杀了，爬上墙去，轻轻跳下。望见水要与妻妾在那里呼三喝四，世充赶入，就杀了七八个家人。水要看见要走，被世充赶上前，一刀砍死，又把他妻女尽行杀完。又到四下里房中找寻，有睡的，有未睡的，都杀个干干净净。就割死尸血衣，题四句于壁上道："王法无私人自招，世人何苦逞英豪！充开肺腑心明白，杀却狂徒是水要。"每句头上藏着一字道："王世充杀。"

世充题罢，把血衣服抹了刀，就走出门，奔回家来，已是五更时分。把门敲了，妹子走来开门，看见世充身上衣服都是鲜血，吃了一惊。世充脱了血衣，穿了干净衣服，叫："妹子随我来。"妹子问道："到男女老少哪里去？"世充道："你随我来就是了，问什么！"世充扶妹子出了门，走入城来，却好城门已开，来到明德家里，见了明德，细言前事。明德大惊道："兄弟，此时不走，等待何时，可将妹子交与我，你快快走吧！"即取银子一百两，付与世充。世充拜谢，飞奔出城而去。

却说府尹闻报，水家庄上杀死多人，即吩咐备下棺木，亲来收尸。见了壁上血诗四句，知是王世充杀，差人捉拿，方知早已走了。有人出首说，明德是他哥子，必躲在他家。府尹就把明德一家老幼拷打，不招，监禁在狱，不题。

再说王世充逃至扬州，走入段家饭店，那店主把王世充一看，就问道："足下莫非姓王，大号叫世充吗？"世充道："为何知道小可贱名？"那主人忙请入内，纳头便拜道："主公在上，臣段达见驾！"世充道："足下敢是疯癫吗？"段达道："昨日有个神仙到臣家，叫作铁冠道人，能知道过去未来。他说明日巳牌时候，有个真命天子，姓王名世充，逃难到此，你可留住家中，到明年我来助他洛阳起兵。吩咐了，如飞而去。所以臣知道。"世充道："原来如此。若果有这一日，足下就是大元公矣。"段达谢恩，摆酒接风，收拾一间洁净房子，与世充安歇，日日讲论兵法。

扬州城里有一羊离观，是个著名的道观。一天晚上，道士们只见空中响亮，有火球滚下，落在观中。随即天井中开了一株异花，高有一丈，顶上一朵五色鲜花，如一只小船样大，上有十八片大叶，下有六十四片小叶，香闻数里，轰动远近。恰巧王世充这天日里游观，晚上投宿观中，亲眼看见这异花，好生奇怪。他夜间做梦，梦见有人向他道："这花出现，是天下大乱的预兆。你快把这花图画下来，赶往长安，自有奇遇。"王世充一觉醒来，心里异常高兴，就细细画好一幅异花的图像，请人裱好，随即赶赴长安。

那时炀帝在宫，梦见花园中现出一朵花来，高有一丈，顶上一朵五色鲜花，上有十八片大叶，下有六十四片小叶，异香无比。又见花顶上立着一个人，天庭开阔，地角方圆，面如傅粉，唇若涂朱，头戴冲天翅，身穿杏黄袍。又见一十八片大叶，化为一十八路反王；六十四片小叶，化为六十四处烟尘，一齐杀来。炀帝大惊，又见花上跳下两人来：一个黄脸长髯，手执双锏，一个黑脸虎髯，手执钢鞭，打死了一十八路反王，剿除了六十四处烟尘。

炀帝大喜，忽然醒来，乃是一梦，遂对萧妃细言梦中之事。萧妃道："陛下梦见异花，必有其种。可宣召名手画工，画出形象，张挂朝门。若有人识得此花在何处者，官封太守，不知圣意如何？"炀帝大喜，遂召画工细细将梦中花样，描画出来，命黄门官张挂午门。百官观看，并无一个识者。

那时王世充来到长安，闻得午门挂榜，世充上前一看，竟与自己的画无二，心中大喜，即向前揭了榜文，两边太监见了，连忙扯住，领入朝门。太监先进内殿，奏道："有人认识此花，前来揭榜，现在外面候旨。"炀帝道："宣进来。"太监领旨出来，带王世充到内殿。世充拜伏在地道："小民王世充见驾，愿吾皇万岁万万岁！"炀帝道："你知花何名？出在何处？"世充道："此花名为琼花，在扬州羊离观内。八月十五夜，生出此花，小民已描了一幅在此，与那榜上的一般无二，请万岁龙目一观！"内侍将画取上，放在龙案上，炀帝打开一看，果然与梦中所见一样。龙颜大喜，即封世充为琼花太守，先领兵一千到扬州，吩咐羊离观改为琼花观，以备驾来观玩琼花。世充道："小民有罪，不敢前往。"炀帝道："卿有何罪？"世充把明德在监之事，细细说了一遍。炀帝听说，即行赦书到洛阳，放出明德。世充领旨出朝，领一千兵马，往扬州而来。路逢段达、铁冠道人，下马相见。段达道："隋朝气数不久，我与军师到洛阳守候主公便了。"世充大喜，谢别二人，上马下扬州不表。

再说炀帝次日又得了扬州地方官报告异花的表章，即与宇文化及计议上扬州。化及奏道："主公，长安到扬州是旱路，劳于行动。陛下可传旨意，令魏国公李密作督工官，将军麻叔谋作开河总管，令狐达副之。大发民夫八十万，自龙池起工。凡是长平关隘山岭，必由去路，浅处开深，仄处开阔，以便龙舟行走。并乘机限李渊三个月在太原府造一所晋阳宫，用金玉铺陈，以候圣驾、倘若不遵，只说他慢君，罪该斩首。他若造了，又说他私造王宫，也把他杀了，除此后患。"炀帝大喜，旨意一下，当时百姓，就是军丁户女，也要他们应工。稍有差池，禁不住督工官鞭挞，在路上不知死了多少。看看开到河南，李密闻知朱灿勇猛善谋，就来请他为总管。朱灿大喜，伍云召儿子，时年已六岁，即将他交由其兄朱然抚养，朱然许诺。朱灿别了哥哥，同李密而去，此话不表。

再说那开河总管麻叔谋，一路开河，不管住房坟茔，一直开去。这麻叔谋又十分凶恶，好吃小儿肉，使人四下里偷来烹煮吃食。百官被他扰害，远近皆闻。当时附近小儿，都吃尽了，无处可偷。又生出一个计策来，把文书行到各州县去，凡一州一县，押唤掘河人去，并要解送三岁以下周岁以上的小儿一百个。这文行到相州，那相州刺史高谈圣看了文书，大怒道："既拘人夫开河，又要一百小儿何用？"就把那差官夹起来。那差官受刑不起，招出缘由。高谈圣大怒，立刻把差官打死。麻叔谋闻报大怒，即刻点兵亲来，要杀高谈圣。惊动相州百姓，大叫道："可惜这样清官，难道凭他奸贼拿去杀了不成？"众人沸沸扬扬，惊动了一个英雄。你道是谁？就是太行山雄阔海。这日同各喽啰到相州打听消息，闻了这事，即大怒道："原来麻叔谋这般作恶，你们众人随俺来！"众百姓遂同雄阔海杀出城来。遇着麻叔谋，也不说话，阔海把斧砍来，叔谋把枪架住，不知怎的，叔谋觉得两手酸麻，回马就走。阔海赶到，一斧砍作两段；又用斧把隋兵乱砍，隋兵惊慌，齐声投降。阔海方才住手，领了兵民入城，进了府堂，不由高谈圣不从，定要立他为王。高谈圣身不由己，只得依从，下令府堂改为王府，自称为白御王，封雄阔海为大元帅。阔海差喽啰往太行山，装载粮草，并大小喽啰，到相州攻打。该管州县，俱望风而降。未知后事如何，且听下回分解。

第三十三回　造离宫袁李筹谋　保御驾英雄比武

再说麻叔谋败兵到李密处，李密大惊，一面上本启奏，一面差总管朱灿前去，监督开河。开近曹州地方，曹州城外三十里有一村，名曰宋义村。村中有一员外，家私巨万，佣工之人，不计其数。此人姓孟名海公，就是尚义的母舅，前年尚义潼关救了秦琼，就投奔此处。那孟海公家中有一个先生，名唤白顺，足智多谋，才能文武，能识阴阳。孟海公有三个妻房，十分厉害。第一个叫作马赛飞，善用二十四口柳叶飞刀，第二个叫作黑夫人，第三个叫作白夫人，都是有本领的。那孟海以心怀不轨，私置盔甲刀枪，蓄养不法之人。恰好他父母及祖宗的坟墓，是在开河的道路上。孟海公知道这事，就四出打点，想花掉一些银公子，等到开近坟边，却推说朝廷制定路线，任何人不能徇情更改。就把孟海公的祖宗坟墓，发掘一空，并盗去了棺中珍宝。孟海公一时大怒，点齐家丁，与三个妻子，外甥尚义，反入曹州，杀了守将，自称宋义王，封尚义为元帅，白顺为军师。那李密开成了河，自去复旨，自此天下反者甚多，且将最厉害者说明。

瓦岗程咬金称混世魔王
相州高谈圣称白御王
苏州沈法兴称上梁王
山后刘武周称定阳王
济宁王博称知世王
济南唐璧称济南王
湖广雷大鹏称楚王
江陵萧铣称大梁王
河北李子通称寿州王
鲁州徐元朗称净秦王
武林李执称净梁王
楚州高士达称楚越王
明州张称金称齐王
幽州铁木耳称北汉王
夏州高士远称夏明王
沙陀罗于突厥称英王
陈州吴可宣称勇南王
曹州孟涨公称宋义王

共有十八路反王。还有六十四处烟尘，为首的是杜伏威、张善相、薛举，其余按下不表。

且说唐公李渊，得旨限三个月，要造一所晋阳宫，如何造得及？心中不悦，便与四个儿子计议。此时唐公有四子，长建成、次世民、三元吉、四元霸。这李元霸年方十二岁，生得尖嘴缩腮，面如病鬼，骨瘦如柴，力大无穷。两柄铁锤，其重有八百斤，坐一骑万里云，天下无敌，在大隋称第一条好汉。当唐公说道："这旨意，一定是宇文化及的奸计。造不成只说违旨要杀；造成又说私造王殿，也要杀。我想起总是一个死，不如不造，大家落得一个快活吧。"李元霸道："爹爹不要心焦，那个狗皇帝若来，待我一铁锤就打死了。爹爹你做了皇帝就是了！"唐公大喝一声："哇，小畜生住口！"话未毕，忽家将来报道："府尹袁天罡、县尉李淳风要见。"唐公闻言，忙出外厅。袁天罡、李淳风早在厅上，施礼后分宾主坐定。袁天罡道："闻圣上有旨下来，要千岁三个月造一所晋阳宫，为何不造？"唐公长叹一声道："我想造也是死，不造也是死，所以不造。"袁天罡道："千岁差矣！圣上要千岁造殿，却并未说出宫殿大小，何不赶紧招集民夫，造起一座宫来。只需多多铺陈金玉，不必计较宫殿房屋多寡。圣上见了，自然没有话说。"唐公听罢点首，下令即着袁天罡、李淳风二人为监造官，多集民夫，限三月以内造起一所精致的晋阳宫来。

再说炀帝留次子代王侑守长安，封无敌将军宇文成都为保驾将军，带了萧后和三宫

六院，并宇文化及一班近臣，起驾往太原而来，唐公率文武官员迎入太原。炀帝进了新造的晋阳宫，见宫殿房屋不多，却造得十分齐整，心中欢喜。宇文化及在侧边道："主公所怀之事，难道忘了？"炀帝点头下旨道："李渊私造宫殿，图谋不轨，绑下斩了。"唐公分辨道："臣奉旨起造，焉敢有私？"炀帝喝道："你既无私，焉有不及三个月，造得这样宫殿，一定是先造下的。"竟把唐公绑了出去。

此时世民在午门外，见父亲绑出来，忙去击鼓。太监拿他上朝来，炀帝一见，忙问："你是何人？"世民道："臣李渊次子世民见驾，愿我皇万岁万万岁。"炀帝道："你到此何干？"世民道："臣特来为父亲辩冤。"炀帝道："你父私造王殿，有何可辩？"世民道："臣父是奉旨造的，圣上若说没有这样快，新旧可辩的。万岁可下旨，起出铁钉来看。若是旧的，钉子一定俱锈；若是新的，自然不锈。"炀帝即下旨起出钉来一看，果是新的，遂赦李渊。

李渊进朝谢恩，炀帝问道："卿有几个儿子？"唐公道："臣有四子：长子建成，这个就是次子世民，三子元吉，四子元霸。"炀帝道："卿可为朕召三子来。"唐公领旨召到三人，俯伏在地。炀帝道："平身。"四子分立两旁。炀帝看三子皆不及世民，遂说道："朕欲将卿次子世民，承继为子，不知卿意若何？"唐公调恩。世民拜了炀帝，炀帝即封世民为秦王。唐公道："如今贼盗丛生，陛下驾幸扬州，不知何人保驾？"炀帝道："有无敌将军宇文成都保驾。"李元霸在旁笑道："哪一个是无敌将军？请出来看看。"只见班中闪出宇文成都道："在下便是。"元霸一看，又笑道："这就叫无敌将军！恐未必然！"成都怒道："若有能敌的，你可寻一个来。"元霸道："不必去寻，只我就是。"成都笑道："你这样的孩子，只消我一个指，就断送你命了。"炀帝道："既出大言，必有本事，二卿可便交交手看。"元霸道："臣用一条臂膊挺直在此，若推得动，扳得下，就算他做无敌将军。"说毕，即挺直臂膊过来。成都大怒，赶上来一把扯住元霸的手，用力一扯，好似蜻蜓摇石柱一般，莫想动得分毫。元霸把手一扫，成都扑通翻筋斗，仰后一交。

成都爬起来道："你这是练就的，不算好汉。我见午门外那个金狮子，约有三千斤重，若举得起，便算好汉。"元霸道："你先去举。"成都忙走出午门，一手托着腰，一手抵住狮子脚，就举起来，一步一步走到殿上，又举出去，放在原处，复回身进来道："你可去举来。"元霸也走出午门，左手提起左边狮子，右手提起右边狮子，一齐举起，走到殿上。炀帝与众臣看了，皆说真是天神。元霸在殿上，把两手举上举下十数遍，依旧举出午门，把两个狮子放好了，复走入来。成都道："我不与你赌力，明日与你下教场比武艺，胜的方为好汉。"元霸道："说得有理！"当下百官散朝，个个回府，化及与成都计议，暗差五百名有本事家将，吩咐："明日得胜便罢，若不得胜，你们一齐上前，把他杀死。"家将们领命，不表。

且说炀帝次日带了文武官员，下教场，百官朝见毕，炀帝下旨，令李元霸与宇文成都比武。二人领旨，下演武厅，个个上马。宇文成都立在左边，李元霸立在右边。成都大喝道："李元霸快来纳命。"遂举起流金镗，向前当的一镗，李元霸把锤往上一架，当的一声，把流金镗打在一边。成都叫道："这孩子好家伙！"举起流金镗，又是一镗，那元霸又把锤一架，将流金镗几乎打断，震得成都双手流血，回马便走。元霸一马赶来，伸手夹背心一把提过马。炀帝见成都被擒，怕伤了性命，忙传旨放了。宇文化及大叫道："圣上有旨，李公子快快放手！"元霸暗想："我当年在后花园中学习武艺，师父紫阳真人曾吩咐我，不可伤了使流金镗的性命。"又闻有旨，遂把他望空一抛。不知死活如何，且听下回分解。

第三十四回　众王盟会四明山　三杰围攻无敌将

当下李元霸将宇文成都望空一抛，就双手一接，叫声："我的儿，饶你去吧！"往地下一抛，噗的一声，跌得个尿屁直流。那五百家将见主人被跌，齐举兵器上前，直奔李元霸。元霸笑道："替死的来了！"把双锤四下一摆，打死了十余人，其余个个惊走。当时元霸得胜，把双锤插在腰间，走上演武厅，下马缴了令旨。炀帝大喜，封为西府赵王，镇守太原，遂摆驾回宫。住了几天，夏国公窦建德奏："龙舟造完，前来复旨，请万岁驾幸江都。"炀帝

下旨，把三宫六院，俱留在晋阳宫。令李渊、元霸，同守太原，秦王世民，同往江都，李渊谢恩。炀帝带了萧后与些宠妃，上头一座龙舟居住。第二座秦王世民，第三座宇文化及与保驾将军成都，第四座文武百官。龙舟四座，皆以锦彩为帆，又有千艘骑兵，紧傍两岸而行。炀帝坐的龙舟，挽牵俱用妇女，各穿五色彩衣。炀帝观岸上妇女，挽牵锦缆，这些五色彩衣，红红绿绿，心中大喜。此话不表。

再说曹州宋义王孟海公，闻知昏君来游江都，必从四明山经过，忙发下一十八道矫诏，差官各处传送，今举兵齐入四明山相会，捉拿昏君共举大事。

且说那河北寿州王李子通，得了孟海公诏书，忙传伍云召上殿道："孤家正欲兴兵与元帅报仇，不料昏君游幸江都，今有宋义王孟海公矫诏到来，要孤家举兵，同集四明山相会，捉拿昏君，元帅就此发兵前去。"云召大喜道："多谢主公。"

说罢，退出朝门，点起十万雄兵。又发书到沱罗寨伍天锡处，令他为先锋，在前相等，同往四明山去，不表。

且说瓦岗寨程咬金得了这矫诏，十分大喜。即下旨兴二十万雄兵，命秦叔宝为元帅，裴元庆为先锋，与徐茂公军师，并诸将起身。又命邱瑞保瓦岗寨。三军浩浩荡荡，往四明山进发。到了四明山，孟海公早兴十万大兵，在山下扎寨。报混世魔王到了，孟海公即迎接咬金入账。次后相州白御王高谈圣，山东济南王唐璧、济宁知世王王溥、苏州上梁王沈法兴、湖广楚王雷大鹏、山后定阳王刘武周、河北寿州王李子通、沙沱英王罗于突厥、幽州北汉王铁木耳、鲁州净秦王徐元朗、江陵大梁王萧铣、武林净梁王李执、明州齐王张称金、楚州楚越王高士达、陈州勇南王吴可宣、夏州夏明王高士远，各领雄兵十万齐到。杜伏威、张善相、李芙蓉、薛举，四个为领袖，带领六十四处烟尘，共兵二十三万，战将千员，陆续俱到。孟海公接入帐内见礼，分班坐定。孟海公道："列位王兄在此，孤有一言相告。今昏君诛害忠良，弑父杀兄，欺娘奸嫂。又游幸江都，开河害民，种种罪恶，万姓怨苦。今诸位王兄，俱要同心协力，捉拿昏君，众王兄意下如何？"众反生道："孟王兄之言有理。"班中闪出徐茂公道："今日请先立盟主，调用各路大兵。"众王道："徐先生之言有理。"遂共推程咬金为盟主。徐茂公道："那宇文成都勇冠三军，力敌万人，必须立下先锋，然后可擒成都。"

忽李子通队里闪出元帅伍云召说道："小将愿为前部先锋。"众王一看，见那员将士银盔银甲，面如紫玉，目若朗星，三绺长髯，堂堂仪表，立于帐下。寿州王李子通对众王道："列位王兄，此乃南侯伍云召，隋朝右仆射伍建章之子。伊父被昏君斩首，又差宇文成都围困南阳。他杀伤了隋朝三十多员上将，内无粮草，外无救兵，他杀出重围，相投孤家。他心存报仇，封为先锋，无有不竭力的。"咬金大喜，与了先锋印，云召谢恩。

只见高谈圣队里，闪出一员大将，身长一丈，腰大数围，铁面钢须，手执双斧，大叫道："俺情愿同哥哥去！"众王抬头一看，原来是雄阔海。高谈圣道："你去须要小心！"阔海应声道："是！"便同云召回至帐中，天锡看见阔海，忙问道："兄弟因何到此？"阔海把相州之事，细说一遍。云召道："俺今请得先锋印，我兄弟三人一同前去，何愁这宇文成都擒他不来？"天锡道："是！"三人置酒畅饮，不表。

却说靠山王杨林在登州，闻得驾幸江都，吃了一惊。忙令四家太保守登州，自家星夜赶上龙舟，保驾而行。不一月，驾到四明山，探子来报："启万岁爷，不好了！今有一十八家反王，六十四处烟尘，齐集会兵。现有三个先锋，在前阻路。"炀帝闻报，即令宇文成都前去退敌。成都领旨，提镋上马，杀上前去，大喝道："无名草寇，怎敢抗拒圣驾！"众军飞报上山，伍云召闻报，遂手执长枪，与雄阔海、伍天锡一齐杀下山来，大叫道："奸贼，快快下马受死，免我老爷动手！"宇文成都看三人生得凶恶，认得一个是伍云召，大叫道："反贼伍云召，你又来寻死吗？"云召喝道："奸贼休得夸口！"把枪刺来。成都将镋一架，两人战了十余合，天锡也把混金镋杀来，三人又战十余合。阔海见二人战成都不下，就把双斧杀入，成都把镋迎住，又战了二十余合，不分胜负。

四人自辰时战起，直战至午后，那杨林却想宇文化及有不臣之心，仗着儿子成都厉害，不如借反贼之手杀了他，以绝后患。就令军士只管击鼓，再不鸣金。宇文成都见三人终不肯退，又与他再战四十余合，三人虽勇，到底招架成都不住。雄阔海料战不过，大喊一声，回马先走。云召、天锡见阔海走了，便对成都道："我们今日不能取胜，放你回去，明日再战吧。”言讫，回马就走。

成都不舍，在后追来，追至半山，只见裴元庆手执双锤，杀下山来。成都上前把流金铛一挡，裴元庆把双锤一架，叮当一响，成都挡不住，回马便走。裴元庆飞马追来。这宇文化及心甚着慌，忙上金顶龙舟启奏道：“臣儿从早晨直战至今，腹中饥饿，力不能胜望，主公开恩。”炀帝遂传旨，鸣金收军。杨林闻旨，长叹一声，只得传令鸣金，成都大败，回到龙舟。裴元庆见天色晚了，也回四明山去。

成都回到舟中，扑的跌了一跤，晕死去了。化及哭救醒来，扶入舱中将养，即来启奏道：“臣儿战乏有病，无人退敌，怎生是好？”炀帝闻奏，就吩咐龙舟暂退五十里，问众臣道：“这些反王兵马阻路，如何得退？”夏国公窦建德奏道：“欲退反王，可速召太原赵王李元霸来，此兵自然退矣。”炀帝闻奏，忙下一道旨意，差一员将官，连夜飞奔太原而来。

不一日，到了太原，唐公得旨，即打发元霸起身，便叫：“我儿你去，我有一件事吩咐你。”忽又住了口，一想道：“我若说了，是不忠而为私了，你去吧！”元霸疑心，起身往佛堂来拜祖母独孤氏，老太太念佛方完，便问：“孙儿何往？”元霸道：“孙儿因圣旨来召，说有瓦岗寨程咬金立为盟主，会十八路反王，在四明山劫驾，故叫孙儿去破敌。”老太太道：“你此去四明山，天下人马都凭你打，唯有瓦岗寨人马，一个也打不得。”元霸就问：“这是何故？”老太太道：“有一个元帅，叫作秦叔宝，却是你我大恩人。”就将临潼关相救之事，细说一遍，又道：“若没有他，你也生不出来，前去不可撞他。”元霸道：“原来有这缘故，怪道爹爹欲言不言，但不知那姓秦的是什么样？”老太太指画上道：“就是这人！”那元霸一看，只见画上一人，淡黄脸，手执金装锏，三绺长须。桌上一个牌，牌上写着：“恩公秦叔宝长生禄位。”看罢说道：“孙儿就记住这秦恩公便了！”当下元霸别了老太太出来，拜别爹爹母亲，同柴绍带了四名家将，望四明山而来。

再说徐茂公探得李元霸前来保驾，忽叫声苦。众王惊问其故。茂公道：“今有李元霸前来保驾，我这里众将无人敌他。昏君拿不成了，只好保全自家兵马为幸。赖有一点救星。”就暗叫伯当去半路，如此如此。那李元霸与柴绍并马而行。王伯当远远的大呼小叫，立在那里捣鬼。柴绍认得是伯当，忙叫：“元霸贤弟，你且慢行，待我前去看看。”遂一马上前，叫声：“伯当兄，我家四舅来了，你速速前去，通知众将，自己保全性命，每人头上插小黄旗一面便了。”伯当闻言，回马跑去。元霸来到面前，叫声：“姊兄，那人做什么？”柴绍道：“想是疯的，见我们来，他却跑去了。”二人依然行路，柴绍道：“四舅，那瓦岗寨的元帅，叫作秦叔宝，却是我们大恩人，你去不可得罪他。”元霸道：“我晓得了。祖母曾对我说过了。”柴绍道：“他力量虽不如你，但他两根金装锏却会飞的。我知他好朋友最多，你却不可打他的朋友，你若打了他的朋友，他就飞起锏打你了。”元霸道：“他的朋友是怎么的？”柴绍道：“他的朋友是有记认的，有一面小黄旗插在头上。”元霸道：“既如此，凡有插黄旗的，我不打他便了。”两下说定，及行到金顶龙舟，炀帝闻报李元霸到了，即宣上龙舟。柴绍与李元霸见了驾，炀帝传旨，明日发兵与反王交战。未知这番交战胜败如何，且听下回分解。

第三十五回　冰打琼花昏君扫兴　剑诛异鬼杨素丧身

再说徐茂公得了王伯当的回报，连夜下令十七家反王的人马，都退在后，四路八方，却布上了瓦岗的人马。众将官头上，每人分插一面小黄旗，独裴元庆不肯插。茂公再三相劝，裴元庆道：“俺七岁行军，如今一十四岁，两柄锤之下，打了多少英雄，岂怕一个李元霸？待我拿他来便了！”遂带一支人马，往西山屯扎。茂公令诸将各插黄旗，依令分头而去。又暗嘱叔宝，此番大战，非你莫能当，不可退避，叔宝会意而去。

且说李元霸离了金顶龙舟，摆锤纵马，往四明山冲来。当头就是秦叔宝，手执虎头枪，腰挂金装锏，大喝道：“来者莫非赵王李千岁吗？”李元霸道：“正是。足下可是恩公秦叔宝吗？”叔宝道：“然也。”元霸道：“我认得了。”勒开马，往东而跑，叔宝随后追来。元霸到东边，看见张公瑾。史大奈拦住，头上有黄旗，知是恩公的朋友，回马转来。叔宝举枪

就刺。元霸道:“恩公不须动手。”说着就往西跑去。早有齐国远、李如珪拦住,头上又有黄旗。元霸勒马回身,又遇着叔宝,叔宝把枪又刺,元霸道:“恩公不必动气。”把锤虚架一架,战了几回合,遂望南冲来,又见是插黄旗的拦住。回马又撞着叔宝,假意又战数合。望着四方里冲来跑去,皆是插黄旗的,心下暗想:“为何恩公的朋友这样多?”及回马转来,又被叔宝阻住,只得又跑开去。

当下叔宝真认元霸战他不过,心中想道:“待我刺死了他便了!”东拦西阻,直到下午时分,李元霸心中焦躁道:“这秦恩公也甚不识时务了!我只管让他,他却只管来阻我去路。”催马往西而来,见叔宝又在面前,把枪劈面刺来。元霸见四下无人,叫声:“恩公不要来吧!”把一柄锤往上一架,当的一响,把八十斤虎头枪,打脱了不知去向。叔宝大惊,下马叫道:“恕小将之罪!”元霸也下马道:“恩公休得吃惊,多蒙恩公救我一家性命,生死不忘,岂敢害了恩公?恩公快去取枪来。”叔宝走上前数步,方才望见那枪抛去有数十步远,忙去取来,拾在手中,犹如弯弓一般,拿来速与元霸。元霸接过,将手一勒,就直了,倒长了一寸。交与叔宝,叫:“恩公上马,追我出去,速回瓦岗寨,不可再出。”叔宝应诺,上马又追出来,先回四明山去。

元霸冲到西边,当头裴元庆一马迎来,见头上没有黄旗,就把锤打来。裴元庆把锤一架,大叫道:“好家伙!”元霸又连打二锤,元庆连架二下,叫道:“果然好厉害!”回马便走。元霸大叫:“好兄弟,天下没有人当得我半锤,你能连接我三锤,也算是个好汉,饶你去吧!”一马冲入营来,正撞着伍云召、雄阔海,伍天锡,三人围将拢来战元霸。元霸大怒,把手中锤一摆,撞着三般兵器,当的一响,三人虎口震开,大败而走。可怜十八家反王的兵马,遭此一劫。被元霸的双锤,打得尸横遍野,血流成河,众反三个舍命奔逃。

那倒运的杨林,他埋伏一支人马在后山,截住反王去路。不期遇了裴元庆一人一马,那裴元庆受了李元霸一肚闷气,没处发泄,这杨林不识时务,大叫:“反贼休走!”上前拦住。元庆大怒,把锤打来,杨林双手把囚龙棒一架,豁喇一声,把一条囚龙棒打为两段,震开虎口,双手流血,大败而走。又被众反王的败兵冲下来,回不得龙舟,直败回登州去了。李元霸在后杀来,又亏叔宝拦住,此众反王才得脱逃,各回本邦去了。那李元霸在四明山匹马双锤,打死各反王大将五十员,军士不计其数。后来各反王闻了李元霸之名,无不丧胆。元霸回龙舟奏闻贼退,炀帝大喜,下旨开舟起行。及到扬州,文武百官迎接,炀帝命世民、元霸:“先往城中,打扫琼花观,朕明日进城游览。”秦王领旨,命赵王进城,竟到琼花观来,秦王先到花边一看,只见一株树,中间一朵花,有笆斗大。果然异样奇香,五色鲜明,花底梗上,有十八瓣大叶,下边有六十四瓣小叶。世民与元霸看了一会,出观往新造的行宫安歇了。

不料到晚,狂风大作,飞沙走石,落下冰片来,足足有碗口大,把一株琼花打落干净,花叶无存。到了天明,竟成了一座冰山。次日炀帝闻得落了冰片,打坏琼花,只叫可恼。及起驾到琼花观一看,只存一株枯木,心下不乐,因问众臣道:“卿等可知有游览之所,待朕一观否?”闪出个宇文化及奏道:“臣闻金山比扬州更好。”炀帝大喜,遂登上龙舟,吩咐往金山游览。化及令家将速至瓜州,备办彩船千只,游于江中。劳民伤财,百姓嗟苦。

炀帝龙舟出了瓜州,来到江中,见彩船无数,心中大喜,来到金山,将舟停住,摆驾上山。那炀帝在金山行宫内,四下观看,见江山澄空,舟船如蚁,心中得意。

是夜在行宫歇息,炀帝睡去,只见父王文帝及太子杨勇、仆射伍建章,和无数冤鬼,前来讨命。忽见一只金犬赶上前来,众鬼方才避去。炀帝惊醒,却是一场大梦。次日炀帝将此梦问宇文化及,不知吉凶若何?化及奏道:“金犬者,娄金狗也。今魏国公李密,乃娄金狗转世。主公回转江都,除了此人便了。”

过了两日,炀帝傅旨,驾回江都。同萧后上了龙舟,进得瓜州。彩女在岸挽牵锦缆。此时李密随驾,乘了一匹骏马在岸上观看。只见萧后在龙舟内观览岸边风景,果然有天姿国色之容,闭月羞花之貌,不觉魂销魄散,只是不住眼的观看。那萧后偶然抬头看见,便大怒问宫妃道:“这岸上乘马的是谁?”宫妃道:“是魏国公李密。”萧后听了,暗记在心。待来到江都,炀帝命摆驾入城,进了行宫。当晚萧后便奏李密偷看之事,炀帝大怒道:“这厮无礼可恶!”

次日坐朝,命夏国公窦建德,将李密绑出法场斩首。建德领旨,就将李密绑出西郊,限午时处斩。此时正是辰末巳初，李密谓建德道："小弟与兄，情同骨肉，今弟无辜受戮，何不一言保奏？"建德道："圣旨已出，谁敢保奏？今事已如此，兄长不必忧虑，弟自有相救之策。"忽朱灿闻圣上要将李密处斩，心中大惊，跑到法场，就与建德商议，救出李密。又有琼花太守王世充，因段达在洛阳招兵数万，前日有书来相请，欲要反出，未得其便。今见李密无故受戮，心中不平，恰好炀帝差他为催刑官，手执小旗，走进法场。三人遂相议定，朱灿将刀割断绑索，放了李密。四人各执兵器，带了家将，反出江都。有行刑军忙通报与宇文化及，化及闻报大惊，即来奏闻。炀帝大怒，即令世民、柴绍、元霸追赶。三人领旨，离了江都，也不追赶，竟回太原去了。

这窦建德逃到四明州，遇见故人刘黑闼，与蔡建方、苏定方、梁廷方招集亡命，连夜取了明州，杀了张称金，尽降其众，自称夏明王。封任宗为军师，刘黑闼为元帅，苏定方、蔡建方、梁廷方、杜明方为大将军，按下不表。

再说王世充逃到洛阳，段达接着问道："主公为何今日才来？"世充把救李密之事，说了一遍，段达大喜。次日，王世充自称为洛阳王，以法嗣为军师，段达为元帅，周甫、王林为大将，此话不表。

再说朱灿逃到楚州，适值高士达无道，被手下杀死，国中无主，要推一人为王，并无一个有力量有肝胆的人。这一天正遇见朱灿，睡在庙中，众人见他有火光照体，就立他为南阳王，按下不表。

且说李密逃至黎阳，来见越国公杨素。杨素原与密是至好，留他在府中住了几日。李密见杨素并不升坐大堂，问其何故。杨素道："不要说起。前日我坐大堂，见有五个恶鬼，现形乱扯乱打，所以不坐。"李密道："千岁今日可坐坐去，待李密看是何物作怪，待我除之。"杨素即同李密到大堂，杨素一坐上去，果见几个鬼，青面獠牙，将杨素乱扯乱打。李密大怒，拔出宝剑，照定鬼身砍去，鬼并不见，却把杨素砍死在地。这杨素今日大数该绝，故被李密杀了。当下杨素之子杨玄感，见父亲被杀，即将李密拿下，痛打一番，上了囚车，亲自押解朝廷，奏诉处斩。

再说瓦岗寨程咬金，这日临朝，对众人道："我这皇帝做得辛苦，绝早要起来，夜深还不睡，何苦如此！如今不做皇帝了！"就把头上金冠除下，身上龙袍脱落，走下来叫道："哪个愿做的上去，我让他吧！"众将道："主公何故如此？"咬金又叫道："我真不做了！"徐茂公暗想："他原只得三年，运气今已满了。军中无主，如何是好？"便屈指一算，叫声列位将军，有个真主到了。未知真主是谁，且听下回分解。

第三十六回 众将攻打临阳关 伯当偷盗呼雷豹

众将问道："真主在哪里？"茂公道："真主误罹人命，被仇家捉住，押解送朝廷治罪，如今已到瓦岗东路了。"程咬金道："有这等事，待我去救他来。"说罢，就提斧上马，竟从东门而去。茂公即同众将上马出城，往东起来。那杨玄感正押着囚车赶路而来，咬金望见明白，飞马跑去，玄感措手不及，被咬金一斧砍作两段。后面茂公同众将赶来，杀散从人，打开囚车，取过金冠龙袍，请李密上辇回城。李密道："小可李密，正犯大罪，今蒙列位相救，愿为小卒足矣，焉敢出此异望？"徐茂公道："天数已定，主公不必多虑。"李密大喜，上辇回到瓦岗寨，众将俱更朝服，请李密升殿。众文武参贺毕，降旨改天年，立国号，自立为西魏王，改瓦岗寨为金墉城。咬金把家眷移出府外，另居别第。李密遂封徐茂公为军师，魏征为丞相，秦琼为飞虎将军，邱瑞为猛虎将军，王伯当为雄虎将军，程咬金为螭虎将军，单雄信为烈虎将军。其余众将，封为七骠八猛十二骑将军，大开筵宴庆贺。

稍停两月，李密下旨取五关，杀上江都，捉拿昏君。加封叔宝为扫隋兵马大元帅，程咬金为先锋，徐茂公为行军军师，邱瑞、单雄信、裴元庆为运粮官。其余众将，悉令随征。裴仁基协同魏征守国保驾，兴兵二十万，杀奔临阳关而来。

离关不远，放炮安营。那临阳关是尚师徒新来镇守，当时程咬金为先锋，先来抵关讨战。尚师徒闻知，手执提炉枪，上了呼雷豹，出关对敌，见了咬金大喝道："你这呆犬，怎么

皇帝不做,让与别人?今又领兵出战,分明是来送死!"咬金道:"俺不喜欢做皇帝,与你何干?如今情愿做先锋,出阵交兵,好不快活。你若知事,快快下马投降,免我动手。"尚师徒道:"你这呆子,说这无气力的屁话!"咬金笑道:"胡说!你说我无气力,来试试我的家伙吧!"即举宣花斧砍来,尚师徒知他三斧厉害,第四斧就无用了。忙把枪架住他斧,就把这匹坐骑领上痒毛一扯,那马两耳一竖,呼的一声吼,口中吐出黑烟。那咬金的坐骑一跤跌倒,四脚朝天,尿屁直流,把咬金跌下马来。尚师徒喝一声:"与我拿了。"当下众兵把程咬金绑入关中去了。

西魏败兵报进营来,说:"先锋程咬金被尚师徒活捉去了!"叔宝闻报大惊。正要发兵,忽报运粮官邱爷到了。叔宝命左右请入帐中。相见毕,叔宝把咬金被捉的话,说了一遍。邱瑞道:"元帅放心,尚师徒的武艺,是老夫传授他的。向来师生情重,待我去劝他前来归降。"

正谈论间,忽报尚师徒讨战,邱瑞道:"元帅放心,他今讨战,老夫即去叫他来。"遂上马来到阵前。尚师徒一见,口称:"老师在上,弟子甲胄在身,不能全礼,马上打拱了。"邱瑞道:"贤契少礼,老夫有一言相告。"尚师徒道:"不知老师有何言语?"邱瑞道:"当今主上无道,弑父杀兄,奸嫂欺娘,杀害忠良,以致天下大乱。料来气数不久,贤契何不弃暗投明,同老夫为一殿之臣,岂不为妙?贤契请自熟思。"师徒闻言,高叫一声道:"老师差矣!自古道:'食君之禄,必当分君之忧。'你这些言语,只可对那贪财慕禄之人说,我尚师徒忠心赤胆,岂肯效那鼠辈之行?今日各为其主,只恐举手不容情,劝老师早早回去为是。"邱瑞听了大怒,举起鞭来,照头就打。尚师徒把枪架住,叫:"老师不要动怒,还是回去吧!"邱瑞哪里肯听,又是一鞭。尚师徒举枪来迎,战了八九合,尚师徒把呼雷豹领上痒毛一扯,吼叫一声,口中吐出黑烟,把邱瑞的坐骑跌翻在地。尚师徒道:"报居以忠,容情便不忠了。"提起枪,就把邱瑞刺死。

败兵报知叔宝,叔宝大怒,上马出城,叫声:"尚师徒,俺秦叔宝在此,特来会你。先有一言奉告。"尚师徒道:"有何话说?"叔宝道:"我知你乃顶天立地的男子,如上阵交锋,生擒活捉,枪挑剑剁,是个手段,死也甘心。你却倚了脚力本事,弄他叫一声,使人跌下马来,你就捉去,岂是好汉所为?"尚师徒道:"你说得有理。我今不用坐骑之力,有本事擒你。"叔宝道:"还有一说。我今与你比手段、两下不许暗算,各将人马退远,免生疑忌,才见高低。"尚师徒道:"有理!"各把人马一边退到关下,一进退到营前,两下遂举枪齐起。步宝又叫:"且住!你的马作怪,我终不放心。若你战我不过,又把坐骑弄起来,岂不仍受你的堀了?要见手段,我们还是下了马,用短兵器步战,就要擒你。"尚师徒微笑道:"也罢,就与你步战。"两人齐跳下马,各把枪插在地上,各把马拴在枪杆上,一齐取出鞭锏,就步战起来。

叔宝一头战,只管一步一步往左边退走,尚师徒只管一步一步逼过去。徐茂公看见了,忙令王伯当如此如此。伯当便悄悄走过去,拔起提炉枪,跳上呼雷豹,就飞跑回营来。叔宝眼快,瞟着了王伯当,就又败到落马所在,叫声:"尚师徒,我和你仍旧上马吧!"拔了虎头枪,跳上黄骠马。师徒一看道:"我的马呢?"叔宝道:"想是我一个敝友牵回营去了。"尚师徒道:"可笑你这些人,到底是强盗,怎么把我的马偷去?"叔宝道:"你可放出程咬金来还我,我便还你呼雷豹。"尚师徒道:"我就放程咬金还你,须要对阵交换。"叔宝道:"使得。"尚师徒就叫军士进关,还了程咬金盔甲斧马,送出关来。两边照应,这边放程咬金过来,那边放呼雷豹并枪过去。其时天色已晚,各人收军。

当晚秦叔宝吩咐王伯当,连夜到城东旷野,如此如此。王伯当得令,同几名军士,往城东一株大树底下,掘下一个大窟。伯当钻身伏在下面,令军士用席遮盖,上面放些浮土,众军士遂回营复令。次日,叔宝单骑抵关讨战,尚师徒闻知,跳上呼雷豹出关。交战五六合,叔宝半战半败,望东南而走。师徒紧紧追来,叔宝忽叫:"尚将军,今日不曾与你说过,却是不要动那脚力才好!"尚师徒道:"我昨日说过就是,不必多言。"叔宝道:"口说无凭。我到底疑着这匹马,还是下马战好。"尚师徒道:"我下了马,你好再偷。"叔宝道:"这里是旷野去处,离营七八里路,四下没个人影。哪个跑来偷你的?"尚师徒听了,四下一看,便说:"也罢,就下马战便了。"

二人下了马,都将缰绳拴在树上,交手紧战。叔宝又步步败将过去,尚师徒紧紧追

逼，那王伯当在窟中轻轻顶起席，钻出窟来，将呼雷豹解了拴，即跳上身，加鞭回营去了。叔宝兜转身，叫声："尚将军，我和你仍上马战吧。"遂跳上黄骠马。尚师徒一看叫声："呵呀，我的马呢？"叔宝笑道："又是我敝友牵去了。"说罢，大笑回营，气得尚师徒三尸直爆，七孔生烟，只得匆匆回关。

这里叔宝回营，见了呼雷豹，心中大喜。吩咐牵到后槽，急急上料，一面摆酒庆贺。是晚，程咬金想这马为何这等厉害，遂走到后槽看看，只见众马皆远远立着，不敢近他。咬金就把呼雷豹带住，一发将他痒毛一拉，他就嘶叫一声，众马即时跌倒，尿屁直流。咬金摇头道："为什么生这几根毛，这般厉害？外面好月光，我自原他出支，放过辔头看。"遂将马牵出营来，跳上马背，往前走。一步，扯一扯，那马一声吼叫。程咬金把毛乱扯，那马就乱叫不住，咬金大怒，一发将他这宗痒毛，尽行拔起来。那马性发，颠跳起来，前蹄一起，后蹄一坚，掀翻程咬金在地，逐跑到临阳关来，守关军士认得是元帅坐骑，忙出关带关报知。尚师徒大喜，近身一看，却没有痒毛了，凭你扯他，只是不叫。尚师徒因这马虽然不叫，还是宝驹，便吩咐军士好好上料，按下不表。

单说程咬金当下被呼雷豹掀翻在地，及爬起来，不见了这马，就回营去睡了。次早叔宝升帐，军士报禀此事，叔宝大怒，喝令把咬金绑去砍了。咬金叫道："秦大哥，你为何轻人重畜，为一匹马，就杀一员大将？而且你我是好朋友，亏你提得起！"叔宝听了，吩咐松了绑，说道："你这匹夫，不知法度，暂寄下你这颗头，日后将功赎罪。"话未说完，忽见军校来报，尚师徒讨战，叔宝即便提枪上马出营。本知后事如何，且听下回分解。

第三十七回　叔宝戏战尚师徒　元庆丧身火雷阵

当下叔宝出营，尚师徒骂道："你这伙贼，两次盗我宝驹，将他痒毛拔去，使他不叫。今日相逢，决不饶你！"说着就把枪刺来，叔宝将枪架住，这尚师徒使开这支枪，犹如银龙闪烁，叔宝抵挡不住，回马往北而走。尚师徒紧紧追来，叔宝战一阵，败一阵，直走至一个所在，是一条大涧，水势甚险。有一条石桥，年远坍颓，仰在涧中，已不能走过的了。望到上首，有一根木桥。又见尚师徒赶近，一时手忙，就这一个桥头，把马加上一鞭，要跳过涧去。不料这匹马，战了一日，走得乏了，前蹄一纵，腰肚一软，竟扑落涧中。那水底都是石桥，折在下面，利如快刀。其马跌在石上，连肚皮也破开了，死在水中。叔宝忙将枪向马前尽力一插，却好插在石缝里。就趁势着力，在枪杆上一扳一纵，刮喇一声响，人便将近了岸，那条枪竟折做两段。

叔宝爬到岸上，那尚师徒已从木桥过来，叔宝便取双锏迎敌。尚师徒见他没了枪马，稳杀他，把枪就刺。叔定将身一闪，在左边顺手一锏，却照马腿打来。尚师徒忙伸枪一架，拦开了锏，复手一枪，叔宝又跳在右边。原来叔宝是马快出身，窜纵之法，是他绝技。那尚师徒的枪法虽然高强，却一边在地下，一边在马上，不便施为。怎当得秦叔宝窜来跳去，或前或后，或左或右，东一锏，西一锏！那尚师徒恐怕伤了坐骑，暗想，这个战法，如何拿得他，必须与他步战，方可赢他。遂四下一看，见没有人，就取过双鞭，跳下马，把提炉枪往地上一插，缆定缰绳，抡鞭直取叔宝。叔宝舞锏相迎。两人又斗了一回，叔宝心生一计，将身侧近呼雷豹，连发几锏，大叫一声："兄弟们，走紧一步快来救我。"把双锏往身上一护，就地一滚过去。尚师徒倒缩开了两步，四下一看，不见一个人影。掇转头来，叔宝已跳在马上，连枪拿在手中，跑过木桥，大叫："尚将军，另日拜谢你的枪马吧！"言罢飞跑去了。尚师徒气得目瞪口呆，只得回关，修书去请红泥关总兵新文礼，前来助战。

那秦叔宝得了枪马回营，不胜欢喜。岂知那日叔宝劳倦过度，又在涧中受了一惊，又饥又湿，回来又多饮了酒食，饥寒伤饱。次日发寒发热，病倒营中。徐茂公吩咐诸将紧闭营门，将养叔宝不表。

再说红泥关总兵新文礼，身长丈二，使一条铁方槊，重二百斤，在隋朝算是第十一条好汉。那一日得了尚师徒的请书，便将本关军务，委官料理，自往临阳关而来。尚师徒迎入帅府，将前事备述了一遍，并说："因此特请将军到来，望乞扶持。"新文礼道："不妨，明

日待我出马,杀退他便了。"尚师徒称谢,摆酒接风。

次日,新文礼持槊上马出关,抵营讨战。探子忙报入营,徐茂公吩咐紧闭营门,弗与交战。新文礼在营外恶言叫骂,天晚回关,次日又来讨战,令军士百般辱骂。不料运粮官裴元庆解粮到此,望见营外一员大将,领了许多军士,叫骂讨战。元庆大怒,叫手下押过粮草,拿了双锤进前喝道:"何处贼将,敢在此无礼!"新文礼听了,回头一看,只见是个小孩子,便喝道:"来将何名?"元庆道:"俺乃西魏王驾前,天保将军裴元庆便是。你这厮却是何人?"新文礼道:"我乃红泥关总兵新文礼便是。你这孩子,要来寻死!"遂把铁方槊照头顶打下,裴元庆把锤往上一击,当的一声响,把铁方槊打断一节。新文礼虎口出血,叫声:"呵呀!"回马就走。

元庆紧紧追赶,城上军士,连忙放下吊桥。新文礼上得吊桥,裴元庆追上,照着马尾一锤,打中那马屁股,新文礼跌下水去。元庆却要抢关,城上矢发如雨,因押的粮草未曾交卸明白,便回马转去。城上军士出城,救起新文礼。尚师徒留在帅府,将养了七八天,方才无事。这边裴元庆回至营门,押入粮草,见了徐茂公,给了收粮回批。元庆备言杀退新文礼,诸将庆贺,元庆又去候了叔宝,不表。

再说新文礼将养好了,便与尚师徒商议,先除元庆,而后可破各贼。尚师徒道:"下官有一计在此,不怕不除此人。"遂附耳低言,如此如此。新文礼听了喜道:"妙计!妙计!"遂差人到城南庆坠山中,暗暗埋下地雷火炮,石壁上令军士预备筐篮伺候。次日,新文礼上马抵城,单要裴元庆出战,探子飞报进城。裴元庆闻报,就要出战,徐茂公止住道:"将军今日不宜出马交战,决然不利。"元庆道:"军师又来讲腐气的话了!我今日不杀新文礼,也不算成好汉!"竟上马出城去了。徐茂公只是叫苦。众将忙问其故,茂公道:"不必多言,这是大数难逃,此去不能活矣!"众将个个惊疑。

当下元庆出营,见是新文礼,举锤便打。文礼挡了一锤,回身向南便走,元庆紧紧追去。新文礼且战且走,引入庆坠山,见两边皆是石壁,直追至窟中。外边军士就塞断了出路,石壁上放下筐篮,新文礼下马坐入筐篮,上边军士把他拽上去,遂点着干柴火箭撒下来,发动地雷,一时烈焰飞腾,可惜这少年勇将裴元庆,就这样烧死在窟中,其年十五岁。

新文礼就乘势领兵冲下山来,又到营前讨战。茂公得报,便说:"不好了!裴将军命决休矣!众将可一齐迎敌。"众好汉一声呐喊,各执兵器,杀出营来。战鼓如雷,把新文礼裹在核心,用力大战。那秦叔宝病在床上,忽听得战鼓乱响,叫声秦安:"天色已晚,那处交锋,战鼓甚急?"秦安道:"只因天保将军被新文礼引到庆坠山中烧死了,新文礼又来冲营,为此众位老爷一齐出战,在那里厮杀。"叔宝闻言,说声:"呵呀!"眼珠一挺,忽然昏去。秦安见了忙叫道:"大爷,苏醒!大爷,苏醒!"叔宝渐渐醒转,开眼一看,大骂新文礼:"这狗头,伤我一员大将,誓必亲杀此贼,快快取我披挂过来。"秦安道:"大爷病重,取披挂何用?"叔宝怒道:"谁要你管,快去取来!"秦安没奈何,只得取过披挂来。叔宝走下床来,只脚还是涩流流地抖着。秦安道:"大爷,这不是儿戏的,还是睡睡好,且待病好了,杀他未迟。"叔宝道:"啶!不要多话,速去备马,取我双锏来。"秦安又不敢违,只得牵出呼雷豹,又把双锏捧出来。叔宝两手抱了双锏,勉强上马,一只脚踏在镫上,另一只脚又不住地抖,哪里跨得上?便骂秦安道:"狗才,还不来扶我一扶!"秦安走过去,攀着肩扶了上去。叔宝才出营门,但见四下灯球火把,如同白昼。众将周围驰骤,喊杀连天。那新文礼在中间,左冲右突,大步奔腾。叔宝一见大怒,两眼一睁,挺身举锏,大叫一声:"众兄弟不要放走那厮,俺秦琼来也!"谁知这一声大叫,浑身毛孔都开,出了一身大汗,身子就松了大半,一马冲进阵内。众人看见,齐吃一惊。新文礼举起铁方槊,正要迎击,却因被金墉诸将围杀半天,弄得筋疲力尽。忽然头一眩晕,手法错乱,铁方槊还未压下,便被叔宝纵马一锏,打倒在地。众将一齐上前,把他剁为肉酱。

那尚师徒闻知新文礼被围,正领兵来救,亦被众将围住。徐茂公乘势连夜领兵抢关,叔宝见尚师徒与众将混战,便叫:"尚将军,你关隘已失,何苦如此恋战?我劝你不如降了吧!"尚师徒回头一看,果见关上灯火通明,呐喊奔驰,遂长叹道:"罢了,我不能为朝廷争气,死有何惜!"遂拔剑自刎而死。

叔宝遂得了尚师徒盔甲,领兵入关,并令人到庆坠山收取元庆骸骨安葬,一面发兵来取红泥关。

到了关下，将新文礼首级示关上军士，把他们归降。军士见主将被杀，一齐开关投降。叔宝入城安民，养兵三日，又起兵往东岭关进发。未知后事如何，且听下回分解。

第三十八回　打铜旗秦琼破阵　挑世雄罗成立功

这东岭关守将，乃杨义臣，官拜大元帅，有万夫不当之勇。他有五个儿子，名唤杨龙、杨虎、杨豹、杨熊、杨彪，都有本事。当下闻报叔宝来取东岭关，即聚众将计议道："叔宝为帅，十分勇猛，此人只可计擒，不可力敌。可在关外摆下一阵，周围用二十万雄兵把守，中间立一旗杆，用八枝大木头，合成一枝，长有十丈，上边放着一个大方斗。那斗有一丈余大，内坐二十四名神箭手。叫东方伯为守旗大将，此人有万夫不当之勇，黄面赤须，使一把大刀，站立在铜旗之下。此阵名铜旗阵，外又摆着八面金锁阵，内藏绊马索、铁蒺藜、陷马坑，只待叔宝闯来，必定被擒。除了此人，西魏易破矣！"杨义臣又写一封书，差官到幽州请罗艺前来，保守铜旗。差官奉命，往幽州而去。

却说燕山罗元帅，得了杨义臣的书，大惊道："原来西魏王造反，秦琼为帅，已夺数关，兵到东岭，来接我去，保守铜旗阵。"即对差官道："你且先回，本帅身为元戎，汛地难离，恐防进外扰乱。就差公子罗成前去，擒拿反贼便了。"差官谢了，竟回东岭关报知。那罗公吩咐罗成道："你去保守铜旗，不要认那反贼为亲。必要生擒见我，待为父的亲斩此贼，不可违令！"罗成道："爹爹放心，儿是隋家之将，他为金墉之帅，两下交兵，各为其主，岂肯为私而丧国家大事？"罗公大喜，叫声："我儿，若能如此，我心无忧矣！你可速速收拾，即便动身。"

罗成应诺，即回身走入内堂收拾，暗暗对母亲说知。夫人道："我儿，你爹爹的话，你却听他不得。须看你娘的面上，只有一个表兄，你前去切不可助那杨义臣，却要助你表兄破阵。"罗成道："孩儿晓得。但助了表兄，人人得知，回来见了爹爹，性命不保。"夫人道："孩儿，你此去，只消明保铜旗，暗助西魏，随机应变。若保了表兄，不要回来便了。"罗成领命，答道："孩儿知道了。"遂收拾盔甲马匹军器，出来拜别爹娘，不带人马，只同二十名家将，竟奔东岭关而来，心中想道："我且慢往东岭关，先去见过表兄，通知消息，然后到东岭，会杨义臣便了。"主意已定，竟往西魏营中而来。

隔了几日，西魏营军士报进幽州罗公子要见，茂公同秦琼出营，迎接入内，施礼毕，吩咐摆酒接风。席间罗成问道："曾与杨义臣交兵否？"茂公道："尚未曾交兵。因杨义臣排下一座铜旗阵，外面又有八门金锁阵，要你表兄独打铜旗，故而未敢进兵。今公子到此，必有所教。"罗成道："小弟自幼看过兵书，凭他什么阵图，无不晓得。但家父甚怪表兄，不与王家出力，反助西魏兵夺关，命小弟前来保护铜旗，共助义臣，大破西魏。"叔宝道："表弟若如此，金墉兵士难保矣！"罗成道："表兄勿忧，小弟蒙母亲吩咐，明保铜旗，暗助西魏。表兄若打阵时，小弟在内照应，决不使表兄受亏。若打倒铜旗，义臣这厮，就不相干了。"茂公大喜，罗成告别，众将送出营外，带了家将，来到东岭关。杨义臣闻报，率领家将，迎入关中，摆酒接风，此话不表。

再说单雄信在席上，听得罗成言语，心中想道："这贼种，看得西魏无人，全夸自己十分本事，使我心内不平。我想这铜旗阵，有什么厉害？我今晚且瞒过诸将，也不与叔宝得知，就悄悄杀奔前去，把这铜旗阵打倒，叫他笑笑。"遂提金顶枣阳槊，上马出营，竟往东岭。来到阵边，大叫一声，竟从休门杀入阵去。那隋兵叫道："有人冲入阵了。"万弩齐发，箭如雨下。雄信见势不好，把槊乱打，将箭拨开，往东冲来，要逃性命。那东边哪里杀得出？又走到西边，见西边地下，都是些绊马索、铁蒺藜、陷马坑。雄信大叫如雷道："不想吾单通死于此地矣！"

正在慌张，忽见一将奔来，大叫道："员外不要心慌，随俺来。"雄信听了，只得随那将杀出，并无拦阻。雄信道："恩公请通名姓，后当图报。"那将道："小将姓黑名如龙，乃鬼闪关总兵。向年流落山西，蒙员外周济，赠我盘费，使我回家，得投杨义臣标下。今升总兵，皆员外之恩也。今员外从休门而入，决是不知阵法，我故从生门领你出来，请快快前往，

不可耽搁。"雄信称谢去了。黑如龙回进营来，杨义臣早已得知，十分大怒，把黑如龙斩首示众，此话不表。

再说叔宝在营，齐集众将，不见单雄信，即道："单二哥不见，军师快快查他。"茂公道："元帅有所不知，今日罗成到来，口出大言，显见得西魏无有人物倒得铜旗。单二哥是个直性的人，他心中不服，必是私自去打阵了。"叔宝道："快些点兵去救！"茂公屈指一算，道："元帅不要着忙，单二哥已有人救出阵了。但他不到西魏，又要往别处去了，待我差人去接他回来。"说罢，遂吩咐王伯当，速速到太平庄饭店，请单二哥回来。伯当领命去了。

却说单雄信当时走出阵来，心中想道："我今不到西魏去了，省得受人的气，不如往别处去吧！"遂走了二十多里路，天色大明，远远见一所庄子，就想到那里投了饭店，吃了早饭再走。及行到庄前，入店吃完饭，正要出门，忽见王伯当走入店中来。伯当道："单二哥，你为何昨夜私自出来，走到这里？"雄信道："兄弟不要说起。昨夜愚兄见罗成这小贼种，好不着恼。向年庆秦伯母生辰，受了他一场吃亏，至今心中还不干休。谁想他昨晚到来，因秦大哥十分奉承，他又口出大言，说铜旗怎么样长短，许多噜噜苏苏。我向年大反山东，我一人在黄泥岗，杀退唐璧数万人马，哪里在我心上？因此瞒了元帅，私自开兵。倘杀破了铜旗阵，羞这小贼种一场，出出心中恶气，也是好的。不料杀入铜旗阵，果然厉害，只有进路，没有出路，险些送了性命，幸亏一个朋友叫黑如龙，救我出来，所以到此。"王伯当道："元帅昨夜不见二哥，好不着急！军师算定你在这里，因此差弟来接你回去。"雄信听了，与伯当出店上马，回到营来，叔宝接着大喜。

次日，茂公对叔宝道："元帅今日先去探一阵，明日好倒铜旗。"叔宝闻言，遂提枪跳上呼雷豹，来到阵前，大叫："隋兵让开路，俺秦琼来破阵也！"那隋兵万弩齐发，箭如雨下，叔宝把枪一拨，向箭丛中冲入阵来，却从旗杆边杀进。那些将士齐声呐喊，将叔宝困在核心，叔宝左冲右突，不得出来。忽见坐骑呼雷豹，两耳一竖，鼻子一张，大叫一声，放出一道黑气。只见那阵中千万匹马，一齐扑倒，叔宝一马冲出阵来，回到本营，对众将道："这铜旗有些难倒，阔有一丈，高有十丈，上有一个大方斗，斗内藏二十四名神箭手。休说倒得来，连近也近他不得。"徐茂公道："元帅不必心焦，明日点将，四面杀入。元帅竟去倒旗，包他箭不能发，自有神人暗助，决倒铜旗。"叔宝闻言，疑信参半。

次日，徐茂公令王伯当，谢映登，领一千兵从东阵杀人，令齐国远、李如珪，领一千兵从南阵杀入；令尉迟南、尉迟北，领一千兵从西阵杀入，令史大奈、张公瑾，领兵一千从北阵杀入。其余各将，各按方向而入，秦叔宝从正中杀入。那罗成在将台上，见四面八方，杀入阵中，下令叫斗上神箭手，不许放箭，看他们如何倒得铜旗。叔宝一马冲入阵来，有杨龙、杨虎拦住交战，被叔宝架开刀，一枪刺死杨龙。杨虎要走，亦被叔宝刺死，遂奔到铜旗下，取出金装锏，照铜旗尽力一打，双手一合，又打一锏。铜旗已有些摇动了，叔宝使着生平气力，接着又是一锏，哄通一声，震天地响，铜旗竟倒了，跌死了二十四名神箭手。这唤作"三锏打铜旗"。当下东方伯、杨豹、杨彪、杨熊一齐杀来，叔宝极力抵挡，哪里抵挡得住？罗成在将台上望见，即提枪上马冲来，众将只道他来助战，不想马到面前，一枪断送了东方伯的性命，又取锏打死杨豹、杨彪。众将大惊，齐叫："罗成反了！"那杨义臣一闻罗成反了，长叹一声："罢了！"遂拔剑自刎而亡。

当下金墉众将，一齐杀入。那杨熊飞马逃出东营，不想撞着王伯当，被他一箭射死。二十万隋兵，一齐归降。茂公鸣金收兵，大军遂进东岭。众将会了罗成，十分大喜。叔宝道："兄弟，你如今回不得燕山了！"罗成道："小弟未来之时，已与母亲说过，竟保魏王。不必回去了。"叔宝大喜，摆酒庆贺。

到了次日，忽见魏王有旨到来，说有涿州留守孽世雄，兴兵十万，来犯金墉，老将军裴仁基战死。叔宝大惊，下令退军，以救金墉。不日兵回金墉，果见许多兵马，围着城池。罗成道："小弟初来，并无尺寸之功，愿斩世雄，以为进身之路。"叔宝大喜。罗成提枪上马，大喝一声，杀入其营。那些琢州兵看见罗成杀入营来，一齐发弩，箭如雨点。罗成把枪一摆，箭头纷纷落地，哄的一声，冲入营中。枪到处纷纷落马，锏到处个个身亡。众军齐声呐喊，孽世雄闻知，提刀赶来，大喊："来将何名？"罗成道："我罗成便是。你这厮可是孽世雄吗？"世雄道："然也。"即把刀砍来。罗成拦开刀，把枪往世雄咽喉一刺，将世雄挑下马去。这边叔宝大兵杀入，把世雄十万大兵，杀个干净，鸣金收兵入城。叔宝、罗成上殿，细奏前事，魏王大悦，封罗成为猛虎大将军，罗成谢恩出殿，自去秦家拜见舅母。未知后事如何，且听下回分解。

第三十九回 创帝业李渊举兵 锄反王杨林划策

却说太原唐公李渊德高望重，手下兵多将勇，见炀帝游幸未归，天下大乱，就益发修理甲兵，渐有问鼎中原之志。

一日，唐公召建成、世民、元吉、元霸，并李靖、袁天罡、李淳风、长孙无忌、长孙顺德、殷开山、马三保及一班将士商量国事。世民道："今主上无道，百姓困穷，晋阳城外，变为战场。大人若守小节，下有寇盗，上有惊危，亡无日矣！不若乘此机会，成就帝业，实天授之时也。且太原兵多粮足，扫除暴乱，直如探囊取物耳！"唐公听了，沉吟半晌，乃叹曰："今日破家亡躯，亦由汝，化家为国，亦由汝矣。"遂点齐众将，分布各门，鸣金击鼓，升大殿，即王位。众将朝贺参拜毕，自称唐王，立建成为世子，封李靖为护国军师，袁天罡、李淳风为左右军师，其余众将，个个受封。令元霸为先锋，来取长安。一路关隘守将，那个是元霸的对手，到处无敌，势如破竹。不几日，得河西，取潼关，杀入长安。唐王下旨安民，诸将皆劝唐王即皇帝位，唐王道："不可。"乃立代王杨侑为皇帝，尊炀帝为太上皇。时杨侑年十岁，权柄尽归唐王，此话不表。再说燕山罗艺，自罗成去后，放心不下。忽报罗成里应外合，破了铜旗阵，降了金墉。罗公闻信，气得半死。正要兴兵去拿罗成，忽报明州夏明王窦建德，差刘黑闼为元帅，苏定方为先锋，领兵来犯燕山。罗公正在大怒，又闻此报，火上添油，即忙点兵出城。罗公一马上前，不问来由，举枪便刺。苏定方举戟相迎，不及三合，定方败走。罗公赶来，定方拈弓搭箭，回身射击，正中罗公左目，大叫一声，回马便走入城，定方领兵围住。罗公败回帅府，眼中取出毒箭，疼痛不止，死于后堂，老夫人大哭。当下他的义男罗春说道："夫人不必哭，且商议正事。老爷已死，军中无主，倘贼兵攻进城来，如何是好？如今可把老爷尸首火化，收拾骸骨，小人出去，令三军随后，到金墉公子那边投奔便了。"夫人听了，即令家将火化老爷尸首，包了骸骨。罗春吩咐三军随行，大家收拾端正。到了黄昏，罗春保夫人与众将，大开南门杀出来，向金墉而去。刘黑闼领兵进城，得了燕山不表。

再说罗春与众将，保夫人行到金墉，罗春先进城，将这事报知罗成。罗成大哭一声，晕倒在地。叔宝叫醒扶起，出城迎接夫人进城，秦母姑嫂相逢，放声大哭。罗成在府开丧，随来众将，分头调用，择日将罗公骸骨埋葬，不表。

且说登州靠山王杨林，闻李渊得了长安，天下大半俱属反王，心中忧闷。即来朝见炀帝，定下计策，要灭反王。发十八道圣旨，会齐天下反王，各路烟尘，不论他州外国之人，齐上扬州演武。反王中有武艺高强，抢得状元者，立地为反王头儿，必须年年进贡。这个计策，意思要众反王到来，使他先自相杀一阵，伤残一半。教场里先埋下西瓜火炮，俱用竹筒引着药线，待演武后，点着药线，放起大炮，又打死他大半。其余逃脱的，在扬州城上放下千斤闸，把他们再闸死一半。再有逃脱的，杨林自与一个继子，叫作殷岳，也有十分本事，同领一支兵，埋伏在龙鳞山，拦住剿杀。宇文成都领大兵，保炀帝在西苑。这旨一下，各处反王并烟尘，及他州外国，纷纷而来。

那靠山王杨林，闻知沱罗寨伍天锡英雄，随差人前去，聘他来镇守天昌关，挡那各路反王，俱要关前考武，考过武举，然后进关抢状元。伍天锡闻召大喜道："我正要到扬州，不想有这机会，这昏君少不得死在我手里。"忙点兵马到天昌关，等候各路反王。

那各路反王到了天昌关，正要进关，看见一将红面黄须，立于关前，高叫："众王听着，俺伍天锡奉靠山王令旨：如有将士，在我马前战三合者，中为武举，然后进关抢状元。如不能战三合者，休想进关！"众反王闻知此言，俱扎营关外，商议这事。忽见李子通元帅伍云召上前说道："众王爷在上，那天昌关守将，是小将的兄弟。待小将明日去对他说，他自然放进关中。"众反王道："甚妙！"

次日，伍云召率众反王至关下，军士通报，伍天锡听了，便手执混金铛，开关出来，看

见伍云召在前，众反王并众将在后，遂问："哥哥也来考武举吗?"云召道："然也。我闻扬州开科考状，兄弟怎么听信杨林，在此考武举?"天锡道："哥哥但知其一，不知其二。我岂不晓得？然我在此，却有益于众反王。哥哥进场，须要小心，场中不怀好意，作速同众王进关，见机而作。"众反王大喜，同伍云召并诸将进关，来到扬州，都扎营在城外安歇，不表。

再说李元霸征西番回来，朝过父王，问道："哥哥秦王哪里去了?"唐王道："他往扬州考武去了。"元霸道："既如此，我也要去考武。"唐王道："你去不可生事。"元霸道："晓得。"遂同家将四名，星夜赶到天昌关。忽见有几家反王来迎接，元霸道："你们为何还在这里?"众王道："千岁有所不知，众王先来，早已进去了。我们来迟了几日，还在这里。如今天昌关有一主考，要进武场，必要在他马前战三合。战得过，算中武举，战不过，性命难保。"元霸道："有这等事！待孤家先考过了，然后列位王兄来考。"言未毕，忽走出一员大将，姓梁名师泰，生得金脸红须，手执双锤，实再猛勇，乃是元霸面前开路将军，上前叫道："千岁爷且慢前往，待末将先与他比个高下，再处。"元霸道："既如此，你先去。"未知此去如何，且听下回分解。

第四十回　罗成力抢状元魁　阔海压死千金闸

当下梁师泰把马一拍，冲到关前，众反王同元霸也到关外。梁师泰叫声："关上军士，快报主试知道，今有众反王到此，要考武举进场。"只见关上放炮三声，关门大开。伍天锡一马跑出，看见梁师泰不是良善之相，不如先下手为妙。就把混金铛劈头盖下，师泰把双锤一架，震得两臂酸麻。天锡又是一铛，师泰又把双锤一架，面上失色。天锡见了，将混金铛又望顶上盖下，师泰躲闪不及，正中头盔，跌下马来，复一铛结果了性命，大叫道："哪一位敢再来考?"李元霸看见大怒，纵马进前道："孤家来了!"伍天锡见是李元霸，大惊失色道："千岁为何也来考试？末将让千岁进关。"元霸大喝道："红面贼，你把孤家开路将打死了，孤家来取你命也。"就把锤打来，伍天锡只得把混金铛一架，震得两手流血，回马就走。元霸一马赶来，伸手照背心一提，提过马来，往空中一抛，又接住脚，双手一撕，分为两开，众反王遂同元霸进关。不料外国兴兵来犯边庭，兵势甚锐，唐王差官来召元霸，回去迎敌。元霸闻召，即辞众王回去，此话不表。

再说众反王齐集，同到扬州，有封德仪出城招接，请到教场安歇。次日，众王与外邦烟尘，齐到演武场，分列两行，等候演武。不多时，三声炮响，监军官封德仪升堂，各邦众将上前打拱。只有白御王高谈圣的元帅雄阔海未到。那雄阔海因武林公公，闻知这个信息，也连夜赶来，不表。

再说封德仪与众将打拱过，各归本位，就吩咐取武状元盔甲袍带，摆在演武厅上，遂传令道："有人能夺此状元盔甲袍带者，称为国首，汝等有本事的，进前来取。"这令一下，早有山后定阳王刘武周先锋甄翟儿，把斧出马，大叫道："待我取状元，谁敢与俺比武?"早有洛阳东镇王王世充元帅段达，持戟出马，大叫一声："我来与你比武。"二人战了数合，被甄翟儿砍作两段。又有知世王王溥的大将彭虎，用竹节钢鞭来战，未及三合，亦被甄翟儿砍了。又有净秦王徐元朗的元帅暴天虎，出马交战，又被他砍了，遂大叫道："谁人敢来夺俺的状元?"忽见金墉虎将王伯当，手执银枪，出马交战数合。伯当放下银枪，取出弓箭射去，正中甄翟儿咽喉，翻身坠落马下。王伯当大叫道："谁敢来抢状元?"有突厥老英王的大将铁木金，使一条铁棒，大喝道："我来也!"两下交锋，不及三四合，伯当抵敌不住，败回本阵。又有寿州王李子通的元帅伍云召，拿一条枪出马，大叫道："待我来抢状元!"举枪刺来，铁木金将棒一架，云召把枪逼开棒，又是一枪，把铁木金刺落马下，却有高丽国的大将左雄，手执板斧，骑一匹异马，没有尾巴，名为"没尾狗"，大叫道："留下状元，我来也。"就与伍云召交战，左雄不能敌，回马便走。云召拍马赶来，左雄把没尾驹头上连打几下，那马前蹄一低，后蹄一立，屁股内一声响，撒出一丈多长的尾巴来，向后一扫，把云召的头打得粉碎，死于马下。叔宝大怒，催开呼雷豹来战左雄。战了数合，左雄回马就走，叔宝

赶来,左雄又将没尾驹连拍几拍,又撒出尾巴来。叔宝叫声:“不好!”把身往后一侧,一尾打中呼雷豹的头,那呼雷豹十分疼痛,吼叫一声,口中吐出黑烟,那没尾驹扑地跌倒了,尿屁直流。叔宝一枪先刺倒没尾驹,后刺死左雄。有楚国雷大鹏的大将金德明拿起大刀来战叔宝。未及三合,见叔宝本事高强,难以取胜。一手举刀招架,一手暗扯铜锤,闪的一锤,正中叔宝左手,叔宝回马便走。罗成大怒,挺枪来战,耍的一声,刺中金德明咽喉,死于马下。

那罗成算是第七条好汉。第一条好汉李元霸,第二条好汉宇文成都,皆不在此。第三条好汉裴元庆已死了,第四条好汉雄阔海还未到。第五条好汉伍云召,第六条好汉伍天锡,亦皆死了。除了这六人,那个是罗成的对手?纵有众王将官来夺,被他把枪连挑四十二将下马,其余一个也不敢来,竟取了状元盔甲袍带。

忽听得演武厅后三声炮响,原来这小地一响,然后点着大炮的药线。岂知竹筒内药线湿了,再也不响,众反王都有些知觉,防有不测之变,便一齐上马,飞奔到城下,忽听得一声炮响,城上放下千斤闸来。那雄阔海刚刚来到城门口,只见上边放下闸来,忙下马来,一手托住,大叫道:“众王爷,里面有变吗?”众王爷道:“正是。”阔海道:“既然有变,趁我托住千斤闸在此,你们快走出城去。”那十八家王子,与各路烟尘,一齐争出城来,刚刚都走脱了。雄阔海因跑了一日一夜,肚子饥饿,身子已乏。跑到这里,就托了这半日千斤闸,上边又有许多人狠命地推下来。他头一晕,手一松,扑挞一声,压死在城下。

这里众王子往前取路而行,奔到龙鳞山,忽听得一声炮响,伏兵齐出。当先一将,正是杨林,手提囚龙棒打来。罗成挺枪相迎,两下交战,未及三合,罗成回马便走。杨林拍马赶来,看看赶到,罗成反身把枪一举,杨林把囚龙棒往下一按。不料枪不及架,往上一举,正中咽喉,杨林跌下马来,死于地下。叔宝道:“兄弟,好回马枪呵!”那时殷岳大怒,拍马把狼牙棒杀来,叔宝举提炉枪迎敌,大战三十余合,不分胜负。叔宝回马便走,殷岳随后赶来。叔宝左手执枪,右手举锏,见殷岳一棒打来,叔宝把枪折在后背一架,扭回身来,耍的一锏,把殷岳打下马来。复一枪,呜呼哀哉。罗成道:“哥哥好杀手锏呵!”二人大笑,把伏兵杀退,众反王各自回国不表。

且说炀帝见计不成,杨林又死,料必灭亡,便与萧后众美人道:“朕大事去矣!快共饮酒,趁早快活。”酒后,取镜自照道:“好头颈,谁来砍之?”萧后道:“陛下何出此不利之言!为今之计,奈何?”炀帝道:“中原已乱,无心北归,欲保江东,以听天命。”遂下旨整治丹阳宫不表。

且说宇文化及见天意丧隋,英雄四起,遂与诸将共谋篡位,令宇文成都连夜领兵入宫。有虎卫将军独孤盛,领兵前来拦住,被成都把流金铛结果掉,众人惧怕,一齐归服。

炀帝闻变,逃于东阁,被校尉令狐行达扶出。帝见成都道:“朕有何罪?”成都道:“你弑父酖兄,纳娘图嫂,又兼穷奢极欲,以致盗贼四起,何谓无罪?”遂进前欲杀炀帝。炀帝道:“天子死自有法,何得加以锋刃?”成都就把炀帝缢死,又将皇室宗亲,尽皆杀戮。是日化及登基,即皇帝位,国号大许,封成都为武安王,智及、士及为左右丞相。欲知化及后来如何,且听下回分解。

第四十一回　甘泉关众王聚会　李元霸玉玺独收

却说唐王李渊,闻知宇文化及杀了炀帝,放声大哭,遥祭炀帝灵魂,开丧挂白。诸将皆劝李渊即皇帝位,李渊犹豫未决,适恭帝侑知天意在唐,遂禅位于李渊。李渊再拜受命,戴冕冠,披黄袍,开大殿,即皇帝位,是为高祖神尧皇帝。众臣朝贺毕,高祖下旨,国号大唐,改元武德。封世子建成为殷王,立为太子。次子世民为秦王,三子元吉为齐王,四子元霸为赵王,李靖为魏国公,马三保为开国公,殷开山为定国公,长孙无忌为楚国公。其余文武百官,各加封赏。废恭帝侑为谯国公。众臣一齐谢恩。李靖拜辞高祖,云游海外,此话不表。

再说西魏王李密,闻炀帝被宇文化及所弑,自立为许帝,心中大怒。即与军师徐茂公商议,发下十八道矫旨,差十八员官,遍约各家反王,兴兵征讨反贼。俱齐集在甘泉关相会,如不到者,以反贼论。这矫旨一传,各路反王,果然兴师到甘泉关。唯有大唐李渊这支兵不见来,他却在宇文化及背后杀来,故此不曾来会。看官要晓得,为什么自背后杀来?原来高祖当日得了李密的矫旨,聚集众官商议,可差何人往扬州会杀宇文化及,抢取传国玉玺来。李淳风出班奏道:"陛下欲诛宇文化及,并获得传国玉玺,非赵王李元霸前去不可。"高祖准奏,即着李元霸领三千骁骑,出潼关而来,化及闻报,即差宇文成都到潼关拒敌,成都领旨,提兵前往潼关迎敌,这且慢表。

再说甘泉关众王子会齐,大家计议道:"必须举一人为十八邦都元帅,提调人马,方有约束。只是大将无数在此,举得那个好?"徐茂公道:"有个方法在此,凭天吩咐,将甘泉关闭了,一人叫三声,谁叫得关开,就推他为十八邦都元帅。"众王子齐说道:"有理!"当下闭上关门。先是十八邦的反王,一个个叫过去,然后众将大家各依次序叫去,哪里叫得开?轮到程咬金,他便夸口说道:"我当初做混世魔王,三斧头取了瓦岗,何况这座关门,让我来叫他开。"遂向前大叫道:"关门!关门!你依了老程开了吧!"说也奇怪,才叫得两声,只听得一阵狂风,呼的一声响,两扇关门就大开了。程咬金大笑道:"何如?还要让我当下。"当下众人信服,推他上台,拜了十八邦都元帅之职。十八邦大小将官,一齐下拜。当下程咬金分三军杀奔江都而来。

宇文化及在江都闻十八路反王,合兵一百八十万,由甘泉关杀奔前来,心中大惊。只得留兄弟文士及守扬州,自己带了肃后与宫娥,连夜逃奔,放淮而去。这里众王子一到城下,宇文士及就开城投降。咬金下令众将官无分昼夜,追赶宇文化及,违令者军法从事。众将只得星夜赶来。这且慢表。

且说宇文成都领兵十万,在潼关紫金山下。不料唐兵杀到,为首的大将就是李元霸,成都看见,吓得魂消魄丧,欲待退走,无奈人已照面了,只得叹口气道:"罢,小畜生,今日与你拼命也!"硬着头皮,举流金铛打来。那元霸的师父紫阳真人叮嘱他,若遇见使流金铛的,不可伤他性命。所以向年比武,就不伤害。今日见他有相害之意,竟忘记了师父之言。就把锤将成都的铛打在半边,扑身上前,一把抓住成都的勒甲绦,提过马来,望空一抛,跌了下来。元霸赶上接住,将他两脚一撕,分为两片。兵上见主将死去,走个干干净净。

再说众王子兵马昼夜赶来,追着化及,已是黄昏时候。大杀一阵,杀得那化及抛下家小,并金银宝贝,望紫金山而逃。萧后被窦建德所获,传国玉玺为李密所得。复又合兵追奔前去。那宇文化及正在逃奔,只见前面灯火照耀,当先一将拦阻,乃李元霸也。化及一见大惊,回身逃命,又撞见窦建德杀到。化及措手不及,被建德一刀,砍为两段。

谁知李元霸又抄出后山,见众王子进了紫金山,他就拒住山口,大叫道:"山上何人得了传国玉玺,快快献过来!"众王齐吃一惊。程咬金大怒道:"我们这里十八家大将甚多,何惧你一个黄毛小厮?"遂令众将一齐杀去。那些将官没奈何,一齐上前冲杀,高张灯火,喊杀连天。李元霸大吼一声,冲入阵中,锤到处纷纷落马,个个身亡。罗成挺枪来战,被元霸一锤打来,罗成当的一架,把枪打做两段,震开虎口,回马逃生。可怜一百八十万人马,遭此一劫,犹如打苍蝇一般。

李密无奈,只得献上玉玺,求放回国。元霸大叫道:"玉玺我便收了。你这些狗王若要归国,可写下降表跪献上来。便饶你等狗命,不然便都杀死。"众王无奈,只得写下降表,跪献上去。却有鲁州净秦王徐元朗,不肯跪献。元霸喝道:"为何不跪献上来?"徐元朗道:"你是王子,俺也是王子,为何要俺跪献?此言甚属放肆!"元霸听了,冷笑一声,就把元朗抓过来,擎起两腿,撕为两片。众王子看了大惊,只得一齐跪下,献上降表。轮到窦建德,说道:"我是你嫡亲母舅,难道也跪不成?"元霸道:"不相干,你若在唐家做臣子,自然与你些名分。如今做了反王,若不跪献,将徐元朗为例。"建德无奈,只得忍气跪下,献上降表。元霸收完降表,竟奔潼关而去。

众王计点兵马一百八十万,只剩得六十二万。程咬金大骂道:"这小畜生,愿你前去身死,那时俺杀上长安,叫你老子认得俺的斧便了!"众王各回本国,那西魏王李密在路思想,萧后天姿国色,未知下落。军士报说,夏明王窦老爷获得。李密便对众将道:"孤看萧后乃世之活宝,今被窦建德所获,我欲将珍珠烈火旗前去易换,未知诸卿那一位可去?"程咬金道:“不才愿去。”李密道:“既是程王兄肯去,如若得来,其功不小。”咬金就接了珍珠烈火旗而去。未知后事如何,且听下回分解。

第四十二回 遭雷击元霸归天 因射鹿秦王落难

当下咬金上马,赶上夏明王,取出珍珠烈火旗送上,细寻前事。窦建德笑道:“此乃无用之妇,既是珍珠烈火旗来换,焉有不肯之理?”遂将萧后送与程咬金,一路保回。李密一见,心中大喜,就回金墉不表。

再说李元霸回到潼关,有驸马柴绍前来接应,二人遂同路而行。只见风云四起,细雨霏霏,少顷雷光闪烁,霹雳交加,大雨倾盆而降。那雷声只在元霸头上响,如打下来的光景。元霸大怒,把锤指天大叫道:“天,你为何这般可恶,照我的头上响?”就把锤往空中一撩,抬头一看,那四百斤重的锤坠落下来,噗的一声,正中在元霸脸上,翻身跌下马来。柴绍大惊,连忙来扶,又见一阵怪风,卷得飞沙走石,尘土冲天,霹雳声中,火光乱滚。柴绍与兵将避入人家檐下。

少顷,风停雨止,出来看,只见元霸的金冠落地,那双锤与马却在一旁,人已唤不醒了。柴绍放声大哭,只得殓了元霸遗体,连同他的遗物和玉玺降表,回转长安。入朝拜见高祖,哭倒于地。高祖忙问何故,柴绍具奏其事,献上玉玺,并十八邦降表。高祖一闻元霸身亡,大喊:“皇儿好苦!”晕倒在龙椅上,文武百官扶起救醒,又大哭一场,下旨遥祭重殓开丧。

这消息传到洛阳,王世充大喜道:“此子一死,吾仇可报矣!”就起兵十万,直杀至牢口关下寨。把关守将张方、忙写本章,差官入长安告急。高祖见本大惊,忙问众将谁敢去退敌?闪出秦王奏道:“臣儿不才,愿领兵前去。”高祖大喜,发兵十万,秦王带领马三保、殷开山,一干战将,行至牢口关,守将张方接入帅府,摆酒接风。次日秦王领兵出关,与王世充对阵。秦王道:“你何故兴兵犯我疆界?”王世充道:“唐童,我前次在紫金山,被你兄弟李元霸冲杀一阵,打得俺十八家没了火种,还要跪献降表。我只道他永世不朽,原来如今就死了!今日我兴师复仇,杀上长安,灭你唐家!”秦王背后殷开山大怒,飞马摇斧,冲将过来。王世充手下大将程洪,忙举刀敌住,大战二十余合,不分胜败。秦王使定唐刀,同马三保众将一齐杀出,王世充抵敌不住,大败而走。秦王领众追赶,直抵洛阳。王世充败入城中,闭门不出,秦王下令安营。

是晚明月皎洁,如同白日,秦王同殷马二将,出营观赏。行上山坡,忽见一只白鹿,慢慢走来。秦王取得弓箭射击,正中白鹿头上,那鹿如飞走去。秦王纵马追赶,赶了许多路,回头一看,不见了殷马二将。到了一座山上,又不见了白鹿。对面有一座大大的城池,秦王又不知是什么城池。原来这就是金墉城。是夜秦叔宝与程咬金巡城,只听得那边山上有马铃响,二人疑心,下城上马提了兵器出城,奔上山来。

秦王看见两马跑来,咬金一马先到,大喝道:“山上是何人,敢来私探俺金墉城?”秦王吃了一惊,忙应道:“我乃大唐皇帝次子李世民便是。请问王兄,却是何人?”程咬金闻言大怒道:“唐童,你来得正好!”即举斧砍来。秦王把定唐刀一架,叫一声:“王兄,我与你无仇,为何如此?”咬金道:“你不晓得俺程咬金,在紫金山被你兄弟元霸,打得十八家王子没了火种。又抢了俺们的玉玺去,怎说无仇?今日相逢,难逃狗命。”当的又是一斧,秦王抵挡不住,回马败走。咬金紧紧赶来,前边走的,好似猛风吹败叶;后边赶的,犹如骤雨打梅花。赶得秦王上天无路,入地无门,只叫得苦。

叔宝也在后赶来,赶到天色微明,秦王转过山坡,又叫一声苦。原来是一条尽头路,侧边有所古庙,上有匾额,写道“老君堂”三字。秦王下马,悄悄牵马入庙,伏在案桌下。外边咬金、叔宝二人赶到,咬金看道:“此间四下无路,一定在庙内。”跳下马,一斧劈开庙门,果然秦王伏在桌下。咬金道:“如今没处走了!”便把斧砍来。叔宝将锏架住道:“他是重犯,如何擅自杀他?且拿他见主公发落才是。”咬金道:“有理。”遂将腰间皮带解下来,把秦王绑在逍遥马上,咬金上前牵着秦王的马,望金墉而来。

再说殷开山。马三保见主人射鹿，随后赶来，转过山坡，忽然不见。二人登高一望，见山下有三人前来，一个执斧，一个提枪，一个捆缚在马上。二人见了。好生疑惑，忙走下山仔细一看，原来绑缚在马上的，就是秦王。二人大惊，忙来抢夺。叔宝心中本要放走秦王，怎奈程咬金牵住秦王的马。忽见马三保、殷开山来夺，咬金大怒，举斧交战。早有探军报到金墉城，众将都来接应。殷马二人见人多了，料想寡不敌众，不敢上前抢夺，竟逃回本营，领兵回牢口关，差官飞报入长安去了。

这边叔宝、咬金将秦王拿入金墉见魏王李密，李密见秦王，拍案大怒道："孤家举义兴兵，追杀宇文化及，乃汝弟元霸毫无情面，自恃凶狠，抢夺皇家玉玺。这也罢了，又要众王写降表，跪送投降。我只道你唐家永远有这小畜生，不料天理难容，短命死了。孤家正要兴兵报仇，你却自投罗网。"吩咐左右绑去砍了。忽见徐茂公出班奏道："启主公，那世民虽然该斩，但他与主公曾有恩惠，将他暂禁，另寻别故，杀之未迟。"李密道："孤家与他并无干涉，有何恩惠？"茂公道："主公未知其详。昔日主公曾被炀帝加罪，虽亏朱灿救出，后来炀帝差世民、元霸追赶，其时若非世民卖情，暗纵逃脱，已被元霸擒杀矣！今日主公骤然杀之，必被诸邦豪杰讥笑。"李密听说，皱眉一想，俄而开言道："既是军师这等讲，将他发在天牢，留限一年处斩，不必多议。"遂把世民入天牢监禁不表。

且说马三保报入长安，高祖得报大惊，放声大哭。满朝文武，个个下泪，唯有殷、齐二王，暗暗欢喜。忽见当驾官启奏说："三原李靖现在午门候旨。"高祖闻言，反忧作喜，道："此人到来，我儿有命矣！"令宣入朝。李靖山呼已毕，高祖问道："卿向在何处？"李靖道："臣向在海外访友，今闻秦王被拘在金墉，特来设计相救。恐圣躬忧坏，先来安慰，包管百日之内，秦王安然回国矣。"高祖大喜，忙问何策救取吾儿。李靖道："臣今密下小策，待秦王回国之时，自然明白。"说罢，辞别高祖出朝，竟往曹州而来。

曹州宋义王孟海公，一日坐朝，黄门官启奏："有一道人，自称三原李靖，要见大王。"孟海公叫宣进来。李靖入朝，参见孟海公，孟海公道："先生此来，必有高议，乞请赐教。"李靖道："贫道曾遇异人传授，善于呼风唤雨，算阴阳，先知吉凶。见大王乃是真正帝星，故特来请大王兴师，先取金墉，次取长安，以图一统基业。若天时一失，反为不美，乞大王裁之。"孟海公大喜道："多承先生指教，不知该何日兴师？"李靖道："天时已至，不宜迟缓。贫道当保大王，即日兴师，先下金隄，次取金墉，最为上策。"孟海公欣然降旨，亲统大兵十万，直奔金隄而来。

那金隄关守将贾闰甫、柳周臣，引兵出关交战，被宋义王打得大败，入关坚守不出，便差人连夜金墉告急。孟海公将余隄围住，日夜攻打，李靖道："大王要破此关，不出十日。贫道暂别，与大王往太行山借一件宝贝来。待李密救兵一到，管叫他片甲不存。"孟海公大喜道："速去速来。"李靖应允，竟往海外访道去了。

那金墉李密，得了告急表章，亲自点兵五万，带领五虎大将，来救金隄。其余诸将同徐茂公等守国。兵到金隄关，贾闰甫、柳周臣接入。次日，李密领众将出关对敌，罗成一马冲到阵前，孟海公手下元帅尚义，提刀迎住。战未三合，被罗成拦开刀要的一枪，打中左肩，伏鞍而去。李密将号旗一展，五虎大将，一齐冲杀过来，如砍瓜切菜一般。杀得曹州人马，尸山血海。孟海公率领残兵，奔回曹州去了。

且说李密鸣金收兵，入了金隄关，心中得意，即降旨传修撰官写赦书一道："颁谕金墉众臣知悉。孤家亲救金隄，赖上天之佑，马到成功，合该赏军泽民，赦有一切罪犯。凡已结案未结案，除十恶大罪外，尽行赦除。预仰朝臣悉行释放，钦此遵依！"修撰官写毕诏书，启读一遍，排在案上。李密暗想："南牢李世民赦不得。"遂拿起笔，在书后面，批下二句云："满牢罪人皆赦免，不赦南牢李世民。"批毕，即差官赍诏到金墉。徐茂公、魏征等开读过了，即令职使释放一切罪人。茂公收了诏书，私对魏征道："李世民乃是真命天子，你我日后归唐，俱是殿下之臣。如今监禁南牢，应当及早救他才好，怎奈魏王赦书后面，又批这二句，如何是好？"未知魏征怎说，且听下回分解。

第四十三回　改赦书世民被释　抛彩球雄信成婚

当下魏征接过赦书一看，沉吟半晌，便说道："不难。可将第二句中'不'字上，竖出了头，下添一画，改作'本'字，'本赦南牢李世民'，便可以放他了。"茂公称善。二人随即改了赦书，令从人带了秦王的逍遥马、定唐刀，同到牢中见秦王。将改诏放走之事说知，秦王拜谢。徐、魏二人道："主公，臣等不久亦归辅主公。今事在匆促，请主公作速前去，恐魏王早晚回来，难以脱身矣！"秦王十分感激，提刀上马，拱手辞别而去。

再说魏王班师回来，问起秦王如何，徐茂公道："主公诏书后批语："有'满牢罪人皆赦免，本赦南牢李世民'，故臣已放他去了。"李密闻言，大怒道："取诏书我看。"徐魏二人连忙取上，李密细细看出改诏的弊端，拍案大喝道："都是你二人弄鬼，侮玩孤家。本当处斩，姑念有功在前，饶你们一死。你们去吧，孤今用你们不着。"喝令廷尉将二人赶出。茂公冷笑，写诗一首，贴在午门上，诗曰：

丧失贤良事可伤，昏君无智太荒唐；
强邻压境谁堪恃，不及当年楚霸王。

茂公将诗贴毕，与魏征出城而去。

这边午门外有值日官连忙报知李密，李密看了诗句大怒，即差秦叔宝、罗成赶走，拿他们回来，以正国法。叔宝、罗成出城，鬼混了一日，进朝回复道："臣等追寻二人，并无踪迹，不知去向。"李密大怒道："好奸党，明明私情卖放，还敢在孤家面前搪塞！"喝左右绑这二人，押出斩首。闪出程咬金大叫道："主公，这个使不得，你不想想，这皇帝是哪里来的？如今怎么无情，动不动就要杀起来。"李密大喝道："好匹夫，焉敢奚落孤家！"吩咐左右，一并把他推出斩首。吓得两班文武，一齐跪下道："乞主公息怒，看他三人从前之功，免其一死。"再三保奏，李密怒犹未息，说："既是众卿力保，将三人削去官职，永不复用。"三人勉强谢恩而出。程咬金一路大叫道："有这样可笑的人！我让他做皇帝，如今他倒作威作福起来！"叔宝道："事已如此，说也无益。"咬金道："秦大哥、罗贤弟，我们如今周游列国，到处为家，看有什么机会罢了。"罗成道："说得有理！"

此时秦母、程母俱已去世，只有罗成母亲在堂，三人各各收拾车辆，带了家眷，一同登程，沿路周游去了。当时金墉关七骠八猛十二骑，见魏王如此，渐渐分散。那洛阳王世充听了这消息，心中大喜，即密传将令，暗暗起兵来取金墉不表。

再说李密兵势大衰，手下只有王伯当、张公道、贾闰甫、柳周臣保护，心中也有些着急。时值荒年，粮饷均无着落，心中十分着急。一天黄昏时分，忽听炮响连声，军士来报说："王世充来袭金墉，攻打甚急。"李密大惊，连夜与众将计议，都是面面相觑，粮草又无，兵马又少，怎生迎敌？君臣商议，唯有弃了金墉，投奔别国，再作区处。李密道："如今投那国去好？"王伯当道："若投别国，俱是小邦，未必相容；莫若投唐，庶可苟全。"李密道："我与世民有隙。"伯当道："不妨。向来李渊仁厚，世民宽宏，决不会难为主公的。"李密犹豫未决，忽报王世充人马攻破西城了，李密大惊，伯当道："主公快上马。"张公瑾、贾闰甫、柳周臣都弃了家小，走马出城，望长安而奔。这里王世充入城安民，只斩了萧后，其余各家家小，俱皆赦免，不在话下。

再说李密一行五人，行到长安，在午门外，先自绑缚，送入本章。高祖看了，对世民道："金墉李密，被王世充暗袭，破了城池，今来投顺，我欲杀之，以消你之恨。你意如何？"世民道："乘人之危，杀之不仁，又失人望。望父王怜而赦之，复以恩结之，则天下归心矣！"高祖大悦，即宣进来。李密到金阶，俯伏在地，高祖离座，亲解其缚，赦其前罪，封为邢国公。又将淮阳王李仁的公主，配与李密为妻。封张公瑾、王伯当、贾闰甫、柳周臣为

廷尉。伯当不受,愿为李密幕将,高祖许之。这话休表。

再说洛阳王世充得胜回国,想起妹子青英公主尚未招驸马,遂下旨在午门搭一彩楼,凭妹子掷球自择。公主遵兄之命,在彩楼上,抛球择婿,对天祝道:“姻缘听天由命。”就吩咐宫女,将球掷下,却落在一个青面红须大汉身上。你道那大汉是谁?却就是单雄信。只因他抛弃了李密,来到洛阳,在彩楼边经过,公主一球,正中顶梁。两边宫官太监,邀住雄信,延入午门。王世充见了,心中大悦,立与成亲。过了数日,叔宝、罗成、咬金三人,游到洛阳,闻得单雄信为驸马,同来投他,雄信接见大喜,意欲奏知王世充,封他们官爵。但恐他们与唐家有旧恩,异日反复无常,反为不美,不如且款留在此,再作理会。便奏过王世充,将金亭馆改作三贤馆,供养他三人在内,逍遥安乐,不表。

且说李密虽为驸马富贵,焉能比得前日为魏王时快意?欲要反唐,未得其便。适值山西有变,李密就在高祖面前,讨差出师,愿效微劳。高祖下旨,命他收服山西。李密得旨甚喜,退回府中,意欲公主同去,遂将心思,一一说知,并道:“此去成功,公主即为王后。”公主大怒骂道:“你这狼心狗肺之人,我家伯伯何等待你,你不思报恩,起此反心,真逆贼也!”李密骂道:“你这贱人,如此无礼!”遂拔出宝剑,将公主杀了,即招伯当相商。伯当见杀了公主,大吃一惊道:“不好了!还有什么商议?此时不走,等待何时?”李密慌忙与伯当上马,逃出东门而走。

这里邢国公府中家将,飞报入朝,高祖得报大惊,命秦王领兵追赶,碎尸万段。秦王领兵出东门一路赶去,李密回头一看,只见一队人马飞奔赶来。李密与王伯当纵马加鞭,行不上十里,到了艮宫山断密涧,见追兵已到,李密连声叫苦。王伯当把朝向前,大喝道:“唐兵休赶,俺王伯当在此。”秦王道:“王兄,李世民特来劝你。今日之事,情理皆亏,劝王兄不如降了唐家吧!”伯当道:“千岁,不必多言。俺王勇素重纲常,事虽无济,有死而已!”遂勒马挺戟刺来。这里众将一齐放箭,伯当恐伤了李密,把身向前挡住。用戟挑拨,叮叮当当,把箭杆都拨在地下。不料旁边一箭射中李密左腿,李密呵呀一声。伯当回头,才掇得一掇,就着了数箭,手戟一松,万弩射身而死。李密并同行数人,亦被射死。秦王下令,将王伯当尸首葬在艮宫山,把李密首级斩下,收兵回长安,入朝复旨。高祖命将李密首级,号令午门示众。

不多几日,徐茂公、魏征,行至午门外,见了李密首级,哭拜于地。有守门军人,将二人绑缚,入朝启奏。高祖闻知,叫推进来,军士将二人拿到金阶,秦王一见,忙奏道:“这就是徐勣、魏征,改诏私放臣者。”高祖闻奏,即令秦王下殿解缚。秦王领旨,下阶解缚,谢叙前情,就要二人归唐。二人道:“要臣归辅,必须葬祭了魏王尸首,以尽旧主之谊,然后归附。”秦王将此言奏请高祖,高祖准奏,命秦王前往主祭。秦王就将李密尸首,用天子礼葬于艮宫山。致祭毕,徐勣、魏征,就归唐朝。高祖封徐勣为军师,魏征为洗马,按察四方,招集金墉七骠八猛十二骑。那些金墉旧将,闻二人归唐,皆来归附。欲知后事,再听下回分解。

第四十四回 尉迟恭抢关劫寨 徐茂公访友寻朋

却说山后朔州麻衣县,有一人姓尉迟、名恭,字敬德。生得身长一丈,腰大十围,面如锅底,一双虎眼,两道粗眉,腮边一排虎须。善使雌雄两条竹节鞭,有万夫不当之勇。娶妻梅氏。妻舅梅国龙、梅国虎,在麻衣县当马快。他住在城外打铁,务农为业。

梅国龙、梅国虎到尉迟恭家里看姐姐,尉迟恭道:“我闻定阳王刘武周,特差元帅宋金刚,在麻邑募选先锋。要想前去,只因你姐姐有孕在身,如今二位老舅到此,愚兄拜托前行,凡事全赖照顾。我留下雌鞭在此,倘或生下孩儿,取名宝林。日后夫妻父子重逢,可将雌雄二鞭为证。”当下拜别,彼此流泪。

尉迟恭带了盔甲枪鞭,往麻邑而来。到了麻邑,写了投军状,投入帅府。宋金刚唤他进来一看,好像烟熏太岁,火烧金刚。就命他演武,果然十分勇猛。即着他在午门候旨,自己先入朝中启奏,武周即降旨宣他进来。尉迟恭闻宣入朝,到殿下的俯伏。武周看他豹头燕额，虎步熊躯。细问武艺行兵之事，尉迟恭对答如流，武周大喜。下旨封尉迟恭为先锋，宋金刚为元帅，来抢唐家世界。

且说雁门关守将王天化得报，忙写本章，差人上长安求救。高祖见了此本，便问："哪位卿家可以领兵退敌？"闪出殷齐二王道："臣儿愿往。"高祖遂命点兵十万，与二王前去退敌。这边尉迟恭前军到了雁门关，守将王天化出关迎敌，尉迟恭把枪冲杀过来。王天化举枪来迎，未及三合，被尉迟恭一枪刺死。抢进雁门关，宋金刚的大队也到，一齐进关。尉迟恭即领兵直奔偏台关杀来。关中守将金日虎，领兵出关迎敌。战不上五合，被尉迟恭一鞭打下马去，又占了偏台关。即刻拍马抢先，直奔白璧关。其时殷、齐二王到了，忽报半日工夫，失了两关，又报兵到城下。二王大惊，上城一看，见那尉迟恭犹如灶君一般。二王忙令画工，在城上描了他的形象，随后领兵出城。却被尉迟恭鞭打枪挑，连丧上将数十员，杀败二王，抢了白璧关。宋金刚人马也到，尉迟恭即起身追赶二王。一夜之间，连劫他八寨，赶得二王上天无路，入地无门。幸喜宋金刚有令，着尉迟恭先取太原，尉迟恭只得带马回白璧关去了。

再说高祖驾临早朝，忽报二王大败回来，高祖大怒，叫声："宣进来！"二王到殿下，俯伏奏说："来将凶狠，一日一夜，被他夺了三关，劫了八寨，杀死上将数十员。臣儿画他形象在此，请父王观看。"高祖命挂在殿旁，两班文武见了形象凶恶，齐吃一惊。高祖问道："此人如此厉害，众卿可有良策，退得他否？"闪出徐茂公奏道："此人必须秦王前去，方可收服。"高祖准奏，着秦王领兵前去。

秦王奉命同茂公出朝，问茂公道："孤闻金墉五虎大将，王伯当尽义射死，单雄信在洛阳为驸马，俱不必提。还有秦叔宝、罗成、程咬金三人，不知下落，谅军师必知踪迹。孤家一再道及，军师从未实告。如今俺家被黑将杀败，难道军师终不肯与孤家图谋？"徐茂公道："主公不必心焦，几个大将都在洛阳，待臣就去访寻，请他来保驾便了。"秦王大喜，就命茂公前去寻访，自己领兵先行。

且说徐茂公扮作游方道人，带了尉迟恭图影，向洛阳而来。不料洛阳铁冠道人对王世充道："唐家被刘武周大将尉迟恭杀得大败，不敢出战，徐茂公必暗暗来请秦叔宝、罗成、程咬金，前去保护唐家，早晚就到。"王世充闻言大怒道："天下也没有这样便宜，平静时节，我却供养他，如今用人之际，就要来请，理上也难容得去！"铁冠道人道："徐茂公此来，一定扮作游方道人，主公可下旨四门，凡有游方僧道，一概不许入城。"

这旨一下，徐茂公哪里知道？敲着渔鼓简板，要入城去。守门军士喝道："你这道人，是瞎眼吗？这里现奉圣旨，挂着榜文，不许游方僧道入城，你何不看看！"茂公见喝，抬头把榜一看，叫声："列位，贫道初来，不知令旨，如今不进去便了。"遂回身走到一个面店门首，化些面吃，就把手中渔鼓简板敲动，唱起道情来。众人围住听唱，见他唱得十分好听，听的人一发多了。忽望见程咬金骑马冲出城来，把众人吓得乱嚷乱跌。程咬金见了，哈哈大笑，故意把马连转几个窠罗圈，吓得众人个个跑走，一拥拥进城去。茂公乘此也混入城，把门军士也不由做主，哪里查点得许多？茂公一路访问叔宝住处，有人指引在三贤馆内。

茂公听了，即往三贤馆来。忽遇秦安在门首，秦安认得茂公，就引入府，来见叔宝。叔宝者见茂公大喜，行过礼，茂公问："罗成兄弟在哪里？"叔宝道："他有病睡在床上。"就引茂公进房，见了罗成，相叫一声，放下渔鼓简板，坐在床上，与罗成把脉，说道："罗兄弟，你的病，是个烟缠病，过几日就好。"忽见程咬金回来，走进房中，见了茂公，心中大骇。想他做了唐朝军师，为何到这里来？又见他这般打扮，摸不着头路，便叫道："你为何做这般叫化生理？"扯过简板，折为两段，拿起渔鼓，打得粉碎。扑通掉出一轴画来，拾起来打开一看道："呵呀，原来是灶君菩萨！"叔宝一看道："这不是灶君，是个将官的图形。"茂公说道："正是。"

咬金听了便大叫道："我晓得了。前日单二哥说：'刘武周有一员大将，叫作尉迟恭，身长面黑，起兵伐唐，日抢三关，夜夺八寨，杀得唐家不敢出战。'目下唐家用人之际，敢是秦王思想我们，故差你来请俺三人吗？"茂公道："然也。"咬金道："秦大哥快快收拾，我们就走。"叔宝道："兄弟，你为何说这等话？罗兄弟病尚未愈，我们如何抛了他去？"罗成道："表兄，你老大年纪，不趁此时干些功名，等待何时？你二人快快前去，勿以我为念。"叔宝

流泪道："表弟呵，承你好心，倘或我二人一去。单雄信一定要难为你了，如何是好？"罗成道："你放心，快快前去，兄弟自有道理。"叔宝只得收拾二辆车子，载着张氏、裴氏，令秦安先送到长安去，又叫徐茂公远远相等，遂拜别罗成，吩咐守门军士，去报单雄信来城门口相别。未知雄信来别，说出什么话来，且听下回分解。

第四十五回 秦王夜探白璧关 叔宝救驾红泥涧

当下单雄信闻军士来报这事，即时上马跑至城门口，跳下马来，双手搦住秦叔宝手，叫声："秦大哥，你就要去，也须到小弟舍下相别一声，小弟也摆酒送行。如何到了这里，方才通知。如今要往哪里去？"叔宝道："小弟在此打搅不当，所以要往别处去，尚未有定着。"雄信道："秦大哥，何必如此相瞒，莫非要去投唐吗？"咬金道："然也。你竟是个神仙，我今好好把一个罗成交与你。若是病好了，还我一个人。若是不济事，也要还我一把骨头。"叔宝道："你这匹夫，一些道理都不晓！二哥，你也不必介怀。"雄信叫家将斟酒来，捧与叔宝，叔宝一饮而尽，一连三杯。雄信又来敬咬金，咬金道："谁要吃你的酒？"叔宝与雄信对拜四拜，二人上马而去。

雄信遂上城观看，望见树林内走出徐茂公，同二人而去。雄信见了大怒道："这牛鼻道人，你来勾引了二人前去。那罗成小畜生不病，一定也要去了！"就下城提槊，要来害死罗成。那罗成见了二人去了，就叫罗春吩咐道："你立在房门口。若单雄信来，你可咳嗽为号。"罗春立在房门口，只见单雄信提槊走来，罗春高声咳嗽。雄信问道："你主人可在房内？"罗春道："病睡在床上。"雄信走到房门口，听罗成在床上叹气道："秦叔宝、程咬金，你这两个狗男女，忘恩负义的，没处去住，就在此间。如今我病到这个田地，一些也不管，竟自投唐去了！呀，皇天呀！我死了便罢，若有日健好的时节，我不把你唐家踏为平地，也誓不为人了。"雄信听了，即忙弃了槊道："我一时之愤，几乎断送好人！"忙走进来，叫声："罗兄弟，你不必心焦。你如果有此心，俺当保奏吾主，待兄弟病好之日，报仇便了。"罗成道："多谢兄台，如此好心，感恩不尽！"过了数日，罗成病好了，雄信保奏，封罗成为"一字并肩王"，按下不表。

再说茂公、叔宝、咬金三人正行之间，咬金大叫道："此去投唐，自有大大前程。"叔宝道："我去不必说，但你去有些不稳便。"咬金道："为什么呢？"叔宝笑道："兄弟，你难道忘怀了斧劈老君堂，月下赶秦王吗？"咬金闻言叫声："呵呀，如今我不去，另寻头路罢了！"茂公道："不妨，凡事有我在此，包你无事便了。"咬金道："你包我无事，这千斤担是你一肩挑的。"茂公道："这个自然。"三人行到白璧关寨边，茂公道："二位兄弟，且在此等一等，待我先去通报，再来相请。"咬金道："我的事，须要为我先说一声，不可忘记。"茂公应声："晓得。"走入账去。

秦王一见，就叫："王兄，三人可来吗？"茂公道："罗成有病不来，秦叔宝、程咬金在外候旨。"秦王大喜，就要宣进来。茂公道："且住，那程咬金进来，主公必要拍案大怒，问他斧劈老君堂之罪，把他竟杀便了。"秦王道："王兄此言差矣！那'桀犬吠尧'，各为其主。今日到来，就是孤的臣子，为何又问他罪？"茂公道："这人若不问他以罪，他必认唐家没有大将，才请他来退敌，他就要不遵法度了。主公须要杀他，他方得服服帖帖，那时臣自然竭力保他便了。"秦王依允，下旨宣："叔宝秦恩公入营。"叔宝闻宣，即入营拜伏于地，秦王用手扶起，谢他前日大恩，又下旨："宣程咬金犯人入营。"咬金闻宣入营，俯伏在地，叫道："千岁爷，臣因有罪，原不敢来，是徐茂公力保臣来的。"秦王见了，心中不忍，只得硬了头皮，叫声："绑去砍了！"茂公、叔宝忙道："主公权且赦他前罪，叫他后来立功赎罪便了。"秦王忙令松绑，当下大摆筵席接风。

次日叔宝提枪上马，直到白璧关，单讨尉迟恭交战。探马报入关来，此时尉迟恭往马邑催粮去了，宋金刚便问："那位将军出去会战？"有大将水生金愿往，提刀上马，冲出城来。战了三合，被叔宝一枪刺落马下。败兵飞报入关，大将魏刁儿大怒，举枪上马，又冲出城来。战了二合，又被叔宝刺死。宋金刚失了二将，打听来将是秦叔宝，便令军士闭关，不许出战。叔宝知尉迟恭不在关内,便收兵回营。秦王闻叔宝得胜,吩咐摆宴庆功。饮到黄昏,茂公、叔宝告辞,回自己帐内安歇。

程咬金对秦王道:“主公你看,今夜月明如昼,臣闻白壁关十分好景,臣保主公去探看如何?”秦王依允,君臣二人,悄悄上马,离了营门。果然月色皎洁,万里无云,走至白璧关下,见得关门十分险峻。君臣二人,正在城下讲话,不料尉迟恭催了五千粮草;入关缴令,宋金刚把日间与叔宝交战事情,说了一遍,并道:“你今夜可去巡关。”尉迟恭领了帅令,到关上来巡关。有军士指道:“南首月光之下,有二人在那里指手画脚。”尉迟恭一看,见远远一个插野鸡翎的,说道:“这一定是唐童。”忙下关来,提矛上马,悄悄开关,把马加鞭跑来,大叫:“唐童休走!”咬金道:“不好了! 主公退后些!”把宣花斧迎上前来,见他如烟熏太岁,火烧金刚,比那画上得更加凶恶。

当下尉迟恭大喝道:“你这厮却是何人?”咬金道:“爷爷就是程咬金。你这黑炭发团,可就是尉迟恭吗?”尉迟恭道:“然也。”咬金把斧砍来,尉迟恭把长矛架住,当的又是一斧,他又架住。一连挡过三斧,到第四斧也没劲了。尉迟恭叫声:“匹夫,原来是虎头蛇尾!”即把蛇矛刺来,咬金把斧乱架,尉迟恭拦开斧,扯出钢鞭,要的一鞭,正中左臂,跌下马来。秦王叫声:“动不得!”尉迟恭即把长矛来刺秦王。秦王把定唐刀架住,尉迟恭又把蛇矛劈面刺来,秦王看看招架不住。想不到程咬金跌在地上,并未身死,他抬斧在手,跳上马,叫声:“尉迟恭,勿伤我主。”尉迟恭回身来战咬金。咬金道:“尉迟恭听着,我有话说。”尉迟恭遂道:“程咬金,你有何话? 快快说来。”咬金道:“我君臣二人,都是没用的。你就打死,也不为好汉。我那边有个秦叔宝,胜你十倍,你若有本事对得他过,才算是好汉。你今不要伤我主公,待我去到营中,请了叔宝来,与你对敌。若是怕他,不肯放我去,竟将我君臣或是拿去,或是打死,明日他来问你,你却也活不成了。”

尉迟恭听了,气得三尸直爆,七窍生烟,叫声:“快去叫他来,我有本事,在他面前拿你们,你快去叫他来。”咬金道:“我不放心,万一我去了,你把我主公打死了。如何是好?”尉迟恭道:“大丈夫一言既出,驷马难追。我有本事,等那秦叔宝来。一并拿你三人。去,你快去! 不必多言!”咬金道:“我只是不放心,你可赌个咒与我,我好放心前去。”尉迟恭道:“你去之后,我若动手杀唐童,日后不得好死!”咬金道:“如此我便放心前去。主公,你在此等一等,等臣去叫他来便了。”

当下咬金奔回营中,擂起鼓来。茂公起来,问有何事? 咬金道:“不好了,快叫秦大哥去救驾!”就把前事说了一遍。茂公听了大惊,忙问道:“主公如今在哪里?”咬金道:“主公,我交与尉迟恭了。”茂公喝道:“你这该死的人,怎么把主公交与敌人,自家却走了!”叫一声:“拿起锁了,跪在辕门,若救主公不得,把你万割千刀。”左右将咬金绑出。一边忙请秦叔宝起来,说出情由。叔宝遂顶盔贯甲,提枪上马赶去。这边尉迟恭果然一些不动,那秦王却倒去引他,劝他投降。尉迟恭听了大怒道:“唐童,你说这话,我也顾不得了。”就提起蛇矛刺来,秦王回马便走,敬德纵马赶来,看看赶近,忽听后面大叱:“尉迟恭勿伤我主,俺秦叔宝来了!”尉迟恭回头一看,见叔宝果然人才出众。叔宝把尉迟恭一看,真正好像黑煞神,忙提枪迎面刺去。尉迟恭举矛相迎,二人武艺,不相上下。

二人正在交战,忽听得秦王叫声:“秦王兄,下不得绝手,这人孤家要他投降的。”尉迟恭听了大怒,回马竟奔秦王,秦王回马便走,尉迟恭紧紧赶去,叔宝却也追来。此时天色微明,追到美良川,却是一条极狭极小的弯路。尉迟恭转过山弯,就想要打叔宝一个不防备,遂左手举鞭,右手提矛等着。叔宝追到这个弯边,心中一想:“这黑贼若躲在那面,我若走去,他一鞭打来,怎样的招架?”便按下了枪,取出双锏,上下拿着。一过弯来,尉迟恭大喝一声,将鞭打下。叔宝把左手的锏架开鞭,右手的锏打去。尉迟恭把右手的矛一架,左手鞭又打来了。叔宝架开鞭,又打一锏。尉迟恭一矛架开锏,又是一鞭,叔宝架开鞭,却待要打,尉迟恭回马就跑了。这名为“三鞭换两锏”,尉迟恭打出三鞭,叔宝只换得两锏。

当下尉迟恭追赶秦王,到了一个所在,秦王只叫一声苦,原来是一条大涧,名为红泥涧,约有四丈阔,水势甚急。秦王把马加上几鞭,叫声:“过去!”那马一声嘶吼,从空一跃,即跳过岸去。尉迟恭赶来,把马一夹,叫声:“宝驹,你也过去。”那马扑通一响,也跳过去。叔宝见了,便心下着急,把马鞭在呼雷豹头上乱打。此马着急,吼叫一声,那尉迟恭幸也

是宝驹，不致跌倒，叔宝的马也跳过去。三人一路赶到一山，未知后事如何，且听下回分解。

第四十六回　献军粮咬金落草　复三关叔宝扬威

当下尉迟恭赶秦王到一山，名为黑雅山，茂公早已算定，差下马三保、殷开山、刘洪基、段志贤、盛彦师、丁天庆、王君起、鲁明月八将，在此等候。见尉迟恭追来，一齐出战。尉迟恭挺起蛇矛，逼得那八将如走马灯一般。忽有宋金刚传令到来，叫尉迟恭即刻回关听差，不得有误。尉迟恭得令，只得去了。

叔宝遂保秦王回营，见咬金绑缚，跪在辕门首。咬金看见秦王，就叫道："主公，你见了军师，求主公认是自己要去探白璧关，令臣保驾，臣方有几分活命。不然，臣的性命一笔勾了。"秦王应允，遂入营来，茂公迎入帐中，说道："主公受惊了！"秦王道："这是孤家自取其祸，要程王兄保驾，去看白璧关，不意撞见尉迟恭。"茂公微笑道："主公不必瞒臣，臣已知道了。"吩咐把程咬金推进来。左右答应一声，即把程咬金推入。茂公喝道："你这匹夫，怎么劝主公夜探白璧关，几乎丧了性命？"咬金大叫道："屈天屈地，只是主公要我保驾，去探白璧关，故此我同去的。"秦王道："军师，果然是孤家要他同去的。"茂公道："既是主公认了，臣怎么好杀他？但此人这里用他不着，吩咐册上除名，速速赶出去！"咬金尚欲再言，茂公拍案大喝道："你这匹夫，还不快去，在这里怎么样？"咬金没光没采，只得向秦王道："主公呀，军师要赶我出去，还求主公劝解军师一声。"秦王道："凡事只可一，不可再，孤家说过一遭，难以再讲。"咬金看看茂公道："军师，你当真不用我吗？"茂公喝道："你这匹夫，还不快走，若稍迟延，吩咐左右看棍。"咬金道："罢罢罢，此处不留人，自有留人处！"叫声："主公，臣去了！"秦王见茂公认了真，不好多言。

咬金走出营外，跳上马，招齐家将说："军师不用我，我们去吧。"一路走了二十余里，到一个所在。地名言商道。只听得一声锣响，跳出五四六个强人来，挡住去路。为首的二人，一个叫毛三，一个叫勾四，大叫："留下买路钱，饶你性命！"咬金大笑道："原来是我子孙在这里！"勾四听了这话，就问道："你是什么人，说我们是你的子孙，难道你不怕死吗？"咬金道："你这狗头，人也认不得，爷爷就是瓦岗寨混世魔王程咬金便是！"哪一班强人听说，皆跪下道："果然是前辈宗亲！不知老爷因何在这里？"咬金道："我因与唐朝的军师不和，因此出来，去向尚未有定。"众人道："既是老爷去向未定，何不同小人们在这言商道中东岳庙居住？"咬金道："如此甚妙！"就同众人到庙中来，坐在公案上，众人一齐拜倒，山呼千岁。咬金就封毛三为丞相，勾四为阁老。令大小喽啰，凡有孤单客商，不许抢劫。越是大风，越是夺他。众人一齐答应。

且说秦王见茂公赶了咬金出营，便问道："军师今日因何这般认真？"茂公道："臣岂认真逐他，不过激他去与主公干立一件功劳，使他将功折罪，不过六七日内，他即来了也。"秦王道："原来如此，孤实不知，今可放心了。"

再说，过了几天，毛丞相来告咬金道："今喽啰来报说：介休县解了粮草十万，打从此处经过，我们去夺取来，不知可否？"咬金道："妙甚！妙甚！"勾阁老道："主公，臣有一计，包管容易成功。如今主公可穿出大路，挡住解粮将官，臣等往斜路上抢了就走，不怕不成功。"咬金道："倘被他们追杀而来。又费力了。"毛丞相道："主公放心，这言商道中，路径最杂。凡活路上都有圈地暗号，死路上没有圈地暗号，我们这班人认得明白，若外来的人，哪里晓得？凭他走来走去，没处旋转。纵有千军万马，亦是无用。"

咬金听了大喜，即提斧上马，抄出言商道，远远望见粮草来了，一马上前喝道："你们留下买路钱来！"众兵见了，连忙退后，报知尉迟恭。尉迟恭挺枪上前，两人一看，个个认得。尉迟恭便问："你这匹夫，在此做什么勾当？"咬金道："奉军师将令，在此候你。你今把粮草送我，我便饶你的狗命。"尉迟恭大怒，挺矛刺来。咬金把斧架住，战了几合，那边毛三、勾四、一班喽啰，杀散众兵，推了粮草，拥入言商道中去了。咬金把斧一按，叫声："承惠，改日相谢！"回马一溜，也进言商道中去了。

尉迟恭回头，见失了粮草，拍马追来，见咬金跑过两弯，忽然不见。尉迟恭大叫程咬金，又不见答应，催马追前一步，兜转去，是这个所在，兜转来，又是这个所在，心内无法，暗想："没有粮草，如何缴令，我今再往介休去见张士贵，告诉此事，要他再发粮草一万，以应军需便了。"遂领众人往介休去，不表。

再说程咬金打听得尉迟恭去了，遂劝众人将这粮草投送秦王去，秦王自然重用。若在此，终非了局。毛三道："主公议论虽是，倘然军师照前不用主公，那时岂不进退两难?"咬金道："这有何难，若是不用，我们依旧再来。"众人听了，只得从命。咬金令五百余人推了粮草，竟往唐营。军士报知秦王，秦王大喜，吩咐摆酒伺候。咬金进营，先拜见秦王，后参见军师。秦王问咬金道："这几日在哪里安身?"咬金道："臣前日被军师赶出，来到言商道，降伏了一班喽啰，封了几个臣子，做了草头王。不料尉迟恭在介休县解来十万粮草，被臣尽数劫来，献与主公。军师若肯收用，依旧归保主公，若一定不收，臣带了粮草，自去图王立业，日后兵精粮足，抢州夺县，成了气候，那时主公不要怪我。"

茂公微笑道："你要我收你，且吃了酒，再到一处去，成了一桩功劳，即便收你。"秦王遂赐座与众将饮宴。及饮罢，咬金就问："军师发令，要到那里去干甚功劳?"茂公道："你可带领原来的人，我再差马三保等八将，点兵一千帮你，仍到言商道去。那尉迟恭又解一万粮草草了，再劫了他的，便算你一大功劳。"咬金欣然领命，同八将与原来的一班喽啰，齐到言商道扎住。

再说尉迟恭又往介休县，来见张士贵，说出粮草被劫，如今要乞贵职，再发兵粮一万，以济军需。张士贵没奈何，又发粮草一万，交尉迟恭解去。尉迟恭领了粮草，起解而来，到了言商道。程咬金望见粮草到了，就哈哈大笑，横开宣花斧，出马拦在路口。尉迟恭趱行到此，一见咬金，便问道："你这狗头，又在此做什么?"咬金道："我家军师叫我来致谢你，你如今一发把粮草送我，改日一总奉谢。"尉迟恭大怒道："好狗匹夫，前日不曾提防，被你劫去，今日又来，看爷爷的枪，送你命吧!"遂把枪刺来，咬金又会跳纵法，如猴跳圈一般，蹿来蹿去。尉迟恭在这边，他便跳到那一边；尉迟恭赶到那边，他又闪在这里。

正在躲来躲去，那边马三保等一齐杀上，冲散军士，抢了粮草就走。程咬金战了些时，料粮草已到手了，就说道："多谢你今日的粮草，另日一并总谢。"回马一溜，竟往言商道去了。尉迟恭大怒，拍马赶来，这一路兜转去，依然是这个所在，那一路抄出去，又是这个所在，心中又气又恼，没奈何，只得又往介休县去。这里程咬金与马三保一千人，推了粮草，竟往营中，来见秦王，细言其事。徐茂公道："你们不必停留，再往言商道中去。那尉迟恭还有粮草来，如今可如此如此，就算你的功劳。"咬金等得令，又来言商道中等候，不表。

再说尉迟恭又到介休县，来见张士贵，细述复失粮草之事，张士贵大惊道："呵呀，将军失事二次，非同小可，如今粮草实在没有了。"尉迟恭道："实是小将不识路径之罪，如今万望贵县周全，随多随少，付我前去应用也罢。"张士贵只得又凑齐五千粮草，交与尉迟恭。尉迟恭道："贵县如今可把车辆内用铁环搭扭，搭做一连，使他抢劫不动。再差人到白璧关通知宋金刚，领兵接应。"申发了文书，然后起解而行。

再说徐茂公时刻算计，那日令秦叔宝带领一千人马，往白璧关西首埋伏，如此如此。叔宝得令，领兵去了。再说宋金刚得了尉迟恭文书，心中着急，连夜点齐一万人马，悄悄出关，往介休接应。正行之间，一声炮响，叔宝当先拦住，大喝："宋金刚，往那里走?"宋金刚见是叔宝，吃了一惊，战未三合，被叔宝拦开刀，耍的一枪，刺落马下。枭了首级，杀散众军，竟奔白璧关来。那关中不曾提防，被叔宝杀入关中，接了秦王兵马进城。叔宝又往偏台关、雁门关来，一夜复了三关，按下不表。

且说尉迟恭解粮到了言商道上，程咬金拦住大叫道："好军师，料得到，果然又来了。你今快快送过来，不然，大家得不成，就放火烧了吧。"尉迟恭大怒，拍马使矛刺过来，咬金遮拦招架，又跳来纵去。后面马三保一千人马过来，抛上干柴烈火，竟把车辆烧着。程咬金道："如何，你不会做人情，如今大家得不成了，我也要告别了。"尉迟恭回头一看，好似火焰山一般，心中大怒，拍马追来，咬金又两三转弯，竟不见了。尉迟恭气得目瞪口呆，只得回介休县去。这里程咬金一千人马回来，见了秦王复命，秦王就令起兵到介休县下寨。不知又做了何事，且听下回分解。

第四十七回 乔公山奉命招降 尉迟恭无心背主

当下秦王安营事毕，便问茂公道："孤再遣一人去劝尉迟恭，未知何人可使？"茂公道："臣闻此处有一隐士，名唤乔公山，与尉迟恭十分情厚。若得此人前去便好，主公可差人以礼聘来，必有商处。"秦王遂令秦叔宝备礼往聘。不一日，叔宝聘娶乔公山来。秦王宣公山进账，公山见秦王生得龙眉凤目，实乃帝王之相，心中暗喜，口称："山野农民乔公山参见。"秦王亲手扶起。吩咐看坐，问道："孤家闻长者与尉迟恭交情甚厚，不知真否？"公山道："臣昔日在麻农县务农，尉迟恭打铁营生，十分穷苦。臣见他生得豹头环眼，燕颔虎须，必是国家栋梁。因他时运未来，臣不时周济。近闻他在刘武周处为将，可惜误投其主。"秦王道："孤家闻刘武周拜宋金刚元帅，封尉迟恭为先锋，日抢三关，夜劫八寨。今孤家复夺三关，宋金刚已死。那尉迟恭现围在介休城内，今欲烦长者往彼说降此人，不知可否？"乔公山道："臣蒙主公委命，敢不愿效微劳？"秦王大喜，遂封乔公山为参军之职。

乔公山辞别，当即到介休城下，叫城上军士，相烦通报尉迟将军，说有故人乔公山相访。城上军士将此言报知尉迟恭，尉迟恭命军士开城，请入帅府相见。行礼叙坐，拜谢往日大恩。乔公山谦逊一回，尉迟恭道："我亏了定阳王封我为先锋，日抢三关，夜劫八寨，杀得唐家亡魂丧胆。目今在此运粮，谁想在言商道上，被程咬金劫去了粮草三次。又闻得秦叔宝杀了俺元帅，恢复了三关。俺今独守介休，进退两难，不知老员外到此，有何贵干？"乔公山道："老夫此来，专为将军而来。"尉迟恭道："有何见教？"乔公山道："老夫闻良禽择木而栖，贤臣择主而仕。将军有这一身本事，可惜误投其主。老夫承秦王相召，封我为参军之职。今我奉令旨，来劝将军归降，将军可念老夫昔日交情，降了唐家吧。"尉迟恭大叫道："老乔，你此言差矣！我尝闻烈女不更二夫，忠臣不事二主。你这些不忠言语，不须提起。若不看昔日交情，就要一刀两断。"吩咐摆酒，道："老乔，你快吃了酒去吧，休再多言！"乔公山无可奈何，只得坐下吃酒。

正饮之时，忽闻得城外炮响连天，喊声不绝。军士忙报进来说："唐兵攻城，四围架起云梯，团团围住，攻打甚急，请令定夺。"尉迟恭拱拱手别了乔公山，提矛上城，往外一看，见城下程咬金、秦叔宝一班战将，在城下指手画脚道："尉迟恭，你此时不降，更待何时？"尉迟恭大怒，把箭射下，正中程咬金坐骑。那马前脚一低，后脚一起，把程咬金一个跟头，跌在地上，忙爬起来上了马，也取了弓箭追到城下道："黑面贼，降不降由你，为何射我一箭？难道我不会射你吗？"也把一箭射上城去。尉迟恭大怒，吩咐军士，一齐放箭射下去，秦叔宝也令军士一齐放箭射上去。那里徐茂公、秦王出营观看，只见一边射上去，一边射下来。秦王因见自家的兵特多，恐伤了尉迟恭，忙令军士不许放箭，只把介休团团围住。尉迟恭在城上，督守了半日，见唐兵不十分攻打，心下宽了三分。过了下午，下城回县，见乔公山还在堂上，尉迟恭道："你怎么不去？"乔公山道："老夫没有将军号令，不敢擅自回去。"尉迟恭道："你今快些回去，上复你家主公，说我尉迟恭宁死不降。若要归降，除非我主公死了，我便归顺。"这话尉迟恭是说差的。他心里要说断绝的话：除非我与主公都死了，然后降你，意思是来生才肯归降你，不料说差了。那乔公山道："将军既然如此说，日后不可失信。"尉迟恭也不开口。乔公山又道："不可失信！"尉迟恭只说："死了便罢。"乔公山作别出城，回营缴令道："他说主人死了方肯归唐。"秦王道："刘武周年尚未老，怎么能死？他明明把这句话难我。"茂公道："主公放心。臣有一计，可在众军中觅一个像刘武周面貌的，封他子孙万户侯，赠千金，将他杀了，把他首级送去，只说是刘武周是我们杀了送来，他一见了，自然认是真的，决来归降！"

秦王就令将数十万兵一一选过，有一个生得面貌与刘武周无二。秦王见了大喜，问道："你姓甚名谁？年纪多少，可有妻子？孤家今日要借你一件宝贝，即封你为万户侯。"那人听了不胜欢喜道："小的名唤孟童，妻子死了。养了三个儿子，大的今年十岁，两个小的还小。小人的妻子死后，将三个儿子寄在外婆家里。小人今年四十二岁，若要小人有的东西，无有不肯借与千岁的。"秦王道："孤家见你相貌与刘武周一样，故此要借你的首级，前去招那尉迟恭来降。孤家即封你为万户侯，赐以千金。”那人道：“呵呀，这事真正使不得！”咬金道：“只此一遭，下次不可。”那人大哭道：“小人死了，千岁爷方才的话，切不可失信。小的住在太原东门外，青布桥西首，有一个王阿奶，就是小人的丈母，三个儿子都在那里。”咬金道：“知道了，莫要累赘！”就把那人的头砍下，茂公取木桶盛了，付与乔公山，令他再往介休去。

乔公山奉令，到了城下，大叫：“城上的，快报进去！那刘武周已死，特送首级在此。”军士忙报与尉迟恭知道，尉迟恭令开城门放入。乔公山来至堂上，尉迟恭道：“老乔，俺主公首级在哪里？”乔公山道：“这木桶内就是。”尉迟恭把木桶盖一开，只见鲜血淋漓，一个刘武周的首级在内，即放声大哭，双手把首级提起来一看，便大哭道：“我想俺主公部下还有强兵十万，战将千员，焉能就取得他的首级？”便叫一声：“老乔，我问你，这首级果是谁的？你好生欺俺！”将首级照着乔公山劈面打来，乔公山慌忙闪过，便道：“将军，一言既出，驷马难追。将军有言在先，说主公死了，即便归唐，而今你主公首级在此，如何你悔却前言，岂是大丈夫的气概？我说你悔却前言，便为不信，抛掷主公首级，又为不忠。不忠不信，何以为人？我家主公非无良策擒你，今苦苦劝你，无非要你投降，故不加毒害，你只管越抚越醉，觉得太过了！”

尉迟恭闻言大怒道：“你这老头子学这些鬼话，只好骗三岁孩童，俺尉迟恭岂是为你所骗得信的！你去对你主公说，有本事的前来厮杀，不要用这些诡计！”乔公山道：“将军怎见得不是你主公的首级？”尉迟恭道：“老乔，俺主公鼻生三窍，脑后鸡冠，你岂不知鸡冠刘武周？俺的主公若果真死，俺不会失信于你。”乔公山道：“将军既不失信，管教取鸡冠刘武周首级来。”遂出城，将此言回复秦王。徐茂公道：“要真的也不难。武周手下有一人，姓刘名文静，官拜兵部尚书。他心向主公久矣。待臣修书一封与他，管叫将刘武周首级来献。”秦王大喜，茂公遂修书差乔公山领五百人，用尉迟恭旗号，如此如此，公山领命前去。未知后事如何，且听下回分解。

第四十八回　程咬金抱病战王龙　刘文静甘心弑旧主

当下徐茂公见乔公山领兵去了，又令秦叔宝带领一千人马，埋伏在白璧关之南，地名“多树村”。吩咐说：“或见刘武周兵马来时，不可拦阻，让他过去。他若复回，方可阻截，不许放他回兵，须要他首级回来缴令。”叔宝得令，领兵去了。茂公又令程咬金也带兵马一千，慢慢而行，可迎着刘武周之兵，只许胜，不许败，违令者斩。咬金道：“禀军师，小将昨夜受了风寒，肚里作痛，难以交战。须要带个帮手同去，才可放胆。”茂公道：“你自前去，少不得自有兵来接应，不必帮手就得的。”咬金道：“小将实是有病，若能取胜，就不必言；倘然败了，请军师念昔日之情，莫要认真。”茂公道：“自有公论，不必多言，快些前去。”咬金皱着双眉，捧着肚子，走出营来，叫家将扶他上马，勉强提了斧头，领兵前去，从军师吩咐，慢慢而行，按下不表。

再说乔公山奉了将令，领五百人马，打着尉迟恭旗号，行近马邑地方，忽见定阳王刘武周带了人马，在前面扎下大营。你道刘武周为甚扎这大营？因他闻秦王复了三关，元帅已死，又闻介休被困，恐尉迟恭有失，故此起兵前来接应。为因出兵日子不利，扎营在此。乔公山来至营前，叫军士报进去，说有先锋尉迟恭差人到此求救。定阳王闻报，就令宣进来。乔公山走进营来，双膝下跪，口称：“山野农民，朝见千岁！”武周就问：“卿何方人氏？有何话说？”乔公山道：“臣乔公山乃朔州麻衣县人，务农为生，与尉迟将军同乡。自幼相交，因往介休访尉迟将军，正遇唐兵围城，十分危急。今特奉尉迟将军之令，前来求救，望我王早起救兵！”刘武周道：“贤卿请起，孤家恨唐童复了三关，杀了元帅，正要统兵前去救应，只为起兵性急，遇了黑道红沙，故此扎营在此。”乔公山道：“今日乃是黄道吉日，何不发兵？”武周大喜，吩咐大小三军，即日起兵。乔公山奏道：“臣乃农民，不谙武事，但闻厮杀之声，就惊得半死。望大王放臣回去，自耕自种，以终天年，臣之愿也。”武周道：“卿不愿为官，孤家也不好相强，赐你回乡去。”公山谢恩，竟往马邑而去。

刘武周兴兵起行，来至白璧关，过了许多树林，就是秦叔宝埋伏之处。他见武周兵马过去，方才出来，绝他归路。那刘武周又引兵前进，不多时，忽见程咬金兵马扎住，不能前进。武周遂下令扎寨，便问："哪一位将军出去战一阵？"有大将王龙上前道："臣愿往。"就提一柄月牙铲，上马直抵唐营讨战，此时程咬金有病在营，闻军士来报，营外有人讨战。心内好不惊慌，遂吩咐小军道："我老爷肚痛得紧，挂了免战牌吧！"小军就把免战牌挂出。王龙一见大怒，一马来至营前，把免战牌打得粉碎，高声大叫道："我闻得唐家大将甚多，今日正要会战，为何把免战牌挂出？今日我若不冲你的营，也不为上将！"把手中月牙铲摆一摆，一马冲来。这边军士把箭乱射，他进来不得，只在营前讨战。

军士将这事报知程咬金，咬金道："呵呀，我肚中疼痛，如何是好？待我解一解手去战他吧。"忽旁边走出一个家将，叫道："老爷，真正是'急惊风遇了个慢郎中'。战与不战。速速定夺。若再停一会，被他杀进营来，这叫作'滚汤泡老鼠，一窝都要死'。"咬金听说，心中无奈，手也不解，心中想道："'丑媳妇少不得要见公姑。'况我程咬金也是一个好汉，不管死活，出去战他一战吧！"遂走至营门，家将扶他上马，咬金把斧一提，比平日重了许多。没奈何，把斧双手拿了，来至营前，抬头一看，见不是刘武周，心中放下几分。两将各通姓名，王龙道："程咬金，俺一向闻你也有小小的声名，今日遇俺，只怕你难逃狗命了。"说罢，就是一月牙铲铲过来。咬金双手把宣花斧往上一架，叫声："住着，俺程爷爷一时害了腹泻病，你略等一等，我前去解一个手，再来与你交战！"王龙大怒道："你这狗头，戏弄我王爷么！"又是月牙铲铲过来。程咬金见他连铲二铲，心头火起，提起宣花斧，照着王龙一连三四斧，把王龙杀得盔歪甲散，倒拖兵器，回马便跑。

咬金见他去了，意欲下马出恭，在战场上不好意思。看西边一带大树，不免到那里解一解手吧。一马来至树林边，下了马，拿了斧头，走出一株松树背后。正撒得畅快，王龙回马一看，见咬金往西边树林内去了，他却回马轻轻走来。看见咬金的马挂在树上，转过树林一看，又见咬金在那里解手，心中大喜。想这狗头该死了，便轻轻走至树边。咬金见有人走来，只道是乡民在那里砍柴，遂叫一声："砍柴的，有草纸送一张来与我。"王龙应道："有，送你一铲！"突的一铲过来。咬金吃惊一看，见是王龙，叫声："不好！"立起身来，一只手提着裤子，一只手提着斧头，只拣树多的所在就走，却去躲在一株大树背后。王龙欺他无马，放心追来。不妨咬金提斧等候，王龙才到树边，被咬金狠命一斧，砍着马头。王龙跌下马来。咬金又是一斧，结果了性命，把王龙首级砍下来，上马回营，将首级号令示众，自此咬金的腹泻痛也好了。

再说刘武周探子飞报进营说："王将军被程咬金杀了！把首级号令营前了！"武周大怒，亲自出马，直抵营前讨战。这边军士连忙报进，咬金道："说不得了！伸头一刀，缩头也是一刀，怕不得许多。"就提了斧头出营。来至阵前，只见刘武周金盔金甲，身坐嘶风马，手执大砍刀，赤面黄须，好似天神下降。咬金叫道："定阳王请了！"武周骂道："呔，卖柴扒的匹夫，谁与你打拱？"咬金笑道："你这人不识抬举，我好意与你打拱，你缘何开口便骂？难道我不会骂人吗？你这变不完的畜生！"武周举刀劈面就砍，咬金把斧急架，大战十余合。咬金哪里是武周的对手？因奉军师将令在身，只许胜，不许败。故勉强支持几个回合。况又泻病方好，如何支持得来，那武周把大砍刀夹头夹脑砍下来，咬金无法抵挡，只得回马往白璧关南首败下来。

后面武周阵内，又转出四个大将：一个姓薛名花，一个姓柏名祥，一个姓符名大用，一个复姓太叔名原，随武周在后赶来。程咬金心惊胆战，向前乱跑。忽见前面树林中闪出一员大将，大叫："秦叔宝在此！"咬金大喜，勒住马看叔宝交战。那武周一见叔宝，大骂道："黄脸贼，你杀孤元帅宋金刚，今日相逢，决难饶命！"即把大砍刀砍来，叔宝举枪交战，武周后面四个大将，一齐杀上前来。咬金看见，也杀入阵。叔宝一枪刺中太叔原，咬金也一斧砍死柏祥，武周见损了二将，无心恋战，回马便走。叔宝、咬金随后追赶，直至武周营前，那营内闪出十数员将官，救驾进营去了。这边叔宝、咬金合兵一处，按下不表。

再说乔公山来到马邑，寻至兵部尚书衙门，就烦门上通报一声，说："有紧急军情的，要见你家老爷。"门上人遂进内通报，这老爷就是刘文静，乃京兆人，与李靖同窗，胸藏韬略，文武全才。数日前接得李靖锦囊一封，说他误投其主，今应归唐，世子秦王，乃真主也，故而有意归唐，但未有便。那日闻报有紧急军情的来人求见，即吩咐叫他进来。门上人传话出来，乔公山来至里边，双膝跪下，将书呈上。文静拆书一看，原来是徐茂公的书，只见上面写道：

> 大唐皇帝驾前军师徐勣，致书定阳王驾前兵部尚书刘老先生台下：勣闻识时务者为俊杰。目今兵困介休，尉迟恭不日归唐，你主刘武周已入我牢笼之计，犹如网中之鱼耳。先生岂未识天时而恋恋在彼耶！今念先生与李药师系同窗好友，故特差参军一员，致达先生。请先生通权达变，速取刘武周首级，以作归唐计，不失公侯之位。书不尽言。徐勣顿首。

文静看了书，忙离座请乔公山起来见礼，问了姓名，留在内署，款待酒饭。次日领了三千人马，只说解粮为由，同公山带了夫人马氏，妻舅马伯良，往介休而来。到了武周营前，军上忙报入营，武周命宣进来。文静进营参拜道："臣闻唐童害了元帅宋金刚，又兵困介休，特解粮草，带领兵马三千，亲来保驾，共破唐兵。"武周大喜，吩咐排宴共饮，至晚方散。

是夜刘文静手提宝剑，来到帐中，守兵见是自家人，不甚提防，被文静闪入帐中，举剑刺死，斩了首级，带出营去，招呼军士道："有愿投唐者同去；如不愿投唐者，大家散去。"顿时兵将一半散去，一半随刘文静来唐营投顺。叔宝、咬金接着，见了武周首级，不胜之喜。合兵一处，同往介休，来见秦王。一齐俯伏在地，各献功劳。刘文静献上刘武周首级，秦王大喜道："列位王兄请起，吩咐记上功劳簿，命排宴贺功！"

次日就差刘文静，往长安朝见高祖，又差乔公山进介休城，将刘武周首级送去，招降尉迟恭，使他心死。乔公山领令走到城下，叫守城军士通报说："乔公山来见将军。"军士连忙报进，尉迟恭令开城门放入。军士奉令，即放公山进城，背着木桶，走至堂上，说道："将军，老夫不敢失信，今取得真正鸡冠刘武周的首级在此。"就把桶放在桌上。尉迟恭把桶盖一掀，将首级仔细一看，果是刘武周的真头，不觉大哭道："呵呀，主公呵，倒是臣害了你了！老乔，你这狗头，如何杀我主公？"遂拔出腰刀，不由分说，把公山砍做两段，吩咐大小三军，一齐戴孝，自己换了白盔白甲，点兵出城，要与主公报仇。

尉迟恭来到唐营，怒叫："唐童出来会掩。"秦王闻报，领了三十六员上将，分为左右，来至阵前。秦王叫道："尉迟王兄，今日可该归顺孤家了吧！"尉迟恭见了一班英雄俱在面前，遂心生一计道："唐童，我主已死，本该归顺，但要依俺三件事。"秦王道："王兄愿降，莫说三件，就是三十件也依你。"尉迟恭道："第一件，要你同程咬金在我鞭下钻过去；第二件，要把俺主公的首级合尸一处，归葬入土；第三件，要你披麻戴孝，还要程咬金那厮拿哭丧棒。这三件，可依得吗？"众将听了，多有不平之色。秦王道："都依！都依！"

尉迟恭道："今日就要钻鞭。"将乌骓马一纵在正中，把手中竹节钻鞭举起，叫声："唐童，快来钻鞭，才见你的真心用俺。"秦王便叫："程王兄，同孤家去走一遭。"程咬金听见秦王之命，心中畏惧，没奈何，只得应承，又想："这黑脸贼若是打了我，主公定然不依；若不打下来，就显得我是不怕死的好汉了。"即叫："尉迟恭，俺来了！"竟往鞭下钻过来。尉迟恭正要举鞭打下，忽又想道："且住，若打了这狗头，唐童一定不来了，且饶他过去吧！"咬金在鞭底下弯着腰逼近尉迟恭身边，忽将身一跃，托住尉迟恭双鞭，大喊："主公快走！"秦王一马上前，就如飞似的冲了过去。程咬金也舍了尉迟恭，随在秦王马后溜去。尉迟恭见打秦王不着，叹口气回马入城去了。

秦王令人入城，取出武周首级，又令军士取出武周尸骸，凑成一处，结起孝堂。秦王穿了孝服，咬金手拿哭丧棒，把武周首级尸骸，用硃红棺木盛殓。灵前供献全猪全羊，秦王先举行哀礼，咬金在地下叩头，众官一齐拜吊。尉迟恭在城上，望见秦王如此诚心，又想，今日主公死了，莫若乘此机会，投降也罢，遂令三军开了城门，插了降旗，一马出城，至唐营下马，俯伏在地，口称："尉迟恭愿降！"秦王出营，亲手扶起，挽手同行，来至营内，与众官见礼，吩咐摆宴接风。欲知后事如何，且听下回分解。

第四十九回　刘文静惊心噩梦　程咬金戏战罗成

当下秦王见尉迟恭投降，就移兵进城，清查府库钱粮；把刘武周葬于介休城北，那张士贵也归顺唐家，遂起兵回长安不表。

再说刘文静奉秦王命，往长安朝见高祖，在路行了五日。是晚在客店安歇，睡到三更时分，忽听门外一阵阴风过处，闪出一个头戴金盔、身穿黄袍、满身流血的人，大叫："刘文静奸贼，还孤家性命来！你这奸贼，孤家不曾亏负你，你何故残害孤家？我今在阴司告准，前来索命！"刘文静此时吓得半死，自知无理，只得跪下，口称："大王饶命，臣自知罪了，乞大王放臣，见了唐王，若得一官半职，就将檀香雕成大王龙体，每日五更三点，先来朝见大王，然后去朝唐王。若有虚情，死于刀剑之下。"那阴魂欲要上前来擒文静，幸亏文静阳气尚盛，阴魂不能近身，手指骂道："你这奸贼，少不得恶贯满盈，我在阴司等你。"又起一阵阴风，忽然不见。文静惊醒，却是南柯一梦，吓得一身冷汗。夜间不便对夫人说明，次日早饭后起行，往长安而来。不一日，到了长安，朝见高祖，进上得胜表章。高祖大喜，就封为兵部尚书。文静即日进府，用檀香刻成刘武周形象，每日五更三点，朝拜不表。

再说秦王一路回兵，对徐茂公道："孤想金墉大将，尚有罗成、单雄信，不知此二人可得归降否？"徐茂公道："主公，那罗成要他归降容易；那单雄信要他投降实难！"秦王忙问何故。茂公道："单雄信与主公有仇。昔日圣上在楂树岗，射死他的兄长单雄忠，他誓死不投唐。那洛阳王世充招单雄信为驸马，封罗成为一字并肩王，此二人俱在洛阳。主公既想念二人，何不发兵竟取洛阳？单雄信虽不能得，罗成决然可以招来。倘或打破洛阳，得其土地，亦是美事。"秦王大喜，吩咐三军取路往洛阳进发。

不一日，兵到洛阳，扎下营寨。秦王问众将道："哪一位王兄出马，以建头功？"闪出尉迟恭道："臣归主公，未有尺寸之功，待臣出马取这洛阳，献与主公。"秦王大喜。尉迟恭提枪上马，领了三千铁骑，直抵洛阳城下，高叫："城上军士，报与王世充知道，快挑有本事的将官出来会俺。"军士忙报入朝，王世充即集众将商议退敌。单雄信道："待臣出马，以观其势。"世充大喜道："驸马愿出，定能成功！"雄信提槊上马，出了城门，直抵阵前。看见对阵将官，一张黑脸，两道浓眉，好似烟熏的太岁，浑如铁铸的金刚，十分难看，雄信便叫："丑鬼通名。"尉迟恭一看，见他青面獠牙，红发赤须，就像玉帝殿内的温元帅，又似阎王面前的小鬼，就说道："我是丑的，你的尊容也整齐得有限。"单雄信反觉羞颜，举枣阳槊劈面就打，尉迟恭将矛一架，叫道："住着，俺尉迟恭的长矛，不挑无名之将，你快通个名来。"单雄信被他架得一架，知他厉害，也不通名，回马就走入城。

尉迟恭一团高兴，没处发泄，只在城外叫骂半日，方才回营。次日又来讨战，这单雄信当日来请罗成说："有唐将讨战，甚是凶勇，望乞贤弟退得唐兵，不枉愚兄昔日拜盟交情。"罗成道："单二哥，说哪里话？自古道：'食君之禄，必当分君之忧。'今兵临城下，自然出去退敌。"雄信大喜。

罗成提枪上马，出了城门，来至阵前。只见尉迟恭威风凛凛。罗成问道："这黑鬼，可是尉迟恭吗？"尉迟恭道："然也。你也通个名来。"罗成道："俺是燕山罗元帅的公子罗成便是。"尉迟恭道："原来你就是罗成。你来得正好，俺专待拿你去请功。"就把长矛刺来，罗成把枪隔过，回手也是一枪。尉迟恭未曾招架，耍的又是一枪，连忙隔住。罗成一连三四枪，尉迟恭手忙脚乱，哪里来得及隔，叫声："不好！"回马就走。单雄信在城上看见，提兵杀出，那三千铁骑，杀得唐兵人乏马倦，打着得胜鼓回城去了。

尉迟恭杀得气喘吁吁的败回营中，见了秦王，叫声："厉害！"程咬金道："想是你得胜回来了！"尉迟恭道："程将军休得取笑，这罗成我是战他不过的，请程将军明日出去，自然得胜。"咬金道："不敢相欺，若是我去，不但得胜，还要降服他来投顺。"尉迟恭心想："他口出大言，待我明日去掠阵，看他光景，说他几句，以消今日讥诮之恨！"次日单雄信又请罗成出阵，那程咬金没处推托，只得出阵。尉迟恭奏道："主公，末将今日愿去军前掠阵。"咬金道："甚妙，你不跟来看看，也不见我的手段！"秦王道："王兄肯去掠阵，亦可助威。"二人随即出营。

尉迟恭在后看咬金交手，谁料程咬金心中早有成算，必须如此如此，方可安妥。他打马来到阵前，先丢一个眼色，又对罗成把张嘴来噜这么两噜，然后叫道："你为何昨日欺侮我的尉迟恭？"又把眼睛向罗成眨眨，那尉迟恭在背后哪里晓得他做鬼？罗成看见咬金做出许多嘴脸，不知何意。咬金一马上前，轻轻说道："罗兄弟，你今日长我些威风，这一遭儿，我感激你不尽了！"罗成笑了一笑，两边会意。咬金举斧就砍，罗成假意回手。战了二十余合，罗成虚闪一枪，回马就走。咬金大叫小呼，随后追赶，追至城外，见他进城去，方才转来。尉迟恭哪里晓得他们是相好的兄弟？见了他今日交锋，这般威风，心内不解，就问道："程兄，前日在言商道上，你的本领也只平常。为何今日大不相同了？"咬金道："难道是假的吗？你若不信，就与你试试。"尉迟恭道："这有什么要紧，何必如此？"咬金道："料你也不敢。"二人回营，见秦王说明战胜之事，秦王大喜。茂公心中明白，微笑道："今日果然有功。明日可再去，须要罗成归顺，如不能说得他来，军法从事！"咬金闻言，暗想："这是难题目来了！我是与黑炭团说耍儿的话，谁知今番军师弄假成真起来。"没奈何，只得领令，此言不表。

再说罗成进城回府，单雄信在城上坐看，见他两个眉来眼去，说了多少鬼话，又见罗成败了回去，心中疑惑，遂下城来见罗成道："兄弟，愚兄有一句不怕人怪的话，要与你讲。"罗成道："二哥有话，但说何妨。"雄信道："方才我在城上，见你同咬金交头接耳。他的本事，我岂不知，如何胜得你来？俺单某待你不薄，莫非你欲投唐，来灭我洛阳吗？"罗成道："二哥，只知其一，不知其二。昨日与尉迟恭交锋，只消三枪，杀得他大败。今日程咬金来，小弟正要拿他，不知他见了兄弟，鬼头鬼脑。小弟猜他不出，只道他有意归降洛阳，故此假败一阵。此言句句是真，怎敢欺瞒二哥？"

雄信道："原来如此。我还放心不下，你如果有真心，明日再去出战，须要生擒程咬金进来，才显得你是真心为了洛阳。"罗成道："是。"雄信别了回去，罗成心中想道："好没来由，被他絮絮叨叨这一番噜苏。俺生平性直，耳内何曾听得这些话？"遂闷闷坐在椅上，长吁短叹。被一个丫鬟看见，忙进去报与老夫人得知。老夫人道："既如此，你去请大老爷进来。"丫鬟领命，叫声："大老爷，老太太有请！"未知说出什么话来，且听下回分解。

第五十回　对虎峪咬金说罗成　御果园秦王遇雄信

当下罗成闻母亲呼唤，遂走到里边，深深作揖，就问："母亲唤孩儿进来，有何吩咐？"老夫人道："我闻你心上不快，特唤你来问，是为什么事？"罗成道："母亲，孩儿因秦王起兵，攻打洛阳，那秦王帐下，却有表兄秦叔宝，并程咬金一班朋友，都在那里为将。今日出战，恰遇程咬金。孩儿想起昔日在山东贾柳店拜盟情况，一时之间，不好动手。那程咬金又对孩儿做了些手势，孩儿一时不明白，只得假败回来。谁想单雄信疑心于我，将孩儿噜噜苏苏了一番，为此孩儿闷闷不悦。"老夫人闻喜说道："我儿呀，做娘的为了你表兄，连你父亲也要拗他的。再没有今番为了单雄信，倒要与表兄为难的道理。况且那边朋友多，这里只有一个单雄信。依我主意，不如归唐吧！"罗成道："孩儿闻秦王好贤爱士，有人君之度，投唐果是。只是单雄信面上，过意不去。"老夫人道："这有何难，只是将计就计，瞒他便了。日后遇见他避了开去，不与他交战，就是你周旋朋友之情了。"罗成道："母亲所言有理！"

到了次日，程咬金又来到城下讨战，尉迟恭照前掠阵。单雄信闻知，即来对罗成说："罗兄弟，今日该把程咬金拿进城来，方算你与单通是个知心朋友。不可又被他杀败了。若再杀败回来，那时你罗家的名色都无了。说你一个程咬金也战不过，岂不被人取笑吗？"罗成听了，又气又恼，只得提枪上马，开了城门，来至阵前。

只见咬金又做出鬼脸，丢了眼色。那罗成又好气，又好笑。只听咬金说道："罗兄弟，昨日承你盛情让我，今日我有一句好话，对你讲。但此处不是讲话的所在，你略略让我三分，我与你战到没人处，细细对你说明。"罗成点头，二人就假意杀起来。战了七八合，咬

金虚闪一斧,回马向北落荒而走。罗成随后赶去。尉迟恭道:"程咬金这狗头,今番输了。想他追去,决然无命。俺奉命掠阵,岂可袖手旁观?主公知道,岂不有罪?不免前去帮他一帮。"就纵马往后追来。

再说罗成同程咬金到了一个所在,离洛阳二十里,地名"对虎峪",并无人家。咬金道:"罗兄弟,我看这里无人来往,正好说话。"罗成道:"有什么话,快快说来。"咬金道:"罗兄弟,你家舅母一向对我说:'我家并无至亲,只有罗成外甥,我欢喜他,但愿他时刻与我叔宝孩儿聚在一处。自从那年来拜我寿,不知为甚把一个青面獠牙的人打了一顿,他就使性走了,使我放心不下。'我想罗兄弟如今与那青面獠牙的人同住,岂不使你舅母之心不安?况且他做事未必妥当,兄弟何苦与他为伴?"罗成道:"汝言是也!我昨日为你,受了他一肚子的臭气,实是难忍。"咬金道:"既然如此,罗兄弟何不投唐?况且又不负令舅母之心,得与表兄叔宝时刻相亲,同为一殿之臣,有何不可?你今回去,与令堂太夫人商量,是在洛阳好,还是投唐的好。"罗成道:"何用商量,自是投唐好。但我母亲妻子,在洛阳城内,待我设法送他出城,那时就来归唐,同保秦王便了。我去也!"程咬金道:"我还有一句话对你说。今日我与你在此说了半日,还有尉迟恭在那里掠阵。就是单雄信想必也在城上观看,他不见了我两个,岂不生了疑心?我今与你杀出去,若遇见尉迟恭,需要给他一个辣手段看看,日后使他不敢在我朋友面前放肆。"罗成道:"说得有理!"

两个重新杀转来,罗成拖枪败走。咬金在后追来。恰好遇着尉迟恭。尉迟恭哪里晓得底细?心中想道:"他前日卖弄手段,今日待我报仇!"就大叫:"罗成,你前日的威风哪里去了?今日不要走,吃我一枪。"遂把枪刺来。罗成正为单雄信在城上观看,正没有计较解他疑。一见尉迟恭,十分欢喜。又听了咬金一番言语,把枪一隔,就回一枪。尉迟恭连忙招架,罗成又连耍了三四枪。尉迟恭把应不下,指望咬金来帮助,回头一看,不见咬金,手一松,腿上先着了一枪,叫声:"呵唷,不好了!"回马就走。罗成紧紧追来,追到一株大树边,尉迟恭就往大树后要走。被罗成耍的一枪,又正中着。不妨树后闪出一员大将,用两根金装锏把枪架住,叫声:"不要动手。"罗成一看,原来是叔宝表兄。秦叔宝进树后,把手一招,罗成点头会意,回马往洛阳去了。原来这大树离城不远,恐怕单雄信看见,故此罗成去了。那徐茂公事先料定,故预先差秦叔宝在此等候。

闲话休讲,那程咬金先来缴令道:"今日大战罗成,被臣一番言语,他已依允,明日准来归顺。"秦王大喜,重赏咬金。随后叔宝同尉迟恭亦来缴令,这话不表。

再说罗成进城,雄信下城相见,叫道:"罗兄弟,今日辛苦了!方才愚兄在城上看战,虽不能生擒程咬金,这尉迟恭被你杀得大败,躲入林内,兄弟正好拿他,为何又放走了?"罗成道:"二哥,那树后因有埋伏,故此回兵。"雄信道:"原来如此,倒是愚兄多疑了。"二人拱手,各回本府。罗成走入内堂,老夫人道:"你今日开兵,遇见何人?"罗成道:"孩儿遇见程咬金。"遂把他言语说了一遍。老夫人道:"儿呵,那程咬金的言语有理,须当从之。"罗成大喜,连夜把家眷送出城外。

次日,罗成来见单雄信道:"单二哥,家母思乡甚切,弟欲送家母前往燕山,然后再来扶助洛阳。故此特来告诉一声,即时就要起身。"雄信道:"呵呀,罗兄弟,你好薄情!愚兄不曾亏负你,只今兵临城下,正是用人之际,怎么要回燕山?我晓得了,莫非要投唐吗?"罗成道:"小弟果回燕山,并不去投唐。"雄信道:"既不投唐,为何如此之速?"罗成道:"家母之命,不敢有违。"雄信吩咐家将,备酒送行。罗成道:"家母在城外等候,不敢久留。"只吃一杯酒,作别起身。雄信送至城外,罗成头也不回,径自去了。

雄信上城观望,见罗成到那株大树边,忽闪出秦叔宝、程咬金,同罗成家眷入唐营去了。雄信见了,心中大怒,大骂罗成:"你这小贼种,早知你今日忘恩,悔不当初在三贤馆中,将你一槊打死,以免今日之患了。小贼种呵!日后若再相逢,我与你势不两立!"说完,愤恨回府不表。

再说秦叔宝、罗成、程咬金到了唐营,把家眷安顿好了,然后来见秦王。秦王出位迎接,罗成跪下叩见秦王,秦王双手扶起。又与徐茂公一班朋友,个个见了礼。吩咐摆宴接风。秦王在上面一桌,众好汉分列两边。饮了些时,尉迟恭暗想:"罗成小小年纪,怎么在马上如此厉害?想必是在马上操练惯的。他的本事,料也有限,待我假做敬酒为由,抓他一把,擒将出来,与众人笑一笑,有何不可?"就满斟一杯,走上前来,叫道:"罗公子,末将敬奉一杯!”双手将杯送来。

罗成道:“多谢将军。”把手接杯,不曾提防,被尉迟恭伸过大手,抓定了勒甲,叫:“过来吧!”往上一举,把罗成举在半空中。众将齐吃一惊,不知何故。罗成道:“黑子,你放了吧!”尉迟恭道:“不放,如今怕你怎么?”罗成道:“真个不放?”尉迟恭道:“真个不放。我看你在阵上八面威风,如今也被俺燥皮一燥皮。何不把前日的手段拿出来使一使?”罗成道:“待我自放与你们看吧!”遂把两手齐向尉迟恭耳根上一拍,这拳势名为“钟鼓齐鸣”。原是罗家的杀手。尉迟恭着了一下,头一晕,把手一松,扑通一跤,跌倒在地。罗成将身一纵,跳下地来。众人扶起尉迟恭,大家笑了一回,依旧吃酒,至晚方散。以后尉迟恭再不敢小觑罗成了。

到了次日,是端阳佳节,秦王令众将各回营闲耍一天,明日开兵。众将领命,各自散去。有去吃酒的,也有去下象棋的。独程咬金、秦叔宝、罗成三人到外边游玩,单剩秦王同徐茂公闲坐在营。秦王道:“孤家同军师出营,观看外面风景如何?”茂公道:“领旨。”同秦王走出营来,一路观看,不觉行到一座花园。原来这座花园,名为“御果园”,离洛阳不远,乃王世充起造在此游玩的。只因唐兵在此扎营,故而无人看守。秦王同茂公走进园中,只见那园中奇花异卉,不计其数。中间起造一座假山,八面玲珑,十分精巧。茂公同秦王上了假山观看,望见一座城池,秦王问道:“军师,这个城池,莫非就是洛阳城吗?”茂公道:“然也。”

他君臣二人,正在假山上,指手画脚的看,不料单雄信恰在城上巡察,望见御果园假山上,立着二人。一个身穿道饱,一个头戴金冠,身穿大红蟒服,坐下银鬃马,料是秦王,心中大喜,即提槊上马出城,吩咐军士快报大将史仁、薛化前来接应,自己先跑到御果园假山下,大叫:“唐童,俺来取你首级!”这一声喊,犹如晴空起个霹雳。秦王、茂公吃了一惊,回头一看,见是单雄信。茂公道:“主公快走,难星来了!”忙下假山,雄信赶到,举枣阳槊就打。秦王忙往假山背后就跑。

茂公飞奔向前,一把扯住雄信的战袍,大叫道:“单二哥,看小弟薄面,饶了我主公吧!”雄信道:“茂公兄,你说哪里话来?他父杀俺亲兄,大仇未报,日夜在念。今日狭路相逢,怎教俺饶了他?绝难从命。”茂公死命把雄信的战袍扯住,叫声:“单二哥,可念贾柳店结义之情,饶俺主公吧!”雄信听了,叫声:“徐勣,俺今日若不念旧情,就把你砍为两段。也罢,今日与你割袍断义了吧。”遂拔出佩剑,将袍袂割断,纵马去追秦王。

徐茂公知不能挽回,只得飞马跑出园门,加鞭纵马,要寻救驾将官。忽见面前澄清涧边有一将,赤身在涧中洗马,却是尉迟恭。他见众人都去闲耍,独自一个,到此涧边,见涧水澄清,遂除下乌金盔,卸下乌金甲,把衣服脱得精光,只留得一条裤子,把马卸了鞍辔,正在涧中洗得高兴,只见军师飞马前来,大叫:“敬德兄,主公有难,快快救驾!”尉迟恭闻言,吃了一惊,慌忙走上岸来,一时间心忙意乱,人不及穿甲,马不及披鞍,只得歪戴头盔,单鞭上马,同茂公跑到御果园。尉迟恭大叫道:“勿伤我主公!”那雄信追赶秦王,秦王只往假山后团团走转,又向一株大梅树下躲了进去。雄信一槊打去,却被树枝抓住,雄信忙把槊抽拔出来,那秦王已飞逃出园门,雄信随后追来。

正在危急,忽见尉迟恭赶来,雄信倒吃一惊,大骂:“黑脸贼!今日俺与你拼了命吧。”就把槊打来,尉迟恭举鞭相迎。秦王遇见茂公,先回营去了。这单雄信那里是尉迟恭的对手?战不上三合,雄信一槊打来,被尉迟恭一把接住,回手一鞭打来,单雄信把槊一放,空手逃走。尉迟恭一手举鞭,一手拿槊,飞马紧紧追来,这唤作“尉迟恭单鞭夺槊”。未知单雄信性命如何,且听下回分解。

第五十一回　王世充发书请救　窦建德折将丧师

当下尉迟恭追赶单雄信,直追至澄清涧边,那秦叔宝、罗成、程咬金同在涧边玩耍,忽然看见,吃了一惊。三人一齐上前拦住,咬金叫道:“黑炭团住着,这青面将是我们的好朋友,不得有伤。”又见他手内拿着雄信的金顶枣阳槊,又叫:“黑炭团,这是单二哥的兵器,

为什么要你拿了？快些还他！”尉迟恭听了，就把槊往地下一插，不料那槊陷入地中数尺。咬金道：“单二哥，你拔了槊回去吧！”那单雄信气愤愤过来拔槊，谁想用尽平生之力，这槊动也不动。咬金道：“黑炭团，快快把槊拔起来还单二哥，好叫他回去。”尉迟恭道：“这般无用，亏你做了将官！”遂上前轻轻一拔，就拔起来，向单雄信面前一丢。雄信接了槊，满面羞惭而去。叔宝问道：“为何追赶雄信？”尉迟恭把救驾之事，说了一遍，三人听了，与尉迟恭一齐回营，来见秦王不表。

再说雄信失意回来，遇着史仁、薛化，二将接住，一齐入城回府，闷闷不悦。那王世充闻知消息，摆驾来到驸马府中探望，叫一声：“驸马，你为了孤家如此劳心劳力！”雄信道：“主公说哪里话来？臣受主公大恩，虽粉身碎骨，难以补报。”话未毕，忽报铁冠道人来到，大家见过了礼。王世充道：“今唐兵临城，十分凶勇，不知军师有何妙计退得唐兵？”铁冠道人道：“臣夜观天象，见罡星正明，一时恐未能胜。主公可多请外兵共助洛阳，何愁唐兵不破。”世充道：“据军师所见，以请那些外兵为是？”铁冠道人道：“可谓曹州宋义王孟海公，相州白御王高谈圣，明州夏明王窦建德，楚州南阳王朱灿，若得此四路兵来，何虑大事不成？”王世充大喜。雄信设席款待，至晚方散。按下不表。

再说秦王回营，大小将官皆来问安，不多时，秦叔宝、罗成、程咬金、尉迟恭等都到。秦王道：“孤家今日若没有尉迟恭王兄前来，几乎性命难保。”吩咐先上了功劳簿，到回朝之日，再奏与父王知道。即下令摆酒，众将同饮。秦王在席上，只管称赞尉迟恭。这尉迟恭大悦，把酒吃得大醉，坐在交椅上，把身子不定的乱摇。秦王见他醉了，命咬金扶他回营。咬金上前扶起。不料尉迟恭把手搭在咬金的颈上，用脚一扫。咬金扑通一声，跌倒在地。咬金起来将要认真，被秦叔宝上前扯住。尉迟恭道：“今晚我不回营，同主公睡了吧！”秦王道：“使得。”打发家人回营，自己同尉迟恭就寝。有服侍秦王的人，先来与尉迟恭脱了衣服，扶他上床，因他酒醉就睡去了。然后秦王也上床来，恐惊醒了尉迟恭，就轻轻睡在他脚后边。谁想尉迟恭是个蠢夫，翻身转来，把一只毛腿搁在秦王身上。秦王因他酒醉，动也不敢动，只得睡下。

不料徐茂公因夜静出帐，仰观天象，只见紫微星正明，忽然有黑煞星相欺。徐茂公大惊，忙叫众将速速起来救驾。那些将官都在睡梦中惊醒，各执兵器，打从帐后杀来，大叫救驾。秦王闻叫大惊，忙叫醒尉迟恭说：“王兄，不好了，有兵杀来，快些起来。”尉迟恭闻言，酒都惊醒了，连忙起来，拿了竹节鞭，打出帐来。只见火把照耀，光明如白日。仔细一看，都是自己人马，一时摸不着头路。

秦王提了宝剑，也出帐来，问：“贼兵在于何处？”众将道：“没有贼兵，是军师说主公有难，故此臣等前来救驾。”秦王道：“孤家没有难，可散去吧。”众将回营。次日秦王问徐茂公夜来之事。茂公道：“臣昨夜观天象，见紫微星正明，忽有黑煞星相欺。”秦王把尉迟恭将毛腿搁在身上的缘故，说了一遍。两边方明，按下不表。再说当下王世充发下四封请书并礼物，差官四员，往请曹州、明州、相州、楚州四家王子起兵，共助洛阳。

先说明州夏明王窦建德，是日驾坐早朝，见有洛阳王王世充差官下书。窦建德拆开一看，上写：

> 洛阳王王世充，拜书于夏明王窦王兄驾下：自从紫金山一别几载，群雄四起，各霸一方。前唐王遣李元霸击我众将，又辱我各邦，今又兴兵犯我小国，弟因将寡兵微，不能对敌。特此差官，谨具黄金万两，彩缎万匹，伏乞鉴纳，敢乞王兄速速起兵，救弟之厄，实为幸事。
>
> 小弟王世充顿首。

窦建德看罢来书，即大怒道：“唐童这小畜生，前在紫金山，他兄弟李元霸恃强凌弱，孤家是他母舅，也要跪献降书。如今幸遇王世充之便，正好起兵问罪。”即打发差官去回复，就于次日领兵五万，带领大将苏定方、梁廷方、杜明方、蔡建方四员，往洛阳进发。留大元帅刘黑闼守国，此话不表。

再说曹州宋义王孟海公得王世充来书，带领三个妻子马赛飞与黑白二夫人，起兵五万，来助洛阳。还有相州白御王高谈圣，带了飞钹禅师盖世雄，楚州南阳王朱灿，带了史万宝，各起兵五万，来助洛阳。按下不表。

再说窦建德领兵到洛阳，王世充闻知，同单雄信等一齐出城迎接。世充道：“窦王兄不远千里而来，扶我小国，此恩此德，真乃天高地厚。”建德道：“王兄说哪里话来？济困扶危，乃世之常事。”二人并马入城，带来兵马扎在城外。单雄信也点兵马五万，出城扎营，世充摆宴接风。宴罢，建德出城，在营内安歇。

那边军士探知消息，忙报秦王说：“明州窦建德，领兵来助洛阳，现在城外扎营。”秦王道：“孤家母舅，难道要与外甥交兵吗？”茂公道：“他前日在紫金山，被赵王元霸，要他跪献降书，故而结下冤仇。”秦王道：“这也未必。”秦叔宝道：“明日待臣去探他一二，便知端的。”

次日，叔宝提枪上马，跑到阵前讨战。小军飞报进营，窦建德闻报，领了四将，齐出营来，横刀立马于阵前。叔宝上前，叫声：“大王请了。秦琼闻大王乃我主公之母舅，因何反助他人？”建德道：“秦琼，你可记得紫金山之事吗？你回去可叫世民出来，孤自有话对他讲。”叔宝道：“自家至亲，何必认真，认真乃禽兽也。”建德大怒道：“你敢骂孤家吗？”回顾四将道：“快与我拿来！”后面苏定方、梁廷方、杜明方、蔡建方四将齐出，叔宝大战四将，全无惧怯，窦建德也提刀来助阵。战了三十余合，叔宝大吼一声，把杜明方刺落马下。建德大怒，举刀就砍叔宝，叔宝拦开刀，取锏打来，正中建德肩膀，建德回马败走。蔡建方举锤望着叔宝打来，叔宝拦开锤，耍的一枪，正中咽喉，跌下马去。只有梁苏二人，保了建德回营。点算人马，损失不少。叔宝也回营，备言交战之事，秦王大悦。

那单雄信看见窦建德战败，心中大怒。到次日，带了史仁、薛化、符大用三将出营讨战，徐茂公叫罗成出去会战。罗成道：“我不好出去。”叔宝道：“我也不好出去。”程咬金道：“单雄信与他们二人有恩，他自然不好出去，只我程咬金可以去得。一则本事对他得过，二则我来得明，去得白，三则功劳大家得些。”秦王大喜道：“程王兄，那单雄信是孤家所爱的，不可伤他性命。”咬金道：“晓得！”说罢，提斧上马，来至阵前，大叫：“单二哥，你今可好吗？”雄信见是咬金，即应道：“托庇平安。你可叫那黄面贼出来，俺要与他拼命！”咬金道：“嗄，那秦叔宝是个没良心的，他惶恐得紧，不好见你。”雄信道：“你来何干？”咬金道：“我与你是好朋友，今日要与你厮杀，如何杀起？”雄信道：“好个老实人！就让你先动手吧。”咬金道：“不敢，还是二哥先动手。”雄信道：“俺怎么好先动手，伤了情分？”回顾三将道：“与俺拿来。”史仁、薛化、符大用三将齐出。咬金叫声得罪，扑秃一斧，把史仁砍为两段。二将死命来战，咬金又把薛化砍死，符大用见势头不好，回马就走，咬金赶去，又一斧砍死。雄信看见，叫声：“罢了！”回营而去。未知后事如何，且听下回分解。

第五十二回　尉迟恭双纳二女　马赛飞独擒咬金

当下雄信回营，王世充见三将被杀，闷闷不乐。忽军士来报，说曹州宋义王孟海公领兵来到，王世充即同窦建德、单雄信出营来接，挽手入营，见礼坐下。王世充道：“有劳王兄大驾！”孟海公道：“小弟来迟，望乞恕罪！请问王兄与唐童见过几阵了？”世充就将昨日今日连败二阵，细说一遍。孟海公道：“既如此，待小弟明日擒他便了。”世充忙摆酒接风。

次日，世充、建德、海公一齐升帐，世充便问：“哪一位将军前去讨战？”忽闪出一员女将道：“大王，妾身愿往。”原来是孟海公二夫人黑氏，世充大喜。黑夫人手提两口刀，上马出营，来到阵前讨战。军士飞报进营说：“有员女将讨战，请令定夺。”咬金听见是女将，就说道：“小将愿去擒来。”茂公道：“女将出战，须要小心在意。”咬金道：“不妨。”即提斧上马，来至阵前，果见一员女将，即大叫道：“你是来寻老公吗？”黑夫人大怒道“唗！油嘴的匹夫，照俺手中的宝刀。”说罢，双刀并起，直取咬金。咬金举斧相迎，大战三十余合，黑氏回马就走。咬金道：“正好与你玩耍，为何就走？”随后赶来。看看赶近，黑氏取出流星锤，回身一锤打来。咬金一闪，正中右臂。叫声：“不好！”回马走回营中。

黑氏又来讨战，军士又报入营，茂公道：“如今何人前去出阵？”尉迟恭道：“小将愿往。”遂提枪上马，跑至阵前，看见女将，一张俏脸，黑得有趣，一时不觉动火，便大叫道：“娘子，你是女流之辈，晓得什么行兵？不如归了唐家，与我结为夫妇，包你凤冠有分。”黑氏闻言大怒道：“我闻你唐家是堂堂之师，不料是一班油嘴匹夫。”就把双刀杀来。尉迟恭

举枪相迎。两下交战，未及五合，黑氏就走。尉迟恭赶来，黑氏又取流星锤打来，尉迟恭眼快，把枪一扫，那锤索就缠在枪上。尉迟恭用力一扯，就把黑氏提过马来，回营缴令。

茂公问道："胜败如何？"尉迟恭道："那女将擒在营外。"说罢回营。咬金道："要杀竟杀，不必停留，待末将去监斩。"茂公道："监斩用你不着。如今有大大功劳，要你去做。"咬金道："什么大大功劳？"茂公道："就是尉迟恭擒来的女将，与尉迟恭有姻缘之分。如今只要你去劝她顺从，就算你大大功劳。"咬金道："末将就去。"秦王道："程王兄去做媒人，孤家做主婚，着尉迟王兄好即日成亲。"咬金奉令，走出营来，叫家将把黑夫人送到尉迟恭将军帐下去。家将一声答应，将黑夫人解了绑缚，随程咬金送到尉迟恭帐中来。尉迟恭道："程将军，今日什么风，吹你到此来？"咬金道："黑炭团，真正馒头落地狗造化。主公着我与你做媒，将黑夫人赏你做老婆，你好受用吗？"尉迟恭笑道："承主公好意，将军盛情，但不知此女意下如何？烦程将军为我道达其情，若肯顺从，你的大恩，我没齿也不敢忘。"咬金笑道："亏你如此老脸，说出这样话来，你自去办酒。"尉迟恭道："晓得！"自入账后去了。

程咬金就叫手下把女将推进来，手下答应一声，便将黑夫人推到里面。咬金道："你可晓得我这里规矩？大凡擒来的将官都是要杀的。今番也是你造化，我军师有好生之心，道那尉迟恭是个独头光棍，故要把你赏他。着我来做媒人，我主公做个主婚。你们黑对黑，是一对绝好夫妻。"话未说完，黑夫人大怒，照定咬金面上打了一个大巴掌。咬金不曾提防，大叫："呵呀！好打！"骂道："你这贼婆娘，为何把我媒人打起来？岂不失了做新娘的体面！"黑夫人骂道："你这油嘴的匹夫，把老娘当什么人看待？奴家也是主子的爱姬，虽然不幸，被你擒了，要杀就杀，何出此无礼之言？"回转头来，看见账上有口宝刀，走上前面，就要去抢刀。程咬金同家将一齐拿住，依旧把黑夫人绑缚。

尉迟恭在帐后听得喧嚷，走出来说道："程将军，她既不肯成亲，不必相强。"咬金道："放你娘的狗臭屁！我这媒人是断断要做的，你快把酒来我吃，你推他往后面去做亲。就是一块生铁，落了炉，也要打她软来。况你是打铁出身，难道做不得这事？快推进去！"尉迟恭欢喜，叫手下摆酒出来，与程将军吃，遂将黑夫人推到后账来。黑氏道："你推我到这所在做什么？"尉迟恭道："我要与你成亲。"黑氏道："既然如此，难道做亲是绑了做的吗？"尉迟恭道："也说得是。"连忙把夫人放了。

那黑氏一放了绑，就叫："尉迟恭，我老娘是有丈夫的。你不要差了念头，好好送我出营去。若说这件事，老娘断断不从。你若要动手，老娘也是不怕人的。"尉迟恭："我尉迟将军就是山中老虎，也要捉他回来。何况你这小小女娘，怕你怎么？"就趁势赶上前来。黑氏也摆过势子抢过来，你推我扯，扯了一回，那黑氏被尉迟恭拿住，竟往床上一丢，趁势压在身上。黑氏将拳乱打，尉迟恭一手将黑氏双拳捏住，一手解她衣裙。黑氏将身乱扭，终是力小，哪里躲得过？到了此时，只得顺从。黑夫人道："呵，将军，我们姊妹三个，奴家是孟海公第二位夫人，还有第三位夫人白氏，也有手段，与奴家最好的。明日将军一发捉来，一同服侍将军。还有大夫人，名唤马赛飞，有二十四把飞刀，十分厉害。将军与她交锋之时，不可上了她当。"尉迟恭大喜道："娘子说得有理。但那程咬金你方才得罪了他，如今该去赔他一个罪，日后好与他相见。"黑氏道："今日害羞，叫我如何去见他？"尉迟恭道："不妨，他是极喜欢人奉承的。我们如今拿了酒走出去，大家吃杯儿就丢开手了。"

二人算计已定，就拿一壶酒走出来，见咬金正在低头吃酒，叫声："程将军。"那咬金抬起头来，见尉迟恭拿着一壶酒，黑氏把袖遮口而笑。咬金知她是来赔罪，有些害羞，因说道："你在阵上时，我说你要来寻老公，你骂我油嘴匹夫。今我好意与你做媒人，又把我夹面乱打，如今来做什么？"尉迟恭笑道："如今做过亲了。"咬金道："不许你来开口，要她自来告诉我听。"尉迟恭便对黑氏道："娘子，你支吾他两句吧！"黑氏无奈，只得掩口微笑，低声说道："奴家方才得罪程将军，如今不敢违命，已做了亲，前来请罪，谢谢大媒！"说罢，就道了四个万福。咬金连忙回礼，叫声："不敢，你方才不肯，为何一时没了主意？"黑氏听了，面色变红。咬金笑道："不要害羞，大家来吃喜酒吧。"三人共饮，直到月转花梢，咬金方大醉辞去。

次日天明，秦王升帐，二人谢恩。徐茂公道："今日还有一个女将前来，尉迟恭一发捉了，一总赏你。"话未完，忽见军士报来，外面又有一员女将讨战。秦王道："尉迟王兄，快去擒来，一发赐你成亲。"尉迟恭大喜，提枪上马，来至阵前。看见女将生得千娇百媚，比黑氏更觉好些。原来那白氏，因黑氏被擒，不见首级号令，放心不下，就来打听消息，因叫道："你这黑脸贼，好好送还我家姊姊黑夫人，万事全休，若道半个不字，教你性命难保。"尉迟恭道："不要开口。你姊姊黑夫人，已嫁了我，你也嫁了我，来配合成双吧！"白氏大怒，把枪刺来。尉迟恭举枪相战，战不上十合，被尉迟恭拦开枪，活擒过马，回营缴令。秦王大喜，又赐予尉迟恭完婚。军士得令，送至尉迟恭营中，黑夫人迎进后账。白夫人初时不从，被黑夫人再三相劝，只得依允，遂与尉迟恭成亲。按下不表。再说孟海公闻此消息，不胜愤恨，大叫一声："罢了！"

忽见大夫人马赛飞过来道："大王不消发怒，待妾明日出阵，擒拿尉迟恭来，千刀万剐，与大王消恨便了。"孟海公道："御妻，你须小心。"马赛飞道："晓得了。"

到了次日，就提起绣鸾刀，肩上系一个哇红竹筒，筒内藏二十四把刀，一马当先，直抵唐营讨战。小军飞报，又有女将讨战。秦王道："为什么他们女将这样多？"咬金道："主公，如今这个赐了臣吧。"茂公道："你擒得来，就赐你。"咬金大喜，提斧上马，直至阵前，看见女将，比前日两个还胜百倍，心中大喜，大喊道："娘子，你今年青春多少？我要与你做亲，你道快活吗？"马赛飞听了这话，便问道："你莫非是尉迟恭吗？"咬金道："正是，你要嫁他吗？"马赛飞大怒，把刀砍来，咬金举斧相迎。战了三合，马赛飞忙将肩上的竹筒拿下，揭开了盖，叫声："来将看俺的宝贝！"咬金抬头一看，见一刀飞起，咤的一响，正中咬金肩上，翻下马来，被马赛飞擒住，用索绑缚，活捉回营。未知后事如何，且听下回分解。

第五十三回　小罗成力擒女将　马赛飞勘破迷途

当下王世充、孟海公见马赛飞得胜回营，不胜欢喜，就令军士把尉迟恭推进来。军士一声答应，就将程咬金推至帐前，咬金立而不跪。孟海公骂道："尉迟恭，你自恃日抢三关，夜劫八寨，英雄无敌，谁想今日被孤家所擒？"咬金道："你们瞎眼的大王，黑炭团弄你的爱姬，却来寻我卖柴扒的出气！"旁边走出单雄信说道："王爷，这不是尉迟恭，他叫程咬金。"孟海公便对马赛飞道："夫人，你人也不认明白，混乱就拿。"赛飞道："既不是尉迟恭，可把这厮监禁后营，待我再去拿尉迟恭来，一并处斩。"众王道："有理！"就把咬金监禁后营，马赛飞又提刀上马而去。

再说秦王闻咬金被擒，十分忧闷。茂公道："主公勿忧，臣料他不出三日，自然回来。"言未了，外边又报，女将在营外讨战。茂公道："此番交战，非罗成不可。"就叫罗成说道："外边女将，他有飞刀二十四把，十分厉害。你去出战，只要不放他手空。他手不空，神刀便不能起，快与我拿来。"罗成得令，提枪上马，直到阵前。那马赛飞看见罗成少年美貌，心中暗想："这样俊俏郎君，与他同宿一宵，胜如做皇后了。"因问道："小将，你青春多少？可曾娶妻吗？"罗成道："你问俺做什么？"马赛飞道："我看你小小年纪，不知交兵厉害，恐伤你性命，岂不可惜，故此问你。你今与我结为姊弟，共助孟海公，我和你自有好处。"罗成大怒，骂道："不顾脸面的淫妇，你虽生得美貌，奈我罗将军不是好色之徒！"就举枪刺来。马赛飞被他骂了这话，心中大怒，遂举刀交战。罗成抢上一步，借势一提，就把马赛飞擒过来。回营缴令。茂公吩咐，监禁在后营。

那洛阳军士，飞报入营说："马娘娘着罗成活擒去了！"孟海公听见，叫声："罢了！孤家献尽丑了！"又叫道："王兄，那马氏是小弟要紧的人，怎生救他回来？"王世充道："如今可将程咬金去换马娘娘回来，谅他必定许允。"孟海公就问："那位将军押程咬金到唐营去，换马娘娘回来？"单雄信应声愿往，遂领命来到后营，见咬金在囚车内。雄信道："程兄弟，我特来放你回去。"咬金道："你既有这般好心，为什么捉到之时，不放我出去？直到如今才放，其中必有缘故，你可对我说明。"雄信道："今因马赛飞被罗成擒去，如今要将你去换来。"咬金道："既然如此，二哥你可把酒肉请我，吃个畅快，我才肯去。"雄信道："容易。"就叫家将取酒肉进来，放咬金出囚车，咬金把酒肉吃个醉饱。雄信道："如今我同你去。"咬金道："二哥，我是直性汉子，若同我去，就没了我的体面。待我自己回去，包管还你马赛飞便了。如若不信，待我罚一咒与你听！我程咬金回去，若不放马赛飞回来，天打

木头狗遭瘟!"雄信道:"不必罚咒,我是信得过你的,去吧。"

咬金出了营门,一路思想,必须如此如此,方出我心头之气。回到营中,秦王大喜,就问,如何得回来。咬金道:"臣被他拿去,他用好酒好肉请我,今日送臣回来,臣说:'承你一片好心,待我回去,放马赛飞还你?'他听了,千谢万谢。主公看臣面上,把这马赛飞还了他吧。若是主公下次要这个人,臣就去拿来。"秦王道:"他有随身飞刀,甚是厉害,你日后如何拿他?"咬金道:"不难,待臣杀只狗来,将狗血涂在他飞刀上,自然飞不起来。"秦王道:"有理!"便吩咐将马氏推出。咬金对马氏说道:"你这不中抬举的,我程爷要你做偏房,你却千推万阻,为何今日落在我手里?我不要你做小婆子。"吩咐小军推出去,把宝贝用狗血涂抹了。

那马赛飞又气又恼,来至本营,见孟海公大哭道:"奴家被程咬金许多羞辱,又将宝贝弄坏了,好不可恨!"孟海公道:"日后再擒这厮,将他千刀万剐,与爱妻出气。但宝贝被他弄坏,怎生是好?"马赛飞道:"不妨。待妻前往山中,七日七夜,重炼飞刀二十四把,再来复仇便了。如今辞别王爷前去,不出十日之期,自然回来。"孟海公道:"御妻,你早去早回。"马赛飞道:"晓得。"遂出营门。

一路前去,来至一山,名叫"杏花山"忽见一个道人,叫道:"马赛飞,你但晓得练就飞刀害人,却不知自家的死活?那秦王是紫微星君下降,真命天子。这孟海公是奎星降世,以乱隋室,不久就灭。你若练就飞刀前去,性命决然难保。不若拜我为师,与众仙姑修仙学道,长生不老,你意下如何?"马赛飞听了,惊得毛骨悚然,只得跪下,叫声:"师父,弟子情愿跟随师父出家。"遂同道人修仙学道去了。马赛飞命不该绝,遇道人前来点化他,也是仙缘有分,他从此就留山学道,一去不回。未知孟海公如何纪念,且听下回分解。

第五十四回 李药师计败五王 高唐草射破飞钹

却说孟海公自从马后一去十天,音信杳无,心中十分纪念。欲待转回曹州,马赛飞又不知下落;欲要进战,又不能取胜。只得闷坐帐中,长吁短叹。

一日,王世充问铁冠道人道:"军师,孤家与众王兄同唐兵交战,连折数将,不能取胜,未知军师可有妙计,能退得唐兵,归还孟王兄二位夫人否?"铁冠道人道:"主公放心。臣有一个朋友,姓鳌名鱼,乃琉球国王四太子,今在日本国招为驸马。其人有万夫不当之勇,主公可命人多带珍宝,聘请得此人来,何愁唐兵不破?"王世充大喜,即备珍宝玩物,请军师前往。铁冠道人奉命前往日本而去。

忽有军士来报,相州白御王高谈圣,楚州南阳王朱灿,二路人马齐到营前。王世充闻报,同二王众将出营迎接。高谈圣、朱灿来至帐中,个个见礼,吩咐摆宴接风。次日,王世充同四位大王升帐,众将分列两旁。王世充道:"小弟蒙诸位王兄不弃,来助弱国。怎奈唐童这厮兵强将勇,几次出战,损兵折将。不知列位王兄,有何妙计,退得唐兵?"白御王高谈圣道:"王兄不必忧心,待弟生擒这唐童便了。"遂令盖世雄出营讨战。

盖世雄应声得令,遂带随身宝贝飞钹,出营而来。这盖世雄原是头陀打扮,不喜骑马,专喜步战,来至唐营,大叫:"唐营军士,快叫有本事的出来会俺法师。"小军飞报进来说:"有一和尚,口称法师,前来讨战。"茂公闻报大惊,双眉紧皱,叫声:"怎么了!"众将问道:"军师几场大战不惧,今日闻一和尚,为何就愁闷起来?"茂公道:"列位将军哪里知道,这和尚叫作盖世雄,他的本事高强,又兼有二十四片飞钹,甚是厉害,故此一闻和尚,便知道是随白御王高谈圣来的,洛阳今后将有一场大战,若还出阵必有损伤。"忽有秦叔宝上前道:"军师,那盖世雄不过是一个和尚,又非三头六臂,怕他怎的?待末将出马会他一阵。"茂公道:"你须小心防地飞钹!"叔宝道:"得令!"提枪上马,来至阵前,不用通名,挺枪就刺。盖世雄忙举禅杖相迎,大战二十余合。盖世雄就丢飞钹,叔宝躲避不及,被飞钹打中脊背,负痛回营。

其后唐营出马的将官,被飞钹打伤的共有二十余员。秦王看见众将受伤,闷闷不乐,吩咐在后营调养。谁知那飞钹是用毒药炼成的,凡遇着伤者,七日内便要送命,其痛难当，饮食少进。到了次日，盖世雄又往讨战，茂公无计可施，只得挂出免战牌。盖世雄看了，回营就对五王说了，五王大喜。单雄信道："我们今夜暗去劫寨，他必无备，必获全胜。"五王闻言，皆说："有理。"传令三军，准备停当，即晚劫寨不表。

再说徐茂公同秦王正在议事，忽报外面三原李靖求见，茂公闻报，大喜道："好了！好了！药师既来，吾无忧矣！"秦王与众将出营相迎，李靖到了里面，见礼毕。李靖道："贫道在海外云游，闻得盖世雄在此用飞钹伤人，故此特来破他。"正在谈论，忽听后营悲苦之声，便问何故，秦王道："是被盖世雄飞钹打伤的将官。"李靖即取一包药，分救众将，众将吃下，立刻打伤之痛都好了，齐出来拜谢。茂公把军师剑印，送与李靖掌管，李靖欣然领受。升帐发令，众将分列两旁。李靖道："贫道方才进营，见洛阳营内有一道杀气冲天，今晚必有人前来劫营，必须杀他片甲不回。"即令秦叔宝领一支兵，往御果园埋伏，又说："待黄昏时分，王世充人马必到此处经过，你可挡住他的去路。"叔宝口称："得令。"

李靖又令罗成领一支兵，往西北方埋伏；尉迟恭领一支兵，往东北方埋伏；白夫人领一支兵，往西南方埋伏；黑夫人领一支兵，往东南方埋伏；殷开山领一支兵，往正南方埋伏；马三保领一支兵，往正东方埋伏；史大奈领一支兵，往正西方埋伏；张公谨领一支兵，往正北方埋伏，便说："你等众将，俱听中军号令，号炮一声，一齐杀来，违令者斩！"众将得令而去。李靖又令程咬金到十里之外，取高唐草来，明日准要。咬金口称："得令。"退归本营，叫家将拿了绳索扁担，同他去割马草，家将奉命同去。

再讲王世充，到了三更时分，同各家王子大小将官，点起人马一万。不举灯火，马摘鸾铃，悄悄来到唐营，一齐动手，呐喊杀入。见是空营，各家王子大叫："不好了！中他计了！"忽营中一声炮响，四面八方，一齐杀来。把五王与众将及一万人马，团团围住截杀。那五家王子与众将大吃一惊，心慌意乱，东西乱窜。那盖世雄慌慌张张，况是黑夜交兵，又不敢放起飞钹。声声叫苦，正是上天无路，入地无门。此一番交战，杀得五家的兵马，尸积如山，血流成河。那五王只得拼命杀出阵来，看看败至御果园，回头一看，见自己人马，十分去了九分。幸得众王俱在，单单不见了苏定方、梁廷方二将。原来二将见势头不好，已经连夜逃走了。

那王世充只叫："列位王兄，今番失败，大辱名声，我们休矣！"言未已，忽一声炮响，秦叔宝领军杀出，挡住去路。五王大惊，盖世雄忙举禅杖来战，怎当得叔宝那杆枪，神出鬼没，盖世雄哪里杀得他过？欲想放起飞钹，又恐黑夜之中，误伤五王。那五王杀了半夜，都杀得骨断筋酥，各自躲避。那盖世雄正在难解之时，忽见单雄信领兵杀出来，见是叔宝，大怒骂道："黄脸贼，俺来与你拼命！"遂举枣阳槊打来。叔宝道："单二哥，小弟不敢回手。"兜转马，跑回唐营。五王与众将，也只得回营，按下不表。

再说唐营众将，得胜报功已毕，只见程咬金亦来缴令，高唐草取到了。李靖叫取进来，咬金叫小军挑十余担青草进来，李靖道："不是此草。所要者，高唐草也。速去换来。"咬金道："小将在绝高的高墉路上割来的，怎么不是？"李靖道："胡说，快去换来。"咬金无奈，只得又到高山之上，割了十余捆草来。李靖骂道："好匹夫，不善干事，违我军令，本该斩首，姑念你有功在前，饶你一死。如今既不能取高唐草，可去取盖世雄的首级来。限你三日，如三日没有，定行斩首，快去快来。"咬金领令出营，暗想："这是难事了！那盖世雄岂是当耍的。倘或与他交战，被他飞钹打来，岂不死于非命？若要不去，又违了军令，就要斩首，如何是好？"想了一会说道："也罢，我且躲在外边。待这道人云游别处去了，那时回来未迟。"就躲在外边不表。

再说李靖又差尉迟恭去取高唐草，尉迟恭领令，往乡村寻觅。忽听见一家户内，有人唤道："高唐，你可将我身下的草，换些干燥的。"一人应道："晓得。"少停，见一人拿许多乱草出来，尉迟恭问道："你叫高唐吗？"那人应道："是。"尉迟恭道："手中是何物？"那人道："家中有产妇，此是他身下的草，有了血迹，要去抛在河内。"尉迟恭喜道："既是这草没用，把与我吧。"那人就将草与他，尉迟恭忙回缴令，李靖见了大喜，吩咐众将，把草分扎箭上，若见盖世雄放起飞钹，一齐放箭，众将得令。

李靖就唤叔宝出战，叔宝提枪上马，来至阵前讨战。盖世雄闻知，走出营来喝道："你这黄脸贼，昨夜挡俺归路，今日来讨死吗？"举起禅杖就打，叔宝把枪相迎，战了二十合，盖世雄就把飞钹放起来。李靖在营门看见，吩咐放箭。罗成把箭放去，正中飞钹，跌下地来，就粉碎无用了。盖世雄看见大怒，索性把二十三片飞钹，一齐放起。唐营众将，个个放箭，只听得半空中叮叮咄咄，把那些飞钹，一齐射落地来。盖世雄看见大惊，叫声："罢了，枉费了几载功劳，一旦坏在敌手。"就把禅杖打来。又战十余合，被叔宝将枪拦开禅杖，取出金装锏打来，却好打中背上。盖世雄即时口吐鲜血，心中昏乱，却不逃往本营，反往北方落荒而走。未知盖世雄性命如何，且听下回分解。

第五十五回　斩鳌鱼叔宝建功　踹唐营雄信拚命

当下秦叔宝见盖世雄逃走，因穷寇莫追，就回营缴令。那盖世雄一头走，一头想："俺是出家人，有如此法宝，被他破了，如今有何颜面再见各位王子？不若回转天斗山，再炼飞钹，有何不可？"遂走了一日一夜，想起宝贝被他伤坏，心中又气又恼。又被秦叔宝打了一锏，背上又痛，身子又十分狼狈。忽见前头有个土地庙，心中想道："也罢，待我进去瞌睡片时，再作区处。"遂奔进庙门。见一块拜板，倒也干净，就把禅杖做了枕头，睡将下去。因厮杀辛苦，又走了一日一夜，这番一放倒，就睡着了。

那里晓得这程咬金奉了李靖军师将令，三日之内，要取盖世雄的首级，心中想道："此乃掘地寻天，断断做不来的。况且他飞钹厉害，怎敢讨战？"又怕回营，只得逃躲在外。一连二日，又不曾带得干粮，腹中十分饥饿。只得到乡村人家去抢，方才抢得些酒肉吃了，走到这土地庙内，因在拜板上犹恐人来看见，故此钻入神厨底下睡觉。那神座上有黄布桌帏遮护，所以盖世雄进庙，不曾看见他。

也是这和尚命数当尽，那咬金一觉睡醒，忽听得雷响，心中想道："我方才进庙，见皎日晴天，哪里来的雷响？"遂起身钻出神厨，往外一看，犹是晓日晴天。再向四下一看，只见拜板上睡着一个和尚，鼻息如雷，仔细一瞧，认得是盖世雄，不觉大喜。忙走到神厨下，取出宣花斧，照大腿上一斧。可怜盖世雄在睡梦中着了这一斧，叫声："呵呀！"醒来一看，原来也认得是程咬金，却把两腿砍得挂下叮当了，遂叫："程咬金呵，你把我头上再砍一斧吧。如今叫我死又不死，活又不活，不如结果了我吧。"咬金道："你且忍耐些时，待我拿你见我军师，那时还你快活吧。"遂走出庙来寻索子。四围一看，只见那边有一个樵夫，拿着扁担索子走过。咬金忙赶上前，把他索子抢了就走。那人大怒，回头一看，见他青面獠牙，凶恶嘴脸，想不是好惹的，只得去了。咬金拿了索子，走进庙内，把盖世雄一把扯起，将索子捆了。把自己宣花斧做了一头，把他的禅杖做了扁担，放在肩上，挑了就走，走到唐营缴令。秦王大喜，就令咬金把盖世雄斩首，号令军前。

那洛阳军士探知这事，飞报入营。众王闻报，大惊失色道："这却如何是好？"正在惊慌，忽外边又报进来说："有日本国驸马，带领倭兵三千，现在营前了。"众王齐出迎接，入账见礼坐定。只见那驸马头戴金冠，耳挂玉环，鼻似鹰嘴，目如流星，身长一丈四尺，使一把长柄金瓜鎚，有万夫不当之勇。一口番语，再听他不出的。却带两个通事将官，一个叫王九龙，一个叫王九虎。二人乃嫡亲兄弟，原是山东人，因做了大盗，问成死罪在狱。多亏秦叔宝，与他上下使用，改重为轻，救了他二人性命。后来逃到日本国，做了通事。兄弟二人，时常说起秦叔宝大恩，未曾报答，今有此事，特谋此差到来。众王道："难得驸马远来！为甚我们军师不同来？"那鳌鱼一些不晓，只张两眼看着。旁边王九龙，便对鳌鱼叽里咕噜，说了一番。鳌鱼方才得知，也叽里咕噜对众王子说，众王子那里晓得？也是王九龙过来说道："军师又到别处访游，故驸马先来。"众王大喜，吩咐摆酒与鳌鱼接风。

不料王九龙私对王九虎道："我闻恩人秦叔宝，在唐营为将，秦王十分重用。今驸马骁勇厉害，恩人岂是对手？我们必须如此如此。"九虎点头道："是。"到次日，五王来请鳌鱼开兵。问他："不知可否？"那王九龙代五王回话，叽里咕噜说了两句，鳌鱼点头道："啯哒啯哒。"九龙又代鳌鱼传话说："待我就去！"众王闻之大喜，送鳌鱼出兵。

那鳌鱼太子要逞威风，提金瓜鎚，上白龙马，来至阵前，王九龙、王九虎两骑随侍。那鳌鱼道："唐营兵卒，快叫有本事的将官出来会战。"小军飞报进营说："外边有一倭将讨战。"李靖便问："何人前去会他？"当有程咬金闪出来，说道："小将愿往！"遂提斧上马，来到阵前，大声喝道："倭狗通过名来。"那鳌鱼全然不晓，把金瓜鎚打来，咬金举斧一架说道："呵唷，好厉害！把我的虎口都震开了！"回马就走，幸喜跑得快，不然性命难保。

咬金回到营中，只叫得好厉害，便将交战之事，诉说一番。外面又报倭将又来讨战，李靖又问众将，谁人敢去出战，秦叔宝应道："末将愿往！"遂提枪上马，来到阵前，果见一员倭将，他的两名通事，甚是面善。那鳌鱼太子问道："木古牙打。"叔宝不晓，便问通事，他说什么话？王九龙道："他问你叫什么名字？将军，我与你有些面善。"叔宝道："我乃山东秦琼。"王九龙道："呵，原来将军就是秦恩公。但此人力大无穷，必须挫他风头，方好挑他。"叔宝大喜，鳌鱼也问通事道："南都由？"他是吗。九龙道："他说琉球国王死了，快些回去。"

那鳌鱼太子，却是有孝心的，听见这话，把头一侧。叔宝当胸一枪，翻身落马。王九龙下马，斩了首级，兄弟二人，同叔宝回营。叔宝问道："虽与二位面善，不知曾在何处会过？"九龙道："恩公，我兄弟二人，在山东时，问成死罪，多亏恩公相救！如今在日本国做通事。小人叫王九龙，兄弟叫王九虎。"叔宝道："原来是二位，这也难得。"便一进营，参见秦王，也封了将官。

李靖又令叔宝，可将空头官诰，前往红桃山，看锦囊上行事，不得有违。叔宝领令上马而去。李靖又令程咬金，你去离红桃山二十里路，在凉亭内，见一个麻面无须的，身背包裹腰刀之人，先斩了首级，回来缴令。咬金亦领令而去。

再说洛阳军士，飞报进营说：琉球国通事官，帮了唐将把鳌鱼杀了，首级号令在营外。五王闻报，大惊失色。单雄信上前道："众位王爷放心，臣还有一处人马，在红桃山，兄弟三人，叫侯君达、薛万彻、薛万春，招此三人来助，也还不怕。待臣修书一封，叫单安前去便了。"五王大喜。单雄信即修书交付单安。单安领命而去，行至凉亭，看见程咬金，两人是相识的。程咬金不忍就杀，对他说了，单安明知不对，便自刎了。咬金砍了首级，回营缴令。再说叔宝奉令，往红桃山，打开锦囊一看，却是要他招安三位英雄。这事且放下不表。

当下单雄信正在营中，忽报唐营已将单安首级取了，号令营门，雄信闻言大怒，想众将都已杀尽，独力难支，遂叫一声："罢了！"即来见世充道："臣入城去干一事，就来。"世充道："驸马速去速来。"雄信别了世充，入洛阳城，行至府中，公主接着，见礼坐下，吩咐摆酒。雄信与公主对酌，公主问道："驸马逐日交锋，今日想是唐兵退去了，故回来见妾？"雄信道："公主，你还不知唐童的厉害！他帐下兵强将勇，把我们借来的将士，杀得干干净净，只留得五位王子。眼见大势已去，将来必至玉石俱焚。为此回来与公主吃杯离别酒，只怕明日就不能与公主相见了！"说罢，不觉流下泪来。公主道："驸马呵，我哥哥出兵城外，他身边无人，你快去保护他。倘退得唐兵，万分之福；若有不测，妾愿死节，以报驸马，决不受辱偷生耳！"

雄信道："说得好爽快，公主，你真有此心吗？"公主含泪道："妾真有此心。"雄信大笑道："妙呵，这才是我单通的妻子，如今说不得了。"便往身边拔出佩剑一柄，付与公主道："我将宝剑赠你，若城一破，单通就在阴司等你。"公主接剑道："晓得。但驸马此去，意欲何为？"雄信道："我受你哥哥大恩，未曾报答。我今此去，情愿独踹唐营，死在战场，也得瞑目。死后做鬼，也必杀唐童，以雪仇恨！公主呵，我今此去，若有不测，不可忘了方才此言。我去也！"说完往外就跑。公主含泪扯住道："驸马，妾身与你说话不上两个时辰，怎么就去？"雄信喊道："公主不要扯俺。"把公主一拂，公主跌倒在地，雄信也不回头，径自去

了。众宫女忙把公主扶起,公主放声大哭,众宫女相劝不表。

再说李靖在营对秦王道:"贫道今日交还兵符印信,要往北海去了。"茂公道:"五王未擒,雄信未拿,为何要去?"李靖道:"如今不难。叔宝在红桃山自会招安侯君达的人马。至于五王,我有锦囊留下亦易擒的。雄信一人何足惧哉?"秦王摆酒送行。

众将齐在。李靖把尉迟恭一看,知他到长安,有一番大难,取出一丸丹药,交付与尉迟恭道:"你归长安,十二月初一日,可用烧酒服之。"说罢起身去了,此话慢表。

再说单雄信别了公主,一马出城,叫声:"老天,今日我恩仇两报之日也!"遂跑至唐营,大喝一声,把槊一摆,踹进营来,正是叫作"一人拼命,万夫莫当"。守营军士,见他来得凶勇,把人马开列两边。雄信道:"避我者生,挡我者死!"竟往东营杀来,把枣阳槊乱打,就像害疯颠病的一般。

小军飞报进来说:"启上千岁爷,不好了!单雄信踹进营来!"徐茂公即差尉迟恭去拿。秦王道:"这是孤家心爱之人,待他出出气儿,自然归降,不可阻挡。"又报单雄信杀到北营去了,秦王命人劝他归顺。雄信听了,一发大怒,把枣阳槊乱打。又杀过南营、西营,将近中营。看官:你道单雄信有多大本领,这样大大的唐营,如何东南西北,团团杀得转来?有个缘故。只因他势穷力竭,明知独力难成,不能挽回天意,故此别了公主,来踹唐营。这叫作"一人拼死,万夫莫敌"。及至杀了进来,遇见的都是他往昔结交的朋友,又是秦王一心爱他,不许众将伤他,所以被他团团杀转。

那雄信杀到中营,大叫道:"唐童,俺单雄信来取你首级也!"秦王闻言,倒也不在心上,徐茂公忙奏道:"主公虽然爱他,他却越扶越醉,万一杀将进来,难以招架。依臣愚见,还须拿住了他,看他降不降,再作理。"秦王依允。茂公往下一看,那些众将,都是贾柳店结拜的朋友,谅来不肯伤情,只有尉迟恭与他了无干涉,遂叫:"尉迟恭,去擒这单雄信。"秦王道:"尉迟王兄,那单雄信是孤家心爱之人,切不可伤他性命。"尉迟恭道:"得令!"遂上马提枪出营,正遇着雄信,雄信一槊打来,尉迟恭把枪敌住。战不上十合,被尉迟恭把枪掀开槊,拿他过来,往地下一掷。众军将他绑缚了,推至秦王面前,尉迟恭上前缴令。雄信大骂道:"唐童,我生不能啖汝之肉,死也要吸汝之魂!"秦王满面赔笑,亲解其缚。雄信手松,只见秦王佩剑在身,就夺剑在手,照秦王砍来。两边将士急救,秦王避入后账。未知后事如何,且听下回分解。

第五十六回　秦琼建祠报雄信　罗成奋勇擒五王

当下茂公见雄信如此,急令用绊马索把他绊倒了,照前绑下。秦王出帐,亲自上前道:"单王兄,从前楂树岗之事,实系无心,你在御果园追我一番,亦可消却前仇。孤家今日情愿下你一个全礼,劝你降了吧。"秦王即跪下去。雄信道:"唐童,你若要俺降顺,除非西方日出。"秦王再三哀求,雄信只是不睬。茂公道:"若是不从,只得斩首。"秦王依允,把雄信绑出营门,就差尉迟恭监斩。茂公又奏道:"臣等与他结义一番,再容臣等活祭,以全朋友之情。"秦王准奏。

茂公便同程咬金等众人,设下香烛纸帛,茂公满斟一杯,送过来道:"单二哥,桀犬吠尧,各为其主。可念当初朋友之情!满饮此杯,愿二哥早升仙界。"酒到面前,雄信把酒接来,往茂公面上一喷,骂道:"你这牛鼻道人,俺好好一座江山,被你弄得七颠八倒,今日还要说朋友之情!什么交情!谁要你的酒吃?"张公谨、史大奈、南延平等,个个把酒敬过来,雄信只是不肯饮。咬金道:"你们走开,让我来奉敬一杯,他必定吃我的酒。"遂走上前叫道:"单二哥,我想你真是个好汉,不降就死,倒也爽快,小弟十分敬服。今奉劝一杯,可看我平昔为人老实,肯吃就吃,不肯吃就罢,再不敢勉强。"说罢,将酒送到口边。雄信道:"俺吃你的。"即把酒吃下。咬金道:"单二哥,再吃一杯,愿你来生做一个有本事的好汉,来报今日之仇。"雄信道:"妙呀,俺也有此心。"把酒又吃下。咬金道:"单二哥,这第三杯酒,是要紧的。愿你来世将这些没情的朋友,一刀一个,慢慢地杀他。"雄信道:"这话说得更有理。"又把酒吃干了。咬金对众人道:"如何!独我老程,能劝二哥吃酒。"众人道:"这些肉麻的话,我们说不出的。"尉迟恭见众人活祭毕,就拔出宝剑,把雄信砍为两段。

再说秦叔宝在红桃山,招安侯君达等,闻得擒了雄信,飞马来救,走到面前,头已落地。叔宝抱住雄信的头,大哭道:"我那雄信兄呀,我秦琼受你大恩,不曾报得。今日不能救你,真乃忘恩负义,日后九泉之下,怎好见你?"跪在地下,哭个不住。众将劝了半日,方才住哭,即忙进营,向秦王哭诉道:"臣受单雄信大恩,欲把他尸首安葬,以报昔日之恩。"秦王允奏。茂公道:"明日可破洛阳,生擒五王。安定天下,在此一举,众将无许懈怠。"即令罗成带领一万人马,埋伏在金锁山,等待五王到来。生擒活捉,不许漏落一人,违令斩首。罗成道:"得令!"茂公又令尉迟恭、程咬金冲他左营,黑白二夫人冲他右营,张公瑾、史大奈、南延平、北延道等,冲他中营。众将得令,连夜点兵不表。

再说洛阳军士,飞报进营道:"王爷,不好了!昨日驸马独踹唐营,被唐将擒住斩首了。"王世充闻言,大叫一声:"天亡我也!"即时倒地,众王慌忙扶起。世充大哭道:"呵呀,驸马,如今叫孤家怎生是好?"窦建德道:"王兄且免悲伤,目今看来,洛阳难保,不若带领兵马,同孤家回转明州。孤处还有元帅刘黑闼,有万夫不当之勇,镇守在那里,还可再来报仇。如今急宜速走,若再迟延,我等休矣!"众王道:"有理。"正在议论,忽闻唐营炮响,小军飞报进来道:"千岁爷,不好了!唐兵杀来了!"众王大惊,一齐上马杀出来,只见营盘已乱。众王意欲寻路逃走,见四面都是唐兵,只得拼命杀出。忽遇张公瑾杀至,王世充挡住;史大奈杀来,窦建德对定;南延平杀来,高谈圣抵住;北延道杀来,孟海公敌住;金甲、童环杀来,朱灿敌住;樊虎、连明杀来,史万岁、史万定对敌。一场狠战,杀了些时,世充见势不好,叫声:"众王兄,速往明州去吧!"五王一齐杀出,窦建德领头,齐往明州而去。被唐兵追赶三十余里,史万岁、史万定俱已阵亡,不表。

这里徐茂公率众将,破入洛阳,请秦王入城。秦王吩咐:单雄信家小,不可杀害,一面出榜安民,盘清府库。不想公主闻得秦王破了洛阳,即以宝剑自刎而死。叔宝将他夫妻合葬在南门外,又起造一所祠堂,名为"报恩祠",以报他当初潞州之恩。秦王就封他为洛阳土地,至今香火不绝。

再讲五王带了残兵败去,回头见秦王不来,心中方安,一齐往明州而来。行到一山,名唤金锁山,忽闻一声炮响,闪出一支人马,当头一员小将,挡住去路,大叫:"五王速速自绑,免我动手!"五王抬头一看,见是罗成,惊得魂不附体。窦建德道:"列位王兄,罗成虽勇,难道我们大家束手被绑?不若一齐拼命,与他交战,倘得过了此山,就有性命了。"众王道:"有理。"就一齐杀过来。遂把罗成围住在当中,拼命厮杀。罗成把枪一架,指东打西,未及四合,罗成一枪,刺中孟海公腿上,翻身落马。被手下拿去。窦建德大怒来救,不料马失前蹄,跌下马来,也被拿去。王世充、高谈圣、朱灿三人着慌,欲待要走,被罗成赶上,一枪刺中高谈圣右肩,也被拿去。朱灿见高谈圣被拿,心中一发慌张,被罗成照肩一枪,跌下马来,亦被擒住。王世充料不能胜,杀开血路,往前就跑。罗成急急追赶,王世充无处逃避,也被擒了。罗成令军士将五王解往洛阳城中,其余残兵,一半投顺了,一半逃回明州。刘黑闼闻知大怒,即自称为后汉王,封苏定方为元帅,兵镇明州,按下不表。

再说秦王破了洛阳,升坐殿中,专候罗成回来。早有小军飞报道:"罗将军生擒五王,现在午门外候旨。"秦王叫:"宣进来。"罗成来至里面,朝见秦王,把生擒五王之事,说了一遍。秦王大喜,吩咐摆宴庆功。次日茂公见秦王说道:"那五家王子,乃系钦犯,可上了囚车,着人先解往长安,听皇上发落,以显主公之能,众将之功。"秦王道:"是。"茂公就吩咐秦琼道:"我有锦囊一封,速将五王解往长安,路上须要照锦囊行事,违令者斩。"叔宝得令,将五王上了囚车,解往长安而去。

茂公然后吩咐班师,大小将官三军,一齐起身。一路上欢欢喜喜,齐唱凯歌。程咬金大喜道:"如今好了!回京朝见圣上,俺有许多功劳,自然蟒袍加体,玉带垂腰。不封王侯,就是国公,我真快活呵!"尉迟恭道:"是不枉投唐一番,今日得胜班师,连我也快活了。"茂公道:"你不要快活尽了,你两人只道自家功高,还不知自家的大罪。只怕那些功劳,也还抵不过那些罪过哩!"咬金道:"我有何罪?"尉迟恭道:"我哪有过失?"茂公笑道:"程咬金月下赶秦王,斧劈老君堂;尉迟恭夜出白壁关,三跳红泥涧,那两般罪名,就要斩了。圣上谅不肯容情,主公也难讲分上。"咬金一闻此言,不觉失色道:"不好了!你这两句话说得不错,尉迟兄,我与你走吧。"茂公道:"他却还好,曾在御果园救驾,还可保全。

你却是难!"咬金道:"大哥呵,你是做军师的人,难道没有什么计较,救我的性命?"茂公道:"我有一计:你见皇上发怒之时,必须如此如此,或者皇上饶你,也未可知。"咬金听了大喜,一路上说说笑笑,竟往长安,按下不表。

再说秦叔宝解着五王,取路先行,来到半路上,打开茂公锦囊一看。原来为窦建德是主公的母舅,若回到长安,定然宽恕,日后恐有更变。故此要在馆驿中,纵火烧死众王,以免后患。叔宝心下明白。是夜五王宿在驿中,叔宝暗令军士四围堆满干柴,候至黄昏时分,令军士四面放火,一霎时火光腾空,可怜五王数载英雄,今日绝于此地。烧了半夜,把五王性命结果了,叔宝便吩咐军士救灭了四下房屋。次日,秦王大兵已到,叔宝上前认罪,言驿中失火,烧死五王。秦王道:"既死不能复生,只是孤家母舅在内,可认出葬之,以表甥舅之情。"谁想那五王烧做一样颜色,再也认不明白。秦王无奈,就一并葬之。次日,秦王进兵长安,将人马扎在教场上,众将安顿家眷,次日入朝。未知后事如何,且听下回分解。

第五十七回　众降将金殿封官　尉迟恭御园护主

当下秦王入朝高祖,山呼礼毕,因奏道:"儿臣赖父王洪福,所到之处,无有不胜。今有归降众将,共三十六员,俱有莫大功劳,求父王一一加封官爵。"遂把册籍二本呈上,放在龙案。高祖看一本是"众将归降册",一本是"功劳簿"。高祖观看归降册,第一个是山东秦琼,高祖大喜,传旨宣临潼山救驾人进来。茂公道:"这功劳不小。"叔宝来到丹墀,山呼万岁。高祖道:"平身。卿家未归唐之前,先有救驾之功,后面功劳,也不必看,封卿为护国公之职。"叔宝谢恩,穿了国公服式,站在一边。高祖又看到罗成功劳甚大,传旨宣上来。罗成来到殿前俯伏,山呼万岁。高祖见他青年秀逸,武艺高强,心中大喜,加封为越国公。披了服式,也站在一旁。高祖又看到徐勣,在金墉时节改诏救驾,有"本赦秦王李世民"这一句,其功不小,以下不必看了,宣进朝中,朝拜已毕,加封为镇国军师英国公之职。披了服式,站在一旁。

高祖看到程咬金名字,想道:"程咬金乃是山东的响马,后来又助李密,曾月下赶秦王,斧劈老君堂,这个罪名,却也不小。"传旨绑进来。一声旨下,殿前校尉,如狼似虎,立刻赶出午门,把程咬金夹领毛一把,掀翻在地,将绳索绑了。咬金连声叫苦,被校尉推至金阶,大叫道:"万岁呀!人来投主,鸟来投林。大家都有功劳,为何薄我?"高祖骂道:"你这贼,可记得月下赶秦王,斧劈老君堂的大罪吗?"咬金哭叫道:"万岁呀,岂不闻桀犬吠尧,名为其主?昔日做李密的臣子,但知有李密,不知有秦王。如今归顺万岁,就是唐家的臣子,自当要赤心报国。俺这狗性是极有真心,最好相与的。再无一言哄万岁爷。"高祖听他这话也说得有理,忙把功劳簿一看,见他也有许多功劳,即下旨道:"看你功劳分上,赦你无罪。松了绑,封为总管之职。"咬金谢恩,换了服式,犹如死里逃生,快活不过,也立一旁。

高祖又看到尉迟恭名字,就想着日抢三关,夜劫八寨,追逼小秦王,三跳红泥涧,不觉大怒道:"此贼来了,不许朝见,速速斩首。"众校尉领旨,将尉迟恭衣衫剥下,立刻绑了,只等行刑旨一下,就要开刀。秦王一见,连忙跪下奏道:"父王,抢关劫寨,本该处斩。但此时各为其主,后来投臣儿,御果园独马单鞭,来救臣儿的功劳,也可准折得过。望父王开恩!"高祖闻奏,心中一想道:"他既肯赤身露体,不避刀枪,前来救驾,也可饶他一死。"

高祖未曾传旨,只见太子殷王建成,齐王元吉,满面怒色,心怀妒忌,一齐上前奏道:"父王,莫听世民之言。臣儿细想,尉迟恭之功,其中有假。"高祖便问:"如何有假?"建成道:"臣儿闻得单雄信名扬四海,有万夫不当之勇。尉迟恭单鞭独马,又不穿衣甲,如何战得他过?"元吉也奏道:"父王,臣儿闻得御果园,离澄清涧有五里足路,徐勣虽然马快,往还就是十里路。那单雄信莫说是有名的大将,就是略有小本事的将官,十个世民,也被他结果了。所以知他这功劳是假的。如今世民这般卫护他,实系蓄心不善,故此收罗这些亡命之徒,日后定然扰乱江山,依臣儿之见,不若速斩尉迟恭之首为是。其余众将,速调他方，若留在长安，只恐为祸不小。”

高祖闻言，未曾开口，又见秦王奏道：“父王，御果园尉迟恭救臣儿，乃是真的，莫听王兄御弟之言。父王若不信，且叫尉迟恭演这一功，与父王观看。”建成道：“如要演，可在御果园中，也要照样离园五里，尉迟恭去洗马，也要徐勣去唤。往还若差了些儿，其功尽假。”高祖准奏，又问：“单雄信何人去扮？”元吉道：“儿臣手下有一王云，可以去扮。”高祖道：“好！”把以下三十余人，尽封总管，明日御果园演功，就此退朝，众官回府。

再说殷、齐二王，回到府中，元吉叫声：“王兄，你看世民今日回来，这些将官，个个如龙似虎。日后父王归天，这座江山，谅王兄无分。为今之计，欲图日后江山，不如今日先除世民。”建成道：“计将安出？”元吉道：“趁明日在御果园演功，只叫王云去杀了世民，这天下还怕何人得了去。”建成道：“若杀了世民，父王必定追究，万一王云说出来，如何是好？”元吉道：“待王云成事回来，我们就把王云杀了，这事死无对证了。”建成大喜，吩咐唤王云来。

那王云身长一丈，青脸黄须，却与单雄信相貌一般。武艺精强，善使大刀，只因打死了人，逃在殷王府中。一时闻唤，走到面前，就问何事。二王道：“王云，孤家明日有事用你，你敢去吗？”王云道：“千岁爷，俺王云要没有二位千岁爷相救，死多时了。虽粉身碎骨，也难报千岁的大恩。今日用俺之处，自当不避水火。”二王道：“好一个王云！明日尉迟恭在御花园演功，先有秦王在园游玩，要你假扮单雄信，可把秦王杀了，我把贵妃赏你为妻。日后孤登九五，封你一个大大官职，须要用心前去。”王云听了这话，就应道：“千岁爷要杀那尉迟恭，俺就去；若杀秦王，小人怎敢？”建成道：“王云，你若杀了秦王，有事都在孤身上，包管你无事。孤家日后做了皇帝，你就是大大的开国勋臣了。你可用心前去。”王云只得依允，不表。

再说尉迟恭朝散回来，闷闷不乐，黑白二夫人问其何故，尉迟恭道：“二位夫人有所不知，只为明日十二月初一日，圣上有旨，要演昔日在洛阳御果园救驾的功劳。今当天气寒冷，怎生下水洗马？不要说救驾，就是冻也冻死了，如何是好？”黑氏听了，忽然想起，说道：“相公不必心焦，前日李靖老爷临去时节，曾送你一丸丹药，叫你到十二月初一日，用烧酒服之，可避大难。如今果有大难，服之想来不妨。”敬德闻言大喜。

到了次日，先吃酒饭，然后吃药。那药才吃下咽喉，身上好似火烧，心中却像油煎，汗淋如雨，胜如六月炎天。就提鞭上马，来至御河。他就脱下盔甲，把马去了鞍，自己又脱了衫袄，往河中一跳。滚来滚去，好不燥皮，自己洗了一回，然后牵马在河中去洗。岸上立着许多人来看，起初都与尉迟恭担忧，后来看他在水中，好似戏水的一般，大家惊异，不表。

再说高祖这日驾到御果园，登万花楼，聚集文武百官，要看尉迟恭演功。高祖便问：“今日演功，那假单雄信可曾端正了吗？”元吉道：“端正多时了。”高祖就令秦王与徐茂公先到御果园游玩，二人领旨，下了万花楼，来至下面。茂公道：“主公，今日演功，却要带了刀去，须要仔细提防。那王云不是善良之人，小心为是！”秦王道：“晓得。”就提了定唐刀，同茂公上马，也往假山上去，指手画脚的观看。

再说那元吉就吩咐王云：“不可忘却我的言语。”王云道：“晓得。”上马提刀要行，被秦叔宝扯住道：“那单雄信用的是枣阳槊，不是用砍刀，你可换了槊去。”元吉道：“兵器总是一样的，王云你换了槊去吧。”王云不敢争执，就换了槊，来至假山，大叫：“唐童，俺单雄信来也！”那秦王是防备着的，听见一下喊叫，就往山下一跑。王云随后赶来，茂公上前扯住假单雄信的战袍，假作慌忙之状，叫：“单二哥不可动手。”王云变着脸道：“我与你什么朋友？”说罢，即拔腰间所佩的宝剑，要的一剑，把袍割断。茂公把手一放，竟拍马出园，飞奔往御河来。离河还有半里路，就叫：“救驾！”那尉迟恭是有心等候的，远远一闻徐茂公的声音，就举鞭上马，竟跑往御果园来，大叫一声：“勿伤我主！”这一声喊，犹如晴天上一个霹雳。

那王云追赶秦王，见秦王往假山后，团团走转，举槊便打。秦王大惊道：“不过在此演功，只当玩耍做戏一般，却怎么认起真来？”王云喝道：“谁与你玩耍做戏来，当真要来取你命了！”就把槊打来。秦王大怒骂道：“好贼子！怎么当真起来！”遂把定唐刀一架，交战起来，秦王那里是王云的对手，只得又走，王云随后赶来。不料尉迟恭忽然就到。那高祖在

万花楼上观看，见尉迟恭人不披甲，马不加鞍，果然单鞭独马，威风凛凛，声如霹雳，心中大喜。又见王云十分无礼，要伤秦王，心中发恼。看见尉迟恭到来，心中放宽。尉迟恭大叫："勿伤吾主！"王云看见尉迟恭赶来，遂弃了秦王，举槊向尉迟恭打来。尉迟恭把鞭往上一架，就乘势把王云一鞭打死。

三人齐来复旨，高祖看见那尉迟恭赤身跑到楼下，一些寒冷也不怕，心内十分惊异。只见建成奏道："尉迟恭无礼，打死王云，望父王正罪！"秦王亦奏道："今日虽只演功，王云却认真要害死儿臣，幸亏尉迟恭前来救驾，望父王开恩。"高祖心下明白，不说出来，遂封尉迟恭为总管，就此回宫。尉迟恭家将取衣服与尉迟恭穿好回衙。未知后事如何，且听下回分解。

第五十八回　挂玉带秦王惹祸　入天牢敬德施威

当下高祖回宫，君臣相安无事，如此过了一年。不道高祖内苑有二十六宫，内有二宫，一名庆云宫，乃张妃所居，一名彩霞宫，乃尹妃所居。这张、尹二妃，就是昔日炀帝之妃，只因炀帝往扬州不回，他们留住在晋阳宫，甚感寂寞。又闻内监裴寂说李渊是真主，就召李渊入宫，赐宴灌醉，将他抬上龙床，陷以臣奸君妻之罪，李渊无奈，只得纳为妃嫔。但张、尹二妃终是水性杨花，最近因高祖数月不入其宫，心怀怨望。

不久，这张妃、尹妃和建成、元吉发生了暧昧。二王本是好色之徒，不管名分攸关，他们常常在一起饮酒作乐，并做些无耻之事。

再说秦王因出兵日久，纪念王姊，这时姊丈柴绍业经病亡，不知王姊如何，遂往后宫相望。公主令侍儿治酒，饮至傍晚，秦王辞出，从彩霞宫走过，听得音乐之声，只道父王驾幸此宫，便问宫人道："万岁爷在内吗？"那宫人见是秦王，不敢相瞒，便说道："不是万岁爷，是太子与齐王也。"秦王闻言大惊，吩咐宫人，不要声张，轻轻往宫内一张，果见建成抱住尹妃，元吉抱住张妃，在那里饮酒作乐。秦王望见，惊得半死，叫声："罢了！"欲要冲破，不但扬此臭名出去，而且他性命决然难保，千思万想，想成一计道："呀，有了，不免将玉带挂在宫门，二人出来，定然认得。下次决然不敢，也好戒他们下次便了。"就向腰间解下玉带，挂在宫门，径自去了。

再说建成、元吉与张、尹二妃戏谑一番，见天色已晚，二王相辞起身。二妃送出宫门，抬头一看，见宫门挂下一条玉带，四人大惊。二王把玉带细细一看，认得是世民腰间所围，即失色道："这却如何是好？"二妃道："太子不必惊慌，事已至此，必须如此如此。"二王大喜去了。

次日高祖临朝，文武朝拜已毕，忽见内宫走出张、尹二妃，跪下哭奏道："昨日臣妾二人，同在彩霞宫闲谈。忽见秦王闯入宫来，遂将臣妾二人，十分调戏，现扯下玉带为证。"就把玉带呈上。高祖一见大怒，叫美人回宫，即宣秦王上殿。秦王来至殿前俯伏，高祖见他腰系金带，便问道："玉带何在？"秦王道："昨日往后宫，相望王姊，留在他处。"高祖道："好畜生，怎敢瞒我？"就命武士拿下，速速斩首。众武士预旨，一齐将秦王绑了，推出午门。秦叔宝忙出班奏道："万岁爷，秦王有罪，可念父子之情，赦其一死。且将他囚在天牢，等待日后有功，将功折罪便了。"高祖道："本该斩首，今看秦恩公之面，将这畜生，与我下入天牢永远不许出头。"武士领旨，将秦王押入天牢去了。

建成见了这事，心满意足，上前奏道："世民下入天牢，众将都是他心腹之人，定然谋反，父王不可不防。"元吉奏道："父王可将众将调去边方，不得留在朝内，倘有不测，那时悔之晚矣！"高祖怒气未平，因说道："不须远调，单留秦琼在朝，余者革去官职，任凭他们去吧。"叔宝就启奏，要告假回山东祭祖一番。高祖准奏，钦赐还乡，候祭祖毕，就来供职，叔宝谢恩，高祖退朝入宫。

那些众将，见旨意一下，个个收拾行李，各带家小回乡去了。罗成要与叔宝同往山东，程咬金道："罗兄弟所见极是，小弟亦要往山东，我们大家共往吧！"叔宝、罗成大喜，各带了家眷，竟往山东去了。那徐茂公依然扮了道人，却躲在兵部尚书刘文静府中住下。

独有尉迟恭吩咐黑、白二夫人:“前往山后朔州麻衣县致农庄去住,家中还有妻儿。你们一路慢慢而行,等我往天牢拜别秦王,然后一同回去。”白夫人道:“将军速去速来,凡事须要小心,妾在前途相等。”尉迟恭道:“晓得。”黑白二夫人带领车马,竟往山后而行。

那尉迟恭出了寓所,避入冷寺,等到下午,拿了些饭,扮作百姓,来到天牢门首。见一个禁子,尉迟恭把手一招,那禁子看见,便走过来问道:“做什么?”尉迟恭道:“我是殷王差来的,有事要见你家老爷。”禁子道:“什么事?”尉迟恭道:“有一宗大财喜在此,你若做得来,就不通知你家老爷也使得。那财喜我与你对分了。”那禁子道:“有多少财喜?所作何事?”尉迟恭放下酒饭,取出一大包银子来,足有二百两。那禁子见了银子,十分动火,便说道:“此处不是讲话的所在,这里来。”就引尉迟恭到一间小屋内,禁子笑问道:“只不知足下意欲如何?”尉迟恭道:“我乃殷王府中的亲随,早上王爷赏我一百两银子,要我药死秦王,这一百两银子,要送与狱官的。又恐狱官不肯,王爷说:‘只要有人做得来,赏了他吧。若做出事来,我王爷一力承当,并不连累他的’。”那禁子听说大喜道:“药在哪里?”尉迟恭道:“药在饭内。”禁子道:“如今你可认我为兄弟,我可认你为哥哥,方可行事。”尉迟恭会意,便叫:“兄弟我来看你。”禁子道:“哥哥,多谢你!”两下一头说话,一头往牢里走来。有几个伴当,见他二人如此称呼,都不来管他。到了一处,禁子开门,推尉迟恭进去,禁子就关门去了。尉迟恭进内,看见秦王坐在椅上,尉迟恭上前跪下,叫声:“主公,臣尉迟恭特来看你。”秦王一见尉迟恭,即抱住尉迟恭大哭。尉迟恭道:“臣不知主公此事,从何而起,众将又革除官职,各回家去。臣今亦要回山后,故此前来拜别主公,特备些酒饭在此,贡献主公,以表臣一点丹心。”秦王道:“多谢王兄,此事因玉带而起。”但也不便说明。

君臣正在讲话,忽听门外叫声:“哥哥开门。”尉迟恭开了门,问道:“做什么?”禁子道:“哥哥,事体成了吗?”尉迟恭道:“尚未成。”禁子道:“还好。随我来。”尉迟恭道:“我要在此伺候,不去!不去!”那禁子发怒道:“今有齐王亲自到此,倘齐王看见你,问起根由,岂不连累及我,快些出去。”尉迟恭道:“好弟兄,看银子分上,待我躲在此间,谅他不致看见。”禁子道:“既如此,必须躲在黑暗里才好。”尉迟恭道:“我晓得。”禁子去了,尉迟恭就去躲在黑暗里。

却说齐王同狱官,带领二十余人,来到天牢。齐王叫声:“王兄,做兄弟的特来看你。”秦王道:“足见兄弟盛情。”元吉叫手下看酒过来,秦王知他来意不善,便说:“兄弟,此酒莫非有毒吗?”齐王对秦王笑道:“且满饮此杯,愿你直上西天。”秦王大惊,不肯接杯,元吉叫手下道:“他若不饮,与我灌下。”众人齐声答应,正要动手,忽然黑暗里跳出一个人来,大声喝道:“你们做得好事!”大步上前,一把扯住元吉,提起拳头就打。众手下欲待上前救应,见是尉迟恭,各自走散。元吉也把他一看,认得是尉迟恭,惊得魂飞魄散,叫道:“将军放下手,饶了我吧?”尉迟恭道:“你好好实对我说,今日到这里做什么?”元吉道:“孤家念手足之情,特送酒饭来与王兄吃,并无他意。”尉迟恭见他不肯实说,把手一紧,元吉就叫喊起来,一下跌倒在地,痛得一个半死。

尉迟恭道:“我问你,你酒内藏什么毒药?若还敢支吾,我就一拳打死。”元吉道:“将军,看王兄面上,饶了我吧!”尉迟恭道:“要我饶你,你可写一张服辩与我。”元吉道:“孤是写不来的。”尉迟恭见他不写,就将两个指头,向元吉脸上一拨,元吉痛得紧,好似杀猪的一般,忙叫道:“待孤写就是了。”尉迟恭向狱官取了纸笔,放了手,付与他道:“快快写来。”元吉看来,强他不过,只要性命,没奈何,提起笔来,写了一张服辩。尉迟恭叫他念与己听,元吉念道:

> 立服辩齐王元吉:因王兄世民,遭禁在牢,不念手足之情,反生谋害之心。假以敬酒为名,内藏毒药。不想天理昭彰,忽逢总管尉迟恭,识破奸谋。日后秦王倘有不测,俱系元吉担责,所供是实。
>
> 大唐六年四月十三日,立服辩元吉花押。

元吉念完,敬德接在手中道:“饶你去吧!”元吉听说,飞跑去了。尉迟恭道:“这服辩放在主公处,那奸王谅不敢再来相害,臣今要回山后去了。”就拜别秦王,走出牢门,来到外边。只见十数个大汉,忙走来说道:“尉迟老爷,方才的事,万岁爷知道了,说你私入天牢,殴打齐王。如今差官兵拿你,你快快同我们去吧。”尉迟恭问道:“你们是哪里来的?”

众人道："我等奉程咬金大老爷之命，前来救你。"尉迟恭听了，就同他走。此际已是黄昏时分，尉迟恭心慌意乱，随众人领到一家门首，直到大厅，转到书房。众人道："老爷在此少坐，待我们进去，请家爷出来相会。"说罢，众人入去。又见一人拿酒肴出来，摆在桌上，说道："老爷先饮一杯，家爷就出来了。"那尉迟恭辛苦了一日，一闻酒香，拿来就吃了几杯，头昏眼花，立脚不住，跌倒在地。内里走出二十余人，把尉迟恭用绳绑了。看官，你道这一家是什么人家？原来就是殷王府中。方才牢中之事，早有细作报知殷王，故设此计，不想尉迟恭误中其谋。当时众人禀知殷王，说："尉迟恭拿下了。"殷王道："将他洗剥干净，绑在柱上，用皮鞭先打他一顿。"众人领命，即把尉迟恭洗剥，绑上庭柱，将皮鞭乱打一顿。尉迟恭醉迷之人，那里晓得？受此一顿毒打，直到五更醒来，开眼一看，见身上衣服被剥，赤身绑着，遍身疼痛，不知何故。

少刻天明，建成、元吉出来，同坐在上面，两旁分列一班勇士。建成骂道："尉迟恭你这狗头，俺父王恐你助秦王为非，故此打发你等回去。你怎么私入天牢，行凶无忌，该得何罪？"元吉骂道："你这狗头，好好送还我的服辩，哪事全休。如今放在哪里？实对我说。不然，孤就要用刑了。"尉迟恭道："要服辩也容易，到万岁爷殿上就还你便了，"元吉道："你这狗头，不用刑，料也不怕。"叫左右将牛皮胶化油，用麻皮和钩，搭在他的身上，名为"披麻拷"。若扯一下，就连皮带肉去了一块。左右端正好了，将尉迟恭身上遍搭。元吉问道："你招也不招？"尉迟恭不知厉害，说道："招什么？"元吉叫左右扯下去，就把麻皮一扯，连皮带肉去了一大块。可怜尉迟恭疼痛难当。不知性命如何，且听下回分解。

第五十九回　尉迟恭脱祸归农　刘黑闼兴兵犯阙

当下尉迟恭大叫："啊呀，好厉害呵！"元吉吩咐左右再扯，一连扯了十五六扯，连皮带肉去了十五六块。那尉迟恭喊叫不休，犹如杀猪的一般，只说："呵唷，痛死我也！"元吉骂道："你这贼，昨日威风，如今安在？我的服辩，那里去了？快快说来！"尉迟恭被他摆布得上天无路，入地无门，只说道："呵唷，王爷饶命呀！那一张服辩，昨夜酒醉，想是失脱了，不知去向。叫我那里有服辩还你？"

元吉大怒，正要拷问，忽见外边来报说，兵部尚书刘文静，有机密事求见王爷。二王听见说有机密事，只得走出外厅相见。刘文静行礼毕，二王问道："先生有何事见教？"刘文静道："臣因尉迟恭的夫人黑氏、白氏，来到臣府，他们说：'昨日在前途相等，不见丈夫回去，无处寻访。却有一张纸，说是千岁爷的服辩，要去见驾，特来问臣'。臣一闻此言，弄出来，非同小可，特来告知千岁。"二王大惊道："如今怎么样？"文静道："此事不是当要，依臣愚见，必须寻出尉迟恭来还他，便讨了服辩才好。不然，那黑、白二氏去见驾起来，万岁一知，千岁爷就不当稳便了，臣去了。"

说罢转身就走。二王忙扯住道："此事欲烦先生与孤商量。"文静道："此事如何商量？只要寻得尉迟恭还他，自然不怕他不还这张服辩。如今尉迟恭不知哪里去了，有什么商量？"建成道："尉迟恭在孤府中，如今还他。但一纸服辩，要先生身上还我。"刘文静道："实不相瞒，臣已骗他的一纸服辩在此。若有尉迟恭，方好送还，不然，臣反受黑、白二氏之累了。"建成就令放了尉迟恭出来，只见尉迟恭满身是血，只把头摇道："呵唷，死也！死也！"竟往外边去了。文静就取出服辩，送还道："方才若没有臣，二位千岁几乎弄出事来，如今还了此纸，可放心无事了。"说罢，起身而去。看官，那刘文静这纸服辩，从何得来？皆因徐茂公躲在他府上，算定阴阳，差人到天牢，问秦王取了此服辩。故设此计，救了尉迟恭出来，这些闲话不表。

且说尉迟恭得放，好似鳌鱼脱却金钩钓，慌忙奔出城来，一路寻赶家眷，却好黑、白二氏正在前途相等，夫妻遇见，说明此事。黑、白二夫人倒吓得魂飞魄散，道："幸亏吉人天相，逢凶化吉。不然，几乎不能会面。"尉迟恭叹道："俺自投唐以来，指望他封妻荫子，如今反受这样苦楚，倒不如守业终身，做个田舍郎便好。"夫妻三人在路晓行夜宿，非止一日。及回到山后麻衣县致农庄上，寻到家内，方知几遭兵乱，妻子不知去向，田产皆化乌有。尉迟恭叹息了一回，只得重整田园，耕种为活，与乡民饮酒快乐，不表。

再说建成、元吉将秦王这些将官，算计开去，又常常使人进牢，欲害秦王。谁想秦王有徐茂公不时调护，使刘文静刻刻提防，照管得紧，因此下手不得。二王大怒，欲害文静，无奈兵权在他手内，害他不得，只得丢手。

不想唐朝骨肉自相伤残的消息，传到明州刘黑闼那里。那刘黑闼是夏明王窦建德的元帅，因建德被害，国中无主，众将推刘黑闼为主，称后汉王，这日闻报大喜，叫一声："唐童，孤只道你一班强盗，永远横行天下，不料也有走散的时节！这时若不与孤主公报仇，更待何时？"遂带了元帅苏定方，点兵十万，望陕西长安进发。行到鱼鳞关，离城十里安营，刘黑闼令元帅苏定方前去抢关。定方得令，提枪上马，领兵到城下，大叫："城上军士，快叫守城将官，速速投降，万事全休。若道一个不字，立即屠城，那时悔之晚矣！"守城军士报进帅府，说："明州刘黑闼领兵来，与窦建德报仇，有将在城下讨战，请令定夺。"

那守关将军，就是王九龙，他和兄弟王九虎，原系山东人氏，后在日本做通事。那日助秦叔宝灭了鳌鱼太子，降顺唐朝，高祖封他做了鱼鳞关总兵之职。当下王九龙闻报，便问："众将，谁敢前去会战？"有兄弟王九虎应声道："小弟愿往。"遂提枪上马，出了城门，来至阵前，就问来将何名？苏定方道："俺乃明州后汉王驾前大元帅苏定方便是。你是何人？"王九虎道："原来你就是苏定方，我看你前在洛阳，夜劫唐营，后来不见了。只道是砍死，原来是怕死逃走，今日又来送死吗？你要问俺的名字，俺乃鱼鳞关总兵大元帅麾下，正印先锋，二老爷王九虎是也。"苏定方道："原来是你。俺闻你与秦琼谋杀鳌鱼太子，背义投唐。谅你本事，非我对手，好好献关，饶你狗命！"九虎大怒，举枪刺来，定方把枪相迎，大战二十余合，不分胜败。定方心生一计，回马就走，九虎随后追来。定方放下枪，取出弓箭射去，正中九虎前心，跌下马来。定方下马，斩了首级，得胜回营，将首级号令营门。那败兵飞报入城说："不好了！二老爷阵亡，首级号令营门了！"王九龙大惊，吩咐闭城坚守，遂差官上本往长安，见高祖告急求救。未知高祖所遣何人，且听下回分解。

第六十回　紫金关二王设计　淤泥河罗成捐躯

再说高祖设朝，文武山呼万岁毕，黄门官奏道："今有鱼鳞关总兵官，有告急本章，奏闻万岁。"把本章递上龙案，高祖看了大惊，便问："众卿计将安出？"殷、齐二王，恐怕众臣保奏秦王，忙上前一齐奏道："父王，自古道：'兵来将挡，水来土掩'。臣儿不才，愿统大兵前往，务必生擒刘黑闼。如若不胜，甘受其罪。"高祖大喜，就命建成、元吉即日兴师。二王领旨出朝，到教场点兵十万，向鱼鳞关进发。

行到关下，总兵王九龙前来迎接，进了帅府，九龙摆酒接风。次日，二王同王九龙领兵出城，来到阵前，建成叫道："刘黑闼，尔等何故兴兵犯我边界？如今速速退去，万事皆休。倘若不听，悔之晚矣！"黑闼大怒，回顾苏定方道："快与我擒来！"苏定方大吼一声，一马冲出，举枪就刺。王九龙一马上前，举枪来迎，未及十合，被苏定方一枪，刺落马下。建成大怒，拿金背刀来战定方，黑闼见了，使大刀来战建成。元吉摇动金枪，冲将过来，定方接住厮杀。大战十合，建成被黑闼一鞭，打中后心，满口喷红，伏鞍败走。元吉见建成着了一鞭，心中一惊，早被苏定方一枪，刺中了左腿，几乎落马。那建成一战大败，走入城来，闭门不及，被刘黑闼率兵一拥而进，只杀得尸山血海。二王失了鱼鳞关，败往紫金关去了。那刘黑闼得了鱼鳞关，出榜安民，养兵三日，杀奔紫金关来，离关五里安营，不表。

再说建成、元吉，领了败兵来到紫金关下。那把关守将，姓马名伯良，就是兵部尚书刘文静的妻舅，是个酒色之徒。闻知二王兵败回来，出城迎接。到了帅府见礼毕，摆酒接风。马伯良就请两粉头前来陪酒：那粉头一个名叫随地滚，一个名叫软如锦，俱生得十分美貌。建成道："马将军，你原来是个妙人儿！只是你姊夫做人不好，往往与孤家作对。"马伯良道："千岁，既不喜我姊夫，何不用计除之？"建成道："我欲除之久矣，惜无机会耳！"马伯良道："千岁放心，待臣捉他一个短处，与千岁出气便了。"二王大喜。

忽小军来报，刘黑闼兵马离城五里安营了，二王大惊失色。马伯良道："不要理他，我

们今日且吃酒吧!”两个粉头娇声软语,殷勤敬酒,二王大悦,其夜尽欢而睡。次日。马伯良对二王道:“千岁爷可速往长安,见万岁说,在未到之前,鱼鳞关已失,如今明州兵扎营紫金关外了。要奏臣马伯良大胜明州兵,只是兵微将寡,还要添兵救应。如此奏法,定然无事,还要千岁寻个有本事的将官,前来帮助。我那姊夫的首级,都在小臣身上就是了。”二王满口应承,起身往长安去了。马伯良闭城坚守,按下不表。

再说秦叔宝同程咬金、罗成一家同住,不料叔宝因少年积受风霜,吃尽劳苦,得了吐血的病症。一日睡在床上,忽想起秦王受罪天牢,不觉流泪哭道:“我主公呵,今生只怕不能见你了!未知你近来如何?”罗成道:“表兄,你若纪念主公,待小弟扮作客商,前往长安,探望主公何如?”叔宝闻言大喜,忙爬起来说道:“多谢表弟代我一行!”便写书一封,交与罗成道:“你将这书,可往兵部尚书刘文静府中投下,自然得见主公。切不可给两个奸王看破。若被他看破,只恐别生事端,反为不美。罗成道:“晓得,明日就行。”

到了次日,罗成拜别母亲,又别妻子表兄表嫂并程咬金,带了罗春,扮作客商,往陕西大路而来。及到长安,正要到刘文静府中去,忽然想起表兄一封书,丢在家中,忘记带来,如何去见他?我今日寻旅店住下,再作商议。就寻了一家歇店,主仆二人进店。不料殷齐二王在店门首经过,被他们看见,心中大喜,正好害他。

次日,高祖早朝,二王奏道:“臣儿奉旨领兵到鱼鳞关,不料其关已失,只是守住紫金关,被臣连败数阵。奈军中无有上将,不能擒拿贼首,望父王再发一员上将,随臣征剿。”高祖道:“如今要差哪一位去好?”建成道:“今有越国公罗成,现在饭店住下。父王可颁旨一道,赐他原官,挂先锋印,前去灭贼,刘黑闼必被擒矣。”高祖允奏,即发圣旨来召罗成。那罗成在旅店,次早起身,准备去见刘文静。忽有差官捧圣旨来到,召他做先锋,罗成没奈何,领旨谢恩,就有军士来接。罗成便命罗春往天牢去看秦王,自己上马,往教场演武厅上,参见二王,即挂了先锋印,放炮起身。及行到紫金关,马伯良前来迎接,同入帅府。

次日,二王升帐,众将礼毕。二王令罗成出阵,务要生擒刘黑闼、苏定方,违令者斩。罗成得令,提枪上马,来到阵前讨战。明州军士,飞报进营,说外边有将讨战。刘黑闼道:“那守将马伯良,连日任我叫骂,只是不出来。今回想是有救兵到了,不知是谁,待俺亲自去会他。”遂提马上马,出营一看,认得是罗成,叫一声:“罗将军,请了!孤与将军在扬州一别,闻得将军归了唐家,无罪被革。今日我兵杀到,无人抵敌,又来用你。眼见得唐家待人无情无义,日后太平,依然不用。我劝将军不如归了孤家,与你平分土地,有何不美?”罗成大怒,把枪刺来,黑闼举刀迎敌,大战十余合。苏定方看见黑闼渐渐招架不住,遂暗放一箭射来。这里罗成一枪,正中刘黑闼,忽闻得弓弦响,罗成将身一闪,刘黑闼就逃回营去了。这苏定方的箭,正中罗成腿上。罗成大怒,拔出腿上的箭,回射苏定方,正中左臂,几乎落马。罗成本欲踹营,拿捉定方,因腿上疼痛,不便再杀上去,只得回营缴令。

二王问道:“罗成今日出兵,可拿下刘黑闼吗?”罗成道:“今日出兵,大败刘黑闼。正要擒他,忽被苏定方暗放冷箭,射在腿上,以此被他逃走。”二王大怒道:“你昔日在金锁山,独擒五王,这些本事,到哪里去了?今日要擒一个刘黑闼,为何不能?明明欺我不是你的主公了!这样国贼,违孤军令,吩咐绑去砍了!”武士一声答应,把罗成绑了,推出辕门。当下马伯良道:“千岁爷,目今敌兵未退,不若放罗成转来,待他杀退明州兵,那时寻个事端,慢慢杀他未迟。”二王道:“既如此,死罪饶了,活罪难免。”吩咐就在军前,捆打四十棍。那罗成被武将推转来,打了四十棍,两腿竟打得皮开肉绽。正遇罗春赶到,忙扶主人至帐中睡下,就把看秦王之事,说了一番,又道:“主人呵,你今日落在奸王手里,必遭其害。不若私自回家,也得清闲自在,若再住在此间,定然性命难保!”罗成喝道:“胡说,自古道:‘忠臣不怕死,怕死不忠臣’。我今奉圣上旨意,岂可不赤心尽力?若然私自回家,岂是忠臣所为?从今以后,不许你多言!”这话按下不表。

再说明州细作,打听罗成被责四十棍之事,前来通报刘黑闼。刘黑闼闻报大喜道:“此天助我也!两个狗王,不会用人,如此一员虎将,无罪受责。眼见得关内无人,此关唾手可得也。”就令大小三军,直抵关下,布起云梯,架起火炮,尽力攻打。众将得令,大家奋勇当先,攻打十分厉害。关内小军,连忙报知二王,二王闻报,即同马伯良上城,亲自督兵紧守。看见明州兵马盔甲,滚滚层层,就像潮水一般,涌将上来。二王看了,大惊失色道:

“如今怎么好?”马伯良道:“现有勇将罗成在此,千岁放心,如今可着他退兵。退得贼兵,将他杀了,退不得贼兵,也将他杀了。岂非一举两得?”二王道:“有理!”遂发一支金令箭,着人去召罗成杀退敌兵。

罗成接令箭,跳起身来就走。罗春忙扯住道:“主人呵,你棒疮未愈,如何杀得贼?”罗成道:“我但知报国杀贼,哪里顾得身躯?就去也不妨。”罗春道:“主人既要去,今日不曾吃饭,可用些酒饭去。”罗成自恃骁勇,不听罗春之言,提枪上马,竟奔紫金关来。罗春无奈,只得拿些面饼,藏在怀中,随罗成到了关上。二王道:“将军,你速速出城杀贼。若生擒这两个贼首,包管封你为公侯,若误了军令,一定斩首,决不轻恕!”罗成得令,杀出城来,罗春相随而出,那些人马,看见罗成,都退下去。罗成手执长枪,杀入明州营内,如入无人之境。直杀得刘黑闼甲散盔歪,众将一齐上前救护。那罗成连挑上将一十八员,明州军抵敌不住,退下四十余里,方才歇息。刘黑闼见这番大败,就要回兵,苏定方忙止住道:“主公不可退兵,胜败乃兵家常事。臣有一计,可杀罗成。此处有一地方,名唤淤泥河,必须如此如此,不怕罗成不死在我手里。罗成一死,这紫金关唾手可得也!”黑闼听了大喜,一一准备,依计而行。再讲罗成追赶明州兵,杀了半日,腹中饥饿,腿上棒疮又痛,只得回至城下叫关。二王在城上问道:“刘黑闼与苏定方的首级可曾拿来?”罗成道:“不曾。”二王道:“既无二人首级回来,又违我的军令了!回来怎么?”罗成道:“千岁既要二人首级也不难,且开了城门,待俺吃饱了饭,再去出战,取他首级未迟。”二王大怒,吩咐左右放箭,军士一声答应,城上的箭,一齐射下。罗成看见,把马退去。忽见罗春走到马前,怀中取出面饼,与罗成充饥。罗成把饼吃了几个,忽见苏定方一马跑到,大叫:“罗成,你有此功劳,殷齐二王待你如同冤仇。今日大获全胜,饭也没有得吃,我劝你不如归我主公吧?”罗成听了,又气又恼。催马上前,一枪刺来,定方把枪相迎,战了数合,定方回马就走。

罗成随后赶来,赶了廿余里,罗春跟到,大叫:“家主爷,你岂不晓得穷寇莫追?方才明州兵败去,今苏定方又来交战,其中必然有诈,我劝家主爷不要追赶了。况二位奸王,一心要害你,不如早早回家去吧。”罗成听了,就住了马。定方见罗成不追,他又回马,大声骂道:“罗成小贼种,你有能耐取得你爷老子的首级,方为好汉!”罗成大怒,又赶上去。那罗春步行,再也赶不上。苏定方在前,且走且骂,罗成随后紧紧追赶,足足又赶了二十里。到了淤泥河,忽见刘黑闼独自一个,坐在对岸,大笑道:“罗成,你今番却该死了!”罗成一见大怒,弃了苏定方,即奔刘黑闼,一马抢来,哄通一声,陷入淤泥河内。那河内都是淤泥,并无滴水,只道行走得的,谁知陷住了马脚,不得起来。两边芦苇内,埋伏二千弓箭手,一声梆子响,箭如雨下。罗成叫道:“中了苏定方计了!”乱箭齐着,顷刻丧命。欲知后事如何,且听下回分解。

第六十一回　罗成托梦示娇妻　秦王遇赦访将士

当下罗成被乱箭射死在淤泥河内,就像个柴把子一般,一点灵魂,竟往山东来见妻子。是夜罗夫人抱着三岁孩子罗通,睡在床上,时交三更,看见罗成满身鲜血,周围插箭,上前叫道:“我的妻呀!我因探望秦王,被建成、元吉设计相害,逼我追赶刘黑闼,中了苏定方奸计,射死淤泥河内。妻呵,你好生看管孩儿,我去也!”罗夫人惊醒,却是南柯一梦。次日,夫人将此梦说与太太知道,太太大惊,连忙说与秦叔宝、程咬金知道,都个个惊疑此梦不祥。按下不表。

再说刘黑闼射死罗成,也不取首级,又统兵来攻紫金关。那罗春见人马去了,因来寻觅主人,寻至淤泥河内,见了主人尸首,放声大哭,便问乡民寻扇板门,放在河上面,然后将身倒,用手向下去一扯,就将罗成的尸首,扯了起来,遍体乱箭,即一一拔出。罗春身边却有银两,就买了一口棺木,盛殓主人,做了孝子,一路扶棺回来。行到山东,先往家中报信。一进门,看见老太太、夫人,叫道:“不好了,老爷没了!”老太太道:“怎么讲?”罗春道:“老爷没了,棺木即刻就到。”老太太与夫人听了这话,一齐大哭,晕倒在地。罗春连忙叫

道："太太、夫人苏醒。"叫了数声，婆媳二人，慢慢醒了过来。此时外面棺木已到，停在中堂，婆媳二人，哭得伤心惨目。此时程咬金闻知，走来大哭，罗春遂把二王相害的始末，细说一遍。咬金说："老伯母与弟媳，不必悲伤。自古道：'既死不能复生'。如今主公禁在天牢，我们又走散了，少不得几处反王杀来。这两个奸王，少不得死在眼前了。那时若再来寻我们，待我做程咬金的，啐也啐他十七八啐。你太平时节，将我们打发回家，自耕自种；反乱之际，又要来寻我们，今日不管你唐家事了！"话未完，忽见家将来报道："程爷，不好了！秦爷闻罗爷消息，大哭一声，就死了。"咬金听了，连忙走来看叔宝。只见他老小惊慌，幸亏咬金叫了数声，叔宝方才醒来，口叫："罗贤弟，都是我害了你也！"便哭个不住。就与罗成开丧，请僧做道场追荐，不表。

再说刘黑闼杀到了关下，奋勇攻打，军士飞报进关，二王大惊，忙问马伯良道："罗成被他射死，贼兵又来，如何是好？"马伯良道："事急矣！为今之计，千岁爷可再往长安求救，臣在此依旧守关，须要速去速来。如若迟延日期，失了紫金关，不干臣事。"建成、元吉见此关难保，只得且回长安，遂离了紫金关，来到长安，朝见父王，言："罗成阵亡，明州兵凶勇，紫金关危在顷刻。望父王再遣能战将官，前去救应！"高祖大惊，便问群臣计将安出？只见兵部尚书刘文静出班奏道："陛下，我国人才空虚，难以交兵。为今之计，可赦出秦王，往山东寻访秦琼到来，方可退得。刘黑闼目下在紫金关，无人救护，臣虽不才，愿统雄兵救应！"高祖闻言大喜道："依卿所奏。"即下旨赦秦王之罪，速往山东，寻访秦恩公到来，将功折罪。

秦王从天牢出来，进朝奏道："臣儿不敢前去。"高祖便问何故。这秦王道："臣儿一人往山东，秦琼若肯来，实为万幸。万一不肯来，岂非徒然？"元吉道："秦琼不来，可叫尉迟恭来，亦可战退贼兵矣。"秦王道："贤弟差矣，你还要提尉迟恭怎的？他往日在御果园救驾，有了这样功劳，不能封妻荫子，反革他的官职，受你披麻拷之苦。今日他还肯来帮助吗？"

高祖道："昔日都是这两个畜生，起妒忌之心，将众人散去。如今秦琼、尉迟恭，不是不肯来，只怕两个畜生又要算计他。朕今降旨一道，着秦王将秦琼、尉迟恭与其余众将，招抚回来，官还原职。敕赐秦琼、尉迟恭锏鞭，可上打昏君，下打奸臣，不论皇亲国戚，先打后奏。这两个畜生，就不敢算计了！"秦王大喜，又奏道："今有徐勣在午门候旨。"高祖道："宣进来！"原来徐茂公算定这事可成，故使刘文静奏赦秦王，秦王上奏高祖，敕封二将，方好制伏两奸王。那时茂公室至金阶，朝见毕，高祖即着茂公同秦王往请秦琼、尉迟恭，并寻众将回来。秦王领旨，同茂公带了五百兵，向山东进发。及到山东，徐茂公令人马扎在幽僻之处，与秦王换了便服，步行而来。行到秦琼门首，咬金看见茂公，就问茂公一向躲在哪里，如今到此何干。茂公道："同主公特来访你。"咬金出见秦王，大喜，请到里面去坐。未知说出什么话来，且听下回分解。

第六十二回 尉迟恭诈称疯魔 唐高祖敕赐鞭锏

却说程咬金请秦王同徐茂公到里面，见礼毕，坐下。秦王道："孤闻罗王兄阵亡，他灵柩却在何处？"咬金道："在后堂。"秦王道："烦程王兄端正祭礼，待孤家祭奠一番。"程咬金领旨，忙去整顿祭礼完备，即引秦王、茂公，来到后堂。秦王看见孝帏，不觉泪如雨下，上香行礼，哭一声："罗王兄呵！孤家怎生舍得你？你有天大的功劳，不能享太平之福，为孤家死于战场之上。是孤家之罪也。今日孤家在此祭奠你，你英灵不爽，可来飨此微馨！"说罢大哭起来。

里面罗夫人知秦王在此祭奠，心酸痛切，哭声甚哀。老太太见媳妇悲哭，想着丈夫身亡，全靠这个儿子，今又为国捐躯，也是哭个不了。徐茂公看见，也掉下泪来。程咬金见他们哭得伤心，也就哭起来道："呵呀！我那罗兄弟呵！唐家是没良心的，太平时不用我们，如今又不知哪里杀来，又同牛鼻道人在此'猫儿哭老鼠'，假慈悲。想来骗我们前去与他争天下，夺地方。我想罗兄弟英雄无敌，白白误中殷齐二王诡计，死于万弩之下。呵唷！我那罗兄弟呀！”

那一片哭声甚响，早惊动了秦叔宝。他因患病在床，听得一片哭声，便问道：“今日为什么有此哭声？”家将道：“是秦王同徐茂公老爷，在此祭奠罗爷，故有此一片哭声。”叔宝一闻此言，双手将两眼一擦，说：“秦王来了吗？我正要去见他。”忙爬起来，那病不知不觉就好了三分，走到后堂，叫：“主公在哪里？”秦王道：“秦王兄，孤家在此访你。”叔宝一见秦王，即忙行礼，便问：“主公今日焉能到此？使臣得见主公，喜出望外。但此来必有所谕。”秦王道：“王兄，你还不知道，那明州刘黑闼，自称后汉王，声言要与夏明王窦建德报仇，拜苏定方为元帅，起兵杀来，把总兵官王九龙和他兄弟王九虎杀死，夺取鱼鳞关，现在兵临紫金关。父王命殷齐二王出战，杀得大败，回来请救，正遇罗王兄入京，探望孤家，被二王瞧见，保他去做先锋。因二王不能用贤，以致罗王兄被贼暗算。如今紫金关危在旦夕，父王因赦孤家出牢，立功折罪。孤今奉圣旨前来，请秦王兄前去破敌立功。”

叔宝闻言便叫：“主公呵，罗家兄弟为国亡身，可怜他母亲妻子，无人看管。臣因中表至亲，理当留家替他照管。主公要退明州之兵，可另寻别人去吧！”徐茂公道：“今日特奉圣旨前来相召，还要去召尉迟敬德。圣上有旨在先，仍恐殷齐二王相欺，敕赐你二人锏鞭，上打昏君，下打奸臣。不论皇亲国戚，皆先打后奏。劝你去吧！”程咬金接口道：“论理原是不该去，若封了锏鞭，令先打后奏，这两个奸王，如照旧作怪，我就先打死他。圣上若敕封了我的斧头，我就砍他十七八段。秦大哥就去吧！”叔宝不应。

又见里面走出一个小厮，约有三四岁，满身穿白，走到秦王面前，叫声：“皇帝老子，我家爹爹为你死了，要你偿命！”秦王便问：“此是何人？”程咬金说道：“就是罗成的儿子，叫作罗通。所纪虽小，甚有气力，真是将门之子，后来定是一员勇将。”秦王欢喜，伸手把罗通抱起，放在膝上，叫一声：“王儿，果是孤家害了你的父亲，孤家永不忘你父亲一片忠心！”便对叔宝、咬金道：“孤欲过继罗通为子，二卿意下如何？”叔宝道：“主公，这就是贵人抬眼看了！”卿唤罗通走下来，拜了主公，叔宝扶定罗通，向秦王拜了八拜，里面罗夫人摆出酒来，请秦王上坐，下面众位挨次坐着。秦王说起往长安之事，叔宝、咬金只得应承。

次日，叔宝与咬金拜别秦氏太太、罗夫人，及自己家小，同秦王出门。到僻静处，招抚兵丁，一齐望山后进发。不一日，已到朔州致农庄，将人马依先拣僻静处扎伏，四人换了便服，一路望敬德家中步行而来。早有一班同敬德日日吃酒的父老，看见四人威风凛凛，相貌堂堂，知是唐朝大贵人，慌忙前来报与尉迟恭，说道：“今有长安来的四位贵人，带有五百人马，扎在僻静处。那四位贵人换了便服，步行而来，一路问将军住处，不知何故？”尉迟恭听了，心中一想道：“此必是唐王有事，差四位公卿，领兵前来请我了。但我想唐家的官，岂是做得的。我前日几番把性命去换了功劳，还要受两个奸王如此欺侮，若非尚书刘文静相救，几乎被他披麻拷活活处死。如今回归田里，自耕自吃，倒也无忧无虑，何苦要去做官？他今来寻我，我自有道理。”

遂入里面，吩咐黑白二夫人道：“少停若有唐王差人到此寻我，你只说：我害了疯癫之症，连人也认不出的。你们不可忘记。”两位夫人应声：“晓得。”尉迟恭就走到厨房下，将灶锅上黑煤取来，搽了满面，将身上的衣服扯碎，好像十二月廿四跳灶王的花子一般。二位夫人见他形象，几乎笑倒。霎时秦王与茂公、叔宝、咬金访问，来到尉迟恭门首，即走进里面坐下。咬金高声叫道：“黑炭团在家吗？”里面黑夫人问道：“是那个？”咬金道：“是与你做媒人的程咬金。”黑夫人听见程咬金三字，即同白夫人走出外厅一看，见秦王、叔宝、茂公都在此，叫声：“呵呀！原来千岁爷也在此！”即见过了礼，又与叔宝、咬金、茂公一齐见礼。里面丫鬟送出茶来，吃罢，二位夫人问道：“不知千岁爷驾到，有何贵干？”秦王就将一番言语，细说一遍。二位夫人道：“千岁爷还不知道，我家丈夫数日前，不知怎么害了疯癫病，日日大呼小叫，连人也认不得了。如何可以出兵作战？岂不枉费了千岁爷一番龙驾？”秦王闻言，只是跌足叹息。

茂公冷笑问道：“今在何处？”话未毕，忽听得里面大呼小叫起来，秦王等三人忙抬头一看，只见尉迟恭跑将出来，大叫道：“不好了！不好了！原来是鬼怪妖魔都来拜我生日。”指着秦叔宝道：“你是海龙王。”看定秦王道：“你是刘武周。”对着茂公道：“你是乔公山。”一把扯住咬金的手道：“你是柳树精，偷了仙桃，结交四海龙王，合了虾兵蟹将，来抢我的宝贝，如今被我捉住在这里了。”把咬金一扯，自己反跌倒在地。滚来滚去，忽又爬起

来，说道："我如今要变一个老虎，去吃人了。"一声叫，就翻一个觔斗进去了。秦王看了，心中很是难受，知他不能前去，只得吩咐众人，作别去吧。众人答应一声，遂作别起身。二位夫人相送出门，见四人去了，黑夫人对白夫人道："今日相公诈为疯癫，如此形状，连那未卜先知的军师，也都骗信了。"二位夫人大笑不表。

再说秦王君臣四人，依旧来到僻静之处，叫五百军士回长安去。秦王在路，嗟叹可惜。茂公笑道："主公，你还不知其细。如今可差程咬金前去，如此如此，包管尉迟恭就不疯癫了。"秦王大喜，暗令咬金领二百兵，前去行事。咬金领旨，将二百人扮作喽啰，自己扮作大王，复到致农庄，把庄门团团围住。口称："我乃虬石山都天大王，闻得庄上有孟海公的黑白二夫人，生得齐整。快快送出与我做压寨夫人，万事全休。若有半声不肯，把那尉迟恭的狗头，砍为两段！"

那庄中乡邻朋友，听了这话，个个惊慌，连忙来报尉迟恭。那尉迟恭正假装疯癫，打发秦王君臣去了，自为得计，与黑白二位夫人饮酒快乐，一闻邻友来报这事，顿时大怒骂道："何处毛贼，敢来放肆！"遂提鞭上马，跑出庄门。果见有一个大王，是个圆碌砂脸，原是颜色画的，手执长枪，再也认他不出。咬金见尉迟恭出来，大声喝道："你这黑鬼，快将夺来的两个老婆送来，与我都天大王做压寨夫人，我便饶你这黑贼一死。若道半个不字，定将你砍为两段！"

尉迟恭听了大怒，举起钢鞭打来，咬金把枪一架，回马就走。尉迟恭大喝道："你这毛贼，走到哪里去！"随后赶来，忽见树林内走出三个人来，却是秦王与叔宝、茂公，一齐大笑道："尉迟将军，你害得好疯病也！"咬金道："媒人也认不得，竟杀起来！"尉迟恭看见秦王，叫声："罢了，中了军师之计了！"连忙下马赔罪，请到家中，摆酒接风。秦王将从前之事，细叙始末，尉迟恭无奈，只得同两个夫人，别了邻里，随秦王起身，往长安进发。

在路不上数日，到了长安，朝见高祖。高祖大悦，立刻降旨道："今有刘黑闼兵犯紫金关，损兵折将，难以拒敌。朕思非卿二人，不能取胜，故特遣世民召卿前来，望卿等莫记从前之过。今朕赐卿锏鞭，不论皇亲国戚，如有不法者，先打后奏。"就令叔宝、敬德，取锏鞭上殿，高祖提起御笔写道：

御赐钢鞭付敬德，不论王亲与国戚，
若遇不法奸伪事，即行打死无停歇。

写毕，付与尉迟恭，尉迟恭叩头谢恩。高祖又提起御笔写道：

敕赐恩公锏二根，专打朝中奸佞臣，
不论王亲并国戚，任从此锏去施行。

写毕，将字付与叔宝，叔宝叩头谢恩。高祖道："二位爱卿，请即往教场点齐人马，督同众将，前去破敌立功，另有升赏。"叔宝、敬德奏道："臣启陛下，此行必须要秦王同去，以振军威。"高祖准奏，就命秦王同去，即日兴师，前往紫金关而去。那殷齐二王，看见父王御笔亲书，敕赐二人锏鞭，暗暗叫苦，恐尉迟恭日后报仇，又是恐惧，无可奈何，按下不表。

再讲刘文静领兵到紫金关，即着马伯良为先锋，连败数阵。文静大怒道："如此无用将官，怎生镇守此关？"便上本入朝，把马伯良削职回家去了。谁想马伯良哭诉妹姊刘夫人，刘夫人不知大义，便发起恼来，对马伯良说道："你姊夫这等无情！我父母双亡，只有你这个兄弟，怎么就下这等毒手，将你削职赶回。也罢，兄弟呵，你姊夫现塑刘武周身像在家内，只将此事去出首，看他的官做得成也做不成！"马伯良大喜，即将刘武周身上的衣服剥下来，取了衣服，次早入朝出首。高祖不察其事，一时大怒，忙点兵围住府门，先将刘夫人一刀杀了，又把一门老幼尽杀，一面差官吊回文静，即在路上将他处斩。

再说秦王到了紫金关，不见刘文静，问起情由，方知其事。秦王大惊，连夜写本，将刘武周作祟前事，细细叙明，差官往长安启奏。及到长安，差官入朝，将本章呈上，高祖展开一看，方知屈杀刘文静。龙颜大怒，即传旨将马伯良碎剐凌迟，一门皆斩。正是"害人终害己，报应最公平"。此话不表。

再说秦王兵马来到关中，你道刘黑闼为何不来攻打？只因领兵十万前来，被罗成杀了将近一半，心中懦怯，也要学王世充故事，差官聘请四家王子，共破唐兵。你道是那四家王子？一个是南阳朱登，就是南阳侯伍云召之子，当初承继与朱灿扶育的，故称朱登；一个是苏州沈法兴；一个是山东唐璧；一个是河北寿州王李子通；俱约即日兴师到来。未知何日可到，且听下回分解。

第六十三回　报唐璧叔宝让刀　战朱登咬金逞斧

却说山东唐璧以楚德为元帅，统兵五万先到，小军飞报入营，刘黑闼接进营中，见过了礼，刘黑闼道："有劳王爷兴兵来助，若灭唐家，愿与王爷平分天下，共掌山河。"唐璧道："不敢，弟念昔日与窦千岁情谊，恨被唐家所灭，难得刘王爷与主报仇，兴兵到此，故而拔刀相助。"刘黑闼连声相谢，即摆酒接风。

次日，唐璧与刘黑闼、楚德、苏定方等出阵，独有唐璧来到关下讨战。小军飞报进营。秦王便问众将道："哪一位王兄出去会他？"叔宝道："小将愿往！"遂提枪上马，开了关门，来到阵前，认得是唐璧，即欠身施礼道："故主唐爷，小将甲胄在身，不能全礼，马上打拱了。"唐璧见是叔宝，叫一声："秦琼，孤家往日待你也不薄，你今日怎敢与孤家会战呢？"叔宝答道："唐爷差矣！我主唐王，与你素无仇隙，你今起兵到来，出于无名。我劝唐爷不如归顺唐家，也不失王侯之位。若执迷不悟，那时悔之晚矣！"唐璧听了，大喝道："胡说，自古道：'天下者，乃人人之天下，非一人之天下也'。孤家争取江山，管什么有仇无仇？你这个马快手，晓得什么？照爷爷的刀吧！"言罢举刀就砍。叔宝使枪架住道："唐爷不必发怒，还要三思。"唐璧又将刀砍来，叔宝又使枪架住，一连架过三刀。叔宝道："唐爷，小将曾在你标下一番，故此让你三刀。如今要还枪了。"唐璧又举刀砍来，叔宝把枪架住，往上一枭，那唐璧的刀几乎枭脱，叫声："好厉害！"自料不是对手，回马就走。

后面楚德看见主公输了，便拍马上前，大喝道："勿伤我主，俺楚爷来了。"摆动神钢叉，来战叔宝，战了八九合，被叔宝刺落马下，取了首级，回营缴令。秦王大喜，即摆酒贺功。小军飞报进来说："昔日众将俱在关外，求见千岁爷。"秦王听了，吩咐开关迎接。那一干众将，闻得秦王赦出天牢，又封了锏鞭，不惧奸王，故此个个都来。那时众将见开关迎接，一齐进关，朝见毕，秦王大喜，吩咐摆酒接风，俱留在关内听用。

再说刘黑闼见唐璧输了，又折元帅楚德，心中不快。忽见小军报进道："启王爷，今有南阳王朱登，上梁王沈法兴，寿州王李子通三处人马，一齐到了。"二王大喜，出来接进营中，见礼已毕。刘黑闼道："多承列位王爷，不辞跋涉而来，弟心甚觉不安。"三位王爷道："辱承相召，本欲早候，乃羁迟时日，有负见招之意，望乞恕罪。"刘黑闼道："不敢。"即将战败之事，一一说明，吩咐摆酒接风。

到了次日，众位王了升帐，刘黑闼道："请问今日那位王爷出阵？"南阳王朱登应道："小侄愿往。"四位王爷大喜。朱登提枪上马，杀气腾腾，威风凛凛，来到关下讨战。小军飞报进来："启千岁爷，外边有一员小将讨战。"秦王问道："那位王兄出去会他？"闪出程咬金道："小将愿往。"遂提斧上马，开了关门，一马冲出。

来到阵前，看见朱登面如满月，眼若流星，年纪不上十八九岁，叫声："好一个小将，快通名来，或者你是故交之子，我好留情饶恕，若是野贼种，我就一斧砍为两段。"朱登喝道："你这丑鬼，休得多言，孤乃南阳王朱登是也。"咬金道："呀，你叫朱登，乃是野贼种，不要走，照爷爷的斧吧。"当头就是一斧劈下，朱登把枪一架，咬金又一斧砍来。朱登大叫一声："呵呀，好一员勇将！"说未完，扑的又一斧，一连三斧，把朱登劈得汗流浃背，说声："好厉害！"却待要走，不料第四斧就没力了。朱登笑道："原来是个虎头蛇尾的丑鬼。"就把枪劈面来迎，连战几个回合，战得程咬金只有招架，并无回兵。朱登趁势拦开斧头，扯出鞭来一打，正中咬金左臂。咬金便大叫道："呵唷，小贼种，打得你爷老子好厉害！"回马便走，大败进关，来见秦王，连称厉害。

秦王又问，谁去迎敌？闪出齐国远道："小将愿往！"遂一马冲出，与朱登交战，不上十合，也大败进关。次后史大奈出战，也败了。此时四王正在掠阵，见朱登少年英雄，不胜欢喜。末后尉迟恭出战，与他交手，有百十余合，不分胜败。直杀得日色西沉，个个收兵。朱登回进营中，四王迎接，俱皆称贺，吩咐摆酒庆功。

这边尉迟恭回进关中说："朱登年纪虽小，本事高强，一时难胜。待明日俺出去，必要

擒他，才见手段。”叔宝道：“尉迟将军不可，我知他非别人，乃南阳侯伍云召之子。只因炀帝无道，伊祖与父，忠心不昧，祖遭荼毒，父被逼迫，继与朱灿抚养成人，故名朱登。待末将明日出去会他，说他归降主公便了。”秦王大喜。

次日，朱登又在关外讨战，叔宝提枪上马，来到阵前，看见朱登，就叫道：“贤侄，你叔父秦叔宝在此，对你讲话。”朱登大怒道：“放狗屁，你这匹夫，孤家何曾认得你？擅敢妄自尊大，称侄道叔！”提枪就刺。叔宝也怒道：“不中抬举的小畜生！”也把枪相迎。正是棋逢敌手，将遇良才，两人大战三十余合。叔宝见朱登枪法并无破绽，又把枪挡住道：“贤侄，你还有所不知，我对你说明始末，方知我叔父不差。当年你父伍云召在扬州，曾与我有八拜之交，结为异姓兄弟，情同手足。曾对我言及贤侄，寄托朱灿收养，他日长大相逢，当以正言指教。不意你令尊去世，贤侄如此英雄。目今唐朝堂堂天命，岂比那刘黑闼卑卑小寇？劝贤侄不如归顺唐朝，一则不失封侯，二则弃小就大，不使英雄耻笑，以成豪杰之名。贤侄以为何如？”朱登听了这番言语，心中省悟，只因四家王子在后掠阵，恐他识破，反为不美。只得变脸道：“不必多言，照孤家的枪吧！”一枪刺来，又战数合，暗想：“他方才所言，十分有理，我既有归顺之心，与他交战何益。”就虚刺一枪，回马就走。叔宝随后追来。四家王子见朱登败走，恐防有失，忙令众将放箭射去，叔宝只得退回关中，不表。

再说朱登回营，就道：“列位王爷，那秦琼果然厉害，小侄不能及他，故被杀败而回。”四位王子道：“胜败乃兵家之常，何必介意？明日再出兵去战吧！”未知次日交战如何，且听下回分解。

第六十四回　四王洒血紫金关　高祖庆功麒麟阁

次日刘黑闼招齐人马，向紫金关前搦战，早有苏定方一马冲出来，那秦王也在那里掠阵，看见苏定方一表人才，心中欢喜，叫一声：“苏王兄，投顺了孤家吧。”定方大叫：“唐童休走！”劈面一枪刺来，秦王大惊，忙把定唐刀要来招架，后面众将一拥而上，把苏定方团团围住。秦王道：“苏王兄，你们大势已去，如投顺孤家，不失公侯之赏。”苏定方料想刘黑闼兵微将寡，不能成事，不如归顺唐朝，就放下手中抢，下马投降，跪拜马前，秦王大喜，下马扶起。那边唐璧见苏定方投顺唐朝，不觉大怒，拿金背刀杀过来。这里程咬金举起宣花斧，上前架住。朱登见四王不能成事，料想后来天下必为秦王所得，也要投唐，遂拍马上前。却逢秦叔宝拦住，叫声：“贤侄，你可知天命有归，休要执迷不悟，快快投顺了唐家吧。”朱登道：“谨从叔父之命。”叔宝就引朱登降了，秦王大悦。

当下寿州王李子通，见苏定方、朱登两人归唐，心中大怒，把托天叉杀过来，尉迟恭接住厮杀。上梁王沈法兴使宝剑杀来，张公瑾、史大奈接住厮杀。刘黑闼领众将杀来，徐茂公招呼殷开山、马三保、段志贤、刘洪基等，一齐战住。那一场狠战，非同小可。直杀得阴风惨惨，怪雾腾腾，这话不表。

再讲南阳王朱登叫一声：“秦叔父，待小侄去招呼本部人马，斩了刘黑闼，作进见之功。”叔宝大悦道：“贤侄之言极是。”那朱登遂一马杀去，招齐了自家人马，去归唐朝，复翻身杀入刘黑闼阵内，这一条枪，好不厉害，犹如白龙取水，空中飞舞一般。那苏定方看见朱登入阵逞能，他也高兴起来，即忙向前叫声：“主公，待臣也去助一臂之力，以破明州兵献功。”秦王大喜。定方遂一马冲入阵去，把一条枪东挑西刺，直杀到上梁王阵里。这边张公瑾与沈法兴交战，史大奈连忙相助。只杀得沈法兴大汗直淋，恰好苏定方一马冲到，向沈法兴后心一枪，翻身落马，定方便下马割取首级而去。那尉迟恭战住李子通，不上十余合，被尉迟恭的枪刺去，正中咽喉，翻身跌下马来，尉迟恭也便下马，割取首级而去。那程咬金与唐璧交战，唐璧虽做过山东节度使，怎当得这程咬金三斧头的厉害？第一斧砍来，就当不起。那程咬金不由分说，走上前去，把第二斧劈下来；扑通一声，劈个正着，便下马赶过来，割取唐璧首级而去。

那刘黑闼见此光景，大叫一声：“罢了，杀的杀了！降的降了！可怜数十万人马，只剩得五万有零，这番料难复仇。”遂领残兵回营而逃，不提防朱登从后追来，一枪刺去，正中刘黑闼后心，翻身跌下马来。朱登上前，取了首级。可怜明州二十五万兵马，一时杀得天昏地暗，尸积如山，血流成河。当下徐茂公鸣金收兵，众将纷纷回营，程咬金献上唐璧首级，尉迟恭献上李子通首级，朱登献上刘黑闼首级，苏定方献上沈法兴首级。其余众将，所献大将首级，不计其数。秦叔宝一一记明，上了功劳簿。秦王吩咐摆酒贺功，众皆大悦。

次日，秦王传旨，留尤俊达为鱼鳞关总兵官，副将金甲、童环佐之；又留刘洪基为紫金关总兵官，副将樊虎、连明佐之；两处分兵丁十万镇守。六将领旨，自行打点守关。秦王带领众将，随即班师，放炮三声，起兵就行，一路上好不得意。及到长安，专等次日入朝，此话不表。

这日，高祖驾坐早朝，百官朝拜毕，忽黄门官启奏："秦王得胜，班师回朝，同众将午门候旨定夺。"高祖大喜，叫："宣他进来。"秦王闻宣，来至金阶，朝拜毕，就把出兵事情，一一奏上，又将功劳簿呈上龙案。高祖道："王儿平身。"将功劳簿细看一遍，龙心大悦。传旨宣徐茂公等三十七人见驾，众将闻宣，进朝朝见。山呼已毕，高祖龙颜大悦，说道："朕有封诰一道。"着黄门官上殿宣读。黄门官领旨，上殿念道："圣旨到。"众将跪听宣读，诏曰：

> 朕闻有功必赏，尔诸将勤劳王事，赤心报国，今幸班师，宜享太平。所有开国功勋，今当一一敕封。恩臣秦琼，临潼救驾，佐朕扫平宇内，特封护国并肩王、天下都督大元帅，赐双锏，专打奸佞。尉迟恭单鞭救主，封为鄂国公，赐鞭先打后奏。徐茂公封英国公；程咬金封鲁国公；魏征授兵部尚书；朱登复姓伍，封开国公；苏定方封锡国公；马三保、段志贤、殷开山、刘洪基、尤俊达五将，皆封为国公；其余众将，亦皆封总兵。故罗成赠越国公；故刘文静赠太子太傅。建麒麟阁，表扬诸将功勋。钦此。

黄门官读诏毕，众将山呼万岁，叩头谢恩，高祖起驾回宫，不表。

再说程咬金封了鲁国公，头载金幞头，双龙抢珠扎额，身穿大红蟒袍，腰系白玉带，脚踏粉底靴，摇摇摆摆，好不快活。当日朝廷就有旨意下来，命工部尚书，在府库中支出银一万两，起造麒麟阁，督同该管有司官员，即日兴工起造，钦限三月完工。那些有司官，唤齐各项匠人，不下数千名，纷纷起造。足足忙乱了三个月，完工复旨。早惊动了那长安的百姓，都称麒麟阁千古奇逢，难得看的。大家扶老携幼，男男女女，一齐来看，都沸沸扬扬地说道："好齐整一个麒麟阁，你看四围一带，都是玛瑙石砌就的。四边亭柱，都是乌木紫檀。高有十丈，阁造三层。上铺琉璃碧瓦，四面雕龙画凤的纱窗，真个景致非凡。"这些百姓，人人道好，个个夸强，这且慢表。

再讲高祖闻麒麟阁完工，传旨摆齐銮驾，到来游玩。细细观看一遍，龙颜大悦。命秦王写一副对联，挂于阁上，写道：

> 双锏打成唐世界，单鞭撑住李乾坤。

次日，高祖吩咐光禄寺摆宴阁上，命殷王、秦王、齐王，齐赴麒麟阁庆贺诸位功臣。兄弟三人，来到阁上，众将上前个个见礼已毕。那些众将，只与秦王说说笑笑，唯有殷、齐二王，却无一人理他。咬金见了暗想："这个狗头，一向大模大样，把我们众朋友百般欺侮，如今幸得高祖明白这个道理，把秦大哥的双锏与尉迟恭的单鞭，一齐御笔题诗在上，听他们专打朝中奸佞，不论皇亲国戚，先打后奏。故此这两个狗头，好像哑巴子一般，不敢撒野。待我老程去要他一要，也好与罗兄弟的阴魂，出出怨气，有何不可？"未知程咬金如何戏耍二王，且听下回分解。

第六十五回　升仙阁奸王逞豪富　太医院冷饮伏阴私

当下程咬金走到殷齐二王面前，开言道："你们两个在这里做什么？我家主公收纳英雄，在此麒麟阁，庆贺我们众功臣功劳，赐宴饮酒，好不光彩。你这两个退时倒运的废物，一出兵就大败而回。看起来，真正是没用的人了！要你们在此做什么？"叔宝见了，忙走过来喝退咬金，羞得殷齐二王，含怒而去。

来到府中，建成与元吉商议道："我们也造一个高阁起来，比麒麟阁更加齐整，也与我们两府的将士，日日饮酒作乐，以出今日被程咬金这狗头羞辱的恶气。贤弟，你道如何？"元吉道："王兄说得有理！"

次日，二王就发出两府钱粮，在麒麟阁对面，起造一所高阁。不消数月完工，却也与麒麟阁一般高大。上悬一个金字匾额，名曰："升仙阁"。那殷齐二王，也在那里饮酒作乐。倒造化了这班家将，日日赏赐，吃个醉饱。正因升仙阁造得穷工极巧，十分齐整，那些百姓，都去看升仙阁，这麒麟阁倒没有人来观看，就渐渐冷落了。众将都不以为意，只有程咬金是好胜的，他看见这光景，心中不服之极，忽然想道："我有个道理在此。"遂买了几百担干面，叫人做起肉馒包子，若百姓来看麒麟阁，每人赏他包子两个。

这消息传出去，到了次日，众百姓都来看麒麟阁，领赏包子，去而复来，往复不绝，真正热闹。程咬金得意扬扬，好不快活，那升仙阁也没有人去看了。二王知这消息，便说道："这两个包子何难，明日也做起肉馒包子，每人赏他四个包子。"这些百姓何乐而不为？复一齐来看升仙阁了。咬金闻知这事，一时兴发起来道："他们四个，我们这里赏他八个便了。"这消息传出去，到明日，百姓都是贪多，又一齐来看麒麟阁了。这边二王道："赏包子有甚稀罕，我明日分赏每人一钱银子。"百姓闻知这事，生意都不去做，扶老携幼，填满街道，都来看升仙阁，领赏一钱银子了。

咬金闻知，不觉大怒，暗想："我因一时赌气，把家中银子都用尽了，哪里及得这两个狗头富？"心中气闷不过。这一日，正逢尉迟恭酒吃得大醉，咬金便问道："老黑，那万岁爷封你的鞭做什么？"尉迟恭道："万岁爷叫我专打朝中不法之臣，你岂不晓得？"咬金道："如今二王私造升仙阁，给每人赏一钱银子，引得百姓不务生理。这等不法，你怎么不去打他？"尉迟恭道："他两个有钱，自去做畅汉，关我甚事？"咬金道："原来你是没用的！当初你被他骗去，受披麻拷打，吃了他的亏。如今趁此机会，何不公报私仇，打他一顿？"尉迟恭是个莽夫，听了这话，不觉大怒，遂拿钢鞭赶至升仙阁来。咬金暗想："不好了，万一二王被他打死，追究起来，说我老程叫他打的，如何是好？不若我一路叫喊前去，使两个狗头害怕，预先去了。我就哄骗这老黑，拆倒了这升仙阁，岂不是好？"遂一路喊叫道："殷齐二王私造升仙阁，耗费钱粮，尉迟恭打来了，你们大家走开些！"

二王正在阁上饮酒，忽听下面喊叫，推开纱窗，望下一看，大惊道："不好了！尉迟黑子来了！"忙奔下阁，逃出后门走了。那尉迟恭抢上阁来，不见了二王，正没处出气，忽见咬金走到，说道："他两个奸王，虽然逃走，打不着，这升仙阁是私造的，在此引诱百姓。何不将他拆毁，也与万岁爷省些钱粮？"尉迟恭正在大怒，今闻这话，就叫数百名家将，立刻把这座升仙阁，不消一日工夫，拆得干干净净。又把家伙玩器之物，件件都打得粉碎，方才住手，转身回府。那二王逃归王府，差人打听回报，不多时，差人来报说，升仙阁被他拆了，家伙玩器，尽行打碎。二王闻言，气得手足冰冷，半晌无言。

建成道："三御弟，我们气他不过，不如把此事奏闻父王，说他两个无事生非，欺君灭主的罪吧！"元吉道："不可，这升仙阁原是我们心不甘服他们的麒麟阁，故此私自出银来造的。怎敢奏闻父王？这场亏我与王兄是要吃他的了。"建成听说，又叫："御弟。你的见识虽是，但是秦王手下这些将官，我心里到底恼他不过。全赖御弟再想一个妙计，把这些将官，个个弄死，须要做得干干净净才好。"元吉听了，把眉一皱，顷刻计上心来，说道："有了。"建成忙问何计，元吉向建成耳边，低言如此如此，自然死得个个干净。建成听了大喜道："妙计！妙计！明日就行。"

次早二王入朝，朝见高祖，上殿奏道："臣儿建成、元吉，有事奏闻父王。"高祖道："你所奏何事？"二王道："臣儿想秦王麾下将士，边关立功，享安未久。值此盛暑，父王何不颁赐香茹饮汤，解散炎蒸，以表父王爱士之恩？"高祖道："皇儿之言甚善，依卿所奏。"即着太医院合就香茹饮汤，颁赐秦府众将。医官领旨，高祖散朝入宫。

二王退朝回府，就叫内侍去召太医院来。那太医院闻二王相召，忙来府中参见。二王道："孤家弟兄有一事相烦，不知先生肯依否？"那太医院英盖史道："千岁令旨，臣敢不遵？"二王道："先生，孤因天策府一班将官，个个倚着秦王势力，每事欺侮孤家。今日皇上要赐他香茹饮汤，着先生料理。孤家欲烦先生，于香茹饮汤中，暗藏巴豆大黄发泻等药，待他们吃了，个个泻死，故特请先生到来叮嘱。"英盖史闻言，连忙说道："二位千岁爷，别样事无有不遵，此系险毒之事，臣断断不敢奉命！”殷王道：“先生不必推辞，你今日依孤行事，他日孤登九五之位，就封你为并肩王，岂不富贵极矣！”英盖史听了这话，心中动念，想：“他是太子，他日皇帝自然是他的，我若依他，这并肩王稳稳做得成。”一时贪慕富贵，就忘了天道好生之德，便依允道：“既承二位千岁美意，臣敢不领命？”二王见他允了，便大喜，相送出府。未知后事如何，且听下回分解。

第六十六回 天策府众将敲门 显德殿太宗御极

当下英盖史回归太医院，连忙合好了香茹饮汤，奉旨送去。那天策府众将，因天气炎蒸，大暑逼人，各脱衣冠乘凉。忽见家将飞报进来道：“圣旨到了！”众将连忙穿戴衣冠，走出外边来，一齐俯伏接旨。那天使即开读诏曰：

朕处深宫，尚且不胜酷暑，想众卿在天策府，必然烦热。特命太医虔合香茹饮汤，一体颁赐，以明朕爱士之心。钦哉！

读罢诏书，众将谢恩，太医院入朝复旨。那程咬金忙走过来，说道：“这是皇上赐的香茹饮汤，必定加料，分外透心凉的，我们大家来吃。”先是秦王吃一杯，然后众将各吃一杯，唯有尉迟恭与程咬金，多吃两杯。见滋味又香又甜，两人贪嘴，不觉又吃了十来杯。咬金道：“妙呵，果然爽快，透心凉的！少停，我们再来吃吧。”众人个个分开去玩耍了。

看看到晚，众人肚中忽痛起来。咬金道：“这也奇了！难道我吃了十来杯香茹饮汤，暑气还不解吗？我再去吃吧。”走过去又吃了几杯，谁想愈加痛甚，只叫：“呵唷唷唷！不好！不好！要出恭了！”快走到坑上，泻个不住。自此为始，一日最少也有五六十遍。敬德泄泻也是如此。秦王众将，略略少些，却也泻得头昏眼花，手足疲软。这个消息传出去，殷齐二王闻知，暗暗欢喜。高祖在内宫，闻天策府将士，吃了御赐香茹饮汤，一齐泻倒，不觉大惊，就传旨叫太医院来医治。二王闻知，又嘱托英盖史，速速送他们上路。英盖史不敢推辞，口称：“遵命！”走到天策府中来医治，更把大黄巴豆放在药内，煎将起来，众将吃了，一发泻得不堪。

正在这时，却好救星到了。原来李靖云游四海而归，恰好到长安来见秦王。行礼毕，秦王告知：“诸将中毒泄泻，未能痊愈，军师何以治之？”李靖道：“不妨。”随将几丸丹药，化在水中，叫众将士吃了。果然妙药，吃下去，就不泻了。当下徐茂公道：“我们中了诡计，服下泻药，才会如此。太医院英盖史是和这事有关的，从他身上可以获得水落石出。”众将倒也罢了，只有程咬金、尉迟恭不肯干休，就要出气。无奈泻了几日，两脚疲软，行走不动。将息了数日，方才平复如故。两人私下商议，如此如此，遂同到大理寺府中来。

衙役通报本官，大理寺出来迎接，升堂见礼，分宾主坐下。咬金道：“我们两个，今日要借这座公堂，审究一事。”大理寺道：“遵教。”二人起身到堂中，向南坐下。咬金道：“贵寺请便吧。”大理寺道：“晓得。”说着里面去了。咬金唤过两名快役道：“我要你拿太医院英盖史回话，你可快去拿来。”快手禀道：“求老爷出签。”咬金道：“怎么要签，你速拿来，不得有违。”快手应道：“晓得。”他知程将军的性格，不敢回言，出了府门，一路思想道：“这个人是强盗出身，知什么道理？那太医院是朝廷命官，怎么就好去拿？今我写一个帖子，只说请老爷吃酒，他一定肯来的，那时就不关我事了。”算计已定，来到太医院，把帖子投进去。只见一个家丁出来说：“你们先去，我老爷就来。”两个快手回去，不表。

再说英盖史不知底细，只道大理寺请，即上马往大理寺来，到了门首，不见来接，心中暗想道：“定是他又陪别客在内。”竟自进去。到了仪门下马，走到里边，看见程咬金、尉迟恭坐在堂上，心内大惊，只得上前打拱。咬金见英盖史来，便大声喝道：“你这狗官，怎么不下跪？左右与我抓他上来。”两边衙役答应一声，就赶过来将他剥去冠带。英盖史大怒道：“我是朝廷命官，怎敢如此放肆？”咬金喝道：“你既是朝廷的命官，怎敢药死朝廷的将官？快把香菇饮汤之事招来，免受刑法。”英盖史听了，大惊失色，勉强说道：“这是万岁爷的主意，与我无干。”尉迟恭见他面上失色，遂叫：“程将军，不必与他斗口，夹他起来，不怕他不招。”咬金道：“是。”就叫左右把这狗官夹起来，两边答应一声，把英盖史夹入夹棍内，

尽力一夹。那英盖史号呼大哭，几乎痛死，心中想道："今日遇了这两个强盗，招也是死，不招也是死，不若招了，也免一时痛苦。"只得叫声："愿招。"咬金吩咐画供，那英盖史一一写在纸上，呈将上来。程咬金与尉迟恭，看不出是什么字，便叫："大理寺出来，念与我听。"那大理寺躲在屏门后观看，闻得叫唤，忙走出来，清清白白念与二人听了。二人大怒道："可恨这两个奸王，如此作恶，烦贵寺把英盖史监下，待我奏过朝廷，然后与他讲究。"大理寺道："领教。"就把英盖史收监，二人辞别回府。

次早，二人上朝，细细奏闻。高祖大怒，即着人去召殷、齐二王，并传英盖史。不多时，英盖史唤至殿前，叫道："此是殷、齐二王的主意，与臣无干。"二王亦到，见事发觉，只得朝见父王。高祖道："又是你们两个！"二王道："臣儿怎敢？这是英盖史妄扳臣儿，希图漏网，待臣儿与他对质。"就走下来，英盖史见了二王，忙叫："千岁，害得臣好苦！"殷王忙拔出宝剑，把英盖史砍为两段。高祖见了大怒道："此事尚未明白，怎么就大胆把他斩了！"二王道："臣儿问他，他言语支吾，一时性起，把他斩了。"高祖见了这事，明知二人同谋，欲要问罪，却是不忍父子情，遂大气回宫，染成一病，不表。

再说元吉闻知高祖有病，即来与建成商议道："王兄，今乘父王有病，我们只说守护禁宫，假传父王圣旨，兴兵杀入天策府，把他们众人个个结果何如？"建成大喜，准备进行不表。

再说秦王知父王气愤成疾，十分忧惧，众将屡劝秦王早即帝位，秦王不肯。一日，徐茂公来见秦王，说道："主公，臣观天象，那太白经天，现于秦分，应在主公身上。主公可速即大位。"秦王道："军师差矣！自古国家立长不立幼，今长兄建成，现为太子，九五之位，自然是他的。军师如何说出这话来？"

茂公见秦王不允，只得出来与众将商议道："我算阴阳，明日是主公登位吉期。我劝主公即位，主公说是国家立长不立幼，再三推让。如今二王谋害主公，我们不得不自行主张。"咬金道："我们去杀了两个奸王，不怕主公不登宝位。"茂公摇手道："不可，此非善计。今晚你们众将，可如此如此，自然成事。"众将听了道："妙计！妙计！"

商议已定，到了三更时分，众将顶盔贯甲，一齐到天策府敲门。秦王明知有变，不肯开门。众将见门不开，就爬上门楼，将绳索拴缚好了，大家用力一扯，把一座门楼，就扯倒了。众将一齐拥进，秦王骇然。即忙出来，尚未开口，被咬金扶他上马，拥到玄武门，埋伏要路。

殷王闻知这事，急请齐王来，道知此事，元吉道："王兄不必着忙。如今可速领东宫侍卫兵马杀出。说是奉圣旨要诛乱臣贼子，秦王自然不敢抗敌。岂不一举成功？"建成大喜，即出令点齐侍卫兵马，元吉也带侍卫家将。建成赶到玄武门，不料尉迟恭奉军师将令，埋伏在此，看见建成领兵杀来，遂拍马上前，大叫："奸王往哪里走！"建成一见尉迟恭，心下着忙，便大胆喝道："尉迟恭不得无礼，孤奉圣旨在此巡查禁门。你统众到此，敢是要造反吗？左右与我拿下。"东宫侍卫还未上前，尉迟恭大喝道："放屁，有什么圣旨？都是你奸王的诡计。今番断不饶情，吃我一鞭。"建成见不是路，回马便走。尉迟恭就把箭射去，正中建成后心，跌下马来。咬金从旁抢出，就一斧砍为两段。

后面元吉带了人马赶来，早有秦叔宝出来，大吼一声，举起双锏，把元吉打死。那侍卫兵将大怒，个个放箭，两边对射。秦王看见大叫道："我们弟兄相残，与你们众将无干，速宜各退，无得自取杀戮。"那众将闻秦王传令，方才散去。时高祖病已小愈，忽见尉迟恭趋入奏道："殷、齐二王作乱，秦王率兵诛讨，今已伏诛，恐惊万岁，未敢奏行，遣臣谢罪。"高祖闻言，不觉泪下，乃问裴寂道："此事如何？"裴寂道："建成、元吉，无功于天下，嫉秦王功高望重，共为奸谋。今秦王亲讨而诛之，陛下可委秦王以国务，无复事矣。"高祖道："此朕之夙愿也。"遂传位于秦王。秦王固辞，高祖不许。秦王乃即皇帝位于显德殿，百官朝贺，改为贞观元年，是为太宗。尊高祖为太上皇，立长孙氏为皇后。文武百官，俱升三级，秦府将士，并皆重。犒赏士卒，大赦天下，四海宁静，万民沾恩。有诗为证：

天眷太宗登宝位，近臣传诏赐皇封；
唐家景运从兹盛，舜日尧天喜再逢。

说唐后传

第一回 秦元帅兴兵定北 唐贞观御驾亲征

诗曰：

欲笑周文歌燕镐，还轻汉武乐横汾。岂知玉殿生三秀，讵有铜龙出五云。
陌上尧尊倾北斗，楼前舜乐动南薰。共欢天意同人意，万岁千秋奉圣君。

话说真主登了龙位，改唐太宗贞观天子年号。真个风调雨顺，国泰民安，四方宁静，百姓沾恩，君民安享三年。忽一日，贞观天子临朝，文武百官朝见已毕，分班站立。有黄门官启奏道："臣黄门官有事奏闻陛下。""奏来。""今有北番使臣官要见陛下，现在午门外候旨。"朝廷说："既有外邦使臣，快宣上殿来见寡人。"黄门官领旨传宣。你看这个使臣，怎生模样？只见他头戴圆翅乌纱狐狸冠顶，身穿大红补子宫袍，腰围金带，圆面短腮，海下胡须，手捧本意，上殿俯伏金阶。说："前朝圣主在上，有外邦使臣周纲见驾。愿陛下圣寿无疆。"朝廷说："爱卿到朕驾前，可是进贡与寡人吗？"使臣回奏道："臣奉狼主赤壁宝康王、罗窠汉七十二岛、流国山川红袍大力子大元帅祖车轮之旨令到来，有表本献与万岁龙目亲观。"朝廷传旨："什么表章，献上来。"周纲把表章双手呈献，旁边侍臣接上龙案，揭开抽封，龙目一看，只见数行字上面写着：

北番赤壁宝唐王，大将先锋谁敢当。立帝三年民尽怨，故我兴兵伐尔邦。
唐篡隋朝该一罪，杀父专权到处扬。欺兄灭弟唐童贼，自长威光压众邦。生擒
敬德来养马，活捉秦琼挟将刀。若要我邦兵不至，只消岁岁过来朝。

那太宗不看也罢了，一见数行言辞，不觉龙颜大怒，说："阿唷唷！罢了，罢了。可恶那北番蝼蚁之邦，擅敢如此无礼，前来欺负寡人！"吩咐把使臣官绑出午门枭首，前来缴旨。"嗄"两旁一声答应，唬得周纲魂不附体，说："啊呀！南朝圣主饶命。狼主冒犯天颜，与使臣官何罪，望赦蝼蚁之命。"爬起金阶，喊声大叫。那两班文武百官，多不解其意。早有徐茂公出班说："臣启陛下，不知这赤壁宝康王表章上说些什么？万岁龙颜如此大怒？"太宗说："徐先生，你拿去观看就知明白。"茂公上前取过表章一看，说道："陛下，这赤壁宝康王命使臣官来投战书了，难道天邦反惧了他不成？况两国相争，不斩来使，今陛下若斩其臣，北番反道陛下惧怕番邦了，请万岁命他使臣官报个信去，说我国随后就来征服你们。"朝廷听了茂公之言，把龙首颠颠说："先生之言有理。也罢，把使臣官周纲下两耳，恕其一死。"传旨未了，早有两旁武将一声答应，割去两耳，弄做了一个冬瓜将军，喊声："阿唷。谢南朝圣主不斩之恩。"太宗喝道："你快快回去，对那个赤壁宝康王罗窠汉听讲，叫他脖子颈候长些，只在百日之内，天兵到来取他首级，剿灭鸟巢，传个信与他。"周纲说声："是！领南朝圣主旨意。"周纲退出午朝门外，把绢袱包满了耳伤之所，当日上马。见北番狼主之话，非一日之工夫，我且不表。

单说唐贞观天子开言说道："徐先生，北番康王如此无礼，寡人这里不发兵去征剿他们，他到反来讨战，寡人还是怎么样？"军师徐茂公道："陛下，从来只有中国去征服小邦，那里小邦反打战书到中国来？这叫作来者不善，善者不来，臣昨夜仰观天象，见北方杀气腾空，必有一番血战之事，不想今日果有使臣官打战书到来。百日之内，就要提兵前去平服北番，方除后患。若是迟延，他兵一到，就难抵了。"太宗道："依徐先生之言，如此迟延不得了。"便对叔宝道："秦王兄，寡人命你明日起，要在教场之内，把团营总兵大小三军武

职们等，操演半个月，演好了然后就此发兵。”叔宝道：“臣领陛下旨意，下教场操演便了。”那秦琼出了午朝门，回到自己府中，就要发令与合府总兵官，明日大小三军在教场中伺候操演，这话且慢表。

单讲徐茂公说：“陛下，这北番那些兵将，一个个多是能人，利害不过的，必须要御驾亲征才好。”太宗道：“徐先生要寡人亲领兵前去吗？”军师道：“正是要御驾亲征，才平定得来。”太宗道：“也罢了。父王在位，寡人领兵惯的。今日北番作乱，原是寡人领兵，今降朕旨意与户部尚书，催趱各路钱粮。”朝廷把龙袍一展，驾退回宫，珠帘高卷，群臣散班，一宵晚话不表。

单讲次日清晨，秦叔宝在教场操演三军，好不热闹。那朝廷在朝中，也是忙乱兜兜，降许多旨意，专等秦琼演熟三军，就要选黄道吉日，兴兵前去。不觉过了半月，叔宝上金銮复旨说：“陛下，三军已操演得来精熟的了。”太宗就向军师道：“徐先生，几时起兵？”茂公道：“臣已选在明日起兵。”朝廷叫声：“秦王兄，你回衙周备，明日发兵了。”叔宝领了旨意，退回衙署，自有一番忙碌。

这些各位公爷，多是当心办事，到了明日五更三点，驾发龙位，只有文官在两班了。这些武将，多在教场内，有护国公秦叔宝戎装上殿，当驾前挂了帅印。皇上御手亲赐三杯御酒与叔宝饮了。谢了恩，退出午门，跨上雕鞍，豁喇喇往教场来了。早有众公爷在那里候接。多是戎装披挂，挎剑悬鞭，也有铁箔头、乌金铠，狮子盔、黄金甲，獬豸盔、红铜铠，银箔头、青铜甲。这班公爷，个个上前说道：“元帅在上，末将们等在此候接。”元帅叔宝道：“诸位将军，何劳远迎，随本帅进教场内来。”众公爷齐声应道：“是。”一同随元帅进教场来。只见有团营总兵官、游击、千把总、参谋、百户、都司、守备这一班武职们，也都是顶盔贯甲，跪接元帅。秦琼吩咐站立两旁，又见合教场大小三军，齐齐跪下，送帅爷登了帐，点明队伍，一共二十万大队人马。点咬金带一万人马为头站先锋：“须要逢山开路，遇水成桥。此去北番人马甚是骁勇，一到边关停住扎营，待本帅大兵到了，然后开锋打仗。若然私自开兵，本帅一到，就要取你首级。”先锋一声答应：“是，得令。”那鲁国公程咬金，好不威风，头戴乌金开口獬豸盔，身穿乌油黑铁甲内衬皂罗袍，左悬弓，右插箭，手提开山大斧，须髯多是花白了。若讲到扫北这一班公爷们，多有五六旬之外，尽是鬓发苍苍年老的了。这叫作：

年老长擒年少将，英雄哪怕少年郎。

只看程咬金有六旬外年纪，上马还与天神相似，这般利害得狠。他领了精壮人马一万前去，逢山开路，遇水成桥，竟望河北幽州大路而行，我且慢表。

回言要讲到朝廷龙驾。命左丞相魏征料理国家大事，托殿下李治权掌朝纲。贞观天子同军师徐茂公，出了午朝门，跨上日月骕骦马，一竟到教军场来。有秦琼接到御驾，遂命宰杀牛羊，奠旗纛神祇。皇上御奠三杯，有元帅秦叔宝祭旗已毕，吩咐发炮起营。那一时哄咙咙三声炮起，拔寨起兵，前面有二十万人马摆开阵伍，秦元帅戎装打扮，保住了天子龙驾，底下有二十九家总兵官，多是弓上弦，刀在鞘，有文官送天子起程，回衙不表。单讲那些人马离了长安，正往河北进发，好不威灵震赫。这些地方百姓人家，多是家家下阏户户关门。正是：

太宗登位有三年，风调雨顺国平安。康王麾下车元帅，表中差使进中原。
辱骂贞观天子帝，今日兴兵御驾前。旗幡五色惊神鬼，剑戟毫光映日天。金盔
银铠多威武，宝马龙驹锦绣鞍。南来将士如神助，马到成功定北番。

这个唐太宗人马，旌旗招扬，正望北路进发。后有解粮驸马小将军，名唤薛万彻，其人惯使双锤，骁勇无敌，所以护送粮草来往。贞观天子起了二十万足数精壮人马，前去定北平番，我且不表。

单说那北方外邦，第一关叫作白良关，却对中原雁门关。白良关远雁门关有二百里，多是荒山野地之处。雁门关外一百里，是中原地方；白良关外一百里，是北番地方。在此处各分疆界，若是大唐人马到来，必须要穿过雁门关而至白良关的。前日使臣官周纲，被太宗皇帝割去两耳，早已回番，见过狼主，故此北番狼主传令各关守将，日夜当心防备，又差探子远远在那里打听。那北番第一关上，有位镇守总兵老爷，你道什么人？他乃姓刘名方，字国贞，其人身长一丈，平顶圆头，犹如笆斗，膊阔一庭，腰大十围。生一张黑威威

脸面，短腮阔口，兜风一双大耳，两眼铜铃，朱砂浓眉，两臂有千斤之力。他若出阵，善用一条丈八蛇矛，其人利害不过，若讲到北番之将，多是：

上山打虎敲牙齿，下水擒龙剥项鳞。

说不尽关关有好汉，寨寨有能人。此一番定北不打紧，只怕要征战得一个：

头落犹如瓜生地，血涌还同水泛红。

当下刘国贞正在私衙与偏正牙将们讲究兵法，忽有小番儿报进来了，说道："启上平章爷，不好了，小将打听得南朝圣主太宗唐皇帝，御驾亲领二十万大队人马，有护国公大元帅秦琼，带了数十员战将，手下有合营总兵官，前来攻打白良关了。"刘国贞闻言，不觉骇然说："唐朝天子亲领人马来了，可打听得明白？""小番在雁门关探听得明明白白的，故来通报。"国贞道："既是明白的，可晓他人马离此有多少路了？""小番探得他此时头站先锋，差不多出雁门关了。"那国贞哈哈大笑道："好好好，送死的来了。"这一班众将连忙问道："大老爷为何闻说南朝起兵前来，反是这等大笑？"国贞说："诸位将军，你们有所不知，俺们狼主千岁，欲取中原花花世界，锦绣江山，所以前日命周纲打战书与太宗唐王。若是唐童不起兵来，到也奈何他不得。如今那唐王御驾，亲领人马前来，也算我狼主洪福齐天，大唐的万里山河稳稳是我狼主的了，岂不快活。"众将道："大老爷，何以见得稳取中原，如此容易？"国贞道："列位将军，岂不晓那唐童全靠秦叔宝、尉迟恭利害。他只道北番没有能人，所以御架亲自领兵前来征剿我们，他还不晓得北番狼主驾前，关关多是英雄豪杰，何惧叔宝、敬德乎？待唐兵到来，必然攻打白良关。待本镇去活捉唐朝臣子以献狼主，岂非本镇之功。"诸将大喜。叫声："平章爷须要小心。小将们别过了。"不表这班花知鲁达们回衙，单讲刘国贞吩咐把都儿，关上多加些灰瓶石子，蹋弓弩箭，若唐兵一到，速来报本镇知道。把都儿一声答应，自去紧守关头，我且不表。

单讲那先锋程咬金领了一万人马，从河北一带地方出了雁门关，又是两日路程，有军士报说："启上先锋爷，前面是白良关北番地方了。"咬金道："既到番地，吩咐安营，扣关下寨，放炮定营。"众将一声得令，顷刻把营盘扎住。咬金吩咐小军打听，大兵一到，速来报我。军士答应自去。

如今要说到贞观天子，统领大队人马，过了雁门关，一路下来。早有程咬金远远相接说："元帅，小将在此候接帅爷、龙驾。前面已是白良关了，不敢抗违帅令，等候三天，一同开兵。"元帅说："本帅自令北番早走，马到成功。"吩咐大小三军扎下营盘，走进御营。天子说："秦王克，行兵在路辛苦，明日开兵罢。"秦琼说："此来定北，非一日一月之功，要看日时开兵吉利的成日。"天子道："秦王兄之言甚善。"按下唐营君臣之事，再讲关内小番报进："启上平章爷，唐兵已到关下了。"刘国贞说："方才关外放炮之声，想必唐兵到来扎营，若有唐将讨战，前来报我。"小番得令，自往关上观望不表。

再说唐营元帅说："诸位将军，今当出兵吉日，那一个出去讨战？"道言未了，早有程咬金闪出说："元帅，小将愿往。"元帅说："你是没用的，北番番将不是当耍的，甚是利害，第一场开兵，须要取他之胜，才晓得我们大唐将军的利害。若是你出马杀败了，反为不美。"程咬金最胆小的，一闻元帅之言，只得退立旁边去了。只见部中又闪出一将道："元帅，待小将出去讨战罢。"元帅一看，原来是尉迟恭，便说："将军出阵，须要小心。"尉迟恭一声："得令。"上马提枪，挂剑悬鞭，顶盔贯甲，一声炮响，大开营门，鼓声啸动，豁喇喇一马冲出，直奔白良关下。那小番儿看见，好一个恶相的唐将，待我放箭。"呔！下面的蛮子，少催坐骑。看箭！"说时迟，射是快，阿唷唷，只见乱纷纷箭如雨点一般射下来。尉迟恭不慌不忙，把长枪乱使，如雪花飞舞相似，把乱箭尽行撇开。上面小番看呆了，箭也不射下来了。那尉迟大叫一声，说道："呔！关上的，快报你主将得知，今天兵到了，太宗皇帝御驾亲征，叫他早早出关受死。"不表尉迟恭关下大叫，单讲小番飞报进衙说："启上平章爷，有南朝蛮子在关外讨战。"刘国贞听报，立起身来："待我去擒南蛮。"吩咐备马抬枪，脱下袍服，顶好盔，穿好甲，端住枪，跨上马，出了总府衙门，来到关上，望下一瞧，说："阿唷！好一个蛮子。"但见他头戴闹龙铁箈头，面如锅底，浓眉豹眼，海下胡髯，身穿锁子乌金铠。左悬弓，右悬箭，坐在马上，好不威风。国贞就命把都儿发炮开关。只听一声炮响，关门大开，放下吊桥。刘国贞出得关门，后拥三百攒箭手，射住阵脚。尉迟恭抬头一看，只见一个番将，望吊桥冲来，好不可怕。但见他头上戴顶双分凤翅金盔，顶大红缨，面如纸钱

灰，狮子口，大鼻子，朱砂眉，一双怪眼，短短一捧连鬓胡须。身上穿一领腥腥血染大红袍，外罩龙鳞红铜铠。左悬弓，右插箭，手执一条射苗枪，坐下一匹点子昏红马，直奔上前，把枪一起。尉迟恭也举乌缨枪架住，说道："吠！那守关将留下名来。"国贞道："你要问本镇之名吗？乃赤壁宝康王狼主御驾前，红袍大力子大元帅祖麾下，加为镇守白良关总兵大将军刘国贞。你可晓得本镇枪法利害之处吗？"敬德说："不晓得你这无名之辈！今天兵已到，你们一国的蝼蚁，多要杀个干干净净，何在你这个把番奴，霸住白良关，阻我们天兵去路。"正是：让我者生，若还挡我者死。要知两员勇将交战如何，且听下回分解。

第二回　白良关刘宝林认父　杀刘方梅夫人明节

诗曰：

威风独占尉迟恭，定北先夸第一功。
谁料宝林能胜父，当锋一战定英雄。

再说尉迟恭大叫："番奴快快献关，方免一死。若有半声不肯，那时死在枪尖之下，只怕悔之晚矣。"国贞听言大怒；喝道："你这狗蛮子有多大本事，如此无礼，擅自夸能！魔家这枪不挑无名之将，你也通下名来，魔家好挑你这狗蛮子。"尉迟恭大怒，喝声："番奴！你要问俺家之名吗？洗耳恭听：某乃唐太宗天子驾前，护国大元帅秦麾下，加为保驾大将军，虢国公，复姓尉迟，名恭，字敬德，难道你不闻某家之名么！"刘国贞呼呼冷笑道："原来你就是尉迟蛮子，中原有你之名，魔家只道是三头六臂的，原来也只不过如此，可晓得魔家的枪法吗？唐童尚要活擒，何况你这蛮子。"尉迟恭亦呵呵冷笑道："休得多言，照某家的枪罢。"把枪一摆，月内穿梭，直望刘国贞面门挑进来了。国贞说声："不好！"把枪一架，却把膊子震了两震，在马上两三晃："啊唷！果然名不虚传，好厉害的尉迟蛮子。"尉迟恭大笑道："你才晓得俺家尉迟将军的利害骁勇吗？照枪罢！"又是一枪，劈前心挑进来了。嗒啷一声响，逼在旁首，马交肩过去，闪背回来，二人大战。好一似：

北海双蛟争战水，南山二虎斗深林。

战到十余合，国贞只好招架。他勉强又战了几合，看看敌不住尉迟恭了。那敬德看见刘国贞面上失色，心中大喜，扯起了竹节钢鞭，量在手中，才得交肩过来，喝声："照打罢！"一鞭打在国贞背心，刘方大喊一声，口吐鲜血，伏在马上，大败而走。尉迟恭说："你要往那里走，我来取你之命也！"催开坐骑，豁喇喇追上来。国贞败过吊桥，小番儿把吊桥扯起，放起乱箭射来。尉迟恭只得扣住马，喝声："关上的，快叫他早早献关就罢了，如若闭关不出，定当打破，我老爷且是回营。"带转马，回营来了。军士上前拢住了马，抬过了枪，就进中营说："元帅，末将打败了守将刘国贞，前来缴令。"秦元帅大喜，说："好一位尉迟将军，第一阵交战胜了北番，白良关一定破得成了。明日再到关前讨战。"不表。

再说刘国贞败进关内，到衙门下了马，有小番扶进书房坐定。说："啊唷唷，打坏了。"把盔甲卸下，靠在桌子上。里面走出一个小厮来，面如锅底，黑脸浓眉。豹眼阔口，大耳钢牙，海下无须，年纪只好十六七岁，身长九尺余长，足穿皮靴，打从刘国贞背后走过。叫声："爹爹。"那刘国贞抬起头来说："我儿，你来到为父面前做什么？"原来这个就是刘国贞的儿子刘宝林，他便回说："爹爹，闻得大唐人马来攻打白良关，爹爹今日开兵胜败若何？"国贞见问，说道："嗳，我儿！不要说起。中原尉迟蛮子骁勇，为父的与他战不数合，被他打了一鞭，吐血而回，心里好不疼痛。"宝林大惊，说道："爹爹被南朝蛮子伤了一鞭，待孩儿出马前去，与爹爹报一鞭之仇。"刘方说："我的儿，怎么说动也动不得，那个尉迟老蛮子伤了一鞭，利害非凡。为父的尚难取胜，何在于你？"宝林说："爹爹不妨，从来说将门之子，未及十岁就要与皇家出力，况且孩儿年纪算不得小，正在壮年，不去与父报恨，谁人肯与爹爹出力。"国贞说："我儿虽然如此，只是你年轻力小，骨肤还嫩，枪法未精，那尉迟狗蛮子年纪虽老，枪法精通，只怕你不是他的对手。"宝林道："不瞒爹爹说，孩儿日日在后花园中操演枪法、鞭法，件件皆精，哪怕尉迟蛮子，一定还他一鞭之报，今日就要出马。"说罢，就去顶盔贯甲，把一条铁钢鞭，骑一匹乌骓马，手执乌金枪，说："爹爹，孩儿前去开

兵。"刘国贞道:"我儿慢走,须要小心,待为父的到关上与你掠阵。带马来!"国贞跨上马,军士一同来到关上,说:"我儿,不可莽撞,为父的鸣金就退。"宝林应声道:"是。爹爹不妨。"放炮开关,一声炮响,大开关门,一马冲到唐营,喝声:"快报与尉迟蛮子知道,今有小将军在此,要报方才一鞭之恨,叫他早早出来会我。"这一声大叫,有军士报与元帅得知。说:"启上元帅,营门外有北番小番儿,坐名要尉迟千岁出去,要报方才一鞭之恨,开言辱骂。请元帅爷定夺。"元帅说:"诸位将军,方才尉迟将军打败番将,如今又有小番儿讨战,谁可出去会他?"闪出程咬金道:"元帅,如今第二阵不妨事的了,待小将去会他一会。"元帅尚未出令,旁边又闪出尉迟恭来,叫声:"元帅,既是这小番儿坐名要某家去会战,原待某家出去会他。"元帅说:"将军出去,须要小心。"尉迟说:"不妨。"军士们带马抬枪。程咬金说:"老黑,你把我头功夺去,第二阵应该让我立功,你又来夺去,少不得与你算账的。"尉迟恭叫道:"老千岁,听得小番儿坐名要某家,故而出去会他。倘胜他,第二功算你的如何?"程咬金道:"老黑,你拿稳的吗? 只怕如今必败,休要逞能。待程老子与你掠阵,看你又胜得他吗。"尉迟恭跨上了马,手提枪,放炮一声,冲出营门。程咬金来到营门外,抬头一看说:"呵唷,好一个小番儿!"只见他铁盔铁甲,锅底脸,悬鞭提枪,单少胡须,不然是小尉迟无二的了。便叫声:"老黑,这个小番儿到像你的儿子。"尉迟恭道:"呔! 老千岁,休得乱讲,与某家啸鼓!"那番战鼓发动了,拍马豁喇喇冲到刘宝林面前,把枪一起,那边乌金枪喀唧一声响,架定了,叫声:"来的就是尉迟蛮子吗?"应道:"然也! 你这小番儿,既知我老将军大名,何苦出关送死?"刘宝林听说:"啊呀! 我想你这狗蛮子,怎么把我爹爹打了一鞭,所以我小将军出关要报一鞭之恨,不把你一枪挑个前心后透,誓不为人。"尉迟恭呵呵冷笑说:"方才刘国贞被我打得抱鞍吐血,几乎丧命,何况你这小小番儿,想是你活得不耐烦了。"宝林说:"狗蛮子不必多言,看家伙。"劈面一枪过来,尉迟恭喀唧一声架住了枪,说:"你留个名儿,好挑你下马。"宝林说:"你要问我名字么,方才打坏老将军是俺小将军的父亲。我叫刘宝林,可知道小爷爷的本事利害? 你可下马受死,免我动手。"尉迟恭大怒,拍马冲来,劈面一枪,宝林不慌不忙,把乌金枪喀唧一声架过了,一连几枪,多被宝林架住在旁边。这一场大战,枪架叮当响,马过踢踏声。老小二英雄,战到五十回合,马交过三十照面,直杀个平交,还不肯住。

又战了几个回合,只见日色西沉,宝林大叫一声:"阿唷! 果然好厉害的老蛮子。"尉迟恭道:"呔! 小番儿,你有本事再放出来。"宝林也说:"呔! 那个怯你,有本事大家放下枪,鞭对鞭,分个高下。"尉迟恭冷笑道:"你这小番儿也会使鞭? 难道某家怕了你吗。"放下抢,宝林也放枪,两边军士各自接过了枪,二人腰进取出铁钢鞭,拿在手中。两条是一样的,叫一声:"那个走的不足为奇,照小爷爷的鞭罢。"打将下来。尉迟恭急架相迎,这一鞭名曰"摹云盖顶实堪夸",那一鞭叫作"黑虎偷丹真难挡。"两下鞭来鞭架,鞭去鞭迎,好杀哩。只见杀气腾腾不分南北,阵云霭霭,莫辨东西。狂风四起,天地生愁;飞沙遍野,日月埋光。二人又战了三十个回合,直杀到黄昏时候,不分胜败。关头上刘国贞看见天色已晚,不见输赢,就吩咐鸣金。宝林把枪架住说:"老蛮子,本待要取你首级,奈何父亲鸣金,造化了你多活了一夜,明日取你性命罢。"尉迟恭也叫声:"小番儿,你老子道你今夜死了,故而鸣金。也罢,明日取你命罢。"两骑马一个进关,一个进营。尉迟恭来见元帅,说:"方才出战的小番儿,果然利害,与我只杀得平交,难以取胜。"叔宝说:"方才本帅闻报,尉迟将军与小番儿战个敌手,不道北番原有这样能人。"敬德说:"少不得某家明日要取他首级。"

不表唐营之事,再讲那刘宝林进关说:"爹爹,尉迟蛮子果然利害,不能取胜,明日孩儿出马,定要伤他之命。"刘国贞说:"儿,今日开兵辛苦了,为父的虽做总兵,到没有你这样本事,与老蛮子战到百十余合,亏你好长力。"宝林说:"爹爹,英雄所以出于少年之名,如今爹爹年迈了,自然战不过这狗蛮子。"父子一路讲论,到衙门下了马,卸下盔甲,来到书房。国贞说:"我儿,你开兵辛苦,母亲内房去罢,明日再与那狗蛮子相杀。"宝林应道:"是。"来到内房,只见那些番女说:"夫人且免愁烦,公子进来了。"宝林走近前来,只见老夫人坐在榻上,眼眶哭得通红,在那里下泪,便叫声:"母亲,孩儿日日在房中见你忧愁不快,今日又在下泪,不知有甚事情,孩儿今日倒要问个明白。"夫人说:"啊呀我那儿啊! 做娘的要问你,今日出兵与唐将那一个交战,快快说与做娘的知道。"宝林说:"母亲,孩儿出

阵,那中原有一个尉迟老蛮子十分骁勇,爹爹出战,被他打得抱鞍吐血而回,所以孩儿不忍,出马前去,要与爹爹报仇,谁想尉迟蛮子,孩儿与他战到百十余合,只杀得个平手,不得取胜,少不得明日孩儿要取他的命。"梅氏夫人听说,大惊道:"我儿,那中原尉迟蛮子,可通名与你,叫什么名字?"宝林说:"啊!母亲,他叫尉迟恭。"那夫人听了尉迟恭名字,不觉眼中珠泪索落落滚个不住。宝林一见,好似黑漆皮灯笼,冬瓜撞木钟。连忙急问,说是:"母亲为着何事,可与孩儿说明,总有千难万难之事,有孩儿在此去做。"夫人带泪道:"阿呀!儿阿。你虽有此言,只怕未必做得来。做娘的为了你,有二十年冤屈之事,谁人知道。到今朝孩儿长大成人,不思当场认父,报母之仇,反与仇人出力。"宝林连忙跪下叫声:"母亲说话不明,犹如昏镜,此冤屈从头说起,孩儿心内不明,乞母亲快快说与孩儿知道。"夫人道:"儿啊,做娘的今日与你说明,报仇不报仇由你,我做娘的如今就死黄泉也是瞑目的。"宝林说:"母亲到底怎么样?"梅氏夫人说:"我的儿,今日交兵的尉迟恭,你道是何人?""孩儿不知道。"夫人看见丫鬟们在此,说道:"你们外边去看,老爷进来,报我知道。"丫鬟应声走出。夫人见无人在此,叫声:"我儿,那书房中刘国贞,这奸贼你道是谁人?"宝林说:"是我爹爹。母亲,中原尉迟恭,有甚瓜葛?"夫人喝道:"吠,我想你这不孝子的畜生,怎么生身之父也不认得?"宝林道:"阿呀,母亲此言差矣,我爹爹现在书房,何见得不认生身之父。"夫人道:"我儿,今日对敌的尉迟恭,是你父亲。刘国贞这天杀的奸贼,与做娘是冤仇,你还不知吗?"宝林大惊道:"母亲,孩儿不信如此,乞母亲细细说明此事。"夫人说:"你不信这也怪你不得,方才这鞭,你快拿过来就知明白。"宝林拿过鞭来,叫声:"母亲,鞭在此。"夫人叫声:"我儿,这一条鞭名曰雄鞭。你可见那嫡父手中乃是一条雌鞭,还有四个字嵌在柄上,你也不当心去看他一看,自己名字可姓刘么。"宝林把鞭轮转一看,果然有四个字在上面,刻着尉迟宝林四个细字。"阿呀!母亲,看这鞭上姓名,实不姓刘,反与中原尉迟恭同姓,母亲又是这等讲,不知其中委屈之事到底是怎样的?一一说与孩儿明白。"夫人说:"我儿,今日做娘的对你说明白,看你良心。说起来,真正可恼可恨,做娘的当日同你嫡父在朔州麻衣县中,做了四五年的夫妻,打铁为活。从那一年隋属大唐,那唐王招兵,你父往太原投军,做娘再三阻挡,你父不听,我身怀六甲,有你在腹,要你父亲留个凭信,日后好父子相认。你父亲说:'我有雌雄鞭两条,有敬德两字在上,自为兵器,随身所带乃是雌鞭,这雄鞭上有宝林二字在上,你若生女,不必提起;倘得生男,就取名尉迟宝林,日后长大成人,叫他拿此鞭来认父。'不想你父亲一去投军,数载杳无音信回来,却被这奸贼刘国贞掳抢做娘的到番邦,欲行一逼。那时为娘要寻死路,因你尚在母怀,故犹恐绝了尉迟家后代,所以做娘的只得毁容立阻,含忍到今,专等你父前来定北平番,好得你父子团圆,所以为娘的含冤负屈,抚养你长大成人,好明母之节,以接尉迟宗嗣,做娘就死也安心的了。"宝林听罢,不觉大叫一声:"母亲,如此说起来,今日与孩儿大战之人,乃我嫡父亲也。阿唷,尉迟宝林阿,你好不孝,当场父亲不认,反与仇人出力!罢、罢、罢,待孩儿先往书房斩了刘国贞这贼,明日再去认父便了。"就在壁上抽下一口宝剑,提在手中,正欲出房,夫人连忙阻住说道:"我儿不可造次,动不得的。"宝林说:"母亲,为什么?"夫人说:"我儿,那刘国贞在书房中,心腹伴当甚多,你若仗剑前去,似画虎不成反类其犬,被他拿住,我与你母子的性命反难保了。如今做娘的有一个计较在此,你只做不知,明日出关交战,与你父亲当场说明,会合营中诸将,你诈败进关,砍断吊桥索子,引进唐兵诸将,杀到衙内,共擒贼子,碎尸万段。一来全孝,与母报仇;二来做娘受你父之托,不负你父子团圆;三来归北第一关是你父子得了头功,岂不为美。"宝林听了叫声:"母亲此言虽是,但我孩儿那里忍耐得这一夜?"母子说话多端,也不能睡。

再讲那刘国贞在私衙与偏将等议论退敌南朝人马,就调养书房,直到天明。尉迟宝林叫声:"母亲,孩儿就此出去,勾引父亲进关,同杀奸贼。"夫人说:"我儿须要小心。"宝林应道:"晓得。"连忙顶盔贯甲,悬鞭出房,来到书房。国贞看见,叫声:"我儿,你昨日与大唐蛮子大战辛苦,养息一天,明日开兵罢。"那宝林不见那对方开口,到也走过了;因见他问了一声,不觉火冒大恼,恨不得把他一刀劈为两段,只得且耐定性子,随口应声:"不妨碍。"出了书房,吩咐带马抬枪,小番答应,齐备,宝林上马,竟是去了。国贞看宝林自去,因自己打伤要调养,吩咐小番把都儿当心掠阵:"倘小将军有些力怯,你就鸣金收军。"把都儿一应得令。

再表尉迟宝林来到关前，吩咐把都儿放炮开关。只听一声炮响，大开关门，放下吊桥，一阵当先，冲出营前，大叫："快报与尉迟老蛮子，叫他早早儿出来会俺。"军士报进店营："启上元帅爷，营外有小番将，口出大言，原要尉迟老千岁出去会他。"尉迟恭在旁听得，走上前来叫声："元帅，某家昨日对他说过，今日大家决一个高下。"叔宝说："务必小心。"尉迟恭得令而行，有分教：

北番顷刻归唐主，父子团圆又得功。

要知尉迟恭出战如何，且看下回分解。

第三回 秦琼兵进金灵川 宝林枪挑伍国龙

诗曰：

老少英雄武艺高，旗开马到见功劳。太宗唐祚兴隆日，父子勋名麟阁标。

再讲尉迟恭出来，跨上雕鞍，提枪悬鞭，冲出营门，两边战鼓震动，大喝道："呔！小番儿，你还不服某老将军手段吗？管叫你命在旦夕。"宝林心中一想，把乌金枪一起，喝声："老蛮子，不必多言，照枪罢。"兜回就刺，尉迟恭急架相迎，两人战到六七回合，宝林把金枪虚晃一晃，叫声："老蛮子果然枪法好厉害，小爷让你。"拨马往回落荒而走。尉迟恭心中大喜，大叫道："你往那里走，老爷来取你命了。"把马一催，豁喇喇追上来了。宝林假败下来，往山凹内一走，回头不见了白良关，把马呼一带转来。尉迟恭到了面前喝声："还不下马受死。"嚓的一枪，直到面门。宝林把乌金枪喀唧一声响，迎位叫声："爹爹，休得发枪，孩儿在这里。"连忙跳下雕鞍，跪拜于地。尉迟恭见他口叫爹爹，下马跪拜。到收住了枪，说："小番儿，你不必这等惧怕，只要献关投顺，就免你一死。"宝林说："爹爹，当真孩儿在此相认父亲。"尉迟恭说："岂有此理，你认错了。某家在中原为国家大臣，那里有什么儿子在于北番外邦。没有的，没有的。"宝林叫声："爹爹你可记得二十年前在朔州麻衣县打铁投军，与梅氏母亲分离，孩儿还在腹内，一去之后，并无音信，到今二十余年，才得长成相认父亲。难道爹爹就忘了吗？"尉迟恭一听此言，犹如梦中惊醒，不觉两泪交流说："是有的。那年离别之后，我妻身怀六甲，叫我留信物一件，以为日后相认，只是你无信物。未可深信，一定认错了。"宝林叫声："爹爹，怎么没有信物？"抽起一条水铁钢鞭，提与尉迟恭说道："爹爹，你还认得此鞭吗？"敬德把鞭接在手中仔细了看，柄上还刻着"尉迟宝林"四字，认得自己亲造两条雌雄二鞭。昔年留于妻子之处，叫他抚养孩儿长大成人，拿鞭前来认我，谁想到今方见此鞭。果然是我孩儿了。那时便滚鞍下马，说道："我儿，今日为父得见孩儿之面，真乃万幸也。为父与你母亲分别后，也受了许多苦楚，才蒙主上加封，差人到麻衣县相接你母亲，并无下落。那时为父思想了十多年，差人四处察访，音信绝无，岂知孩儿反在北番。因何到此，母亲何在？"宝林叫声："阿呀！爹爹。自从别离之后，母亲在家苦守，不想被番奴刘国贞这贼虏在北番，屡欲强逼，我母亲欲要全节而亡，因有孩儿在腹，犹恐绝了后嗣，所以毁容阻挠，坚心苦守，孩儿长大，叫我今朝相认父亲，总是孩儿不孝，望爹爹不必追究过去之事。"尉迟恭又惊又喜道："原来如此。为今之计，怎生见得夫人？"宝林说："爹爹，母亲曾对我讲过的，叫爹爹假败进营，会合诸将，上马提兵，待孩儿假败，砍断吊桥索子，冲杀进关去贼子，就好相见。得了白良关，一件大功。"尉迟恭道："此计甚妙，我儿快快上马。"父子提枪跨上雕鞍，冲出山凹。叫声："小番儿果然利害，某今走矣。休赶，休赶。"一马奔至营前，宝林收住丝缰，假作呼呼大笑道："我只道你久常不败，谁知也有今日大败！罢，快叫能事的出来会我。"此话不表。

再讲尉迟恭下马，上中军来见元帅说："真算我主洪福齐天，白良关已得。"叔宝说："将军未能取胜，白良关怎么得来？"敬德说："北番这位小半，乃是某家嫡子，所以今日假败，到落荒相认，父子团圆。我妻梅氏，现在关中，叫孩儿对某所讲，会合各位将军，坐马提兵，杀出营门。等我孩儿假败下去，砍落吊桥，抢进关中，共擒守将，岂不是白良关唾手而得矣。"众将闻言大喜。叔宝说："果有这等事，你子因何反在北番，从何说起？"敬德就把麻衣县夫妻分别之事，细细说了一遍。秦琼方才明白。即发令箭数枝，令诸将坐马端

兵，抢关擒北番之将，须要小心，不得违令。众将应声："是。"早有马、段、殷、刘、程咬金五将，上马提兵，出营门观望。尉迟恭冲出营门，大叫一声："小番儿，某家来取你命也。"拍马上前，直取宝林。宝林急架相迎，父子假战了五六个冲锋，宝林便走。叫声："休赶，休赶！"把眼一丢，望关前败下来了。敬德叫声："那里走！"回头又叫声："诸位将军，快些抢关哩。"这六骑马随后赶来，底下大小三军们，旗幡招飐，剑戟刀枪如海浪滔天，烟尘抖乱，豁喇豁喇豁喇赶至吊桥边来。宝林过得吊桥，有小番高扯吊桥，忙发狼牙，却被宝林砍断索子，吊桥坠落，众小番大惊说："大爷反把吊桥索子砍断。"宝林喝声："呔！谁敢响，那个是你们公子。看枪！"乱挑了几个，小番喊叫说："公子反了！"一拥进关。诸将过了吊桥，宝林叫声："爹爹这里来。"六骑马杀进关中，鼓打如雷，马叫惊天，那关中合府官员，多闻报了。有偏正牙将们，顶盔贯甲，上马提刀，上来抵敌。尉迟恭父子二人，两条枪好了不得，来一个刺一个，来一双刺一双。程咬金手执大斧说："狗番奴！"骂一句，杀一个，骂两句，杀一双。殷、刘、马、段四将，提起大砍刀，杀人如切菜。好杀哩，直杀到总府衙门，刘国贞一闻此报，着了忙说："一定此事发了。带马抬枪，随本总来呵。"这一边家将们多是明盔亮甲，提着军器，上着马，一拥出来。到得总府衙门，"阿呀！不好了。"多是大唐旗号，前面尉迟宝林引路，直冲上来。刘国贞把枪一起，叫一声："畜生！反害自身。照枪。"嚓的一枪直刺过来。宝林把枪喀唧一响，架住在旁边，马打交锋过来，国贞正冲到尉迟前面来了。敬德把鞭拿在手中说："去罢！"当夹胸只一鞭，国贞叫得一声："啊呀！"血稍一喷，坐立不牢，跌下马来。军士拿来拴捉住了，余外家将、小番们晦气，一刀三个的，一枪四五个的，有识时务的，口叫："走阿，走阿！"多望金灵川逃去，杀得关内无人。

尉迟父子进了帅府，滚鞍下马，说："孩儿，快去请你母亲出来相见。"宝林奉父命来到房中，只见夫人索珠流泪，犹如线穿一般。宝林忙叫："母亲，如今不必悲泪，爹爹现在外面，快快出去。"夫人说："我儿，当日夫君曾叫我抚养孩儿成人，以接后代。到今朝父子团圆，虽节操能全，我只恨刘国贞谤污我名，今可擒住吗？"宝林说："母亲，已今绑在外面了。""既如此，我儿与我先拿进来，然后与你爹爹相见。"宝林说："是。"走出外面，拿进刘国贞。刘国贞叹声："罢了，养虎伤身。"梅氏夫人一见，大骂："贼子，你谤讪我节操声名，蛮称为妻，使北番军民误认我不义，耻笑有失贞节，怎知我含忿难明，皆因身怀此子，不负亲夫重托，所以外貌是和，中心怀恨，毁容阻挠，得幸此子长成，再不道亲夫临敌，父子团圆，我完节之愿毕矣。贼阿，你一十六年谤节之名，此恨难泄。"忙叫："我亲儿，快将这奸贼砍为肉酱。"宝林应声，提剑起来，乱斩百十余刀，一位白良关守将化为肉泥。夫人叫声："我儿，你往外面，唤父亲到里面来。"宝林奉命出得房门，梅氏夫人大叫一声："丈夫阿！今日来迟，但见其子，不见你妻了。你为中原大将，我污名难白，见你无颜，罢，罢，罢，全节自尽，以洗贞操。"忙将头撞上粉壁，可怜间脑浆迸裂，全节而亡，呜呼哀哉了。宝林那晓其意，来到外面说："爹爹，母亲要你里面去相见。"尉迟恭大喜，父子同进房中，一见夫人撞墙而死。宝林大哭一声："我母亲呵！"那尉迟吓呆了，遂悲泪道："我儿，既死不能复生，不必悲泪。"就将尸骸埋葬在房，父子流泪来到外面，对诸将说了，人人皆泪。程咬金说："好难得的。"众将上马出关，进中营。马、段、殷、刘缴了令，尉迟恭说："我儿过来，参见了元帅。"宝林上前说是："元帅在上，小将尉迟宝林参见。"元帅叫声："小将军请起。"宝林然后走下来，见过了诸位叔父、伯父们。敬德领进御营，俯伏尘埃，说道："陛下龙驾在上，臣尉迟宝林见驾。"世民大喜，说是："御侄平身。寡人有幸到来平北，得了一位少年英雄，谅北番是御侄熟路，穿关过去，得了功劳，朕当加封与你。"宝林谢了恩。元帅传令，大队人马来到白良关，点一点关中粮草，查盘国库，当夜赐宴与敬德贺喜。养马三日，放炮起兵，兵进金灵川，我且慢表。

单说金灵川守将名字伍国龙，身长一丈，头如笆斗，面如蓝靛，发似朱砂，海下黄胡，力大无穷，镇守金灵川。这一日升堂，有小番报进："启爷，白良关已失，现在败伤把都儿在外要见。"伍国龙闻白良关失了之言，便大惊说："快传进来。"把都儿走进跪下说："平章爷不好了，大唐兵将实为骁勇，白良关打破，不日兵到金灵川来了。"伍国龙那番吓得胆战心惊，说："本镇知道。快走木阳城报与狼主知道。吩咐关头上多加灰瓶石子，弓弩旗箭，小心保守。大唐兵马到来，报与本镇知道。"把都儿一声得令，此话不表。

再讲到南朝兵马，在路饥食渴饮，约有三日，那先锋程咬金早到金灵海川下，吩咐放炮安营，等后面人马一到，然后开兵。不一日大兵到了，程咬金接到关前营内。其夜君臣饮酒，商议破关之策。当晚不表。次日清晨，元帅升帐，聚集众将两旁听令。尉迟宝林披挂上前，叫声："元帅，小将新到帅爷麾下，不曾立功，今日这座金灵川，待小将走马成功，取此关头以立微勋，有何不可？特来听令。"秦叔宝道："好贤侄，此言实乃年少英雄，须要小心在意。"宝林应道："是，得令。"顶盔贯甲，悬剑挂鞭，绰枪上马，带领军士冲出营门，来到关前，大叫一声："呔！关上的，快报与伍国龙知道，今南朝圣驾亲征破番，要杀尽你们番狗奴，况白良关已破，早早出来受死。"这一声大叫，关上小番报进来了："启爷，关外大唐人马已到，有将讨战。"伍国龙闻报，吩咐快取披挂过来，备马抬刀，顶盔贯甲，结束停当，带过马，跨上雕鞍，提刀出府，来到关前，吩咐开头。哄咙一声炮响，大开关门，放下吊桥，一字摆开，豁喇喇一马冲出。宝林抬头一看，见来将一员，甚是凶恶，你看他怎生打扮：

头戴红缨亮铁明盔，身披龙鳞软甲。面如蓝靛，朱砂红发；两眼如银铃，两耳兜风，一脸黄须。坐下一骑青鬃马，大刀一摆光闪灿，枪刀双起响叮当，喝声似霹雳交加。

宝林看罢大叫一声："呔！来的番狗通下名来。"伍国龙说："你要魔家的名吗？乃红袍大力子大元帅祖麾下，加为镇守金灵川大将军伍国龙便是。"宝林说："原来你就叫伍国龙，也只平常。今日天兵已到，怎么不让路献关，擅敢反来阻我去路，分明活得不耐烦了。"国龙闻言大怒，也不问姓名，提起刀来喝声："呔！照魔家的刀罢。"望宝林顶上劈将下来。宝林叫声："好！"把枪噶啷这一枭，国龙喊声："不好。"在马上一晃，这把刀直望自己头上崩转来了，豁喇一马冲锋过去，兜得转来，宝林把手中枪紧一紧，喝声："去罢！"一枪当心挑进来，伍国龙叫得一声："阿呀！我命休矣。"躲闪不及，正刺在前心，不咚一响，挑下马去了。宝林复一枪刺死，吩咐诸将快抢关里。叫得一声抢关，一骑马先冲上吊桥上了。营前的尉迟恭在那里掠阵，见儿子枪挑了番将，也把枪一串说："诸位老将军，快抢吊桥。"有程咬金、王君可二十九家总兵，上马提枪执刀，豁喇喇正抢过吊桥来了，那些小番把都儿望关中一走，闭关也来不及了，却被宝林一枪一个，好挑哩；众将把刀斩的把斧砍的，好杀哩。这些小番也有半死的，也有折臂的，也有破膛的，也有有时运的逃了去的。一霎时，逃得干干净净。杀进帅府，查盘钱粮，请关外大元帅同贞观天子、大小三军，陆续进关。把钱粮单开清在簿。宝林上前说："元帅，小将缴令。"元帅说："好贤侄，真乃将门之子，走马取关，其功不小。"太宗大悦，说："御侄将门有将，尉迟王兄如此利害，御侄枪法更精，叫作英雄出在少年，王兄不如御侄了。"敬德听见朝廷称赞他儿子，不觉毛骨悚然，奏道："陛下，究竟他枪不精，出得不精，没有十分筋骨发出来的。"太宗道："阿，王兄，御侄没有筋骨也够了。"其夜营中夜饮贺功。

一宵过了，明日清晨，把关上赤壁宝康王旗号去落了，打起大唐旗号，只如今放炮抬营，三军如猛虎，众将似天神，一路上马，前往银灵川进发，好不威风。探马预先在那里打听，闻得失了金灵川，飞报进关去了。行兵三日，来到关外，把人马扎住，后队大元帅人马已到，吩咐离关十里下寨。有尉迟宝林上前说："且慢安营，待小将走马取关，先开一阵，倘挑了番将，就此冲进关门，走马成功，岂不为美？若不能取胜，安营未迟。"元帅说："既然如此，贤侄须要小心，待本帅与你掠阵，靠陛下洪福，贤侄灭得守将，本率领三军冲进关中，也是你之功。""得令！"把马一冲，来到关前大喝一声："呔！关上的，快去报天兵到了，速速献关，若有半句推辞，将军就要攻关哩。"小将喊声惊动关上把都儿，报进："启爷，大

唐人马已到，有小蛮子坐马端枪讨战。”总爷大惊说：“中原人马几时到的，可曾安营吗？”“启上平章爷，才到。不曾扎营，走马讨战。”“阿唷！哪有此理。南朝兵将一发了不得，取了白良关，又取了金灵川，思想要取银灵川，可恼、可恼。”吩咐带马过来，结束停当，挂剑悬鞭，手执金棍，带领众把都儿，一声炮响，大开关门，一马当先，冲过吊桥。尉迟玉林一看，原来是一员恶将，十分凶险。你道怎生打扮：

头戴龙凤顶铁盔，身穿锁子黄金甲。手执惯使黄金棍，坐下千里银鬃马。

好一位番邦勇将，黑脸红须，直到阵前。宝林大喝一声：“呔！来的番狗住马，可通名来。”总爷把棍一起，噶唧架定说：“你要问魔家之名么，对你说，你可知道，我乃镇守银灵川总兵王天寿便是，可晓得本将军之利害吗？还不速退。”宝林听了，把枪一起刺来，王天寿把棍一架，回手一棍，喝声照棍。当头望顶梁上盖将下来，好不利害，犹如泰山一般。宝林把枪一架，噶唧一声响，拨开在旁，回手一枪，王天寿躲闪不及，喊一声不好了，一枪正中咽喉，不咚一声跌下马来，死于非命。小番见主将已死，晓得银灵川内杀得厉害，大喊一声，各自逃生，往野马川去了。元帅好不得意，把人马同宝林杀进关去了，一卒皆无。到总府扎住，尉迟宝林进账缴令。正是：

唐王有福天心顺，众将英雄取北番。

不知进攻野马川如何，且听下回分解。

第四回 铁板道士遁野马川 屠炉女夜弃黄龙岭

诗曰：

尽夸妖道法高强，野马川边战一场。
铁板欲伤年少将，哪知老将勇难当。

尉迟宝林走马取了二关，朝廷大悦。说：“御侄其功非小。”吩咐改换大唐旗号，查盘钱粮，养马三日。众将称赞尉迟宝林之能，尉迟恭好不得意。次日，发炮起行，望野马川进发。早有小番告急，本章如雪片一般飞报到木阳城。狼主大惊，急召齐花知平章胡猎等议事。众文武入朝，朝参已毕。传旨：“大唐兵已夺三关，诸卿有何良策，可退唐兵？”早有元帅祖车轮出班奏道：“狼主放心。待臣操演三军，起兵退敌，杀退大唐人马，易如反掌之间。”狼主道：“既如此，传旨作速操演人马退敌，以安朕心。”元帅领旨。

不讲狼主之事，再表大唐兵到了野马川，吩咐放炮安营，朝廷开言说：“御侄，你走马破了二关，功劳不小，今日这一座野马川，为何御侄就不能走马出兵，没有胆子去破关吗？”宝林叫声：“陛下有所不知，臣虽年小称雄，因看得金银二川守将本事欠能，故臣可以走马取关，今野马川关将本事利害骁勇，况且又有仙传异法，十分难破，故此臣不敢夸能。”太宗说：“御侄，此关有甚妖人把守，善用异法害人吗？”宝林说：“陛下，那关将名唤铁板道人，他用一尺长半寸阔铁打成的，叫作铁板，方口一块，念动真言，发在空中，有一万丧一万，有一千丧一千，多要打为泥灰。”太宗说：“此人邪法利害，怎么样处？”徐茂公开言说：“陛下不必多虑，此乃妖道邪法，龙驾在此，正能压邪，哪怕妖法。明日开兵，自然取胜。”宝林说：“待臣明日讨战便了。”

再表次日，打鼓聚将，元帅升帐，请将两旁站立，小将军披甲上马，领令出营。敬德昨夜听得儿子所言关中妖道利害出奇，说道：“待末将出去掠阵。”元帅说：“我主有言，妖道甚是利害，待元帅同众将一齐出营，观看妖道怎样邪法，如此利害。”众将俱应。营前发动战鼓，宝林来到关前，上面箭如雨下。宝林说：“休得放箭，快快叫守将出来会俺。”把都儿报入帅府说：“启上道爷，外面有唐将讨战。”那李道人呼呼大笑说：“大唐兵将分明来送死了，他自道走马取了三关，却不知我爷的异法利害，也敢前来走马，叫他认认爷的手段看。”吩咐备马，通身打扮，跨上雕鞍，拿一口孤定剑，身藏法宝，带了把都儿，来到关下，吩咐放炮开关，一马当先冲出。宝林抬头一看，好一个怪面道人，头如笆斗，眼似银铃，尖嘴大鼻，海下红胡，根根如铁线，身穿皂罗袍，手执孤定剑，来到阵前，把剑照宝林劈来。宝林把枪噶唧一声架住；又一剑砍来，又把枪架开了。宝林说：“妖道，看小爷的枪。”劈面刺

来。李道人把双剑架起，交了三个回合，那里敌得过，口中念动真言，祭起法宝，往空中呼的一声，有数道霞光冲起，直望宝林头上打将下来了。宝林抬头一看，吓得魂不附体，"阿呀，不好了。"带转马头，正望营前逃走，李道人指点铁板随后追来。尉迟恭看见儿子被妖法追去，心内着忙，冒铁板下冲进来。李道人只顾伤宝林，不提防敬德冲进来，要收这铁板打敬德来不及了，被敬德冲到肋下，拦腰这一把，用力一提，李道人把身一挣，尉迟恭年纪老了，在马上一晃，两个都翻将地下来了。敬德手一松，扒起身来，不见了妖道，借土遁而走了。少不得征西里边还要出阵，这是后事，我且慢表。且说尉迟恭见妖道走了，即上马叫众将冲关，后面大小三军一齐冲进关中。小番看势头不好，弃了野马川，飞奔黄龙岭去了。查盘钱粮，改换旗号，养马三日，发炮起行。往黄龙岭进发，此话不表。

再讲黄龙岭守将，你道什么人，乃是一员女将，叫作屠炉公主，乃是狼主驾前有一位屠封丞相，就是她父亲，因见她能知三略法，会提兵调将，善识八卦阵，兵书、战册尽皆通透，力气又狠，武艺又精，才又高，貌又美，所以狼主将她继为公主，十分宠爱，加封在此镇守黄龙岭。这一日，正与诸将商议退敌之策，忽有侍女禀道："启娘娘，野马川上有小番要见。"公主吩咐传他进来。番子跪伏在地说："公主娘娘不好了，野马川已被大唐兵夺去了，明日就要来攻打黄龙岭了。"吓得屠炉公主面如土色说："列位将军，他前日取了白良关，倒也不在心上，如今看起来，真算中原人马实为利害。杀得俺这里势如破竹，今日取了银灵川，明日失了野马川，多是走马成功的。如今五关已失四关，若黄龙岭一破，木阳城就难保了，与他开不得兵的。"诸将皆曰："公主娘娘，那南朝兵多将广，不可开兵，使个计策杀他片甲不回，捉住唐王，才无后患。"公主心中一想："有了，洒家有良策在此，管叫中原兵马有路无回，尽作为灰。"众将道："娘娘有何妙计？"公主说："此计不可泄漏，你们听我之令，关头上多要旌旗，密密把关门大开，吊桥放下，我们领了关中小番，竟往木阳城去见父王狼主，共擒唐将，同捉唐王，把黄龙岭兵马尽行调行，诱引唐兵进关前来中计。"那众番将听了公主娘娘之分，谁敢有违，连忙吩咐五营八哨把都儿们，摆齐阵伍，装载粮草，把关门大开，多立旌旗。公主娘娘带领众将，多往木阳城去见狼主不表。

再讲唐王人马，这一天到了黄龙岭，有探马上前禀道："启元帅爷，前面是黄龙岭了。但见关头上旌旗飘荡，并无兵卒，大开关门，吊桥不扯起，不知什么诡计，故此禀上元帅。"秦琼呼呼冷笑说："诸位将军，你们不要藐视此关之将无能，大开关门，兵卒全无，内中有计。今日御驾亲征，谅无大事，你们须要小心进关，看他使何诡计。"程咬金叫声："元帅，非也。我们侄儿连夺四关，尽不用吹毛之力，黄龙岭守将难道岂不晓得？决然闻此威名，谅不敢与我们开兵，所以弃关逃走了。不要说侄儿年少英雄，就闻我老程之名，也胆战心惊的，那里有什么诈，分明怕我，逃遁了去。"秦琼说："你通是呆话，不必多讲与我。"吩咐大小三军进关去。元帅一出令，三军多望关中而进。就着尉迟宝林四处查点明白，恐防暗算，或有奸细，一面发令安营，人马扎住。那太宗问道："御侄，如今前面什么关了。"宝林说："陛下，没有什么关了，就是木阳城，赤壁康王所住之地。"太宗大喜，说道："诸位王兄，闻得番邦之将利害异常，原来如此平常的，焉及王兄们骁勇，一路打关攻寨，并无阻隔，如今兵打木阳城，有几天成功得来。"众臣道："一来靠皇天，二来靠陛下洪福，三来诸将本事，必要攻破番城，活捉番王，得胜班师。"太宗大喜。吩咐营中大排筵宴，赏赐公卿。当夜不表。次日清晨，元帅传令发炮起行，往木阳城而进。

再讲木阳城内狼主千岁，身登龙位，有左丞相屠封，右元帅祖车轮，文武二臣，朝贺已毕，狼主说："元帅，魔家此国只靠元帅之能，今日被唐兵杀得势如破竹，十去甚八，昨日又报野马川已失，元帅操演人马已熟，速速兴兵到黄龙岭，与王儿同退唐兵还好，不然黄龙岭一失，魔家就不好看相了。"元帅叫声："狼主放心，这两天忙得紧，日夜操演三军，今日有铁、雷二将，在教场会火箭，待臣今日去看了操，然后明日到黄龙岭同退唐兵。"祖车轮辞朝，教场中去了。有番儿报进："启上狼主千岁，公主娘娘带领本部番兵进城来了。"唐王听了此言，不觉一惊，开言叫声："屠丞相，王儿如此胆大，轻身到此，黄龙岭有卵石之危，何人把守，岂不干系？屠封说："狼主，那公主不知有甚事情，且召进来。"康王就命番臣番将迎接公主娘娘。文武番臣领旨出迎。公主闻召，同诸将走上银銮殿，公主俯伏说："父王狼主，千岁，千千岁。"康王叫声："我儿平身。"说："王儿，今唐兵到黄龙岭，正思无计可退唐兵，汝不保汛地，反带兵到此，岂不关内乏人，倘被他取了黄龙岭，如之奈何？"公

主叫声："父王有所不知，臣儿若要保守此关，谅不能够，况南朝蛮子好不利害，倘然失利与他，破了黄龙岭，臣儿之罪也。故此传令诸将，反把关门大开，回来见父王，有个绝妙之计，叫南朝人马一个也不能回朝。"康王说："王儿有何妙计，捉得唐王，其功非小。"公主说："此计名曰空城之计。木阳城北四十里之遥，有座贺兰山，做了屯扎之处，把木阳城军民人等，多调在贺兰山住了，做了一个空城，把四门大开，旌旗高扯，大唐人马进了城，我们把木阳城团团围住，不能出去，粮草一绝，岂不多要丧命。"公主正在设计，元帅祖车轮也进朝门。一闻此计，说："公主计甚好。但是大唐人马肯进城，一定是死。然唐营之中岂无智谋之士，只怕识得空城之计，不进城来，便怎么处？"公主说："元帅，城中或者不进，营盘扎在城边，只需元帅周备，如此，如此；恁般，恁般。怕他不进城去！"元帅叫声："好计。"狼主心中大悦，说事不宜迟，传魔家旨意，令城中军民人等，尽行搬出，到贺兰山去了。然后狠主部令了数万人，竟退到贺兰山扎营。元帅当下调兵埋伏，暗中探听不表。

单讲大唐人马，离了黄龙岭下来，三天到木阳城，探子报道："木阳城大开，不知何故。"秦元帅忙问徐茂公道："二哥，究竟那些番狗使的什么计？"茂公叫声："元帅，此乃空城之计，引我兵进了城，那时就要围住，绝我粮草。此计不可上他的当，就在此安营在外。"程咬金说："徐二哥，又在此说混话，什么空城计不空城计，这班番狗，惧怕我们，多逃遁去了。那里有什么计？及早进城，改换旗号，好班师。"茂公说："我岂不知，谁要你多言！"元帅传令大小三军，不必进城，就此安营。放炮一声，安下营盘。此时却是日已过午，君臣畅饮，直吃到三更，军士飞报进来报上："王爷、元帅，不好了，营后火发。正南上有二支人马，尽用火箭射将过来，三军营帐多烧着了。"元帅听得呆了。太宗汗流浃背，听一声叫："阿呀，不好了！"沸反滔天，自己营中多乱起来了。茂公说："中了他们的计了，诸位将军，快些上马保驾。"元帅上马提枪，冲出营门，尉迟恭父子两骑马也出营外，马、段、殷、刘，措手不及，端了兵器，保定天子，程咬金拿了开山大斧，一拥出营。抬头一看，吓杀人也。但只见正南上有兵，东西二处也有人马，灯球亮了，照耀如同白日，火球、火箭、火枪，打一个不住，四边有数万人马杀来。唐兵心慌，三军受伤者不计其数。天子叫声："先生，如之奈何？怎么处？"抖个不住。茂功无法，只得传令，把人马统进城中，暂避眼前之害。大小三军那里还去卷这些物件，只得多弃撇了，望城中逃命要紧。诸大臣保定龙驾，一拥进城，把四门紧闭，扯起吊桥。其夜乱纷纷，安住。再讲外面元帅祖车轮大悦，说道："唐兵落我的圈套了。"吩咐大小儿郎，就此把四门围住，不许放唐卒一人，违令者斩。一声答应，四支人马，将城围得水泄不通。放炮三声，齐齐扎下营盘。早已东方发白。贺兰山狼主御驾，同了屠封丞相，屠炉公主，领了二十万人马，又是团团一围，真正密不通风。

再讲城中唐王坐了银銮殿，元帅住了车轮的帅府，诸将安歇了文武官的衙门，数万人马扎住营盘。军士报道："启上万岁爷，那番兵把四门围住了。"茂公说："不好了，上了他当了。如今粮草不通，如之奈何？"尉迟恭说："军师大人，不免且到城上去看看。"元帅说："老将军之言有理。"天子说："待寡人也到城上去走一遭。"众公卿多上雕鞍，带随身家将。万岁身骑日月骕骦马，九曲黄罗伞盖顶，出了银銮殿，来到南城上一看，大惊说："阿育，吓死人也。好番营，十分厉害。"君臣见了，大家把舌头伸伸。元帅叫声："诸位将军，你看这一派番营，非但人马众多，而且营盘扎得坚固，不是儿戏的。我军又难以冲出去，他们粮草尽足，当不得被他困住半年六月怎么处？况我粮草空虚，岂不大家饿死。"天子龙颜纳闷，诸将无计可施，只得回衙。三天过了，大元帅祖车轮全身披挂，出营讨战。有军士报进："启上万岁爷，西城外有番将讨战。"天子吓得面如土色，叫声："秦王兄，番将如此利害，在外攻城，如何是好？"元帅说："陛下，不妨，待本帅上城看来。"叔宝上马来到西城上，望下一看，见有一将生得来十分凶恶，面如紫漆，两道扫帚眉，一双怪眼，狮子大鼻，海下一部连鬓胡须，头上戴一顶二龙嵌宝乌金盔，斗大一块红缨，身穿一件柳叶锁子黄金甲，背插四面大红尖角旗，左边悬弓，右边悬箭；坐下一匹黑点青鬃马，手执一柄开山大斧，后面扯起大红旗，上写着："红袍大力子大元帅祖"，好不威风。在城下大叫："呔！城上的蛮子听者，本帅不兴兵来征伐你们，也算这里狼主好生之德，怎么你反来侵犯我邦，夺我疆界，连伤我这里几员大将，此乃自取灭亡之祸，今人我邦，落我圈套，凭你们插翅腾空，也难飞去，快把无道唐童献将出来，饶你一群蝼蚁之命，若有半句推辞，本帅就要攻打城门哩。"这一声大叫，城上叔宝说："诸位将军，这一员番将不是当要的，你看好似铁宝塔一

般，决然利害。”程咬金说：“好像我的徒弟，也用斧子的。”众将笑道，你这柄斧子没用的，他这把斧头吃也吃得你下，比你大得多的，你说什么鬼话。”元帅说：“如今他在城下猖獗，本帅起兵到此，从不曾亲战，不免今日待本帅开城与他交战。”众将道：“若元帅亲身出战，小将们掠阵。”叔宝按好头盔，吩咐发炮开城，与他交战。轰隆一声炮响，大开城门，带了众将，一马冲先，好不威风。祖车轮把斧一摆，喝声：“蛮子少催坐骑，可通名来。”叔宝说：“你要问俺的名么，大唐天子驾前，扫北大元帅秦。”祖车轮呵呵大笑道：“你大唐有名的将，本帅只道三头六臂，原来是一个狗蛮子，不要走，照爷爷家伙罢。”把斧一起，叔宝把枪一架，噶啷一响，说：“呔！慢着，本帅这条枪不挑无名之将，快留个名儿。”车轮说：“魔家乃赤壁宝康王驾下大元帅祖。”叔宝说：“不晓得你番狗，照本帅的枪罢。”望车轮劈面刺来，车轮说声：“好。”把开山大斧一迎，叔宝叫声：“好家伙！”带转马头，车轮把斧打下来，叔宝把枪一抬，在马上乱晃，把光牙一挫，手内提炉枪紧一紧，直望车轮面门刺来，车轮好模样，那里惧怕，把斧钩开，正是：

强中更有强中手，唐将虽雄难胜来。

不知二将交战如何，且看下回分解。

第五回　贞观被困木阳城　叔宝大战祖车轮

诗曰：

英主三年定太平，却因扫北又劳兵。
木阳困住唐天子，天赐黄粮救众军。

叔宝实不是祖车轮对手，杀到三十回合，把枪虚晃一晃，带上呼雷豹，望吊桥便走。车轮呵呵大笑道：“你方才许多夸口，原来本事平常。你要往那里走，本帅来也！”把马一拍，冲上前来。唐兵把吊桥扯起，城门紧闭。元帅进得城来，诸将说：“元帅不能胜他，如之奈何。”尉迟宝林说：“元帅，不免待小将出去拿他。”尉迟恭说：“我儿，元帅尚不能胜，何在于你，如今他在城下耀武扬威，怎么样处？”元帅道：“如此把免战牌挂出去。”那祖车轮看见了免战牌，叫声没用的。那番得胜回营，此话不表。

再讲城中元帅同众将，回到殿中，天子开言叫声：“秦王兄，今日出兵反失胜与番狗，寡人之不幸也。”诸臣无计可施，困在木阳城中，不觉三月，粮草渐渐销空。这一日当驾官奏说：“陛下，城中粮只有七天了。”天子叫声：“徐先生，怎么处？”茂公道：“叫臣也没法处治。那番狗设此空城之计，原要绝我们粮草，我军入其圈套，奈四门困住，音信不通，真没奈何。”咬金说：“若过了七天，我们大家活不成了。”天子龙心纳闷，又不能杀出，又没有救兵。不想七天能有几时？到了七天，粮草绝了，城中人马尽皆慌乱。程咬金说：“徐二哥有仙丹充饥不饿的，独一老程晦气，要饿杀。”元帅说：“如今多是命在旦夕，还要在此说呆话。”尉迟恭意欲同宝林踹出营退敌，又怕祖车轮气力利害，龙驾在此，终非不美。君臣正在殿上议论，无计可施，只听半空中括喇括喇一片声震，好似天崩地裂，吓得君臣们胆战心惊。大家抬头一看，只见半空中有团黑气，滴溜溜落将下来。跃在尘埃，顷刻间黑气一散，跳出许多飞老鼠来，足有整千，望地下乱钻下去。众臣大家称奇。天子叫声：“徐先生，方才那飞鼠降在寡人面前，此兆如何？”茂公道：“陛下，好了！大唐兵将未该绝命，故此天赐黄粮到了。”诸将说：“军师何以见得？”茂公笑曰：“前年四魏王李密，纳爱萧妃，履行无道，后来忽有飞鼠盗粮，把李密粮米尽行搬去，却盗在木阳城内，相救陛下，特献黄粮。”天子大喜说：“先生，如今粮在哪里？”茂公道：“粮在殿前阶台之下，去泥三尺便见。”天子就命军士们数十人，掘地下去，方及三尺深，果见有许多黄粮，尽有包裹，拿起一包，尽是蚕豆一般大的米粒。程咬金说：“不差，不差，果是李密之粮。”元帅点清粮草，共有数万，运入仓廒，三军欢悦，君臣大喜。茂公说：“陛下，臣算这数万粮草，不过救了数月之难，也有尽日，我想城外那些番狗困住四门，粮草尽足，不肯收兵，终于莫绝。”太宗道：“先生，这便怎么处？”茂公说：“臣阴阳上算起来，必要陛下降旨，命一个能人杀出番营，前往长安讨救兵来才好。”天子呵呵大笑道：“先生又来了，就是寡人面前那些老王兄，领了城

内尽数人马，也难杀出番营，那里有这样能人，匹马杀出长安讨救，如若有了这个能人，不消往长安讨救了。”茂公说：“陛下东首这个人，能杀出番营。”天子一看叫声：“先生，这个程王兄断断使不得，分明送了他性命。”茂公说：“陛下，不要看轻了程兄弟无用，他还狠哩。那些将军虽勇，到底难及他的能干，别人不知程兄弟利害，我算阴阳，应该是他讨救。”天子听言，叫声：“程王兄，徐先生说你善能杀出番营，到长安讨救，未知肯与寡人出力否？”程咬金听说此言，吓得魂不附体，连忙说：“徐二哥借刀杀人，臣不去的，望陛下恕臣违旨之罪。”天子说：“谅来程王兄一人，那里杀得出番营，分明先生在此乱话。”茂公说：“非也，程兄弟三年前三路开兵，他一个走马平复了山东，又来帮我们剿浙江，还算胜似少年，料想只数万番兵，不在我程兄弟心上。”把眼对尉迟恭一丢，敬德说：“军师大人，你说的是。在此长程老千岁的威光，他实没有这个本事去冲踹番营，也枉是称赞他体面。今朝廷困在木阳城，要你往长安去讨救，就是这样怕死，况为国捐躯，世之常事。食了王家俸禄，只当舍命报国，才算为英雄。今日军师大人不保某家出去讨救，若保某家，何消多言，自当舍命愿去走一遭也。”元帅说：“程兄弟，二哥阴阳有准，况又生死之交，决不害你性命，你放心前去，省得众将在此耻笑你无能。”程咬金说：“我与徐二哥昔日无仇，往日无冤，为什么苦苦逼我出去，送我性命？这黑炭团在此夸口，何不保他往长安取救。”茂公叫声：“程兄弟，我岂不知。若保尉迟将军前去，不仅要他讨救兵，分明断送他残生，那里能够杀得出番营。程兄弟，你是有福气的，所以要你出去，必能杀出番营，故此我保你前去，救了陛下，加封你为一字并肩王。”咬金说：“什么一字并肩王？”茂公说：“并肩王上朝不跪，与朝廷同行同坐，半朝銮驾，诛大臣，杀国戚，任凭你逍遥自在，称为一字并肩王。”咬金说：“若死在番营，便怎么处？”茂公说：“只算为国捐躯。若死了，封你天下都土地。”咬金心中想道：“拜什么弟兄，分明结义畜生，要送我性命，我程咬金省得活在世间，受他们暗算，不如阴间去做一个天下都土地，豆腐面筋也吃不了。也罢，臣愿去走一遭。”天子大喜说：“程王兄，你与寡人往长安去讨救。”咬金说：“臣愿去，但是军师之言，不可失信。今日天气尚早，结束起来，就此前去。”茂公说：“陛下速降旨意七道，带去各府开读。赠他帅印一颗，到教场考选元帅，速来救驾。”天子听了茂公之言，速封旨意，付与咬金。咬金领了天子旨意，开言说：“徐二哥，你们上城来观看，若然我杀进番营中，如营中大乱，踹出营去了。若营头不乱，必死在里头了，就封我天下都土地。”茂公说：“我知道。”就此拜别，说：“诸位老将军，今日一别，不能再会了。”众公卿说：“程千岁说哪里话来，靠陛下洪福，神明保护，程千岁此去，绝无大事。”

咬金上了铁脚枣骝驹，竟往南城而来。后面天子同了众公卿上马，多到城上观看。咬金说：“二哥城门开在此，看我杀进番营，然后把城门关紧。”茂公道：“放心前去，决不妨事。”吩咐放炮开城，放下吊桥，一马冲出城门，有些胆怯，回头一看，城门已闭，后路不通，心中大恼说：“罢了，罢了。这牛鼻子道人，我与你无仇，何苦要害我？怎么处嗄！”在吊桥边探头探脑，忽惊动番兵，说：“这是城内出来的蛮子，不要被他杀过来，我们放箭乱射过来。”咬金见箭来得凶勇，又没处藏身，心中着了忙，也罢，我命休矣！如今也顾不得了。举起大斧说道：“休得放箭，可晓得程爷爷的斧吗？今日单身要踹你们番营，前往长安讨救，快些闪开，让路者生，挡我者死。”这番程咬金拼了命，原利害的，不管斧口斧脑，乱砍乱打。这些番兵那里挡得住，只得往西城去报元帅了。咬金不来追赶，只顾杀进番营，只见血满流地，骨碌碌乱滚人头，好似西瓜一般。进了第二座番营，不好了，多是番将，把咬金围住，杀得天昏地暗，咬金那里杀得出？况且年纪又老，气喘吁吁，正在无门可退，后面只听得大喊一声，说：“不要放走蛮子，本帅来取他的命了。”咬金一看，见是祖车轮，知道他利害不过的。说道：“啊呀！不好了，吓死人也。”只见祖车轮手执大斧，飞赶过来了。咬金吓得面如土色，又无处逃避，祖车轮一斧砍过来，咬金那里挡得住，在马上一个翻金斗，跌下尘埃。众将来捉，忽见地上起一阵大风，呼罗罗一响，这里程咬金就不见了。元帅大惊说：“蛮子那里去了？”众将说：“不知道阿，好奇怪啊，连这兵器马匹多不见了。方才明明跌下马来，难道这样逃得快？”祖车轮说：“诸将不必疑心，可见大唐多是能人，多有异法，想必土遁去了。此一番必往长安讨救，就差铁雷二将守住了白良关，不容他救兵到此，也无奈我何。”众将说：“元帅之言有理。”不表。

咬金跌倒尘埃，吓得昏迷不醒，只听得有人叫道：“程哥鲁国公，快起来，这里不是番

营。”咬金开眼一看，只见荒山野草，树木森森，又见那边有座关，关前有个道人走来，手执拂尘，含着笑脸，来至面前。咬金连忙立起身来说：“仙长是阎罗王差来拿我的么，还是请我去做天下都土地的吗？”道人道：“非也，贫道是来救你的。”咬金说：“你这道长怎么讲起乱话来，人死了还救得活的吗？”道人说：“你命不该死，贫道已救你，方得活命，快往长安讨救。”咬金说：“鬼门关现在面前，还要到长安去什么？”道人说：“此处是雁门关，乃阳间的路，不是什么鬼门头阴司之地。进了北关，就是大唐世界了。”咬金道：“如此说起来，果然我还不曾死吗？”那番把手摸摸头颈：“嗄！原来这个吃饭家伙还在这里。请问仙长何处洞府！叫甚法号？”道人道：“程哥，我乃谢映登，你难道不认得了吗？”咬金听说大惊道：“阿呀！原来是谢兄弟，谁知你一去不回，弟兄们各路寻访，绝无影踪，众弟兄眼泪不知哭落几缸，谁知今日相逢，你一向在何处，为甚不来同享荣华，我看你全然不老，须发不苍，比昔日反觉齐整些。我方才明明跌下马来，怎生相救出白良关？一一说与我知道。”谢映登叫声：“程哥，兄弟那年在江都考武时，叔父度去成仙。今有真主被番兵围困木阳城，特奉师父度你出关，故此唤你醒来。”咬金大喜，见斧头马匹多在面前，便说：“谢兄弟，你果是仙家了吗？我老程同你去为了仙罢。”映登说：“程哥又来了，我兄弟命中该受清福，所以成了仙，你该辅大唐享荣华，况且天子又被困在木阳城，差你往长安讨救，你若为了仙，龙驾谁人相救？”咬金说：“不妨，徐二哥对我讲过的，若死在番营，封我为天下都土地，如今同你做了仙，只道我死了，照旧封我。”映登说：“既要为仙，吃三年素，方度你去。”程咬金听说要“吃三年素方度为仙”这句话，便说：“啊呀，这个使不得，素是难吃的。”映登说：“好孽障，还亏你讲，后面番兵追来了。”咬金回头一看，映登化作清风就不见了。连忙立起身来，团团一看，前面是雁门关。心中大喜，如今一字并肩王稳稳地了。把盔甲放下，打好盔囊，连兵刃鞘在马上，换了纱貂，穿一领蟒袍金带，背旨意跨上马，过了雁门关，一路竟奔长安，我且慢表。

单讲木阳城诸将，见程咬金杀入番营，营头不乱，大家放心不下，说是：“军师大人，方才程将军委实年高，无能去踹番营，原算屈他出城求救，今番营安静，程将军人影全无，这怕一定多凶少吉的了。”茂公说：“不妨，程将军此去，自有仙人助救，早已出了雁门关，往长安去了。”天子说：“有这样快吗？”茂公说：“非是马行的，乃仙人度去，所以有这样速捷。”朝廷大喜说：“但愿程王兄出了雁门关，救兵一定到了。”

不表君臣们回到银銮殿之事，再讲程咬金，他背了旨意，一路下来，救兵如救火，日夜趱行，逢山不看山景，遇水不看钓鱼，一路上风惨惨，雨凄凄，过了河北幽州、燕山一带地方，又行了十余天，这一日到了大国长安，日已正午时了。程咬金把马荡荡，行下来数里之遥，只看见前面来了一个头上翡翠扎巾，身穿大红战袄，脚下乌靴，面如紫色，两眼铜铃，浓眉大耳，海下无髯，光牙阔齿，身长八尺，年纪只好十六七岁，好似饮酒醉的一般，打斜步荡下来的。那人行不数步，翻身跌下尘埃，慢腾腾扒起身来说：“是什么东西，绊你老子一跤。”睁眼看时，却见一块大石头，长有六尺，厚有三尺，足有千斤余外。他笑道：“原来是你绊我一跤，我如今拿你到家中去压盐韭菜。”程咬金听见说：“什么东西，这个人想必痴呆的，这一块石板就是老程也拿不起，这人要拿回家去做块压菜石，不知他有多少气力，待我瞧瞧他看。”咬金把马拢住，只见那人站定了脚，把双手往石底下一衬，用力一挣，拿了起来了。好英雄，面不改色，捧了石头，走下数步。抬头一看，喝声：“呔！前面马上的是什么人，擅敢如此大胆，见了公子爷，不下马来叩个头？”程咬金心中暗想说：“好大来头，什么人家儿子，擅敢在皇帝城外恶霸，连京内出入的官员多不认得的了？”说：“呔！你是何等之人，敢口出大言，不思早早回避，反在此讨死招灾？今旨意当面，口出不逊，罪行不赦，立该家门抄灭。”那人大怒说：“好强盗，擅敢冒称天子公卿，反说公子爷恶霸，我父现在天子驾前为臣，可晓得小爷的利害？也罢，我将手中这块石头丢过来，你接得住，就是大唐臣子，若接不住，打死你这狗强盗也没有罪的。”说罢把石一呈，直望程咬金劈面门打下来，那晓底下这一骑马飞身直跳，把咬金跌在那一旁，石头坠地，连忙扒起身来说：“住了，你家既是朝廷臣子，难道我兴唐鲁国公岂有不认得的哩？”那少年听见，吓得魂不附体，倒身跪下说：“原来就是程伯父，望乞恕罪。”咬金说：“你父是谁人，官居何爵？”少年说：“伯父，我爹爹就叫定国公段志远，现保驾扫北去了。小侄名叫段林。”咬金说：“原来是段将军的儿子，念你年幼无知，不来罪你，你在何处吃了些酒，弄得昏昏沉沉，全不像官

家公子，成何体面?"段林叫声："伯父，今日同了众弟兄在伯父家中小结义，所以饮醉，请问伯父，我爹爹与北番开兵，胜败如何?"咬金说："你爹爹说也可惨，自从前日与兵前去，第一阵开兵，就杀掉了。"段林听说，吓得冷汗直淋，说："我爹爹为国捐躯了?"段林听那爹爹阿，不觉两泪如珠。程咬金说："不要哭。不要哭，也还好亏得我伯父马快，冲上前去，架开兵刃，斩了番将，救了你爹爹性命。"段林方住了哭，说："好老呆子，原来是呆话。侄儿请问伯父，今日还是班师了吗?"咬金说："不是班师，只为陛下被番兵围困在木阳城，故而命我前来讨救，侄儿回去快快备马匹、兵刃、盔甲等，明日你们小英雄就要在教场内比武了。"段林大喜道："伯父要我们小兄弟前去扫北，这也容易。我们进城去。"

咬金同了段林进城分路，一个往自己府中。鲁国公当日就到午门，驾已退殿回宫了。有黄门官抬头看见道："阿呀！老千岁，圣上龙驾前去扫北平番，可是班师了吗?"咬金说："非也，快些与我传驾临殿，今有陛下急旨到了。"正是这一番非同小可，惊动这一班：

出林猛虎小英雄，个个威风要立功。

不知咬金见驾如何，且看下回分解。

第六回　程咬金长安讨救　小英雄比夺帅印

诗曰：

咬金独马踹番营，随骑尘埃见救星。
奉旨长安来考武，北番救驾显威名。

黄门官听见有皇上急旨降来，不知什么事情，连忙传与殿头官鸣钟击鼓。内监报进宫中，有殿下李治，整好龙冠龙服，出宫升殿宣进。程咬金俯伏尘埃说："殿下千岁在上，臣鲁国公程咬金见驾。愿殿下千岁，千千岁。"李治叫声："老王伯平身。"吩咐内侍取龙椅过来，程咬金坐在旁首。殿下开言说："王伯，孤父王领兵前去破虏平番，未知胜败如何。今差王伯到来，未知降甚旨意?"程咬金说："殿下千岁，万岁龙驾亲领人马，前去北番，一路上杀得他势如破竹，连打五关，如入无人之境，不想去得顺溜了，到落了他的圈套。他设个空城之计，徐二哥一时阴阳失错，进得木阳城，被他把数十万人马围在四门，水泄不通，日日攻打，番将骁勇无敌，元帅常常大败，免战牌高挑，不料他欲绝我城中粮草，困圣天子龙驾，所以老臣单骑杀出番营，到此讨救。现有朝廷旨意，请殿下亲观。"李治殿下出龙位，跪接父王旨意，展开在龙案上看了一遍。说："老王伯，原来我父王被困在木阳城内，命孤传这班小王兄在教场内考夺元帅，提调人马，前去救父王。此乃事不宜迟，自古救兵如救火，老王伯与孤就往各府，通知他们知道，明日五更三点，进教场考进二路扫北元帅。"咬金说："臣知道。"就此辞驾出了午朝门，往各府内说了一遍。

来到罗府中，罗安、罗丕、罗德、罗春四个年老家人，一见程咬金，连忙跪地说："千岁爷保驾前去定北，为甚又在家中。几时回来的?"咬金说："你们起来，我老爷才到，老夫人可在中堂?"家人们说："现在中堂。"咬金说："你们去通报，说我要见。"罗安答应，走到里边来说道："夫人，外面有程老千岁北番回来，要见夫人。"那位窦氏夫人听见，说："快些请进来。"罗安奉命出来，请进程咬金，走到中堂，见礼已毕，夫人叫声："伯伯老千岁，请坐。"咬金说："有坐。"坐在旁首，开言说："弟妇夫人在家可好?"夫人道："托赖伯伯，平安的。闻伯伯保驾扫北，胜败如何?"咬金说："靠陛下洪福，一路无阻。"夫人说："请问伯伯为何先自回来，到舍有何贵干?"咬金道："无事不来造府，今因龙驾被番兵围困在木阳城，奈众公爷俱皆年老，不能冲踹番营，所以命我回长安，要各府荫袭小爵主，在教场中考夺了二路定北大元帅，领兵前去杀退番兵，救驾出城。"窦氏夫人听了说，叫声："伯伯，如此说起来，要各府公子爷领兵前去，杀退番兵，救驾出城，破虏平番?"咬金说："正为此事，我来说与弟妇夫人知道。"窦氏听见，不觉两眼下泪，开言说："伯伯老千岁，为了将门之子与王家出力，显耀宗族，这是应该的，但我家从公公起，多受朝廷官爵，鞍马上辛苦，一点忠心报国，后伤于苏贼之手，我丈夫也死在他人之手，尽是为国捐躯，伯伯悉知。此二恨还尚未申雪，到今日皇上反把仇人封了公位，但见帝主忘臣之恩也。我罗氏门中，只靠得罗通这

点骨肉,以接宗嗣,若今领兵前去北番,那些番狗好不骁勇,我孩儿年轻力小,倘有不测,伤在番人之手,不但祖父、父亲之仇不报,罗门之后谁人承接?"程咬金听说,不觉泪下。把头点点说:"真的,依弟妇之言,便怎么样?"夫人说:"可看先夫之面,只得要劳伯伯老千岁,在殿下驾前启奏一声,说他父亲为国亡身,单传一脉,况又年纪还轻,不能救驾,望陛下恕罗门之罪。"咬金说:"这在我容易,容易,待我去奏明便了。请问弟妇夫人,侄儿为甚不见,那里去了。"夫人叫声:"伯伯老千岁,不要说起,自从各位公爷保驾去扫北平番后,家中这班公子,多在教场中相闹,后来称了什么秦党、苏党,日日在那里耍拳弄棍,原扯起了旗号,早上出去,一定要到晚间回来。"程咬金说:"什么叫作秦党、苏党?"夫人说:"那苏党就是苏贼二子,滕贤师三子,盛贤师一子,六人称为苏党;秦党就是秦家贤侄,与同伯伯的令郎,我家这个畜生,还有段家二弟兄五人,称为秦党。"咬金说:"走呀!有这等事,这个须要秦党强苏党弱才好。"夫人说:"伯伯老千岁,他们在家尚然如此作为,若是闻了此事,必然要倔强去的,须要隐瞒我孩儿才好。"咬金说:"弟妇之言不差,我去了,省得侄儿回来见了,反为不便。"夫人说:"伯伯慢去,万般须看先人之面,有劳伯伯在驾前启奏明白。"咬金流泪道:"这个我知道,弟妇请自宽心。可惜我兄弟死在苏贼之手,少不得慢慢我留心与侄儿同报此仇,我自去了。"夫人说:"伯伯慢去。"程咬金走出来说:"罗安,倘公子爷回来,不要说我在这里。"罗安应道:"是,小人知道,千岁爷慢行。"

咬金跨上雕鞍,才离得罗府,天色已晚。见那一条路上来了一骑马,前面有两个人,拿了一对大红旗,上写秦党二字,后有一位小英雄,坐在马上,头上边束发闹龙亮银冠,面如满月相同,身穿白绫跨马衣,脚蹬皂靴,踏在鞍桥,荡荡然行下来了。程咬金抬头看见说:"罗通贤侄来了,不免往小路去罢。"程咬金避过罗通,竟抄斜路回到自己府中。

有家人报与裴氏夫人知道,夫人连忙出接说:"老将军回来了吗?"咬金说:"正是,奉陛下旨意回来讨救。"夫妻见礼已毕,各相问安。裴氏夫人叫声:"老将军,陛下龙驾前去征剿北番,胜败如何?"咬金道:"夫人,不要说起,天子龙驾被北番兵围木阳城,不能离脱虎口,故而命我前来讨救。"夫人说:"原来如此。"吩咐摆宴,里面家人端上酒筵,夫妻坐下,饮过数巡。咬金开言叫声:"夫人,孩儿那里去了,为什么不来见我?"夫人说:"老将军,这畜生真正不好,日日同了那些小弟兄,在教场内什么秦党、苏党,一定要到天晚方回来的。"咬金说:"正是将门之子,要是这样的。"外边报道:"公子爷回来了。"程咬金抬头一看,外边程铁牛进来了。他生来形象与老子一样的,也是蓝靛脸,古怪骨,铜铃眼,扫帚眉,狮子鼻,兜风耳,阔口獠牙,头上皂绫抹额,身穿大红跨马衣,走到里边说道:"母亲拿夜膳来吃。"咬金说:"呔!畜生!爹爹在此。"程铁牛一看,说:"咦,老头儿,你还不死吗?"咬金喝道:"吠,小畜生,前日为父教你的斧头,这两天可在此习练吗?"铁牛说:"爹爹,自从你出去之后,孩儿日日在家习演,如今斧法精通的了。爹爹你若不信,孩儿与你杀一阵看。"咬金说:"畜生,不要学我为父,呆头呆脑,拿斧子来耍与父亲瞧瞧看。"铁牛道:"是。"提过斧子,就在父前使起来了。只看见他左插花,右插花,双龙入海;前后遮,上下护,斧劈太山;左蟠头,右蟠头,乱箭不进;拦腰斧,盖世斧,神鬼皆惊。好斧法!咬金大喜:"我的儿,这一斧二凤穿花,两手要高,那这一斧单凤朝阳,后手就要低了。蟠头要圆,斧法要泛,这几斧不差的。"程铁牛耍完斧,叫声:"爹爹,孩儿今日吃了亏。"咬金说:"为什么吃了亏?"铁牛说:"爹爹,你不知道,今日苏麟这狗头,摆个狮子拖球势,罗兄弟叫我去破他,我就做个霸王举鼎,双手撑将进去,不知被手一拂,跌了出来,破又破不成,反跌了两交。"程咬金说:"好!有你这样不争气的畜生,把为父的威风多丧尽了。这一个狮子拖球势,有甚难破,跌了两交,不要用霸王举鼎的,只消打一个黑虎偷星,就地滚进去,取他阴囊,管叫他性命顷刻身亡了。"铁牛道:"爹爹不要管他,待孩儿明日去杀他便了。"咬金说:"呔!胡言乱语道,今夜操精斧法,明日往教场比武,好夺二路扫北元帅印,领兵往北番救驾。"铁牛大悦道:"阿唷,快活!爹爹,明日往教场比武,这个元帅一定我要做的哟。"咬金道:"这个不关为父之事,看你本事。且到明日往教场再作道理。"

不表程家父子之事,要讲那罗通公子到了自家门首,滚鞍下马,时入中堂,说道:"母亲,孩儿在教场中,闻得我父王龙驾,被番兵围住木阳城,今差程老伯父回来讨救,要各府荫袭公子,在教场中夺了元帅,领兵前去救驾征番,所以回来说与母亲知道。父王有难,应该儿臣相救,明日孩儿必要去夺元帅做的。"夫人道:"呔!胡说!做娘的尚且不知,难

道倒是你知道？自从陛下扫北去后，日日有报，时时有信，说一路上杀得番兵势如破竹，如入无人之地，接连打破他五座关头，尽不用吹灰之力，何曾说起驾困木阳，差程伯父回来讨救，你那里闻来的？"罗通说："母亲，真的。这事秦怀玉哥哥对我说的：'方才程伯父在我家，要我明日考中了二路定北元帅，领兵往北番救驾。'所以孩儿得知。"夫人说："吓，原来如此。阿，我儿，他们多是年纪长大，况父又在木阳城，所以胆大前去，你还年轻少小，枪法不精，又无人照顾，怎生去得？陛下若要你去，程伯父应该到我家来说了。想是不要你去，所以不来。"罗通说："嗳，母亲又来了，孩儿年纪虽轻，枪法精通，就是这一班哥哥，那一个如得孩儿的本事来？若到木阳城，怕秦家伯父不来照管我吗。况路上自有程伯父提调，母亲放心，孩儿一定要去。"罗通说了这一番，往房中去了。窦氏夫人眼泪纷纷，叫丫鬟外面去唤罗安进来。丫鬟奉命往外，去不多时，罗安走进里边说道："夫人，唤小人进来有何吩咐。"窦氏夫人说："罗安，你是知道的，我罗家老将军、小将军父子二人，多是为国捐躯的。单生得一位公子，要接罗门之后，谁想朝廷有难。要各府荫袭小爵主前去救驾。我孩儿年纪还轻，怎到得这样的险地。所以今日已托程老千岁在驾前启奏，奈公子爷少年心性，执法去，所以唤你进来商议，怎生阻得他住才好。"罗安说："夫人，容易。明日他们五更就要在教场比武的，不如备起暗房之计来。"夫人道："罗安，什么叫暗房之计？"罗安道："夫人那，只消如此如此，恁般恁般，瞒过了。饭后他们定了元帅，公子爷就不去了。"夫人说："倒也使得。"吩咐丫鬟们，今夜三更时，静悄悄整备起来，丫鬟们奉命。

不表罗家备设暗房之计，要讲罗通公子，吃了夜膳，走到外面说："罗安，今夜看好马匹鞍辔等项，枪锏兵器，明日清晨，孤家起身，就要去。"罗安应道："是，小的知道。"这时候，各府内公子多在那里整备枪刀马匹了。其夜之事，不必细表。

到了五更天，多起身饱餐过了。午朝门鸣钟击鼓，殿下李治出宫上马，出了午门，有左丞相魏征，保殿下来至教场内。那边鲁国公程咬金也来了，同上将台，把龙亭公案摆好，三人坐下，把这元帅印并丈二红罗，两朵金花放好在桌上，只看见那一首各家公子爷多来了，也有大红扎巾，也有二龙抹额，也有五色将巾，也有闹龙金冠，也有大红战袄，也有白绫骑马衣；也有身骑紫花驹，白龙驹，乌骓驹，雪花马，胭脂马，银鬃马；也有大砍刀，板门刀，紫金枪，射苗枪，乌缨枪，银缨枪。好将门之子，这一班小英雄来到将台前，朝过了殿下千岁。李治开言叫声："诸位王兄，孤父王有难在北番，今差程老王伯前来挑选二路定北元帅，好领兵往北番救驾。如有能者，各献本事，当场就挂帅印。"说言未了，那一旁有个公子爷出马叫声："爹爹，我的斧子利害，无人所及，元帅该是我的。"忽听又有一家公子喝声："呔！程家哥哥，你休想把元帅留下来。"那位小英雄说罢，冲过来了。你道什么人？却是滕贤师长子滕龙。程咬金道："不必争论，下去比来，能者为帅。"把眼一丢，对自己儿子做个手势说："杀了他。"铁牛把头点点说："容易。""呔！滕兄弟，你本事平常，让我做了罢。"滕龙说："铁牛哥哥惯讲大话，放马过来，与你比试。"铁牛说："如今奉皇上旨意，在此挑选能人，若死在我斧子下不偿命的。"滕龙说："这个自然。"把手中两柄生铁锤在头上一举，往铁牛顶梁上盖将下来。铁牛也把手中宣花斧噶啷一声，架在旁首，冲锋过去，兜转马来，铁牛把斧一起，望滕龙瞎绰一爷，砍将过去，滕龙把双锤架开，二人大战六个回合。原算铁牛本事高强，滕龙锤法未精，被铁牛把斧逼住，只见上面摹云盖顶，下边枯树盘根，左边丹凤朝阳，二凤穿花，双龙入海，狮子拖球，乌龙取水，猛虎搜山，好斧法！喜得程咬金毛骨酥然，说道："魏大哥，这些斧法，多是我亲传的。"魏征微笑道："果然好，世上无双。"

不表台上之言，单讲滕龙被铁牛连劈几斧过来，有些招架不住，只得开言叫声："程哥住手，让你做了元帅罢。"铁牛说："怕你不让，下去。"滕龙速忙闪在旁首，铁牛上前说道："爹爹，拿帅印来，拿帅印来。"忽听英雄队里大叫一声："呔！程铁牛，休得逞能，元帅是我的。"程咬金望下一看，原来是苏定次子苏凤。便叫："我儿，放些手段，杀这狗头。"铁牛点点头便说："呔！苏凤小狗头，你本事平常，让我做了元帅，照顾你做个执旗军士。"苏凤说："呔！铁牛不必多言，放马过来。"他把手中红缨枪串一串，直望铁牛劈面门挑将进来。程铁牛把斧架开，一个摹云盖顶，也望他顶梁上劈将下来。苏凤把枪急忙架还，二人战到八个回合，苏凤枪法精通，铁牛斧法慌乱，要败下来了。程咬金说："完了，献丑了。好畜生，使些什么来！”魏征说：“这些斧法，也是你亲传的？”程咬金心中不悦。底下铁牛见苏凤枪法利害，只得把马退后，说：“小狗头，我不要做元帅了，让你罢。”苏凤大悦，便上前叫声：“程伯父，帅印拿来与我。”程咬金最怪苏家之后，不愿把帅印交他，正在疑难，只见那旁边又闪出一家公子爷，大叫一声：“苏凤休得夸能，留下元帅来我做。”苏凤回头一看，原来是段志远的长子段林。便说：“呔！段兄弟，你年纪还轻，枪法未精，休想来夺元帅印。”段林说：“不管，与你比比手段看。”他把手中银缨枪抖一抖，直望苏凤穿前心挑进来。苏凤手中枪忙架相还，二人战到五个回合，段林枪法原高，逼住苏凤，杀得他马仰人翻，正有些招架不定。程咬金又说：“好啊！强中更有强中手，他只为杀败我的儿子，逢了段林，就要败了。这个人原利害的，就是掇石头的朋友。”只见苏凤枪法混乱，看来敌不住段林，只得叫声：“段兄弟，罢了，让你夺了元帅罢。”段林说：“既然让我，退下去。”苏凤闪在旁首。正是：

英雄自古夸年少，演武场中独逞能。

毕竟这元帅印谁人夺，且看下回分解。

第七回　老夫人诉说祖父冤　小罗通统兵为元帅

诗曰：

兴唐老将向传名，世袭公侯启后昆。
比武教场谁不勇，龙争虎斗尽称能。

那番惊动了苏家长子苏麟，把大砍刀一起，冲过马来，喝声：“段兄弟，元帅应该我做，你还年轻，休夺为兄帅印。”段林说：“英雄出在少年，什么叫年轻，照我的枪罢。”嚓一枪兜着咽喉刺进来。苏麟说：“来得好！”把大砍刀噶啷一声响，钩在旁首，举转刀来，望段林一刀砍过去。段林把枪架开，二人不及三合，被苏麟劈面门一刀斩过来，段林招架不及，只得把头偏得一偏，刀尖在肩膀上着了枪，喊声：“阿唷！好小狗头，你敢伤我。”苏麟说：“兄弟得罪你的，退下去。”段林只得闪在旁首。苏公子上前叫声：“老伯父，帅印拿来与小侄。”只听得又有英雄出来说：“呔！帅印留下，等为兄的来取。”苏麟回头一看，原来是秦元帅之子秦怀玉。苏麟哈哈大笑说：“你枪法未高，说甚元帅。”秦怀玉道：“与你比试便了。”把手中紫金枪串一串，望苏麟照面门嗖的一枪挑进来。苏麟把刀架在旁首，马打交锋过去，丝缰兜转回来，苏麟回首一刀，望怀玉顶梁上砍下来，怀玉把紫金枪拦在一边，二人杀得九合，不分胜败。正是：

棋逢敌手无高下，将遇良材一样能。

正战个平交，这苏麟手中刀，上使雪花蟠顶，下砍龙虎相争，左边风云齐起，右边独角成龙。那一刀劈开云雾漫，这一刀堵下鬼神惊，跨马刀刀光闪电，连三刀刀耀飞云。好刀法！怀玉那里惧你，把手中枪紧一紧梅花片片，串一串枪法齐生，慢一慢枪法蔽日，案一案天地皆惊。好枪法，二人不分高下，大战教场，我且不表。

还有那罗公子不到，他被罗安设个暗房之计，阻在房中，到底年纪还轻，不知细情，还在房中睡着。那个罗通公子在床榻上翻身转来，往外一看，原来乌黑赤暗如此，说：“这也奇了，为什么今夜觉得这等夜长？睡了七八觉，还未天明，不免再睡一觉。”罗通安心熟睡，只听远远鼓炮之声，有哪些百姓在罗府门前经过说：“哥哥慢走，兄弟与你同去看比武。”罗通睡梦中听得仔细，连忙床上坐起身来，听一听看，只听隐隐战鼓发似雷声。急得罗通心慌意乱，说：“不好了，为何半夜就在那里比武，我还困懵懵在此睡觉，只怕此刻元帅必然定下了。”连忙穿了大红裈裤，披了白绫跨马衣，统了一双乌缎靴，走到门首，把闩落下，扳一扳房门，外面却被罗安锁在那里，动也不动。罗通着了忙，双手用力一扯，括喇一声响，把一扇房门连上下门槛多扳脱了。望旁首一撩跨出门来，说：“阿唷！完了。日头正午时了。”那晓他们设此暗房之计，多用这些被单毡裘，衣服布绢，把那些门缝窗棂，多闭塞满了。所以乌暗不透亮光的。这番气得罗通面上变色，说：“好阿！你们这班狗头，少不得死在后面。”说了一句，望外面走了。牵过一骑小白龙驹，跨上雕鞍，把银缨梅

花枪拿在手中，好看得紧，也不包巾扎额，秃了这个头，也不洗脸，出了两扇大门，催开坐下马，竟望教场中去了。罗安进内禀道："夫人，公子爷去了。"窦氏夫人说："罗门不幸，生了这样畜生，不从母训，身丧外邦，由他去罢。"

不表罗府之言，单讲罗通来到教场中，见秦怀玉胜了苏麟，正在那里要挂帅印。罗通大叫："秦家哥哥，留下元帅来与小弟做罢。"程咬金在台上一看，原来是罗通，说："这小畜生又知道了。"秦怀玉笑道："兄弟，为兄年长，应该为帅；你尚年轻，晓得什么来。"罗通道："哥哥，兄弟虽则年纪轻，枪法比你利害些，就是点三军，分队伍，掌兵权，用兵之法，兄弟皆通，自然让我为帅。"秦怀玉说："不必逞能，放马过来，当场与你比武，胜得为兄的枪就让你。"罗通攒竹梅花枪，紧一紧，直取怀玉，怀玉手中枪急架相还，二人战了四合，秦怀玉枪法虽精，到底还逊罗家枪几分，只得开口叫声："兄弟让了你罢。"罗通大悦，说："诸位哥哥们，有不服者快来比武。若无人出马，小弟就要挂帅印了。"连叫数声，无人答应。罗通上前叫声："老伯父，小侄要挂帅印。"程咬金说："你看看自己身上，衣服不曾整齐，像什么样，须要结束装扮，好挂帅印。家将过来，取衣冠与公子爷装束。"那家将答应，忙与罗公子通身打扮好了，就在当场挂帅印。殿下李治亲递三杯御酒，说道："御弟，领兵前去，一路上旗开得胜，马到成功，救了父王龙驾回来，得胜班师，其功非小。"罗通谢恩。这一首程咬金说："殿下千岁，救兵如救火。速降旨意，命各府爵主明日教场点起人马，连日连夜走往番邦，救陛下龙驾要紧。"殿下道："老王伯，这个自然。"李治殿下就降旨意，这些各府公子爷回家，多要整备盔甲。魏征保住殿下，回到金銮殿不必表。

单表罗通威威武武，回到家中，下了雕鞍，进入中堂说道："母亲，孩儿夺了元帅，明日就掌兵权，要起大队人马前去破虏平番了。"夫人大怒说："呔！好不孝的畜生，做娘昨日怎么样对你说，你全然不听做娘的教训，非要前去夺什么元帅，称什么英雄。自古说强中更有强中手，北番那些番狗，多是能征惯战，你年轻力小，干得什么事！我且问你，你祖父、父亲，为甚而死的？"罗通说："阿呀！孩儿年幼，未知我祖父、父亲怎样死的。"夫人大哭，叫声："我儿，你祖父、父亲这样英雄，多死于非命，也是为国捐躯的。"罗通大哭说道："母亲，我祖父、父亲死在何人之手，遭甚惨亡？"夫人大哭道："阿呀，我儿！你若不领兵前去，做娘对你说明，后来好泄此恨；若要前去破关救驾，只恐画龙不成，反类其犬，为娘到也难对你说明。"罗通说："阿呀，母亲又来了。为人子者理当与父报仇，母亲说与孩儿知道，此番领兵前去，先报父仇，后去救驾。"夫人说："儿阿，你既肯与父报仇，不消问我。"罗通道："母亲叫孩儿问那一个？"窦氏说："你明日兴兵往北番，须问鲁国公程老伯父，就知明白。报仇不报仇也由你。"罗通说："母亲，孩儿问了程伯父，不取仇人首级前来见母亲，也算孩儿真不孝了。"其夜罗通心中纳闷。到五更天，有各府公子爷，多是戎装披挂，结束齐整，齐到教场中听令。罗通头带闹龙束发亮银冠，双尾高挑，身披锁子银丝铠，背插四面显龙旗，上了小白龙驹，手提攒竹梅花枪，后边一面大纛旗，上书"二路定北大元帅罗"，好不威风。来到教场，诸将上前打拱已毕，点清了三十万大队人马，罗通命苏麟、苏凤二弟兄先解粮草而行；程铁牛领了三千人马为前部先锋，逢山开路，遇水叠桥；后面罗通祭旗过了，放炮三声，摆齐队伍，众小爵主保住了元帅罗通、程咬金老千岁，一同望北番大路而行。只见：

旗旌队队日华明，剑戟层层亮似银。
英雄尽似天神将，统领貔貅队伍分。

这三十万人马，望河北幽州大路而进，不觉天色已晚，元帅吩咐安下营寨，与程老伯父在中营饮酒。忽想起家内母亲之言，连忙问道："老伯父，小侄有一句话要问伯父。"咬金说："贤侄要问我什么事？"罗通道："老伯父，我侄儿年幼，当初不曾知道我父亲怎样死的，到今朝考了二路定北元帅，要去救父王龙驾，母亲方泣泪对我讲说，祖父、父亲，多是为国身亡，死于非命。那时我问死于何人之手，待孩儿好去报仇。谁知我母亲不肯对我说明，叫我来问伯父就知明白。故此小侄今夜告知伯父，望伯父说明，我好与父报仇。"咬金听说，顷刻泪如雨下说："吓，原来如此，好难得侄儿有此孝心，思想与父报仇，这是难得的。说也惨然，可怜你祖父、父亲，多遭惨死。"罗通大气说："伯父！我父亲丧在那个仇人之手，快对小侄说明。"咬金噎住喉咙，纷纷下泪，说不出来了，叫声："侄儿休要悲啼，你既有此心，今夜且不要讲，且破了番兵，然后对你说明。"罗通道："伯父，为什么呢？"咬金说："侄儿，你今第一遭为帅出兵，万事尽要丢开，必须寻些快乐才好，若如此烦恼悲伤，恐出兵不利。"罗通道："是。待小侄进了北番关寨，对我说便了。"其夜一宵过了，明日清晨发炮抬营，过了河北一带地方，竟望雁门关去。非一天之事，我且不必表他。

单讲罗府中还有一位二公子，年方九岁，力大无穷，生来唇红面白，凤眉秀眼，还是一个小孩童。有两柄银锤，到使得来神出鬼没，人尽道他是裴元庆转世，却是罗安老家人亲生的。窦氏夫人见他英雄，过继为二公子，取名罗仁，待他胜似亲生一般。弟兄情投意合，极听母亲教训。若说他本事利害不过，各府的公子没有一个及得他来，要在外边闯祸，做个小无赖，百姓会齐了多到罗府中叫冤，所以夫人将二公子禁锁书房，不许出门闯祸。若说这位公子锁得他住？因母亲之法，不敢倔强，凭你大人的胡桃链，也有本事拿来，裂断了。锁在书房一月有余，这一日来了两个丫鬟，一个执壶，一个拿了一盘点心，送来与公子吃。罗仁公子笑嘻嘻说道："丫环，我要问你，这两天哥哥不进来望望我，却是为何？"丫鬟鬟说："公子，你难道不知道么，前日万岁爷平番，被困木阳城，程老千岁到来讨救，要各府公子教场比武，考取二路元帅，公子爷考了二路元帅，前去救驾，所以大公子爷领兵定北去了，不在家中，故此不进书房探望。"罗仁说："他几时去的？"丫鬟说："有三天了。"罗仁说："何不早报我得知，我最喜煞番狗的，拿了点心去。"立起身，把项中链裂断了，拿了两柄银锤往外就走。丫鬟慌忙叫道："公子爷那里去？去不得的，夫人要打的。"罗仁哪里肯听，出了门去了。两个丫鬟连忙进来说："夫人，不好了，二公子闻了大公子领兵定北，也要去杀番狗，拿了锤一径去了。"夫人听见大骂道："你两上贱婢，谁要你们多舌去讲，如今怎么样？外边快叫罗德、罗春、罗丕，去寻他转来。"丫鬟应道："是，晓得。"连忙到外边传话。几个家将随即出门，四下去寻，且慢表。

再讲那公子罗仁，长安中走惯的，到也认得，出了光泰门，就不认得路了。在那里东也观，西也望，来往的人多是认得罗府二公子的，开言问："二公子，你要往那里去？"罗仁说："我要去杀番狗，你们可是番狗吗？吃我一锤。"众人说："嗳、嗳，二公子，我们不是番狗。"罗仁道："既如此，番狗在哪里？"众人说："北番的番人路远哩，你小小年纪，怎生去得。"正讲之间，后面四个家将赶上来，叫声："二公子，夫人大怒，道你不听母训，私自出来，要打在那里，快些回去。"罗仁说："你们要死呢要活？"四个家将道："公子又来倔强了，夫人叫我来寻你的，死活便什么样？"罗仁说："要死你们领我回家去，要活你们同我到哥哥那里去。"四个家人到有些推脱，犹恐他认真打一锤来，只得说道："公子就要到哥那里去，也要同我回家，辞别了夫人，发些盘缠，行李也是要的。"罗仁说："既如此，你们去拿了来，代我向母亲面前说一声，我来这里等你们。"家将说："公子同去的是。"罗仁说："我若回家，母亲阻住，不容来的。"家将道："如此公子不要走开了。"罗仁说："不走开的，我在这里等。"四个家将连忙进城，来到府中说："禀上夫人，公子不肯回来，要往哥哥那边去，使我们回来说与夫人知道，要些盘缠同上北番。"夫人说道："这小畜生，也这样倔强。也罢，罗安你们带些盘缠。领了这小畜生随便那里走这么两三天，只说道寻不见哥哥，回去罢。带他回来便了。"罗安道："晓得。"拿了盘缠，来到城外，二公子见了说："罗安你们来了么，可对母亲说吗？"罗安说："夫人到肯发盘缠，叫我们小心服侍二公子前去。"罗仁大喜说："好母亲，快些领我去寻哥哥。"家将说："倘然寻不见大公子，要回家的。"罗仁年纪虽轻，倒也乖巧，说："罗安，着你们身上寻还哥哥，若五六天不见，管叫你四人性命难保。"家将听说，心中想道："看来到要同他寻着的了。"

不表罗仁在路之事，再讲先锋程铁牛，领了三千人马，出了雁门关，前面有座高山，名曰磨盘山。只听得山上一声锣响，程铁牛坐在马上说："前面高山上有锣声，必有草冠下

来，尔等须要小心。”说声未了，山上数千喽啰，下山来了。冲出一个大王，年纪还轻，十分凶恶，漆脸乌眉，怪眼狮口，身穿红铜甲，熟铁盔，骑一匹斑豹马，手揣着两柄混铁解花斧，哗落落冲下山来，大叫一声：“打我前山过，十个头儿留九个，若还没有买路钱，叫你插翅难飞过。快快留下买路钱来，放你过去。”程铁牛一见暗笑，大胆的狗强盗，怎么天兵到来，也要买路钱的。把斧一起，冲上前来喝声：“狗强盗，你敢是吃狮子心、大虫胆的吗？天兵到此，还不投服。”大王道：“什么天兵不天兵，我大王这里，就是大唐天子打从此山经过，也要买路钱的。快快留下来，不然要取你命了。”铁牛大怒道：“我把你这该死的狗强盗，还不好好下马归服了，同公子爷前去扫北平番就罢。若有半句推辞，恼了小爵主，杀上山来，把你们巢穴要剿个干干净净。”俞游德大怒说：“照斧罢！”直望程铁牛面门上剁下来了。铁牛说声：“好！”把开山斧噶啷架开，交锋过去，圈转马来，还转一斧。二人大战在磨盘山下，杀个平交。愈游德惯用脚踏弩，练得希熟的，却把一张弩弓放在马镫子上，若逢骁勇之将，战他不过，只要把脚板一钩，发出箭来，要中那里就是那里，再不歪偏的。程铁牛哪里知道，只顾上面兵器，不顾下面，战到二十回合，俞游德就发箭了，把脚板一钩，一箭骨上望程铁牛面门上射来，程铁牛叫声不好，把头一偏，正中横腮骨，直透耳朵根，去了一大片，血流满面，带转马头，望后好走哩。俞游德大笑道：“要打我山前过，必要买路钱，怕你飞了不成。大王爷守在此。”

不表俞游德阻住磨盘山，单讲程铁牛退走不上二三十里，大队人马来了，元帅罗通在马上大惊说：“老伯父，先锋该当开路，为何反退转来？”程咬说：“不知。这小畜生，想必有利害强盗挡路也未可知，待他到来，问个明白就知。”正是：

凭君骁勇多能将，难避强徒脚踏弓。

要知收服磨盘山草寇，且听下回分解。

第八回 罗仁私出长安城 铁牛大败磨盘山

诗曰：

小将如云下北番，威风大战白良关。
中军帐内来托梦，怒斩苏麟救驾还。

再讲程铁牛到了罗通马前说：“元帅，小弟奉命前到磨盘山，被一强盗阻住去路，小弟被他射伤一箭，几乎性命不保，败走回来，望元帅恕罪。”咬金说：“好畜生，个把强盗杀他不过，若与番将打仗，只好败的了。”罗通开言说：“程哥，强盗要买路钱，绝非无能之辈。待本帅前去收服他。”铁牛说：“他有脚底下射箭，须要防备。”罗通说：“我知道。”程咬金说：“不消贤侄去收服他，待我去。”罗通道：“为甚有劳伯父去收服来。”程咬金说：“贤侄，你难道不知我是强盗的祖宗，他一见自然就来归顺。”罗通大笑，吩咐催兵前进，望磨盘山杀来。俞游德带了三百喽啰，下山前来，喝声：“快将一万买路钱来，放你过去，没有须献元帅首级过来。”惊动唐营，罗通大怒，同程咬金出营观看。罗通端枪冲将过来：“呔！狗强盗，敢阻本帅大队人马的去路吗？”俞游德呼呼冷笑说：“我非挡你去路，只因山上欠粮，要借粮草一千或五百，以补过路之税。”罗通道：“狗强盗，好好下马归在本帅标下，饶你一死。若不肯，刺死本帅枪尖之下，那时悔之晚矣。”俞游德道：“我大王看你年轻力小，一定要来送死，照我的斧罢。”当的一斧，砍将过来。罗通把枪在斧子上噶啷一卷，俞游德在马上乱晃，一马冲锋过去，带转马来，罗通把枪紧一紧，喝声照枪罢，直望俞游德劈面门刺来。游德喝声不好，把手中斧往枪上抬得一抬，几乎跌下马来。被罗通嗖嗖嗖连挑数枪，俞游德那里招架得定，把斧抬住：“呔！慢着。”罗通是防备他的，见他住了马，把枪收在手，两眼看定。哪晓得俞游德把脚一勾，喝声：“看箭！”一箭直望罗通面门射上来。罗通说声：“不好”把右手往面上捞接在手，就把左手一枪刺过来，正中马眼，那马嘘哩哩一叫，四足一跳，把俞游德翻下马来。唐营军士把挠勾搭去绑了。喽啰兵说：“不好了，二大王被他捉去了，我们快报上山大大王知道。”飞奔往磨盘山上去了。

罗通听说什么还有大大王，等他一发擒了，好去定北救驾。说犹未了，只见山中又有

一位大王爷来了。生得来好可怕，只见他头上翡翠扎巾，青皮脸，朱砂眉，一双怪眼，口似血盆，獠牙四个露出，海下无须，也还少年，身穿青铜甲，左有弓，右有箭，手中端一根金钉槊，催开齐鬃马，豁喇喇冲过来了。营门前有程咬金看见，心中想道："这个强盗单少了一脸红须，不然与那个单雄信一般的了。这个面貌果然无二。"那罗通把枪一起，说："好个大胆的狗盗，今日二路定北天兵到此，多要买路钱，领众挡路，分明活得不耐烦了。"那大王说声："呔！我大王爷与你们借贷粮草，没有就罢了，你擅敢擒我兄弟俞游德，好好送了过来，饶你一死，若有半声倔强，管叫你性命顷刻身亡。"罗通呵呵大笑说："你出口大言，还不晓得我罗爷的枪利害哩。"那大王听说喝道："呔！你可是大唐罗成之子吗？"罗通说："然也！你既晓本帅，何不早早下马归正。"大王说："阿呀！小贼种，你们是我杀父仇人，我在磨盘山上守之已久，不想今日撞着，我父有灵，取你之心祭奠我父；如若不能，誓不为人立于世上。"罗通听到，吓得顿口无言，呆住了。暗想我罗通乃是一家公爷，并未出兵，又不曾害人性命，今因父王有难在番营，故此领兵前去救驾。还只得初次出兵，他为何说起我是他杀父仇人起来？那番问道："呔！本帅爷与你有什么仇，你且说来。"大王道："你难道不知我父叫单雄信，昔年与你父原是结义一番，后来我父保了东镇洛阳王为臣，去攻打汴梁城，丧在罗成之手。到今朝我思与父报仇，故此权在磨盘山上落草，虽则罗成已死，深恨难消，今日仇人之子在眼前，取你心祭父，总是一般。"罗通呵呵大笑道："你原来就是单家哥哥，小弟不知，多多有罪。难得今日故旧相逢，万千之幸，若说伯父身丧，与我爹爹无罪，自古两国相争，各为一主，伯父与爹爹战斗，一时失手，也算伯父命该如此，此乃误伤，有什么冤仇。哥哥这等执法起来。"单天常听了暴跳如雷，怒骂："杀父之仇，不共戴天，还有何说？不要走，照打罢！"就把金钉枣阳槊一起，呼直望罗通顶上打来。罗通把手中枪噶啷架定说："哥哥休要认真，这样认真起来，报不得许多仇恨。若论金国敬、童培艺二位伯父，被你爹爹擒去，钉手足而亡，也是结义好友，难道不算账的吗？两命抵一命，也算兑得过的了，何用哥哥再来报仇？过去之事，撇在一旁，如今小弟相逢，喜出万幸，快快下马，同小弟进营拜见程伯父，同往北番救驾，何等不美。"单天常大怒说："有仇不报，枉做英雄。照打罢！"把金钉槊又打过来。罗通把枪紧一紧，把他的枣阳槊逼在一旁，回手一枪，望天常兜面挑将进来。单天常叫声："不好。"把手中槊往上噶啷一抬，这一抬，几乎跌下马来。罗通马打交锋过去，把天常夹腰只一把，说声："过来罢！"轻轻不费气力，提过马来，搂到判官头上，带转马，望营前来下马，竟入中营。说："哥哥，如今还是同小弟去定北，还是怎样？"天常心中想道："我欲报父之仇而来，谁想反被他擒住，若不同他去，料然性命难保，不如从了他，说去平虏或者早晚间下得手，杀了他与父报仇，有何不美。"算计已定，说："也罢，我愿同前去定北。"罗通说："哥哥，你若口是心非，立个誓来，小弟放心。"天常说："元帅又来了，我乃年少英雄，一言既出，驷马难追，岂可在元帅面前谎言，若不信我便立誓。若有口是心非，此番前去破虏平番，就死于敌人之手，尸骨不得回朝。"罗通说："哥哥真心太过。"一同来见了程老伯父。咬金说："贤侄，你父在日，与我好兄弟，不幸他为国尽忠，难得侄儿长大，这金钉枣阳槊使得精通，实乃将门之子，为伯父见了你，也觉欢心，尔等那众小弟兄过来，大家见了礼。"正面俞游德绑缚在此，见单天常归服唐朝，开言叫声："单大哥，你从顺了他，小弟绑在此，怎么样呢？"天常说："元帅，俞游德乃是我结义的好兄弟，望元帅放了他。"罗通说："既是哥哥好友，就是小弟手足了。"过来放了绑，程咬金吩咐营中排宴，款待侄儿。其夜，小弟兄酒饭已毕，各自回营不表。

单讲明日清晨，罗通自思这两个人未必真心，若在旁边，早晚之间倘不防备，行刺起来，反为不美，不如差他两个为先锋，离了我身，就不妨碍了。算计已定，开言叫声："哥哥，本帅令箭一枝，你二人领了三千人马，为前部先锋，先往白良关。待本帅到了，然后开兵。"

单天常接了令箭，同俞游德带了人马，竟往白良关。在路行三天，到了白良关，吩咐放炮安营，候大兵到了，然后打关。俞游德叫声："哥哥，今日天色尚早，不免待小弟出马讨战一番。"天常说："兄弟，北番虏狗不是当要的，既要出马，务必小心。"俞游德说："不妨，兄弟有脚踏箭利害。"跨上马，手端双斧，冲到关前，大喝一声道："关上的，报与主将知道，快快出来会我。"小番报进关中，守将铁雷银牙，身长一丈，头如笆斗，眼似铜铃，上马惯用一块踹牌，犹如中国民间用的擀绵条擀板一般，只不过生铁打就，一块铁牌有四尺

长，三尺阔，五寸厚，没有柄的，用一根横撑把手，底面有两百只铁钉在上，若是枪刺过来，只要把踹牌一绷，枪多要拔出来的，回手打来，利害不过，有千斤多重，人那里当得起。铁雷银牙算得北番天字号第一个英雄，正与诸将议论，忽小番报道："启上将军，今有唐兵到了，有将在外讨战。"铁雷银牙呼呼大笑说："该死的来了。"便把盔甲按好，上马执牌，竟到关前，吩咐放炮开关。轰隆一响，冲出关外，好一位番将，俞游德喝声："番狗，少催坐骑，快通名来。"铁雷银牙笑道："你要问魔家之名吗？魔乃流国山川红袍大力子大元帅祖麾下，加封镇守白良关总兵大将军，复姓铁雷银牙。"俞游德说："俺不晓得你无名之辈。今日大唐救兵已到，要把你北番人羊犬马，杀个干干净净，踹为平地，做个战场，好好下马献关，就罢了，若有半句推辞，顷刻劈于马下，悔之晚矣。"铁雷银牙闻言大怒，回说不必夸能，通下名来，本总兵好用手打你下马。俞游德说："你也来问俺的大名吗？我乃大唐二路元帅罗标下，加为前部先锋俞游德便是。"铁雷银牙呼呼大笑道："原来是个无名的小卒，想是活得不耐烦，来送死了。"俞游德大怒，把斧砍来，说："照爷的斧罢。"直望银牙头上砍来，银牙叫声来得好，把手中这一扇踹牌望斧子上噶啷一挠，那两柄斧子多打在半空中去了，回转马来说声："去罢"再一踹牌打下来，俞游德只喊得啊呀一声，那里躲闪得及，正被他打得在头上，呜呼哀哉，死于马下。单天常一见大哭："我那兄弟阿，死得好惨。"催马摇槊冲上前来说："不要走，取你首级，与弟报仇。"银牙道："你快通名来，趁手中踹牌。"单天常道："虏狗，你要问我名么，我乃大唐二路元帅罗标下，前部先锋单天常，你把我兄弟打死，照我家伙罢。"把槊往头上打来，银牙把手中牌往枣阳槊上噶啷这一挠，单天常手松得一松，这一条枣阳槊往半空中去了。单天常吓得呆了，被他复一踹牌，夹着脊梁打下，轰隆响翻下马来，伏惟尚飨了。众兵见两先锋俱丧，多望后面退走，银牙呼呼大笑说："原来多是没用的先锋，不够我两合，尽丧了性命。"说罢，带转马进关中，吩咐小番小心把守关门，此言不表。

单讲二路元帅罗通领大兵而来，有军士报进："启上元帅爷，俞、单二先锋将军与白良关守将交战，不上二合，多被打死了。"罗通闻报吃惊道："有这等事么，可怜单家哥一家年少英雄，一旦屈死于他人之手，也算他命该如此。"说话之间，大兵已到白良关，就吩咐放炮安营。只听哄咙一声，离关数箭，把三十万人马齐齐扎定营盘，按了四方旗号，此时天色已晚，请将在中营饮酒，一宵无话。

再表来日清晨，大元帅打起升帐鼓，营中请将多顶盔甲，进中营参见，站立两旁。罗通开言说："诸位哥哥，本帅有令箭一枝，谁人出马前去讨战。"只听应声而出说："小将程铁牛愿往。"元帅道："既是程哥出马，须要小心。"铁牛道："不妨。带马过来，抬斧。"手下答应齐备，程铁牛按好头盔，上马提斧，炮响出营，豁喇喇冲到关前来了。关头上有小番一见说："唐营小将，火催坐骑。照箭！"那个箭纷纷的射将下来，程铁牛把马扣定，喝道："呔！关上的，快报主将，今有大唐救兵到了，速速献关。"小番报进来了："启上平章爷，关外有将在那里讨战。"铁雷银牙说："想必又是送死的来了。带马过来，抬牌。"小番应声齐备，银牙立起身来，跨上雕鞍，手端踹牌，出了总府衙门，来到关上望下一看，只见唐将怎生打扮，但见他头戴开口獬豸乌金盔，身穿锁子乌金甲，坐下一匹点子梨花马，手端一柄开山斧，年纪还轻，只好二十余岁。那银牙就吩咐放炮开关，堕下吊桥，前有二十对大红幡，左右番兵一万，鼓啸如雷，豁喇喇一马冲出关来会战。那程铁牛坐在马上，见关中来了一将，甚是异相，喝声住马，心中一想道："我兵器不知见了多少，不曾见这件牢东西，方方一块，就是十八般武艺里头，那有什么使踹牌的？真算番狗用的兵器了。"他就把斧一起，大喝一声："呔！今日小爵主领兵到此平番，斧法精通，十分厉害，快快投降，免其一死，若不听好言，死在马下，悔之晚矣。"银牙大笑道："不必多言，通下名来。"铁牛说："你要问小将军之名么，我乃当今天子驾前鲁国公程老千岁公子，大爵主程铁牛，奉二路扫北大元帅将令，要你首级。也罢，照我的斧罢。"把马一拍，一斧就砍下来。银牙把手中牌噶啷一响相架，铁牛喊声不好，几乎跌下马来。这斧子往自己头上直绷转来，豁喇一马冲锋退去，兜转马来，银牙把踹牌一起，喝声："小蛮子，照打罢。"挡一牌打来，铁牛把手中斧往上面这一抬，只见火星直冒，两臂酥麻，虎口多震开，带转马拖了斧子，说："阿唷，好厉害，好厉害！"望营前败走了，银牙大叫说："有能事的出来，没用的休来送命。"

少表这里夸能，再讲程铁牛进营说："元帅，番狗踹牌利害，小将败了，望元帅恕罪。"

罗通大怒说："好一个没用匹夫，快退下去。"铁牛唯唯而退。元帅又问："谁能出马？"秦怀玉道："小将愿往。"元帅道："秦哥去必能得胜，须要小心。"秦怀玉答应，吩咐带马抬枪，顶盔贯甲，挂剑悬锏，上马豁喇喇冲出营门。银牙一见，通名已毕，说道："原来你是秦蛮子的尾巴。"怀玉道："番狗，你既知小爵主大名，何不早早献关投顺，亦免要我公子出马擒拿。"催一步马，喝声照枪罢，分心刺将进来。银牙把踹牌噶啷一声架开，怀玉把手中枪这一缩，只多退了十数步，又是一个回合冲锋过去，战到六七个回合，马有五个冲锋，秦怀玉那里是番将对手，把枪虚晃一晃，带转马，豁喇喇望营前走了。进入中营说："元帅，北番虏狗果然利害，小将不能取胜，望元帅恕罪。"罗通说："哥哥，胜败乃兵家之常，但这一座关不能破，怎生到得木阳城救驾？既如此，待本帅亲自出马。"整好盔甲，跨上马，把定枪，一声炮响，鼓声如雷，带领人马冲出营来，一字摆开。众小爵主俱出营门掠阵。

那铁雷银牙见唐营冲出一员小英雄，匹马当先，冲将过来。银牙大喝一声："来将何名！"罗通说："要问本帅之名吗？我乃太宗天子御架前越国公罗千岁的爵主，干殿下罗通是也。"银牙闻言，不觉吃了一惊，心中想道："这原来是当初罗艺之孙，谅必枪法利害有名的。当年炀帝在朝平北，罗艺之子罗成，同表兄秦琼来退我邦，杀得我元帅大败，骁勇不过的，待我问他一声看："呔！来的可是罗成之子吗。"罗通道："然也。本帅之名扬闻四海，你也闻孤之名，何不下马投顺，免孤动手。"银牙说："小蛮子，你在中原算你有名，来到我邦，撞着铁雷将军，只怕你性命不保，活不成了。"罗通大怒，说："番狗好无礼，不要走，照本帅的枪罢。"催开马兜面一枪，银牙反踹牌一挡，两下交锋，各显本事，一来一往，一冲一撞，你拿我麒麟阁上标名，我拿你逍遥楼上显威。两边战鼓似雷，好杀哩，正是：

英雄生就英雄性，虎斗龙争谁肯休。

毕竟不知胜败如何，且看下回分解。

第九回 白良关银牙逞威 铁踹牌大胜唐将

诗曰：

阴魂显圣保江山，教子申冤败北番。
祖父冤仇今日报，英雄小将破双关。

罗通小将与铁雷银牙战到个三十回合，不分胜败。杀得银牙汗流浃背，把踹牌噶啷一响抬住了枪，银牙开口说："好厉害的罗蛮子。"罗通说："你敢是怯战了吗。"银牙道："呔！小蛮子，那个怯战。今日铁将军不取你命，誓不进关。"罗通说："本帅不挑你下马，也誓不回营。"吩咐两边啸鼓，鼓发如雷，两骑马又战起来，正是：

八个马蹄分上下，四条膊子定输赢。
枪来牌架叮当响，牌去枪迎迸火星。

二马相交，战到五十回合冲锋，未定输赢。罗通心中一想，待我回马枪挑了他，算计已定，把枪虚晃了一晃，带转马就走。银牙看见罗通不像真败，明知要发回马枪，便把坐骑护定，呼呼大笑道："罗通，你家回马枪善能伤人，不足为奇，不来追，怕你奈何了我，有本事与你决一输赢。"罗通听言，不觉大骇说："完了，他不上我当，便怎么处？"只得挺枪上前又战起来。两下杀到日落西沉，并无胜败，天色已晚，两下鸣金，各自收兵。银牙进关去了。罗通回进中营下马，抬过了枪，诸公爷接进说："元帅，今日开兵辛苦了。"罗通说："这狗头果然利害，难以取胜，叫本帅也没本事奈何他来。"咬金说："侄儿，今被这狗头挡住去路，白良关难破怎生到得木阳城？"罗通说："伯父，如今也说不得，且待明日再与他交战，必要分个胜败。"当夜不表。明日，早有银牙讨战。罗通依旧出营与他交战，又杀到日落西山，并无强弱。一连战了三天，总是不分胜败，无计可施。

一到第四天，元帅升帐，诸将站立两旁。程咬金在后营有些疲倦起来，罗通只得把头靠在桌上，也要睡起来。程铁牛说："诸位弟兄，元帅睡了，我们大家睡他娘一觉罢。"秦怀玉说："兄弟又来了，元帅与番狗战了三天，所以睡了。等元帅醒来，倘有将令，也未可知。"少表众将两旁站立，再说罗通朦胧睡去，只见营外走进两个人来，甚是可怕。前面头

上戴一顶闹龙斗宝紫金貂，冲天翅，穿一件锦绣团龙缎蟒，玉带围腰，脚蹬缎靴，面如紫漆，两道乌眉，一双豹眼，连鬓胡髯，左眼有一条血痕；后面有一人头戴金箍头，身穿大红蟒，面如满月，两道秀眉一双凤眼，五绺长须，满面皆有血点，袍上尽是血迹。那二人走到罗通面前，两泪纷纷说："好个不孝畜生，你不思祖父、父亲天大冤仇未曾报雪，又不听母训，反倒这里称什么英雄，剿什么番邦，与国家出什么力？"罗通一见大惊，连忙问道："二位老将军何来，为何说这样的话？"那二人说道："吓！你难道不认得了，我乃是你祖父罗艺，这是你父亲罗成，可怜尽遭惨死，无人申冤，所以到你面前，要与祖父、父亲报仇雪恨。"罗通听言，似梦非梦，大哭说道："吓！原来二位老将军，就是我罗通祖父、父亲亲自在此。望乞祖父对孙儿说明仇人在何处，姓甚名谁，待孙儿先查仇人杀了他，然后去救驾。"罗艺道："我那罗通孙儿阿，难得你有此孝心，若要知道仇人是谁，去问鲁国公程伯父，就知明白。"罗通道："是，待孙儿去问程伯父便了。"罗成走到桌前说："我儿，你有忠心出力王家，奈白良关难破，为父的有件东西与你，就可挑那番狗了。"罗通连忙问道："爹爹，是什么东西。"罗成说："儿阿，你不须害怕，待为父的放在你衣袖内。"罗通说："是，请爹爹上来。"罗成上前，将手向罗通袖中一放，把罗通一扯说："我儿醒来，为父的去也。"同了罗艺两魂，转身望营外就走。罗通叫声："爹爹，如今同祖父往哪去。"旁边程铁牛应道："爹爹在这里。"把手往桌一拍，吓得罗通身汗直淋。抬起头来，不见什么祖父、父亲，但见两旁站立众将，心中胆寒，满腹狐疑。我想祖父、父亲之仇，叫我问程伯父："阿！军士，快与我往后营相请程老千岁出来。"军士奉令，忙入后营，只见程咬金正坐在那里打瞌睡。便上前来高叫一声："程老千岁，元帅爷相请出营。"把咬金惊醒，那番大怒道："这个罗通小畜生，真正可恼，我老人家正在好睡，他又来请我出去做什么？"那番只得起身，走出中营说："侄儿有什么话对我讲。"罗通说："老伯父，且坐了。"咬金坐在旁首，罗通满面泪流说："伯父，小侄方才睡去，梦见祖父、父亲到来，要我报仇雪恨，侄儿就问仇人是谁？祖父说孙儿要知仇人名姓，须问鲁国公程老伯父，便知明白。"咬金听说，不觉大惊道："阿唷，原来是我叔父、兄弟阴魂不散，白昼到来托梦。"叫声："侄儿，此仇少不得要报的，但是在此破关，不便对你说，待到得木阳城，然后说此仇恨。"罗通说："阿呀，伯父阿，使不得的，祖父、父亲曾对我说，若是程伯父不肯对你说明此事，必要捉他到阴司去算账。"这一句话吓得程咬金胆战心惊说："叔父、兄弟阿，你不要来捉我，待我对你孩儿罗通说便了。"罗通大喜道："伯父如此，就对小侄讲明。"咬金道："侄儿阿，此事不说犹可，若还说起，甚可怜阿。家将程呼在那里。"应道："老千岁有何吩咐？"咬金道："往我后营箱子内，取那包箭头来。"程呼答应，忙往后营，开箱取出送来。咬金接在手中，不觉大哭，悲啼叫一声："侄儿那，你解开来看。"罗通双手捧过来，将包打开一看，原来是一包箭头。忙问道："伯父，这一包箭头做什么的？"咬金道："侄儿，你哪里知道，这一包箭头有一百零七个，你祖父中了这一条倒须勾而死，你父亲遭乱箭身亡。"罗通泣泪道："我祖父、父亲尽被何人射死的？如今这仇人再也不在，家在何方，姓甚名谁？我必要与祖父报仇雪恨"咬金说："侄儿，你道这仇人是谁那，就是随驾在木阳城中的银国公苏定方这砍头的贼子！"罗通道："他是我父皇的功臣，怎么反伤自家一殿之臣起来？"咬金道："侄儿，你有所不知，那年炀帝在朝，累行无道，各路作乱，自僭为王者多，天下何曾平静。那苏定方保了明州夏明窦建德，起兵到河北幽州，攻打城池，欲夺河北一带地方，乃是你祖父老将军管辖的汛地。他一点忠心与皇家出力，保守幽州，岂肯被番王所夺，所以你祖父出战，被苏定方发这一枝箭，名曰倒须钩，正射中在左眼，你祖父回衙拔箭归阴了。后来五王共同起兵，共伐唐邦。苏定方设计，把你父哄到淤泥河，四蹄陷住，身被乱箭而死，可怜你父背如筛底。为伯父的前往殡殓，打下箭来，一

共有一百零七箭。我原想侄儿大来，好与父报仇，所以将这些箭头收捡在此，与你看的。难得叔父、兄弟阴灵有感，前来托梦，今日对你说明天大冤仇，乃银国公苏定方这狗贼。”罗通听言，暴跳如雷，说道：“我把苏定方这贼子碎尸万段，方雪我恨。哎！父王、父王，你好忘臣子之功也。我罗氏三代尽忠报国，就是这一座江山，亏我父之功，怎么反把仇人荫子封妻。我罗通不取这贼子之心，誓不立于人世也。”正在大怒，忽有军士报进：“启元帅爷，苏家二位公子爷解粮到了。”罗通说：“住了。苏麟、苏凤如今在哪里？”军士禀称，现在营外。罗通说：“阿唷，气死我也，捆绑过来。”苏麟、苏凤道：“小将奉令解粮，毫无差错，为甚元帅要把小将们捆起来？”罗通不好说报仇之事，只因方才正在愤怒头上，所以要把他弟兄捆绑进营，如今仔细想来，无甚差误，却被他弟兄急问上来，不觉顿口无言。说：“也罢，本帅有令箭一枝，命你往关前讨战，若胜得番将铁雷银牙，这就罢了；如若败回，休怪本帅。”苏麟、苏凤一声：“得令。”接了令箭，退出营外。苏凤叫声：“哥哥，元帅不知为甚大怒，不问根由，要斩我们，内中必有蹊跷。今又命哥哥到关前讨战，知道番将利害不利害，倘然不能取胜，性命就难保了。”苏麟泣泪道：“兄弟，你难道看不出罗通做事吗？”苏凤说：“哥哥，兄弟不知是何缘故。”苏麟道：“呀，兄弟，我哥哥不是痴呆懵懂，此事尽已知道。方才一到营前，也不问解粮多少，就把我们绑进营门，罗通面上已发怒容，已有泪形，竟要为兄到关前讨战。若胜还可，倘然不胜，性命必不能保。想他一定要与父报仇了，怎奈兵权在他手内，为兄的命一字玄玄，也说不得了。”苏凤说：“哥哥且请宽心，若不能取胜，是有做兄弟的在此，与罗通分辨，保救哥哥。”苏麟说：“兄弟，只怕未必肯听。你在营前且掠阵，待为兄的到关前讨战。”苏凤说：“是。哥哥须要小心。”那苏麟顶盔贯甲，跨马端枪，出营与银牙打仗，我且不表。

单讲罗通在营又叫道：“老伯父阿，侄儿方才梦中。父亲又对我讲道：‘你若要破此关，我有一件东西在此。’即放在小侄袖中，未知什么东西，梦中之事只怕不真。”咬金说：“原来有此一事，决不谎言，看看袖中是什么东西。”罗通把手往袖中摸出一张纸来，你道有什么在上面，却画就一张小小弯弓，一支箭在上面。罗通见了，不解其意。便说：“伯父，这一件东西，不知什么意思，叫小侄不解。”程咬金说：“这又奇了，我罗老兄弟既阴魂可保江山，此物绝非无用，待我想来是何意思。”想了一会说：“吓，是了。侄儿，你难道不知此件东西怎样用他的吗？”罗通说：“伯父，侄儿不知怎生用法。”咬金说：“侄儿，当初你父亲惯用怀揣月儿弩的。”罗通说：“伯父，怎生叫怀揣月儿弩。”咬金说：“侄儿，你不知道，当初你父在日，有这一点小弓小箭，藏于怀里，若遇勇将，不能取胜，拿将出来，百发百中，取人性命，如在手掌。那年伯父在于关前，看你与殷学交锋，连战百余合，不能取胜，用此物伤他命的。今日便儿难破白良关，你父也教你用此月儿弩，所以纸上画此图形。”罗通说：“果有此事，但小侄不曾用，怎么处？”咬金说：“不妨，你是乖巧的，容易习练，你父也曾教我，为伯父的虽不能精，有些会的待我教道你就是了。”罗通就吩咐家将，应声去造怀揣月儿弩。

再表这一首苏麟大败进宫说：“元帅，关中番将踹牌甚是利害，小将难以取胜，求元帅恕罪。”罗通大怒，喝声：“苏贼，今日本帅第一遭领兵到此，一重关还没有破，你就大败回营，刀斧手过来，与我将苏麟绑出营门枭首。”刀斧手一声答应，把苏麟背膊牢拴推出营门去了。吓得苏凤魂不附体，连忙跪下说：“元帅，胜败乃兵家之常事，求元帅恕罪。”罗通大怒道：“胜则有赏，败则有罚，你敢触怒本帅，左右与我拿下，重责四十棍。”两旁军卒奉令，把苏凤拿到案前，只见刀斧手已取苏麟首级进营来缴令了。苏凤一见，大放悲声，哭出营外，回进自己营中，收拾行囊路费，自思此地不是安身之处。受了四十钢棍，可怜打得鲜血直流，含怒起身，等得三更时分，逃脱身躯，另保别主之事，我且丢开。再讲罗通叫声：“伯父，小侄斩了苏麟，方出胸中一忿之气，必须杀了苏定方，我祖父、父亲冤仇报雪。”咬金说：“这个自然。明日待伯父教道你怀揣月儿弓，破了白良关，杀到木阳城，好斩苏定方这个狗贼。”罗通道：“是，多承伯父指教。”其夜话文不表。

单表来日，早有军士报道：“启元帅爷，苏家小将军昨夜不知哪里去了。”罗通说：“一定逃走了，由他去罢。”是日，程咬金教罗通习学怀揣月儿弓，果然罗通乖巧，一学就会，练了三日，射去正中。咬金大喜说：“如今练来已熟，事不宜迟，明日就去攻关讨战，或者你父阴灵暗保，也未可知。”罗通应声道：“伯父之言有理。”

一到明日，装束齐整上马，把月儿弩藏于怀内，炮响一声，一马冲出营来。后面程咬金也在营前观看。那罗通来到关前，高声大叫："呔！关上的，快报与那个虏狗说，本帅与他连战三天，不分胜负，今日叫他出来，定个输赢。"小番报进关中，铁雷银牙披甲停当，带了手下，放炮开关，一马当先，冲过来了。罗通一见喝声："虏狗，你来送死么！"把枪一串，催上马来，一心要取番将首级，也不打话，二人大战。原杀个平交，战到了二十余合，罗通诈败佯输，带转马头而走。铁雷银牙扣定马说："小蛮子，你不必弄鬼，魔家知道你回马三枪利害，不来追你，有本事再与你战三百合。"住马不追。罗通诈败下来，左手往怀中取出一张小弓，回头看见他不追下来，即把枪按在判官头上，带转马来，暗叫一声："父亲阿！你阴灵有感，暗中保佑我孩儿一箭成功。"心中在此想，把手一捺，嗖的一箭发将出来，果然罗成阴灵暗助，不高不低，一箭射去，正中番将咽喉。银牙说声："什么东西飞来。"要闪也不及了，哄咙一响，马上翻将下来，死于马下。罗通见番将已死，回转头来叫声："程伯父、众将们，好抢关口。"口叫动手，把枪一摆，豁喇喇纵过吊桥来了，手起枪落，好挑的。那些小番走得快，逃了性命，走不快也有荡着面门，也有刺着咽喉，死者死，伤者伤，逃者逃，多弃关飞奔金麟川去了。元帅同诸将来到关中，查盘钱粮，点明粮草，养马一日，到了明晨，放炮一声，兵进金麟川，此话慢表。

再讲金麟川守将名叫铁雷金牙，身长一丈，有万夫不当之勇。正在堂上闲坐，忽见小番报进说："平章爷，不好了，白良关又被唐兵打破，银牙将军阵亡了。"铁雷金牙闻言大惊说："有这等事！阿呀，我那兄弟阿，可怜如此英雄，一旦丧于唐将之手。"大哭数声，泪如雨下。吩咐把都儿关上加起灰瓶石子，踏弓弩箭，若是唐朝救兵一到，速来通报，待魔家好与兄弟报仇。

不表关内之事，再讲到罗通大队人马来到金麟川，离开数里安营下寨，放炮停行。到了明日，元帅升帐，聚齐众将，站立两旁。便开言说道："诸位哥哥在此，北虏番将甚是利害，你们难以开兵，今日原待本帅亲自出马，或者挑得番将也未可知，你们多上马端兵，看我打仗。倘然取了金麟川，岂不为美。"众将称善，罗通按好盔甲，带过马，手执枪上马，一声炮响，一马冲出营来。小番看见，报进关中。铁雷金牙闻报，披挂停当，顶盔贯甲，上马提刀，放炮开关，放下吊桥，带了众番，一马冲出关来，正是：

饶君烈烈轰轰士，难敌唐朝大国兵。

毕竟不知金麟川如何破得，且看下回分解。

第十回　八宝铜人败罗通　罗仁双锤救兄长

诗曰：

愿得貔貅十万兵，能教虏寇一时平。
功成不用封侯印，麟阁须留忠孝名。

罗通抬头一看，好一员番将，甚是可怕。只见他头戴青铜狮子盔，身穿锁了红铜甲，外罩大红袍，青眉紫脸，豹眼黄须，坐下一匹青毛吼，冲上前来，把刀一起，那罗通把枪噶啷架定："呔！来的可通下名来。"金牙说："你要问魔家之名吗？魔乃流国山川七十二岛红袍大力子大元帅祖麾下，加为百胜将军，铁雷金牙便是我也。晓得你是罗成之子罗通，你伤我兄弟银牙，欲要把你活擒过来，碎尸万段，以泄我弟之仇。"说声未了，把刀一起，叫声："小蛮子，照魔家的刀罢。"豁绰一刀砍过来。那罗通不慌不忙，把枪一卷，直往头上绷转来，战到了二十余合，金牙只有招架之功，没有还兵之刀，嘴里边说："阿唷！好厉害的小蛮子哩。"罗通见他刀法已乱，这一枪兜胸前刺进来。那铁雷金牙叫声不好，躲闪不及，正中前心，扑通一响，翻下马来。罗通同众将乘势抢关，那些小番儿见主将已死，多进关中，闭关也来不及了。罗通随后冲进，杀得番兵：

忙忙好似丧家犬，急急浑同漏网鱼。

口中尽叫快走，多望野马川逃去了。元帅吩咐养马一日，查盘府库，扯起大唐旗号，明日兵进野马川。

再讲野马川守将叫作铁雷八宝，其人身高一丈，头大如斗，两眼铜铃，口似血盆，连鬓红须，力拔泰山，要算番邦一员大将，惯使一个独脚铜人。列位，你们道什么叫作独脚铜人？有四尺长，原有头有手，单有一只脚，像十二三岁的小孩子一般，有千斤多重。将此作军器，你道利害不利害。铁雷八宝正与花知鲁达们，在私衙商议退兵之事，外面小番报进："启上将军，关外有金麟川败残兵卒，要见将军。"八宝听言大惊说："传进来！"一声吩咐传进，小番跪禀道："将军爷，不好了。大唐救兵来得凶勇，二将军被唐将枪挑而死，金麟川已破，不日兵到野马川来了。"铁雷八宝听言，不觉下泪说："有这等事。大兄被伤，此恨未消，今二兄又遭童子之手，可不痛杀我也。待唐兵来到关下，魔家不一顿铜人打尽蛮子，也誓不立于人世也。"遂吩咐小番，若唐兵一到，速来报我知道。把都儿一声答应，紧守关门不必表。

再讲唐兵到了野马川，离关一里安营下寨，吩咐放炮升帐。罗通坐在中军帐内，叫声："程伯父，路上辛苦，安息一宵。"咬金说："这个自然，出兵之法，凡兴兵破关，三军行路辛苦，要停兵一天，养养精神的。"当夜不表。

再讲次日天明，元帅升帐说："今日那一个哥哥去攻关讨战？"闪出秦怀玉道："小将愿去讨战。"罗通道："哥哥须要小心。"怀玉得令，上马提枪，结束停当，放炮开营，带领三军，一马冲出，来到关前大喝一声："呔！关上的，快报与虏狗知道，出来会我。"小番看见，连忙报进："启上将军，今有唐将一员出马讨战。"八宝听言，既有唐将讨战，吩咐披挂，抬铜人过来。小番一声答应齐备，八宝结束上马，拿了独脚铜人，催开马，出了总府，来到关前。放炮开关，鼓声啸动，一马望吊桥上冲过来了。秦怀玉抬头一看，心中大骇说："他手中拿的是什么东西？我想十八般武艺，件件皆知，何曾有这人用的是独脚铜人。"他又生得十分恶相，你看他怎生打扮：

面如红枣浪腮胡，两道青眉豹眼珠。身着连环金锁甲，头顶狐狸狮子盔。
左首悬弓新月样，右边顶内插狼牙。手执铜人多凶恶，坐骑出海小龙驹。

秦怀玉喝道："来的虏狗，少催坐下之马，快留下名来，你有多大本事，敢来送死。"铁雷八宝听见便说："你要问魔的名么，魔乃流国山川红袍大力子大元帅祖麾下，加为随驾大将军，铁雷八宝的便是。你小蛮子有甚本事，敢到魔家马前送死。"秦怀玉呼呼大笑说："把你这番狗活捉过来，立时枭首。怎么口出大言，分明买腌鱼放生，不知死活，你又不是什么铜皮铁骨的利害，今日天朝救兵前来，还不知道我们众爵主爷骁勇哩。此去赤壁宝康王尚要活擒，何在为你这个把番狗，擅敢霸住野马川，阻我上邦爵主爷去路。"铁雷八哈哈大笑说："你们众蛮子尚被我邦困住，何在你们这一班无知小子，还不晓得魔家手中铜人利害么。此乃自投罗网，不足为惜。快通个名来，魔好打你为粉。"怀玉说："小爵主乃是护国公秦老千岁荫袭小爵主，奉朝廷旨意，挑选二路平番招讨大元帅罗麾下，加为无敌小将军，秦怀玉便是。放马过来，照爵主的枪罢。"把空条黄金枪串一串，一炷香直望八宝面门上速刺将过来。那八宝说声："来得好！"不慌不忙，把手中独脚铜人往枪上噶唧这一击，秦怀玉喊声不好，几乎跌下雕鞍，枪多拿不牢起来了。马打冲锋过去，才圈得马转来，早被八宝量起手中铜人，喝一声："小蛮人照打罢。"将这铜人望顶上打下来了，好似泰山一般。秦怀玉喊声："不好，我命休也。"把枪横转了，抬上去。不觉噶唧唧声响，枪似弯弓模样，马直退后十数步，几乎跌落雕鞍。看来战他不过，只得带转马头，望营前大败而走。铁雷八宝说："你这小蛮子，来时许多夸口，原来本事也只平常，你往那里走，魔来也。"豁喇喇追上前来，秦怀玉早进营了。有军士射住阵脚，八宝只得把马扣定，喝道："营下的，量你们营中多是无名小卒之辈，决少能人，快快退了人马，让还魔这里两座关头，放你们残生回去。"

不表铁雷八宝夸言，单讲秦怀玉下马进了中营，说道："元帅，番狗骁勇，手中铜人十分沉重，小将被他打得一下挡不住，所以败了，望元帅恕罪。"罗通大骇说："北番番将算得异人了，用的兵器多不在十八般武艺里头，第一关守将的什么踹牌，如今又是什么铜人了，哥哥无罪，带马过来，待本帅亲自出马。"那手下军士备好龙驹，牵将过来。罗通立起身来，把头盔按一按，把金甲按一按，跨上龙驹，提了攒竹梅花枪，炮声一起，营门大开，前里二十四对大红旗，左右平分，鼓声啸动，豁喇喇冲出来了。元帅出马，众爵主多出营来哩。那程咬金说："我从幼出战沙场，兵器见了无数万。从不曾见有什么独脚铜人的兵

器,今日我老人家到也要出营去看一看。"

不表爵主与程咬金出营观望,单讲罗通冲出营来,那铁雷八宝抬头一看说:"又来送死的蛮子,少催坐骑,通下名来,是什么人?"罗通道:"你要问本帅之名么,乃越国公荫袭小爵主,外加二路扫北大元帅,干殿下罗通便是。"八宝听言,便说:"你可就是当年平北罗艺老蛮子的小蛮子传下来的吗?"罗通应道:"然也,既知本帅之名,何不早早下马受缚。"八宝呼呼冷笑道:"我把你这小蛮子,碎尸万段,方雪我恨。我两位哥哥尽丧于你这小蛮子之手,正要与兄报仇,这叫天网恢恢,疏而不漏,今日仇人在眼,分外眼红,我一铜人不打你个齑粉,也誓不共戴天。放马过来!"八宝催一步马向前,把独脚铜人往头上一举,喝声:"照打罢。"望罗通顶梁上一铜人打下来。那罗通喊声:"不好。"看来这铜人沉重,只得把枪也轮横了抬上去。噶啷噶啷一声响,马打退有十数步才圈转来。八宝又说:"照打罢。"又是一铜人打下来,罗通又把枪挡得一挡,不觉坐下雕鞍头圆乱闯,一马冲锋过去,兜得转来,八宝又打一铜人下来。那时罗通抬得一抬梅花枪,打得弯弓一般,虎口多震得麻木了。心下暗想:"这番狗果有本事,不如发回马枪挑了他罢。"算计已定,把枪虚晃一晃,说:"番狗果然骁勇,本帅不是你对手,我今走也,少要来追。"说罢带转丝缰走了。铁雷八宝哈哈大笑说:"魔家知道你,当年罗艺、罗成前来扫北,把回马枪伤去了我邦大将数员,魔也晓得你们罗家有回马三枪利害,但别将怕你回马三枪骁勇,独有魔家不惧你们的回马枪,我把铜人在此摇动,看你怎么样把回马枪伤我。"说罢把铜人在手中摇动,将喉咙前心两处护定,催开坐骑,随后转来了。那罗通听见此言,回头看看,只见他把铜人摇动,护住咽喉,一路追下来了,并无落空所在,好发回马枪。罗通不觉心内慌张,不知怎样的,把丝缰一偏,望营左边落荒而跑了。那铁雷八宝心中大喜说:"魔道你败进营中,倒也奈何你不得,谁说你反落荒而走,分明:

一盏孤灯天上月,算来活也不多时。

凭你飞上焰摩天,终须还赶上。你往那里走!"豁喇喇追上前来。营前众爵主见元帅被番将追落荒郊,不觉一齐惊得面如土色,尽说:"完了,如今驾也救不成,一个元帅反送掉了。"程咬金说:"这个畜生自然该死,败下来自该败进营内,怎么反走落荒郊,一定多凶少吉的了。"此话慢表。

且说罗通被八宝追下来,有四十里路程,急得来汗流浃背,只见八宝使起铜人紧追紧走,慢追慢行,一步不放松。想道:"这回马枪不能伤他,将如之何?"心下在此沉吟,丝缰略松得一松,马慢了一慢,却被八宝这匹马纵一步上,就在罗通背后,量起铜人,喝声:"照打罢。""哨!"这一击打下来,那个罗通喊声:"我命休也。"把枪抬得一抬,在马上乱晃,二膝一夹,那马豁喇喇好走哩。追得罗通好不着急。说:"番狗奴休要来追,少待来追。"八宝呼呼冷笑说:"你往那里走,快留下首级来,吓。"说罢,又紧追紧赶,相离营盘有八十里路了。罗通吓得昏迷不醒,伏在马鞍上败下来。偶抬头一看,只见那一边远远来了五个人,那四个头上多是紫色将巾,当中这个银冠束发,白绫战袄,生得唇红齿白,年纪不过八九岁,好是孩童一般,那四个人须发多白。你道是什么人,原来就是罗府中二公子罗仁。他道哥哥领兵扫北,所以也想前来杀番狗。随了罗德、罗春、罗安、罗福四名老家将来的。一路进了白良关,金银二川,罗仁不觉烦恼说:"你们这四个老狗才,在此作弄我吗,离家乡也有几十天,难道哥哥的兵马还不见?"四人道:"二爷又来了,进北番地界,有三座关头,大公子兵马不见,非怪我们之事。"正在此讲,只听喊声道:"番狗奴休要来追。"豁喇喇追下来了。那时五人抬头一看,只见一员番将,摇动手中铜人,追赶一员银冠束发的小将下来。四个家将大惊道:"阿呀,不好了,这员败下来的小将,好似我家大公子一般,二爷你可见吗?"罗仁听说,睁眼细一看,说:"是阿,是阿。一些也不差,果然是我家哥哥,为什么大败?不好了,这番狗奴如此猖獗,追我哥哥,我不去救,那一个去救。你们快拿锤来!罗安道:"二爷,使不得,番狗骁勇,你哥哥尚且大败,你去到得那里是那里。"罗仁道:"你不要管。"竟夺了两柄大锤,蹋、蹋、蹋,跑过去了叫声:"哥哥,我兄弟罗仁在此救你。"那罗通听言,抬头一看,不觉惊骇叫声:"兄弟动不得,为兄尚然大败,你年纪尚小,不要藐视他人,快退下去。"罗仁不听罗通言语,竟追上去了。罗通好不着急,扣定了马,那四名家将赶上来说:"大爷,我们家人们叩见。"罗通说:"你这四个狗才,那番狗使这铜人,好不利害,我尚且败了,二公子有何本事,你们放他上去,倘被他们伤了,如之奈何。"四个家将

说:“我们原阻挡,二爷不听,自要上去,不关我们之事。”

少表这里主仆之言,再讲罗仁提了两柄银锤,上前喝道:“呔!你这番狗,不必追我哥哥,我二爷在此,你把这颗首级割下来。”那八宝在马上看见了这个小孩子在马前讲话,想他身不上三尺,不觉哈哈大笑,把马扣定说:“孩子,魔要追赶这罗通小蛮子,你为什么拦住马前,倘被马脚踹死了,怎么样呢?快些闪开,待魔家走路。”罗仁喝道:“呔!你这个该死的番狗,那罗通是我哥哥,我就是二公子罗仁,你要往那里走。吓!快来祭你二爷这两柄锤罢。”八宝闻言怒道:“什么东西,魔家立番邦以来,这铜人下不知死了多多少少的英雄好汉,你这小孩子,也在此戏耍,快些闪开,再在马前混账,魔家撮起了捏死了犹如蝼蚁一般哩。”罗仁道:“呔!番狗。你不要夸口,好好取过头来,必要待你小爷一顿乱捶,把你打为肉酱么。”八宝大怒说:“你这小孩子,魔家好意放你一条生路,你必要死在我铜人底下,此乃该死畜类,佛也难度,照打罢。”“哨”一铜人打下来。那罗仁说声:“来得好。”把手中银锤往铜人上噶啷这一枭,架在旁首,冲锋过来。罗仁在地下够不着他身体,交锋过来,望八宝这一骑马头上挡这一银锤,打得这个马头粉碎跌倒来,把一个铁雷八宝翻在尘埃。罗仁上前把铜人夺下,复又一锤打去,把八宝头颅打得肉酱一般,一命归天去了。罗通与四名家将见了,不胜之喜。上前来说道:“兄弟,多多亏你,为兄险些丧于番狗之手,请问兄弟到这里做什么?”罗仁说:“兄弟也要去杀番狗,在哥哥帐下立些功劳,出仕朝廷,故而来的。”罗通说:“既如此,兄弟同我营中去。”不表六人回转营中,先讲营内诸将,等至更初,不见元帅回来,大家着忙。程咬金亦着了急,这一首:“启上老千岁,元帅回营了。”诸将听说元帅回营,大家出来迎接。说:“元帅恭喜,受惊了。阿呀!这二兄弟为何亦在此处?请到里边去。”大家同进营来。咬金叫声:“侄儿,你被番狗追下去,害得我做伯父的胆子惊碎了,如今怎样脱离回营?”罗通把兄弟相救情由,说了一遍。咬金大喜,称赞二侄儿之能。罗仁就拜见伯父,又与众位哥哥见过了礼。罗通吩咐道:“如今趁关上小番等候主将回关,必然不闭关门,不如连夜抢进关中安营罢。”众爵主听了令,多上马提了兵器先抢关头了。后面大小三军,卷帐拔寨,多抢关了。罗通、罗仁两员小将,先把关门打开,冲到里面,把那些把都儿枪挑锤打,守关之将尚然伤了,那些小番济什么事?被众将赶进关内,刀斩斧劈,人头骨碌碌乱滚,如西瓜一般。这场厮杀,小番尽皆弃关而逃。元帅就吩咐安下营盘,一面查点粮草,一面关上改立旗号,众将各自回营。一宵过了,到明日清晨,传令:

早除野马铜人将,再灭黄龙女将来。

毕竟众小将不知如何救驾,且看下回分解。

第十一回 罗仁祸陷飞刀阵 公主喜订三生约

诗曰:

屠炉公主女英雄,国色天姿美俏容。
只因怒斩罗仁叔,虽结鸾交心不同。

罗通吩咐:发炮抬营,大小三军拔寨往黄龙岭进发。一路前行,有四五天程途,早到了黄龙岭。离关数箭之遥,传令三军扎住营盘,起炮三声,早已惊动了关上。把都儿一见唐营扎住营盘,慌忙进衙飞报主将,说:“启上公主娘娘,南朝救兵已至关下,扎营在那里了。”屠炉公主听见,说:“该死的来了!”吩咐带马。手下应声答应,带过马来,公主跨上雕鞍,手提两口绣鸾刀,离了总帅府衙门。后面跟了二十四名番婆,都是双雉尾高挑,望着关前来。一声炮响,关门大开,吊桥放下,鼓啸如雷,豁喇喇的冲到营前来了。有军士一见,连忙扣弓搭箭,说:“呔!来的番婆,少催坐骑,照箭!”那个箭嗖嗖的射将过来。公主把马扣定,叫一声:“营下的,快去报,有公主娘娘在此讨战,叫你们唐兵好好退了,暂且饶你班蝼蚁之命。若然不退,我娘娘就要来踹你营头了!”那些军士到中营报说:“启元帅,营外有一番婆,口出大言,在外讨战。”罗仁心中大悦,走将过来说:“哥哥,待兄弟出去擒了进来。”罗通说:“兄弟既要出战,须当小心。”罗仁应道:“不妨。”他一点小孩子,也不坐

马，拿了两个银锤，走出营去了。罗通立起身来说："诸位哥哥、兄弟们，随本帅营去看看我弟开兵。"众爵主应道："是。"大家随了罗通出到营外，咬金也往营外看看。

罗仁又看那公主一看。啊唷！好绝色的番婆。你看他怎生打扮，但见：

头上青丝，挽就乌龙髻；狐狸倒插，雄鸡翎高挑。面如傅粉红杏，泛出桃花春色；两道秀眉碧绿，一双凤眼澄清。唇若丹朱，细细银牙藏小口。两耳金环分左右，十指尖如三春嫩笋；身穿锁子黄金甲，八幅护腿龙裙盖足下。下边小小金链，踹定在葵花踏镫上。果然倾城国色，好像月里嫦娥下降，又如出塞昭君一样。

罗仁见了，不觉大喜，说："番婆休要夸口，公子爷来会你了！"那公主一见，说："是小孩子！你吃饭不知饥饱，思量要与娘娘打仗吗？幸遇着我公主娘娘有好生之德。你命还活得成。若然逢了杀人不转眼的恶将，就死于刀枪之下，岂不可惜？也算一命微生，无辜而死，我娘娘何忍伤你！"罗仁听言，大喝道："呔！你乃一介女流，有何本事，擅敢夸能，还不晓得俺公子爷银锤利害吗？也罢，我看你千娇百媚，这般绝色，也算走遍天涯，千金难买。我哥哥还没有妻子，待我擒汝回营，送与哥哥结为夫妇罢！"公主听言，满面通红，大怒道："呔！我想你小孩子乱道胡言，想是活得不耐烦了！我娘娘拼得做一个罪过了，照刀罢！"插的儿一刀，望罗仁面上劈下来。罗仁叫声："来得好！"把银锤往刀上噶啷一声响，架在一边，冲锋过去。罗仁把银锤击将过来，望马头上打将下去。公主看来不好，把双刀用力这一架，噶啷、噶啷一声响，不觉火星迸裂，直坐不稳雕鞍，花容上泛出红来了，心中想："这孩子年纪虽小，力气倒大。罢！不如放起飞刀伤了他罢。"算计已定，把两口飞刀起在空中，念动真言，青光冲起，把指头点定，直取罗仁。惊得营前罗通魂不附体，叫声："兄弟！这是飞刀，快逃命！"这一首没一个不大惊小怪。哪知罗仁出母胎才得九岁，哪晓上战场有许多利害，第二次交锋，焉知飞刀不飞见。见刀在空中旋下来，心中倒喜。抬头看着了刀，说道："咦！这番婆会做戏法的。"口还不曾闭，一口刀斩下来了。罗仁喊声："不好！"把锤头打开。这一把又飞往顶上斩下来了。罗仁把头偏得一偏，一只左臂斩掉了；又是一刀飞下，一只右臂又斩掉了。那时罗仁跌倒尘埃，一顿飞刀，可怜一位小英雄斩为肉酱而亡了。

罗通见飞刀剁死兄弟，不觉大放悲声："阿呀，我那兄弟啊！你死得好惨也！""轰隆"一声响，在马上翻身跌落尘埃，晕过去了。唬得诸将魂飞魄散，连忙上前扶起，大家泣泪道："元帅苏醒！"咬金泪如雨下说："侄儿！不必悲伤。"四个家将哭死半边。罗通洋洋醒转，急忙跨上雕鞍，说："我罗通今日不与兄弟报仇，不要在阳间为人了！"把两膝一催，豁喇喇冲上来了。公主抬着一看，只见营前来了一员小将，甚是齐整，但见他：

头上银冠双尾高挑，面如傅粉银盆，两道秀眉，一双凤眼，鼻直口方，好似潘安转世，犹如宋玉还魂。

公主心中一想："我生在番邦有二十年，从不曾见南朝有这等美貌才郎。俺家枉有这副花容，要配这样一个才郎万万不能了。"她有心爱慕罗通，说道："呔！来的唐将，少催坐骑，快留下名来！"罗通大喝道："你且休问本帅之名。你这贱婢把我兄弟乱刀斩死，我与你势不两立了！本帅挑你一个前心透后背，方出本帅之气。照枪罢！"嗖的一枪，劈面门挑进来。公主把刀噶啷一声响，架往旁首，马打交锋过，英雄闪背回。公主把刀一起，望着罗通头上砍来，罗通把枪逼在一旁。二人战到十二个回合，公主本事平常，心下暗想："这蛮子相貌又美，枪法又精，不要当面错过，不如引他到荒郊僻地所在，与他面订良缘，也不枉我为了干公主。"算计已定，把刀虚晃一晃叫声："小蛮子！果然骁勇，我公主娘娘不是你的对手，我去了，休得来追！"说罢，带转丝缰，望野地上走了。罗通说："贱婢！本帅知你假败下去要发飞刀。我今与弟报仇，势不两立！我伤你也罢，你伤我也罢，不要走！本帅来也！"把枪一串，二膝一催，豁喇喇追上来了。

那公主败到一座山凹内，带转马头，把一口飞刀起在空中，指头点定喝道："小蛮子！看顶上飞刀，要取你之命了！"罗通抬头一见，吓得魂不附体，说："啊呀！罢了，我命休也！倒把身躯伏在鞍桥上。那时公主开言叫声："小将军！休得着急，我不把指头点住飞刀，要取你之命。如今我站在此，飞刀不下来的，你休要害怕。我有一言告禀，未知小将军尊意若何？"罗通说："本帅与你冤深海底，势不两立，有何说话速速讲来，好与兄弟报仇！"公主道："请问小将军姓甚名谁，青春多少？"罗通道："嗄，你要问本帅吗？我乃二路平番大元帅干殿下罗通是也，你问他怎么？"公主道："嗄，原来就是当年罗艺后嗣。俺家今年二十余岁，我父名字屠封，掌朝丞相，单生俺家，还未适人，意欲与小将军结成丝罗之好。况又你是干殿下，我是干公主，正算天赐良缘，未知允否？"罗通听言大怒，说："好一个不识羞的贱婢！你不把我兄弟斩死，本帅亦不稀罕你这番婆成亲。你如今伤了我兄弟，乃是我罗通切齿大仇人，那有仇敌反订良缘！兄弟在着黄泉，亦不瞑目。你休得胡思乱想，照枪罢！"耍的一枪，直望咽喉刺进来，公主将刀架在一边，说："小将军！你休要烦恼，你的性命现在我娘娘手掌之中。我对你说，你若肯允，俺家情愿投降，献此关头。在你马头前假败，就领番兵退到木阳城，等你兵马一到，就里应外合，共保我邦兵马俺家君。你救出唐王与众位老将军，先立了功，岂不消了我误伤小叔之罪？然后小将军差一臣子求聘我邦，岂不两全其美？你若不允，我把指头拿开，飞刀就要取你性命了！"罗通道："呔！贱婢杀我弟之仇，不共戴天！你就斩死我罗通罢！"公主哪里舍得斩他。正是：

姻缘不是今生定，五百年前宿有因。
并头莲结鸳鸯谱，暗里红丝牵住情。

故此，公主不舍伤他，复又开言叫声："小将军！你乃年少英雄，为何这等智量？你今允了俺家姻事不打紧，陛下龙驾与众位臣子就可回朝了。你若执意要报仇，娘娘斩了你，死而无名，仇不能报，驾不能救，况又绝了罗门之后，算你是一个真正大罪人也！将军休得迷而不悟，请自裁度。"

那公主这一篇言语，把罗通猛然提醒，心下暗想："这贱婢虽是不知廉耻，亲口许姻，此番言语倒确确实实是真。我不如应承他，且去木阳城，杀退番兵，救了陛下龙驾，后与弟报仇未为晚也。"算计已定，假意说道："既承公主娘娘美意，本帅敢不从命！但怕你两口飞刀利害，你既与本帅订了姻缘，已降顺我唐朝了，须把这两口飞刀抛在涧水之中，罗通方信公主是真心降唐了。"公主说："既是小将军允了俺家亲事，要俺抛去飞刀有何难处。但将军不要口是心非方好，须发下一个千斤重誓，俺家才把飞刀抛下。"罗通暗想："我原是口是心非，如今他要我立誓，也罢！不如发一个钝咒罢。"叫声："公主！本帅若有口是心非，哄骗娘娘，后来死在七八十岁一个枪法上。"暗想："七八十岁老番狗有什么能干，难道我罗通杀他不过？这原是个钝咒。"公主听见他发了咒，心中不胜欢悦，说："将军一言为定，驷马难追！便放下飞刀，抛在山凹涧水之中。公主说："小将军，俺家假败在你马头前，你随后追来，我便弃关而走，在木阳城等你兵马到来，共救唐王天子便了。"罗通说："本帅知道，公主请先走！"那公主带转马头而走，罗通随后追赶出了山凹，高声大喝："呔！番婆你往那里走！本帅要与弟报仇哩！"豁喇喇追到关前来了。公主假意大喊："阿唷，小蛮子果然利害，我不是你对手，休追赶罢！"冲到关前，下马往内衙说道："把都儿！我们退了兵罢，罗小蛮子骁勇异常，飞刀都被他破掉了，要守此关料不能够。我们不如把关门开了，退到木阳城，等唐兵到来，一发困住，倒是妙计。"众小番依令即把关门大开，吊桥放下，装载了粮草，带了诸将，竟望木阳城大路而走了。此话丢开。

且表那罗通见公主进入关中，遂即回营。众将接住了马，往中营坐下，有程咬金开言道："侄儿，你兄弟之仇不报，反被番婆逃入关中，何时得破？"罗通说："伯父！那父王龙驾如今救得成了。"咬金道："侄儿，黄龙岭还未能破，龙驾怎么就救得出？"那番，罗通就把方才屠炉公主这番始末根由的言语细细一讲。咬金不觉大喜道："侄儿！你心中果肯与他成亲吗？"罗通说："伯父又来了，他是我兄弟仇人，我要与兄弟报仇，怎么反与他成亲起来？这是无非哄他。"咬金说："侄儿，不是这样讲的。你兄弟身丧沙场，也是自己命该如此，何必归怨于他。公主既有如此美意，肯在木阳城接引我邦人马，共破番兵，救出陛下龙驾，是他一桩大大的功劳，也就算将功赎罪，可消得仇恨来了。侄儿不是这等讲，待等此番救驾之后，待我做伯父的与你为媒，成全这段良缘便了。"正在营门讲论，早有军士报进说："启上元帅，屠炉公主不知为甚把关门大开，领了小番们都退去了。"罗通知道其意，吩咐四名家将："有书一封，回家见太夫人说，不要悲伤，若日后救了陛下龙驾，自然取屠炉女首级，回家祭奠兄弟的。"四名家将领了元帅书信，竟是回家往长安大路而行，我且不表。

单讲罗通传令，大小三军拔寨起兵，穿过黄龙岭，一路径往木阳城进发。

再说赤壁宝康王同丞相屠封、元帅祖车轮在御营饮酒，康王说："元帅，报闻大唐救兵打破白良关、金银二川、野马川；铁雷三弟兄如此骁勇，俱皆战死沙场，如此奈何？"祖车轮道："狼主放心，铁雷弟兄虽勇，皆是无谋之辈，故有失地丧师之祸。如今黄龙岭公主娘娘多谋足智，况有飞刀利害，自然守得住的。"君臣正在议论之间，忽有探子报来："启上千岁！公主娘娘回军了。"康王听报，大吃一惊，说："元帅，唐兵何其凶勇，破关如此甚急，王儿不守黄龙岭，反领兵回来做什么？"祖车轮说："连及臣也不知是什么意思，且去迎接入营，问个明白便了。"康王曰："善！"车轮上马带了番兵出营，一路迎接来见公主说："公主娘娘在上，臣祖车轮在此迎接。"公主说："元帅平身，随俺家进营来。"车轮奉命，同进御营。俯伏说："父王在上，臣儿见驾，愿父王千岁，千千岁！"康王说："王儿平身，赐座！"旁边问道："王儿，那唐朝救兵实为利害，连破几座关头，杀伤数员上将。王儿为何不守黄龙岭，反自回营何干？"公主道："父正在上，那唐朝小将罗通邪法利害，臣儿飞刀都被他破了，所以难守此关，只得回来见父王。"康王听说，心中十分纳闷，只得与众议论，唐朝救兵到此，怎生破敌，这话不表。

且说大唐人马相近，到了木阳城，有探子报进说："启上元帅，前面就是木阳城了！"罗通抬头一看，果见番兵如山似海，围得密不通风，那众将军大家惊骇。罗通吩咐大小三军到这边平阳之地安营。军士一声答应，顷刻扎下营盘。罗通便叫："程老伯父！如今待侄儿独马单枪杀进番营，叫开木阳城，见了陛下，同军兵杀出城来，听见炮响，要伯父领众侄儿攻进番营。正是外破内攻，不怕番兵不退。"咬金说："侄儿言之有理，须要小心！"罗通道："这个不妨。"就把银铠扎束停当，跨上小白龙驹，提了梅花枪，出了营门，豁喇喇冲到番营。把都儿看见叫声："奇阿！那边来的这个小将是什么人，难道是唐朝救兵不成？为什么单人独马的。"那都儿答道："哥阿！不要管他，我们放箭。"纷纷的射将下来。罗通说："营下的！休放箭，今已救兵到了，快快退兵。如有半声不肯，本帅要踹营盘哩！"说罢，把枪串动，冒着弓矢，一马冲进。吓得番兵魂不附体，箭都来不及放了。被罗通手起枪落好挑，犹如弹子一般，有着咽喉的，有着前心的。番兵见不是路，只得让一条路待他走。这罗通进了第一座营盘，又杀进第二座营头。不好了！惊动了番邦正将、偏将，提斧拿刀在罗通马前马后，刺的、劈的、斩的，这个罗通那里在他心上！把枪前遮后拦，左钩右掠，落空的所在，一枪去掉了偏将几人；那一枪又伤了副将几员，把马一催，冲过了这一个营盘。在里边只见枪刀闪烁，那里见什么路头！罗通原是个小英雄，开了杀戒，透第七营盘方才到得护城河。只见木阳城上都是大唐旗号，喘息定了一口气，望着南城而来正要叫喊，只听：

一声炮响轰天地，冲出番邦骁勇人！

不知冲出番将是谁，但看下回分解。

第十二回　苏定方计害罗通　屠炉女怜才相救

诗曰：

一将焉能战四门，却遭奸佞害忠臣。
若非唐主齐天福，那许英雄脱难星。

罗通听见炮声响处，倒吃一惊。抬头一看，只见一员番将冲到面前，赤铜刀劈面斩来。罗通就把梅花枪架定，喝声："你是什么人，擅敢拦阻本帅进城之路？"那番将也喝道："呔！唐将听者，魔乃大元帅麾下大将军，姓红名豹，奉元帅将令，命魔家围困南城。你可不知魔的刀法利害吗？想你有甚本事，敢搅乱我南城汛地？"罗通也不回言，大怒，挺枪直往红豹面门刺来。红豹说声："来得好！"把赤铜刀劈面相迎。两将交锋，战有六个回合，马有四个照面。红豹赤铜刀实为利害，望着罗通头顶上劈面门"绰绰绰"乱斩下来。那时。罗通也把手中攒竹梅花枪噶唧叮当，叮当噶唧钩开了枪，逼开了刀。这一番厮杀不打紧，足足战到四十回合，不分胜败。那时恼了罗通，把枪紧一紧，喝声："番狗奴，照枪罢！"嗖这一枪挑进来，红豹喊声："不好！"闪躲不及，正中咽喉，挑下马来。那番正偏将、副偏

将见主将已死，大家逃散，往营中去躲避了。罗通喘定了气，来到南城边，大叫道："呔！城上那一位公爷巡城？快报与他知道，说本邦救兵到了。小爵主罗通要见父王，快快开城门放我进去！"

少表这里叫城。单讲城上自从被番兵围住，元帅秦琼传令在此，每一门要三千军士守在这里，日日差一位公爷在城上巡城。这一日刚好轮着银国公苏定方巡城。他听见城下有人大叫，连忙扒在城垛上望底下一看，只见罗通匹马单枪在下，明知救兵到了，心下暗想说："且住。我昨夜得其一梦，甚是蹊跷，梦见我大孩儿苏麟，满身鲜血走到面前说：'爹爹，孩儿死得好惨！这段冤内成冤，何日得清也？'说罢我就惊醒。想将起来，此梦必有来因，莫不是罗家之事发了？他说冤内成冤，必然将我孩儿摆布死了，要我报仇的意思。待我问他着。"苏定方叫一声："贤侄，你救兵到了吗？"罗通抬头一看，心中想道："原来就是这狗男女！罢，罢！今日权柄在他手中，只得耐着性气。"正是：

英雄做作痴呆汉，豪杰权为懵懂人。

便答应道："救兵到了，烦苏老伯开城，待小侄进城朝见父王龙驾。"定方说："贤侄，你带多少兵马？几家爵主？扎营在何处？程老千岁可在营中国人？"罗通道："侄带领七十万人马，几家爵主，扎营在番营外面六、七里地面，程伯父现在营中。"苏定方说："我家苏麟、苏凤两个孩儿可来吗？"罗通听见此言，沉吟一回说："他二人在后面解粮，少不得来的。"苏定方见他说话支吾，心中觉着必定他要报祖父冤仇，把我孩儿不知怎么样处决了，故有此番噩梦。正是："

人生何苦结冤仇，冤冤相报几时休？

我若放他进城，此仇何时报雪？却不道连我性命不保。倒不如借刀杀人，把一个公报私仇，以雪我儿之恨罢！叫这畜生四门杀转。况番将祖车轮万人莫敌，手下骁勇之辈不计其数。叫他四门杀转，必遭其害，岂不快我之心？"定方恶计算定，岂知天意难回。

思量自有神明助，反使罗通名姓扬。

苏定方便叫声："贤侄，陛下龙驾正坐银銮殿，贴对南城。若把城门开了，被番兵冲进，有惊龙驾，岂不是你我之罪吗？"罗通说："既如此，便怎么样？"定方说："不如贤侄杀进东城罢。"罗通说："就是东门，你快往东城等我！"罗通说罢，把马一催，南城走转来。要晓得围困城池，多是番兵扎营盘的，只有几条要路，各有大将几员把守出入之所，以防唐将杀出。番营余外营帐，只有番狗，没有番将的。罗通走到东门，正欲叫门，忽听得城凹一声炮响，冲出两员大将来了。你看他打扮甚奇，都是凶恶之相。一个是：

头戴青铜狮子盔，头如笆斗面如灰；两只眼珠铜铃样，一双直蓝扫帚眉。身穿柳叶青铜镜，大红袍上绣云堆；左插弓来右插箭，手提画戟跨乌骓。

又见那一个怎生打扮：

头上映龙绿扎额，面貌如同重枣色；两道浓黑眉毛异，一双大眼乌珠黑。内衬二龙宫绿袍。外夺铜甲鱼鳞叶；手端一把青龙刀，坐下一匹青毛吼。

这两个番将冲将过来。罗通大喝道："呔！你们两只番狗，留下名来！"两员番将大怒道："你这小蛮子，要问魔家弟兄名吗？乃红袍大力子大元帅祖麾下护驾将军伍龙、伍虎便是。奉元帅将令，在此守东城汛地。你独马单枪前来送死吗？"罗通大怒道："就凭你两个番狗！怎么拦阻本帅，不容进城？你好好让开，饶你们一死。若然执意拦阻马前，死在本帅枪尖上犹如蚂蚁一般，何足于惜！"伍龙、伍虎哈哈大笑道："小蛮子，你想要进东城吗？只怕不能够了。好好退出，算你走为上着。不然，死在顷刻！"罗通闻说大怒，把枪一摆，喝声："照枪罢！"望伍龙面门刺来。伍龙把方天戟一架，马打交锋过去。伍虎把青铜刀一起，喝声："小蛮子！看刀！"豁绰直望顶梁上一刀砍下来。那罗通把枪噶啷架开。这罗通本事虽然利害，如今两个番将，刀戟两般兵器通住了枪，罗通只好招架尚且来不及，哪有空工夫发枪出去。算他原是年少英雄，智谋骁勇，百忙里一枪逼开了戟，喝声："番狗！照枪罢！"一枪望伍龙面门挑进来。伍龙把戟钩开。这三人战在沙场，一来一往，一冲一撞。正是：

枪架戟，叮当响当叮；枪架刀，火星迸火星。那三人，好似天神来下降；那三匹马，犹如猛虎出山林。十二个蹄分上下，六条膊子定输赢。只听得：营前战鼓雷鸣响，众将旗幡起彩云。炮响连天，惊得书房中锦绣才人顿笔；呐喊声高，吓

得闺阁内聪明绣女停针。

这三人杀到四十回合，罗通两臂酸麻，头晕混混，正有些来不得了。不觉发了怒，把光牙一挫，喝声："照枪罢！"一枪直望伍龙心口刺来。伍龙喊声："不好！"要把戟去钩他，谁知来不及了，正中前心，死于马下。伍虎见兄死了，心中一慌，不提防罗通趁势横转抢来，照伍龙脑后挡这一击，打得头颅粉碎，跌下马来，呜呼哀哉了。

两名番将虽然都丧，这罗通还喘息不住，杀得两目昏花。行至护城河边，把马带住，望城上一看，早见苏定方已在城上，便高声叫道："苏老伯！快把城门开了，待小侄进城。"苏定方说："侄儿，这里东门正对番帅正营。那元帅祖车轮勇猛非凡，内有大将数员、十分厉害，守定东门。如今开了东城，一定要冲杀进来，不要说千军万马，也难敌他！如今料想你我两人寡不敌众，怎生拦阻？"罗通道："你不肯开城，难道飞了进来不成？"定方说："贤侄，不是为伯父的作难。奈奉朝廷旨意在此巡城，时时刻刻用意当心，只怕冲进，所以东城开不得。你不如到北城进来罢！"罗通暗想："苏定方说话蹊跷，好不烦闷。"便说："也罢。我罗通杀得人困马乏，若到北城，再推辞不得。"定方道："这个自然。你到北城，我便放你进来。"罗通只得把马一催，往北城而来。一到北城，只听番营里一声炮响，冲出两员番将，生来丑恶异常，身长力大。罗通抬头一看，不觉大惊，说："不好了！我连踹七座营盘，伤去三员骁将，如今怎能又放过这两员丑恶长大之将？分明中了苏定方之毒计！"只得喝声："呔！来的两名番狗，快留下名来！"那两名番将也喝道："呔！小蛮子！你要问魔家之名吗？魔乃流国山川红袍大力子祖元帅麾下先锋专魔犴妖魔呼是也。可恼你这小蛮子，有多大本事，不把我们两个先锋大将放在眼内？东城不是我们把守，由你猖獗，你进了东城就有命了。这北城是魔等防地，你也敢来搅乱吗？真正分明自寻死路了！"罗通听了大怒，说："番狗！本帅连杀二门，伤去了番将三员，尽不费俺气力。你两个岂不可知死活，敢来拦住马前？快让本帅进城，饶你一死。若不避让回营，动了本帅之气，只怕命在顷刻！"专魔犴大怒，喝声："小蛮子！休得夸能，照打罢！"把手中两铁锤一齐直望罗通顶上打将下来。罗通把枪一架，枭在旁首去了。妖魔呼也喝："照斧罢！"把手中两柄月斧盖将下来。罗通把枪杆子架在一旁，一马冲锋过去。那两员番将好不利害，把锤、斧逼住，乱劈乱打，不在马前，就在马后。罗通战乏之人，只好招架，没有还枪发出去。

专魔犴手中两柄锤好不利害，使得来只见锤，不见人，望罗通头上紧紧打下来。妖魔呼两柄斧头起在手中，也是左蟠头，右盖顶，双插翅，杀得罗通吼吼喘气。把枪抡在手中，手里边左钩右掠，前遮后拦，迎开锤，逼开斧，这一条枪使动朵朵梅花。这两名番将那里惧你，只管逼住。恼了小英雄性气，把身一摇，力气并在两臂，把枪紧一紧，逼开了番将锤斧，照定专魔犴咽喉，喝声："去罢！"扑通一声挑下马下，跌落护城河内去了。妖魔呼一见，心内惊慌，把双斧砍将过来。罗通把枪架开，照着妖魔呼一杆子，妖魔呼喝声："不好！"连忙招架，来不及了，打在头上，跌下马来一命呜呼了。

那罗通又伤二员番将，心中好不欢喜。喘息定了，望城上一看，只见苏定方早在上面，说："苏伯父，念小侄人困马乏，再没本事去杀这一城了。快快开城放小侄进城。"苏定方心中一想："我要送他性命，故而不放进城。岂知这小畜生本事十分骁勇，连杀三门，无人送他性命，这便怎么处呢？不如叫他再杀至西城。那西城有番帅祖车轮把守，他骁勇异常，正有万夫不当之勇，况这畜生杀得人困马乏，那里是他对手，岂非性命活不成了！"定方算计停当，叫声："贤侄，为伯父的真正千差万差了！害你团团杀转来，该放你进城才是。乃奉元帅将令，北城门开不得的，我若开了北城，元帅就要归罪于我，这便怎么处？"罗通听言大怒，说："你说话太荒唐了！你是兴唐大将，我也是辅唐英雄。乃龙驾被困在城，到来救驾，为何不肯放我进城，反有许多推三阻四？南城不容进，推到东城，又不容进，推到北城，如今又不放我进城，是何主意？还是道我有谋叛之心，还是你苏定方暗保番邦，为此国贼？"这句说话唬得定方目瞪口呆，叫声："贤侄！非是我暗为国贼，因帅爷将令，故而如此。"罗通道："我且问你，这北城为何开不得？"定方说："连我也不解其意。"罗通道："总然开不得，今日救兵到了，就开了也不妨。若秦老伯父归罪于我，罗通在此决不害你！"定方说："是么。既是救兵，西城也进得的，必须要进北门的吗？"罗通道："我知道了。我罗通若是生力，就走西门何妨？但我连战三门，力怯人困，再走西城，分明你要断送我性命也！"定方道："贤侄的英雄那个不知，谅这些番奴、番狗岂是贤侄对手。我焉肯

送你性命。"罗通心下暗想:"我三关已破,何在乎这一关。且杀至西门,看他怎么样,难道又使我再走南门不成?说也罢,我就走西城,不怕你推三阻四。"罗通把马催动,望西城而来。

那罗通周围杀转,这番到西门,差不多天气已晚黑来了。只听那边报顶葫芦帐内一声炮起,呐喊霞摇,豁喇豁喇冲出一员大将,店面跟了四十名刀斧番将,好不凶勇!冲上前来喝声:"呔!来的罗小蛮子!少催坐骑。这里西城是本帅防地,你敢前来送命吗?"罗通听言全无惧怯,也便喝:"呔!番狗!你有多大本事,敢在马前挡我本帅之路?自古说:'让路者生,挡路者死!'快通名来。"番将呼呼大笑道:"小蛮子,你要问魔家之名吗?你且洗耳恭听。本帅乃赤壁宝康王驾前封为流国山川红袍大力子大元帅祖车轮是也!可晓得我斧法精通。你这小蛮子前来侵犯西城吗?"罗通大怒,喝声:"我把你这狗番奴一枪挑死才出我气!怎么你把天朝帝君困在木阳城内,今日救兵已到,还不退营?阻住本帅去路,分明活得不耐烦了!"祖车轮道:"休要夸能。放马过来,照本帅斧子罢!"即把浑铁开山斧往自己头上一举,豁绰望罗通顶梁上这一斧砍将过来。罗通喊声:"不好!"把攒竹梅花枪往斧子上噶啷啷这一抬,倏忽跌倒,雕鞍马都退了十数步。要晓得罗通生力则与祖车轮差不多,如今罗通连战了三门,力乏的了,自然杀不过祖车轮。被他这一斧砍得来,面脸失色,豁喇一马冲锋过来。回得转马来,罗通把梅花枪一起说:"番狗奴!照本帅的枪罢!"插这一枪望番将咽喉挑进来。祖车轮说声:"来得好!"把开山斧架在旁首,马交肩过去。英雄转背回来,祖车轮连剁几斧过来,罗通只好招架,并无闲空回枪。看看战到二十余合,罗通有些枪法乱了。祖车轮见罗通气喘不绝,思想要活捉回营,那时吩咐小番:"与我把罗通围住,不许放他逃走。待本帅生擒活捉他来,有个用处。"小番一声答应,把一字铛、二钢鞭、三尖刀、四楞锏、五花棒、六缨枪、七星剑、八仙戟、九龙刀、十楞锤望着罗通前后,马左马右,就把一字铛肩膀乱打,二钢鞭扫在马蹄,三尖刀面门直刺,四楞锏脚上叮当,五花棒顶梁就盖,六缨枪照定分心,七星剑劈着脑后,八仙戟捣在咽喉,九龙刀颈边豁绰,十楞锤下下惊人,好一场大杀!罗通喊声:"不好了!"把梅花枪抡在手中,前遮后拦,左钩右掠,上护其身,下护其马。钩开一安铛,架调二钢鞭,逼下三尖刀,按定四楞锏,拦开五花棒,掠去六缨枪,遮调七星剑,闪过八仙戟,抬住九龙刀,扫去十楞锤,原也利害!祖车轮这一柄斧子好不骁勇,逼定罗通厮杀,不冲回合的猛战。正是:杀在一堆,战在一起,围绕中间杀个翻江倒海一般。罗通心内着忙,眼面前都是枪刀耀目,并没有逃生去路。手中枪法慌乱,人又困乏,头晕昏昏,性命不保,只得喊声:"我命休矣!谁来救救?"祖车轮说:"小蛮子,你命现在本帅掌握之中,休要胡思乱想逃脱。蚁命围定在此,绝无人救你,快快下马投降,方免一死,不然本帅就要生擒了!"唬得罗通魂不附体。正是:

若非唐主洪福大,焉得罗通命保全?

毕竟不知怎生逃脱,且看下回分解。

第十三回　破番营康王奔逃　杀定方伸雪父仇

诗曰:

数年冤恨到如今,仇上加仇洗不清。
罗通险失车轮手,亏得屠炉作救星。

那罗通看见马前马后都是枪刀,并没有去路,只叫:"我命休矣!"惊动城上苏定方,在垛内见了不胜欢喜:"如今这小畜生性命一定要送番兵手内的了。为此借刀,杀我孩儿仇恨已报!"

不表苏定方在城上得意。单讲番营盘内赤壁营,康王同了屠封丞相、屠炉公主等正坐龙位。此时正张挂银灯,忽听得外面杀声震地,金鼓连天,忙问道:"营外为何呐喊?"小番禀道:"启上狼主,只因外面有一南朝小蛮子,名唤罗通,十分厉害,连杀三门,无人抵敌。如今在西城被元帅围住,将要活擒蛮子了!"屠炉公主听见,心内吃惊,暗想:"我把终身托他,叫小将军杀进番营,共救南朝天子,如今他在西城厮杀,一定人困马乏,况且祖车

轮斧法精通，必然性命不保，倘有差迟，岂不怨恨于我？不如出营前救护夫君，也表我一片真心为他。"公主算计已定，开言叫声："父王！南朝这罗通骁勇异常，儿臣飞刀尚被他破掉，何在祖元帅！这叫来者不善，善者不来。然是这些番将围住，也难擒他。不如待儿臣前去助元帅一臂之力，捉了罗通。"康王大喜，说："王儿言之有理，快快前去"

那时公主上马，提了两口绣鸾刀，出了番营，并不带番婆、番女，径走西城。抬头一看，只见围绕一圈子，在里厮杀。声声只听得叫："我命休矣！谁来救救？"公主暗想："分明在那里叫我。"连忙冲前一步，大叫："众将闪开！元帅，我来助战，共擒罗通！"众番将杀得气喘吼吼，听见公主娘娘来，大家闪在一旁让开。屠炉公主这一马冲过来相救罗通之事，我且慢表。

先讲木阳城内贞观天子李世民，坐在银銮殿上。两边众公爷站立，徐茂公立在左侧，皇爷开口叫声："徐先生，你的阴阳当初件件有准，到今朝程王兄讨救之事，却有差了。"茂公说："陛下何以见臣阴阳不准呢？"朝廷道："前日程王兄去讨救兵的时节，先生也曾算他今日辰刻救兵到木阳城了。如今寡人在此候了一天，不要说辰刻，如今已到戌刻，还不见至，想救兵今日一定不来的了，岂不是先生阴阳不准？城中粮草眼看尽了，再是五天救兵不到，绝了粮草，还有什么天赐王粮到来不成？"茂公道："陛下龙心请安。臣阴阳有准，算定今日辰刻救兵到，一些不差，救兵辰刻已到木阳城了。"皇爷说："先生，怎么既然辰刻到的，为什么至晚还不进来见寡人？"茂公叫声："圣上！有位小公子独马进番营，因城门紧闭，又被番兵困住在城外厮杀，故而辰刻至晚不见进来。"朝廷说："有这等事？"侧定耳朵听一听，说："阿唷！"只听得外边炮响连天，战鼓似雷，喊响齐声，闹杀不住。那朝廷听罢，龙颜大怒，说："秦王兄，今日轮差那位官员巡城，这等欺朕？救兵辰刻到的，至晚还不来奏，闭住城门不放御侄进来，是什么意思？"秦琼叫声："陛下！今日乃银国公苏定方巡城，不知他为什么缘故不来奏知。"尉迟恭不觉大怒，说："陛下！那苏定方不来奏知我王，分明欺君，暗为国贼，一定他反了！待臣前去擒来。"那时尉迟恭跨上雕鞍，出了午门，竟走北城去了。不必说他。

茂公开言叫："秦三弟，你快令众将连夜冲杀番营，好里应外合，一阵成功！"叔宝领了茂公之命，遂传令大小三军，披挂端兵，摆齐队伍，先锋、副总都是披挂起马。马、段、殷、刘、王五将，大家跨上马，刀的刀，枪的枪，各带能干家将数十，出了银銮殿。灯球亮了照耀如同白昼，秦元帅领三军往北城来，且慢表。

这里马三保、段志远、段开山、刘洪基各带三军杀出四门，我且不表。又要说外面番将围绕罗通，正在厮杀，见屠炉公主上来，大家闪在一边，让公主冲到祖车轮马前，喝声："呔！罗通，照刀罢！"绰这一刀望祖车轮顶梁上砍下来。车轮不曾提防，要躲闪也来不及了，说："啊啊呀公主！怎么斩错了！"口内叫斩错，头偏得一偏，贴中左肩一只膀子砍了下来，在马上翻身倒地。罗通见了，满心欢喜，纵一步，马上望车轮一枪刺个后背透前心。可怜一员大将，死于非命。那些众番兵见公主斩下元帅膀子，大家喧嚷："公主娘娘反了！"唬得屠炉女面如土色，到望那一首跑了过去。罗通如今胆大了。串动梅花枪，见一个挑一个，好挑哩！一边在此战。

再讲到城内，尉迟恭冲上城头，他是个莽大夫，叫一声："拿反贼！苏定方不要走！"豁喇喇一马冲过来了。这苏定方听言心内一跳，回转头看时，却原来是尉迟恭，心内倒觉着自己不是了，忙叫心腹家将快快下去开城逃命。定方提了大砍刀，下落城头。四员家将把城门大开，坠下吊桥一个，苏定方冲出城去了。尉迟恭大怒，说："阿唷唷！可恼，可恼！天子有何亏负你，敢背反朝廷，私开北城。倘有番兵冲杀来，岂不有惊龙驾！你思想还要逃走性命吗？"随后赶出城来。

苏定方拼命纵过吊桥，却正遇罗通马到跟前，见了不觉大怒，说："苏定方，你往那里走！"这一声叫，吓得定方魂不附体，带转马望那一首跑去。正逢屠炉公主冲来，他听得罗通叫声："反贼苏定方。"必定要捉他的意思。见苏定方冲过来，他就纵一步马，向前照着苏定方夹背领一把抓住，说："在此间了！"提在手中，望着罗通那边一撩。罗通双手接一位，回头看见尉迟恭在吊桥上，叫声："尉迟老伯父，待小侄丢苏贼过来，你接着！"把定方一丢。敬德说："在这里了！"接过来捺住判官头上，带转缰绳进城去了。只见叔宝领兵冲出，便叫："秦元帅，苏定方已被末将擒住在此，不劳元帅费力。"叔宝说："本帅奉军师之命，连夜冲杀番营，一阵成功。尉迟将军快把苏定方拿往银銮殿见驾，速来助战。”尉迟恭应道：“是！某家知道。”尉迟恭忙到银銮殿说：“陛下，苏定方拿在此间了。”天子说：“将这反贼绑在龙柱，王兄前去助元帅冲营回来，然后处决。”尉迟恭一声：“领旨”绑了苏定方，就往北城冲出。

先讲秦琼，带领诸将冲过吊桥，见了罗通说：“侄儿！伯父在此，大胆冲踹番营，就要里应外合，一阵成功了！”罗通见伯父如此言，就放出英雄本事，一骑马冲到营前，手起枪落，好挑哩！

屠炉公主听说唐兵冲踹，假意喊声：“不好了！唐将骁勇，尔等还不逃命，等待何时？”口内说这句话，手中刀好似切菜一般，把自家番兵乱剁，人头碌碌乱滚，如西瓜相似的。有的说：“公主娘娘反了！”就是一刀。杀的这些番兵“反”字都不敢叫，由着屠炉公主见一个杀一个。冲进御营盘，假意说：“父王、父亲！不好了，南蛮利害，踹进番营、御营来，快些逃命！儿臣在此保驾断后。”康王听言，魂飞魄散。相同丞相跨上雕鞍，叫声：“王儿，保魔逃命！”弃了御营，不管好坏，竟自走了。只见外边烟尘抖乱，尽是灯球亮了。喊杀连天，震声不绝，营头大乱，夺路而走。后面公主虽是断后，却回头看看罗通在那一边厮杀，就把头点点说：“你随我来。”罗通公然安心，串串梅花枪，随定公主马后不住的乱打乱刺。秦琼领了诸将三军，跟住罗通追杀上来。他这条提炉枪好不了当！撞在马前就是一枪。也有刺入面门，也有刺入前心，也有伤在咽喉，死者不计其数。挑人如打战，呐喊似雷声。一个公主在前引路，喊声：“不好了！”一刀。说：“父王快走！”又是一刀。喊叫百来声“父王不好！”，杀了百来个人了。这两口刀抡在手中好杀，也有砍破天灵盖的，也有头落尘埃的，也有连肩卸背的。杀得来：

天地皱云起，乌鸦不敢飞。狂风喧四野，杀气焰腾腾。弃下营和帐，卸甲走如飞。

东有平国公马三保、定国公段志远二位老将，领三千人马冲踹番营。马将军手内金背蔡阳刀、举起上面摩云盖项，下面枯树翻根，豁绰乱剁；段将军手中射苗枪，串动朝天一炷香，使下透心凉，见一个挑一个，见两个刺一双。惨惨愁云起，重重杀气生。

四城有开国公殷开山、列国公刘洪基二位老将，带三千人马冲杀过来。殷将军这条红缨枪好不利害！左插花，右插花，月内穿梭，嗖嗖的乱挑个不住；刘将军摆开象鼻刀，使动上面量天切草，护马分鬃，人头乱滚。血流成河，尸骸叠叠。

有长国公王君可，把手中青龙偃月刀不管好坏，撞在马刀上就是个死。那一首尉迟恭好不了当！举起乌缨枪，朵朵莲花相似；坐马儿郎着得一枪，伤人性命无数。番兵尸首堆得土山一般。大家只要逃得性命，夺路而走。四门营帐多杀散了，归到一条路上逃命。

这一首罗通随定公主厮杀。看来营头大散，遂发信炮一声，惊动程咬金老将军，叫声：“众位侄儿，发信炮了，快些冲营！”那些将士上马提刀，带领了大小三军。咬金举起手中斧领了众公子豁喇喇围上来了，把这些番兵裹在当中，好一场大杀！内边众老将杀出，外边众小将杀进去，杀得番邦人马无处奔投，可怜：

血流好似长流水，头落犹如野地瓜。

这一杀不打紧，杀得番兵神号鬼哭，追杀下去有八十里路。逃命无数，伤坏者也不少，草地上的尸骸断筋折骨者，分不出东西南北。正所谓：

一阵交兵力不加，人亡马死乱如麻；
败走番人归北去，从今再不犯中华。

这一首，秦元帅发令鸣金收兵。只听一声锣响，各将扣定了马，大小三军都归一处，

齐集队伍，退转木阳城去了。

如今再讲到赤壁宝康王，虽有屠炉公主同屠封丞相保护，只是吓得来魂飞魄散。伏在马上半死的了。丞相见唐兵都退了，方敢把马扣住，说道："狼主苏醒，唐将人马退去了。"康王那时才言说："阿唷，吓死魔也！吓死魔也！"吩咐且扎营。这一首扎位营盘，公主进了御营。康王说："王儿！亏得你断后截住唐兵，魔家性命不送。若没有王儿，魔千个残生也遭唐将之手了！"公主心下暗想："好昏君！我心向唐王，杀得你们大败，还道我保着自家人马，真正是呆痴懵懂之君了！"遂回言道："父王！唐将实为骁勇，儿臣难以抵挡，所以有此损兵折将。望父王赦罪，待儿臣出去收军。"说罢，遂走出营外，敲动催军鼓。也有愿者转来，不愿者竟逃命走了。三通鼓完，番兵齐了，点一点二十五万番兵，只剩得五万，还是损手折脚的。就是大将，共伤一百零三员。康王叫声："王儿，魔开国以来，未曾有此大败！今杀得片甲不存，元帅又遭阵亡。孤掌北番不能争立称王，倒不如献了降书罢！"屠封说："狼主降顺大邦，不待而言。但唐兵已退，不来追杀，也蒙他一点好生之意。我们且退下贺兰山，整备降书、降表，看他们来意若何。唐王起兵到贺兰山来，我们归顺。不来，我们也不要投降。"康王说："丞相之言有理。"吩咐埋锅造饭。屠炉公主只等唐邦媒人到来说亲。

再说道众国公与众爵主领兵入城，皆住内教场。元帅同众大臣上银銮殿，有程咬金启奏说："老臣奉旨讨救，一路上因关津阻隔，所以来迟，望陛下恕罪。"朝廷说："王兄说哪里话来。朕蒙老王兄豪杰，独马杀出番营，往长安讨救，其功浩大，请王兄平身。"咬金谢恩起身。又有一近小爵主俯伏说："陛下在上，小臣秦怀玉、程铁牛、段林、滕龙、盛蛟见驾。不知万岁被困番城，所以救驾来迟，罪该万死！"朝廷说："公位御侄平身。寡人被困番城，自思没有回朝之日。亏得众御侄英雄，杀退番邦人马，其功非小，更有何罪？"众小爵主道："愿我王万岁，万万岁！"大家起身，站立一边，单有罗通泪如雨下，不肯起身。朝廷一见，大吃一惊，说："王儿，你有什么冤情，如此痛哭？快快奏与寡人知道。"罗通哭奏道："啊呀父王啊！要与儿臣申冤啊！"朝廷说："王儿既有冤情，须当一一奏闻。"罗通说："儿臣当初未及三岁，父亲早丧。年幼在家，也不知其细。不道前日父王旨意，命程伯父到长安讨救。儿臣思想救父王龙驾，所以夺了二路扫北元帅之印，乐乐然领人马到白良关。其时正遇守关将利害，难以得破。"闷坐营中忽朦胧睡去，见我祖父、父亲来跟前，身带箭伤，说："不孝畜生！你祖父、父亲为王家出力，死于非命。你不思与祖父、父亲报仇，反替不义之君出力！"朝廷说："王儿，有这等说，应该就问他那一个不义之君。"罗通道："臣儿也曾相问，他说：'为父与当今天子太宗出力，乃一旦隐于泥河，乱箭惨亡，身遭苏定方毒手。朝廷不与功臣雪恨，反把仇人封妻荫子。你若要与皇家出力，倘后身亡，那时罗门三代冤仇谁人得报？'说罢惊醒，儿臣才知苏定方是大仇人了。以后破关过来，单枪独马杀进番营，为何苏定方不肯开城，反使儿臣团团杀转？幸亏儿臣枪法利害，敌住斗战。不然被番将伤了，一条性命白白又送与定方毒手。这倒还可，为儿臣者该当尽忠于父王，以立勋名于麒麟阁。但伤了儿臣，父王龙驾困在番城，谁来保救！伏望父王龙心详察，苏定方怀仇欺君误国，该当何罪？"朝廷听言大怒，说："阿唷，阿唷！可恼，可恼！寡人有何亏负这逆贼，竟敢用暗算毒计，心向番王，把寡人的龙驾戏弄，真正是一个大奸大恶的国贼了！阿，王儿，你把苏定方怎样处治了，与祖父报仇。待朕设奠亲自请罪罗王兄便了。"罗通方才谢恩："愿父王万岁，万万岁！"立起身，来到龙柱上解下绑缚，扭将过来。这苏定方口称："罢了，罢了！我死去与罗门仇深海底矣！"朝廷说："王儿且慢动手，传旨与光禄寺备筵当殿御祭。"这一边银銮殿上摆了一桌酒肴。有罗通拜了四拜，扯起一口宝剑，叫声："祖父、父亲！今日陛下亲在赐祭，仇人也在此，孩儿与你报仇了！"就把剑望苏定方心内豁绰一刀，鲜血直冒，把手一捞，捞出一颗心肝。定方跌倒尘埃，一员大将归天去了。底下有挠钩手拉去尸骸，不必细表。

单讲罗通把这颗心肝放在桌上说："祖父、父亲！仇人心肝在此，活祭先灵。慢饮三杯，安乐前去，超生极乐！"朝廷说："罗王兄阴魂渺茫，朕欲待拜你一拜，但君不拜臣，秦王兄与寡人代拜一拜。"秦琼走过来拜了一番。这一首众公爷也来相拜。

君臣义重今相见，父子情深旧所闻。

毕竟屠炉公主姻事如何，且看下回分解。

第十四回　贺兰山知节议亲　洞房中公主尽节

诗曰：

奉旨番营去议亲，康王心喜口应承。
屠封送女成花烛，结好唐君就退兵。

众公爷拜过，小英雄也拜了一番。那时朝廷传旨大摆筵席，钦赐众公爷、小爵主等。御酒已毕，朝廷开言叫声："程王兄，前日你去时，寡人见你独马踹进番营，营头不见动静，害得寡人吊胆提心，实不知其详。只道王兄死在营中，哪知却到了长安。你如今把出番城到长安讨救事情细细讲一遍。"咬金道："臣倒忘了。臣蒙徐老大人美荐，奉旨单骑讨救。我原不想活的，所以拼着命杀进番营。连臣也自不信，一进番营使动斧子比前精得多了。他们什么祖车轮不车轮，手中使动大斧砍一斧来原利害不过。再不道臣的斧子如有神仙相助一般力也大了，就被臣这柄斧子去架得一架，他就翻下地来。这些番兵哪敢拦阻我的去路！被我摇动斧子，杀出番营，讨得救兵到此。要万岁爷封我一字并肩王。"徐茂公说："陛下在上，这程咬金有欺君之罪，望我王正其国法。"咬金说："你这牛鼻子道人，你屡屡算计我这条老性命。我有什么欺君之罪？"茂公冷笑道："我且问你，你当初怎样杀出番营，怎样到长安讨救？你直说了，算你大功。你是随口胡言，好像没有对证的。说什么祖车轮斧法不如你，被你架落尘埃。只怕你倒说转了，分明你被他架下尘埃有之。"咬金说："你赖我并肩王倒也罢了，怎么反说臣讨救也是假的？我若跌下番营，人已早早死了，救兵那里来的呢？"茂公道："我问你，谢映登你可见不见？"咬金听说，心内吃惊，当真二哥是活神仙了。假意说："二哥，你一发问得奇，那里见什么谢映登？若说谢兄弟当初走江都考武，他解手就不见了。你为何如今倒装作不知起来？"茂公说："你现在此谎君。这番营内好不利害！你年已六旬，若没有谢兄弟相救，你焉能到得长安，活得性命？如今反在陛下面前称赞自能，分明一派胡言。刀斧手！与我把这谎奏欺君的狗头绑出午门，以正国法！"两旁刀斧手一声答应，吓得咬金魂飞魄散，慌忙说道："望陛下恕罪！果是谢映登相救，待臣直奏便了。"朝廷喝退刀斧手，说："程王兄，且细细说与寡人知道。"咬金把谢映登为仙搭救情由细细的讲了一遍，众公爷大家称奇。茂公说："何如？陛下，程咬金谎奏我王，其罪非小。须念他一番辛苦，到长安讨了救兵前来，将功折罪，没有加封。"咬金说："我原不想封王的。"大家一笑，各回衙署。不表。

且讲那咬金一到明日，打点要做媒人，将要上朝，见了罗通说道："侄儿，为伯父的今日奏知陛下与你作伐，前往贺兰山去说亲。"罗通大惊道："伯父，这贱婢伤我兄弟，还要雪仇。怎么伯父要去说亲，我罗通稀罕他成亲的吗？"程咬金说："你既不要她，为何在阵上订了三生，立下千斤重誓，故此肯与你出力？"罗通说："这我原是哄他的，因要救陛下龙驾，与他设订三生的。"咬金说："嗳，侄儿，为人在世，这忠孝节义都是要的。你既要与兄弟报仇，不该与他面订良姻。屠炉公主有心向你，也有一番在贺兰山悬望。你若不去，必要全他手足之义，这男子汉信义全无，从来没有这个道理！如今为伯父的做主，自然与你们完聚良姻。"说罢，竟上银銮殿俯伏尘埃，启奏道："陛下龙驾在上，臣有一事冒奏天颜，罪该万死！"朝廷说："王兄有何事所奏？不来罪你。"咬金道："陛下，那赤壁宝康王有位屠炉公主，生来有沉鱼落雁之容，闭月羞花之貌。前日在黄龙岭与罗贤侄约下良缘，撇去飞刀，退到木阳城。就是贤侄杀四门，被元帅祖车轮困住，险些丧了性命。幸亏公主相救，领引我兵马冲踹番营，心向我主，与陛下出力，也有一番大功劳。伏望我皇降旨，差使臣官前去说盟做媒。未知陛下龙心如何？"朝廷听说大悦，说道："如此讲起来，寡人倒亏屠炉公主女暗保的了，何不早奏？就命程王兄前去说亲作伐罢！"咬金见太宗允奏，说："领旨。"那罗通慌忙俯伏奏道："父王在上，那屠炉女是儿臣大仇人。我兄弟罗仁才年九岁，与父王出力，伤了铁雷八宝以后，开兵死在贱婢飞刀下，可怜斩为肉泥而亡。儿臣还不与弟报仇，反与他成亲，兄弟阴魂焉能瞑目？望父王不要差程伯父去说亲。"朝廷说："他既伤了你兄弟，为何又在阵上交锋与他订起良缘来呢？"罗通说："儿臣怕他飞刀难破，所以

与他假订丝罗，要他撤去飞刀，救得陛下龙驾，方与他成亲。故而他退至木阳城，引我人马大破番营。这是要救父王之困，哄骗言辞。儿臣岂是贪他的吗？”朝廷说声：“王儿，不是这说。既他伤了二御侄，你欲报此仇也是大义，就不该与他阵上联姻了。他既把终身托你，暗保我邦大获全胜，也有一番莫大的真功劳与寡人也。这信字是要的，若不去说亲，他在贺兰山悬望，岂不是王儿忘了恩情？就是伤了二御侄，也算为国家出力。两国相争，各为其主，乃是误伤。以后你被祖车轮元帅围住，屠炉公主若不相救，王儿焉能得脱此难，逃得性命？也算有恩于你。这恩与仇两下俱可抵销得来的了。如今不必再奏，寡人做主决不有误，程王兄速速前去说亲。”程咬金领旨。如今罗通不敢再奏，只得闷闷然立在一边。

这一回，程咬金把圆翅乌纱在头上按一按，大红蟒袍在身上边拎一拎，腰里把金镶玉带整一整好。出了银銮殿，跨上雕鞍带领四员家将，离了木阳城，一路行来，到了贺兰山上。有把都儿们一见，说：“哥哥兄弟那，那边行下来的是什么人，我们这里没有这个官员，想必大唐来踹营剿灭我山寨吗？”那一个说：“嗳！兄弟你又来了。若是剿山寨有人马来的，如今只得五人，又无器械，那里像是踹营的？我们且扣住了弓箭，问一声看。”那个又说：“得，哥哥讲得不差。”大家扳弓搭箭，喝声：“呔！来者何官？少催坐骑，看箭哩！”那个箭不住的射将过来。程咬金把马扣定，喝声：“呔！营下的！快报与康王狼主知道，今有大唐朝鲁国公程咬金，有国家大事要来求见你邦狼主，快些报进去！”

这一边，小番报进来了：“报启上狼主知道，有大唐朝来了鲁国公程咬金在山下。”康王听言，吓得魂不附体，说：“住了。他带领多少人马前来？”小番说：“人马一个也没有，只带四名家将，五人来的。”康王说：“可有兵器？身上还是戎装还是冠带？”小番道：“也无兵器，也不戎装，却是文官打扮的纱帽红袍。”康王道：“他对你讲什么？”小番道：“他说：‘快报你们狼主千岁知道，今有大唐朝鲁国公，奉旨有国家大事要来求见你们狼主。”康王听见此言才得放心。便叫声：“丞相，他们得胜天邦，孤只等他兵马到来，就要投顺的。为何反不统兵，倒是文装独马而来，善言求见，不知有何事情？丞相不要轻忽了他，好好下山去接他上来。”屠封说：“臣领旨！”他就整顿朝衣，出了营盘，后随四名相府家人，滔滔的下山来了。

有小番喝道：“那一边天朝来的鲁国公爷！请上山来，相爷在此迎接。”程咬金听见，把马带上一步。有屠封丞相趋步上前说：“不知天邦千岁到来，有失远迎，多多有罪！”咬金一见，滚鞍下马，说道：“不敢，不敢！孤家有事相求，承蒙丞相远迎，何以敢当，请留台步。”二人携手上山。底下有两名家将带住了马，这两名跟随了程咬金上贺兰山来。进入御营，程知节一揖说：“狼主驾在上，有天朝鲁国公程咬金见狼主千岁。”这康王一见，连忙走下龙案，御手相搀，叫声：“王兄平身。”取龙椅过来。咬金说：“狼主龙驾在上，臣本该当殿跪奏才是。奈奉君命在身，又蒙狼主恩旨，理当侍立所奏，焉敢坐起来！”康王说：“蒙王兄到孤这座草莽山中来，必有一番细言，自然坐了好讲。”咬金说：“既如此，谢狼主台命！”他就与屠封丞相两下分宾主左右坐了。有当驾官烹茶上来。用过一杯，康王就问说：“王兄，魔家错听祖元帅之言，一旦冒犯天朝圣主，今为失机败将，悔之晚矣！今见了王兄，自觉惭愧无及。”程咬金叫声：“狼主又来了！只因番兵利害，困住四门，我主无法可退，故此使臣到长安讨救兵。那些小爵主们年幼无知，倚仗少年本事，伤了千岁人马几千，有罪之极！”康王说：“王兄说哪里话！魔家在营门正欲献表降顺，不知王兄奉旨所降何事？”咬金说：“狼主在上，臣奉旨而来非为别事。只因万岁有个干殿下，名唤罗通，才年一十四岁，才貌双全，文武具备，还未联就姻亲。我王闻得千岁驾下有位千公主，貌若西施，武艺出众。意欲与狼主结成秦晋，订就良姻，以成两国相交之好。未知狼主龙心如何？”康王听言大喜，说道：“王兄，敢蒙天子恩旨，理当听从。但魔家是败国草莽，就有公主，只当山鸡、野雉一般。圣天子是上邦主，干殿下似凤凰模样，这叫山鸡怎入凤凰群？既蒙圣主抬举，待魔差屠丞相送公主到木阳城来，服侍殿下便了。”咬金大喜，说：“既承狼主慨允秦晋之好，快出一庚帖与臣去见陛下，选一吉日奉送礼金过来。”康王吩咐取过一个龙头庚帖，御笔亲书八个大字，付与咬金。咬金接在手中，辞别龙驾，出了御营。

屠封送至山下，咬金叫声：“丞相请留步，孤去了。”那时跨上雕鞍，带了四名家将，竟往木阳城来见驾。俯伏银銮殿阶下叫声：“万岁，臣奉旨前往贺兰山说亲，前来缴旨。”朝廷说："平身。此去番王可允否？细奏朕知道。"咬金说："陛下在上，臣去说亲，番王一口应承，并无一言推却，候陛下选一吉日就送来成亲。"朝廷大喜，说："既如此，明日王兄行聘，着钦天监看一吉日与王儿成亲，择在八月中秋戌时结姻。"光阴迅速，到了八月十五，这里朝廷为主，准备花烛；那边康王命丞相屠封亲送公主到木阳城内。来到北关，元帅秦琼出来迎接，入午门，同上银銮。屠封上殿俯伏说："南朝天子在上，臣屠封见驾，愿陛下圣寿无疆！"贞观天子叫声："平身！"降旨光禄寺设宴，尉迟王兄陪屠丞相到白虎殿饮宴；命秦琼、程咬金到安乐宫与殿下结亲。罗通跪下叫声："父王在上，屠炉女伤我兄弟，仇恨未消！怎么反与他成亲？此事断然使不得。望父王赦臣违逆之罪。"朝廷听言，把龙颜一变，说："呔！寡人旨意已出，你敢违逆朕心吗？"罗通见父王发怒，只得勉强同了秦、程二伯父往安乐宫来。教坊司奏乐，赞礼官喝礼。午门外公主下辇，二十四名番女簇拥进入安乐宫。交拜天地，拜了大媒程咬金，拜过伯父叔宝，然后夫妻交拜一番。只不过照常一般，人人皆如此的，不必细说。叔宝、咬金回到白虎殿，与屠封饮酒。

不表白虎殿四人饮酒，再讲罗通，吃过花烛，光禄寺收拾筵席。番女服侍公主过了，退出在外，单留二人在里面，好等他睡。罗通一心记着兄弟惨伤之恨，见公主在眼前，怒发冲冠，恨不得一刀两断。胸中火气忍不住，起来立起身大喝道："贱婢啊，贱婢！你把我九岁兄弟乱刀砍死，冤仇如海！我罗通还要与弟报仇，取你心肝五脏祭奠兄弟！此乃大义。亏你不识时务，不知羞丑。贱婢思量要与我成亲，若非还我一个兄弟，也不要你这一个贱婢配合！"公主听言，心内大惊，火星直冒，羞丑也不顾，叫一声："罗通啊，罗通！好忘恩负义也！前日在沙场上，你怎么讲的？曾立千斤重誓。故我撇下飞刀，引进黄龙岭，共退自家人马，皆为如此。到今日你就翻面无情了！"罗通说："这怕你想错了念头。我立的乃是钝咒，那个与你认起真来！人非草木，我罗通岂可不知你领我兵杀退自家人马。只算将功赎罪，不与弟复仇，饶你一死，说是我的好意了。岂肯与你这不忠不孝的畜类番婆成亲？你父屠封现在白虎殿，快快出去随了他退归番国贺兰山，饶你一命！如若再在宫中，我罗通要就与弟报仇了！"公主道："罗通！何为不忠不孝？讲个明白，死也瞑目。"罗通说："贱婢！你身在番邦，食君之禄，不思报君之恩，反在沙场不顾羞耻，假败荒山，私自对亲，玷辱宗亲，就为不孝；大开关门，诱引我邦人马冲踹番营，暗为国贼岂非不忠？"公主一听此言，不觉怒从心起，眼内纷纷落泪，说："早晓罗通是个无义之辈，我不心向于他邦。如今反成话柄，到来反驳我不忠不孝。罢了！"叫声："罗通！你当真不纳我吗？"罗通说："我邦绝色才子却也甚多，经不得你看中了一个，也为内应，这座江山送在你手里了。"公主听见暗想："他这些言语，分明羞辱我了。那里受得起这般谗言恶语，难在阳间为人。嗳！罗通阿，罗通！我命丧在你手，阴世绝不清静，少不得有日与你索命！"把宝剑抽在手中，往颈上一个青锋过岭，头落尘埃！可惜一员情义女将，一命归天去了。罗通见公主已死，跑出房门，往那些殿亭游玩去了。

次日，几名番女进房来一看，只见鲜血满地，人为二段。吓得面如土色，大家慌忙出了房门来报屠封。屠封才得起身，与尉迟恭、秦、程三位用过定心汤，要同去朝参。只见几名番说女拥进殿前，叫声："太师爷，不好了！公主娘娘被罗通杀死。还不走啊！"屠封丞相听见，魂飞魄散，大放悲声。也不别而行，出了白虎殿要逃性命了。敬德等三人听报，吓得顿口无言，好像掉在冷水内，说："不好了！若果有此事，屠丞相放不得去的。"便叫声："老丞相不必着忙，快快请转！"这屠封哪里肯听，匆匆然跑往外边去了。三位公爷心慌意乱，说："这小畜生无法无天的了！"大家同上银銮殿。朝廷方将身登龙位，秦、程二位奏道："陛下，不好了！"如此恁般，惊得朝廷说："反了！反了！有这等事？寡人御旨都不听了。快把这小畜生绑来见朕！如今屠封在哪里？"三位公爷说："陛下，他才出午门去了。"叫声："尉迟王兄，快与朕前去宣来。"尉迟恭退出午门，赶到北关，见了屠封叫声："丞相，圣上有旨请你转去，还有国事相商。"屠封听见此言，又不敢违逆，只得随了尉迟恭到银銮殿上，连忙俯伏，叫声："万岁啊！臣有罪。显见公主得罪天邦殿下，臣该万死！望陛下恕罪草莽之臣一命。"朝廷叫声："丞相平身，卿有何罪？寡人心内欲与你邦：

结成永远相和好，故求公主聘罗通。"

不知贞观天子如何发放屠封，且看下回分解。

第十五回　龙门县将星降世　唐天子梦扰青龙

诗曰：

罗通空结凤萧缘，有损红妆一命悬。
虽然与弟将仇报，义得全时信少全。

贞观天子说："丞相，朕欲两国相和，与罗通结为秦晋之好。不想这畜生无知，伤了公主。朕的不是了！故而请你到殿，将原旧地方归还你邦，汝君臣不必怨恨。寡人即日班师，留一万人马在此保护，以算朕之赔罪。"屠封听言，不胜之喜，说："我王万万岁！"立起身来，退出午门，回转贺兰山，自然另有一番言语。君臣两下苦无战将强兵，所以不敢报仇，只得忍耐在心。

不表番国之事。如今讲到罗通正在逍遥殿，只见四名校尉上前剥去衣服，绑到银銮殿。朝廷大喝说："我把你这小畜生千刀万剐才好！寡人昨日怎样对你讲？屠炉女伤了你兄弟，也算两国相争误伤的。他有十大功劳向于寡人，也可将功折罪。不遵朕旨意，不喜公主，只消自回营帐，不该把他杀死！可怜一员有情女将，将他屈死，你怎生见朕？校尉们，与朕推出午门斩首！"校尉一声："领旨！"推出午门去了。此时众公爷见龙颜大怒，没有人敢出班保奏。不要说别人不敢救，就是一个嫡亲表伯父秦叔宝也不敢上前保奏。大家呆着，独有程咬金想起前日讨救之时罗家弟妇之言，不得不出班保奏一番。连忙闪出班来叫声："刀下留人！"说道："陛下龙驾在上，臣冒奏天颜，罪该万死！"朝廷说："程王兄，罗通违逆朕心，理该处斩，为甚王兄叫住了？"咬金说："陛下在上，罗通逆圣应该处斩。奈臣前日奉旨讨救曾受我弟妇所嘱。他说：'罗氏一门为国捐躯，止传一脉，倘有差迟，罗氏绝祀。万望伯父照管。'臣便满口应承，故此弟妇肯放来的。虽这小畜生不如法度，有违圣心。万望陛下念他父亲罗成功于社稷，看臣薄面，留他一脉。臣好回京去见罗家弟妇之面。"朝廷说："既然王兄保奏，赦他死罪。"咬金说："谢主万岁！"传旨赦转罗通。罗通连忙跪下说："谢父王不杀之恩。"朝廷怒犹未息，说："谁是你的父王！从今后永不容你上殿见朕。削去官职，到老不许娶妻。快快出去，不要在此触恼寡人！"罗通领旨退出午门，回进自己营中，与众弟兄讲话。各将埋怨不应该如此失信，太觉薄情了。如今公主已死，说也枉然，只有罢了。

不表小弟兄纷纷讲论。单说朝廷传旨殡葬屠炉公主尸首，驾退回营。群臣散班，秦、程二位退出午门，遇到罗通，叔宝说："不孝畜生！为人不能出仕于皇家，以显父母，替祖上争气，一家亲王都不要做，自拿来送掉了。如今削去职份，到老只好在家里头。"罗通说："老伯父，不要埋怨小侄了，倒是在家侍奉母亲的好。"咬金说："畜生！既是事亲好，何必前日在教场夺此帅印？为伯父好意费心，用尽许多心机说合来的，何苦把这样绝色佳人送了他性命！如今朝廷不容娶讨，只好暗里偷情。当官不得的，要娶妻房除非来世再配罢！"罗通说："伯父又来了，既然万岁不容婚配，理当守鳏到老，怎敢逆旨。伯父保驾班师缓缓而行，小侄先回京城。"咬金说："你路上须当小心。"罗通答应道："是！"就往各营辞别。当日上马，带了四名家将，先自回往长安，不必去表。

如今过三天，这一日贞观天子降旨班师，银銮殿上大排功臣宴。元帅传令三军摆齐队伍，天子上了驌骦马，众国公保驾，炮响三声，出得木阳城，赤壁康王同丞相与文武官，一路下来，见了朝廷，大家俯伏，口称："臣赤壁康王侯送天子。"贞观天子叫声："狼主平身。赐卿三年不必朝贡，保守汛地，寡人去也。"康王称谢道："愿陛下圣寿无疆！"留下一万人马，保守关头，木阳城原改了康王旗号，狼主退归银銮殿，这话不表。

再说天子一路下来，不一日早到中原汛地。那些地方文武官员迎接，打得胜鼓。班师旗号已到大国长安，却好天色傍晚，当夜不表。次日天子升坐，诸卿朝恭已毕，徐茂公俯伏启奏道："臣启陛下，臣昨夜三更时候望观星象，只见正东上一派红光冲起，少停又是一道黑光，足有半高，不上四五千里路远，实为不祥！臣想起来才得北番平静，只怕正东外国又有事发了。"朝廷说："先生见此异事，寡人也得一梦兆，想来越发不祥了。"茂公说：

“嗄！陛下得一梦兆，不知怎样的缘由，讲与臣听，待臣详解。”天子叫声：“先生，寡人所梦甚奇。朕骑在马上独自出营游玩，并无一人保驾，只见外边世界甚好，单不见自己营帐。不想后边来了一人，红盔铁甲，青面獠牙，雉尾双挑，手中执赤铜刀，催开一骑绿马，飞身赶来，要杀寡人。朕心甚慌，叫救不应，只得加鞭逃命。那晓山路崎岖，不好行走，追到一派大海，只见波浪滔天，没有旱路走处。朕心慌张，纵下海滩，四蹄陷住泥沙，口叫：‘救驾’。那晓后面又来了一人，头上粉白将巾，身上白绫战袄，坐下白马，手提方天戟，叫道：‘陛下，不必惊慌，我来救驾了！追得过来，与这青面汉斗不上四五合，却被穿白的一戟刺死，扯了寡人起来。朕心欢悦，就问：‘小王兄英雄，未知姓甚名谁？救得寡人，随朕回营，加封厚爵。’他就说：‘臣家内有事，不敢就来随驾，改日还要保驾南征北讨。臣去也！’朕连忙扯住说：快留个姓名，家住何处，好改日差使臣来召到京师封官受爵。’他说：‘名姓不便留，有四句诗在此，就知小臣名姓。’朕便问他什么诗句。他说道：

‘家住遥遥一点红，飘飘四下影无踪。

三岁孩童千两价，保主跨海去征东。’

说完，只见海内透起一个青龙头来，张开龙口，这个穿白的连火带马望龙嘴内跳了下去，就不见了。寡人大称奇异，哈哈笑醒，却是一梦。未知凶吉如何，先生详一详看。”茂公说：“阿！原来如此。据臣看来，这一道红光乃是杀气，必有一番血战之灾，只怕不出一年半载，这青面獠牙就要在正东上作乱，这个人一作乱了，当不得了！想我们这班老幼大将，擒他不住，不比去扫北，就是三年平静了。东边乃是大海，海外国度多有吹毛画虎之人，撒豆成兵之将，故而有这杀气冲空，此乃报信于我。却幸有这应梦贤人。若得梦内穿白小将，寻来就擒得他青面獠牙，平得他作乱了。”朝廷说：“先生！梦内人哪里知道这个人没有。这个人有影无形，何处寻他？”茂公说：“陛下有梦，必有应验。臣详这四句诗，名姓乡坊都是有的。”朝廷说：“如此先生详一详，看他姓甚名谁，住居哪里？”茂公说：“陛下，他说：‘家住遥遥一点红’，那太阳沉西只算一点红了，必家住在山西。他纵下龙口去的，乃是龙门县了。山西绛州府有一个龙门县，若去寻他，必定在山西绛州府龙门县住。‘飘飘四下影无踪’，乃寒天降雪，四下里飘飘落下没有踪迹的，其人姓薛。‘三岁孩童千两价’，那三岁一个孩子值了千两价钱，岂不是个人贵了？仁贵二字是他名字了。其人必叫薛仁贵，保陛下跨海征东。东首多是个海，若去征东，必要过海的。所以这应梦贤臣说：保了陛下跨海去平复东辽。必要得这薛仁贵征得东来。”朝廷叫声：“先生，不知这绛州龙门县在那一方地面？”茂公说：“万岁又来了。这有何难？薛仁贵毕竟是英雄将才之人，万岁只要命一个能人到山西绛州龙门县招兵买马，要收够将士十万，他们必来投军。若有薛仁贵三字，送到来京，加封他官爵。”朝廷说：“先生之言有理！众位王兄御侄们，那个领朕旨意到绛州龙门县招兵？”

只见班内闪出一人，头戴圆翅乌纱，身穿血染大红吉服，腰围金带，黑煨煨一张糙脸，短颈缩腮，狗眼深鼻，两耳招风，几根狗嘴须，执笏当胸，俯伏尘埃说：“陛下在上，臣三十六路都总管、七十二路大先锋张士贵，愿领我王旨意，到龙门县去招兵。”朝廷说：“爱卿此去，倘有薛仁贵，速写本章送到京来，其功非小。”张士贵叫声：“陛下在上，这薛仁贵三字看来有影无踪，不可深信。应梦贤臣不要倒是臣的狗婿何宗宪。”朝廷说：“何以见得？”士贵说：“万岁在上，这应梦贤臣与狗婿一般，他也最喜穿白，惯用方天戟，力大无穷，十八般武艺件件皆能。是他若去征东，也平伏得来。”朝廷说：“如此，爱卿的门婿何在？”士贵道：“陛下，臣之狗婿现在前营。”朝廷说：“传朕旨意，宣进来。”士贵一声答应：“领旨。”同内侍即刻传旨。何宗宪进入御营，俯伏尘埃说：“陛下龙驾在上，小臣何宗宪朝见，愿我王万岁！万万岁！”原来何宗宪面庞却与薛仁贵一样相似，所以朝廷把何宗宪一看，宛若应梦贤臣一般，对着茂公看看。茂公叫声：“陛下，非也。他是何宗宪，万岁梦见这穿白衣的是薛仁贵，到绛州龙门县，自然还陛下一个穿白衣薛仁贵。”朝廷说：“张爱卿，那应梦贤臣非像你的门婿，你且往龙门县去招兵。”张立贵不敢再说，口称：“领旨。”同着何宗宪退出来，到自己帐内，吩咐公子带领家将们扯起营盘，一路正走山西。

列位呵，这张士贵你道何等人？就是当年鸡冠刘武周守介休的便是他了。与尉迟恭困在城内，日费千金，一同投唐。其人刁恶多端，奸猾不过，他有四个儿子，两个女儿。大儿名唤张志龙，次儿志虎，三儿志彪，四儿志豹，多是能征惯战，单是心内不忠，诡计多端。

长女配与何宗宪，也有一身武艺；次送与李道宗为妃。却说张家父子同何宗宪六人上马，离了天子营盘，大公子张志龙在马上叫声："父亲，朝廷得此梦内贤臣，与我妹夫一般，不去山西招兵，无有薛仁贵，此段救驾功劳是我妹夫的；若招兵果有此人，我等功劳休矣。"士贵道："我儿，为父的领旨前去招兵，你道我为什么意思？皆因梦中之人与你妹丈相同，欲要图此功劳，所以领旨前去。没有姓薛的更好，若有这仁贵，只消将他埋灭死了，报不来京，只说没有此人。一定爱穿白袍者，必是你妹夫，皇上见没有薛仁贵，自然加张门厚爵，岂不为美？"那番四子一婿连称："父亲言之有理。"六人一路言谈，正走山西绛州龙门县，前去招兵，我且慢表。

单讲朝廷降下旨意，卷账行兵，到得陕西，有大殿下李治，闻报父王班师，带了丞相魏征众文武出光泰门，前来迎接。说："父王，儿臣在此迎接。""老臣魏征迎接我王。"朝廷叫："王儿平身，降朕旨意，把人马停扎教场内。"殿下领旨，一声传令，只听三声号炮，兵马齐齐扎定。天子同了诸将进城，众文武送万岁登了龙位，一个个朝参过了，当殿卸甲，换了蟒服。差元帅往教场祭过旗纛，犒赏了大小三军，分开队伍，各自回家。夫妻完聚，骨肉团圆。朝廷降旨：金銮殿上大摆功臣筵宴，饮完御宴，驾退回宫，群臣散班，各回衙署，自有许多家常闲话。如今刀枪归库，马放南山，安然无事。

过了七八天，这一日鲁国公程咬金朝罢回来，正坐私衙，忽报史府差人要见。咬金说："唤他进来。"史府家将唤进里边说："千岁爷在上，小人史仁叩头。"咬金说："起来，你到这里有何事干？"那史仁说："千岁爷，我家老爷备酒在书房，特请千岁去赴席。"咬金道："如此你先去，说我就来。"史府家将起身便走。程咬金随后出了自己府门上马，带了家将慢慢地行来。到了史府，衙门报进三堂。史大奈闻知，忙来迎接。说："千岁哥哥，请到里边来。"咬金说："为兄并无好处到你，怎么又要兄弟费心？"史大奈说："哥哥又来了，小弟与兄劳苦多时，不曾饮酒谈心。蒙天有幸，恭喜班师，所以小弟特备水酒一杯与兄谈心。"咬金说："只是又要难为你。"

二人挽手进入三堂，见过礼，同到书房。饮过香茗，靠和合窗前摆酒一桌，二人坐下，传杯弄盏，饮过数杯，说："千岁哥哥，前日驾困木阳城，秦元帅大败，自思没有回朝之日，亏得哥哥你年纪虽老，英雄胆气未衰，故领救兵，奉旨杀出番营，幸有谢兄弟相度，恭喜班师。"咬金说："不入虎穴，焉得虎子。为兄最胆大的。"这时闲谈饮酒，忽听和合窗外一声喊叫："呔！程老头儿，你敢在寡人驾前吃御宴吗？"吓得程咬金魂不附体，抬头一看，只见对过有座楼，楼窗靠着一人，甚是可怕，乃是一张锅底黑色脸，这个面孔左半身推了出来，右半身凹了进去，连嘴多是歪的。凹面阔额，两道扫帚浓眉，一双铜铃豹眼，头发披散满面，穿了一件大红衫，一只左臂膊露出在外，靠了窗盘，提了一扇楼窗，要打下来。那程咬金慌忙立起身来，说："兄弟，这是什么人，如此无礼，楼窗岂是打得下来的？"史大奈说："哥哥不必惊慌，这是疯癫的。"对窗上说："你不要胡乱！程老伯父在此饮酒，你敢打下来，还不退进去！"那番这个八不就的人就往里面去了。程咬金说："兄弟，到底这是什么人。"大奈说："唉！哥哥不要说起，只因家内不祥，是这样的了。"咬金说："兄弟，你方才叫他称我老伯父，可是令郎？"大奈说："不是，小弟没福，是小女。"程咬金说："又来取笑了。世间不齐整丑陋堂客也多，不曾见这样个人，地狱底头的恶鬼一般，怎说是你令爱起来？"大奈说："不哄你，当真是我的小女，所以说人家不祥，生出这样一个妖怪来了。更兼犯了疯癫之症，住在这座楼上，吵也被他吵死了。"咬金说："应该把他嫁了出门。"大奈说："哥哥又来取笑了，人家才貌的裙钗、绝色的佳人，尚有不中男家之意，我家这样一个妖魔鬼怪，那有人家要他。小弟只求他早死就是，白送出门也不想的。"咬金叫声："兄弟不必担忧，为兄与你令爱作伐，攀一门亲罢。"大奈说："又来了，小户人家怕没有门当户对，要这样一个怪物？"咬金说："为兄说的不是小户人家，乃是大富大贵人家的荫袭公子。"大奈说道："若说大富大贵荫袭爵主，一发不少个千金小姐、美貌裙钗了。"咬金说："兄弟，你不要管，在为兄身上还你一个有职分的女婿。"大奈说："当真的吗？"咬金道："自然，为兄的告别了，明日到来回音。"大奈说："既如此，哥哥慢去。"史老爷送出。鲁国公那马来到午门，下马走到偏殿，俯伏说："陛下在上，臣有事冒奏天颜，罪该万死。"朝廷说："王兄所奏何事。"咬金说："万岁在上，臣前在罗府中，我弟妇夫人十分悲泪，对臣讲说：'先夫在日，也曾立过功劳与国家出力，只因：

一旦为国捐躯死，唯有罗通一脉传。’”

不知程咬金怎生作伐，且看下回分解。

第十六回 胜班师罗通配丑妇 不齐国差使贡金珠

诗曰：

平番安享转长安，路望东辽杀气悬。
贤臣详梦知名姓，到后方知在海边。

再讲咬金奏称罗夫人哭诉之言：“‘罗成一旦为国捐躯，只传一脉，才年十七。只因朝廷被困北番，我儿要救父王，夺元帅印掌兵权，征北番救龙驾。逼死屠炉公主，触怒圣心，把孩儿削除官爵，退居为民，不容娶妻，岂不绝了罗门之后？先夫在九泉之下也不安心的。望伯父念昔日之情，在圣驾前保奏一本，容我孩儿娶妻，以接后嗣，感恩不尽！’为此老臣前来冒奏。可恨罗通把一个绝色公主尚然逼死，臣想不如配一个丑陋女子却好。凑巧访得史大奈有位令爱，生来妖怪一般，更犯疯病，该是姻缘。未知陛下如何？”朝廷说：“既然程王兄保奏，寡人无有不准。”咬金大悦，说：“愿我王万岁、万万岁！”谢恩退出午门，又到罗府内细说一遍。窦氏夫人心中大悦，说：“烦伯伯与我孩儿作伐起来。”咬金道：“这个自然。”说罢，前往史府内说亲，不必再表。

要晓得这一家作伐有甚难处？他家巴不能够推出了这厌物。东西各府公爷爵主们都来恭喜。选一吉日，罗老夫人料理请客，忙忙碌碌，一面迎亲，一面设酒款待，鼓乐喧天。史家这位姑娘倒也稀奇，这一日就不痴了。喜嫔与她梳头，改换衣服。临上轿爹娘嘱咐几句，娶到家中结过亲，送入洞房，不必细讲。这位姑娘形状都变了，脸上泛了白，面貌却也正当齐整了些。与罗通最和睦，孝顺婆婆十二朝，过门后权掌家事，万事贤能。史大奈满心欢喜，史夫人甚是宽怀，各府公爷无不称奇。也算罗门有幸，五百年结下姻缘，不必去说。

再讲贞观天子驾坐金銮，自从班师回家有两月有余。山西绛州龙门县张士贵招兵没有姓薛的，故打本章到来。黄门官呈上，朝廷一看，上写：“三十六路都总管，七十二路总先锋臣张环，奉我王旨意，在山西龙门县总兵衙门扯起招军旗号。天下九省四郡各路人民投军者不计其数，单单没有姓薛的，应梦贤臣一定是狗婿何宗宪，愿陛下详察。”朝廷叫声：“先生，张环本上说并没有姓薛的，便怎么样？”茂公说：“陛下不必担忧，龙门县一定有个薛仁贵，待张环招足了十万人马，自然有薛仁贵在里边的。”君臣正在讲论，忽有黄门官俯伏说：“陛下龙驾在上，今有不齐国使臣现在午门，有三桩宝物特来进贡。”皇爷龙颜大悦，说：“既然有宝物进贡，降朕旨意，快宣上来。”黄门官领旨传出：“宣进来。”有不齐国使臣上金銮殿俯伏朝见，说：“天朝圣主龙驾在上，小邦使臣官王彪见驾，愿圣主万寿无疆！”朝廷把龙目望下一瞧，只见使臣官头上戴一顶圆翅纱貂，狐狸倒照，身穿猩猩血染大红补子袍，腰围金带，脚踏乌靴。但看这个脸看不出的。不知为什么用这一块纱帕遮了面，就像钟馗送妹模样。天子看不出，就道：“问你可是不齐国使臣王彪吗？”应道：“臣正是。”天子说：“你邦狼主送三桩什么宝物与寡人？”王彪说：“万岁请看献表就知明白。”把表章展开，朝廷一看，上写：“臣不齐国云王朝首天朝圣主，愿天子万岁！因小国无甚异宝，唯有三桩鄙物：赤金嵌宝冠、白玉带一围、绛黄蟒服一领。略表臣心。”天子大悦，说：“爱卿，如今这三件宝物拿上来与寡人看。”王彪说：“阿呀，圣上啊！臣该万死！”天子大惊，说：“为什么？三桩宝物进贡入朝，乃是你的功劳，还有何罪？”王彪道：“万岁啊！不要说起。臣奉狼主旨意，把三桩宝物放在车子上，叫四名小番推了，打从东辽国经过。遇着高建王驾下大元帅盖苏文拦住去路，劫去三件宝物，把小番尽皆杀死。臣再三跪求，饶我一命。还讲万岁爷许多不逊，臣不敢奏。”天子大怒，说：“有这等事？你细细奏来。”王彪领旨，说：“万岁！这盖苏文说：‘中原花花世界，要兴兵过海，去夺大唐天下，如在反掌！少不得一统山河全归于我，何况这三桩宝物？留在这里，你寄个信去。’小臣被他拿住，刺几行字在面上，故把纱遮面上。求万岁恕臣之罪。”天子说：“卿家无罪。你把纱帕拿去，走上来等

朕看看。”那王彪鞠躬到龙案前，把纱帕去掉了。天子站起身一看，只见他面上刺着数行字道：

面刺海东不齐国，东辽大将盖苏文。把总催兵都元帅，先锋挂印独称横。几次兴兵离大海，三番举义到长安。今年若不来进贡，明年八月就兴兵。生擒敬德秦叔宝，活捉长安大队军。战书寄到南朝去，传与我儿李世民！

天子看了这十二句言语犹可，独怪那“传与我儿李世民”这一句，不觉龙颜大怒，大叫：“阿唷，阿唷！罢了，罢了！”这一声喊惊得使臣魂不附体，连忙趴定金阶说：“万岁饶命阿！”朝廷说：“与你无罪！”吓得那文武战战兢兢。徐茂公上前问道：“陛下，他面上刻的什么，陛下龙颜大怒起来？”朝廷说：“徐先生，你下去观看一遍，就知明白。”茂公走过去看了一遍，说道：“陛下如何？梦内之事不可不信。东辽此人作乱，非同小可，不比扫北之易。请陛下龙心宽安。待张士贵收了应梦贤臣，起兵过海征服他就是了。”天子就令内侍把金银赏赐王彪，叫声：“爱卿，你路上辛苦劳烦。降旨一路汛地官送归过海，若到东辽国去见这盖苏文，叫他脖子颈候长些，百日内就要取他的颅头便了！你是去罢。”使臣王彪叩谢：“愿我皇圣寿无疆！”不齐国使臣退出午门，回归过海。不必去表。

如今再讲贞观天子叫声：“徐先生，此去征东，必要应梦贤臣姓薛的方可平复的。”茂公道：“这个自然。东辽不比北番，利害不过，多有吹毛画虎之人，撒豆成兵之将。要薛仁贵方破得这班妖兵怪将。若是我邦这班老幼兄弟们，动也动不得。”朝廷道：“如此说起来，就有薛仁贵，必要个元帅领兵的。寡人看这秦王兄年高老迈，哪里掌得这个兵权？东辽好不枭勇，他去得的吗？必要个能干些的才为元帅去得。”这是天子好心肠，好意思，是这等说道：“秦王兄为了多年元帅，跋涉了一生一世。今日东征况有妖兵利害。把这颗帅印交了别人，脱了这劳碌，安享在家，何等不美？哪晓得都是不争气的。”秦叔宝假装不听见，低了头在下边。尉迟恭与程咬金从不曾为元帅过的，不知道这元帅有许多好处。在里面听得万岁说了这一句，大家装出英雄来了。尉迟恭挺胸叠肚。程咬金在那里使脚弄手起来。朝廷说：“朕看来倒是尉迟王兄能干些，可以掌得兵权。”天子还不曾说完，敬德跪称：“臣去得。谢我主万岁！万万岁！”程咬金见尉迟恭谢恩，也要跪下来夺这个元帅。哪晓得秦琼连忙说：“住了！”上前叫声：“陛下，万岁道臣年迈无能，掌不得兵权，为什么尉迟老将军就掌得兵权？他与臣年纪仿佛，昔日在下梁城，臣与尉迟将军战到百十余合以后，三鞭换两锏，陛下亲见他大败而走。看起来臣与他只不过芦地相连，本事他也不叫什么十分高，何见今日臣就不及他？当初南征北讨，都是臣领兵的。今日臣就去不得了，岂不要被众文武耻笑，道老臣无能，怕去了。求陛下还要宽容。”程咬金说：“当真我们秦哥还狠！元帅积祖是秦家的。我老程强似你万倍，尚不敢夺他。你这黑炭团到得那里是那里，思想要夺起帅印来？”朝廷说：“不必多言。啊，秦王兄，虽只如此，你到底年高了，尉迟王兄狠些。”叔宝叫声：“陛下，你单道老臣无能，自古道：

年老专擒年小将，英雄不怕少年郎！

臣年纪虽有七旬，壮年本事不但还在，更觉狠得多了；智量还高，征东纤细事情如在臣反掌之易。不是笑着尉迟老将军，你晓得横冲直撞，比你怯些胜了他，比你勇些就不能取胜了。那里晓得为元帅的法度？长蛇阵怎么摆？二龙阵怎么破？”敬德哈哈笑道：“秦老千岁，某家虽非人才出众，就是为帅之道也略晓一二。让了某家吧！”叔宝说：“老将军，要俺帅印，圣驾面前各把本事比一比看。”天子高兴地说：“倒好，胜者为帅。”传旨午门外抬进金狮子上来，放在阶前，铁打成的，高有三尺，外面金子裹的，足有千斤重。叔宝说：“尉迟将军，你本事若高，要举起金狮子在殿前绕三回，走九转。”敬德想道：“这个东西有千斤重。当初拿得起，走得动，如今来不得了。”叫声：“秦老千岁，还是你先拿我先拿？”叔宝说：“就是你先来！”敬德说：“也罢，待某来！”把皂罗袍袖一转，走将过来，右手柱腰，左手拿住狮子，脚挣一挣，动也动不得一动，怎样九转三回起来？想来要走动，料想来不得的，只好把脚力挣起来的。缓缓把脚松一松，跨得一步，满面挣得通红，勉强在殿上绕得一圈。脚要软倒来了，只得放下金狮子，说：“某家来不得。金狮子重的很，只怕老千岁拿不起！”叔宝嘿嘿冷笑，叫声：“陛下如何？眼见尉迟老将军无能，这不多重东西就不能够绕三回。秦琼年纪虽高，今日驾前绕三回九转与你们看看。”程咬金说：“这个东西不多重，这几斤我也拿得起的。秦哥自然走三回绕九转，不足为奇的。”那秦琼听言，一发高

兴。就把袍袖一捋，也是这样拿法，动也不动，连自己也不信起来，说："什么东西？我少年本事那里去了？"犹恐出丑，只得用尽平生之力举了起来，要走三回，哪里走得动！眼前火星直冒，头晕凌凌，脚步松了一松，眼前乌黑的了。到第二步，血朝上来，忍不住张开口鲜血一喷，迎面一跤，跌倒在地，呜呼哀哉！

要晓得叔宝平日内名闻天下，都是空虚，装此英雄，血也忍得多，伤也伤得多。昔日正在壮年，忍得住。如今有年纪了，旧病复发，血都喷完了，晕倒金銮。吓得天子魂飞海外，亲自忙出龙位，说："秦王兄，你拿不起就罢了，何苦如此！快与朕唤醒来。"众公爷上前扶定。程咬金大哭起来，叫声："我那秦哥啊！"尉迟恭看叔宝眼珠都泛白了，说："某家与你作耍，何苦把性命拼起来？"咬金说："呸！出来！我把你这黑炭团狗攮的！"尉迟恭也说："呔！不要骂！"咬金道："都是你不好！晓得秦哥年迈，你偏要送他性命。好好与我叫醒了，只得担些干系；若有三长两短，你这黑炭团要碎剐下来的！"秦怀玉看见老子斗力喷血死的，跨将过来，望着尉迟恭夹胸前只一掌。他不妨的，一个鹞子翻身，跃在那边去了。敬德爬起身来说："与我什么相干？"程咬金说："不是你倒是我不成？侄儿再打！"秦怀玉又一拳打过去。敬德把左手接住他的拳头，复手一扯，怀玉反跌倒在地。爬起身来思量还要打，朝廷喝住了，说："王兄、御侄，不必动手，金銮殿谁敢吵闹？叫醒秦王兄要紧。"两人住手。尉迟恭叫声："老千岁苏醒！"朝廷说："秦王兄醒来！"大家连叫数声。秦琼悠悠醒转，说："阿唷！罢了，罢了！真乃废人也。"朝廷说："好了！"尉迟恭上前说："千岁，某家多多有罪了！"程咬金说："快些叩头赔罪！"叔宝叫声："老将军说哪里话来。果然本事高强，正该与国出力。俺秦琼无用的了！"眼中掉泪，叫声："陛下，臣来举狮子，还思量掌兵权，征东辽。如今再不道四肢无力，昏沉不醒，在阳间不多几天了。万岁若念老臣昔日微功，等待臣略好些，方同去征东。就去不能够了，还有言语叮嘱尉迟将军，托他帅印，随驾前去征东。陛下若然一旦抛撇了臣，径去征东，臣情愿死在金阶，再不回衙了。"朝廷说："这个自然，帅印还在王兄处，还是要王兄去平得来。没有王兄，寡人也不托胆。王兄请放心回去，保重为主。"叔宝说："既如此，恕臣不辞驾了。我儿扶父出殿。"怀玉应道："爹爹，孩儿知道。"那番秦怀玉与程咬金扶了秦琼。尉迟恭也来搀扶，出了午门，叫声："老千岁！恕不远送了。"叔宝说："老将军请转，改日会罢！"一路回家，卧于床上，借端起病，看来不久。

单说天子心内忧虑秦琼。茂公说："陛下，国库空虚，命大臣外省催粮。又要能干公爷到山东登州府督造战船一千五百号，一年内成功，好跨海征东。这两桩要紧事情迟延不得。"天子说："既如此，命鲁国公程咬金往各省催粮，传长国公王君可督造战船。"二位公爷领旨，退出午门。王君可往登州府，程咬金各路催粮，不表。

再讲山西绛州府龙门县该管地方，有座太平庄，庄上有个村名曰薛家村。村中有一富翁名叫薛恒，家私巨万。所生二子，大儿薛雄，次儿薛英。才交三十，薛恒身故。弟兄分了家私，各自营业。这二人各开典当，良田千顷，富称故国，人人相称。员外次子薛英，娶妻潘氏，三十五岁生下一子，名唤薛礼，双名仁贵。从小到大不开口的，爹娘不欢喜，道他是哑巴子。直到五十岁庆寿，仁贵十五岁了。一日睡在书房中，见一白虎揭开帐子扑身进来，吓得他魂飞天外，喊声："不好了！"才得开口。当日拜寿，就说爹娘福如东海，寿比南山。薛英夫妇十分欢喜，爱惜如珠。不晓得罗成死了，薛仁贵所以就开口的。不上几天，老夫妇双双病死了。只叫道：白虎当头坐，无灾必有祸。真曰："白虎开了口，无有不死。"仁贵把家私执掌，也不晓得开店，日夜习学武艺，开弓跑马，名闻天下，师家请了几位，在家习学六韬三略。又遭两场回禄，把巨万家私、田园屋宇弄得干干净净。马上十八般，地下十八件般般皆晓，件件皆能。箭射百步穿杨，日日会集朋友放马射箭。家私费尽，只剩得一间房子。吃又吃得，一天要吃一斗五升米，又不做生意，哪里来的吃？卖些家货什物，不够数月吃得干干净净。楼房变卖，无处栖身，只得住进一山脚下破窑里边，犹如叫花子一般。到十一月寒天，又无棉衣，夜无床帐，好不苦楚！饿了两三天，哪里饿得过，睡在地上，思量其时八、九月还好，秋天还不冷。如今寒天冻饿难过。绝早起身出了窑门，心中想道："往哪里去好呢？有了！我伯父家中十分富豪，两三年从不去搅扰他，今日不免走一遭。"心中暗想，一路早到。抬头看见墙门门首有许多庄客，尽是刁恶的，一见薛礼，假意喝道："饭是吃过了，点心还早。不便当别处去求讨罢！"正是：

龙逢浅水遭虾戏，虎落荒崖被犬欺。

毕竟不知薛礼如何回话，且听下回分解。

第十七回 举金狮叔宝伤力 见白虎仁贵倾家

诗曰：

仁贵穷来算得穷，时来方得遇英雄。
投军得把功劳显，跨海征东官爵荣。

再说薛仁贵一听刁奴之言，心中不觉大怒，便大喝道："你们这班狗头，眼珠都是瞎的？公子爷怎么将来比做叫花的？我是你主人的侄儿，报进去！"那些庄汉道："我家主人大富大贵，那里有你这样穷侄儿？我家员外的亲眷甚多，却也尽是穿绫着绢，从来没有贫人来往。你这个人不但穷，而且叫花一般，怎么好进去报？"仁贵听说，怒气冲天，说："我也不来与你算账，待我进去禀知伯父，少不得处治！"

薛礼甩开大步，走到里边。正遇着薛雄坐在厅上，仁贵上前叫声："伯父，侄儿拜见！"员外一见，火星直冒，说："住了！你是什么人，叫我伯父？"薛礼道："侄儿就是薛仁贵。"员外道："啶！畜生！还亏你有脸前来见我伯父。我想，你当初父母养你如同珍宝，有巨万家私托与你，指望与祖上争气。不幸生你这不肖子，与父母不争气，把家私费尽，还有面目见我！我只道你死在街坊，谁知反上我门到来做什么？"仁贵说："侄儿一则望望伯父；二则家内缺少饭米，要与伯父借米一、二斗，改日奉还。"薛雄说："你要米何用！"仁贵道："我要学成武艺，吃了跑马。快拿来与我。"薛雄怒道："你这畜生！把家私看得不值钱，巨万拿来都出脱了。今日肚中饥了，原想要米的，为何不要到弓，马上去寻来吃？"仁贵说："伯父，你不要把武艺看轻了。不要说前朝列国。即据本朝有个尉迟恭，打铁为生，只为本事高强，做了虢国公。闻得这些大臣都是布衣起首。侄儿本事也不弱，朝里边的大臣如今命运不通，落难在此，少不得有一朝际遇，一家国公是稳稳到手的。"薛雄听了又气又恼，说道："青天白日，你不要在此做梦！你这个人做了国公，京都内外抬不得许多人。自己肚里不曾饱，却在此讲混话。这样不成器的畜生，还要在此恼我性子。薛门中没有你这个人，你不要认我伯父，我也决不来认你什么侄儿。庄汉们，与我赶出去！"薛礼心中大怒，说："罢了！罢了！我自己也昏了！穷来有二、三年了，从来不搅扰这里，何苦今日走来讨他羞辱？"不别而行。出了墙门大叹一声道："咳！怪不得那些闲人都不肯看顾，自家骨肉尚然如此。如今回转破窑也是无益，肚中又饥得很，吃又没有吃，难在阳间为人。"一头走，一头想，来到山脚下见一株大槐树，仁贵大哭说："这是我葬身之地了！也罢！"把一条索子系在树上吊起来了。仁贵命不该绝，来了一个救星名叫王茂生。他是小户贫农，挑担为生，偶然经过，抬头一看吊起一人，倒吓得面如土色。仔细一认，却也认得是薛大官人："不知为什么寻此短见？待我救他下来。"茂生把担歇下，摸过一块石头摆定了，将身立在上面，伸手往他心内摸摸，看还有一点热气，双手抱起，要等个人来解这个索结，谁想再没有人来。不多一会，那边来了一个卖婆仔，细一看，原来就是自家的妻子毛氏大娘。都算有福，同来相救。那茂生正在烦恼，见妻子走来，心中大喜，叫声："娘子，快走一步，救了一条性命也是阴德。"那大娘连忙走上前来，把笼子放下，跨上石头，双手把圈解脱。茂生抱下来，放在草地上。薛礼悠悠苏醒，把眼张开说："那个恩人在此救我？""王茂生同妻毛氏做生意回来，因见大官人吊在树上，夫妇二人放下来的。"仁贵说："阿呀！如此说二人是我大恩人了。请受小子薛礼拜见！"茂生道："这个我夫妻当不起。请问大官人为什么要寻此短见起来？"仁贵说："恩人不要说起，只恨自己命运不好，今日到伯父家中借贷，却遭如此凌贱。小子仔细思量，实无好处。原要死的，不如早绝。"茂生道："原来如此。这也不得怨命，自古说：'碌砖也有翻身日，困龙也有上天时'。你伯父如此势利，决不富了一世。阿娘，你笼子内可有斗把米吗？将来赠了他。"毛氏道："官人，米是有的，既要送他，何不请到家中坐坐。走路上成何体统？"茂生道："娘子之言极是。阿，薛官人，且同我到舍小去坐坐，赠你斗米便了。"仁贵道："难得恩人，犹如重生父母，再生爹娘！"茂

生挑了担子，与薛礼先走。毛氏大娘背了笼子，在后慢慢地来。一到门首，把门开了，二人进到里边，见小小坐起，倒也精雅。毛氏大娘进入里面烹茶出来。茂生说："请问大官人，我闻令尊亡后有巨万家私，怎么弄得一贫如洗？"仁贵道："恩人不要讲起。只因自己志短，昔年合同了朋友学什么武艺、弓马刀枪，故而把万贯家财都出脱了。"茂生听言大喜，说："这也是正经，不为志短。未知武艺可精吗？"仁贵道："恩人阿！若说弓马武艺，件件皆精。但如今英雄无用武之地，救济不来。"茂生道："大官人说哪里话来。自古道：'学成文武艺，货与帝皇家。'既有一身本事，后来必有好处！娘子快准备酒饭。"毛氏大娘在里面句句听得，叫声："官人走进来，我有话讲。"茂生说："大官人请坐，我进去就来。"茂生走到里面，便叫："娘子有什么话说？"毛氏道："官人阿，妾身看那薛大官人不象落魄的，面上官星显现，后来不做公侯，便为梁栋。我们要周济，必然要与他说过，后来要靠他过日子，如若不与他说过，倘他后来有了一官半职，忘记了我们，岂不枉费心机？"茂生说："娘子之言甚为有理。"便走出来说道："薛大官人，我欲与你结拜生死之交，未知意下如何？"仁贵听言大喜，假意说道："这个再不敢的。小子感承恩人照管，无恩可报，焉敢大胆与恩人拜起弟兄来！"茂生说："大官人，不是这论。我与你拜了弟兄，好好来来往往。倘我不在家中，我妻子就可叔嫂相称，何等不美？"仁贵道："蒙恩人既这等见爱，小子从命便了。"茂生说："待我去请了关夫子来。"走出门外，不多一会买了鱼肉进到里面。好一个毛氏大娘，忙忙碌碌端整了一会。茂生供起关张，摆了礼物，点起香烛，斟了一杯酒，拜跪在地，说："神明在上。弟子王茂生才年三十九岁，九月十六丑时生的。路遇薛仁贵，结为兄弟，到老同器，连枝一般。若有半路异心，不得好死！"仁贵也跪下说："神明在上。弟子薛礼行年二十一岁，八月十五寅时建生。今与王茂生结为手足。若有异心，欺兄忘嫂，天雷打死，万弩穿身！二人立了千斤重誓，立起身来送过了神，如今就是弟兄相称。大娘端正四品肴馔，拿出来摆在桌上。茂生说："兄弟，坐下来吃酒。"仁贵饮了数杯，如今大家用饭。茂生说："娘子，你肚中饥了，自家人不妨，就同坐在此吃罢！"这位娘子倒也老实，才会得下来，仁贵吃了七、八碗了。要晓得他几天没有饭下口吃，况又吃得，如今一见饭没有数碗吃的，一篮饭有四、五升米在里头。茂生吃得一碗，见他添得凶了，倒看他吃。毛氏坐下来，这个饭一碗也不曾吃，差不多完在里头了。茂生大悦道："好兄弟，吃得，必是国家良将！娘子，快些再去烧起来。"仁贵说："不必了，足够了。"他是心中暗想："我若再吃，吓也吓死了。我回家少不得赠我一斗米，回到窑中吃个饱。"算计已定，说："哥哥嫂嫂请上，兄弟拜谢。"茂生道："阿呀！兄弟又来了！自家人不必客气。还有一斗二升米在此，你拿去，过几天缺少什么东西只消走来便了。"仁贵道："哥嫂大恩，何日得报？"茂生道："说哪里话来，兄弟慢去。"

仁贵出门，一路回转破窑。当日就吃了一斗米，只剩得二升米，明日吃不来了。只得又到茂生家来，却遇见他夫妻两个正要出门，一见薛仁贵，满心欢喜说："兄弟，为什么绝早到来？"薛礼说："特来谢谢哥嫂。"茂生说："兄弟又来了，自家兄弟谢什么。还有多少米在家？"仁贵说："昨日吃了一斗，只有二升在家了。"王茂生心中一想，说："完了！昨日在此吃了五升米去的，回家又吃了一斗。是这样一个吃法，叫我那里来得？今日早来，决定又要米了。"好位毛氏，见丈夫沉吟不语，便叫道："官人，妾身还积下一斗粟米在此，拿来赠了叔叔拿去罢！"茂生说："正是。"毛氏将米取出，茂生付与仁贵，接了谢去。茂生想："如今引鬼入门了，便怎么处？"少表茂生夫妻之事。且说仁贵，他今靠着王茂生恩养，不管好歹，准准一日要吃一斗米，朝朝到王家来拿来要。要晓得这夫妻二人做小本生涯的，彼时原积得起银钱。如今这仁贵太吃得多了，两个人趁赚进来，总然养他不够，把一向积下银钱都用去了，又不好回绝他，只得差差补补寻来养他，连本钱都吃得干干净净，生意也做不起了。仁贵还不识时务，天天要米。王茂生心中纳闷，说："娘子，不道薛仁贵这等吃得，连本钱都被他吃完了。今日那里有一斗米？我就饿了一日不妨。他若来怎样也好饿他？"毛氏大娘听说，便叫声："官人，没有商量，此刻少不得叔叔又要来了。只得把衣服拿去当几钱银子来买米与他。"茂生说："倒也有理。"那番，今日当，明日当，当不上七、八天，当头都吃尽了。弄得王茂生走投无路，日日在外打听。

不道这一日访得一头门路在此，他若肯去，饭也有得吃。大娘说："官人，什么门路？"茂生说："娘子，我闻得离此地三十里之遥，有座柳家庄。庄主柳员外家私巨万，另造一所

厅房楼屋，费用一万银子。包工的缺少几名小工，不如待他去相帮，也有得吃了。"毛氏说："倒也使得。但不知叔叔肯去做小工否？"

夫妻正在言谈，却好仁贵走进来了。茂生说："兄弟，为兄有一句话对你讲。"仁贵道："哥哥什么话说？"茂生说："你日吃斗米，为兄的甚是养不起。你若肯去做生活就有饭吃了。"仁贵说："哥哥，做什么生活？"茂生道："兄弟，离此三十里柳家庄柳员外造一所大房子，缺少几名小作。你可肯去做？"仁贵说："但我不曾学匠人，造屋做不来的。"茂生道："嗳！兄弟，造屋自有匠头。只不过抬抬木头，搬些砖瓦石头等类。"仁贵道："阿！这个容易的。可有饭吃的吗？"茂生道："兄弟又来了，饭怎么没有，非但吃饭，还有工钱。"仁贵道："要什么工钱？只要饭吃饱就好了。"茂生说："既如此，同去！"两下出门，一路前往大王庄，走到柳家村，果见柳员外府上有数百人，在那里忙忙碌碌。茂生走上前，对木匠作头说道："周师父！"作头听叫连忙走过来说："啊呀！原来是茂生。请了！有什么话？"茂生说："我有个兄弟薛仁贵，欲要相帮老师做做小工，可用得着吗？"周匠头道："好来得凑巧，我这里正缺小作，住在此便了。"茂生说："兄弟，你住在此相帮，为兄去了，不常来望你的。"仁贵说："哥哥请回！"王茂生回去不表。

再讲仁贵从早晨来到柳家庄，说得几句话，一并做活，还不端正，要吃早饭了。把这些长板铺了，二、三百人坐下，四个人一篮饭，四豌豆腐，一碗汤。你看这仁贵，坐在下面也罢，刚刚坐在作头旁首第二位上。原是饿虎一般的吃法，一碗只划得两口，这些人才吃得半碗，他倒吃了十来碗。作头看见，心内着了忙，说："怎么样，这个人难道没有喉咙的吗？"下面这些人大家停了饭碗，都仰着头看他吃。这薛礼吃饭没有碗数的，吃出了神，只顾添饭，完了一篮，又拿下面这一篮来吃。不多一会，足足吃了四篮饭，方停了碗，说够了。作头心下暗想："这个人用不着的，待等王茂生来，回他去罢。"心里边是这样想。如今吃了饭，大家各自散开去做生活。仁贵新来，不晓得的，便说："老师，我做什么生活？"作头说："那一首河口去想帮他们扛起木料来。"仁贵答应，忙到河边。见有二、三十人在水中系了索子，背的背，扯的扯，乃是大显柱正梁的木料，许多人扯一根扯他不起。仁贵见了大笑，说："你们这班没用之辈！根把木头值得许多人去扯他？大家拿了一根走就是了。"众人说："你这个人有些疯癫的吗？相帮我们扯得起来，算你力气狠得极的了。若说思量一个人拿一根，真正痴话了。"仁贵说："待我来拿与你们看看。"他说罢，便走下水来，双手把这头段拿起来，放在肩头上，又拿一根挟在左肋下，那右助下也挟了一根，走上岸来，拖了就跑。众人把舌头乱伸，说："好气力！我们许多人拿一根尚然弄不起。这个人一人拿三根，倒拿了就走。这些木料都让他一个拿罢！我们自去作别件罢。"那晓仁贵三根一拿，不上两三个时辰，二百根木头都拿完了。作头暗想："这也还好，抵得二、三十人吃饭，也抵四、五十人生活。如今相帮挑挑砖瓦，要挡抵四、五篮饭也情愿的。"

到明日，王茂生果然来望，便说："兄弟，可过得服吗？"仁贵说："倒也过得服的。"那个周大木走将过来，叫声："王茂生！你这个兄弟做生活倒也做得。但是吃饭太觉吃得多，一日差不多要吃一斗米。我是包在此的，倘然吃折了怎么处？不要工钱只吃饭还合得着。"茂生说："薛兄弟，周老师道你吃得多，没有工钱。你可肯吗？"仁贵说："那个要什么工钱！只要有得吃就够了。"茂生说："如此极好。兄弟我去了。"不表茂生回去。

且说薛仁贵如今倒也快活。这些人也觉偷力得多了，拿不起的东西都叫他抬拿。自此之后，光阴迅速。到了十二月冷天，仁贵受苦了，身上只穿是单衣，鞋袜都没有的。不想这一月天气太冷，河内成冰，等了六、七天还不开冻。将近岁底，大家要回去思量过年。周大木叫声："员外！如此寒天大冻，况又岁毕，我们回去过了新年，要开春来造的了。"柳员外说："既然如此，寒天不做就是，开春罢！但这些木料在此，要留一个在此看守才好。不然被人偷去，要你赔的。"木匠说："这个自然。靠东首堂楼墙边搭一草厂，放些木料，留人看守。"员外说："倒也使得。"木作头走出来道："你们随便那一个肯在此看木料？"只有薛仁贵大喜道："老师！我情愿在此看木料。"作头心中想："这个人在此，叫我留几石米在这里方够他吃得来？"大木正在踌躇，只见柳员外刚踱将出来。作头便叫声："员外，我留薛礼在此看木料，不便留米。员外可肯与他吃吗？"员外说："个把人何妨？你自回去，待他这里吃罢了。"众匠人各自回家，不必去表。

单讲薛礼走进柳家厨房，只见十来个粗使丫鬟忙忙碌碌，家人妇女端正早饭。仁贵

进来一个个拜揖过了。家人道:“你可是周师父留你在这里看木料的薛礼吗?”仁贵道:“老伯,正是。”

英雄未遂凌云志,权做低三下四人。

毕竟薛仁贵如何出息,且听下回分解。

第十八回　大王庄薛仁贵落魄　怜勇士柳金花赠衣

诗曰:

贫士无衣难挡寒,朔风冻雪有谁怜?

谁知巾帼闺中女,恻隐仁慈出自然。

再说薛仁贵道:“我正是周师父留在此的。”家人道:“既如此,就在这里吃饭罢!”仁贵答应,同了这班家人们就坐灶前用饭。他依旧乱吃,差不多原有几篮饭吃了。他们富足之家,不知不觉的,只不过说他饭量好,吃得。众家人道:“你这样吃得,必然力大,要相帮我们做做生活的。”仁贵说:“这个容易。”自此,仁贵吃了柳员外家的饭,与他挑水、淘米、洗菜、烧火,都是他去做。夜间在草厂内看木料。

员外所生一子一女。大儿取名柳大洪,年方二十六岁,娶媳田氏。次女取名柳金芳,芳年二十正,有沉鱼落雁之容,闭月羞花之貌,齐整不过。描龙绣凤,般般俱晓;书画琴棋,件件皆能。那柳大洪在龙门县回来,一见薛礼在厂中发抖,心中暗想:“我穿了许多棉衣,尚然还冷。这个人亏他穿一件单衣,还是破的,于心何忍?”便把自己身上羊皮袄子脱下来,往厂内一丢,叫声:“薛礼!拿去穿了罢!”仁贵欢喜说:“多谢大爷赏赐!”拿了皮袄披在身上,径是睡了。自此过来,到了正月初三,田氏大娘带了四名丫鬟上楼来。金花小姐接住说:“嫂嫂请坐!”大娘道:“不消了。姑娘啊,我想今日墙外没有人来往,公公又不在家中。不知新造墙门对着何处?我同姑娘出去看看。”小姐道:“倒也使得。”姑嫂二人走到墙门,田氏大娘说:“这造墙门原造得好,算这班师父有手段。”小姐道:“便是那,嫂嫂,如今要造大堂楼了。”二人看了一会,小姐又叫声:“嫂嫂,我们进去罢!”姑娘转身才走,忽见那一首厂内一道白光冲出,呼呼一声风响,跳出一只白虎走来,望着柳金花小姐面门扑来。田氏大娘吓得魂飞魄散,拖了姑娘望墙门前首一跑。回头一看,却不见什么白虎,原来好端端在此。田氏大娘心中稀罕,叫声:“姑娘啊,这也奇了,方才明明见一只白虎扑在姑娘面前,如何就不见了?”小姐吓得满面通红说:“嫂嫂!方才明明是只白虎,如何就不见了?如今想将起来,甚为怪异,不知是祸是福?”田氏大娘道:“姑娘,在厂内跳出来的,难道看木头的薛礼不在里面吗?我们再走去看看。”姑嫂二人挽手来到厂内一看,只见薛礼睡在里边,并无动静。小姐心下暗想:“这个人虽然像叫花一般,却面上官星显现,后来决不落魄,不是公侯,定是王爵。可怜他衣服不周,冻得来在里边发抖。”小姐在这里想,只听田氏嫂嫂叫声:“姑娘,进去罢!”小姐答应,相同嫂嫂各自归房。

单讲小姐,心里边倒疑惑:“我想这只白虎跳出来,若是真的,把我来抓去了。倒为什么一霎时跳出,一霎时就不见了?谅来不像真的。况在厂内跳出,又见看木料的人面上白光显现,莫非这个人有封相拜将之分?”倒觉心中闷闷不乐。不一日,风雪又大。想起:“厂内之人难道不冷吗?今夜风又大,想他绝冻不起。待我去看看,取得一件衣服,也是一点恩德。”等到三更时,丫鬟尽皆睡去,小姐把灯拿在手中,往外边轻轻一步步捱去。开了大堂楼,走到书房阁;出小楼,跨到跨街楼,悠悠开出楼窗,望下一看。原来这草厂连着楼,窗披在里面的,所以见得。正好仁贵睡在下边,若是丢衣服,正贴在他身上。小姐看罢,回身便走,要去拿衣服。刚走到中堂楼,忽一阵大风将灯吹灭,黑暗伸手不见五指。慢慢地摸到自己房中,摸着一只箱子,开了盖,拿了一件衣服就走。原摸到此间楼上,望着窗下一丢,将窗关好了,摸进房径是睡了一宵。晚话不表。

到了明日,薛仁贵走起来,只见地上一件大红紧身,拾在手中说:“那里来的?这又奇了,莫非皇天所赐?待我拜谢天地,穿了它罢。”这薛仁贵将大红紧身穿在里面,羊皮袄子穿在外面,连柳金花小姐也不知道,竟过了日子。谁想这一夜天公降雪来,到明日足有三

尺厚。有柳刚员外要出去拜年,骑了骡子出来,见场上雪堆满在此,开言叫声:"薛礼,你把这雪拿来扫除了。"仁贵应道:"是!"那番提了扫帚在此扫雪。员外径过护庄桥去了。这薛礼团团扫转,一场的雪却扫除了一半。身上热得紧,脱去了羊皮袄子,露出了半边的大红紧身在这里扫。哪晓得员外拜年回来,忽见了薛礼这件红衣,不觉暴跳如雷,怒气直冲。口虽不言,心内想一想:"阿呀!那年我在辽东贩货为商,见有二匹大红绫子,乃是鱼游外国来的宝物,穿在身上不用棉絮,暖热不过的。所以,我出脱三百两银子买来,做两件紧身。我媳妇一件,我女儿一件,除了这两件再也没有的了。这薛礼如此贫穷,从来没有大红衣服,今日这一件分明是我家之物。若是偷的,决不如此大胆穿在身上,见我也不回避。难道家中不正,败坏门坊?到底未知是媳妇不正呢?女儿不正?待我回到家中查取红衣,就知明白了。"这柳刚大怒,进入中堂坐下,唤过十数名家人,说:"与我端正绳索一条,钢刀一把,毒药一服,立刻拿来!"吓得众家人心中胆脱,说:"员外,要来何用?"员外大喝道:"呔!我有用!要你们备,谁敢多说?快些去取来!"众家人应道:"是!"大家心中不明白,不知员外为什么事情,一面端正,一面报知院君。那院君一闻此言,心内大惊,同了孩儿柳大洪走出厅堂。只见员外大怒,院君连忙问道:"员外,今日为何发怒?"员外道:"嗳!你不要问我,少停就知明白了。丫鬟们,你往大娘、小姐房内取大红紧身出来我看!"四外丫鬟一齐答应一声,进房去说:"大娘取了红衣,走出厅堂,叫声:"公公、婆婆!媳妇红衣在此,未知公公要来何用?故此媳妇拿在此,请公公收下。"员外说:"既然如此,你拿了进去,不必出来出丑!"大娘奉命回进房中,不表。

再讲小姐正坐高楼,只见丫鬟上楼叫声:"小姐,员外不知为什么要讨两件红衣。大娘的拿出去与员外看过了,如今要小姐这件红衣,叫丫鬟来取。小姐快些拿出来,员外在厅上立等。"金花小姐听见此言,不觉心中一跳。连忙翻开板箱一看,不见了红衣,说:"不好了!祸降临身!那一夜吹灭了灯火,不知那一只箱子,随手取了一件撂下去,想来一定是这件大红紧身。必然薛礼穿在身上,被我爹爹看见,所以查取红衣。为今之计,活不成了!"箱子内尽翻倒了,并没有红衣。只见楼梯又来两名丫鬟来催取,说:"员外大怒,在厅上说,若再迟延,要处死小姐!"那位姑娘吓得魂不附体,不敢走下楼去,只得把箱子又翻,那里见有?

再表外边,员外坐在厅上等了一会,不见红衣,暴跳如雷,说:"咳!罢了,罢了!家门不幸!"院君道:"为什么这样性急?女儿自然拿下来的。你难道疯癫了吗?"员外大怒,骂道:"老不贤!你哪里知道!有其母必生其女,败坏门坊。还有什么红衣?那红衣为了表记,赠予情人了!"院君大惊,说:"你说什么话?"连忙回身就走,来到高楼,叫声:"女儿!红衣可在?快拿与做娘的。你爹爹在外立等要看!"金花说:"阿呀,母亲啊!要救儿女性命!"眼中掉泪,跪倒在地。院君连忙扶起,说:"女儿!到底怎么样?"小姐道:"啊唷,母亲啊!前日初三,与嫂嫂一同出外观看新造墙门。看见厂内一人,身上单衣,冻倒在地,女儿起了恻隐之心。那晚夜来,意欲把扯一件衣服与穿,谁想吹灭了灯,暗中箱内摸这一件衣服,撂下楼去。女儿该死!错拿了这件大红紧身与他,想是爹爹看见,故来查取。母亲阿!女儿并无邪路,望母亲救了女儿性命!"葛氏院君听言大惊,说:"女儿!你既发善心,把他衣服,也该通知我才是。如今爹爹大发雷霆,叫作娘的也难以做主。且在楼上躲一躲!"母女正在慌张,又有丫鬟上楼,叫声:"小姐!员外大怒。若不下楼,性命难保了!"院君说:"女儿!不必去睬他!"不表楼上之事。

再讲员外连差数次不见回音,怒气直冲,忍不住起来了,说:"阿!好贱人!总不来理我,难道罢了不成?"立起身往内就走。柳大洪一把扯住,说:"爹爹不须性急,妹子同母亲自然下楼出来的。"员外说:"呔!畜生!你敢拦阻我吗?"豁脱了衣袖,望着扶梯上赶来,说:"阿唷唷!气死我也!小贱人在哪里?快些与我下楼去问你!"小姐吓得面如土色,躲在院君背后,索落落抖个不住,说:"母亲!爹爹来了。救救女儿性命!"院君道:"不妨。"叫声:"员外息怒。待妾身说明,不要惊坏了女儿。"员外道:"老不贤!有辩你倒替小贱人说!"院君道:"女儿那日同了媳妇出外看看新墙门,见了厂内薛礼身上单薄,抖个不住。女儿心慈,其夜把他一件衣服。不道被风吹灭灯火,暗中拿错了这件红衣,被他穿了。并无什么邪心,败坏门访的,员外休得多疑。"员外说:"替他分说得好!一件大红紧身,有什么拿差?分明有了私心,赠他表记。罢了!罢了!小小年纪,干这无天大事,留在此也替

祖上不争气！你这老不贤，还要拦住，闪开些！”走上一步，把这葛氏院君右脖子只一扯一扳，哄咙一交。小姐要走来不及了，却被员外望着头上只击打将过来，莲花朵首饰尽行打掉了。一把头发扯住，拦腰一把，拿了就走。院君随后跟下楼来。员外把小姐拖到厅上，一脚踹定，照面巴掌就打。说：“小贱人！做得好事！你看中了薛礼，把红紧身做表记，私偷情人，败坏门坊。我不打死你这小贱人誓不姓柳！”拳头脚尖乱打。打得姑娘满身疼痛，面上乌青，叫声：“爹爹！可怜女儿冤屈的。饶了孩儿罢！”院君再三哀告说：“员外，女儿实无此事。若打坏了他，倘有差迟，后来懊悔！”员外说：“嗳！这样小贱人，容他不得，处死了倒也干净！小贱人！我也不来打你，那一把刀、一条绳、一服药，你倒好好自己认了那一件。若不肯认，我就打死你这贱人！”吓得众人面如土色。柳大洪叫声：“爹爹！不要执见。谅妹子不是这般人，可看孩儿之面，饶了妹子罢！”员外说：“畜生！你不必多讲。小贱人快些认来！”金花跪在地下说：“爹爹饶了女儿死，情愿受打！”田氏大娘跪下来叫声：“公公！可看媳妇之面，饶了姑娘性命罢！谅姑娘年轻胆小，决不干无天事的。况薛礼无家无室，在此看料，三不像鬼，七不像人。只不过道他寒冷，姑娘心慈，拿差了衣服是有的。难道看中了叫花子不成？公公还要三思。”院君道：“我和你半世夫妻，只生男女二人。况金花实无此事，要他屈死起来？可念妾身之面，饶他一死。”员外哪里肯听，打个不住，小姐痛倒在地。大家劝了不听，又见小姐哀哭倒地，忍不住眼泪落将下来。正在吵闹，忽有个小厮立在分首，观看了一会，往外边一跑，走出墙门，来对了薛礼说道：“你这好活贼！这件大红衣是我家小姐之物，要你偷来穿在身上。如今员外查究红衣，害我家小姐打死在厅上了，你这条性命少不得也要处死的！”薛礼听见这句说话，看看自己的衣服，还是半把大红露出在外。仔细听一听，看柳家里面沸反盈天，哭声大震，便说：“不好了！此时不走，等待何时！”顷刻间面如土色，丢了这把扫帚，望这条雪地上大路边放开两腿好跑哩！不知这一跑跑到哪里去了。

再讲员外正逼小姐寻死，忽门公进来说：“西村李员外有急事相商要见。”员外立起身来说：“老不贤，你把这贱人带在厨房，待我出去商量过了正事，再来处死他。若放走了，少不得拿一个来代死！”众人答应：“晓得。”此时内心略松一松。院君扶了金花哭进厨房。柳大洪同了大娘一同进厨房来。再表柳刚员外接进李员外到厅商议事情，不表。

再说金花苦诉哀求说：“母亲！爹爹如今不在眼前，要救女儿性命！”院君好不苦楚，众人无法可施。大洪开言叫声：“母亲，爹爹如今不在，眼前要救妹子。依儿愚见，不如把妹子放出后门逃生去罢！”金花道：“阿呀，哥哥呀！叫妹子脚小伶仃，逃到那里去？况且从幼不出闺门，街坊路道都不认得的，怎生好去逃命？”大洪说：“顾妈妈在此，你从小服侍我妹子长大，胜如母亲一般。你同我妹逃往别方，暂避眼前之难，等爹爹回心转意，自当报你大恩！”顾妈妈满口应承：“姑娘有难，自然我领去逃其性命。院君，快些收拾盘缠与我。”葛氏院君进内取出花银三百两，包包裹裹，行囊是没有的，拿来付与乳母顾妈妈。与小姐高楼去收拾那些得爱金银首饰，拿来打了一个小包袱，下楼说：“小姐逃命去罢！”金花拜娘亲哥嫂。小姐前头先走，乳母叫声：“院君，姑娘托在我身上，决不有误大事，不必挂怀。但是我姑娘弓鞋脚小，行走不快，员外差人追来如何是好？”院君踌躇道：“这便怎么样处呢？”大洪道：“顾妈妈，你是放心前去。我这里自有主意，决不会有人追你。”乳母说：“既如此，我去了。”

不表顾妈妈领了小姐逃走。再讲柳大洪大户人家，心里极有打算。他便心生一计，叫声：“母亲！孩儿有一计在此，使爹爹不查究便了。”院君道：“我儿，什么计？”大洪说：“丫鬟们端正一块大石头在此，待爹爹进来，将要到厨房门首，你们要把这石块丢下井去。母亲就哭起来，使爹爹相信无疑，不差人追赶。”院君说：“我儿，此计甚妙！”吩咐丫鬟连忙端正。外边员外却好进来了，大叫：“小贱人可曾认下那一件？快与我丧命！”里边柳大洪听见，说：“爹爹来了！快丢下去！”这一首丫鬟连忙把石块望井内“哄咙”一声响丢下去，院君就扳住了井圈，把头钻在内面遮瞒了，说：“啊呀！我那女儿阿！”田氏大娘假意眼泪纷纷，口口声声只叫：“姑娘死得好惨！”这些丫鬟们倒也乖巧，沸反盈天，哀声哭叫小姐不住口。柳大洪喊声：“母亲不要靠满井口，走开来。待孩儿把竹竿捞救他！”说罢就把竹竿拿在手，正要望井内捞。那员外在外听得井内这一响，大家哭声不绝，明知女儿投井身亡，到停住了脚步，如今听得儿子要把竹竿捞救，连忙抢步进来，大喝一声：“畜生！这样

贱人还要捞救他做什么,死了倒也干净!"院君道:"老贱,你要还我亲生女儿的!"望着员外一头撞去。正是

只因要救红妆女,假意生嗔白发亲。

毕竟员外如何调处,且听下回分解。

第十九回 富家女逃难托乳母 贫穷汉有幸配淑女

诗曰:

本来前世定良缘,今日相逢非偶然;
虽是破窑多苦楚,管须富贵在他年。

那员外一时躲闪不及,倒跌了一跤,趴起身来叫声:"丫鬟们,与我把这座灶头拆下来填实了!"众丫鬟一声答应。这班丫鬟拆卸的拆卸,填井的填井,把这一个井顷刻间填满了。田氏大娘假意叫声:"姑娘死得好苦。"揩泪回进自己房中去了。大洪叫声:"爹爹何苦如此把妹子逼死,于心何忍?"说罢也往外边走了去。那院君说:"老贼阿!你太刻毒了些,女儿既被逼死,也该捞起尸骸埋葬棺木也罢了,怎么尸首多不容见,将他填在泥土内了?这等毒恶,我与你今世夫妻做不成了!"这院君假意哭进内房。员外也觉无趣,回到书房闷闷不乐。

我且丢下柳家之事,再表那薛仁贵心惊胆战,恐怕有人追赶,在雪内奔走个不住。一口气跑得来气喘吁吁,离柳家庄有二十里,见前有个古庙,心下想道:"不免走进去省省气力再走。"仁贵走进庙中,坐于拜单上面省力,我且慢表。

再讲这柳金花小姐被乳母拖住跑下来不打紧,可怜一位小姐跑得来面通红涨,三寸金莲在雪地上别得来好不疼痛,叫声:"乳母,女儿实是走不动了,那里去坐一坐才好。"顾妈妈说:"姑娘,前面有座古庙,不免到里边去坐一坐再走。"二人趱上前来。哪知仁贵也在里边坐了一回,正要出庙走,只见那边两个妇人远远而来,便心中暗想道:"不好阿!莫非是柳家庄来拿我的吗?不免原躲在里面,等他过了再走。"列位,那仁贵未曾交运,最胆小的,他闪进古庙想:"这两人妇人,倘或也进庙中来便怎么处?阿!有了,不免躲在佛柜里边,就进来也不见的。"仁贵连忙钻入柜中,到也来得宽松,睡在里边了。

且表那小姐同了乳母进入庙中,说:"姑娘,就在拜单上坐一坐吧。"小姐将身坐下。顾妈妈抬眼团团一看,并无闲人,开言说道:"姑娘,你是一片慈心,道这薛礼寒冷,赐他红衣,再不道你爹爹性子不好,见了红衣,怪不得他发怒,无私有弊了。我虽领你出门,逃过眼前之害,但如今那里去好?又无亲戚,又无眷属,看来到要死一块了。"小姐叫声:"乳母,总然女儿不好,害你路途辛苦。我死不足惜,只可惜一个薛礼,他也算命薄,无家无室,冷寒不知受了多少,思量活命,到此看木料,我与他一件红衣,分明害了他了。我们逃了性命,这薛礼必然被爹爹打死了。"乳母道:"这也不知其细。"二人正在此讲,惊动佛柜里面一个薛仁贵,听见这番说话,才明白了:"阿!原来如此!这件红衣却是小姐道我身上寒冷送我的,我哪里知道其情,只道是天赐红衣,被员外看见,倒害这位小姐离别家乡,受此辛苦,街坊上出乖露丑,哎!薛礼阿,你受这小姐这样大恩不思去报,反害他逃生受苦,幸喜他来到庙中息足,不免待我出去谢谢他,就死也甘心的了。"想罢一番,即便将身钻出佛柜,来到小姐面前,双膝跪下叫声:"恩小姐赐用红衣,小子实是不知,只道天赐与我,故而将来穿在身上,谁想被员外见了,反害小姐受此屈打,又逃命出门,小子躲避在此,一听其言,心中万分不忍,因此出来谢一谢小姐大恩,凭小姐处治小子便了。"忽地里跪在地下说此这番言语,倒吓得小姐魂不附体,满面通红,躲又躲不及。乳母倒也乖巧,连忙一把扶起说:"罪过罪过,一般年纪,何必如此。请问小官人向往何方,年庚多少?"仁贵说:"妈妈,小子家在薛家庄,有名的薛英员外就是家父,不幸身故,家业凋零,田园屋宇尽皆耗散,目下住在破窑里面,穷苦不堪。故此在员外府上做些小工谋食,不想有此异变,我之罪也!"顾妈妈叫声:"薛礼,我看你虽在窑中,胸中志略才高决不落薄。我家小姐才年二十,闺阁千金,见你身上寒冷,赐你红衣,反害了自家吃苦,如今虽然逃脱性命,只

因少有亲眷，无处栖身。你若感小姐恩德，领我们到窑内权且住下，等你发达之时再报今日之恩，也说是你良心了。”薛礼叫声：“妈妈，我受小姐大恩，无以图报。如若薛礼家中有高堂大屋，丰衣足食，何消妈妈说得，正当供养小姐。况且住在破窑并无内外，又无什物等件，叫花一般，只有沙罐一个，床帐仅无，稻草而睡。小姐乃千金贵体，那里住得服？不但受些苦楚，更兼晚来无处栖身，小姐青年贵体怎生安睡？外人见了，又是一番猜疑。不但报小姐恩德，反是得罪小姐了，使小子于心何忍？岂非罪更深矣！”乳母说：“薛礼，你言语虽然不差，但如今无处栖身怎么处？”心中一想，轻轻对姑娘说道：“若不住破窑，那里去好？”金花道：“乳母阿，叫我也无主意，只得要薛礼同到窑，速寻安身之处再作道理。”乳母说：“去便去了，但薛礼这番言语实是真的，不分内外眼对眼，就是姑娘你也难以安睡。我看薛礼这人，虽然穷苦，后来定有好处。姑娘，既事到其间，为乳母做个主张，把你终身许了他罢。”那柳小姐听见此言，心中一想：“我前回赠他衣服，就有这个心肠。”今闻乳母之言，正合其意，便满心欢喜倒头不开口。乳母觉着了他心意，说道：“薛大官，你道破窑中不分内外，夜来不好睡，我如今把小姐终身许你如何？”薛礼听言大惊，说：“妈妈休讲此话！多蒙小姐赐我红衣，从没有半点邪心。老员外尚然如此，妈妈若说小姐今日终身许我，叫薛礼良心何在？日后有口难分真假，此事断然使不得的！”乳母道：“薛礼官人，你言之差矣！姻缘乃五百年前之事，岂可今日强配的？小姐虽无邪心，却也并无异见。但天神作伐，有红衣为记，说什么有口难分真假？”仁贵说：“妈妈阿！虽然如此，但小子时衰落难，这等穷苦，常常怨命。况小姐生于富家闺阁，好过来的，那里住得服破窑起来？岂非害了小姐受苦一生一世？我薛礼一发罪之甚也！况小姐天生花容月貌，怕没有大富大贵才子对亲？怎么配我落难之人起来，此事断然使不得！”乳母见他再三推辞，便大怒道：“你这没良心的，我家小姐如此大恩，赠你红衣反害自身，幸亏母兄心好，故放逃生。今无栖身之地，要住在你破窑你却有许多推三阻四，分明不许我们到窑中去了！”薛礼说：“妈妈，这个小子怎敢？我若有此心，永无好日！既然妈妈大怒见责，我就依允此事便了。”乳母说：“薛大官，这句才说得是，你既应承，那包裹在此，你拿去领小姐到破窑中去。”仁贵答应，把包袱背在脖子上便说：“这个雪地下不好走的，此去还有十里之遥，谅小姐决定不动，不如待我驮了去吧。”乳母说：“到也好。”柳金花方才走了二十余里，两足十分疼痛的了不得，如今薛礼驮他走，心内好不欢喜，既许终身，也顾不得羞丑了。薛仁贵乃是一员大将，驮这小姐犹如灯草一般轻的，驮了竟望雪跑了去。乳母落在后面，走不上前起来，仁贵重又走转，一把挽了乳母的手而走。不上一会儿工夫，到了丁山脚下，走进破窑放下小姐，乳母便说道：“你看这样一个形象，小姐在此如何住得？”金花叫声：“乳母，看他这样穷苦，谅来如今饭米俱没有的。可将此包裹打开，拿一块零碎银子与他，到街坊去买些鱼肉柴米等类，且烧起来吃了再处。”乳母就把一块银子付与仁贵说：“行灶要买一只回来的。”仁贵说：“晓得。”接了银子满心欢喜，暗想：“如今饿不死的了。”

按下薛仁贵忙忙碌碌外边买东西。今再讲王茂生，他少了薛仁贵吃饭，略觉宽松几日。这一日，那王茂生卖小菜回来，偶从了山脚下破窑前经过，偶抬头往内边一看，只见两个妇人在里边，心下一想：“这窑内乃是薛兄所居之地，为何有这两个堂客在内？”正立定在窑前踌躇不决，忽见薛仁贵买了许多小菜鱼肉归来。王茂生说：“兄弟，你在柳家庄几时回来的？为甚不到我家里来，先在这里忙碌碌？请问里面二位是何人？”薛礼说：“哥哥，你且歇了担子，请到里面我有细话对你讲。”茂生连忙歇了担子，走进破窑。仁贵放了米肉什物，叫声：“小姐，这位是我结义哥哥，叫王茂生，乃是我的大恩人，过来见了礼。”茂生目不识丁，只得作了两个揖。仁贵把赐红衣对茂生如此长短细细说了一遍，茂生不觉

大喜说："既如此，讲起来是我弟妇了。兄弟，你的运已交，福星转助。今日是上好吉日，不免今晚成亲好。"仁贵说："哥哥，这个使不得！况破窑内一无所有，怎好成亲？"茂生说："一些也不难，抬条椅凳，被褥家伙等物待我拿来。喜嫔是你嫂嫂，掌礼就是我，可使得吗？"乳母道："到也使得。有银二两，烦拿你置办东西。"王茂生接了银子出窑说："兄弟，我先去打发嫂嫂先来。"仁贵说："既如此，甚妙。"他在窑内忙忙碌碌准备。单讲王茂生挑担一路快活，来到家内对毛氏妻子细细说了一回。大娘心中得意，说："既有此事，我先往窑中去，你快往街坊买了些要紧东西、急用什物，作速回来。"茂生说："这个我晓得的。"夫妻二人离了自家门首，毛氏竟到破窑中。仁贵拜见了嫂嫂，小姐乳母二人也相见了礼。毛氏大娘他是做卖婆的，喜嫔到也在行的，就与姑娘开面。料理诸事已毕，却好王茂生来了，买了一幅被褥铺盖、一套男衣、一个马桶，与他打好床铺，又回到家中搬了些条桌、椅凳、饭盏、箸子等类，说："兄弟，为兄无物贺敬，白银一两，你拿去设几味中意夜饭吃了花烛。"薛礼说："又要哥哥费心。"接了银子正去买办。茂生好不忙碌，挑水淘米，乳母烧起鱼肉来。差不多天色昏暗，仁贵换了衣服，毛氏扶过小姐，茂生服侍仁贵，参天拜地、夫妻交拜已毕，犹人家讨养新妇一般做了亲。茂生安排一张桌子，摆四味夜饭，说："兄弟坐下来，为兄奉敬一大杯。"薛礼说："不消哥哥费心，愚弟自会饮的。"茂生敬了一杯，叫声："娘子，我与你回去罢。兄弟，你自慢饮几杯，为兄的明日来望你。"仁贵说："哥哥，又来客气了，且在此，等愚弟吃完花烛，还要陪哥哥嫂嫂饮杯喜酒去。"茂生道："兄弟，这倒不消费心了。"茂生夫妻出了窑门，竟是回家，我且不表。

再说仁贵饮完花烛，乳母也吃了夜饭，如今大家睡觉。顾妈妈着地下打一稻草柴铺，分这条褥子来当被盖子，仁贵落好处又不冻饿。这一夜夫妻说不尽许多恩爱，一宵晚景不必细说。

次日清晨，茂生夫妻早来问候，茶罢回去。如今薛仁贵交了运了，有了娘子，这三百两头放大胆子吃个饱足的，三个人每日差不多要吃二斗米。谁想光阴迅速，过了一月，银子渐渐少起来了。柳金花叫声："官人，你这等吃得，就是金山也要坐地吃山空了。如今随便做些事业，攒凑几分也好。"仁贵说："娘子，这倒烦难，手艺生意不曾学得，叫我做什么事业攒凑起来？想去真正没法。"自此仁贵天天思想，忽一日，想着了一个念头，寻些毛竹，在窑内将刀做起一件物事来了。小姐叫声："官人，你做这些毛竹何用？"仁贵说："娘子，你不曾知道，如今丁山脚下雁鹅日日飞来，我学得这样武艺好弓箭，不如射些下来，也有得吃了，故而在此做弓箭，要去射雁。"小姐说："官人，又来了，既要射雁，拿银子去买些真弓箭射得下，这些竹的又无箭头，那里射得下？"仁贵说："娘子，要用真弓箭非为本事，我如今只只射的是开口雁，若伤出血来非为手段，故用这毛竹的弓箭。雁鹅叫一声说要射一箭上去，贴中下瓣咽喉，岂不是这雁叫口开还不曾闭，这一箭又伤不伤痛，口就合不拢，跌下来便是开口雁了。"小姐说："官人，果有这等事？候射下雁便知明白了。"那仁贵做完，到丁山脚下候等。只见两只雁鹅飞过来，仁贵扳弓搭箭，听得雁鹅一声叫，嗖的一箭射将上去，正中在咽喉，雁鹅坠地果然口张开的。这如今只只多射开口雁，一日到有四五十只拿回家来，小姐见了满心欢喜，仁贵拿到街坊卖了二三百文，一日动用尽足够了。

自此天天射雁，又过了四五个月。忽一日在山脚下才见两只雁鹅飞过，正欲攀弓，只听见那一边大叫："呔！薛仁贵你射的开口雁不足为奇，我还要射活雁。"仁贵听见此言，连忙住了弓，回转头一看，只见那边来了一人，头上紫包巾，穿一件乌缎马衣，腰拴一条皮带，大红裈裤，脚踏乌靴，面如重枣，豹眼浓眉，狮子大鼻，招风大耳，身长一丈，威风凛凛，其人姓周名青，也是龙门县人，从幼与薛仁贵同师学武，结义弟兄，本事高强，武艺精通，才年十八，正是英雄，善用两条镔铁锏，有万夫不当之勇。只因离别数哉，故而仁贵不认得了，因见周青说了大话，忙问道："这位哥，活雁怎生射法，你倒来射一只我看看。"周青说："薛大哥，小弟与你作耍，你难道不认得小弟了吗？"仁贵心中想一想说："有些面善，一时想不起了，请问哥尊姓，因何认得小弟。"周青说："薛大哥，小弟就是周青。"仁贵道："阿呀！原来是周兄弟。"连忙撇下弓，二人见礼已毕，说："兄弟，自从那一年别后，到今数载有余，所以为兄的正不认得贤弟。请问贤弟，一向在于何处，几时回来的？"周青说："哥哥有所不知，小弟在江南，傅家特请在家内为教师，三百两一年，倒也过了好几年。自思无有出头日子，今闻这里龙门县奉旨招兵，为此收拾行囊飞星赶来。哥哥有了这一身本领，

为何不去投军，反在这里射雁？”仁贵说：“兄弟，不要说起，自从你去之后，为兄苦得来不堪之极，哪里有盘缠到龙门县投军。兄弟耳朵长，远客江南，闻知回来，谋干功名，如今不知在何处作寓。”周青说：“我住在继母汪妈妈家内。不想哥哥如此穷苦，我身虽在江南，却心中日在山西，何日不思？何日不想？今算天运循环，使我们弟兄相会。哥哥，射雁终无出息，不如同去投军干功立业，有了这一身武艺，怕没有前程到手？哥哥你道如何？”仁贵说：“兄弟之言，虽是淮阴侯之谕，但为兄有妻子在家，一则没有盘费，二来妻子无靠，难以起身，故而不敢应承。兄弟一个去干功立业罢。”周青说：“哥哥有了嫂嫂，这也可喜阿！哥哥，虽然如此，到底功名为大。自古说：‘学成文武艺，货与帝王家。’我和你尚幼时同师所学：

岂有干功立事业，不共桃园结义人？”

毕竟薛仁贵怎样前去投军，且听下回分解。

第二十回　射鸿雁薛礼逢故旧　赠盘缠周青同投军

诗曰：

英雄深喜遇英雄，射雁山前故旧逢；
同往龙门投帅府，无如时运未亨通

再讲周青又说：“哥哥，如今去出仕，自然也要一同去。路上盘缠不劳哥哥费心，待我拿过银子来，哥哥权为安家之本就可以去了。”仁贵道：“既承兄弟费心，为兄自当做伴同走一遭。”周青大喜道：“哥哥，我带得白银三百两在此，哥哥拿到家中付与嫂嫂，辞别了就来到我继母家内来，吃了饭然后起程，我先去了。”仁贵接了银子大喜，回便走到破窑内来，叫声：“娘子，我有个结义兄弟名唤周青，赠我三百两银子作为安家之本，要同我到龙门投军干功立业，今日就要动身，所以辞别娘子要分路了。”柳金花闻说此言，心中一悲一喜，叫声：“官人，干功出仕为男儿之大节，未知官人要几年方可回来？”仁贵说：“娘子，卑人此去若是投军不用，即日就回，若然用我，保驾征东跨海前去，多则三年，少则两载，也要回来的。”金花道：“既有许多年数，妾身也没有什么丢不下。自从成亲半载，已经有孕在身，未知是男是女，望官人留个名字在此。”仁贵道：“阿！原来如此阿！娘子阿，我去之后，生下女儿不必去表，若生男子，就把前面这座丁山为名，取他薛丁山便了。”金花便记在心，叫声：“官人，妾身苦守破窑等你成名回来，好与我父母争口气。”仁贵说：“娘子在家保重阿！乳母，我去之后，姑娘有什么忧愁，要你在旁解劝，使姑娘悄然解闷，我有好日回来，自然报你之恩。”顾妈妈说：“不消大官人费心。”金花说：“官人路上小心为主。”仁贵道：“这个不消娘子吩咐，我去了。”这番夫妻分别，正是：

流泪眼观流泪眼，断肠人送断肠人。

仁贵离了破窑，竟到王茂生家。却正遇他夫妻在那里吃饭，茂生说：“兄弟，来得正好，坐下来吃饭。”仁贵道：“不消，我兄弟到来非为别事，一则相别哥嫂，二则有句话重托哥哥。”茂生听言连忙问道：“兄弟，你要到那里去？说什么相别起来。”仁贵就把相遇周青，赠银三百同去投军干功立业之事，细细说了一遍。茂生夫妇大悦：“原来如此！这也难得。兄弟，你去投军，要得几年回来？”仁贵说：“兄弟此去，多则三年，家内妻子望哥哥照管，日后功名成就，自当图报。”茂生夫妇道：“这个不消可嘱，窑中弟妇自然我夫妻料理，你是放心前去。”仁贵拜别哥嫂径自去了。问到汪家墙门首，只见周青出来叫声：“哥哥，请到书房内来。”仁贵说：“晓得。”二人挽手进入书房。小厮掇进早饭，两人用过。周青叫声：“哥哥，小弟为教师虽有数载，只积得五百银子，一箱衣服，也算各色完全的，待我拿出来。”周青掇过箱子，取匙开锁说：“哥哥，这里边衣服五色俱全多有的，但凭哥哥去拣一副，喜穿什么颜色就拿出更换。”仁贵一看，果然颜色完全，说：“兄弟，我倒喜这白颜色。”他就拿出来改换，头上白绫印花抹额，身穿显龙白绫战袄，脚踏乌靴，白绫裈裤。正所谓：佛要金装，人要衣装。

起初仁贵面脸多有怪气，如今是面泛亮光，犹如傅粉，鼻直口方，银牙大耳，双眼澄

消，两道秀眉，身高足有一丈，真算年少英雄。周青说："哥哥，你满身多穿了白，腰中倒拴了这条五色鸾带吧。"仁贵道："倒也使得，就是这条五色带便了。"拿来拴在腰中。周青打好行囊，收拾盘缠，先进去拜别了继母，又回到书房，大家背了包裹，说："哥哥，走吧，事不宜迟。"二人出了墙门，弟兄一路闲谈，正望龙门县来。正是：

逢山不看山中景，遇水不看水边村。

一路上风惨惨，雨凄凄，朝行夜宿，多少辛苦，渴饮饥餐，登山涉水，在路上行了七八天，早进龙门县城中。你看那城内的人烟，阿唷唷！好不热闹；你看六街三市，车马纷纷。周青说："哥哥，我与你虽只本事高强，投军之事，到底不明不白，不如且投宿店，慢慢打听个明白如何，才好去投军。"仁贵说："兄弟言之有理。"二人来到饭店前说："店官请了。"那店家说："不敢，二位爷请了。还是饱餐，还是宿歇的？"二人说："我们是歇宿的。"店家道："既如此，请到里边来。"二人走进店中，店官领进一间洁静房内，铺好铺盖，小二掇进晚膳来，摆在桌子上。仁贵说："店家慢走，我要问你说话。"店家说："二位爷，问我什么事？"仁贵说："店家，我们弟兄二人前来投军，不知投军的道理，请教你可知道投军怎么样的？"店家叫声："二位爷，这个容易，那招兵这位总管爷名叫张士贵，他奉旨到来招兵，天天有各路人民到来投军，只要写一张投军状投进去的。"仁贵道："这投军状上怎生写法？"店家说："这不过是具投军人某人那州那县人氏，面容长短一定要写的。"仁贯道："如此，我们弟兄两个合一张状可以使得吗？"店家说："这个使不得，有几个人一定要几张投军状的。"仁贵道："既然如此，我们就写起来投进去。"店主道："二位爷，天色晚了，这位大老爷只得早晨坐堂收这些投军状的，若一到饭后退堂就不收了。"仁贵说："既如此，我们就写端正在此，明日投进去便了。"店家说："还有一句要紧说话，明朝二位爷投进去，大老爷若用了，一定要发盔甲银的，每一个银十两，发与二位爷不要自用了，有这个规矩，要送与内外中军官买果子吃的，若是不送他就不用了。"仁贵说："这也小事。"仁贵连夜灯下写了投军状。

一宵过了，到清晨弟兄起身梳洗打扮，藏了投军状说："店家，行囊在里边，小心照管，我们去了来算账。"店家道："是，只怕二位爷去得太早了。"仁贵说："早些的好。"弟兄二人出了店门。行到半路，只听见轰隆一声炮响，大老爷升堂，阿唷唷，只看见东南西北这些各路投军人多来了，多拥在总府辕门。听听鼓乐喧天，吆吆喝喝好不威风，大纛招军旗号扯起东西辕门，大门有内外中军出来了说道："呔！大老爷有令，尔等投军者速献投军状进去！"只听一声答应，阿！那些人碌乱纷纷把军状递与中军官，仁贵也把两张军状付与他，外中军说："尔等候着。"应道："是！"

不表辕门外投军人等候发放。单表中军官进入大堂，呈上许多军状，旗牌官接上展铺公案上边，这位张大老爷就拿面上这一张观看，原来却好周青的军状，下面第二张就是薛仁贵的了。那张环睁眼看时，上写具投军状人周青，系山西练州府龙门县人氏，才年一十八岁。张环心下一想："十八岁就来投军，必是能干的。中军过来！"中军应道："有！"张环吩咐道："快传周青进见！"中军道："是！"连忙走到辕门问说："呔！尔等内中有什么周青吗？"仁贵说："兄弟，叫你。"周青连忙上前说："中军爷，小人就是。"中军道："阿，你就叫周青，大老爷有令，快随我进来。"周青应道："是。"随了中军进入大堂，连忙跪下说："大老爷在上，小人周青叩见。"张士贵抬眼一着说："果然像个年少英雄。"就问："周青，你既来投军，可学兵马，能用几桩兵器？"周青说："大老爷在上，小人幼习弓马，尽皆熟透，十八般武艺件件皆能。"张士贵说："你两膊有多少勇力？"周青说："小人右膊有四百多斤，左膊有五百斤。"张士贵说："你善用什么器械？"周青说："小人善用两条镔铁锏。"张环道："既然如此，铁锏可带在此？"周青道："这倒不曾带来。"张环道："既不曾带来，中军，你往架上取这两条铁锏过来，与他当堂要与本总观看。"中军应道："是！"便往架上取了铁锏下来，递与周青。周青接来提在手中，立起身来就在大堂上使起来了。果然好锏，但见左蟠头、右蟠头如龙取水，左插花、右插花似虎奔山，这个锏使动了，大堂上多是风声。锏法使完放在旁边，上前跪下说："大老爷在上，小人锏法使完了。"张士贵大悦道："你锏法果然要得好，本总要收能干旗牌十二名，如今有了八名在此，还少四名。今看你年少英雄，不免收你在里边做了旗牌官吧。"周青说："多谢大老爷抬举。"立起身来，改换旗牌衣服就站在旁边了。张士贵看到第二张上，只见写着具役军状人薛仁贵，系山西绛州府龙门县人氏。

吓得张环魂不在身,心下暗想:"陛下梦内不可不信,军师详梦真乃活神仙了！我在此招了七八个月,从没有姓薛的,正合我意,不想原有薛仁贵。陛下梦中说他穿白用戟,未知真假,不免传他进来看个明白。"中军应道:"有!"张环说:"速传龙门县薛仁贵进来。"那中军答应道:"是!"忙出辕门喝道:"呔！尔等内可有什么薛仁贵吗?"仁贵应道:"中军爷,小人就是。"中军道:"你就是薛仁贵吗？好个汉子！大老爷有令,小心随我进来。"仁贵答应,随了中军官进入大堂,连忙跪下说:"大老爷在上,薛仁贵叩见。"那张环望下一看,只见他白绫包巾白战袍,通身多是白的,心下暗想:"应梦贤臣,一些都不差的了。为今之计便怎么样呢？我若用了他,陛下一知,我张氏门中就没有功劳了,不如不用他罢！只说没有此人,倒也哄骗瞒了天子,这些大功劳自然是我贤婿的了。"张士贵算计已定,说道:"你就叫薛仁贵吗?"仁贵应道:"小人正是。"张环说:"你既来投军,可能弓马,武艺善会几桩?"仁贵道:"大老爷在上,小人善会走马射箭,百步穿杨。十八般武艺件件皆精。"张环说:"两膊有多少气力?"仁贵说:"小人右膊有五百八十斤,左膊有六百四十斤之力。"士贵听见说。狠狠地比周青气力又大:"你善用什么器械?"仁贵道:"小人善用画杆方天戟。"张环听言大喝道:"嘟!"两旁就一声吆喝,张环怒道:"我把你这大胆狗头,左右过来!"两下应道:"有!"张环吩咐道:"快把这狗头绑出辕门枭首!"两旁应道:"嗄!"刀斧手就把仁贵背膊牢拴绑起来了。吓得仁贵魂不附体,趴在大堂说:"阿呀！大老爷,小人不犯什么法,前来投军为何要斩起来?"连着周青惊得面如土色,跪下来叫声:"大老爷,这是我周青的从幼同师学武结义弟兄,前来投军,不知有甚触怒,求大老爷看旗牌之面,保救饶他一命。"张士贵说:"我且问你,本帅之名难道你不知？敢称薛仁贵,有犯本总之讳吗?"周青道:"恕他不知,冒犯讳字,求大老爷宽容饶他之命。"张环说:"也罢！看周青份上,饶他的狗命。与本总赶出辕门,这里不用。"仁贵道:"谢大老爷不斩之恩。"立起身来,往外就走出了辕门,心中大怒。正是:

欲图名上凌烟阁,来做投军反若灾。

愤愤不平正走,后面周青赶上前来,说:"哥哥慢走！大老爷不用,我与你同回家去吧。"仁贵说:"兄弟,又来了。为兄命里不该投军,故而有犯他讳不用,你已得大老爷爱,收为旗牌,正好干功立业,为什么反要回家起来!"周青说:"哥哥,这教千军易得,一将难求。我与你有了一身本事,况大老爷不用,就是愚弟在他眼前也难干功劳的了。况且与哥哥是有兴而来,怎撇你独自单身闷闷回家？不如一同回去的安心些。"仁贵道:"嗳！兄弟言之差矣。你蒙大老爷收为旗牌,正好出仕好显宗耀祖。为兄的情况有妻子在家,就是收用我去,到底也有些放心不下。今大老爷不用,为兄慨然回家射射雁,也过了日子了,你不必同我回去,住在此上策。"周青说:"既然如此,弟在此等候,你回去寻得机会再来投军。方才大老爷止不过道你犯了讳字,所以不用,如今只要军状上改了名不用贵字,怕他还不肯收?"仁贵道:"我晓得了。店内行囊为兄拿去。"周青道:"这自然,盘费尽有在里头,小弟在此等候哥哥。"说罢,两个分路。

仁贵到饭店算明饭钱,拿了行囊竟回去路,我且慢表。再讲周青回转辕门,自己领出十两盔甲银,送与内外中军官收了。总管张士贵那日又收用了几名投军人,方退进内衙,四子一婿上前说道:"爹爹,今日投军人可有姓薛的吗?"张环说:"我儿不要说起,军师是活神仙,陛下的梦的确是真,果有应梦贤臣的人。今日投军状上原有薛仁贵名字,为父的传他进来一看,却与朝廷梦内之人一般面貌,原是白袍小将,善用方天戟的。其人气力又狠,武艺又高,我想有了此人,功劳焉得到我贤婿之手？故而故意说犯了为父的讳字,将他赶出辕门不用。我儿,你道如何?"四子大喜说:"爹爹主意甚妙,只要收足了十万兵马,就好复旨了。"

我且按下。再说薛仁贵一头走一头心下暗想说:"我命算来这等不济了。我与周青一样同来投军,怎么刚刚用了他,道我犯讳他就不用起来？这也使我可笑。"一路行来,昏闷不过,气恼得紧,一心只顾回家,忘记了歇宿之处,抬头看看日色西沉了,两边多是树木山林,并没有村庄屋宇,只得往前又走,真正前不巴村后不巴店。仁贵说:"阿呀,不好了！如今怎么处呢?"肚内又饥饿起来,天色又昏黑夜起来了,只得放开脚步往前再走。正行之间,远远望去,借宿一宵便了。算计已定,行上前来,走过护庄桥,只见一座八字大墙,门上面张灯挂红结彩,许多庄汉多是披红插花,又听里边鼓乐喧天,纷纷热闹,心中想道:

"一定那庄主人家是好日子的了。不要管他，待我上前去说一声看。"仁贵叫声："大叔，相烦通报一声，说我薛仁贵自食趱路程，失了宿店，无处安身，要在宝庄借宿一宵，未知肯否？"庄汉道："我们做不得主的，待我进去禀知庄主留不留，出来回你。"仁贵说："如此甚好。"那庄客进去禀知庄主，不多一回，出来回复道："客官，我们庄主请你进去。"仁贵满心欢喜，答应道："是。"连忙走将进来。只见员外当厅坐宁，仁贵上前拜见，叫声："员外，卑人贪趱程途，天色已晚，没有投宿之处，暂借宝庄安宿一宵，明日奉谢。"员外道："客人说哪里话来，老夫舍下空闲无事，在此安歇不妨，何必言谢。"仁贵道："请问员外尊姓大名？"老员外道："老夫姓樊，表字洪海。虽有家私百万，单少宗嗣，故此屡行善事。我想客官错失宿店，谅必腹中饥饿，叫家人速速准备酒饭出来，与客官用。"庄汉一声答应，进入厨房，不多一回掇将出来摆在桌上，有七八样下饭，一壶酒一篮饭摆好了。樊员外叫声："客官，老夫有事不得奉陪，你用个饱的。"仁贵称谢坐下。正是：

蛟龙渴极思吞海，虎豹饥来欲食狼。

毕竟薛仁贵在樊家庄上宿歇如何，且听下回分解。

第二十一回　樊家庄三寇被获　薛仁贵二次投军

诗曰：

张环谋计冒功劳，仁贵愁心迷路遥。
幸遇樊庄留借宿，三更奋勇贼倾巢。

再说薛仁贵坐于桌上，心中想道："我酒到不必用了，且吃饭罢。"盛过饭来，一碗两口，一碗两口，原是没碗数。这样吃法，樊洪海偶意抬眼，看见他吃饭没有碗数的饭，一篮饭顷刻吃完了，仁贵一头吃，一头观看，见员外在旁看他，不好意思："我吃得太多，故而员外看我。"又见员外两泪交流，在那里揩眼泪，惊得仁贵连忙把饭碗放下，说："不吃了，不吃了。"立起身来，就走出位。樊员外说："嗳，客官须用个饱，篮内没有了饭，叫家人再去拿来。"仁贵说："多谢员外，卑人吃饱了。"员外又说："嗳，客官，你虽借宿敝庄，饭是一定要吃饱的。老汉方才见你吃相，真是英雄大将。篮把饭，岂够你饱？你莫不是见我老汉两眼下泪，故而住了饭碗吗？客官吓，你是用饱。我老汉只因有些心事，所以在此心焦，你不要疑忌道我小见，再吃几篮，家中尽有。"仁贵说："员外面带忧容，却是为什么事情心焦？不妨说得明白，卑人就好再吃。"员外道："客官有所未知。老夫今年五十六岁，并无后代，单生一女，年方二十，名唤绣花，聪明无比。若说他女工针指，无般不晓；书画琴棋，件件皆精。因此我老汉夫妻爱惜犹如珍宝，以为半子有靠。谁想如今出于无奈，白白要把一个女儿送与别人去了。"仁贵说："员外，卑人看见庄前，张灯挂红结彩，乃是吉庆之期，说甚令爱白白送与别人，此何意也？"员外说："嗳，客官，就为此事，小女永无见面的了。"仁贵说："嗳，员外，此言差矣！自古说男大须婚，女大须嫁，人家生了女儿，少不得要出嫁的，到对月回门是有见面的，有什么撇在东洋大海去的道理？"员外说："客官啊，人家养女自然出嫁，但是客官你才到敝庄借宿，哪里知道其细？这头亲事又非门当户对，又无媒人说合。"仁贵说："没有媒人怎生攀对？到要请问是怎么样。"员外道："客官阿，说也甚奇离。我樊家庄有三十里之遥，有座风火山，那山林十分广大，山顶上却被三个强盗占住，霸称为王，自立关塞旗号。手下喽啰无数，白昼杀人，黑夜放火，劫掠客商财物。此处一带地方，家家受累，户户遭殃，万恶无穷。我家小女不知几时被他露了眼，打书前来，强要我女儿为压寨夫人，若肯就罢，不肯，要把我们家私抄灭，鸡犬杀尽，房屋为灰。所以老汉勉强应承了他，准在今日半夜来娶，故我心焦在此悲泪。客官，你今夜在此借宿，待老汉打扫书房，好好睡在里边，半夜内若有响动，你不必出来，不然性命就难保了。"仁贵听见员外这番言语，不觉又气又恼，说："有这等事！难道禀不得地方官，起兵来剿灭他的吗？"员外摇手道："客官你哪里知道。这三个强盗，多有万夫不当之勇，若让那地方官年年起兵来剿，反被这强徒杀得片甲不留。如今凭你皇亲国戚，打从风火山经过，截住了一定要买路钱，没人杀得他过。"仁贵说："岂有此理！真正无法无天的了。这强盗凭他铜头

铁骨，难道罢不了成！有我在此，员外不必忧愁，哪怕他三头六臂，等他来，我有本事活擒三寇，剿尽风火山余党，扫除地方之害。”员外说：“这个使不得！客官你还不知风火山贼寇骁勇利害，就是龙门县总兵官与人马来，尚且大败而走。我看你虽是英雄，到得他那里，不要画虎不成，反类其犬，有害老汉性命，多不能保了。我没有这个胆子留你，请往别处去借宿罢，休得带累我们性命。”仁贵呼呼大笑说：“员外放心，卑人若为大将，千军万马，多要杀得他大败亏输，岂可怕这三个贼寇？我有这个本事擒他，所以说得出这句话。方才员外不说，我也不知，今既说明，岂容这三个贼寇横行？我薛仁贵：

枉为天下奇男子，不建人间未有功。

岂肯负心的吗！总然，员外胆小不放心，不肯留我借宿，我也有本事在外守他到来，一个个擒住他便罢。”樊洪海听他说得有如此胆量，必定是个手段高强的了。便笑容可掬地说道：“客官，你果有这个本事，救得小女之命，老汉深感大恩。倘有差误，切莫抱怨于我。”仁贵说：“员外，这个自然，何消说得。”樊员外大喜，忙进内房，对院君说了一遍，母女听见，回悲作喜说：“员外，有这奇事？真正天降救星了。你快去对他说，不要被这些强盗拥到里边来，不惊吓我女儿才好。”员外说：“我晓得的。”慌忙走出厅堂，叫声：“客官，我家小女胆子极小，不要被强盗进来，吓坏了便好。”仁贵说：“员外，不妨。只消庄客守住墙门，我一人霸定护庄桥，不容一卒过桥，活捉贼寇就是了。”员外说：“如此极妙的了。”这许多庄客闻了此言，多胆大起来了，十分快活，说道：“若是捉强盗，我们也常常捉个把的，自从有了风火山贼寇，不要说捉强盗发抖，就是捉贼也要发抖的了，谁敢去捉？今夜靠了客官的本事捉强盗，我也胆壮的了。弟兄们，我们大家端正家伙器械枪刀要紧！”这班庄客大家分头去整备。

薛仁贵说：“员外，府上可有什么好兵器吗？”员外尚未回言，庄客连忙说：“有，我这里有一条枪在这边，待我去拿来。”仁贵接在手中一看，乃是一条常用的枪，心中到也笑起来。说：“这条枪有什么？干没用的！”庄汉说：“客官，你不要看轻了这条枪，那毛贼的性命不知伤了多少，是我防身的，怎么说没干的！”仁贵托在手中，略略卷得一卷，豁喇一声，响折为两段。员外说：“果然好气力！”又有一个庄客说：“客官，我有一把大刀在家里，但柄上有铁包，捐一捐火星直冒，重得很，所以不动，留在家里，待我们去扛来。”仁贵说：“快快去拿来。”那庄汉去了一回，抬来放在厅上。仁贵一只手拿起来，往头上摸得一摸，齐这龙吞口镶边内裂断了跌下来，刀口卷转，说：“拿出来多是没用的！”庄汉把舌头伸伸，叫声：“员外，这样兵器还是没干，拿来折断了，如今没有再好似它的了。”员外说：“这便怎样处？”仁贵说：“兵器一定要的，若然没有，叫我怎样迎敌得他住？”又有一个庄汉说道：“员外，不如柴房内拿这条戟罢。”员外说：“柴房里有什么戟？”庄客道：“就为正梁柱子的。”员外说：“你这个人有点呆的，这条戟当初八个人还抬不起，叫这位客官哪里拿得起？”仁贵道：“怎么样一条戟？待我去看看。”员外说：“你要看它也无益，拿它不动的。这条戟有名望的，曾闻战国时淮阴侯标下樊哙用的，有二百斤重，你怎生动得？”仁贵哈哈大笑说：“若果是樊哙留得古戟，方是我薛仁贵用的器械也！快些领我去看来。”员外与庄汉领了仁贵同进柴房，说：“喏，客官，葩一条就是。”仁贵抬眼一看，只见此条戟戟尖插在地下泥里不见的，唯有戟杆子抬住正梁，有茶杯粗细，长有一丈四尺，通是铁锈的了。说：“员外，要擒三个贼寇，如非用这戟。”洪海说：“只怕动不得。”仁贵说：“就是再重些，我也拿得起的。庄客，你们掇正柱子过来，待我托起正梁，换它出来。”庄客便拿过一根柱子，仁贵左手把正梁托起，右手把方天戟摇动，摇松了拔将起来，放在地下。庄汉把柱子凑将上去，仁贵放下正梁，果然原端不动换出了。拿起方天戟来，使这么两个盘头，说：“员外，这条也不轻不重，却到正好。”这几个庄客说：“阿唷，要拿二百斤兵器的，自然这些刀枪多没用的了。”一齐走到厅堂上，仁贵把戟磨得铄亮，员外大排酒筵，在书房用过。

到黄昏时候，员外同了庄汉躲在后花园墙上探听。仁贵拿了戟，坐在厅上等。这头二十名庄客，多满身扎缚停当，也有三尺铁锏，也有拿挂刀的，也有用扁担的，守在门首等候。

到了半夜，只听得一声炮响，远远鼓乐喧天。大家说道：“风火山起马了，我们齐心为主。”只看见影影一派人马来了，前面号灯无数，亮子火把高烧，照耀如同白昼，多明盔亮甲，刀枪剑戟，马震如雷，数千喽啰，围护簇拥下来了。众庄客见了，大家发抖说：“快进去

报与客人知道!"连忙走将进来,叫一声:"客人,强盗起兵来了,快出去!"仁贵立起身,往外就走。跨出墙门,庄汉说:"须要小心,那边人马无数,我们多是没用的,只靠得你一个本事,小心为主。"仁贵说:"不妨。"走出去立在护庄桥上,把戟托定,抬眼一看,说:"嗄唷!"只见喽啰簇拥,刀光射眼,挂弯弓如秋月,插铁箭似狼牙,马嘶叫,蛇钻不过;盔甲响,鸦鸟不飞,果然好一副强盗势头。原觉利害。渐渐相近,仁贵大喝道:"呔!来的这班喽啰,可是风火山上绿林草寇吗?俺薛仁贵在此,还不下马,改邪归正过来,待要怎么样!"

要讲这强盗,大大王名唤李庆红,二大王姜兴霸,三大王姜兴本,却是同胞兄弟。这晚三大王守住山寨不下来,只有二大王姜兴霸保了大大王李庆红下山娶亲。这位大王李庆红怎生打扮?

头上戴一顶二龙朝翅黄金盔,身上穿一件二龙戏水绛黄袍,外罩锁子红铜甲,坐下胭脂黑点马。

这二大王姜兴霸怎生打扮?

头上戴一顶马金开口獬豸盔,身穿大红绣花锦云袍,外罩绦链青铜铠,坐下豹荔乌骓马。

他二人一路行来,忽听得这一声喊叫,二人不觉到吃一惊,抬头望一望,只见桥上立一个穿白用戟小将,不觉大怒,说:"送死的来了,我们冲上前去!"二位大王催一步马,各把枪刀一举,喝声:"哟!你这该死狗才,岂不闻我风火山大王利害吗?今日乃孤家吉期,擅敢拦阻护庄桥上送死么!"仁贵闻言亦大怒,喝道:"呔!我把你这两个狗头,该死的毛贼!我薛仁贵若不在此,由你白昼杀人,黑夜放火,无法无天。今日俺既在此,哪怕你铜头铁颈,擅敢强娶人家闺女,今日触犯我英雄性气,愤愤不平,你敢上桥来?有本事,来一个杀一个,还要到风火山剿戮你的巢穴,踹你们的山寨,削为平地,一则救了樊绣花小姐,二则与地方上万民除害!"二位大王闻了此言,心中火气直冒顶梁,大怒说:"唷,反了,反了!孤家霸在风火山十有余年,官兵尚不能征讨,你不知何处来的毛贼,一介无名小卒,擅夸大口,分明活得不耐烦了,快来祭我大王爷的刀头罢。"把马一催,手提笏板刀,一起叫声:"小贼,领我一大砍刀!"望着仁贵,劈顶梁上剁下来。仁贵见刀头砍下来,就把手里这一柄方天戟,往这把刀上噶唧的这一按,李庆红喊声:"不好!"手中震得一震,在马上七八晃,马冲过来,被仁贵右手拿戟,左手就把李大王夹背上这一把,庆红喊声:"不好!"要把身偏一偏,来不及了,被仁贵伸过拿云手,挽住勒甲绦,轻轻不费力提过马鞍桥,说一声:"过来罢!"好像小鸡一般,举起手中,回转头来说道:"庄汉们,快将索子来将他绑了。"就往桥坡下这一丢,那些庄汉大家赶过来要绑,不想被李大王扒起身来,喝道:"那个敢动手!"到往墙门首跑过来。吓得那些庄汉连忙退后,手内兵器多拿不起了,叫道:"客官,不好了,这个强盗反赶到墙门首来了。"仁贵回头说:"你们有器械在手,打他倒来,拿住了。"庄汉说:"强盗利害,我们拿不住。"那仁贵只得走落桥下。那边姜大王把马一催,说:"你敢拿我王兄,孤来取你之命也!"冲过护庄桥来。这仁贵先赶到李大王跟前说:"你还不好好受缚?"胸膛这一掌,李庆红要招架,那里招架得住?一个仰面朝天,跌倒尘埃。仁贵就一脚踹定说:"如今这强盗立不起的,你们放大着胆子过来绑。"那些庄汉心里才要过来绑,见姜大王挺枪追来,又不敢走上前,只挣定墙门首发抖。谁想姜兴霸赶得到仁贵身旁,他已把李庆红踹住地下了。那番姜大王大怒,说:"你敢把我王兄踏倒,照枪罢。"飕的一枪,直望面门上挑进来,仁贵把方天戟望枪尖上噶唧这一卷,钩牢了枪上这一块无情铁,用力一拔,姜大王说:"阿呀,不好!"在马上那里坐得牢?哄咙一个翻跟头,跌下马来。仁贵就一把提在手中,说:"庄汉们,快来绑了。"这些庄汉才敢走过来,把绳索绑了二人。那桥下这些喽啰,吓得魂不附体说:"我们逃命罢!"大家走散去报三大王了。

仁贵与庄汉推了两个强盗到墙门首里边,樊员外夫妻大悦,说:"恩人阿,如今怎么样一个处死他?"仁贵说:"且慢,你们把这两个一齐捆在厅上,待我到风火山剿灭山寨,一法拿了那一个来,一同处治。"员外说:"须要小心。"仁贵说:"不妨。"单身独一望风火山而来。我且慢表。

单讲那山寨中这位三大王姜兴本,他身高有九尺,平顶一双铜铃眼,两道黑浓眉,大鼻大耳,一蓬青发,坐在聚义厅上暗想:"二位王兄去到庄上娶亲,为什么还不见回来?"一边在此想,忽有喽啰飞报进来说:"报三大王,不好了!"姜兴本便问:"怎么样?"喽啰说:

“大大王、二大王到樊家庄去娶亲，被一个穿白袍、用方天戟的小将活擒去了。”三大王大怒道：“嗄，有这等事！带马抬枪过来。”喽啰一声答应：“嗄！”就抬枪牵马过来。那三大王跨上雕鞍，手提丈八蛇矛，带领了喽啰，豁喇喇冲下山来。才走得二三里，只见这些喽啰说：“三大王，喏、喏，那边这个穿白的就是了。”三大王抬头一看，连忙纵马摇枪上前喝道：“哟！该死的毛贼！你敢擒孤家的二位三兄吗？好好前去送了上山，饶你之命，如有半句支吾，孤家枪法利害，要刺你个前心透后背哩。”仁贵一看，但见那姜兴本：

头上戴一顶黄金开口虎头盔，身穿一件大红绣龙蟒，外罩柳叶乌金甲，手举一条射苗枪，坐下白毫黑点五花马。

他冲上前来，仁贵大喝：“呔！我把你这绿林草寇，今日俺与地方上万民除害，故来擒你，还自不思好好伏在马前受绑，反口出大言么！”姜兴本大怒说：“休要夸口，过来照我的枪罢”。飕这一枪，望着仁贵兜咽喉刺将过来。仁贵就把方天戟嗒啷响枭在一边，也只得一个回合，擒了过来。正是：

饶君兄弟威名重，那及将军独逞雄。

要知风火山草寇怎么处治，且看下回分解。

第二十二回　樊绣花愿招豪侠婿　薛仁贵怒打出山虎

诗曰：

擒贼擒王古话传，后唐今见小英贤。
救民除暴威风布，平静樊庄老小安。

众喽啰看见三个强盗多捉了去，多吓得魂胆消烊，跪下地来说：“好汉饶我们蝼蚁性命，情愿拜好汉为寨王。”仁贵说：“我堂堂义士，岂做这等偷鸡盗狗之人，偶尔在此经过，无非一片仗义之心，与这地方除害。今三寇俱擒，我也不来伤你等性命，快些各自前去山头收拾粮草，改邪归正，各安生业，速把山寨放火烧毁，不许再占风火山作横。我若闻知，扫灭不留。”众喽啰答应道：“是。多谢好汉饶命，再不敢为非了。”

不表众喽啰回山毁寨散伙。再讲薛仁贵挟了姜兴本，回到庄上，进入厅堂，将绳索绑住。员外提棒就打，说：“狗强盗，你恶霸风火山，劫掠财帛，以为无人抵敌，不想也有今日。庄汉们，与我打死这三个害人之贼。”众庄汉正要动手，仁贵连忙说：“不必打死，我有话对他说。”庄汉方才不打。仁贵定将过来说：“你们这三个毛贼，擅敢霸住风火山横行天下，这些歹人！况兼本事一些也没有，如今被擒，有何话说？”三弟兄说：“啊呀好汉！乞求饶我等性命，今再不敢为盗，情愿改邪归正了。”仁贵道：“我看你们这班毛贼，若放了你们去，终久地方上有一大害。也罢，你若肯到龙门县去投军，与国家出力，我便饶你们性命。”三位大王说：“好汉若肯饶我们，即刻就去投军。”仁贵说：“如此，我也要去的，何不结拜为生死弟兄，一同前去？倘国家干戈扰攘，岂不一同领兵征服平静，立了功劳，大家受命皇恩，何等不美？”三人说：“承蒙好汉恩宠，我等敢不从命？但我们强徒，怎敢相攀义侠英雄结拜。”仁贵说：“如今既改邪归正，多是英雄豪杰了，请起。”仁贵就把绑索解下，三人立起身来，员外说：“待老夫备起礼物，供起关圣神来，你们四位好汉，就在厅上见礼过了，就些结拜便了。”这员外就吩咐家人整备佛马，当厅供起。大家跪下，立了千斤重誓，结拜生死之交。拜毕，送了神，就在厅上摆酒，四人坐下畅饮。

单表这员外走进内房，院君叫声：“员外，妾身看这薛仁贵相貌端正，此去投军，必有大将之分。女儿正在青春，不如把终身许了他罢。”员外大喜道：“院君之言正合我意，待我就去对他说。”员外走出厅堂说：“薛恩人，老汉小女年当二十，未曾对亲，老汉夫妇感蒙相救，欲将小女相配恩人，即日成亲，以订后日之靠，本知好汉意下如何况？”仁贵说：“这个使不得！敝人已有妻子在家，苦守我成名，难道反在此招亲，岂不是薛礼忘恩了。”员外说：“恩人不妨。人家三妻四妾尚有在家，恩人就娶两位也不为过。我家女儿愿做偏房侧室便了。”仁贵说：“员外又来了，况府上小姐正当青春年少，怕没有门当户对怎么？反与作偏房，岂不有屈了？望员外另选才郎，我不敢遵命。”员外说：“恩人，老汉一言既出，驷

马难追。况且小女之心已愿,誓不别嫁好汉。若不应承,是嫌小女貌丑了。”李、姜二位大王叫声:“薛兄弟,既承员外如此说,又承小姐心愿情服,何不应允?”仁贵说:“既承不弃,就应允尊教。但是得罪令爱,有罪之极。”员外说:“说哪里话来?待老夫择一吉日,就此成亲。”仁贵说:“做亲且慢,敝人功名要紧。待等前去投军效用,有了寸进,冠带到府接小姐成亲,今日未有功名,绝难从命。”员外说:“这也使得。但是要件东西,作为表记才好。”仁贵看看自己身上这一条五色鸾带,说:“也罢,敝人也没有什么东西,就将此带权为表记。”员外说:“如此甚好。”仁贵往腰中解下,递与员外。员外接在手中,竟入内房,就将此番言语说与院君潘氏知道。院君满心欢喜,将鸾带付与樊绣花收好。员外重复出厅,仁贵道:“岳父,小婿心在功名,时刻不暇,焉肯耽搁?就此拜别。”员外说:“贤婿,小女既属姻亲,务必留心在意,虽则腰金衣紫名重当时,断不可蹉跎宜室宜家之事。”仁贵说:“既承岳父美意,小婿理当不负颙望,自然早归,以答深情。”说完,弟兄四人出了墙门,辞别员外,离了樊家庄。

在路耽搁了几天,已到了龙门县内,原歇在罗店中。其夜写了三纸投军状,仁贵的军状改为薛礼。一宵过了,明日清晨,多到辕门,着中军官接进军状,来至大堂。旗牌官铺在公案上,有张大老爷先看了三大王军状,说:“快传进来。”中军答应,连忙传进三人,跪在堂上。张环说:“那一个是李庆红?”应道:“小人就是。”张环说:“你既来投军,可能弓马精熟?”庆红说:“小人箭能百步穿杨,十八般武艺件件皆精。”张环说:“你胳膊有多少气力?”庆红说:“小人左膊有四百斤,右膊有三百斤。”张环说:“你善用什么器械?”庆红说:“小人惯用一把大刀。”张环说:“既如此,你刀可带来?”庆红说:“带在外边。”张环说:“快取来耍与本总看。”庆红答应,到外边拿了大刀,来到大堂上耍起来了。这个刀法精通,风声摇响。使完了,跪伏在地。

张环又传进姜兴本、姜兴霸也是这一般问过了,也是各把枪刀之法使了一番,张环满怀欢喜说:“本总十二名旗牌,已得九个。看你三人刀法精通,枪法熟透,不免在标下凑成十二名便了。”三人大悦,说:“多谢总爷抬举。”三人改换旗牌版式,站立两旁。

那张大老爷看到第四张上写着:具投军状上薛礼,山西绛州龙门县人氏,便心中一想说:“又有什么龙门县姓薛的?不要管他。”吩咐中军传他进来。那中军答应一声,连忙出辕门,传进薛礼到大堂跪下,张环抬头一看,嗄!原来就是薛仁贵,他改了名字来的。这番不觉大怒,便兜头大喝道:“你这该死的狗头!本总好意放你一条生路,你怎么还不知死活,今日还要前来送命吗?左右过来,与我将这狗头绑出辕门开刀!”左右一声答应,吓得薛礼魂不在身,说:“啊啊呀大老爷,小人前来投生,不是投死的,前日犯了大老爷讳字,所以要把小人处斩,今日没有什么过犯了,大老爷为什么又要把小人处斩起来?”张环喝道:“你还说没有什么过犯吗?本总奉了朝廷旨意龙门县招兵,凡事取吉祥。你看大堂上多是穿红着绿,偏偏你这狗头,满身尽是穿着白服,你戴孝投军,分明诅咒本总了,还不拿下去看刀!”这番李庆红、姜兴本、姜兴霸三人跪下,叫声:“大老爷在上,薛仁贵乃是旗牌结义弟兄,他生性好穿白服,同来投军。既然误犯了大老爷的军令,望大老爷可念旗牌生死好友,患难相扶,且饶他这条狗命。”张环说:“也罢,看三位旗牌面上,暂且饶你。左右过来,与我赶出去!”两旁一声答应,将仁贵推出辕门。仁贵仰天长叹说:“咳,罢了!哪知道我这等命苦,伙同兄弟们两转投军,尽皆不用,难道我这般命薄,没有功名之分,故而总兵推出不用。如今想起来,到底是:命运不该朱紫贵,终归林下作闲人。不如回家去罢,将将就就苦度了日子,何苦在此受些惊恐。”

正在思想,后面李庆红与姜氏兄弟三人,一齐赶上前来说:“薛哥,我们四人同来投军,偏偏不用哥哥。日后开兵打仗,没有哥哥在内,叫兄弟们也无兴趣,不如我们退回风火山,同为草寇罢。”仁贵说:“兄弟们又来了。为兄穿白触怒了大老爷,所以不用。你等总爷喜得隆宠,后来功名如在反掌之中,为什么反复去做绿林响马起来?这个断断使不得。”三人说:“既如此,哥哥此去改换衣服,再来投军,小弟们在此候望。”仁贵说:“嗳,兄弟,我二次投军,尚不收用,此乃命贱,再来也无益了。若是兄弟思念今日结拜之情,后来功名成就,近得帝皇,在圣驾前保举一本,提拔为兄就为万幸了。”三弟兄道:“这个何消说得。如此,哥哥小心回家,再图后会。”仁贵应声:“晓得。”别了三弟兄,到饭店中取了行囊闷闷在路,我且不表。

单讲三弟兄回到总府衙门，送了中军盔甲银。旗牌房内周青见礼，大家细谈出身之事，并薛礼二次投军不用，叹息良久。大家说："我们都是结义兄弟了，自后同心竭力，不可欺兄灭弟就是了。"按下不表。

再讲仁贵自别李、姜三弟兄，闷闷不乐，到饭店歇了一宵早上就行。不上四五里路，但见树木森森，两边多是高山，崎岖难行，山脚下立一石碑，上写着："此处金钱山，有白额虎伤人利害，来往人等须要小心。"仁贵见了笑道："何须这样大惊小怪，恐吓行人？太欺天下无人了，我偏要在此等等，除此恶物，以解祸患。"就在两山交界路上睡到午后，只听见叫喊道："不好了，不好了！阿唷唷，这孽畜追来，我命休了，谁来救救！"豁喇喇望山上飞奔过来。仁贵梦内惊醒，站起身来一看，只见一骑飞跑，上坐着一人，头戴乌金盔，身穿大红显龙蟒袍，腰围金带，脚下皂靴踹走踏镫。一嘴白花须髯，手拿一条金披令箭，收紧丝缰绳，拼命地跑来，叫救不绝。仁贵一看，后面白额虎飞也赶来，心中暗想："这人不是皇亲，定是国戚。我不救他，必遭虎害。"即时上前，将虎一把领毛扯住，用力捺住，虎便挣扎不起，便提起拳头，将虎左右眼珠打出，说："孽畜，你在此不知伤了多少人性命，今撞我手内，眼珠打出，放你去罢。"那虎负痛而去。转身问道："将军受惊了。请问将军高姓大名，为何单身独行，受此惊吓？"那将军道："我乃鲁国公程咬金，奉旨各路催赶钱粮，打从此地经过，不期遇此孽畜。我若少年，就是一只猛虎也不怕他，如今年老力衰，无能为矣。幸遇壮士，感恩匪浅。请问壮士既有这等本事，现今龙门县内招兵，何不去投军，以期寸进。在此山路上经营，有何益处？"仁贵说："原来是程老千岁，小人不知，多多有罪。但不瞒千岁说，小人时乖运蹇两次投军，张总兵老爷总是不用，所以无兴退回，欲转家乡，闷闷不快，在此山林睡觉。忽闻喧喊，故此起来。"咬金道："你有这本事，为何他不用？"仁贵道："连小人也不知道。但我们兄弟四人都用，单单不用我。"咬金大怒道："岂有此理！张士贵奉旨招兵，挑选勇猛英雄，为何不用？孤欲带你到京，只是不便。也罢，我有金披令箭一枝，你拿去要张士贵收用便了。"仁贵应道："是。多谢千岁。"接了令箭，咬金策马前去，我且不表。

单说仁贵得了鲁国公令箭，连夜赶到龙门县，天色还早，就到衙门，大模大样。中军喝道："你这个人，好不知世务。大老爷连次不用，几乎性命不保，今日又来则甚？"仁贵道："不要管，快报与大老爷得知：有鲁国公金披令箭在此，要见大老爷。"中军闻言，不得不报。说："候着！"中军进禀说："有不用薛礼，得了程千岁令箭，要见大老爷。"士贵听言，心内吃惊道："既如此，着他进来。"中军传进仁贵跪下，呈上令箭。张环一看，果是这鲁国公老千岁的，便问："你在那里得来的？"仁贵道："小人打从金钱山过，路逢一只白额猛虎，欲伤程爷，小人将虎打瞎两眼，相救了程公爷。他说要各路催粮回京要紧，不期遇虎，幸亏解救，因问小人：'既有本事，何不到龙门投军？'小人说：'投过两次不用，要回家去。'千岁大怒道：'有此本事，为何不用？我有令箭，他若再不用，孤与他算账！'故小人只得大胆到此。"张环听言，魂不附体，心内暗想：为今之计，到要用了。眉头一皱，计上心来说："薛礼，既然如此，我只得用你。但有一句话问你：昨日程千岁可曾问你姓名？"仁贵道："这倒不曾问及。"张环说："如此还好。你两次投军，非我不用，这是一片恻隐之心，救你性命。你有大罪，朝廷正要寻你处决，你可知道吗？"薛仁贵道："小人从未为非，有何大罪？"张环道："只因前回天子扫北归师，得其一兆，见一白袍用戟的小将，拿往朝廷，通写降表，又有诗四句道：

家住遥遥一点红，飘飘四下影无踪。
三岁孩童千两价，生心必夺做金龙。

君王细详此诗，乃穿白袍小将家住遥遥一点红，是山西地方；第二句其人姓薛，第三句仍仁贵二字，末句言此薛仁贵要夺天下的意思，留此人在世，后必为患。于是降旨，要暗暗查究你，起解到京处决，以绝后患。你不知死活，钻入网来。我有好生之德，故托言犯讳犯忌，拿去开刀，使你不敢再来，绝此役军之念，岂不救了你性命？不道你又偏偏遇着鲁国公，幸喜不知姓名。若说出来，顷刻拿到京师处决。如今有了这枝令箭，我也难救你了。"吓得仁贵面如土色，连忙跪下道："阿呀，小人性命求大老爷放回，感恩不浅。"张环道："前日没有令箭，你偏不肯回家；如今有此公箭，你要回家，也难放你去了。"仁贵道："大老爷阿，小人哪里知道其细？屡屡思量干功立业，那晓有此奇冤，万望大爷救救小人

蚁命。"张环道:"也罢。我向有好生之心,况又梦中之事,或者未必可信,何苦害你性命?看你本事高强,精通武艺,若要保全性命,除非瞒隐仁贵二字,竟称薛礼。前锋营内月字号,尚缺一名火头军,不如权作火头,倘后立些功劳,我在驾前保举,将功赎罪,亦未可知。"仁贵大悦说:"蒙大老爷恩德,愿为火头军。"四名旗牌跪下说:"大老爷,我等愿与薛大哥为火头军,求大老爷容我们同居一处。"张环说:"也罢,既同为火头军,断不可称为薛仁贵。"众人说:"这个不消大老爷吩咐,只叫薛礼,内边弟兄称呼。"四人脱下旗牌衣服,换了火头军衣帽,五个人同进月字号。

这一日,五人睡在里头,走进四五十人,多是些有力气新投军的。见这五人睡在此,就喝道:"呔!火头军,日已高了,还不起来烧饭?我等肚内饥了。"周青过来道:"这们这班狗头,这么放肆!许多人在这里不烧火,要我们烧?"众人说:"火头不烧火,要我等烧不成!自然火头军烧来伏事我们的。"周青道:"我们叫火头将军,怎么落了一字,叫起火头军来!"众人怒道:"好杀野火头军!若再多言,我们要打了。"

周青说:"要打?来、来、来!"走一步上前,把手一推,许多人脚多立不定。大家番了一跤,立起身来叫声:"火头将军本事高强,请问尊姓大名,我等来烧便了。"周青说:"你要问姓名么,这三位李庆红、姜兴本、姜兴霸,做绿林出身,在风火山杀人放火不转眼的主顾、骁勇不过,被我薛大哥活擒的。"

只得改邪归正路,投军立做立功人。

毕竟众英雄如何出息,且看下回分解。

第二十三回 金钱山老将荐贤 赠令箭三次投军

诗曰:

分明天意赐循环,故使咬金到此山。
认得英雄赠令箭,张环无奈把名删。

那周青说:"我们薛大哥英雄无敌,与当初裴元庆差不多的气力。我是走江湖教师周青便是。你们有什么本事,要我们烧饭?"众人说:"原来你众位多是有本事的能人,我等有眼不识泰山,多多有罪。如今愿拜为师,望乞教导我等,情愿服侍将军,心下若何?"周青说:"这也罢了。你等服侍我们中意,情愿教道你等枪棒。"如今这五十人拜了五位为师,火头军倒也安乐,日日讲些武艺,到也好过。

张士贵原在龙门招兵,我且不表。再讲贞观天子驾坐朝门,文武朝参已毕,鲁国公程咬金催粮回京缴旨。又过了五日,王君可打表进京说,在山东登州府造完战船一千五百号,望陛下速速发兵征东。朝廷看本大悦,说:"徐先生,催粮已足,战船已完,未知张士贵招兵何日得见应梦贤臣?"茂公说:"陛下,只在五六天内。"果然过了五六天,黄门官呈上山西表章。龙目一观上写:

臣张士贵奉旨招兵十万已足,单单没有应梦贤臣薛仁贵,想来缺少此人。万事有狗婿何宗宪,武艺高强,可保皇上跨海征东。望陛下选日兴兵,待臣为先锋,平复东辽便了。

朝廷看完,心下纳闷,叫声:"先生,张环招兵十万已足,并没有薛仁贵,怎么处?"茂公说:"陛下放心。张环招兵已足,薛仁贵已在里头了。"朝廷说:"既有薛仁贵,张环本章上为何没有?岂不是慌君之罪了?"茂公道:"陛下,连张环也不知,故此本章上没有姓薛的,不知不罪。陛下兴兵前去,自然有应梦贤臣。"朝廷说:"果有此事?就择日起兵征东。但秦王兄卧床半载,并无好意,缺了元帅,怎好征东?"茂公说:"平辽大事,陛下若等秦元帅征东,来不及了。且待尉迟将军为帅,领兵征东,秦元帅病好随后赶到东辽,原让他为帅,领兵征东。"朝廷说:"到也有理。但帅印还在秦王兄处,程王兄去走一遭。"咬金叫声:"陛下差臣到南野里去了?"天子道:"你往帅府望望秦王兄病恙可好些吗?看好得来的,不必提起;看形状不能好,取了帅印来缴寡人。"咬金应道:"领旨。"退出午门,心中暗想:"这颗帅印在秦哥哥手内,若秦哥哥有甚三长两短,一定交与我掌看。若取帅印,被黑炭团做了

元帅,到要伏他跨下,白白一个元帅没我分了。我偏不要去取印,只说秦哥哥不肯。”咬金诡计已定,不知到那个所块去走这么一转,原上金銮来了。

朝廷道:“程王兄来了么,秦王兄病恙可像好得来的吗?”咬金说:“陛下,秦哥此病十有八九好不来的,只有一分气息,命在旦夕,不能够了。”朝廷听说,龙目下泪,大叹一声:“咳,寡人天下,秦王兄辅唐,尽忠报国,今朝病在顷刻,可不惨心!程王兄,帅印可曾到来?”咬金道:“陛下不要说起,帅印没有,反被他埋怨了一场。”朝廷说:“他怎样埋怨你?”咬金道:“他说:‘我当年南征北讨,志略千端,拿了三朝元帅,从不有亏。今日臣病危,还有孩儿怀玉也可以掌得帅印的,就是孩儿年轻,还有程兄弟足智多谋,可以掌得帅印。尉迟恭虽是一殿功臣,与秦琼并无衣葛,怎么白白把这颗帅印送他掌管起来?此印不打紧,日日在乱军中辛苦,夜夜在马背上耽惊,才能得此帅印,分明要逼我归阴了。’竟大哭要死到金銮殿上来。臣只得空手,前来见驾。”朝廷便说:“徐先生,为今之计便怎么样?”茂公说:“秦三弟病内,虽言降旨,决不肯听。如非能驾亲去走一遭。”朝廷道:“也使得。寡人早有此心,要去看望秦王兄病体,不如明日待寡人亲往便了。”皇上一道旨意传出,执掌官尽皆知道,准备銮驾,各自当心。其夜驾退回宫,群臣散班。

程咬金退出午门,说:“不好了,明日朝廷对证起来,我之罪也。不如今夜先去订个鬼门,按会一番,算为上着。”连夜赶至帅府。他是入内的,竟走到房内,却好合家尽在陪伴。咬金拜见了嫂嫂问候过了,叔宝睡在床上说:“兄弟趁夜到此,有何事干?”咬金道:“秦大哥,今日陛下降旨,要取你帅印。我犹恐恼你性子,假作走一遭,哄骗了朝廷。那晓陛下明日御驾亲临,犹恐对证出来,万望秦哥帮衬,肯不肯由你。”叔宝说:“哪有这等事情。承兄弟盛意,决不害你。请回府去,明日先通消息。”咬金说:“是,我去了。”出了帅府,回到自己府中过了一夜。

明日清晨,结束停当,各官多到午门候旨。朝廷降旨起驾出了午门,徐勣保驾,文武各官随定龙驾,多到帅府。咬金先到秦府,对秦怀玉通了个信,转身随了天子行下来。再讲秦怀玉进房说:“爹爹,天子顷刻驾到了。”叔宝说:“夫人回避,我儿取帅印来。”怀玉应道:“是。”便往外边取了进来说:“爹爹,帅印在此。”叔宝说:“你好好放在床上。你到外边接驾,进入三堂,要如此作弄朝廷,然后进见。”怀玉应道:“晓得。”便出房走到外边。只见圣驾已到,就俯伏说:“臣秦怀玉接驾。”天子道:“御侄平身,领寡人进去。”怀玉说:“愿我皇万岁!万万岁!”秦怀玉在前引路,进入抱沙厅,居说中摆了龙案,供了香烛。朝廷坐下,两旁文武站立,朝廷就问:“御侄,王兄病恙今日可好些吗?”怀玉说:“蒙皇龙问,臣父病体尚不能痊愈。”天子道:“病已久了,怎么还不能好?御侄你去说一声,朕要看望他。”怀玉应道:“领旨。”走到里边,转一转身出来,叫声:“陛下,臣父睡着,叫声不应。”朝廷说:“你也不必去叫他,待朕等一等就是了。”那晓叔宝假睡,与儿子说通的。停一回只说不曾醒,又歇了一回,墉说还不曾睡醒,等了许久,纵然不醒。徐茂公明知他意,茂公道:“还不如进到三弟房内去等罢。”朝廷说:“到也使得。怀玉在前引路,程咬金、徐茂公同驾入内,各官多在外面。尉迟恭心里要这帅印,又不敢进去,叫声:“陛下,臣可进来得吗?”朝廷说:“不妨,随朕进来。”“是。”尉迟恭跟了龙驾,竟到秦琼房内。

朝廷坐了龙椅,怀玉揭开帐子,叫声:“爹爹,陛下在此看望。”叔宝睡在床上,明知天子在此,假作呼呼睡醒说:“那个在此叫我?”怀玉说:“爹爹,御驾在此。”叔宝睁开眼一看,只见天子坐床前,大骂:“好小畜生!陛下起程,就该报我,怎么全不说起?要你畜生何用!叫不醒,推也推我醒来,要天子贵体亲蹈贱地,在此等我。秦门不幸,生这样畜生,罪恶滔天了。陛下在上,恕臣病危,不能下床前见,臣该万死,就在腕上叩首了。”朝廷说:“王兄安心保重身躯,不必如此。朕常常差使问候,并不回音,朕亲来看你,未知王兄病恙可轻些否?”秦琼说:“万岁,深感洪恩,亲来宠问,使臣心欢悦无比。但臣此病,伤心而起,血脉全无,当初伤损,如今处处复发,满身疼痛,口口鲜血不止。此一会面,再不要想后会了。”朝廷说:“王兄说哪里话来?朕劝王兄万事宽心为主,自然病体不妨。”尉迟恭上前说:“老元帅,某家常怀挂念,屡屡要来看望,不敢大胆到府惊动,天天在程千岁面前问候下落。龙驾亲来,某家也随在此看望。”叔宝说:“多蒙将军费心。陛下征东之事,可曾定备吗?”朝廷说:“多完备了。但是王兄有恙未愈,无人掌管帅印,领兵前去,未定吉日。朕看起王兄来,是这样容颜憔悴,就痊愈起来,也只好在家安享,那里领得兵,受得辛苦前去

征东？朕心到此担忧。”叔宝说：“陛下若要等病好领兵征东，万万不能了。平辽事大，臣病事小，臣若有三长两短，不去征东了不成，少不得要掌帅印去的。”朝廷说：“这个自然。但此印还在王兄处，交与朕就好率领兵先去征东。待王兄病愈，随后到东辽，帅印原归王兄掌管。王兄意下如何？”叔宝道：“嗳，陛下又来了。臣这样病势，那里想什么元帅？但此印当初受尽千般痛苦，万种机谋挣下这印，今日臣病在床，还将此印架在这里，使我见见，晓得少年本事，消遣欢心。今陛下取去，叫臣睡在床上，看甚功劳？臣死黄泉，也不瞑目。”朝廷说：“这便怎么处？没有元帅，官兵三军焉能肯伏？”叔宝说：“臣的孩儿虽是年轻，本事高强，志略也有，难道领不得兵的？可以拿得兵权去的。”天子道：“王兄此言差矣。今去征东，多是老王兄，那个肯服御侄帐下？”叔宝说：“如此陛下取臣印，那个掌管？”朝廷说：“不过尉迟王兄掌管兵权。”叔宝说：“取臣印到也平常，孩儿年轻做不得，送与别人，臣若有长短，公位都没有孩儿之分了。”天子道：“王兄说哪里话来？你如若放心不下，朕宫中银瓶公主，王兄面前许配御侄，招为驸马如何？”叔宝大悦。说：“我儿过来谢恩。”怀玉上前谢过了恩。

叔宝又叫：“尉迟将军，你且过来，俺有话对你说。”敬德连忙走到床前说：“老元帅有什么话对某家说？”叔宝假意合眼，尉迟恭候进身躯，连问数声，秦琼咳嗽一声，把舌尖一抵，一口红痰望着敬德面上吐来，要闪也来不及，正吐在鼻梁上，又不敢把袍袖来揩，到不好意思，引得咬金嘴都笑到耳朵边去了。叔宝假意说：“阿呀，俺也昏了。老将军，多多有罪，帐子上揩掉了。”尉迟恭心内好不气恼，要这颗帅印，耐着性子重又问道：“老元帅什么话讲？”秦琼道：“你要为元帅？”敬德说：“正是。”叔宝道：“你要掌兵权，可晓得为帅的道理吗？”说：“某家虽不精通，略知一二。”叔宝说：“既如此，你说与我听。”敬德说：“老元帅，那执掌兵权第一要有功必赏，有罪必罚，安营坚固，更鼓严明；行兵要枪刀锐利，队伍整齐，鸣金则退，擂鼓则进；破阵要看风调将，若不能取胜，某就单骑冲杀，以报国恩；一枪要刺死骁将，一鞭要打倒能人，百万军中，杀得三回九转，此乃掌兵权的道理。”叔宝大喝道：“呔！你满口胡言，讲些什么话！这几句乱语，想为元帅了吗？”程咬金大笑说：“老黑，你只晓得打铁，那知道为元帅的意思？倒不如我来罢。”茂公说：“你不必笑别人。你一法也不知道。”秦琼说：“不是这样的，俺教你为帅的道理。”尉迟恭说：“是，请教。”咬金笑道：“老黑，秦哥教训你，今日只当师徒相称，跪在床前听受教诲罢。”敬德无可奈何，只得双膝跪下。叔宝道：“老将军，凡为将者，这叫作莲花帐内将军令，细柳营中天子惊。安营扎寨，高防围困，低防水淹，芦苇防火攻，使智谋调雄兵，传令要齐心；逢高山莫先登，见空城不可乱行；战将回马，不可乱追。此数条，才算为将之道理，你且记着。”尉迟恭道：“是，蒙元帅指教。”秦琼说：“接了印去。”敬德双手来接，叔宝大喝一声：“呔！此颗印乃我皇恩赐与我，我虽有病，你要掌兵权，当与万岁求印。我交与万岁，与汝何干？还敢双手来接！”程咬金说：“走开些，不要恼我秦哥性子。”尉迟恭大怒，立起身来便走。秦琼道：“陛下，帅印原交还我王。一世功劳，藏于太庙了。”朝廷说：“说哪里话来？王兄病愈，帅印原在。”天子接过，交与茂公藏好。还有许多言语，且按下内房之事。

再讲尉迟恭大怒，气得怒发冲冠，跑出三堂，坐下交椅说：“反了，反了！可恼秦琼，你自道做了元帅，欺人太过了。你也是一家公位，我也是一家公位，何把你恶言羞辱？罢了，与今日吃了这场亏。你命在旦夕，喉中断了气，还耀武扬威，得君龙宠。少不得恶人自有天报，可恼之极！”他正在三堂上辱骂叔宝，那里得知程咬金看见敬德大怒出来，随后赶到三堂屏风背后，听得了回转身来，思想要搬弄是非。却遇着怀玉出来，说：“侄儿，你爹爹此病再也不得好。”怀玉道：“老伯父，为什么？”咬金说：“你去听听黑炭团咒骂着。”怀玉说：“他怎么样咒骂？”程咬金道：“他说死不尽的老牛精，病得瘟鬼一般，还是耀武扬威，是这样作恶，一定要生瘟病死的，死去还要落地狱，永不超生，剥皮割舌，还有许多咒骂。为叔父的方才句句听得，你去听听者。”怀玉大怒，赶出三堂，不问根由，悄悄掩到背后。敬德靠在交椅上，对外边自言自语，不防备后边秦怀玉双手一扳，连着太师椅翻了一跤，就把脚踹住胸前，提拳就打。

尉迟恭年纪老了，挤在椅子内，那里挣得起？说：“住了。你乃一介小辈，谁敢动手打我？”怀玉说：“打便打了你，何妨！”一连数拳，打个不住。咬金连忙赶过来说：“侄儿，他是你伯父，怎么到打他？不许动手。”假意来劝，打的左手，不去扯住，反扯住了空的右手说：

"不许打。"下面暗内趯踹了一脚。敬德说:"怎么你也敢踹着我?"咬金说:"黑灰团,你只怕昏了。我在这里劝,反道我踹你,没有好交的了。"又是一脚。那个尉迟恭气恼不过,只得大叫:"阿唷,好打,好打!陛下快些来救,来救命啊!"不觉惊动里边房内。

秦琼正与天子论着国家大事,那天子听得外边喊叫,就同茂公出来往外边。那咬金听得敬德大叫,明知朝廷出来,放了手就跑进说:"陛下,不好了!侄儿驸马被尉迟恭打坏在地下了。"天子说:"嗄,有这等事吗?待朕去看。"朝廷走出来,咬金先跑在前面,假意咳嗽一声,对秦怀玉丢一丢眼色。怀玉乖巧,明知朝廷出来,反身扑地,把尉迟恭扯在面上说:"好打!"这个敬德是一介莽夫,受了这一顿打,气恼不过,才得起身,右手一把扯住怀玉,左手提起拳头,正要打下去。朝廷走出三堂,抬头一见,龙颜大怒说:"呔!你敢打我王儿,还不住手!"敬德一见说:"万岁,冤枉阿,臣被他打得可怜,我一拳也不曾打他。"怀玉立起身来说:"父王阿,儿臣被他打坏了。"敬德道:"无此事,端端你来扳倒我,乱踢乱打,怎么反说某打你起来?"朝廷道:"你还要图赖?方才朕亲眼见你打我王儿,怎么到说王儿打你?应该按其国法才是,念你有功之臣,辱骂驸马,罚俸去罢。"尉迟恭好不气恼,打又打了,俸又罚了,立起身往外就走,竟回家内,不必再表。

单表朝廷同了诸大臣,出了帅府,秦怀玉送出龙驾,回进内房,叫声:"爹爹,父王回朝去了。"秦琼道:"你过来,我有一句说话叮嘱你。"怀玉说:"爹爹,什么说话?"叔宝说:"就是尉迟恭与为父一殿功臣,你到底是小辈,须要敬重他。如今兵权在他之手,你命在他反掌之中,不可今日这般模样。"怀玉说:"是,孩儿谨领父亲教训。"怀玉原在床前服侍不离。

且说天子回朝,已过三天,钦天监择一吉日,将银瓶公主与怀玉成亲,送回帅府,不必细表。

再表朝廷降下旨意,山西张士贵接了行军旨意,就带齐十万新收人马,正如:

南山猛虎威风烈,北海蛟龙布雨狂。

毕竟御驾征东如何,且看下回分解。

第二十四回 尉迟恭征东为帅 薛仁贵活擒董逵

诗曰:

御驾亲征起大兵,长安一路望东行。
今朝谁来东辽去,功建登州薛姓人。

那张士贵与四子一婿离了山西,正奔山东登州府。此话慢表。

再说天子当殿与众卿议黄道吉日,就与尉迟恭挂了帅印,来至教场,点起五十万大队雄兵,祭过了旗,朝廷亲奠三杯酒,发炮三声,排开队伍,一路行兵御驾亲征。天子坐在日月驌驦马上,有徐茂公、程咬金、马、段、殷、刘六将保住龙驾,前面二十七家总管随护元帅,离了大国长安。一路上盔滚滚,甲层层,旗幡五色,号带飘飘,刀枪剑戟,似海如潮,一派人马下来。我且不提。

单说总兵先锋张士贵,同四子一婿十万雄兵下来,只见前面有一座大山,名为天盖山。这人马相近山前,只听顶上炮声一起,赶出几百喽兵,多是青红布蟠头,手内棍棒刀枪闪烁。当中有一位大王,全身披挂,摆动兵器,一马当先冲下山来,大叫:"呔,来的何人,擅敢领兵前来搅扰大王爷的山路!早早献出卖路钱,方让你们过去。"这一声大叫,惊动张士贵。抬头看见,心下暗想:"他说什么天兵经过,多要买路钱,一定活得不耐烦了。"吩咐大小三军,且扎下营盘。底下众儿郎一声答应:"是。"就把营盘扎住。张志龙叫声:"爹爹,待孩儿去擒来。"张环道:"我儿须要小心。"志龙答应。按好头盔,紧紧乌油甲,举起射苗枪,催开坐下黑毫驹冲上前来,大喝一声:"呔,我把你这绿林草寇,我们是什么兵马,你敢大胆阻我天兵去路吗?"那大王哈哈大笑说:"你还不知大王利害之处。天下闻孤董逵之名,在我山下经过多要买路钱,你个好好献过粮钞,放你过去;如有半字支吾,恼了孤家性子,一顿乱枪,走脱一卒也不算大王爷爷本事。"张志龙大怒说:"该死的强徒,天下乃朝廷出入要路,你敢霸定天兵!好好让天兵过山,饶你性命;若再支吾,取你性命。"董

逵说："不须夸口，照大王爷枪罢。"催一步马，拿手中枪直望志龙面门上挑进来。志龙叫声："不好！"把枪往杆子上噶啷一抬，险些跌下马来。交锋过去，冲将转来，志龙叫声："狗强盗，照我枪罢！"飕这一枪，望董逵前心刺来。董逵叫声："好！"把枪噶啷一架逼开，趁势一枪刺进来，张志龙躲闪也不及，正利中左腿，鲜血直流，大叫一声："好厉害的狗强盗！"兜转马大败而走。

张士贵说："好骁勇草寇，战不上二合，大孩儿受了伤败下来了。"何宗宪叫声："岳父，待小婿出去擒来。"张环说："贤婿出马，须要小心。"何宗宪说："不妨。"按按头上凤翅双分亮银盔，紧紧身上柳叶银条甲，手举过杆方天戟，催开底下银鬃马，冲上前来说："咦！该死的强盗，休要扬威，我来取你之命哩。"董逵抬头一看，喝道："哪怕你们有百万英雄，千员上将，也有些难过天盖山。"何宗宪听说："你敢吃了狮子心大虫胆，说得出这样大话。照戟罢！"一戟直望董退咽喉挑进来，他喊一声："来得好！"把滚银枪架在一边，战不上三个回合，董逵横转枪杆上，照着何宗宪背上"当"只一击，打得抱鞍吐血说："阿唷，唷唷，好厉害！"带转马，大败望营前来了。董逵呼呼大笑道："哪怕你们百万雄兵齐赶上来，也过不得此山。"勒马拦住山下。

单说何宗宪败到营前说："岳父，强盗枪法利害，小婿实难敌他。还有谁有胜得他来？"父子六人无计可施。单表五个火头军在营前看打仗，见强盗连败大老爷一子一婿，十分猖獗，恼了薛仁贵性子，说："岂有此理！一个强盗尚被他霸住天盖山，阻住大唐兵马，无人可退，焉能到得东辽？"心内愤愤不平，走进自己营中，拿了方天画戟，来到张环面前，叫声："大老爷，公子爷不能取胜，待薛礼去擒来。"张士贵说："又来了，小将军尚不能胜，何在于你？且上去罢。"薛礼走上前，把戟串一串，喝声："呔，狗强盗！此处乃朝廷血脉，就是客商也不该阻住，要他买路钱。我们奉旨御驾亲征，开路先锋，天邦兵马打从天盖山经过，不思回避，擅敢拦阻此山去路，既撞在我手，快快下马祭我戟尖！"董逵说："呔！步下来此穿白小卒，敢是铜包胆铁包颈？方才二位小将，尚然被大王爷打得吐血而回，你这小小鼠辈想是也活得不耐烦了，照孤家的枪罢！"一枪望着仁贵拦腰刺来。薛礼说："来得好！"把方天戟往杆子上噶啷一枭，董逵喊声："不好了！"手一松，枪往半天中去了，在马上乱晃。薛礼在地下走上一步，右手拿戟，左手往董逵腿上一把扯住说："过来罢。"一拖拖得董逵头重脚轻，倒坠转来。董逵好不着忙，两手乱到挣个不住，薛礼道："你挣到那里去？"把董逵勒下，一夹一挤，手脚不动了。左手牵了这匹马，回身便走到营前说："大老爷，小人薛礼活擒董逵在此。"张士贵满心欢喜，暗想："薛礼好本事，我子万不如他，真算贤婿天大的造化了。薛礼这等骁勇，此去立得大功，多是我贤婿冒来的功劳了。"士贵有心冒功，叫薛礼放下董逵绑起来。

那仁贵将董逵放下，动也不动死的了。薛礼说："大老爷，强盗被小人夹死了。"四子一婿把舌头乱伸，说："好戟法，好力气！"士贵道："薛礼，你本事果然高强，活擒董逵是你之功，待我大老爷记在功劳簿上，此去征东，再立得两个功劳，待我奉本朝廷，赎你之罪。"仁贵道："是，多谢大老爷。那强盗这副披挂，小人到喜欢他，求大老爷赏赐与小人穿戴，好去开兵立功。"张环道："马匹盔甲自然是你的，不消问我。是你擒来，自己取用便了。"仁贵把董逵盔甲除下，将尸首撇在一旁，到得了银盔银铠，一骑白毫马。回到前锋营，周青、李、姜四人大喜说："大哥，你到立了一功，得了一副盔甲，我等兄弟们不知何日见功。"薛礼说："莫要慌。一过海东，功劳多得紧。"

不表月字号火头军五人，单言张士贵吩咐抬营，十万人马穿过天盖山，正行下来，不过四五十里荒僻险路，只听得前面括拉拉拉拉拉一声响，山崩地裂，人人皆惊。张士贵唬得面如土色，马多立定了。说："我的儿，什么响？"志龙说："爹爹，好奇怪，不知什么响。"差人前去打听，不多一回，报说："启上大老爷，前边不上一箭之路，地下摊开了一个大窟，望下去乌暗，不知有多深，看不明白。"张环说："有这等事？把人马扎住，我儿同为父去看来。"众公子应道："是。"那父子六人催马上前，果见一个大窟如井一般。士贵说："好奇怪！"吩咐手下人将索子丢下去有几多深浅，手下答应。数名排军把索子系了一块大石，望底下坠落，直待放不下了，拿起来量一量说："大老爷有七十二丈深。"张环道："凭空绷开地穴，到底未知凶吉，或有什么宝物在地下也未可知，或有什么妖怪作精也未可知。差人去探探看，看有何物在底下。"志龙说："爹爹说得是。着那一个下去？"士贵看看军士

们,多是摇头说:"这个底下去不得的,决有妖怪在内,被他吃了,走又走不起,白白送死。"士贵说:"我儿,谅此地穴,没人肯下去的。"志龙道:"爹爹,有了。我看薛礼倒也能干,不如差他下去探探看。有宝物,拿起来落得受用,若是妖怪吃了,也是他大数。"张环说:"我儿之言有理。"过来前锋营内传薛礼。那中军奉令来到月字号说:"呔!火头军薛礼,大老爷传你。"薛礼正与四个兄弟讲究武略,只听得中军说大老爷传,薛礼大家一呼风赶出营门,同了中军来到穴前说:"大老爷在上,薛礼叩头。不知传小人到来,有何军令?"张环说:"薛礼,方才凭空摊此地穴,其深无比,想一定朝廷洪福,必有异宝在下。你下去探一探,是什么宝物,拿起来献上朝廷,也是一件大功,免得罪了。"薛礼道:"待小人下去。"周青说:"动也动不得的,大哥,你要死没下去。"仁贵道:"不妨。生死乃命中所判。为兄下去得。"张环传令手下人,将一只竹篮系了一条索子,摇动响铃,我们就好收你起来。这根索子用了盘车,周青、姜、李四人执定盘车,慢慢坠将下去。彼时张环父子多在穴边,看守仁贵起来回音,我且不表。

单讲薛礼悠悠放至下面,黑洞洞,就有阴风冒起,寒毛直竖。仁贵暗想:"不好啊,我不听兄弟们的话,一时高兴下来,如今性命一定要断送的了。"心内十分胆怯。摸索着走出竹篮,团团一摸,多是满的。挨到东首,旁边有些亮光,也不要管他好歹,钻进去挨出外边,好似山洞内钻出来模样,又是一个世界了。上有青天云日,下有地土树木,心中大喜说:"这也奇怪,此世界不知通于何处?"回头一看,出来之所,乃是一座高山洞里钻出来的。忽然间云遮雾拥,好是阴雨天空一般,却也明亮。两旁虽无人家田地,却也花枝灼灼,松柏青青,好似仙家住所。居中一条砖砌街道,仁贵从此路曲曲弯弯行去。正去之间,听得后面大叫:"呔!薛仁贵!你回转头来看!我与你有海底冤仇,三世未清,今被九天玄女娘娘锁住,难以脱身。幸喜你来,快快放我投凡,冤仇方与你消清了。"仁贵回头一看,只见西南上一根擎天大石柱,柱上蟠一条青龙,有九根链条锁着。仁贵走将过来,把九条链条裂断说:"汝去罢!"这条青龙摆尾一啸,一阵大风望东北角腾空而去,回头对薛礼看看,把眼一闭,头一答,竟不见了。

仁贵回身又走,只见前面有座凉亭,走到亭内,有一座灶头,好不奇异。灶门口又不烧,又没有火,灶上三架蒸笼,笼头罩着,虽不烧却也气出冲天。薛礼从早上下来地穴,又行了数里,肚中饥了,见了热腾腾三架蒸笼,想是一定吃得的东西,待我拿开来看。仁贵团团一看,并没有什么人影,便将笼头除下;只见一个面做的捏成一条龙,盘在里边,拿起来团一团,做两口吃了下去。又掇开底下一蒸,有两只老虎,也是面做的,也拿在手中捏做一团,吞了下肚。又掇开第三架,一看有九条面做的牛,立在蒸内,也拿起来捏拢了,做四五口吃在腹中,不够一饱。将蒸原架在灶上,走出亭子,身上暴躁起来,肌肤皮肉扎扎收紧,不觉满身难过。行不上半里,见一个大地,池水澄清,仁贵暗想:"且下去洗个浴罢。"将白将巾与战袄脱下来,放在池塘上,然后将身走落地中,洗了一浴起来,满身爽快,身子觉轻了一轻,连忙穿好衣服,随大路而走。

忽听后面有人叫道:"薛仁贵,娘娘有法旨,命你前去,快随我来。"仁贵回头一看,见一青衣童子,面如满月,顶挽双髻,一路叫来。仁贵道:"请问这里什么所在,因何晓得我名字?那个娘娘传我?"那童子道:"此地乃仙界之处。我奉九天立女娘娘法旨,说大唐来一员名将,名唤薛仁贵,保驾征东,快领来见我,有旨降他,所以叫你名字。"仁贵听说,万分奇异,说:"有这等事?"连忙随了童子一路行去。影影见一座大殿,只听鼓乐之声来至殿前,童子先进内禀过了,然后仁贵走到里边,只见一尊女菩萨坐在一个八角蒲墩上,薛礼倒身下拜说:"玄女大圣在上,凡俗薛礼叩头,未知大圣有何法旨?"娘娘说:"薛仁贵,你乃大唐一家梁栋,只因此去征东,关关有狠将,寨寨有能人,故而我冲开地穴,等你下来。有面食三架,被你吃下腹内,乃上界仙食。你如今就有一龙二虎九牛之力,本事高强,骁勇不过,不够三年就可以征服。咳,但是你千不是,万不是,不该把这条青龙放去。若这龙降了凡,就要搅乱江山,干戈不能宁静,所以我锁在石柱上。如今被你放去,他就在东辽作乱,只怕你有一龙二虎九牛之力,也难服得青龙,便怎么处?"'仁贵说:"啊呀,大圣阿!弟子薛礼乃凡间俗子,怎知菩萨处天庭之事?所以放走了青龙。他在东辽作乱,搅扰社稷,今陛下御驾亲征,苦难平服,弟子之大罪了。望大圣娘娘赐弟子跨海征东,就能平定,恩德无穷。愿娘娘圣寿无疆。"那玄女娘娘说:"若要平定东辽,只是如今三年内不

能够的了。除非过了十有余年,才得回中原,干戈宁静。我有五件宝物,你拿去就可以平辽。”叫童儿里进取出来。那青衣童子说:“领法旨。”连忙进内,取出递与薛礼。娘娘说:“薛仁贵,此鞭名曰白虎鞭,若遇东辽元帅青脸红须,乃是你放的青龙,正用白虎鞭打他,可以平定得来。”仁贵道:“是。”娘娘道:“哪,这一张震天弓,这五枝穿云箭,你开兵挂于身畔。这青龙善用九口柳叶飞刀,着了青光就伤性命,你将此弓宝箭射他。就能得破,射了去把手一招,原归手内。”仁贵应道:“是。”娘娘又说:“哪,此件名曰水火袍,若逢水火灾殃,即穿此袍,能全性命。”仁贵应道:“是。”回头看四桩宝物,霞光遍透。又有一本素书,并无半字在上。就问娘娘:“此书何用?”娘娘说:“此书乃是异宝,名曰‘无字天书’。此四件呢,别人见得,这天书只可你一人知道,不可被人看见。凡逢患难疑难之事,即排香案拜告,天书上露字迹,就知明白。此五件异宝你拿去,东辽就能平服。不可泄露天机,去罢。”薛礼大悦,拜别玄女娘娘,将天书藏于怀内,手拿弓箭,一手拿了袍鞭,前面青衣童子领路,仁贵离了殿亭,一程走到两扇石门边,童子把门开了说:“你出去罢。”将薛礼推出门外,就把石门闭上,前去复旨。不必去表。

单讲仁贵抬头一看,眼前乌暗团团,一摸摸着了竹篮,满心欢喜,将身坐在篮内,把铜铃摇响。且表上边自从仁贵下去,已有七天不见上来。张环明知薛礼死在底下,思想要行兵,有周青、姜、李四人那里撇得下?在地穴前守七日七夜,不见动静。忽然闻得铜铃摇响,大家快乐,连忙动盘车收将起来。仁贵走将出来说:“兄弟们,倒要你们等了这一回。”众人道:“说什么一回,我们等了七日七夜了。”仁贵说:“这也奇了。真乃山中方七日,世上几千年。为兄在下面不多一会儿工夫,就是七天了。”众人道:“大哥,下面怎么样的?手里这些东西那里来的?”薛礼就一细说一遍。四人满怀欢喜,回到营中。张士贵闻知,说:“薛礼,你为何去了几天?且把探地穴事情细说与大老爷得知。”仁贵答应,就把娘娘赠宝征东之事,细说一回。张环大喜说:“也算一桩功劳。”吩咐就此拔寨起行。仁贵回到前锋营,藏好了四件宝贝,卷账行兵,正望山东地界而来。在路耽搁几天,早到山东登州府。正是:

十万貔貅如狼虎,保驾征东到海边。

毕竟不知征东跨海如何,且看下回分解。

第二十五回　白袍将巧摆龙门阵　唐天子爱慕英雄士

诗曰:

统领英雄到海边,旗幡蔽日靖风烟。
君王欲见征东将,命摆龙门宝阵盘。

那张环便来参见长国公王君可,专等朝廷到来一同下海。等不上四五天,早见前面旗幡密密,号带飘飘,有长国公王君可,总先锋张士贵一路迎接下来。朝廷大喜说:“王兄平身。你奉朕旨在此督造战船,预先完修,是王兄之大功也。随寡人进城来。”君可口讲:“领旨。”尉迟恭传令五十万大小三军,屯扎外教场,三声炮起,齐齐扎下营盘。朝廷同了众公爷进城,扎住御营,武将朝参已毕,一一见礼问安。王君可说:“尉迟老元帅,长安秦千岁病体怎么样了?”敬德道:“他尚卧床不起,愈觉沉重,所以不能执掌兵权,某家代领兵来的。”王君可说:“他往日受伤,此病难痊。”尉迟恭道:“便是。”茂功说:“如今要选黄道吉日,下船过海。”天子道:“徐先生且慢。朕听先生说有应梦贤臣在军中,所以放胆起兵。今下了船到东辽,非同小可。他那里多有骁将,我这里有了贤臣,方可以平辽。若无姓薛的小将,这班老将多是衰迈,不能如前日之威风的了,怎能抵敌,如何处置呢?”茂劝说:“不妨。张士贵十万兵中,现有应梦贤臣,请陛下放心。”天子说:“先生又来了,前在陕西行兵到山东,从不听见说有姓薛的,寡人定是放心不下,怎好落船过海?既是先生说有此人,今张环兵丁现在,待朕降旨宣出,封他一官,好随寡人下船过海,何等不美?”茂公说:“陛下不知其细,那个应梦贤臣,他还时运未到,福分未通,近不得主上天子之尊贵,受不得朝廷一命之恩荣。且待他征东班师,才交时运,方可受恩。若今陛下就要他近贵,分明

反害他性命难保了，岂非到底无人保驾？”朝廷说：“有这等事？既然他福分未到，受不起恩宠，就待后日也罢了。但是如今朕要见他一面，才得放心过海。若不见面，寡人不去征东了。”茂劝说：“要见他一面容易的。万岁降一道旨意，着元帅三天内要在海滩上摆一座龙门阵，见得贤臣一面了。”朝廷说：“既如此，宣元帅进营。”

尉迟恭正在吩咐枪刀要锐利，队伍要整齐，忽听朝廷叫声：“尉迟王兄，朕要你在海滩上摆一座龙门阵，使寡人看看，限三天摆了来缴旨。”敬德一听此言，吓得魂不附体，说：“陛下，臣从幼不读书，一字不识，阵图全然不晓，不要说龙门阵，就是长蛇阵也只得耳闻，不曾眼见。臣只晓得一枪一鞭，那里晓得摆阵？望陛下另着别将摆罢。”茂公把眼望朝廷一丢，天子心内明白，便假意把龙颜变转，大喝道：“唗！你做什么元帅？摆阵用兵乃元帅执掌的常事，怎么说不曾摆起来？若到东辽，他们要你讲究阵图，你也是这样讲：‘我从小不读诗书，不晓得摆阵？’倘若东辽兵将摆出异样大阵，你也不点人马去破，就是这样败了不成？决要三天内摆下龙门阵就罢，如若逆旨，以按国法！”敬德勉强领了旨意，踱出御营说：“真正遭他娘的瘟！秦琼做了一世元帅，从不摆什么龙门阵，某才掌得兵权，就要难我一难。但不知这龙门阵怎么摆法？”

心内烦恼，走出营来，却遇程咬金交身走过，只听得他自言自语地说：“当初隋朝大臣曾摆龙门阵，被我学得精熟。可惜不掌兵权不关我事，不然摆一座在海滩上，也晓得老程的手段。”敬德一一听得，满怀欢喜说：“程老千岁，不必远虑。待本帅做主，点些兵马在海滩上摆起龙门阵来，显显将军手段如何？”咬金说：“这个使不得。私摆阵图，皇上要归罪的。”敬德说：“不瞒将军说，朝廷方才要本帅三天内摆阵。你自悉知本帅不曾摆阵，只要你提调我摆就是了。”程咬金道：“陛下要元帅摆阵，我又不是元帅。与我什么相干？龙门阵我是透熟的，摆也不知摆过多少。不要教你。”竟回身去了。

尉迟恭明知他说鬼话，回进营中，眉头一皱，计上心头。说：“左右过来，速传先锋张士贵进见。”左右一声答应：“嗄！”“呔！元帅爷有令，传先锋张士贵进营听令。”张环闻知，连忙到中营说：“元帅爷在上，末将张士贵参见。不知元帅有何将令？”敬德道：“本帅奉旨要摆一座龙门阵。本帅未曾投唐之时，常常摆过，如今投唐之后，从不曾摆，到忘怀了。只记得些影子，故而传你进营，命汝三天内在海滩上，代本帅摆座龙门大阵前来缴令，快去！”张士贵听言大惊说：“是。元帅在上，末将阵书也曾看过，多精通的，也有一字长蛇阵，二龙出水阵，天地人三才阵，四门斗底阵，五虎攒羊阵，六子联芳阵，七星阵，八门金锁阵，九曜星官阵，十面埋伏阵，这十个算正路阵。除了这十个阵，别样异阵也有几个，从来不曾有什么龙门阵，叫小将怎生摆？”敬德道：“唗！我把你这该死的狗头，胡言乱语讲些什么？这十阵本帅岂有不知？我如今要摆龙门阵，你怎说没有？做什么总管，做什么先锋！快摆龙门阵论功升赏，若再在此逆令，左右看刀伺候！”一声吩咐，两旁答应：“嗄！”“是！”吓得张环魂飞魄散说：“待本将去摆来。”只得没奈何走出中营。

来到自己营中说：“不好了，真正该死该死。”那四子一婿见说大惊道：“爹爹，为什么方才元帅传去？有何令旨？”张环说：“嗳，我的儿，不要讲起。我阵书也不知看了多多少少，从来没有什么龙门大阵。这元帅偏偏限为父的三天内，要在海滩上摆一座龙门阵。我儿，你可晓得龙门阵怎样摆法？”志龙道：“孩儿阵书也只当熟透的，不曾见有什么龙门阵，爹爹就该对元帅说了。”张环道：“我岂不知回说？他就大怒起来。如若逆令不摆，他就要把为父处斩。难道我不要性命的？所以不敢不遵，奉令出来的。这龙门阵如何摆法？”四子道：“这便怎么处？”何宗宪叫声：“岳父，我想元帅也不曾摆的，故此要岳父摆。不如就将一字长蛇阵摆了，装了四足，当作龙门阵如何？”士贵大喜说：“贤婿之言有理。左右过来，传令三军被挂整齐，出城听调。”左右一声：“得令。”就把军令传下去。十万兵马明盔明甲，整整齐齐摆开队伍，统出兵来。父子女婿六人，竟到海滩，一队队摆了一字长蛇阵，装出四足五爪，略略象龙模样。张士贵大悦，命志龙与何宗宪在内领队，自己忙进城来到中营，禀上元帅说：“末将奉令前去，龙门阵已摆完备，请元帅去看阵。”尉迟恭说：“果然摆完了吗？带马过来。”左右答应，牵过马匹，元帅上马，张环在前。

张环走出城来在海滩上，道：“元帅，喏，这龙门阵，可是这样摆法？”敬德是黑漆皮灯笼，胸中不识一字的，假做精明在道的一般望去，一看说：“不差，正是这样的影子。算在你的功劳，待本帅去缴旨。”尉迟恭回进城来，忙到御营说：“陛下，臣奉旨前去，不到三天，

已摆完了这座龙门阵，前来缴旨。"朝廷说："既摆了龙门阵，徐先生快同寡人去看。"茂公同了天子上马，出城来到海滩。程咬金也随来一看，暗想："这座龙门阵原来是这样一个摆法的，待我记在此，也学做做能人。"那朝廷一见说："尉迟王兄，这阵可行得动的吗？"敬德道："行得动的。"就吩咐张士贵行起阵来。张环一声传令，阵中炮响一声，何宗宪领了头阵，照样长蛇阵行动一般。天子叫声："先生，这梦内贤臣在何处？那个就是？指与朕看。"茂公说："陛下看看，看像是龙门阵否？若像是龙门阵，才可见有应梦贤臣。"茂公说了这两句话，朝廷当心一看，况且向来督兵过的，这十阵书皆明白，方才一心要看应梦贤臣，所以不当心去看看阵图，如今当心一看，明晓是长蛇阵，同了徐茂公回马就走。

尉迟恭不解其意，也转身进城，来到御营下马，叫声："陛下，臣摆此阵如何？"朝廷大怒，喝道："唗！朕要你摆龙门阵的，怎么摆这什么阵来哄骗寡人？又不是一字长蛇阵，又不像龙门阵，倒像四脚蛇阵。"敬德说："啊呀陛下，这个是龙门阵。"朝廷说："唗！还要讲是龙门阵吗？这分明一字长蛇阵，将来摆了四足，弄得来阵又不像阵，兵又不像兵，这样匹夫做什么元帅？降朕旨意，绑出营门枭首！"敬德着忙："啊呀万岁，恕臣之罪。这阵不是臣摆的，是先锋张环摆的。"茂公在旁笑道："元帅，你分明被张环哄了。这是长蛇阵，你快去要他摆过。"尉迟恭道："是。"连忙回身来至中营说："左右过来，传总管张环！"左右一声答应，出营说道："呔！元帅爷有令，传先锋张上贵进来听令。"张环连忙答应道："是。"行入中营，叫声："元帅，龙门阵可摆得像吗？"敬德大怒道："我把你这贼子砍死的。到底你摆的是什么阵？"张士贵回说："元帅不差的，这是龙门阵。"敬德道："唗，还要强辩！哄那一个！本帅方才一时眼昏，看不明白，想起来分明是一字长蛇阵。"张环道："元帅，实在没有这个龙门阵，叫末将怎样摆法？所以把长蛇阵添了四足，望元帅详察。"敬德说："乱讲！如今偏要摆龙门阵，快去重摆过来，饶你狗命，违令斩首。"张环无法，只得答应道："是，待末将重去摆来。"

出了中营，上马飞奔海滩。抬头一看，还在那里行长蛇阵。喝道："畜生，收了阵快来见我。"四子一婿连忙收了阵图，来至营中说："爹爹，龙门阵是我们的功劳，为什么爹爹到生起烦恼来？"张环道："唗，畜生！什么功劳不功劳，难道他们不生眼珠的吗？你把长蛇阵去哄他，如今元帅看出，十分大怒，险些送了性命。再三哀求，保得性命，如今原要摆过。有什么功劳？这便却怎处？"何宗宪叫声："岳父，我看薛礼倒是能人，传他来与他商议，摆得来也未可知。"张环道："贤婿之言有理。中军过来，速传火头军薛礼进营听令。"中军答应，传来说："薛礼，大老爷传你。"薛仁贵奉令进见说："大老爷在上，小人薛礼叩头。"张环说："薛礼，你如今已有二功，再立一功就可赎罪了。今陛下要摆龙门阵，故此传你进来。你可知此阵图？速即前去摆来，其功非小。"仁贵说："龙门阵书上也曾看过，但年远有些忘怀，待小人去翻出兵书，看明摆便了。"张士贵听言大喜说："既如此，快去看来。"仁贵应道："晓得。"回到前锋营内，摆了香案，供好天书，跪倒尘埃，拜了二十四拜说："玄女天圣在上，弟子薛礼奉旨摆龙门阵，但未知龙门阵如何摆法，拜求大圣指教。"薛礼祷告已完，立起身来，拿下天书揭开一看，果然上有龙门阵图的样式，有许多细字一一标明。

薛礼看罢，藏好天书，来至大营说："大老爷，那龙门阵奇大无比，十分难摆，更且烦难，要七十万人马方能件件完全。小人想最少也要七万人，方可摆得。"张环道："果有此阵吗？既如此，待我统兵七万与你，可替本总小小摆一座罢。"薛礼一声答应说："小人还求大老爷，在海滩高搭一座将台，小人要在上边调用队伍，犹恐众兵不服，如之奈何？"士贵说："不妨。本总有斩军剑一口，你拿去，如若不服听调，就按兵法。"仁贵道："多谢大老爷。"接了军剑一口，竟到前锋营庄肃整齐。士贵下令要靠山朝海高搭一台，点齐七万人马，明盔亮甲。薛礼来到海滩说："大老爷，还要搭一座龙门。"士贵传下军令竖好龙门。仁贵道："小人多多有罪，求大老爷在此安候。"张环说："自然本总要在此听调。"仁贵走上将台，把旗摇动摇将起来。薛仁贵第一通掌兵权，谁敢不服？多来听候军令。那薛仁贵当下吩咐：这一队在东，那一队在西，大老爷怎么长，大老爷怎么短，四子一婿多来听调，上南落北不敢有违一回，张总兵反被火头军调来调去，不上半天功夫摆完了。张环心中大喜说："看这薛礼不出，果然是个能人。你看此阵图，果然原像一座龙门阵，活像龙在那龙门内要探出探进的意思。"只见仁贵下将台，把黄龙行动泛出龙门，多用黄旗，乃是一条

黄龙。

张士贵忙进城，来到中营说："元帅在上，那座龙门阵今已摆好在海滩上了，特请元帅去看阵。"尉迟恭道："既然摆好在那里，你先去，待本帅同驾前来便了。"张士贵答应，先往城外等候。敬德来至御营，同了天子、军师一齐上马来到海滩。朝廷坐在龙旗底下，望去一看，但见此阵：

旗幡五彩按三才，剑戟刀枪四面排。方天画戟为龙角，拂地黄旗鳞甲开。

数对银枪作龙尾，一面金锣龙腹排，千口大刀为龙爪，两个银锤当眼开。

朝廷大喜说："果然活灵活现，这才是座龙门阵。"便叫："徐先生，龙门阵虽然摆就，这应梦贤臣是那一个？"茂公道："陛下降旨把龙门阵行动，就可见应梦贤臣了。"朝廷大悦说："既如此，降朕旨意，把阵图行动起来。""嗄！"下边一声答应。阵心内走出一起，仁贵领了队伍而出，龙门里面人马，圈出外边兜将转来；仁贵撇下黄龙，又把青旗一摇，阵里边多用青旗，又变了一条青龙了。茂公道："陛下那，那，那走转来执青旗的，那一个穿白小将，就是应梦贤臣了。"朝廷睁眼一看，说："果然是！分明与梦内一般面貌，活像！"又在阵心内去了。如今又走转来了，手内又执白旗，多换了白旗，又一条白龙了。少停，手执红旗，又变了红龙了。天子好不欢喜说："这个领阵小将，果然是个能人。降朕旨意，收了阵罢。"张环传令下去，仁贵一一调开，散了龙门阵图。朝廷同军师自回御营，称赞仁贵之能。

张环收兵进城，将人马扎住说："薛礼，你摆阵图其功非小，待本总记在功劳簿上，少不得奉达朝廷，出你之罪。我大老爷先赏你十斤肉、五罐酒，你拿去罢。"仁贵道："是，多谢大老爷厚赐。"仁贵领了酒肉回到前营来，就端正起来，摆开桌子，弟兄五人饮酒作乐，我且不表。

单讲张士贵进入中营，叫声："元帅，此阵可摆得是吗？"敬德大悦说："这个阵摆得好，才是个龙门阵。原算将军之功，待本帅记在此。"就将功簿展在桌上。要晓得尉迟乃是写不了字的，提起笔来竖了一条红杠子，算为一功。张环又说："在上，狗婿何宗宪前日行兵天盖山，活擒草寇董逵，探地穴，也是狗婿微功。"敬德说："既有三功，并记在上面。"也竖了两条杠子，将功薄收藏好了。张环大悦，回到营中说："贤婿，方才元帅都上了你的功劳了。"宗宪道："多谢岳父费心。"按下不表张环冒功之事，单讲御营天子说："徐先生，朕看这应梦贤臣在内领阵，一定是：武略高强兵法好，雄威服众有才能。"

但不知他胸中学问如何，且听下回分解。

第二十六回　小将军献平辽论　瞒天计贞观过海

诗曰：

九天玄女赠兵书，巧摆龙门独逞奇。

考试文才年少将，平辽论内见威仪。

话说天子要试贤臣才学，军师徐茂劝说："容易。陛下要知贤臣腹内才学，须降旨尉迟恭，要他做一纸《平辽论》，就知他才学了。"朝廷连忙降旨一道。敬德来到御营说："万岁宣臣有何旨意？"朝廷说："王兄，朕此去征东未知胜败，要讨个信息，王兄快去做一纸《平辽论》与寡人看。"敬德听言一想说："早知做元帅这等烦难，我也不做了。才摆得龙门阵，又是什么《平辽论》。我想什么论不论，分明在此难着某家。不要管，再叫张环做便了。"说："陛下，待本帅去做来。"尉迟恭来到中营说："左右过来，快传张环进见。"左右奉令出营说："呔，张环，元帅爷有令，传你进营。"张士贵答应，连忙来到中营说："元帅在上，传本将来有何将令？"尉迟恭说："本帅奉旨，要你做一纸《平辽论》。快去做来。"张环应道："是。待末将去做来。"慌忙退回自己营中，叫中军过来，应道："有。"张环道："快传前营薛礼听令。"中军奉令，传进薛礼。说："大老爷在上，小人薛礼叩头。"张环道："起来。本总传你的时节正多，以后见了我大老爷，不必叩头了。"薛礼说："是。小人遵令。"张环道："薛礼，方才元帅要本总做《平辽论》，你可做得来？一发立了此功。"仁贵道："是。小

人可做得的。"张环道:"如此快去做来。"仁贵奉令进营,便叫兄弟们回避,周青、姜、李四人退出。仁贵忙摆香桌,上供天书,拜了二十四拜,祷告一番。拿来揭开一看,上面字字碧清,写得明白。就将花笺一幅,看了天书,细细写好誊下,忙到张环营中说:"大老爷,小人《平辽论》做在这里了。"士贵说:"待本总记在簿上。"说罢,就拿到中营,叫声:"元帅,《平辽论》乃是狗婿何宗宪做在此了。"尉迟恭接了《论》,把功劳簿又竖了一条杠子,竟到御营说:"陛下在上,《平辽论》在此,请我主龙目清观。"朝廷说:"取上来。"侍臣接上,铺在龙案,军师同朝廷一看,上写着《平辽论》:

混沌初分盘古出,三才治世号三皇。天生五帝相继续,尧舜相传夏禹王。禹王后代昏君出,乾坤一统属商汤。商汤以后纣为虐,伐罪吊民周武王。周室东迁王迹熄,春秋战国七雄强。七雄并吞为一国,秦氏纵横号始皇。西兴汉室刘高祖,光武中兴后汉王。三国英雄尊刘备,仲达兴为司马王。杨坚篡周为隋王,国号兴称仁寿王。天生逆子隋炀帝,弑父专权大郸王。郸王邪政行无道,天下黎民尽遭殃。天公降下真明主,重整乾坤归大唐。施行仁政贞观帝,万民感戴大宗王。平除四海番王顺,无道东迁又放狂。明君御驾亲跨海,一纪班师东海洋。

朝廷看完大悦。道:"徐先生,此去征东,为何要这许多年数?"茂公道:"看来要得十二年才能平服。"天子道:"有了这样能人,自然平服很快。"茂公算定后日黄道吉日,就要下船过海。当夜不表。

再说次日,张士贵传令十万人马,先下战船,开了二百余号,多把链条绞拢一排,扯起御驾亲征旗号,竟望海内而去。这一千三百战船,只只绞定,海内风波最险,犹恐吹翻,故把链条绞定。五十万雄兵多在两边船内。朝廷同公卿于吉日上了龙船,扯起平辽大元帅旗号。尉迟恭好不威风,三声炮响,一齐开出。

在海内行了三日,只见天连水,水连天。忽一时,大风刮起,豁喇喇就不好了。海内波浪泼起数丈,惊得天子面如土色,龙案多颠翻倒了。这些船在海内跳来跳去,人马跌倒船中,爬得起来,又跌倒了,天子也翻了数次。程咬金在船内滚来滚去,徐茂公也难起身,余者无有不跌,无有不吐。天子害怕,吓得发抖说:"先生,不去征东了。情愿安享长安,由他杀过来,让他也看得见,何苦丧在海内?"程咬金说:"陛下,快降旨,转去转去,性命要紧。"茂公说:"不妨。只消陛下降旨,要元帅手风浪静。"敬德也跌得昏了,一听此言,心内大惊说:"军师大人差矣!风浪乃玉皇御旨,天上之事,叫本帅那里平得来?"茂公道:"我算定阴阳,风浪该是你平的,有本事去平就罢了。如没有本事去干其风浪,降旨将你绑缚,撩在海内,祭了海神,也平得风浪了。"尉迟恭道:"遭他娘的瘟,怎么海中风浪多,要元帅去平起来?"没奈何,过了前船,传总兵张环。左右一声答应,说:"呔,帅爷有令,传先锋张士贵上船听令。"那个张士贵,也在船内跌吐得个昏花,好不难过。只听中军说:"禀上大老爷,元帅军令,要传过去。"张环道:"这样大风,又来传我去做什么?"无可奈何,挨上船头。水手挽住一只船,扒上龙船:"元帅传末将有何将令?"敬德说:"如此大风浪,今已危急,快去与本帅平净风浪,是你大功。"张环道:"元帅又来了,海内风浪,年年惯常,叫末将怎生平法?"元帅道:"你若不平风浪,叫两旁将士把你张环绑了,丢在海申祭了海神,或者平得风浪亦未可知。"张环说:"元帅,这个使不得,待末将去平复水浪便了。"士贵定至前船,进入内舱,就传薛礼。哪晓得仁贵在船内翻了两交,也着了忙,就拜着天书,上边字字明白。藏好了天书,却当大老爷来传。仁贵明知此事,到张环船内说:"大老爷传小人有何将令?"士贵说:"你可有平浪之计吗?"薛礼笑道:"大老爷,有五湖四海龙王到此朝参,故此这等大风。只要万岁御笔亲书'免朝'二字,撇在海内,极大的风浪就平了,"张环大悦道:"果有此事?应验了,你之大功。依你行事,平了风浪,你这大罪一定就赦去。"

不表仁贵退出回前营内。单讲张环来到龙船,照样薛礼这番言语,对元帅说了。尉迟恭大悦说:"妙啊,妙啊,果应其言,就记你功劳。"说罢,来到御营,进入舱内,叫声:"陛下,海内五湖四海龙王前来朝参,故起风浪。只消陛下亲挥'免朝'二字,撇入海内,风浪就息了。"朝廷说:"果有此事?待朕就写起来。"元帅摆好龙案,亲书"免朝"二字递与敬德接在手中,走出船头,两边有水军扶定。说:"圣上有旨,今去征东,诸位龙王免朝,各回龙驾。"把"免朝"二字丢入海内,犹如有人在底下接了去的一般,顷刻不见了皇旨牌。不

一刻,风浪顿息。朝廷说:“徐先生降朕旨意,把战船回转山东,不去征东,情愿待他起兵杀过来再处。”茂公说:“陛下又来了。如今风浪平息,正好行船,怎么反要回山东?倘东辽起兵杀至中原,怎生抵敌?”咬金道:“陛下不要听这牛鼻子道人。此去大海,风浪还大,乃是险路,性命要紧。趁此风息浪静,回到登州,安享长安。若是东辽兴兵过海侵犯疆界不是我夸口说,就是老程年纪虽老,还敌得他过,包在臣身上。杀退番人,决不惊驾,眼前避祸要紧。”敬德说:“老呆子,什么说话,自古道:‘食君之禄,当报君之德’,趁此风平浪息,以仗陛下洪恩,此去征东,有甚险处?你敢驾前乱道!”朝廷说:“不必埋怨。寡人愿死长安,决不征东入海。”徐茂公心下一想说:“既然陛下不去征东,臣也难以逆旨,且回登州。”

尉迟恭见军师说了,只得急忙传令,吩咐三军,回转登州,待风浪平息过海征东。元帅一声令下,只听齐声答应:“嗄!”张士贵也奉令,这一千五百战船尽皆回转。行了三日三夜,到了登州海滩,把船泊位。朝廷与公爷下船进城,城内扎营,不必去表。

单讲天子说:“先生,我们明日回长安去罢。”茂公说:“陛下有了这样应梦贤臣保驾平东,此乃国家的大事,怎么万岁要回长安起来?”天子叫声:“先生,但海内风浪极大,怎生行船?不如回长安去罢。”茂公道:“陛下放心。有几日风大,自然有几日风小的。就在这里等几天,待风息浪静,可以过得海,平得东辽了。”朝廷说:“既如此说,就等几天便了。”

不表天子在御营内。再言徐茂公来到帅营,尉迟恭连忙接住。说:“军师大人连夜到此,有何事见谕?”茂公道:“元帅,海内风浪浩大,圣上不肯征东,怎么处?”敬德叫声:“大人又来了。朝廷虽不肯征东,难道本帅回转长安不成?真若待圣上驾回长安,本帅同军师领兵过海,前去征东罢。”茂公道:“不是这等讲的,那东辽太马邪法多端,必要御驾亲征的。若元帅统兵前去,料难平复得来。”元帅道:“如今陛下不肯去,也没法奈何他。”茂公道:“我想起来也容易的,如非设一个瞒天过海之计,瞒了天子过海,到东江就可以征东了。”敬德道:“大人,何为瞒天过海之计呢?”茂公说:“元帅不要慌,只消去传令这张士贵,要他献这瞒天过海之计,如有就罢,若没有,就掘下三个泥潭,对他说辰时设计,就埋一尺;午时设计,就埋二尺;戌时设计,将他埋三尺。这一天总不使计,将他连头多埋在泥里。他是自然着忙,就有瞒天过海之计献出来了。”尉迟恭大喜说:“军师大人当真吗?待本帅明日就要他献计便了。”徐茂公道:“是。”回转御营,其夜不表。

到了明日,敬德传令,一面掘坑,一面传张士贵进中营。士贵说:“元帅传末将有何将令?”敬德说:“朝廷惧怕海内风浪,不肯下船过海,故此本帅传你进营,要献个瞒天过海之计,使圣上眼不见水,稳稳地竟到海东,是你之功。如若没有此计,本帅掘下泥坑三个,你辰刻没有,埋你一尺;午时没有,埋你二尺;晚来没有,埋你三尺。如若再无妙计,将你活埋在泥里。”张环听了大惊:“元帅,待末将去与狗婿何宗宪商议此计,有了前来缴令。”敬德说:“既如此,快去!”张环答应,回营说:“中军传令薛礼进见。”中军奉令来传,薛礼忙到营中说:“大老爷传小人有何将令?”士贵道:“只因朝廷惧怕风浪,不去征东。元帅着我要献个瞒天过海之计,使朝廷不见风浪泼天,就不致圣驾惊恐,竟到东辽,是你之功。”薛礼说:“待小人去想来。”奉令出来,回到前营,忙摆香案,拜求天女,翻看天书,上边明明白白。薛礼看罢,藏好天书。来到中营说:“大老爷,瞒天过海之计有了。”张环大喜道:“快说与我知道。”仁贵道:“大老爷,此非一日之功。对元帅说传下令去,买几百排大木头来,唤些匠人造起一座木城,方方要四里,城内城外多把板造些楼房,下面铺些沙泥,种些花草,当为街道。要一万兵扮为士、农、工、商、经纪、百姓;居中造座清风阁,要三层楼一样,请几位佛供在里面。等朝廷歇驾,将木城先推下海,趁着顺风缓缓吹去,哄朝廷下船赶到城边,竟上此城,歇驾清风阁。又不见海,又不侧身倒动,岂不瞒了天子过了海了?”张士贵称谢,自回前管不表。

单讲士贵来到帅营,叫声:“元帅,有计了。只需降下令去,伐倒山木,筑一木城,如此甚般做法,可以过得海去。”尉迟恭大悦,就记了何宗宪功劳,来见军师,一一将言对茂公说。茂公称善:“此行甚妙。”茂公假传旨意,暗中行事,一些不难。十万人动手伐倒山林大木。正叫人多手多,不上三个月,这座木城就造完了。推入海内,果然是顺风稳稳地去了。单单瞒得朝廷。只有程咬金胆小,见了木城,心中怕去。又隔了三天,朝廷说:“先生,回长安去罢,在此无益。”茂公道:“陛下,臣算阴阳,这有半年风浪平静,何不下船前

去？过了半载，风浪来时，已到东辽有二三个月了。"朝廷道："果有此事吗？"茂公道："臣怎敢谎言？"天子道："若下了船又起风浪，是徐先生之大罪了。"茂公道："这个自然，是臣阴阳不准之罪，该当领罪。"天子道："既如此，降朕旨意下船过海。"尉迟恭传下令来，张环行开五百号战船，先锋开路，竟自前去。

单讲这朝廷下了龙船，众国公保住。二十六家总兵官也下战船，只只开去。单有程咬金在沙滩上说道："徐哥，我看这座木城甚是可怕。倘被风浪打翻，岂不白白送了性命？你是保驾去罢。我转长安，等秦哥病好一同前来，有何不可？"茂公道："既如此，你天子驾前不可多讲。"咬金答应。上船进船说："陛下在上，臣思秦哥有病在床，乏人看望，臣心难安。恕臣之罪，臣不敢保驾征东了。欲转长安，侍奉秦哥，病愈同到东辽助驾。"朝廷说："正该如此，程王兄请便了。"咬金辞驾上岸，别了诸将，快马转陕西。也不必表。

且说朝廷降旨，开了龙船，离登州府二三日，行到大海之中，十分旷野之所，无风风也大，龙船原在这里拨动。朝廷说："先生，你说如今没有风浪，故此下船的。如今原是这等风浪，便怎么处？不如回转山东，少惊朕心。"茂公说："陛下龙心韬安，降旨前面可有歇船躲浪之处吗？"尉迟恭假意往前一看，说道："陛下，前面影影见有一所城池，不如去泊上岸，避避风浪。"朝廷说："先生，这是什么城池？还是东辽该管，还是寡人汛地？"茂公说："陛下，臣见这地图上载的，不叫什么城，名为避风寨。多用木头筑的，传为城木为寨，乃是陛下该管的汛地。陛下今到此处，且停船上岸进寨去，一则避过海内风浪，二则观玩寨中人民丰乐景致。"朝廷说："这也使得。"元帅传令下来，龙船飞赶到木城边，把绳索缆住。众大臣先在岸上接驾，天子同了茂公、敬德走上岸，骑了马，诸将保定。进得寨门，淘淘曳曳，拥上许多百姓，香花灯烛，跪伏尘埃说："万岁龙驾在上，避风寨百姓接驾。愿圣天子万寿无疆。"朝廷说："众百姓，此处可有清静所在歇驾吗？"那些百姓，就是元帅掌管的黄旗人马假扮为民，军师吩咐在此。大家应道："启上万岁爷，这里有座清风阁，十分幽雅，可以安歇龙驾。"朝廷说："既如此，就往清风阁去。"天子来到阁上，把四面纱窗推开，好比仙景一般，心中欢乐。果然并不听见风浪，瞒过天子缓缓行过海去。那些兵马原在战船内，被木城带了行动。诸大臣在清风阁上，单瞒过朝廷。他又看不出行动，认真只道歇在岸上。虽在此与军师下棋，只想回转长安，便说道："徐先生待风浪平息，一定不去征东，要回长安了。"军师道："这个自然。"到晚，军师别了朝廷，出来私自对众公爷说道：

海中风浪随时有，休对君王说短长。

毕竟不知如何过得海去，且看下回分解。

第二十七回　金沙滩鞭打独角兽　思乡岭李庆红认弟

诗曰：

仁贵功劳天使灵，张环昧己甚欺君。
虽然目下多奸险，他日忠良善恶分。

话说那军师对诸位公爷说："倘或主上问起海中风浪，你们多说不曾平息便了。"众公爷道："这个我们知道。"自此以后，今日风浪大，明日风浪又大，众臣多是这等讲，急得朝廷龙心散乱，不知几时风浪平静得来。

且不表君臣在清风阁上，木城缓缓行动。再表张士贵领了十万人马为开路先锋在战船内，先行的木城来得慢，战船去得快，不上两个月，早到狮子口黑风关了。你道狮子口怎么样的？却是两边高山为界，收合拢来的一条水路，只得一只船出进取为口子，进了口子，还有五百里水路起岸，就是东辽了。狮子口上有座关，名为黑风关，是东辽边界第一座关头。里面有个大将姓戴，表字笠篷。其人善服水性，力大无穷，有三千番兵多识水性，在海水内游玩的。这一天正坐衙内，有巡哨小番报进来了说："报将军，不好了。"戴笠篷问道："怎么样？"小番道："将军，前日元帅劫了不齐国三桩宝物，又把不齐国使臣面刺番书，前往中原。今有战船几百，扯起大唐旗号，顺流而来，相近口子了。"戴笠篷闻言，哈哈大笑道："此乃天顺我主，故使唐王自投罗网，待我前去望一望看。"说罢，他就到海边往外一望，果有几百战船远远来了。他心中一想："待我下海去截住船头，一个个水中擒他，如在反掌，何等不美。"他算计已定，就取了两口苗叶刀说："把都儿们！随我下海去哩。"众小番一声答应，随了主将，催一步马，豁喇喇到海滩。下了马，望海内跳了下去。这些小番向常操演惯的，几百小划子，每一人划一只，一手拿桨，一手执一口苗叶刀，多落下海去，散在四边，其快异常。那些大波浪多在上边泼过，只等主子弄翻来船下水里，这些小番一个个都打点拿人。此言不表。单讲唐朝船上，张士贵父子在后，五个火头军在前，领五十个徒弟，共五号船，薛礼居中。他们征东有三部东辽地图带来，你道是那三部呢？朝廷船上一部，元帅船上一部，先锋船上一部，所以张士贵早把地图看明，先吩咐薛礼："前面乃是东辽狮子口黑风关，必有守将，须要小心。"仁贵立在船头上，手中仗戟望下一看，忽见水浪一涌，远远冲过一个人来，仔细一看，只有头在上面，探起来又不见了。四边浪里，隐隐有许多小划子划将拢来。仁贵便叫众兄弟："你们须要当心，水里边有人，防他过来敲翻船只。"那一首周青、姜、李等多备器械，悠悠撑近，见这人在水内双眼不闭，能服水性，明知利害，心生一计，便把方天戟插在板上，左手扯弓，右手拔箭，搭上弓弦，在此候他抬起头来，我就一箭伤之。那晓这员番将该当命绝，不料操起头来，仁贵大喝一声道："看箭！"飕的一箭射过去，不偏不倚，正中咽喉，一个鹞子翻身，沉下海底去了。那时四边的小番见主将被南朝战船上穿白小将射死，早急掉划子进了口子，飞报到东海岸去了。这里张士贵满心欢喜，上了薛礼功劳。一面穿过口子，仁贵同了周青上岸搜寻一遍，并没有一人在内。盘查关中粮草，共有三千万石，及许多金银宝物。关头上倒了高建庄王旗号，立起大唐龙旗，留下几员将官在此候接龙驾，大队人马即刻下船。过了口子，把这些金宝钱粮献与张环，好不欢喜。那钱粮端正，下候龙驾来时，要申报何宗宪功劳，金宝私自得了。此言不表。

且说在路过了狮子口，又行三日三夜，早相近东辽，不必细说。单讲到海岸守将官彭铁豹，还有两个兄弟彭铁彪、彭铁虎守在后关金沙滩。这彭铁豹，其人力大无穷，坐在衙内，忽听黑风关小番来报说："平章爷，不好了！"彭铁豹问道："怎么样？"小番道："那中原起了几百号战船，过海前来征剿！大兵还没有来，只有先锋船到来。上有一将身被白袍，厉害无比，力大箭高，把我主将射中咽喉，打死宝骑，穿过狮子口来了。"铁豹闻言，大惊说："有这等事？狮子口失去了，如此过来。与你令箭一枝，快些一路报下去，去狼主庄王得知，叫元帅操演三军，各关上守将须要当心，好与中原对敌。"小番一声："得令。"接了令箭，飞马报至三江越虎城庄王、元帅知道。日日教场操演，关关守将当心，多防穿白小将利害。

单表那彭铁豹通身打扮，率领将士出关。三千番兵，一齐冲出到了海滩岸上。往前一看，果有几百号战船，扯起风帆，驶将过来，铁豹叫一声："把都儿齐心备箭。他战船相近，你们齐发乱箭，不容他到岸。"此言不表。

再讲仁贵船上，他见船近东辽，说："四位贤弟，快些结束端正，领兵杀上东辽。"那四人就端正领兵，手执器械，立在各自船头上。望去一看，只见番岸一派兵丁，纷纷扰乱。邦岸如城头模样，高有三丈。周青说："薛大哥，不好。你看他邦岸甚高，兵马甚众，倘被他发起乱箭射将过来，就不好近他的高岸了。"说言未了，只见岸上纷纷的箭射将过来，一人一支，那箭射个不休。四人大叫："不要上前去，我们退罢。"那些水军见箭发得厉害，不退而自退。连仁贵的战船也退下了。连忙说："怎么你们退下起来？快上前去！"水军道："箭发利害，上去不得。"仁贵说："不妨，你们各用遮箭牌，快些冒上岸边，待我上了岸，就

不敢发箭了。"众水军只得大家遮了遮箭牌,把船梭子一般的冒到邦岸前去。周青说:"大哥须要小心。"仁贵道:"我晓得。"说罢,右手执牌,左手执戟,在船上舞动。叮叮当当乱箭射来,多在戟上打下了。岸上铁豹一见穿白小将,也用方天画戟冒着乱箭冲将过来。他便把阴阳手托定,戟尖朝下,戟杆冲天,说:"船上穿白小将通名,好挑你下海。"仁贵道:"你要问我小将军之名吗?洗耳恭听:"我乃大元帅麾下,三十六路都总管,七十二路总先锋张大老爷前营,月字号一名火头军薛礼便是。"口未说完,船已撞住邦岸。这叫作说时迟,来时快。船一近,彭铁豹喝声:"照戟罢!"上边顺插的一戟,直望仁贵当心刺将下来。"那仁贵喝一声:"来得好!"也把方天戟噶啷一声响,戟对戟绞钩住了,怎禁得仁贵扯一扯,力大无穷。铁豹喊声:"不好!"用尽平生猛力,要拔起这条戟来。谁知薛仁贵志量高,就起势一纵,上边吊一吊,飞身跳上岸去了。众小番见小将利害,他弃了箭,飞报金沙滩去了。铁豹看见他纵上岸来,心内着了忙,把银杆戟一起,喝声:"照戟罢!"一戟直望仁贵面门上刺来。仁贵不慌不忙,把手中方天戟噶啷一声响,逼在旁首,喝声:"去罢!"复还一戟进来,铁豹喊声:"不好!"要把戟去架,那里架得开?不偏不歪刺在前心,阴阳手一反,扑通往船头上丢去了。周青连忙割了首级把尸骸撩在海内。叫众兄弟快些抢岸,一边泊船过去,一边在岸上杀得那些番兵有路无门,死的死,逃的逃,尽行弃关而走。

张士贵吩咐将船一只只泊住,布了云梯,上了东海岸。仁贵进总衙府查点粮草金宝等类,周青团团盘查奸细,李庆红往盘头上改立号旗。张环父子传令十万人马关前关后扎住了,回进总府大堂,排了公案。仁贵上前说:"大老爷,小人略立微功。"张环道:"待我大老爷记在此,等朝廷驾到,保奏便了。"仁贵道:"多谢大老爷。"且按下候驾一事。

再讲到木城内,贞观天子在清风阁上好不耐烦,说:"先生,自从上城,一月风浪还不平息,不知何时转得长安?"茂功说:"陛下龙心韬安,只在明后日风浪平息,就可以下船回长安了。"正在闲讲,有军士报说:"启上万岁爷,本城已泊在狮子口,请陛下下龙船进口子。"朝廷听言,到不明不白。有徐勣俯伏尘埃说:"陛下,臣有谎君之罪,罪该万死,望陛下恕臣之罪。"朝廷说:"先生平身,汝无罪于朕,怎么要寡人恕起罪来?朕心下不明,细细奏来。"茂公说:"望陛下恕臣之罪,方可细奏。"天子说:"朕不罪先生,可细细奏与寡人知道。"茂公道:"臣该万死。只因前日怕来征东,歇驾登州,臣与元帅设一瞒天过海之计,使陛下龙心不知,竟到东辽。"就把设计之事,一是长,二是短,细细说了一遍。朝廷心下明白,龙颜大悦,说:"这段大功,皆先生与尉迟王兄之大功劳也,何罪之有?快降朕旨意,着大队人马上岸攻关。"茂公说:"先锋张环已打破黑风关进口子去了。望陛下了龙船好进狮子口。"天子说:"既来到东辽,就在木城内驶去,何等不美?又要下什么船!"茂公说:"陛下又来了。狮子口最狭,船尚不能并行,木城那里过得?"朝廷说:"如此,进口子到东岸有多少路,可有风浪吗?"茂公说:"此去东岸,不上二三天水路,就有些风浪,也不大的了。"天子说:"如此,待朕下船。"朝廷降旨一道同众公卿下了龙船进口子。

离却黑风关不上二三天,到了东海岸。张士贵父子出关迎接,朝廷上岸歇驾。总衙府两旁文武站立,五十万雄兵齐扎关内大路上。张志龙吩咐安了先锋营盘,士贵领何宗宪进入大堂,俯伏尘埃说:"陛下在上,狗婿何宗宪箭射番将戴笠篷,取了说黑风关狮子口,飞身跳上东海岸,戟刺番将彭铁豹,又破东海岸二桩微功。求陛下降旨,再去打后面关头。"朝廷大悦,说:"尉迟元帅,记了张爱卿功劳。"敬德领旨,把功劳簿打了两条红杠子,心下暗想:"这张环翁婿为人狗头狗脑,如何成得大事?莫非这些功劳,都是假冒的?"此言不表。

且说朝廷叫一声:"张爱卿,你女婿何宗宪骁勇,明日兴人马去攻金沙滩便了。"不表。张环退出总府,朝廷降旨排宴,各大臣饮酒,一宵晚话。到了明日清晨,朝廷命长国公王君可看守战船,这里众公臣保驾。发炮三声,五十万大兵一齐进发。再说张士贵父子领兵先行,在路耽搁数天,远远望见金沙滩。离开数箭之地,放炮安营。单讲到了关内,早有小番飞报总府衙门说:"启上二位将军,大唐起了六十万大兵,天子御驾亲征,四员开国功臣保驾,尉迟恭掌帅印,余者将官不计其数,杀过海东来了。还有一名火头军姓薛名礼,穿白袍小将,戟法甚高,他便乱箭之中飞身上岸,把平章爷挑死,已破此关。如今在关外安营,须要防备。"彭铁彪、彭铁虎弟兄二人听说,不觉大惊说:"住了!可是箭射戴笠篷将军的穿白小将吗?"番兵说:"正是他。"铁虎道:"哥哥,闻得前日,一箭伤了戴笠蓬后,又

伤我哥哥。自古说:父兄之仇,不共戴天。我与你出马前去会他便了。左右带马过来!"手下答应。弟兄二人全身披挂,连忙跨上雕鞍,领了番兵,离却总衙门,来到关前。炮声一响,关门大开,旗幡搴动,冲过吊桥来。营门前军士一看,只见两员大将,一个手中执一条镀金枪,一个手中拿两根狼牙棒,在外面讨战,连忙进营报启说:"大老爷,营外有两员番将讨战。"张环就传薛礼出马迎敌。仁贵此一番上马冲锋,抬头一见两员番将,果然威武。仁贵大喝一声:"呔!东辽蛮子休得耀武扬威,我来取你之命了。"那彭铁彪一看见来将穿白,便说:"呔,慢来。小蛮子可就是前锋营火头军吗?"仁贵说:"然也。"铁彪道:"呔!我把你这该死的狗蛮子,你把我大兄挑死,冤如海底。我不把你一枪刺个前心透后背,也誓不为人也。照枪罢!"插一枪,直望仁贵咽喉挑将进来。仁贵把方戟往枪上噶啷一卷,铁彪在马上乱晃。冲锋过去,圈得转马来。仁贵把戟串动,飕这一戟,望番将面上挑进来,那铁彪把手中枪望戟杆上噶啷啷啷这一架,挣得面如土色,马多退后十数步。铁虎见二哥不是薛礼的对手,也把马催上前来,叫一声:"照打罢!"当一响,把狼牙棒并打下来。仁贵架在旁首,马打交肩过去。三人战在关前,杀个平交。营前周青见了,也把马催上前来说:"薛大哥,小弟来助战了。"冲到番将马前,提起两根镔铁锏,望着彭氏弟兄,照天灵盖劈面门,掠掠的乱打下去。铁虎把狼牙棒杀个平交,铁彪这条枪,那里掠得住仁贵的戟法?战不上五六合,却被薛礼一戟刺中左腿,翻下尘埃死了。铁虎见哥哥刺死,手中松得一松,被周青打一锏过去,打在顶梁上,脑浆迸裂,一命而亡了。仁贵大叫:"兄弟们,抢关头哩!"后面姜、李三人撇了旗鼓,催开坐骑,轮动兵刃,豁喇喇抢进关门,把那些小番杀得片甲不存,弃了金沙滩,飞报思乡岭去了。此话慢表。

再讲张士贵父子,改立旗号,领十万人马穿进关来,安下营寨。张环赏五个火头军肉五十斤,酒五坛,大家畅饮。过了五天,大队人马早到。士贵迎接龙驾进关,安歇总府衙门。说:"元帅,狗婿何宗宪锏打彭铁虎,戟挑彭铁彪,已取金沙滩。"敬德就提起笔来,打了两条红杠子,此言不表。

单说思乡岭上有四员大将,一人名唤李庆先,一人名唤薛贤徒。一人名唤王心鹤,一人名唤王心溪。四人结义,誓同生死,多是武艺高强,封为镇守总兵,霸住思乡岭。忽有小番报进来报:"启上将军,关外大唐人马在那里安营。"四将道:"他人马既到,须要小心。若有讨战,速来禀告。"小番答应,自去把守。

不表关内之事,且说关外张士贵,吩咐发炮安营。一边起炮,齐齐扎住营盘。一到明日,仁贵上马,姜氏弟兄助战,豁喇喇冲进关前。有关头上小番见了说:"哥阿,这穿白的就是火头军,利害不过的,我们大家发箭哩。"说罢,纷纷的箭射将下来。仁贵把马扣定,喝一声:"呔!休得放箭。快进去报与你主将知道,说今有大唐火头军在此讨战,快快开关受死,免得将军攻关。"这一首小番,早已报进,报:"启上四位将军爷,关外火头军讨战。"四将听见火头军三字,不觉大惊说:"久闻穿白小将武艺高强,我们四人大家上马,出关去看他一看,怎样的骁勇。"众人道:"到说得有理。"四人披挂完备,上马离了总府,带领小番来到关前。炮声一响,大开关门,四将拥出。抬头看时,你道薛仁贵怎生打扮:

头上映龙,素白飞翠扎额,大红阴阳带两边分;面如满月,两道秀眉,一双凤目;身穿一领素白跨马衣,足踏乌靴,手执一条画干方天戟,全不象火头军,好一是天神将。

毕竟不知四将看罢白袍将如何,且看下回分解。

第二十八回　薛礼三箭定天山　番将惊走凤凰城

诗曰:

仁贵威风谁不闻,东辽将士尽寒心。
张环何独将功冒,到底终须玉石分。

单讲王心鹤叫声:"哥哥,待我上去会他一会看。"薛贤徒道:"须要小心。"心鹤答应,催开战马上前说:"嗒,穿白小将休得耀武扬威,我来会你。"仁贵抬头一看,只见一将冲过

来，薛礼大喝道："呔，来的番将少催坐下之马，快通名来。"王心鹤道："你要问我姓名吗？息耳恭听。魔乃红袍大力子大元帅盖麾下总兵大将军王心鹤便是。你可知将军利害吗？照魔家的枪罢！"说罢，把手中抢直望仁贵面上刺来。薛礼把方天戟一声响架了枪，夏回一戟，直望番将前心挑将进去。王心鹤说："哎呀，不好！"把枪一抬，险些跌下马来。喊声："阿唷，名不虚传，果然利害。兄弟们快些上来，共擒薛蛮子！"一声大叫，关前薛贤徒、王心溪说："李大哥，你在这里掠阵，我们上去帮助王大哥杀这火头军薛蛮子。"李庆先说："既如此，各要小心。"二人道："不妨。"催开战马上前，直奔仁贵厮杀。这薛礼好不利害，一条戟敌住三人杀得天昏地暗。薛贤徒使动紫金枪望着咽喉刺，王心鹤舞动白缨枪望着胸前进，王心溪使动大砍刀照天灵乱砍，薛礼全不在心，抬开枪，架轲开刀，四人杀到五十余合，不分胜负。

周青、李庆红说："他们三人战我薛大哥一人，我等也上去帮帮。"众人道："说得有理。"周青在前冲上来，截住王心溪这把大刀；李庆红抵定薛贤徒这杆枪。关前李庆先看见中原上来一将："此人好象我同胞哥哥，当初我弟兄同学蔡阳刀，原有十二分本事，他霸住风火山为盗，我等四人出路为商，漂流至此十有余年。今看此将一些不差，不如待我上去问他，就知明白了。"李庆先带马上前大叫一声道："使大刀蛮子，可是风火山为盗的李庆红吗？"那庆红正杀之间，听得有人叫他，抬头一看，有些认得，好像我兄弟，连忙带过马来说："你可是我兄弟庆先吗？"庆先也答应道："正是你弟在此。"二人滚鞍下马，弟兄相会，叫："王兄弟休要动手，这是我哥哥好友。"庆红叫薛大哥："不要战，多是我弟结义弟兄，大家下马见礼。"四人听言，住了手中兵器，来问端的。李氏弟兄把细细情由说个明白。王心鹤大喜："如此讲起来，我们多是弟兄了。嗄，薛大哥，小弟不知，多多有罪。"仁贵道："说哪里话来？愚兄莽撞，得罪兄弟，不必见怪。"周青说："二位王大哥，我等九人既为手足，须要伏顺我邦，并胆同心才好。"心鹤说："这个自然。况今又多是手足，自然同心征剿番王。"李庆红道："如此，我们大家冲关夺到了思乡岭，报你们四位头功。"众人道："说得有理。"庆红庆先上马，提刀在前，引路九骑马，豁喇喇冲上吊桥。那些小番连忙跪下说："将军们既顺大唐，我们一同归服。"仁贵道："愿降者，决不有伤性命。"关上改换旗号，运出粮草，送与张大老爷，上了四位兄弟头功。不言王心鹤运粮投献。

先锋张环带领人马穿进关内，扎定营盘，来到总府衙门，升坐大堂。九人跪下。李庆红说："大老爷，这李庆先是小人同胞弟兄，望老爷收留。"四人也道："我等王心鹤、王心溪、薛贤徒、李庆先叩见大老爷，今献粮草宝物马匹，愿伏帐下共破东辽，以助微功。"张士贵大喜说："四位英雄归顺本总，赐汝等旗牌，辅其左右。"四人道："我闻薛大哥是火头军，庆红兄是何官职？"庆红说："我们五人多是火头军。"四人道："如此，我等九人共为火头军。"张环心下暗想，不受抬举的，也罢，你等俱往前营为火头军便了。上了四个名字，不必细表。

再讲到贞观天子闻报打破思乡岭，元帅传令起了人马，离了金沙滩，来至思乡岭。张士贵出关迎接，接进龙驾，坐于总府。张环俯伏说："我主在上，狗婿何宗宪取了思乡岭，前来报功。"天子大悦说："爱卿其功非小，奏凯班师，金殿论功升赏。"张环道："谢主万万岁！"尉迟恭上了功劳簿。张士贵退出总府，来到账房，不胜欢喜，犒赏火头军酒肉，前营内弟兄畅饮。仁贵开言叫声："兄弟们，明日起兵下去，不知什么地方？可有能将保守？"王心鹤说："薛大哥若问思乡岭下去，乃是一座天山。山上有弟兄三人，名唤辽龙、辽虎、辽三高，凶勇不可当，除了元帅英雄，要算他弟兄三人利害。"仁贵说："果有这样能人？愚兄此去，必要夺取天山，方显我手段。"心鹤说："大哥此去，无有不胜。"大家饮至三更。

一到明日，张士贵传令三军拔寨起兵，离开了思乡岭。一路下来，相近天山，把都儿报上山去了："启上三位平章爷，不好了！南朝穿白薛蛮子果然利害，取了思乡岭，四员总爷俱皆投顺。如今来攻打天山了。"辽氏弟兄听言大惊，叫声："二位兄弟，我想穿白小将如此利害，难以取胜。且守天山，看他怎样前来讨战。"两弟兄道："哥哥之言有理。"不表山上之言。

再讲火头军薛仁贵，同了八个弟兄尽皆披甲，出到营门，望天山一看，不觉骇然。但见天山高有数千余丈，枪刀如海浪，三座峰头多是滚木。扯起一面大旗，上书七个字："天山底下丧英雄"。望去隐隐有些看不出，小番一个也不见。"不要管，待我喊叫一声。呔！

山上的快报主将得知,今有火头将军薛礼在此讨战!"这一声喝叫,山顶上并无动静,仁贵连叫数声,并不见一卒。说道:"众兄弟,想必山太高了,叫上去没有人听见,不如待我走上半山喝叫罢。"王心鹤叫声:"薛大哥,这便使不得,上边有滚木石打下来的。若到半山,被他打落滚木,不要送了性命吗?"仁贵道:"不妨。"把马一拍,走上山来。不到二三丈高,只听得上面声喊叫:"打滚木!"吓得仁贵魂飞魄散,带转马,望底下一跑一纵,纵得下山。滚木夹马屁股后打下来,要算仁贵命不该绝,所以差得一丝打不着。薛礼叫一声:"天山上的儿郎休得滚木,快报进去,叫守山主将出来会我,若个作耳聋不报,俺火头爷爷有神仙之法,腾云驾雾上你天山,杀一个干干净净,半个不留。"山顶上把都儿听得说会驾雾腾云。忙报进山来:"启爷,底下穿白的薛蛮子在那里讨战,请三位爷定夺。"辽龙说:"二位兄弟不必下去,由这蛮子在底下扬威罢。"小番道:"将军,这个使不得。他方才说若不下来会战,他有神仙之法,腾云驾雾上山来,要把我杀个干净。"那弟兄三人一听此言,不觉吃一惊说:"他是这等讲吗?"辽虎道:"大哥,久闻火头军利害,看起来尽有仙法。"辽三高说:"不如我们走下半山,看看薛礼蛮子是何等样人,这般骁勇。"辽龙、辽虎说:"兄弟言之有理。"三人披挂完备,端兵上马,出寨来至半山说:"把都儿,我们叫你打滚木,便打下来,不叫你打,不要去动手。"小番答应:"知道。"辽三高在第一个低些,辽虎在居中又高些,辽龙在后面顶上。三人立在半山,薛仁贵抬头一看,三人怎生打扮?那辽三高:

头上戴一顶开口獬豸盔,面如锅底两道红眉,高颧骨、铜铃眼,海下几根长须;身穿皂罗袍,外罩乌油甲;坐下一匹乌鬃马,手执一柄开山斧。

又见辽虎他:

头上戴一顶狮子卷缨盔,面似朱砂涂就,两道青眉,口似血盆,海下一部短短竹根胡;身穿一件锁子红铜甲,坐下一匹昏红马,手执两柄铜锤。

后面辽龙他:

头上戴一顶虎头黄金盔,面方脸黄,鼻直四方,凤眼秀眉,五绺长髯;身穿一领锁子黄金甲,手端一管紫金枪,坐下一匹黄鬃马。

这三人立在山上,仁贵叫一声:"咦,上面三个番儿,可就是守天山的主儿吗?"三人应道:"然也。你等穿白小将,可就是南朝月字号内火头军薛蛮子吗?"仁贵道:"你既知火头爷爷大名,怎不下山归服,反是躬身在上?"辽龙说:"薛蛮子不必逞能。你上山来,魔与你打话。"仁贵心下暗想:"不知有甚打话?唤我上山,打落滚木亦未可知。论起来不妨,他们三人多在半山,决不打下滚木来的。"放着胆子上去。

薛仁贵一手执戟,一手带急缰绳,望着山上来。说"番儿,你们请着火头爷上山,有何话说?"辽龙说:"薛蛮子,你说有腾云驾雾之能,世上无双,凭你有甚法术本事,献出些手段与我们三位将军看看。"仁贵闻言,心中一想,计上心来。开言说:"你们这班番儿,哪里知道腾云驾雾?不要讲别的,只据我随身一件宝物,你国中就少了。"辽龙道:"什么宝物?快献与我们看。"仁贵说:"我身边带一枝活箭,射到半空中叫响起来,你们道稀奇不稀奇?"辽氏三弟兄说:"我们不信。箭那有活的?"要晓得响箭只有中原有,外国没有的,不会见过所以他们不信,仁贵说:"你们不信,我当面放一箭与你看看。"辽三高说:"你不要假话,暗内伤人。"仁贵说:"岂有此理!我身为大将,要取你等性命,如在反掌之易,何用暗箭伤你?"辽龙说:"不差。快射与我们看。"那薛礼左手拿弓,右手搭起两枝箭,一枝是响箭,一枝是鸭舌头箭。搭在弦上说:"你们看我射活箭。"辽氏弟兄听说,都把兵器护身。辽三高把开山斧遮住咽喉,在马上看薛礼往上面飕的一箭,只听倏哩倏哩响在半天中去了。那仁贵这一响箭射上去,他力又大,弓又开得重,直响往半天中。一枝真箭搭在弦上,哪知辽家弟兄不曾见过响箭,认真道是活的,仰着头只看上面,身体多不顾了,辽三高到把斧子坠下了,露出咽喉,被仁贵插这一箭,贴正射中辽三高咽喉内,跌落尘埃,一命呜呼。吓得辽虎魂飞天外,说:"嗄唷,不好!"带转马头,思量要走。谁想仁贵手快,发得一枝,又是一枝射去,中在马屁股上。那晓马四足一跳,哄咙把一个辽虎翻下马来,惊得辽龙魂不附体,自己还不会跑上山去,口中乱叫:"打滚木!"上面小番听得主将叫打滚木,不管好歹,哄哄的乱打下来。仁贵在底下听打滚木下来,跑得好快,一马直纵下山脚去了。到把辽家弟兄打得来头颅粉碎,尽丧九泉。一边打完滚木,那下边薛仁贵回转头来叫声:"众位兄弟,随我抢天山!"豁喇喇一马先冲,上山来把着那些小番乱挑乱刺,杀进山寨。

有底下八员火头军，刀的刀，枪的枪，在山顶杀得那些番兵逃命而走。那九人追下山有十里之遥，大家扣住马。士贵父子穿过天山，兵马屯扎路旁，犒赏九人，上了功劳簿，早报到思乡岭。正是：

三枝神箭天山定，仁贵威名四海传。

天子知道大悦，大元帅起程，三军放炮起行，一路下来，过了天山安营扎寨，士贵又进营来冒功了。说："陛下在上，狗婿何宗宪三箭定天山，伤了辽家三弟兄，以立微功。"天子大喜说："爱卿门婿利害异常，你一路进兵奏凯，回朝论功赠职。"士贵大悦："谢我主万万岁。"不表张环退出御营。敬德上了功劳簿，心内将信将疑，我且不表。

单讲士贵来到自己营中，传令人马拔寨起兵。离了天山，一路正望凤凰城来。此言慢慢说。

单讲凤凰城内有一守将，名唤盖贤谟。其人力大无穷，本事高强，算得着东辽一员大将。他闻得南朝火头军利害，暗想："天山上辽家弟兄本事骁勇，决不伤于火头军之手，只怕他难过此山。"正在思想，忽小番报进来说："启上将军，不好了！南朝穿白小将箭法甚高，把辽家三弟兄三箭射死。天山已失，将到凤凰城了。"盖贤谟说："有这等事？尔等须要小心保守，待唐兵一到，速来报我。"小番答应。出得衙门，只听轰天一声炮响，连忙报进："启上将军，南朝人马已安营在城外了。""带马！"小番答应，一边带过雪花点子马。他全身披挂，上了雕鞍，手提混铁单鞭说："把都儿，随我上城去。"小番答应。后面跟随番将数员，直上南城而来。望远一看，果见唐营扎得威武：

五色旗幡安四边，枪刀剑戟显威严。东西南北征云起，箭似狼牙弓上弦。

好不威风！

再表张士贵营中九个火头军，上马端兵出到营外。仁贵先来到吊桥，大喝一声说："城上的儿郎听着，今有火头将爷在此讨战，快报城中守将，早早出来受死。"盖贤谟大喝道："呔！城下的可是火头军薛蛮子吗？"薛仁贵应道："然也。你这城上番儿是什么人？"盖贤谟道："你且听者。本总乃红袍大元帅盖标下，加为镇守凤凰城无敌大总管盖贤谟是也。我看你虽有一身智勇，不足为奇。久闻你箭法精通，黑风关伤了戴笠篷，又三箭定了天山，果然世上无双，魔也不信。你今日若有本事，一箭射到城上，中我这一枝鞭梢，魔就带领城中兵马情愿退隐别方，把此座凤凰城献了你们。若射不中，即速退归中原，永不许犯我边界。"仁贵大喜说："当真要一箭中你的鞭梢，即就献城吗？"盖贤谟道："这个自然。若射中了，无有不献。"仁贵道："若射中了，你不献城便怎么样？"盖贤谟道："嗳，说哪里话来！大丈夫一言既出，驷马难追。岂肯赖你？倘若射不中，你不肯退回中原，便怎么样？"仁贵道："我乃中国英雄，堂堂豪杰，决不虚言。若射不中，自然退回。"盖贤谟道："还要与你讲过停当。"仁贵道："又要讲什么停当？"盖贤谟道："我叫你射鞭梢，不许暗计伤人性命，就算不得大邦名将了。"仁贵道："此乃小人之见，非大丈夫所为。"贤谟说："既如此，快射我的鞭梢。"那仁贵飞鱼袋内抽起一张弓，走兽壶中扯了一支箭将来，搭定弓弦，走到护城河滩边说："你看箭射来了。"口内说看箭，箭是不发。但只见盖贤谟靠定城垛，左手把鞭呈后，在那里摇动。心中一想："我道他拿定了鞭由我射的，岂知他把鞭梢摇动，叫我那里射得着？"便眉头一皱，计上心来。说道："盖贤谟你听者，我在此只顾射你鞭梢，没有细心防备，你后面番将众多。倘使暗计放下冷箭？伤我性命，将如之何？"贤谟道："岂有此理。君子岂行小人之事？把都儿，你们不许放冷箭。"他口内说，手中原把鞭梢只管摇动。那仁贯把弓开了说："呔，你说不许放冷箭，为何背后番将攀弓搭箭在哪里？"盖贤谟听言，把头回转去看后面，把鞭梢反移在前，手不摇动了。哪知仁贵箭脱弓弦，飕的一声，贴正：

射中鞭梢迸火星，贤谟吓得胆心惊。

不知盖贤谟献关不献关，且看下回分解。

第二十九回　汗马城黑夜鏖兵　凤凰山老将被获

诗曰：

贞观天子看舆图，游幸山林起祸波。

可惜功臣马三保，一朝失与盖贤谟。

话说那番将心惊胆战说："哎呀，我上了薛蛮子的当了。众把都儿们，这火头军如此骁勇，我们守在此总是无益，不如献城，退归山林隐居罢。"这些番兵番将都依言尽开了东城，一拥退归，自有去处。我且慢表。

再说仁贵见着城上顷刻间并无一卒，就呼："兄弟们！随我去看来。"八个兄弟同了仁贵就进东城，四处查看，并无东辽一卒。就把凤凰城大开了四门，士贵父子带领人马进入城中，扎定营盘，城上改了旗号。九人献了功，原往月字号营内。张环差人去报知天子，朝廷大悦，传旨兵马离了天山一路下来。先锋接驾进城，发炮安营。士贵又奏道："狗婿何宗宪，一箭射中凤凰城，又立了微功。"天子就叫元帅上了功劳簿。张环回到自己营内，传令三军拔寨进兵，离却凤凰城，一路先行。我且慢表。

单讲那汗马城中守将名唤盖贤殿，就是盖贤谟的兄弟，有千场恶战之勇，才高智广之能。那一日，正在外操演，才进总府，外边报进来了："报启上将军，不好了！凤凰城已失，大将军带领兵马，自去退隐山林了。如今大唐人马纷纷的下来了。"盖贤殿惊得面如土色说："你可知凤凰城怎样失的？"小番说："那大将军闻得薛蛮子利害，不与他开兵打仗，设下一计难他；就把鞭梢与他射。哪知火头军箭法甚高，贴正中了鞭梢，大将军就献城而退了。"盖贤殿说："啊呀哥哥，你好人贫志短也。怎的一阵不战，被他中了鞭梢，就退处隐居？难道困守不得的？把都儿过来，你们须要小心，唐兵一到，速来报我。"小番答应："嗄，晓得。"不讲小番守城。

且表张士贵人马到了汗马城边，一声炮响，齐齐扎下营盘。过了一夜，到了次日，仁贵通身披挂，来到城边大喝一声："呔，城上儿郎快去报说，南朝火头军在此讨战。"早有小番报进总府："报启上将军，城外有一位火头军前来讨战。"那盖贤殿全身披挂，上了雕鞍，出了总府，来至西城。一声炮响，城门一开，吊桥坠下。有一十四对大红蜈蚣幡左右平分，豁喇喇冲过吊桥来了。仁贵一见，喝声："来将少催坐骑，快通名来。"贤殿说："洗耳恭听，我乃大元帅盖麾下，加为总兵大将军盖贤殿是也。你这无名小卒，有何本领，敢来与魔家索战？"仁贵大怒道："唗，你这番奴有多大本事，擅敢口出大言，来阻我火头爷爷的兵马？既要送死，放马过来。"盖贤殿大怒，把马一纵，把大砍刀一举说："照爷爷刀罢！"豁绰一刀，望着仁贵顶梁上剁来。那仁贵就把方天戟噶啷一声响，钩在旁首，就把戟一串，望盖贤殿分心一刺。那一边大刀噶啷一声响，这一架在马上乱晃，两膊子多震得麻木了。说："嗄唷，果然这蛮子名不虚传。"二人约战有六个回合，盖贤殿杀得气喘吁吁。仁贵缓缓在此战他，忽见落空所在，紧一紧方天戟，插的一声直刺进去。贤殿喊声："不好！"把头一仰，正中在左肩尖上，一卷一挑，去了一大片皮肉。"嗄唷唷，伤坏了，休得追赶。"带转马缰绳，飞也一般豁喇喇望吊桥一跑进了城，把城门紧闭，往总府去了。外边薛仁贵大悦，得胜回营。张士贵犒劳酒肉，到前营与众弟兄其夜决饮，不必细表。

单讲汗马城中，盖贤殿身坐大堂说："阿唷，好厉害的薛蛮子。"他就把金疮药敷好伤痕，饮杯活血酒，心下一想："好厉害！战他不过，便怎么处？嗄，我如今固守此城，永不开兵，看他如之奈何。"算计已定，吩咐把都儿上城，各宜小心把守。再加儿道踏弓弩箭，他若再来攻城，速来报我。小番答应，自去吩咐众军，用心把守。此宵无话。

来日，薛仁贵又来讨战。小番连忙报入帅府："启上将军，昨日的薛蛮子又在城外讨战。"贤殿吩咐带马，跨上雕鞍，来到城上说："蛮子，你本事高强，智略甚好。故取天山与凤凰城。魔如今也不开兵，固守汗马城，怕你们插翅腾空飞了进来吗？"仁贵哈哈大笑："你没有本事守城，何不早投降过来？我主封你官职，重重受用。你若立志固守，难道我们就罢了不成？少不得有本事攻打进来，取你首级便了。"贤殿说："凭你怎么样讲，我等总不开兵。把都儿，你们须要小心，我去了。"贤殿自回衙门。仁贵无可奈何，大骂一场，骂到日已过西，总不见动静，只得回营。

过了一宵，明日同八个弟兄又去大骂讨战，总不开兵，一连骂三四日，原不见有人出敌打仗；只得到中营来见张环。张环说："为今之计便怎么处？他不肯出城对敌，他推迟时日，不能破城，奈何？"仁贵说："大老爷放心，我自有法儿取他城池便了。"张环道："如此须要竭力。"仁贵退出回营。到了次日，千思百想，想成一计。到中营见张环说："大老爷

在上，小人有个计策，即取汗马城了。”张环道：“什么计？”仁贵道：“大老爷只消如此如此，日间清静，夜内攻城。”张环说：“此计甚好，就是今夜起。”仁贵同进前营。

其夜，张士贵传令大孩儿张志龙带领三千人马，灯球亮子照耀如同白昼，去往东城攻打，炮声不绝，呐喊连天，一夜乱到天明方才回营。那东城头上三千番兵遭了瘟，一夜不能合眼。第二夜，二子张志虎带领三千人马，灯球亮了在南城攻打，齐声呐喊，战鼓如雷，直到天明方才回营。第三夜，张志彪在西城攻打。第四夜，张志豹人马在北城攻打。一到第五夜，四子各带三千人马散往四城攻打。这城内人民大小男女，无不惊慌。这些番兵真正遭瘟，日间又不敢睡，夜间又受些惊吓，哪里敢睡一睡？盖贤殿又是每日每夜在城上查点三通，若有一卒打睡，捆打四十，这些番兵们好不烦恼气着。不表城上番兵受累。

再表这一夜，又是张志龙攻城。轮到第五夜，四城一齐攻打。自此夜夜攻城，到了十九日，薛仁贵先已设计：这一夜大家不攻城，安静了一夜再说。城上番兵说：“哥呵，为今之计怎么处？他日间不来攻城偏偏多是夜里前来出阵。我们日间又睡不得，夜里又睡不得，害得我们二十夜不曾合眼，其实疲倦不过的。”又一个说。“兄弟们，倘今夜又四城来吵闹，那里当得起？”说话之间，天又夜了。大家个个小心，守到初更，并不见动静；守到半夜，不见唐兵前来；守到天明，也无一卒到来攻城。大家虽只不睡，到也快活。说：“唐军人马乱了这许多夜深，也辛苦了，谅今夜决定也不来的。”且按下城上众兵不言。

单讲到仁贵暗想：“那番邦人马二十天不睡，多是人困马乏，疲倦不过的了。”忙与众兄弟商议一番。直守到二更天，城上番兵明知不来，大家睡了。二十天不睡，这一夜就是天崩地裂也不晓得的了。

再说城外薛仁贵引头，九个火头军多是皂黑战袄，开裆裈裤。因要下水去的，故此穿开裆的，恐其袋水。个个暗藏短兵器，拿了云梯，九人多下护城河去，上了城脚下。一边张士贵带人马，照起灯球亮子在西城，长子带三千人马在东城，次子带人马打南城，四子守北城，把灯球照耀如同白日，真正神不知鬼不觉。姜家弟兄扒东城，李家弟兄扒南城，王氏弟兄扒北城，薛、周二人在西城，各处架云梯扒城。先说仁贵架着云梯一步步将上去，周青随后，薛贤徒在底下行将上来。这薛仁贵智略甚高，先把一口挂刀伸进垛内，透透消息，并无动静，方才大胆。两手搭住城墙，一纵跨进城墙，遂曳住周青也吊了进去。薛贤徒也纵进里边，看一看好像酆都地狱内一般，那些番兵犹如恶鬼模样，也有睡的，也有靠的，也有垂落头的，尽皆睡着不知。三人把兵器端在手中，仁贵说：“你两个各自去杀四城番兵，我下去斩了盖贤殿，再来领你们出路。”那个仁贵往城下去了。这周青、薛贤徒大喊一声：“呔，你们不必睡，我们火头军领人马攻破城头，杀进来了！”一声喊叫，下面张环带领兵马，炮声一起，齐声呐喊，战鼓如雷，在下扬威。城中二人提刀提锏乱打乱斩，唬得番兵没头没脑，有路无门。只听南城一声炮响，下边呐喊助战，上边也在那里杀了。东西二城，尽皆喊杀，连天炮声不绝。杀得番兵夺路而走，也有坠城而死，也有坠城而跑。也有斩下脚的，也有劈去膊子的，也有打碎天灵盖的，也有打坏脊梁骨的。周青舞动双锏，一路的打往南城去，李庆红杀往西城来，李庆先使动板斧杀至东城，姜兴本反杀往南城，姜兴霸杀到北城，王心溪杀至东城，王心鹤舞动双锤打到西城，薛贤徒追到北城。八个英雄在四门杀来打去，这几千番兵遭其一劫了。

又要说到总府门内，盖贤殿靠定案桌，正在打睡，忽梦中惊醒了，只听外边沸反滔天，震声不绝，说：“啊呀，不好了！上他们计了。”跨上雕鞍，提刀就走。才离总府，哪知仁贵躲在暗内，跳上前去一刀，砍于马下，取了首级就走，杀上城头，大半死在城内，一小半要逃性命，开了四城而走。不道城外伏住人马反杀进城，走的皆丧九泉。士贵领人马进了城，四面八方把这些番兵杀得干干净净。东方发白，一面安营，一面查盘奸细，城头上改了旗号，把四门紧闭，方才犒赏火头军一番。连忙修成本章，差人送往凤凰城，不必表提。

单讲凤凰城内，贞观天子驾坐御营，同徐茂公、敬德正在说起张士贵攻打关头，去有二十余天，不见报捷，未知胜败如何。说话未完，忽有守营军上呈上张先锋本章，天子展开一看，方知汗马城坚守难破，亏他门婿何宗宪用尽心机，夜驾云梯进城攻破，已取其地方，延拖时日，望王恕罪，许多言语。军师与元帅同观，尉迟恭就把功劳簿记了功。

天子心下暗想：“不知东辽还有多少城池未破？待朕取出东辽地图一看就知明白。”天子降旨，茂公取上地图，天子展开细看，从黑风关、狮子口看起，一直看到凤凰城，上边载得明白。凤凰城南首不上四十里之遥，有座凤凰山，上有四时不谢之花，八节长春之草，还有凤凰石，石下凤凰窠，窠外有凤凰蛋，此乃东辽游玩地方，古今一处圣迹。不觉惹动圣心，开言叫声："徐先生，朕在中原常常看此地图，只有凤凰山古迹甚好游玩。只因远隔东海，难以得到，故不说起。如今天遂人愿，跨海征东，以取凤凰城，只离得此地四十里之路，朕意欲游玩此山，看看凤凰蛋，不知怎么样的，先生你道如何？"茂功听见此言，不觉吃惊，心中一想：此番帝心不转，老将就有灾难了。但天机不可泄露，连忙回答道："陛下既有此心去游玩，但恐凤凰山有将把守，必须要差能干大将探听过了，然后可去。"那下边这班老将们，听得天子要到凤凰山去看看凤凰蛋，大家多是高兴的。平国公马三保走上来说："陛下要游凤凰山，待老臣先去探听个虚实，前来回复我主。"天子说："既是马王兄前去，须要小心，速去速来。"

马三保答应下来，结束完备，上马提刀，带了部下军士，出营就走。一路上好不快活，心内想：此去若无守将更好，若有守将，即便开兵杀退番将，看个仔细，何等不美也？不枉了随驾过海这一番跋涉，回朝去也好对故乡亲友说说海话。一头思想，一路行去。忽抬头远远见凤凰山，加鞭赶近，果见山脚下有营帐扎在那里。你们道什么将官在内？就是凤凰城守将盖贤谟。他领兵隐在此山，暗中差人各路打听大唐天子消息，予先有报。贤谟晓得大唐老将到来，便暗中使计停当，然后上马端兵，冲出营来，大喝："呔，南朝老蛮子，既到此地，快快下马受死！"马三保听言，抬头一看，阿唷，你看来将生来黄脸紫点斑，眼似铜铃样，两道赤眉毛，獠牙，狮子口，招风大耳朵，一部火练须，顶盔贯甲，坐下金丝马，手提混铁鞭。马三保看罢，大喝道："呔，我砍死你这狗头！本藩奉天子旨意，要来游玩凤凰山，你还不早早退去，擅敢前来拦阻吗？快来祭我宝刀！"盖贤谟道："此座凤凰山，乃是我东辽一点圣迹，就是我邦狼主尚不敢常去，你们是中原蛮主，擅敢到凤凰山吗？分明自投罗网，只怕来时有路，去时无门。敢来夸口？"马三保大怒说："番狗儿，休得自强，看刀！"催马上前，把大砍刀一起瞎绰一刀，剁将过去。盖贤谟把鞭噶啷一声响架开，马打冲锋过去，带转缰绳，贤谟提鞭就打，三保急架相迎。二人战到个十六回合，马三保年纪虽老，到底有本事，杀得盖贤谟呼呼喘气，有些招架不住，把鞭虚晃一晃说："老蛮子果然好厉害，不是你的对手，我今走也，休得来追。"带转马，豁喇喇望营前就走。马三保把大刀一紧说："你要往那里走？我来取你之命了！"就拍马追上前去。才到营前，不妨番将私掘陷坑，谁知马脚踏空，哄咙一声响，连人带马翻下坑中。那些番将上前，把烧钩搭起，背缚绑了进营来。三保挺身立着，大叫一声："罢了，上了他诡计。"那晓营外八员军士见主将绑入营中，明知不好，等他营前挑出首级，好回报天子。等了一回，不见动静，只得离了凤凰山，前去报了。我且慢表。

单言营中盖贤谟摆了公案，带过马三保，背身站立。喝道："呔，老蛮子，今被魔家擒住，见魔还不跪吗？"三保大怒说："唏，我把你这番狗奴砍死的。我乃上邦名将，一人之下，万人之上。怎么反来跟你们草莽蝼蚁？"盖贤谟说："此一时，彼一时。你在唐王驾前谁人不敬？那个不尊？今被擒住，早早屈膝善求，尚恐性命不保。你这等烈烈轰轰，偏要你跪！"三保呼呼大笑道："我奉天子之命在身，岂肯轻易跪人？我老将军兵头可断，其膝不可屈。要杀就杀，决不跪你这番邦狗奴。"盖贤谟大怒道："你不跪罢了不成？左右过来，与我砍下二足。"手下一声答应，两边把刀斩将过去，把老将二腿砍下。可怜一位大唐开国功臣，跌倒在地，喊叫不绝。盖贤谟又吩咐："将他两只膊子割下，抬去撇于大路上。等唐朝这班老将看样，若到凤凰山来，又照样死法。"小番得令，把马三保割去二臂，抬出营门，撇在通行大路，前来回报。此言不表。单讲马老将军一去双手两足，心未肯就死。在道路上负痛有口难喊，有命难救。再表凤凰城上，天子与军师元帅讲话，忽有军士报进说："不好了。"

犹如心向云霄去，恍然身落海涛口。

不知马三保死活如何，且听下回分解。

第三十回 尉迟恭囚解建都 薛仁贵打猎遇帅

诗曰：

凤凰山上凤凰鸣，凤去朝天番将惊。
请救扶余怀妙计，雄师百万困山林。

话说那军士报上："万岁爷，老千岁杀败番将，追赶上去，不道中他诡计，身落陷马坑，被他活捉进营。小的们等候许久，不见消息，又不见首级挑出，一定凶多吉少。"天子听言，吓得浑身冷汗，便说："徐先生，马王兄被他捉去，决然有死无生，快些点将去救才好。"尉迟恭道："陛下放心，待臣去救来。"朝廷说："尉迟王兄前去须要小心。"尉迟恭道："不妨。"按好头上金盔，提了黑缨枪，跨上乌骓马，带了四员家将出营，竟往凤凰山去。远远望见山脚下账房密密，想来这是番将守山的营寨了。尉迟恭正想之间，抬眼看见道路上一人，并无手脚，像冬瓜一般。尉迟恭到吃一惊，忙唤家将前面去看来，这个还是人还是怪。众将奉命上前去一看，忙来报说："元帅，这就是马老千岁，被番营断去手足，还是活的。"敬德闻言：

犹如天打与雷惊，半个时辰呆住声。

连忙把枪尖放下，枪杆向天纵一步，马上见了马三保这等模样，不觉泪如雨下，叫声："老将军，你怎的不小心，遭这样惨祸？想你决不能活，有什么话说？趁本帅在此，可要荫封，还是怎样？负痛快快说来，等我申奏朝廷。"马三保去了手足，心疼不了，有口难言，只把口乱张，头乱摇，眼内泪如线穿。要进一步，又无手擎，又无脚挣，只把头一仰一曲拢来了些。尉迟恭说："你心内疼痛，不必挣拢来，待我走进来便了。"敬德领一步，马上枪尖贴对马三保当心。这马三保痛得紧，把不能够死，用力叠起心来，正刺当中。一位兴唐大将，今日归天去也。敬德连忙拿起枪尖，马三保已合眼身故。尉迟恭吩咐家将抬到凤凰城去。家将答应，自去料理抬回。那尉迟恭说："我此番要不与老将军报仇，枉为一殿之臣！"

那番尉迟恭暴跳如雷，纵马摇枪来到番营，呼声大叫："呔，小番快报你生儿番狗奴知道，说我大唐大元帅尉迟将军在此，叫他早早出营受死！"小番闻言报进账内。盖贤谟闻此大唐元帅尉迟恭，不胜欢喜，忙坐马端枪出到营外，架住兵刃，哈哈大笑说："呔，尉迟蛮子，我只道你有三头六臂，原来你也是个平常莽夫。看你年纪老迈，怎与魔家斗战一二合？你不见那路上此人吗？不要照样而死，那时悔之晚矣。"敬德听说，心中一发火冒，大怒说："我把你这番狗奴，有多大本事，敢把本帅标下一员大将断去手足？仇如海底，故而本帅亲来擒你，活祭我邦老将，以雪此恨！放马过来，照本帅一枪罢。"忙紧一紧乌缨枪，直望盖贤谟面门上挑将进来。这贤谟喊声："不好！"把鞭望枪杆子上噶啷这一架，马多退后十数步，冲锋过去，圈得转马来。这尉迟恭一心要报仇恨，捅的一枪，又望番将劈咽喉刺将过去。盖贤谟用尽平生之力，架得开枪，手将震麻了，只得勒马便走。敬德随后追赶，盖贤谟跑进营去了。尉迟恭才到得营前，也是哄咙一响，连人带马翻下陷坑中去了。这里烧勾搭起，绑进账房。唬得外边军士连忙报往凤凰城。我且慢表。

单讲盖贤谟捉了大唐元帅，心中大喜："我狼主向有旨意说：'有人生擒得南朝秦叔宝、尉迟恭活解建都候旨发落，其功非小。'我如今把他前去，岂不是我之大功也！"主意已定，说："老蛮子！你的造化。若不是我狼主要活的，我早已把你手足也断去了。"尉迟恭到气得不开口。这就吩咐囚入囚车，五千人马护住，盖贤谟就走建都。扯起营盘，离了凤凰山，竟走三江越虎城。我且慢表。

再说那凤凰城内，天子正在忧愁，思想王兄此去，未知胜败如何。不想营外飞报进来说："启万岁爷，那马老将军被番兵砍去手足，撇在大路，负痛不过，正凑着元帅枪尖而死。因此把尸骸抬在门外，请旨定夺。"天子闻言，吓得魂飞天外，魄散九霄，龙目中纷纷下泪。段、殷、刘三位老将军身冷汗直淋，赶出御营，一见马三保如此而死，不觉放声大哭，走进御营，哭奏天子，要求荫封。天子降旨：即便荫封埋葬凤凰山脚下。段、殷、刘三老将领旨,带同军士亲往凤凰山埋葬。我且不表。单言探子又报天子说:“启上万岁爷,元帅欲与马老将军报仇,追杀番将,也入陷坑,被他绑入营中,未知生死,故特飞报。”那天子又闻此报,吓得呆了一个时辰,方才叫道:“徐先生,为今之计怎么处?”茂公说:“陛下龙心韬安。马将军惨死,乃是大数,不能挽回。尉迟恭阳寿未绝,自有救星,少不得太平无事回来。”

不表君臣议论之话,再说到汗马城先锋张士贵,他奉旨停兵在城养马,未有旨意,不敢攻打前关,所以空闲无事,日日同了四子一婿,在城外摆下围场打猎。这九个火头军,也是每日在别处打猎。不想那一天张士贵用了早膳,打猎去了。前营火头军正在那里吃饭,仁贵道:“众位兄弟,日已正中了,我们快去打猎要紧。”周青道:“薛大哥,我们与他去怎么打得野兽来?又没我们分。昨日辛辛苦苦打两只顶肥壮麋鹿,多被大老爷要了去。”仁贵道:“贤弟你真正小人之见。两只鹿有什么稀罕?今日闻得先锋大老爷,同众位小将军向北山脚下去了,我们往南山脚下,他们就撞不见了。”周青道:“哥哥说得有理。”九人吃完了饭,各取了弓箭兵器,多上马出了汗马城,向南山下去四十里,摆下围场,各处追赶獐鹿野兽,打猎游玩。日已正午过了,只看见远远一队人马,多是大红蜈蚣旗。仁贵说:“兄弟们,你看那边用大红蜈蚣旗人马,一定东辽兵将,必有宝物在内,所以有兵丁护送,解上建都去的。待我上前夺了他来,或有金银宝物,大家分分,有何不可?”周青闻言,大喜说:“快上去。”仁贵就纵马将戟冲上前来,大喝一声:“呔,番狗奴!俺火头将军在此,快快留下名来。”一声大叫,这一首盖贤谟听得,说道:“军士你们等须要小心保住。”即便纵马提鞭呼一声进前大喝道:“呔,我把你这薛蛮子一鞭打死才好。前日在凤凰城不曾取你之命,故而今日前来送死么!”这仁贵想:夺财宝要紧。也不打话,喝声:“照戟罢!”绰这一戟,直望盖贤谟面门上刺来。他就把混铁鞭噶啷一声响,枭往一边,马打交锋过去,圈得转马来。这仁贵手快,喝声:“去罢!”绰这一戟,刺将进来,贤谟喊声:“阿呀”来不及了,贴正前心透后背,阴阳手一番,哄咙挑往那一首去了。薛礼赶上前来,这班番兵散往四处去了。只留得一座囚车,看他探起头来,是黑脸胡须的人。仁贵认得就是尉迟元帅,到吓得面皮失色,拍马便走。尉迟敬德见这穿白袍小将,好似应梦贤人,大叫:“小将快来救我本帅。”敬德叫得高兴,那边越跑得快了。敬德心下一想:“如今不好了,他杀了番将,救了某,到跑去了。如今不上不下,丢我在囚车内,倘被番兵再来到,被他便便当当割了头去,便怎么处?”此话不表。

单讲仁贵急急忙忙跑过去了,八弟兄一见,连叫:“大哥!”总不回头,只得大家随后赶来。却正遇张士贵父子打从东首兜转来,便见了仁贵。忙问道:“薛礼,你今日打了多少飞禽走兽?”仁贵把马扣定;面色战栗。张环到吃一惊,忙问道:“你为什么这样惊惶?”仁贵喘气定了,叫声:“大老爷,小人真正该死。方才正在那一边打猎,不当不抵却遇一队番兵前来,我只道是解什么宝物往建都去的,故此飞马上前,却夺来献与大老爷。谁知并非有什么宝物,乃是尉迟恭元帅,不知几时被擒,囚在囚车里面,解往建都去的。所以小人杀了番将,散了番兵,飞马就跑。望大老爷救救。”张环说:“原来有这等事!他可问你名字?”仁贵说:“小人拍马飞走,没有这个胆量与他答话。他叫我放出囚车,小人有主意,不去听他,竟跑了来。”张环道:“还好,你的命长,以后再不可道出仁贵二字,算为上着。你快些同了弟兄们,进城躲避前营内,待我大老爷去放他,送回凤凰城就是了。”仁贵道:“多谢大老爷。”不表仁贵同众弟兄回营。

再讲张环满心欢喜,同了四子一婿,竟往南山脚下而来。果见一轮囚车,张环连忙下马,起步向前说:“元帅,末将们多多有罪了。”连忙打开囚车,放起尉迟恭。敬德便问:“方才救我这穿白小将是什么人?”张环说:“这就是小婿何宗宪。”宗宪忙上前说:“是小将。”敬德道:“混账!方才明明见的那一个人,不是这一个模样,怎么说就是你?难道本帅不生眼珠的吗?我且问你,既你为什么方才飞跑而走?”张环说:“小婿何宗宪到底年轻,不比老元帅久历沙场。他偶遇一队番兵,道有什么金珠财宝,故而一时高兴杀散番兵。看见元帅在囚车内,不敢轻易独放,所以飞跑来同末将父子一齐来放。”敬德道:“无影之言由你讲,少不得后有着落,悔之无及,去罢。”张环道:“请元帅到汗马城中水酒一杯,待末将送往凤凰城去。”敬德道:“这也不消,有马带去骑来。”张环答应,吩咐牵过高头白马。尉迟恭跨上雕鞍,不别而行,竟往凤凰城去了。张环父子围场进入汗马城。我且不表。

单讲到凤凰城，唐王正在相望尉迟恭，忽军士报说："元帅回营了。"天子闻言大喜。敬德走进御营朝参过了，天子道："王兄，你被番将擒去，犹如分剖朕心，难得今早回营，未知怎样脱离？"尉迟恭："陛下在上，臣被他擒去，囚在囚车，活解建都。行至汗马城山叉路口，遇一白袍小将，杀退番兵，见了臣飞跑而去。停一回，张环父子同婿何宗宪，前来放我，臣就问他此事，他说就是宗宪。虽脱离灾难，反惹满肚疑心，想来那白袍小将，一定是应梦贤臣。"天子闻言便说："徐先生，这桩事情必然你心中明白。救王兄者，还是何宗宪，还是薛仁贵？"茂公笑道："那里有什么薛仁贵？原是何宗宪，元帅不必心疑。"尉迟恭说："这桩真假且丢在一边。那凤凰山如今没人保守，望陛下明日就去游玩一番，好进兵攻打前关。"天子曰："然。"即降旨：众臣兵士各要小心。此夜无言。

一到来日，众三军尽将被挂在城外候驾，下面三十六家都总兵官上马端兵，一班老将保定龙驾，出了凤凰城，竟往凤凰山来。四下一看，果然好一派景致。但见：

红红绿绿四时花，白白青青正垂华。百鸟飞鸣声语巧，满山松柏翠阴遮。

有时涧水闻龙啃，不断高冈见虎跑。玲珑怪石天生就，足算山林景致奢。

那天子心下暗想："地图上只载得凤凰山上有凤凰窠、凤凰蛋，如今到了此山，地界广阔，知道这凤凰窠在那一个所在？"即便降旨一道："谁人寻出凤凰窠，其功非小。"旨意一下，这班老将保驾在此，只有二十四家总兵官领了旨意，分头各自去寻。再表齐国远同着尤俊达寻到东首，忽见徐茂公立在那一边，便开言说道："徐二哥，你在这里吗？"茂公道："二位兄弟，你们可有寻处吗？"国远说："那里见有什么凤凰窠，凤凰蛋？"茂公道："兄弟，你岂不知凤凰栖于梧桐？现在前面，你还要到那里去寻？"国远道："如此，这边这几株梧桐树下就有凤凰窠、凤凰蛋了吗？"茂公道："你去寻看便知分晓了。"那齐国远依了茂公之言，连忙寻到那一首梧桐树下。只见一座小小石台上，有一块碑牌，好似乌金一般，赤黑泛出亮光，犹如镜子，人多照得见的。约有一人一手高，五尺开阔。地下有一块五色石卵，长不满尺，碗大粗细，两头尖，当中大，好似橄榄一般。推一推，滚来滚去。石台底下有一个穴洞，一定是凤凰窠了。便说："尤大哥，如今凤凰窠已寻着，快报万岁知道。这个石卵到好，待我拿他玩耍。"他双手来捧，好比生根一般，动也不动。国远什么东西千斤石拿得起来，这些小东西有多少斤数！拿他不起？两个用力来拿，总拿不动，推去原像浮松一般，推来推去，单是拿不动。大家自不信，自好生疑惑。茂公走过来，见了笑道："有这两个匹夫，岂不晓此是凤凰山上的圣迹，若然拿得动，早被别人拿去了，那里还等得到你们两个来？"二人听说，也笑道："是阿，不差。"回身就走来报与天子。

天子大喜，同了元帅、段、殷、刘四员老将来到梧桐树下，跨上小小石台。天子观看，见乌金石碑甚是光亮，照得出君臣人影。天子说："徐先生，此是何碑？"茂公说："此非碑也，就叫凤凰石了。"天子说："既是凤凰石在此，凤凰为何不见呢？凤凰蛋也没有见来。"茂劝说："当真凤凰生什么蛋的？只不过像这些。圣迹底下这块石卵，就是凤凰蛋了。"唐王说："先生之言说得有理。如今但不知凤凰可在窠中不在窠中？若然见得凤凰。朕在万幸也。"茂公道："凤凰岂是轻易见的？但陛下乃天子至尊，就见何妨？只恐臣等诸人见了，就是天降灾祸，只恐见他不得。"齐国远道："我们不信！那有看不得的道理？偏要看看这凤凰。"他就走取了一根竹梢，来到凤凰窠边；透入里面，乱捎起来。只听见里面百鸟噪声，飞出数十麻雀，望东首飞去了。又见飞出四只孔雀，后来了一对仙鹤，不消半刻，果见一只凤凰满身华丽，五彩俱全，三根尾毛长有二尺，飞起来歇在凤凰石上，对了贞观天子把头点这三点。茂公道："陛下，他在那里朝参了。"天子满心欢喜说："赐卿平身。"但见这凤凰展开两翅，望东首飞去了。朝廷说："先生，方才这凤凰，后分三尾是雄的，一定还有雌的在内，不见飞出来。"国远说："既有雌的，待臣再捎他出来。"又把竹梢望窠内乱搅，只听里边好似开毛竹一般的响，国远连忙拿出竹梢，见飞出一只怪东西来了，人头鸟身，满翅花斑，像如今啄翁公一样，登在凤凰石上，对天子哭了三声。大家见了不识此鸟，独有徐茂公吓得面如土色，大骂国远说："凤凰已去，何必又把竹梢捎出这只怪鸟来？啊呀陛下，不好了，祸难临头，灾殃非小，快些走罢。"吓得天子浑身冷汗，说："先生，祸在哪里？"茂公道："啊呀陛下，还不知此鸟名为哭鹂鸟，国家无事，再不出世；国家颠倒，就有此鸟飞出。当初汉刘秀在位，有此怪鸟歇在金銮殿屋上，只叫得三声，王莽心怀恶意。

就将飞剑斩怪鸟，谁知衔剑远飞腾。"

不知贞观天子，见了怪鸟如何，且看下回分解。

第三十一回　唐贞观被困凤凰山　盖苏文飞刀斩众将

诗曰：

练就飞刀神鬼惊，百发百中暗伤人。
可怜保驾诸唐将，尽丧刀光一缕青。

再说徐茂公对天子说："怪鸟衔了王莽飞剑飞去，王莽就背及朝主，把汉室江山弄得七颠八倒。如今这怪鸟分明对陛下在此哭，还有什么好光？"朝廷说："此鸟这般作怪，待朕赏他一箭。"天子说罢，用弓搭箭射将上去。这鸟刮搭一声，衔了御箭，望东飞去。茂公道："如今就有祸患来了。怪鸟衔了御箭，分明前去报信，此时不去，更待何时？"众大臣一听军师之言，吓得目顿口呆，走也来不及。这叫说时迟，来时快。先讲大元帅盖苏文，早知大唐薛蛮子利害，缺少人马，奉旨到扶余国借兵五十万，猛将数百员。却值这一日回来，大路上人马走个不住。相近汗马城，只听百鸟声音，抬头一看，只见一群飞鸟领着凤凰而去。盖苏文大怒，心内暗想："此凤凰安安稳稳在山上窠内，狼主向有旨意，不许扰乱此窠。今凤凰已去，谅有人惊动灵鸟，故此飞去。我本邦将士决然不敢，一定中原有将在山上，故把凤凰都赶了去。"正想之间，忽听哭鹂禽在头顶上叫一声，落下一枝翎箭。盖苏文就抬起来一看，上刻"贞观天子"四字，明知唐王在山上，连忙吩咐传下军令，五十万人马竟望凤凰山来。一声炮响，把凤凰山团团围住，下山的大路排列加重营帐，番将数员。山前扎住帅营，盖苏文自己亲守。又传令到建都讨兵十万，前来困上加困，兵上增兵，哪怕唐王插翅飞了去。

不表盖苏文围困山下，单讲山上唐天子正欲传旨，忽听炮声一起，大家看时，山下番兵来得多了，围得密不通风。天子吓得目顿口呆，说："先生，诸位王兄，为今之计怎么样？"军师与众将说："陛下龙心韬安。盖苏文虽只围住此山，要捉我邦君臣，却也烦难。"降旨安下营盘，一面伐木作为滚木。这一天正当午刻过了，盖苏文也不开兵。山上君臣议论纷纷，当夜不表。

到了明日，番营内炮声一起，大元帅冲出营来。你道他怎生打扮？

头戴一顶嵌宝狮子青铜盔，雉尾高挑，身穿一领二龙戏水蓝青蟒，外置雁翎甲。前后护心，锁袋内悬弓，右边插一壶狼牙箭，坐下一匹混海驹，手端赤铜大砍刀。

立住山脚，高声大叫道："呔，山上唐童听者，你在中原稳坐龙廷，太平无事。想你活得不耐烦，前来侵犯我邦。今日上门买卖，不得不做。唐童要逃命，也万万不能，若降顺我邦，低首称臣，我狼主决不亏你一家。亲王封你的，待保全性命，亦且原为万人之尊。若不听本帅之言，管叫一山唐兵尽作刀下之鬼。"按下苏文之言。

单讲山上君臣望下看时，只见盖苏文头如笆斗，眼似铜铃，青面獠牙，身长一丈，果是威风。天子见了盖苏文，记着前年战书上第十二句："传与我儿李世民"，不觉恨如切齿，恨不得飞剑下去，割他首级。段志远上前说："陛下，待老臣下去会他。"天子说："须要小心。"志远道："不妨。"便按好头盔，紧紧攀胸甲，坐上马，提了枪，豁喇豁喇冲下山来，大叫一声："呔，番奴！老将军来取你之命也。"苏文抬眼一看说："来将可通名来。"段志远冲得下山说："你要问我之名吗？我老将乃实授定国公、出师平辽大元帅标下大将，姓段双名志远。你可闻老将军枪法利害吗？想你有多大本事，敢乱目兴兵，困住龙驾！分明自投罗网，挑死枪尖，岂不可惜？快快下马受死，免得老将军动恼。"盖苏文闻言大怒说："你这老蛮子，当初在这中原，任你耀武扬威，今到我邦界地，凭你有三头六臂，法术多端，只怕也难免丧在我赤铜刀下。你这老蛮到得那里是那里，快放马过来，砍你为肉泥，"段志远心中大怒，喝声："番狗，照老将军的枪罢！"就分心一枪挑将过来。这盖苏文不慌不忙，把手中青铜刀噶啷一声架开，回转刀来喝声："去罢！"绰一刀砍过来，段志远看见刀法来得沉重，那里架得住？喊一声："我命休矣！"躲闪也来不及，贴正一个青锋过岭，头往那边去

了，身子跌下马来。一员老将，可怜死于非命。盖苏文呼呼大笑说："什么叫作开国功臣，不够本帅一合，就死在刀下了。"那山上唐王一见志远身亡，心中不忍。旁首殷开山、刘洪基见了，放声大哭说："啊呀我那段老将军啊！"开山跨上马，提了大斧，带泪下山来，叫声："盖苏文，你敢把我同朝老将伤了性命，我来报仇也！"一声喊叫，后面刘洪基也下山来道："不把你这番拘一刀砍为两段，也誓不为人了。"盖苏文说："慢来，要丧在本帅刀下，必须要通个名儿。"殷、刘二老将道："你要问老将军名字吗？洗耳恭听：我乃开国公殷开山、列国公刘洪基，可闻晓大名吗？"盖苏文道："中原有你之名，本邦不似为奇，放马过来。"开山纵马上前，把双斧一起劈将过来，盖苏文把赤铜刀架在一边，刘洪基把蔡阳刀剁将过去，盖苏文也枭在一旁冲锋过去，打转马来，盖苏文量起赤铜刀，望着刘洪基劈面砍将过来，他便把蔡阳刀望赤铜刀上噶啷噶啷这一抬，马多退后了十数步，两臂多震麻了。苏文又是一刀，望开山顶上剁来，开山手中双斧那里招架得住？闪避也来不及，怎经得盖苏文力大刀重，把殷开山顶梁上一直劈到屁股头，分为两段，五脏肝花坍了满地，也丧黄泉去了。刘洪基一见砍劈了段开山，又要哭又要战，忽手一松，刀落在地，却被盖苏文拦腰一刀，身为两段，呜呼哀哉。正是：

松山四将久闻名，高祖开山开国臣。南征北讨对时战，东荡西除日日征。

试看唐朝非容易，血汗功劳才得平。可惜四员年老将，凤凰山下作孤魂。

这唐天子见三员老将军尽丧盖苏文刀下，不觉龙目中纷纷掉泪，心中好不万分懊悔。尉迟恭吓得目瞪口呆，下面二十七家歃血弟兄内总兵官齐国远，也有些呆地说道："陛下，三位老将遭此惨死，难道罢了不成，待小臣下去与他会战，以报冤仇。"诸将道："这个使不得。齐兄弟，你不要混账。盖苏文手段高强，段、殷、刘三员老将尚死在他刀下，何在于你？"国远道："不妨事的。"他不听众将之言，上马轮斧冲下山来，高声大叫："番狗！齐爷爷来会你了。"盖苏文说："又是一个送死的来了，快快留下名来。"国远道："呔，你要问爷爷名姓吗？洗耳恭听，我乃大元帅尉迟恭标下、加为总兵官齐，表字国远，可闻我杀人不转眼的主顾吗？"苏文道："本帅不知你这无名小卒。今日本帅开了杀戒，凭你多少名将下来，也尽斩死这口刀下。"国远大怒，纵马上前喝声："照斧罢！"绰一声，双并斧子砍将过去。盖苏文把刀架在一边，马打交肩过去，圈得转马来，苏文把刀一起，喝声："去罢！"绰的一刀砍过来，国远那里招架得住？说声："啊呀，我命死也！"把头一偏，连肩卸背着一刀，复上一刀，斩为四块，一家总兵归天去了。

山上有二十六家总兵，见齐国远身遭惨死，大家放声大哭说："兄弟，哥哥们方才伤了三员老将，乃是一殿之臣，所以也不十分着恼。今齐兄弟是我们歃血弟兄，生死之交，岂可坐视国远身亡？我等二十六家好友，不与他报仇，更待何时？"这番王当仁兄弟，尉迟南弟兄、李如珪、尤俊达、鲁明弟兄、岳伯勋、鲁世侯、尚山智、夏山智、张公瑾、史大奈、韩世宗、金甲、童环。李公逸、唐万仁、卜光焰、卜光靛、邴远真、邴远直、贾闰甫、柳周臣、樊建成随征这二十六家总兵，齐跨上雕鞍，枪的枪，刀的刀，尽皆含泪豁喇喇冲下山来，大叫："盖苏文，我把你拿来剁为肉酱，以祭我兄弟齐国远，方消我恨。"这盖苏文往上一看，只见许多将官赶下山来，他到问不得许多名姓，说："来，来，来，祭我的刀口。"这数家总兵齐下山，把盖苏文团团围住在中间，望他乱斩乱打。也有紫金叉分挑肚腹，一字稅照打肩头，银画戟乱刺左膊，乌缨枪直刺前心，月牙铲望领就铲，雁翎刀顶上风声，混铁棍低扫马足，点光锚就刺咽喉，龙泉剑忽上忽下，虎尾鞭左打右打，开山斧斧劈后脑，大银锤打碎天灵，狼牙棒腾腾杀气，枣样槊四面征云，信轮锏霞光万道，紫金枪烟雾腾霄。这盖苏文好不了当，把赤铜刀量起在手中，抬升紫金叉，架调一字锐，钩下银画戟，逼住乌樱枪，撇去月牙铲，拦开雁翎刀，闪掉混铁棍，躲过点光锚，抬定龙泉剑，架住虎尾鞭，拦去开山斧，遮定大银锤，钩开狼牙棒，闪掉枣阳槊，躲过倍轮锏，逼住紫金枪。这二十六家总兵官不在马前，就在马后，手起刀落，手起枪挑，杀得盖苏文招架也不及，那里还有空工夫还刀过去？手中刀法渐渐松放，人是呼呼喘气，要走奈杀不出。心内想一想，说声："不好，我寡不敌众，不要一时失措，被他伤了性命，不如先下手为强。"主意已定，便一手提刀在这里招架，一手掐定秘诀，背上有个葫芦，他就把葫芦盖揭开，念动真言，飞出一口柳叶飞刀，长有三寸，蒜叶阔相似，冲开来到有一丈青光，连飞出九口，山脚下布满青光。这数家总兵见了，还不知是什么东西，山上徐茂公大叫："兄弟们不好了，这是九口柳叶飞刀，要取性命，你们还不逃上山来吗!”二十六人一听徐茂公之言,大家魂不在身,如今要走也来不及了。有几家着刀的,已经砍为肉酱,有一大半刀虽不曾着身,青光多透身的了,拼命地跑上山来。随马而死不计其数。贾闰甫、柳周臣才上山,也跌落马就死了。唐万仁、尤俊达到得天子驾前,也是坠马而亡。二十六家歃血好友,为了齐国远尽皆身丧。着刀的碎身粉骨,着光的全尸而亡。那盖苏文微微冷笑,收了飞刀说:“山上唐童,你可见吗?本帅这九口飞刀,乃上仙所赐,有一百丧一百,有一千丧一千。方才死的这一班老少将官也不为少,谅你驾前如今也差不多,没有能将了,还要挣住凤凰山怎么?快快献表归顺。”不表盖苏文猖獗。

单言唐天子在山上,见这班臣子死得惨然,看看面前,只有得元帅尉迟恭了,心中好不痛苦。自己大叫:“唐童啊唐童,你该败江山!好好在凤凰城内不好,偏偏要到这个所在来送死,却害这班老将死于非命,受这般大祸。”那尉迟恭看见天子伤悲,不觉暴跳如雷,说:“罢了,罢了,陛下啊,要等臣罪不赦。当初秦老千岁做了一生一世的元帅,从不伤了麾下一卒。某尉迟恭才做得元帅,就麾下之将尽行丧与敌人之手,还有何面目立于人世?我不与众将报仇,谁人去报?带过马来!”唐王一把扯住,叫声:“王兄,这个使不得的。你难道不见盖苏文飞刀利害吗?”敬德道:“臣岂不知番狗飞刀?若贪生怕死,不与众将报仇,一来被人耻笑,二来阴魂岂不怨恨?臣今赶下山去,或能杀得盖苏文,与众将雪了仇恨。倘若臣死番将刀下,也说不得了。陛下放手!”天子哪里肯放?把扯住道:“王兄,如今一树红花,只有你做种子。你若下去,一旦伤与盖苏文之手,叫寡人靠着何人?”茂公也劝道:“驾下乏人,报仇事小,保驾事大。元帅不必下去。”尉迟恭听了军师劝言,只得耐着性子。又听见盖苏文在山下大叫:“尉迟蛮子,本帅看你年高老迈,谅你一人怎保得唐王脱离灾难?何不早把唐童献下山来,待本帅申奏狼主,封你厚爵。若依然不献唐童下山,本帅就要赶上山来,把你碎尸万段,休要后悔!”盖苏文讲来虽然是这等讲,心内却是想:谅山上也绝没有十分能人在此,且由他罢,就回营去了。

再言山上徐茂公吩咐把这数家总兵尸首,葬于凤凰山后,单将唐万仁葬在山前。天子问道:“为何把唐万仁尸骸葬在山前?”茂公说:“陛下,后来自有用处,所以葬在山前这尸首。”依军师言语,把总兵尸首尽行埋葬。天子降旨,设酒一席,亲自奠祭一番。徐茂公也奠酒三杯。正是:

府州各省聚英豪,结义胜友胜漆胶。
生死同心助唐业,可怜一起葬番郊。

唐太宗当夜在御营,同元帅、军师商议退番兵之计。茂公开言叫声:“陛下,要退番兵,这如非汗马城中先锋张环。他有婿何宗宪利害,可以退得番兵。”天子道:“他们这隔许多路程,如何晓得寡人被困凤凰山上?必须着人前去讨救才好。但元帅老迈,怎能踹得出番营?”茂公道:“如非驸马薛千岁,他往后山脚下可以踏得出。”天子大喜,连忙降旨一道,命驸马薛万彻到汗马城讨救。万彻就领了旨。竟过了一宵。

明日清晨,连忙结束停当上马,端了大银锤,望后山冲下来了。有营前军士扣弓搭箭说:“山上下来的小蛮子,少催坐骑,看箭来也!”这个箭纷纷不住的射过来。薛万彻大叫:“营下的休得放箭,孤家要往汗马城讨救,快把营盘扯去,让小千岁过了就罢。若有那关不就,孤就一顿银锤,踹为平地哩。”营前小番说:“哥阿,待我去报元帅得知。”一边去报盖苏文。这万彻听见此言,把马一催,银锤晃动,冒着弓矢,冲进营中来了。手起锤落,打得这些番兵番将走也来不及,踹进了一座营盘。怎禁得万彻英雄,拼命地打条血路而走。到得盖苏文提刀纵马而来说:“小蛮子在哪里?”小番说:“那已去远了。”苏文道:“活活造化了他,追不及了。”少表番营之事。再表唐王看见驸马杀出番营,心中大悦说:“倒也亏他年少英雄。”不表天子山上之言。

再讲薛万彻连踹岳七座番营,身上中了七条箭,腿上两条,肩上两条,他到自己打下,也不觉十分疼痛。只有背心内这一箭,伤得深了,痛得紧,手又拿不着,只得负痛而走。随着大路前去三十里,到了三叉路口,他到不认得了,不知汗马城打从那一条路上去的,故而扣定了马,缓缓立着,思想要等个人来问路。偶抬头,见那一边有一个穿旧日白绫衣的小后生,在那里砍草。万彻走上前来说:“呔,砍草的!”那人抬头,看见马上小将银冠束发,手执银锤,明知大唐将官,便说:“马上将军,怎么样?”正是:

英雄未遂冲天志，且作卑微贱役人。

不知驸马如何问路，这砍草何人？且看下回分解。

第三十二回 薛万彻杀出番营 张士贵妒贤伤害

诗曰：

驸马威名早远传，番营杀出锦雕鞍。
只因识认白袍将，却被奸臣暗害间。

那万彻道："孤问你要往汗马城从那一条路上去的。"这砍草的回言道："既然将军要往汗马城，小人也要去的，何不一同而行。"万彻又问："你叫什么名字，是张环手下什么人？"那人道："将军，小的是前营月字号内一名火头军，叫薛礼。"那万彻心下暗想："他身上穿旧白绫衣，又叫薛礼，不要是应梦贤臣薛仁贵。"便连忙问道："呔，薛礼，你既在前锋营，可认得那个薛仁贵吗？"仁贵听言，吓得魂不附体，面脸挣得通红说："将军，小的从不认得薛仁贵三字。"驸马道："嗳，又来了。你既在前锋营，岂有不认得薛仁贵之理！莫非你就叫薛仁贵吗？"薛礼浑身发抖，遍体冷汗直淋说："小的怎敢瞒着将军。"万彻心中乖巧，明知张环弄鬼，所以也不肯直通名姓。想他一定就是薛仁贵，也不必去问他，待我去与张环算账。薛万彻就从居中这一条大路先走，一路来到汗马城，进入城来，到了士贵营前说："快报张环得知，圣旨下了。"军士报入营中，张士贵忙排香案，相同四子一婿出营迎接。薛万彻下马，进到中营，开读道："圣旨到来，跪听宣读：

奉天承运皇帝诏曰：朕前日驾游凤凰山，不幸遭东辽主帅盖苏文兴兵六十万之众，密困凤凰山，伤朕驾下老少将官不计其数，因驾下乏人，又且难离灾难，故命驸马薛万彻踹出番营前来讨救，卿即连同婿何宗宪，提兵救驾，杀退番兵，其功非小。钦哉。谢恩！"

张环同子婿口称："愿我主万岁、万万岁。"谢恩已毕，前来叩见驸马，万彻变了怒容说："张环，你说从没有应梦贤臣，那火头军薛礼，是那一个？"张环听言，吃了一惊说："小千岁！应梦贤臣乃叫薛仁贵，是穿白用戟小将，末将营中从来没有。这薛礼是前营一名火头军，开不得兵，打不得仗，算不得应梦贤臣，故不启奏闻我主。"万彻大怒说："你这狗头，孤在驾前不知其细，被你屡屡哄骗。今日奉旨前来讨救，孤满身着箭，负痛而行，等人问路。见一人后生，他直对我讲，这薛仁贵名唤薛礼，怎么没有？亏得孤亲眼见他，亲自盘问。明明你要冒他功劳，故把他埋没前管内，还要哄骗谁人。孤今日不来与你争论，少不得奏知天子，取你首级，快把好活血酒过来，与我打落背上这支箭。"张志龙忙去取人参汤、活血酒。张环心内怀了反意，走到薛万彻背后，把这支箭用力一绰，要晓得背心皮如纸，衣薄怎禁得？二尺长箭，插入背中，差不多穿透前心了，可怜一员年少英雄，大叫一声："痛死我也！"顷刻死于张环之手。志龙慌忙说："阿呀！爹爹为何把驸马插箭身亡。"士贵道："我的儿，若不送驸马性命，被他驾前奏出此事，我与你父子性命就难保全。不如先把他弄死，只说箭打身亡，后来无人对证，岂不全我父子性命。"志龙道："爹爹妙算甚高。"后张环吩咐手下，把驸马尸骸抬出营盘烧化，将骨包好，回复天子便了。

不表军士奉令行事，单讲张环一面端正救驾，连忙去传火头军。薛仁贵正躲在前营内，恐怕薛万彻盘问根由，所以不敢出来。今奉大老爷呼唤，连忙到中营来说："大老爷在上，传小的有何吩咐？"士贵道："朝廷被番兵困住凤凰山，今有驸马到来讨救，故而与你商议兴兵救驾。"仁贵道："如今驸马在哪里？"张环说："他因踹出番营，被乱箭着身，方才打箭身亡，已今化为灰骨。只要前去救驾，但番兵有六十万之众，困凤凰山，我兵只有十万，怎生前去迎敌，相救龙驾出山？"仁贵听说，心中一想说："大老爷，只恐三军不交，薛礼若出令与他，众不遵服。如服我令，我自有个摆空营之法，十万可以装做得四五十万兵马的。"张环听见此言，心中大悦，说："薛礼，若会摆空虚人马，我大老爷一口宝剑赐予你，若有军兵不服，取首级下来，反如汝功，由你听调。"仁贵得了令，受了斩军剑，分明他做了先锋将军一般，手下军士谁敢不遵？即便发令下来，就此卷帐抬营，出了汗马城，一路上旗

幡招转，号带飘摇，在路耽搁一二日，远远望见凤凰山下多是大红蜈蚣旗，番营密密，果然扎得威武。仁贵就吩咐："大小三军听者，前去安营，须要十座帐内六座虚四座实，有人马在内，空营内必须悬羊擂鼓，饿马嘶声。"三军听令，远看番营二箭路，吩咐安下营盘，炮声一起，齐齐扎营。十万人马到扎了四五十万营盘。列位，你道何为悬羊擂鼓，饿马嘶声呢？他把着羊后足系起上边，下面摆鼓，鼓上放草，这羊要吃草，把前蹄在鼓上擂起来了，那饿马吃不着草料，喧叫不绝。此为悬羊擂鼓，饿马嘶声。这番人营内听见，不知道唐朝军上有多少在里面。盖苏文传令把都儿，小心保守各营。便心中想："来的救兵决是先锋，定有火头军在内。不知营盘安扎如何，待本帅出营去看看。"那盖苏文坐马出营，望四下内唐营边一看，阿唷唷，好怕人也！但只见：

摇摇晃晃飞皂盖，飘飘荡荡转旌旗。

轰雷大炮如霹雳，锣鸣鼓响如春雷。

又见那：

熟铜盔、烂银盔、柳叶盔、亮银盔、浑铁盔、赤金盔，红闪闪威风，暗腾腾杀气。玲珑护心镜，日照紫罗袍、大红袍、素白袍、绛黄袍、银红袍、皂罗袍、小绿袍，袍袖销金砌，八方生冷雾。按按兽吞头，抖抖荡银铠、柳叶铠、乌油铠、青铜铠、黄金铠、红铜铠，铠砌五色龙。一派鸾铃响，冲出大白龙、小白龙、乌獬豸、粉麒麟、青鬃马、银鬃马、昏黄马、黄彪马、绿毛狮、粉红枣骝驹、混海驹。还见一字亮铁镗、二条狼牙棒、三尖两刃刀、四楞银装锏、五股托天叉、六楞熟铜锤、七星点钢枪、八瓣紫金瓜、九曜宣花斧、十叉斩马刀，枪似南山初山笋、刀似北海浪千层。又见一龙旗、二凤旗、三彩旗、四面旗、五六旗、六缨旗、七星旗、八卦旗、九曜旗、十面埋旗、一十二面按天大历旗、二十四面金斩定黄旗、三十六面天罡旗、七十二面地煞旗。剑起凶人怕，锤来恶鬼惊，叮当发袖箭，就地起金榜。眼前不见人赌斗，一派都是乱刀枪。

这盖苏文看了唐营，不觉惊骇，把舌乱伸，暗想唐朝将士好智略也！看完回进中营。

这日天色已晚，过了一宵，次日天明。单讲到前营内火头军薛仁贵，全身披挂，上马端兵，同了八家弟兄，出到营外。李庆先搴旗，王心鹤掠阵，姜兴本啸鼓，薛礼冲到番营前，高声大叫："呔！番营下的，快报番狗盖苏文说，今有火头爷爷在此叫战，叫他早早出营受死！"有番营前把都儿射住阵脚，小番报进帅营去了。报："启上元帅，营外有南朝火头军，身穿白袍，口称薛礼讨战。"那盖苏文闻了大唐老少英雄，倒也不放在心上，如今听见火头军三字，到吃了一惊："我在建都，常常闻报火头军取关利害，从不曾会面，再不道到在凤凰山会他起来。"带马抬刀，连忙结束停当，一声炮响，营门大开，鼓啸如雷，二十四面大红蜈蚣幡，在左右一分，冲出营来。你道他怎生打扮：

头戴一顶青铜盔，高挑雉尾两旁分。兜风大耳鹰嘴鼻，海下胡须阔嘴唇；绿脸獠牙青赤发，倒生两道大红眉。身穿一件青铜甲，砌就尤鳞五色铠；内衬一领柳绿蟒，绣成龙凤戏珠争。前后鸳鸯护心境，镜映天下大乾坤。背插箭杆旗四方，大纛宝盖鬼神惊。左首悬弓又插箭，惯射英雄大将才。脚登窍脑虎头靴，踹定一骑混海驹。手托赤铜刀一柄，犹如天上英雄将。

这盖苏文自道自能，赶出营来，抬头一看，但见火头军怎生打扮：

头戴一顶亮银盔，朱缨倒挂大红纬。面如傅粉交满月，平生两道凤鸟眉；海下齐齐嫩长髯，口方鼻直算他魁。身穿一件白银铠，条条银叶照见辉；内衬一领白绫袍，素白无花腰系绦。吞头衔住箭杆袖，护心镜照世间妖。左边悬下震天弓，三尺神鞭立见旁。手端丈八银尖戟，白龙驹上逞英豪。

这盖苏文见穿白小将来得威风，就把马扣住，说道："那边穿白将，可就是火头军薛礼吗？"仁贵说："然也！你既晓得火头爷爷大名，何不早早自刎，献首级过来！"盖苏文呵呵冷笑，叫声："薛礼，你乃一介无名小卒，焉敢出口大言！不过本帅不在，算你造化，由汝在前关耀武扬威，今逢着本帅，难道你不闻我这口赤铜刀利害，渴饮人血，饿食人肉？有名大将，尚且死在本帅刀下，何在你无名火头军祭我刀口？也不自思想。你不如弃唐归顺，还免一死，若有牙关半句不肯，本帅就要劈你刀下了。"仁贵道："你口出大言，敢就是什么元帅盖苏文吗？"那苏文应道："然也！你既认得本帅之名，为何不下马受缚。"薛礼微微冷

笑说："你这番狗，前在地穴内仙女娘娘法旨，曾有你之名，这是我千差万差，放汝魂魄。今投凡胎，在这里平地起风波，连伤我邦大将数员，恨如切齿。我也晓得你本事不丑，今不一鞭打你为齑粉，也算不得火头爷本事高强。快放马过来！"盖苏文闻得火头军利害，这叫先下手为强。把赤铜刀双手往头上一举，喝一声："薛礼照我的刀罢！"插这一刀，望薛礼顶梁上砍将下来。这一首薛仁贵说声："来得好！"把杆方天戟望刀上噶啷这一枭，刀反望自己头上跌下转来。说："唷！果然名不虚传，好厉害的薛蛮子。"豁刺冲锋过去，圈得转马来。盖苏文刀一起，插望着仁贵又砍将过来。薛礼把戟枭在一边，还转戟，望着盖苏文劈前心刺将过来。这盖苏文说声："来得好！"把赤铜刀望戟上噶啷这一抬，仁贵的两膊多震一震。说："阿唷，我在东辽连敌数将，从没有人抬得我戟住。今遇你这番狗抬住，果有些本事了。"打马交肩过去，英雄闪背回来。仁贵又刺一戟过来，盖苏文又架在一边，二人大战凤凰山，不分胜败。正是：

棋逢敌手无高下，将遇良才各显能。一来一往莺转翅，一冲一撞凤翻身。

刀来戟架叮当响，戟去刀迎放火星。八个马蹄分上下，四条膊子定输赢。

你拿我，麒麟阁上标名姓；我拿你，逍遥楼上显威名。二人杀到四十冲锋，八十照面，并无高下。盖苏文好不利害，把赤铜刀起一起，望仁贵劈面门，兜咽喉，两肋胸膛，分心就砍。薛仁贵那里放在心上，把画杆戟紧一紧，前遮后拦，左钩右掠，逼开刀，架开刀，捧开刀，拦开刀，还转戟来，左插花，右插花，苏秦背剑，月内穿梭，双龙入海，二凤穿花，飕飕飕的发个不住。这盖苏文好不了当，抡动赤铜刀，上护其身，下护其马，迎开戟，挡开戟，遮开戟。这青龙与白虎，杀个不可开交。一连战到百十余合，总无胜败。杀得盖苏文呵呵喘气，马仰人翻，刀法甚乱；薛仁贵汗流浃背，两臂酸麻。"呵唷，好厉害的番狗！"苏文道："阿唷，好骁勇的薛蛮子！"二人又战起来了。这一个恨不得一戟挑倒了冲天塔，那一个恨不得一刀劈破了翠屏山，好不了当的相杀！只见：

阵面上杀气腾腾，不分南北；沙场上征云霭霭，莫辨东西。狂风四起，天地锁愁云；奔马扬尘，日月蔽光华。那二人胜比天神来下降，那二马好似饿虎下天台。两边战鼓似雷声，幕动旗幡起色云。炮响连天，吓得芸馆书房才子顿笔；呐喊齐声，惊得闺房凤阁佳人停针。正是铁将军遇名将军。杀得一百四十回合，原不分输赢。

那盖苏文心中暗想："久闻火头军骁勇，果然名不虚传。本帅不能取胜，待我放起飞刀，伤了火头军，就不怕大唐兵将了。"苏文算计已定，一手把刀招架，一手掐诀，把葫芦盖拿开，口中念动真言，飞出一口柳叶飞刀，青光万道，直望薛仁贵顶上落将下来。这薛礼抬头看见，明知是飞刀，连忙把戟按在判官头上，抽起震天弓，拿出穿云箭，搭住在弓弦，飞飞飕飕的一箭射将过去。只听刮喇喇一声响，三寸飞刀化作青光，散在四面去了。那番吓得苏文魂不附体，说："啊呀，你敢破我飞刀！"飕飕飕，连发出八日柳叶飞刀，阵面上多是青光，薛礼惊得手忙脚乱。

当年九天玄女娘娘曾对他讲，有一口飞刀，发一条箭，如今盖苏文发八口起来，仁贵就有箭八条，也难齐射上来。所以仁贵浑身发抖起来，说："啊呀！"无处可躲，只得拿起四条穿云箭，望青光中一撒，只听得括拉拉拉连响数声，青光飞刀尽被玄女娘娘收去，五条箭原在半空中。此是宝物不落下来的。仁贵才得放胆，把手一招，五支箭落在手中，将来藏好，提起方天戟。那边盖苏文见破飞刀，魂不在身，："嗄唷！罢了，罢了。本帅受木脚大仙赐刀。你敢弄起鬼魔邪术，破我飞刀，与你势不两立。我不一刀砍汝两段，也誓不为人了。"把马一催，二人又战起来。杀了八个回合，盖苏文见飞刀已破，无心恋战，刀法渐渐松下来。仁贵戟法原高，紧紧刺将过来，苏文有些招架不住，却被薛礼把钢牙一挫，喝声："去罢！"插一戟，直望苏文面门挑将进来。盖苏文喊声："不好！"把赤铜刀望戟上噶啷这一抬，险些跌下雕鞍，马打交肩过来。薛仁贵抽起一条白虎鞭，喝声："照打罢！"三尺长鞭，来得利害，手中量一量，到有三尺长白光，这青龙星见白虎鞭来，说："啊呀，我命死矣！"连忙闪躲，鞭虽不着，只见白光在背上晃得晃，痛彻前心，鲜红血喷，把那铜刀拖落，二膝一催，豁喇喇望营前败将下去。仁贵道："番狗，你往那里走，还不好好下马受缚！"随后追赶。苏文进了营盘，小番射住阵脚，仁贵只得回进自己营盘。张士贵大喜，其夜犒赏薛礼，不必表他。单讲到盖苏文进入帅营，跨下马鞍，拍过赤铜刀，将身坐下。嗄唷说：

"好厉害的火头军！本帅实不是他敌手。"就把须上血迹抹下,用活血酒在此养息。忽后营走出来:

一位闭月羞花女,却是夫人梅月英。

毕竟不知这位夫人,如何话说,且看下回分解。

第三十三回　梅月英法逞蜈蚣术　李药师仙赐金鸡旗

诗曰:

番邦女将实威风,妖法施来果是凶。
杀得南朝火头军,人人个个面掀红。

那夫人年纪不上三十岁,生得来闭月羞花之貌,沉鱼落雁之容。四名绝色丫鬟扶定,出到帅营,盖苏文见梅氏妻子出来,连忙起身说:"夫人请坐。"梅月英坐下,叫声:"元帅!妾身闻得你与中原火头军打仗,被他伤了一鞭,未知他有什么本事,元帅反受伤败?"盖苏文道:"阿,夫人！不要说起。这大唐薛蛮子,不要讲东辽少有,就是九流列国,天下也难再有第二个的了。本帅保主数载以来,未尝有此大败,今日反伤在火头军之手,叫我那里困得住凤凰山,擒捉唐王?"月英迷迷含笑道:"元帅不必忧愁。你说火头军骁勇,待妾身明日出去,偏要取他性命,以报元帅一鞭之恨。"苏文道:"夫人又来了,本帅尚不能取胜,夫人你是一介女流,晓得那里是那里。"夫人说:"元帅,妾于幼时,曾受仙人法术,故取得他性命。"苏文说:"夫人,本帅受大仙柳叶飞刀,尚被他破掉了,夫人你有甚异法胜得他来?"夫人说:"元帅,飞刀被他破得掉,妾的仙法他不能破得掉的。"苏文说:"既然如此,夫人明日且去开兵临阵。"说话之间,天色已晚。

过了一宵,明日清晨,梅月英全身披挂,打扮完备,上了一骑银鬃马,手端两口绣鸾刀,炮声一起,冲出营来。在营前大喝一声:"咦！唐营下的,快报说'今大元帅正夫人在此讨战',唤这火头蛮子,早早出营受死。"讲到那唐营军士,连忙报进中营说:"大老爷在上,番营中走出一员女将,在那里索战,要火头军会他。"张环说:"既有女将在外讨战,快传火头军薛礼出营对敌。"军士得令,传到前营,仁贵就打扮完备,同八家弟兄一齐上马出营,抬头一看,但见那员女将梅月英,怎生模样:

头上闹龙金冠,狐狸倒罩,雉尾双挑;面如满月,傅粉妆成。两道秀眉碧翠,一双凤眼澄清;小口樱桃红唇,唇内细细银牙。身旁一领黄金砌就雁翎铠,腰系八幅护体绣白绫。征裙小小,金莲踹定在葵花踏凳银鬃马上,手端两口绣鸾刀,胜比昭君重出世,犹如西子再还魂。

那仁贵从马上前喝声:"番狗妇！火头爷看你身欠缚鸡之力,擅敢前来讨战,与我祭这戟尖么。"梅月英道:"你就叫火头军吗?敢把我元帅打了一鞭,因此娘娘来取你性命,以报一鞭之恨。"薛礼呼呼冷笑道:"你邦一路守关将,不能胜将军一二合之外,何在为你一介女流贱婢,分明自投罗网,佛也难度的了。"放马过来,两边战鼓啸动,月英纵马上前,把绣鸾刀一起,喝叫:"薛蛮子！照刀罢。"绰一声,双并鸾刀砍来,仁贵举戟急架忙还,刀来戟架,戟去刀迎,正战在一堆,杀在一起,一连六个冲锋,杀得梅月英面上通红,两手酸麻,那里是仁贵对手。只得把刀抬定方天戟,叫声:"薛蛮子,且慢动,看夫人的法宝。"说罢,往怀里一摸,摸出一面小小绿绫旗,望空中一撩,口念真言,把二指点定,这旗在虚空里立住上面。薛仁贵到不知此旗伤人性命,却扣马在此观看。

讲到营前八名火头军,见旗立空虚,大家称奇。犹如看作戏法一般,大家都赶上来看。那晓这面旗在空中一个翻身,飞下一条蜈蚣,长有二尺,阔有二寸,他把双翅一展,底下飞出头二百的小蜈蚣,霎时间变大,化了数千条飞蜈蚣,多望大后火头军面上直撞过来,扳住面门。吓得仁贵魂不附体,带转丝缰,竟望半边落荒一跑,自然咬坏的了。那些蜈蚣妖法练就,其毒利害,八员火头军,尽行咬伤面门,青红疙瘩无数,多负痛跑到营内,顷刻面涨犹如鬼怪一般,头如笆斗,两眼合缝,多跌下尘埃,呜呼哀哉,八位英雄,魂归地府去了。梅月英从幼受他母法宝,练就这面蜈蚣八角旗,惯要取人性命,他见大唐将士一

个个坠马营门而死，暗想薛蛮子奔往荒落，性命也决不能保全，自然身丧荒郊野地去了。所以满心欢喜，把手一招，蜈蚣原归旗内，旗落月英手中，将来藏好，营前打得胜鼓回营。盖苏文上前相接，滚鞍下马说："夫人今日开兵，不但辛苦，而且功劳匪浅，请问夫人，大唐火头军咬此重伤，还是晕去还魂，还是坠骑身亡？"月英道："元帅，他不受此伤，逃其性命。若遭蜈蚣一口，断难保其性命了。"盖苏文听言，满心大悦，说："夫人，多多亏你，本帅不惧大唐老少将官，单只怕火头军利害。今日他们都被蜈蚣咬死，还有何人得胜本帅？岂不是十大功劳，都是夫人一个的了！"吩咐摆酒，与夫人贺功。少表番营之事，再讲张士贵父子，见八名火头军多堕骑身亡，面如土色，浑身冷汗。说："完了，完了。我想薛礼败往荒僻所在，也只不过中毒身死。为今之计，怎生迎敌番人？"大家好不着忙。

又讲仁贵他败走到旷野荒山，不上十有余里，熬痛不起，一气到心，跌下雕鞍，一命归阴。这骑马动也不动，立在主子面前。忽空中来了一个救星，乃香山老祖门人，名唤李靖。他在山中静坐，偶掐指一算，明知白虎星官有难，连忙驾云到此，空中落下尘埃，身边取出葫芦，把柳枝端出仙水，将仁贵面上搽到，方才悠悠苏醒。说："那一位恩人在此救我。"李靖道："我乃是香山老祖门人，名唤李靖。当初曾辅大唐，后来入山修道，因薛将军有难，特来相救。"仁贵连忙跪下，口叫："大仙，小子年幼不知，曾闻人说兴唐社稷，皆是大仙之功，今蒙救小人性命，小子感恩匪浅。万望仙长到营，一发救了八条性命，恩德无穷。"李靖说："此乃易事。贫道山上有事，不得到营，赐你葫芦前去，取出仙水，将八人面上搽在伤处，即就醒转。"仁贵领了葫芦，就问："仙长，那番营梅月英的妖法，可有什么正法相破吗？"李靖道："贫道有破敌正法。"忙向怀里取出一面尖角绿绫旗说："薛将军，他手中用的是蚣角旗，此面鹘犊旗，你拿去，看他撩在空中，你也撩在空中，就可以破他了。即将葫芦祭起空中，打死了梅月英。依我之言，速速前去，相救八条性命要紧。"薛仁贵接了鹘犊旗，拜谢李清，跨上雕鞍。

一边驾云而去，一边催马回营。张士贵正在着忙，忽见薛礼到营，添了笑容。说："薛礼，你回来。这八人怎么样？"仁贵道："有救。"就把仙水搽在八人面上，方才悠悠苏醒，尽皆欢悦，就问道葫芦来处。仁贵将李靖言语，对众人说了一遍。张环明知李仙人有仙法，自然如意。就犒赏火头军薛礼等人，同回营中欢酒。

过了一宵，明日清晨，依先上马，端兵出到番营，呼声大叫："呔！番营的快报与那梅月英贱婢得知，今有火头军薛礼在此讨战，叫他快些出来受死！"不表薛仁贵大叫，单讲那营前小番飞报上帅前说："启上元帅，营外有穿白火头军讨战，要夫人出去会他。"盖苏文听见此言，吓得魂不在身，连忙请出梅月英问道："夫人，你说大唐火头军受了蜈蚣伤，必然要死，为什么穿白将依然不死，原在营外讨战？"那夫人梅月英闻言，吃惊道："元帅，那穿白将莫非是什么异人出世，故而不死。我蜈蚣旗利害，凭你什么妖魔鬼怪，受死伤害，必不保全性命，为甚他能得全性命起来？吩咐带马抬刀，待妾身再去迎敌。"这一首牵马，月英通身披挂，出了番营，抬头一看，果然不死，心中大怒说："唷，薛蛮子，果象异人，不知得仙丹保全性命，今娘娘偏要取你首级。"仁贵呼呼冷笑说："贱婢，你的邪法谁人作准，我不挑你前心透后背，也算不得火头爷骁勇了。"催马上前，喝声："照戟！"插的一戟，望面门挑进来。梅月英急驾忙还，二人杀在一堆。马打冲锋，双交回合，刀来戟架叮当响，戟去刀迎迸火星。

战到六个冲锋，梅月英两膊酸麻，抬住画戟，取出蜈蚣角旗，望空中一撩，念动真言。薛仁贵见了，也把鹘犊旗撩起空中，他也不晓得念什么咒诀，自有李靖在云端保护。两面绿绫旗虚空立着，一边落下飞蜈蚣，一边落下飞金鸡，那飞蜈蚣，变化几百蜈蚣，飞过来，那飞金鸡，也化几百，把蜈蚣尽行吃去。吓得梅月英魂飞魄散，说"你敢破我法术吗？"连忙掐诀收旗，那里收得下？只见蜈蚣角旗与鹘犊旗悠悠高上九霄云内，一时不见了。仁贵心中大悦，便把葫芦抛起空中，要打梅月英。谁知李靖在云端内把手一招，葫芦收去，薛仁贵胆放心宽，把方天戟一起，纵马上前，照定月英咽喉中插一戟刺进来，这梅月英乃是女流，又是法宝已破，心中焦闷，说声："不好，我命死也！"要招架也来不及了，贴正刺中咽喉，被他阴阳手一泛，哄咙响挑往营门前去了。

这盖苏文在营前看见，放声大哭说："阿呀，我那夫人阿。"把赤铜刀一起，豁喇喇冲上前来说："薛蛮子，你敢把我夫人伤害，我与你势不两立。我死与夫人雪恨，你死乃为国捐躯。不要走，本帅刀来了！”望仁贵劈顶梁上砍下来，这一刀二四分本事，多显出在上面。仁贵把戟架在一边，马打交肩过去，英雄闪背回来，仁贯把方天戟直刺，盖苏文急架忙还。二人斗到十六个回合，薛仁贵量起白虎鞭来，盖苏文一见白光，就吓得魂不附体，说：“啊呀，我命死也。”略略着得一下，鲜血直喷，带转丝缰，望营前大败而走。薛仁贵大喜，回头对营前八位兄弟说道：“你们快同张大老爷、小将军们，扯起营盘，冲杀番兵，一阵成功了。”那边一声答应，八弟兄各将兵刃摆动，催马冲杀四面番营，张环父子领了大队人马，卷帐发炮，冲到帅营来。这番凤凰山前大乱，有薛礼随定盖苏文冲到帅营中，把小番们一戟一个，挑得番兵走的走，散的散，死的死，苏文见火头军紧紧追来，吓得魂飞魄散，只得兜急丝缰，望内营一走，砍开皮帐，竟走偏将营盘。哪知仁贵赶得甚紧，又且番营层层叠叠，前边撞着一班火头军，高声大喝：“盖苏文，你往那里走！我们围住，取他首级。”九人围住，把盖苏文棍棍只望颅头打，刀刀只向颈边砍，枪抢紧紧分心刺，斧斧只劈脊梁心，杀得盖苏文招架也来不及，被他们逼住，走也走不脱。架得开棍，那边李庆红插一刀砍将过来，苏文喊声：“不好！”把身躯一闪，肩尖上着了刀头，连皮带肉去了一大片，口中叫得一声，伤坏那边。王心鹤喝声：“照枪罢！”飕这一枪，分心挑将进来。苏文说声：“我命死矣！”闪躲也来不及，腿上又着了一枪：“唷，罢了，罢了。本帅未尝有此大败！”他如今满身伤，拼着命，见一个落空所在，把二膝一催，豁喇喇冲出圈子，望出脚下拼命这一跑。仁贵就吩咐众弟兄，四处守定，一则冲踹，二则不许盖苏文出营。八人答应，自去散在四面守住。

这盖苏文心下暗想：“你看周围营帐密密，人马大乱，喊杀连在，哭声大震，我若望营中去，恐防有阻隔，反被火头军拿住，不如在凤凰山脚下，团团跑转，等有落空所在，那时就好回建都了。”苏文算计停当，只在山前转到山后，仁贵紧紧追赶，随了盖苏文团团跑转，惊动山上贞观天子，同着元帅、军师出到营外，望山下一看，只见四面番营大乱，炮声不绝，鼓啸如雷。又听得山脚下大叫道：“阿唷唷，火头军果然骁勇，不必来追！”豁喇喇盘转前山来了。君臣往下看时，见有盖苏文被一穿白将追得满身淋汗，喊叫连天，只在山脚下打圈子。朝廷就问徐先生：“底下追赶盖苏文那员穿白小将，却是谁人？”茂公笑道：“陛下，这就是应梦贤臣薛仁贵。”朝廷听见说是应梦贤臣，不觉龙心大悦。就对山下大叫道：“小王兄，穷寇莫追，不必赶他，快些上山来见寡人。”连叫数声，仁贵在下那里听得，只在山脚下紧走紧追，慢走慢追。忽上边尉迟恭说道：“陛下，如何眼见本帅细心查究，军师大人说没有应梦贤臣，如今这穿白小将是谁？”茂公说：“元帅休要夸能，这是我哄你，你认真起来，那里有什么应梦贤臣，你看原是何宗宪在下追他。”敬德道：“你哄那个？明明是穿白将薛仁贵，陛下若许待本帅下去，拿他上来，还是仁贵还是宗宪？”朝廷把不能够要见应梦贤臣，说道：“元帅不差，快快下去拿来。”敬德跨上雕鞍，等盖苏文转过了前山，后面就是薛仁贵跑来。他就是一马冲将下去，却也正在仁贵后，双手一把扯住薛礼白袍后幅，说：“如今这里了。”总是尉迟恭莽撞，开口就说：“在这里了。”薛仁贵尚信张环之言，一听后面喊叫在这里了，扯住衣幅，不知要捉去怎样，不觉吓了一跳，把方天戟往衣幅上插，这一等身躯一挣，二膝一催，豁喇喇一声响，把尉迟恭翻下尘埃，衣幅扯断，薛礼拼命地逃走了。盖苏文回头不见了薛仁贵追赶，心中大悦，跑出营去，传令鸣金，退归建都去罢。那大小番兵齐声答应，见元帅走了，巴不得脱离灾难，败往建都去了，我且慢表。

单讲这尉迟恭，扒起身来，手中拿得一块白绫衣幅，有半朵映花牡丹在上，连忙上马，来到山顶。茂公道：“元帅，应梦贤臣在何处？”敬德道：“军师休哄陛下好了，应梦贤臣有着落了。”朝廷道：“拿他不住，有何着落？”敬德说：“今虽拿他不住，有一块袍幅扯在此了，如今着张环身上，要这个穿无半幅白袍之人，前来对证，况有半朵牡丹映花在上，配得着是应梦贤臣，配不着是何宗宪，岂不是张环再瞒不过，再献出薛仁贵来了？”朝廷大悦，说：“元帅智见甚高，今日必见应梦贤臣了。”

如今按下山上君臣之言。单讲这番兵退去，有一二个时辰，凤凰山前一卒全无。张士贵方才吩咐按下营盘，大小三军尽皆扎营，八位火头军先来缴令，回归前营。等了半日，薛仁贵慢慢进营，身上发抖，面如土色，立在张环案旁。口中一句也说不出了。张环大吃一惊，说：“如今你又是什么意思？”薛礼道：“大老爷救命，元帅屡屡要拿我，方才被他扯去衣幅，如今必有认色，小人性命早晚不能保全的了。”张环听见，计就生成，说：“不妨，

不妨。要性命,快脱下无襟白袍与何大爷调换,就无认色,可以隐埋了。"正是:

奸臣自有瞒天计,李代桃僵去冒功。

毕竟张环冒功瞒得过瞒不过,且看下回分解。

第三十四回 盖苏文大败归建都 何宗宪袍幅冒功劳

诗曰:

荷花开放满池中,映得清溪一派红。
只恨狂风吹得早,凤凰飞处走青龙。

那仁贵心中大悦,说:"蒙大老爷屡次施恩相救,小人将何图报?"连忙脱落白袍,与何宗宪换转。两件白袍,花色相同,宗宪穿了仁贵无襟白袍,薛仁贵反穿了宗宪新白袍。薛礼竟回前营内,不必表他。

单讲张士贵思想冒功,领了何宗宪,将薛万彻尸骨离却营盘,来到凤凰山上,进入御营,俯伏尘埃,说:"陛下龙驾在上,臣奉我主旨意,救驾来迟,臣该万死。驸马踹营讨救,前心受了箭,到汗马城中开读了诏书,就打箭身亡。臣因救兵急促,无处埋葬,烧化尸骸,今将驸马白骨,带在包中,请陛下龙目亲观。"朝廷听见此言,龙目下泪,说:"寡人不是,害我王儿性命了。"尉迟恭就开言叫声:"张环,驸马性命乃阴间判定,死活也不必说了。本帅问你,方才山脚下追盖苏文这穿白小将,是应梦贤臣薛仁贵,如今在这何处?快叫他上山来。"士贵道:"元帅又来了,若末将招得应梦贤臣,在中原就送来京定笃了,为何将他隐埋没在营内?方才追赶盖苏文,杀退番兵者,是狗婿何宗宪,那里有什么薛仁贵。"敬德大喝道:"你还要强辩么!本帅因无认色,故亲自将他白袍襟幅扯一块在此,已作凭据,你唤何宗宪进来,配得着也不必说了,配不着看刀伺候。"张环应道:"是。"朝廷降旨,宣进何宗宪,俯伏御营。张环道:"元帅喏,可就是这无襟白袍,拿出来对对看。"尉迟恭把这块袍幅与宗宪身上白袍一配,果然毫无阔狭,花朵一般。尉迟恭大惊。他哪里知道内中曲折之事,反弄得满肚疑心,自道:"嗳,岂有此理。"张环说:"元帅,如何,是狗婿何宗宪吗?"敬德大怒说:"今日纵不来查究,待日后班师,自有对证之法。"忙将功劳簿打了一条粗杠子,乃凤凰山救驾,是一大功劳。朝廷说:"卿家就此回汗马城保守要紧,寡人明日就下山了。"张士贵口称领旨,带了宗宪下凤凰山。一声传令,拔赛起程,原回汗马城,我且慢表。

单讲天子回驾,降旨把人马统下山来,凄凄惨惨回凤凰城中,安下御营。朝廷见两旁少了数家开国功臣,常常下泪,日日忧愁,军师与元帅每每劝解。忽这一天,蓝旗军士报进营来,说:"启上万岁爷,营外来了鲁国公程老千岁,已到。"朝廷听见程咬金到了,添了笑容,说:"降旨快宣进来见驾。"外边一声传旨,召进程知节,俯伏尘埃,说:"陛下龙驾在上,臣程咬金朝见,愿我王万岁、万万岁!恕不保驾之罪。"朝廷说:"王兄平身。这几时没有王兄在营,清静不过,如今王兄一到,寡人之幸。不知你从水路、旱路来的?"咬金说:"陛下,不要讲起。若行水路,前日就同来了,何必等到今日?乃行旱路,同了尉迟元帅两位令郎,蹈山过岭,沿海边关受许多猿啼虎啸之惊,冒许多风沙雨露之苦,才得到凤凰城见陛下。"朝廷说:"还有御侄在营外,快宣进来。"内侍领旨传宣。

尉迟宝林、尉迟宝庆来到御营朝见陛下,见过军师,父子相见,问安家事已毕,宝林就是前妻梅氏所生,宝庆是白赛花滴血,家中还有黑金锭亲生尉迟号怀,年纪尚幼,因此不来出阵。天子又问程王兄:"中原秦王兄病恙怎么样了,还是好歹如何?"咬金说:"陛下若讲秦哥病势,愈加沉重,昼夜昏迷不醒,臣起身时就在那里发晕,想必这两天多死少生了。"天子嗟叹连声。程咬金见礼军师大人,回身叫道:"尉迟老元帅,掌兵权,征东辽,辛苦不过了。"敬德说:"老千岁说哪里话,某家在这里安然清静,空闲无事,有何辛苦?"咬金又往两边一看,不见了数位公爷,心中吃惊。开言说:"陛下,马、段、殷、刘四老将军,并同众家兄弟那里去了?"朝廷听见,泪如雨下。说:"总是寡人万分差处,不必说了。"知节急问:"陛下,到底他们是怎么样?"天子忙把马三保探凤凰山死去,一直讲到盖苏文用飞刀连伤总兵二十余员,吓得程咬金魂不附体,放声大哭。骂道:"黑炭团,你罪在不赦!我哥秦叔宝为了一生一世元帅，未尝有伤一卒，你才做元帅，就伤了我众家兄弟，你好好把众兄弟赔我，万事全休，不然我剥你皮下来偿还他们性命。”朝廷道：“程王兄，你休要错怪了人，这多是寡人不是，与尉迟王兄什么相干。”咬金下泪道：“万岁一国之主，到处游玩，自然众臣保驾。你掌了兵权，自然将计就计，开得兵，调兵遣将；开不得兵，就不该点将下去了。怎么一日内把老少将官，多送尽了。”朝廷道：“也不必埋怨，生死乃阴间判定，休再多言。过来，降旨摆宴，与程王兄同尉迟王兄相和。”内侍领旨，光禄寺在后营设宴，摆定御营盘内，两人谢恩坐下，饮过三杯，尉迟恭开言叫声：“程老千岁，某有一件稀奇之事，再详解不出，你可有这本事详得出吗？”程咬金道：“凭你什么疑难事说来，无有详解不出。”敬德说：“老千岁，可记得前年扫北班师，陛下曾得一梦，梦见穿白将薛仁贵保驾征东，老千岁你也尽知的。到今朝般般应梦，偏偏这应梦贤臣还未曾见，你道是何缘故？”程咬金说：“没有应梦贤臣，如何能破关得快？倘或在张士贵营中也未可知。”敬德道：“他说从来没有应梦贤臣薛仁贵，只得女婿何宗宪，穿白用戟。”咬金说：“老黑，既是他说女婿何宗宪，也不必细问了，谅他绝不敢哄骗。”敬德道：“老千岁，你才到，不知其细，内中事有可疑。若说何宗宪，谁人不知，他本事平常，扫北尚不出阵，征东为什么一时骁勇起来？攻关破城，尽不在一两日内，势如破竹。本帅想起来薛仁贵是有的，张环奸计多端，埋没了薛仁贵，把何宗宪顶头，在驾前冒功。”咬金道：“你曾见过薛仁贵吗？”敬德道：“见是见过两遭，只是看不清楚。第一遭本帅被番兵擒去，囚在囚车，见一穿白将，杀退番兵，夺落囚车，见了本帅，飞跑而去，停一回，原是何宗宪。后来在凤凰山脚下追赶盖苏文也是穿白用戟小将，本帅要去拿他，又是一跑，只扯得一块衣襟，原是何宗宪身上穿无襟白袍。我想，即是他，为何见了本帅要跑，此事你可详解得出吗？”咬金道：“徐二哥阴阳上算得出的，为何不要问他？”敬德说：“我也曾问过军师大人，想受了张环万金之贿，故不肯说明。”程咬金道：“二哥，到底你受了他多少贿？直说那一日受他的贿。”茂公道：“那里受他什么？”咬金道：“既不受贿，为何不说明白？”茂公道：“果是他女婿何宗宪，叫我也说不出薛仁贵。”咬金道：“嗳，你哄那个老黑，想来必有薛仁贵在张环营内。前年我领旨到各路催趱钱粮，回来路遇一只白额猛虎随后追来，我后生时那惧他，只因年纪有了，恐怕力不能敌，所以叫喊起来，只见山路中跑出一个穿白小将，把虎打出双睛，救我性命。那时我就问他这样本事，何不到龙门县投军？他说二次投军，张环不用。那时我曾赐他金披令箭一支，前去投军。想他定是薛仁贵。”敬德道：“这里头你就该问他名字了。”咬金道：“只因匆忙之间，不曾问名姓，如今着张环身上，要这根御赐的金披令箭，薛仁贵就着落了。”尉迟恭道：“不是这等得的，待本帅亲自到汗马城，只说凤凰山救驾有功，因此奉旨来犒赏，不论打旗养马之人，多要亲到面前犒赏御宴，除了姓薛，一个个点将过去。若有姓薛，要看清面貌，做十来天工夫，少不得点着薛仁贵。你道此计如何？”咬金说：“好是好的，只是你最喜黄汤，被张环一倾倒鬼，灌得昏迷不醒，把薛仁贵混过，那时你怎么得知？”敬德道：“一件大事岂可混账得的，今日本帅当圣驾前戒了酒，前去犒赏。”咬金道：“口说无凭，知道你到汗马城吃酒不吃酒？”敬德道：“是呵，口是作不得证的，陛下快写一块御旨戒牌，带在臣颈内，就不敢吃了。若再饮酒，就算大逆违旨，望陛下以正国法。”天子大悦，连忙御笔亲挥“奉旨戒酒”四字，尉迟恭双手接在手中，说：“且慢，待我饮了三杯，带在颈中。”敬德连斟三杯，饮在肚中。将戒酒牌带在颈中，扯开筵席，立在旁首说：“陛下，臣此番去犒赏，不怕应梦贤臣不见。”徐茂公笑道：“老元帅，你休要称能，此去再不得见应梦贤臣的。”敬德说：“军师大人，本帅此去，自有个查究，再无不见之理。”茂公说：“与你打个手掌，赌了这颗首级。”敬德说：“果然，大家不许图赖。此去查不出薛仁贵，本帅将首级自刎

下来。”茂公道:“当真吗?”敬德道:“嗳,君前无戏言,那个与你作要?”程咬金说:“我为见证,输赢是我动刀。”茂功说道:“好,元帅去查了仁贵来,我将头颅割下与你。”二人搭了手掌,一宵晚话,不必细表。

到了明日清晨,先差家将去报个信息,朝廷降旨,整备酒肉等类,叫数十家将挑了先走。尉迟恭辞驾,带了两个儿子,离了凤凰城,一路下来。先说汗马城张士贵,同了四子一婿,在营欢乐饮酒。忽报进营说:“启上大老爷,快快端正迎接元帅要紧。今日奉旨下来犒赏三军,顷刻相近汗马城来了。”张环听见说:“我的儿,想必皇上道救驾有功,故而出旨犒赏我们,去接元帅要紧。”父子翁婿六人,连忙披挂,出了汗马城,果见三骑马下来,远远跪下叫声:“元帅,小将们不知元帅到来,有失远迎,望帅爷恕罪。”敬德道:“远近迎接,不来计较。快把十万兵丁花名脚册,献与本帅。”张环说:“请到城中,犒赏起来,自有花名,为何就要。”尉迟恭喝道:“唗!你敢违令,拿下开刀。”士贵吓得魂不附体,连忙说道:“元帅不必动恼,快取花名脚册来便了。”志龙回身到汗马城中,取来交与元帅。敬德满心欢悦,接来与大儿宝林藏好,说:“此是要紧之物,若不先取,恐被他埋没了仁贵名字。”张士贵满心踌疑,接到汗马城中,另是安下帅营一座。

元帅进到里面,张环连忙吩咐备宴,与元帅接风。敬德说:“住了,你看我颈中挂的什么牌?”张环说:“原来帅爷奉旨戒酒在此,排接风饭来。”敬德说:“张环,且慢,本帅有话对你讲。”张环应道:“是。”敬德又说:“因朝廷驾困凤凰山,幸喜你等兵将救驾回城,其功非小。故今天子御赐恩宴,着本帅到汗马城犒赏十万兵丁,一个个都要亲赏。皇上犹恐本帅好酒糊涂,埋没一兵一卒,是皆本帅之罪,故我奉旨戒酒。你休将荤酒迷惑我心,教场中还有令发。若有一句不依,看刀伺候。”张环应道:“是。”敬德吩咐道:“教场中须高搭将台,东首要扎十万兵马的营盘,好待兵丁住在营中听点;西首也要扎十万人马的营盘,不许一卒在内。依本帅之言,前去备完,前来缴令。”张环答应,同四子一婿退出帅营。说:“孩儿们,如今为父的性命难保了。”四子道:“爹爹,为什么?”张环道:“我儿,你看元帅行作,岂是前来犒赏三军的?这分明来查点应梦贤臣薛仁贵。”张志龙道:“爹爹,不妨事。只要将薛仁贵藏过,他就查不出了。”张环道:“这个断断使不得,九个火头军名姓,现在花名册上,难道只写其名,没有其人的?”志龙说:“爹爹,有了。不如将九人藏在离城三里之遥上港山神庙内。若元帅查点九八名姓,随便众人们混过,或者兵马内走转当了火头军,也使得的。”张环道:“我儿言之有理。”先到教场中传令,安扎营盘已毕,天色晚暗。

当日张士贵亲往前管中来,薛仁贵忙接道:“不知大老爷到此有何吩咐?”张环道:“薛礼,我为你九人,心挂两头,时刻当心。不想元帅奉旨下来犒赏三军,倘有出头露面,那时九条性命就难以保全,故我大老爷前来求你,那离城三里之遥,有座土港山神庙,到也无人行走,你等九人作速今夜就去,躲在庙中,酒饭我暗中差人送来。待犒赏完时,即当差人唤你。”薛仁贵应道:“多谢大老爷。”说罢,连同了八名火头军,静悄悄出了前营,竟往土港山神庙中躲过,我且慢去表他。单说到尉迟恭吩咐二子,明日早早往教场。二子答应:“是。”来日,张环父子全身披挂,先在教场中整备酒肉,少刻元帅父子来到教场,上了将台,排开公案,传令十万人马,安住东首营中,又吩咐尉迟宝林:“你将兵器在手,站住西首营盘。为父点过来,你放他进营,若有兵卒进了营,从复回出来,即将枪挑死。”宝林应道:“是。”就立在西营。尉迟恭叫声:“先锋张环,你在东营须要小心,本帅点一人,走出一人,点一双走出一双,若然糊涂混杂,不遵本帅之令,点一人走一双,点二人走出一个,皆张环之罪。”张士贵一声:“得令。”听元帅令严,心中急得心惊胆战,低低说道:“我儿,为今之计怎样?我为父只道也没有严令发下来,所以要随便混转来,当了九个火头军。如今他这样发令严明,那个当火头军好?”四子应道说:“便是。”

不表旁首张家父子心中设法,要说到台上尉迟元帅,先把中营花名册展开,叫次子宝庆看明,叫点某人。“有。”走出东营,要到将台前领赏。元帅从上身认到下身,看了一遍,才叫张环赏酒肉回西营主。宝林又点薛元,应道:“有。”走到台前,元帅听得姓薛,分外仔细观看,见他穿皂黑战袄,明知不是,赏了酒肉,回西营去了。每常犒赏十万人马,不消一日,快得紧的,如今有心查点仁贵,一个个漫漫犒赏,眼活费心,虽托长子端枪在西营看守,还当元帅用心,眼光射在两旁,恐兵卒混杂,点得到不上头二百名,天色昏暗,尉迟恭父子用过夜膳,同张环父子共安下营寨,家将四面看守,不许东西兵卒来往。一到明日清

晨，元帅升坐将台，重使宝林到西营，点昨日几名，今日原是几名不差。然后再点兵卒，才想到了这三天把前营军名册展开，一个个点到月字号内来了。这番张环父子在下面如土色，分拆心肝，浑身冷汗。说："我儿，如今要点火头军了，将何人替点？为父命在顷刻，你们可有计策。"志龙叫声："爹爹，闻得元帅好酒的，如今奉旨在此，勉强戒酒，那里耐得住的？今日又是个南风，不免将上好酒放在缸中，冲来冲去，台上自然酒香，看元帅怎生模样，然后见机而作。"张环道："到也使得。"就吩咐家将，缸中犒赏的酒，倒来倒去。尉迟恭在将台上，劈面的大南风，果然这个美酿香气直透，引得尉迟恭喉中酥痒，眼珠到不看了点将旁首，看他把酒倒东过西，若没有：

戒酒牌悬在颈中，定然取酒入喉咙。

毕竟尉迟恭不知如何饮酒，且看下回分解。

第三十五回　尉迟恭犒赏查贤士　薛仁贵月夜叹功劳

诗曰：

美蓉影入在江边，黑菊如何访向前。
喜得芙蓉伶俐巧，故使张环性命全。

那元帅心中暗想："若没有皇上的戒酒牌挂在颈中，就叫张环献上来，饮他几杯何妨。"又说到张士贵父子，见尉迟恭飘眼盯住的看这里倒酒，必然想酒吃了。便说："我儿怎样设个计策，献酒上去，灌醉了他才好？"志龙说："爹爹，容易。把一碗酒放些茶叶在里边献上去，只说这个是茶。待元帅饮了下去，不说什么，只管献上去，若然元帅发怒，丢下酒来。只说茶司不小心，撮泡差了。又不归罪我们，爹爹，你道使得么。"张环道："我儿言之有理。"连忙把酒放些茶叶，走上将台说："元帅点兵辛苦，请用杯茶解渴，然后再犒赏。"敬德接过来，一闻香冲鼻，喜之不胜，犹如性命一般，拿来一饮而尽。暗想："这张士贵，人人说他奸佞，本帅看起来，倒是个好人，因见我奉旨戒酒，故暗中将酒当茶，与我解渴。本帅想再吃几杯，也无人知觉。"便说："张环，再拿茶来。"士贵见元帅不发怒容，又要吃茶，才得放心。连忙传令张志龙泡茶。敬德慢慢吃，还看不出，那晓他是一口一碗，只管叫拿茶来，一连饮了十来碗，到不去犒赏三军了。尉迟宝庆在案东横头，看见爹爹如此吃茶，疑惑起来，说："什么东西，茶多吃个不停，只怕一定是酒了，待等他拿起来看。"张环接酒放在桌上，尉迟恭正要伸手来拿，被宝庆抢在鼻边一嗅，果是酒。连碗望台下一抛，说："爹爹，你好没志气。也岂不晓酒能误事，你为着何来？况奉旨戒酒，又与军师赌下首级，谁不知张环向有奸计，倘被他灌醉糊涂，那能清清白白犒赏？正经之事不干，反好酒胡乱，若朝廷知道，爹爹你将何言陈奏，岂不性命难保？还不查点。张环有罪，以正国法。"尉迟恭差不多倒醉的了。见儿子发怒抛翻，性气顷刻面泛铁青，乌珠翻转，说："嗄呀，罢了，罢了。为父饮酒，人不知，鬼不觉，你这畜生，焉敢管着为父的响叫饮酒！我如今不戒酒了！"把戒酒牌除在旁首，传令张环备筵一席："本帅偏要吃酒，吃个爽快的，看你管得住吗？"张环只怕元帅，那里怕你这公子？连忙吩咐大排筵宴，就在将台上赐张环陪酒，你一杯，我一盏，传花行令，快活畅饮。气得旁边宝庆泥塑木雕的一般。饮到未刻，尉迟恭吃得大醉，昏迷不醒，说起酒活来了。便叫："张先锋，本帅一向不知你心，今日方知你为人忠厚，本帅奉旨犒赏，吃得醺醺大醉，天色又早，还有前营、左右二营，不曾犒赏。今委你犒赏，明日缴令。本帅要去睡了。"张环大悦，应道："是。元帅请回，末将自然尽心。"宝庆叫声："爹爹，这是断断使不得的，岂可委与先锋犒赏？爹爹你自去想一想看，主意要紧，所以说酒能误事。"敬德心中已经昏乱，那里想到查点贤臣之事。反喝道："好畜生，犒赏三军，难道法定要元帅去赏，先锋赏不得的吗？为父如今偏要委他去犒赏，你再敢阻我吗，快扶我到营中安睡。"两位公子无奈何，只得扶定尉迟恭，来到帅营，悠忽睡去，我且不表。

单讲张士贵，心满意足，连忙吩咐四子一婿，人人犒赏，如今不象敬德这样查点的，他却唤几百名来，大家分一阵。不上半日左右，二营尽行赏到，人人无不沾恩。父子回营安

睡，一宵不必表他。

再讲那帅营中，尉迟敬德这一大睡，到黄昏时候，方才睡醒。二子跪下叫声："爹爹，你如今酒醒了吗？"敬德说："我儿，为父奉旨戒酒，不曾饮什么酒。"二子道："阿呀！爹爹，你如今忘记了吗？只怕朝廷得知，性命难保。那张开父子，把酒当茶，爹爹饮得大醉，这也罢了。不该把左右营的兵卒，委张环犒赏，如今兵将尽沾恩，应梦贤臣在于何处？岂不有罪了。"敬德吃惊道："嗄，有这等事，为父或者好酒糊涂，要汝等则甚，岂可由我饮酒，阻不得的吗？"二子道："阿呀，爹爹，孩儿们怎么不阻，爹爹执意不听，反排筵席，快乐畅饮，如此大醉，酒醒已迟。为今之计，怎么样处？"尉迟恭无计可施，只听得营外猜拳行令，弹唱歌吹，欢舞之声不绝。敬德便说："我儿，外边喧哗，却是为何？"宝林道："就是那些兵卒，因受朝廷犒赏，所以皆在营中欢乐畅饮。"敬德道："不知如今是什么时候了？"宝林道："还只得黄昏时候。"敬德暗想，今夜乃中秋八月，故月色辉华，分外皎洁："我儿，你们随父静悄悄出营，前去走走。"宝林答应跟随。

那元帅头上皂色巾，身穿黑战袄，腰挂宝剑，离了帅营，往东西营盘走来转去。也有四五人同一桌的，也有三四人合一桌的，也有二人对饮的，也有一人独酌的，也有猜拳的，也有行令的、也有歌舞的，也有弹唱的，也有劝酒的，好不热闹。敬德又行到靠东这座大营帐边，飘眼望去，见里面有四个人同饮，说道："哥哥，来来来，再饮一大杯。"那人说道："兄弟，你自吃罢，为兄的酒深了，吃不得了。""哥哥，如此我与你猜拳。""兄弟，你噜苏得紧，说道不吃是不吃了，猜什么拳。""哥阿，如此你来陪我饮一杯罢。""阿，兄弟，为人在世，不要不知足，我和你朝廷洪恩，大家吃得有兴，为是我们今日酒肉犒赏、大家畅饮快活，还有血汗功臣，反没福受朝廷一滴酒，一块肉哩。""阿哥阿，那个是血汗功臣吗？""他攻打关城，势如破竹，就是朝廷被困凤凰山，若没有薛仁贵，谁人救得，就是元帅性命，也是他救的，这样大功劳，尚不能食帝王酒肉，我等摇旗呐喊之辈，到吃得醺醺大醉，还要不知足，只管吃下去？""哥哥，你说得是阿，我走到外边去小解，解就进来的，要说到外边。"尉迟恭一句句听得明白，暗想："原来有这等事。"说："我儿，有人出来撒尿，快躲到月暗中去。"三人尽躲在营后墩背，那人见皓月当空，不敢撒尿，也走到营背后月暗中，撩开衣服，正要对敬德面上撒起尿来，这尉迟恭跳起身来，把那人夹背一把，扭倒在地，靴脚踹定，抽起宝剑在手，说："你认本帅是谁？"那人说："阿呀！元帅爷，小人实是不知，望帅爷饶命阿。"敬德说："别事不来罪你，方才你在营内，说九个火头军有血汗功劳，反不受朝廷滴酒之恩。那九个叫作什么名字，得什么功劳，为何犒赏不着，如今却在何方，说得明白，饶你狗命，若一句沉吟，本帅一剑斩为两段。"那人叫声："元帅，若小人说了，张大老爷就要归罪小人，叫我性命也难保，所以不敢说。"敬德说："呔，张环加罪你惧怕的，难道本帅你就不惧了。我儿过来，取他首级。"那人说："阿呀，帅爷饶命，待小人说明便了。"敬德说："快些讲上来。"那人便说："元帅，这前营有结义九个火头军，利害不过，武艺精通，本事高强，内中唯有一个名唤薛仁贵，他穿白用戟，算得一员无敌大将。进东辽关寨，多是他的功劳。一路进兵，势如破竹，东辽老小将官，无有不闻火头军利害，只因大老爷与婿冒功，故将仁贵埋藏月字号为火头军。前日元帅来此，大老爷用计将九人藏在土港山神庙中，所以不能受朝廷洪恩。"敬德道："原来如此。土港山神庙在于何地？"那人说："离教场三里之遥，松柏旁就是了。"敬德说："如此饶你狗命，去了罢。"那人说："多谢元帅爷。"立起身，往营中就走。尉迟恭父子，步月来山神庙，我且慢表。

单讲庙中火头军，人员不受朝廷的恩典，张环却使人送来酒肉，他们排开二席，到吃得高兴，猜拳行令，快乐畅然。只有薛仁贵眼中流泪，闷闷不乐，酒到跟前，却无心去饮。周青叫声："大哥，不必忧愁。快来吃一杯。"仁贵说："兄弟，你自己饮，为兄尽有了。外边如此月色，我到港上步步月，散散心，停一回就来的。"周青说："如此请便，我等还要饮酒爽快哩。"那时薛仁贵离了山神庙，望松柏亭来。月影内随步行来，不想后面尉迟恭瞧呆，穿白小将走出庙来，连忙隐过一边，又见他望东首去，就叫："我儿，你们住在此，待为父随他去。"二子应道："是。"那敬德静悄悄跟在仁贵背后，望东行去数箭之遥，空野涧水边立住，对月长叹道："弟子薛仁贵，年方二十八岁，欲待一日寸进，因此离家，不惜劳苦，跨海保驾征东，哪晓得立了多少功劳，皇上全然不晓，隐埋在月字号为火头军。摇旗呐喊之辈，尚受朝廷恩典，我等有十大功劳，反食不着皇上酒肉，又像偷鸡走狗之类，身无着落，

妻子柳氏，苦守巴巴，只等我回报好音，恩哥恩嫂不知何日图报，此等冤恨，惟天所晓。今见皓月当空，无所不照，何处不见，有话只得对月相诉。我远家万里，只有月照，两头剖割，心事无门可告，家中妻子只道我受享荣华，在天子驾前，却忘负了破窑之事，哪知我在此有苦万千，藏于怀内，无处申泄。今对月长叹，谁人知道？"仁贵叹息良久，眼中流泪。尉迟恭听得明白，怎奈莽撞不过，赶上前来，双手把薛仁贵拦腰抱住说："如今在这里了。"仁贵只道是周青作要，说："兄弟，不要戏耍。混账！"谁知敬德的胡须扫在仁贵后颈中，那番回头一看，见了黑脸，直跳起来说："阿呀，不好！"把身子一挣，手一摇，元帅立脚不定，哄咙一响，仰面一跤翻倒在地。仁贵抛开双足，望山神庙乱跑，跌将进来。八人正吃得高兴，吓得魂不在身。大家立起身来说："大哥，为什么？"薛礼扒起来，忙把山门关上说："众兄弟，快些逃命。尉迟老元帅前来拿捉了。"八人听见，吓得浑身冷汗，各拥进里面，把一座夹墙三两脚踹坍，跨出墙，一齐拼命地逃走了。

讲这尉迟恭走起身，赶到山神庙，把山门打开，喝叫："我儿，随为父进去，拿应梦贤臣。"二子应道："是。"三人同到里边，只见桌子上碗碟灯火尚在，并不见有一人。连忙进内来，只见墙垣坍倒，就出墙望大路上赶来，应梦贤臣依然不见。只听得旁首树林中一声叫："奉旨拿下尉迟恭，理应处斩。"敬德听言，大吃一惊。回头看时，只见旁首林中一座营盘，帐内有军师徐茂公已到，说是："大人，本帅何罪之有？"徐茂功笑道："怎说无罪，你逆旨饮酒，此乃大罪；查不见应梦贤臣，该取下首级。"敬德说："逆旨饮酒，望大人隐瞒，若讲应梦贤臣，本帅虽不查取，却方才看见明白，待天色一亮，本帅自往汗马城，将张环动刑，不怕不招出来。"茂公道："元帅，薛仁贵本来有的，只是内中有许多曲折缘故，所以查点不着，少不得后有相逢之日，你必须要见他，前去责任张环，后来反自有罪在不赦之日，如今趁不究明，好好随我回凤凰城去罢。"敬德无奈何，从了军师之命，就连夜离了汗马地方，连夜赶到凤凰城。

天色明亮，朝廷正坐御营，见军师同元帅进营说："陛下在上，老臣前去查点应梦贤臣，果然查不出，望陛下恕罪。"天子道："王兄查访不出就罢了，何罪之有。"程咬金道："老黑，陛下恕你之罪，我到饶你不来。你自说过的，还是你自己把头割下来呢，还是要我动手来割？"尉迟恭笑道："老千岁，你又在此搅浑了。军师大人尚不认真，反要你割起首级来，岂非真正是呆话了？"自从犒赏之后，不觉又是三天，陛下降旨到汗马城，命先锋张环即日开兵，再破关攻城下去。张士贵奉了圣旨，传令大小三军，放炮起兵。"是！"一声得令，离了汗马城，一路下来，约有三百余里，到了独木关安下营盘。天子随后也进兵前来，到汗马城停扎，只等张环破关报捷。

谁想这先锋张士贵进攻关塞只靠得薛仁贵，那薛仁贵自从中秋月夜在土港山神庙，黑夜中被尉迟恭吓了这一惊，路上又冒些风寒，借端起身，病在前营，十分沉重，卧床不起了，八人伏事不离。张士贵闻报，心中闷闷不乐。停营三天，并无人出马。汗马城中朝廷旨意下来，朝夕不停，催取进兵。说独木关有多少上将，为何还未能破？那番急得张环无头无脑，日日差人往前营探薛礼的病体如何，并没有一人回报好音，只得停营在此，不敢开兵。

先说到独木关中的守将名为金面安殿宝，实授副元帅之职，其人骁勇利害不过的，比着盖苏文本事更高万倍。两旁坐两位副总兵，一个名唤蓝天碧，一个名唤蓝天象，这二人也多有万夫不当之勇，生得来浓眉豹眼，蓝靛红须，正在堂中商议退敌南朝人马，忽有小番报进营来说："启上三位平章爷，大唐人马扎营在关外，有三天了，不知为什么，并无将士索战。"安殿宝说："有这等事？"便叫："二位将军，孤闻南朝火头军骁勇无比，走马攻取关塞，如入无人之境，为何起兵到此三日，并不出营讨战？"天碧、天象叫声："元帅，待小将们出关，先去索战，若火头军出来，会会他本事；若火头军不在里边，一发更好，就踹他营盘，有何不可？"安殿宝说："将军主见甚好，如此小心出马。"二将答应道："不妨。"那蓝天碧先自连忙披挂，上马端枪，离了总府，放炮出关，来到唐营，呼声大叫："营下的，快报说！今有将军爷在此。我闻汝邦火头军骁勇，既来攻关，因何三日不开兵，故此魔家先来索战，有能者快出营来会我。"那营前军士一闻此言，飞报进来说："大老爷，关中杀出一员将士，十分厉害，在那里讨战。"张环闻报，便对四子一婿道："我的儿，为今之计，怎么样？那薛礼卧床不起，周青等服侍不离，关中来将，在外索战，如今谁人去抵挡。"志龙叫声："爹

爹，不妨。薛礼有病在床，孩儿愿去抵敌。”士贵满怀欢喜说：“既是我儿出马，须要小心。贤婿戎装帮助些儿，掠阵当心。”应道：“晓得。”张志龙全身打扮，尽皆上马，端兵出到营外，抬头一看，但见蓝天碧：

头戴紫金凤翼盔，红缨一派如火焰。面如蓝靛，须似乌云；唇若丹朱，眼若铜铃。狮子大鼻，口似血盆，海下几根铁线红须。身穿一领绣龙大红蟒，外罩一件锁子青铜铠。左悬弓，右插箭，坐下昏红马。手端一条紫金独龙枪，果然来得威风猛。

那张志龙看罢，把枪一起，豁喇喇冲到马前，枪对枪架定。说：“番儿，番狗，留下名来，你是什么人，擅敢前来讨战？”蓝天碧道：“我乃副元帅标下大将军，姓益名天碧，你岂可不闻我东辽项儿尖儿的大将吗？你有多大本事，敢来会我！”志龙笑道：“怎知你这无名番狗，我小将军本事骁勇，还不好好下马归顺。”正是：

阵前二将虽夸勇，未定谁人弱与强。

毕竟二将斗战如何，且看下回分解。

第三十六回　番将力擒张志龙　周青怒锁先锋将

诗曰：

蓝家兄弟虎狼凶，何惧唐师百万雄。
小将志龙遭捉住，这番急杀老先锋。

那番将蓝天碧一闻志龙之言，呼呼冷笑道：“不必夸能，魔这支金枪，从不曾挑无名之将。既要送死，快通名来！”张志龙道：“我乃先锋大将军张大老爷长公子爷张志龙便是，谁人不知我本事利害，快快放马过来。”蓝天碧纵马上前，把枪一起，喝叫：“蛮子，魔的枪到！”插、插这一枪，望张志龙劈面门挑将进去。志龙把枪架在旁首，马打冲锋过去，英雄闪背回来，二人战有六个回合，番将本事高强，张志龙那里是他对手，杀得来气喘吁吁，把枪一紧，望蓝天碧劈胸挑进去。天碧也把枪噶唧一声，挠在旁首，才交肩过来，天碧便轻舒猿臂，不费气力，拦腰一把，将志龙提过马鞍鞒，带转丝缰，望关里边去了。何宗宪见大舅志龙被番将活捉了去，便大怒纵马摇戟，赶到关前大喝：“番狗，你敢擒我大舅，快放下马来，万事全休，若不放还，可知我白袍小将军骁勇么！”那番惊动关前蓝天象，催动战马，摇动金背大砍刀，前来敌住宗宪道：“来的穿白小蛮子，你可就是火头军薛仁贵吗？”宗宪冒名应道：“然也，你既闻火头爷大名，何不早早下马受死，反要死在戟尖之下！”天象说：“妙啊，我正要活擒火头蛮子。”放马过来，宗宪串动手中方天戟，照着蓝天象面门上挑将进来，天象把刀枭在旁首，马打冲锋过去，英雄闪背回来。二人战到八个回合，何宗宪用力架在旁首，却被蓝天象拦腰挽住，把宗宪活擒在手，竟是回关。打得胜鼓，来见安殿宝。把郎舅二人囚入囚车，待退了大唐人马，活解建都处决。

单讲唐营内，张士贵闻报子婿被番将擒去，急得面如土色，心惊胆战。说：“我的儿，你大哥、妹夫，被番邦擒去，出兵速救还好，若迟一刻，谅他必作刀头之鬼。为今之计怎么样处置？”志彪、志豹说：“爹爹，大哥、妹夫本事好些，尚且被他活捉去了，我弟兄焉能是他敌手？薛礼又有大病在床，如今谁人去救。”士贵叫声：“我儿，不如着周青去，自然救得回来。”中军那里应道：“有，大老爷有何吩咐？”张环说：“你到前营月字号，传火头军周青到来见我。”应道：“是。”中军来到前营前，也不下马，他是昨日新参的内中军，不知火头军利害之处，竟是这样大模大样，望里面喝叫一声：“呔！老爷有令，传火头军周青。”那晓内边这几位火头将军，也有在床前伏事仁贵，也有那里吃饭，周青听见他大呼小叫，便骂：“不知那个瞎眼狗囊的，见我们在此用饭，还要呼叫我们，不要睬他。”原是忙忙碌碌，正管吃饭，不走出来。这外边中军官传唤了一声，不见有人答应，焦躁起来说：“你们这班狗王八，如此大胆！大老爷传令多不睬的了。”周青听得中军叫骂，大恼起来说：“不知那个该死的狗囊，如此无理，待我出去打他娘。”周青起身，往营外一看，只见这中军在马上耀武扬威，说：“狗囊的，你方才骂那一个？”中军道：“怎么，好杀野的火头军，大老爷有令传你，

如何不睬，又要中军爷在此等候，自然骂了！你也敢骂我？是这等大胆的狗头，我去禀知大老爷，少不得处你个半死。”周青说：“你还要骂人吗？”走上前来，夹中军大腿上一拢，连皮带肉，抠出了一大块。那个中军官喊声：“不好！”在马上翻将下来，跌为两处。中军帽滚开了，一条令箭，把为三段。扒起身来就走。周青说：“打死你这狗头，你还要看我怎么？不认得你爷老子叫周青。”那个中军吃了亏，好不气恼，撞见了那些中军，好不羞丑。说：“阿唷，反了，反了，火头军到大如我们的。”那些中军说：“你原不在行，我们去传他，要观风识气，他们在里边吃饭，要等他吃完；在里边闲话，又要等他说完。况且这班火头，大老爷自己怕他的，凭你营中千总、百总、把总之类，多要奉承他的。岂用得你们中军去大呼小叫的，自然被他们打起来了。”那新参的中军道：“嗄！原来如此。我新任的中军，哪里知道。”只得来见张环说：“大老爷，这班火头军杀野不过，全不遵老爷之令，把令箭折断，全然不理，所以中军吃亏，只得忍气回来缴令。”张士贵听言，心中大怒说：“我把你这该死的狗头，重处才是。我大老爷逐日差中军去传火头军。何曾有一言得罪，今日第一遭差你去，就令箭折断，不遵号令。想是你一定得罪了他们，所以吃亏回来。左右过来，把这中军锁了，待我大老爷自去请罪。”两旁答应，就把中军锁住。张环带了中军步行往前营来。三子跟着。单有中军好不气恼，早晓大老爷是这样惧怕火头军的，我也不敢大呼小叫了。

不表中军心内懊悔，张士贵已到营前，火头军闻知，尽行出来迎接。周青道：“本官来了，请到里边去。”张环进往营中，三子在外等候。八名火头军叩见过了，周青便说：“未知本官到来，有什么吩咐？”张环道：“未知薛礼病恙可好些吗？我特来望他。”周青说：“既如此，本官随我到后营来。”张士贵同到后营，来近薛礼床前，周青叫道：“薛大哥，大老爷在此望你。”薛礼梦中惊醒说：“周兄弟，大老爷差人在此望我吗？”张环说：“薛礼，不是差人，我大老爷亲自在此看望你。”仁贵说：“阿呀，周兄弟，大老爷乃是贵人，怎么轻身踏贱地，来望小人？周青，你不辞大老爷转去，反放进此营，亲自在床间看望，是小人们之大罪也！况薛礼性命，全亏大老爷恩救在此，今又亲来望我，叫小人那里当得起，岂不要折煞我也。”张环道：“薛礼，你不必如此，我大老爷念你有功之人，尊卑决不计较，你且宽心，未知这两天病势如何？”仁贵下泪说：“是。大老爷阿，感蒙你屡救小人性命，今又不论尊卑，亲来看望，此恩难报。小人意欲巴得一官半职，图报大恩。看起来不能够了，只好来生相报。”张环说：“又来了，你也不必纳闷，保重身躯，自然渐愈。”仁贵说：“多谢大老爷费心，小人有病在床，不知外事，未知这两天可有人来开兵吗？”张环道：“薛礼，不要说起。昨日番将讨战，两位小将军已被他们擒去，想来一定性命难保，今早差中军来传周青去救，不知怎样得罪了，被周青打了一场，令箭折断，故而我大老爷亲锁中军，一则来看望，二则来请罪周青。”列位要晓得，九个火头军，只有薛仁贵服着张环，如今见他亲来看望，也觉毛骨悚然。今听见大老爷说周青不服法，气得来面脸失色，登时发晕，两眼泛白，一命呜呼去了。吓得张环魂不附体，连叫薛礼，不肯苏醒。周青着了忙，也叫薛大哥，并不醒来，恼了周青，大喝本官不是：“我大哥好好下床安静，要你来一头，薛礼、薛礼，叫死了。兄弟们，把本官锁在薛礼大腿上，待他叫醒了大哥始放。若叫不醒，一同埋葬。”王心鹤与李庆先拿过胡桃铁链，把张环锁在仁贵腿上。这士贵好不着恼说：“怎么样，周青你本无法无天了，擅敢把我大老爷锁住！”周青说：“你不要喧嚷，叫不醒大哥，连你性命也在顷刻。”那番张环魂不附体，连叫薛礼，方才悠悠苏醒：“阿唷，罢了，罢了。哪有这等事？”正是：

堪笑投军众弟兄，全无礼法枉称雄。本官看邓如儿戏，打得中军面发红。

便叫：“大老爷！”士贵应道：“我被周青锁在你腿上。”仁贵听了，不觉大怒说：“怎么样，周青你还不过来放了吗？”周青道：“大哥醒了，我就放他。”走将过来把链子开放。那个仁贵气得来大喊：“反了，反了，大老爷，小人该当万死。这周青容他不得，我有病在床，尚被周青如此无法，得罪大老爷。我若有不测，这班兄弟胡乱起来，大老爷性命就难保了。趁小人在此，你把周青领去，重打四十铜棍，要责罚他一番。”张环答应。周青说：“凭你什么皇亲国戚，要锁我火头军却也甚难，本官焉敢锁我起来？”张环心下暗想：“他与薛礼不同，强蛮不过的，那里锁得他住？”叫声：“薛礼，我大老爷不去锁他。”仁贵说：“不妨，李兄弟取链子锁了周青，待大老爷拿去重责。”周青说：“大哥要锁锁便了。”李庆先就把大链锁了周青，张环拿了，走不上三两步，周青说：“兄弟们，随我去。他若是罢了就罢；若不

然，我们就夺先锋做。"张士贵听说此言，心中好不惊骇。说："不好。"只得重走近仁贵床前，叫声："薛礼，那周青倚强蛮，诸事不遵法度，我大老爷不去处他。只要周青出马，救了二位小将军，就将功赎罪了。"仁贵点头道："这也罢了。周兄弟，如今大老爷不来加罪你，你可好好出马，救了二位小将军，将功免罪。快去快去。"周青不敢违逆兄长，只要连忙结束，上马端兵，同了七个兄弟，跟随张环，来到中营。姜兴本、姜兴霸啸鼓掠阵，王心鹤、李庆红坐马端兵助阵。

周青一马当先，冲到关前，呼声大叫："呔！关上番儿，快报进去，今有大唐火头军周青在此索战，叫这番狗早早出马受死。"那番兵闻叫，连忙报入帅府。蓝家兄弟早已满身披挂，放炮开关，出来迎住。喝道："中原来将，留下名来，是什么人？"周青道："你要问他怎么。我说来也颇颇有名，洗耳恭听：我乃月字号内九员火头军里边，姓周名青，本事高强。你早献出二位小将军，投顺我邦，方恕你蝼蚁之命，若有半句支吾，恼了周将军性子，把你一锏打为肉酱。"蓝天碧呼呼冷笑说："我们也闻大唐火头军中，只有穿白姓薛的骁勇，从来不听见有你姓周之名，你就仙人异法，六臂三头，也不惧你。放马过来，照我枪罢。"二马交锋，蓝天碧提枪就刺，周青急架相还。二人战到十个回合，怎经得周青铁锏利害，番将有些抵挡不住，面皮失色。那周青越觉利害，冲锋过来，把左手一提："过来罢！"将蓝天碧擒在手内，捺住判官头，兜转丝缰，望营前来。

再讲关前蓝天象，见兄长被擒，心中大怒。忙纵坐骑出阵，大叫："呔！蛮子不要走，你敢擒我哥哥，快快放下来。"那周青到营前将蓝天碧丢下。张士贵吩咐绑住，周青又冲出阵，大喝："番狗！你若要送命，快通名来。"天象说："我乃副先锋麾下，名唤蓝天象。可知我的刀法精通吗？你敢把我兄长擒去，我今一刀不把你劈为两段，也不算魔家骁勇。"周青冷笑道："不要管他。"放马过来，天象上前提刀就砍，周青急架忙还，二人杀在一堆。只听刀来锏架叮当响，锏去刀迎迸火星。一来一往鹰转翅，一冲一撞凤翻身。这二人战有二十回合，蓝天象招架不住，却被周青劈头梁一锏，打得来脑浆迸裂，翻下马来，呜呼哀哉了。那时节众小番把关门闭了，报副元帅去了。周青得胜回营，张士贵满心欢喜。带过蓝天碧喝问道："番将！你今被天邦擒在此，死在顷刻，还不跪。"天碧说："呔！天无二日，民无二王。我见狼主屈膝，岂来跪你？要杀就杀，不必多言。况又父兄之仇不共戴天，你来审我怎么。"张环说："既如此，吩咐推出营外斩首。"两旁一声答应："嗄！"就把蓝天碧割去首级，号令营门，我且不表。

单讲独木关中副元帅安殿宝，正坐三堂，忽有小番飞报进来说："启上元帅爷，不好了。二位将军被大唐火头军伤了。"那金脸安殿宝听见此言，不觉魂飞天外，魄散九霄，吩咐带马抬锤。手下一声答应，安殿宝通身打扮，跨上鞍辔，手执银锤，离了帅府，带领偏正牙将，放炮开关，吊桥坠下，五色旗幡招转，豁喇喇冲到营前，高声大叫："呔！唐营下的，快报说：今有安元帅在此讨战。有能者火头军，早早叫他出营受死。"不表安殿宝讨战。

单言周青连忙出马，随了众弟兄来到营外，往前一看好个金面安殿宝，你道他怎生模样？但见他：

> 头戴金狮盔，霞光射斗；身穿雁翎铠，威武惊人。内衬绛黄袍，双龙取水；前后护心镜，惯照妖兵，背后四根旗，上分八卦。左边铁胎弓，倒挂金弦；右有狼牙箭，腥腥取血。坐下黄鬃马，好似天神。面如赤金相同，两道绣丁眉心竖，一双丹凤眼惊人。高梁大鼻，阔口银牙。手端两柄大银锤，足足有那两百斤一个。虽为海外副元帅，要算东夷第一能。

那周青见了心内胆怯，叫声："众兄弟，你们看这黄脸番儿，谅来决然利害。我有差迟，你们就要上来帮我。"众人应道："是，晓得。哥哥放心上去，快些擂起战鼓来。"说罢，战鼓一啸，旗幡摇动，周青冲上前来，把亮铁锏一起，那边银锤架定，大喝："来将何名，留下来好打你下马。"周青道："你要问我之名，洗耳恭听：我乃张大老爷前营内火头军薛礼手下，周青便是。可知我双锏利害吗？你这黄脸贼，有什么本事，敢来讨战与我！"安殿宝说："本帅在着关内，只闻火头军骁勇，那曾有你之名？可晓本帅银锤骁勇，穿白将只怕逢我也有些难躲，何在于你！"周青道："不必多言，若要送死，须通名姓下来。"殿宝道："本帅双名殿宝。东辽一国地方，靠着本帅之能，你有多大本事，敢来送死？"周青听言大怒，舞动双铁锏，喝声："照打！"当的一声，并锏直望番将顶上打将下来。安殿宝不慌不忙，拿起银锤望锏上噶唧一枭，周青喊声不好，在马上乱晃，险些跌下马来：“阿唷！果然好本事。”一马交锋过去，圈得转马来。安殿宝量起银锤，直望周青劈面门打下来。那周青看锤来得沉重，用尽平生气力抬挡上去，马多挣退十数步，眼前火星直冒。看来不是他敌手。回头叫声：“众兄弟，快快来！”七个火头军大家答应，纵马上前，刀的刀，枪的枪，把个安殿宝围在当中。三股叉分挑肚腹，一字镗照打颅头，银尖戟乱刺左膊，雁翎刀紧斩前胸，宣花斧斧劈后腮，紫金枪直望咽喉。那安殿宝好不了当，舞动大银锤，前遮后拦，左钩右掠，上护其身，下护其马；迎开枪，通开斧，抬开刀，挡开戟，那里在他心上。人人战他一个，还是他骁勇些，晃动锤头，左插花，右插花，双龙入海，二凤穿花，狮子拖球，直望八人头顶上、背心、中左太阳、右勒下，当胸前当当的乱打下来，八个火头军那里是他对手，架一架，七八晃，抬一抬，马多退下来了。战到个四十回冲锋，不分胜败。杀得来：

风去惨惨天昏暗，杀气腾腾烟雾黄。

毕竟不知如何胜败，且看下回分解。

第三十七回　薛仁贵病挑安殿宝　尉迟恭怒打张士贵

诗曰：

八将英雄虽说能，未如殿宝独称尊。
若无仁贵天星将，独木关前尽丧魂。

那两边战鼓敲得如雷霆相似，炮响连天。独木关前沸反淫天，忽惊动前营月字号内病人薛仁贵。他有大病在床，最喜清静，可以朦胧打睡。不想外面开兵，喊杀大震。一个薛仁贵那里睡得起，忙问徒弟们：“外面那个开兵？如何杀了半日不定输赢，只管鼓炮喧声，害我再睡不着。”徒弟回道：“营外众师父在那里开兵，不道关内出来一将，名唤金脸安殿宝，其人骁勇异常，善用两柄大银锤，因此八位师父围住战他，不分胜败，所以有此战鼓不绝。”仁贵听言大怒，说道：“有这等事，我到东辽地方，从不败于番将之手，多是势如破竹，如入无人之境。今一病在床，想安殿宝有多大本事，八人多战他不过，使我火头军之名，一旦被他丧尽了，我那里听得过！带我的盔囊甲包过来，待我去杀这金脸的番狗！”那十个徒弟上前道：“这个使不得，你有病在床，保重尚且不妙，怎去与他开兵，不要说这没正经的话。方才周老师临去，嘱咐我们要小心服侍，怎么反要出去战阵，分明自送残生。不要说别的，就是冒了风，也有几日难过。”仁贵道：“你等晓得什么来，我一生豪气，愤愤在心，念虽有病，那里容得外面这番奴如此称威耀武，八个兄弟没干，自当我去开兵。”说完，坐起身来，穿好衫裤说：“快拿盔甲与我穿好，带马抬戟，我好出阵。”那些小卒们多说道：“薛老师，这是断断使不得，要开兵待病势好了，然后开兵。”仁贵怒道：“多讲！快去拿来。”小卒无奈，只得带马的带马，取盔甲的取盔甲。薛仁贵说要装束起来，拿一顶烂银盔戴在头上，犹如泰山的重。说：“这顶盔不象我的。”徒弟道：“正是老师的。”仁贵说：“为什么沉重的狠？”徒弟说：“这个自然。老师虽是那豪杰气性犹在，然而形容意境，恍惚不过，身十分瘦怯，力气萧然，自然带这顶银盔是沉重的了。”仁贵又把银条甲披在身上，慢腾腾跨上了马，接过方天戟来，犹如千斤模样，再也拿不起来。未曾出戟，心中混乱，头圆滚滚，曲了腰，双手拿定戟杆，愣在判官头上，戟尖朝上。遂叫徒弟加鞭，手下答应：“是。”把马牵出营盘，加上三鞭，这骑马不管好歹，后足一蹬，四蹄发开，豁喇喇竟冲上前来。惊动了虚空九天玄女娘娘，见仁贵带病出马，遂传法旨，叫左首青衣小童仗剑，去帮薛礼取胜安殿宝。小童领旨，暗中保护不必表他。

再讲张士贵，见薛礼在马上腰驼背曲，带病出马，又惊又喜，说：“薛礼，你是恍惚之人，须要小心，不可造次。”仁贵也不听见，望看时，但见围在一团，枪刀耀目。大叫：“众兄弟快些退下来，待为兄取他性命。”阵上八个火头军，大家杀得眼目昏花，汗流浃背，把不能够有人来替。他忽闻大哥出马，心中欢喜。大家探下兵刃，多转营前来，忘记了仁贵病体，只有他独自向前。那晓安殿宝见八人退去，又说大哥上来，明知有名薛蛮子，抬头看他穿白用戟，一定无疑。就扣住了马，把两柄银锤凤翅分开，一个朝上，一柄向下，看他冲

来，必须住马与我打话。

那晓仁贵病颠之中，身不由己，那里还把丝缰去扣，凭他冲到敌将马前。这叫天然凑巧，玄女保护童子，拿他戟尖刺入番将咽喉。这安殿宝不防备的，要架也来不及，喊得一声："阿呀！"人已穿在戟尖上了。他原不曾扣马，又无力挑掉此人，由他直抢吊桥。后面八个火头军喜之不胜，连马把枪刀一起，催马来夺关头。那些番兵进得关来，薛仁贵也到了关内。那时枪刀剑戟，直杀过来。仁贵着了忙，用尽膂力，把个安殿宝挑在旁首，抡戟就刺，好似无病一般。杀得番将死的死，逃的逃，后边人人冲进关来，四下一追，杀入帅府，救出张志龙、何宗宪，查明粮草，关上改换旗号。张环领进人马放炮安营，犒赏了九个火头军，已取了独木关。此回书叫薛仁贵病挑安殿宝，张士贵又要冒功了。

单讲到汗马城，朝廷闻报了独木关，命大元帅尉迟恭传令大小人马，发炮抬营，离了汗马城，一路往独木关进发。先锋张环远远相迎，进了关门，发炮三声，齐齐打下营盘。张士贵进到御营，俯伏尘埃道："陛下龙驾在上，臣狗婿何宗宪，路上辛苦得其大病，前日又病挑安殿宝，已取独木关，略立微功。"朝廷大喜说："汝婿有病，取胜番将，功劳非小，待元帅上了功劳簿。"张环道："多谢元帅爷。"尉迟恭又道："张先锋，本帅看你倒是个能人。"张环道："不敢，何蒙元帅爷谬赏。"尉迟恭又说："本帅营中有件古董，人人不识，想你必然识得。"张环道："小将只怕未必识得。"尉迟恭道："又来谦让了，你且随我到帅营来。"张士贵只得随了元帅，进往帅营去。朝廷问徐先生："尉迟元帅说有古董，未知是什么古董与张环看？"茂公笑道："有什么古董，张环中了元帅之计，他哄去要打他。"天子道："果然吗？"应道："正是。"

不表朝廷之言，单讲到尉迟恭同了张环，进入帅营，便说："张先锋，待本帅去拿出来。"士贵应道："是。"只等古董来看。再表尉迟恭到后营，拿了这条鞭，来到外面叫声："张先锋，你看此件是什么古董？"张士贵看见说："元帅，此条是鞭，元帅用的镔铁钢鞭，不算什么古董。"尉迟恭道："为甚柄上又刻几行字？本帅不识，你来念与我听听看。"张环说："元帅，这乃先王敕赐封的打王鞭，所以刻着几行字在上面。"尉迟恭说："刻的是什么字？朗诵与我听。"张环只得念道："这六句刻的'无端狄虏造反，抢掳国家廊庙，朕知虢国公忠义，三宣召请还朝。上打昏君无道，下打文武不忠，神人万不能回避，神尧高祖亲封'。"敬德大笑说："依鞭上之言，汝等不忠奸佞，正可打得的了。"飞一腿把张环踢倒在地，提鞭就要打了，吓得张环魂不在身，大喊道："阿呀，元帅爷，末将有功于社稷，何为奸佞？望元帅饶命。"敬德道："你还说不奸吗？本帅问你，那薛仁贵现在你前营内月字号内为火头军，怎么在本帅跟前将他隐过，只说没有？自从破东辽，大小功劳多是薛仁贵的，你偏偏将他功劳全冒在自己身上，还说不奸吗？"张环道："阿呀，元帅阿，这是冤枉的阿！末将月字号内火头军，只有薛礼从来不听见仁贵二字。这乃同姓不同名，况薛礼又不晓得开兵打仗，何算应梦贤臣？望元帅休听旁人之言。"尉迟恭大怒道："你还要强辩？本帅前日在汗马犒赏三军，你把我灌醉，糊涂混过。那夜醒来，行到土港山神庙，见薛仁贵对月长叹，本帅隐在旁边，一句句听得明白，我就上前拿去，他便一走，走往山神庙内。本帅赶进庙中，他已跨墙而出，还象有七八个伙伴。当日就要问你，奈军师阻住，故我未曾与你算账。今日取独木关，病挑安殿宝，一定是薛仁贵功劳，你又来冒他的，快说出真情，薛仁贵献到本帅跟前，这还饶你狗命，你若半句支吾，今一鞭打你为肉酱。"张士贵看来不妙，心下暗想："我若不把情由说出，性命谅来难保。不如把仁贵说明，暂避眼前之害，多贪留生命几天也是好的。"那番便叫声："元帅且息雷霆之怒，待末将细说便了。"尉迟恭道："快些讲上来。"士贵道："总是末将该死，望元帅恕罪。那薛仁贵果住山西绛州龙门县人氏，那年投军在内，因见他本事高强，故把他埋没在前营为火头军，将功尽冒在狗婿身上。此是情真，求帅爷饶命，待末将就去把薛仁贵献过来。"尉迟恭道："前日救本帅小将是那一个？"士贵道："就是应梦贤臣。"又问："前日凤凰山下追盖苏文，扯落袍幅者是那一个？"答道："也是薛仁贵。"尉迟恭便哈哈大笑说："我把你这狗头砍死便好，你原来有败露日子的吗。本该一鞭打你为齑粉才是，奈功劳未曾执对明白，饶你狗命，快去把薛仁贵献出，明对功劳，那时少不得死在我手。"张士贵连声答应，叩了四个头，退出帅营，竟往自己营中去了。

且讲尉迟恭满怀欢喜，来到御营说道："陛下，薛仁贵如今有着落了。"徐茂公道："有

什么着落？分明把仁贵性命害了。”敬德道：“军师大人，本帅方才怒打张环，要献出应梦贤臣，他满口应承而去，谅他不敢不献，有何害他性命？”茂公道：“元帅，你哪里知道，张环此去，只怕未必肯献仁贵出来。他若献了薛仁贵，是他性命难保，元帅可肯绕他？”敬德道：“这个本帅恕他不过。”茂公又道：“确又来，他如今此去生心，把仁贵谋害了。”敬德道：“岂有此理！他若把薛仁贵谋害，明日怎样来见我？”茂劝说：“元帅又欠通了。他谋死贤臣，并无对证，只说没有薛仁贵，元帅因生心伤我性命屈招的，实没有仁贵，叫张环那里赔补得出？这数句言语，就赖得干干净净，有何难处，岂不把一家朝纲梁栋，白白送与你手。”朝廷听见应梦贤臣性命难保着了，忙说：“徐先生，这便怎么处怎样救他才好？”茂公又掐指一算道：“还好，还好，内中有救，请陛下放心。”朝廷道：“既然有救，是朕万幸。”尉迟恭大怒说：“明日张环不献应梦贤臣，叫他吃我一鞭，岂有此理。”

不表元帅之言，另讲先锋张士贵，受着这一惊，回到自己营中，脸上失色，目瞪口呆。四子一婿上前问道：“爹爹前去报功，为什么这般光景回来？”张环说：“阿呀，我的儿，不好了。今事露机关，为父性命不能保全了。”众人道：“为着何事？”张环道：“就是前营薛仁贵，被元帅细细的访出真情，要为父把他献出去，我若献他出，也不为难，只得那一番隐瞒冒功之罪一彰，他岂肯饶恕我们性命的？”四子道：“爹爹，这薛仁贵献不出的，献去也是死，不献去也是死。”张环道：“这便怎么样？”众子道：“倒不如把九个火头军一齐将他谋害，后无对证，那时元帅究问其情，爹爹就在驾前哭诉说应梦贤臣果然没有，叫臣那里赔补得出？方才元帅要伤臣性命，所以随口乱道，屈认其情，真实没有，望陛下饶恕性命。这几句回奏何等不美。”张环道：“孩儿之言有理。如今事不宜迟，把此九人怎生谋害？”志龙道：“爹爹，不如将药酒灌倒，一齐杀死，你道如何？”志虎道：“不好，他们九人何等骁勇，倘被他识破机关，造反起来，谁人服得他们？”志彪道：“有了，不如将砒霜毒药赏赐九人，待他饮下，一命呜呼。”志豹说：“尤其不好，九人在此，还怕未必齐饮，倘有迟晚岂非画虎不成反类其犬。大家不保。”张环道：“这不是，那不是，便怎么处呢？只要想一个绝妙的妙计，把他九人陷害，使那人不知，鬼不觉，方为安稳。”何宗宪眉头一皱，计上心来说：“岳父，有了。前日小婿被番将擒捉到此，听得他们说此处天仙谷口，凭你多少人进去，塞住了口子，后路不通，无处奔逃。不如将九人哄入天仙谷口，外面端整木头石块塞住了，多往山顶，将火弓、火箭、火球、火枪射打下去，多用些引火柴草撩下，岂不上天无路，入地无门，一齐活活烧死？”张环说：“贤婿此计甚妙。”一面差人去周备火球火枪等项，一面端正塞住谷口之事。

张环父子进往前营，叫声：“薛礼，不好了。我老爷为你时刻在心，谁想你前日在土港口山神庙中露出真情，尉迟恭十分着恼，今日把鞭打我，要我献你出去，我想把你献去，一定性命难保，枉费许多心机，十大功劳一旦休矣。所以我大老爷不忍，特差人打听离关十里之遥，名为天仙谷口。且避眼前之害。待我兵兴夺了三江越虎城，在驾前保你出来。”仁贵听见，魂飞海外，魄散九霄。说：“有这等事？感蒙大老爷屡屡搭救，无恩可报。兄弟们，我们大家去。”周青说：“不妨，有我在此，待元帅拿我，我自有话讲，不劳本官着忙。”李、王二人道：“你们专要倔强，性命要紧。”薛仁贵胆小不过，带了法宝，上马提戟，同了张环父子，一路来到天仙谷口，九骑马竞入谷口，但见两边高山峻岭，树木森森，居中有一位石成的弥勒佛，转到佛后，弯了一曲折，转过曲折的路，四面高山斗拢，不通的绝路。

不表九人在内游玩，外面张环预备柴木在此，看他们多转在山凹内去了，他就在外边传令，将谷口堆满硫黄硝炭，点着了火，烧将进去。父子六人上了高山，先把引火柴枝丢下去，落在山凹，然后把火球、火枪、火箭，如雨点打将下去，满山凹多是火了。那番九个火头军吓得魂飞魄散，说：“如今性命大家不保了。”周青说：“多是大哥不好！张环这狗，万恶奸臣，什么好人，只管信他。方才若听我周青言语，大家活了。如今弄到火里头来死，真正是火头军了。”仁贵说：“周青兄弟，不必埋怨了。哪里知道这班狗头，横心烂肚，冒认功劳，设的诡计，害我九人九骑性命。为今之计怎样？不要说是火，就是这个烟，也吞不过了。”叫天不应，入地无门，慌做一团。仁贵忽然记起九天玄女娘娘赠的水火袍。他说遇有火灾。拿来披在身上，今日亏得带在身边，待我取出来，仁贵就往囊中取出袍服，九骑马难做一堆，将袍罩住，这是玄女法宝，火就不能着身。正在放心，忽听半空中有人叫道：“薛仁贵，你们九人不必着忙，要命者多把眼睛闭了，耳边有风声响动，不必睁开。

听江边绝了风声，然后睁开眼来，才保全性命。”这九人听见空中如此说，谅来非神即佛，不管真假，多把眼睛闭了。果然耳边风声响动，九骑马多叫起来了，人心多是浮虚，好像腾云模样。大家暗想：“不要我们掉在水里边去了。”眼睛不敢睁开来看，这个风声响有一二个时辰，方才绝了风声。大家开了眼看时，却不是天仙谷内，又换了一个所在。但见两旁高山险岭，上边松柏常青，一条石衔，几个弯兜转，不见民房屋宇，又没有河水溪池，又无日月之光华，阴不阴，阳不阳，不知是什么所在。仁贵对周青道：“兄弟，此处又不见人家屋宇，荒郊旷野，谅无安歇之地，不如问到独木关去，见天子龙驾。”周青说：“独木关知道那条路上去的？又天晚，有多少的路程，今晚料去不及的。”王心鹤道：“且随马赶上前去，见有人问个明白。”众人道：“说得有理。”九人随着山路，曲曲弯弯行将过去，从没有一人来往。看看天色将晚，行有四五里路，原是：

高山树木重重叠，屋宇人烟点点无。

毕竟这九人怎生模样，且看下回分解。

第三十八回　火头军仙救藏军洞　唐天子驾困越虎城

诗曰：

张贼奸谋恶毒深，时时只想害贤臣。
九天若不行方便，万乘焉能入海滨。

单讲仁贵等九人行到傍晚，但有山林不见人烟，正在踌躇无处安歇，好生愁闷。抬头一望，只见前面忽来了一个老婆子，看来有百十余岁光景，老不过的了，头发眉毛多是白的，手中用拐杖一条，微微咳嗽行上来了。薛仁贵叫声：“兄弟们，那边有个老婆子来了，不免去动问一声看。”众弟兄道：“不差。”九人齐上前问道：“老妈妈，借问一声。”那婆子道：“阿呀呀！列位将军那里来的，要到何处去的？”仁贵说：“我们是中原人，保大唐天子龙驾跨海来征东的。因错了路头，如今要到独木关，不知从哪条路上去，有多少里路？今晚可去得及吗？”婆子道：“原来如此，你们是唐天子驾前大将，老身不知，多多冒犯，望乞恕罪。若说此地，离独木关有五百里足路，今晚那里去得及？”薛仁贵说：“完了，这便怎么处？兄弟们，我们今宵到那里去安歇？”众弟兄说：“大哥，这便怎么好？”周青说：“无可奈何，就在树脚下蹲蹲罢，过去一夜，明日前行有何不可？”婆子道：“列位将军，若不嫌弃老身家寒，到我的草舍，水酒一杯，权且过了一宵，明日去罢。”仁贵道：“未知老妈妈贵宅在于何处，若肯相留过夜，明日自当重谢。”婆子道：“说哪里话来，舍下就在前面，将军们随老身来。”众弟兄应道：“既如此，妈妈先请。”

这九个人跟随婆子奔走，一路弯弯曲曲，行到一座山前，却见一个石洞，有五尺高。婆子道：“请各位将军下了马，随我进洞来。”九人只得下马，低下头走进洞中，里面黑暗的行有半里路才见亮光，随着亮光走去，行出了山洞，又换一座世界了。两边只见苍松翠柏，廊下花砌砖衔，十分精巧。眼前有四时不谢之花，八节长生之草，一见双双白鹤成对，处处麋鹿成群，耳中只听得狼嚎虎啸猿啼豹叫之声，柳梅竹响惺忪，百树风调晰呖。喜的九人连连称赞：“妙啊！好一个所在。”一路观玩景致而行，那里认得出去的原路。正走到一潭涧水边，这个水碧波清中有一条仙桥，两边紫石栏杆，婆子领过桥来，见有一所石屋，高有一丈，那婆子道：“列位将军，此处就是舍下了，请到里面来。”九人抬头看见门前有个匾额，上写“藏军洞”三字。仁贵就问：“老妈妈，何为藏军洞？”婆子说道：“将军不知其细，且到里边来，老身自有话讲。”九个弟兄进入内来，把马牢拴在树。抬头四下观看，奇怪得紧，家伙什物都是石凿成的，石台子、石交椅、石凳、石床，就是那缸、盆、瓶、勺、壶、注、碗、碟等类尽是石的。大家坐下，因见家伙什物稀奇，不象是凡人，连忙动问道：“老妈高姓？向来祖上可是官宦出身，目下有几人在家，因何独住荒野，不知作何贵业，望妈妈细说明白。”婆子道：“不瞒众位将军说，老身姓宣，从小在荒山草屋苦苦度日，父母尽行归天，又无亲戚投靠，只得采薇修炼，目下一百零八岁，从未曾食其烟火。心惟居正，不道昨宵有九天玄女娘娘托梦与我，说大唐天子驾下先锋张士贵前营月字号有火头军九个，万

岁出旨要拿，亏得他们命不该绝，明日一定行到此山，你便将他藏过，救了九条性命。所以有着身领救你九位将军到藏军洞内，此地原算仙界，就是东辽国王也不晓此地的，再没有人来往，你等放心托胆隐在此间，待老身去打听唐王赦宥，自然来领你们出去干功立业。”九人听见此言，不觉大惊，说道：“原来有这等事，多谢老妈妈费心，我等感恩匪浅。但如今酒无处沽，米无处籴，便怎么样？”妈妈道：“不必沽籴去，那一只缸内是米，这一只缸内是酒，够你们吃的就是了。若要荤腥，仙桥北首名曰养军山，山上獐鹿野兽最多，打不尽的，有本事竟去寻来吃。”薛仁贵道：“这倒不消妈妈叮嘱，但我等多要吃到斗米坛酒，一个半缸干什么事，不到一二天就完了。”婆子道：“这两缸酒米吃不尽的。今日吃了多少，明日又长了多少出来，凭你吃千万年也不肯完的。”众人说：“有这样好处！如此老妈妈请便吧。”那婆子出了藏军洞，她就是九天玄女变化在此，安顿了九人竟是腾云去了。

单讲九个火头军，其夜饱餐夜膳已毕，过了一宵。明日上山打猎的打猎，煮饭的煮饭，游玩的游玩，好不快乐，倒也清静安稳，犹如仙家一般。若喜欢吃酒，一日吃他五六通，只不过野兽肉过酒过饭。自此安闲自在，在藏军洞住了数日，总是人鬼不知，那里还把出仕干功挂在身上？多忘记了。

我且按下藏军洞九人之言。如今又要说到天仙谷张环父子守了一夜，天明望下一看，满山凹尽是火灰，谅九人九骑也化为灰了。如今同了四子一婿回到自己营中，在此商议要哭诉天子事情。忽军师府差人传令，着张环父子作速起兵离了独木关，前往建都攻打三江越虎城，破得城池，汝命可保，还要官上加官，不得违误。那张环父子得了此令，满心欢悦：“我的儿，这是军师好意，暗中救我父子性命，如今不怕元帅归罪了。”当日就此打扮，传令三军拔寨起兵，离了独木关，正走建都去了。这是非一日之功，要晓得一路进兵，徐茂公从不传令，今日为何传起令来？军师心中明白，犹恐元帅归罪张环，所以把张环提调建都，使他活了性命。元帅尉迟恭闻得张环不在独木关，明知军师救了他性命，所以就往三江越虎城去了，只得无奈何，缘由他去。薛仁贵依然不见。

我且按下独木关朝廷之事。单讲到三江越虎城，高建庄王身登龙位，傍有军师雅里贞，底下各位文臣武将站立两旁。单有元帅盖苏文不在，他往朱皮山求木角大仙炼飞刀去了，尚未回程，虽有千军万马在越虎城，无人提调。君臣正在议论，忽有小番报进来道：“启上狼主千岁，不好了，独木关已破，安殿宝已死，不道兵临建都来了。”高建庄王听见失了独木关，挑死安殿宝，吓得魂不附体，叫声：“军师，为今之计怎生是好？元帅又不在城，倘一日兵来，谁人抵敌？”众文武大家无计可施，军师雅里贞上前奏道：“狼主龙心韬安，臣有一计，能擒中原君臣将士。”庄王大喜，说道：“军师有何妙计？”雅里贞说：“闻得大唐名将甚广，况有火头军骁勇，元帅尚且在凤凰山大败，安殿宝有名能将，也死在他们之手，料我数员将卒那里守得住三江越虎城，不如把那城池调空，我们安顿营盘在贺鸾山上，把四门大开，专等唐兵一进城中，臣便点将暗中埋伏，统大兵把城围困，连扎数皮营帐，待他总有能人，也难踹出此营。然后慢慢攻打，岂不唐王性命如在反掌之中？”庄王说：“军师妙计甚高。”文臣武将无不欢心。即便降旨小儿郎官员等类，尽皆搬到贺鸾山居住，点齐数十万人马暗中埋伏，专要围困城池，我且不表。

单讲张环父子，在路耽搁四五天，这一日早到三江越虎城了。张环说：“我的儿，此城乃国王身居之处，谅来能人勇士猛将强兵不知多少在内，如今又少火头军，只怕未必破得此城。”众儿道：“正是，只怕难以立功。”父子正在马上言谈，那一首早有探子马报来了：“启上大老爷，前面番城不知为何城门大开，吊桥放平，但且旗幡招展，并无将卒把守，因此特来报与老爷得知。”张环说：“有这等事？阿，我儿，这是什么缘故？想是他们闻得我那火头军利害，所以不战而自退了，也算天赐循环，不如占了越虎城，待天子到来就要立功了。”何宗宪上前叫声：“岳父，非也！可记得扫北里边空城，弄出大事来招架不住，今日他又是空城之计了，不可上他的当。”张士贵道：“这等见机而作就是。他邦排的诡计，我们只要进得城，报天子那边，只说你本事高强，攻破赵虎城，待他上了功劳簿。尉迟恭赦了我们之罪就是了，管他围住不围住。”四子道：“爹爹言之有理。”忙传大小三军统进三江越虎城。三声炮响，把四城紧闭，吊桥高扯，城上改换旗号，城中扎定营盘，寻查仔细已毕，即便差人速报独木关去了。

朝廷与茂公正在御营言谈，忽有当驾官启奏说：“陛下在上，今有先锋张环同婿宗宪

攻破越虎城，夺了建都一带地方，请陛下作速到越虎城。”贞观天子听奏开言道：“徐先生，这张士贵原算得一家梁栋，不上几天就夺了建都地方，真算异人了。”尉迟恭说：“万岁，既然张环取了建都，待臣兴后保驾往越虎城。”天子道：“元帅言之有理。”敬德传令大小三军卷帐起程，炮响三声，天子身登龙凤辇，众大臣保住龙驾，一路上旌旗飘荡，剑戟层层，离却独木关。在路耽搁数天，早到三江越虎城。张士贵父子远远出城迎接。朝廷进往城中，身登银銮殿，众臣朝参已毕，大元帅传令五十万大队人马扎住营头，把四城紧闭。张士贵前来见驾说：“陛下在上，小臣攻破越虎城，逃遁了高建庄王，还未献降表，略立微功在驾下，侍番王献了降表，然后班师。”朝廷说：“此爱卿之大功。”尉迟恭记了功劳簿。忽有黑风关狮子口来了报马一骑，叫进城来，飞报银銮殿说：“万岁爷在上，长国公王大老爷看守战船，冒了风寒，得其一病，前日已经身故，盛殓在黑风关了。今战船无人看守，恐番兵夺取，故来请旨定夺。”天子闻言说：“阿呀！王君可得病身亡了吗？”不觉十分伤感，便说：“战船是要紧之事，徐先生如今差那一个去看守？”茂公说：“今建都已取，料无能将，况张先锋立功甚广，不免差张环去看守战船便去。”朝廷听了军师之言，降旨张环带领一万雄兵到黑风关看守。张环领旨辞驾回营，同四子满身打扮，带领人马出了越虎城，竟望黑风关看守战船我且不表。

单讲高建庄王暗点人马，探听唐王君臣已进入城中，就把四面旗号一起，早有百万番兵围统四门，齐扎营盘，共有十层皮帐，旗幡五色，霞光万号，吓得城上唐兵连忙报进银銮殿去了：“报！启上万岁爷，不好了，城外足有百万番兵困住四城，密不通风了。”吓得唐天子魂不在身，众文武冷汗直淋，分明上了空城之计了。敬德道：“多是军师大人不好，张士贵只靠得应梦贤臣，所以破关数座如入无人之境，如今既晓薛仁贵不在里头，张环有何能处，差他来攻打越虎城，自然上了他们诡计了。”朝廷道：“如今张士贵在此也好冲杀番营，偏偏又差他往黑风关去了。这个城池有什么坚固，被他们攻破起来，岂不多要丧命在此吗？”茂公道：“请陛下且往城上去瞧看一番，不知那番兵围困得厉害不利害。”朝廷说：“军师说得有理。”便同尉迟恭、程咬金众大臣一齐上西城一看说：“阿唷！扎得好营盘也！”你看杀气腾腾，枪刀密密，如潮水的一般，果然好厉害也。但只见：东按蓝青旗，西按白绫旗，南有大红旗，北有皂貂旗。黑雾层层涨，红沙漠漠生，千条杀气锁长空，一派腥骚迷宇宙。营前摆古怪枪刀，寨后插稀奇剑戟，尽都是高梁大鼻儿郎，那有个眉清目秀壮士。巡营把都儿吃生肉饮活血，好似魈羊猎犬；管队小番队戏人头玩骷髅，犹如夜叉魍魉。有一起蓬着头，如毡片，似钢针，赛铁线，黄发三裹打链坠，腥腥血染朱砂饼；有一起古怪腮，铜铃眼，睁一睁如灯盏，神目两道光毫，臭口一张过耳畔；有一起捞海胡，短秃胡，竹根胡，虾须胡，三绺须，万把钢针攒嘴上，一团茅草长唇边；有一起紫金箍，双挑雉尾；有一起狐狸尾，帽着红缨；有一起三只眼，对着鹰嘴鼻；有一起弯弓脸，生就镀金牙；有一起抱着孩儿鞍上睡；有一起接着番波马上眠；有一起双手去扯，扯的带毛鸡；有一起咬牙乱嚼，嚼的牛羊肉。红日无光霎然长，族旗戈戟透寒光；好似酆都城内无门锁，果使番邦恶鬼乱投胎。阿唷唷！好一派绝险番营。朝廷看了，把舌乱伸，诸大臣无不惊慌。

忽听见城边火辣辣三声炮响，营头一乱，多说：“大元帅到了。”这盖苏文在朱皮山练好飞刀，又在鱼游国借雄兵十万，今又团团一围，元帅守住西城，御营扎定东城，南城北城都有能将八员。雄兵数百万按住要路，凭你三头六臂，双翅腾云也难杀出番营。

不表城上君臣害怕。单讲盖苏文全身披挂，坐马端兵，号炮一声，来至西门城下，两旁副将千员随后，旗幡招展，思量就要攻城，忽抬头一看，见龙旗底下唐天子怎生打扮，但见他：头戴赤金嵌宝九龙抢珠冠，面如银盆，两道蛾眉，一双龙眼，两耳垂肩，海下五绺须髯直过肚腹。身穿暗龙戏水绛黄袍。腰围金镶碧玉带，下面有城墙遮蔽就看不明白。坐在九曲黄罗伞下，果然有些洪福。南有徐茂公，北有尉迟恭，还有一个头上乌金盔，身穿皂绫显龙蟒，一派胡须都是花白的了。盖苏文也不认得是谁，在这底下呼声大叫：“呔！城上的可就是唐王李世民吗？天网恢恢，疏而不漏。今日已上我邦暗算之计，汝等君臣一切休想再活，快把唐太宗献出来也！”这一声叫喊，惊得天子浑身冷汗，众大臣多吃一惊，望底下瞧，却原来就是盖苏文。程咬金不曾认得，但见他怎生打扮，原来：

头戴青铜凤翼盔，红缨斗大向天威，身穿青铜甲，引得绦环片片飞，内衬绿绣袍，绣龙又绣凤，夹臂左有宝雕弓，左插狼牙箭几根，坐下混海驹，四蹄跑发响

如雷，手端赤铜刀，左手提刀右手推，果然好一员番将也。

那程咬金看罢便叫："元帅，城下这一员番将倒来得威武，不知是什么人？"尉迟恭说："老千岁，这个青铜脸的番奴就是番邦掌兵权的大元帅盖苏文。前日在凤凰山下丧的数家老将总兵官，尽被他飞刀剁死的。"程咬金听见此言，放声大哭道："我兄弟们尽死在这青脸鬼手内的？"敬德道："正是。"程咬金说："阿呀！如此说是我的大仇人了，正所谓，仇人在眼分外眼红，快些发炮开城，待我下去与兄弟们报仇雪恨。"朝廷听见程咬金要出马与盖苏文斗战，连忙喝住道："程王兄不要造次，使不得的，这盖苏文英雄无比，况有飞刀厉害，你年高者迈，若是下去，那里是他对手？"分明是：

不知懦怯才微弱，强与将军斗战亡。

毕竟不知程咬金出战如何，且看下回分解。

第三十九回 护国公魂游天府 小爵主挂白救驾

诗曰：

唐王御驾困番城，还仗忠心报国臣。
遗命亲儿跨海去，神明相护破番兵。

咬金说："阿呀！万岁阿，自古说，父兄之仇不共戴天。况又当初在山东贾闰甫家楼上歃血为盟，三十六个好友曾说，一人有难三十六人救之，三十六人有难一人救之。如今二十余人尽丧在这青脸鬼刀下，我老臣不见仇人犹可，可仇人在眼，我不去报仇，不是那些众兄弟在阴司怨我无义了？一定要下去报仇！"徐茂公一把扯住叫声："程兄弟，断断去不得的，这盖苏文有九把柳叶飞刀利害，青光可以伤人，谅你怎生报得仇来，岂不枉送性命？"咬金悲泪说："杀我兄弟之人誓不两立，哪怕他飞刀利害？我若死番将刀下，为国身丧；倘有侥幸，众兄弟阴灵有感，杀得番将首级，岂不是海底冤仇一旦休了？"元帅尉迟恭一把上前扯住说："老千岁，断然使不得！"下面文臣武将再三解劝才得阻住。程咬金大话虽说，到底也是怕死的。见众人再三解劝，方才趁势住了，便说："造化了他，但这狗头只是气他不过。"靠定城垛，望城下喝道："呔！青脸鬼番狗奴，你敢在凤凰山把我兄弟们伤害，此恨未报，今又前来讨战，分明活得不耐烦了，你好好把头割下万事全休，若有半声不肯，可晓程爷爷的手段吗？我赶下城来，叫你们百万番兵尽皆片甲不留。"那盖苏文在底下说："可恼可恼！本帅看你年高老迈，安享在家只恐不妙，你还要思量与本帅斗战吗？快留一个名儿是什么，这样夸大口。"程咬金说："我的大名中原不必说了，就是那六国三川七十二岛，口外无有不知，婴儿闺女谁人不晓？你枉为东辽元帅，大天邦老将之名多不闻的吗？我留个名儿与你，乃我主驾下实受鲁国公姓程双名称为咬金，可晓得我三十六斧利害？你有多大本事，敢在城下耀武扬威？"盖苏文喝道："老蛮子，你既夸能为何不下城来？"程咬金道："你敢走到护城河边，我有仙法厉害，你在城下，我在城上，有本事取你首级。"盖苏文听说，心中暗暗称奇，说道："不知什么东西，城上城下多取得命的，待我走前去，你倒献献你仙法看。"咬金说："还要过来些。"盖苏文把马带近护城河边说："快献仙法。"朝廷见他引过盖苏文，只道程咬金果然在中原学了什么仙法来的，其中稀罕看他，那晓程咬金见盖苏文到了河口，喝叫住："着，看我仙法！"左手攀弓，右手搭箭，望城下射将下去，盖苏文不提防的，哪知这箭夹着面孔上来的，说声："啊呀，不好！"连忙把头一偏帖，正射伤左耳，鲜血直淋，带转马头回营去了。程咬金好不快活，说："略报小仇，出我之气。"朝廷便说："老王兄，你做出来的事就是稀奇的。"朝廷同了诸臣退到银銮殿商议退番兵之策。

一宵过了，明日大元帅盖苏文又在西城讨战。这一首报："启上万岁皇爷，城下盖苏文又在那里攻城讨战，请陛下降旨定夺。"朝廷说："为今之计怎么样？"程咬金说："待我再去赏他一箭。"尉迟恭道："老千岁又在这里发呆了，昨日他不防备，被你射了一箭，今日他来讨战，还上你的当？待本帅出马前去。"天子道："不可出马，你难道不晓他有飞刀的吗？"敬德说："陛下，他虽有飞刀利害，如今在这城下讨战，本帅不去抵敌，谁人出马？"朝

廷说："虽只如此，到底把免战牌挂出去好。"敬德领旨传令下去，城上免战牌高挑。盖苏文哈哈大笑，回营来见狼主说："臣看大唐营中，也没有什么能人在内，故而把免战牌高挑，量他们纵有雄兵也难踹出番营。不要说破城活捉，就是那粮草一绝，岂不多要饿死？"高建庄王闻说此言，满心欢喜："若能擒得住唐王，皆是军师元帅之功！"

也不表番营之言。再讲三江越虎城中，贞观天子满脸愁容说："徐先生，今日被番兵围住，看来难转中原了。又不能回京讨救，就有骁勇众将，总是飞刀利害，也难取胜盖苏文。若困住城中一年半载，粮草又要绝了，如何是好？"徐茂公叫声："陛下龙心韬安，我们闭城不出，免战高挑，不要说一年半载，只消等过头二十天，就有救兵到了。"朝廷说："果然吗？可是薛仁贵来救驾吗？"茂公说："不是薛仁贵。"朝廷说："这么倒是张环不成？"茂公说："一发不是。从今日算去，有了二十天，还陛下有人救驾了。若不准，便算不得臣的阴阳定数了。"天子道："不差，徐先生阴阳有准，定算无差。且闷坐过去等这二十天看。"自此番将日日攻城讨战，老主意不去理他。正是：

光阴迅速催人老，日月如梭晓夜奔。

少表贞观闭城不战老等救兵。单讲大国长安护国公秦叔宝临终这回，相传各府小爵主到床前，一个个教训说："我当初幼年间，视死如归，枪刀内过日，不惜辛苦，才做到一家公位。汝等正在青年少壮，当干功立业，不可偷懒安享在家。我死之后，须当领兵前去保驾立功。我儿过来，为父一点忠心报国，就是尉迟恭督兵保驾，闻报一路平安，为父不能托胆放心，思量病好还要去保驾。如今看来，病势沉重，是不能的了。为父倘有三长两短，功名事大，祭葬事小，或三朝五日将来殡殓了，也不必守孝。单人独骑前往东辽，戴孝立功，为国尽忠，方为孝子，为父死在九泉，自当保护你立功扬名后世，孩儿尽孝，天下人知。若忘我今日临终之言，算为逆子了。"怀玉含泪跪领教训。秦琼又叫罗通过来说："侄儿，你虽在木阳城，朝廷也是一忿之气将你削职，你母亲乃女流之辈，不知大节，万分不快，但是古人有两句诗说得好：

人爵不如天爵贵，功名怎比孝名高。

原是劝勉人子事亲之意，你不要拿来认做了真，到底为人功名为大。况且你少年本事高强，伯父未死之言，前去立功，朝廷决不来见责的。"罗通答应叔宝。这一日各府子侄一个个都是这样吩咐，公子不敢逆命。叔宝归天，丧葬已完，众爵主不忘遗命，奏闻殿下，起兵十万，依然罗通督兵，有这一班段家兄弟、滕氏弟昆、程铁牛、尉迟号怀。秦怀玉受父训，教他戴孝立功，为前部先锋。他头戴三梁冠，身穿麻布衣，草索拴腰，脚踏蒲鞋，手执哭丧棒，随身带领三千人马，逢山开路，过海起岸，星飞赶至三江越虎城，刚刚徐茂公所算的二十天救兵已到。

怀玉远远望去，营盘密密不计其数，多是蜈蚣旗招展，围住四城，并不见本国人马旌旗，心中吃了一惊。打发探子上前打听朝廷安扎何方。去不多时，前来回报说："驸马爷，不好了，但见四营尽是番兵围绕城池，并不见我邦一个兵卒，一定万岁人马被困在城。"秦怀玉说："既如此，安营下寨，待元帅大兵一到，然后开兵。"放炮一声，安下营寨。明日罗通大兵已到，秦怀玉上前接住说："兄弟，就在此处安营了罢！"罗通说："且到城边朝见父王，然后安营。"怀玉道："你看城外营盘，尽是番邦人马，我们的兵将一个也不见，想当然，定然困在城中。幸喜我们兴兵来得凑巧，等候兄弟到来商议救驾。"罗通道："哥哥说得有理。"便传军令，大小三军安下营寨，一声炮响，十万大兵齐齐扎下营盘。众爵主聚集帅营，议论破番之策，罗通说："秦哥，番兵围困城池，必然有几百万，所以城中老伯父不能杀出，须要里应外合才能救保。"秦怀玉道："这也不难，当年扫北，兄弟独马单枪前去报号，今日理当愚兄踹进番营先去报知，就可里应外合了。"罗通道："若说报号，原是小弟去，何劳哥哥出马。"怀玉道："兄弟，你这句讲差了。当日破虏平北，原是奉旨的挑选元帅救驾，故此兄弟去报号。今日出兵不是奉旨的，为兄不过受父亲临终之言，叫我戴孝立功，不惜身躯，所以愿为先锋，以抢头功，不忘我父遗训。一路上太太平平并无立功，今日理当是我单枪独马前去报号，算愚兄全了忠孝之心。"罗通道："这也说得是，让哥哥前去报号，事不宜迟，速速前去，须要小心。"怀玉道："晓得。"秦怀玉戴孝在身，又不顶盔，又不穿甲，坐下呼雷豹，手执提炉枪，摆一摆，大吼一声，冲向前来。

单讲番营内把都儿抬头看见，叫声："哥阿，不好了！大唐朝有救兵到了，有个中原蛮

子来踹营了。”那个说：“兄弟，他不是踹营的，他单人独骑而来，是到城报号的。哥啊，不差我们发乱箭射他便了。”秦怀玉大喝道：“不要放箭！天邦有公爷救兵到了，汝等作速弃围退去，还可保全性命，若然执意不从，尽要死在我爵王枪刀之下，断不容情的！快快让我一条进城之路，通个信息。”众番兵哪里肯听，他就大怒说：“你们这班该死的，不肯让路，我爵主爷要动恼了！”大呼一声，豁喇喇望着乱箭中冒过来了，冲进番营，手起枪落好挑，识时者散往四城，不识时者枪挑而亡，杀条血路进了第一座营盘，拼着性命杀进第二座营头。这番不好了，那些偏正牙将花智鲁达胡腊，提着一字镜，端把两刃刀，四楞锏，举起开山斧，抱定大银锤，拦住在怀玉马头前，一字镜裹头就打，两刃刀劈顶梁心，四楞锏护身招架，开山斧当面相迎，大银锤前心就盖，好一场厮杀。那怀玉全不在心，抡动提炉枪，前遮后拦，左钩右掠，一个落空，伤掉了几员番将。把马一催，又踹进四五座营盘，兵马一发多了，但见枪刀耀目，并无进路。怀玉乃是少年英雄，开了杀戒，碰着枪就死，重重营帐挑开，连踹十座营帐，方到护城河畔。怀玉出得营来，抬头一看，但见越虎城城上绣出天邦旗号，把马带住，正欲叫城，忽听得两营中豁喇喇一声炮响，齐声呐喊，鼓声如雷，有一员番将冲出来了。

秦怀玉抬头一看，但见这员番将怎生打扮：头上盔是生铁，四方脸白如雪，两道眉弯如月，一双眼染白黑，高梁鼻三寸直，兜风耳歪裂裂，狮子口半尺阔，腮下胡根根铁，素白袍蚕丝织，银条甲挂柳叶，护心镜光皎洁，腰挂剑常见血，虎头靴新时式，双铁鞭雌雄合，坐下马飞跑出。冲到怀玉跟前，把双鞭一起；秦怀玉把枪抬定喝道：“来者是谁？快留名儿！”那员番将便说：“唐将听着，魔乃红袍大力子盖元帅麾下总兵大将军，姓梅名龙，奉帅主将令保守西城，你有多少本事？敢来侵犯西城！”怀玉大怒说：“不必多言，照爵主枪！”便举枪便刺，梅龙把鞭相迎，西马相交，枪鞭并举，不上三四回合，马有七八个照面，梅龙有些来不得了，回头叫：“众将快来！”这一班番将枪刀并举，上前把怀玉围住。数十将杀一个，怀玉自然战不过起来了，还算少年豪杰，一条枪抡在手中，前遮后拦，左钩右掠，上护其身，下护其马，杀得秦怀玉呼呼喘气；心中想道：“报号要紧，挑了他罢！”紧一紧提炉枪，喝声：“去罢！”一枪望番将面门挑来，正中咽喉，梅龙喊声：“不好！”挑在水里去了。这些将官见主将已死，大家走散回营去了。怀玉喘气定了，把马带到西城吊桥首叫一声：“城上那位公爷在此？快报说本邦爵生救兵到了，秦怀玉进城要见父王，快快开城。”不表秦公子在城叫号。单讲城中唐天子算到二十天不见救兵，忙问道：“徐先生，你说算到二十天有救兵到来。今日原不见有兵马来救。”茂公说：“臣阴阳有难，祸福无差。此刻中原救兵已在城外了。”尉迟恭说：“果有此事吗？待我上城去看来。”嘲廷道：“王兄去看，有救兵速来报朕知道。”敬德答应，上马来至西城，望下一看，只听秦怀玉正在叫城。尉迟恭仔细一看，见吊桥下一员小将身穿重孝，却认得秦琼之子。敬德暗想：难道秦老千岁身故了吗？可惜，可惜！“阿，贤侄，令尊病恙，闻得危险，你今一身重孝，莫非已归天去了吗？”秦怀玉应道：“正是家父身故了。”敬德叹道：“哎，本帅只道征东班师，还有相见之日，哪知老千岁一旦归天而去。阿，贤侄，你怎生得知驾困番城前来相救？可带几家爵主，多少人马？”秦怀玉道：“老伯父有所不知，小侄奉家父临终嘱托，命我戴孝立功，各府兄弟多受家父之命，要求干功立业，带得雄兵十万，安营大路一侧。小侄不敢违家父之严命，今单人踹营，望伯父速赐开城，算为报号头功。”尉迟恭在城上听见了暗想：“这秦怀玉小狗头，前年把我打了两次，此恨未消，今日趁此机会欲效当初银国公苏定方一样，要他杀个四门，本帅在城上看他力怯就出去接应，也不为过。”尉迟恭算计已定，便开言叫声：“贤侄，这里西城军师向有军令，凡一应兵将出入，单除西门，余下尽可出入，这西门开不得的，军师把风水按定此门，连我也不解其意，如今贤侄虽来报号，本帅也不好擅开此门，待我去请军师定夺。”秦怀玉听见便说：“有这等事？既然军师按在此风水，也不必去问，西城开不得，自有南门，请伯父往南城去等，小侄杀到南城门便了。”敬德假意说道：“好一个将门之子。”说罢也往南城去了。秦怀玉把马行动，沿着护城河去走将转来，到了南门，相近吊桥，只听忽拉一声炮响，冲出两员大将，你道他怎生模样？但见马头前有二十四对大红旗左右一分，又只见两员番将怎生打扮：

红铜盔插缨尖，头如笆斗根圆，长眉毛如铁线，生一双的大眼，两只耳兜在面，腮与胡鬓兼连。

这一个打扮又奇异，你看他：

赤铜盔霞光现，护心镜照妖见，大红袍九龙头，铁胎弓虎头弦，右插着狼牙箭，反尖靴虎朝天，赤兔马胭脂点。

这两将上前，一个用刀，一个用枪，挡住怀玉马前说："来的南蛮子，用是铜包头铁包颈，由你在西城伤了我邦大将一员，又不进城，反来侵犯我南城。"秦怀玉说："我把你该死的狗头，难道不闻爵主爷枪法厉害吗？你多大本事，敢拦阻马前送死？留下名来，公子爷好挑你。"番将说："你要问魔，听着：魔乃六国三川七十二海岛红袍大力子盖麾下。"正是：

两员番将同骁勇，道姓通名并逞雄。

毕竟不知秦怀玉破南门如何进去，且听下回分解。

第四十回 秦怀玉冲杀四门 老将军阴灵显至

诗曰：

苏文骁勇独夸雄，全仗飞刀恶毒凶。

不是忠魂未报国，焉能小将立奇功。

单讲番将通名："魔乃盖元帅麾下加为无敌大将军巴廉、巴刚便是。可知我弟兄本事？你不到南城还可寿长，既到南城，性命顷刻就要送了。"秦怀玉道："你休要夸能，放马过来，照爵主爷枪罢！"插一枪望巴廉面门直刺过来。巴廉说声："好枪！"也把手中柴金枪急忙架住，噶啷一响，枭在旁首，那马冲锋过去转背回来。巴刚也起手中赤铜刀喝声："小蛮子，着刀！"插一刀望怀玉面门上剁来。怀玉叫声："不好！"把提炉枪望刀上噶啷噶啷只一抬，原有泰山沉重，在马上乱晃，豁喇一声，马才冲过去。巴廉又是一枪分心就刺，他把枪噶啷一响，逼在旁首。怀玉本事虽是利害，被两个番将逼住，只好招架，那里还有还枪开去，只好把钢牙咬紧，发动罗家枪，噶啷一声分开刀枪，照定巴廉、巴刚面门，兜咽喉，左肩膀，右肩膀，两肋胸膛分心就刺。巴廉紫金枪在手中，噶嘟叮当，叮当噶啷，前遮后拦，左钩，右掠，钩开了枪，逼开了枪；巴刚手中赤铜刀，钩拦遮架，遮架钩拦，上护其身，下护其马，挡开了枪，抬开了枪。好杀！这三人杀在一堆。正是：

棋逢敌手无高下，将遇良才各显能。一来一往鹰转翅，一冲一撞凤翻身。十二马蹄分上下，六条膊子定输赢。麒麟阁上标名姓，逍遥楼上祭孤魂。枪来刀架叮当响，刀去枪迎迸火星。世间豪杰人无数，果然三位猛将军。

这一场大战，杀到有二十余合，两员番将汗流浃背，怀玉马仰人翻，呼呼喘气，正有些来不得了。那巴廉好枪法，左插花，右插花，双龙入海，二凤穿花，朝天一炷香，使了透心凉；那巴刚这四刀，上面摩云盖顶，下面枯树盘要根，量天切草，护马分鬃，插插的乱砍下来。秦怀玉把枪多已架在旁边，不觉发起怒来，把提炉枪紧一紧喝声："去吧！"嗖的一枪挑将进来，巴廉喊声："不好！"闪躲也不及，正中咽喉，挑往番营前去了。巴刚见挑了哥哥，不觉心内一慌，手中刀松得松，秦怀玉横转杆子，照着巴刚拦腰一击，轰隆翻下马来，鲜血直喷，一命身亡了。那怀玉虽伤两员番将，力乏得极了，在马上眼花缭乱，慢慢地走到吊桥，往上一看，尉迟恭早在上面。怀玉便叫声："老伯父，快快开城，放小侄进去。"敬德说："贤侄，本帅方才一时错了主意，叫你走北城到放了你进来，不想走了南城，倒又要贤侄杀一门，好放你进去。"怀玉说："老伯父，为什么缘故呢？这里南门又放不得进城？"敬德道："贤侄，你有所不知，这里朝廷龙驾正对南门一条直路，况番兵此处众多，紧闭在此，尚且屡次攻城，若把城门一开，倘被番兵一冲，虽不能伤天子，到底不妙。贤侄，杀往东城放你进来，方才不惊龙驾，有何不美？"秦怀玉听说此言，明知尉迟恭作孽，在此算计他，说："也罢，既是老伯父如此说，待小侄再杀奔东城，你还有别说吗？"敬德道："贤侄，杀到东城，本帅再无别说，在城上先行。"秦怀玉急带马缰，望着东城绕城而来，望见东门，城边未曾走近，只听番营内一声炮响，战鼓如雷，冲出一将来了，你道他怎生打扮：

头戴一顶头篷盔，高插大红纬；面孔犹如紫漆堆，两道朱砂眉，双眼如碧水，口开狮子威，腮下胡须满嘴堆，身穿一领青铜甲，亮光辉，官绿袍，九龙队。护心

镜，前后开。手端着两柄锤，青鬃马上前催，喝一声好比雷。

秦怀玉见番将骁勇，忙扣住马喝声："番儿焉敢前来挡我去路！快留下名来是什么人？"番将道："你要问魔家名姓吗？我乃盖大元帅麾下随驾大将军铁亨便是。"喝声："小蛮子，照枪罢！"把手中双锤一起，望怀玉顶梁上盖下来。怀玉叫声："来得好！"举起提炉枪劈面相迎。不多几个回合，怀玉力乏之人，本事幸亏来得，这番发了狠，一条提炉枪神出鬼没，阴手接来阳手发，阳手接来阴手去，要、要、要，在这铁亨左肋下，右助下，分做八枪，八八分做六十四枪，好枪法！番将的银锤如何招架得开？战到一十余合，铁亨本事欠能，被秦怀玉一枪挑进来，正中前心，扑通一响，翻下马来，一命呜呼。怀玉满心欢喜，省一省力走到城下，望城上叫道："老伯父，念小侄人因马乏，如今再没有本事去杀这一城了，想老伯父方才说过，自然再无推却，快快开城放我进去。"尉迟恭说："贤侄，你是这等讲，分明倒像本帅在此作弄你杀四门，总总我们不是说差了一句，害你受多少心惊。好好叫你进了北城，何等不美？反叫你走起南城东城来，却倒像有心的做起旗号，学那苏定方来，倒觉有口难言。"秦怀玉道："老伯父，小侄又不来怪你，为什么开城又不开，只管啰啰唆唆有许多话讲？"敬德道："非是本帅不肯开城，奈奉殷国公军令，三江越虎城只许开西北二门，不容开东南二门。所以不敢开，若到北门竟放你进来。"怀玉道："也罢！我三门尽皆杀过，何在乎这一门了。如此，伯父请先行，待小侄杀个四门你看，也显我小将英雄不弱。"说罢，带转马慢慢沿城河而走，到了北城，差不多天色已晚了。只听得那边银顶葫芦帐内轰隆轰隆三声炮响。正是：

番营惊动豹狼将，统领貔貅杀出来。

那盖苏文亲自出来也。怀玉抬头一看，一面大旗上写着"六国山川七十二岛红袍大力子大元帅盖"，原来的凛凛威风，后面有数十番将。秦怀玉看了，不觉心内惊慌，大喝一声："来的番儿可叫盖苏文吗？"对道："然也！你这蛮子，既知我名，为何不要下马受缚？必要本帅马上生擒活捉！"怀玉道："你满口夸能，到底有多大的本事拦住我的去路？可晓得爵主爷枪法厉害吗？你敢是活得不耐烦，快来祭公子爷枪尖！"盖苏文大喝道："呔！小蛮子，本帅有好生之德，由你在三门耀武扬威，不来接应，你好好进了城何等不美？该死的畜生，佛也难度，自投罗网，前来侵犯，要死在我马下。"喝声："看刀！"这赤铜刀往头上一举，望面门砍将过去。怀玉看见说声："不好！"把提炉枪望刀上噶啷噶啷这一抬，挡得怀玉两膊酸麻，坐在马上不觉乱晃。若讲秦怀玉生力尚不能及盖苏文，况且如今力乏之人，那里是他敌手？阿唷，名不虚传，果然好厉害！豁刺冲锋过去，圈得转马，苏文便说："蛮子，你才晓得本帅手段？照刀罢！"又是一刀砍将下来，怀玉把枪枭在一旁，盖苏文连砍三刀，不觉恼了性子，把枪噶啷一声通在下边，顺手一枪，紧紧挑将进去。盖苏文那里放在心上，把赤铜刀架在一旁。两人杀在北城，只听见枪来刀架叮当响，刀去枪迎迸火星，一来一往鹰转翅，一冲一撞凤翻身，八个马蹄分上下，四条膊子定输赢。这一场好杀！。那二人大战十有余合，秦怀玉呼呼喘气，被这盖苏文逼住了，望着头顶面门、两肋胸膛分心就砍。怀玉这条枪那里挡得及，前遮后拦，上下保护，抬开刀、分开刀、挑开刀，还转枪来也是厉害，上一枪禽鸟飞，下一枪山犬走，左一枪英雄死，右一枪大将亡。正是：

二马冲锋名分高下，两人打仗各显输赢；刀遇枪寒光杀气，来往手将士心惊；怀玉这条枪，恨不得一枪挑倒了昊天塔；盖苏文这柄刀，巴不能一刀劈破了翠屏山。提炉枪如蛟龙取水，赤铜刀如虎豹翻身。

这二员将直杀到日落西沉，黄昏月下，不分高下。秦怀玉本事欠能，盖苏文思想要活擒唐朝小将，遂叫："把都儿们，快快撑起高灯，亮子如同白日，诸将们围住小蛮子，要活擒他，不许放走！"两下一声答应，上前把一个秦怀玉马前马后围得密不通风，吓得秦怀玉魂飞魄散，走又走不出。他有三股叉、一字镋、银尖戟、画杆戟、月牙铲、雁翎刀、混铁棍、点钢矛、龙泉剑、虎尾鞭，三股叉来挑肚腹，一字镋乱打吞头，银尖戟直刺左膊，画杆戟刺落连环，月牙铲咽喉直铲，雁翎刀劈开顶梁，混铁棍齐扫马足，点钢枪矛串征云，龙泉剑忽上忽下，虎尾鞭来往交锋，不在马前，忽在马后。秦怀玉这枪那里招架得及，上护其身，下护其马，挑开一字镋，架掉银尖戟，闪开画杆戟，勾去月牙铲，抬开雁翎刀，遮去混铁棍，按落龙泉剑，逼开虎尾鞭，好杀！杀得怀玉枪法慌乱，在马上坐立不定，大叫一声："阿唷！我命休矣！"盖苏文说："小蛮子，杀到这个地位还不下马受缚，照刀罢！"一刀吹下来，秦怀玉

把枪枭在一边，但觉眼前乌暗，又无逃处，如今要死了。尉迟恭在城上，见秦怀玉被盖苏文诸将围住，喊杀连天，谅秦怀玉性命不保，吓得心惊胆跳，说："不好了！若有差池，某该万死了。左右，快来把吊桥放下，城门大开，后面张高亮子，待本帅出城救护。"手下三声答应，就大开北门。敬德冲出城来，抬头看时，只见围绕一个圈子，枪刀射目。敬德年纪老迈，心中也觉胆脱，又怕盖苏文飞刀厉害，不敢上前去救，只得扣马立定吊桥，高声大叫："秦家贤侄快些杀出来，某开城在此，快些杀出来。"尉迟恭在吊桥边高叫，这时秦怀玉杀得人仰马翻，那里听得有人叫他。这些人马逼住四面，真正密不通风，围困在那里，要走也无处走，杀得来浑身是汗。底下呼雷豹力怯不过，四蹄不能踹定，要滚倒了。马也要命的，把鼻子一嗅，悉哩哩哩一声嘶叫，惊得那番将坐骑尽行滚倒，尿屁直流，一个个跌倒在地，盖苏文这匹混海驹是宝马，只惊得乱跳乱纵，不至于跌倒。秦怀玉满心欢喜，加一鞭豁喇喇往吊桥上一冲，敬德才得放心，也随后进了城，把城门紧闭，扯起吊桥。

番邦兵将不解其意，便说："元帅，秦蛮子这匹是什么宝骑？叫起来却惊得我们马匹多是尿屁直流，跌倒在地。"盖苏文说："本帅知道了，造化了这小蛮子。我闻得南朝秦家有这骑呼雷豹厉害，方才本帅意欲活擒他，故不把飞刀取他性命，谁想竟被他逃遁了。"要晓得怀玉的呼雷豹，当初被程咬金去掉了耳边痒毛，所以久不叫，今日被番兵围杀了一日，马心也觉慌张，所以叫了一声，救了怀玉性命，直到征西里边再叫。那盖苏文同诸将退进番营，我且不表。

另言讲到城中，秦怀玉在路上走，后面尉迟恭叫住说："贤侄慢走。才叫你杀四门，不可在驾前后奏，这是本帅要显贤侄的威风，果然英雄无敌。"怀玉明知他说鬼话，便随口应道："这个自然，万事全仗老伯父赞襄调度，方才之事我小侄决不奏知朝廷，老伯父请自放心。"敬德闻言大悦。双双同上银銮殿，敬德先奏道："陛下，果然救兵到了，却是秦家贤侄单骑杀进番营，到城报号，本帅已放入城。"怀玉连忙俯伏说："父王龙驾在上，臣儿奉家父严命，戴孝立功，所以单人踹进番营前来报号。"朝廷闻说秦王兄亡故，不觉龙目中滔滔泪落，徐勣也是心如刀绞，程咬金放声大哭，一殿的武臣无不长叹。天子又开言叫声："王儿，你带多少人马在外，有几位御侄们同来？"怀玉说："儿臣为开路先锋，罗兄弟领大兵十万，各府内公子多到的，单等我们冲杀出城，大踹番营，外面进来接应。"朝廷道："徐先生，我们今夜就踹番营呢，还是等几日？"茂公道："既然，连夜就踹他的营盘。"连忙传下军令，吩咐五营四哨偏正牙将，齐旨结束，通身打扮，整备亮子，尽皆马上，听发号炮，同开四门，各带人马杀出城来。

秦怀玉一马当先踹起番营，手起枪落，把那些番兵番将乱挑乱刺。后面程咬金虽只年迈，到底本事还狠，一口斧子轮在手中，不管斧口斧脑乱斩去，也有天灵劈碎，也有面门劈开，也有拦腰两段，也有砍去头颅，好杀！番营缭乱，喊声不绝，飞报御营说："狼主千岁，不好了！南蛮骁勇，领兵冲踹营中来了，我们快些走罢！"高建庄王听言，吓得魂不在身，同军师跨上马，弃了御营，不管好歹，竟要逃命。只见四下里烟尘抖乱，尽是灯球亮子，喊杀连天，鼓声如雷，营头大乱，夺路而走。后面秦怀玉一条枪紧紧追赶，杀得来天地征云起，昏昏星斗暗，狂风吹飒飒，杀气焰腾腾。东城尉迟元帅带兵出番营，这一条枪举在手中，好不了当！朝天一炷香，使下透心凉，见一个挑一个，见一对挑一双，惨惨愁云起，重重杀气生。西门有小爵主尉迟宝林，手中枪好不厉害，朵朵莲花放，纷纷蜂蝶飞，左插花，右插花，双龙入海，月内穿梭，丹凤朝阳，日中扬彩，撞在枪头上就是个死，血水流山路，尸骸堆叠叠，头颅飞滚滚，马叫声嚷嚷。南门有尉迟宝庆带领人马，使动射苗枪，枪尖刺背，枪杆打人，人如弹子一般，挑死者不计其数，半死的也尽有。如今不用对敌，逃得性命是落得的，大家杀条血路而逃，口中只叫："走阿走阿！"四门营帐杀散了。放炮一声惊动，罗通听得炮响，传令人马，众爵主提枪的举刀的拿锤的端斧的，催动坐骑，领齐队伍，冲杀上来。把这些番邦人马裹在中间，里应外合，杀得他大小儿郎无处投奔，哀哀哭泣，杀得惨惨。分明：

血似长江流红水，头如野地乱瓜生。

再讲到秦怀玉串串提炉枪追杀，番兵尽皆弃下营寨曳甲而走，正在乱杀番兵，忽见那边飞奔一员大将来了："啊唷，可恼可恼！南蛮有多少将，敢带兵冲杀我邦的营盘。不要放走了穿白的小蛮子，本帅来取他的命了。"怀玉抬头一看，原来就是盖苏文。那秦怀玉便纵马摇枪直取盖苏文，他举起赤铜刀急架相迎。二人战不到二合，苏文恐怕呼雷豹嘶叫起来不当稳便，就左手提刀，右手掣开葫芦盖，口中念动真言，叫声："小蛮子，看我的法宝吧！"嗖一响，一口柳叶飞刀飞将出来，直望怀玉头顶上落下来。怀玉见了，吓得魂不附体，叫声："不好！我命休矣！"思量要把黄金锏去架，他哪晓得心中慌张，往腰间一摸拿错了：

抽了一根哭丧棒，上边撩出黑光来。

不知秦怀玉性命如何，且看下回分解。

第四十一回 孝子大破飞刀阵 唐王路遇旧仇星

诗曰：

福主登基定太平，八荒贡服尽称臣。
何愁东海东辽国，转世青龙用计深。

再讲秦怀玉看见飞刀，欲拿黄金锏抵抗，不道心急慌忙，拿错了哭丧棒，往上一撩，见一阵黑气冲起，只听耳边括腊腊腊数声爆响，飞刀就不见了。盖苏文心内惊慌，便说："什么东西，敢来破我飞刀！"便复念真言，叫声："法宝，齐起！"果然八口飞刀连着青光，冒到秦怀玉身上。怀玉又量起哭丧棒，往上面乱打，只见阵阵黑气冲天，把青气吹散，八口飞刀化作飞发，影迹无踪了。怀玉满心欢喜，挂好哭丧棒，提枪在手。盖苏文见破了飞刀，急得面如土色，叫声："小蛮子，你敢破我法宝，本帅与你势不两立，不要走，照刀罢！"把赤铜刀往头上劈将下来。怀玉就举枪噶啷叮当架往，还转枪照苏文劈面门兜咽喉就刺，苏文那里在心？把刀叮当一响枭在旁首，二人战到二十余合，秦怀玉呼呼喘气，盖苏文喝道："众将快快与我拿捉秦怀玉！"众将一声答应，共有数十员围将拢来，把怀玉围住，好杀！弄得怀玉好不着急，口口声声只叫："我命休矣！谁来救救！"忽阵外横冲一将飞马而入，杀得众将大败夺路而走，你道那将是谁？原来就是罗通，刚刚杀到，一闻怀玉唤救，他就紧紧攒竹梅花枪喝声："闪开！"催一步马冲进圈子，说："哥哥休得着忙，兄弟来助战了！"秦怀玉见了罗通，才得放心。盖苏文提刀就砍罗通，罗通急架相迎，敌住苏文。怀玉把数十员番将尽皆杀敌，也有刺中咽喉，也有挑伤面门，也有捣在心前，杀得番兵弃甲曳盔在马上拼命地逃遁了。单有盖元帅一口赤铜刀原来得厉害，抵住两家爵主见了雌雄。这一场好杀，你看：

阵面上杀气腾腾，不分南北；沙场上征云霭霭，莫辨东西。赤铜刀刀光闪烁，遮蔽星月；两条枪枪是蛟龙，射住风云。他是个保番邦掌兵权第一员元帅，怎惧你中原两个小南蛮；我邦乃扶唐室顶英雄算两员大将，哪怕你辽邦一个狗番儿。炮响连天，惊得书房中锦绣才人顿笔；呐喊之声，吓得闺阁内轻盈淑女停针。正是：番邦人马纷纷乱，顷刻沙场变血湖。

这三将战到四十冲锋，盖苏文刀法渐渐松下来，回头看时，四下里通是大唐旗号，自家兵将全不接应，大家各走逃命，看看唐将众多，盖苏文好不慌张，却被怀玉一枪兜咽喉利进来，便说："啊呀！不好，我命休矣！"要招架来不及了，只得把头一偏，肩膀上早中一枪，带转马往前奔走，罗通纵一步马上叫一声："你要往那里走？"提起手夹苏文背上一把，苏文喊声："阿唷，不好！"把身子一挣；一道青光，吓得罗通魂不附体，在马上坐立不牢，那盖苏文便纵马拼命地杀条血路逃走，只因这盖苏文命不该绝，透出灵性，不能擒住。这番大小番兵见元帅一走，大家随定，也有的散开去了，也有的归到一条总路上而走。后面大唐上马旗幡招展，刀枪射目，战鼓不绝，纷纷追杀，这一班小爵主好不利害！这叫作：

年少英雄本事高，枪刀堆里立功劳。东边战鼓番兵丧，西首纷争番将逃。爵主提刀狠狠剁，番士拖枪急急跑。零零落落番人散，整整齐齐唐卒豪。蜈蚣旗号纷纷乱，中国旗幡队队摇。千层杀气遮星月，万把硫磺点火烧。条条野路长流血，处处尸骸堆积糟。鼻边生血腥腥气，耳内悲声惨惨号。碎甲破盔堆满野，剑戟枪刀遍地抛。

杀得那班番将，好似三岁孩童离了母，啼哭伤情；唐兵如千年猛虎入群羊，凶勇惊人。老将们挥大戟，使金刀，刺咽喉，砍甲袍，尽忠报国；小爵主提大斧，举银枪，刺前心，劈顶梁，出立功劳。千员番将衬马蹄，受刀枪，开膛破腹见心肠；百万唐兵擂战鼓，摇号旗，四处追征摆队齐。这场杀得天昏地暗，可怜番卒化为泥。这一杀不打紧，但见：

雄军杀气冲牛头，战士呼声彻碧霄。

城外英雄挥大戟，关中宿将夺金刀。

小爵主带领人马，远来救驾；老公爷先砍守营将士，放下吊桥。惊天动地，黑夜炮声不绝，漫山遮野，天朝旗号飘摇。唐家内外夹攻，无人敢敌；番邦腹背受伤，有足难逃。风凄凄，男啼女哭；月惨惨，鬼哭狼嚎。人头滚滚衬马足，点点鲜红染征袍。沙地孤城，顷刻变成红海；番兵番将，登时化作泥槽。正是：

天生真命诸神护，能使邪魔魂胆消。

这一追杀下去，有八十里足路，尸骸堆如山积，哭声大震，血流成河。茂公传令鸣金收兵，诸将把马扣住，大小三军多归一处，摆齐队伍，回进三江越虎城去了，我且慢表。

另言讲这高建庄王，有盖苏文保护，只是吓得魂不在身，看见唐朝人马不来追赶，才得放心。元帅传令，把聚将鼓擂动，番兵依然同聚，点一点，不见了一大半，共伤一百十五员将。高建庄王说："魔家开国以来，未尝有此大败。"盖苏文说："狼主在上，今日那一场大战，损兵折将，多害在中原秦蛮子之手，不道如此凶勇，本帅九口飞刀被他尽行破掉，有这等大败。请狼主放心，且带领人马退往贺鸾山扎住，待臣再往朱皮山见木角大仙，炼了飞刀再来保驾，与唐邦打仗，务要杀他个片甲不回！"庄王道："既如此，元帅请往。"这盖苏文前往朱皮山去，路程遥远，正有许多耽搁，我且没表。高建庄王领兵退归贺鸾山，也不必去说。

单讲那越虎城中，唐王元帅敬德把人马扎住教场点明白，然后上前缴旨。众爵主多上殿朝见天子已毕，朝廷大悦，赐座平身，钦赐御宴，老少大臣饮过数杯。撇开筵席。秦怀玉说："父王在上，那盖苏文九口柳叶飞刀要来伤害臣儿，不想把哭丧棒撩起，把飞刀打掉，黑气冲散青光，真算父王洪福，所以哭丧棒破了飞刀，可为天下之奇文也。"程咬金听见，不胜欢喜说："陛下在上，这哭丧棒看起来倒是一件宝贝了，真乃天下有，世间稀，无处寻的宝。拿来放在库中，日后遇有敌将用飞刀的，好将此物带在身边，再拿去破他。"徐茂公说："御侄，使不得的。这根哭丧棒拿来烧化了。"朝廷说："徐先生，难得这根哭丧棒破了飞刀，果然是天上有，世间稀的东西，怎么又要烧毁它起来？"茂公道："陛下有所不知，这哭丧棒焉能破得飞刀？明明乃是秦叔宝兄弟一点忠心报国，阴魂不散，辅佐阵图，故此哭丧棒上有一团黑气破了飞刀，这是他在暗中报我主公。想秦兄弟在生时节，十分辛苦，与王家出力，他如今死后，阴灵还不安享，随孝子秦怀玉到东辽保驾，望陛下速速降旨，烧化了这哭丧棒，等秦兄弟冥府安享，阴间清静些。"朝廷听说道："既有这等事，将哭丧棒拿来烧化了。"秦怀玉领旨将哭丧棒烧化，秦琼阴魂才得放心而去。自此在城中安养三五日，外边十分清静，并无将士前来讨战，番兵影响俱无，城门大开也不妨，众将尽皆欢心。

朝廷空闲无事，这一天早上，思想出城打猎？便问徐茂公道："徐先生，寡人今日欲往城外打猎，可肯随朕去吗？"徐茂公笑道："臣不去。"朝廷说："既然军师不去，也罢了。阿，诸位王兄御侄们在此，那个肯保寡人出城去打猎？"茂公在旁丢个眼色，把头摇摇。众爵主深服军师，明知其故，大家不应。尉迟恭也晓军师有些古怪，便说："臣今日身子不快，改日保驾，望我主恕罪。"程咬金说："你们大家不去，臣愿随驾前去。"茂公喝道："你这个呆子匹夫，今日不宜行动，我们多不去，谁要你多嘴？"咬金道："这么，臣也不去了。"朝廷说："徐先生，你不肯去就罢，怎么连别人都不容他随朕去起来？寡人今日一时高兴要去出猎，为何偏不保朕驾去？到底有什么缘故，请先生讲个明白。"茂公道："陛下有所不知，今日若到城外打围，要遇见应梦贤臣薛仁贵的。"朝廷听见大悦道："寡人只道出去要见什么灾殃，所以你们多不肯随朕，若说遇应梦贤臣，乃是一桩喜事，朕巴不能够要见他，只是难以得见，若今日打猎可以遇见此人，乃寡人万幸了。降旨备马，待朕独自前去。"茂公说："这应梦贤臣福分未到，早见不得我主，还有三年福薄，望陛下不必去见他。过了三年，班师到京，见他未为晚也。"朝廷道："难道他早见朕三年，还要折寿不成？"军师说："他寿倒不折，只怕有三年牢狱之灾。"朝廷说："嗳，先生一发混账了。这牢狱之灾，只有寡人

做主,那个敢将他监在牢中?如今朕发心要见,总不把他下牢狱的。”茂公道:“既如此,陛下金口玉言说了,后来薛仁贵有什么违条犯法之事,陛下多要赦他的。”朝廷说:“这个自然赦他。”军师说:“既如此说过,陛下出山去打猎便了。”

贞观天子打扮完备,上了骕骦马,并不带文臣武将,单领三千铁甲兵八百御林兵人马出了东城,竟往高山险路荒郊野外之所而行。离了越虎城有四五里之遥,到一旷阔地方,朝廷降旨摆下围场。御林兵也有仗剑追虎,也有举刀砍鹿,放鹰捉兔,发箭射熊,正在场中跑马打猎。朝廷龙心欢悦,把坐骑带往左边树林前,忽见一只白兔在马头前跑过,天子连忙扣弓搭箭,嗖的一箭,正射中兔子左腿,那晓此兔作怪,全不滚倒,竟带了金披御箭望大路上跑了。朝廷暗想:“朕的御箭怎被这兔儿带了去,必要追它脱来。”天子不肯弃这枝金披御箭,把马加上三鞭,豁喇喇喇随定白兔追下来了。这天子单骑追下来有二三里路,总然赶不上,朝廷扣住了马,不思量追赶了。那晓这兔奇怪,见朝廷不赶,也就停住不跑了。那天子见兔儿蹲住,又拍马追赶,此兔又发开四蹄往前跑了,总然朝廷住马,此兔也住;朝廷追赶,此兔也就飞跑了。不想追下来有二三十里路,兔子忽然不见,倒赶得气喘吁吁,回转马来要走,只看见三条大路,心下暗想:“朕方才一心追这只白兔,却不曾认清得来路,如今三条大路在此,叫我从那条路上去的是?”正在马上踟蹰不决,只见左边有个人马下来,头上顶盔,身上贯甲,面貌不见,只因把头伏在判官头上,所以认不出是那个。天子心中暗想:“这个谅来不象番将的将官,一定是我邦的程王兄,他有些呆头呆脑的,所以伏在判官头上,待朕叫他一声看:“程王兄,休要如此戏耍,抬起头来,寡人在这里。”便连声叫唤,惊动马上这位将军,耳边听得“寡人”二字,抬起头来。不好了!两道雉尾一竖,显出一张铜青脸,原来就是盖苏文。他只因飞刀被哭丧棒打毁,所以闷闷不快,要上朱皮山去炼飞刀,谅来此地绝没有唐将来往,故而伏在判官头上,双尾倒拖着地,唐王那里认得出?只道自家人马,叫这几声。盖苏文见唐天子单人独骑,并无人保驾,心中欢喜,大喝道:“咦!马上的可是唐童吗?上门买卖,不得不然,快割下头来便罢!”把手中的赤铜刀起一起,把马拍一拍,追上来了。朝廷吓得魂飞魄散。说:“啊呀,不好了,朕命休矣!”带转马加上鞭就走。盖苏文大笑道:“你往那里走?这事明明上天该绝唐邦,欲使我主洪福齐天,所以鬼使神差你一个在此,若不然,为什么你是天邦一国之主,出来没有一个兵卒跟随的?分明唐邦该绝,还不速速献头!思量要逃性命,怕你走上焰摹天,足下腾云,须赶上那番?”朝廷拼命地跑,后面盖苏文紧追紧走,慢追慢走。赶得唐天子浑身冷汗,想:“徐茂公该死!你方才说:‘出去打猎要遇见盖苏文受灾殃的’,这句话一说,朕也不来了。偏偏说什么要遇应梦贤臣,引寡人出来相送性命。”谁想一路赶来,有三十里之遥,后面盖苏文全不肯放松,不住追赶。朝廷心慌意乱,叫声:“盖王兄,休得来追,朕愿把江山分一半与你邦,你可肯放朕一条生路吗?”盖苏文说:“唐童,你休想性命的了,快献首级!”这二马追出山凹,天子往前一看,只见白茫茫一派的大海,天连着水,水连着天,两旁高山隔断,后面有人追赶,如今无处奔逃,听死的了。盖苏文呼呼冷笑说:“此地乃是东海,又是高山阻隔,无路通的。如今还是刎头献与我呢?还是要本帅自来动手?”天子心如刀割,回头见盖苏文将近身边,着了忙,加一鞭,望海滩上一纵,谁想海滩通是沙泥,软不过的,怎载得一人一马纵得?在沙滩四蹄陷住,走动也动不得了。唐王无奈,只得又叫声:“盖王兄,饶朕性命,情愿领兵退回长安。”盖苏文跑到海滩边,把赤铜刀要去砍他,远了些斩不着,欲待纵下滩去,又恐怕也陷住了马足,倒不上不下,反为不美。”我不如今日逼他写了降表,然后发箭射死他,岂不妙哉!”心中算计已定,叫一声:“唐童,你命在须臾,还不自刎首级下来,本帅刀柄虽短,砍你不着,狼牙箭可能射你,你命在我拿中,还想在世,万万不能了,快快割下头来!”朝廷叫声:“盖王兄,朕与你并无仇冤,不过要朕江山,如何屡逼寡人性命?盖王兄若肯放朕一条活路,情愿把江山平分与你。”盖苏文说:“那个要你一半天下,此乃天顺我邦。本帅取你之命,以立头功,要你江山,以保我主南面称尊。本帅看你如此哀求,要求性命也不难,快写一道降表与我,恕你性命。”朝廷道:“未知降表怎样个写法?”苏文说:“好个刁滑的唐童,你在中原为一国之主,难道降表多写不来?本帅也不要你写什么长短,不过要你写张劝票与我,拿到越虎城中,降你们这班老少将官爵主三军人等投在我邦,换你这条性命。”天子道:“但是纸多没有在此,叫朕写在何处?”苏文说:“要纸何用?你穿的黄绫跨马衣,割下一则衣衿,写在黄绫上,使你们大臣肯服。”天

子说："盖五兄，黄绫虽有，无笔难挥。"苏文叫声："唐童，若用笔写，难以作证，你把小指嚼碎淋血，挥写一道血表，待我拿去！"正是：

唐王祸遇青龙将，性命如何逃得来。

毕竟唐王肯写降表不肯写降表，且看下回分解。

第四十二回　雪花鬃飞跳养军山　应梦臣得救真命主

诗曰：

万乘旌旗下海东，沙滩龙马陷金龙。
苏文逞逞违天力，难敌银袍小将雄。

"好使这班老臣信服，方肯投降，快快写上来！"朝廷无奈，把金剑割下黄绫衣衿一块，左手拿住，如今要把小指咬破，又怕疼痛。朕若写了血表，当真把天下轻轻付与别人不成？这血表岂是轻易写的？心中好无摆布。盖苏文说："不必推三阻四，快快咬碎指头写血表与我！"那番，贞观天子龙目下泪，暗叫一声："诸位王兄御侄，感你们个个赤胆忠心与朕打成这座锦绣江山，哪知今日撞见盖苏文立逼血表，非是寡人不义，也叫出于无奈，今日写了血表，永无君臣会面之日了。"这道血表原觉难写，指头咬破鲜血淋淋，实难落实，高叫一声："有人救得唐天子，愿把江山平半分；谁人救得李世民，你做君来我做臣。"只把这二句高叫，盖苏文呼呼冷笑说："唐童快写！这里乃我邦绝地，就有人来，也是本帅麾下之将，焉有你的人马兵将到来？凭你叫破什么，总无人来救。"一边逼他写血表，天子不肯写，叫救在海滩，逼勒不止，谁人来救，我且慢表。正是：

唐王原是真天子，自有天神相救来。

单讲那藏军洞中火头军，这一日，八位好汉往养军山打猎去了，单留薛仁贵在内煮饭。这骑云花鬃拴在石柱上，饭也不曾煮好，这匹马四蹄乱跳，口中乱叫，要挣断丝缰一般，跳得可怕。仁贵一见，心内惊慌，说道："啊呀！这骑马为何乱跳起来？"连喝数声，全然不住，原在此叫跳，仁贵说："我知道了，想此马自从收来的时节，从不曾有一日安享，天天开战，日日出兵，自此隐在藏军洞有一月余外，不同你出阵，安然在此，想你也觉烦闷，故而叫跳，待我骑了你，披好盔甲，挂剑悬鞭，提了方天画戟，到松场上把戟法要练一练，犹如出战一般。"这是宝马，与凡马不同，最有灵性的，把头点点。仁贵就全身披挂，结束停当，手端画戟，跨上马，解脱丝缰，带出藏军洞中，过仙桥，鞭子也不消用，四蹄发开，望山路中拼命地跑了。仁贵说："怎么样？"把丝缰扣定，那里扣得住？越扣越跳得快，说："不好了！我命该绝矣！马多作起怪来，前日出阵，要住就住，要走就走，今日原何不容我做主，拼命地奔跑，要送我的命？"仁贵看来要跑得腾云飞舞一般，好似神鬼在此护送，逢山冲山，逢树过树，不管好歹的跑法，冲过十有余个山头，到一座顶高的山峰上住了。仁贵说："阿唷唷，吓死我也！叫声马儿，你原有些力怯的时候，所以才住了吗？"到底此处不知什么所在，便抬头望下一看，只见波浪滔天，通是大海，只听见底下有人叫："谁人救得唐天子，锦绣江山平半分；有人救得李世民，你做君来我做臣。"那薛仁贵吓得魂不在身，连忙望山脚下看时，只见一个戴冲天翅龙冠穿黄绫绣袍的，把指头咬破，只听叫这二句，住马写血字，马足陷住沙泥。仁贵虽不曾见了朝廷，谅来那人必是大唐天子，不知因何在此海滩泥土。又

见岸上一人，高挑雉尾，面如青靛，手执铜刀，却也认得是盖苏文，暗想：“原来天子有难，我这骑马有些灵慧，跑到此山。马阿！你有救驾之心，难道我倒无辅唐之意？如今要下此山又无路道，高有数十丈，打从那里下去？”坐下马又乱叫乱跳纵起，好象要胯下的意思，惊得仁贵魂不在身，把马扣住说：“这个使不得，纵下去岂不要跌死了。也罢！畜生尚然如此，为人反不如它？或者洪福齐天，靠神明保佑，纵下去安然无事。若然陛下命该已绝，唐室江山被番人该应灭夺，我同你死在山脚底下跌为肉酱，在阴司也得瞑目，快纵下去！”把马一带，四蹄一蹬，望山脚下好似神鬼抬下去一般，公然无事。薛仁贵在马上晃也不晃，心中欢喜，把方天戟一举，催马下来喝声：“盖苏文你休得猖獗！不要走！”又说：“陛下不必惊慌，小臣薛仁贵来救驾也！”那唐天子抬头一看，见一穿白用戟小将，方才醒悟梦内之事，不觉龙颜大悦，叫声：“小王兄，快来救朕！小王兄，快来救朕！”盖苏文回头见了薛仁贵，吓得浑身冷汗，叫一声：“小蛮子，你破人买卖，如杀父母之仇！今唐王已入罗网，正在此逼写血表，中原花花世界十有八九到手，我邦狼主也为得天下明君，你肯降顺我主，难道缺了一家王位不成吗？”仁贵大怒道：“哇！胡说！我乃少年英雄，出身中原，有心保驾，跨海征东，岂有顺你们这班番奴？番狗，快留下首级！”苏文说：“阿唷唷，可恼，可恼！你敢前来救着唐童，本帅与你势不两立！”把马摧上一步，起一起赤钢刀，喝声：“本帅的赤铜刀来了！”一刀直望仁贵劈面门砍将下去，仁贵把方天戟噶啷一声架开，冲锋过去，带转马来。盖苏文又是一刀剁将下来，仁贵又架在旁首。二人战到六七个回合，仁贵量起白虎鞭，喝声：“照打罢！”一鞭打下来，打在后背上，盖苏文大喊一声，口吐鲜血，伏鞍大败而走。仁贵把马扣定，不去追赶，“小王兄，寡人御马陷住沙泥，难以起来。”仁贵说：“既然如此，难以起岸，待小臣来。”便抽出腰边宝剑，把芦苇茅草割倒，将来捆了一堆，撂下沙滩，纵将下去，把朝廷扶到岸，又将方天戟杆挑在马的前蹄，此马巴不能够要起来，因前蹄着了力，后足一蹬，仁贵把戟杆一挑，纵在岸上。天子原上马，仁贵走将上来说：“万岁爷在上，小臣薛仁贵朝见，愿我王万万岁！”朝廷叫声：“小王兄平身，你在何处屯扎？因何晓得朕今有难，前来相救寡人？”仁贵说：“陛下不知其细，且到越虎城中，待臣细奏便了。但不知陛下亲自出来有何大事，这些公爷们因何一个也不来随驾？”朝廷说：“前日那些番兵围合拢来，共有数十余万，把越虎城团团围住，有二十余天难以破番解围，正在着急，幸亏中原来了一班小爵主杀退番兵，安然无事，寡人欲往郊外打围，奈众王兄不许朕出猎，故而没有一人随朕，此来不想遇着了盖苏文，险些性命不保，全亏小王兄相救，其功非小，到城自有加封。”仁贵道：“谢我王万万岁！”

天子在前面行，薛仁贵跨上雕鞍后面保驾一路行来。到了三叉路口，原扣住了马立住，不认得去路，那边来了四五骑马，前边徐茂公领头，尉迟元帅、程咬金、秦怀玉带下三千铁甲马八百御林军迎接龙驾。见了天子，茂公跳下马来了，俯伏道旁叫声：“陛下受惊了，臣该万死万罪。”朝廷说：“阿唷，好个刁滑道人，怎么哄朕出来，几乎送朕性命！”茂公说：“陛下，臣怎敢送万岁性命？若不见盖苏文，焉能得遇应梦贤臣？”朝廷说：“虽只如此，幸有小王兄来得凑巧，救了寡人，若迟一刻，朕献了血表，焉能君臣还得再会？”茂公说：“臣阴阳有准，算定在此，若没有薛仁贵相救，我们领兵也早来了。今知我王不认得路道，所以到此相接。”天子道：“既如此，快领寡人回城去吧。”茂公领旨，众臣前面引路，朝廷降宠，薛仁贵与他并马相行。

一路行来，到了三江越虎城，进入城中，把城门紧闭。同到银銮殿上，朝廷身登龙位，两班文武站立，薛仁贵俯伏尘埃启奏道：“陛下龙驾在上，臣有冤情细奏我王得知。”朝廷说：“小王兄，奏上来。”仁贵说：“臣幼出生在山西绛州龙门县大王庄，破窑中穷苦，若不相遇王茂生夫妻结为手足，承他照管养膳破窑，焉能使我每日间学成武艺，习练得本事高强？思想干功立业，显宗耀祖，以报恩哥恩嫂，单单苦无盘缠役军，因此同柳氏苦度在窑。其年先锋大老爷张环奉我皇圣旨，到山西龙门县招兵买马。幸有同学朋友名唤周青赠我盘费，相同到龙门县投军，那晓张爷用了周青，道小臣有犯他讳字，将臣赶出辕门不用，也罢了。第二遭到风火山收了强盗三员同来投军，只用三人，又道小臣穿白犯他吉庆，仍旧逐出辕门不用。第三遭得了这位老千岁的金披令箭，张爷无奈，把小臣权用。他说：我张爷有好生之德，所以不用，放你生路，你偏生屡次撞入网来，叫我也实难救你。我岂为在此招军买马，单为朝廷得其一梦，梦见小臣不法，欲夺帝王之位，又赠什么四句诗。”天子

说："有的，小王兄，这四句诗就该明白了。"仁贵说："陛下，他对小臣讲，'家住遥遥一点红，飘飘四下影无踪，三岁孩童千两价，生心必定做金龙。'故而军师详出一点红是绛州地方，有薛仁贵谋叛之心，因此在山西查访，拿来解京处决。所以小臣怕得紧，情愿为火头军，隐姓埋名'仁贵'二字，他说立得三大功劳，保奏我王出罪。我因立了多多少少的功，奈陛下不肯饶恕，没有出头日子。未知张爷流言冒功，又不知陛下果有此事？"朝廷听完大怒："阿！原来有此曲折，故而难以明白。寡人此梦就如方才在海滩上写血表遇王兄救朕一样的模样，就是王兄赠我四句诗，'家住遥遥一点红，飘飘四下影无踪，三岁孩童千两价，保王跨海去征东'。原为小王兄一人，故命张环到龙门县招兵，查访王兄出来领帅印督兵的。那晓张环好恶多端，在朕面前只说没有姓薛的，反把第四句改了什么'生心必定做金龙'，纵何宗宪在此混账冒功！"尉迟恭上前叫声："小将军，那日本帅被番将起解建都，想来一定是你救我的了？"仁贵说："不敢，末将救的。"尉迟恭说："如何？我原道是你。本帅还要问你，前日在凤凰山脚下，把本帅扯了一跤，又在土港山神庙翻本帅一跤飞跑而去，却是为何这等害怕？"仁贵说："末将该当有罪。这多是张爷不好，他说朝廷还有几分肯赦，只有元帅爷迷惑圣心，不肯赦你，故此屡次拿捉，叫末将不可相通名姓。故此末将见了帅爷逃命要紧，所以这等惧怕，只想走脱，那里相见元帅翻跌不翻跌？"尉迟恭听说此言，暴跳如雷说："可恼，可恼！孩儿们过来，令箭一枝，星飞赶往黑风关狮子口，速调张环父子女婿六人到来见我！"宝林、宝庆一声答应，接了父亲的令箭，带过马来，跨上雕鞍，按好头盔锦甲，提了兵器，出了越虎城，竟往黑风关来调取张环父子，此言慢表。

单讲朝廷开言问道："小王兄，你既在张环座下为火头军，缘何知道寡人有难海滩，却来得正好，救了寡人性命？"仁贵道："陛下有所未知，那日在独木关上，病挑安殿宝，小臣得了这个功劳，那晓张环心生毒计，把我结义弟兄九人九骑哄入天仙谷口里边，后路不通前路，把柴木堆起，放火逼烧臣九条性命。幸有九天玄女娘娘摄救出了天仙谷，到一振山路中，躲往藏军洞中有两个月有余。不想今日臣八个兄弟出山打猎，小臣在洞中煮饭，这一骑马乱跳乱纵，我便上马出洞欲练戟法，谁想这马好似神舞一般，丝缰总扣它不住，跑过了几个山头，纵上这座山峰，如平地一般，复又纵下海滩，才救我主。"朝廷说："原来还有八位王兄在藏军洞中，降旨意快去宣来见朕。"军士上前道："万岁爷，不知藏军在于何处？"朝廷道："小王兄，你去宣你八个兄弟从那条路上去的？"仁贵说："小臣是玄女娘娘摄去，来是随马跑到一路上飞纵而来的，所以连臣也不认得，不知藏军洞在东在西。"茂公奏道："陛下，那藏军洞想是乃九天娘娘仙居之所，有影无踪的所在，岂是凡人寻得到的？少不得日后八人自有见面之日。"天子道："既如此，传旨排宴，命众御侄陪小王兄饮酒。"不表三江越虎城中钦赐御宴，众小爵主陪薛仁贵饮宴。

单讲宝林、宝庆在马上星飞来到黑风关战船内，张环父子闻报，远远接到船中。尉迟弟兄说："张环，元帅爷有令箭一枝，要你父子女婿六人作速同往建都见驾，有要紧军情。"张士贵说："二位小将军，不知元帅相传是什么要紧军情？"宝林道："说是什么机密事，迟延不得的，快快整备同去见驾，我们也不知道的。"那番，士贵父子即忙周备上马，端离了黑风关，连尉迟弟兄八人一路上竟望越虎城来。在路耽搁数天。这一日早到建都，进入城中，同上银銮。宝林、宝庆上前奏道："陛下，张环父子宣到了。"尉迟恭说："传到了吗？与本帅将他父子洗剥干净，绑上殿来！"茂公叫声："元帅不可造次，我自有对证之法。陛下，快传旨意，好好宣他上殿。"朝廷降旨："快宣进来。"左右一声："领旨。"军士出殿，宣进父子六人上殿，储伏尘埃说："陛下龙驾在上，臣张士贵朝见我王，未知万岁宣臣到来有何旨意？"天子龙颜翻转说："张环，朕宣召你来到，非为别事，只因前日寡人出去打猎，路上遇着一位小将军，口称与你交好，朕现带在外，因此宣你来，可认得他姓甚名谁？"张环道："如今这位小将在哪里？"朝廷把头一点，班中闪出薛仁贵，俯伏银阶叫声："大老爷，可认得小人薛礼吗？"这士贵一见，吓得魂飞魄散，面上失色，索落落扑倒尘埃说："你不像个人。"他还只道是薛仁贵阴魂不散，在朝廷驾前出现告御状，所以张环这等害怕。仁贵说："大老爷，怎么我薛礼不像个人起来？我自从被你那日哄在天仙谷内，亏玄女娘娘使出神通，救我九人九骑，故而不送性命，还是好端端的一个薛礼，又不是什么鬼，为何这等发抖？"张环的魂被这一吓，差不多半把已经吓出的了。四子一婿跪在驾前，浑身冷汗，暗想："不好了！如今是大家性命多活不成了。"朝廷喝问道："张环，你到底可认得他吗？在那里会过？快些奏上来！”张士贵叫声：“陛下，臣领兵中原到东辽，不知夺了多少关头，攻取了许多城池，从来不认得这位小将军，不知他姓甚名谁，如何反认得我？”薛仁贵道：“好个刁滑的张环，前日在你月字号内为火头军，怎生把我来骗，说‘立得三个功劳，在驾前保你出罪。我薛礼不知立了多少功劳，反在独木关上生心把我九人烧死，冒取功劳与何宗宪，亏你良心何在？天理难容！今日在驾前反说不认得我？”朝廷道：“寡人心中也明白，张环欲冒薛仁贵功劳，将他埋没前营为火头军，反在朕驾前奏说没有应梦贤臣，谎君之罪非小，快些招上来！”

从前做下违天事，于今没兴一齐来。

毕竟不知朝廷如何究罪张环，且看下回分解。

第四十三回 银銮殿张环露奸脸 白玉关薛礼得龙驹

诗曰：

白玉关前独逞功，获将宝马赛蛟龙。

张环枉有瞒天巧，难出军师妙算中。

“好待寡人定罪！”张环叫声：“陛下，这是冤枉的，臣实不知的。若讲应梦贤臣，尤其无影无踪了，薛仁贵三字从来不曾听得，就有这个人，也是东辽国出身。前日在山西招兵，从来没有姓薛的，何见谎君之罪？”朝廷说：“寡人也不来查你别件，就是东辽这几座关头谁人破的？寡人龙驾困在凤凰山哪个救的，元帅被番兵囚在囚车内起解建都，何人喝退的？”尉迟恭说：“是，嗄！只问这几桩事就知明白了，快些说上来！”张士贵叫声：“万岁在上，若说破关攻城之力，皆是臣婿何宗宪的功劳，凤凰山救驾也是何宗宪救的，元帅起解建都也是宗宪喝退的，何为冒他功劳？”仁贵笑道：“张环，这些都是你何宗宪功劳吗？亏你羞也不羞？自从在中原活捉董逵起，一直到病挑安殿宝，元帅功劳簿上那一件是何宗宪功？还要在驾前谎奏！”茂公旁边冷笑道：“你二人不必争论，总有千个功劳，无人见证，不知是何宗宪的还是薛仁贵的，我也实难判断。如今有个方法在此，便能分出真假，可以辨明了。”朝廷说：“先生，怎样个方法呢？”茂公说：“这里越虎城下去有四十里之遥，东西有两座关头，东为白玉关，西叫摩天岭。你二人各带人马前去，先打破关头先来缴令，这些功劳多是他的，本来这两个关守将一样骁勇的。张环，倘我或有偏向那一个了，如今大家拈头阄子为定，拈着那一个阄就去打那一座关便了，你们大家意下如何？”仁贵说：“军师大人言之有理，张环可有这个本事吗？”士贵道：“那里惧你？我的宗宪戟法高强，大小功劳不知立了多少，何在为这一座关头？就去何妨！”茂功就在案上提御笔写了两个阄子，放在金盒中倒乱一倒乱说：“你们上来取。”仁贵先走上来要取，茂公喝住道：“你乃是无职小臣，张环到底总管先锋，有爵禄的，自然让他先来取。”仁贵连忙住了手应道：“是。”张环上前取阄子在手，拆开一看，上写“摩天岭”三字，茂公道：“既是张先锋得了摩天岭，薛仁贵去破白玉关，也不必拆开阄子来看了。”张士贵听说，心中十分慌乱，不管好歹，连忙辞了驾，元帅发兵一万，父子六人巴不能够早到早破，领了人马星飞赶到摩天岭，我且慢表。

单讲徐茂劝说：“薛仁贵小将军，这两座关欺心得多在里头，唯有白玉关好破，可以马到成功，手到擒来。这摩天岭好不厉害，总有神仙手段也有些难破，谅张环不知何年何月得破此关。方才这两个阄子都是摩天岭，所以叫你迟取，不必拆开来看了。”仁贵听言大喜说：“蒙大人照拂，薛礼无恩可报，求元帅发兵，待小将前去破关。”尉迟恭道：“待本帅点十万兵与你带去。”茂公道：“元帅不必发这许多人马，只消一千个兵足矣，就他单人独骑也可以去破得此关了。”尉迟恭说：“既如此，待本帅点雄兵一千与你。”仁贵说：“多谢元帅爷。”连忙打扮结束，辞了天子，正欲转身，茂公说：“你住着，我还有话对你讲。”仁贵说：“不知大人有什么吩咐？”茂公道：“小将军，我有护身龙披一角，你带在身边。这有锦囊一个，你到白玉关，然后开来细看，照上行事，不得有违。”薛仁贵将锦囊龙披藏好，应声：“得令！”出了银銮殿，跨上雕鞍，手提画杆方天戟，带领一千人马离了三江越虎城，竟往东行

来取白玉关,我且撇在一旁。

另讲这张士贵父子一路望西而行,下来四十里,早到摩天岭,一看吓死人也!但见:

迷迷云雾遮山腰,山顶山尖接九霄。一堆不见青天日,虎豹猿猴满处嚎。两旁树木高影影,踏级层层生得高。望上雾云乌昏黑,那见旗幡上面飘?见说天山高万丈,怎抵摩天半接腰。纵有神兵骁勇将,这番见了也魂消。

张士贵说:“我的儿,你看这座山头如此模样,也不知有多高,上面云雾漫漫,也看不出此条山路,又有壁栈在此,怎样破法?”志龙说:“爹爹,我们且攻他一阵,呐喊叫骂,待他有将下来,好与番将斗战。”士贵道:“我儿言之有理。”连忙传令人马,震声呐喊连天,炮响不绝,鼓啸如雷,番奴番狗骂得沸反盈天,总然上面响也不响,又是一阵喊骂,上面原不见动静,连攻十有余阵,天色晚暗,上面听也不曾听见。张环说:“我儿,此山高得紧,我们在此叫破喉咙,上边晓也不晓得。今日天色已晚,且到明日我们走上去看,倒也使得吗?”志龙道:“爹爹主见甚好。”此夜,父子商议停当。明日清晨,坐马端兵出了营盘,张环说:“我儿,待为父先上去打探消息,然后你们上来。”志龙道:“是!爹爹须要小心。”张环道:“不妨。”带马望山路一步步走将上来,直到半山中,望上去见影影旗幡摇动,只听得上面喝叫:“南蛮子上来,打滚木下去。”众番兵应追:“晓得!”张环听见,吓得魂不附体,带转丝缰,三两纵跑得下山脚,数根滚木也不打到山脚下了,说:“阿唷!我的儿,这个摩天岭看来难破的,我们在山下叫骂,他们不来理你,若然上去,就要打滚木下来,这等厉害,分明军师哄我们来送性命!”志龙说:“爹爹,我们不破摩天岭,少不得也要死,如何是好?”张士贵眉头一皱,计上心来,说:“我儿,今番摩天岭看来难破,破不成的了。不如带领人马竟望黑风关,下落战船过海到中原,只说万岁班师,哄住大国长安,把殿下除了,谅无能将在朝抵敌,你们保为父身登九五,不怕天下地方官不肯降顺。那时,差勇将守住潼关,不容朝廷进中原。一则全了六条性命,二来一统江山一鼓而擒,岂不两全其美?反得大唐不用丝毫之力。”“孩儿们自当保父南面称孤。”张环传令兵马拔寨起程,离了摩天岭,竟走黑风关,下落战船,吩咐发炮三声,把三千几百号战船多开尽了,一只也不容留在此独木城,解开蔑缆,由它大风打掉了。先锋之令,谁敢不遵?就等朝廷差将追赶,没有战船。此为断后之计。我且按下,不表张士贵反往中原。

单讲薛仁贵带领一千人马也到白玉关前,吩咐按下营寨。一声炮响,军士安营。天色已暗,当夜在灯下取出军师所赠的锦囊拆开细看,只见上边有几行字写得明白:“白玉关守将,名为完贤朱追都罗弥,有一骑宝马,名唤赛风驹,日行万里,夜走五千,可以大海浪中水面上奔走,不湿人衣,你快取番将性命,夺此宝马。今张士贵难破摩天岭,已经带兵往黑风关齐开战船,反倒中原去了。大国长安有千岁在那里,唯恐延捱有伤殿下性命,所以赠你锦囊护身披一角,你快上赛风驹,下东海望中原救殿下性命要紧。且把张家父子拿下监牢,速来缴旨。是有王封。”仁贵见了这一个锦囊,也觉魄散魂摇,心下暗想:“谅军师之言决然有准,救兵如救火,若不破白玉关,少有赛风驹,怎到中原?也罢,不如到关前讨战便了。”仁贵算计已定,把马催到关前,呼声大喝:“呔!关上番儿快报,说今有大唐朝护驾小将军薛仁贵在此讨战,闻得你们守将叫什么完贤朱追都罗弥,厉害不过,有本事叫他早早出关受死!”

不表关外讨战,单说关内把都儿飞报总府来说:“启上将军,关外有大唐人马扎安营盘,早有一将名唤薛仁贵,在那里呼名讨战!”都罗弥大怒说:“既有唐将在外讨战,与魔家带马过来!”旁有一将应声道:“不必哥哥亲自出马,待兄弟前去取胜便了。”都罗弥说:“既如此,兄弟须要小心,待为兄到关上与你掠阵。”二人全身披挂,带马过来,跨上雕鞍,离了总爷衙门,来到关前,发炮一声,关门大开,吊桥坠下,豁喇喇冲出关来。抬头一看,原来就是火头军穿白将薛蛮子。“魔家久闻你的本事高强,到了此地,你命就该绝了。”仁贵抬头一看,但见这员番将怎生打扮:

头上戴一顶黄金虎头盔,面如锅底相同,两道朱砂红眉,一双碧眼圆睁,高梁大鼻,阔口板牙,招风大耳,腮下一派连鬓竹根胡,身穿一领映花紫罗袍,外罩红铜甲,左悬弓右插箭,手端大砍刀,坐下乌骓马。

仁贵心下暗想:这一骑马不像风赛驹,未知可是完贤朱追都罗弥,待我问声看:“呔!来将少催坐骑,通下名来!”番将答应道:“你要问我之名吗?我乃大元帅盖麾下加为镇守白玉关副将雷青便是！”薛仁贵要救殿下到中原要紧，那里还有工夫答话，听见说不是都罗弥，便纵一步马上喝道：“番狗照戟吧！”把这一戟挑将进来，雷青喊声：“不好！”把手中大砍刀望戟上噶啷噶啷这一抬，险些跌下马来。马打交锋过去，圈得转来，仁贵喝一声：“去吧！”插一戟刺将进来，雷青喊声：“不好！我命休矣！”躲闪也来不及，正中咽喉，一命身亡了。关上有都罗弥一见雷青刺死，不觉两眼下泪，吩咐开关，一马当先冲出关来，大叫：“薛蛮子，你敢伤我兄弟，不要走，魔与你势不两立了！”薛仁贵听抬头一看，你道他怎生打扮？但见：

头戴一顶镔铁凤翼盔，面如紫漆，两道扫帚眉，一双铜铃眼，口似血盆，狮子大鼻，腮下一脸五绺长髯，身穿一领柳叶黄金甲，外罩血染大红袍，手执一条银缨枪，坐下乃是一骑赛风驹。

那薛仁贵连忙喝问道：“来者可就是完贤朱追都罗弥吗？”那番将应道：“然也！既闻大名，何不早早下马归降？”仁贵闻他就是，心中喜之不胜，也不打话，巴不能夺了赛风驹就走，喝声：“放马过来，照小将军的戟吧！”“嗖”这一戟望都罗弥面门上刺将过来，十二分本事多显出来，那番将怎生抬架得住？喊声：“不好！”把手中银缨枪望戟上噶啷这一翘，架得双眼昏花，马多退后数步，冲锋过去，圈转马来，仁贵提起白虎鞭，望守将背上当这一击，在马上翻下尘埃，脊梁打断，呜呼哀哉。连忙纵下马来，一把把赛风驹牵将过来，跨上马，传令将自己这匹马交军士带着，一千雄兵先报回越虎城去。身边早备干粮人参饼，在路上充饥，遂加上三鞭，这一骑赛风驹发开四蹄，离了白玉关飞跑而去。此马原算宝骑，四足有毫毛发出，犹如腾云驾雾一般，但见树木山溪在眼前移过，不一天到了黑风关塘口，只见波浪滔天，是大海了。仁贵把赛风驹扣定，叫声：“马啊马，我闻你乃是龙驹，在海面上可以行得，今我主殿下千岁在中原有难，该我薛仁贵相救，你如果有过海之力。便纵下去，倘淹死海一中，也算尽忠而死了。”说罢把马一纵下了海，只得马蹄着水，毫毛在面上，原可奔跑。仁贵好不害怕，耳边只听得呼呼风声不绝，这赛风驹用了跨海之力，真正飞风而去。仁贵用了些干粮，伏在马鞍鞒上，眼睛合着，连日连夜由在海中行走。不到三天，早见了中原登州府海滩了，但见战船密密，有汛地官在那里看守战船。仁贵纵上岸滩，有登州府王彪、总兵官徐熊二人喝住道：“呔！那里来的？可是海贼？到何处去？”仁贵说：“我乃应梦贤臣薛仁贵，在东辽得功势如破竹，保万岁龙驾，乃扶唐大将，怎说海寇？你等做了汛地官员，如何这等不小心？张环父子瞒了陛下，在中原来谋反，欲夺大唐世界，你们不查明白，竟放了过关去，因此我随后赶来擒他张环父子，相救殿下千岁，快容我到大国长安去。”两个官员听了魂不在身，说：“你既奉旨前来，可有凭据？”仁贵说：“有的。”身边取出护身披一角，那二人见了朝廷龙披说：“小将军，卑职们罪该万死，请将军到衙中，待我备酒接风。”仁贵说：“要救殿下千岁要紧，不劳你们费心。那张环到来有几天了？”二人说：“小将军，他是昨日到的。”仁贵大悦道：“阿，如此不妨，还可赶得上。”别过，二人说：“将军慢行。”那薛仁贵离了山东，竟走长安。不一日一夜，到了潼关。连忙扣住了马，望关口一看，只见上边大红旗上书着：“大唐镇守潼关殷。”“阿，原来就是殷驸马，我不免叫关便了。呔！关上的报与驸马爷知道，说今日有圣旨下，要往长安，叫他开关。”那关上的军士问道：“既有圣旨，可拿凭据出来照验，你是什么官长，说得明待我好通报。”仁贵说：“我乃应梦贤臣薛仁贵，有功于社稷，现有护身龙披在此，你拿去看。”丢上关头，军士接住一看：“真的。”连忙报入府中说：“启上驸马爷。”驸马问道：“启什么事情？”军士禀道：“东辽国奉旨来了一员小将，自称应梦贤臣薛仁贵，现在外边，要过关到长安见殿下千岁的。”殷成听见此言，心中暗想：“昨日张士贵父子说朝廷奏凯班师，停驾登州府了，今日缘何又有东辽国奉旨来的？事有可疑，不必理他。”说：“驸马爷，现在龙披在此。”殷成接来一看，果是朝廷的龙披，见了凭据，心内踟蹰了一回，便说：“军士过来，放他进关前来见我。”军士答应道：“是。”回身就走。到关上把关门开了，放进薛仁贵，领到帅府，薛礼下马，进入殿来说：“驸马爷在上，小臣薛仁贵朝见。”殷成用手搀扶说：“你乃应梦贤臣，请起看回坐。”薛仁贵说：“不消坐了。请问驸马，张士贵父子怎样过关的？”殷成道：“正是孤也要问你。张环昨日到我关上，他说陛下奏凯班师，已经停驾登州，四五日内就到长安了。为什么小将军又说在东辽奉朝廷旨意去到长安，有何急事？到底陛下班师否？”仁贵道：“驸马爷有所不知，张环奉旨领兵攻打摩天岭，不想竟把战船一齐开了，赶到中原往进长

安,有心要登龙位。我奉军师密令,赠我锦囊,叫我白玉关上取了赛风驹马,四日四夜在海中,赶来拿捉张家父子,相救殿下。谁想他哄进潼关,前往大国长安,不多路了,小臣事不宜迟,就要往长安去。”殷成听见,吓得浑身冷汗,说:“果有此事?将军请先行,孤也随后就来。”薛仁贵答应,忙到外边,跨上马如飞就走。驸马也就通身打扮,带领二十家将,离了潼关,竟望陕西而来,我且不表。

如今单讲大国长安右丞相魏征,那夜得其一梦,甚是惊慌,忙上金銮殿,正是:

奸臣纵有瞒天计,难及忠良预见明。

毕竟不知魏征金銮殿见驾如何,且看下回分解。

第四十四回 长安城活擒反贼 说帅印威重贤臣

诗曰:

伏得龙驹过海来,张环父子定招灾。
也应唐主多洪福,预令高人安算排。

那魏征丞相忙上金銮,殿下临朝,便俯伏金阶说:“殿下千岁在上,臣昨夜得其一兆,甚为奇怪。”那殿下李治叫声:“老王伯,未知什么梦兆?”魏征道:“臣昨夜梦中见我三弟秦琼,来到床前谏言几句道:‘你为了掌朝宰相,如何这等不小心?况万岁到东辽,曾把殿下托你保护,权掌朝纲,料理国家正事,今目下三两日内,有朝中奸臣谋叛,欲害储君,你如何不究心查访?四门紧闭,过了三天,绝无大事,若不小心,弄出大事,你命就该万死了。’臣看此兆,原算稀奇,朝中那个是奸,那个是佞,叫老臣也无处去查。”李治道:“秦老王伯在日,尽心报国,一片忠心,今死后有这番言语,宁可信其有,不可信其无,他说把城门紧闭三天,绝无大事,不免降旨,今日就四门紧闭,差将守城。”魏征传下令来,把城门紧闭了,君臣们在金銮殿上议论纷纷,我且慢表。

一到了次日早上,张士贵父子,领兵到了长安城。望去一看,只见大门早已紧闭,吊桥挂起。心中惊骇,叫声:“我的儿,为什么光大门闭在此,难道有人通了线索,预先防备我们前来?所以吊桥高挂,四城紧闭。”张志龙说:“爹爹,我们在东辽国来,人不知,鬼不觉,何人知道我父子存反叛之心,先把城门紧闭起来?必然又有别样事情。今日对他说,朝廷奏凯回朝,自然开城,放我们进去。”张环说:“这也有理。”连忙带马到护城河边,叫一声:“城上的,快报与殿下得知,今万岁爷奏凯班师,歇马登州,先差张士贵在此,要见殿下,快快开城。”那城上军士一见说:“大老爷,请候着,待我们先到报殿下。然后开城。”张环道:“快去通报。”军士来到午门禀知,黄门官上殿起奏说:“殿下千岁在上,外边有三十六路都总管,七十二路总先锋张环到了。说朝廷圣驾今已班师,先差张士贵来见殿下,望千岁降旨开城。”李治殿下听报父王班师,喜之不胜,立刻降旨,去放张环进城。丞相魏征连忙止住道:“殿下千岁,且慢。秦三弟托梦,原说要把城门紧闭三天,才无大事,刚刚昨日闭城,才得二天,就有张环父子到来,就是万岁奏凯还朝,岂可预先无报,事有蹊跷。臣看张环父子短颈缩腮,将来必有反叛之心,不可乱开,且往城上去问个明白。”李治说:“老王伯言之有理。快到城上去。”君臣上马,带了文武大臣,离了午门,竟上城头一看。只见张家父子人等,满身结束,坐马端兵,后有数千雄兵,摆列队伍,满面杀气。想他一定有谋叛之心。魏征问道:“张先锋班师了吗,陛下圣驾可曾到否?”张士贵听言抬头,一见殿下同魏征在城上,心内欢悦,连忙应道:“正是。陛下奏凯班师,歇驾登州,先差小将到来,料理国家大事。未知光大门为何紧闭?望老丞相快快开城。”魏征说:“我受秦元帅梦中嘱托,他说今日有奸臣不法,欲夺天下。叫我紧闭城门,待朝廷亲到长安,然后开城。今陛下已在登州,不日就到,张先锋请外面扎营安歇,等待圣驾到了,一同放你们进来。”张士贵听见此言,吓得浑身冷汗,说:“好个秦琼,你死在阴间,还要来管国家大事。也罢!”叫一声:“老丞相,我实对你说,朝廷与众大臣,被番兵围困越虎城中,并无大将杀退,小将焉有神仙手段去救万岁,想来君臣不能回朝的了,因此我把战船齐开来到中原,想殿下年轻不能理国家大事,不如让我做几时,再让你做如何?”魏征大怒喝声:“呔!你这该死的狗

头，朝廷有何亏负了你，却如何丧心。既然万岁有难在番邦，理当尽心救驾，才为忠臣，怎么私到长安，背反朝廷。幸亏秦元帅阴灵有感，叫我紧闭城门，不然被你反进城来，我与殿下性命难保。"张环道："魏征，你不过一个丞相了，难道我张环立了帝，少了你一家宰相职分吗？快快开城，放我进去就罢；若有半句不肯，我父子攻破城门进来，拿你君臣二人，要碎尸万段才罢。"魏征气得满脸失色，把张士贵父子不住的声声恨骂。那底下六人带兵呐喊，放炮攻城。耀武扬威，了当不得。忽听见后面豁喇喇一骑马跑来，上边坐着薛仁贵，一见张环人马，大喝一声："呔！张环，你往那里走，可认得我吗？"张志龙回头一看，唬得心跳胆碎说："爹爹，不好了！薛礼来拿擒我们了。"士贵听见，魂魄飞散，纵马摇刀，上前叫声："小将军，你向在我营中，虽无好处到你，却也费许多心机。今日可念昔日情面，放我一条生路。"仁贵喝道："呔！我把你们这六个狗头，若说昔日之情，恨不得就一戟刺你个前心穿后背。乃奉军师将令，让你多活几天，叫我前来生擒，活拿你父子监在天牢，等陛下班师，降旨发落。快快你们下马受缚，免得本帅动手。"张环悉知仁贵本事高强，绝不是他对手，倒不如受罪监牢，慢慢差人求救王叔，或者赦了，也未可知。便叫："我儿，画虎不成反类其犬，既有将军在此，我们一同受罪天牢便了。"四子一婿，皆有此心，共皆下马。仁贵喝声张环手下将士，把他父子去了盔甲，上了刑具。那将士上前，把他父子去了盔甲，上了刑具。那边殷驸马也到了。大叫："小将军，张环父子可曾拿下？"仁贵说："已经拿下了，专等驸马爷前来，一同叫城。"殷成大悦。便纵到吊桥边，叫声："殿下千岁，臣在此，快快开城。"李治在上面说道："殷驸马，这员小英雄那里来的，可放得进城吗？"驸马说："殿下放心，这位英雄，就是应梦贤臣薛仁贵。在东辽保驾立功，扶唐好汉，奉军师密令，前来拿捉张环的。"李治听了，才得放心，降旨开了光大门。

吊桥坠下，殷驸马押了张家父子，带了一万人马，进入城中。将人马扎定内教场，竟带张士贵来到午门。殿下李治同魏征先到金銮殿，身登龙位，仁贵上殿俯伏尘埃说："殿下在上，小臣薛仁贵，愿殿下千岁、千千岁。"李治叫声："薛王兄平身。孤父王全亏王兄保驾，英雄无比，因此太太平平进东辽关寨，势如破竹，皆王兄之大功。未知父王龙驾，几时回朝，张环因何反倒这地？"仁贵道："殿下有所不知，待臣细细奏闻。小臣向被张士贵埋没前营，为火头军，把大小功劳，尽被何宗宪冒去。后来在海滩救驾，遇见朝廷，吊取张环对证。"如此这般，一直说到破摩天岭，后又受军师锦囊，得赛风驹，赶来拿捉他，救千岁龙驾。李治闻言大喜，说："王兄如此骁勇，尽心报国，其功非小。张环有十恶不赦之罪，理当枭首级前来缴旨。"仁贵叫声："殿下且慢，陛下龙驾现在东辽建都之地，太平无事。且将他父子拿在天牢。待小臣到东辽，逼番邦降表，如在反掌。不久就要班师，回朝之日，还要取他对证，然后按其军法，未为晚也。"殿下李治说："既如此，降旨带去收监。"不表张士贵子婿六人下监。

再讲殿下赐宴一席，仁贵饮过三杯。谢恩出朝。次日带了干粮，跨上赛风驹，离了长安，竟往登州，下海到东辽。我且慢讲。

如今先讲到东辽越虎城中，贞观天子这一日问军师道："朕想薛仁贵与张环各去破关，有八十余天，为什么还不来缴旨？一定这两座关上强兵勇将众多，所以难破。"徐勣笑道："这个自然。只在这两天内，就有一处缴旨了。"君臣正在言谈，外边军士报进来了："启上万岁爷，城外来了八员将官，多有坐骑，手内还有枪刀器械，口称与薛仁贵生死弟兄，要见万岁的。"朝廷听言，叫声："徐先生，可放得进来，不妨事吗？"茂公说："陛下，不妨。这八人多有万夫不当之勇，利害异常。乃应梦贤臣的结义好友，东辽大小功劳，他们也有一半在内的。陛下降旨宣他们上殿，就可加封八人爵禄了。"朝廷大喜，一道旨意降出。不多一回，八人下雕鞍，放了兵器，上银銮殿来。俯伏银阶，说："万岁龙驾在上，小臣们姜兴本、姜兴霸、李庆先、李庆红、王心鹤、王心溪、薛贤徒、周青等，朝见我王。愿陛下万岁，万万岁。"那天子龙颜大悦："卿等们平身。寡人也闻得八位爱卿有功于社稷，朕今加封为随驾总兵。"八人欢喜，谢了恩，参见了元帅，与众爵主见礼。一番兵丁伏于胯下，向在张环侧首，今立朝纲，自觉威风。

外边军士又报进来了："启上万岁爷，薛仁贵现在外边，要见万岁。"朝廷听言大喜，降旨快宣。军士往外宣，仁贵俯伏银阶说："陛下龙驾在上，小臣薛仁贵，奉我王旨意，前去攻打白玉关，不上一二天，就取关头。速到中原，救了殿下千岁，才得今日到东辽来缴

旨。"天子听言，心中不明，说："小王兄，几时往中原，救那个殿下？你且细奏明白。"仁贵道："陛下有所不知，张环父子领兵到摩天岭，无能可破，私开战船，反往中原，欲杀殿下，思想登基。臣受军师锦囊，叫我破了白玉关，得了东辽一骑赛风驹宝马，大海行走，犹如平地，星飞赶到中原，相同驸马殷千岁，追到大国长安，已经把他父子拿下天牢，等我王班师，然后按其国法。又晓夜兼行，复到东辽来，保万岁平定东辽。"朝廷说："有这等事？小王兄真乃异人了。在东辽救了寡人，又在长安救了王儿，复又往东辽来救寡人。正所为百日两头双救驾，其功浩大！朕意欲加封。奈急切少有掌兵空职去补，如何是好？"尉迟恭上前启奏道："陛下在上，臣年迈无能，不堪执掌兵权，愿把帅印托小将军掌管。"朝廷说："若得尉迟王兄肯交帅印与小王兄，朕即加封为天下九省四郡都招讨平辽大元帅之职。"尉迟恭道："某这颗帅印，秦府中所得，不知吃了多少亏，就是自己儿子也不放心付他执掌。今看小将军一则武艺精通，本事高强，二来一定前生有缘，我心情愿交付与你，安然在小将军标下听用。"仁贵推辞道："这个不敢。老元帅乃开国功勋，到底掌兵权，道理明白，小臣不过一介寒儒，略知些起韬略，自应在老元帅麾下执鞭垂镫，学些智谋，深感洪恩，怎执掌兵权起来？"天子道："朕今为主，小王兄不必再奏。就此当殿披红，掌挂帅印。钦赐御酒三杯，就此谢恩。"仁贵不敢再逊，口称："愿我王万岁、万万岁。"薛仁贵如今为了元帅，心中欢悦不过。有底下这些武职官，一个个上前参见一番。周青、李庆先、王心鹤八人，走将进来，叫声："元帅哥哥，小将兄弟们多见。"仁贵道："阿呀，兄弟们不消了。你们因何得知为兄在此，从那里寻来的？"众弟兄说："哥哥，我们那日打猎回到藏军洞，不见了哥哥，害得我们满山寻遍，忽遇那婆子到来，说起哥哥保驾干功立业去了，那时兄弟们要见哥哥，相随婆子来的。"仁贵道："嗄，原来如此，可笑张环父子，把我们埋没，冒夺功劳，不想原有出头日子，今张环父子性命尽不保了。"八人说："便是。"说罢，众人原退两旁。如今有秦怀玉、罗通、程铁牛、尉迟宝林、宝庆，这一班小爵主，上来参见。仁贵叫："当不起。"心下不安，连忙跪下说："陛下在上，臣有言陈奏。"天子说："王兄有何事奏闻？"仁贵道："臣乃山西绛州一介贫民，蒙陛下龙宠，又承尉迟老千岁大恩，将帅印交与臣执掌，在尔虽是臣小，出兵号令最大。今尉迟老千岁也在麾下听用，臣那里当得起，意欲拜认老千岁为继父，未知陛下龙心如何？"朝廷说："小王兄既有此心，朕今做主，将你过继尉迟王兄。"敬德心中也觉欢喜，假意推辞说："这个某家再当不起的。"仁贵道："说哪里话来。"就当殿了四拜，认为继父。尉迟恭从今待仁贵一条心的了，比自己亲生儿子还好得多。薛仁贵又与众爵主结拜为生死之交，朝廷准了奏，就在驾前，各府内公子爷们上前歃血为盟。大家立了千金重誓，生同一处，死同一块，一十八人患难相扶到底。信盟已毕，朝廷赐宴，金銮殿上，大摆筵席，款待这班小英雄。饮过数杯，把筵席扯开，仁贵讲究破东辽关寨用兵之法。甚般直讲到黄昏时候，元帅方才辞驾，回往帅府安歇。一宵晚话，不必细言。

一到了明日清晨，元帅进殿，朝过天子。军师茂公开言叫声："薛元帅，你既掌兵权，东辽兵将未晓汝名，快提兵马，去破了摩天岭，前来缴旨。"仁贵应道："是。"回营吩咐，把聚将鼓打动，传令五营四哨，偏正牙将。左右忙传令道："呔！元帅爷有令，传五营四哨，偏正牙将，各要披挂整齐，结束停当，在教场伺候。"又要说元帅哨动三通聚将鼓，有爵主们，总兵官无不整束，尽皆披甲上营，说："元帅在上，末将们打拱。未知帅爷有何将令？"仁贵道："诸位将军，兄弟们，本帅今日第一次得君王龙宠，叨蒙圣恩，加封平辽元帅，今又奉旨出兵，前去攻打摩天岭，奈摩天岭难破，为此本帅要往教场祭旗一番。烦诸位将军同往教场，乃本帅头阵掌兵，故而传汝等到教场助兴，祭旗一番。往摩天岭攻打，自有八员总兵在此，不劳诸位爵主将军去的。"众爵主齐回言道："元帅说哪里话来，今往住摩天岭攻打，理应末将们随去，在标下听用。"元帅说："这个不消。"众将出营，上坐骑，端了兵刃，后面元帅坐了赛龙驹，同到教军场。这一班偏正牙将、大小三军，尽行跪接。偷眼看仁贵好不威风。怎见得，但见他：

头戴白绫包巾金扎额，朝天二翅冲霞色。双龙蟠顶抓红球，额前留块无情铁。身穿一领银丝铠，精工造就柳银叶。上下肚带牢拴扣，一十八豸轰轰烈。前后鸳鸯护心镜，亮照赛得星日月。内衬暗龙白蟒袍，千丝万缕蚕吐出。五色绣成龙与凤，沿边波浪人功织。背插四杆白绫旗，金龙四朵朱缨赤。右边悬下宝雕弓，弓弦逼满如秋月。左首插逢狼牙箭，凭他法宝能射脱。腰间挂根白虎鞭，常常渴饮生人血。坐下一骑赛风驹，一身毛片如白雪。这条画杆方天戟，保得江山永无失。后张白旗书大字，招讨元帅本姓薛。

这仁贵为了总兵大元帅，面上觉得威光，杀气腾腾，凭他强兵骁将，见了无不惊慌。这班人马中，向在张环手下的也尽多有在内，知道仁贵底细，向为火头军，与我们同行同坐，威气全无，今日他做了元帅：

何等风光满面生，腾腾杀气赛天神

不知薛仁贵去打摩天岭，如何得胜，且看下回分解。

第四十五回 卖弓箭仁贵巧计 逞才能二周归唐

诗曰：

摩天高岭如何破，赖得英雄智略能。
赚上番营夸逞技，周家兄弟有归心。

不表众三军暗相称赞，单说元帅祭旗已毕，众将拜过，奠酒三杯。元帅说："诸位将军，请各自回营。本帅只带八员总兵，去破了摩天岭，回来相会罢。"众将道："元帅兴兵出战，末将们理当同去听用。"元帅说："不消，保驾要紧。城内乏人，请回罢。"众将道："元帅既如说，末将们从命便了。"众爵主各自回营，我且慢表。

单讲薛仁贵传令，发炮起兵，点齐十万大队雄兵，八员总兵护住，出了三江越虎城，竟望摩天岭大路进发。一路上旗幡招转，号带飘摇，好不威风。在路耽搁二三天，这一日早到摩天岭，离山数箭，传令安营。炮响三声，齐齐扎下营盘。元帅带马到山脚下，望摩天岭一看，只见岭上半山中云雾迷迷，高不过的，路又壁栈，要破此山，原觉烦难。周青道："元帅哥哥，看起这座摩天岭来，实难攻破。当初取这座天山，尚然费许多周折，今日此座山头，非一日之功可成，须要慢慢商量，智取此山的了。"仁贵说："众位兄弟，我们且山脚下传令，三军们震声呐喊，发炮哨鼓，叫骂一回，或者有将下山，与他开兵交战一番如何？"周青道："元帅又来了，前日天山下尚然叫骂不下，今摩天岭高有数倍，我们纵然叫破喉咙，他们也不知道的。"元帅道："兄弟们，随我上山去，探他动静。看来此山知有几能多高。"周青说："不好，有滚木打下来，大家活不成。"仁贵道："依你们之言，摩天岭怎生能破？待本帅冲先领头，你们随后上来。倘有滚木，我叫一声，你们大家往山下跑就是了。"八员总兵不敢违逆，只得听了仁贵之言，各把丝缰扣紧，随了仁贵，往山路上去。一直到了半山，才见上面隐隐旗幡飘荡，兵丁虽然不见，却听得有人喊叫打滚木。唬得仁贵浑身冷汗，说："啊呀，不好了，有滚木了！兄弟们快些下去。"那班总兵听说，打滚木下来，尽吿魂不在身，带转马头，往山下拼命地跑了。薛仁贵骑的是赛风驹宝马，走得快，不上几纵，先到山下，数根滚木来着总兵们马足上扫下来，却逃得七条性命。一个姜兴本，马迟得一步，可怜尽打为肉泥。姜兴霸放声大哭，七员总兵尽皆下泪。仁贵说："众位兄弟，事已如此，不必悲伤，且回营去，慢慢商议。"八人回往帅营，排酒设席，饮到午夜，各自回营。

过了一宵，明日营中商议，全无计较。看看日已沉西，忽然记起无字天书：凡有疑难事，可以拜告。今摩天岭难破，也算一件大事，不如今夜拜看天书，就能得破了。薛仁贵算计已定，到了黄昏，打发七员总兵先回营帐，他就把天书香案供奉，三添净水炉香，拜了二十四拜，取天书一看，上边显出二七一十四个字，乃九天玄女所赠。这两句："卖弓可取摩天岭，反得擎天柱二根。"仁贵全然不解，暗想：这两句实难详解。"卖弓可取摩天岭"，或者要找到山顶上卖这张震天弓，行刺守山将士也未可知。后句"反得擎天柱二根"，怎样解说？且上山去卖弓，自有就验后文。其夜薛仁贵全不合眼，直思想到天明，有众兄弟进营来了。仁贵说道："兄弟们，本帅昨夜拜见天书，上显出两句诗来，说'卖弓可取摩天岭，反得擎天柱二根。'不知什么意思，本帅全然详解不出。"周青开言叫声："元帅哥哥，此事分明玄女娘娘要你扮作卖弓人，混上山去。别寻机会，或者破了此山，也未可知。"仁贵说："本帅也是这等详解，宜可信其有，不可信其无。兄弟们，且在此等候，待本帅扮作卖

弓模样，混上山去看。”周青说：“哥哥须要小心。”仁贵说：“这个不妨。”

薛仁贵扮作差官一般，带了震天弓，好似张仙打弹模样，静悄悄出了营盘，往摩天岭后面转过去，思想要寻别条路上去。走了十有余里，才见一条山路，有数丈开阔，树木深茂，乃番将出入之处。上落所在，好走不过的。薛仁贵放着胆子，一步步走将上去。东也瞧，西也观，并没有人行。走到了半山，抬头望见旗幡飘荡，两边滚木成堆，寨口有把都儿行动。心中暗想：“我若正走上去。犹恐打下滚木，反为不美，我不如从半边森林中，掩将上去，使他们不见。”仁贵正在暗想，忽听见山下有车轮推响之声，响上山来。仁贵望下一看，只见有一个人头戴一顶烟毡帽，身穿一领补旧直身，面如纸灰相同，浓眉豹眼，招风大耳，腮边长长几根须髯，年纪约有四五十岁，推了一轮车子，望山上行来。仁贵暗想，必定是番将差下来的小卒，不知推的是货物呢，是财宝？不免躲过一边，看他作为。就往左边掩在一株大槐树背后，偷眼看他。那晓这人一步步推将上来，到得半山槐树边，薛仁贵往上下一看，并没有人走动，飞身跳将出来，把推车的夹领毛一把拖倒在地，一脚踹在腰间，拔刀就要砍了。吓得这人魂不附体，叫声：“阿唷，将军阿，饶命！可怜小的是守本分经纪小民，营生度日，并不做违条犯法之事，为何将军要杀起我来。”仁贵说：“住了，你且不必慌张，我且问你，你那处人氏，姓甚名谁？既说经纪小民，该不是番邦手下之卒，从何处来，车子内是什么东西，推上去与那个番将的，你且细细讲明，饶你回去。”那人道：“将军听禀，小人姓毛，别号子贞，只得老夫妻，并无男女，住在摩天岭西首下荒郊七里之遥，开弓箭店度日。不瞒将军说，小人做的弓箭有名的，此处一邦要算我顶好手段，因此山上有两位将军，名唤周文、周武，频频要我解四十张宝雕弓上去，奈因今年天邦人马来征剿，各关缭乱，多来定弓箭，忙得紧，没有空，所以直到今朝，解这四十张弓上去。”薛仁贵道：“你不要谎言，待我来看。”就把车子上油单扯开一看，果然多是弓。点一点，也不多，也不少，准准四十张。仁贵方才醒悟，天书上这一句：卖弓可取摩天岭，原来非为我卖这张震天弓，却应在他身上。就叫毛子贞：“你一人推上去，偶被小番们拦住，或者道你奸细，打下滚木来，如之奈何？”那人道：“这个年年解惯的，摩天岭上，时常游玩。乃小人出入之所，从幼上来，如今五十岁了。番兵番将无有不认得我，见了这一轮车就认得的，再不打滚木下来。若走到上边，小番还要接住替我推车，要好不过。就是二将周将军，待我如同故旧一般，那个敢拦阻我。”薛仁贵道：“好，你这人老实，我也实对你说个明白。你看我是谁？”那人说：“小人不认得将军。”仁贵道：“我乃大唐朝保驾征东统兵招讨大元帅薛仁贵，白袍小将就是本帅。”那人说：“哎呀！原来是天朝帅爷，小人该死，冒犯虎威，望帅爷饶命。”仁贵道：“你休得害怕，若要性命，快把山上诸事讲与本帅听。守将有几员，姓甚名谁？番兵有多少，可有勇可有谋？说得明白，放你一条生路。”说：“帅爷在上，待小的讲便了。”“快些讲来。”那人道：“帅爷，这里上去便有寨门，紧闭不通内的。里边有个大大的总衙门，守将周文、周武弟兄二人，有万夫不当之勇。后半边是个山顶，走上去又有二十三里足路，最高不过的。上有五位大将，一个名唤呼那大王，左右有两员副将，一名雅里托金，一名雅里托银，也是同胞兄弟，骁勇异常。这两个还算不得狠，还有猩猩胆元帅，膀生两翅，在空中飞动，一手用锤，一手用砧，好像雷公模样打人的。还有一个乃高建庄王女婿，驸马红幔幔，马上一口大刀，有神仙本事，力大无穷。小人句句真言，并不隐瞒，望帅爷放我上去。”仁贵一一记清在心，取出宝剑说：“天下重事，杀戒已开，何在你个把性命？”说罢，擦了一剑，砍作两段。上前把他衣帽剥下，将尸首撇在树林中，自把将巾除下，戴了烟毡帽；又把白绫跨马衣脱落，将旧青布直身穿好，把自己震天弓也放在车子内，推上山来。

有上面小番在寨门看见了说：“哥阿！那上来的好似毛子贞。”那一个说：“阿，兄弟。不差，是他。为什么这两天才解弓上来？”看看相近寨口下了，那人说：“兄弟，这毛子贞是乌黑脸有须的，他是白脸无须，不要是个奸细，我们打滚木下去。”仁贵听见打滚木，便慌张了。叫声：“上边的哥，我不是奸细，是解弓之人。”番军喝道：“呔！解弓乃有须老者，从来没有后生无须的。”仁贵说：“我是有须老者的儿子，我家父亲名唤毛子贞，皆因有病卧床，所以今年解得迟了。奈父病不肯好，故打发我来的，若哥们不信，看这轮车子，是认得出的，可像毛家之物？”小番一看道：“不差，是毛子贞的车，快快来。”那仁贵答应，走进寨门。小番接住车子说：“待我们去报，你有那里等一等。”仁贵道：“晓得。”小番往总衙府来，说：“启上二位将军，毛家解弓到了”周文道：“毛子贞解弓来了吗？为何今年来得迟，

唤他进来。”小番道：“启将军，那解弓的不是毛子贞。”周文道：“不是他，是那一个？”小番禀道：“那毛子贞是有病卧床，是他的儿子解来的。”周文说：“他在此解弓，走动也长久了，从不曾说起有儿女的，今日为甚有起儿子来？不要是奸细，与我盘问明白，说得对放他进来。”小番道：“我们多已盘问过了，说得对的，车子也认清毛子贞的。”周文道：“既如此，放他进来。”小番往外来道：“将军爷传你进去，须要小心。”仁贵道：“不妨事。”将身走到堂上，见了周文、周武连忙跪下：“二位将军在上，小人毛二叩头。”周文道：“罢了，起来。你既奉父命前来解弓，可晓得我们有多少大将，叫什么名字，你讲得不差，放你好好回去，若有半句不对，看刀伺候。”两下一声答应，吓得仁贵魂魄飞散，便说：“家父对我说明，原恐盘问。小人一一记在心中，但这里将爷尊讳，小人怎敢直呼乱叫？”周文道：“不妨，恕你无罪讲来。”仁贵道：“此地乃二位将军守管，上边有五位将军为首，是呼那大王、雅里托金、雅里托银、元帅猩猩胆、驸马红幔幔，通是有手段利害的。兵马共有多少，小人一一记得明白。”周文道：“果然不差。你父亲有什么病，为甚今年解得迟？”仁贵道：“小人父亲犯了伤寒，卧床两月，并不肯好，况关关定下弓箭，请师十位，尚且做不及，忙得紧，所以今年解得迟了。”周文说：“你今年多少年纪了？”仁贵说：“小人二十岁了。”周文说：“你今年解多少弓来？”仁贵道：“车子中四十张在内。”周文说叫手下，外边把弓点清收藏了。小番应去了。一回前来禀道：“启上将军，车子中点弓，有四十一张。”周文、周武因问道：“你说四十张，如何多了一张出来？”仁贵心中一惊，当真我的这张震天宝弓也在里边，怎把宝弓撇在他手，如何是好？眉头一皱，计上心来。原算能人，随机应变，说道：“二位将军在上，小人力气最大，学得一手弓箭，善开强弓箭，能百步穿杨，所以小人带来这张弓，也就在车子中，原不在内的，望将军取来与小人。”周文、周武听见此言，心中欢喜。说：“果然你有这得本事，你自快去，拿你这张震天弓来与我看。”仁贵就往外走的，车子内取了震天弓进来，与周文、周武说道：“二位将军来，请开一开看，可重吗？”周文立起身来接在手中，只开得一半，那能有力扯得足？说：“果然重，你且开与我看。”仁贵立起身，接过弓来，全不费力，连开三通，尽得扯足。喜得周文、周武把舌伸伸说：“好本事，我们为了摩天岭上骁将，也用不得这样重弓，你到有这样力气，必然箭法亦高。我且问你，那毛子贞向在此间走动的人，他从不曾说起有儿子，那晓你反有这个好本事，隐在家中，倒不如在此间学学武艺罢。”仁贵说：“不瞒二位将军，但小人在家不喜习学弓箭手艺，曾好六韬三略，所以一向投师在外，操演武艺，十八般器械，虽不能精，也知一二。今承将军既然肯指点小人武艺，情愿在此执鞭垂镫，服侍将军。”周文、周武听他说武艺多知，尤其欢喜。说道：“我将军善用两口大砍刀，你既晓十八般器械，先把刀法耍与我们看看好不好？待我提调提调。”仁贵道：“既然如此，待毛二使起来。”就往架上拿了周文用的顶重大刀，说：“好轻家伙，只好摆威，上阵用不着的。”就在大堂上使将起来，神通本事显出，只见刀不见人，撒头不能近肌肤，乱箭难中肉皮身。好刀法，风声响动。周文见了，口多张开，说：“好好，兄弟，再不道毛子贞有这样一个儿子在家，可惜隐埋数年，才得今朝天赐循环，解弓到此，知道他本事高强。幸喜今日相逢，真算能人。我们刀法那里及得他来？”周武道：“便是这样刀法，世间少有的，我们要及他，万万不能。看他一刀也无破绽可以批点得的。”那仁贵使完，插好了刀说：“二位将军，请问方才小人刀法之中，可有破绽，出口不清，望将军指教。”周文、周武连声赞道：“好！果然刀法精通。我们倒不如你，全无批点。有这样刀法，何不出仕皇家，杀退大唐人马，大大前程，稳稳到手。”仁贵假意道：“将军爷，休要谬赞。若说这样刀法道好，无眼睛的了。小人要二位将军教点，故而使刀，为什么反讲你不如我，太谦起来。若说这样刀法，与大唐打仗，只好去衬刀头。”周文不觉惊骇，心下暗想：“他年纪虽轻，言语到大。”便说：“果然好，不是谬赞你，若讲这个刀法与唐将可以交战得了？”薛仁贵笑道：“二位将军这大刀，我毛二性不喜他，所以不用心去习练他的。我所最好用者是画杆方天戟，在常使他，日日当心，刻求教名师，这个还自觉道好些。”周文、周武道：“我们架上有顶方天戟在那里，一发耍与我们瞧瞧。”那仁贵就在架上取了方天戟，当堂使起来。这事不必说起，日日用戟惯的，虽然轻重不等，但觉用惯器械，分外精通，好不过的了。周文道：“兄弟，你看这样戟法，那里还像毛子贞的儿子，分明是国家栋梁，英雄大将了。”周武道：“正是，哥哥。这怕我们两口刀赶上去，不是他的对手哩。”周文说：“兄弟，这个何消讲得，看起来到要留他在上，教点我们的了。”二人称赞不绝。仁贵使完戟法，跪下来说道：“二

位将军，这戟法比刀法可好些吗？"周文大喜说："好得多。我看你本事高强，不如与你结拜生死之交，弟兄相称。一则讲究武艺，二来山下唐兵讨战甚急，帮助我们退了人马，待我陈奏一本，你就：

腰金衣紫为官职，荫子封妻作贵人。"

不知薛仁贵怎生攻破摩天岭，且看下回分解。

第四十六回 猩猩胆飞砧伤唐将 红幔幔中戟失摩天

诗曰：

天使山河归大唐，东洋番将枉猖狂。
征东跨海薛仁贵，保驾功勋万古扬。

那周文、周武又说："我们保奏你出仕皇家，为官作将，未知你意下如何？"仁贵听言，满心欢喜，正合我意。便说："二位将军乃王家梁栋，小人乃一介细民，怎敢大胆与将军结拜起来？"周文、周武道："你休要推辞过谦，这是我来仰攀你，况你本事高强，武艺精通，我弟兄素性最好的是英雄豪杰，韬略精熟，岂来嫌你经纪小民出身？快摆香案，过来。"两旁小番摆上香案，仁贵说："既如此，从命了。"三人就在大堂拜认弟兄，愿结同胞共母一般，生同一处，死同一埋。若然有欺兄灭弟，半路异心，天雷击打，万弩穿身。发了千斤重誓；如今弟兄称呼。吩咐摆宴。小番端正酒筵，三人坐下饮酒谈心。言讲兵书、阵法、弓马、开兵，头头有路，句句是真。喜得周文、周武拍掌大笑，说："兄弟之能，愚兄们实不如你，吃一杯起来。如今讲究日子正长，我与你今夜里且吃个快活的。"仁贵大悦道："不差，不差。"三人猜拳行令，吃得高兴，看看三更时候，仁贵有些醺醺大醉，周文、周武送他到西书房安歇去了。于今弟兄二人在灯下言谈仁贵之能。周武不信毛家之子，一定大唐奸细，故而有这本事。周文也有些将信将疑，其夜二人不睡，坐到鼓打四更。

又要讲到书房中薛仁贵吃醉了，一时醒来，昏昏沉沉，还只道是唐营中，口内烦躁，枯竭起来喊叫道："那一个兄弟，取杯茶来与本帅吃。这一句叫响，不觉惊动周文、周武，亲听明白。周武便说："哥哥，如何！既是毛家儿子，为何称起本帅来，难道他就是唐朝元帅？"周文方才醒悟道："兄弟，一些不差。我看他戟法甚好，我闻说大唐穿白用戟小将利害，近来又闻掌了兵权，敕封天下都招讨平辽大元帅，名唤薛仁贵。想他一定就是，故此口称元帅。"周武说："哥哥，如此我们先下手为强，快去斩了他，有何不可。"周文说："兄弟差矣，不可。我们一家总兵职分，与元帅结为兄弟，也算难得的，立了千斤重誓，怕他不来认弟兄？况且我们又不是东辽外邦之人，也是祖籍中原，在山西大隋朝百姓，有些武艺，漂洋做客，流落东辽，狼主有屈我们在摩天岭为将。况发心已久，不愿在外邦出仕，情愿回到中原，在唐朝为民。奈无机会，难以脱身。今番邦社稷十去其九，难得大唐元帅在山，正合我意，不如与他商议，投顺唐朝，反了东辽，取了摩天岭。一来立了功劳，二来随驾回中原，怕少了一家总兵爵位，岂不两全其美。兄弟意下如何？"周武道："哥哥言之有理，不免静悄悄进去，与他商议便了。"兄弟二人移了灯火，推进书房说道："薛元帅，小将取茶来了。"仁贵在床中听见，坐起身一看，见了周文、周武，吓得魂飞魄散。暗想事露机关，我命该死了。心内着了忙，跳下床来，一口宝剑抽在手中，说："二位哥哥，小弟毛二，好好睡在此，未知哥哥进来有何话讲？"周文、周武连忙跪下说："元帅不必隐瞒，小将们尽知。帅爷不是毛家之子，乃大唐平辽元帅薛仁贵，欲取摩天岭，冒认上来的。"仁贵说道："二位哥哥休要乱道。小弟实是毛家之子，蒙二位哥哥抬举，结为手足，岂是什么大唐元帅。"周文道："我看你武艺精通，戟法甚好，方才又听得自称元帅，怎说不是起来？若元帅果是唐邦之将，我们弟兄二人也不是东辽出身，向在中原山西太原府百姓，后因漂洋为客，流落在此。狼主屈我们为总兵，镇守摩天岭的，心向中国已久，奈无机会脱身。今元帅果然是唐朝之将，弟兄情愿投降唐邦，随在元帅标下听用，共取东辽地方，班师回家乡去，全了我二人心愿，望帅爷说明。"仁贵听他有投降之意，料想瞒不过，只得开言叫声："二位哥哥请起，本帅与你们今已结拜生死弟兄，患难相扶到底，并无异心。难得二位心

愿投降唐朝，我也不得不讲明，本帅果是大唐朝薛仁贵，叨蒙圣恩，加封招讨大元帅，食君之禄，理当报君之恩，故而领兵十万，骁将千员，奉旨来取摩天岭。现今扎营在山下，不道此山高大，实难破取，故而本帅闲步散闷，偶遇毛子贞解弓上山，只得将计就计，冒名上山。谁道二位哥哥眼法甚高，识出其情，不如同反摩天岭，帮助本帅立功。到中原出仕，岂不显宗耀祖。”周文、周武道：“元帅肯收留，末将情愿在山接应。元帅快去，领人马杀上山来，共擒五将。略立头功，好在帐下听令。”说话之间，东方发白。仁贵道：“我下去领兵上山，倘小番不知，打下滚木来，如何抵挡。”周文说：“这滚木是小将叫他打，他们才敢打下山来，若不叫他打，他们就不敢打。元帅放心，正冲杀上来，绝无大事。”薛仁贵满心欢喜，闲话到了天明，薛仁贵原扮作毛家之子，出了总府衙门，周文、周武送到后寨，竟下山去了，此言慢表。

单讲周总兵回衙，吩咐偏正牙将小番们等说：“东辽地方，十去其九，不久就要降顺大唐的了。方才下去这解弓之人，乃天邦招讨元帅薛仁贵冒名上来的，我总爷本事平常，唐将十分骁勇，谅不能保守此山，故今投顺大唐。与他商议，今日领兵杀上山来，我们接应，竟上山顶，保全汝等性命，你肯投唐，在中原做官出仕，不肯降顺，尽作刀头之鬼，未知众等心下如何？”那些偏正将官小番们等，见主子已经投顺，谁敢不遵！多有心投顺。大家结束起来，端正枪刀马匹，候大唐人马上山，共杀上山顶。周文、周武多打扮起来，头上大红飞翠扎巾，金扎额；二翅冲天阴阳带，左右双分。身穿大红绣蟒袍，外罩绦链赤铜甲，上马提刀，在总府衙门等候。

再讲薛仁贵下山，来到自己营中。周青与众兄弟接见，满心欢喜，说：“元帅哥哥回来了吗？”仁贵道：“正是。”进入中营，周青问道：“事情怎么样了，可有机会？这两句天书，应得来吗？”仁贵说：“众兄弟，玄女娘娘之言，不可不信，如今有了机会，你等快快端正，即速兴兵，杀上摩天岭，自有降将在上面救应。”周青道：“元帅，到底怎样，就应了天书上的两句说话。且讲与小将们得知，好放心杀上去。”仁贵就把顶冒毛子贞卖弓，混上后山，如此甚般，降顺了周文、周武弟兄，岂不是又得擎天柱二根。周青与众弟兄听见，心中不胜大喜。大家各自端正，通身结束，上马提兵。薛仁贵头顶将盔，身上贯甲，跨了赛风驹，端了画杆方天戟，领了十万雄兵，先上摩天岭，后面众兄弟排列队伍，随后上山。一到了寨口，有周文、周武接住道：“元帅，待末将二人诈败在你马前，跑上山峰。你带众将随后赶上山来，使他措手不及，就好成事了。”仁贵道：“不差，不差，二位兄长快走。”周文、周武带转丝缰，倒拖大砍刀，望山顶上乱跑。薛仁贵一条戟逼住，在后追上山峰。后面七员总兵，带领人马，震声呐喊，鼓哨如雷，炮声不绝，一齐拥上山去。

再讲周文、周武跑上山，相近寨口，呼声大叫：“我命休矣！要求救救，休待来追。”这番惊动上面小番们听见，望下一看，连忙报进银安殿去了。这座殿中有位呼哪大王，生来面青红点，唇若丹朱，凤眼分开，鼻如狮子，兜风大耳，腮下一派连鬓胡须，身长一丈，顶平额阔。两位副将生得来面容恶相，扫帚乌眉，高颧骨，古怪腮，铜铃圆眼，腮下一派短短烧红竹根胡，身长多有九尺余外。驸马红幔幔，面如重枣，两道浓眉，一双圆眼，口似血盆，腮下无须，钢牙阔齿，长有一丈一尺，平顶阔额。其人力大无穷，本事高强。元帅猩猩胆生来面如雷公相似，四个獠牙拖出在外，膊生二翅，身长五尺，利害不过。这五人多在银安殿上讲兵法，一时说到大唐人马，势如破竹，大元帅屡次损兵折将，狼主银殿尚被唐王夺去，为今之计怎么样。呼哪大王说：“便是，今又闻唐朝穿白将掌了帅印，统兵来取摩天岭，不是笑他，若还要破此山，如非日落东山。千难万难，断断不能的了。”众人说：“这个何消说得，凭他起了妖兵神将，也是难破这里。”口还不曾闭，小番报进来了。报：“启上大王、驸马、元帅爷，不好了。”众人连忙问道：“为何大惊小怪起来，讲什么事？”小番道：“如此甚般，唐将带领人马，杀上山来。二位周总兵，杀得大败，被他追上山来了。”五人听见此言，定心一听，不好了。只闻得山下喊杀连天，鼓炮如雷，说：“为何不打滚木，快传令打滚木下去。”说道：“滚木打不得下去，二位周总兵也在半山中，恐伤了自家人马。”那番急得五将心慌意乱，手足无措，披挂也来不及了，喝叫带马抬刀拿枪来。一位元帅猩猩胆连忙取了铜锤铁砧，飞在半空中去了。这里上马的上马，举刀的举刀，提枪的提枪，离了殿廷，来到山寨口。呼哪大王冲先，后面就是雅里托金、雅里托银，两条枪忙急，劈头撞着周文、周武假败上山来，说：“大唐将骁勇，须要小心，且让他上山斗战罢。”两人说了这一句，

就溜在呼哪大王背后去了，到抵住雅里弟兄不许放他到寨口接应，不由分说，两口刀照住托银托金，乱斩乱剁，这二人不防备的说："周总兵，怎么样敢是杀昏了。"连忙把枪招架，四人杀在一堆。后面驸马举起忽扇板门刀，一骑马冲上前来喝道："周文、周武，你敢是反了，为什么把自家人马乱杀？"二人应道："正是反了，我弟兄领唐兵来，生擒活拿你们。"驸马听言，心中大怒，说："把你这奸贼碎尸万段！狼主有何亏负于你，怎么一旦背主忘恩，暗保大唐，诱引人马杀上山来！"说罢，一马冲上前来，不战而自心虚。

单说呼哪大王见周文、周武反了身要取他性命，正欲回身，却被薛仁贵到寨口，说："你往那里去，照戟罢。"插一戟，直望呼哪大王面门上刺将过去。他喊声："不好！"把手中枪噶啷一架，这一个马多退后十数步，雕鞍上坐立不牢。仁贵又用力挑一戟进来，这位大王招架也来不及，贴身刺中咽喉，阴阳手一泛，把一位呼哪大王挑到山下去了，差不多跌得酱糟一般。又要说仁贵冲上一步，直撞着驸马红幔幔，喝声："穿白将不要走，照刀罢。"量起手中板门刀，望仁贵顶梁上砍将下来。这薛仁贵说声："来得好。"把手中方天戟望刀上噶啷一声响，架在旁首。两膊子振只一振，原来得厉害，冲过去，圈得马转，薛仁贵手中方天戟紧一紧，喝声："照锋戟罢。"插这一戟，直望驸马劈前心刺将过去。红幔幔说声："来得好。"把刀噶啷一声响，枭在旁边，全然不放在心上。二人贴正，杀个平交。半空中元帅见驸马与仁贵杀个对手，不能取胜，飞下来助战了。周文晓得猩猩胆会飞，一头战，一头照顾上面，留心的看见飞到薛仁贵那边去，遂叫："元帅！防备上面此人，要小心。"仁贵应道："不妨。"左手就扯起白虎鞭，往上面架开，遂即要打，又飞开去了。又望周文、周武顶梁打下去。周氏弟兄躲过，又往薛仁贵这里飞来。他如今只好抵住红幔幔这口刀，那里还有空工夫去架上面，到弄得胆脱心虚。

又要讲这周青、王心鹤七人，领兵到得山上，把这些番邦人马围在居中好杀。王心溪一条枪使动，杀往南山，李庆先一口刀舞起乱斩乱剁，竟望东首杀去。薛贤徒抡动射苗枪，催马杀往西山。姜兴霸在北营杀得番兵番将死者不计其数，哭声大震。周青两条锏好不利害，看见仁贵杀得气虚喘喘，连忙上前说："元帅，我来助战了。"把马催到驸马马前，提起双锏就打。红幔幔好不了当，把手中刀急架忙还，一人战一个，红幔幔原不放在心上。仁贵说："周兄弟，你与我照顾上面猩猩胆的砧锤，本帅就好取胜了。"周青答应，正仰面在此，专等猩猩胆飞来，提锏就打。如今这猩猩胆在上，见周青在那里招架，到不下来了。正往周文、周武那边去打浑了。周氏弟兄与托银、托金杀了四十余合，枪法越越高强，刀法渐渐松下来，战不过起来。那一首李庆红、王心鹤见周文、周武刀法渐渐乱了，本事欠能，带马上前，帮了周文提刀就砍。托金、托银忙架相还，四口大刀逼住两条枪，不管好歹，插插插乱斩下去。这番将那里招架得及："阿唷，不好，我死矣！"噶啷叮当，叮当噶啷，前遮后拦，左钩右掠，上护其身，下护其马。又战了二十冲锋，番将汗流浃背，呼呼喘气，要败下来了。上面猩猩胆见托金、托银力怯，他就转身飞下来，正照李庆红顶梁上当这一锤砧。庆红说声："不好。"要架也来不及了。打了一个大窟窿，脑浆冲出，坠骑身亡了。王心鹤见庆红打死，眼中落泪，只好留心在此招架上面猩猩胆。周文、周武两口刀，原不能取胜雅里弟兄，那一首仁贵、周青与红幔幔杀到一百回合，总难取胜。又闻猩猩胆伤了李庆红兄弟，心中苦之百倍，眼中流泪，手中戟法渐渐松下来。又听见满山火炮惊天，真正天昏地暗，刀斩斧劈，吓得神鬼皆惊，滚滚头颅衬马足，叠叠尸骸堆积糟，四面杀将拢来。番邦人马有时的逃了性命，没时的枪挑锏打而亡，差不多摩天岭上番兵死尽的了，有些投顺大唐，反杀自家人马。姜兴霸、李庆先、薛贤徒、王心溪举起刀提着枪，四人拥上来帮助仁贵，共杀驸马。把一个红幔幔围绕当中，枪望咽喉就刺，刀往顶梁就砍，戟望分心就挑。那驸马

好不利害，这一把板门刀轮在手中，前遮后拦，左钩右掠，多已架在旁首。薛仁贵叫声："众兄弟，你们小心，我去帮助周兄弟，挑了两员将，再来取这狗番儿性命。"仁贵把戟探下，往东首退去。停住了马，左手取弓，右手拿取一条穿云箭，搭在弓上，照定上面猩猩胆的咽喉嗖的射将上去。猩猩胆喊声："不好。"把头一偏，左翅一遮，伤上膊子："阿吁。是什么箭伤得本帅？凭你上好神箭，除了咽喉要道，余外箭头射不中的。今日反被大唐蛮子射伤我左膊，摩天岭上料不能成事，本帅去也。"带了这支穿云箭，望正西上拍翅就飞。此人少不得征西里边，还要出战。仁贵一见宝箭牢猩猩胆左膊，被他连箭带去，心内着忙，可惜一条神箭送掉了。遂催马上前。把戟一起，接战驸马。正是：

摩天岭上诸英士，一旦雄名丧海邦。

毕竟薛仁贵怎生取胜，且看下回分解。

第四十七回 宝石基采金进贡 扶余国借兵围城

诗曰：

苏文炼宝往山林，借取邻邦百万兵。
复困番城惊帝主，咬金诱贼脱逃行。

薛仁贵叫："众兄弟，去帮周文、周武，取了托金、托银性命，再来助我。"那薛贤徒、姜兴霸、王心溪探出兵刃，连忙答应道："嗄！"便向前帮助周文、周武，围住雅里弟兄，刀斩斧劈，杀得他两条枪招架也来不及，雅里托银心中慌乱，那柄枪略松得一松，却被王心溪刺中咽喉，翻下马来，一命呜呼了。托金见同胞已死，泪如雨点交流，心中慌张，被周文用力一刀，砍将过去，托金口说："嗄唷，不好！"闪躲也来不及，连肩带背，着了一刀，跌下马来，呜呼身亡。众人大悦，拥上来把驸马围住，又杀了一回。薛仁贵手中戟逼住红幔幔，杀得他呼呼喘气，刀法混乱，招架也来不及。他望四下一看，并没有自家人马，四将尽皆惨死，多是大唐人马，心中慌张不过，却被仁贵一戟倒将进去，红幔幔喊声："阿呀，我命休矣！"戟正刺中前心，穿了后背，阴阳手反往半边挑去了，自然死的。那些番兵尽行投降。薛仁贵吩咐山前山后，改换了大唐旗号。大家进往银安殿，查点粮草已毕，传令摆酒数桌，众将座席饮宴。仁贵叫声："二位将军，此座摩天岭乃二位之功，待本帅班师到虎城，在驾前保举一本，自有封赠。"周文、周武道："多谢元帅。"席上言谈，饮至半夜，各回账房安歇一宵。到了明日清晨，元帅传令要回越虎城去，周文、周武上前道："元帅且慢起程，此处殿后宝石基乌金子最多，请到后面去拣择几百万，装载车子，解去献与万岁，也晓得为臣事君之心。"仁贵道："那里有这许多金子？"周文道："元帅，你道天下间富贵人家的乌金子，是那里出的？多是我们这里带去，使在中原的。这乌金子乃东辽摩天岭上所出。"仁贵道："有这等事？快到后面去。"众弟兄同往宝石基一看，只见满地通是乌金子，有上号、中号、下号三等乌金。仁贵传令："众兄弟分头去拣选上等的，准备几十车，好奉献陛下，也算我们功劳。"数家总兵奉令，十分欢悦，各去用心寻拣上号乌金，各人腰中藏得够足。从此日日拣兑乌金，也非一日之功。

我且慢表仁贵兵马耽搁摩天岭，如今要讲到番邦元帅盖苏文。他复上朱皮山求木角大仙，又炼了九口柳叶飞刀，拜别师父下山，从扶余国经过，借取雄兵十万，猛将十员，来到贺鸾山，见狼主千岁。说起摩天岭已被大唐仁贵夺取，事在累卵。"幸元帅下山，将何计可退得天兵，复转关寨，孤之万幸。"盖苏文启奏道："狼主龙心韬安，臣下朱皮山，半路上就闻报摩天岭已被大唐夺去，又闻薛仁贵同偏正将，多在山后宝石基兑择乌金子，还要耽搁两个多月，未必就班师下山。趁他不在越虎城内，因此臣就在扶余国借得雄兵十万，猛将十员，请狼主御驾亲行，带领大队，困扰越虎城，谅城中老小将官，也不能冲踹。臣就传令四门攻打，倘侥幸破了城池，捉住唐王，就不怕仁贵恃强了。岂不关寨原归我主，中原亦归我主？中原天下一统而得！"高建庄王龙颜大悦，遂即降旨，拔寨起了大队儿郎，离却贺鸾山，早到越虎城。大元帅传令与我把门围困，按下营来。手下一声号令，发炮三声，分兵四面围困住了，齐齐屯下账房，有十层营盘，扎得密不通风，蛇钻不透马蹄，鸦飞

不过枪尖。按了四方五色旗号，排开八卦营盘，每一门二员猛将保守。元帅同偏正将，保住御驾，困守东城。恐唐将杀出东关，往摩天岭讨救。所以绝住此门要道。今番二困越虎城，比前番不同，更觉利害，雄兵也广，猛将也强，坚坚固固，凭他通仙手段，也有些难退番兵。

不表城下围困之事，又要讲到城内。贞观天子在银銮殿，与诸大臣闲谈仁贵本事高强，计取摩天岭，只怕即日就要回城了。正在此讲，忽听见城外三声大炮，朝廷只道仁贵回朝，喜之不胜。那一首军士飞报进殿来道："启上万岁爷，不好了！番邦元帅带领雄兵数万，困住四门，营盘坚固，兵将甚多，请万岁定夺。"朝廷一听此报，吓得冷汗直淋，诸大臣目顿口呆。茂公启奏道："既有番兵困扰四城，请陛下上城，窥探光景如何，再图良策。"朝廷道："先生言之有理。"天子带了老将，各府公子，多上东城。望下一看，只见：

征云霭霭冲斗牛，杀气重重漫四门。风吹旗转分五彩，日映刀枪亮似银。鸾铃马上叮当响，兵卒营前番语清。东门青似三春树，西按旌旗白似银。南首兵丁如火焰，北边盔甲暗层层。中间戊己黄金色，谁想今番又困城。

果然围得凶勇，如之奈何。急得老将搔头摸耳，小爵主吐舌摇头。天子皱眉道："徐先生，你看番兵势头凶勇，怎生是好？薛元帅又不在，未知几时回城，倘一时失利，被他攻破城池，怎么处。"茂公道："陛下龙心韬安。"遂传令罗通、秦怀玉、尉迟宝林、尉迟宝庆，各带三千人马，保守四门，务要小心。城垛内多加强弓硬弩，灰瓶石子，日夜当心守城。若遇盖苏文讨战，不许开兵，他有飞刀利害，宁可挑出免战牌。若有番将四门攻打，只宜四城紧守，绝无大事。不要造次，胡乱四面开兵，倘有一关失利，汝四人一齐斩首。四将得令，各带人马，分四门用心紧守。朝廷同老将、军师退回银銮殿，自然计议退兵。

我且分开城内之事，又要说到城外庄王御营盘。其夜，同元帅、军师摆酒畅饮，三更天各自回营。一宵过了，明日清晨，饱餐战饭已毕，大元帅全身披挂，带领偏正将，出营来到护城河边，一派绣绿蜈蚣幡，左右分开，盖元帅坐在混海驹上，摆个拖刀势，仰面呼声高叫："呔！城上的，快报与那唐童知道，说前日曾在本帅马前苦苦哀求，追往东海，陷住沙泥，逼写血表，中原世界已入我手，可恨者穿白薛蛮子，把唐童救去，破人买卖；也是本帅自己不是，留得唐童首级，不早割取，为此心中时时懊悔。所以再上仙洞，练就飞刀，借得雄兵猛将，今非昔比，眼下四门我兵甚多，谅薛仁贵在摩天岭上，决不能就回。唐童即日可擒，越虎城必定就破，汝等蝼蚁之命，也只在目前化为乌有。"底下厉声喝叫，忽惊动上面罗通，一闻此言，心中大怒，望下大喝道："呔！我把你这狗番怒一枪刺死才好，怎么你自恃飞刀邪术，在城下大呼小叫，耀武扬威，满口夸言，我小爵主因奉军师将令，只要紧守，故不开兵，你今日且好好回营，少不得只在几日内，还你个片甲不留就是了。"苏文说："我认得你是大唐罗蛮子之后，原有几分本事，只是大觉夸能，你还不知我四门兵马骁勇，谅汝城中老少之将，也不能守住越虎城，不如把唐童献出，归顺我邦，重重加封。如有片言不肯，本帅就要四门架起火炮攻打，管教你满城生灵，尽作为灰，那时悔却迟了。"罗通呼呼冷笑道："青天白日，敢是做了春梦？在此说这些鬼话！凭你火炮、水炮打上城来，今日小爵主爷不与你斗战，把免战牌挑出去。"手下兵士一声答应："嘎。"东门把免战牌高挑，四门上尽挂了免战牌。盖苏文一见，哈哈大笑回营，将言细说与狼主得知。庄王大悦兵，称元帅之雄威。其夜话文不表。

一到了次日，大元帅传下令来，四城门一并架起十二枚火炮，各带五千雄兵，围绕护城河边，又架起连珠火炮，打得四处城楼摇动，震得天崩地裂。齐声喊杀，惊得荒山虎豹慌奔；锣鸣鼓响，半空中鸦鹊不飞。满城外杀气，冲得神仙鬼怪心惊。这番攻城不打紧，吓得那些城中百姓，男女老少，背妻扶长，抱子呼兄，寻爹觅子，哭声大震。街坊上纷纷大乱，众兵丁慌张不过。朝廷在殿，听得四处轰天大炮，觉得地上多是震动，浑身发颤，心中慌乱，并无主意。又听得城中百姓哭声不绝，惊乱异常，连及众大臣心胆俱碎。茂公十分着急，忙叫："陛下龙心韬安，番兵攻城，虽是利害，有四位爵主在城上用心抵挡，一日决不能破，料无大事，请陛下宽心，降旨差臣招安黎民要紧。况外面有兵，里边不宜荒乱，若是先使自兵喧嚷。这外将势广，城即就破矣。"朝廷听了军师之言，遂命尉迟恭、程咬金往四路招安百姓。亏他二人领旨前去各路招安，方使这些百姓哭声略略缓低了些。二人进殿复旨已毕，尉迟恭又上四门叫诸公子抵挡，令三千攒箭手，望番兵队内，嗖嗖嗖的乱射下

去;又把火炮、灰瓶、火箭打个不住,一直闹哄到黄昏时候,番兵才得退回营去,方便耳边清静。这一夜马不卸鞍,人不卸甲,只在保守四城。一到第二天,原架起火炮,四门攻打,城中每一门又加二千攒箭手抵挡,自此连攻三天,四位爵主食不甘,夜不寝,人劳马倦,越虎城危于累卵,即日可破。四位公子急得面容憔悴,又不敢亲去见君,各差人报知万岁,说番兵势大,攻城利害,若再不图良策而退,目前顷刻就有大祸。这番急得朝廷魂飞魄散,茂公奏道:"今夜且过,待臣明早图其计策。"朝廷许之。

一到明日清晨,天子升殿,武将侍立两班,朝廷开言叫声:"先生,番兵连珠炮可怕,银銮殿尚且震动,想四处城楼独造空中,倘然震塌,城门着火,冲进城来,那时谁人御敌?可叹薛王兄破摩天岭已有五六天,这几日应该回来,不知何故耽搁住了。"茂公说:"陛下要退番兵,须当外合里应,内外夹攻,可退得来。"天子说:"薛王兄这标人马现在外边,若至城来,天缘凑合,两路夹攻了。如今不知他几时回城,事在危急之处,那里等得及?"茂公道:"依臣阴阳上算起来,薛元帅未必就来,应在此月外方回。"朝廷听言,面多忧色。说:"依先生之言,我等君臣活不成的了。"茂公道:"非也,陛下只消降旨,命一大臣踹出番营,往着摩天岭讨救,薛仁贵自然前来,共退番兵,有何难哉。"朝廷说:"先生又来了,城中数万人马,老少英雄尚不敢冲杀番兵,寡人殿前那一个有这本事独踹出营?"茂公道:"这个本事的人尽有,只恐他不肯去,若肯去,番兵包可退矣。"天子道:"先生,那一位王兄去得?"茂公笑道:"陛下龙心明白,讨救者,昔日扫北的功臣也。"天子心中醒悟,说:"程王兄,徐先生保你能冲踹番营,前去讨救,未知可肯与朕效力否?"程咬金听说,心中老大吃惊,连忙跪奏道:"陛下在上,老臣应当效力,舍死以报国恩。但臣年纪老迈,疾病满身,况到摩天岭,必从东门而出。盖苏文飞刀利害,臣若去,只恐有死无生,必为肉泥矣。"朝廷想想道:"先生,当真程王兄年纪老迈,怎生敌得过盖苏文,不如尉迟王兄去走一遭罢。他这一条枪,还可去得。"茂公道:"陛下动也动不得,臣算就阴阳,万岁洪福齐天,程家兄弟乃是一员助唐福将。盖苏文虽有飞刀邪术,只好伤害无福之人,有福的不能伤他,故此臣保程兄弟前去,万无一失,大事可成。若说尉迟将军,他本事虽然比程兄弟高几分,怎能避得过番帅的飞刀之患,不但兵不能退,反损一员梁栋。程兄弟当年扫北里头,也保你讨救,公然无事,占取功劳。今日怎么反有许多推三阻四起来?"咬金道:"你这牛鼻子道人,前年扫北,番将祖车轮本事低些,用兵之法不精,营帐还扎得松泛,此乃一也;二则还亏谢映登兄弟救护出营,所以全了性命。如今我年纪增添,盖苏文好不利害,营盘又且坚固,更兼邪法伤人,我今就去,只不过死在番营,去尽其臣节,只恐误了国家大事,自然是你我之罪也。"茂公道:"你的说话作得证,为了一生,军师,我妙算无差,难道到将我说话算为乱道?你既有心保天子我岂无心帮国家,诱你出去,送汝性命?此刻映登在番营内等了半日,又来渡你,所以我保你去讨救立功,岂来害你性命?你若执意不去,限迟日子,须臾打破城池,少不得多是个死。"

咬金听见茂公说谢映登又在营中救渡,喜之不胜,忙问道:"二哥,果然谢映登又在营中等我?"茂公说:"当真,那一个哄你。"程咬金说:"既有谢兄弟在番营渡我,待臣情愿往摩天岭走遭。"朝廷说:"既是王兄愿去,寡人密旨一道。你带往摩天岭开读,讨了救兵,退得番邦人马,皆王兄之大功也。"程咬金领旨一道,就在殿上装束起来,按按头上盔,紧紧攀胸甲,辞了天子,手端开山斧,出了午门,跨上铁脚枣骝驹,也不带一兵一卒,单人独骑,同徐茂公来到东城。咬金对茂公道:"二哥,我出了城,冲杀番营,营头不乱,你们把城门紧闭,吊桥高扯;若营头大乱,你们不可闭城,吊桥不可乱扯,放我逃进城来。"茂公说:"这不消兄弟吩咐,你只放胆前去,我自当心在此。"一面茂公竟上城头,一边放炮开门,吊桥坠落,咬金一马当先,冲出城来。过得吊桥,徐茂公一声吩咐,城门紧闭,吊桥扯起了。程咬金回头看见城门已闭,心中慌张叫声:"二哥,我怎样对你讲的。"茂公叫声:"程兄弟,你放大胆只顾冲营,自有仙人搭救,我这里东门更不开的,休想进城,快往摩天岭讨救罢,我自下城去了。"

不表徐茂公回转银銮殿之事,单讲程咬金坐在马上,怕进番营,只管探头探脑观看,却被营前番军瞧见,多架起弓矢喝道:"呔!城中来将,单人独骑,敢是要来送命吗?看箭!"话未说完,就是嗖嗖的乱发狼牙弩箭。程咬金好不着忙,那番向前又怕,退后无门,心中一想,说:"也罢,千死万死,不过一死,尽其节以报国恩罢。"把手中斧子一举,二膝盖

催动，大喝道："营下的，休得放箭，我乃鲁国公程咬金，今日单人独马，来踹你营盘，快些开路，让路者生，挡路者死！"冒箭冲到营前，手起斧落，乱砍乱杀，有几个小番遭瘟，做了无头拆足之鬼，乖巧些逃往帅营去了。咬金冲进头管，砍倒账房，欲踹第二座营盘，却听见左边一箭远的所在，起一声大炮，咬金在马上吃了一惊，抬头看时，却见一骑马跑来，中有一人，高挑双尾，青面獠牙，红须赤发，提板门样一口赤铜刀。咬金认得是盖苏文，顷刻浑身发抖，暗想："我命休矣！"急转马头要走，也来不及了。正是：

一时遇了英雄将，意乱心慌难理论。

毕竟不知程咬金逃得出逃不出，且看下回分解。

第四十八回 程咬金诱惑盖苏文 摩天岭讨救薛仁贵

诗曰：

大唐福将鲁国公，满口花言逞英雄。
哄脱番营去讨救，回朝应得赏奇功。

那盖苏文马快，纵到面前，好似天将模样，大叫犹如霹雳交加，喝道："呔！老蛮子，你有多大神仙本事，敢独骑来踹本帅的营盘，思想往那里走？"这一声大喝，把个程咬金吓呆了，重复带转马头，往番营内冲进去了。早有偏正将官，一拥上前，阻住咬金去路。后面盖苏文纵一步，马上叫声："老匹夫，你休想活命了，吃本帅一刀。"量起赤铜刀，睹绰的望程咬金顶梁上斩将下去。这咬金也来得作怪，呼地里把马一带转，口中只叫："我命死矣！"把手中大斧，用尽周身之力，在这口刀上噶啷噶啷这一抬，把个程咬金险些跌下雕鞍，马多退后十数步，眼前火星直冒。盖苏文又要起刀来砍，程咬金把斧钩住说："呔！盖元帅，休得莽撞，慢来慢来，我有话对你讲。"

盖苏文把刀停住，说："你既来冲营，有什么话对本帅讲？"程咬金善为捣鬼，在马上欠身，打一拱道："元帅，请住雷霆之怒，暂息虎狼之威，容孤细细告禀。"盖苏文见程知节如此谦逊，只得在马上亦对道："老将军既有话讲，本帅洗耳恭听。说得盈耳贯耳，本帅是当送你回城，若有一句不得盈耳，休怪本帅恃强。"咬金道："这个自然。不瞒元帅说，孤乃唐天子驾前一员开国功臣，名唤程咬金。将军若说到当初少年时，我的本事颇颇有名，也曾干过多少无天大事！曾在中原隋天子，分他一半江山，霸住瓦岗城，杀死隋朝大将数十余员；更兼断王杠、劫龙袍、反山东，老杨林尚不敢除剿，乱隋朝的头儿就是我程老将军为始。你东辽难道不闻得我的大名吗？"盖苏文哈哈大笑道："我道你是那一个有名目的好本事，原来就是大唐朝的程老蛮子。本帅也闻说你是乱隋朝的头儿，你倚仗少年这些本事，单人独骑，来踹进营头，藐视本帅吗？中原由你横行天下，这里就算你不着，今既冲我营盘，有本事早些放出来，不然本帅就要抓你驴头下来了。"咬金也就冷笑道："盖元帅，孤家若是少年本事还在，哪怕一个盖苏文，就是十个盖苏文，也不在我心上，何用善言见你？亏你为了东辽大将，将才也无一些，我邦若有心踹你营盘，比我很些老少英雄也尽有在城中，难道不会兴兵，四门冲杀的，单差我年迈老将，独一个来冲你帅营？你看前无开路一卒，后无跟从半人，须发苍白，年纪老迈，鞍鞒上坐立不牢，又且善言求见。盖元帅呵盖元帅，难道我程老将军是这般行径，可是来踹你营盘的吗？"

盖苏文道："你既不来冲营，到此何干？"程咬金说："孤奉陛下旨意，有一件紧急事情，要往黑风关去，奈因急促了些，不曾面见元帅，以借道路。今元帅既来究我，我剖心直言，以告明元帅，望元帅放我出营盘。"盖苏文暗想一回，呼呼冷笑说："老蛮子，本帅心中也知道，那里是什么紧急事情，分明要往摩天岭讨救，勾引薛仁贵来退我兵马，你哄那一个？"咬金说："是否你原算一个英雄，心中明白，却被你猜摸着了。我老将军实不瞒你所讲，我城中兵微将寡，今见元帅兵强马壮，枪刀锐利，攻城紧急，所以朝廷命孤往摩天岭讨救，情愿的抵死来营中走一遭，不道触怒元帅虎威，拦住去路。若肯开一线之恩，放我出营讨救，则孤深感帅爷厚恩矣。"盖苏文哈哈笑道："老蛮子，只怕你想念差了。这叫作放虎归山终有害，你既要讨救，巴不能够截住你去路，岂肯轻易放你？本帅若开恩与你去讨了救兵来,反手缚手,反害我命,此事皆孩童所干,非大将军所为也。老匹夫阿老匹夫,管叫你来时有路,去就无门,本帅今日一刀劈于马下,也除了后患!”

程咬金哈哈大笑道:“何如?我原说不出我之所料,盖苏文你纵有精通本事,非为大将,真乃废人也!”盖苏文听见此言,就问:“老蛮子,不出你口中所料什么事来?”咬金道:“你有所不知,孤在城中与军师斗口打手掌来的。”苏文道:“打什么手掌?”咬金道:“我那军师保我摩天岭讨救,万无一失。孤惧你本事高强,此行自知必死番营,所以不肯前来讨救,屡次驾前辞脱,谁道军师说盖苏文为了一国大元帅,通天本事,名扬流国山川七十二岛,豪杰气性,吃食吃硬,欺人欺强,只要几句善言救恳,他自有宽宏大量,放你出营的。孤家就对军师说盖苏文枉为大将,在东辽绝不比我朝中老将,多有仗义疏财大将军,气性柔弱暴强,素有忠义之心,以尽为人臣大节。他是个狼心狗肺奸猾刁人,虽为国家栋梁,到底倭君蛮将,怎晓人臣关节,只仗自己牛刀本事,妖术伤人,恃强吞弱,专欺善良,最惧高强。况薛仁贵骁勇,世上无双,盖苏文屡次败在他手,阵阵鞭伤,若闻薛仁贵三字,就把他魂魂提散,肯放松我出营,勾引仁贵来,自害自身?料想乘便先杀我程咬金,除了后患。今元帅果不肯放我,提刀要杀,果不出我口中所料。”

那盖苏文听了此番言语,心中大怒,叫一声:“老匹夫,本帅为了国家大将,英雄性气,人臣大节,岂可不知?汝邦军师言语还可中听,本帅就放你去讨救来,退我兵也无翻悔。但你这老蛮子,口中不逊,骂着本帅,休想活命了。”咬金说:“我在城中就抵柱死的,我死你刀下,不过为国捐躯,但你为了国家良将,坏了一生英雄之名,却被各国元帅耻笑,多说你惧怕薛仁贵利害,故把一员年老将军杀死,何不揞死了一个蝼蚁?有本事把薛仁贵首级割得下,才为东辽元帅也。”盖苏文却被咬金花言巧语,说得面上无光,厉声叫道:“罢了,罢了!我为一生大将,被你这老匹夫十分耻辱我无能,我就斩汝下马与蝼蚁无二。罢!众将闪开一条大路,让他去引了薛蛮子来,少不得一齐割他首级。”程咬金大喜说:“妙阿,才算你是个大将,我去了来,把头割与你。”营中让出大路,咬金催马就走,出了营盘,来至一箭之地,心中放落惊慌,回头一看,见盖苏文远远望我,就叫道:“你这青面鬼,不必看我,把头候长些,三日内就来取你首级。”说了这一句,把膝盖一催,往摩天岭大路上去了。我且按下不表。

单提盖苏文退进帅营,闷闷不乐,忙传军令,传四门守将到帅营,有事相传。这一令传到四门,六员大将飞骑来至东城下马,进往帅营说:“元帅在上,传末将等有何军令?”苏文道:“诸位将军,你等今番各要用心保守,今早城中有一将冲出我营,讨救兵去了。这摩天岭一支人马,为首是招讨元帅薛仁贵,其人本事高强,十分厉害,他麾下偏正将官一个个能征惯战,若唐兵一到,必有翻江倒海一场混战,汝等小心紧守,不可粗心轻敌,损兵失志。”六将齐声应道:“元帅将令,怎敢有违。末将等自当小心。”苏文道:“各守汛地要紧,请回罢。”六将辞了元帅出营,跨上雕鞍,分头各守城门去了。这数员将乃扶余国张大王驾下,殿前十虎大将军,力大无穷,骁勇不过。盖苏文故而借来守城。你道十位大将姓甚名谁:

飞虎大将军张格
玉虎大将军陈应龙
雄虎大将军鄂天定
威虎大将军石臣
烈虎大将军孙祐
螭虎大将军栾光祖
龙虎大将军俞绍先
越虎大将军梅文
勇虎大将军宁元
猛虎大将军蒯德英

前四员保盖苏文守东城,故不必叮嘱,后六员分守西、南、北三门,所以传谕。

我且休表番营整备之事,单言程咬金不上一天,到了摩天岭,竟大胆往上面走上来。但见寨门口旗幡飘带上书大唐二字,心中欢悦。又见许多小军保守,将近寨口,那些军士嚷道:“啊呀,不好了!有奸细上山了,快打滚木下去。”程咬金听见大喝道:“谁是奸细,我

鲁国公有旨意在身，快报元帅得知，叫他快来接旨。”军士们听见，魂不附体。一面到上面去报元帅，一边就开关放进程咬金，便说：“老千岁，帅爷屯兵在山峰上，随小的上去。”程咬金同了军士上山峰，只见薛仁贵冠带荣身，在殿背后闪出，曲躬接进。一座小小银殿，仁贵俯伏，程咬金开读圣旨道：“圣旨已到，跪听宣读：

奉天承运皇帝诏曰：今有东辽国番帅盖苏文，统雄兵数十余万，战将数百余员，四门重重围困，营盘坚固，守将高强，飞刀妖术伤人；更遭连珠火炮，四城攻打，昼夜不宁，城楼击动，土震山摇。老少将无能冲杀，闭城紧守。奈番兵攻城紧急，使城中百姓慌乱，君臣朝暮不安至极。日不能食，夜不能寝，人不卸甲，马不离鞍，人劳马乏，越虎城危于累卵，即日可破，军民旦夕不保。故而朕今命着鲁国公程知节，杀出番营，前来讨救。小王兄可速急领兵，踹退番营，以救寡人危难，功劳非小，就此钦哉！谢恩。”

“愿我皇万岁、万岁、万万岁！”请过圣旨，香案供奉。仁贵叫道：“程老千岁，本帅见礼了。”咬金说：“不敢，元帅，孤也有一礼。”二人见礼已毕，坐下道：“本帅奉旨来取摩天岭，不上二月有余，那晓盖苏文又兴兵困住城池，四门攻打，朝廷受惊，不必言之。老千岁这两天在城中也觉辛苦了。”咬金说：“番兵火炮利害，攻城紧急，数日内原觉不安。前日闻元帅取了摩天岭，番兵还未困城，只道你不久就回城缴旨，那晓困住在城五六天，竟无信息。为此朝廷命我前来讨救，请问元帅在山上还有何事未了？所以耽搁住了。”仁贵道：“老千岁有所不知，本帅得了摩天岭，就想回城。奈殿后宝石基专生乌金子最广，所以我领众弟兄，日日在后面，拣择上好的充足十车，进献朝廷，故而耽搁住了。”咬金这人生性好色贪财，听见乌金甚广，不觉大喜，忙问：“元帅，如今宝石基在于何处？领我后边去看看。”仁贵起身，同了知节出殿，转到后山，到宝石基所在，见诸位总兵在那里忙忙碌碌的拾金子，他就欲心顿发，也去乱拾乱捡，往腰中乱藏，往怀内乱兜，现在旧时本相了。仁贵叫声：“老千岁，且慢拾金子。本帅有言告禀。”咬金道：“什么？说话请说便了。”仁贵道：“本帅欲兑完十车乌金，然后到城缴旨，谁想只选得六车，还有四车不曾装载，如今越虎城事在危急，救兵如救火，本帅就要连夜点将，兴兵速去，天明就要冲营的，望老千岁且守在此间，得空把上号乌金兑选，装满了四轮空车，凑成十车在山，待本帅退了番兵，奏知陛下，差将来取乌金，献上朝廷，这本帅感戴老千岁深恩矣。”程咬金道：“元帅说哪里话来，臣之事君，人人如此，有什么感戴。”薛仁贵连忙传令殿中排宴，众人多往殿上座席饮酒。咬金上坐，仁贵侧坐。酒饮至二更，安顿了程咬金，点一万人马，保守摩天岭前后寨门，余者多下岭去，山脚下听调。料理灯球亮子，一起蔑蜡高烧，照耀如同白昼，偏正将装束停当，齐下摩天岭，在山脚下等候。大元帅全身披挂，来至山脚下，扎住帅营。仁贵升帐，就点：“周文、周武！”二将答应一声说：“元帅，有何将令？”元帅说：“你二人带正白旗人马二万，前往越虎城西门，离番营一箭之地，且扎营头，听东门放号炮，然后冲进营盘，遇将截住斗战，不得有违，去罢。”周文、周武一声：“得令！”接了令箭，带领白旗人马二万竟往西城前进。

再讲薛仁贵又传将令，命姜兴霸、李庆先往南城冲杀，也听号炮，领兵踹营。“得令！”二人接了令箭，带正红旗兵马二万，离了帅营，往南城进兵。我且慢表。再讲仁贵又传王心鹤、王心溪，带领黑旗兵二万，往越虎城北门进扎，听号炮然后冲营。“得令！”二人接了令箭，出帅营带领黑旗兵二万，望北门前进。再讲薛仁贵点将，按了三处城门，如今传令拔寨起兵。三声炮响，元帅上马，前面周青、薛贤徒跨上雕鞍，各执兵刃，随了元帅，带领二万绣旗兵马，前后高张亮子，咬金送一里程途，方回摩天岭安顿不表。

单说大元帅人马，黑夜赶到三江越虎城了，元帅吩咐安营，埋锅造饭，三军饱餐已毕，扯起账房，往东城而来。太阳东升，高有二丈，薛仁贵坐在马上，望番营前一看，但见一派绣绿旗幡飘荡，营前小番扣定弓箭，排开阵势，长枪手密层层布住。那番薛仁贵按按头上盔，紧紧攀胸甲，吩咐开炮。只听“哄咙括喇括喇”，这一声号炮不打紧，四门多知道了，也打点冲营不表。仁贵喝声：“兄弟们，随我来！大小三军冲营头哩。”把二膝一催，舞动一条方天戟，后面人马齐声呐喊，锣鸣鼓响，叫杀上来。仁贵在前领头，冒着乱箭，冲到营门首，挺戟乱刺，挑掉了几名小番，左右攒箭手长枪手，也闻白袍将利害，一见魂不在身，大家弃弓撇枪，各自要命，多逃散了。仁贵一马冲进番营，把座牛皮账房挑倒，冲进第二座

营头，有偏正牙将平章胡腊，持斧端刀，挺枪执戟，拦上前来，围住仁贵，一场厮杀。但见明枪耀眼，劈斧无光，仁贵那里放在心上，手中戟好比蛟龙一般，护住马，遮住身，如执一条活龙在手，数般兵器，那里近得仁贵之身，却落得空被仁贵连捣三戟，挑翻了二员番将，纵出圈子，手起戟落，番将招架不定，损伤落马不计其数，有几员脱逃性命。薛仁贵踹到三座营盘，后面周青、薛贤徒量起兵刃，两旁各冲杀番营，乱伤番兵，死者甚多。二万多人马混杀。番营炮声不绝，喊杀连天。东门番营纷纷扰乱，苏文在御营听得外边喧闹，明知救兵到了，站起身来，叫四位将军："外面唐兵已到，料想仁贵必冲此地营盘，快些上马，随本帅前去迎敌，须当小心。他标下之将，皆本事高强，不可失利与他。"四虎将答应："不妨"。按下头盔，系紧攀胸甲，跨上雕鞍，各执器械，先出御营，奔杀过去了。盖苏文连忙提刀，抢出营去。这里高建庄王与军师雅里贞，也上坐骑，立在营前。八员随驾将军，保护两旁，张望元帅退唐兵。或有失利，就好逃命，所以也坐马在外。单言盖苏文五骑马，冲出营前，劈头就遇薛仁贵，便大叫一声："薛蛮子。你太觉眼里无人，看得本帅平常了。你救护唐童，破人买卖，使本帅恨如切齿，今领兵困扰四门，又被你领兵前来，与你势不两立。"正是：

　　排成截海擒龙计，管取唐王入掌中。

毕竟不知薛仁贵如何杀退盖苏文，且看下回分解。

第四十九回　薛招讨大破围城将　盖苏文失计飞刀阵

诗曰：

　　枉去扶余借救兵，苏文难获大唐君。
　　飞刀失去雄师丧，天意谁能谋得成。

"你领兵好好退转摩天岭，万事全休。如若执意要冲我营盘，放马过来，与你决一雌雄！管叫你带来蝼蚁片甲不留，自然反悔在后。"薛仁贵呼呼冷笑道："我把你这番狗奴，本帅屡次把你这颗颅头寄在颈上，不思受恩报恩，献表归顺，反起祸端，兴兵侵犯城池，此一阵不挑你个前心透后背，也算不得本帅利害。照戟罢！"嗖的一戟，分心就刺。盖苏文赤铜刀赴面交还。二人战到十合，不分败胜。左右飞虎将军张格，玉虎将军陈应龙，二骑马冲将过来助战。苏文见有帮助，一发胆壮。那仁贵旁边，周青飞马上来相助，把双锏往二人兵器上一分，二将觉得膊震动。明知仁贵标下将士十分厉害，也不通名答话，截住了，斧刀并举，双战周青。周青好了当，使起铁锏，护身招架，三人大战，并无高下。右手赶上雄虎将军鄂天定，威虎将军石臣。鄂天定善使一口青铜刀，石臣使两柄亮银锤，多有万夫不当之勇，来助盖苏文。只见仁贵旁边，又冲出薛贤徒，挺枪迎住。三将战在一旁，没有输赢。二位元帅战到四十个冲锋，杀个平交。苏文手下偏正将甚多，喝声快上来，就有二十余员番将，把个薛仁贵围在核心，刀斩斧劈，锏打枪挑，仁贵虽然利害，却也寡不敌众，少了接战将官，也有些难胜番兵。

我且按下东城交战之事，另言南门姜兴霸、李庆先，听得东城起了号炮，连忙吩咐扯起营盘，也放一声号炮，带二万人马，冲杀番营。庆先舞动大砍刀，冲到番营前，乱斩乱斫，杀了几名小番，踹进营盘，砍倒账房，姜兴霸手中枪胜比蛟龙相似，杀进营盘，手起枪落，小番逃散不计其数。冲到第二座营盘中，忽听一声炮起，杀出两员将官，大叫道："唐将有多大本事，敢冲我南营汛地，前来送死么！"二人抬头一看，但见这两员番将，怎生打扮：

　　头上边多是大红飞翠包巾，金扎额二翅冲天，阴阳带打结飘左右。面如重枣，两道青眉，一双豹眼，狮子大鼻，口似血盆，海下一派连鬓长须。身穿一领猩猩血染大红蟒服，外罩一件龙蟒砌就红钢铠。左悬弓，右插箭，脚蹬一双翘脑虎尖靴，踹定踏凳，手端一条紫金枪，坐下胭脂马，直奔过来了。

李庆先喝道："番将少催坐骑，俺将军刀下不斩无名之辈，快留下名来。"番将说："蛮子听者，我乃大元帅盖麾下，加为烈虎大将军，姓孙名祐。"又一个说："我乃螭虎大将军栾

光祖便是。不必多言。放马过来。”孙祐晃动紫金枪，望庆先劈面门刺将进去，李庆先把大砍刀噶啷一声，枭在旁首。薛贤徒挺枪上前，那一首栾光祖持生铜棍，坐下昏红马，纵一步上前，迎住贤徒，枪棍并举，二人大战番将，不分胜败。

我且按下南门交战之事，单表西城周文、周武，听南城发了号炮，也起炮一声，带领二万人马，冲杀进营。里面炮响一声，冲出两员将官，你道他怎生打扮，但见那：

头戴的多是亮银盔，身穿的尽是柳叶银条甲，内衬白绫二龙献爪蟒。左边悬下宝雕弓，右边插着狼牙箭，手端浑铁鞭两条，坐银鬃马。面如银盆，两道长眉，一双秀眼，兜风大耳，海下长须，飞身上前来。

周文喝道：“来将留名，敢来送死么。”番将喝道：“呔！蛮子听者，我乃大元帅标下龙虎大将军俞绍先。”周文道：“我也认得，你是张仲坚驾下大将，有本事，放马过来，看将军一刀！”把大砍刀直取番将，绍先舞起双鞭，敌住周文，来往交锋，各献手段。又要讲到周武冲进番营，手起刀落，把那些番邦人马杀散奔跑，劈头来了一员番将，便问道：“来的番将，快留名字，好枭你首级。”那员番将大喝道：“呔！蛮子听者，我乃越虎将军梅文便是。奉元帅将令，来拿你反贼。明正其罪，不要走，照打罢！”把坐下雪花驹催一步上，举起两根金钉狼牙棒，望周武顶上就打。周武手中刀急架忙迎，相斗一处。马分上下战住。

西城输赢未定，又要讲北门王心鹤、王心溪，闻号炮一响，带二万人马，两条枪直杀进番营，挑倒账房，番兵四路奔走，见两员番将直冲过来，你道他怎生打扮，但只见他：

头上多戴开口镔铁獬豸盔，面如锅底一般，高颧骨，古怪腮，兜风耳，狮子鼻，豹眼浓眉，连鬓胡须，身穿一领锁子乌油甲，内衬皂罗袍，左右挂弓插箭，手端一日开山大斧，催开坐下乌鬃马，赶上前来。

大叫：“唐将有多大本事，敢冲踹我这里营盘！”王心鹤喝道：“来将慢催坐骑，我枪上从不挑无名之辈，快留姓名来。”番将道：“蛮子，你要问我之名么，洗耳恭听：我乃大元帅盖麾下，加为勇虎大将军，姓宁名元。”“我乃猛虎将军蒯德英便是，快放马过来！”把坐下黑毫驹一纵，手中大砍刀一举，直望王心鹤劈面斩来。心鹤把枪架住在一边，马打冲锋过去，英雄闪背回来。王心鹤提起枪直刺面门，蒯德英大刀护身架住，两人战斗在营，全无高下。王心溪纵马摇枪来战，那边宁元使动斧子迎住。心鹤尽力厮杀，一来一往，四手相争，雌雄难定。不表东南西北四门混战，喊杀连天，番兵四散奔逃。又要讲到城上，四门公子看见城下番营内乱哄哄鼓炮不绝，声声大振，明晓元帅救兵已到，多下城来，到银銮殿奏其缘故。天子龙心大悦，众将放下惊慌。茂公当殿传令：“汝等快上结束，整备马匹，带齐队伍，好出城救应，两路夹攻，使番兵片甲不留。”众爵主齐声得令，个个回营，忙忙结束，整备马匹，端好兵刃，传齐大队人马，在教场中等候。众公子上银銮殿，听军师调点。

当下茂公先点罗通、秦怀玉：“你二将领本部人马一万，开东城冲杀，接应元帅，共擒盖苏文。”罗通、怀玉一声：“得令！”出银銮殿上马，至教场领兵一万，往东门进发不表。茂公又点尉迟宝林、程铁牛：“你二人带兵一万，往南门冲营，须要小心。”二将口称：“不妨！”就奉令出殿，跨上雕鞍，前往教场，领本部人马一万，往南城前进。再表茂公又点尉迟宝庆、段林：“你二人带兵一万，往西门冲营，不得有违。”二将答应，上马端兵，领人马往西城进发不表。再讲茂公又点尉迟恭：“你可独带兵马五千，开兵接应北门。”敬德一声接应，上马挺枪，领兵五千望北城而来。

放炮一声，城门大开，吊桥放平，一马当先，冲到番营前，手起一枪，把番兵尽行杀散。尉迟恭一条枪踹进二座营盘，五千兵混杀开去，番兵势孤，不来对敌，弃营逃走。敬德催马，无人拦阻，直进营头，见王心鹤弟兄大战番将二员，有二十余合不分胜败。恼了尉迟恭，把乌骓马纵一步上，喝声：“去罢！”手起一枪，把个蒯德英挑在他方去了。宁元看唐将多了，心内着忙，斧子一松，却被王心鹤一枪刺中咽喉，坠骑身亡。三人大踹番营，喊杀连天。番兵逃亡不计其数。北门已退，营盘多倒。

又要讲西门开处，挂下吊桥，冲出一标人马，踹踏营来。尉迟宝庆、段林各执一条枪，杀散小番，冲进营盘，只见周氏弟兄大战二将，数十合不定输赢。宝庆把枪一挺，拣个落空所在，插一声响，挑将进去，把个俞绍光穿透后背，死于非命。梅文见伤了一将，叫声：“啊呀，不好！”却被周武就拦腰一刀，砍为两段，结束了性命。两条枪在左乱伤性命，两口刀在右乱砍小卒，尸骸堆积，倒幡旗衬满地，坍皮帐践踏如泥，西城又得破了。

单表尉迟宝林、程铁牛带兵冲出南门，杀进番营，见李庆先、姜兴霸与番将战有三十冲锋，未分胜败。恼了程铁牛，纵马上前，手起开山斧，把栾光祖连头劈到屁股下，战马皆伤，身遭惨死。孙祐心中又苦又慌，被庆先一马将头砍落尘埃，一命归天去了。这番乱杀番兵，大踹辽营，番人料想不能成事，多抛盔卸甲，弃鼓丢锣，四散逃命。三门账房，踹为平地。骸骨头颅，堆拦马足。血水成河，到处涌流，尸身马踏，踏为泥酱，四下里哭声大震，多归一条总路，逃奔东行。唐朝人马鸣锣擂鼓，紧紧追杀。

又要讲到罗通、秦怀玉，领人马到东门，发炮一声，开城堕桥，卷杀番营，两条枪胜比蛟龙一般，番兵不敢拦阻，让唐将直踏进营。抬头看见盖苏文同偏正将，围住了薛仁贵厮杀，番兵喝彩。明知元帅不能取胜，正欲要接应，但见左右两旁，杀声大震，战鼓不绝。罗通一马冲到，左边见二员番将，战住周青，足有数十回合，番将渐渐刚强，恼了罗通，一马冲到，手中攒竹梅花枪，嗖的一枪刺将进去，把个陈应龙挑下马来，一命休矣。张格见了，魂不在身，手脚一乱，周青量起铁锏，照头一下，可怜一员猛将，脑浆迸裂，死于非命。右首怀玉见番人双战薛贤徒，不问根由，纵马上前，把提炉枪一紧，到将过去，石臣架在一边，怀玉手快，左手把枪捺住，右手提起金装神锏，喝声："去罢！"当夹背上一下，石臣大叫一声："我命休矣！"翻鞍坠马，鲜血直喷。复一枪刺死在地，马踏为泥。鄂天定见了，心中惨伤，兵器略松，贤徒紧一枪，挑中咽喉，阴阳反一反，扑通响跌在苏文圈子内。吓得偏将心慌意乱，却被怀玉、罗通上前，不是枪挑，就是锏打，可怜二十余员将官，遭其一劫，逃不多几名，死者尽为灰泥。竟把盖苏文围住居中，杀得他马仰人翻，呼呼喘气。一口刀在这手中，只有招架之功，并无还兵过去。被五位大将逼住，自思难胜，若不用法，必遭唐将所伤。苏文计定，把钢牙一挫，赤铜刀往周青短锏上一按，周青马退后一步，闪了一闪，却被苏文混海驹一催，纵出圈子，远了数步，把刀放下，念动真言，一手掐诀，揭开背上葫芦盖，一道青光，飞出一口三寸柳叶刀，直望唐将顶上落下来。罗通、周青等一见，心内惊慌，望后边乱退。仁贵纵上前来，放下戟，左手取震天弓，右手拿穿云箭，搭住弦上，望青光内一箭射去，一道金光冲散青光，空中一响，飞刀化为灰尘。把手一招，箭复飞回手中。恼了盖苏文，连起八口飞刀，阵阵青光散处，仁贵也便一把拿了神箭四条，望上一齐撩去，万道金光一冲，括喇括喇一声响，八口飞刀尽化灰尘，影迹无踪，青光并无一线，把手一招，收回穿云箭，藏好震天弓，执戟在手，四将才得放心，一齐赶上。盖苏文见飞刀已破，料想不能成事，大叫："薛蛮子，你屡屡破我仙法，今番势不两立，与你赌个雌雄。"纵马摇刀，直杀过来。仁贵舞戟战住，四位爵主围上前来，使枪的分心就刺，用戟的劈面乱挑，混铁锏打头击项，大砍刀砍项劈颈。杀得盖苏文遍身冷汗，眼珠泛出，青脸上重重杀气，刀法渐渐慌乱，怎抵挡得住五般兵器。却被仁贵一条戟逼住，照面门、两肋、胸膛、咽喉要道，分心就刺。苏文手中刀只顾招架方天戟，不妨罗通一枪劈面门挑将进来，苏文把头一偏，耳根上着了伤，鲜血直淋，疼痛难熬，心内着忙。周青一锏打来，闪躲不及，肩膀上着了一下。那番慌张，用尽周身气力，望贤徒顶梁上劈将下来。薛贤徒措手不及，肩上被刀尖略着一着，负了痛往半边一闪，盖苏文跳出圈子，拖了赤铜刀，把混海驹一催，分开四蹄，飞跑去了。后面仁贵串动方天戟，在前引路，后面四骑马仗兵器，追杀番兵。高建庄王同雅里贞拍马就走。众番兵一见元帅大败奔走，多弃营撇账，四下逃亡。唐朝人马拢齐，几处番兵各归总路，望东大败。天朝兵将，渐渐势广，卷杀上前，这一阵可怜番兵：

遭刀的连肩卸背，着枪的血染征衣。鞍鞒上之人战马拖缰，不管营前营后；草地上尸骸断筋折骨，怎分南北东西。人头骨碌碌乱滚，好似西瓜；胸膛的血淋漓，五脏肝花。恨自己不长腾空翅，怨爹娘少生两双脚。高岗尸叠上，底中血水昂昂。来马连鞍死，儿郎带甲亡。

追到十有余里之外，杀得番邦：

番将番兵高喊喧，番君番帅苦黄连。南蛮真厉害，咱们真不济。丢去幡旗鼓，撇下找腊酥。貂裘乱零落，黄毛撒面飞。刀砍古怪脸，枪刺不平眉。镖伤兜风耳，箭穿鹰嘴鼻。一阵成功了，片甲不能回。人亡马死乱如麻，败走胡儿归东地。从今不敢犯中华。

这一场追杀又有十多里，番兵渐渐凋零，唐兵越加骁勇，杀得来枪刀耀眼，但只见：

日月无光，马卷沙尘，认不清东西南北。连珠炮发，只落得惊天动地；喊杀

齐声，急得那鬼怪魂飞。四下里多扯起大唐旗号，内分五色，轰轰烈烈，号带飘持。何曾见海国蚣幡彩色鲜，闹纷纷乱抛撇路摇。唐家将听擂鼓，诸军喝彩，领队带伍，持刀斧，仗锤锏，齐心杀上；番国兵闻锣声，众将心慌，分队散伍，拖枪棍，弃戟鞭，各自奔逃。天朝将声声喊杀，催战马犹如猛虎离山勇；番邦贼哀哀哭泣，两条腿徒然丧失望家园。刀斩的全尸堆积，马踹的顿作泥糟。削天灵脑浆迸裂，断手足打滚油熬；开膛的心肝零落，伤咽喉惨死无劳。人人血如何似水，人马头满地成沟。怪自已不生二翅，恨双亲不长脚跑。抛鸣鼓四散逃走，弃盔甲再不投朝；逢父子一路悲切，遇弟兄气得嗷号。半死的不计其数，带伤的负痛飞逃。这番踹杀唐兵勇，可笑苏文把祸招。数万生灵送空命，如今怎敢犯天朝。

这一追杀有三十里之遥，尸骸堆横如山。大元帅薛仁贵传令鸣金收兵，不必追了。当下众三军一闻锣声，大队人马，各带转丝缰，众将领回城去。我且慢表。

单讲那番邦人马，见唐军已退，方才住马。苏文传令扎住营头，高建庄王吓得魂飞魄散，在御营昏迷不醒。盖元帅吩咐把聚将鼓哨动，有几名损将投到，点一点，看雄兵报折六万余千，偏正将士，共伤八十七员。就进御营，奏说损兵折将之事。庄王大叹道："元帅，欲擒唐将，反使损折兵将，这场大败非同小可，也算天绝我东辽，孤之命也。"苏文道："狼主韬安，臣此番：

管叫大仙仗仙法，减去唐王君与师。"

毕竟盖苏文怎生求救大仙，且看下回分解。

第五十回　扶余国二次借兵　朱皮仙播弄神通

诗曰：

苏文几次上仙山，再炼飞刀又设坛。
怎奈唐王洪福大，机谋枉用也徒然。

庄王道："你有何法破他？"盖苏文道："大唐将士虽多，臣皆不惧怕，但所惧大唐者，薛蛮子利害非常。臣如今再上仙山，请我师父前来，擒了薛仁贵，哪怕大唐将士利害，城即可破矣。"庄王大喜，说："事不宜迟，快些前去。"盖苏文辞驾出营，上雕鞍，独往仙山，我且慢表。

单讲唐朝人马，退进城中，四门紧闭，把三军屯扎内教场，点清队伍，损伤二万有余，偏将共折四十五员。遂同众爵主、总兵们等，上银銮殿俯伏尘埃，奏说退番兵大踹营头之事。朝廷大喜，说："皆王兄们之大功劳，赐卿等各回营卸甲，冠带上朝。"众将口称领旨。回营换其朝服，重上银銮殿。朝廷不见了程咬金，心内一惊，忙问："薛王兄，可是程王兄到摩天岭讨救，兴兵来的呢？还是薛王兄已班师回城，退杀番兵的？"仁贵说："陛下，若非程老千岁到来，臣焉能得知？还要耽搁在摩天岭。"朝廷说："既如此，为什么程王兄不见到来？"仁贵就把兑选乌金，看守摩天岭此事，细细奏明。唐王大悦，降旨一道，命尉迟王兄往摩天岭解乌金来缴旨。敬德口称："领旨。"上马提枪，带领家将人员，出了东城，望摩天岭去了。

一到次日清晨，尉迟恭、程咬金同解十车金子，到殿缴旨。天子降旨，把乌金入库，又命光禄寺、银銮殿上大排筵宴，赐王兄、御弟、众卿们饮安乐逍遥酒贺功。诸将饮至日落西山，众大臣谢酒毕，扯开筵席，黄昏议论平复东辽之事。仁贵满口应承，说："陛下，此一番若遇番兵交战，必然一阵成功，使他心情愿服归降。"朝廷大悦，说声："薛王兄，你的英雄世上无双，但寡人受盖苏文屡次削辱，恨如切齿，若得王兄割他头颅，献于寡人，以雪深恨，功非小矣。"仁贵奏道："若讲别将，臣不敢领旨，若说盖苏文，这有何难？取他首级如在反掌。包取他头颅，以泄陛下仇恨便了。"天子说："前仇得泄，皆赖王兄之为。"君臣讲到三更时候，方各回营安歇，一宵安睡。到明日，薛仁贵升帐，调拨副将四员，带兵五千，看守摩天岭山寨已毕，逍遥无事，安享在城，半月有余。

单讲番邦盖元帅三上仙山，请了木角大仙，又往扶余国借兵二十万，有国主张大王，叫声："盖元帅，那大唐朝薛仁贵，有多大本事，你屡屡损兵折将，把孤一国雄兵，尽皆调空。今日大仙亲自下山，扶助东辽社稷，谅仁贵必擒。待孤亲领精壮人马，同元帅前去，杀退唐兵。"苏文道："若得如此，只我邦该复兴矣。"这番张仲坚点起雄兵，三声炮发，一路上旗幡招转，号带飘摇。

到了东辽国，相近御营，高建庄王早以闻报，远远相迎。道："孤家狭守敝地，并无匡扶邻国之心，敢劳王兄御驾，亲临敝邑，赴我邦难。挽覆之恩，使孤心不安，何以报此大德。"张仲坚连忙下马，挽定庄王之手，笑曰："王兄是首国之君，孤虽有小小敝地，犹是股肱之臣，今天邦有兵侵犯，孤理当左右待劳，未见一线之功，何德之有。"二人谈笑，进御营施礼，分宾坐定。当驾官献茶毕，庄王道："王兄，大唐薛仁贵骁勇，我邦元帅盖王兄大队雄兵报折，实为惶恐之至。"仲坚答道："王兄，胜败乃兵家常事，打仗交锋，自然有损兵折将之功。

盖元帅虽不能取胜，也未必常败；薛仁贵屡屡称威，也未必连胜。今王兄洪福，现有仙人下山，扶助社稷，薛蛮子即日可擒，王兄所失关寨，自然原端复转，有甚烦难。"说话之间，元帅同木角大仙进入御营，说："狼主千岁在上，贫道稽首了。"庄王一见，心中欢悦："大伯平身！孤家苦守越虎城，小小敝邑，谁道天朝起大队人马前来征剿，边关人马十去其九，事在危急，幸得大仙亲自下山救护，孤家深感厚恩不尽。"木角大仙开言道："贫道已入仙界，不入红尘，奈我徒弟二次上山，练就飞刀，尽被薛仁贵破掉，未知他什么弓箭射落飞刀，因此见进，愤愤不平。今又算狼主天下旺气未绝，仁贵只命该如此，所以贫道动了杀戒，下入红尘，伤了薛蛮子，大事定矣。"庄王大喜，御营设宴款待大仙。

次日清晨，元帅进营问："大仙，今日兴兵前去，还是困城，还是怎样？"大仙道："此去不用困城，竟与他交战。贫道只擒了薛仁贵，回山去也。"那番元帅点起大队，同了师父，竟望越虎城。不及半天，早到东门下，离城数里，远扎下营头。日已过午，不及开兵，当夜在营备酒待师。席上言谈，饮到半酣，方回营安歇。次日清晨，摆队伍出营。大仙上马端剑，后随二十名钩镰枪，一派绣绿旗幡，一字排开，飘飘荡荡，攒箭手射住阵脚，鼓哨如雷。盖苏文坐马端兵，在营掠阵。木角大仙催开坐骑，相近河边，高声大叫："城上的，快报与那薛蛮子得知，叫他速速出城与贫道打话。"城上军士见了，连忙报入帅府来道："启上元帅，番邦又领了大队人马，扎营在东城。今有一位道人，在那里讨战，口口声声，要请元帅打话。"那薛仁贵立起身来，顶盔贯甲，通身结束，上下拴扣，底下总兵们齐皆汝束停当，侯元帅提戟，同上东城，望下一看，但见这道人怎生模样：

头上青丝挽就螺蛳髻，面如淡紫色，长脸狭腮，黑浓眉，赤豆眼，鼻直口方，两耳冲尖，海下无须。身穿一件金线弦边水绿道袍，脚蹬一双云游棕鞋。坐马仗剑，扬威耀武。

仁贵左首周青叫道："元帅，我看这道人身躯软弱，有何能处，待兄弟出城去取了他性命罢。"仁贵道："兄弟休得胡乱，不可藐视他们，从来僧道不是好惹的。这来者不善，善者不来，本帅看这道人虽然身躯软弱，谅有邪术伤人，故敢前来声声讨战与我，待本帅亲自出马，会他一会。兄弟们随我到城外，掠阵助战。"众弟兄一声答应："是。"元帅吩咐发炮开城，吊桥堕下，二十四对白绫旗左右分开，鼓声哨动。姜兴霸摹旗，李庆先擂鼓，周青坐马端双锏，在吊桥观望。仁贵一马冲上前来，大喝："妖道，请本帅有何话打？"那大仙抬头看时，果然好威武也。但只见薛仁贵怎生模样：

头上白绫包巾金抹额，二龙抢块无情铁。身穿一件白绫蟒袍，条条丝缕蚕吐出；外罩锁子银环甲，攀胸拴口鸳鸯结。左首悬弓右插箭，三尺银鞭常见血。催开坐下赛风驹，手仗画戟惊人魄。

木角大仙笑道："来者可就是薛仁贵吗？"仁贵道："然也！既问本帅大名，你是何方妖道，今请本帅出城，待要怎样？"木角大仙怒道："呔！谁是妖道，我乃朱皮山木角大仙是也。已入仙界，不落红尘。因我徒弟盖苏文屡炼飞刀，被你将何妖术破掉，故而贫道动了杀戒，下落红尘，特来会你。可知贫道本事利害，见我还不下马归降？投顺狼主，共擒唐王，饶汝性命。若有半句支吾，贫道一剑砍为两段。"仁贵哈哈大笑道："汝不过一妖道，擅敢乱言，藐视本帅。你既说已入仙班，能知天文地理，难道不晓本帅骁勇，何苦落此红尘中，管国家闲事。我劝你好好回山，免其大患。若执意要与本帅比论，可惜你数载修炼，一旦伤我戟下，悔之晚矣。”木角大仙叫声：“放马过来，吃贫道一剑。”望仁贵头上挥将下来。薛仁贵把戟钩在一边，二人相战十余合，怎杀过薛仁贵的手段。道人本事平常，剑法松了两剑，马退后数步。仁贵哪里知道，只把手中戟逼下来。那晓这道人把剑按开了戟，口中一喷吐出杯口粗细一粒红珠，望仁贵劈面门打来，光华射目。元帅眼前昏乱，看不明白，把头低得一低，正打中在额角包巾的无情铁上。此铁乃是二龙抢这一面小小镜子，不想这珠打得重了，连镜子嵌入皮肉内，有六七分深，鲜血直冒，染红银甲。喊声：“痛杀我也！”马上一摇，扑通一声，翻落尘埃。大仙把口一张，红珠原收嘴内。仗剑纵马，要伤仁贵。不妨吊桥边周青见了，魂不附体。大叫：“妖道！休伤我元帅。”飞马舞锏，迎住道人厮杀。薛贤徒赶上前来，救回元帅，一竟入城。

来至帅府，安寝在床，连忙把药敷好，松了包巾，那晓仁贵昏迷不醒，只有一线之气在胸中。薛贤徒着忙，急到银銮殿奏说此事。朝廷大惊，就命茂公前来看视。只见仁贵闭眼合口，面无血色，额上伤痕四围发紫。徐勣问道：“此伤必受妖道口中精华打中，毒气追心，无药可救。不知阵上还有何人开兵，断断不可，若受此伤，一定多凶少吉。只可高挑免战牌，保护城池再作道理。你须服侍，三天内有救星下降。”众将应道：“是。”徐勣后上银銮殿，细奏仁贵受伤，命在须臾。天子闻言，心内牵挂。单讲薛贤徒听了军师之言，忙到东城，把金锣敲动，外面周青与道人战不上八九合，只听城上鸣锣，就松下双锏，叫声：“妖道，欲打你为齑粉，奈城上鸣锣收兵，造化了你，明日出来结果汝的性命。”带转马，望城中去了。吊桥高扯，闭城门，薛贤徒吩咐高挑免战牌。木角大仙见了，哈哈大笑，回进帅营。盖苏文接到里面坐定，说：“师父，今日开兵辛苦了。”吩咐摆酒上来。大仙道：“你屡次失利，称赞仁贵之能。起大兵数万，未闻一阵得利。今我一人下山，没有半日交战，就送了薛仁贵性命，又败唐将一员，杀得他免战高挑，闭城不出。”苏文道：“薛仁贵方才被师父打落马去，明明唐将救回。未伤性命，怎说已送他残生起来？”大仙道：“你有所不知，我口中这一颗红珠，打去不中就罢，若已中在他身上，凭他有什么神仙妙药，也到不得第四天。”盖元帅听言大喜说：“师父，此珠这等利害，万望师父再在此，与徒弟把唐将伤几员，就好灭大唐，兴东辽，取中原天下矣。”大仙道：“我一番下山，眷恋红尘，开了杀戒，也非独伤仁贵而来。原有心辅佐狼主，剿灭唐兵，夺取中原花花世界，锦绣江山，做了中华天子，然后上山的了。”盖苏文不胜欢喜，营中摆酒款待。

一到次日天明，大仙出营，在城下厉声喝叫，大骂讨战，唐将只是不理。猖獗回营，下马走进帅营，苏文开言道：“师父，今唐将闭城不战，何日得破此城？延挨时日，如之奈何。”大仙道：“不妨，今看城上免战高挑，一定唐将十分惧怯，待第三天后，绝了仁贵性命，然后四门架火炮攻城，怕他们君臣插翅腾空，飞回中原去了不成。”苏文道：“师父主见甚高。”就依其言，日日营中饮酒，不表。

不想光阴迅速，停兵到了第三天，惊动香山老祖门人李靖，正坐蒲团，忽然心血来潮，遂掐指一算，明知白虎星官有难，即驾起风云，来到越虎城，按落仁贵帅府前。周青在外边，见空中落下一道人，到吃了一惊。大喝：“妖道何来？快些拿下！”李靖道：“周青，休得莽撞！我乃香山老祖门人李靖是也。今因薛仁贵有难，特来救他，快报进去。”周青听了李靖二字，倒身下拜，说：“原来是恩仙，小将不知，多多有罪。元帅卧床不起，昏迷不省人事，请恩仙同进去看视。”

李靖随了周青，来至后堂，走近床前，揭开帐子，李靖看了额上伤痕，就知是朱皮山这妖道作怪。忙取葫芦中仙水，搽药伤所；又取一粒丸药，将汤灌于口中，登时落腹。肚中响了三声，仁贵悠悠醒转，说：“嗄唷，好昏闷人也。”两眼睁开，身上觉得爽快，忽然坐起床上。周青、薛贤徒欢喜不过，叫声：“元帅，李恩师在此救你。”仁贵见李靖坐在旁首，即下床整顿衣冠，拜伏在地，说：“蒙恩师大人屡救薛礼性命，无恩可报。”吩咐摆素斋款待。李靖说：“不必设斋，贫道已不食烟火，今有朱皮山妖道在此横行，阻逆天心，故此下山收服妖畜，除其大患，好待你剿平东辽，奏凯班师。”薛仁贵大喜，连忙传令，摆队出城，与这妖道开兵。各营总兵全身打扮，薛元帅披挂完备，随李靖来至东城，炮声一起，城门开处，吊桥坠下，冲出一彪人马，攒箭手射住阵脚，薛贤徒搴旗，周青掠阵，战鼓哨动。薛仁贵坐马端戟，在吊桥观望。

只见李靖手中不端寸铁，唯有拂尘一个，飘飘然步行至番营，喝道："营下的，快报与朱皮山泼道得知，叫他早早出营会我。"营前小番看见，连忙报进营来道："启元帅，唐邦也有一个道人，在外面请大仙打话。"盖苏文听报，便问道："师父，他们不知往那处也请了道人来，谅必法术高强，所以擅敢前来讨战。"师父木角大仙道："不妨，谅这班蠢俗莽夫，怎到得名山圣界，访请高人。不过荒山庙宇，请其邪法妖道，投入罗网，自送残生。快摆队伍出营，取他性命。"盖苏文传令，摆一支人马，旗门开处，大仙上马提剑，营前摇旗擂鼓，冲将上来。李靖喝住道："来者朱皮山龟灵洞道友，少催坐骑，可认得贫道吗？"那木角大仙听到"龟灵洞"三字，不觉惊得浑身冷汗，心下暗想："'龟灵'二字，原是暗名。凭他相交道友，得爱徒弟，从不知我'龟灵'暗号，那晓这个道人，竟猜破我名，谅他定是道术精高。"遂问曰："道友何处名山，那方洞府，今至红尘，乱入阵中，有何高见，敢来会我贫道？"李靖笑曰："我乃香山老祖门人李靖便是。那高建庄王不过外邦小国之主，盖苏文虽有本事，只好镇压番国海岛之君，扶兴社稷，该依理顺行，年年进贡中国，岁岁朝拜君王，保护边关才是。如今他横行无忌，倚仗道友九口飞刀，伤害上邦名将，眼底无人，藐视中国，以逆天理，反打战书，将圣天子十分羞辱。故而大唐起雄兵来征剿，理上应该。盖苏文屡伤大唐开国国老，及将官数十多员，得罪天子，在凤凰山下，上苍已判定，不久死于薛仁贵之手，顺了天心。今朝又得一位道友精华珠打伤仁贵，幸亏贫道早知，救了他性命，不然一旦归阴，谁除苏文大患？此罪却归道友，只怕难上仙山，修其正果了。为此特请你出来，有言相告：你虽是朱皮山学修截教，也有数千年功德，不入红尘，以成正果。然而上天爻象，该当知道，为何一时昏乱道心，助恶违逆天道，其罪难逃。故我贫道劝你好好去红尘，回仙山，可免灾殃。若有半声不肯，现你原形，悔之晚矣。"木角大仙听李靖一番言语，口虽不信，心中着忙。但被他羞辱不好意思，便大喝："李靖，你仗香山老祖之势，欺负贫道无能，我是截教，法力不弱于你，今既落红尘，开了杀戒，谅也无妨。但你既是正教，怎的也入红尘，管国家闹事？贫道今已下山，不擒唐王，誓不归山。你休持：

香山门下神通广，惹我朱皮道力仙。"

毕竟龟灵洞主与李靖开战如何，且看下回分解。

第五十一回　香山弟子除妖法　唐国元戎演阵图

诗曰：

龟灵妖法仗红珠，千载精华功不殊。
指望威名成海国，哪知一旦露形躯。

那木角大仙说罢，仗手中剑纵马上前，望李靖一剑挥来。李靖闪过，把手中拂尘望剑上一拂，大仙手便震痛，仗剑不牢，落于地下，李靖便大步上前。木角仙看了，把口一张，就吐出红珠一颗，精华射目，望李靖照面门打来。李靖全无惧色，把手中拂尘轻轻一拂，这颗红珠拂落于地，拾起手中，往怀内藏过。大仙一见红珠收去，料想不能复回朱皮山去，吓得面如土色，慌忙下马拜伏于地，高叫："大仙，可怜念我弟子千年修炼苦功，得受此珠。今一旦被大仙收去，难成正果。望大仙还珠复口，感戴甚深，恩重如山。从今回山去，再不敢胡为了。"李靖笑道："我方才劝言在前，你偏偏不肯听我，今哀求贫道，事已迟了。若要还珠，快快现出原形。"木角仙听言，心下十分懊悔。要此红珠，无奈何只得现了原形。乃是一个簸箩大的乌龟，受日月精华，采天地之气，修成这颗红珠，才炼人形，那晓被李靖猜破，要他献形，把符咒画在龟背，要复人像，且待五千年之后。便说："孽畜，贫道助你风云一阵，去你罢。若执迷不悟，要还此珠，便赏你一刀。"那龟精料哀求无益，便借风云而去，影迹无踪，引得吊桥边兵将，笑声大震。番营前盖苏文，气得面如土色，来取李靖。仁贵一见，催开战马，舞戟上前迎住。苏文算计已定，把赤铜刀架住画戟，说："住着，本帅有言对你讲。"薛仁贵收住坐骑，问道："有什么话对本帅讲？"苏文应道："我是番邦元帅，你为中国大臣，必然眼法甚高，能识万样阵图。今本帅刀法平常，实不如你。我有一个阵图在此，汝能识得否？"仁贵笑道："由你摆来，自当破你阵图。"苏文传令，就调数万大

队儿郎，分开五色旗幡，登时列成一阵，果然摆得厉害。苏文道："薛蛮子，你在天朝为帅，可能识此阵否？"仁贵抬头一看，但见此阵，有诗为证：

一派白旗前后飘，分排五爪捉英豪。
银枪作尾伸头现，中有枪刀胜海潮。

薛元帅看罢，哈哈大笑说："盖苏文，你排此阵难我，明明藐视本帅，此乃一字长蛇阵，我邦小小孩童也会识破，难着甚人？"苏文道："你休得夸口，只怕能识不能破。"仁贵道："就是要破也不难。你还未摆完全，限你三日后摆完了，待本帅领兵从七寸中杀将进去，管教你有足难逃。"盖苏文听见此言，明知仁贵能破此阵，传令儿郎散了此阵。又说："薛蛮子，你既然识此阵图，本帅还有异阵排与你看。"仁贵道："容你摆来。"盖苏文就分开旗号，顷刻演成一阵，叫声："薛蛮子，你可识此阵否？"元帅看时，但见此阵，有诗为证：

红白大旗接后前，居中幡子接云天。
刀剑枪戟寒森森，英雄入阵丧黄泉。

仁贵道："此乃是三才阵，早消按天地人三才，用三队人马，往红白黄三门破内杀入，此阵立可破矣。"苏文见仁贵识破，不足为奇，传令儿郎散了三才阵，又复分列旗幡，摆成一阵。说："薛蛮子，你可认得此阵否？"仁贵看见，微微冷笑，便问声："盖苏文，你有幻想异奇之阵，摆一座来难我，怎么却摆这些千年古董之阵，谁人不识，那个不知，本帅既在天朝为帅，岂是依靠实力而来，就晕这兵书战册，阵法多也看得精熟的。若说这十座古阵，你也不要摆了，我念与你听，头一座乃一字长蛇阵，第二座乃二龙取水阵，第三座乃天地三才阵，第四座名曰四门斗底阵，就是你摆在此的；还有第五座五虎攒羊阵，第六座六子连芳阵，那第七座七星斩将阵，第八座八门金锁阵，第九座九曜星官阵，第十座便是十面埋伏阵。总也不足为奇，你既作东辽梁栋，要摆世上难寻，人间少有，异法幻阵，才难得人倒。今本帅为中国元戎，到学得一个名阵在此，若汝识得出此阵之名，也算你番邦真个能人了。"苏文道："既如此，容你摆来。"那薛仁贵退往城中，调出七万雄兵，自执五色旗号，吩咐周青、薛贤徒擂鼓鸣金，按住八卦旗幡，霎时摆下一个阵图。仁贵在黄旗门下大叫："盖苏文，你摆三阵，我俱能识破。本帅只摆一阵，你可识否？是什么阵。"苏文听说，便抬头一看，但见此阵好不异奇，十分厉害。焉见得有许多利害呢？有诗为证：

一派黄旗风卷飘，金鳞万光放光毫。刀枪一似千层浪，阵图九曲象尤腰。
炮声行走金声歇，不怕神仙阵里逃。五色旗下头伸探，露出长牙数口刀。一对
银锤分左右，当为龙眼看英豪，双双画戟为头角，四腿束取攒箭牢。二把大刀分
五爪，后面长枪摆尾摇。苏文那有神通广，不识龙门魂胆消。

盖苏文见此阵摆得奇异，半晌不动，口呆目定。暗想我在东辽数十年，战策兵书阵法，看过多多少少，也从来不见此阵。叫道："薛蛮子，凭你稀奇幻术，异名阵图，也见过多少，从来没有此阵。你分明欺我番邦之将，把这座长蛇阵装得七颠八倒，疑惑我心，前来难着，本帅不知你杜造的什么阵。"仁贵哈哈大笑，说："盖苏文，料你是个匹夫，怎识本帅这座异阵，你既道我自己杜造长蛇阵，改调乱阵，三天之后，你敢兴人马破我阵吗？"苏文道："既为国家栋梁，开兵破阵，是本帅分内之事，容汝三天摆完全了，待我兴兵破你。"薛仁贵传下令来，领散了龙门阵。当日即又点大队雄兵十万，调出城来，扎住营头，一共十七万兵，安管在外，旌旗飘荡。仁贵同八员总兵，屯扎帅营左右，前后账房安得层层密密，坚坚固固。不觉日已向西，城上唐王同诸将闭了东门，竟往银銮殿升登龙位，饮了御酒，专等第三天看盖苏文破龙门阵。这话慢表。

单讲城外盖苏文退进御营，来见狼主。庄王先传令设酒，御营中掌灯点烛，大摆筵席。二位王爷坐在上边，苏文坐在旁首，底下数席文武大臣。共饮三杯之后，庄主问道："元帅，你三阵唐将尽皆识破，他摆得一阵，你就目瞪口呆，岂不被大唐兵将耻笑吗？"苏文奏道："有所不知，臣摆三阵，是阵书有的；他或者也看熟在肚中，故而被他识破。这仁贵摆的，书上不载，自己杜造次乱长蛇阵图，分明疑难于我，所以臣回他不识，待三天后臣调遣人马，容我破阵，那时杀他们血溅成河，尸骸堆积，何必识他阵名。"张大王笑道："到也说得有理。元帅能人，待破阵之日，孤家发八员猛将，雄兵十万你带去，阵即破矣。"苏文称谢，酒散回营安歇，不必去表。

再进唐营中薛仁贵，同八员总兵，在营饮酒席上，开言叫声："八位兄弟，本帅在山西

县苦楚不堪，三次投军，张环奸诈，把我隐藏前营为火头军，虽承数位兄弟不愿为旗牌，愿做火头军，同居一处，一路上立功，尽被奸臣冒去，害你们不早见君王，享荣华富贵，受苦多年，单只为我。今天幸蒙圣恩封天下招讨，才为本帅。尔等也得受总兵爵禄，我九人干功立业，征剿番邦，尽心报国，从来不烦老少众将之力。今盖苏文要破我龙门阵，是他命该休矣。我前番在中原探地穴，曾受玄女娘娘法旨，说要复青龙一十二年，可平靖矣。今算将起来，足足十二年了，况今朝仙师李大人又说欲复青龙，定摆龙门阵，正应在三日后。龙门阵中多要用心擒捉，好成功班师，我九人功非小矣。明日须听本帅调遣。”八人大喜说：“这个自然。若能平复东辽，我等俱听哥哥号令，用心擒捉，立功标下。”言谈半夜，各归营帐安歇一宵。

次日清晨，元帅传令二将，对番营高搭五坐龙门，不消半日，完成整备。火炮火箭，强弓硬弩，钩镰短棍，长枪大刀，端正锐利，盔甲新鲜，又忙了半日。第二天众军兵饱食一顿，调开队伍，扯起营盘，忙忙打扮，顶明盔，披亮甲，旌旗招转，内按五色冲天大纛旗领队分班，八总兵装束坐马，两旁站立，仁贵执旗一面，领队分排四面八方，鸣锣击鼓，调东南，按西北，顷刻摆完全了。五坐龙门，按金、木、水、火、土旗幡。一到了第三天，仁贵在阵内用了些暗计，四周长枪剑戟，火炮、火球架起，八员总兵分四门而立，中门薛仁贵，手中拿白旗，对番营叫道：“快唤盖苏文出营看阵。”早有番营前小卒，飞报进御营来说道：“大唐薛仁贵请元帅看阵。”盖苏文听言，同二位大王一齐上马，排开队伍出营，带同诸将，至阵前一看。呵唷，好座利害阵图也！但只见：

> 五座龙门高搭，对联金字惊人。左边写：踹杀番兵、血染东辽；右首书：活捉庄王、头悬太白。摆攒箭手、长枪手、火炮手、鼓旗手、摹幡手，密密层层护定；龙门首上，按着绣绿旗、大红旗、白绫旗、皂貂旗、杏黄旗，风飘飘一派五色旗。东发炮，龙头现出，专吞大将；西鸣金，摆尾身旁，进陈难逃。满阵白旗如银雪。霎时变作火龙形。其中幻术无穷尽，内按刀枪连转身。五色绣旗一刻现，神仙设此大龙门。专为东辽难剿灭，故把龙门建策勋。

盖苏文见前日不完全龙门阵，随口应承说破得此阵，如今见了这座完全阵图，到惊得呆了半个时辰。方才开言道：“薛仁贵，你既摆全阵图，本帅明日兴兵来破。”仁贵道：“若能破者，必遣能将进我的阵。”

不表盖苏文回进帅营，打点破阵之日。另言，讲薛仁贵按了龙门阵，带领总兵进入城中，来至银銮殿上，见朝廷奏道：“陛下在上。臣欲擒盖苏文，灭东辽，奏凯班师，所以摆座龙门大阵。待明日必捉番邦元帅，大事可成矣。”朝廷大悦，降旨排筵，钦赐仁贵饮酒。言谈至三更方散，回帅府安歇一宵。次日五更，炮声一响，遂将鼓哨动，各营将官满身披挂，结束停当，饱食战饭。大元帅顶盔贯甲，整顿齐备，上马端戟，离了帅府，同诸将出城，升帐而坐，众将侍立两旁听调。薛仁贵传罗通、秦怀玉二将，领五千人马，速往西行，离阵四五里，埋伏山林深处，待盖苏文败来，发炮拦阻去路，赶他转来。罗、秦二将一声得令，接了令箭，齐出营门，上马端兵，领五千人马，前往西边埋伏，我且慢表。再讲仁贵又点周青、薛贤徒，你二人也带五千兵马，北路而行，埋伏树林深处，等候盖苏文逃到，赶他转来，不得有违。二将一声得令，接了令箭，出营上马，带领五千铁骑，竟往北路埋伏不表。那仁贵又点王心鹤、王心溪，你二将领五千兵马，往南方绿树林中埋伏，拦截盖苏文去路，不得有违。二将一声得令，接了令箭，出营上马，带领飞骑五千，前往埋伏。仁贵发遣三路精兵已毕，只见东方发白，番营无人知觉。那元帅起身，吩咐扯开账房，摆开龙门大阵，按定当阵门守将，点姜兴霸、李庆先守住左首二门；周文、周武守住右首二门；仁贵自执红旗，守住中门。走出走进，演此活阵。锣鸣鼓响，只等破阵擒将，此言慢表。

单讲盖苏文也是五更起身，众将齐集两旁，站立听令。多是英雄强壮，气宇轩昂之辈。苏文心下踌躇：“我看这数员战将，几万雄兵，破阵也仅够有余了，然而此阵中，决定利害，故敢口出大言，摆与我破。未知此阵何名，书上并不置载，看看稀稀奇奇，似此阵图十分幻异，叫我怎生点兵调将，将何令发使他们进阵，怎样破法？”正是：

> 恨无黄石奇谋术，难破亚夫幻异功

盖苏文坐在帅营，无计可施，不敢发兵调将，前去破他异阵。那晓高建庄王同扶余国张大王，带一支御林军出营，看元帅发兵破阵。但只见自家人马明盔亮甲，排队分班，只

不见元帅动静，不觉心中焦闷起来，降旨一道，传元帅出营破阵。左右得令，就传旨意前往帅营。苏文接旨，来到御营见驾，说："狼主，召臣前来，有何旨意？"庄王说："元帅，你看唐朝阵中，杀气冲天，称威耀武，为何元帅全不用心调兵遣将，前去破他，反是冰冰冷冷，坐在营内呆看，岂不长他们志气，灭自己威风吗？"苏文奏道："狼主上，唐朝摆此阵图，臣日夜不安，岂不当心？但阵书上历来所载，有名大将阵图，臣虽不才，俱已操练精明熟透，分调人马，按发施行，或东或西，自南自北，出入之路，相生相克，方能破敌，得逞奇功。如今他们所摆之阵，十分幻异，虽不知那阵中利害如何，今看他摆得活龙活见，稀稀奇奇，连阵名臣多不曾识得，就点将提兵去破，竟不知从何门而入，从何路而出；又不知遇红旗而杀，还不知遇白旗而跑。"庄王叫声："元帅，他摆五个龙头，俱有门入，必然发五标人马，进他阵门的。"苏文道："进兵自然从五门而入，臣也想来如此，但愿得五路一直到尾还好破他，倘然内有变化，分成乱道，迷失中心，那时不得生擒，就是肉酱了。"张大王笑道："若是这等讲，歇了不成？"盖苏文听见张大王取笑了他，只得无奈，点起五万人马，五员战将，分调五路进兵，按了四足后尾，听号炮一齐冲入。传孙福、焦世威带兵五万冲左首二门；又调徐春、杜印元领兵五万，冲右首二门。四将答应去讫。盖苏文按按头上金盔，紧紧攀胸银甲，带五千兵马，催开坐骑，摇手中赤铜刀，望中门杀过来。后面号炮一起，左首有孙福、焦世威纵马摇枪，杀上阵门。里边姜兴霸、李庆先上前敌住，斗不数合，唐将回马望阵中而去。孙、焦二将随后追进阵中，外面锣声一响，大炮、火箭乱发，如雨点相同，打得五万番兵，不敢近前。欲出阵门无路，里面二将望绿旗兵中追杀，忽一声炮响，兵马一转，二员唐将影迹无踪，四下里尽是刀枪剑戟，裹二将在心，乱砍乱挑，回望看时，前后受敌，心下着忙，叫救不应，二将兵器架不及，刀山剑岭之危，作为肉酱而亡。料想不免那姜兴霸、李庆先有暗号在内，纵绿旗引走，转出龙门外去了。右边有徐春、杜印元纵马端兵，冲到阵前，内有周文、周武舞动大砍刀接住番将，厮杀一阵，唐将拍马诈败入阵，徐春、杜印元不知分晓，赶入阵门：

正是英雄无敌将，管取难进刀下亡。

毕竟不和二将追入阵中死活如何，且看下回分解。

第五十二回　盖苏文误入龙门阵　薛仁贵智灭东辽帅

诗曰：

龙门阵岂凡间有，原出天神幻化工。
灭取苏文东海定，唐王方见是真龙。

那徐春、杜印元随起入阵，忽听阵中锣声一响，阵门就闭，乱打火炮，乱发火箭。五万番兵在后者逃其性命，在前者飞灰而死，不得近前。单说阵中徐、杜二将，追杀白旗人马，忽放炮一声，二员唐将不知去向，前路不通，后路拥塞，眼前多是鞭、剑、锏、棍，前后乱打。二将抵挡不住，心内一慌，措手无躲，料想性命自然不保的了，只怕难免马踹为泥。正所谓：瓦罐不离井上破，将军难免阵中亡。周文、周武转出龙门阵，又去救应别将，我且不表。

单讲盖苏文拍马摇刀，至阵前大叫道："本帅来破阵也！"薛仁贵一手拿旗，一手提戟，出阵说道："盖苏文，你敢亲自来入我阵吗？放马过来吃我一戟！"望苏文直刺，苏文也把手中刀急架忙还。二人战不上六合，仁贵拖戟进阵，苏文赶进阵中。外边大炮一响，中门紧闭，满阵中鼓啸如雷，龙头前大红旗一摇，练成一十二个火炮，从头上打起，四足齐发，后尾接应，连珠炮起，打得山崩地裂，周围满阵烟火冲天，只打得五路番兵灰焦身丧，又不防备，只剩得数百残兵，还有跷脚折手逃回番营。高建庄王见阵图利害，有损无益，元帅入阵，又不知死活存亡，料难成事，见火炮不绝，恐防打来，反为不妙，随传令扯起营盘，退下去有十里之遥，方扎住营头。只留盖苏文一人一骑，在阵中追薛仁贵。不一时，锣响三声，裂出数条乱路，东穿西走，引盖苏文到了阵心，哄咙一声炮起，不见了薛仁贵，前后无路，乱兵围住，刀枪密密，戟棍层层。乱兵杀得苏文着忙，一口刀在手中，前遮后拦，左钩

右掠，上下保护。那晓此阵是九天玄女娘娘所设，其中变化多端，幻术无穷。但见黑旗一摇，拥出一层攒箭手，照住苏文面门四下纷纷乱射。盖元帅虽有本事，刀法精通，怎禁得乱兵器加身，觉得心慌意乱，实难招架，又添攒箭手射来，却也再难躲闪，中箭共有七条，刀伤肩尖，枪中耳根，棍扫左腿，锏打后心。这番盖苏文上天无路，入地无门，有力难胜，有足难逃，叫救不应，满身着伤，气喘吁吁，汗流浃背。心下暗想："我此番性命休矣！"把钢牙坐紧，用力一送，赤铜刀量起手中，拼着性命，手起刀落，杀条血路，往西横冲直撞，逃出阵去了。薛仁贵见苏文逃走，忙传令散了龙门阵，带四员总兵，随后追杀。

那苏文逃出阵图，望西而走。有五六里之路，忽听树林中一声号炮，冲出一支人马，内有二员勇将，挺枪纵马，大叫："盖苏文，你往那里走？我将军们奉元帅将令在此，等候多时，还不下马受缚！"苏文一见，吃惊道："我命休矣。唐将少要来赶！"兜回马便走。只见南首又来了一支人马，内中有姜兴霸、李庆先，伏兵齐力大叫："不要走了盖苏文！"追上前。忽西首炮声响处，冲出王心鹤、王心溪，带领一支人马，纷纷卷杀过来，大叫："不要放走了盖苏文！我奉元帅将令，来擒捉也。"盖苏文见三路伏兵杀到，心中慌张不过，催急马望东大败。只见有二将横腰冲出，却是周青、薛贤徒，提枪舞锏，追杀前来。只杀得盖苏文离越虎城败去五里路之遥，但见自己营前有庄王站立，欲要下马说几句言语，又见唐兵四路追赶，薛仁贵一条戟紧赶后边，全不放松。遂泣泪叫曰："狼主千岁，臣一点忠心报国，奈唐势大，杀得我兵犹如破竹，追赶甚急，臣生不能保狼主复兴社稷，死后或者阴魂暗助，再整江山。今日马上一别，望千岁再不要想臣见面日期了。"哭奏之间，冲过御营，望东落荒，拼命奔路。薛仁贵催开坐骑，紧紧追赶，喝声："盖苏文，你恶贯满盈，难逃天数了。今日命已该绝，还不早早下马受死，却往那里走！如今决不饶你，怕汝飞上焰摹天，终须还赶上。"豁喇喇一路追下来。苏文只顾上前逃遁，不觉追至五十里，却往前一看，但见波浪滔天，长江滚滚，并无一条陆路，心中大悦。暗想："如今性命保得完全的了。"得到海滩，把混海驹望水中一跳，四足踏在水面，摆尾摇头，一竟到水中去了。从又回头，对岸上仁贵哈哈笑道："薛蛮子，你枉用心机，如今只怕再不能奈何我了。岂知本帅命不该绝，得这匹坐骑——龙驹宝马，今逃命去了。谅汝中原只有勇将，绝无宝马，你若也下得海来，本帅把首级割与你；你若下不得海，多多得罪，劝你空回越虎城去罢，不必看着本帅。料想要取我的性命，决定不能了。"薛仁贵立马在海滩上，听见此言，微微冷笑道："盖苏文，你有龙驹宝马，下得海去，笑着本帅没有龙驹宝马，下不得海吗？我偏要下海来，取你之命，割你颅头，以献我主。"说罢，把赛风驹一纵，跳下海中，四蹄毫毛散开，立在水面上，把戟晃动，随后追赶。苏文坐下马，在水游的不快，仁贵的坐骑浮于水面，四蹄奔跑，好不速快，犹如平地一般而走。这苏文见了，大叫一声："呵呀！此乃天数规定，合该丧于仁贵之手了！"遂把马扣定，开言叫道："薛元帅，我与你往日无仇，今日无怨，只不过两国相争，各为其主，所以有这番杀戮，尽与主上出力夺江山，以兴社稷，立功报效，至此极矣。今我盖苏文自恨无能，屡屡损兵折将，料想难胜唐王，故败入海来，以将东辽世界与汝立功，也不为过。难道我一条性命，不肯放松，又下海来毕竟要取本帅首级？"薛仁贵说道："非本帅执意要你性命，不肯放松，只是你自己不是，不该当初打战书到中原，得罪大唐天子，大话甚多，十分不逊。天子大恨，此句牢记在心，恨之切骨，包在本帅身上，要你这颗首级，非关我事，只得要送你之命了。"盖苏文听了这些言语，心中懊悔无极，大叹一声："罢了，罢了！我虽当初自夸其能，得罪了大唐天子。薛元帅，你可救得本帅一命吗？"仁贵道："盖苏文，你岂不知道么，古语说得好：

阎王判定三更死，并不相留到四更。

我若容情放你逃身，岂不自己到难逃逆旨之罪也。"盖苏文道："也罢，你既不相容，且住了马，拿这头去罢。"便把赤铜刀望颈项内一刎，头落在水。仁贵把戟尖挑起，挂于腰中。但见苏文颈上呼一道风声，透起现出一条青龙，望着仁贵，把眼珠一闭，头一答，竟望西方天际腾云而去。鲜血一冒，身子落水，沉到海底。这匹坐骑游水前行，去投别主，不必去表。可怜一员东辽大将，顷刻死于非命，正是：

瓦罐不离井上破，将军难免阵中亡。
苏文一旦归天死，高建庄王霸业荒。

薛仁贵得了盖苏文首级，满心欢喜，纵在岸上，即同诸将领兵回来，把苏文首级高挂

大纛旗上，齐声喝彩，打从番营前经过。有小番们抬头，早已看见元帅头颅，挂在旗杆之上，连忙如飞一般，报进御营。我且慢表。

先讲薛仁贵回上三江越虎城中，安顿了大小三军，上银銮殿奏道："陛下在上，臣摆龙门阵，杀伤番将番兵不计其数，把盖苏文追落东海，勒逼其头，他已自刎，现取首级在此缴旨。东辽灭去大将，自此平复矣。"朝廷听奏，龙颜大悦，降旨把首级号令东城，又传旨意，命薛王兄明日兴兵，一发把庄王擒来见朕。仁贵口称领旨。其夜各回，安歇一宵。到次日，仁贵欲点人马去捉庄王，有军师徐茂公急阻道："元帅，不必兴兵。庄王即刻就来降顺我邦也。"仁贵依了军师之言，果不发兵，我且慢表。

再说番邦高建庄王，在御营内闻报盖元帅已死，放声大哭，仰天长叹道："孤家自幼登基，称东辽国国之主，受三川海岛朝贡，享乐太平，未常有杀戮伤军之事。那晓近被天朝征剿，兴师到来，一阵不能取胜，被他杀得势如破竹，关寨尽行失去，损折兵将，不计其数，阵阵全输。今盖元帅归天，料不能再整东辽，复还故土，有何面目再立于人世，不如自尽了罢。"扶余国大王张仲坚，在旁即忙劝阻道："王兄，何必志浅若此。自古道胜败乃兵家之常事，况大唐天子有德有仁。四海闻名，天下共晓，因王兄殿下元帅盖苏文，自矜骁勇，复夸飞刀，惹此祸端。今已自投罗网，有害东辽，这场杀戮也是天数。如今元帅已死，王兄何不献表称降，免了死罪，再整海东，重兴社稷，有何不可？"高建庄王叹息道："王兄，又来了。大唐势广，兵马辛苦，跋涉多年，才服我邦，岂肯又容孤家重兴社稷？"张大王道："王兄，不妨。唐天子乃仁德之君，决不贪图这点世界。王兄肯献降表，待孤与你行唐邦见天子，说盟便了。"庄王大喜。就写降表一道，付与仲坚。张大王连忙端正停当，辞了庄王出番营，跨上雕鞍，带领亲随将官人员，望着三江越虎城而来。到了东门，往上叫道："城上军士听者，快报与大唐天子得知。说今有扶余国王张仲坚，有事要见万岁。"城上军士听见，连忙禀与守城官，即便进朝，上银銮殿见驾。奏道："陛下，城外有扶余国王张仲坚，有事要见万岁。"朝廷道："他有何事来见寡人？"茂公道："他来见驾，不过为东辽国投降之事，陛下快宣他进来朝见。"朝廷便着宣张仲坚见驾。守城官领旨出朝，来到东城，放琉球千岁入城。进朝上银銮殿，俯伏上奏道："天朝圣主龙驾在上，臣扶余国张仲坚朝见，愿我王圣寿无疆。"朝廷道："王兄平身。"张仲坚口称："领旨。"扶笏当胸，立于底下。王爷问道："未知王见朕，有何奏章？"仲坚低首称臣，说："陛下在上，臣无事不敢轻蹈银銮，今有事时来，冒奏天颜，罪该万死，望圣天子赦罪。"天子道："王兄既有事来，何罪之有。奏上来。"仲坚道："陛下在上，今因高建庄王虽有欺君大罪，皆因误听盖苏文之言，故而有今日之事。今苏文已被我王名将杀入东海，身已灭亡，庄王追悔无及，所以臣冒犯天威，大胆前来说盟，陛下若肯容纳，现有高建庄王降表在此，请圣上龙目亲瞻。"朝廷说："既王兄献呈他的降表，取上来待朕观看。"近侍领旨，接来铺展龙案之上。天子龙目细看，只见上写道：

> 南朝圣主驾前：小邦罪臣庄王顿首朝拜，天朝皇爷圣寿无疆。臣不才，误听盖苏文之言，混乱天心，失其国政，十分欠礼，得罪天颜。故使我王亲临敝邑，跋涉圣心。臣又不率令文武到边接驾，早早招安，献表归顺，以免后患，窃听众臣谗言，一旦藐视圣主，屡屡纵将士作横，欺负我主，全不尽其天理，所以有这场杀戮。天网恢恢，致使臣文武官尸骸暴露，军兵将剑戟刀伤。苏文虽保护国家，由然助纣为虐，使我江山败落，文武惨亡，到如今虽被我皇名将薛元帅取其首级，臣还痛恨在心。自思滔天之罪不小，乱刀剁酱之危难免。臣闻我王向有仁政好生之德，所以邦邦感戴。臣罪虽在不赦，理当献过头颅，以赎前罪。然奈臣实无欺君之心，陛下龙心明白，可肯恕臣之罪，容其复兴社稷，重整乾坤，则臣感戴不尽，情愿年年进贡，岁岁来朝，以后再不兴兵侵犯。望主容纳，深感仁德矣。

贞观天子看表，十分欢悦："既蒙王兄不避斧钺，前来讲和，寡人无有不准之理。"收下降表。张仲坚谢恩已毕，退出午门，竟回番营相见庄王，回复言语不表。

再说次日，唐王留兵马三十余万，偏正将八十二员，降旨一道，命使臣送到庄王帐下，掌管东辽，重开社稷，复转江山不必细表。如今打点黄道吉日，就要班师。徐茂公算定阴阳，选一吉日，大元帅薛仁贵把尽数人马统出越虎城，调点整齐，各位众大臣，请老将、爵主们，皆满身装束，打扮新鲜，在外伺候。底下这一班总兵、先锋、游击、千把总、百户、守备，一应武职，大小官员，多是顶明盔，披亮甲，骑骏马，端兵刃，分班侍立。贞观天子头上闹龙金冠，身披绛黄蟒服，腰围金镶玉带，坐下日月骕骦马，出了越虎城。降旨宰杀牛羊，祭旗已毕，主上亲献御酒三杯，众将拜旗过了，正欲起兵班师，早有高建庄王同张大王飞骑而来，拜伏在地。说："南朝圣上，今日班师，臣无物进献，特贡金银二十四车，略表臣心。愿陛下一路平安，竟到长安。"天子大喜道："蒙二位王兄之德，又献金银与朕，使寡人欢悦班师，真乃寡人之幸也。不消远送，各守社稷去罢。"庄王与张大王口称："愿我王万岁、万万岁。"二王谢驾，退回三江越虎城，坐银銮殿，聚集两班文武，传旨各路该管官员，调兵点将，镇守地方。张仲坚自回扶余国，料理国政，永才霸主。庄王子孙兴复，东辽至唐没，不敢侵犯中原。这些后话，不必细表。

单讲大元帅薛仁贵，带领大队人马，分列队伍起程，后有程咬金、尉迟恭、徐茂公三人，保定龙驾。罗通、秦怀玉、尉迟宝林、尉迟宝庆、程铁牛、段林，各管五营四哨。前后左右营军卒，摆齐队伍，放炮三声，离却越虎城，一路上旗幡招转号带飘，齐声喝彩，马卷沙尘，纷纷然出东辽边界。沿海关逾山过岭走荒僻，往崎岖险地行虎穴，日起东方行路，日西沉落停兵。朝行夜宿，饿食渴饮，在路耽搁数月有余，早到中原山东登州府。有地方官闻报，忙忙整备，接天子御驾扎住登州城内。连发三骑报马，往大国长安报知。有殿下千岁同首相魏征料理国事，传旨巡城都御史禁约告示，张挂京师，使百姓人等知悉。朝廷大军，这一日离了山东，穿州过府，一路上子民香花灯烛迎送回朝。不够三天，早到大国长安。元帅薛仁贵传令，大小三军屯扎外教场，遂令偏正将，同朝廷进了光大门，但见城中百姓，家家上锁，户户关门，挂灯结彩，锣鼓喧天。文武衙门，搭台唱戏，称颂朝廷。

再表殿下李治，同魏征出午门，迎接上金銮，身登龙位，先有殿下上前朝过，然后魏征朝拜三呼。随有这一班三阁、六部、九卿，各文武一众大臣，朝参过了。然后大元帅薛仁贵俯伏阶下道："陛下龙驾在上，臣薛礼朝见，愿我三万岁、万万岁。"朝廷说："王兄平身。"底下有周青、薛贤徒、王心鹤、李庆先、姜兴霸、周文、周武、王心溪八员总兵，齐跪金阶。朝贺已毕，天子传旨，宰杀牛马，令元帅带令将复往外教场，祭奠太平旗纛：

只见：祥云呈瑞色，显教兵甲洗春波。

祭献过了，备酒犒赏大小三军，且听下回分解。

第五十三回　唐天子班师回朝　张士贵欺君正罪

诗曰：

圣驾回銮万事欢，京城祥瑞众朝观。
万年海国军威震，全仗元戎智勇兼。

那征东将士个个受朝廷恩典，多是欢心。犒赏已毕，元帅传令散队回家。于今枪刀归库，马散山林，众军各散回返家乡故土，真个夫妻再聚，子母重圆，安享快乐，太平食粮，不必细表。

再表贞观天子临朝，那日正当天气晴和，只见：

旌旗日暖龙蛇动，宫殿风微燕雀高。

两班文武上朝，山呼已毕，传旨分立两班，有大元帅薛仁贵同诸将上朝，当金銮殿卸甲，换了朝王公服，盔甲自有官员执掌。朝廷命光禄寺大排筵宴，钦赐功臣。朝廷坐一席九龙御宴，左有老公爷们等座席，右有众爵主饮酒，欢乐畅饮，直至三更，酒散抽身，谢恩已毕，散了筵席，龙袍一转，驾退回宫。珠帘高卷，群臣散班。天子回宫，有长孙娘娘接驾进入宫中，设宴献酒。朝廷将东辽之事，细说一遍。皇后也知薛仁贵功劳不小，我且慢表。

再讲众爵主回家，母子相见，也有一番言语；老公爷回府，夫妻相会，说话情长；八位总兵自有总府衙署安歇。薛仁贵元帅自有客寓公馆，家将跟随伏事。当夜将将欢心，单有马、段、殷、刘、王五姓公爷，五府夫人，苦恨不已，悲伤哭泣。但见随驾而去，不见随驾

而回。这话不过交代个清楚。一到了次日清晨，朝廷登位，文武朝过，降旨下来，所有阵亡公爷、总兵们，在教场设坛追荐，拜七日七夜经忏。天子传旨，满城中军民人等，俱要戒酒除荤，料理许多国事，足足忙了十余日。

不想这日天子驾坐金銮，文东武西，朝廷降下旨意，往天牢取叛贼张环父子对证。早有侍卫武士口称领旨前去，顷刻，下天牢取出张环父子女婿六人，上殿俯伏阶前。天子望下一看，但见他父子披枷带锁，赤足蓬头，龌龊不过。左有军师徐茂公，吩咐去了枷锁，右有尉迟恭，即将功劳簿揭开。薛仁贵连忙俯伏金阶。朝廷喝问道："张士贵，朕封你三十六路都总管，七十二路总先锋，父子翁婿多受王封，荫子封妻，享人间富贵，也不为亏负了你。你不思以报国恩，反生恶计，欺朕逆旨，将应梦贤臣埋没营中，竟把何宗宪搪塞，迷惑朕心，冒他功劳。幸亏天意，使寡人君臣得会，今平静东辽，奏凯回朝，薛仁贵现今在此，你还有何辩？"士贵泣泪道："陛下在上，此事实情冤枉，望我王龙心详察。臣当年征鸡冠刘武周之时，不过是七品知县出身，叨蒙皇爷隆宠，得受先锋之职，臣受国恩，杀身难报，敢起欺心灭王之心？若讲前番月字号内火头军，实叫薛礼，并无手段，又不会使枪弄棍，开兵打仗，何为应梦贤臣？所以不来奏明。况且破关得寨，一应功劳，皆臣婿宗宪所立。今仁贵当面在此，却叫臣一面不会，从未有认得，怎陷臣藏匿贤臣，功劳冒称己有，反加逆旨之罪？臣死不足惜，实情冤屈，怎得在九泉瞑目。"薛仁贵闻言大怒，说："好个刁巧奸臣，我与你说为火头军之事，料然争论你不过，你既言宗宪功劳甚多，你且讲来，那几功自你们女婿得的？"张士贵心中一想说："陛下在上，第一功就是天盖山活擒董逵，第二乃山东探地穴有功，第三是四海龙神免朝，第四是献瞒天过海之计。"却忘了龙门阵，做《平辽论》二功。竟说到第五箭射番营，戴笠篷鞭打独角金睛兽，第六功飞身直上东海岸，又忘记了得金沙滩，智取思乡岭二功。竟说到三箭定天山箭中凤凰城，凤凰山救驾之事，尽行失落，不说起了。明欺尉迟恭上的功劳簿不写字迹，只打条杠子为记色的。讲到枪挑安殿宝，夺取独木关，正说得高兴，就记得不清，竟住了口。谁知仁贵心中到记得清楚明白，一事不差。便说："张环，这几功就算是你女婿何宗宪得的吗？"张环道："自然，多是我们的功劳。"仁贵笑道："亏你羞也不羞，分明替我说了这几功。你女婿虽在东辽，还是戟尖上挑着一兵一卒，还是亲手擒捉了一将一骑，从无毫末之力，却冒我如许之大功，今日肉面对肉面在此，还不直说，却在驾前强辩。我薛仁贵功劳也多，你那里一时记得清楚？你可记得在登州海滩上，你还传我摆龙门大阵，又叫我做《平辽论》，东海岸既得了金沙滩、思乡岭，难道飞过去，不得功劳的吗。还有冒救尉迟千岁，夺囚车。还有凤凰山救驾，割袍幅，可是有的么。为什么落了这几桩功劳，不说出来？"张环还未开口，尉迟恭大怒，叫道："呵唷，张环的奸贼，你欺我功劳簿上不写字，却瞒过了许多功劳，欺负天子罪之一也。"茂公亦奏道："陛下，这张士贵狼心狗肺，将驸马薛万彻打箭身亡，无辜死在他手，又烧化白骨，巧言诳奏君王，罪之二也。"朝廷听言，龙颜大怒。说："原来有这等事！我王儿无辜，惨伤奸贼之手。你又私开战船，背反寡人，欲害寡人的殿下，思想篡位长安。幸有薛仁兄能干，将你擒入天牢，如今明正大罪，再无强辩。十恶大罪，不过如是而已。"降旨锦衣武士，将士贵父子绑出午门，踹为肉酱，前来缴旨。锦衣武士口称："领旨。"就来捆绑张环父子女婿。

单说尉迟恭，原来的细心，仔细睁眼看绑，却见张环对东班文武班内一位顶龙冠，穿黄蟒的眼色斜丢。侍卫扎绑不紧，明知成清王王叔李道宗与张环有瓜葛之亲，在朝堂卖法，暗救张环。连忙俯伏金阶奏道："陛下，张环父子罪在不赦，若发侍卫绑出，恐有奸臣卖法，放去张环，移调首级，前来缴旨，哪里知道？不如待臣亲手将先王封赠的鞭，押出张家父子到午门外打死，谁敢放走张环。"朝廷依了敬德之奏，只吓得张环面如土色，浑身发抖。急得王叔李道宗并无主意，只得大胆出班俯伏金阶，奏道："陛下龙驾在上，老臣有事冒奏天颜，罪该万死。"天子道："王叔有何事奏闻？"李道宗奏："张环父子屡有欺君之罪，理当斩草除根，但他父子也有一番功劳在前，开唐社稷，辅助江山，数年跋涉，今一旦尽除，使为人臣者见此心灰意冷，故而老臣大胆冒奏，求陛下宽洪，放他一子投生，好接张门后代，未知我王龙心如何？"天子见王叔保奏，只得依准。说："既然王叔行德，保他一脉接宗。"降下旨意，将张环四子放绑，发配边外为民，余者尽依诛戮。侍臣领旨，传出午门外，放了张志豹，哭别父兄，配发边外。后来子孙在武则天朝中为首相，与薛氏子孙作对，此

言不及细表。先讲尉迟恭将张环父子女婿五人打死，割落首级，按了君法，成清王李道宗将他父子五人尸骸埋葬。王叔宠妃张氏，容貌超群，已经纳为正室，闻父兄因与薛仁贵作对，打死午门，痛哭不已，怨恨仁贵在心，必要摆布，好与父兄报仇。王叔十分解劝，方得逍遥在宫，不表。

单言尉迟恭缴过旨意，仁贵侍立在旁，有黄门接了湖广汉阳荒本一道，奏达天子。朝廷看本，顿发仁慈。说："湖广如此大荒，不去救济，民不能生，恐有变乱之患。"便对茂公说："徐先生，你往湖广走遭罢。寡人开销钱粮，周济子民，招安百姓，要紧之事，非先生不可。"徐勣领旨。当日辞驾，离了长安，竟往湖广救荒而去，此非一日之功。

当夜驾退回宫，群臣散班。其夜朝廷睡至三更，梦见一尊金身罗汉，到来说："唐王，你曾许下一愿，今日太平安乐，为何不来了偿此愿?"天子梦中惊醒，心中记得，专等五更三点，驾登龙位，文武朝见，三呼已毕，侍立两旁。天子开言说："寡人当初即位时，天下通财，铸国宝不出，曾借湖广真定府宝庆寺中一尊铜佛，铸了国宝，通行天下。曾许复得辽邦，班师回朝，重修庙宇，再塑金身，不想今日安享班师，国事忙忙，朕心忘怀此愿。幸菩萨有灵，昨宵托梦于朕。今开销钱粮，铸此铜佛，其功洪大。尉迟王兄，你与朕往湖广真定府，一则了愿，二则督工监铸铜佛，完工回朝缴旨。"敬德领了旨意，辞驾出午门，带家将上马，趁早离了大国长安，竟往湖广铸铜佛去了。此言不表。

如今单言那薛仁贵，俯伏尘埃奏道："陛下在上，臣有妻柳氏，苦守破窑，候臣衣锦荣归，夫妻相会。不想自别家乡，已有一十二年，到今日臣在朝中受享，未知妻在破窑如何度日。望陛下容臣到山西私行察访，好接来京，同享荣华。"天子听奏，心中欢悦。说道："薛王兄功劳浩大，朕当加封为平辽王之爵，掌管山西，安享自在，不必在长安随驾，命卿衣锦还乡，先回山西。程王兄，你到绛州龙门县督工，开销钱粮，起造平辽王府，完工之日，回朝缴旨。"程咬金当殿领了旨意，打点往山西督工造王府。薛仁贵受了王位，心中不胜之喜。三呼万岁，谢恩已毕，退出午门。其夜安歇公馆，一到了次日清晨，端正船只，百官相送出京。下落舟船，放炮三声，掌号开船。离了大国长安，一路上威风凛凛，号带飘飘，耽搁数天，已到山西，炮响三声，泊住号船。合省府州县大小文武官员，献脚册手本，纷纷乱乱，兵马层层，明盔亮甲，戎装结束，多在马头迎接。仁贵见了，暗想当初三次投军的时节，神不知鬼不觉，何等苦楚，到今日身为王爵，文武俱迎，何等风光。我欲乘轿上岸，未知妻在破窑度日如何？不免此地改妆，扮作差官模样，上岸到绛州龙门县大王庄，私行探听妻房消息，然后说明，未为晚也。薛仁贵算计已定，传令大小文武官员尽回衙署理事。只听一声答应。纷纷然各自散去，我且不表。

单言薛仁贵扮了差官，独自上岸，只带一名帖身家将，拿了弓箭，静悄悄往龙门县来。天色已晚，主仆歇宿招商，过了一宵。明日清晨早起，离了龙门县，下来数里，前面相近大王庄，抬眼看时，但见：

丁山高隐隐，树木旧森森。那破窑，依然凄凄惨惨；这世态，原是碌碌庸庸。满天紫燕，飞飞舞舞；路上行人，联联续续。别离十余载，景况未相更，当年世界虽然在，未晓窑中可是妻。

仁贵看罢，一路行来，心中疑惑。我多年不在家，必定我夫人被岳父家接去，这窑中不是我家，也未可知，且访个明白。只听得前面一群雁鹅飞将起来，忙走上前，抬头一看，只见丁山脚下，满地芦荻，进在那边，有一个金莲池。仁贵见了凄然泪下，我十二年前出去，这里世界依然还在。只见一个小厮，年纪只好十多岁，头满面白，鼻直口方，身上穿一件青布短袄，白布裤子，足下穿双小黑布靴，身长五尺，手中拿条竹箭，在芦苇中赶起一群雁鹏，在空中飞舞。他向左边取弓，右手取了竹箭，犹如蜡烛竿子模样，搭上弓对着飞雁一箭，只听得呀的一声，跌将下来，口是闭不拢的。一连数只，一般如此，名为开口雁。仁贵想："此子本事高强，与本帅少年一样，但不知谁家之子。待我收了他，教习武艺，后来必有大用。"正要去问，只听得一声响，芦林中一个怪物跳出来，生得可怕：独角牛头，口似血盆，牙如利剑，浑身青色，伸出丁耙大的手来拿小厮。仁贵一见大惊，可惜这小厮，不要被怪物吞了去，待我救了。他忙向袋中取箭搭弓，弓开如满月，箭去似流星，嗖的一声，那怪物却不见了，那箭不左不右，正中小厮咽喉，只听得呵呀一声，仰面一跤，跌倒尘埃。唬得仁贵一身冷汗，说道："不好了，无故伤人性命，倘若有人来问，怎生回答他来。自古说：

'王子犯法,庶民同罪。'管什么平辽王。"欲待要走,又想夫人不知下落,等待有人来寻我,多把几百金子,他自然也就罢了。不言仁贵胸内之事,原来这个怪物,有个来历的,他却是盖苏文的魂灵青龙星,他与仁贵有不世之仇,见他回来,要索他命,因见仁贵官星盛现,动他不得,使他伤其儿子,欲绝他的后代,也报了一半冤仇。故此竟自避去,此话不讲。

再说云梦山水帘洞王敖老祖,驾坐蒲团,忽有心血来潮,便掐指一算,知其金童星有难,被白虎星所伤。但他阳寿正长,还要与唐朝干功立业,还有父子相逢之日。忙唤洞口黑虎速去,将金童星驮来。黑虎领了老祖法旨,驾起仙风,飞到丁山脚下,将小厮驮在背上,一阵大风,就不见了。仁贵看见一只吊睛白面黑虎,驮去小厮,到大惊失色,茫然无措。再讲黑虎不片时工夫,就到洞口缴令。老祖一看,将咽喉箭杆拔出,取出丹药敷好箭伤,用仙药灌入口中,转入丹田,须臾苏醒。拜老祖为师,教习枪法,后来征西,父子相会白虎山,误伤仁贵之命,此是后话慢表。

再讲仁贵叹气一声说:"可怜,骨骸又被虎衔去,命该如此。"慢腾腾原到窑前,没门的,是一个竹帘挂的。叫一声:"有人吗?"只见走出一个女子来,年纪不多,只好十二三岁的光景。生得眉清目秀,瓜子脸儿,前发齐眉,后发披肩,青布衫,蓝布裙,三寸金莲,到也清清楚楚,斯斯文文,好一个端严女子。口中说道:"我道是哥哥回,原来是一个军官。"问道:"这里荒野所在,尊官到此怎么?"仁贵说道:"在下自京中下来的,要问姓薛的这里可是吗?"金莲说:"这里正是。"仁贵就胆大了,连忙要走上来。金莲说:"尊官且住,待我禀知母亲。"金莲说:"母亲,外面有一人,说是京中下来的,要寻姓薛的,还是见不见,好回复他?"柳金花听得此言,想丈夫出去投军,已久没有信息。想必他京中下来,晓得丈夫消息,也未可知,待我去问他。说:"长官到此,想必我丈夫薛仁贵,有音信回来吗?"为何问这一声?仁贵去后那小姐无日不想,无刻不思,转身时,亏周青赠的盘费,自已也有些银子,又有乳母相帮,王茂生时常照管,生下一双男女,不致十分劳力。今见了仁贵,难道不认得?投军一别,仁贵才年二十五岁,白面无须,堂堂仪表。今日回家,隔了十三年,海风吹得面孔甚黑,三绺长髯,所以认不得。仁贵见娘子花容月貌,打扮虽然布衣布裙,十分清洁,今见他问,待我试他一试。说道:"大娘,薛官人几时出去的,几年不曾回来?"金花道:"长官有所未知,自从贞观五年,同周青出去投军,至今并无下落。"仁贵道:"你丈夫姓甚名谁?为何出去许多年,没有信吗?"金花道:"我丈夫姓薛名礼,字仁贵。极有勇力,战法精通,箭无虚发。"仁贵欲要相认,未识他心洁否,正是:

欲知别后松筠操,可与梅花一样坚。

毕竟不知怎生相认夫人,且看下回分解。

第五十四回　平辽王建造王府　射怪兽误伤婴儿

诗曰:

紫蟒金冠爵禄尊,夫人节操等松筠。
甘将冰雪尝清苦,天赐恩荣晚景声。

那仁贵开言道:"原来就是薛礼。他与我同辈中好友,一同投军。他在海外征东,在张大老爷帐下,充当一名火头军。今圣上班师回朝少不得就要回家。我闻大娘十多年在窑中凄凉,怎生过的日子?我有黄金十锭,送与大娘请收好了。"金花一听此言,大怒说:"狗匹夫,你好大胆,将金调戏。我男人十分厉害,打死你这狗匹夫才好,休得胡言,快走出去。"仁贵看见小姐发怒,只是嘻嘻地笑道:"大娘不必发怒。"金莲也便喝一声:"叫你去不肯去,哥哥回来,怎肯甘休!"顾氏乳娘看见仁贵举止端庄,出言吐语,依稀声音,像当年薛礼无二,便上前叫声:"小姐,不要动气,待我问他。"说:"尊官,你悉知薛官人怎么样了,不要糊糊涂涂,说个明白。"仁贵听了乳母问他之言,欲待说明,这一双男女从何而来?莫不是窑中与人苟合生出来,也要问个明白;若不说明,夫人十多年苦楚,叫我那里放心得下。我今特地来访,难道不说明不成,待我将平辽王三字隐藏,明白一双男女,果然不妙,我一剑分为两段。算计已定,开言说:"娘子,卑人就是薛礼,与你同床共枕,就不认得

了?”金花闻言,气得满面通红说:“狗匹夫,尤其可恶,一发了不得。女儿,等哥哥回来,打这匹夫。”乳母说:“小姐且住发怒,待我再问个明白。尊官,你把往年之事细细讲明,不要小官回来斗气。”仁贵说:“我自从到府做小工,蒙小姐见我寒冷,相赠红衣,不道被岳父知道,累及小姐,亏岳母救了,在古庙殿中相遇,蒙乳母撺掇,驮回在破窑中成亲,亏了恩兄王茂生夫妻照管,天天在丁山脚下射雁度日,蒙周青贤弟相邀,同去投军,在总兵张大老爷帐下月字号内,做了一名火头军。今班师回来,与娘子相会。”说了一遍,金花说:“我官人左膊上有朱砂记的,有了方信是薛礼。”薛利脱下衣服,果然朱砂记。金花方信是实,一些也不差,抱头大哭,叫女儿过来,也拜了父亲。金花叫声:“官人,你今日才晓得你妻子之苦,指望你出去寻得一官半职回来,也与父母争气,也表你妻子安享。如今做了火头军回来,不如前年不去投军,在家射雁,也过得日子。也罢,如今靠了孩儿射雁,你原到外边做些事业做做,帮助孩儿过了日子罢。”仁贵听了叫声:“娘我出门之后,并无儿女,今日回来,又有什么男女,还一个明白。”金花说:“官人,你去投军之后,我身怀六甲,不上半年,生下一双男女,孩儿取名丁山,女儿取名金莲,都有十分本事,与你少年一般。孩儿出去射雁,不久就回。见了他十分欢喜。”仁贵说:“不好了,不要方才射死的小厮,就是孩儿。”待我再问一声:“娘子,孩儿身上怎样,长短如何,说与我知道。”金花道:“孩儿身长五尺,面如满月,鼻直四方,身穿青布袄,青布裤儿。”仁贵说:“坏了,坏了!”双足乱踹说:“娘子,不好了,方才来访娘子,丁山脚下果见一个小厮射开口雁,不想芦林之中,跳出一个怪物,正要把孩儿擒吞,我见了要救他,被我一箭射死,倏然不见,却误射死了孩儿,如今悔也迟也。”金花一听此言,大哭道:“冤家,你不回来也罢,今日回来,到把孩儿射死,我与你拼了命罢。”一头大哭,一面乱撞。金莲叫声:“爹爹,哥哥射死,尸骸也要埋葬。”仁贵说:“那尸首被虎衔去了,叫我那里去寻。”金花母女尤其大哭。仁贵见了,也落了几点眼泪。上前叫一声:“夫人、女儿,不必啼哭,孩儿无福,现现成成一个爵主爷送脱了。”金花听了说:“呸!在此做梦,人贫志短,一名火头军妻子,做了夫人,正军妻子做王后?”仁贵道:“夫人不信,如今绛州起造王府,是那个?”金花道:“这是朝廷有功之臣。”仁贵叫道:“夫人,你道王爷姓什么?”“闻得王家伯伯说姓薛,名字不晓得。”仁贵道:“却又来,我同尉迟老将军,跨海征东,海滩救驾,早走东辽,班师回来,皇上恩封平辽王,在山面驻扎不定,管五府六州一百零三县地方,都是下官执掌,一应文武官员,先斩后奏。如今访过了夫人,接到王府中,受享荣华富贵,不想孩儿死了,岂不是他无福,消受不起?目下府州官公子也要有福承受,况有一介藩王的世子,不是他无福吗?夫人哭也无益。”金花一听此言,心中一悲一喜,悲的是孩子死了,喜的是丈夫做了王位。便回嗔作喜,开口问道:“你做了平辽王,可有什么凭据,莫非射死孩儿,巧将此言哄骗我们?”仁贵道:“夫人,你果然不信,还你一个凭据。”便向身边取出五十两重一颗黄金印,放在桌上,说声:“夫人,还是骗你不骗你?”金花看见黄金宝印,方信是真,叫声:“相公,你果然做了藩王,不差的吗?”仁贵说:“金印在此,决不哄夫人。”金花嘻嘻笑道:“谢天地,我这样一个身上,怎好进王府做夫人?”仁贵说:“夫人不必心焦,到明日自到鲁国公程老千岁,同着文武官员来接。但不知我出门之后,岳父家中有信息吗?”夫人说:“呀,相公。家中只有我父亲,道我真死,母亲、兄嫂放走我的,不晓得住在窑中,十余年没有音信,如今不知我爹爹、母亲怎样了。”仁贵点点头说:“夫人,你这一十三年怎生过了日子?”金花说:“相公不问犹可,若问你妻子,苦不可言。亏了乳母相依,千亏万亏,亏了王家伯伯夫妻,不时照管,所以抚长了儿女一十三年。”仁贵说:“进衙门少不得要接恩哥、恩嫂过去,报他救命之恩,一同受享荣华,还要封他官职。夫人,如今原到岳父家中去,他有百万家财,高堂大厦,鲁国公到来,也有些体面。若住在破窑里面,怎好来接夫人,岂非有玷王府,笑杀绛州百姓。下官先回绛州,夫人作速到岳丈家中,去等程老千岁来接,就是恩哥恩嫂,不日差官相迎,我要去到任要紧,就此别去。”夫人说:“相公,我与你远隔十多年,相会不多时,怎么就要去了?”仁贵道:“夫人,进了王府,少不得还要细谈衷曲。”依依不舍,出了窑门,到了山冈,上了马,看了山脚下,想起儿子,好不伤心。几次回头,不忍别去,说也罢,长叹一声,竟望绿洲而去,此话不表。

单讲金花小姐看见丈夫去后,母女双双晓得仁贵做了王位,不胜之喜。便对乳母说:“方才相公叫我到父母家中去,好待程千岁来接,这窑中果然不便,但回到家中,父母不肯收留,将如之何?”乳母说:“小姐放心,这都在我身上。同了王家伯伯前去,对员外说小姐

不死，说了薛官人如今他征东有功，做了平辽王位，哪怕员外不认？况且院君、大爷、大娘，都知道叫我同小姐逃走的，只不晓得住在窑中，只要院君、大爷对员外讲明白，定然相留。”金花说：“乳母言之有理。就去请王家伯伯到来，一同去说。”乳母依言，报与王茂生。那王茂生闻言薛仁贵做了王位，满心大悦，对毛氏大娘说知：“不枉我结义一番，救了他性命，如今这桩买卖做着了。”毛氏大娘说知：“看薛官人面上官星现发，后来必定大发。”茂生说：“不必多言，快快同去。”夫妻二人茫茫然来到破窑中，说：“弟媳恭喜，兄弟做了大大的官，带累我王茂生也有光彩。”金花将仁贵来访之事，说了一遍：“还要报答大恩，不日差官来请，相烦伯伯同乳母到我家中报知消息，好待来接。”王茂生满口应承，口称当得，便同了乳母，来到柳员外家中报喜，此言慢表。

再讲那柳员外那年逼死了女儿，院君日日吵闹，柳大洪与田氏相劝不休，那员外到有悔过之心。这一日乳母同王茂生到来报喜，员外难寻头路，茫然不晓。那番柳大洪说起：“妹子不死。当初做成圈套，瞒过爹爹，放走妹子逃生的。今日乳母、王茂生所说，薛仁贵做了大官，要接妹子回家，好待明日鲁国公来接妹子到任。爹爹，如今事不宜迟，做速整备，差人去接妹子到来，等候程千岁相迎。”柳员外说：“到底怎么，讲得不明不白，叫我满腹疑心。”柳大洪说：“爹爹不知，向年薛礼在我家做小工，妹子见他身寒冷，要将衣服赏他，不想暗中错拿了红衣，被爹爹得知，要处死妹子。孩儿同母亲放走，至今十有余年，不知下落。今乳母回来报喜，果有其事。”员外听言说：“此事何不早讲，直到今日，我到受了你母亲几年吵闹。既是你们放走，后来我气平之时，早该差人寻取，到家安享，却使他在窑中受这多年的苦。”叫声：“乳母，你同我进去见了院君，羞他一羞。”说罢，同乳母进内，叫声：“院君，你做得好事，把老汉瞒得犹如铁桶一般。”哈哈大笑。院君见了，又好笑又好气，啐声：“老杀才，还我女儿来。”员外说：“乳娘，你去对院君细细讲明，我有心事，要去外边料理。没有工夫与他讲。”就把十个指头轮算，这件缺不得，那件少不得。不表员外之事，再言院君对乳娘说：“这老杀才在那里说什么鬼话？”乳娘说：“有个缘故，待老身对院君说。”院君道：“我正要问你，你自从那日同小姐出门之后，十有余年，到底怎么样了，快说与我知道。”乳娘说：“自从出门，走到古庙，遇着了薛礼，同到破窑中成亲，不一年薛礼出去投军，救驾有功，封本省平辽王。昨日来访，说明此事，窑中不便迎接，明日要到员外家中。护国一品太夫人，为此员外在此喜欢。”院君听了满心喜欢。对员外说：“如今打点先去接女儿回家，明日好待程千岁到来迎请。”员外说：“我多晓得。”吩咐庄客挂红结彩，端正轿子二乘，差了丫鬟、妇女、家人们先去，接了小姐回来。筵席要丰盛，合族都请到，嫁妆要端正。女儿一到，明日等老程千岁，忙得不得了。乳娘同茂生先去报知小姐，然后接迎家人妇女数十名，两乘大轿，来到窑前。小姐晓得乳娘先来报知，与女儿打扮，忽听一班妇女来到，取出许多新鲜衣服送与金花，说：“奉员外、院君之命来接小姐。”金花大喜，打扮停当，然后上轿，回转家中。见了父母，谈说十余年之苦。院君听了，心中不忍，反是大哭。员外在旁相劝。当夜设酒款待女儿，自有一番细说，不必细表。

再讲仁贵离了窑中，一路下来，来到绛州，进了城门，不知王府造在那里，待我问一声。上前见一钱庄，问一声道：“店官，借问一声，如今平辽王府造在哪里？”那店官抬头一看，见马上军官十分轩昂，相貌不凡，忙拱手说：“不敢，那里直过东下北就是。”仁贵说：“多谢。”果然不多路，来到辕门，好不威势：上马牌、下马牌、马台、将台、鼓亭、东辕门、西辕门，巡风把路，朝房、节度司房、府县房、奏事房、简房。仁贵把马扣住，下了马，将马拴在辕门上，那巡风一见，兜头一喝：“把你这瞎眼的，这里什么所在，擅敢将你祖宗拴在这里。好一个大胆的狗才，还不拴在别处去，不要着老爹嗔怪！”仁贵道：“不要噜苏，我是长安下来，要见程老千岁的。快些通报，前来接我。”巡风听了，对旗牌说：“我们不要给他说。听得平辽王不日来到，莫不是私行走马上任，也未可知。”旗牌说：“说得不错。”对巡风说：“不要被他走了，连累我们。程千岁性子不好，不是好惹的。”巡风道：“晓得的，不必费心。”那旗牌来到里面对着中军说知，中军忙到银銮殿报与程千岁。那道那程咬金正坐在殿上，低头在那算鬼账，造了王府开销之后，只好落银一万，安衙家伙等项，只落得五千两头，仪门内外中军、旗牌军、传宣官、千把总、巡风把路、各房书吏上了名字，送来礼仪不上三千头，共二万之数。我想这个差事可以摸得三万，如今共只有一万八千，还少一万二千，再无别人凑数。正在乱郁郁，听得中军跪下报说：“启老千岁，外面有一人，说长安来

的,要老千岁出去迎接。”程咬金不提防的倒弄得心里一跳,这一边说:“唗!死狗才,长安下来的与　我什么相干,要本藩出去迎接,倘长安下来的官,难道我去跪迎,放屁!叫他进来见我,待我问他。倘有假冒,不要难为你们。”那中军不敢回言,诺诺连声而退。对巡风说:“放他进去。”巡风见了仁贵说:“程老千岁唤你进去,须要小心。”仁贵想:“这怪他不得,他是前辈老先生,怎么要他出来接我,自然待我进去见他。”便说:“你们这班人看好了我的马,厮见过了程老千岁就出来的。”巡风听了他言语好个大模样,看他进去见了程千岁怎生发落,此话不表。

再讲薛仁贵走到银銮殿,见了程咬金,叫声:“程老先生辛苦了。”程咬金抬头一看,见了仁贵,立起身来说:“平辽公,老夫失迎了。”仁贵道:“不敢。”上前见礼,宾主坐下,说:“老千岁督工监造,晚侄儿未曾相谢,今日走马到任,望恕不告之罪。”咬金说:“老夫奉旨督造,倘有不到之处,还要平辽公照顾。今日到任,应该差人报知,好待周备衙役迎接才是。今日不知驾临,有罪,有罪。”仁贵说:“老千岁说哪里话来,晚侄有件心事要烦老千岁说明。”咬金听了“心事”两字,便立起身来,同仁贵往后殿书房中去讲话了。吓得外面这些各官等都说:“我等该死,今日王爷走马到任,方才言语之中得罪了他,便怎么处?”旗牌道:“想起来也不妨事的。自古道不知不罪,若王爷不问使罢了,若有风声,求程千岁,只要多用几两银子,这老头儿最要钱的。”众人都道:“说得是。”少表众位官员说话。再言文武各官都知道了,行台、节度司、提督、总兵以下文武官员差人在那里打听。听得此言,飞报去了。次日清晨,都在辕门外侍候。听得三吹三打,三声炮响,大开辕门,薛爷吩咐文武官回衙理事,各守汛地。下边一声答应退出。少时传出一令来,着军士们候程千岁到柳家庄接护国夫人。传令已出,外面都知道,文武官员不敢散去。只听炮响,里面鲁国公程千岁果然入抬大轿,前呼后护出来。外面备齐了全副执事,半朝銮驾,五百军士,护送薛爷家眷亲至辕门。府县官不得不随在后面,好不威势。百姓观者如堵,三三两两说:“王爷就是本地人,做本地官,古今罕见。”少表百姓评论,再讲程千岁来到柳家庄,把兵马扎住,三声大炮,惊动了柳员外,鼓乐喧天,同儿子大洪出来迎接。那些文武各官俱在墙门外跪候。正是:

寒梅历尽雪霜苦,一到春来满树香。

毕竟不知柳家父子出迎如何,且听下回分解。

第五十五回　王敖祖救活世子　平辽王双美团圆

诗曰:

金绣观花福分高,赤绳缘巧配英豪。
一朝得受藩王爵,鸾凤和鸣瑞圣朝。

再说那程咬金下了轿见了柳刚父子,呵呵笑道:“亲翁不必拘礼,今日来迎侄媳,快快请令媛上轿。”那员外父子连声答应,迎进大厅,父子下拜,咬金扶起。叙及寒温,三盏香茗,柳刚父子在傍相陪,柳刚说:“承老千岁下降,只恐小女消受不起,请回銮驾,老夫亲送小女到王府,还有薄仪相送。”咬金大悦,说:“这也不必费心。本藩先回,致意令媛,舍侄候令媛到王府团圆。”说罢,起身别了员外,大门上轿,吩咐各官同护国夫人送归王府。各官跪下说:“是。”咬金先自回去。然后各官同柳刚到大厅见过礼,一面小姐转身,本宅家人妇女,半副銮驾,前呼后拥,兵丁护从,放炮起身。然后那各官同员外起身,离了柳家庄,来绛州城,一路风光,不必细说。来到辕门,三通奏乐,一声炮响,两旁各官,跪接夫人。进了王府,直到后殿下轿,仁贵接见,然后出轿拜见父亲,夫妻相见。柳员外过来赔罪,仁贵说:“岳父,何出此言,少不得一同受享荣华,小婿命内所招。”员外辞别出府,回家去了。平辽王与夫人后堂设宴共酌,叙其久阔之情,不必细讲。少刻传令出来,令文武官各回衙署,不必伺候。外面一声答应,回衙不表。

再讲员外回去,与院君商议,整备银子三千两与程千岁,各官送银三百两,兵丁各役,俱有赏赐。嫁妆备不及,折银一万两。程咬金见了礼单,对仁贵说:“令岳送我三千

银子，再不敢受。”仁贵说：“有劳贵步，自然请收，不必过谦。”咬金说：“又要令岳费心，老夫只得收了。”再讲王茂生见金花出门之后，窑中剩下这些破家伙，收拾好了，顾氏乳娘跟随小姐也进王府去了，弄得冷冷清清，回到自己家中，对毛氏说：“薛礼无恩无义，做了王位，忘记了我王茂生。他说着人前来接我，怎么今日还不见人来？”走门出户，东一望，西一望。毛氏大娘见了他倒也好笑，说：“官人，他不来，我们到要去贺他。”王茂生道：“这也说得有理。拿甚东西去贺他？也罢，将两个空酒坛放下两坛水，只说送酒与他，他眼睛最高，决不来看，就好进去见他，自然有好处的。”夫妻二人商议已定，次日果然挑了两坛水，同了毛氏，竟望绛州来。

到辕门，只见送贺礼纷纷不绝，都到号房挂号，然后禀知中军，中军送进里面，收不收，里面传出来。王茂生夫妻立在辕门外，众人睬也不去睬他，理也不去理他，却被巡官大喝一声，说：“这什么所在，把这牢担放在这里，快些挑开去。”王茂生道：“将爷，我与千岁爷是结义弟兄，烦通报一声，说我王茂生夫妻要见。”巡风听见说：“瞎眼的奴才，难道我千岁爷与你这花子结义，不要在这里讨打，快快挑开去。”王茂生无可奈何，今日才晓得做官这样尊重。只得将担子挑在旁首，叫妻子看守，自己来到签房，看见投帖子甚多，不来细查，茂生就将帖子混在当中。签房送与中军，中军递与里面去了。

仁贵正与咬金言谈，相谢接夫人之事。传宣官禀上说：“外面各府行台、节度，族中具有手本帖子礼单，送上千岁爷观看。”仁贵看了，对传宣说：“各府等官三日后相见，族中送礼，原帖打还。你去对他说，千岁不是这里人，是东辽国人，没有什么族分，回复他们这班人去。”咬金说：“住着，平辽公，这些都是盛族，礼也不受，说什么东辽国人，不明不白，说与我知道。”仁贵说：“老千岁不知，晚侄未遇之时，到伯父家中借五斗米，都不肯的，反叫庄客打我转身。亏了王茂生夫妻，救了性命，与他结义在破窑中。”受苦之事，说了一遍。咬金道：“这也怪你不得，老夫少年时，也曾打死了人，监在牢中，没有亲人看顾。后来遇赦出来，结义哥哥尤俊达，做成事业。这势力的人，我就不理睬，如今贵族中也有势利人，礼物不要收他，传他进来，每人罚他三碗粪清水，打发他回去。”仁贵道：“礼物不收就够了，粪清水罚他，使不得的。”传令一概不收。咬金说：“你拿帖子再看一看，内中也有好的，也有歹的，难道一概回绝不成。”仁贵见说：“老千岁高见。”就将帖子看过，内中的一帖，上写着：“眷弟王茂生，拜送清香美酒二坛。”仁贵见了帕子大喜，对咬金说：“方才晚侄说恩哥恩嫂，正要去接他，不想今日到来拜我。”咬金说：“如何。我说好歹不同。”仁贵一面传令，回绝合族众人；一面吩咐开正门，迎接王老爷。这一声传话，外面都知道了。巡风把总听得千岁出来接王老爷，大家都是胆战心惊，走上前见了王茂生，跪下说：“小人们不知，多多得罪。求王老爷，千岁面前不要提起。”竟乱磕头，一连磕了几个头。王茂生说：“请起，我说结义弟兄，你不信呀，磕头无益。”巡风看来不答对，连忙袖子里拿出一封银子，送与茂生。茂生接了，放在身边。说：“发利市了。”只听里边击鼓三通，报说：“千岁出来，接王老爷。”王茂生摸不着头路，黑漆皮灯笼，冬瓜撞木钟，迎将进去。仁贵一见，叫声：“恩哥，兄弟正要差官来接，不想哥哥先到，恕兄弟失接之罪。”茂生说：“不敢。”同进银銮殿，到后堂见过了礼。茂生说：“你嫂嫂毛氏，也在外面。”吩咐打轿，有数名妇女随轿来，在外面上轿，来到后堂。这两坛酒也挑进来。仁贵夫妻拜谢哥嫂，请嫂嫂里面去。金花同毛氏来到里面不表。

再讲仁贵吩咐，将王老爷酒取上来。王茂生看见，满面通红，想道：“这不是酒，是两坛清水，不打开便好。”好似天打一般。仁贵吩咐家将，将王老爷酒打开来。家将答应，将泥潭打开一看，没有酒气，是水。禀道：“不是酒，是水。”仁贵呵呵大笑，说：“取大碗来，待本藩立饮三碗。叫作‘人生情义重，吃水也清凉’。”仁贵忙将水喝了，王茂生置身无地，看仁贵吃完水，封王茂生辕门都总管，一应大小事情，以下文武官员，俱要手本禀明王茂生，然后行事。如今王茂生一脚踏在青云里，好不快活。请程千岁相见，王茂生见了咬金，跪将下去。咬金说：“如今平辽王恩哥，就是我子侄一样，以后不必行此礼。”吩咐设酒，与哥哥贺喜。此话不表。

另回言说那传宣官到外面，对送礼人说千岁不是这里人，是东辽国人，礼物一概不收。请回，不必在此伺候。薛氏族中一闻此言，大家没兴，商议送银三千与程千岁，不知此事允否。又听得传宣官言是东辽国人，礼单一概不收，将信将疑，听得击鼓开门，接王茂生，薛雄员外说："他是卖小菜背篓子，妻子做卖婆，到开正门了接，无疑是我侄儿。我是他嫡亲叔父，怕他不认？"内中有一人姓薛名定，开言说："王小二夫妻尚然接见，叔父头顶一字，无有不见之理。"员外想起前事，懊悔不已，只得要央王茂生了。忙打点三千银子，到次日用衙门使费，央传宣官先送银子给王茂生，然后送礼单进去。传宣官说："这个使不得，王爷出令如山，不敢再禀。"巡风道："昨日王老爷得罪了他，几乎弄出事来。他是千岁的叔父，就是通报也无妨。现今王老爷得了银子，怕他则甚。"

却说王茂生是个穷人，不曾见过银子面的，今见了许多银子，心中想道："我没有这宗胆量得这注财喜，必要与程千岁商议；况且他是前辈老先生，与仁贵合得来的。"算计已定，来到咬金面前，说："程老千岁，我有句话说上达。"咬金道："茂生，你有什么话，说便了。"茂生道："那薛雄员外要认侄儿，送礼来庆贺不收；如今特地请我，送银子三千两，要我在千岁面前帮衬。我一人得不得许多银子，特来与老千岁计议。"咬金说："老王不要哄我。这银子要对分，不要私下藏过，有对会的。"茂生道："若要独吞，我不来对者千岁说了。"那番一同来见仁贵。那仁贵正在大怒，说："狗官，昨日已经发还，今日又拿礼单来。混账，要斩，要打！"传宣官在地磕头。咬金说："平辽王为何大气？"仁贵说："老柱国不知，昨日寒族来送礼，要认本藩。已经将礼单发出，不认他们这班势利小人。今日又来混禀，你道可恼不可恼。"咬金说："世态炎凉，乃是常事。如今做了王位，族中不相认，觉得量小了些。"仁贵说："这是无情无义之物，那恩哥送来水，吾也吃三碗，这官儿一定要正法。"茂生跪下说："这个使不得，要说兄弟不近人情，做了藩王，欺灭亲族，这是一定要受的。"仁贵连忙扶起，说："既承老千岁、哥哥二位指教，吩咐将礼物全收了，与我多拜上各位老爷，千岁爷改日奉谢。""是，得令！"传宣官传出外面去，那薛氏合族见收了礼，大家欢喜回家。这是仁贵明晓咬金、茂生二人在内做鬼，落得做人情，此话不表。那王茂生做了辕门都总管，冠带荣身，这些大小文武官员，那一个不奉承，个个称他王老爷，千岁言听计从，文武各官要见，必先要打关节与茂生，然后进见，足足摸了儿万余金。咬金完工复命，仁贵送程仪三千两，设酒送行。次日清晨，送出十里长亭，文武百官都送出境外，满载而归。一路风光，竟望长安而去，不必细表。

再讲风火山樊家庄樊洪海员外，对院君潘氏说："你我年纪都老了，膝下无儿，只生女儿绣花，十三年前被风火山强盗强娶，被薛仁贵擒了三盗，救了女儿。我就将绣花许配他，说投军要紧，将五色鸾带为定，一去许久，并无音信。我欲将女儿另对，后来有靠。女儿誓不重婚，终身守着薛礼，这也强他不得。若没有薛礼相救，失身于盗，终无结局，所以忍耐到今。但是老来无靠，这两天闻得三三两两说薛仁贵跨海征东，在海滩救驾有功，平了东辽，班师回朝，封为山西全省平辽王之职，上管军，下管民，文武官员，先斩后奏。手下雄兵十万，镇守绛州。前日程千岁到家中，接取护国夫人，难道忘记了我女儿不成？"院君听了大喜说："此言真的吗？"员外说："我不信，差人打绛州打听，句句是真。指望他来接到任，半月有余，不来迎接，却是为何？"院君说："员外不要想痴了，前年薛礼原说有妻子的，你对他说愿做偏房，故将鸾带为定。只有女儿嫡亲一脉，你我两副老骨头，要他埋葬，做了王府偏房，绝非辱没了你。不要执之一见，要他来接到绛州，路又不远，备些妆奁，亲送到王府，难道他见了鸾带，不收留不成？"员外点头说："此言到有理。"吩咐应客备齐嫁妆，叫了大船，一面报与小姐。绣花闻知大喜，连忙打扮，果然天姿国色，犹如月里嫦娥。打扮停当，员外取了五色鸾带，同了院君、小姐下船，一路前来竟到绛州，泊船码头。在馆驿安顿，扯起了旗："王府家眷"四字。府县闻知，忙来迎接。员外说起因由，府县官好不奉承。一同员外来到辕门，只见弓上弦，刀出鞘，扯起二面大黄旗，上书"平辽王"三字，有许多官员来往。员外心中到觉害怕，不敢向前。府县官说："你到奏事房中坐坐，待我禀知都总管王老爷，然后来见，你将写带待吾拿去。"员外将鸾带付与府县官。府县官见了，连忙来到总管房内禀明，说："樊家庄樊洪海，向年有女绣花，曾与千岁爷有婚姻之约，现有五色鸾带为定，如今亲送到此，未知是否有因。卑职们不敢擅专，求总管老爷转达千岁。"王茂生听了，说："二位请回，待本总见千岁便了。"府县官打一拱辞出，回复员外，此话不表。

单讲王茂生拿了鸾带，竟到里面见了仁贵。叫声："千岁恭喜，今有樊家庄樊洪海员外夫妻，亲送小姐到此，与兄弟成亲。"仁贵竟忘怀了，听了此言，便叫："恩哥，那一个樊员

外送小姐到此，此话从何而来？”王茂生说：“向年在樊家在降了大盗三人，员外将女绣花许配，现有五色鸾带为定，方才府县官说，果有此事吗？”仁贵低头一想：“嗄，果有其事。出去十多年，此事竟忘了。如今员外在那里？”茂生说：“大船泊在码头，员外在奏事厅相候，兄弟差人去接。”仁贵说：“我道他年远另行改嫁，到任之后，自有原配夫人，所以不在心上。今日他亲送小姐到此，难道不去接他吗？需要与夫人商议，夫人若肯收留，差官前去相接，若不收留，只好打发他们回去。”叫声：“哥哥，待我见过夫人，然后对你讲。”仁贵来到后堂，叫声：“夫人，下官有一件事，要夫人商议。”夫人说：“相公有甚言语，要与妾身商议？”仁贵说：“夫人不知，那年出门投军不遇，回来打从樊家庄经过，员外相留待饭，问起因由说是风火山强盗三人，内有一个姜兴霸，要逼他女儿成亲。我因路见不平，降了三寇。那三人见我本事高强，结为兄弟，员外竟将女儿许配与我，我彼时原说家中已有妻房，不好相允。他说救了我女儿，愿为偏房，我将鸾带为定，只道年远，自然改嫁，不料樊员外夫妻，亲送女儿到来。夫人，你道好笑不好笑，我今欲要打发他回去，夫人意下如何？”夫人说：“相公，你说哪里话来。既然定下樊小姐，员外夫妻亲送到此，岂有不接之理。就是妻子，一当姊妹相称，相公不差官去接待，妾身自去相接。”吩咐侍女们打轿，同我去接樊小姐。左右答应一声，仁贵说：“不劳夫人贵步，烦恩哥同府县官前去接便了。”王茂生带了千百户把总执事，先到秦事厅叫道：“府县官在吗？”那绛州府龙门县立起身来说：“卑职在。”“千岁有令，着你二位同我去接樊小姐。”府县答应道：“是。”员外抬头一看，这人是王小二，肩篓子的阿好阔绰，圆翅乌纱，圆领红袍，随了数十名家丁，昂昂然。员外叫声：“王茂生，你认得我吗？”茂生回转头一看，说：“是员外，小官不知，多多得罪。”茂生做生意时，常到樊家庄去买卖，所以认得。

闲话休讲，再言王府差出许多衙役，两乘大轿，丫鬟妇女，不计其数。王茂生带了兵丁千百户府县官，多有执事，员外也乘了轿子，好不闹热。一路行来，已到码头，府县官侍立两旁，然后院君上轿，随后小姐上轿，放炮三声，一路迎来。前呼后拥，百姓看者如市。来到辕门，放炮一声，开了正门，三吹三打，抬到银銮殿下轿。姊妹相见，又过来见了院君。樊小姐再三不肯，上前说：“夫人在上，贱妾樊氏拜见。”夫人见小姐一貌如花，满心大悦。说：“贤妹，何出此言。”正是姊妹相称，同拜了。选定吉日，看历本说，今日正当黄道天喜，忙唤宾相，就在后殿成亲。仁贵大悦，好一个贤德夫人，成就好事。分为东西两房，修表进京，旨下封为定国夫人，拜谢圣恩，此言不表。

次日清晨，拜见恩哥、恩嫂，请员外、院君相见。仁贵称为岳父、岳母，留在王府养老终身，受享荣华。又接柳员外夫妻到来，仁贵夫妻同了樊氏一同拜见，吩咐设宴庆贺。外面文武官都来贺喜，此话不表。再讲柳员外夫妻，在王府三日，告拜回家。仁贵夫妻再三留不住，只得送出辕门。你道柳员外夫妻为何不肯住在王府？他有万贯家财，又有儿媳侍奉，在家安享，可以过得，所以必欲回去。这樊老夫妻单生小姐，无有子媳，故靠女婿、女儿养老。薛雄员外同了合族也来贺喜，薛爷此番留进私衙，款待筵席，尽醉而散别去。来日千岁出了关防告示，不许亲族往来，恐有嫌疑人情。禁约已出，谁人敢进来困扰，就是钦差察院衙门，有了关防禁约，尚不容情出入，何况这是王府，非当小可。管下有五百多员文武，难道到不要谨密的吗。

不表仁贵山西安享之事，再说程咬金进京复旨，君臣相会，朝见已毕，朝廷自有一番言语，也不必细表。单言咬金退朝回府，有裴氏夫人接见，夫妻叙礼已毕，分宾坐定。夫人说：“相公，皇事多忙，辛苦了。”咬金笑道：“夫人有所说的，若无辛苦事，难赚世间财。方才这桩差使做着了，果然好钦差，赚了三万余金的银子，这样差使再有个把便好。”夫人亦笑着：“相公，有所说有利不可再往。你如今年纪高大，将就些罢了。”吩咐备酒接风。程铁牛过来拜见父亲，孙儿程立本也来拜见祖父，他年纪止得十三岁，到也勇力非凡。今日老夫妻同了儿孙家宴，也算十分之乐。此话不表。次日有各位公爷来相望，就是秦怀玉、罗通、段林等这一班，那徐茂公往河南赈饥去了，不在京中；尉迟恭真定府铸铜佛，也不在京。唯有魏丞相在朝，他是文官，不相往来。唯有程咬金是长辈，坐满一殿，上前相见。咬金一一答礼，程铁牛出来相陪，把平辽王事细说一遍，众小公爷相辞起身，各归府中，又有周青辈八个总兵官，一同到来问安。问起薛大哥消息，咬金道：“那平辽公好不兴头，他有两个老婆，两个丈人都有万贯家财，发迹异常，不须你们挂念。”周青对姜兴霸、李庆红、薛贤徒、王心溪、王心鹤、周文、周武说：“如今我们在长安伴驾，不大十分有兴，薛大哥在山西镇守，要老柱国到驾前奏知，保举我们往山西，一同把守，岂不是弟兄不时相叙手足之情，好不快活么。”咬金说：“好弟兄聚首，最是有兴的事。我老千岁也是过来的人，当初秦大哥在日，与三十六家弟兄猜拳吃酒，好不闹热，如今他们都成仙去了，单留我一个老不死在此，甚觉孤孤冷冷，不十分畅快，这是成人之美，老夫当得与你们方便方便。”各人大悦起身，叩谢辞去。

次日五更三点上朝，天子驾坐金銮，文武朝见已毕，传旨有事启奏，无事退班。咬金上殿俯伏，天子一见，龙颜大悦。说：“程王兄，有何奏闻？”咬金说：“老臣并无别奏，单奏周青等八总兵，愿与薛仁贵同守山西等处；就是薛仁贵欲请封柳、樊二夫人，贞静、幽娴、淑德，王茂生夫妻之义侠。”天子说：“悉依程王兄所奏。”卷帘退班，龙袖一转，驾退还宫，文武散班。咬金出朝，周青等闻知，大家不胜之喜，到衙门，收拾领凭，八个总兵官，辞王发程，文武送行，离了长安，竟到绛州王府，与薛大哥相会。王茂生奉旨实授辕门都总管，妻毛氏夫人封总管夫人；柳、樊二氏，原封护定一品贞静夫人。仁贵领众谢恩，王府备酒，弟兄畅饮，自有一番叙阔之情，不必细表。次日传令八总兵各分衙门地方镇守，自有副总、参将都司、千把等官，迎接上任，好不威武。平辽王到任之后，果然盗贼宁息，全省太平，年丰岁稔，百姓感德。正是：

圣天子百灵相助，大将军八面威风。

此回书单讲罗通定北奇功，薛仁贵跨海征东，平定大唐天下，四海升平，满门荣贵团圆，还有《薛丁山征西传》唐书再讲。诗曰：

凤舞麟生庆太平，唐王福泽最为深。每邦岁岁奇珍献，宇内时时祥瑞生。

治国魏征贤宰相，靖边薛礼小将军。英豪屡见功勋业，天赐忠良辅圣君。

说唐三传

第一回 李道宗设计害仁贵 传假旨星夜召回京

前言说到薛仁贵大小团圆，今不细述。且说程咬金进京复旨，君臣相会，朝见已毕，退出朝门，回到府中。裴氏夫人接着说："老相公辛苦了。"程咬金道："如今这个生意做着了，果然好钦差！落了有三万余金，再有个把做做便好。"老夫人道："有利不可再往。如今你年纪已高，将就些罢了。"吩咐备酒接风。程铁牛过来，拜见父亲。孙儿程千忠也来拜见祖父，他年纪止得十三岁。今日夫妻儿孙吃酒，是不必说。次日自有各公爷来相望，就是秦怀玉、罗通、段林等。徐茂公往河南赈济去了，尉迟恭在真定府铸铜佛，也不在。唯有魏丞相在朝，他是文官，不大往来，唯以程咬金是长辈，也来相见。坐满一殿，上前相见，程咬金一一答礼。程铁牛出来相见，把平辽王之事说知。众公爷辞别起身，各归府中。又有周青等八个总兵官，一同到来问安。问起薛大哥消息，程咬金道："他有两个老婆，又有女儿，兴头不过，不必挂念。"周青对姜兴霸、李庆红、薛贤徒、王心鹤、王心溪、周文、周武说："如今在长安伴驾，不大十分高兴。薛大哥在山西镇守，要老柱国到驾前奏知，保我等往山西一同把守，岂不是弟兄时常相会，操演武艺，好不快活，胜似在京拘束。"程咬金道："都在老夫身上。"周青等叩谢而出。

次日五更上朝，天子驾坐金銮，文武朝见已毕，传旨："有事启奏，无事退班。"程咬金上殿俯伏，天子一见龙颜大悦，说："程王兄有何奏闻？"程咬金奏道："老臣并无别奏，单奏周青等总兵，愿与薛仁贵同守山西全省，还要封赠樊氏夫人、王茂生等。"传旨："依王兄所奏，卷帘退班。"龙袖一转，驾退回宫。文武散班，程咬金退出朝门。周青等闻知，不胜之喜，到衙门收拾领凭。八个总兵官辞行起程，文武送行，离了长安，径到绛州，至王府与薛大哥相会。王茂生实授辕门都总管，柳氏原是护国夫人，樊氏封定国夫人。王府备酒，弟兄畅饮，自有一番言语，不必细表。

次日薛仁贵传令，八位总兵官各处镇守，以下副总、参将、都司等官，都是总兵掌管。果然仁贵到任以来，四方盗贼平息，境内太平，年岁丰稔，安乐做官，不必细述。

再说长安城中，有皇叔李道宗成清王在朝，晓得薛仁贵在山西镇守，朝廷时常赐东西，袍带、盔甲、名马等项，自不必细说。这日回到银銮殿中，想起那薛仁贵，朝廷如此隆重，执掌兵权，镇守山西，手下又有八个总兵。我只生一女，名唤鸾凤，年方十七，是元妃所生，才貌双全。意欲把他为婿，使他退了前妻，难道他不从？但是张美人与他有仇，因他将张士贵子婿五人斩首，每每对我哭哭啼啼，要报冤仇。想那薛仁贵没过失算计他，不如且回宫中，将此事劝他。算计已定，退回宫中。来到安乐宫，张妃朝见，宫娥备办筵席，李道宗朝南坐着，下首张美人相伴，彩女敬酒。酒过数巡之后，已到二更，退回内宫，与张妃安寝。成清王与朝廷只差一等，也有内监、宫娥彩女，东西两宫，殿前有指挥，一人之下，万人之尊，此话不表。

次日王爷起身梳洗，用过了早膳。张妃流泪说："父兄惨死，请千岁与贱妾复仇，杀得薛仁贵，方泄胸中之恨。"成清王道："孤家岂不知之，但仁贵朝廷十分隆重，朝廷大小爵王俱是他心腹。左丞相魏征、鲁国公程咬金在朝，圣上最听信。他无过失，难以寻他短处。倘然有反叛之心，孤家就好在圣上面前上本。如今一些响动无有，难以动手。今孤家倒有心事，我家郡主鸾凤未招佳婿，意欲招仁贵为婿，使他休了前妻。若然允了便罢，若然不允，说他欺骗亲王，强通郡主，私进长安。此节事就好摆布他了。”张妃听得呆了，心想：“这岂不让他因祸得福了？只得含糊答应，待我与张仁商议，他足智多谋，又是我赠嫁，他屡屡要报老爷之仇，愤愤不平。”于是勉强对王爷道：“千岁之言不差，也要从长计议。”王爷说：“美人之言不差。”传旨令带了兵丁出长安打猎去了。

张妃忙宣张仁。那张仁黑磅磅一张糙脸，短颈束腮，犬眼鹰鼻，颔下六摄胡须，其人刁恶多端，奸巧不过。随了张妃来到王府，成清王看他能事，凡事与他商议，言听计从。听得娘娘传宣，他头戴圆顶大帽，身穿紫绢摆开直身袍，粉底乌靴，来到宫中，口称：“娘娘，奴才叩见，不知呼唤奴才有何事干？”张妃道：“张仁，你悉知老爷、公子、姑爷都被薛贼陷害，夺了功劳。昏君听信，不念有功之臣，竟将我家满门屈杀，倒封薛贼做了王位，十分隆重。我想起来，此仇何日得报？今日千岁要把郡主招他为婚，如今想起来，此事怎样处理？故此特地唤你到来，与我定下一计，须要摆布他才好。”张仁低头一想，说：“有了。郡主又不是娘娘所生，须要……”如此如此，这般这般。张妃听了大喜，命张仁出去，候大王回来听宣伺候。

再说王爷回归府中，张妃接着王爷，又说此事，说：“千岁需要与张仁商议，他极有高见。”王爷听了，忙唤张仁。张仁听唤，来到宫中，叩头已毕，立起身来，说：“大王呼唤奴才，有何吩咐？”王爷道：“孤家有一事与你商议，但不知你主见如何？”张仁道：“千岁有什么事，说与奴才知道。”王爷道：“孤家想将郡主招薛仁贵为婿，事在万难。”如此如此……张仁道：“这不难，千岁要招仁贵，他已有二位夫人，定然不顺。莫若假传一道旨意，骗他进长安。待奴才邀到王府，他顺从便罢，若不顺从，王爷将酒灌醉，五更上本，说他私进长安，闯入王府，有谋反之心，今已擒拿，候万岁发落。凭他认了什么罪，难道万岁叔父倒弄不到仁贵不成？此计如何？”王爷听了大喜道：“张仁此计倒也绝了，公私两尽。若不成，王府宫中之事，外边也不晓得。倘不允，也报了张美人杀父之仇，摆宴饮酒。”张妃在旁极口称扬。这老头儿就该死，难道将女儿做成这勾当？当晚就在张妃宫中歇息，来朝与张仁做成旨意，差官往山西，此话不表。

再说薛仁贵在山西，太平无事，与二位夫人朝朝寒食，夜夜清明，已经一载，四方宁静。这一日正坐银銮，忽探子报进，说：“圣旨下。”仁贵吩咐快开中门，忙摆香案，接进天使。天使当殿开读：“奉天承运皇帝诏曰：朕念卿救驾之功，思念之深。朕忽有小恙，召卿来京，君臣相见一面，作速来京。钦此。”仁贵谢恩道：“我皇万岁，万岁，万万岁。”一面香案供着圣旨，一面相待天使，问：“圣恙如何？”天使道：“前回龙驾危险，如今天子幸好了，故此召平辽王进京，朝廷还有圣谕。”仁贵听了，吩咐总管王茂生：“武官各守汛地，文官不必相送。本藩连夜进京，二位夫人不必相念。君命召不俟驾而行。”即同天使上了赛风驹，离了绛州，一路星日星夜竟望长安而来。不知吉凶祸福，且听下回分解。

第二回　郡主撞死翠云宫　程咬金保救薛礼

却再讲天使，原是张仁扮的，假传圣旨。仁贵见旨上说圣上有恙，故不敢耽搁，此乃仁贵一点忠心。不多数日，来到长安，进了光大门，走近成清王府前，有一班指挥相迎，邀进了府中。仁贵不知是计，竟到银銮殿，同这假天使，朝见王爷，口称千岁。王爷见了大悦，吩咐内监办酒，邀入宫中。说：“薛平辽在山西辛苦，朝廷想念，孤家无日不思。今日来京，特备水酒与平辽王接风。”仁贵道：“承老千岁美意，但是臣未见天子，不敢从命。待见过万岁，然后领情。”王爷苦苦相留。仁贵只是不允。天使道：“大王相留，平辽王不必推却。少不得下官原要与你同去复旨，今日天色已晚，明日五更朝驾，大王也要进朝。暂且相留，却是老大王美意。”仁贵听了他劝，信其实意，上前谢了大王，然后安席。大王主位，天使同仁贵坐了侧席，仁贵告礼坐下。席中笙箫盈耳，灯烛辉煌，珍馐百味。太监上前敬酒，天使又在旁相劝，杯杯满，盏盏干。仁贵吃的是药烧酒，不好落肚的；大王与假天使吃的是平常酒，酒壶有记认的，仁贵落了他们圈套。直到三更时，仁贵吃得大醉，不省人事，睡在地下。王爷传旨：“一面撤去筵席，闲人赶出外面，然后将仁贵绑出。明日见驾

就说仁贵私进长安，闯入王府，行刺亲王，此节事就可处死他了。”张妃道：“这节事不稳，倘然朝廷问起，说怎么私进长安？他说奉旨钦召来京。天使是假的，圣旨又是假的，说闯入王府行刺亲王这节事，一发无影无踪。况且朝中鲁国公程咬金，圣上最亲密的。秦怀玉、罗通、尉迟宝林、宝庆又是他心腹。倘反坐起来，就当不起了。”王爷听了这话，目瞪口呆，忙说：“坏了！坏了！如今怎么处？”张妃道：“如今木已成舟，悔已迟了，想出一个妙计才好，还是张仁你去想来。”张仁原要王爷上当，说：“虽然娘娘虑得到。朝廷追究根由，奴才这狗命，虽万剐千刀情愿的，但是大王金枝玉叶，遭其一难，甚为可惜。”李道宗听了发抖说：“依你便怎样？”张仁道：“如今事不由己，只得如此如此。”大王无可奈何，将仁贵抬进翠云宫，放在郡主娘娘床上。郡主一看大怒，说：“父王听信妖精，将丑事做在我身上。”大哭一场，一头撞死在房中，血流满地。家人忙报知千岁。张妃好不喜欢。李道宗凄然泪下，说：“害了女儿，可恨薛礼这厮，我与他不共戴天！”忙乱了半夜，传殿前指挥，将仁贵发到廷尉司勘问。那廷尉司奉承王府，将仁贵百般拷打，昏迷不醒。乃用大刑，将锡罐盘在身上，用滚水浇进，其身犹火烧，他只是不醒。正在那里审问，郡王们多晓得了。秦怀玉听报大惊说：“反了！反了！从来没有这般刑法。若见了朝廷，自有国法，怎么私下用刑？”吩咐殿前传卫，速到廷尉司将薛爷放了，不必用刑。侍卫奉了驸马爷之命，来到廷尉司讲了。他惧怕驸马，只得放了仁贵，所以没有得到仁贵口供。

次日，太宗圣驾坐朝，文武百官朝参毕，班中闪出一位亲王。皇叔头戴闹龙冠，身穿黄袍，足下乌靴，执笏当胸，上前哭奏道：“陛下龙驾在上，老臣有事，冒奏天颜，罪该万死。”天子道：“皇叔有何事启奏？”李道宗道：“老臣只生一女，名唤鸾凤。不想薛仁贵昨自私进长安，闯入王府。老臣将酒待他，他强逼郡主为配，老臣回绝了他。不想他竟闯入翠云宫，将小女强逼。小女立志不从，他竟拿起台上端砚，当头就将小女打死。现今血流满地，尸首尚存。”说完亲手将本送上。天子听奏，龙颜大怒，又将本在龙案看过，暴跳如雷，说道：“这逆贼，行此不法之事！擅敢私离禁地，私进长安，闯入王府，竟将御妹打死。寡人不斩这贼子，埋没了萧何法律！”天子怒发冲冠，喝叫指挥：“将逆贼绑出法场枭首，前来缴旨。”指挥领旨，竟到廷尉司，将仁贵绑缚牢拴拥进朝门。仁贵还是昏迷不醒。那些众臣子一见，哪里知道曲折之事，不知仁贵犯了何罪，皇上如此大怒，立刻要把他斩首。内中又有尉迟宝林兄弟等，好似天打一般，乱箭钻心。把皇上一看，又不敢保奏。程咬金见陛下大发雷霆，又不敢救他。只见仁贵推出午门，竟望法场去了，只得闪出班来，大喊“刀下留人”。午门前指挥回头一看，是鲁国公保救，只得站住了脚。程咬金连忙跪下，说道：“陛下在上，仁贵犯了何事，龙颜如此大怒，要把他处斩？”皇上说：“程王兄不知细故。”就将此事说明，“王兄你道该斩不该斩？”咬金道：“万岁还要细问，不可斩有功之臣。”众公爷又上前俯伏保救。皇上道：“诸位王卿、御侄在此，都去问他，为何打死御妹。”秦怀玉等谢了恩，离了金阶，来到午门，见了仁贵问道：“大哥，此事因何而起？”仁贵原是不知人事、满身打坏，低了头，被两旁指挥扯定，一句话也没有。众公爷也没法，只得覆旨道：“人是打坏的了。”皇上哈哈冷笑说：“这个十恶不赦之罪，斩首有余，王兄还要保什么？”咬金看见皇上赦是一定不肯的，且保他下落天牢，另用计相救。又奏道：“他跨海征东，有十大功劳，万岁可赦其一死。”万岁道：“虽有功劳，封平辽王已报之矣，今日因奸打死御妹，朕切齿之恨，王兄且退班。”咬金没法，只得说：“陛下，他在三江越虎城滩上救驾，又在长安救了殿下，百日内两人双救驾，功盖天下。念此功劳，将他暂监天牢，百日之后处斩。”皇上听了：“准奏，以后不可再奏，恼着寡人。若有人后来保奏，一同斩首。”传旨放绑、下落天牢。文武谢恩退班。驾退回宫。

成清王回府与张妃说知：“圣上大怒，立刻处斩。因有程老头儿苦苦保救，如今下落天牢，百日之后枭首。”张妃听了流泪道：“倘有百日之后，圣上回心，又有一番赦免，怎么处？只是不能报父兄之仇。”王爷说：“美人不必悲伤，他害了我女儿，此恨难消。慢慢在圣上面前奏明，定将他处斩。”遂吩咐开丧，收拾女儿尸首。不知后事如何，且看下回分解。

第三回 薛仁贵受屈落天牢 众小儿痛打李道宗

再说仁贵下落天牢，才得苏醒，满身疼痛，对禁子道："这是那里？"禁子说："千岁你还不知。"就将如此长短一一说明。仁贵听了说："昨晚我在王府饮酒，怎么困奸打死御妹？此事没有因头，分明中了奸王之计。若无程老千岁相救，我必有杀身之祸。我府中二位夫人怎得知道？恩哥恩嫂未得报知。李道宗如此害我，不知有何冤仇。罢！罢！唯命而已。"

不表仁贵在牢中受苦，再说那一班公爷都到程千岁府商议。咬金道："侄儿们且回去，一面差人先到牢中探望，倘圣上回心就好相救了。"众公爷称是，多回府中。只有秦怀玉同了尉迟宝林进牢相望。禁子见了驸马即忙叩头，开了车门，放进二位。外面跟随之人，不容进去。秦怀玉、尉迟宝林，见里面俱是披枷带锁的囚犯。又到了一处，原是干净一个房子。狱官出来跪接。二人吩咐："你且回避，不要伺候。薛爷在那儿？"回禀在那里面。二人走进，一看仁贵身上刑具，实是伤心，叫声："哥哥，为何受了这般苦楚？"仁贵抬头一看，见了二位，便大哭说道："兄弟，愚兄有不白之冤，要与兄弟讲明。"立起身来见礼，拜谢救命之恩。二人说："哥哥不必如此，你且讲来。"仁贵把天使钦召进京，王夜相留饮酒，以后之事，并不晓得。秦怀玉道："你中了奸王之计。张士贵之女与李道宗为妃，恨你杀了他父兄，他在奸王面前做成圈套。圣上有甚小恙，那里有天使相召？他是将女儿逼死，陷害你强奸郡主，将砚打死。圣上龙颜大怒，竟无宽赦。程叔父保救一百天，倘圣上回心，我等保救出狱。"仁贵道："二位哥哥，不消费心，君要臣死，不得不死。奸王将女儿污吾，圣上岂不大怒。吾若一死，赴到阴司，决不饶他。烦致谢程老柱国，我薛礼生不能补报，来生犬马相报。"秦怀玉说："哥哥何出此言！"

再说那张仁，打听得驸马公爷在监相望，报知千岁。道宗听了大怒，忙差人到监中禁约，一面抱本上殿奏知。天子传旨："差指挥到天牢，说薛仁贵是钦犯。若有人到监，统统与本犯一起治罪。"狱官接旨开读，秦尉二位无奈，只得出监回府。从此监牢紧闭，牢不通风。就是罗通等到来相望，也不能够了，只得差人暗暗送饭。王爷又晓得了，对张仁说："如今怎么摆布他？"张仁说："千岁，他同党甚多，那里绝得米粮！若要绝的，只要大王亲驾守住牢门，不容人送饭。十天之外，绝了他的食，就饿死了。况且他斗米一餐，那里挨得三天。愿王爷明日就去。"道宗听了大喜，张妃又在旁撺掇。果然次日道宗带了家将，竟到监门守住，十分严密。禁子那里用得情来，如此守了一天，次日又到临门把守严密，差人守住牢中，禁子不许进内送饭，候王爷查明，十分紧急。

秦怀玉闻知了十分着急，无计相救。怀玉正在着急，报说罗千岁等到来相望。怀玉接进殿前，有罗通、尉迟宝林、宝庆、段林、程铁牛等，坐满一殿。罗通开言说："薛大哥此事，如今怎样相救？"宝林道："如今绝食要饿死的，我们无计可施，特来与大哥商议。"程铁牛道："我家老头儿也无主意。"怀玉说："圣上十分不悦，皇叔做了对头，如今绝了食，要饿死了。待进了食，然后另寻别计，就好做了。如今奸王守卫监门，那里容得进去！这便如此是好？"大家在殿上议论纷纷，不能一决。只见殿后走出一个小厮，年八九岁，满身丽华，面如满月，鼻若悬胆，还是光着头儿。来到殿前，对着众人说："伯父叔叔，要救薛伯父，待侄儿救他，使他不能绝食。"怀玉听了大喝道："小畜生还不进去，满殿伯叔，俱不能有计，要你出来胡说！"小厮他却不走，对着怀玉说："爹爹不依，看你众人怎么救法。"笑了一声，走进去了。那罗通说："此子何人？"怀玉说："不瞒诸位兄弟说，小弟有两个孩子，一个名唤秦汉，年纪三岁时，在花园玩耍，被大风刮去，至今并无下落，公主十分苦楚。方是二小儿，名唤秦梦，才年八岁，公主爱惜如珍。小弟只有此子，方才出来无礼，兄弟们莫怪。"众人道："原来是侄儿，年少如此高见，后来必成大器。"怀玉道："不敢。"

再说秦梦出了后门，吩咐家将，请各府小将军，罗章、尉迟青山、程千忠、段仁等，都是八九岁，平日嬉游惯的，有十多个，闻得秦梦相请，都到秦府后门，见了秦梦说："二哥，今日呼唤吾等到来，向那儿玩耍？"秦梦道："兄弟们，吾有一事，要与你们同去。"将薛伯父如此长短，要去打那皇叔之事一说。小英雄听了高兴说："快快吩咐家将，不必随从。"兴兴头头来到监门，果然道宗见了这般小厮说："此是什么所在，擅敢来探！"吩咐手下打开。这班小英雄听见来捉，倒也乖巧，忙动手，见一个打一个，打得那些王府家将，头青脸肿，没命地跑了。剩得李道宗，被秦梦当胸一把扭住，面上巴掌乱打，胡须扯去一半，小拳头将皇叔满身打坏，跌倒在地，只叫饶命。秦梦道："今日才认得秦小爷。"恐防打死了，弄出事来，说："饶了你老狗头罢。"这道宗好象落汤鸡。又见罗章等将车轮轿伞都打得粉碎，说："兄弟们去罢。"打得这模样回去，各自回府。

再说那李道宗爬起身来，满身疼痛，胡须不见了一大半，黄冠蟒袍扯得粉碎，乌鞭劈断，忙唤家将。只见那些家丁一个个犹如杀败了的公鸡，强了头颈，俱喊疼痛。道法骂道："狗才！为何都躲过了？看见孤家被人打得这个模样，回去处死了你们！"家将道："大王不看见么，小人们被他都打坏了，性命都不保。这般人年纪虽小，力大无穷，小人才动得手，被他一举一脚，那里当得起。"李道宗道："如今不必讲了。为首的是秦怀玉之子，我明日上本奏他，如今轿伞都打碎了，就扶我回府去罢。"家将忙扶了王爷回府，与张仁商议，连夜修成本章，待五更上朝，奏明圣上。不知后事如何，且看下回分解。

第四回　薛仁贵天牢受苦　王茂生义重如山

再说秦梦回至后门，心生一计，将鼻子一拍，又将三角石头将头磕破，满面流血，大哭进房，见了公主哭倒在地。公主看见忙问："孩儿被何人打得这般？说与母知。"秦梦道："孩儿被李道宗打坏。"公主听了，柳眉倒立，信以为真，便吩咐摆驾。内侍、宫娥依旨。公主上了金銮，带着宫娥、宫监出了后门。进了后宰门，来到保身殿。见了长孙娘娘，朝拜已毕，皇后传旨平身。公主谢了恩，立起身来，金墩坐下。长孙娘娘说："公主女儿，又不宣召来到，必有缘故。"公主禀说："那皇叔十分无礼。外孙年少，偶然走到车门，只见皇叔在那儿把守，竟唤家将把外孙打坏。特来奏明父王。女儿况且只生一子，念他祖父、父亲，要与孩儿出气。倘若死了，要李道宗偿命的。"唤秦梦过来，拜见娘娘。秦梦见了皇后大哭。娘娘看见外孙儿被打得头破血流，十分爱惜，说："孙儿不必如此悲泪，外祖母都晓得了。"正在那儿讲，忽报驾到，长孙娘娘与公主俯伏接驾。天子问道："御妻，为何皇儿也在这儿？"公主奏道："父王，孩儿被人打伤，特来奏知。"万岁道："皇儿乃朕的外孙，那个敢打？"公主说："我儿过来，朝皇外祖。"秦梦年小伶俐，见了万岁，啼啼哭哭上前来奏说："孙儿出外游玩。偶然在监门经过，闻得薛伯父在监，看一看，只见成清王守住监门，要绝他的食。这也罢了，竟将孙儿毒打，要将吾拿去处死。亏了孙儿逃得回来，奏明皇外祖。"圣上看了，果然有伤。公主又奏道："他祖父秦叔宝东荡西除，打成唐朝世界，就是驸马也有一番功劳，望父皇做主。"万岁道："甥儿你总会生事，所以有这番缘故。"公主又奏道："父皇，看孙儿年纪才八岁，皇叔居尊上。难道小童打了老的不成？"长孙皇后又在旁边帮忙说："果然不差。八岁的小孩，难道倒打了皇叔？"圣上说："知道了。"一声传旨："退宫与皇儿解愁。"命左右置酒在宫宴饮。

再说贞观天子五更三点，景阳钟撞，龙凤鼓敲，珠帘高卷。底下文武朝见已毕，谢恩退班。只见班中闪出一位大臣，当殿跪下，奏道："臣成清王李道宗有本奏明。"万岁道："奏来。"成清王奏道："秦怀玉纵子秦梦将老臣毒打，胡须扯去大半，蟒袍扯碎，遍身打坏。还有行凶多人，要万岁究出处治。"圣上一看，果然皇叔胡子稀稀朗朗，面上俱是伤痕，蟒袍东挂一片，西挂一片。朝廷因昨日公主先已奏明，是晓得的，开言叫声："皇叔，你在那儿被秦梦打的？秦梦年方八岁，倒来打你，毕竟在外多事。"李道宗道："老臣不过在天牢门首经过，被他殴打，万望圣上详夺。"朝廷道："姑念你皇叔，不来罪你。你守着监门，要绝仁贵的食，而朝廷自有国法，百日之内少不得偿御妹之命。本也不必看了，拿去！"竟丢了下来，天子龙袖一卷，驾退回宫，文武散班。只有李道宗满面羞惭，被秦梦打了，还被圣上道他不是，只得闷闷回去。

再说怀玉这一班在朝看见李道宗抱本上殿，只见他唇上胡须都不见了，满脸青仲，一

双眼睛合了缝，奏出许多事来。众人都捏把汗，听得圣上不准，才放下心。一齐来到秦府，差人到监门打听，果然不差。就密密与禁子商议，暗暗送饭。这仁贵如今有命了，差人回复驸马，秦怀玉等欢喜，秦梦走出外面，来到殿上，见了这诸位，叫声："伯父叔父，倘没我，薛伯父真要饿死。"秦怀玉道："畜生！几乎弄来事来，皇叔是打得的吗？倘打死了，为父的性命活不成了。"秦梦道："孩儿打他不是致命处！要打死他有什么难处。"罗通道："果然侄儿主意不差。"秦梦道："罗叔父说的极是，我去也。"就往里头去了。秦梦伤是外伤，头是自己砍伤的，停了一天就好了。再说银銮殿上，这班公卿称扬秦梦，商议要救仁贵，无计可施，只得各自回府，慢慢地与程伯父计较。

且讲仁贵进京时，家将跟随，见王府邀进。家将在外闻了这个消息，耽搁了数天，有程千岁保救，下落天牢中，连夜回到山西，报知王茂生，如此长短，一一说了。王茂生大惊，忙进后堂报与二位夫人听了，昏倒在地。樊员外忙来相劝，扶起柳氏夫人。王茂生说："二位夫人不必悲伤，如今我要赶到京中与奸王拼一拼。"换了青衣小帽，带了盘缠，吩咐妻子："好生伺候二位夫人，防奸王又生别计，来拿家小。"员外道："此刻不必费心，朝中大臣自有公论，绝无有累家属。王官人放心。"茂生含泪别了二位夫人，竟上长安，端正告御状不表。

再言八位总兵，晓得这个消息，也无可奈何，只俱暗差人来京打听。王茂生一路风惨雨凄，到了长安，进了这光大门。又走了数里，只见前面喝道之声，乃是程老千岁朝罢回来，乘了八人大轿，一路下来。看见王茂生乃认得的。命左右唤他到府中来。左右领命，上前唤王茂生先到府中。咬金回府，到后堂唤王茂生进来问道："你来京做什么？"王茂生见了咬金叩头说道："老千岁，我是一个小人，明日朝中告御状，就死也罢。况且我兄弟正人君子，不做这样污行。奸王听信张妃，将女儿陷害。圣上不明，反将有功之臣处斩，此理不明。明日与奸王拼命。"咬金说："我都知道，朝中多少公侯，尚不能救他，御状切不可告。倘动了圣怒，你的性命难保，平辽王反要加罪了。且到监中望兄弟，待吾寻计相救就是了。"茂生听了，谢了千岁。如今是午饭时候，同了众将竟往天牢。禁子不肯放进茂生，茂生多将银子相送，然后进监，与仁贵相会，抱头大哭，言讲了半日。禁子催促起行，无奈回到程府。明日又到牢中送饭。天天如此，程咬金想：这一百日能有几天，倘然到了日期，焉能保救？吾一面修书二封，差人往汉阳府报知徐大哥，真定府报知老黑，待他二人到来，就好相救了。

不表差人望二处投递，却说英国公徐茂公在那儿救饥，一见来书，要去保救薛仁贵的事，他晓得阴阳，算定薛仁贵有三年牢狱之灾，早了救不得，忙回书付原人带回。差人接了回书，竟到长安。来到府中，咬金接了忙取回来打开一看，书上说："朝中现有魏大哥同众兄弟还可相救，要我无用。"竟回绝了。咬金说："坏了！坏了！"怀玉道："老叔不必着忙，还有尉迟老叔到来，就可有救了。"又等了数天，尉迟恭不到，好生着急。为何尉迟恭不到？如今一百日相近，故此着急。汉阳府是旱路多，水路少，来得快。真定府是水路多，旱路少，来得慢。尉迟恭何日到来？救得成救不成，且看下回分解。

第五回　薛仁贵绑赴法场　尉迟恭鞭断归天

再讲尉迟恭奉旨在真定府铸铜佛，还未完工。看了咬金来书，十分震怒。忙将公事交与督工官，带了从人，不分星夜，竟往长安。来到府中，二位公子，同了黑白二位夫人接着。尉迟恭问起情由，宝林、宝庆就将事长事短说明。老千岁一闻此言大怒，说："哪有此事！圣上昏迷，忘了有功之臣。罢了！我明日进朝，先要扳倒奸王，必要救出仁贵。如不然有打王鞭在此。"等不到五更，三更就上朝了。二位爵主相随来到朝房，百官还未到。黄门官听报虢国公尉迟老千岁上朝来，吩咐开了午门。老千岁来到朝房坐定。不多一刻，百官都到了，上前参见。鲁国公程咬金、驸马秦怀玉并那殿下罗通一班小公爷都到了，上前参见。程千岁叫声："尉迟千岁，来得正好。仁贵受了奸王屈陷，吾保救监牢中一百天。如今限期将满，要你相救。"尉迟恭说："老千岁，某家特为此事，星夜赶回。吾今日

上朝，少不得与圣上奏明，无有不赦之理。”那倒运的奸王也在朝房，听得此言，忙出来到尉迟恭面前，叫声：“黑匹夫，薛贼犯了大罪，你在此胡言乱语。”尉迟恭一见李道宗，怒从心头起，恶向胆边生，喝声：“奸王，唐朝哪有你这不争气的！自己亲生女儿，将奸情污他，羞也不羞？还有何颜立在朝房，还不回去。”李道宗听了这番羞辱，心中大怒，说：“黑贼！你擅敢得罪亲王，罪该万死！少不得要凌剐你。”尉迟恭听了说：“你剐我，我先挖你这双眼睛看看。”李道宗看见，就把袍袖一遮，把头一仰。尉迟恭两个指头要挖他眼睛，他袍袖长大，竟将他两个门牙捺落了，满口鲜血，疼痛不过，说：“反了！反了！黑厮擅打亲王。打落门牙，与你一齐面君再说。”尉迟恭原是莽夫，见道宗满口流血，倒着了急。程咬金说：“果然打亲王，老臣见的。大王快将牙齿给我做贼证，少不得上朝要见驾，老臣是个见证。”李道宗只道他好意，就忙将两个门牙交与咬金。咬金拿来，竟往朝门外抛了去，无影无踪。皇叔见了说：“你们这班都是一党，将吾门牙抛那儿去了？拿来还我！少不得面君。”咬金哈哈大笑道：“大王你进朝门，年纪高大，性急了，跌落了门牙，与老黑什么相干？”尉迟恭看见程咬金丢了门牙，他就胆大了，说：“你自己性急跌落门牙，不要来欺诈。”李道宗听了一发大怒说：“打脱了我门牙，倒来说反话。”咬金对文武百官道：“那大王方才进朝，自己跌落了这个门牙，你们都看见了吗？”百官听了也不好说跌，也不好说不跌，只把头点点。咬金道：“自己跌了下来，倒来诈人！”

只听净鞭三声，驾坐早朝。文武朝见，山呼已毕，退班就位。只见虢国公当殿见驾。圣上一见，龙颜大悦，说：“朕久不见卿，想是完了工，前来缴旨吗？”尉迟恭上前奏道：“完工尚未。久不见龙颜，老臣前来，有表上奏朝廷。”下面成清王李道宗，见他要保救仁贵，倘圣上准了怎么处？只得也上金阶奏道：“尉迟恭不奉圣旨，私进长安，在朝房擅打亲王，将老臣打落两个门牙，望万岁处治。”尉迟恭奏道：“皇叔进朝房时跌下马来，撞落门牙，现有文武百官、鲁国公程咬金等都见的。”圣上听了半信半疑，宣鲁国公上殿。咬金走上金阶，跪下俯伏。圣上说：“王兄，此事如何？”咬金奏道：“皇叔进朝性急，年纪高大，在马上跌下来，偶然跌落门牙是真的。”万岁听了此言，低头一想，说：“皇叔退班。”李道宗又吃了一番大亏，只得退在班中。朝廷细看了尉迟恭本章，说：“尉迟王兄，薛仁贵因奸不从，打死御妹，朕甚可恨。曾降旨，若有保救者，与本犯同罪。王兄与朕患难相从，焉肯舍卿。”传旨：“殿前指挥，速取牢中薛仁贵，午时三刻处斩，前来缴旨。”指挥奉旨，往牢中将仁贵绑缚停当，送往法场去了。王茂生一见大哭，到法场活祭。

再言尉迟恭听见本章不准，反将仁贵绑赴法场，吩咐左右抬鞭来。左右忙将鞭取过，尉迟恭接了忙上金阶说：“圣上既不准老臣之言，为何又将仁贵立刻斩首？这鞭乃先皇所赐，有几行字在上，求万岁龙目亲看。”天子只做不听得，传旨驾退回宫。尉迟恭好不着急，难道为臣子的，拿起鞭来打君王不成？没有此理。尉迟恭没法可施，在万岁后面，一路随了，口中大叫说：“万岁要赦薛仁贵的罪。”朝廷进了止禁门，将门闭上，要进里头不得了。尉迟恭没法可施，只得对着门上高叫：“薛仁贵有十大功劳，征东血战十二载，海滩上又有救驾之功，万望万岁准老臣之言，放了薛仁贵，不然有功之臣心中不服。老臣冒奏天颜，伏乞圣恩宽赦。”忽内监传圣上有旨：“薛仁贵犯了十恶，罪在不赦。老千岁不必苦奏，少不得明日早朝讲明此事。”尉迟恭听得此言，心中大怒，说：“此鞭是先君所赐，上打昏君，下打奸臣。善求不如恶求，只得用强了。”叫道：“昏君，听了奸臣，当真不赦？”内使说：“圣旨已出，不能挽回。老千岁回府去罢。”尉迟恭见难以保救，“且待吾打进宫门，与昏君性命相拼，必要救仁贵性命。如不然，难在朝中见人。”拿起竹节钢鞭，对着止禁门一鞭，听得一声响，那鞭分为十八段。尉迟恭大惊说：“不好了，当日师父有言说：鞭在人在，鞭亡人亡。”再看门上，写着“止禁门”，说道：“宫中止禁门，任你什么大臣，不奉宣召，不准到这儿。倘无宣召到此，就要斩首。我倚仗着这条鞭。如今断了鞭，焉能得出去？也罢，性命难保了！”对着止禁门说：“老臣苦苦来奏，万岁只是不准。念臣相随多年，效忠报国，如今就此拜别了。”向止禁门拜了二十四拜，立起身来，将头向着止禁门一撞，血流满地，竟死在门下。内宫圣上闻知，将止禁门开了。圣上一听说：“王兄何苦如此？”心中十分苦楚，龙目滔滔下泪。传旨鲁国公程咬金、尉迟宝林兄弟。他三人原在外面打听，闻听传旨，急忙进宫，看见尉迟恭撞死，俱大哭。圣上说：“御侄不必悲伤，就在止禁门首开丧，文武挂孝，以报王兄尉迟开国之功。”宝林兄弟谢恩。程咬金奏道：“尉迟恭保薛仁贵，将性

命来换。念他征东救驾之功，独马单鞭救王之功，望万岁将仁贵还禁监中，至来年秋后处斩。”朝廷听了，龙首一点，传旨：“将薛仁贵仍下天牢。”圣旨一下，刽子手就放了绑。王茂生扶了薛仁贵，复进天牢。仁贵到监牢中，晓得尉迟恭身死，放声大哭，说：“尉老呵，你今为了区区，将身惨死，吾好痛心。”茂生再三劝慰。不知后来如何，且看下回分解。

第六回 徐茂公回朝救仁贵 苏宝同遣使下番书

再说那宫中，朝廷亲自祭奠，文武百官、皇亲国戚都来祭奠。三日之后出殡，在朝文武俱来相送，一路素车白马。安葬已毕，兄弟谢了圣旨，复谢百官。朝廷降旨：封宝林荫袭父爵虢国公，宝庆封陈国公，尉迟号怀封平阳总兵。黑白二夫人见老相公身死大哭，蒙圣恩御祭御葬，又封了三位儿子，感念圣恩，在家守孝。

朝中无事，太平天下，不知不觉，又是一年了。到了秋后，万岁驾坐早朝，文武朝见已毕，圣上对程咬金说：“如今没得说了。”咬金无可奈何，不能保救，下边秦、罗、尉迟等，好似雷打相同，都不敢出来保救，面面相觑。圣上即降旨：“将仁贵绑出法场斩首，报来缴旨。”旨意已出，竟将仁贵绑缚去了。合当有救，却好徐茂公汉阳府救饥完工，前来缴旨。正见法场处决仁贵，茂公说：“刀下留人！”指挥见了英国公徐千岁，怎敢动手。徐茂公来到殿上，俯伏金阶覆旨。圣上看见徐茂公，龙心不胜之喜，说：“先生在湖庆救饥，想是完毕了，百姓如何？”徐茂公奏说：“湖庆汉阳府前年大荒，蒙万岁洪恩，救活了数百万百姓。今年麦熟，百姓就好活了。如今来覆旨。老臣来朝，见法场处决薛平辽，已请刀下留人，欲求保薛仁贵。”万岁道：“他犯了十恶不赦之罪，朕旨意今日一定要斩，先生你不必再管他。”徐茂公奏说：“老臣亦奉旨要救薛仁贵。”万岁道：“徐先生痴了，只有寡人的旨意，那个做得朕的旨意？”徐茂公说：“万岁三年前已降过旨意，老臣是奉旨的。”圣上说：“先生一发荒唐了。三年之前，那儿有什么旨意？”徐茂公说：“万岁前年在东辽三江越虎城外打猎，老臣奏明要遇见应梦贤臣，但这人福浅，早见不得君主，还要得三年之后。望陛下不见他。过了三年，班师到京，见他尚未为晚。就是圣上金口玉言说，‘早见朕三年，难道他还要折寿？’臣说：‘寿倒也不折，只怕有三年牢狱之灾。’万岁说：‘卿益发糊涂了，这牢狱之苦只有寡人做主，那个监得他在牢！如今朕发心要见，虽然应梦贤臣，将来犯了十恶大罪，寡人只将功折罪，并不把他下在天牢。’老臣又奏道：‘万岁金口玉言说在此的，后来薛仁贵有什么违条犯法之罪，求陛下要赦的。’蒙吾主金口说：‘自然放他。’故此，老臣今日是奉三年前万岁的旨意。”贞观天子听了，龙首点头说：“先生主意怎么样？”徐茂公说：“如今仍将薛仁贵发下天牢，明年秋后处决。”天子说：“依先生所奏。”传旨放绑，仍落牢中矣。万岁龙袖一卷，驾退入宫。

程咬金这一班公爷，今朝见要斩仁贵，恨不能保救。今见徐茂公上朝，欢喜不过，料是一定放的，不道又下天牢。众人不解，程咬金上前叫声：“二哥久违了。方才圣上倒有心赦宥，二哥为何又发天牢？”徐茂公说：“兄弟你不知，天数已定，他命中注定有三年牢狱之灾，就早出来也没路的。圣上终久疑心，另寻别事斩他。明年欢欢喜喜出来，岂不妙哉！”程咬金等大不悦，各自回府。

光阴似箭，日月如梭，不觉一年相近了。再讲西番哈迷国，有一元帅，是苏定方之孙、苏凤之子苏宝同，国王封他为扫唐灭寇大元帅，坐镇锁阳城，与陕西交界。他差使臣来到

长安。此日万岁驾登早朝,有黄门官启奏说:"有西凉国差官朝见。"天子说:"宣进来。"使臣来到金阶,俯伏奏道:"番邦使臣杨魁叩见。愿天朝圣主万寿无疆。今有番表一道,献与龙日观看。"朝廷说:"什么表章?取上来。"杨魁把本一呈,接本官呈上龙案开拆,龙目一看,有数行字在上面写着:

扫唐灭寇苏元帅,三世冤冤要报仇。手下雄兵千百万,要灭唐朝尽九州。

战书到日休害怕,不夺长安誓不休。若要我邦不兴兵,唐主称臣自低头。

唐太宗一见番表,不觉龙颜大怒,说道:"罢了!罢了!那些蝼蚁之禽,如此无礼。苏宝同无知小人,也来欺负寡人。过来,把使臣斩首午门,前来缴旨。"两旁一声答应,将使臣绑赴午门,一声炮响,斩了首级,上朝去缴旨。两班文武官不解其意,徐茂公出班说:"陛下龙驾在上,西番国王表章上说了些什么,万岁龙颜如此大怒?为何把使臣斩首?"太宗道:徐先生,你拿表去看便知明白。"徐茂公上前,取过表章。一看,果然无礼。说:"天朝反惧番邦?今斩了来使,恐妨有争战,不比扫北征东容易。"太宗说:"苏宝同何等样人,这般利害?先生讲个明白。"徐茂公说:"苏宝同乃是苏定方子孙,苏凤逃入番邦,生下一男一女,男名宝同,国王招为驸马,女唤锦莲,纳为后妃。今宝同父已死,宝同有飞刀二十四把,一纵长虹三千里。手下有妖僧妖道,都是吹毛变虎之人,撒豆成兵之将。他镇守锁阳城,和陕西交界。他晓得杀了使臣,必然乘势出兵前来,怎生拒敌?不如先起兵征讨。"太宗说:"朕主意已定,谁人挂印征西?"连问数声,无人答应。太宗问徐茂公,道:"先生,如今那个为帅?"徐茂公说:"征西还是征东将。"圣上说:"先生又来了,征东是薛仁贵,难道又是他不成?"徐茂公说:"还是应梦贤臣。"圣上龙首一点,"如今用兵之际,待他立功赎罪。"传旨意一道,速往天牢赦出薛仁贵,封为天下都招讨、九州四郡兵马大将军、挂印征西大元帅。天使来到天牢开读,仁贵也不谢恩,也不受旨。天使回殿覆旨。天子问道:"薛仁贵不肯受旨,情愿受死。怎么处?"徐茂公说:"他受三年苦处,心不甘服。要万岁赐他尚方宝剑,倘若有文武不从,先斩后奏,必然肯受招的。"圣上依议,就将尚方宝剑交付与天使到了天牢开读。仁贵说:"只要成清王到牢中,同我到万岁驾前奏明冤情,三年受苦,三赴法场。如皇叔不到,臣愿受死。"天使只得又将此言奏明,呈上听了,宣皇叔成清王到。皇叔忙跪伏金阶奏道:"老臣不往牢中去了,他今拿了兵权生杀之柄,倘有羞辱,老臣性命难保了。望圣上恩宥。"天子想想也是。程咬金见圣上不决,只得上前说:"老臣前去宣仁贵,不怕他不受圣旨。"天子闻言说:"程王兄此去,必然薛仁贵前来。"程咬金接了圣旨,竟往天牢。开读已毕,仁贵谢了恩,对咬金说:"老柱国,你晓得晚生受奸王哄骗,三年受牢狱之苦,必要杀他祭旗,以泄此恨。"咬金说:"平辽公只都在老夫身上,包你祭旗。"仁贵说:"老柱国担当定吗?"程咬金说:"担当得的。"二人出了监门,有左右请换了袍甲,上马竟入朝来。不比前番三次上法场,如今大不相同,兵将跟随,文武簇拥,昂昂然来到金阶俯伏,口称:罪臣薛仁贵,蒙吾主不斩之恩,又封为元帅,愿吾主万岁、万岁、万万岁。"圣上道:"赐薛王兄平身。"当殿披挂征西大元帅,钦赐御酒三杯,仁贵谢恩。如今重做元帅,心中欢悦不过。底下武职官一个个上前恭见,仁贵说:"明日相见。"圣主赐宴金銮殿,众小公爷、驸马秦怀玉、罗通等陪。仁贵及各兄弟饮酒,庆贺今日相逢,欢喜不尽。饮至三更,各自回府。次日五更坐朝,天子命大元帅薛仁贵在教场之内,自团营总兵官及大小三军武职们等操演半个月,演好武艺,然后就此发兵。仁贵领陛下旨意,出了午门,来到元帅府,此话不表,未知后事究竟如何,且听下回分解。

第七回 唐天子御驾征西 薛仁贵重新拜帅

话说徐茂公在朝奏说:"万岁,西番不比东辽,那些鞑囚一个个都是能人,利害不过,必须要御驾亲征总好。"圣上说:"先生,苏宝同这厮朕甚痛恨,必要活擒拿来碎剐,方称朕心,以泄此忿。不然朕不放心。"茂公说道:"这个自然。"一面降旨意着户部催促各路粮米,户部领旨。圣上把龙袖一转,驾退回宫。明日清晨,薛仁贵打发哥哥王茂生往山西绛州安慰二位夫人,并告知几位总兵,周青等叫他操演三军,不日调用。此话不表。

再言仁贵打发王茂生回去，自家在教场中操演三军。圣上忙乱纷纷降许多旨意，专等薛仁贵演熟三军，就要选定吉日，兴兵前去征西。不想过了半月，仁贵上金殿奏："臣三军已操演得精熟的了，万岁几时发兵？"圣上说："徐先生已选定在明日起兵，请王兄回府筹备周密，明日就要发兵了。"仁贵领了旨意，退回帅府，另有一番忙碌。这如今各府公爷，都是当心办事。到了明日五更三点，驾登龙位，只有文官在一班了，武将都在教场内。有大元帅薛仁贵戎装上殿，当驾官堂前棒过帅印交与元帅。皇上御手亲赐三杯酒，仁贵饮了，谢恩退出午门，上了赛风驹，竟往教场来了。先有众公爷在那儿候接，都是戎装披挂，挂剑悬鞭。这一班公爷上前说："元帅在上，末将们在此候接。"薛仁贵说："诸位兄弟、将军，何劳远迎。随本帅上教场内来。"诸位国公、驸马秦怀玉等，同元帅来到教场中，只见团营总兵官，同游击、千把总、参将、百户、都司、守备等这一班武职们，都是金盔银铠，跪接元帅。仁贵吩咐站定教场两旁。教场中三军齐齐跪下，迎帅爷登了帐，点明队伍，共起兵三十万。大队人马，秦怀玉为先锋，带一万人马，须过关斩将、遇水成桥。此去西番，不比东辽，这些鞑囚甚是骁勇，一到边关，停兵候本帅大兵到了，然后开兵打仗。若然私自开兵，本帅一到，就要问罪。秦怀玉得令，好不威风，头戴白银盔，身穿白银甲，内衬皂罗袍，腰挂昆仑剑，左悬弓，右插箭，手执提罗枪，跨上呼雷豹。尉迟兄弟为左右接应；段林护送粮草；程铁牛、段滕贤为保驾。

鲁国公程咬金、英国公徐茂公同了天子在金銮殿降旨：命左丞相魏征料理国家之事；命殿下李治权掌朝纲。天子降旨已毕，然后同了鲁国公、英国公出了午门，上了日月骕骦，一竟来到教场。有元帅薛仁贵接到御营，即刻杀牛羊祭了旗。元帅对程咬金说："老柱国，晚生前日有言，要将李道宗祭旗，老柱国一力担当。如今皇叔不来，晚生承老千岁屡屡相救，不曾报得。今日论国法，要借重老先生一替了。"咬金听了大惊说："借不得的，待我去拿来罢。"走出帅营，心中想道："王爷怎么拿得？"拿了令箭一枝，传先锋秦怀玉。驸马说："老叔父有何使命？"咬金说："贤侄，如今不好了。李道宗不到，要将吾祭旗。你到王府，且不可拿他，若先拿他，定不出来，只说奉旨点了先锋，特来辞行。骗他来到银銮殿，叫人拿住。捉了他来，交与元帅，吾就没事了。"驸马依言，来到王府。叫人通报说："驸马爷做了先锋，要去西征，特来辞行。"家将报进，对王爷说了，李道宗想道："秦驸马乃朝廷爱婿，倒来辞行，难道不去见他？"命左右请驸马进来。果然秦怀玉下马，来到银銮，李道宗出来相迎。秦怀玉一见李道宗大喜，命左右："与我拿下！"王爷说："为何前来拿我？"驸马说："圣上在教场，命吾来请你去商议。"竟带了李道宗，出了王府，直往教场而来。那个倒运的张仁，看见王爷被带去，也跟到教场内来了。程咬金一见大喜说："贤侄之功不小，救了老夫性命。"天子同元帅在演武厅，仁贵一见李道宗身边的张仁，就是假传圣旨的，命左右："速拿李王爷身边长大汉子、大顶凉帽的人，给我拿来。"左右一声答应，忙将张仁拿上将台。薛元帅奏道："假传圣旨，哄进长安，骗入王府，都是这人，望圣上必须究问。"天子道："你叫什么名字，为何把元帅骗入长安？此节事情你从头讲来。说得不明，快取刀伺候。"张仁吓得魂不在身，口中说道："没有此事，小人从来不认得元帅，冤枉的。"元帅奏说："不用刑法，焉能得招？"天子传旨："取箍头带上！"张仁一上脑箍，口中大叫说："小人愿招。小人是张娘娘赠嫁，来到王府，蒙王爷另眼相待。后来太爷父子都被元帅斩首，娘娘十分怨恨，用计假传圣旨，将元帅召进，用酒灌醉，抬入郡主宫中。郡主畏羞，撞阶而死。求圣恩绕小人狗命。"天子听了，龙颜大怒，说："有这等事！倒害了元帅三年受苦，朕悔无及。"命指挥斩首报来。一声答应，将张仁绑出法场斩首。又传旨将张妃白绫绞死。圣上再对薛仁贵说："元帅如今屈事已清，张仁处斩，张妃绞死。但皇叔年纪老了，做事糊涂，倒害了御妹，如今又无世子，看朕之面，免其一死。"薛仁贵说："只要万岁心下明白，晓得臣冤屈，也就罢了。"程咬金听得说："不好，不好。仁贵做了王位，尚且被他算计，死中得活；想起来我乃是国公，也被他算计，就当不起了，必须斩草除根为妙。"忙上奏道："皇叔不死，元帅征西恐不肯尽命去拿苏宝同。"皇上听得此言心想："朕深恨番邦，要活拿苏贼。如元帅不肯用心，如之奈何？"只得说："王兄所言不差，但天子无有杀皇叔之理。"程咬金说："这不难，如今诈将皇叔放入瓮中闷死。待今日起了兵，明日差人暗暗放他出来，岂不公私两全。"圣上说："如今那里得有一个大瓮来？"咬金说："长安城中有一古寺叫玄明寺，大殿上有一口大钟，倒也宽大，将皇叔放在当中。"圣上就依议。程咬金

谢了恩，带了李道宗，竟到玄明寺。看了那大殿上是汉铸的一口钟，倒在地下，钟架子是烂掉了。叫许多军士将钟抬起，请皇叔坐在当中。李道宗懊悔，不该听了张妃。如今是奉旨的，倘皇天有眼，等他去了，还有一条生路。只听天而已。军士看见皇叔坐定，将钟罩皇叔在内。咬金吩咐取干柴过来，放在钟边，四面烧起。军士果然拿火来烧，李道宗在内大叫："程老头儿，这个使不得的！"凭你喊破喉咙，外面只做不听见。顿时烧死，竟来到教场覆旨说："皇叔恶贯满盈，忽天降一块火来，将殿宇烧坏，皇叔竟烧死在殿内。"天子听见了，也无可奈何，命户部将玄明寺大殿修好。

再讲元帅祭了大旗，皇上御奠三杯。元帅祭旗已毕，吩咐放炮拔营，是弓上弦、刀出鞘。有文官同殿下李治，送父皇起程。传旨："皇儿不必远送，文武各回衙署理事。"殿下谢了父皇，回转长安。那些人马，离了长安，竟望西京进发，好不威声震耳。家家下闼，户户闭门。正是：

太宗在位二十年，风调雨顺太平安。迷王麾下苏元帅，差来番使到中原。辱骂贞观天子帝，今日出兵往西行。剑戟刀枪寒森森，旗幡五色鬼神钦。金盔银铠霞光见，洁白龙驹是端飞。年老功臣多杀害，此番杀尽西番兵。

若要看征西如何，且看下回分解。

第八回　一路上旗开得胜　秦怀玉枪挑连度

再讲大唐人马，旌旗烈烈，号带飘扬，正往陕西大路而行。前去征西平番，不比扫北征东，所以御驾亲征。大队兵马行过了宁夏甘肃一带地方，出了玉门关，过了瀚海，一路多是沙漠之地，来到界牌关。界牌关外五百里是西凉国地方，人烟稀少。此处划有江界，若是大唐人马到来，必须要穿过宁夏，过了玉门关，然后到西鞑靼地方。前日贞观天子将杨魁斩了，随来的使命飞奔锁阳城，报与苏宝同，早已防备得了。各关守将日夜当心，差小番儿探马远远打听。

界牌关有一位镇守总兵，此人姓黑名连度，其人身长一丈，头大如斗，膀阔腰圆，一张朱砂脸，面短腮阔，眼如铜铃，腮下一连鬓红须，两臂有千斤之力。他上阵用一柄九连环大刀，重一百二十斤，其人利害不过。他正在私衙与偏将们讲："国舅批战书到中原，被大唐天子将使臣斩了。国舅知道大怒，要起人马取唐天下，要报父母之仇，早晚必有厮杀一番。"忽有小番见报进来了，说："不好了，启平章爷，小番打听得南朝圣主，御驾亲征，带了大兵三十万，有平辽王薛仁贵为元帅，前部先锋驸马秦怀玉，左右先行有战将数员，底下合营总兵官，前来攻打界牌关。"黑连度听了大笑说："方才在这里讲，国舅出兵欲取中原，谁知他们来送死。可打听明白了？"小番道："在玉门关打听明白的。"问："离关有多少路？"答："头站先锋出玉门关，快到了。""速去打听！""是。"诸将连忙问道："大老爷，南朝兵马到来，何以这等大笑呀？""诸位将军，国舅欲取中原花花世界，所以前日打战书与大唐君主。他反将使臣杀了。国舅大怒，奏知狼主。狼主怒甚，命国舅起兵，不料他倒出兵前来。亦算狼主洪福齐天，大唐天下该绝的了。仁贵为帅，他是火头军，有什么本事？盖苏文堕其术中，他征东容易，看来如今征西颇难。我邦元帅利害，乾坤一定是我狼主的了。"众将道："何以见得？"连度道："今唐朝所靠仁贵本事，只道西番没有能人，所以御驾亲征，领兵前来征战。他远不晓得西番狼主驾前，都是英雄豪杰，何惧仁贵、秦怀玉？待唐兵到来，必然攻打界牌关。本镇出去活擒唐将，以献国舅，岂不是本镇之功！"诸将大喜，叫声："平章爷，这个关头全靠你。"小将们回衙，操演人马，早晚必有一番厮杀。不说这个花智、鲁逵、不花等告别回衙，各自小心去料理。那黑连度吩咐把都总："关上多加火炮、灰瓶、石子、强弓、弩箭，若唐兵一到，即来报我，紧守关头为要紧。"

再说大唐先锋秦怀玉领了一万人马，从陕西、宁夏、甘肃一带地方出了玉门关。有军士报说："启上驸马爷，前面是界牌关了。"问："还有多少路？"说："离关十里。"吩咐放炮安营，说："军士们过来，打听大兵一到，速来报我。"领命前去。如今要说大唐天子统带大队人马，过了玉门关，一路西来，早有驸马秦怀玉相接，说："小将在此接候龙驾、帅爷。前面就是界牌关，不敢抗违帅爷将命，扎营在此。”薛仁贵说：驸马辛苦了，听了本帅之命，马到成功，西辽可定。”吩咐大小三军扎了营寨，忙进御营。天子说：“薛爱卿，前日宣召八位总兵曾到否？”薛仁贵奏道：“前蒙圣恩，闻报离了山西，早晚必到。”话未了，外面报进说：“周青等八位总兵见驾。”天子大悦，吩咐宣进来。周青等跪下，奏说：“周青同兄弟七人朝见。”天子说道：“八位总兵在此保驾。”即谢了恩，立在旁边。传命拔营，进兵攻关。放炮三声，安下营齐进。

又说关里小番报进：“启平章爷，唐兵已到关下了。”黑连度说：“方才关外放炮之声，想必唐兵到了安营。若然有唐将讨战，前来报我。”番儿得命，在关上观望。再说唐营元帅问：“那一位将军出去讨战？”闪出先锋秦怀玉说：“小将出去讨战。”元帅大喜说：“西番鞑子，甚是利害。第一关开头，须要取他之胜，才算得后将英勇。”又令：“驸马出去，必定成功。命尉迟宝林、宝庆兄弟二人为左右翼。若驸马胜了番将，你二人乘势抢关。”“得令。”秦怀玉骑上呼雷豹，手执提罗枪，挂锏悬鞭，顶盔贯甲。一声炮响，大开营门。尉迟弟兄也结束停当，随了秦怀玉，金鼓声响喇喇豁喇喇一直冲到关下。小番兵看见，好一个唐将，乱箭纷纷的射下来、秦怀玉扣住马说：“关上的，快报与主将得知，唐朝天兵到了，天子御驾亲征，叫他早出关投降。”秦怀玉关下大叫，早有小番报进：启平章爷，南朝蛮子在关外讨战。”黑连度听报，传令：“诸将大小三军，同本镇出关，杀那唐兵片甲不回。“得令！”黑连度脱了袍服，顶好盔，穿了甲，拿了刀，上马出了总府衙门，来到关上。往下一瞧，唔呀！好一个蛮子！但见他头顶闹龙银盔，身穿索子黄金甲，面如银盆，三绺长须飘扬脑后，左悬弓，右插箭。坐下呼雷豹，好不威风。远有二员恶相的唐将在后面。黑连度吩咐把都儿，发炮开关。一个鞑子，望吊桥直冲下来。见他头顶双凤翅金盔，斗大红缨，面如红砂，狮子口，大鼻子，朱砂脸，一双怪眼，短短一面连鬓胡子；身上穿一领猩猩血染大红袍，外罩龙鳞红铜铠，左悬弓，右插箭，手执一柄九连环大刀，坐下一匹乌昏点子马，直奔阵前，把刀一起。秦怀玉提罗枪噶啷一声架定，说道：“那守关将留下名来。”连度道：“唔，你要问本镇之名吗？俺乃西凉国驾下红袍大力、国舅大元帅苏麾下，加封镇守界牌关总兵大将军黑连度。你可晓得本镇的刀法利害吗？”秦怀玉说：“不晓得你无名之辈。今天兵已到，把你们一国蚂蚁要杀个尽尽绝绝，何在乎你这胡儿霸住界牌关，阻大兵去路。顺吾者生，挡路者死，快快献关，方免一死。若有一声不肯，那时死在秦爷枪头之上，悔之晚矣。”黑连度大怒，喝道：“你这狗蛮子，有多大本事，如此夸强吗！俺不斩无名之将，通下名来，俺家斩你。”秦先锋说：“你要问爷之名吗？洗耳恭听！吾乃大唐驸马，大元帅薛麾下，加封护国公保驾大将军、前部先锋，姓秦名怀玉。难道不闻得秦驸马之名吗？”黑连度哈哈大笑说：“原来就是秦琼之子，我也晓得中原有你之名，到西凉就不足奇。唐主尚要活捉，何况你这狗蛮子。”秦怀玉说：“休得多言，招秦爷枪罢。”枪一起，直往黑连度面门刺来。不知后事如何，且看下回分解。

第九回　界牌关驸马立功　金霞关尉迟逞能

黑连度把手中大刀噶喇叮当运转几刀，战到二十几个回合。怀玉这条提罗枪，神出鬼没，阴手接来阳手发，阳手接来阴手发，迎开些，挡开去，抬开去，返转刀来，左插花，右插花，苏秦背剑，月里穿梭，双龙入海，二凤穿花，左上右落，却砍个不住。他二人战到四十个回合并无高下，黑连度大喊一声：“诸将，快与我上前擒捉秦怀玉。”众将齐声赶到，花智、鲁逵、不花数十员将官，一齐上前，围住秦怀玉。唐将尉迟兄弟，二马冲到阵前，叫声：“驸马，休得着忙，兄弟来助战。”秦怀玉见二人来到，方得放心。黑连度提刀就砍宝林，宝林急架相迎，敌住黑连度。宝庆把数员番将尽管杀散，番兵死了大半。单有黑连度一口大刀利害，战住秦怀玉、尉迟宝林二人，见个雌雄，一场好杀，三将战到又四十冲锋。黑连度刀法渐渐松下来，回头看那自家兵将多被宝庆杀死，好不慌张，却被秦怀玉一枪兜咽喉刺来，叫声：“呵呀！我命休矣！”要招架来不及了，只得把头偏一偏，肩膀上中了一枪，大叫一声带马就走。宝林纵一步，马上叫声：“那里走！”提起竹节钢鞭，夹背心儿一击。黑

连度大喊一声,口吐鲜血,马上坐立不稳,被秦怀玉兜心一枪,跌下马来,复一枪结果了性命。吩咐:"军士取了首级,快抢关哩!"喝叫得一声:"抢关!"秦怀玉一马先冲上了吊桥,宝林、宝庆兄弟二人,把枪一招说:"诸位将军,快抢吊桥!"有周青、薛贤徒、姜兴霸、李庆红、周文、周武、王心溪、王心鹤八位总兵官,上马提刀,抢过了吊桥。那些小番儿闭关不及,却被秦怀玉一枪一个,宝林兄弟同众将挥刀乱砍,斧劈的、枪挑的,杀死不计其数。杀进帅府,查盘钱粮国库。粮食丰盈,仓廒充足。遂请关外大元帅同贞观天子、大小三军陆续进关。百姓香花灯烛,挂灯结彩,迎接天子。又将银钱粮草开清在薄,送上元帅。怀玉、宝林兄弟上前奏道:"小将们杀退了番奴,已得关了,钱粮开写明白,献上元帅。奏请缴令。"薛仁贵说:"三位贤弟取了界牌关,西辽丧胆,其功不小,果称英雄!"太宗大悦:"王儿、御侄,真乃将门之子,比秦王兄、尉迟王兄更狠。"传旨:"整办御筵,庆贺功劳。"一宵过了。明日清晨在关上打起大唐旗号,养马三日。如今发炮抬营,三军如猛虎,众将似天神,离了界牌关,一路往前。人马向金霞关进发,探马打听失了界牌关,飞报进关去了。行兵三日,地广人稀,青草不生。又行三日,来到关外,将人马扎住。后队大元帅人马已到,吩咐安营。放炮三声,安下营寨。

再说金霞关守将名唤忽尔迷,身长一丈,头如笆斗,面如蓝靛,发如朱砂,额下黄须,力大无穷,镇守金霞关。这一日升堂,有小番报进:"界牌关被大唐打破,夺取关头,黑平章阵亡。现有败将把都儿在外。"忽尔迷闻说界牌关失了,大惊说:"快宣进来。"把都儿走进跪下说:"大老爷,不好了!大唐兵将实为骁勇,界牌关打破,不日兵到金霞关了。"忽尔迷一听此言,吓得胆战心惊,说:"本镇知道,速去锁阳城报与苏元帅知道,早早救援。"吩咐:"关头上多加石子、灰瓶、炮石、弓弩、旗箭,小心保守。大唐兵将到来讨战,报与本镇。"

再说关外元帅升帐,聚齐众将两旁听令。尉迟宝林披挂上账,说:"启元帅,界牌关驸马立了头功。如今金霞关,待小将出马取此关头,以立微功。"仁贵说:"好贤弟,此言真乃英雄,但要小心。"怀玉听了,说:"启知元帅,界牌多亏了二位贤弟助战,取这关头,今日还是我去,枪挑番将。"元帅说:"将令已出,驸马可去压阵接应。""得令!"尉迟宝林顶盔贯甲,挂剑悬鞭,提枪上马,带领军士冲出营门,来到关前大喝一声:"呔!关上的,快报与关主知道,今南朝圣驾亲征,前来破番,要杀尽你这班胡儿。界牌关已破,早早出来受死。"一声大叫,关上小番听了,进来报道:"启爷,关外大唐人马已到,有将讨战。"忽尔迷闻报,忙取盔甲,上马提刀,披挂结束,打扮停当。带过马跨上雕鞍,提刀出府,来到关前,吩咐开关。哄咙一声炮响,大开关门,放下吊桥,一字摆开,豁喇喇一马冲出。宝林抬头一看,此将甚是凶恶。你看他怎生打扮?头戴红缨亮铁盔,身披龙麒铁甲,面如蓝靛,发如朱砂,眼如铜铃,两耳招风,一脸黄须;坐下一骑红鬃马,大刀一挥光闪烁,枪刀双起响叮当,喝声似霹雳。宝林大叫道:"带来的胡儿羯狗通下名来。"忽尔迷只说:"你要问魔家的名吗?俺乃红毛大力子苏元帅麾下,加封镇守金霞关大将军,忽尔迷便是。"宝林说:"看你这尽是西辽羯狗,今日天兵已到,不思迎接献关,反阻抗天兵去路,分明活得不耐烦了!"忽尔迷大怒,也不问姓名,提起刀来,向宝林头上劈将下来。宝林叫声:"来得好!"把枪噶唧一声,便一条。忽尔迷即喊声"不好了",在马上一仰。宝林把手中枪紧一紧,一枪当心刺进来。忽尔迷避闪不及,枪中前心,将身一仰,跌下马去,复一枪刺死。吩咐诸将抢关,叫得一声:"抢关",一骑马先冲上去了。秦怀玉在那儿压阵,见宝林刺了番将,急把枪一招,说声:"诸将军快去抢关!"麾下尉迟宝庆、周青、王心溪、王心鹤、李庆红、姜兴霸,这六骑人马带三军将士从后赶来。宝林赶上吊桥,小番扯也来不及了。忙发狼牙箭如雨点,被宝林用枪拨开,从箭中赶近刺了几个小番,一拥赶上。诸将也过了吊桥,六骑人马杀进关中,鼓声如雷,叫杀喧天。这关内偏将、正将、牙将们顶盔贯甲,上马提刀,前来抵敌。宝林兄弟两条枪好不了得,来一个,刺一个;来一对,挑一双。这番兵都被杀伤。周青使动铁剑,说:"胡狗儿,快来受死!"番兵逃走不得,尽被杀死。秦怀玉使动提罗枪,见番将好枪法,尉迟宝庆、王心溪等,提大刀杀人如切菜。进入帅府,盘查钱粮,迎接唐朝大元帅同天子及御军进关。宝林上前启奏,说:"小将缴令。"元帅说:"贤弟,取此关头,其功不小。"天子说:"御侄,少年扫北本领远与秦驸马一样。"立即传旨在帅府设宴驾功,称赏恩犒。

次日清晨,把西辽旗号去了,换了大唐旗号。养马三日,放炮起行。三军司令,浩浩荡荡,行兵二日,望接天关进发。来到关外,人马扎住。后队六元帅人马已到,吩咐离关十里安营。有尉迟宝庆上前说道:“驸马与哥哥取了二关,今接天关,元帅且慢安营,待小将走马去取关,先开一阵。倘挑了番将,就此冲进关门,马到成功,岂不为美?若不能取胜,安营未迟。”秦怀玉说:“此处番将利害,我自去罢。”尉迟宝庆说:“驸马何轻视我。我枪法利害,未曾与朝廷出力,此关定要让小将去破。”元帅说:“将军若果然要去,必须小心,待本帅与你压阵。靠着陛下洪福,将军胜了番将,本率领人马冲进关中,也是你之功劳!”“得令!”头盔贯甲,挂锏悬鞭,上了乌骓马。把马一催,来到关前,大喝一声:“守关的快报进去,说天兵到了,速速献关。若有半言阻抗,本将军要攻关了。”不知宝庆如何胜得番将,且看下回分解。

第十回 空城计君臣受困 宝同一困锁阳城

不讲外面宝庆攻关,且说小番报进来了:“启总爷,大唐人马已到,有蛮子讨战。”总爷大惊道:“中原人马几时到的?可曾安营吗?”“启上平章爷,才到。不曾扎营,走马端枪讨战。”总爷说道:“连取二关,又要取接天关。”吩咐带马过来。结束停当,挂剑悬鞭,手执狼牙棒,带领众把都儿,一声炮响,大开关门,一马当先,冲过吊桥。宝庆抬头一看,原来是一员恶将,十分凶脸。怎生打扮?头戴一顶四凤双龙高铁盔,身穿锁子黄金甲,手执惯使狼牙棒,坐下一匹千里银驹马。好一位鞑子番将!直到阵前。宝庆大喝一声:“呔!来的胡儿住马,可通下名来。”总爷把捧一起,噶喇架定说:“你要问魔家名吗?对你说:我乃镇守接天关总兵段九成便是。可晓得本将军利害吗?还不速退,休来纳命。”宝庆便把枪直刺过来;段九成把棒一架,回手就是一棒,喝声“招打!”当头向顶梁上盖打将下来,好厉害!果然泰山一般。宝庆把枪往上一挡,噶喇一声响,架开在旁,回手一枪,正中咽喉,跌下马来,亦死非命。小番儿见主将已死,晓得金霞关内杀得厉害,大喊一声,各自逃生,往锁阳城去了。元帅好不快意,领人马随宝庆杀进关去了,一卒皆无,一齐到总府驻扎。宝庆进账缴令。勇力取关,朝廷大悦,说:“其功非小,御侄英雄更胜父兄,果然是将门之子。”宝庆见朝廷赞他,好不快乐。即传令改换大唐旗号,盘查国库钱粮,养马三日。元帅与军师商议取锁阳城,此话不表。

再言锁阳城,乃西辽大地方,人烟稠密之处,周围百里,三关十门。元帅苏宝同镇守,帐下有雄兵十万,战将千员。他是苏定方之孙,苏凤之子,都是罗通扫北,将他父亲杀死,逃走了苏凤,投在西凉国招为驸马,其姊纳为皇后。苏宝同幼年投师在金凤山李道符仙长门下学法,练就九口飞刀,飞镖三柄,一纵长虹三千里,时时切齿要报祖父之仇。差官打战书到中原,不料唐主斩了差使,苏宝同闻报大怒,正欲兴兵夺取长安,不料唐主拜仁贵为帅,御驾亲征,又失了三关,告急文书飞报锁阳城。苏宝同大慌,忙请二位军师商议,你道这两个军师是那一个?是扫北野马川李道人,名唤铁板道人。用一尺长、半寸阔铁打成的铁板,共有十二块,块块有符。要与他交战,念动真言,掣在空中,打将下来,要打为灰泥。身长一丈,头如笆斗,眼似铜铃,尖嘴大鼻,颔下红胡根如铁线,惯用孤定剑。当年被尉迟恭杀败,在西凉投在苏宝同帐下,拜为军师。另一僧乃敖来国出身,名唤飞钹禅师,用两副金钹,与人交战,掣在空中,打将下来,头儿打得粉碎。自称西天活佛,身长不满四尺,阔倒有三尺,相貌不扬,似石敢当。这二位合得投机,都在元帅帐下。闻得元帅相请,二位来到帅府,见了宝同,主客坐定。铁板道人说:“不知帅爷唤吾二人到来何干?”宝同说:“二位军师有所不知,本帅欲取中原,报祖父之仇。不料唐主拜薛蛮子为帅,兴兵前来,征伐西凉。前日小番来报,已夺了三关,不日来攻锁阳城。吾与军师商议,今唐兵到来,必要一网而擒,拿住唐王,活捉薛蛮子。然后反兵杀上长安,夺了中原国位,狼主为君,将罗家满门抄灭,方称吾心。不知二位军师有何妙计与本帅雪恨否?”飞钹禅师与铁板道人道:“只要我二人略施小计,管教唐兵百万一网打尽,钱粮兵马尽归我邦,唐朝君臣尽将诛戮,直上长安,狼主身登龙位,帅爷十大功劳,可以报仇雪恨。”苏宝同一听此言,欢

喜大悦，开言说：二位军师有何妙计，早说与本帅知道。”铁板道人说：“一些也不难。那薛仁贵遣将讨战，不必与他交战打仗，现在元帅统领三军出城，退至寒江关，留此空城，这薛仁贵必赶进城来。只要一进城中，我们将百万雄兵把锁阳城团团围住，此时十门攻打，管教他外无救兵，内无粮草，插翅也难飞去，不出三月尽皆饥死。他若出城交战，帅爷弄起飞刀，吾二人相助，杀他片甲不留。能人亦难出营。然后慢慢攻打，岂不是拿唐皇如反掌矣。”元帅说：“军师计算甚高。”众将无不欢欣。传令大小儿郎官员等，尽搬到寒江关安营，把座城池调空。宝同同了二位军师、诸将，离却锁阳城，竟往寒江关居住。点齐数十万人马，暗中埋伏，专听合围城池，不许漏泄。

再说薛仁贵在接天关，传令发炮起行，夺取锁阳城。进兵几月，乃陆续都到了锁阳城。有探马报进，禀道：“启知元帅，前面就是锁阳城，但见城头上旌旗展荡，又无兵卒，大开城门，吊桥并不扯起，不知什么计策，故禀上元帅。”仁贵呼呼大笑道：“诸位将军。你们莫轻视此关。料此苏宝同无能，大开关门，兵卒全无，内中有计。今日圣驾征讨，谅无大事。你们大家须要小心进关，看他使何诡计？”那徐茂公开言道：“元帅，那苏宝同不出关门交战，竟带三军去了，留此空城，吾军兵马休要乱动，不可进关。不然又是征东三江越虎城故事了。”程咬金叫声：“军师非也，我们的秦驸马并尉迟二位将军，英雄无敌，连夺三关，不用吹灰之力，锁阳城之将难道不知道吗？决然是闻此威风，谅来不敢迎敌，所以弃城逃遁。就闻我老程之名，他亦胆战心惊，那儿有什么计？分明怕我们，逃走去了。”薛仁贵说道：“老千岁之言不差，他这班都是犬羊之辈，何足惧哉？闻我大唐天兵一到，他便望风而走。此关又非建都之地，怕什么！且入锁阳城，然后进兵取西辽，吾皇洪福齐天，西辽必定该灭。”吩咐大小三军开进城去。元帅一令，多往关内而走。军师徐茂公屈指一算，圣上该有几年灾难，将官有此一劫，天机不可预泄。元帅命尉迟宝林四处查点明白，恐防暗算奸计。盘查钱粮，原是充足，竟有数年之粮，百姓安顿如故。军师传令，军士先运粮草进关，然后请圣上进城。元帅诸将远远出城迎接天子进入关中，身登银銮宝殿。众臣朝参已毕。

大元帅传令，把三十万人马，扎住营头。把十门紧闭，商议取寒江关。再言苏宝同暗点人马探听，今见唐王君臣已进城中，四面号炮一起，有百万番兵围绕十门，齐扎营盘，共有十层皮帐。旗幡五色，霞光浩荡。唬得城上唐军急忙报入帅府，奏上万岁道：“不好了，城外有百万番兵，围住十门，密不透风。”唬得天子魂不在身，众大臣冷汗淋漓，分明上了空城之计。天子道：“薛王兄，这便如何是好？中了他们诡计了。这个城池有什么坚固，若他们攻打进来，岂不是要丧命。快快拨佣人马出关，杀退辽兵，以见英雄。”仁贵说：“陛下，且往城上去看虚实。若果然利害，再出主意。”圣上说：“有理。”同了军师、元帅、程咬金及众将上西城一看，围得重重，又杀气腾腾，枪刀威烈森森。唐主见了，心惊胆战，诸大臣无不惊慌。忽听得三声炮响，营头一乱，都说大帅到了。这苏宝同又来围住西门，九门有能将九员，数百万雄兵，截住要路，凭你三头六臂，双翅能上腾云也难杀出辽营。如何是好，且看下回分解。

第十一回　苏宝同大战唐将　秦怀玉还锏身亡

不表城上君臣害怕，单表苏宝同全身披挂，坐马持刀，号炮一声，来到西城，两旁骁将千员，随后旗幡招展，思量就要攻打城地。忽抬头一看，见龙凤旗底下坐着唐天子。怎么打扮？头戴嵌宝九龙珍珠冠，面如银盆，两道长眉，一双龙目，两耳垂肩，颔下五绺花须长拖肚腹；身穿二龙戏水绛黄袍，腰围金镶碧玉带，下面城墙遮蔽看不明白，坐在九曲黄罗伞下，果然好福相。南有徐茂公，北有程咬金。还有一个头戴白银盔，身穿白绫显龙袍，三绺长须。苏宝同在城下高声大呼道：“城上的可就是朝廷李世民吗？可晓得在木阳城听信罗通，将我祖父杀死。吾祖有功于朝。吾伯苏林又被罗通斩了，吾父苏凤被打四十，奔入西辽，生我兄妹二人。正欲兴兵到长安，不料天网恢恢，疏而不漏，今日已中我邦暗计，汝等君臣休想活命。快把罗蛮子送下来，万事全休，放你君臣回去。若不放出，休想

回去。”这声喝叫，唬得天子毛骨悚然。薛仁贵、秦怀玉奏道：“万岁休要慌忙，待臣发兵出去，擒此苏贼。”圣上依言回帅府。元帅来教场，聚集诸将，说：“如今苏宝同在城下猖狂，本帅起兵到此，未曾亲战。他口口声声要拿罗通，此情可恨。待本帅开关与他交战，立斩番将，方消此很。”闪过先锋秦怀玉说：“元帅不可，待小将出去开兵。”元帅说：“驸马出城，待尉迟兄弟与你压阵。“得令！”怀玉顶盔贯甲，准备停当，吩咐放炮开城。金鼓一声，大开城门，一马冲先，来至阵前。抬头一看，见一员番将，十分厉害。他头凤翼盔，斗大红缨满天成，身穿青铜甲，内衬绿绫袍，绣金龙凤腰，左有宝雕弓，右插琅琊箭，坐下乌龙驹，四蹄蹬跑声如雷；左手提刀，右手抚三绺长须，果然是中原人物。苏宝同提刀一起，喝声：“蛮子，少催坐马，通下名来。”秦怀玉说：“我乃唐天子驸马，世袭护国公，大元帅薛仁贵帐下前部先锋秦怀玉便是。可知驸马爷枪法利害吗？还不速退，休来纳命。”苏宝同哈哈大笑说：“原来就是秦琼之子，大唐有你的名，本帅只道三头六臂，原来是一个狗蛮子。不要走，看本帅的刀法罢！”把刀一刺。秦怀玉拈起提罗枪串一串，噶喇一声响挡住，说：“且慢了，我这条枪不刺无名之将，通名下来！”苏宝同说：“本帅乃西辽国王驾下之舅，加封天冠大元帅苏宝同便是。你君臣快投降吧。”秦怀玉说：“原来就是你这逆子，你的祖父、伯父受唐朝厚恩，你却不忠反叛了。休要走！”一个月内穿梭，一枪刺来。苏宝同手持大砍刀，噶喇一声挡过去。一连几枪，都被苏宝同架在一旁，哪里肯让一毫。连转几刀，前后扒架，好刀法，秦怀玉亦架上手。彼此一场大战，鼓声如雷，炮声惊天，二人战了五十回合，马交十个照面，杀个平手。宝同暗想：待我诈败下去，暗放飞刀伤他。虚晃一刀，带转马就走。秦怀玉哪肯放松，把提罗枪押往，不容他放出飞刀，大叫一声：“苏宝同，你乃堂堂汉子，不要暗器伤人，与你战几百合，分个胜负。”宝同兜起缰，又把手中刀一架，喝声：“秦蛮子，难道本帅怕你不成？暗器伤人，非为英雄。你是中原驸马；我是西辽国舅。你晓得我刀法；我尽知你的枪势。英雄遇好汉！你后面所背的是何兵器？且看得毫光直透，耀日争辉。”秦怀玉叫一声：“胡儿，你还不知道吗？此乃露骨昆仑锏。我父双锏，打成唐朝天下。灭十八路诸侯，归北征东，多是这两口宝锏。重百二十四斤，外裹赤金六斤，共百三十斤。你闻知也要丧胆，可晓得此利害吗？还不投降，休来送死。”宝同道：“原来如此，我道是邪法，原来金枚锏放光。借我一观，未知肯否？”怀玉说：“苏宝同，你要看吗？也罢，吾付你去看。”怀玉十分好心，忙向腰间解下，把双锏拿在手中，叫一声：“苏宝同你拿去看。”宝同接在手中，仔细一看，连声称赞说：“好锏！果然名不虚传。吾父也曾说起此锏曾挡李元霸双锤。”越看越好，说声：“秦蛮子，此锏送与我罢。”兜转就走。驸马看见，大叫：“无信义的胡儿！不过借你去看，你倒骗了去，难道不还我不成？”把呼雷豹一拍，追上来了。那苏宝同听见“无信义”三字，呼呼冷笑说：“秦怀玉，你好小气，本帅不过取笑，难道果然要你的不成，双锏在此还了你。”便把双锏抛在半空，叫声“秦怀玉收锏”！那时天数已定，怀玉合该丧命。那秦驸马抬头一看，双锏跌将下来，光光打在面门，大叫一声：“嗄唷！”一跤跌下马来。苏宝同回马，正要取首级。尉迟弟兄正在那里掠阵，看见驸马落马，双马齐出，抢了尸首回来。可惜一双宝锏，失落沙场，被苏宝同得了。尉迟弟兄回城，吩咐军士紧闭城门，来见元帅。

元帅听知驸马还锏身亡，惊得魂不在身，大哭一声：“我那驸马呵！”众将劝住，忙报知天子说：“驸马与苏宝同大战，骗去宝锏，还锏身亡。”天子一听此言，哭倒龙床之上，叫声：“王儿，你为国身亡，十大功劳，麒麟阁上画影，五凤楼前标名，必要活擒苏贼，以祭王儿。”龙目滔滔下泪。徐茂公开言说：“也是驸马命该绝数，望吾皇不必悲伤，有损龙体。”天子依言，传旨：将驸马尸首御葬，文武戴孝三日，开丧祭奠。秦梦闻知父亲阵亡，也大哭来见元帅，说：“吾父亲战死沙场，害在苏贼之手。侄儿愿做先锋，亲提人马，杀此苏贼。若不把冤仇相报，枉为人在世，望叔父早发兵马，让侄儿出城。若不杀此叛贼，侄儿情愿战死沙场，不回城来了。”仁贵听了说：“贤侄虽然猛勇，武艺精通，但年轻力小，不是苏贼对手。待吾另点别将，与你父报仇。”元帅传令：“点尉迟弟兄出城，杀那苏贼。”“得令！”二将顶盔贯甲，提枪上马，一声炮响，开了城门，放下吊桥，来至阵前。宝同抬头一看，见来了二将，打扮甚奇，多是凶恶之相。面如锅底，扫帚眉，一部胡须，头戴乌金盔，双龙戏珠；身穿乌金甲，内衬玄色暗龙袍；左插弓，右插箭，腰间是竹节钢鞭，手执乌缨枪，坐下乌龙驹。这尉迟弟兄冲将过来，宝同喝声：“呔！你这两个蛮子留下名来！”宝林说：“你要问某家之

名么,吾乃大唐天子驾前虢国公,薛元帅麾下左右先行,尉迟宝林、宝庆弟兄便是。你前日将我邦秦驸马打死,今日奉元帅将令,特来取汝首级,与驸马报仇。好好下马受死,免我爷爷动手。”苏宝同说:“前日秦蛮子何等利害,尚然被本帅打死。何在乎你这两个蛮子?你在中原有你的本事,今到西凉,没有你的名字,不要走,看刀罢!”把大砍刀往头上砍下来。宝林把手中乌龙枪一架,只听得噶啷叮当。宝庆把手中蛇矛抢来助。苏宝同这口刀挡住两条枪,全不在心上。这两条枪也是利害,上一枪禽鸟飞奔,下一枪山犬惊走;左一枪英雄死,右一枪大将亡。宝同这四刀也利害,逼住了两条枪,望着头顶面、两肋、胸膛、心窝就砍。正是:三马冲锋各分高下,三人打仗各显输赢。大砍刀,刀光闪耀;两条枪,枪似蛟龙。他是个保西凉掌兵权第一元帅,怎惧你中原两个小蛮子?我乃扶唐室定社稷的二位大将,哪怕你番邦一个胡儿?炮响连天,惊得锦绣房中才子搁笔。响杀之声,唬得阁楼上佳人停针。宝林兄弟两条枪要挑倒灵天塔,苏宝同恨不能一刀劈破翠屏山。大砍刀如猛虎,乌龙枪似恶龙。这三将不知胜败如何,且听下回分解。

第十二回　尉迟弟兄遇飞刀　宝同大战薛仁贵

前言不表,再言苏宝同这把刀,那里挡得住两员大将的枪?战了四十回合,实在来不得了。心想倘一时失错,被他伤了性命,不如先下手为强。他一手提刀在那里招架,一手掐定秘诀,背上有一个葫芦,他把葫芦盖揭开,口内念动真言,飞出两口柳叶飞刀,长有三寸,有蒜叶阔,伴有一丈青光耀眼。尉迟弟兄见了,还不知是什么东西,只听得一声响亮,犹如霹雳,豁喇喇一响。那弟兄二人抬头一看,吓得魂不附体。只见两口飞刀,好似两条火龙一样。宝林、宝庆大叫一声:“我命休矣!”忙把手中枪来挡,那里挡得住。但听到喀哧一声,望顶门上斩将下来!二人只把头偏得一偏,左膀子斩掉了,又一刀右膀子也斩掉了,又一刀斩掉了首级。三军大战,来抢尸首,被他挠勾搭去,将头号令。

苏宝同大胜,来到关前大骂说:“快快献出罗通,万事全休。若然不放出来,本帅杀进城中,踏为平地。”探子报进城中:“启元帅不好!尉迟二将被他飞刀斩死,又来讨战。请元帅爷定夺。”元帅一听此言,勃然大怒,说:“可惜二位将军死于飞刀之下。”吩咐:“抬戟备马,待本帅亲自出去,除此番贼。”闪出尉迟号怀放声大哭说:“二位哥哥死得惨也呵!”哄咙一响,跌在地下,晕死去了。吓得诸将魂儿不在,连忙扶起,大家流泪。仁贵泪如雨下,说:“贤弟,不必悲伤。待本帅与你二兄报仇。”号怀悠悠醒转,立起身来说:“我尉迟号怀今日不与二兄报仇,不要在阳间做人了。”吩咐备马。元帅等俱挡不住他。跨上雕鞍,把鞭一抽,豁喇喇,一马冲出城去。元帅点起三千铁骑,一同出城。哄咙三声大炮,号怀来到阵前大骂:“狗胡儿,杀我二兄,今来报仇。”不问因由,劈面就是一枪,说:“你把我二兄乱刀斩死,我与你誓不两立。三爷挑你前心后透,方解我胸中之恨。招枪罢!”飕的一枪,劈面门挑进来。苏宝同呼呼冷笑,说道:“乳臭小儿,也来送死。可怜佛也糊涂。也罢!”把手中大刀,噶啷一声响,架在旁首,马上交锋,逞起英雄。闪背回来,宝同把刀一起,往着号怀头上砍将下来。号怀闪在一旁。二人在沙场上,战到三十回合,难胜号怀。苏宝同暗想:“唐朝来的将官,多是能人。这人年轻,本事倒高。不免诈败下去,用飞刀伤了他。”算计已定,兜转马,把刀虚晃一晃,叫声:“小蛮子,果然凶勇,本帅不是你对手。我去休得来追。”带转丝缰,往营前就走。号怀叫声:“胡儿那里走!”正待要追,只听得城外鸣金。号怀听得,“元帅要我回军。也罢!不与二兄报仇,要这性命何用?如今违令了。”把马一拍,随后追上来。宝同又将柳叶飞刀来伤号怀。号怀一见,魂飞魄散,大叫:“二位哥哥,兄弟不能与你报仇了。”说罢,放声大哭。合当有救,韦驮天尊在云端,看见苏宝同飞刀要斩号怀,知他后来要与唐天子代主出家,佛门弟子不该死于飞刀之下。使佛力把降魔棒一指,即时飞刀不见了,依旧云开见日,苏宝同大惊说:“这飞刀那里去了?”叫声:“狗蛮子,本帅的飞刀,被你一阵哭不知哭到哪里去了,还我的宝刀来!”尉迟号怀抬头一看,果然不见了飞刀,心中暗暗称奇,连自己也不信,开言叫一声:“胡儿,本将军自有神通,哪怕你飞刀,快快下马受死。”苏宝同说:“休得胡言,看宝贝!”只听得一声响亮,又是一口飞刀下来了。天尊又把降魔棒一指，飞刀又不见了。一连三起飞刀，弄得无影无踪。那苏宝同慌张，心中一想："我九口飞刀，连失三口。如若再放，依然杳去，便怎么处？没有了飞刀，怎报得杀父之仇？倘有疏忽，前功尽弃。也罢！如今且自回营，另寻妙计，杀退唐兵。"主意已定，传令鸣金收军，兜转丝缰，回马就走。尉迟号怀飞马追赶。只听得空中大叫一声说："尉迟将军，你快快收兵，莫可恋战。若追赶苏宝同，性命难保。"尉迟号怀抬头一看，见空中有金甲尊神，手中提着降魔棒，立在云端。"嗄！我晓得了，方才救我的是这尊神仙。"不免望空拜谢。只见天尊冉冉往西而去。尉迟号怀收兵进城，来见元帅缴令。贞观天子传旨："将二位将军衣冠埋葬，必要剿灭西凉，方雪朕恨。"又说："连失三员大将，叫寡人寸心不忍。"仁贵道："龙心暂安，臣明日发兵出城，擒此番将。"天子说："元帅出去，须得小心。征西辽全靠你，不要失着与他。""这个自然。"

不表君臣商议，再言次日探子报进说："帅爷，苏宝同又在城外讨战。"薛元帅闻报大怒，连忙打扮，结束停当。八位总兵官及程铁牛、秦梦、段仁、王宗一、尉迟号怀等进账说："元帅出城破贼，小将们愿同往。"仁贵说："诸位将军兄弟们，今日本帅第一遭出阵，有八位总兵在此，不劳诸位将军去得。"众将说："说哪里话来，元帅出阵，末将随去听用。"说："这个不消，在城中保驾。""是。"元帅上了赛风驹，发炮三声，城门大开，鼓噪如雷，二十四面大红蜈蚣旗左右一分，冲出城来。你道他怎生打扮？但见头戴一顶亮银盔，二翅冲霞双龙蟋顶；身穿一件银丝铠，鸳鸯护心镜，内衬暗龙袍；背插四杆白绫旗，左边悬下宝雕弓，右首插几支狼牙箭，腰挂打将白虎鞭，坐下一匹赛风驹，手执画杆方天戟，后面白旗大字"招讨元帅本姓薛"。那薛仁贵来到阵前，抬头一看，但见苏宝同怎生模样？他头戴一顶青铜盔，高挑雉鸡尾两边分，白面颔下微须；身穿一件青铜甲，砌就龙鳞五色，甲内衬一领柳绿蟒，绣成龙凤，二龙戏珠前后护心；背挂葫芦，暗藏飞刀，插箭杆棋四面，左边挂弓，右边挂箭，足踏虎头靴，踹上一骑白龙驹，手托大砍刀，后面扯一面大旗，上写"灭寇大元帅苏"，果然来得威风。仁贵把马住说："呔！你这番将可就是苏宝同吗？"说："然也。既晓得本帅大名，何不早早自刎，献首级过来。"仁贵呼呼冷笑，叫："苏贼！你乃一个无名小卒，擅敢伤我邦三员大将。本帅不来罪你，你又在关前耀武扬威。今日逢着本帅，要与三将报仇，难道不闻我这画杆方天戟利害？好在用你祭我戟，也不为奇。不如卸甲投唐，等我主将你慢慢斩首挖心，以祭驸马、二位尉迟爵主。若有半句不肯，本帅就要动手。"苏宝同大怒说："你口出大言，敢就是什么薛元帅薛仁贵吗？""既晓得本帅之名，何不下马受缚。"苏宝同说："薛蛮子，你不晓得我与大唐不共戴天，杀父之仇，恨得切齿。我也晓得你的本事不丑，今日将你一刀斩为几段，快放马来。"把大砍刀双手往上一举，喝一声："薛仁贵，招我的刀罢！"把这一刀往仁贵顶梁上砍将下来。仁贵说声"来得好！"把画杆方天戟往刀上噶啷这一枭，刀反往自己头上绷转来了，说"嗄唷，果然名不虚传，好厉害的薛蛮子。"豁喇冲锋过去，又转过战马来。苏宝同刀起，咔一声，往着仁贵又砍将下来。仁贵把戟枭在一旁，还转戟往着苏宝同前心刺将过来。这宝同说声"来得好！"把大砍刀往戟上噶啷这一抬，仁贵两臂震一震说："嗄唷！今遇这苏贼抬得住我戟，果然有些本事。"马打交锋过去，英雄闪背回来。仁贵又搗一戟过去，宝同又架在一边，二人大战沙场，不分胜负。正是棋逢敌手，将遇良才。二人大战有四十回合。正是石将军遇了铁将军，不见输赢，又战了十合，杀得宝同呼呼喘气，马仰人慌，刀法甚乱，汗流浃背，两臂酸麻。"嗄唷！利害的薛蛮子。"招架不住，带战马就走。仁贵不舍，随后追来。天子同了军师、程咬金在城上看见元帅得胜，天子大悦，对徐茂公说："军师，你看元帅得胜了。果然杀得苏贼大败。"吩咐三军擂鼓。听得战鼓擂动，仁贵不得不追。但不知性命如何，且听下回分解。

第十三回　苏宝同九口飞刀　薛仁贵沙场受苦

话说苏宝同回头看见薛仁贵追上来，心中大喜，把葫芦盖拿开，口中念动真言，飞出柳叶飞刀，青光万道，直往薛仁贵顶上落将下来。这仁贵抬头一看，知是飞刀，连忙把戟按在判官头上，抽起震天弓，拿起穿云箭，搭在弦上，往飞刀上"飕"的一箭，射将过去。只

听得豁喇一声响，三寸飞刀化作青光，散在四面去了。唬得苏宝同魂不附体，“呵呀！你敢破我的法宝。”飕飕飕，一连发出五口飞刀，阵面上俱是紫青光。仁贵手忙脚乱。当年九天玄女娘娘曾对他说：“有一口飞刀射一支箭。”前年在魔天岭失了一支，现只存得四支。如今他连发五口飞刀，就有五支箭，也难齐射上。所以暗自着急说：“呵呀！我命休矣！”无处可躲，只得一把拿起三支穿云箭，往青光中一撒，只听得括拉拉连响数声，青光飞刀尽皆不见。四条箭原在半空中不落下来，仁贵把手一招，四条箭落在手中，将来藏好。那边苏宝同见破了飞刀，魂不在身，“嗄唷，罢了，罢了。本帅受李道符大仙练就之刀，你敢弄些邪术来破，与你势不两立！”只得把腰间飞镖祭起，雷鸣电闪，日色天光，不辨东西南北。仁贵抬头一看，见影影绰绰好似那怪蟒一般，飞奔前来，张牙舞爪，要来吃人。仁贵十分慌张，忙将手中画戟招定飞镖，招架十分沉重，犹如泰山一般打将下来，招架不住，兜转丝缰往城下逃来了。那飞镖好不利害，紧追紧赶，插翅腾云，也难躲避。追至吊桥边，打下来了。仁贵把头一偏，正打在左膀上。仁贵大叫一声，仰面一跤，跌下马来。周青等八员总兵看见元帅落马，一齐上前抢了主将，进入城中。苏宝同后面追来，这里发起狼牙，扯起吊桥。宝同看见箭发如雨，带了三军，只得回营。此话不表。

再言天子在城上看见仁贵落马，传旨鸣金收军，城上多加灰瓶、炮石、强弓、弩箭，紧守城门。军士将仁贵抬进帅府，安寝在床，连忙把衣甲卸下。那晓仁贵昏迷不醒，只有一线气在胸中。周青、薛贤徒、周文、周武、姜兴霸、王心溪、王心鹤、李庆红等，急忙到殿前奏说此事。

天子大惊，同了徐茂公、程咬金前来看视。只见仁贵闭眼合口，面无血色，膀上伤痕，四周发紫。徐茂公说道：“吾主有福，若是中了飞刀，尸首不能完全。此镖乃仙家之物，毒药炼成。凡人若遇此镖，性命不能保全。今天元帅受此毒镖，还算上天有靠，不至伤命。”天子说：“先生又来了，见元帅这般疼痛，多凶少吉的了，还说什么‘有靠’，岂非是荒唐之言。”龙目滔滔下泪。徐茂公说：“陛下不必悲伤，臣昨夜观天象，主帅该当有血光之难，命是不绝的，少不得后来自有救星到临。目下凶星照耀，不能顷刻根除，只怕要三番死去，七次还魂，要等一年灾满，救星到了，自然病体脱险。此乃毒气追心，必须要割去皮肉，去此毒药，流出鲜血，方保无虞。”天子点头说：“先生所见不差。”来对仁贵道：“元帅，今日徐先生与你医治，你需要熬其痛苦，莫要高声大叫，有伤元神。”仁贵说：“承万岁厚恩，虽死不辞。”又叫：“先生，多谢你费心。”徐茂公说：“不敢，元帅且自宽心。”吩咐军士把战衣脱落，面孔朝床里。八人扶住，一人动手，拿一把小刀，连忙将紫肉细细割去，有二寸深，不见鲜血，多是黑炭的肉。天子问道：“为何不见血迹？”徐茂公说：“此镖乃七般毒药炼成，一进皮肤，吃尽人血，变成紫黑。必须再割一层，叫痛而止，见血而住，方能有命。”天子道：“先生，这叫元帅如何熬当得起？”军师道：“万岁，不妨事，绝无妨害。”天子听言，把头一点，吩咐军士用心服侍。回说：“是。”细细割去三层皮肉，方才见鲜血流出来了。元帅大叫：“好疼痛呀！”擂床擂席，好不伤心。八个军士扶不住了。徐茂公说：“元帅且定了性儿，忍痛要紧。”那血不住放出来，仁贵悠悠晕去，又醒转来，对徐茂公说：“先生，如今再熬不起了，负了万岁洪恩，杀身难报，如今要去了。”大喊一声，两足一蹬，呜呼哀哉。天子看见身死，大哭，对徐茂公说：“啊呀！军师不好了，元帅气绝了呀！”徐茂公叫一声：“万岁，不妨。他疼痛难熬，故而死去，少不得醒转来的。”吩咐军校快将丹药敷好伤痕，不可惊动元帅。请万岁回宫，待他静养几日，少不得自能“还阳活命”。吩咐八位总兵小心看守。那周青等异姓骨肉，床前轮流服侍。天子无奈，同了军师回进宫中，心中忧闷。暂且不表。

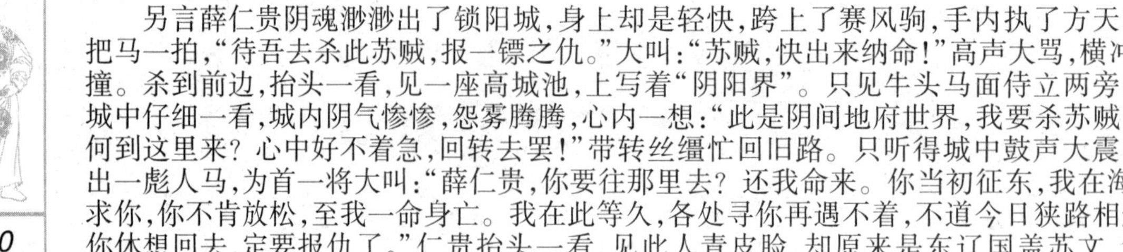

另言薛仁贵阴魂渺渺出了锁阳城，身上却是轻快，跨上了赛风驹，手内执了方天戟，把马一拍，“待吾去杀此苏贼，报一镖之仇。”大叫：“苏贼，快出来纳命！”高声大骂，横冲直撞。杀到前边，抬头一看，见一座高城池，上写着“阴阳界”。只见牛头马面侍立两旁；往城中仔细一看，城内阴气惨惨，怨雾腾腾，心内一想：“此是阴间地府世界，我要杀苏贼，如何到这里来？心中好不着急，回转去罢！”带转丝缰忙回旧路。只听得城中鼓声大震，冲出一彪人马，为首一将大叫：“薛仁贵，你要往那里去？还我命来。你当初征东，我在海中求你，你不肯放松，至我一命身亡。我在此等久，各处寻你再遇不着，不道今日狭路相逢，你休想回去，定要报仇了。”仁贵抬头一看，见此人青皮脸，却原来是东辽国盖苏文，说：

“我道是谁，原来是你。不要走！本帅要取你之命。”回转马来，开言叫声：“盖苏文，你本事低微，自来送死，今日如何怨我？可晓得本帅利害吗？”盖苏文听了大怒，把赤铜刀一起，说声“招刀罢！”劈面门砍来。那仁贵不慌不忙，把手中画戟噶唧一声架在旁首，圈得马来，把手中方天戟向前心刺将进来。盖苏文赤把铜刀一招，招架过去。两下交锋，有二十回合。正是青龙与白虎战在一处，杀在一堆，并不见输赢。一连战到百余回合，盖苏文有些招挡不住，刀渐渐松下来。仁贵戟法原高，紧紧地刺将过来。盖苏文说声：“不好！”把赤铜刀往戟上噶唧唧唧一抬，这一抬险些跌下马来。仁贵抽出一条白虎鞭，喝声：“招打罢！”三尺长鞭手中亮一亮，倒有三尺长白光。这青龙星见白虎鞭来得利害，说：“不好了！”连忙躲闪。只见白光在背上晃得一晃，痛入前心，口喷鲜血，把赤铜刀拖落，二膝一催，豁喇喇，豁喇喇，往城中好走哩。仁贵喝道：“往那里走！”随后追赶，盖苏文进了城门，牛头马面将门紧闭，军士一个也不见了。仁贵十分恼怒，开言说：“城上的听着，将盖苏文放出来。若不放出，本帅要攻城哩。”一声大叫，牛头马面忙下城来，开了城门说：“将军，我这里并不见什么盖苏文，不要在这里撒野。”仁贵大怒。一戟刺死了牛头马面，进了阴阳界内，必要寻盖苏文。那里又寻得着？迫下去有数里，远远听得吆喝之声，只得走向前边。抬头一看，见一所巍巍大殿，上边匾额上写三个大字“森罗殿”。仁贵心中一想：森罗殿是阎君所居，不要管它，只寻盖苏文便了。来到殿上，只见阎君正坐宝殿，判断人间善恶。那崔判官立在东首，下面多是夜叉，小鬼，牛头，马面。丹墀之下，跪着许多人犯，披枷戴锁，着实惨伤。多是生前造孽，忤逆不孝，瞒天昧地，使用假银，奸盗邪淫，不公不法之徒，正在那里发落。这些人犯也有打的，夹的，只听得叫苦连天。仁贵在下面看见，暗想说：“生前原要做好人，死后免受地狱之苦”。见他发落已完，正要上前去要盖苏文。不知有盖苏文否，且看下回分解。

第十四回　薛仁贵魂游地府　孽镜台照出真形

诗曰：

梦魂追杀姓苏人，渺渺茫茫一路寻；
意马心猿忽见面，青龙白虎斗输赢。

闲话少讲，再言阎君天子发落已毕，抬头见了仁贵，说声：“将军那里人？因何到此？乞道其详。”仁贵开言说：“阎君有所不知。本帅住在山西绛州龙门县，姓薛名礼，号仁贵。蒙贞观天子洪恩，跨海征东，救驾有功，封平辽王之职。今奉旨来征西凉，来到锁阳城，被逆贼苏宝同，二将飞刀伤我邦三员大将。圣上大怒，命本帅擒拿苏贼。不料又中飞镖，故此追杀苏贼。不想错走了路途，谁知遇盖苏文，方才与他大战。他力不能敌，败进阴阳界。我随后追来，无形无影无踪迹。故而来到宝殿，相烦将仇人盖苏文还与本帅，也好复旨。”阎君听了开言说：“薛大人，你还不知。盖苏文乃青龙星，上天降下来的，该有这番杀戮。本大王这里阴阳簿上，没有他的名姓，不在阴司。虽然光降，多多得罪。”仁贵大怒说：“阎君，你好欺人。他亡故多年，转世投胎，岂也不知吗？说什么‘簿上无名’、‘不是阴司该管’这些胡言。快快放出，万事全休。若再藏头露尾，本帅就要动手了。”阎君说：“将军息怒。”吩咐判官：“取阴阳簿过来，付与薛大人看。”那崔判官领命，忙将簿子送与仁贵。

仁贵接了一看，从前到后，果然没有姓盖的名字。仁贵说：“方才与他大战，追了阴司，难道就不在这里？此话哄谁？”阎君说：“将军但知其一，不知其二。本大王这里铁面无情，判断人间善恶，岂能徇私将人藏过来骗大人？委实不是我管，不在阴司地面。大人请回。”仁贵说：“他既然簿上无名，要这簿子何用？将火烧掉了罢。”阎君听了，遍身冷汗直透，上前夺住道：“这使不得。本大王奉玉帝敕旨，掌管阴阳簿子。一日一夜，万死万生，生前行善造恶，多在这簿子上。大人若是毁了它，人间善恶不能明白，上不能覆旨天庭，下不能发放酆都地狱罪犯。此事断然使不得。逆犯天条，罪该不赦。大人还要三思。”仁贵说：“既然不容我毁阴阳簿子，只要还我盖苏文，我就不毁了。”大王听了呼呼笑道：“大人你既然要看，这不难，随我到孽镜台前，一看就明白了。但是还有一说，只许远

观，不宜近看。大人阳寿未终，还该与朝廷建功立业。倘复还阳世，此事不可泄漏天机。本大王其罪不小了。”仁贵说：“这个自然。”

大王出殿上马，同仁贵来到孽镜台前。转轮大王吩咐鬼卒：“把关门开了，请大人观看。”鬼卒领法旨，忙把关开了。二位同上楼中。开了南窗一看，又是一个天朝了。分明是中原世界，桃红柳绿，锦绣江山，好看不过。大王说：“大人，你看西边尊府可见吗？”仁贵仔细一看，果然一些也不差。但见平辽王府里面，二位夫人愁容满面坐在那里。旁边薛金莲手内拿着一本兵书，在那里看视。仁贵看了这般情景，放声大哭：“我那二位夫人啊，你终日望我得胜班师，不想受许多折磨，如今死在阴司，你如何晓得？如今再无团圆之日，也顾不得许多。也罢！”开言叫声：“老大王，但不知我圣上在哪里？”轮转王叫一声：“薛大人，难得你忠心耿耿，思念朝廷，不恋家乡，实为可敬。随我到这里来。”吩咐开了西窗，便叫：“大人望西一带沙漠之地，就是当今天子了。”仁贵抬头一看，果然就是锁阳城。但只见天子愁容满面，军师徐茂公、鲁国公程咬金不开口立在旁边。主帅营中寂静无声，只见牙床上睡着一人。仁贵大惊说：“阎君大人，本帅营中床上睡一死尸，这是什么人？”大王说：“难道你忘了本来面目，睡的死尸就是将军。”“嗄！原来就是我。这般说起来，我身已脱凡尘，再不能回阳世了。我那圣上啊！今生休想见面了。”泪流不止。阎君说：“大人且免愁烦，方才本大王说过阳寿未终，少不得送大人还归旧路。”那仁贵忽然醒悟，开言说：“适才冒犯无颜，多多得罪，受我薛礼一拜。”大王连忙扶起说：“何出此言？大人不见责就好了，何必言谢。”仁贵满面惭愧，开言相求：“望老大王放吾还阳，还要保主征西，灭那苏贼。但不知秦驸马、尉迟二位将军，如今在哪里？待吾会他一会，可使得吗？”大王说：“这不能。他天数已定，寿算已绝，如今已上天庭去了。本大王开东窗你看。”仁贵抬头一看，见楼台有数丈高，中间悬一面大镜子，上写着“孽镜台”三字，望着镜子里面看去，别有一番世界。龙楼凤阁，仙鹤仙鹿成群，内中也有牛头、马面、判官、小鬼许多在那里。看到半边好作怪，囚笼车内坐着一位将军，饿得来犹如骷髅，脚掩手扭，链条锁住。仁贵问道：“老大人，此人犯的何罪，受此锁禁？”大王说：“大人，你今朝到本大王这里要寻仇人，这就是他。今日仇人当面，还问我是何人？”仁贵道：“这般说起来，这就是盖苏文了。他为何这般光景？我明明与他交战，何等威势，如今弄得这样形容。”大王说：“大人，这交战的原非盖苏文。也是大人被苏宝同飞镖所伤，疼痛难熬，其魂出壳，梦游地府，转念那人，那人就来了，并非盖苏文真来索命。这是大人的记心。”仁贵道：“呀！原来如此。”又叫一声：“老大人，那盖苏文死后何罪，罚在囚笼里面受苦？”大王说：“大人但知其一，不知其二。当初大人未遇之时，奉奸臣张士贵命探取地穴，金龙柱上用九根火链锁住，就是他了。蒙大人恻隐之心将他释放，来投阳世，他若改过自新，其罪也无了。不想他来到东辽国，逆天行事，好杀生灵，伤害百姓，致死数十万性命。虽蒙大人除掉了他，他的罪孽更重。虽是青龙下降，合当受此磨难。只要等他罪完孽满，方可上天复位。”仁贵点头想：生前作恶阴司记得明白，断断躲不过的，如今为人必要正直无私。开言又问说：“老大人，但不知我后来结局如何，伏乞老大人指示。”大王说：“你平生正直，三年天牢，不忘恩主，并无怨心。扶助紫薇圣主，打成唐朝天下，并无罪孽。你何必心慌？”仁贵说：“虽是如此，究竟后来如何？”大王说：“既然如此，北窗一发开给你看，就明白了。”吩咐鬼卒开了北窗。

北窗鬼卒得令，连忙开了北窗。对仁贵说：“一生结局多在里面。”仁贵抬头一看，全然不解。只见一座关头，写着“白虎关”。只见关中冲出一彪人马，为首一将，生得凶恶，身长丈二，青面獠牙，赤发红须，眼如铜铃；坐下一匹金狮吼，手端铁方量，冲到阵前。前边来了一员大将，白盔白甲，手执方天画戟，与他交战。那时将军杀败，只见顶上现出一只吊睛白额虎，张牙舞爪，随着那将军一路追上来。旁边又赶出一员年少将军，浑身洁束，年纪只有十六七岁光景，坐下一匹腾云马，手执狼牙宝剑，搭上弦，只听得“嗖”的一声，弓弦响处，一箭正中猛虎。片刻不见猛虎，前面将军跌下马来。霎时飞沙走石，关前昏暗。少停一刻时候，天光明亮。只见仙童玉女，长幡宝盖，扶起那中箭的穿白的将军上了马，送上天庭，冉冉而去。定睛一看，只是影影绰绰，看不明白。又只见射箭的年少将军号啕大哭，前来追杀那恶将，却被这恶将杀得大败。只见一员女将，十分美貌，手舞双刀，接住恶将大战。不上十合，被双刀女将砍下马来。霎时又不见了。那仁贵看了全然不晓得是何缘故，忙问阎君说：“内中景界怆然不解，乞道其详。”大王说：“大人，此将名叫

杨藩，有万夫不当之勇，乃是上界披头五鬼星临凡。大人若遇此人，须要小心。”仁贵道：“老大人，关中赶出那一员青面獠牙、使铁方量的，想来就是杨藩了。”大王说：“然也。”不知后面还有何景象？再将下回看。

第十五回 薛仁贵死去还魂 宝同二困锁阳城

闲话不提。仁贵又看到后边，忙问：“这一员将官那是那一个？”大王道：“后面将军，就是大人了。”仁贵道：“嗄！就是本帅。为什么泥丸宫放出一只白虎来？主何吉凶？”大王道：“大人，这是你自己本命真魂出现。”仁贵说：“呵呀！这般说起来，本帅乃白虎星临凡了。”“然也。”仁贵又问道：“老大人，那旁边那一员小将，我与他前世无仇，今生无冤，为何将本星一箭射死？但不知他姓甚名谁？为何前来伤着本帅？”阎罗天子微微冷笑说：“大人，这小将就是你的令郎，名唤丁山。”仁贵道：“老大人，本帅没有儿子的，他是龙门射雁的小厮。嗄！原来是我的丁山儿，他为何伤我？”大王说：“你当初无故将他射死，今日他来还报。你无心害子，他有心救父。白虎现形，故而射死白虎，怪他不得。这叫一报须还一报。”仁贵道：“我儿已被我射死，尸首又被猛虎衔去，本帅亲眼见的，如何又得重生？又来助战？”大王说：“你令郎有神相救还阳，目下应该父子相逢，夫妻完聚。”“嗄！原来如此。有这个缘故。我后死于亲人之手。”二位说毕，同下楼来。大王吩咐鬼卒：“送薛爷回阳间去，不可久留在此，恐忘归路。”仁贵拜谢。鬼卒同了仁贵离了森罗殿，来到前面。只见一个年老婆婆，手捧香茶，叫声：“吃了茶去。”仁贵听得，叫声：“婆婆，我不要吃。”大王叫一声：“大人，这个使不得。倘然复还阳世，泄漏天机，其罪不小了。请大人吃了这盏茶。”仁贵吃了，作别大王，还回旧路。看看相近锁阳城，鬼卒叫声：“薛爷，小鬼送到此间，阴阳阻隔，要去了。”仁贵叫声：“慢去，还有话讲。”只听得大叫：“元帅苏醒转来了。”那周青等八位昼夜服侍，在此守候。听得元帅大叫，周青说：“好了，元帅醒过来了，快快报与万岁知道。”薛贤徒急忙来到银銮，奏说此事。朝廷大悦，同了茂公前来看视，叫声：“元帅，你七日归阴，朕七日不曾安睡。今日元帅醒转，朕不胜之喜。要耐心将养为主。”传旨煎茶汤。仁贵只得翻转身来，说：“臣该万死，蒙圣主如此隆重，杀身难报，只得在席上叩首了。”朝廷说：“这倒不必，保养第一。”仁贵说：“军师大人，这几天苏贼来攻城否？”茂公说：“他失了九口飞刀，不来十分攻打。”仁贵对周青说：“你等不要在这里服侍，自有军校承值。你带领人马十门紧守，多备灰瓶、炮石、强弓、弩箭，防他攻打以惊圣驾。”那八员总兵一声：“得令！”多往城上紧守去了。又对徐茂公说：“待本帅好些，然后开兵，不要点将出城，再送性命。”茂公说：“这个自然，元帅且宽心。”仁贵说：“请万岁回銮。”朝廷再三叮嘱，同了茂公自回宫不表。

另回言苏宝同为何不十分攻打？因前日与尉迟号怀交战，失去三把飞刀，又与薛仁贵开兵，又失去六把飞刀，如今一齐失了。剩得飞镖三柄，那里敌得唐兵过？复要上仙山练就飞刀，再来复仇，未为迟也。忙吩咐三军：“把城门围住，不许放走一人，否则本帅回来军法处置。”“得令！”那苏宝同又往仙山炼飞刀去了，我且慢表。

再言锁阳城中，徐茂公善知阴阳，晓得苏宝同上山炼飞刀去了，应该点将出战。为何不发兵？明晓得他营中飞钹和尚、铁板道人二个厉害不过，出去枉送性命，故而不发兵。也是灾难未满，所以耽搁。他日日到帅府看视。仁贵用药敷好，只是日夜叫疼叫痛，也无法可治。不料耽搁有三个月，君臣议论纷纷，我且慢表。

如今要讲到西辽元帅苏宝同，他上仙山求李道符大仙，又炼了九口飞刀。别师下山，到狼主那里，又起雄兵十万，猛将千员，带领大队人马来到锁阳城。量城中薛仁贵不能就好，老少将官也无能冲踹，竟胆大心宽，传令：“与我把十门周围扎下营盘。”“嗄！”一声号令，发炮三声，分兵四面围住，齐齐扎下帐房。前后有十层营盘，扎得密不通风，蛇钻不过马蹄，乌鸦飞不过枪尖。按下四方五色旗号，排开八封营盘，每一门二员猛将把守。元帅同军师困守东城，恐唐将杀出东关，到中原讨救，所以绝住此门。今番二困锁阳城，比前番不同，更是利害。雄兵也强，猛将也勇，坚坚固固，凭你神仙手段，八臂哪吒也难迎敌。

此一回要杀尽唐朝君臣，复夺三关，杀到长安，报仇泄恨。暂且不表。

城中贞观天子在银銮殿与大臣闲谈，着急仁贵病体不能全好。正在此刻，忽听城外三声炮响，朝廷大惊。一时飞报进来，上殿启奏："万岁爷，不好了。番兵元帅又带领雄兵数万，困住十门，营盘坚固，兵将甚众。请万岁爷定夺。"朝廷听得此报，唬得冷汗直淋。诸大臣目瞪口呆。徐茂公启奏道："既有番兵围绕十门，请万岁上城窥探光景如何，再图良策。""先生之言有理。"天子带了老将、各府公子，多上东城。往下一看，但见：

征云惨惨冲牛斗，杀气重重漫十门；风吹旗转分五色，日照刀枪亮似银；銮铃马上叮当响，兵辛营前番语情；东门青似三春柳，西接旗幡白似银；南首兵丁如火焰，北边盔甲暗层层；中间戊已黄金色，谁想今番又围城。

果然围得凶勇！老将搔头摸耳，小英雄吐舌摇头。天子皱眉道："徐先生，你看番兵势头利害，如之奈何？薛元帅之病不知几时好，倘一时失利，被他攻破城池，便怎么处？"茂公说："陛下龙心且安。"遂令秦梦、尉迟号怀、段仁、段滕贤，各带两千人马，同周青等八员总兵保守十门，"务要小心。城垛内多加强弓硬弩，灰瓶石子，日夜当心守城。若遇苏宝同讨战，不许开兵，他有飞刀利害。若来十门攻打，只宜十城坚守。况城地坚固，绝无大事。不要造次，胡乱四面开兵。一门失利，汝四人一齐斩首。""得令！"四人领命，各带人马，分十门用心紧守。朝廷同老将、军师退回银銮殿，叫声："先生，此事如何是好？"茂公道："陛下降一道旨意，到长安讨救兵来才好。"朝廷说："先生又来了。城中多少英雄，尚不能冲杀番兵。寡人殿前，那一个有本事的独踹番营？"茂公道："有一员将官，他若肯去，番兵自退矣。"天子道："先生，那一位王兄去得？"茂公笑道："陛下龙心明白，讨救者扫北征东之人也。臣算定阴阳，此去万无一失。他是一员福将，疾病都没有的。陛下只说没用，老臣自有办法，遣将不如激将。"天子点头，心中才晓得是程咬金。就叫："程王兄，军师保你能冲杀番营，前去讨救。未知可肯与朕效力否？"程咬金跪奏道："陛下，为臣子者正当效力，舍死以报国恩。但臣年迈八旬，不比壮年扫北征东，疾病多端。况且到长安，必从东门而出。苏宝同飞刀利害，臣若出去，有死无生，必为肉泥矣。徐二哥借刀杀人，臣不去的。"朝廷说："先生，当真程王兄年高老迈，怎能敌得过苏宝同？不如尉迟御侄去走一遭罢，他那条枪还可去得。况程王兄风中之烛，只好伴驾朝堂，安享富贵。若叫他出去，分明送他残生性命，反被番邦耻笑。军师，此事还要商议。"不知程咬金肯去不肯去，再看下回分解。

第十六回　徐茂公激将求救　程咬金骗出番营

适才话言不表。再言徐茂公说："陛下，动也动不得他。臣算就阴阳，万岁洪福齐天，程兄弟乃一员福将。苏宝同虽有飞刀，邪法多端，只伤无福之人，有福的不能受伤。故而保我程兄弟出去，万无一失。若说尉迟小将军，他本事虽高，怎避得番帅飞刀之患？况他二兄已丧，此去兵不能退，又折一员栋梁。程兄弟，当年扫北时也保你出去讨救，平安无事，得其功劳。向年在三江越虎城，也保你往摩天岭讨救，也太平无事，今日倒要推三阻四起来。"咬金道："这牛鼻子道人！前年扫北，左车轮本事，系用兵之法不精，营帐还扎得松，可以去得；向年征东，盖苏文认得我的，不放飞刀，还敌得过，所以去得。如今我年纪增添，苏宝同好不利害，营盘又坚固，更兼邪法伤人，我今就去，只不过死在番营，尽其臣节。只恐误了国家大事，我之罪也。"天子说："程王兄之言不差。他若出去，被苏宝同见笑，说城中没有能人大将，遣一个年老废物出城，岂不笑也笑死了。"程咬金一听此言，心中不悦，开言叫声："陛下，何视臣如草芥！当初黄忠老将年纪七十五岁，尚食斗米，能退曹兵百万。况臣未满八旬，尚有廉颇之勇，何谓无能？待臣出去。"天子道："既然王兄愿去，寡人有密旨一道，你带往长安开读。讨了救兵到来，退得番兵，皆王兄之大功也。"程咬金领旨一道，就在殿上装束起来。按按头盔，紧紧攀胸甲，辞了天子，手端大斧，开言说："徐二哥，你们上城来看。若然吾杀进番营，营头大乱，踹得出番营。营头不乱，吾就死在番营了。另点别将去讨救。"茂公说："诸位将军，今日一别，不能再会了。"众公爷说：

“说到哪里话来，靠陛下洪福，神明保佑，老千岁此去，决不妨事。”程铁牛上前叫道：“爹爹，你是风中之烛，不该领了旨意到长安去。”咬金说：“我的儿，自古道：‘食君之禄，与君分忧。’国家有难，情愿舍身而报国，生死皆由天命，就死不为寿夭。况为父的受朝廷大恩，岂有不去之理？”程铁牛流泪说：“待孩儿保着爹爹前去，一同杀出番营，同到长安。”咬金摇摇手道：“这使不得，你伴驾要紧。倘一同出去，有甚三长两短，就不妙了。”父子二人大哭。诸臣见了，好不伤心。咬金辞王别驾，上了铁脚枣骝驹，也不带一兵一卒，出了午门，独骑同茂公来到东城。天子同公卿上马，都到城上观看。咬金又叫一声：“徐二哥，你念当初结拜之盟，要照管我儿的。”茂公说：“这个自然，不消吩咐。但愿你马到成功，回到长安，早讨救兵到来。愚兄在这里悬望。”咬金说：“二哥，我出了城门，冲杀番营，营不乱，你们把城门紧闭，吊桥高扯；若营中大乱，你们不可闭城，吊桥不可乱扯，防我逃进城来。”茂公说：“这不消兄弟吩咐。你且放胆前去，我自当心的。”铁牛看了不忍，君命所差，无可奈何，同茂公竟上城头观看。一边放炮开门，吊桥坠落。咬金一马当先，冲出城来，过了吊桥。茂公一声吩咐，城门紧闭，吊桥扯起了。

这程咬金回头一看，见城门已闭，吊桥扯起，心中慌张，叫声：“二哥，我怎样对你讲的？”茂公叫声：“程兄弟，放胆前去。我这里城门再不开的，休想进来，快回长安。我自下城去了。”咬金心中大恼，说：“罢了！罢了！这牛鼻子道人，我与你前世无冤，今世无仇，何苦要害我！”在吊桥边探头探脑，却被营前小番瞧见，多架弓矢喝道：“呔！城中来的将官，单人独骑，敢自来送命。看箭哩！”飕飕的乱发狼牙。程咬金好不着忙，向前又怕，退后无门，叫一声：“番儿，慢动手。借你口中言语，去报与番将得知。说我吾唐鲁公程老千岁，有话要面讲。”小番听了忙报营中说：“启上帅爷得知，今有城中走出一名奸细，口称鲁国公程咬金，要与元帅搭话。”苏宝同道：“那人带多少人马？用何兵器？”“启上帅爷，那人并无兵马，单人独骑，手内端着一柄斧子，余外并无什么。”苏宝同吩咐带马来。军士带过马，宝同上了龙驹，来到营前，大喝一声说道：“老蛮子，你姓甚名谁？请本帅出来有何话说？”程咬金开言叫声：“胡儿！只为飞刀利害，主帅命我程老千岁到长安催取粮草，来杀你们。”苏宝同说：“原来就是程老蛮子，本帅也悉知。我也不杀你，你回去罢。”咬金叫一声：“胡儿，我中原还有上天入地英雄好汉，倘然一到西凉，你们一个个性命就难保了。我老人家还有孙子，名叫程千忠，用十六个军士扛抬一柄板斧。若一到西辽，你们就难逃生路了。”叫一声：“苏宝同！你若怕杀，宜快把我程爷爷这就杀了；你若是英雄好汉不怕杀，放我过去搬兵取运粮食。”苏宝同听了此言，心中一想：那里有什么上天入地英雄好汉？那里有十六个人扛抬的斧子？一概胡言。他分明粮草全无，运粮是真情了。我想这看头儿杀他也无益，不如放他去罢。倘有粮草到来，我就一鼓而擒，乘机攻破城池，将仇人杀尽，拿住唐王，搜寻御玺，呈与狼主，功劳无限。主意已定，叫一声：“老南蛮，本帅也不怕你钻天好汉，也不怕你入地英雄，放你过去。”程咬金道：“胡儿，你果然不怕死？”苏宝同说：“老匹夫，你不要骂，俺不怕。放你过去。”程咬金叫一声：“胡儿，你好好诈呵！这会儿假意放我程爷爷过去，前边关口都被你番兵占去，你差兵到关津嘱咐，教他拿住我，将程爷爷一刀两断，岂不是上了你的当了？要杀，就在这里杀。”苏宝同道：“嗄！你说哪里话来？本帅乃堂堂汉子，岂肯巧言令色。我若不容你过去，一刀就砍你骡头下来。难道见钟不打，反去炼铜？绝无他意。你不要介怀，放心过去罢。”程咬金道：“胡儿，你程爷爷此去搬兵到来，杀你这班番兵。你也请吾一请，好叫我吩咐孙子程千忠，斧子磨快些，把你这班胡儿一刀一个，杀快些，少受些苦痛。”苏宝同说：“军校们，那老蛮子噜噜口苏口苏讲些什么？”小番禀说：“启爷，那蛮子要酒饭吃。”苏宝同道：“老匹夫不知饿了几天了，本帅做个好事。”吩咐小番赏他些酒食。“得令！”军校连忙取出鱼肉好酒，送与咬金。咬金大悦，将来吃了，有些酒意，开言说：“胡儿，快将令箭批文与吾，好到关前做个执照。”苏宝同听了，吩咐小番，将批文令箭与他前去。咬金接了令箭批文，出了营门，上了马，叫声“多扰”，打马加鞭往前，至一里之地放起流星，此话不表。

再讲唐王君臣在城头观看，稍停，只见远远流星放起。天子大悦，叫声：“先生，你看营后流星放起，程王兄想来无害了。”茂公道：“臣算定不妨碍的。”程铁牛听了不胜之喜。传旨回宫。此话也不表。

再言程咬金一路上倒也太平，到了关隘，有了执照令箭，俱皆放行。不一日，到了玉

门关,是中原地方。闻知钦差多来远接。咬金不敢耽搁,救兵如救火,日夜兼行,不分昼夜,过了宁夏一带地方。一路上风惨惨,雨凄凄,行过了陕西,早来到长安。进了城门,不到自己府中,当日就到午门,驾已退殿回宫去了。有黄门官抬头一看,说:"啊呀!老千岁,随侍圣上龙驾前去征西平番,可是得胜班师了吗?"咬金说:"非也。快些与我传驾临殿,今有陛下急旨到了。"黄门官听见有万岁急旨降来,不知什么事情,连忙传与执殿官。不知圣驾如何,且看后回,便知分解。

第十七回 薛丁山受宝下山 柳夫人母子重逢

话说执殿官急忙鸣钟击鼓,内监报进宫中。殿下李治整好龙冠龙服,出宫升殿。宣进程咬金,俯伏尘埃:"启殿下千岁,老臣鲁国公程咬金见驾,愿殿下千岁,千千岁。"李治叫声:"王伯平身。取龙椅过来。"程咬金谢恩坐在旁首。殿下开言叫声:"王伯,我父王领兵前去平西,未知胜败如何?今差王伯到来,未知降甚旨意?"程咬金说:"殿下千岁,万岁龙驾亲领人马,一路势如破竹,连夺三关,如入无人之境。不想入了他圈套,设过空城之计,进得锁阳城,被苏宝同调百万兵马将锁阳城团团围住,水泄不通,日日攻打。开兵驸马出阵,被他骗去昆仑锏,还锏身亡,死于马下。次日尉迟宝林、宝庆弟兄二人,被他飞刀所害,尸首不能完全。元帅亲领六师自出,又被飞镖所伤,众将救回,死过七日,然后还阳,至今未好。事在危急,有惊天子龙驾。所以单人独马,杀出番营,到此讨救。现有旨意一道,请千岁亲观。"李治殿下出龙位,跪接父王旨意,展开在龙案上,看了一遍说:"原来我父王围困锁阳城内,命我不要点朝中大将为帅,要出榜文,是有能人到来,领兵前来破番,方能得胜。"殿下对咬金说:"父王旨意上要出榜文,不知何意?"咬金说:"这是牛鼻子道人善晓阴阳,所以得知。"殿下说:"事不宜缓,救兵如救火。老王伯与我调齐三军,操演各将,一面张挂榜文。"咬金说:"老臣得知。"就此辞驾,出了午门,回到自己府中。裴氏太太早已亡故,孙儿千忠接见,他也是青面獠牙,使一柄大斧,倒有八百余斤,两膀有千斤之力。咬金无暇细谈,自去料理。单有秦、尉迟二家公主闻此消息,苦恨不已,悲伤哭泣。但见随驾而去,不得随驾而回。设立灵座,殿下亲临吊唁,文武百官皆来祭奠。暂且不表。另回言云梦山水帘洞王敖老祖,当年救了薛丁山,留在洞中,拜为师父,教习兵法,却已过了七年。晓得紫微星被困锁阳城,白虎星有难,目下应该父子团圆。不免唤徒弟下山,叫他前往西凉救驾,使他父子相逢,又能建功立业,有何不美。叫声:"徒弟过来,有话要对你说。"丁山听得师父呼唤,忙到蒲团前跪下,说:"师父有何吩咐?"王敖老祖叫声:"徒弟,你今灾难已满,应该离我仙山。今有西凉苏宝同作乱,唐天子有难锁阳城,汝父被飞镖所伤,我命你下山,前往锁阳城救驾,致使父子相会,平定西番回朝,其功不小。"丁山听言,叫声:"师父,弟子蒙师父相救,情愿在山中修道,学长生之法,不愿红尘中去走走。"说罢,泪流不止。老祖说:"徒弟,你命该享人间福禄,修道之中你无缘,根行浅薄。你此去巧遇良缘,有大功于国,以救汝父。你若不听我言,不忠不孝之罪人也,焉能修道得成?"丁山说:"师父,弟子本事低微,才疏学浅,武艺手段平常,如何到得西凉,杀退番邦人马?倘一失手,岂非败坏师父仙名?不能救驾,父子又不能会面,这便如之奈何?"老祖点头说:"是,果然不差。此去到西凉,关关有大将,寨寨有能人,焉到能得西凉?苏宝同又利害不过。嗄,有了。"吩咐仙童:"去取我十件宝贝出来,付与师兄。"仙童领法旨,取出递与丁山。老祖说:"此十桩宝贝,可能破得番邦,你要好好收藏,后有用处。"那十件?太岁盔一件;索子天王甲,刀枪不进;一双利水云鞋,穿上会腾云驾雾;一把方天画戟;一柄昆仑剑;玄武鞭;朱雀袍;宝雕弓;三支穿云箭;牵出一匹驾雾腾云龙驹马。丁山受了十件宝贝,全身披挂。老祖说:"这十桩宝物,你拿到西边,就能平复西凉。天机不可泄漏,去罢!"丁山叫声:"师父,徒弟此去不知何日再见师父?"老祖说:"吾赠你偈言四句,日后富贵荣枯结局多在里头,你须要牢牢记着。偈曰:'一见杨藩冤孽根,红丝系足是前生。两世投胎重出见,自家人害自家人。'"丁山说:"师父,不知吉凶,乞师父指引。"老祖说:"不须问我,后有应验。""是,谨依师父严训。"拜辞师父,离了仙洞,上了龙驹。老祖又叫:"徒

弟转来，吾还有话讲。"丁山道："不知师父还有何法旨？""汝父有难西凉，被苏宝同飞镖所伤。我赠你丹药，前去救父一命。""是，谨依师父法旨。"那时便把葫芦收好，叫一声："师父，弟子此去往于何地？"老祖说："汝往西南而行，往龙门县。汝父职受平辽王，镇守山西。你回去母子相逢，速往长安，收取榜文，西凉退贼。你功名富贵，在此一举了。"丁山一听此言，心中明白。将弓箭鞭挂在腰间，别了师父下山。

这匹龙驹好不快便，但听得风声，不消片时来到山西。看看相近龙门县，按落云头一看，早到平辽王府门首。说道："吾七个周年不在世间，但不知母亲妹子如何？"只见走出一个人名薛青，抬头一看，问起因由。丁山细说一遍。薛青叫一声："小主人，你自经龙门射雁身亡，夫人终朝痛苦。难得今日生还，使小人喜出望外，待小人进去通报夫人。"薛青来到中堂，双膝跪下说："主母，当年小主人未死，今日回来，特来禀知夫人，现在辕门外面。"夫人听得此言，心中大喜，吩咐薛青："快快出去请大爷进来。""是，晓得。"来到外面，同了世子来到中堂。见柳氏夫人坐在中堂，丁山叫一声："母亲，孩儿丁山拜见。"夫人抬头一看，"果然是我丁山孩儿。"抱头大哭："七年不见，今日相逢，孩儿细细说来。"丁山道："母亲，那日孩儿射雁，误被父亲射死。王敖师父差虎将孩儿衔去，救活性命，在山学道。今日师父命孩儿下山，付十桩宝贝。说圣驾被困锁阳城，父亲被飞镖所伤，无人往救。目下长安挂榜求贤，孩儿要往长安揭榜，领兵前往西凉救父要紧。故此先来拜见母亲，就要起程。"夫人听了大喜，说："难得仙师相救，七年恩养，又叫前去救父亲，这也难得。"金莲小姐在内闻知哥哥回来大喜，忙走到中堂，见了哥哥，满心喜悦。兄妹二人也有言语。回身拜见樊氏二娘。设团圆酒与孩儿接风。

酒席之间，夫人下泪，说道："儿嗄，闻得西凉兵将凶狠，但不知你父亲死活存亡，教做娘的那里放心得下。"丁山听了，跪下说："母亲不必愁烦，待孩儿明日到长安揭榜，前去救父。母亲放心！"夫人说："孩儿，你要往长安，西凉去救父。也罢么，生死愿同一处，做娘的同你前去，免得牵肠挂肚。"金莲小姐上前说："哥哥，做妹子的有仙母教习仙法，练就六丁六甲，金甲神将，武艺精通。凭他番兵百万，那里在妹子心上。与哥哥一同前去救父。"丁山说："妹子果有本事，一同前去更妙。但不知家室田园王府托与何人？"夫人想一想说："王茂生伯伯夫妻今已去世，如今怎么处？嗄，有了，不免尽行托与樊氏二夫人便了。"母子兄妹三人讲了半夜，说起王茂生身故，丁山下泪，酒筵席散，各自归房。未到天明，各自抽身，将家事托与樊氏夫人。收拾完备，兄妹结束停当，同母亲离了山西。有官员相送，吩咐不必相送。放炮三声，竟往长安大路而行。不一日到了长安，进城果见教场演兵马。来到午门，看见榜文大张。圣谕："有将领兵到西凉，救回圣驾，封万户侯，妻封一品夫人。"丁山大悦，忙上前揭榜文。有守榜官看见，忙来见鲁国公程咬金。咬金听说，忙上马来到榜前，见一年少将军揭了榜文，程咬金大喜，说："昨日张挂，今就有人揭榜。待我问他姓名，不知可有怎样本事退得番兵。"不知此人是谁，且看下回分解。

第十八回　薛丁山领兵救父　窦仙童擒捉丁山

适才话言不表。再言程咬金带年少将军来到自家府中，说："小将军姓甚名谁？有何本事来揭此榜文？"丁山说："老千岁，我乃薛平辽王之子丁山，向年被师父救去练习兵法。师父命小将下山，往西凉救君父，同母亲妹子一同到此。望老千岁奏明殿下，领兵前去征番。"咬金听了大喜说："你原来是平辽公之子，可喜。待吾二人一同去朝见殿下。"二人上马，来至午门。当驾官奏知，李治殿下升殿。程咬金同薛丁山来到金銮，朝见已毕。殿下问道："卿家，何人揭此榜文？"程咬金说："殿下洪福齐天。这小将军乃元帅之子薛丁山，前来揭榜领兵。"殿下说："原来是薛卿，平身。卿家有何本领领此重任？"丁山奏说："千岁在上，臣父蒙圣上供恩，拜将征西，随驾番邦，不料被困锁阳城。闻千岁招贤纳士，臣遇仙师传授仙法，哪怕番兵百万、苏宝同利害？臣此去必要杀却苏贼，平定西凉。得胜班师，犹如反掌。"殿下抬头一看，果然相貌不凡，人才出众，必是大将之才，心中大悦。封丁山为二路元帅，就当殿挂印。殿下李治亲递三杯御酒，说："薛卿领兵前去，一路旗开得胜，

马到成功，救了父王龙驾，得胜回来，其功非小。"丁山谢了恩。这一首程咬金说："殿下千岁，救兵如救火，殿下速降旨意，命各府爵主，明日教场点起大队人马，连日连夜往西凉救万岁龙驾要紧。"殿下说："老王伯，这个自然要紧的。"就降旨意。如今各府公爷，回家整备盔甲，殿下回到宫中不表。

单讲薛丁山威威武武回到程府中，咬金设酒饯行，当夜之事不表。到了五更天，有各府公爷都是营妆披挂，结束齐整，到教场中听令。丁山头上戴顶闹龙束发太岁盔；身披一领索子天王甲；外罩暗龙白花朱雀袍；背插四面描金星龙旗；足穿利水云鞋，上节装成乌缎描凤象战靴；手端画杆方天戟；腰间挂下玄武鞭；左边是下宝雕弓；右边袋衣插下三支穿云箭；坐下一匹驾雾腾云龙驹马。后面扯一面大纛旗，书着"征西二路大元帅薛"。丁山好不威风！来到教场，请将上前打躬已毕，点清了三十万人马，薛丁山命尉迟青山先解粮前行；点罗通为前部先锋；后队点程千忠，逢山开路，遇水成桥。后面丁山祭过了旗，放炮三声，摆开队伍，众将保住了元帅。程咬金也是戎装甲胄，竟往西番大路而行。薛夫人、小姐也结束打扮，一同征进。尽戴乌金盔，都穿亮银甲。果然马不停蹄，出了陕西，过了宁夏，人马出了玉门关。

前面有座棋盘山，山势高峻。只听得山上一声锣响，罗通在马上说："前面高山必有草寇下来，尔等须要小心。"话声未绝，山上数千喽啰下山来了。冲出一个大王，年纪还少，仪貌堂堂，身长三尺，头戴高银盔，身穿熟铁甲，手执黄金棍。他是王禅老祖的徒弟，武艺高强。他在山上望去，见唐军中一员女将，生得齐整不过。好色之徒见了金莲，不觉神魂飘荡，妄想争来成亲。便拿了黄金棍，飞奔前来，挡住去路，大叫一声说："到我山前过，十个头，留九个。若是没有买路钱，走你娘的清秋路，快快留下买路钱来。若是不肯拿出来，你军中留下这少年女子，与我做压寨夫人。"罗通听了大怒："好大胆的狗强盗！天兵到此，你出此胡言乱语，"把枪一起，"招枪！"一枪往面门上挑将进来。窦一虎是步战的，把黄金棍往枪上噶啷这一枭，来得利害！罗通这条枪绷转来了，圈得战马来又是一枪，如今一虎棍抬不起了。纵跳如飞，枪来棍架，棍去枪迎，二将交锋三十余合。罗通本事高强，杀得窦一虎浑身是汗，险些被他刺着，把身子一伸，一扭不见了。罗通抬头一看，"呵呀！这也奇了，方才这子正要拿他，为何就不见了？"军卒看见说："强徒做戏法的，忽然不见。"罗通心中想到："未如追上山去捣其巢穴，除此草寇，好让客商往来。"算计已定，带领三千铁甲，杀上山来。

小姐正坐忠义堂，喽啰报上山来："启小姐，不好了。大王在山前打探，不远来了唐朝大队人马。大王要截住讨买路钱，那军中闪出一员先锋，十分凶勇，与大王交战有三十余合，大王大败，上遁走了。那唐兵追上山来了。"小姐大怒："嗄，有这等事。待吾自去拿他便了。"上了白花龙驹，带领三百女兵冲下山来，刚刚正迎着罗通。罗遍看见一员女将冲下来，抬头一看："嗄唷，好绝色的女子！"你看她怎生打扮？但见她头上挽就螺蛳髻，狐尾倒照，雉鸡尾高挑，眉似柳叶两弯清，面如敷粉红杏色，一口银牙，两耳金环，十指尖尖如春笋，身穿索子黄金甲，八幅护腿龙裙，足下小小金莲，果然倾城倾国，好似月里嫦娥来下降。罗通见了，不禁呼呼大笑说："你这女有何本领，口出狂言。快快随我到营中，送与元帅做个夫人。""喳！狗南蛮，你不知俺窦小姐的利害吗？擅敢讨我便宜。不要走，招刀罢！"把刀一起，往罗通头上砍将过来。罗通把枪逼在一旁，还转枪来，一枪劈面门挑将进去。小姐把刀噶啷啷一声响架在旁首，马打交锋过去，英雄闪背回来。二人在山前战到二十回合，小姐那番虚晃一刀，带转马就走，叫一声："狗南蛮，俺不杀你了，好走哩。"罗通不知她使计，拍马也追上来了。仙童回头一看，正中机谋，忙向怀中取出捆仙绳，抛在空中。罗通抬起头，只见一道亮光一烁，被他捆住，昏迷不醒，翻身一交，跌下马来，被喽啰拿上山去了。那窦仙童收了仙绳，又到阵前讨战。

有败残兵卒报进营中，说："元帅不好了，山中有一女将，能使妖法，把先锋罗千岁用红绳生擒活捉上山去了。"丁山听报大怒，吩咐："军校备马抬戟，待本帅亲自擒泼贼。"打扮完备，结束停当，跨上龙驹，手执画戟，带领三军，冲出来。来到阵前，大叫一声："贱婢，你好好放我先锋出来，若不然，本帅要将巢穴踹为平地了。"窦小姐见营中出来一将，甚是齐整，面如敷粉，唇如涂朱，两道秀眉，一双凤眼，好似潘安转世，犹如宋玉还魂。窦小姐心中一想："我生一十六年，从不见南朝有这等美貌郎君。我枉有这副花容，要配这样才郎不能够了。”他有心拿这丁山，喝道：“嘚！来的唐将少催坐骑，留下名来。”丁山道：“你要问本帅之名么，我乃唐王驾下二路元帅薛丁山便是。快快放罗千岁出来，好往锁阳城救君父。”小姐说：“郎君，奴家有言相告。”“有话快说来。”“奴家已非俗人，乃九龙山连环洞黄花圣母徒弟。蒙师传授仙法，武艺精通，虚度青春十六岁。父母双亡，只有哥哥窦一虎。他有地行之术。奴家窦仙童欲与将军成就匹配，同往西凉认救圣驾。不知将军意下如何?”丁山一听此言，心中大怒，说：“你这不识羞的贱人！我乃堂堂世子，岂肯与你草寇为婚！你这无廉无耻不顾羞惭的贱人！你不必多言，招本帅的戟罢。”一戟往小姐面门上刺将来。那小姐不慌不忙把双刀一起架在一边，马打交锋过去，走转来，那仙童忙举双刀砍将下来，丁山急架忙还。刀来戟架，戟去刀迎，杀在一堆，战在一处。一连二十个冲锋，战得小姐满面通红，两手酸麻，那里是丁山敌手？只得把双刀抬定方天戟，叫声：“郎君，且慢动手，看我的法宝。”往怀中取出捆仙绳，往空中一抛，照前一样，将丁山捆住，得胜回山。将丁山绑起，解进忠义堂。丁山方苏醒，见了仙童立而不跪，骂道：“泼贱妖娆，你用妖法拿我天朝元帅。”仙童说：“奴家怜你人才出众，饶你一死。今日依我山上成亲，我就劝我哥哥归顺大唐，同到西凉。你若执迷不悟，如今就要斩了。”丁山听说，大怒道：“妖娆，你出言无礼，强逼成婚，要杀就杀，何必多言。”仙童听了吩咐喽啰：“推出斩首报来。”喽啰得令，将丁山推出斩首。不知性命如何，且听下回分解。

第十九回　薛丁山山寨成亲　窦一虎归唐平西

再言窦小姐令喽啰将丁山推出斩首，正要开刀，只听得叫一声：“刀下留人！”你道是那一个？就是程咬金。他在大营听得军士报进说：“帅爷与女将交战，不上三十回合，被他红绳线索把帅爷活捉上山去了。”咬金听了，唬得魂飞魄散，开口又问道：“怎么说?”“他阵上女将要与帅爷成婚，帅爷不肯，被他拿去。”问道：“此姓得如何?”回道：“好一个绝色女将。”咬金忙对柳氏夫人说：“侄媳，令郎捉去，多凶少吉。不如待老夫为媒，对了亲，成了婚姻，好去西凉救驾。”金莲听见哥哥被捉，柳叶眉边生杀气，说：“老千岁，待我前去与兄报仇。”夫人说：“女孩儿不可。你哥哥尚然如此，何在于你。听老柱国之言，前去就亲，救驾要紧。”咬金听了，连忙上马，来到山林，大叫：“刀下留人！”喽啰抬头见一员年老将军，喝声：“呔！你这老头儿何等之人，擅呼刀下留人?”咬金说：“你去报与女将知道，说我大唐天子驾前，吾唐鲁国公程老千岁，有话要对女将军面讲的。”喽啰听了，来到堂上说：“大王，有位大唐程千岁来见小姐。”仙童听了，心中暗喜，莫非此人来与我做媒，不可怠慢他。吩咐喽啰：“且慢开刀，请程千岁进来相见。”“得令！”喽啰来到外面说：“唐将且慢开刀。请程千岁进去相见，见过之后定夺是非。”程咬金下了马来到殿上，窦仙童忙来迎接。接上银安殿，分宾主坐下，就开言道：“老将军到山寨来，有何话讲，乞道其详。”程咬金说：“小姐，老夫到此，非为别事，特来与小姐作伐。就是平辽王世子，官封二路元帅，今日被捉的人，与小姐年纪仿佛，郎才女貌，休要错过这段良缘。”那小姐听了满面通红，开不得口，倒害羞起来了。那窦仙童今日阵上私自对亲，拿到殿上强逼成婚，为何见了媒人倒怕羞起来？必有缘故。咬金看见小姐不言，开口说道：“小姐，此乃终身大事，不必害羞。老夫所说都是金玉之言，劝小姐允了罢。”那仙童听了，只得硬了头皮，叫声：“老千岁，多蒙光降到来做伐。然婚姻大事，虽然父母去世，还有兄长。自古说长兄为父，烦请老将军问我哥哥允不允就是了。”咬金想道：“这个丫头，倒会做作。方才阵上明明白白招亲，今推与哥哥做主，做得干干净净。”想了一会，开言说：“小姐既要令兄做主，请来相见。”那窦一虎在地中听得明白，想道：“吾有心要与他妹子成亲，不想自己妹子倒与他做亲。正是我要算计他人，不想被他人倒算计了去。也是天赐良缘。”在地中钻上来了。咬金一见稀奇，想道：“好似周朝土行孙，会地行之术，投了唐朝，也是我主洪福。”对一虎道：“将军真是天神了，世上并无有二。”上前见利，说起因由：“与令妹作伐，对世子薛丁山。”窦一虎早知妹子心事，一口应承，将丁山放绑，请到银安殿，一同见礼。咬金说：“元帅恭喜，老夫与你作伐，成其佳偶。”丁山说：“老柱国，这个使不得。况且父亲在西凉，被伤锁阳城。更兼

国难未安，如何私自对亲？不忠不孝之罪了，实难从命。”程咬金说：“贤侄孙，万事有我老人家在，这倒不妨。虽令尊不在，有你令堂做主，是一样的。就是老夫做主为媒，令尊决不来罪你，允了罢。”丁山心中一想，前日下山时，师父曾言，前途有良缘。况此女有法宝，前往西凉救驾有帮手。开言叫一声：“承老柱国美意，晚生从命了。”咬金听了大喜道：“今日正是黄道吉日，好与令妹完婚。”窦一虎道：“领教。”吩咐喽啰下山，接取夫人到来，同观花烛；放了罗通，当夜成亲。银安殿上摆了筵席，款待唐朝众将。此话不表。再言窦一虎分散金银，放火烧山，喽啰都归伏。放炮三声，离了棋盘山。一路下来，行了三天，到了界牌关，吩咐放炮安营。三声大炮定下营器，我也不表。

那界牌关守将姓王名不超，官封一等侯。年九十八岁，身长一丈，面如银盆，五绺长须一根根好似银丝；斗米一餐，食肉一杆，使一根丈八蛇矛，重百二十斤，有万夫不当之勇，四海闻名。那日正在关上操演兵马，说：“前回，此关南蛮所破。如今魔家镇守，须要小心把握。”忽有小番来报：“启平章节，南朝差二路元帅薛丁山，领兵三十万，勇将千员，已到关前了。请爷定夺。”王不超一听此言，大怒道：“可恶南蛮，这等无礼。都是我国元帅，放那老蛮子程咬金过去，被他勾兵取救。如今既有大队人马到来，我若放他一个过去，也不为盖世英雄了。”吩咐备马抬枪，取披挂过来。结束停当，挂剑悬鞭，上马提枪，来到关前，吩咐放炮开关。一声大炮，开了关门，放下吊桥，带领三千人马，冲出关来。来到唐营，高声大叫说：“程老蛮子，俺元帅放你出关，取讨救兵来了。俺若今朝不杀你这程咬金，也不为好汉。哪怕你二路元帅薛蛮子，必要一网而擒。快快将程老蛮子放出会我。”营前大骂。有探子报入营中：“启上元帅爷，今有番将王不超提兵讨战，大骂程老千岁，坐名要元帅出战。”丁山闻报大怒说：“何物胡儿，敢如此无礼。左右取本帅披挂过来，待我亲手去拿他。”罗通上前说：“待小将出去擒来。”旁首走出一将，生来青面，四个獠牙露出，膀阔三尺，腰大十围，抢步上前说：“罗家叔叔，这功待小侄去取罢。”元帅抬头一看，原来是后队先锋程千忠。巴不得要在咬金面前讨好，说声：“贤弟出去，须要小心。”“得令！”那程千忠上马，提了大斧，带领三军，一声炮响，开了营门，冲出营来。来到阵前，王不超一看说：“来将少催坐骑，通下名来，本将军好挑你下马。”程千忠一听此言，气得三尸神直冒，七孔内生烟，大喝道：“休得夸口，只怕你闻我之名，就要惊死你。我乃吾唐鲁国公长孙，小将军官拜猛虎大将军，二路元帅帐下后队先锋程千忠便是。”王不超道：“嗄，原来你就是老蛮子程咬金的毛孙子，你来得正好。汝祖骗出关去，勾兵到此，将你万剐千刀，方消我恨。看枪罢！”推开马，兜面一枪。程千忠把大斧当头劈下，王不超把手中银枪这一枭，千忠在马上一晃，斧子倒绷转来了，叫声“不好！”斧子又起，王不超又架在一边。战到六七个回合，程千忠那是番将对手，把斧虚晃一晃，带转马，豁喇喇，豁喇喇，往营前走了。进入营中说：“元帅，西凉番将甚是利害，小将不能胜他，望元帅恕罪。”丁山说：“胜败兵家常事。谁将出去会他？”罗通上前说：“小将愿往。”“须要小心。”带马抬枪，挂剑悬鞭上马，开了营门，冲出阵前。王不超抬头一看，来将不善，把手中枪架住，说：“方才那一员蛮子，不够老将几个回合，杀得他大败。你今来送死，快通名来。”罗通呼呼笑道：“你要问我么，我乃太宗天子御驾前越国公罗千岁的爵主乾殿下、前部先锋罗通是也。”王不超听了道：“嗄，原来你就是什么扫北的罗通。本将军向闻你名，原有些手段，但是今日要与俺西凉老将王不超老子比武，只怕不是俺对手。劝你免来讨死罢。”罗通大怒道：“休得夸口，在我马前战二十回合之上，不斩你头下来，不为稀罕。”王不超呵呵笑道：“我的儿，口说无凭，看本事分高低。”不知胜败如何，且看下回分解。

第二十回　勇罗通盘肠大战　锁阳城天子惊慌

适才话言不表。再讲罗通听得此言，开言说：“不必多言，招枪罢！”劈面一枪。王不超哪里肯惧你，把手中抢一架，二人交锋，各显本事，一来一往，一冲一撞，你拿我麒麟阁上标名胜，我拿你逍遥楼上显威名。两边战鼓如雷，马叫惊天。二人战到三十个回合，并不分胜败，杀得罗通汗流浃背，王不超的马呼呼喘气，把手中枪抬住说：“利害的罗蛮子。”

罗通说："老狗，你敢是怯战了吗？""呔！谁怯战？今日本将军不取你命，誓不进关。"罗通说："本爵主不挑你下马，也不回营。"吩咐两边擂鼓，鼓发如雷，两骑马又战起来。正是：八个马蹄分上下，四条膀子定输赢；枪来枪架叮当响，枪去枪迎嘣火星。二马相交，又战到五十回合，未定输赢。那王不超越老越有精神，这一条丈八蛇矛真个好枪，阴诈阳诈，虚诈实诈，点点梅花枪，纷纷乱刺。罗通这条枪也利害，使动八八六十四枪抵住。又战了二十回合，看看枪法要乱了。薛元帅在营前观见，"呵呀！不好了。罗将军枪法多乱了。"传令鸣金。只听到锣声一响，罗通抬起头听，被王不超一枪直刺过来，罗通大惊，"呵呀不好了！"把那身子一闪，可怜那枪尖往左肋一刺，好不厉害，登时透进铁甲，直入皮肤五寸深，肋骨伤断三根，五脏肝肠都带出来了，血流不止。主帅营前看见，吩咐大小三军快上前去相救。只见罗通飞马来到营前，叫一声："主帅，不必惊慌，吩咐众将助鼓。罗通若不擒此老狗，死也不能瞑目。"说罢拔出腰刀，将旗角一幅割下，就将流出五脏肝肠包好，将来盘在腰间。扎来停当，带战马冲出阵前，开言大叫："老狗，俺罗将军再来与你决一死战。"那王不超睁眼一看，唬得魂不附体，说道："呵呀，好蛮子，你看肋中金枪把肚肠都带了出来，他盘在腰间，还敢前来厮杀，真乃非凡人也。"例看得浑呆。不想罗通来很恶，把手中长枪向前心一刺。那王不超大叫一声"不好了！"仰面一跤，跌下马来。罗通跳下马来，割了首级，上马加鞭来到营中，献其首级。一跤跌下马来，众将扶起。罗通大叫一声："好痛呀！"一命归阴去了。元帅大哭，备棺成殓。其子罗章大哭拜谢。元帅差官护送长安去了。一面整兵抢关。罗章愿为前部先锋，当先杀入界牌关。众小番见主将已死，闭门不及，被这秦梦、罗章带领众将杀进关内，如入无人之境，得了界牌关。盘查钱粮，养马三日，放炮起程。

一路上来到金霞关，吩咐安营。三声大炮，扎下营寨。次日清晨，元帅升帐，聚齐众将，两旁听令。罗章披挂上前，叫声："元帅，小将新在元帅麾下，不曾立功。今日这座金霞关，将小将走马取关，以立微功，方可久得帐下听命。"丁山说："有其父必有其子。贤弟乃年少英雄，但要小心在意。""得令！"罗章接了令箭，上了马，提梅花枪，带领大小三军，杀到关前，大叫一声："呔！关上的，报与你生将知道，小爵生乃大唐越国公罗先锋是也。今界牌关已破，奉元帅将令来此打关。你若晓事，快快献关，饶汝一死。"小番报进来："启爷，关外大唐二路人马已到，有将讨战。"巴兜赤闻报大怒，说："呵呀呀！可恼，可恼。都是苏元帅不是，放程咬金出关，今勾兵到了。想这乳臭小儿，敢出大言，欺我太甚。不斩此夫，不算为西凉大将。小番取我披挂过来。"传令放炮开关。哄咙一声炮响，大开关门。罗章抬关一看，见此将甚是凶恶。你看他怎生打扮？他头戴红缨亮铁盔，一匹黑鬃马，手执大刀，冲出关来。来到阵前，罗章大叫："出来的胡儿通下名来。"巴兜赤说："你要问魔家之名么，魔乃红袍大力子苏大元帅加为镇守金霞关大将军，巴兜赤便是。"罗章说："什么巴兜赤！今日二路元帅已到，要往锁阳城杀那苏宝同。不思让路献关，反阻我去路，分明活得不耐烦了。"巴兜赤大怒，也不问名姓，提起刀来，"招魔家的刀！"往罗章领梁上劈下来。罗章叫声"来得好！"把枪噶豁这一枭。巴兜赤喊声："不好！"在马上乱摇，这把刀倒绷转来了。豁喇一声冲锋过去，兜转马来。罗章把手中枪紧一紧，喝声"去罢！"一枪当心挑进来。巴兜赤叫得一声"我命休矣！"躲闪不及，正中前心，仰面一跤，翻身滚下马来。罗章下马，取了首级，复上马吩咐诸将抢关。叫得一声"抢关"，一骑马先冲在吊桥上了。营前程千忠见罗章挑了番将，把大斧一起说："诸位将军，快抢吊桥。"有窦一虎等二十余将，上马提枪，端刀执戟，豁喇喇，豁喇喇，正抢过吊桥来了。那些番兵把都儿望关中一走，闭关也来不及了，却被罗章一枪一个好挑哩。众将也有把刀斩的，斧砍的，有时运逃了性命，没时运杀得精光，关中落得干干净净。查盘钱粮，关外请太夫人、元帅夫妻、小姐都到帅府。罗章上前缴令。丁山道："贤弟走马取关，其功不小。将西凉旗号去了，立起大唐旗号。"养马一日，放炮拔营，前往接天关进发。行兵三日，来到关外，放炮安营。一声炮响，扎下营盘。我且不表。另回言接天关总兵黑成星闻报失了界牌关、金霞关，王不超、巴兜赤二员总兵阵亡，大兵已到接天关，忙与胡猎花、智不花等商议说："今两关已失，兵到接天关。想此关兵微将寡，不能抵敌。倘被他打破，兵民遭害，不如投降，免一城生灵之难。诸将以为何如？"两旁众将说："平章之言有理。况前年薛蛮子到来，番兵遭其大害。不如献关为上。"黑成星大喜，吩咐小番扯起投降旗，开了关门，百姓香花灯烛接二路

元帅。探子报进营中，丁山大喜，传令不许惊动百姓，秋毫无犯，摆队伍进关。重赏黑成星，扯起大唐旗号。养马三日，招安番兵。次日发炮起行，竟往锁阳城进发。此话不表。

再讲大元帅苏宝同想："程老蛮子骗出番营，必定勾兵到来，粮草尽有。不如先打破城池，拿住唐王，然后杀那后面人马，岂非一举两得。"主意已定，传下令来，十座城门一共架起二十座火炮，各带兵五千，围绕护城河边，连珠火炮打得四处城楼摇动，震得天崩地裂。齐声喊杀，惊得荒山虎豹忙奔；锣鸣鼓响，半空中鸟鹊乱飞。城外杀气冲天，神仙鬼怪心惊。这个攻城不打紧，城中百姓，男女老少挈妻扶母，觅子寻爷，呼兄唤弟，哭声大振。街坊上纷纷大乱，众将慌张不过。朝廷在殿听得四处轰乱，毫无主张，诸大臣也心惊。茂公奏说："龙心暂安，虽然十座城门，六座俱在山上，量不妨事，只有四处要紧。纵然利害，有八员总兵，秦、尉迟、程、段等四将，在城上抵改，料不能破，绝无大事，请陛下宽心。望降旨差官。"唐天子依言，遂差使臣往四处招安百姓，使臣领管，各处招安，略略哭声少些。天子说："先生，程王兄回国许久，应该救兵到了。"茂公说："依臣阴阳算起来，救兵不日将到。臣原说过的。"天子半信半疑，心惊肉跳。不知如何，下回分解。

第二十一回　薛丁山大破番营　苏宝同化虹逃走

前言不表。再讲薛丁山行兵相近锁阳城，远远望去，不见城池，多是旗号，炮声不绝，周围都是番兵番将，剑戟如林，营头扎得坚固，想是被困死在里面。此一番大战不比往常！元帅全身披挂，扎住帅营。丁山升帐，点窦一虎、副将王奎："领人马二万，挂白旗为号，前往锁阳城城西，离营一箭之地扎住营盘，听号炮一起，杀进番营。不得有违！""得令！"窦、王二将接了令箭，带领白旗兵马二万，竟往西城去了。又点程千忠、副将陆成："往南城冲杀，也听号炮，领兵踹入番营。""得令！"二人接了令箭，带领红旗兵马二万，离了帅营，往南城不表。又点尉迟青山、副将王云："你二人领兵二万，往城北停扎，听号炮冲杀番营。""得令！"二人接了令箭，带领黑旗人马二万，往北前进，不必表他。

再讲薛丁山点将，接了三处城门，传令拔寨起程。三声炮响，元帅上了马。程咬金、薛金莲、窦仙童执了兵器同了元帅，带领大队绣绿旗人马，往东城而来。丁山坐在马上往营前一看，但见一派绣绿旗飘荡。营前小番扣定弓箭，摆开阵势，长枪手密层层钳住。里面宝同闻小番报知，大唐救兵已到，复夺三关。心中大惊，点将出来。三声大炮，冲出营前，正迎着薛丁山人马。大喝道："程咬金，老匹夫！你果然引兵到此，救应唐主。本帅恨不能把你万剐千刀，也还嫌轻。快快出来，吃我一刀。"程咬金大怒，一马冲出，叫道："苏宝同，你这胡儿，我程爷爷又不哄你，原说道勾兵取救前来杀你这班胡儿。你自装好汉，放我过去，与程爷爷什么相干？你如今反怨着我。今日天兵到来，你该下马受死，还要胡言乱语。"苏宝同听了大怒，把手中大砍刀劈面砍来。薛丁山把方天戟迎住说："苏贼，休得无礼，招本帅的戟罢！""飕"的一戟，分心就刺。苏宝同大刀扑面交还。二人战到十合，不分胜败。左右飞龙将军赵良生，猛虎将军金宇臣二骑马冲将出来，相助苏宝同，丁山左右薛金莲、窦仙童上前敌住交战。

按下东城交锋，另言南门。程千忠、陆成听得东城炮响，也起号炮，带领人马，杀入番营。程千忠舞动大斧，乱斩乱砍，杀了几名番将，踹进营盘，砍倒账房。陆成手中枪胜比蛟龙，杀进营盘，手起枪落，小番逃散不计其数。冲到第二座营盘，忽一声炮响，来了两员将官，大叫道："唐将有多大本事，敢冲我南门，前来送死。"二人抬头一看，见二员番将，生得凶恶，开口说："本爵主不斩无名之将，通下名来。"说："我乃苏大元帅麾下，大将军孙德、徐仁便是。不必多言，放马过来。"孙德晃动乌银枪，往程千忠劈面便刺。程千忠把大斧噶啷一声，枭在旁首。陆成挺枪上前。那边徐仁持棍，坐下马一步纵上迎住。枪棍并举，大战番营，不分胜负。

按下南门之事，再言西门。窦一虎、王奎听得南门发了号炮，也起一声炮，带领二万人马冲进番营。里面炮响一声，闪出两员大将，乃是雄虎大将军葛天定，威武大将军杨方，喝声："有何本事，擅敢破我西营。放马过来，待本将军一刀砍两个。"把大刀直取窦一

虎。一虎把手中黄金棍敌住葛天定，来往交锋。一虎本来利害，忽在马前，忽在马后，将黄金棍乱打。葛天定将大刀砍下来，一扭不见了；又在马后钻将出来，打马屁股一棍，那马乱跑乱跳，几乎把葛天定跌下马来。杨方前来要救，只见王奎使动金背刀，手起刀落。

再言北门尉迟青山抡动竹节钢鞭，听得号炮一响，同了王云带领人马鞭枪，直杀进番营，挑倒账房，番兵四路逃走。见二员番将冲出来，大叫："唐将少来冲我北营。"尉迟青山说："胡儿，本将军这条鞭不打无名之将，留下名来。"说："要问我之名，洗耳恭听。我乃苏大元帅标下加封为雄虎大将军，姓赵名之。""我乃猛虎大将军李先便是。放马过来！"把坐下黑毛马一纵，大砍刀一举，直往尉迟青山劈面砍来。尉迟青山把手中钢鞭一迎，架在一边。冲锋过去，勒转马来，尉迟青山提起鞭来，照头打去。赵之大刀护身架住。二人大战，并无高下。王云摇枪来战，那边李先使动斧子迎住，尽力厮杀。一往一来，四手相争，雌雄未分。

不表四门混战，喊杀震耳，锣鸣鼓响，炮震连天，四散兵逃。又要说城中将官在城上见番营大乱，鼓炮不绝，杀声大震。茂公晓得救兵已到，奏知天子。天子龙颜大悦，众将放下惊慌。茂公当殿传令："汝等快结束，整备马匹，带领队伍，好出城救应。两路夹攻，使番邦片甲不留。""得令！"点尉迟号怀、秦梦："你二人领一万人马，开东门冲杀救应，共擒苏宝同。""得令！"二员将出了银銮殿，上马到教场，领兵一万往东门不表。又点周青、薛贤徒："你二人带兵一万，往南门冲出，须要小心。""得令！"二员将出外上马，到教场领人马往南城讲发不表。又点姜兴霸、李庆红："你二人带兵一万，往西门冲出，不得有违。""是！"二人上马提兵，领人马往西城进发不表。又点周文、周武，"你二人带领人马一万，开北门接应。""得令！"领兵往北城而行。放炮一声，城门大开，吊桥放落，二马当先，冲到番营。手起一枪，番兵尽皆杀散。踹进第二座营盘，一万军混杀，番兵势孤，不能抵敌，弃营逃走。二人直入，无人拦阻。见尉迟青山、王云大战二员番将，有二十回合，不分胜负。恼了周文、周武，纵马上前，喝声"去罢！"手起一枪，把赵之挑在地下，李先见唐将多了，心内一慌，兵器一松，被尉迟青山一鞭打下马来。四人大踹番营，喊杀连天，番兵逃亡不计其数。北门已退，营盘多倒。

又要讲到西门开处，放下吊桥，冲出一标人马，踹踏番营。那姜兴霸，李庆红各执一条枪，杀散小番，冲进营盘。只见窦一虎、王奎与敌大战数十台，不定输赢。姜兴霸把枪刺个落空所在，一枪将葛天定挑下马来。杨方被窦一虎一棍打死。四将杀得小番尸骸堆积，旗幡满地，皮帐践踏如泥。西城又得破了。又表周青、薛贤徒带兵冲出南门，杀进番营。见程千忠、陆成与番将战有三十个冲锋，未分胜负。恼了周青，纵马上前，手起一锏，把徐仁打死。孙德措手不及，被程千忠一斧砍死。这回乱杀番兵，大踹番营，多抛盔弃甲四散而逃。各处尸首，马踏为泥。四下里哭声大震，寻路逃奔。唐朝人马，紧追厮杀。

又再讲到东门薛丁山与苏宝同大战。薛金莲将六个纸团一抛，都变做二丈四尺长的金甲神人。苏宝同兵将多被金甲神人将人乱砍。窦仙童祭起捆仙绳乱来拿人。苏宝同见势头不好，将葫芦盖揭开，放出柳叶飞刀，直奔丁山头上落将下来。那薛丁山头上戴的太岁盔，毫光一冲，飞刀散在四方不见了。苏宝一连放了八把飞刀，只听拼玲拍玛，尽化为灰飞。又放起飞镖，丁山放下戟，左手取弓，右手拿穿云箭，搭在弦上，一箭往飞镖上射去，无影无形；将手一招，其箭落下，用手接住，放在袋内。苏宝同大惊，回马要走。丁山抽出玄武鞭，长有三尺，青光也有三尺，将鞭一起，苏宝同回头一看，见一道青光在背上一晃，叫声："啊呀，不好了！"后心着鞭，口吐鲜血，大败而走。窦仙童叫声"那里走?"祭起捆仙绳，将苏宝同捆住。苏宝同见仙绳来得利害。化道长虹而去。丁山见了，倒却心惊。程咬金说："此乃非凡人也，焉能擒得他着。"只见后面秦梦、尉迟号怀带了人马，杀上前来帮助。吩咐追杀番兵，追下去有三十里，杀得尸横遍野，血流成河，遗下刀枪戟剑旗幡粮草不计其数。程咬金传令鸣金收军。丁山说："老千岁为何就收兵?"咬金说："陛下久困在城，望之已久。待见过圣上，然后发兵竟取西凉，擒拿苏宝同，未为晚矣。"丁山说："老千岁之言有理。"聚齐三处人马，一同到锁阳城见驾。不知见了圣上有甚言语，下回分解。

第二十二回 唐天子君臣朝贺 薛仁贵父子重逢

前话不表。再言天子同徐茂公、程铁牛在城上观看，只见程咬金带了人马，飞奔来到城边。天子看见，知已杀退番兵，下落城头，回到银銮殿上，命程铁牛接进父亲。领旨上马，来到城外。后面大队人马，在城外扎营。城门大开，咬金同了二路元帅诸将来到殿上，朝见万岁。山呼已毕，天子开言说："王兄到长安勾兵，二路元帅是谁？"咬金奏道："殿下出榜招贤，不想挂榜一日，来了薛元帅之子名唤丁山，王敖老祖的徒弟，有十桩宝贝，武艺精通。殿下拜为二路元帅，领兵三十万，来救圣驾。"朝廷大悦，开言叫声："王兄，阵上有二员女将，朕远观看，只见遣出一长大金甲神将，将番兵乱砍。又见一女将抛起红绳，有万道金光，将番兵捆住。又只见一矮子，在地中钻进钻出，手提黄金棍子，打死番将无数。此四人那里降下来的，扶助寡人破番，克期平服，不知是谁，奏与朕知道。"程咬金奏道："使戟的乃薛世子；遣金甲神将的乃仁贵之女；用捆仙绳者，臣有罪不敢奏明。""卿有何罪？但奏无妨。"咬金奏道："薛丁山同护国夫人、妹子金莲一同来征西，路过棋盘山。山上有兄妹二人拦路。世子出战，被捆仙绳拿去要处斩。老臣看他兄妹手段高强，又有仙术，可救圣驾。又且女将才貌双全，与护国夫人商议，老臣为媒，成就婚姻。臣该万死，使双刀用仙绳者，二路元帅之妻窦仙童也。用黄金棍地行者，窦一虎也。"天子闻奏，龙心大悦，开言说："王兄无罪有功，成其美事，又来扶助寡人，乃天赐良缘。不知还有何将一同前来？"咬金奏道："有罗通为先锋，程千忠、尉迟青山某人等，一同征剿。但是越国公来到界牌关，遇守将王不超。他年九十八岁，勇猛难当。与他战了百合，误被刺其助也，肝肠都带出来。罗通盘肠腰间，一枪刺死老将，他忍痛而回，死于营中，已送柩归乡。其子罗章愿代其父，领挂先锋，连破二关，来到这里。"天子闻言罗通已死，龙目滔滔下泪。茂公道："龙心万安。罗通乃是大数。""罗通有何大数？"茂公奏说："万岁不记得那年扫北，罗通曾与屠炉公主立终身之誓，若忘了，死在八九十岁老番之手。今果应其言。"天子点头，传旨命程王兄速带丁山，往帅府父子团圆。请将谢恩，领旨出朝。咬金同了丁山母子来到帅府。有军士报进。仁贵卧病在床，一载有余，不能全好。军士说："启元帅爷，程千岁要见。"仁贵听言，咕噜翻身，朝向外面，说："程千岁取救兵到了吗？""到了。""你说帅爷有病，不能远接，多多有罪。请千岁进来面谢。"军士听了，到外面说："小将奉元帅之命，禀上老千岁，因元帅伤痕疼痛，卧床不起，不能远接，多多有罪。请老千岁面会相谢。"咬金听了，同着丁山，进到里面，见了仁贵说："我去了一载有余，你背上伤痕如何还不能好，起身不得？幸好我骗出番营，逃回长安，请得救兵，破了界牌关、金霞关、接天关，复夺三关，来到锁阳城，杀退番兵番将及苏宝同，方解此围，才得会你。"仁贵听了说："多谢老千岁。不知朝中点谁为帅，本事高强，胜过于我。杀退苏宝同，进城救驾？"咬金呼呼大笑说："平辽公，幸皇上洪福齐天，二路元帅不是别人，就是平辽公之子名唤丁山，领兵前来救驾。"仁贵听了说："老千岁不要骗我。我的儿子丁山，被我神箭误伤性命，亡过多年了，那里有什么儿子？"咬金道："元帅你是不晓得的。幸亏王敖老祖救去，收为徒弟，在山学法，现奉旨宣来会你。你看此位是何人？"丁山走到床前，跪在地下说："爹爹，孩儿未死，师父救活的。"仁贵却见稀罕，人死那有复生之理？不免问他说："你果是我丁山儿子？王敖老祖救活的吗？"丁山纷纷下泪说："爹爹，孩儿命中不该死，幸遇师父救活还魂，在山中学习七年。师父吩咐，速往西凉救君父。殿下封孩儿为二路元帅，杀退番邦人马，前来见父亲。"仁贵欢喜道："这也难得。父子相逢，真真谢天谢地。儿呵，为父的膀中飞镖，伤痕深透，一载有余，疼痛异常。你既是王敖老祖徒弟，可有什么灵丹救为父的一命吗？"丁山道："我师曾言父有灾难，付我丹药一丸，敷在伤处，立刻就好。"仁贵听了说道："儿呵，快将丹药来敷。"丁山连忙立起身子，身边取出小葫芦，倒出一粒仙丹，含在口中嚼碎，敷在伤痕之处。倏然膀上发痒，流出毒水，方消一刻，伤痕痊愈，绝无疼痛。仁贵好不欢喜，咕噜翻身立起，走下床来，说："果然仙丹妙药。难得！难得！"身子伸一伸，腰背俱全好。丁山又说："爹爹，母亲妹子都在辕门外，同孩儿起兵来的。望父亲接见，骨肉团圆，相逢见

面。”仁贵听了，叫声：“孩儿，你母亲同来了？你可出去致意母亲，待为父的大开辕门谢恩之后，然后进见便了。”丁山依言，忙到外面见了母亲说：“爹爹伤痕已好，开门谢了圣恩，然后接见。”夫人听了欢喜不已。程咬金也就辞别回去。仁贵相谢送出，此话不表。

再讲元帅传令，吩咐开门。“得令！”忙到外面说：“元帅爷有令，大开辕门。”只听得三吹三打，三声炮响，元帅升帐，供好香案，二十四拜，叩谢圣恩。诸将打躬立在两旁。夫人，小姐，媳妇三乘大轿，抬进辕门，来到帐下出轿。仁贵出迎接夫人，吩咐掩门。来到后厅，夫妻见礼，金莲上前见父。叩拜已毕，仁贵不悦说：“夫人，下官奉旨征西，沙漠重地，乃承王命，不敢违逆，所以大战沙场，身中飞镖，几乎一命难逃。若非圣上洪福，焉能得活？你与女儿深闺弱质，不该同孩儿一齐到此，有伤千金之体，出乖露丑，甚为不便。”夫人道：“相公不知，妾与孩儿深知闺门女训，岂肯轻举妄动？只因在家闻报，说相公困在锁阳城，身中飞镖，伤人绝命。那时唬杀我母女二人。幸得孩儿仙师相救，学成仙法，先回到家中，说有灵丹妙药，能救父亲。奏明殿下，点兵起行。妾不舍孩儿远行，愿欲相随，况闻相公凶变，不知死活，故此来的。女儿也放心不下，随我一同起程。女儿虽是千金之体，兵书战策无所不晓，乃桃花圣母传授兵法，武艺精通，也来助战。杀散番兵，女儿也有功劳在内。”仁贵道：“夫人如今既来，也不必说了。但不知此位何人？”夫人说：“媳妇过来，拜见公公。”仙童听见忙来见礼。仁贵道：“何等之人，称为媳妇？请道其详。”

夫人道：“相公，此女乃棋盘山复明王窦建德之孙女也。当初七十二路烟尘反乱，未经归伏。与兄窦一虎屯兵数载，抢棋盘山招兵买马，十分骁勇。我孩儿奉命征西，到山下经过。那窦家兄妹下山讨战。我孩儿大怒，与他大战。谁知两下都有仙法，竟把我儿拿去，强逼成亲。我儿大骂，登时绑赴山前斩首。有军士报知，唬坏了我母女二人。程咬金千岁慌张，情愿为媒，两边说合成亲。他兄妹二人改邪归正，拔寨烧山，同归唐朝，扶助圣主。杀退番兵，也有一番大功。今日帐前听令，理当拜见。”仁贵听了大怒，说：“罢了！罢了！生这样逆子。我治家不整，焉能治国？做主将，管领三军就难了。”夫人看见仁贵大怒，说：“相公，今日骨肉团圆，为何发怒？”仁贵说：“夫人有所不知，我恨丁山这小畜生，既为二路元帅，领兵救应，虽被不服王化的草寇窦家兄妹捉去，理当杀身报国，如何逼令成亲？身为主帅非同小可，三军全在于你，应该请旨定夺。擅敢私自成亲，那畜生十恶不赦之罪难免。”吩咐军校：“绑这畜生辕门斩首。”那军校们一声答应，将丁山绑起。不知性命如何，且听下回分解。

第二十三回　唐太宗驾回长安府　苏宝同三困锁阳城

前言不表。再讲柳氏夫人大哭说：“呵呀！相公呵！身为大将，不晓得父子至亲。前年征东回来，把孩儿射死。若非王敖老祖相救转，定做绝嗣之鬼。今日得见亲人，犹如枯木逢春。我不舍得孩儿，万里相随；况且教君救父之功劳极大。因此小过即要斩孩儿。劝相公不必如此，放了绑罢。”仁贵道：“夫人，那畜生日下年少，尚不把君父看在眼内，自行做主成婚。倘外夷知道他好色之徒，将美人计诱之，岂非我君父性命尽要被他断送了。军令已出，决不轻饶。夫人，不必啰唆，请退后厅将息。刀斧手过来，推出斩首报来！”

夫人大哭，叫声：“住手，相公呵，妾身做主的，央程老千岁为媒，三军皆知。非是孩儿贪其美色，自行做主，悖逆君父。伏望相公看妾之面，饶了孩儿一死。”仁贵听了，全然不睬，喝令：“快斩讫报来！”军校正要将丁山推出，只见程咬金大怒，抢步上前，连叫：“刀下留人！”赶上帐来，开口叫道：“元帅，自古道虎狼尚且不食儿，为人反不如禽兽。小将军英雄无敌，勇冠三军。令媳窦小姐仙传兵法，才貌不凡。目下朝廷用武之际，虽小将军不遵教令成亲，此乃是老程之罪，不合请尊夫人做主，早成花烛。想将起来，与令郎毫无干涉。你若固执一己之见，必欲处斩，老程愿代一死。”将头颈伸出，叫道：“快斩老程！”仁贵听言说：“老柱国说哪里话来？只因我家小畜生，既蒙东宫之命，拜为二路元帅，如何不知利害？倘遇敌人对阵，知他好色，便将美色诱而斩之，岂非我百万三军多被其害呵。老柱国，别样事情领教，此事断然不遵。明日到府负荆请罪。”咬金听说，真正急煞。忽报圣驾

到了。仁贵出帐，俯伏奏道："陛下何事降临？"天子开言说："元帅军令甚严，闻得小将军犯过，幸有破贼救驾之功，可偿其前罪。况用武之时，请元帅定罪。""谢恩。愿我皇上万岁，万万岁。""赐卿平身。"驾退回宫。仁贵吩咐："带畜生过来。方才恩旨赦其一死，死罪赦了，活罪难免。军校们把这畜生捆打四十铜棍。"两旁一声答应，正要将丁山捆打，只见咬金走过，将身扑上，大叫："平辽公，休要打小将军，望乞饶恕。老程要叩头了。"仁贵连忙扶起说："既是老千岁再三用情，免打。追还帅印，监禁三月，以赎前罪。窦仙童野合之女，焉能算得我家媳妇？打发兄妹自行归山。"窦家兄妹无奈何，只得收拾要行。仙童小姐纷纷下泪，上前拜别婆婆柳氏、姑娘金莲，婆媳姑嫂难舍难分。看见仁贵认真得紧，面铁青青，不好上前相劝，只得放手。兄妹二人正要到营门上马，咬金上前留住，再见元帅说："呵呀！那窦小姐与令郎成亲，怎么说不是你家媳妇？叫他回去于理不通。况且他兄妹英雄无敌，令郎尚且被擒，如今打发他回去，难道他心中不恨，逼其反也。他霸踞棋盘山，兴兵杀入长安，其祸不小。纵然灭得西凉，岂不是反失中原。不该放虎归山，还该留他随阵调用。"仁贵一听，便醒悟说："老千岁苦劝，只好权且相留，叫他兄妹二人军前效用便了。"咬金听了，来到营门说："窦将军，窦小姐，我再三劝留，元帅如今依允了，快进营相见。"窦氏兄妹一听此言，来到帐前参见元帅。仁贵认了媳妇，一虎称为大舅。窦仙童随了婆婆进入后厅。一虎退出外边，安心效力，此话不表。

再讲贞观天子对茂公说："寡人自离长安出兵以来，历有六载，幸喜杀退番将。寡人意欲起驾回朝，命元帅督令进兵，早灭叛贼，以雪朕恨。"茂公领旨，同文武退出朝门。传旨起收拾行囊，候驾起行。又有旨下：一应文官同军师徐茂公保驾还朝，武将随元帅进兵伐叛。文武官领旨。唐王起驾，出了宫门，武臣送出锁阳城。天子又传旨：将阵亡诸将骸骨收殓，带回长安安葬。众将谢恩。不表天子回京，再表仁贵送出圣驾，回到帅府，传令诸将："本帅奉旨重任，即日征西，尔等各要尽忠。灭得西凉，得胜班师，论功升赏，不得有违。""是，得令！"此言不表。

再讲苏宝同杀得大败，回转头来，不见追兵，忙鸣金收军。百万人马，点一点不见七十万，所剩者多是伤胸折臂之人，好兵不满二十万。大将二百员，只剩二十员。九口飞刀，三口飞镖，尽化灰飞。不如且回西凉，再整兵复仇。主意已定，往前而行。只见前面一支人马下来。苏宝同唬得魂不在身，说："前有兵马，后有追兵，我命休矣。"相近不远，睁眼一看，原来是飞钹和尚与铁板道人领兵前来。一见苏宝同忙问道："元帅，俺闻南蛮大破锁阳城，特来与元帅共议报仇之计。请问元帅为何带了兵马回转西凉，莫非惧怯大唐，让他了吗？"

宝同双目流泪说："军师你不知。只恨自家不是，放出程咬金这老蛮子，欺他老迈没用。谁知他回朝勾兵前来，就是薛仁贵之子薛丁山为二路元帅。兵多将广，手下又有二员女将，十分凶勇。把我飞刀飞镖尽行灭去，被他里应外合，杀得我大败，夺去锁阳城。我欲回转西凉，奏过狼主，再整兵马，前来雪恨。"飞钹和尚、铁板道人两个听了呼呼大笑道："元帅，你枉为主将管领三军。自古说得好，兵来将挡，水来土掩。长他人之志气，灭自己的威风。胜败兵家常事，如何今日就要收兵？若还回往西凉，却不是笑煞唐朝兵将，道我西凉没有人物？幸我等二人提兵到来，正好遇着元帅。如今再把军威重整，兴兵复打锁阳城，拿住薛蛮子父子碎尸万段，方出元帅之气。"苏宝同听了大喜，传令大小三军，共有精兵三十万，连夜星飞赶到锁阳城。三声号炮，又将锁阳城团团围住，水泄不通。营盘扎得坚固，鸟雀飞不过枪尖，蛇虫钻不过马蹄。好厉害！此番三围锁阳城，果然凶勇。

有蓝旗报进营中，忙到辕门上击鼓。元帅升帐，叫中军道："半夜三更，谁人击鼓？"中军道："启帅爷，辕门外有探子飞报军情紧急，故此击鼓。""既如此，唤他进来。"中军领命，到外面说："探子，帅爷唤你。""是"。探子随到账下，禀道："帅爷在上，探子叩头。"元帅说："你有何紧急军情，半夜三更前来击鼓？快快讲来。"探子道："启帅爷，探子打听西凉苏宝同，前被二路元帅小将军杀得大败而逃，如今合了飞钹和尚、铁板道人两个军师，复领了三十万人马，方才二更时分，又把锁阳城团团围住。喝号摇铃，锣鸣鼓响，马嘶炮震，好不惊人。故此前来击鼓。"元帅听了大怒道："杀不尽的番儿。我原想苏贼败去，必然再来猖獗。如今幸喜圣驾前日出城，已回朝去了。番儿呵，你如今休说三十万雄兵再围锁阳城，你就是三百万围住，俺薛元帅何足惧哉！左右的！赏探子银牌，一面再去打听。"

"是。"探子谢赏，出府而去。

再讲元帅侧耳而听，果然炮响连天，鼓声震耳，人喊马嘶，有攻城之势。忙传令军士，紧守城门，城上多加灰瓶炮石，弓弩簇箭，小心保守，候明日开兵。军中得令。不表城中之事。再言苏宝同同二位军师次日抵关讨战。那飞钹和尚全身披挂，结束停当，带了三千罗汉兵，一声炮响，冲出营门，来到西城，大叫："城上的，快报与薛蛮子知道，今有苏元帅标下，左军师飞钹和尚在此讨战。有本事的早早来会俺，不然攻打进城、你这一班蝼蚁，多要丧命哩。"一声大叫，惊动了守城军士，飞报入帅府去了。不知交战胜败如何。且听下回分解。

第二十四回　飞钹僧连伤二将　窦一虎揭榜求婚

不表番营讨战，再言军士报入帅府："启元帅爷，城外番将讨战。"元帅说："那位将军出去会他？""小将愿往。"元帅抬头一看，原来是龙镶将军王奎。元帅说："将军出去，须要小心。"王奎得令，出了帅府，上马来到教场，点了三千铁骑人马，来到城边，吩咐放炮开城。三声炮响，开了城门，放下吊桥，冲到阵前。

抬头一看，见一员凶恶和尚，头戴一顶毗卢帽，身披一件烈火袈裟，内穿熟铜甲，骑一匹金狮马，手执混铁禅杖，纸灰脸。两边摆齐三千罗汉兵。王奎大叫一声："狗秃驴，休来纳命。快叫苏贼出来会我。"飞钹和尚听了大怒说："狗蛮子，休得多言，放马过来！"王奎说："少催坐骑。你敢是飞钹和尚吗？"应道："然也。既知我名，焉敢与俺对敌？俺不斩无名之将，通下名来。"王奎说："你要问本将军之名，洗耳恭听。我乃大唐天子驾前龙镶将军，薛大元帅麾下王奎便是。"飞钹和尚听了，把马一拍，抡起铁禅杖，"招打罢！"劈头打将下来。王奎把手中大刀往上只一枭，架在旁首；冲锋过去，回转马来，把手中大刀还转一刀。和尚也架在一边。一来一往鹰转翅，一冲一撞凤翻身。刀来杖去叮当响，杖去刀来迸火星。二人战了有三十回合，和尚料不能胜，兜转马来就走。王奎哪里肯舍，把马一拍，追上来了。和尚回头一看，正中机谋。忙将禅杖放在判官头上，怀中取出飞钹祭起。王奎抬头一看，见一道光亮劈面打来，嗄，叫一声"不好，我命休矣！"躲闪不及，打得脑浆迸出，死于马下。三千铁骑上前来救，被罗汉兵杀得大败，回进城中，折了一千五百人马。紧闭城门，忙报进帅府："启元帅爷，不好了。王将军出阵被和尚打死了。"仁贵听了大怒，说："这妖僧伤我一员大将。传令点陆成、王云过来。你们带领三千人马出城，与我将妖僧斩首。"点马标带领人马去掠阵，"若二将得胜，即前去砍杀番妖人马；倘有差错，鸣金收军。"马标得令。那二将出了帅府，全身披挂，结束停当，上马端兵器来到教场，点了人马。来到城旁，吩咐放炮开城。三声炮响，大开城门，放下吊桥，二将冲出。听得战鼓如雷，和尚抬头看见来了二员大将，金盔金甲，各使长枪，向和尚便刺。那飞钹和尚也不问姓名，把铁禅杖挡住，二人大战，怎挡得两条长枪如长蛇一般，嗖嗖不住，不在前心，就在两旁，和尚那里挡得住，又将飞钹打将过来，可怜两员英雄，都丧在两扇飞钹之下。马标看见魂飞魄散，鸣金收军，紧闭城门，前来报与元帅知道。

仁贵听报大怒道："这妖僧如此骁勇，一刻之间连伤我三员大将，不知用何兵器，这等利害？"马标禀道："启元帅，他用飞钹祭起空中，有万道毫光，鄙人眼目。故此三将不曾提防，被他打死。"元帅又想道："马标你既为掠阵官，见有飞钹妖术，何不早说？报事不明，何为掠阵？左右将马标绑出枭首。""得令。"将马标推出辕门，一刀斩首，进营回禀："元帅，献上首级。""将头号令。"元帅看看两旁诸将，多惧怕飞钹，不敢出战，单有窦一虎上前说："小将愿往。"元帅说："窦将军，闻你仙传他行之法，定能破得妖僧。与你令旗一面，步兵三千，作速出阵。"一虎得令，出了帅府。他不戴盔，不穿甲，头上扎就太保红巾，身穿绣龙黑战袍，脚踏粉底乌靴，大红裤子，拿了黄金棍，带了三千步兵，开了城门，行至阵前。飞钹和尚抬头一看，见城中走出一队步兵，不见主将，心中倒也稀罕，就被窦一虎在腿上打了两棍，好不疼痛。往下一看，见一个矮子跳来跳去。和尚便将禅杖打下，他用棍子相迎。杀了几合，和尚在马上终是不便，倒被一虎往马屁股上一棍，打得那马乱跳，几乎将

和尚跌下马来，忙打下飞钹。一虎看见，想来利害，身子一扭不见了。和尚四下一看不见一虎，一虎在地下叫道："妖僧不必看，我在地中了。"和尚想道："唐朝有此异人，怪不得元帅大败，怎能夺转锁阳城。"忙将两手拿了两扇飞钹，对地下说："你这个矮子怕我，躲在地下，岂不要闷死了？少不得气闷不过，还要钻将出来。我把你活活打死，方雪此恨。"那一虎在地中听了和尚这般言语，他在地中呼呼大笑说："呵呵呵，你要将飞钹打我，只怕还早哩。我会地中行走，不怕闷死。我今回营去也。"说罢，呼呼大笑，只听得笑声渐远。和尚气得满面通红。一虎行到城门首，钻将出来，鸣金收军，紧闭城门。

一虎回进帅府。元帅一见说道："窦将军你回来了。方才出兵胜败如何？"一虎禀道："元帅，那和尚用的是两扇飞钹，果然利害。若无仙传地行之术，也要被他打死，作为肉酱了。"元帅听了，心中暗想："那妖僧用飞钹如此利害，挡住在此，怎好进兵？"便开口说道："窦将军且退，待本帅思一妙计，必要擒他。"传令城外高悬免战牌。"得令。"

不表窦一虎退出，再言和尚看见城上挂了免战牌，呼呼大笑回营。明日又来讨战，又见免战牌还挂了。那和尚百般大骂，至晚而回。一连三日，俱是如此。那薛元帅聚齐诸将说："和尚如此利害，诸将有何计可退番兵？"尉迟青山上前说："要破妖僧，必须释放世子丁山。他有仙传十件宝贝，王敖老祖弟子出阵可擒妖僧。"众将齐声说："尉迟将军之言不差，必须小将军方可退得。"元帅说："军令已出，不可挽回，诸位将军不必言他。"众将无可奈何，各自回营。看看又过了三日，元帅无计可施，传令挂榜营门，有人退得和尚，破得飞钹，奏闻圣上，官封万户侯，锦袍一领，玉带一围，黄金千两，决不食言。榜文一挂，那窦一虎晓得挂榜，心中得意："此番小姐稳稳到手了。"来到帐前说："元帅，小将有计能破飞钹，要求元帅恩赏。"元帅大喜说："窦将军你果有妙计，破得飞钹，本帅赏你锦袍一领，玉带一围，还要请旨封官。"一虎笑道："小将也不要请旨封官，也不想锦袍玉带，只是有句话儿不好说。若元帅见允，小将使能破得飞钹。"元帅道："将军，你俱不要，要本帅赏赐什么？快快说来。"一虎带笑说："小将也是明王之孙，当今天子之表侄。曾见令爱小姐尚未许婚，元帅将小姐许配我，我有妙计能破飞钹，然后进兵西征。未知元帅肯允否？"仁贵未听此言犹可，一听此言，心中大怒，想道："夫人好没见识，不该带金莲女儿一同到此。"被矮子看见，倒来求亲。开言说："哇！你这蠢物。本帅虎女，焉肯配你犬子？也罢，你若破得飞钹，本帅另眼相看。若说起亲事，断断不能。"一虎道："元帅既不肯将小姐许我，我焉能肯与元帅破飞钹？"元帅大怒说："蠢物如此无礼，军校们绑出去，斩讫报来。"一虎道："元帅不必发怒，小将自回棋盘山去了。"

军校正要来拿，见一虎身子一扭不见了。元帅见了，无可奈何，心中暗想：目下正在用人之际，他若回去了，飞钹又不能破，兵又不好进。也罢，不如骗他破了飞钹，允不允由我。元帅开言对地下说道："窦将军，我不杀你，你且出来。只要你破得飞钹，回朝之日，将小女与你成亲便了。"一虎在地中听得元帅相许，从地下钻了出来说："既蒙允诺，如今便称岳父了。"

仁贵心中敢怒不敢言，只得说："但不知你有何妙计能破妖僧飞钹？"一虎说："元帅，待小将今晚三更时分，往番营盗收飞钹，杀了妖僧。明日元帅就好进兵了。""既是如此，命你今晚前去，依计而行便了。""是，得令！"不知一虎如何盗得飞钹，且听下回分解。

第二十五回　窦一虎盗钹受苦　秦汉奉命救师兄

前言不表。单讲窦一虎回归自己营中，结束停当，等至三更，钻入地中，竟往番营，此言不表。再讲苏宝同见飞钹和尚连日得胜，斩了唐朝三员大将，杀得他闭城不出，高悬免战牌。便安排筵宴，请飞钹和尚、铁板道人。大开营门，用长竿挂起飞钹庆贺，名为祭宝会。

那窦一虎来到营门，将头探出，往上一望，却被和尚看见，对苏宝同说："元帅，方才说唐朝有一地行之将，今番来也。"宝同说："在那里？"和尚说："在地中钻出来了。""怎么拿他？倘被他又去了，反为不美。"和尚说："不难"。忙用指地金刚法，使那地皮坚硬。一虎钻出头来了，和尚忙将飞钹抛去。一虎一见大惊，欲要钻下地，地皮坚硬不能去了，被钹一合，放在飞钹内面了，好不气闷。在钹内心中一想说："师父有言，日后有难，付我一粒丹药吃了，可免灾难。"如今在衣缝内面，忙取出来，吃在肚内，果然不气闷，又不饥渴，安心住在钹内，不表。再言苏宝同说："军师拿住矮子，何不将他斩首，放在钹内做甚？"和尚说："他是王禅老祖弟子，有仙法道术，斩他不得。放在钹内，凭他神仙道术，不消七日，化为浓血，不久自死。"苏宝同听了大喜，称赞军师之功，此话不表。

再讲仁贵见一虎往番营盗钹，候到天明不见回报，心中狐疑不定，"若盗不动也该回来了。他满口应承，欣然而去，想是被妖僧拿住也未可知。嗄，有了，不免点程千忠出去，到城上观看，若被斩首，决有号令。"主意已定，命程千忠："前往城上，看番营可有首级号令，速来回报。""是，得令！"那千忠出了帅府，上马来到城上，望番营观看，静悄悄不见什么首级号令出来。等了一回，不见动静，只得下城回到帅府缴令。元帅听了，心中好不烦闷。欲要差探子出城打听，忽城上军士报进："启元帅爷，城外有铁板道人讨战。"元帅对诸将说："前日有个和尚，今日又有个道士，想是多有左道旁门之人，今日不可与他交战。待等三日之后，商议开兵。"众将说："元帅之言有理。"传令城上高悬免战牌。那铁板道人看见了免战牌，大笑回营。此话不表。

再言双龙山莲花洞王禅老祖驾坐蒲团，忽心血来潮，屈指一算；说："不好了！大徒弟窦一虎有飞钹之难，幸有灵丹相救，七日灾难已满。不免唤二徒弟出来去救师兄。"童儿唤秦汉出来。"那童儿领法旨，来到里面说："师兄，师父唤你"那秦汉正在里面学习，听得师父呼唤，忙来到蒲团前，倒身下拜说："师父，唤弟子出来有何事干？"老祖说："徒弟，你师兄有飞钹之难，命你前去相救。况你业缘已满，我今与你两件宝贝，名曰钻天帽，入地鞋。你快往锁阳城，用灵符一道救取师兄窦一虎，就在薛元帅麾下，助他征伐西凉，夫妇团圆便了。"秦汉听了，叫声："师父，弟子本来面目，望乞师父训示。"老祖说："你原是大唐秦怀玉之子，金枝玉叶。你三岁时，在后园玩耍。我从云端经过，被你冲开足下红云，收留到此二十余载。今已缘满，下山去罢。"那秦汉也是矮子，头上挽起个空心丫髻，大红绒须两边披下，身穿绣绿袄子，手上带个黄金镯，赤了一双脚，好似红孩儿一样。听到师父如此言语，心中大悦，便叫声："师父，请问两般宝物有何用处？"老祖呼呼笑道："秦汉。你要问这两宝物有何用处？我对你讲，那钻天帽乃王母娘娘瑶池中真宝贝，戴在头上，便会腾云随风，可入天门，朝拜诸天日月星宿；那入地鞋，乃是南极仙翁宝贝，穿在足下能入地中，可到森罗宝殿，十殿阎君前来迎你。这两般宝物付与你去，可助大唐。还有一对狼牙棒，随身器械，灵符一道，一齐拿去。"秦汉欢喜不过，拿了狼牙棒，拜辞了师父，即便下山。心中起了凡心，戴了钻天帽，那宝物说也作怪，刚刚戴在头上，忽听得耳边豁喇喇一阵风，便将秦汉提在空中。秦汉哈哈大笑，按下云头，抬头一看，别有一番世界。见一座仙庄极其华丽，内面走出一个女子，生得十分美貌，天姿国色，见了秦汉，叫声："郎君，因何到此？"秦汉见了遍体酥麻，说："小娘子下问，我乃王禅老祖徒弟秦汉，奉师命往锁阳城去救大师兄窦一虎，在此经过，得遇小娘子，莫非我三生有幸了。愿求片刻之欢。"那女子半推半就，满面通红。秦汉欲火难禁，便问："小娘子尊姓？"女子说："我姓松，爹爹出外去了，并无人在家。"问道："小娘子青春多少？"回言："虚度一十八载，尚未曾适人。"秦汉又说："我乃秦驸马之子，公主所生。娘子不弃，愿为秦晋。不如娘子意下如何？"女子道："既有美意，恐辱尊躯。"秦汉色胆如天，将女子抱进房，解带宽衣。那秦汉赤了身子，抱着女子，正要求欢，只见一阵狂风。抬头一看，房子不见了，连那女子也不知去向，两手抱着一棵大松树。忽见师父来到，置身无地，两手又拿不开，口叫："师父救我。"老祖说："孽障！孽障！你做的好事。还要怎么？"秦汉说："师父，弟子以后再不敢了。望乞饶恕。"老祖说："看天子之面，以后再不可起凡心。""是，再不敢了。"老祖将拂尘一拂，秦汉两手松了，"拜谢师父救弟子之恩。"老祖说："去罢。"原来老祖试他之心，点化他的。

那秦汉辞了师父，戴上钻天帽，不消一个时辰，倏然落下锁阳城。薛元帅正与众将商议，忽见一个矮子从天而降。大家都认作窦一虎，非但地行，如今七日不见，竟在天上也会走的？元帅也觉骇然。只见那矮子上账，见了元帅，长揖不跪。众将仔细一看，方知不是窦一虎，另有一个矮子，身材一样，身子阔些。元帅问道："你是何处来的怪物？却从天上下来。快将情由细细说来。"那个矮子嘻嘻笑道："我乃秦叔宝嫡孙，秦怀玉之子，秦汉

是也。三岁时被风刮去,王禅祖师收为徒弟,学道二十余年。今奉师父之命下山,一则救师兄窦一虎飞钹之难,二则相助元帅一臂之力,共征哈迷国。”元帅听了大笑说:“原来他也是王禅老祖徒弟,秦驸马之子,好笑祖师收的徒弟多是矮子。这倒稀罕。”说道:“秦将军,既蒙来助本帅,你师兄窦一虎去盗飞钹,今已六日,不见回营。既能相救,快去走一遭吧。”秦汉应道:“小将就去。”正要走出去,只见左班中走出秦梦,闻知哥哥到此,忙出来,“待我认认长兄。”

兄弟两下一见,彼此相拜,各诉衷情。秦汉说:“兄弟,我往番营救出师兄,再来会你。”还戴上钻天帽,轻轻飞出锁阳城,下落番营,有黄昏时分。只见旌旗不动,枪刀如林,杀气腾腾,好不惊人。正在营前观看,只见前面一个巡军走来,被秦汉上前,将手中狼牙棒照头上一下,把巡军打死。脱了衣服,除了帽子,解了腰牌,看看上面有名字,那巡军名唤哈得强。“我就冒了他的名字,打听师兄消息。”正行之间,只见又来了一个小番,手里拿了一支令箭。秦汉问道:“哥儿,你往那里去?”番儿说:“我奉活佛军师之命,因南蛮地矮子前来偷盗飞钹,被元帅捉住,封合飞钹之内,今已七日,必成浓血。故此佛爷特将令箭一支,叫我到元帅营中,取飞钹内中矮子浓血,烧干祭钹。”秦汉听了,唬得大惊,“师兄性命休矣!如今有此机会,打死番儿,将他令箭到苏宝同处,骗了飞钹,救出师兄,再作理会。”走上前去,狼牙棒一起,把番儿打死,盗了令箭,来到营中。见了苏宝同,叫声元帅:“小番奉佛爷之命,要取飞钹前去祭钹。”宝同看了令箭,不知真假,将飞钹付与秦汉。秦汉背上飞钹,戴上钻天帽,片刻飞到锁阳城。他在云中一想,不知师兄死活如何,待我叫他一声看:“窦师兄。”一虎在钹中听得声音似秦汉师弟,一虎应到:“师弟,你为何也在此,做什么?”秦汉说:“不瞒师兄,师父在山上说你有飞钹之难,命我前来相救。我今连飞钹骗到城中,见元帅请功。”一虎听说,好不着急。前日在元帅面前夸口,要他小姐金莲成亲,倒被妖僧将我合在钹内,七日已到,众将面前开看,有甚意思,反被元帅见笑。叫声:“师弟,就在此地开了钹,我好出来。”秦汉说:“你七日也过了,如今一刻也就等不得。我奉师父之命必须要到元帅面前开的。”说罢,依然飞上。早到营前,按下云头,连忙传报。元帅闻报升帐,问道:“秦将军可曾救得师兄吗?”秦汉放下飞钹说:“师兄现在钹内,请元帅开看。”元帅大喜,唤军校快快开钹。“得令!”忙将铁索解下,重有千斤,用尽力气,那里开得。众将一看,这钹合笼犹如生成,没有缝的,果然难开。凭你刀砍斧劈,只是不动。元帅说:“秦将军,这样如之奈何?”秦汉道:“不难。师父说,金丹久炼、炼成至宝。有灵符一道帖上,其钹即开。”秦汉取符帖上,钹分两扇。一虎一个跟头跳出地下,双手遮脸,自觉羞煞。元帅同众将一见,大笑道:“果然仙家妙用,窦将军暂且将息。”吩咐收免战牌,众将回府。再讲番营和尚差小番取钹,不见回报。早有小番报说:“启佛爷,不好了!方才差去的番儿被南蛮打死,骗了令箭。元帅不知真假,竟将飞钹与他。一霎时人都不见了。”和尚听了,唬得魂不附体,说:“完了,我一生功夫,如今休矣!救去矮子,倒也罢了。我的飞钹,我全靠他,如今失去,怎么与唐兵交战?”铁板道人说:“道兄失去飞钹,还有我铁板十二面,利害不过。师兄放心。”不知后事如何,且看下回分解。

第二十六回　监中放出小英雄　丁山大破铁板道

却说次日道人出阵，见去了免战牌。有兵士报进："启上元帅，城外道人讨战。"元帅道："今有道人讨战，谁去出阵？"秦汉走将出来说道："小将愿往。"元帅道："既然如此，与他步兵三千，出城破敌。"

秦汉接令出了帅府，来到校场，点起步兵三千，手持两条狼牙棒，来到城边放炮开城，炮声一响，开了城门，冲出城外，来到阵前。那道人抬头一看，原来又是一个矮子，哈哈大笑道："唐朝不用大将，俱用矮子……"

话言未了，只见秦汉走至面前，将双棒照道人腿上便打。道人在马上不便架迎，忙下了马，手执古定剑劈面砍来。一来一往，战了二十回合，道人不能取胜，忙抽出铁板来。秦汉抬头一看，见铁板打下，把入地鞋一登，不见了。道人看见心中大惊：原来唐营中多是异人，前日矮子有地行之术，今这矮子也会地行。必定仙传妙法，不如收兵再处。再言秦汉到了城边，也收兵进城，回到帅府交令。

次日，道人又来讨战。元帅问道："今日谁去？"秦汉应到："今日必要活捉妖道回营。"元帅道："既然如此，将军须小心的。"

秦汉得令，原带了三千步兵，出城来到阵前。道人见了笑道："小矮奴昨日被你逃去，今日又来，必要活捉，方见俺的手段。"秦汉道："休要夸口，吃我一棒！"举起狼牙棒，当头就是一下。道人持剑向上一迎"噶咯"一声响，架在一边。回转马来一剑，望面上砍来。秦汉将棒一晃，亦跳在一边，杀得道人浑身是汗。念动真言，忽然天昏地暗，无数青面獠牙鬼怪杀来。秦汉见了，幸有钻天帽戴在头上，如飞纵上云端。只听得霹雳一声，霎时鬼怪化作无影无形，依然云开见日。道人看了心内慌张：昨日钻到地下，今日又会上天，定是异人。正在心内想，秦汉亦料道人邪法多端，不能降服，向道人哈哈笑道："你不要想，我收兵去了。"一声鸣金，收兵进城。道人亦收兵而回，千思万想，一夜未睡。

次日又领兵讨战，探子入报。元帅说："今道人又来讨战，谁去出阵？"两边走出八员总兵：周青、周文、周武、姜兴霸、王心溪、王心鹤、李庆红、李庆先，进营启禀元帅："末将愿去阵前，杀此妖道。"元帅说："众人出去，须要小心。就令窦一虎、秦汉为左右军压阵，接令。"众人各领命出了帅府，持了兵器，出了城门，来至阵前。道人抬头一看，只回城中走出许多将官来，只八员将官，把道人团团围住，将他刀砍棍打。道人把古定剑执在手中，竭力接架，只八员将，忽在马前，忽在马后，杀得道人招架不定，那能还剑过去，心中一想，说："不好！寡不敌众，不可一时失错，有丧性命，不如先下手为强。"忙祭起铁板，众将见了魂飞魄散，叫声："不好了！"俱打中后心，跌下马来。冲出窦一虎、秦汉上前抵敌，底下步兵救了八将。

窦、秦二将无心恋战，鸣金收兵。回进城中，报入账内，元帅听了大惊，说："铁板如此利害，伤我八个兄弟，如何是好？"程咬金说："前年元帅中了飞镖一年之灾，幸而小将军到来救活。如今只八员总兵，命在旦夕。乞元帅监中放出小将军，要用他仙丹，救了八员总兵方好。"元帅听了此言有理，传令即到监中放出小将军，来到帅府，拜见父王。薛仁贵道："我儿前日灵丹有吗？"丁山道："现还有。"薛仁贵道："既有，你将仙丹到后营去救八位将军。"丁山领命，到后营取出葫芦，倒出仙丹，口中嚼碎，敷在八将背上。只听一声"唔呀"，俱立起身，道谢丁山。元帅闻知心中大悦，果然仙丹妙用。即唤丁山进后堂叩见母亲、再见妻、妹。吩咐后堂设宴，合家团圆。

再言铁板道人杀败了二将得胜，连伤八员大将。苏宝同说："军师今日阵上全胜，那南蛮必定惧怕。明日须要打破他城池，杀他个片甲不留，方称俺心。"道人说："这个自然。"当夜营中庆贺。

再言次日苏宝同领了大队人马，分作三路攻打：铁板道人领了二万人马，攻打东门；飞钹和尚领了人马，攻打南门；苏元帅领了大队人马，攻打北门，单留西门不攻。摇旗呐喊，鼓炮连天，架上云梯，三门攻打。

探子忙报元帅。元帅升帐，点窦一虎、秦汉二将，领了三千人马，出南门，听号炮一响，各自进兵。忙接令出了帅府，往教场点兵，出南门；又点丁山窦仙童夫妇，领了人马三千，出东门，忙接令，往教场领兵；元帅自领兵三千，同了女儿金莲出北门，其余众将守城。

飞钹和尚正攻打南门，只见一声炮响，三千步兵冲出阵来，一对矮将冲到城外。和尚一见大怒，把手中铁禅杖打来，窦一虎将黄金棍架住，喝道："妖僧！你的本事平常，如今飞钹没了，如何杀得我过！不如快快受死，免得出丑。"和尚大怒道："杀不了的小南蛮，前日被你诡计，骗去宝贝，今次决不饶你！招杖罢！"一禅杖当头打来，窦秦二将，奋勇争先，忙起棍棒相迎。杀了几个回合，和尚那里战得过二将，带转马大败而走。二将在后追赶。

再言薛丁山夫妇，领兵至东门。只听号炮一声，东门大开，冲出阵来，正迎着铁板道人。道人一见窦仙童；好一个美貌佳人，不免先打死了少年将军，抢这女子过来，还俗成亲。算计已定，回马过来就走，薛丁山拍马追上去。铁板道人回头一见追了来，满心欢喜。忙将铁板祭起，当头打下，只见丁山头上一道红光射出，铁板见了红光，化为飞灰。道人一看，见打他不中，又祭一块起来，照前一样。连祭了十块铁板，一齐烧了无影无形。吓得道人魂不附体，无心恋战，带回马就走。薛丁山夫妻在后追赶。

再言元帅同了金莲小姐，杀出北门，正迎着苏宝同，两下大战，杀得大败。倒拖大砍刀回马，金莲小姐在后追赶。苏宝同忙取腰中飞剑打来，谁想薛金莲有六丁六甲护身神，见宝剑飞来，被六甲神收去。此时苏宝同急得汗流浃背，心中慌张，又见女将追上来了，只得回来又战。不到三十个回合，后面元帅杀上来了，苏宝同那里杀得出重围。只听元帅高声传令："休要放走了！"金甲人上前来拿，苏宝同一看大惊，只得化道长虹而逃。三军追至三十里，杀得血流盈河，尸横遍野，喊叫之声连天。遗下刀枪剑戟旌旗，不计其数。元帅传令收兵。妖僧妖道，大败而走，三路同归一处，点一点人马，三十万只剩了不足一万。都是折手坏脚之人，三人抱头大哭。一同商议，只得再往仙山去炼宝贝，若是此仇不报，枉做西邦元帅。和尚说："元帅之言有理。"三人领了败兵，一路下来，相近寒江关，只见冲出一彪人马，回头一看，只见龙凤旗升起，上写着："征东皇后"。苏宝同一见大喜，原来是我姐姐苏锦莲。即行下马，进营中朝见千岁娘娘。朝见已毕。赐平身，说："贤弟你奉旨出师，因何还在这里？"苏宝同大哭道："前日兄弟即欲报祖父大仇，奏知狼主，起兵伐唐朝。不想第一阵被我设计，将唐朝君臣困住锁阳城，要把他粮绝饿死。谁想他雄兵似虎，猛将如龙，与他大战几阵，用飞刀杀他大将几十余员。那大唐元帅，幸得被我飞镖打伤他左臂，败回城中，闭城不出。怎晓得他粮草带得充足，困住城池一年有余，不想被程咬金骗出营中，竟回中原，取了救兵。这第二路元帅，就是薛蛮子之子，名唤丁山。他法术高强，本事利害，我的九口飞刀，三只飞镖，俱被他破化了。内应外合，杀得大败，我即化道长虹而走。撞着两位军师，飞钹和尚、铁板道人提兵到来，说起此事一同兴兵，三困锁阳城，交锋三个月，阵阵俱胜，城中出了两个矮子，法术精通，又被薛丁山出阵交兵，将飞钹铁板化作飞灰，又是大败而散。如今各人再往仙山去练就法宝，再来复仇，不想会着姐姐千岁。"

苏锦莲听说前情，十分大怒说："贤弟，你既要再上仙山，却炼宝贝，以复大仇。我奉狼主之命，领精兵四十万，战将数千员，前来助你。不想你杀得大败，损兵折将，有何面目回见国王。你将帅印交付与我，我要杀尽南蛮，与祖父报仇便了。"苏宝同听了，心中大悦，知道姐姐仙传妙法，英雄无敌，有打将神鞭，利害不过。忙把帅印兵符上前交割，付给皇后，同那和尚道人拜别娘娘，各自上山炼宝去了。此话不表，未知苏锦莲可有本事破唐否，且看下回分解。

第二十七回　番后火鹊烧八将　薛元帅子媳团圆

却说苏锦莲皇后，传令放炮起行。炮响三声，大队人马，竟向锁阳城进发。不一日早到锁阳城，吩咐按下营盘，将锁阳城四面困得水泄不通，鸟飞不过枪尖，蛇钻不进人马，好不利害。

再言薛元帅大获全胜，三支人马，一同进城，所得粮草器械旌旗，不计其数。与众将商议起兵西征。这一日升帐，只听得炮声连天，探子报入营中，启上元帅：“西凉国苏皇后，领兵四十万，要来报仇，又将城池围住了。请元帅定夺。”元帅听了大怒道：“可恨苏宝同，将帅印交他姐姐番后，复领兵到来，又将城地围住，你这小小番后，有何本领，前来与本帅对敌？也罢，趁他安营未定，点兵出城，杀他片甲不回。”点周青等八员总兵出城，必要活捉番后。

周青等忙接令出帅府上马，各人结束停当，手执兵器往教场点了一万人马，来到城边，放炮开城。三声炮响，城门大开，那八家兄弟，都出城来到阵前。两边射住阵脚，营中鼓响如雷，抬头一看，只见苏锦莲带领了三千番婆，一声炮响，冲出营来，但见他头戴闹龙金冠，狐狸尾倒挂，雉尾高挑，面如满月敷粉，妆成两道秀眉，一双凤目，小口樱桃，红唇内细细银牙。身穿一件黄金砌就鱼鳞甲，腰系八幅护腿绣龙白绫裙。小小金莲，踹定葵花镫，腾云马，手持打将神鞭。胜比昭君再世，犹如西子还魂。

那周青纵马上前喝道：“胡妃狗后，本总兵看你无缚鸡之力，敢领兵到此与我祭剑吗？”苏锦莲喝道：“你这般狗蛮子，将我兄弟杀得大败，因此娘娘来取你这蛮子性命。”周青冷笑道：“你的狗弟，尚且不胜，何况你一女流？贱婢放过马来！”两边战鼓擂动，苏锦莲把鞭一指，喝道：“照打罢。”这里八员将官一齐上前，将番后围住。苏锦莲看见将多，虚晃一鞭，勒回马败阵而走。八家兄弟，随后追来。苏锦莲把鞭一指，急忙取出身边葫芦，念动真言，放出无数火鹊，望了八员总兵烧将来了，十分厉害。

周青等一见，魂飞魄散。都烧得焦头烂额，败进城中。一万兵被番后杀得大败，折了八千人马，上前哭诉。元帅看见，心内慌张，不想兄弟们遭番后火鹊烧伤，谁去出阵？丁山上前说道：“孩儿出阵，擒此番后。”元帅道：“我儿出去，须要小心。”传命秦、窦二将同去掠阵。“得令！”

三人同出了帅府，领了人马，来至阵前。那苏锦莲抬头一看，只见薛丁山面如白玉，唇若涂朱；胜比宋玉，貌若潘安。不觉欲火难禁，浑身发痒。丁山喝声：“番婆！不要呆呆看我，照戟罢。”一戟直望面门上刺将过来，那番后吃了一惊，忙一催坐马上来，放出火鹊。薛丁山说：“来得好！”左手挽弓，右手拔出穿云箭，照火鹊一射，只听得一声响，那些火鹊，无影无踪。

番后看见破了他的火鹊，十分大怒。忙祭起神鞭，薛丁山叫声不好，正中后心，口吐鲜血，大败而走。幸得身上穿天王甲，不致伤命，若是别将，便成肉饼矣。那番后叫声“哪里走！”把二膝一夹，紧紧追来，追过荒山有百里，看着追上。

薛丁山正然着急，只听山头上有虎啸之声，抬头一看，见一个打柴女子，生得奇形怪状，手持铁锤，在那里打虎。薛丁山叫一声：“姐姐，救我一救！”那女子往下一看，说道：“小将军你是那一个，为何一人一骑，奔到此间，求救于我？”薛丁山说：“女将军，我是平辽王薛元帅之子。因奉圣旨征西，方才阵上被番后打中后心，我负痛而逃，他在后面追上来了。我中伤甚痛，不能抵敌，万望姐姐救我一救，没齿不忘大恩。”那女子嘻嘻笑道：“这个容易。请世子暂避树林之下，待他追来，我当敌住，杀他个有死无生。”

说罢，只见苏锦莲追上山来。薛丁山心慌，躲在林内。后面番后见了女子，问道：“方才有一少年将军，可曾到此？”女子说：“他在林内。”番后听了，连忙追入林中，不提防女子将死虎照番后头上打将下来，那番后措手不及，叫声“哎呀”！跌下马来。被薛丁山上前，取了首级。忙来叩谢救命之恩：“请问姐姐，姓甚名谁？回营告知父亲，前来相谢。”

那女子道：“奴家姓陈，名金定，祖籍中原人氏。父亲陈云，昔为隋朝总兵，奉旨借兵，流落西番乌龙山居住。樵柴为生，母亲毛氏，乃番邦之女。上无兄，下无弟，我今年一十七岁。只为生长西番，而又黑丑，诨号“母天蓬。”舍下不远，还有言语相问。”薛丁山道：“多蒙姐姐盛情，但我有军令在身，不及细谈，我交令之后，再来叩谢。”陈金定见他执意要走。忙将丹药与他装好说：“我明日望你到来，不可失信。”薛丁山说：“晓得”。上马出了山林，走了半路，撞见秦、窦二将三人大喜。同到城中，入账交令。

元帅问道：“方才秦、窦二将说，你被番后金鞭打伤，吐血而走。番后拍马追赶，如何反得他首级，前来交令？”薛丁山道：“爹爹呵，孩儿被他打伤，落荒而走。被他追到山林，正在危急，幸有那打柴女子，暗起死虎将番后打死，救了孩儿。他父隋朝总兵，名唤陈云，

流落西番。望父王送金帛，谢他救命之恩。”元帅道：“既是我儿的大恩人，理当相谢。”问程咬金道：“老千岁，他父前朝总兵，必然认得，就烦一行。”咬金应允。

次日同丁山带了金银缎匹，望乌龙山而来。陈云闻知，远远相迎，接入草堂，分宾主坐下，各通姓名。咬金说：“昨蒙令爱相救世子，今日元帅备礼，差老夫同世子前来叩谢救命之恩。”陈云说：“老千岁，下官流落西番，数十余年，久闻中原已归大唐。每欲思归，恨无机遇。我家小女，乃武当圣母徒儿，前日有言，与世子有姻缘之分，不嫌小女丑陋，我就明日送到营中，与世子成亲。我老夫妇，情愿执鞭随镫，报效微劳，相助征西。承蒙礼物，作为聘仪，望乞周旋。”程咬金说：“极是，老夫作保。”就此告别，回到营中，说明因由，元帅依允。薛丁山说：“爹爹，只使不得的。”元帅说：“陈云既要将女儿送你成亲，理当应允，方不负救命之恩。况陈金定小姐，虽然貌丑，他乃武当圣母门下，法力无边，将他带在军中，定助一臂之力。我儿你明日须备下礼物车马，前往迎接他父母，来到帅府。为父的做主，与你成亲。”薛丁山不敢有违，即忙端正。再说后营夫人小姐知道，心中喜悦。龚仙童闻知陈金定本事高强，亦是心中愿意，催促丁山：“早些端正，想陈家父女，即要送来了。”话言未了，只听炮声连响，陈云夫妇亲领女儿到了。薛元帅连忙接入帅府，安排筵宴，当夜成亲。陈金定敬重大娘，窦小姐感他救夫之恩，不分大小，姐妹相称。一夫二妻团圆，合营庆贺。

再言那番兵四十万人马，见主将已丧，又都被他杀得七零八落，四散而逃。不知后事如何，且看下回分解。

第二十八回　寒江关樊洪水战　樊梨花仙丹救兄

却说薛元帅杀死苏锦莲，薛丁山与陈金定成亲，此话不表。再说苏宝同逃去锁阳城，太平无事。左近依附州县，俱皆纳款投降，一面打本进朝，差薛贤徒镇守界牌关，点兵一万，文武数员，一同保守。周文镇守金霞关，周武镇守接天关，俱有兵马、文官同守。一路直到玉门关，俱归中原所管，百姓安居如故。

这一日元帅升帐，商议西进。有陈云老将上账说：“此去四百里，有寒江隔阻。对江有一座寒江关，关上老将姓樊，名洪。足智多谋，官封定国王，有两个儿子，长子樊龙，次子樊虎，皆有万夫不当之勇，一同保守。他知我兵西进，必然防备。此去非船不能征进，必须造下大船，方好过江。”

元帅听了，叫声陈亲翁之言有理。就令程铁牛、尉迟号怀、王君一、姜兴霸四将，带领军士四千，上山伐木督造战部。耽搁一月，船已造完。停留江口，侯元帅起兵。薛仁贵在教场点起大兵三十万，命罗章为前部先锋，秦梦押后队，尉迟青山解运粮草，程千忠督运解粮官，周青催赶各路粮草，命王心溪、王心鹤二将留兵五万，镇守锁阳城，老将陈云为向导官。点齐众将，放炮三声，往教场祭旗。然后起行，一路三军司令浩浩荡荡，离了锁阳城。望西而进，不一日来到寒江渡口，放炮停行，驻扎营盘，候下船过江。

元帅到江口一看，果然白浪滔滔，又见大小战船无数。程铁牛等四将上前交令。薛元帅传令，向罗章、秦梦、窦一虎三将说：“本帅昔年跨海征东，进狮子口，箭射戴笠蓬，鞭打独角兽，飞走金沙滩，也曾过河，何在这个小小江面！你们三位将军，须要并力同心，过了寒江，取了关头，就好西进，本帅自在后督阵。”三将听了，说声：“得令！”各执器械，下船去了。大小俱皆下船，一声炮响，开了战船，俱望江中而行。你看那船头上，旌旗布满，炮声连天，此话不表。

再言寒江关主将樊洪，正与二子及左右偏将在衙中言及关内苏宝同，要报祖父之仇，兴师东征，反失数座关头。苏娘娘阵亡，元帅不知去向，寒江以东，均属中原。今又造大小战船，要来取寒江关。别处还可，料想寒江难过。

有番儿报进：“启爷，不好了！中原薛蛮子领兵过江来了！”樊洪一听此言，吓得魂不附体，说：“有这等事，再去打听。”令二子，“带领水军十万下江，等待唐兵半渡之时，听号炮一发，当腰冲出，使他首尾不能相救，杀他片甲不回，我大兵在后接应。”二人得令，领兵下江。随后樊老将军，带领大小众将，纷纷下江。

再言唐朝大兵，行至半江中，忽听炮声连珠响，只见各港中驶出无数番船，船上番将俱是红扎巾，身上穿的水纳袄，手持长枪，摇旗呐喊，冲了出来，勇不可当。竟把大小战船，冲做两处。后面元帅看见，急忙下令："水战不比岸战，须要向前，不可退后。"众将得令。秦梦迎着樊龙，罗章接着樊虎，两下大战。后面老将樊洪，看见二子大战，划动兵船，冲上前来，被窦一虎接住厮杀。

秦梦与樊龙，战到三十余合，秦梦放下提罗枪，抽出银装锏，照樊龙肩膀上一下。樊龙负痛，拿不起大刀。番兵见主将受伤，急忙划转番船，大败而行。樊虎被罗章腿上一枪，那番船樊老将军看见二子大败，弃了窦一虎，也把战船划回。这里元帅见胜了番将大喜，传令擂鼓追赶。樊家父子连忙弃船登陆，竟望关中去了。剩下番船，逃走得快的，俱逃走了，逃不走的俱被杀死。传令收兵，一齐登岸，杀到关前，两边高山，中间一条关路。此关在半山之中，山上檑木炮石，打将下来，众将只得退回。元帅见此山难破，就令按下营盘，商议攻打。

再言樊洪老将，同二子败进关中，吩咐番儿，关头上多加灰瓶石子。强弓硬弩，檑木炮石。夫人接说道："妾身久闻跨海征东薛仁贵，十分厉害。水战被他取胜，二子又被他打伤，幸喜女儿前日回家，或有仙丹妙药，可以医治。"樊洪道："我却忘了，昔年黎山老母，收去八年，传授法术，有移山倒海之法，撒豆成兵之术。又赠他诛仙剑、打神鞭、混天棋盘、分身灵符、乾坤圈，五遁俱全，谅来必有妙药的。"吩咐丫鬟："请小姐出来。"丫鬟领命，到房内道："小姐，老爷相请。"

那樊梨花听了，来到中堂，见了父母，说道："呼唤孩儿，有何吩咐？"夫人道："女儿呵，唐朝差薛仁贵领兵西征，直杀到寒江，倘此关有失，西番不能保全。故此你父同二位哥哥截住寒江，俱被他打伤，败阵而回。今你父闷闷不乐，特地唤你出来商议，不知你可有仙丹，相救了二位哥哥，然后杀退唐兵，可解得你父烦闷？"

小姐听了，心中暗想："记得师父吩咐说，我与大唐小将薛丁山有姻缘之分，故此命我下山完聚姻缘，一同征西。如今果然他兵来到寒江关，伤我兄长，也罢。"只得开言说："父亲，既是二位哥哥受伤，女儿自有妙药医治，不必父亲多虑。"樊洪听了大喜，连忙唤进二子说："你妹有仙丹救你。"小姐把丹药敷在他伤处，不消一刻，其伤即愈。弟兄二人大喜："难得妹子来救我，其中必有奇谋，杀退唐兵。复回番邦，狼主必加封赠，我一门功劳不小。"小姐说："这个何难！不是妹子夸口，且待妹子明日出阵，必要活捉唐将，以泄二兄之忿。"二兄听了，说："既是妹子出阵，做哥哥的与你掠阵。"老将哈哈大笑道："难得女儿志量高大，虽然你多仙法，出阵之时，须要小心。"樊梨花道："这个自然，女儿有主意的，不用父亲叮嘱。"当晚不表，各归房内。

小姐回到房中，想姻缘该配薛世子，但不知他相貌才能如何。又闻得父母有言，将我许配白虎关总兵杨藩！打听得他生得丑陋不堪，面如青靛，目似铜铃，岂可配我！想我师父黎山老母，能知过去未来，许我薛丁山是夫主，谅来杨藩绝不是我夫君。待我明日出阵，看看薛丁山，就晓得了！主意已定。

再言次日樊老将军升帐，樊梨花被挂上前领兵，樊龙、樊虎结束停当，各执兵器，同妹子出阵，点齐本部人马，来到关前。放炮三声关门大开，冲下山来，来到平阳之地，排齐队伍。樊梨花一马冲出，高声大叫，坐名要薛丁山出阵。探子报进营中说："启上元帅，今有樊老将军之女樊梨花，带领了女兵，出关讨战。"元帅说："昨日他父子兄弟这般骁勇，尚且大败，何况他的女儿，值得什么！"探子说："元帅不要看轻樊梨花，他英雄无敌，仙法多端。他指名要小千岁出阵，不然要杀进营中来。"元帅听了，大怒说："这番女好夸口！我偏不点孩儿出阵去，另点别将出阵，谁将出去，擒此番女？"

那窦一虎好色之徒，听说樊梨花美貌超群："待我出阵活捉进营，元帅自然将来配我。"想罢，上账说："小将窦一虎愿出去会他。"一边又走出先锋罗章上前喊道："元帅！待小将出阵，必要活捉番女。"

元帅道："既然你二人愿去，一同出阵便了。"二人接令出阵，不知后事如何，且看下回分解。

第二十九回　神鞭打走陈金定　梨花用法捉丁山

却说罗、窦二将领兵到阵前。樊梨花一看,不是薛丁山。小姐骂道:"南蛮果来与我对敌,免污我刀。快唤薛丁山出来,与我决一胜负!"

二将听了,说:"好一个娇滴滴声音。"二人各执兵器,笑吟吟指定樊梨花说道:"难道我们不是男子,你指名要小千岁出来?你若胜我二人手中兵器,便请小千岁会你;你若被捉,伴我二位一宿,方得称心快意。"小姐听了大怒骂道:"匹夫,少要胡言!放马过来,斩为肉泥,方泄我恨。"遂举起双刀,望罗章面上砍来。罗章把枪架住,窦一虎将黄金棍向马头上打来。樊梨花不慌不忙,将刀一指,只见四面喊声大起。

二人抬头一看,俱是青面獠牙,长大汉子,金盔金甲,大刀阔斧砍来,吓得唐兵都逃散了。二将看来抵敌不住,鸣金收兵。报知元帅说:"末将被番女用撒豆成兵之法,杀得大败而回。如今又在营前讨战,指名要小千岁出阵。"

元帅听了大怒道:"这小贱人如此无礼,他有妖术,况且男不可与女敌。"便点窦仙童出阵迎敌,窦仙童全身披挂,手执双刀,跨上了马,带领了兵将,出营来到阵前。看见樊梨花果然美貌,我不及他。

樊小姐见一员女将出阵,身边藏许多宝贝,又生得俊俏,暗想道:善者不来,莫要失手。便开口喝道:"来的女将少催坐骑,通下名来。"仙童说:"我乃薛元帅之媳,小千岁之妻,窦仙童是也。你这无耻贱人,坐名要我夫君,可不羞死人么!"樊梨花大怒,便把双刀砍来,窦仙童把双刀迎住。两下大战,正是棋逢敌手,将遇良才。战到四十回合,樊小姐料难取胜,忙祭起打神鞭,窦仙童一见,说"不好了!"闪避不及,一鞭正打中肩膀,负痛伏鞍逃入营中。

金定见了大怒,便上前讨令:"待小将出去会他。"元帅说:"须要小心。"陈金定领令,结束停当。上马提锤,冲出营门,来到阵前。樊梨花抬头一看,到也稀奇:方才女将甚为齐整。今来此女,好似灶君夫人,面如黑漆,丑陋不堪。好笑唐朝元帅帐下,都用怪异之人。便喝道:"黑蛮休来送死了,快唤薛丁山出来,方是我的对手。"陈金定大怒道:"你这贱人,又非娼妇,如何指定要我丈夫出战?"樊梨花听了倒也好笑:难道这般丑陋,亦收为妻,正是瞎猫偷鸡死不放。便说:"你这黑脸,只好配挑柴运水火头军,怎可配小千岁?"金定听了大怒,便把五百斤的铁锤,当头打来。梨花将双刀迎住,一来一往,战了三十回合,不分胜负。樊梨花忙祭起斩仙剑,金定躲闪不及,正中左肩。大喊一声,败回营中。

元帅一见大怒道:"可恶番女,连伤我二将!"又令:"女儿金莲出阵,需要与二位嫂嫂出气。"金莲接令,上马来到阵前。只见樊梨花千娇百媚,耀武扬威,不若说他投唐以便西进。主意已定,便道:"樊梨花,你既有如此本领,何不投降我国,择配才郎,夫荣妻贵,岂不美哉!"梨花看见薛金莲貌美,听他婉言,便问:"女将何名?方才所说,奴岂不知。但奉师命下山,要会薛丁山。若然胜我兵法,与他成为夫妇,故此指名要会他一面。谁知连战数将,仅不合我之意。"薛金莲微微笑道:"女将听了:我乃唐朝大元帅之女,薛丁山之妹,名唤金莲,随父西征到此。既然要会我哥哥,待我告知父亲。今天色已晚,明日出营会你。"说罢二人各自收兵。那薛金莲回营上账,对父亲细说番女之事。

却说薛丁山回见二妻,说及此事。窦、陈同说:"今日这无耻番女,阵上将我二人打坏,幸有仙丹治好。口口声声要会你,定要和你成亲,明日阵上切不可从他,若然与他成了亲事,我二人决不肯干休。"薛丁山暗想到:未分黑白,先要吃醋。便说道:"二位夫人请自放心,卑人不是这样人。"

再说次日,薛金莲说:"樊梨花又来讨战。"元帅传令:"丁山出兵!""得令!"结束停当,挂剑悬鞭,跨上腾云马,手执方天戟,带领了兵将,放炮三声,出了营门,冲到阵前,樊梨花抬头一看,见一位少年将军出阵。但见他头戴太岁盔,身穿天王甲,坐下腾云马,手执方天戟,背插四枝小角旗,写了"二路元帅薛"。果然美如宋玉,貌若潘安,心中十分之喜:师父之言不谬。

再说薛丁山,看见樊梨花姿容,赞道:我夫人窦仙童虽然美貌,不及他一二。妹子金莲亦不能比他,虽然心中得意,家有二妻,此心休生。叫声:"番婆看戟!"刺将过来。梨花把手中刀架住说道:"你就是薛丁山吗?奴奉师父之命下山,说与你有夙世良缘,应当配合。我父兄虽番将,你若肯从议婚姻,我当告知父母,一同归降西征,你意下如何?"

薛丁山听了骂道:"无耻贱人,只有男子求婚,何曾见女子自己说亲者。你羞也不羞?我薛丁山正大光明,唐朝大将,岂肯配你番邦淫乱之人,不必妄想。放马过来,与你决一死战。"樊梨花被他羞辱,心中大怒,手持双刀,劈面砍来。薛丁山把方天戟架住,两下大战三十回合。樊梨花念动真言,顷刻之间,将高山遮住。薛丁山见前面昏暗,被樊小姐活捉过去,吩咐捆起,问道:"薛丁山,你今被擒,若肯联姻,饶你一死。"

薛丁山睁眼一看,身上被绑,料难脱身。待我骗他一骗,遂道:"既蒙见爱,回去告知父母,然后央媒说合。"樊梨花微微笑道:"世子这句话,果然真心许我?当赌个誓来,我才相信。"

薛丁山心中一想:那个女子倒也老成,不若权且赌一个无着落的咒,有何不可。便说:"若放我回营,背负了你,我就半天吊挂,没有存身之处。"樊梨花见他赌了咒,便解其缚,吩咐带过马来,放了薛丁山。薛丁山回马不及一箭之地,重又勒回马头,回过头来大骂樊梨花道:"你这不知羞耻的贱人,我方才中你诡计,被你擒住,岂肯与你联姻,不要想错了念头。快快放马过来,与你决一胜负。"梨花大骂薛丁山:"无信义之人,看我刀罢!"又战不数合,樊梨花念动真言,便见前面一座山。樊梨花诈败上山,薛丁山在后追赶。赶到半山,忽听霹雳一声,回头不见了樊梨花。周围并无去路,见四面都是高山遮住,心中好不着急。只听山顶松林之中,有一樵夫在那里砍柴。薛丁山大叫:"樵哥,救我一救!出得此山,重重相谢。"那樵夫听得山坑内有人叫唤,忙向下一望。见了薛丁山,笑嘻嘻说道:"小将军何放在此山凹内?"薛丁山道:"不瞒你说,我因追赶番邦之女,迷路到此。"樵夫听说便道:"小将军既要我救,待我丢下担绳,你系在腰间,扯你上来,就有路了。"薛丁山道:"樵哥既如此,快些丢下绳来,扯我上去。"那樵夫回身,便把担绳丢将下山,薛丁山将绳系在腰间,说道:"樵哥,我系好了,快快扯我上去。"那樵夫答应道:"晓得。"不知可能救得上来,且看下回分解。

第三十回 樊梨花移山倒海 三擒三放薛丁山

却说樵夫用力将绳扯动,扯到半山之间,将绳扣在松枝上,把薛丁山倒挂在虚空。薛丁山叫道:"樵哥快扯我上去,因何将我吊在空中?"樵夫大笑道:"小将军,你罚了无着落之咒,善于骗人,我也骗你一骗。只就是半天倒挂,没有存身之处了,我去了。"丁山想道:方才赌的咒如今应了,叫我怎处?

正慌急间,只见两个松鼠,走在松枝,将蝇乱咬,咬断两股,将要落下来,吓得丁山魂不附体,叫道:"松鼠你也欺我,此绳断了,跌了下来,碎骨粉身,万无生理。"竟大哭起来。

只见山上有一女子,打扮犹如仙子一般。八个丫鬟跟随,说说笑笑,说道:"底下有一个人,吊在那里,将来要饿死。"薛丁山在下听见,大声喊道:"山头上姐姐们救我一救!"小姐便叫丫鬟,"你去问他姓甚名谁,家住何处?"丫鬟奉命望下问道:"我家小姐问你名姓住居,说明因何吊此,好好救你上山来!"薛丁山说:"几位姐姐,我姓薛名丁山,乃唐朝二路元帅,征西到此,因被女将樊梨花诱我上山,迷失归路。樵夫作弄,把我绳系腰间,扯至半空,吊在松枝,如今绳将断了,万望姐姐们向小姐帮衬一声!开恩救我上山,万代鸿恩了!"丫鬟问明,回报小姐。小姐说:"你们再去问他,他要相救,须要依我言语,方肯救他。他若不允,便不相救了。"薛丁山只得满口答应。小姐说:"即是他肯依我言,扯他上来相见。"小姐回进园中百花厅上坐下。

再言丫鬟向下说道:"小将军好了,如今你有命了,待我们扯你上来。"便把按绳扯上,丁山来到山上,说"好了"。忙向腰中解下担绳,说:"姐姐们,方才你家姐姐哪里去了?待我谢一声,不知有何言语吩咐?好待本帅回营去。"丫鬟说:"前面这座花园,就是我家住宅。”薛丁山道：“请问姐姐们，你家小姐姓甚名谁，何等人家之女？”丫鬟道：“我家主人姓崔，官拜兵部尚书，单生这位小姐。”薛丁山道：“原来如此，望姐姐们领我进去。”

果然园中景致非常。过了石桥，来到百花厅上，只见小姐坐在湘妃椅上，薛丁山上前叩谢，小姐连忙还礼，宾主坐下，丫鬟进了香茗。薛丁山道：“承蒙小姐救我上来，不知有何见教？乞道其详。”小姐笑道：“樊梨花是奴中表，他是黎山老母徒弟，与将军有夙世姻缘，若不见弃，奴家为媒，结成秦晋，归顺唐朝。若还不从，休想回去。”薛丁山叫道：“恩人，本帅已娶过拙荆二人，此事断难从命的了。”那小姐听了大怒道：“你这忘恩负义之人，我好意救你上来，这事又不肯依我吩咐。丫鬟把他绑了，关锁在此。”不由分说，竟上前来拿。忽听得一声霹雳，抬头一看，花园不见，花厅变作囚车，原在战场上。樊梨花仗剑立在面前说：“今次肯依允否？再不依允，我便斩你了。”薛丁山说：“今放我回去说合。”小姐说：“方才赌了咒，如今也立个誓来！”薛丁山道：“若再为反悔，身投大海而死。”樊梨花见他赌咒，又不着落的，便卖弄手段，叫兵士打开囚车，放他回去。

薛丁山出了囚车上了马，便骂道：“我被你这贱人两次羞辱，岂肯与你成亲，放马过来！”樊梨花原晓得他反悔，复又相战。不到十个回合，樊梨花念动真言，薛丁山面前昏暗，被那些军士将丁山活捉下马来绑住。薛丁山抬头一看，茫茫大海，口叫“救命”！只见海中来了一支大船，船上坐的一位太子，听见岸上喊救，叫船家救上船来。船家将薛丁山救上船来，太子说：“你是何人？丢在大海滩上？”薛丁山就说同樊梨花如何交战，将自己姓名。细说一番。

太子说：“今便怎么处？”薛丁山说：“难得太子相救，伏望送我回国。”太子劝道：“你原是唐朝大将，樊梨花既然招你成婚，应许了才是。不然将你一门杀尽，西辽又不能平，前功尽弃，不如从了他。”薛丁山说：“太子你不知道吗，我乃王禅老祖徒弟，说有大难，必来相救，岂怕他神通广大，定然不从。”太子听了大怒道：“你既不从，寡人亦不救了。”吩咐：“取大石过来，把这个无义畜生，绑与石上，置之海中，自然必死。看师父救你不救。”后梢走出四个金刚大气力的人，就把薛丁山捆倒，放在大石之上，望海中扑通一声。薛丁山自道必死，忽见太子没有了，大海全无，船亦没了，原在山旁边。坐马依然立着，单单身上捆住大石，不能够起来。

正在没法，只见樊梨花飞马过来，大叫一声：“薛丁山！你今次被擒，有何理说？”薛丁山道：“如今再不敢了，望乞小姐放我回去，立刻央媒说合便了。”樊梨花道：“你这薄情人，奴家一心待你，你反来背我，你两番的立誓，俱已报应，若要放你再赌咒来。”薛丁山道：“我此去负心，合死于刀剑之下！”樊梨花见他赌了重咒，谅来没有更变。亲解其缚，千言叮嘱说：“你回去即速央媒到来，我先去告知父母，劝令归唐，方能并力同心，平定西番。”

薛丁山应诺，拜别上马，回到营中。元帅说：“我儿，那樊梨花十分厉害，你今日见阵，如何对付他？直到日落西山，方才回来见我。”薛丁山道：“爹爹呀，那樊梨花是黎山老母弟子，法术精通。要与孩儿结婚，孩儿已有二妻，抵死不从，他百般大骂，将孩儿三擒三放。”作弄之言细说一遍。“只得又许了亲事，立了千金重誓，才放孩儿回见爹爹之面。”复对元帅道：“若要与此女成婚，孩儿情愿与他决一死战，定必不从。”

再言窦仙童遂向陈定金道：“可喜冤家还有情义。”说罢，只见程咬金哈哈大笑道：“吾主洪福齐天，西番可平矣。”薛元帅道：“老柱国为何说此二句？”程咬金说：“元帅你不听见么，此女有移山倒海之术，撒豆成兵之能。而唐营诸将，非他敌手，他既然要与世子成亲，父子一齐投降，杀到西番，擒了番王。功劳岂不是元帅所得，吾皇洪福齐天吗？”元帅听了大喜道：“就烦老柱国前往做媒。”程咬金道：“这个都在老夫身上，别样做不来，媒人做过两回，如今老在行了。”元帅道：“既然如此，烦驾明日就行。”程咬金说：“这个自然。”不知后事如何，且看下回分解。

第三十一回　樊梨花无心弑父　小妹子有意诛兄

话说樊梨花见薛丁山收兵进关，却自鸣金收兵进到关中，来到内衙，樊洪说：“女儿今日出兵，胜败如何？”樊梨花说：“爹爹，孩儿今日开兵，会着薛丁山，被女儿连败他数阵，得胜而回。”老将听了大喜，说：“幸得女儿法术精通，以泄吾忿，明日必要把薛丁山擒了。”小姐道：“爹爹呀，孩儿奉师父之命，说我与薛丁山有宿世姻缘。女儿犹恐薛丁山亦如杨藩之丑，今阵上见薛丁山才貌出众，武艺超群，是以孩儿不忍加害。恐负师父所嘱，故此把终身相许，放他回营，明日必来说合。万望爹爹垂允，归顺唐朝，不知爹爹意下如何？”

樊洪不听此言犹可，一听此言，圆睁怪眼，怒发冲冠，骂声：“无耻贱人，哪有此理！婚姻自有父母做主，岂有女儿阵上招亲，不顾廉耻。你这贱人留你何用？”遂拔出腰间宝剑，望女儿头上砍来。樊梨花见父亲发怒，连忙躲避，不敢走近身前。小姐看来，势头不好，没法遮护，只得也拔出剑来招架。那老将一发大怒，连声大骂：“小贱人，你敢来弑父吗？吃我一剑！”正要砍将过去，谁想脚上穿的皮靴一滑，将身一闪，一交跌去，刚撞着小姐剑尖上，正中咽喉，“扑通”一声，跌倒在地，呜呼身亡。小姐见了，吓得魂不附体，忙抱住大哭道：“非是女儿有心弑父，事出无心，不想弄假成真。”早有人报知樊龙、樊虎。兄弟闻知俱大怒，一同提了宝剑，赶进内衙，大骂道：“你这小贱人，为何弑了父亲，忤逆不孝？饶你不得。吃我一刀！”小姐看见来得凶猛，也把宝剑架住，哭诉道：“二位哥哥，且休动手，容我一言。天理昭彰，岂敢乱伦弑逆。因父亲要杀小妹，妹子把剑架住逃走，刚是父亲一跤跌倒，撞着小妹剑尖而亡。两旁有家人共见，望乞哥哥饶恕错误之罪。”樊龙、樊虎道：“父亲虽则错误，死在你手，饶你不得。”于是举刀乱砍。小姐无奈，把剑相迎。兄妹三人，在内衙混战。战到三十回合，樊龙措手不及，被樊梨花斩了。樊虎大嚷道：“反了！反了！”叫声未绝，也被一剑砍死，这叫作有意诛兄，无心弑父。樊梨花暗想：杀死二兄，出于家门不幸；骨肉相残，迫于势不两立，如何是好？放声大哭。老夫人闻知，吓得魂飞天外，连忙走到，见了三个尸骸，好不痛心，遂大哭道：“樊门不幸，生出这个不孝女儿，弑父杀兄，叫我如何了得？今日子死夫亡，靠着谁来！”叫一声：“老将军与两个孩儿，枉是官高爵显，今日死在无名之地。”大哭一番，晕倒在地。小姐见了，上前来救，半晌方醒，遂劝慰道：“母亲，父亲与哥哥既死，不能复生。有女儿在此，决不教母亲受苦。须要收殓父兄，免得薛丁山知道。不然，姻事就不成了。”吩咐家人备办三副棺木，顷刻收殓，停在西厅，吩咐男女家人不许声扬。夫人无可奈何，只得依允不表。

再言次日，小姐披挂，升坐帐中，传令三军说：“只为父兄遭其不测，我今立意降唐，关头扯起降唐旗号，扯起降旗。”却好程咬金来到城外，见了投降旗号，心中大喜，吩咐报进。樊梨花母女闻知，出关迎接。接入府中，分宾主坐下。程咬金道：“本藩奉元帅之令，将来与小姐作伐，配对世子丁山。为何令尊令兄……不见出来相会，却令老夫人、小姐来会我，甚不可解。”樊梨花犹恐母亲说出前情，遂接口道：“不瞒老将军说，只为家父与二兄有病，不及接待，多多得罪，况且投唐一言既出，绝无更改。只消元帅择一吉日完了姻，一同西进。”程咬金听了，叫声：“夫人，既然投顺了，我回去相请元帅兵马进关。”夫人说：“领教。”程咬金辞别而出，来到营中，对元帅说了，元帅大喜。只有薛丁山不乐，因父亲做主，万不得已。传令大小三军进兵寒江关。“得令！”三军炮响，进了关门。夫人小姐接入，元帅、柳氏夫人看见樊梨花十分美貌，夫妻二人大喜。程咬金说：“今日黄道吉日，正好与世子成亲。”元帅说：“老千岁之言有理。”当晚就与世子成亲，乐人送入洞房。

洞房花烛前，夫妻坐下，薛丁山问道：“请问娘子，今日花烛之期，诸人俱在，为何你父兄不出来相见？”小姐回说：“有病。”薛丁山道：“我不信。必要讲个明白，方好做夫妻。不说得明白，就要去了。”小姐见他盘问，满面通红，心中想道：“此事终是要明，况今既成花烛，不怕他再变更，何不明言？”遂将劝降反杀，误跌剑锋，二哥已骨肉相残，简单说了一遍。丁山听了此言大怒，骂声：“贱人！你不忠不孝，岂有父兄杀得的吗？留你必为后患，少不得我的性命也遭汝手。”遂拔出腰间宝剑说：“要与你父兄报仇。”小姐道：“我与你既成花烛，须并胆同心。奴家纵有差池之处，伏望君子宽恕。”丁山叱曰：“要我饶恕，不能勾了。”便一剑砍来。小姐也把宝剑迎住，说：“官人呵，奴家因念夫妻之情，不忍动手，为何这般气恼？我劝你须忍耐些吧。”丁山不听，又复一剑砍来。小姐说：“冤家呵，我让你砍了两剑，千求万求，你必要杀我吗？”丁山道：“这样不忠不孝的贱人，不杀你，留来何用？吃我一剑。”小姐大怒，连忙举起宝剑敌住。丫鬟见了，飞来报知元帅。元帅大惊，传令两位媳妇快去劝解。

仙童同金定奉命一齐来到房中，金定一把扯住丁山，往外就走。仙童拦住梨花，说道："妹妹，你与官人第一夜夫妻，为何就着起恼来？将来日后怎好过日子？做丈夫的也要忍耐，做妻子的也该小心。岂可磨刀相杀？我劝妹子忍耐，饶恕了他。"梨花道："姐姐呀，我正在此让他，谁想他越舞越真了。他道我弑父杀兄，必要杀我，把我连砍三剑。姐姐你气也不气？"仙童道："冤家原为这件事情发怒起来，真真可笑。与妹妹什么相干？怪不得你动气，待我去埋怨他，怕他不来赔罪？"梨花说："多谢姐姐。"仙童出了房去。

再言金定扯了丁山来见元帅，元帅骂道："畜生！你世务不知。樊小姐神通广大，营中谁是他对手？他奉师命与你联姻，归顺我邦，算我主洪福齐天。第一夜与她大恼，倘若急变，叫我如何是好？快快进房赔罪。若不依父言，军法处置。"丁山道："爹爹，不是孩儿不见机，只为这贱人弑父杀兄，有逆天大罪，容他不得。若恕了她，将来杀夫杀公，无所不为，都会做出来的。宁可急变，孩儿断然难容这践人。"元帅听了，喝声："小畜生！你果然不进房去吗？"丁山说："孩儿今番就逆了父命，断然不要这贱人。"元帅吩咐军士，将他捆打三十荆条，将他监禁南牢中不表。

再言元帅对程咬金说："烦老柱国相劝梨花，开导畜生。他若回心，自然完了百年大事。"咬金奉了元帅之命，来见梨花，说："小姐，你公公命我来劝你，万事看公婆之面。方才已将丁山打了三十，监禁牢中，少不得磨难不起，自然回心。劝小姐忍耐片时罢。"梨花听见，满眼流泪道："多谢老千岁劝我，焉敢不从？拜上公婆，我已立志守着薛门，再不三心二意，另抱琵琶。我也晓三从四德，岂学俗女，请放心。"咬金听了说："难得，难得。"别了梨花，回复了元帅，此话不表。再言小姐哭见母亲，说起此事，今日暂别，要往黎山去问明师父："为甚姻缘如此阻隔？问个明白，方好回家。"夫人两泪不止，叫声："女孩儿，你当初八岁时节去了，有二位长兄在此；如今去了，叫作娘的举目无亲，如何是好？"小姐说："母亲放心：女儿此去不过几天，就回来的。"不知后日来与不来，且看下回分解。

第三十二回　薛仁贵兵打青龙关　烈焰阵火烧薛丁山

话说樊梨花道姑打扮，骑了匹骡，来到黎山。见了师父，说："蒙师父吩咐，与薛丁山有宿世姻缘。谁想他薄幸，屡屡休婚，不知有甚因由，望乞指明。"黎山老母道："徒弟，我一向不曾对你说，你夫妻二人原来有个缘故。当日蟠桃会上，有诸天诸宿群仙来赴会，玉帝驾前则有金童，因与玉女戏耍，打碎琼瑶，玉女也失手打碎了菱花镜。玉帝大怒，欲将金童玉女问罪。有南极老人出班启奏说：'他二人戏耍，有思凡之心。望吾皇赦罪。降他二人下凡，结为夫妇，了此夙缘。'玉帝准奏：立刻降下凡尘。玉女走出灵霄宝殿，撞着披头五鬼星，见他生得貌丑，不免一笑。五鬼星只道玉女有意，妄起痴心，也走下凡来了，目下就是白虎关总兵杨藩，央媒错对了你。那金童看见玉女逢人便笑，那时大怒，说你下贱，开言便骂："贱人！玉女回头向金童一连三啐，一同下凡。金童乃是薛丁山，玉女就是你。故此有几番休弃，少不得日后夫妻自有完聚，不必忧心。将来仁贵兵到青龙关，有妖仙摆下烈焰阵，若还难破，赠你金钱，好请仙人。快快回去，倘有急难，前来见我。"梨花问明，拜别师父，就上马而回。母女相见，此话不表。

再言薛仁贵已得寒江关，养马五日，命李庆红镇守。起大兵离了寒江关，一路下来，兵到青龙关，传个十里安营。"得令！"放炮一声，扎下营盘，明日发兵不表。

再言青龙关总兵赵大鹏，一日升堂，小番报进："启爷，不好了！大唐薛蛮子起兵前来，一路势如破竹，夺了许多关寨，寒江关以东尽属唐朝。我邦苏元帅大败，不知逃去那里。今寒江关樊老将军，被女儿梨花弑了父兄，投降中国。不日兵到青龙关了。"赵大鹏听报，说："有这等事，再去打听来！""得令！"大鹏想到：有我镇守此关，看薛蛮子过得否？传令众将："趁他未到关门，今夜领兵劫寨，杀他趁手不及，灭他锐气。"吩咐饱飧战饭，三更时分，杀到唐营。果然唐营不及防备，听得炮响连天，番兵拔开鹿角，杀进营中。元帅营中惊醒，连忙披挂上马，传令众将："整备交战。"幸有众将尚未卸甲，各执兵器。你看满营火亮通红，各人上马厮杀，赵大鹏杀进营中，早有数员唐将迎了。大鹏看来难胜，祭起

化血金钟，可怜数员偏将，遭其大难。那番恼了窦一虎，提起黄金棍，照马上打去。大鹏不能招架，又祭起金钟，罩将下来。一虎见金钟利害，将身一扭，往地下去了。秦汉见罩了一虎，则来相救，又被金钟罩来。秦汉看见不妙，借土遁而逃。一场大战，黑夜交兵，十分厉害。杀到天明，大鹏得胜收兵。元帅点齐众将，折了兵马数千，偏将十员，幸得众将无事。秦汉、窦一虎逃回，共说金钟利害，元帅好不烦恼。

正言未了，探子报说："赵大鹏又来讨战，望元帅定夺。"仁贵心中大怒，传令窦仙童、陈金定二将出阵。"得令！"两员女将结束停当，手执兵器，上马出营，冲出阵前。大鹏抬头一看，见来了两员女将，想是唐营男子被我昨夜杀尽，故点女将出来交战。不要管他，待我再把宝贝祭起，见一个，罩一个；见一双，杀一双。将他杀得尽绝便了。便说："你两个女子，也来送死吗？"窦、陈二女将看见大鹏面貌生得凶恶，亦非良善之辈，说道："不必多言，看刀吧！"四柄刀如雪片砍来。那大鹏哪里招架得住，忙祭起化血金钟，当头罩来。二人看见，说："不好了！"幸宝驹一纵如飞，败回营中。元帅见了，心中气闷。

大鹏又在营外讨战。众将都怕金钟利害，俱不敢出战。程咬金说："元帅，世子丁山神通广大，老夫可保他破灭金钟。"元帅说："老柱国力保，本帅从命。"传令箭一支，差旗军四人，速往寒江关牢中，放出小将军来。旗军得令，到寒江关去不表。再言元帅吩咐高挑免战牌。大鹏见了，呼呼大笑回关。次日丁山到了，大鹏又在营前讨战，就传令丁山出阵。丁山领命，全身披挂，带了宝贝，跨了宝驹，放炮出营，冲出阵前。大鹏抬头一看，见来了一员年少将军，喝声："少催坐马，通下名来。"丁山道："你问我爵主之名吗？洗耳恭听：我乃薛元帅世子，薛丁山便是。你可是赵大鹏吗？快快投降，免汝一死。"大鹏大怒："这乳臭小子，休得夸口，吃我一刀。"一刀向丁山面上砍来。丁山把方天戟望刀一架，大鹏叫声："小蛮子，好气力！"在马上乱晃，把这大刀直往自己头上反打转来，看来不是敌手，忙祭起金钟，谁想薛丁山身上穿着天王甲，头上戴的太岁盔。有万丈毫光罩住，那金钟跌在地下，打得粉碎。赵大鹏见了，魂飞魄散。被薛丁山把画戟紧一紧，喝声"去吧！"一戟当心刺来。赵大鹏躲闪不及，正中了前心，仰面一跤，跌下马来。薛丁山下马，取了首级，吩咐诸将抢关。元帅大队人马正要抢关，忽关上有一道人降下，乃蓬莱山朱顶仙。看见徒弟赵大鹏，被薛丁山所杀，欲来报仇，传令把灰瓶石子滚木火炮打下，元帅见有防备，鸣金收军，关外按下营盘，明日开兵取关，此话不表。

且说那朱顶仙连夜出关，摆下阵图，名曰"烈焰阵"，极其利害，四面杀气腾空。次日出阵，手中仗剑，指名要："薛丁山来会我，我要与徒弟报仇。"探子报入营中，薛丁山听了大怒，说："孩儿情愿出去，除此妖道。"元帅道："我儿出去，须要小心。"薛丁山领令，来到阵前，看见道人，红头绿眼，阔脸尖嘴，长颈短脚，看其人定是左道旁门之士，不如先下手为强。叫声："看戟！"道人把剑架住说："你不过王敖门下，焉敢伤我徒弟？你不要走，看剑！"薛丁山把戟架开，交战了三十回合，道人哪里敌得住，回马跑入阵中。薛丁山不舍，随后追来，元帅见了，即点窦一虎、秦汉并十员副将，兵马三千，一齐冲入阵中。那道士将背上一个红葫芦打开了盖，放出无数烈火，顷刻之间，满阵大火。兵马三千，偏将十员，俱皆烧死。窦一虎看来不好，把身子一扭，地行去了。秦汉满面烧坏，也借土循而回。只有薛丁山陷在阵中，幸得身上穿着朱雀袍，纵有烈火，不能上身。这是丁山灾星到了，此话不表。

再说秦、窦二将逃回，说明此事，元帅大惊。柳夫人、金莲小姐听了，俱皆大哭。窦、陈二人，听得丈夫陷在烈焰阵中，皆上前讨令往救。元帅道："这使不得。你们此去，性命难保。不如请程千岁，往寒江关请三媳妇到来，他有移山倒海之术，可能破灭烈火，方救得孩儿；那时不怕他不肯成亲。"夫人道："相公之言有理，待妾身修书去请便了。"书中极写情切，元帅接来一看，说："夫人真好才学。"连忙封好，送与程千岁。程咬金奉命上马，飞奔到寒江关，将书付与樊小姐。樊小姐一看，知薛丁山陷在阵中。婆婆书中致意许多不安，我若不去救，便违公婆之命了，只得出来相见。程咬金见小姐道妆打扮，手拿拂尘，俨然修仙学道的人，便上前施礼，宾主坐下。程咬金道："书中之意，想已尽知，相请去破烈焰阵要紧，快请上马。"小姐说："老千岁你还不知，只恨奴家听从师命，立心要嫁此人，谁想花烛之夜，便即弃我。我自怨薄命，情愿出家学道，俗家之事，再不管了。烦老千岁回去，多多拜上元帅夫人，说我如今不染红尘，是方外的人了，方外之事可也不知。"不知

樊梨花肯去否,且听下回分解。

第三十三回 樊梨花登坛点将 谢应登破烈焰阵

前言不表。再言程咬金说道:“小姐,虽是薛丁山无情无义,须念公婆面上,休得记恨,要做宽宏大量之人。破了阵图,好待元帅进兵。小姐十大功劳,我都晓得,快些去吧。”那小姐十分做作。程咬金在旁苦苦相劝。

小姐只得允往。遂别了母亲,上了马,夜宿晓行,相近青龙关。程咬金报进,柳氏夫人同两个夫人,并金莲小姐,迎接樊梨花入营中。樊梨花对元帅、夫人禀道:“元帅、夫人,自从被令郎休弃之后,我已出家修道。今蒙夫人书召,并劳老千岁远行,我只得勉强前来面辞,伏望元帅、夫人不见怪,我出家人不管俗事了。”元帅夫人流泪道:“媳妇呀,这畜生虽则薄幸,当以国家为重。但是这畜生,今陷在妖道阵中不知死活,若能救得出来,自然夫妻团圆。”程咬金道:“长话不如短说。请小姐出兵打阵要紧。”小姐道:“既然如此,待奴同二位姐姐去救世子,看一看,然后开兵打阵。”元帅说:“小姐见识甚高,赛过张良,胜如诸葛。”使女儿金莲,同了三位姐姐一同去看。

四人领命,全身披挂。樊梨花仍是道妆打扮,各跨上马,带了数千精兵,向番营东西南一看,对窦仙童、陈金定道:“那个妖道,果然仙机奥妙。今观此阵,非同小可,不识仙机,难破此阵。”金莲小姐问道:“此阵何名?怎生破得,如何救得哥哥?”樊梨花道:“此乃周朝十绝阵中第九阵,名‘烈焰阵’。凡人若到阵中,立刻化为灰尘。幸得世子乃王敖老祖门下,身上有许多宝贝,不为大害。若要破此阵图,贫道权掌帅印,好号令众将,召请仙人,破此恶阵。”薛金莲道:“既能破此阵,待我禀知父亲,权交兵符将印,嫂嫂掌管,救出哥哥,自然赔罪,重谐花烛。”樊梨花见说,好不欢然,说道:“姑娘安慰我心极好,但不知你兄心中如何。我们且回营中,打点破阵便了。”于是姑嫂带马回营。

且说番儿报知道人,说:“有四员女将到来看阵。”朱顶仙听了,仗剑上马,赶出关来,大叫道:“好大胆的蛮婆,偷看我阵。不要走,看剑!”飞马赶来。四人住了马,樊梨花喝声:“妖道!慢来,看我法宝。”背上拔出诛仙剑,祭在空中。道人抬头一看,说声:“不好!”逃回阵中。樊梨花笑道:“你也晓得宝贝利害,逃回去了。明日破阵,取你狗命未迟。”遂收了宝剑,四人回到营中,见到元帅夫人,问起阵中如何,金莲禀道:“爹娘,樊梨花深识仙机,熟谙阵图。他说是十绝阵中之第九阵,名曰‘烈焰阵’。凡人必死,幸兄有法宝护身,烈火不能侵害。要破此阵,必须全付帅印,嫂嫂代管,发兵请仙破阵,救兄出阵。爹爹意下如何?”元帅喜道:“请媳来破阵,自然悉听主张。”于是传令大小三军,明日三媳点将开兵便了。樊梨花说:“多谢元帅。”同了姑嫂三人,一齐回营去了。

次日,众将披挂完备,都在帐前候令。樊梨花顶盔贯甲,升坐帐中。只见元帅手捧兵符将印,在帐前等候。樊梨花连忙下阶赔罪,说:“元帅在上,我贫道今日代为发兵破阵,妄僭威仪,先容告罪。”说罢,即便下礼。夫人连忙扶起,说:“今日全仗你出兵破阵,何消多礼。”樊梨花只得升帐,元帅送上兵符将印,樊梨花接下,放在案前。诸将上前打拱,说:“甲胄在身,不能全礼,望乞恕罪。”樊梨花道:“不敢。列位将军,请立两旁。贫道权掌帅印,各宜肃静,听候发令,不遵者立行枭首。”众将齐声答应:“是。”樊梨花道:“秦将军过来,听令。”秦汉听了,连忙上账,说:“有何将令?”樊梨花说:“你有钻天帽,把手过来,待贫道书五雷符一道,飞上当空,上管天门,不得有违。”“得令!”秦汉戴了钻天帽,飞在云端等候。又说:“窦将军过来,听令。”窦一虎听了,走上帐前,说:“帅爷有何将令?”樊梨花道:“窦将军伸手过来,待贫道书符一道,你有地行之术,下管地府,倘朱顶仙到来,不可放走。”“得令!”窦一虎走下账来,把身子一扭,往地下去了。又点窦仙童说:“与你青龙旗一面,守住东方,不得有违。”“得令!”窦仙童即镇守东方去了。又点:“薛金莲过来,听命。”薛金莲走上帐中说:“有何将令?”樊梨花说:“姑娘,与你红旗一面,守住南方。”“得令!”薛金莲上马提兵往南方不表。又点:“陈金定过来,听令。”陈金定连忙走上说,“主帅有何将令?”樊梨花说:“姐姐,与你白虎旗一面,镇守西方,不得有违。”“得令!”陈金定上马提

兵，往西方不表。又点："先锋罗章过来听令。"罗章连忙走上前，说："元帅有何将令?"樊梨花说："罗将军，与你黑旗一面，带领本部人马，守住北方，不得有违。""得令!"罗章带兵上马，往北方去守，这也不表。

且说樊梨花自己即叫麾下人马小校，拿了黄龙旗，向中道而进。只见阵中烈火腾空，四面通红。樊梨花难进阵中，想起师父赠我金钱，何不祝告？请了上仙，好进此阵。口中念道："金钱一个，祖仙传下，特请仙人，消灭烈火，焚香报告，虔诚感求。"念毕，摆下金钱，忽见一朵红云，落下来一位仙人，手执宝剑，头戴一顶逍遥巾，白面，五绺长须，布衣道服。樊梨花见了，连忙稽首道："大仙留名。"答道："小仙乃蓬莱山散仙谢应登，前来助你，破此阵图。"樊梨花道："既蒙大仙下降，快请入阵，消灭烈火，速擒妖道。"大仙听了，解下背上葫芦，揭开水晶盖，放出雪白一道亮光，变成四条白龙，张牙舞爪。顿见满天乌云，落了倾盆大雨，立刻将烈火泼灭。朱顶仙见破他法，大怒冲天。出来抬头一看，见谢应登在云端里，吓得魂不附体。大仙喝道："孽畜，那里走？吃我一剑！朱顶仙臂生两翼，往东方逃遁。只见东方撞着青龙旗罩住，上有灵符，不能逃出。又见窦仙童手舞双刀，忙来敌住。朱顶仙无心恋战，向西方走，又被白虎旗守住，陈金定提起铁锤来打。只得逃往北方，又见黑星旗下，罗先锋飞马杀来。又往南方而逃，却撞着红云旗守住，薛金莲小姐手舞双刀杀出。朱顶仙无法可逃，难以脱身，说："不好了，我乃逍遥自在神仙，为了徒弟，走入是非门。你看四面八方守住，叫我往哪里走？也罢，不如借土遁而去罢。"那窦一虎却在地下看见，开手放出一声霹雳，把黄金棍打来。朱顶仙见了大惊，只得飞身往天上而去。秦汉见了，把手一放，虚空一个霹雳，打将下来。朱顶仙半空跌下，秦汉也落尘埃，手提琅琊棒，正要打去，只见一个道人喝道："秦汉小侄孙，且慢动手。他是南极老人坐骑，逃身下凡，不可伤他性命。"秦汉大怒道："我与你素不相识，讨人便宜，叫我侄孙。"举起琅琊棒打来。这个大仙把剑架住，只见樊梨花，带同三员女将，一齐到来，说道："秦将军，休得无礼。此乃上界大仙谢应登便是。"秦汉回说道："他讨我便宜，叫我侄孙，故此气恼。"大仙笑道："你祖父秦琼，与我是八拜之交，故叫你侄孙。"秦汉道："原来如此，多多有罪。"便倒身下拜。"请问叔祖，此道何物变成？现了真形看看。"大仙便念动真言，喝声："孽畜，还不快现原形。"朱顶仙无奈，就地一滚，变成仙鹤，大仙道："樊梨花，你夫身陷阵中，我收回四海龙神，你进去救出丈夫。我将这坐骑送还南极老人。"只见道人跨上鹤背，腾空而去。众将骇然，只得望空拜谢。然后一同入阵，只见火光尽灭。又见薛丁山如醉如痴，醒将转来，一见妻子妹子，放声大哭道："莫不是梦中相会吗?"不知后事如何，且看下回分解。

第三十四回　穿云箭射伤灵塔　薛丁山休弃梨花

话说薛金莲，见兄长如梦初醒，便道："吾兄性命，幸亏樊氏嫂嫂救了，胜如重生再造。今且回营，再备花烛，夫妻和谐，休得异心了。"薛丁山见了樊梨花，拍马出阵，并无言语。樊梨花见他仍如此，不觉眼中泪落。遂收兵回营，缴回元帅印。乘便进了青龙关，杀得番兵无影无踪，遂扯起大唐旗号，查点仓库钱粮，一面差人回朝报捷。

再说薛丁山回见父亲，元帅道："今亏樊小姐破阵相救，趁此良辰吉日，整备花烛，与你成亲。以后夫妻和合，不得再逆父命。"薛丁山连说："不可。樊梨花既为唐将，应与朝廷出力，何恩于我？况他是不忠不孝之人，孩儿断不与那人为婚，望爹爹恕罪。"元帅大怒道："畜生！樊小姐真心为你，你偏偏不从。若不依从，重责不饶。"薛丁山道："孩儿情愿受责，亲事断不敢从。"元帅见他执意不肯，十分大怒。吩咐："将畜生吊起，捆打三十。"军士只得将薛丁山吊起。众将上前讨饶，遂劝世子道："小将军不须执意。一则是违逆父命，难逃不孝之名，枉受痛楚；二则樊小姐有救命之恩，遵了元帅之命，岂不是恩孝两全，小将军如何不三思?"薛丁山只是不依。元帅见众将劝他不听，吩咐重打三十皮鞭，上了刑具，下落监牢。樊梨花忍不住泪落，上账禀道："元帅、夫人，不必着恼，贫道就此告别了。万望元帅、夫人保重。"夫人流泪道："这畜生无情无义，还看我公婆之面，耐心等候。就是破阵守关的功劳，待奏过圣上，自然封赠。且慢慢降服畜生回心，定然团圆有日，决

不使你独守。须听我言，随着公公西进为是。”窦仙童、陈金定也流泪劝道：“妹妹你是有志气的人，心上明白的。虽是宼家情义大薄，还有我公婆爱惜之心。但得早灭西番，奏凯回朝，圣上做主，他敢不从么！”薛金莲劝道：“嫂嫂且自宽心。虽今未成花烛，亦是薛门媳妇，况我们三人，还求嫂嫂教习兵法，一路谈心西进，不可回去。”樊梨花说：“婆婆、姊姊、姑娘留我，我岂不知，也不怨宼家薄幸，只怨自己命苦。母亲年老，无人侍奉，故要辞别，日后自有会期。”元帅看来留他不住，只得准备香车送行。于是姑嫂三人送出关前，挥泪而别。且说元帅养马三日，留姜兴霸邻兵镇守青龙关，放炮起行，罗先锋开路。过了多少风沙之地，方到朱雀关。吩咐放炮安营，大兵一到，然后开兵。不数日，后队大兵到了，罗章接进营中。

次日元帅升帐，众将站立，元帅问陈云道：“老将军久住西番，此关主将利害如何？”陈云答道：“那朱雀关守将姓邹，名来泰，生得红面青须，蛾眉凤眼，犹如我邦镇守铜旗关东方王一般，用宣花月斧，有万夫不当之勇。更有异人传授一件宝贝，名曰伤灵塔，每层内有火龙两条，七层共有火龙十四条。张牙舞爪，口吐烈火，上阵时十分厉害，须要防备。”罗章听了笑道：“老将军休长他人志气，灭自己的威风。前日烈焰阵尚且破了，何况这个宝塔？待小将先取此关。”元帅说：先锋出去，须要小心。”“得令！”带了本部人马出了营门。

来到关前，一声大叫。只见关门大开，冲出一队人马，一字排开。罗章看见一个红面番将，头扎红巾，身穿龙鳞甲，手执宣花月斧，骑下一匹騳马，把蜈蚣旗分开，来到阵前。看见罗章年少英雄，全不在意，喝道：“看爷爷的斧！”把斧望面上砍过来，罗章把枪一枭，宣花斧几乎拿不住，在马上乱摇，叫声：“小蛮子，好气力！”回转马来，又把斧一起，罗章又架在一旁。不几合，邹来泰实受不得了，带转马便走。罗章喝声：“红脸贼，那里走？”把马一拍，随后赶来。邹来泰回头一看，见他追来，忙祭起宝贝，喝声：“唐将慢逞威风，看我宝贝下来了。”罗章看见宝贝来得厉害，十四条火龙喷出火来，唐兵尽皆烧破了。罗章烧得心慌，被番兵团团围住，不能脱身。元帅在帐中正与诸将商议，忽探子报道：“罗先锋出阵，被番将祭起宝塔围住，十分危急。望元帅快发兵往救。”元帅大惊，即令：“窦一虎、秦汉，领兵马前去救应！”得令！”一声炮声，杀到关前。只见番兵围住罗章，二人奋勇，提起棒棍，杀散番兵，冲入阵中。邹来泰忙来抵敌，罗章见救兵已到，拍马来杀，邹来泰看见不对，又祭起火龙塔。二将见势头不好，各借地行而走。罗章吓怕过的，预先逃走。元帅在旗门下看见大惊道：“前日遇了烈焰阵，如今又有火龙伤兵，传命鸣金收军，再议破火龙塔。”邹来泰打得胜鼓回关，此话不表。

再言元帅传命，营中多加强弓弩箭，提防番人劫寨。对程咬金说：“征西多难，关关多有异人。怎能破得火龙宝塔？”程咬金道：“待我再保世子出来，好破此塔。”元帅依言。程咬金上了马，不日来到青龙关，监中放出世子。咬金说出此事，“故此召你前去破火龙塔。”薛丁山听了道：“救兵如救火。”遂同了老将军，马不停蹄，来到朱雀关。忙入帐中，拜见父亲。元帅道：“有劳老千岁鞍马奔驰。”程咬金道：“皆为朝廷出力，何言多劳。”元帅道：“你这逆子，三番五次逆父之命，一见了你，心中不喜。但是番将宝塔利害，若能破得，将功折罪，好进关门。”薛丁山说：“爹爹放心，多在孩儿身上。”带了人马，冲出关前，大叫道：“杀不尽的狗鞑靼！今世子在此，快出关受死。”关外大骂，关内小番报进。邹来泰一闻此言，心中大怒。结束停当，上马提斧，一声炮响，大开关门，冲出阵前，正迎着薛丁山。不上数合，又祭起伤灵宝塔。薛丁山抬头一看，说：“这此小技，何足为害。”向袋中取箭，壶中取弓，搭上穿云箭，望塔上一箭，火龙塔被箭射中了，跌在地下，打得粉碎。邹来泰见了，吓得魂不附体。被薛丁山一戟刺于马上，枭了首级。正要抢关，忽听得云端里面高声大叫说：“薛丁山！你这畜生，休要进关，吃我一鞭！”即腾空降下。薛丁山一看，见是一个凶恶道人，生得奇形怪状，像老龙精一般。头上挽起空心髻，面如噀血，两道板刷眉毛，眼如铜铃，两个獠牙，一部胡须；穿着仙鹤道服，手执双鞭，背上系着两个葫芦，来到面前，叫道：“薛蛮子，我扭头祖师与你同道教之门。如何伤我徒弟？特来与他报仇，吃我一鞭举起双鞭。”照薛丁山打来。薛丁山忙将画戟迎住，大战三十回合。道人祭起双鞭，好似一对蛟龙舞下来了。薛丁山看见不好，带转马大败回营。见了元帅，说知此事。元帅说：“到了一关，就有妖人阻兵，皆是左道旁门之士，神通广大。”遂传令三军，暂且安营，扎好

营寨,明日交战不表。

且说扭头祖师,见薛丁山败阵逃去,也不追赶,连夜摆成阵图,四面布列旗幡,摆得停当,回进关中。番兵送上酒肴,道人吃不合意,就道:"小番,向日我祖师在龙渊山,吃惯活猪活羊。你们快去取来我吃。"番儿连忙抬过猪羊来摆好,道人大喜。把刀向猪羊心中割开,将口吸了热血,然后割肉来吃,不多一回,吃得干干净净。说道:"饱了。取一大缸水来我用。"小番听了想道:不知要水何用?只得依他。登时取了一缸清水,放在面前。只见道人和衣睡在缸内,呼呼睡熟。番儿见了好笑起来,从来不见有这么睡法,且自由他,只要退得唐兵,就好了。不知明日事体如何,且看下回分解。

第三十五回 薛丁山身陷洪水阵 程咬金三请樊梨花

适才话言不表。再言次日天明,大唐元帅同了诸将,走出营门上马,来到阵前。只见旗幡插满,杀气冲天,不知此阵何名。正在观看,阵中一个道人,手舞双鞭杀出,高声叫道:"薛仁贵!我闻你起初跨海征东,名闻天下。若能破得此阵,我教国王归顺唐朝。若是不能破我此阵,杀你片甲不回。"薛仁贵听了此言,气得三尸神直冒,七窍内生烟,心中大怒,问道:"谁将出去,杀此妖道?"闪过世子说道:"孩儿愿去见阵。"元帅道:"须要小心。"薛丁山应声:"得令!"冲出旗门,迎住道人厮杀。不上十个回合,道人便走入阵,薛丁山也追入阵。元帅看见,恐防薛丁山有失,命秦、窦二将出去助战。二将:"得令!"连忙也杀入阵中。三人围住道人厮杀,杀得道人手忙脚乱,即忙解出葫芦,倒出洪水。顷刻平地水深几丈,大小三军,一齐淹在水中。

秦、窦二将看来不好,借土遁而回,报知元帅。夫人、小姐、窦仙童、陈金定大哭说:"此番性命休矣。"薛金莲道:"皆因哥哥不合,若得樊氏嫂嫂在此,绝无今日之祸。"元帅听了,踌躇一番,遂向咬金道:"今日敌人如此猖獗,纵淹死这畜生,不足为惜,但三军不能西进,莫若烦老柱国再到寒江关一走。"程咬金道:"昔者破烈焰阵时,老夫去请他,他已不肯来。我许了他夫妻和合,今却依旧不从,看他恨恨之声而去,此番恐决不来。"元帅道:"事在危急,全在老柱国鼎力善言,前去请他到来方好。"程咬金说:"非是老夫惮劳,特恐劳而无功耳。今元帅吩咐,只得老了面皮,再走一遭。"

遂别了元帅,跨上了马,加鞭上马而行,过了青龙关,不一日到了寒江关。心中想道:"今番去请樊小姐,谅不肯来。只便怎么处?不免哄他一哄,说今薛世子回心转意,特请小姐,前去做亲。"他听得此言,或者肯来,也未可知。算计停当,进了关门,来到辕门,说道:"门军,你去通报一声,说程老千岁要见。"哪管门的认得程咬金,不敢怠慢,便笑嘻嘻问道:"老千岁,薛元帅进兵到那里了?"程咬金道:"大军已到朱雀关,今世子回心,情愿与你家小姐完婚。我特来相请,烦你快快通报。"门军听了欢喜,连忙报知夫人小姐。夫人说:"女儿昨夜灯光报喜,今朝喜鹊临门,果然你丈夫回心转意了,故遣千岁前来相请。"小姐道:"无情无义的人,岂肯回心。今日老将军复来,决然大兵阻住,不能进兵,又遣老将军到来,必然请我去破阵。"夫人道:"不要管他做亲不做亲,承他远来,岂有不见之理。且请他进来相会,听他说话,就知明白了。"小姐道:"谨依母命。"出来接进程咬金,分宾主坐定。夫人道:"承蒙老千岁到舍,有何见教?"

程咬金听了,叫声:"夫人,老夫前来道喜。如今薛世子愿与令爱再成花烛,奉元帅之命,央我媒人到此,速请小姐前去完姻。"夫人听了,回头看看小姐,说道:"做娘的说得不错了,如今难得贤婿回心转意,快快准备,同了老千岁前往。愿你夫妻和顺,做娘的有靠了。"小姐叫声:"母亲,你不知这薛丁山冤家,要他回心,万不能够。今老千岁到来,决为番兵阻住关门,前来求救。"程咬金听来,心内钦服,赞道:"见识胜于男子,我那里及得他来。"只得开言大笑道:"小姐你不信吗?难道老夫是个骗子?请收拾前去,自然夫妻百年和谐,方信我老夫是个好人。我从来不会说谎,若然此番不成花烛,我也再不上你门了。"程咬金再三用情,小姐只是不依。程咬金道:"若小姐不肯前往,叫我如何回复,见你公公?"夫人看见老程这般言语,叫声:"女儿,须看老千岁之面才好,今番走一遭,若然依旧

无情无义,以后再请你不动了。快些端正,万事吉利为主。”小姐见母亲这般说,顺水推舟,说道:“老千岁,奴家本不欲去的,因是再三央求,只得前去。若还依旧,后来休想见我。老千岁请先回去,我领兵随后就来。”程咬金想到:“今番被骗肯了,应许我提兵前来。”便道:“既蒙小姐见允,老夫奉命先行,望乞速领人马,快些来罢。”小姐道:“这个自然。”程咬金拜别,母女送出厅堂。程咬金上马回去不表。

却说樊梨花脱去了道服,戎装打扮,结束停当,带了女兵,拜别母亲,硬着头皮,跨上金鞍,出了关门。一路行来,忽见天边一群鸿雁飞来,小姐对天暗祝道:“此去果然夫妻完聚,便射中第一只雁。”左手扳弓,右手搭箭,搭上弦,刚射中第一只鸿雁。两边女将看见,连声喝彩,搭了鸿雁送上。小姐心中暗喜,遂道:“苍天,苍天,既是天从人愿,巴不得早到军前,好与良人配合,不负当初一片痴心。若从大路去,要行二十天。闻得人说,另有一条小路,只消十余日,就到朱雀关。拣近些走的好。”吩咐军士,由小路进去。

军士说:“若从小路,必从玉翠山八角殿经过。但是那座山中有一彪人马,不服王化的占住。若在他山前经过,必然要来寻事,反要耽搁,不如还从大路上去了。”小姐说:“不必多言,竟从小路走罢。”军士不敢违令,打从小路而行。正行之间,只见山上一声炮响,冲出一队强人,为首一个少年将军,喝声:“留下买路钱。”樊梨花一见大怒,出马大喝一声:“我的乖儿子,你若杀我不过,须要认我为母。”小将应声道:“娇娇,你果有手段,我拜你为母。若输了我,你要做我的妻子。”

小姐也不回话,将手中刀乱砍。小将将手中枪相迎,怎当得她有仙传,杀得大败而走。小姐伸手活擒过马来,吩咐绑了。传令上山,八角殿上坐定,登时推过,小姐说道:“我的儿子,方才有言。如今被擒,应该拜我为母。”小将说:“既蒙不杀之恩,愿拜为母亲。”命放了绑,小将忙跪下,拜了四拜,叫声:“母亲,孩儿有言,请问母亲,家住何方?姓甚名谁?爹爹还是何人,因何独自行兵到此?要往何方?请道其详。”樊梨花说道:“孩儿你要问我姓名吗?我父亲樊洪封王,镇守寒江关。我两个哥哥俱封作总兵。只为唐朝薛仁贵,奉旨征西,从寒江关经过,世子求亲,我父兄不允,在厅前要杀,你娘故此无心弑父,有意诛兄,相召世子成亲,归顺唐朝。你父薄幸,将姻退了,大闹销金帐。因此夫妻反目,回转寒江。前番请我去破烈焰阵,今者请我去成亲,故此打从小路而来,得你拜认为母。但不知你姓甚名谁?因何流落到此,说与为娘知道。”

小将说:“母亲,孩儿乃大唐薛举四代玄孙,名唤应龙。当初祖父领兵伐西戎,与番将刘必大之女雨花娘子成亲,后来归宁母亲,就在玉翠山居住,地名刘家庄。传流到我,我因父母双亡,自恃骁勇,占住八角殿,打劫为生,今年一十四岁。积草屯粮,招兵买马,处处闻名。久慕娘亲武艺高强,孩儿要习学,今日相逢,正是三生之幸也。今娘亲既要往军中,与父完婚,孩儿情愿同行。”

樊梨花道:“原来我儿姓薛,又是大唐人氏,既肯同去,甚妙。着你做个先锋,就此起程先往。应龙道:“母亲在此半日,后殿已备酒筵,请用三杯,然后起程。”樊梨花听了,说声:“有理。”应龙接进到后殿,樊梨花坐下,应龙下面相陪。传令三军,多加犒赏。酒至数巡,吩咐拔寨起程。离了玉翠山,一路前往,非止一日,来到唐营。探子报知,元帅夫妻喜之不胜,说:“程千岁尚未回来,三媳因何先到?”忙令金莲姑嫂三人,出营迎接。樊梨花一见,下马就叫:“姑娘,姐姐,何劳远迎?”金莲说:“嫂嫂说哪里话来。”四人挽手同进,命:“应龙小将同我进去,拜见祖父、婆婆。”应龙领命,一齐进去。不知进来,说出甚话。且看下回分解。

第三十六回　薛金莲劝兄认嫂　闹花烛丁山大怒

适才话言不表。再言元帅、夫人一见了梨花大喜,开口叫:“三媳,你一向都好?”梨花上前拜见。元帅说:“不消多礼。”梨花道:“我儿过来,拜见了祖父、祖母。”应龙听了,上前拜见,回身又拜见了仙童、金定、金莲,金莲满心疑惑,叫声:嫂嫂,那里寻来这位侄儿?”梨花说:“姑娘,你不知。程老千岁到来请你,说冤家回心,到营中完姻。母亲听了,叫我还俗，不要出家。换了盔甲，奉母之命，领兵前来。大路又远，小路近些，故此先从小路行来。到玉翠山，遇着了他，两个交战，被我擒了，拜认为母。他是唐朝薛举玄孙，名叫应龙，今年一十四岁，随我到此，一同征西，要拜见父亲，但不知冤家今在何处？准于何日成亲？我待见他一面，还要问他是真回心，假回心，还要问个明白。”金莲道：“嫂嫂，我哥哥陷在阵中，程老千岁请你来破阵的。”就将此事细细说明。梨花听了，痴呆不言不语。元帅夫人看见梨花不开口，就叫：“媳妇，你是宽宏大量之人，看我夫妻面上，救了畜生，公婆做主，不怕他不依。”

正在里面说话，只见探子报进：“启元帅爷，妖道又在阵前叫骂。”元帅听了大怒，说：“可恶这妖道欺人不过。”又对梨花道：“媳妇儿，你不听见探子报说，妖道十分无礼，明日仍望媳妇，救了畜生，破了番阵，自然成姻，做公婆的决不哄你。”梨花见了，开口说道：“公公大人，媳妇既与令郎定为终身，我不负他，宁可他负我。况且公婆待我如此，令郎既然有难，自然媳妇相救。且待看了阵图，再行计较。”即忙同了三位女将，探看番阵。来到阵前，往里一看，只见白水滔天。梨花叫声：“姑娘、姐姐，此阵名曰‘洪水阵’，并无兵马在内，借来北海之水，凡人进去，性命莫保。幸亏冤家身上穿了天王甲，不妨事的，容易可破，请自放心。”姑嫂三人听了，称赞梨花法力高强。看完番阵，回转营中。妖道有勇无谋，不出阵追赶。金莲对父亲说明。

次日众将披挂，候梨花发令，元帅亲自捧帅印交与梨花。梨花升帐，先点窦仙童、陈金定、薛金莲：“你三个人各带铁骑三千，分为三路打阵，休要放走妖道。如违军法处置。”三人：“得令！”各人上马出营。又点窦一虎、秦汉二将听令，二将走上帐前说：“主帅有何将令？”梨花说：“与你个人五雷符一道，打东西二门，不许放走妖道，不得有违将令。”二将带了精兵出营而去。又点小将薛应龙：“与你水晶图一轴，冲入阵中，若洪水冲到，就把此图张挂，自然立刻消灭，须要小心。”应龙：“得令！”收拾上马，提枪出营，直往番阵。梨花点将已完，走下将台，骑上宝驹，手执双刀，带领女兵，竟上番营。

再言仙童、金定、金莲三员女将，分兵三路，杀进阵中。只见一道寒光冲出，白浪滔天，滚到面前。三人先有避水诀，立住旗下，不能进阵。又见道人从空中飞下，见了三员女将，心中欢喜：“待我擒他回去作乐，有何不可？”忙提起双鞭来战，那里抵得过三员女将？就把葫芦盖揭开，飞出一队火鸦，竟奔前来。三员女将见了，带转马头就走。妖道随后追赶，应龙小将提枪迎来，大喝道：“妖道！休得追赶，我来也。”挺枪接住。道人回身走入阵中，应龙赶进，只见白水滔天，就把水晶画儿挂起。忽见万丈水势，顷刻俱平。道人见了，说：“敢来破我洪水吗？”又把火鸦放出，迎面飞来。应龙吓得魂不附体，带转马正要走，却值梨花手舞双刀杀进来。看见火鸦利害，祭起乾坤圈，火鸦立刻跌在地下。那扭头祖师，这两个葫芦，一个藏北海之水，一个藏南山之火，名为水火葫芦，不想今日俱为梨花所破。道人大怒，来战梨花，应龙接住。又被窦一虎、秦汉东西未来。道人杀得有路无门，正要土遁，被樊梨花举起打仙鞭，打中肩骨，叫一声：“呵呀！”跌倒在地，现出原形，乃是一条孽龙，摆尾摇头，钻入地中。一虎见了，一扭也入地中，提起黄金棍打来，孽龙即疼痛难当，俯伏于地，被樊梨花斩为两段。

那些番兵见道人已死，逃入关中。梨花把五雷符焚化，霹雳一声，丁山阵中惊醒。抬头一看，不见了大水，只见妻妹俱在面前。元帅大兵已到，闻得妖道乃孽龙变化，亏了三媳斩死，除却一害。传令三军抢关，那番兵百姓，开了关门，香花灯烛，接入关中。

元帅来到总兵府，梨花交还帅印。诸将都说樊小姐英雄，法力高强。元帅谢了樊梨花，丁山上前见父。元帅说：“你被妖人水困阵中，若非贤媳救你，只怕你性命不保。这样大恩，杀身难报，快过去跪下请罪恩人。”丁山听了不开口，走过三位女将，金莲小姐为头，仙童、金定在后。那时不由丁山做主，竟扯到梨花面前，说道：“三嫂嫂，如今哥哥来赔罪，要你宽恕他，不要记他薄幸。快些下礼！”仙童、金定一齐说道：“冤家，快快跪下去请罪。”那丁山被姑嫂三人捉住，又见爹娘有不悦之色，勉强跪下，梨花见了，不记前恨，也慌忙跪下，一同拜见。然后丁山又拜了诸位。元帅见了大喜，只等大媒一到，完其花烛，此话不表。再言丁山此夜先到仙童房内安歇，喜见仙童已有重身。仙童说：“若非樊妹二次破阵，谁人救你，你须完其花烛，顺礼方好。”丁山领命，次日又到金定房内，说起身怀六甲，丁山大喜道：“难得二妻有孕，须要保重。”也有一番吩咐，此话不表。第三日，程老千岁到

了，见了元帅。元帅细说梨花之事，已经破阵进关："虽然三媳法力高强，还是老柱国智量高超，骗他到此，不然谁人破阵斩妖。小姐不记前恨，畜生也心愿情服。只等老千岁到，择日成亲。"程咬金听了，满心大悦说："非老夫之力也，此乃万岁洪福。今樊小姐夫妻和合，哪怕番兵百万，西番指日可平。趁今日乃黄道吉日，就此完烟。"元帅听了老将之言，吩咐准备，今夜完姻。丁山不敢违父之命，换了吉服，金花双插紫金冠，穿大红袍。小姐带了凤冠霞帔，大红吉服。鼓乐喧天，待诏谒礼，请出新人一对，同完花烛，参拜天地，夫妻交拜，然后拜见了公婆，又与姑嫂见礼，谢了大媒。欢天喜地，自不必说。

再言应龙上前叫声："爹爹，孩儿拜见。"丁山一看，只见应龙面如满月，眉清目秀，相貌堂堂，身材雄壮，心中疑惑，说："住了！我薛丁山与你年纪相仿，哪有这样大儿子，你是那里来的野种，擅敢冒认我为父？快快说来，若有支吾，立刻斩首。"应龙说："爹爹息怒，容孩儿说明。前日母亲在玉翠山经过，我要讨他买路钱，不料被他擒住，拜认为母，学习兵法。今宵父亲团圆，孩儿应该见礼。"丁山听了一想，他前番见我俊秀，就把父兄杀死，招我为夫，是一个爱风流的贱婢。目下见我几次将他休弃，他又另结私情，与应龙假称母子，前来骗我。今宵虽成花烛，且幸尚未同床，不如休了这贱人，杀了应龙搭识私情。想罢，开言说："你这小畜生，我薛丁山官居极品，拜将封侯，焉可认你无名野种，坏我名目？左右，绑这小畜生，辕门斩首！"两边军校一齐答应，竟将应龙捆绑。梨花见了，说道："官人，今日吉期，如何好端端把孩儿斩起来？他无过犯，杀之无名，还要三思。"丁山道："贱人！还说没过犯？我问你，他年纪与你差不多，假称母子，我这样臭名、那里当得起？还要在我面前讨饶，这样无耻贱人，快快回去罢了，休被人谈论。"梨花听他抢白一场，怨气冲天，晕倒在地。姑嫂三人，连忙扶起，丁山吩咐将应龙斩讫回报。不知后事如何，且看下回分解。

第三十七回　樊梨花怨命修行　玄武关刁爷出战

再说丁山将薛应龙，令军校正要推出，元帅喝道："畜生，今日才与樊小姐和好，怎么又起了风波？真正禽兽不如，要你何用？吩咐："放了应龙，快把这畜生绑出枭首。"众将得令，放了小将，将丁山绑出帐前。许多官将，面面相觑，不敢相劝；姑嫂急得无法；老夫人看见仁贵大怒之下，暗暗垂泪；程咬金看见，说："刀下留人！待我去见元帅。"气吼吼走上，见了元帅，说道："世子与樊小姐，前世有甚冤仇，今生夫妇不得团圆？还望元帅念父子之情，天伦为重，再饶一死。"元帅道："老柱国，这小畜生几次三番休妻，本帅心尚不安。如今又把他休弃，反羞辱他，教我也无颜见三媳。还不斩此畜生、更待何时？左右与我速斩报来。"吓得咬金无法，只得跪下道："令郎乃皇家柱石，望乞刀下留人。看老夫之面，饶恕了他。若是元帅不依，我撞死在阶下。"元帅看见，忙扶起道："老千岁，这样畜生，待他死了罢，何苦救他，看老千岁面上，死罪饶了，活罪难免。"吩咐放了捆绑，重打四十，下落监牢。

再言应龙连夜带了本部人马，仍上玉翠山去了。再言梨花小姐，气得昏沉，亏了姑嫂三人，扶进内营，悠悠复醒，放声大哭说："姑娘呵，薄情无义犹可，反把污秽之言陷害于我，那里当得起，怎好做人？不如撞死朱雀关下，表我清白之心。"仙童、金定劝说："公公将冤家捆打四十棍子，仍发下监，也为贤妹出气了。况且令堂老夫人，独守寒江，后来单靠贤妹，你若有差池，令堂所靠何人？须自做主要紧。"梨花只是痛哭，金莲小姐叫声："嫂嫂，哥哥虽是无情无义，还要看我们面上。我哥哥乱道之言，只当放屁，不要睬他。"老夫人过来，叫了声："媳妇，你是大贤大德之人，有志气的，宽心为主。"梨花见众人苦苦劝住，哭说道："婆婆、姐姐、姑娘呵！多承你们再三劝我，我想前生孽大，今生夫星不透，命中所招。三番花烛，三次休弃；反被众将谈论，留为话柄。从今以后，再不愿与冤家成亲。如今回家，剃了青丝，身入空门，无挂无碍，了却终身。落得个僧衣僧帽，修来身之事。"说罢大哭，拜别就要登程。柳夫人听了，咽住喉咙，不能出声，姑嫂三人哭个不了。金莲带哭说道："嫂嫂，谅你不肯同住。既决意要去，惟万不可落发。"梨花大哭道："姑娘，我恩怨俱

绝，必要落发，独守孤灯，以了终身。凭你们怎样劝我，我心如铁石，绝难从命。”姑嫂三人，见他执意，一齐跪下道：“求贤嫂再发慈悲，留了青丝。丁山虽有不是，还要看我姑嫂三人情面，定然要奏过君王，封赠忠义有功之人，少不得奉旨成亲。”梨花见三人义重，也大哭跪下，说：“姐姐、姑娘请起，不要折杀奴家。”仙童、金定说：“要求妹妹应许，回去不落发，我们才起来。”金莲说：“嫂嫂要答应一声，头发万落不得。只要应允，我们才放心起来；若是不从，即跪倒在此，不放你登程，愿听嫂嫂发放了我三人。”梨花说：“姐姐、姑娘，我今立意落发为尼。既蒙你们情义，怜我苦命之人，只得权且忍耐，带发修行，从你三位之情便了，快快请起。”金莲说：“嫂嫂只是口头之言，不过宽我们的意思，不是真心实意依从的。”又叫一声：“嫂嫂，非是不信，只是难舍你有恩有义，必要爹爹奏明圣上，表你功劳第一。倘你回去落了发，后来皇封诰赠，怎能当得？岂不是欺君之罪难当？必要立下誓来，方好信你。不然，不起来了。”梨花无可奈何。又见老夫人悲伤，叫声：“我的媳妇儿，你若不立下誓，做婆婆的也要跪下来了。”梨花听了，带泪说道：“婆婆，这个媳妇受当不起，待我对天立誓，安了婆婆之心。”说道：“我樊梨花回家带发修行。若负了诸亲，世守孤灯。”姑嫂见他立誓，一同拜毕。梨花又拜别公公，元帅说：“畜生无礼，望贤媳回家，休记恨于他，宽心忍耐。”梨花说：“多谢公公。”即忙传小将军。女兵说：“小将军昨夜就去了。”梨花听了大怒：“这小畜生，不服王化。虽然继父不仁，被祖父放还，理当静候，怎么就去了？倒也安静。”领了女兵，打从大路上回去。此话不表。再言元帅传令，命周青带领兵马镇守朱雀关，起兵上路，往西而进。山路崎岖，难以行兵，亏了先锋罗章，逢山开路，遇水搭桥。在路行了十余日，早到了玄武关，传令放炮停行。一声炮响，扎下营盘，候大兵一到，即便开兵。不一日，元帅大兵人马到了，罗章接进营中，商议打关，此话不表。

再讲玄武关总兵，姓刁名应祥，妻亡过，只生一女，名唤月娥，年方十八，尚未成亲，文武双全。幼时拜金刀圣母为师，传授兵法。用双刀一对，又有摄魂铃一个。上阵之时，将此铃一摇，其人魂魄摄落，不杀自死。后来金刀圣母去了，金铃付与女徒，镇守关门。这日刁爷与女儿说：“大唐起兵前来，一路势如破竹，夺了多少关塞，如何是好？”正谈论间，忽有小番报道：“启爷，不好了。唐兵破了朱雀关，已到关前了。请爷早为定夺。”刁爷听了大怒，说：“有这等事，再去打听。”小番得令出去。刁爷立刻传令，吩咐大小三军，“明日与唐兵交战，须要三更造饭，五更披甲，天明出战，违令者立刻斩首。”众将：“得令。”当夜不表。

再言次日天明，总兵升帐，点齐队伍，一声炮响，开了关门，冲出阵前。抬头一看，唐营扎得坚固，旗分五色，号带飘扬。传令：“先锋番将红里逵，出马讨战！”红将军：“得令！”手执大刀，飞奔营前，一声大叫：“快叫唐将有本事的出营会吾。”有探子报入营中，那元帅正要打关，忽尉迟青山解粮来到，参见元帅，听探子报，说：“启帅爷，玄武关总兵令先锋红里逵来讨战。”元帅说：“谁将出去会他？”闪出尉迟青山说：“小将初到，未曾立功，愿去见阵。”元帅见他骁勇，又是将门之子，心中得意，说：“将军出去，须要小心。”“得令！”出营上马，提鞭冲到阵前。红里逵抬头一看：见营中出来一位将军，但见他头戴乌金盔，身穿黑铁甲，骑下乌龙马，黑脸无须，手执钢鞭，冲到面前。红里逵喝声：“来将少催坐马，通下名来。”尉迟青山一见番将红里逵，红面青须，身穿红铜甲，座下红昏马，手执大钢刀。说道：“你要问我之名吗？我乃镇国公尉迟宝林长子爵主，大元帅薛解粮官，尉迟青山便是。我不斩无名之将，快通名来。”红里逵说：“我乃玄武关总兵官刁帐下前部先锋红里逵是也。你原来是尉迟蛮子之孙，中原有你之名，今到西番，轮你不着。”放马过来，拍马一催，提起大刀，劈面砍来。那青山把手中鞭往刀上只一挥，刀往自己头上打将来了。里逵叫声“不好！”回马就走，却被青山喝声：“那里走！”抢起竹节钢鞭，望红里逵背后上一鞭，里逵叫声：“我命休矣！”躲闪不及，正中后背，口吐鲜血，伏鞍而走。刁应祥在旗门下看见，大怒，抡动手中降魔棍，拍马飞奔，来到阵前，喝道：“休得无礼！我今来也。”只一声大叫，犹如半天中起个巨雷。不知交战胜负如何，且看下回分解。

第三十八回　刁月娥铃拿唐将　师兄弟偷入香房

再言尉迟青山看见刁总兵出阵，抬头一看，但见他头戴凤翅金盔，上有大红缨，穿着龙鳞金甲，手执降魔棍，骑下一匹花骢马，面如银盆，三绺长须，威风凛凛。一马冲到，护过了红里逵，尉迟青山把棍一起，照面打来。青山把钢鞭按住，两下大战，战到五十回合。

元帅在旗门下同众将观见总兵本事高强，添起精神，尉迟青山鞭法散乱，只有招架之功，没有还手之力，命罗章出去助战。先锋听了，把马一拍，冲将出来，叫声："兄弟，为兄的来取番将之首。"尉迟青山见了罗章，才得放心。刁应祥提棍就打罗章，罗章急架相迎，双战应祥。应祥原来得厉害，抵住两家爵主，见个雌雄，好杀。但见那阵面上杀气腾腾，不分南北；沙场上征云滚滚，莫辨东西。他是玄武关总兵一员大将，怎惧你中原两个小南蛮；我邦乃扶唐定鼎爵主两个英雄，哪怕你番邦一个狗才子。番邦人马纷纷乱，顷刻沙场变血湖。虽见三将杀到四十回合后，刁应祥不能取胜，被罗章一枪刺过来，正中左臂，带转马就走。月娥见父被伤，忙出阵接住。

罗、尉二将，看见月娥好齐整：但见他头戴金凤冠，双翅尾高挑，分为左右，穿一件龙鳞软甲，胸前挂一个金铃，足下穿着小蛮靴，坐下一匹玉狮驹，手舞双刀。果然生得倾城倾国、闭月羞花之貌，看得呆了。刁月娥叫道："蛮子，不得无礼。看刀！"罗章听了，道："好一个娇滴滴声音，待我活擒他过营。"把手中枪向前抵住，战不到十合，月娥胸前解下金铃，对罗章一摇。罗章马上就坐不住了，倒撞下马。刁月娥正要上前取首级，被窦一虎抢上抵住，罗章得尉迟青山救回。一虎看见月娥花容，遍体酥麻，虚将棍子来打。月娥定睛往地下一看，原来是个矮子，心中倒也好笑。这样人儿也来交战？忙将金铃摇动。只见一虎滚倒在地，被番兵捆住，拿进关中。小姐也不来讨战，打得胜鼓回关。总兵见了一虎，说："此贼拿来做甚？斩讫报来。"此铃有一时三刻动，一虎醒转来，见满身捆着了，倒也好笑。见军士解绑，要斩他。他说："不劳用心，我去也。"身子一扭，不见了。报知总兵，总兵父女听报，大惊说："唐朝有此样异人，所以夺了许多地方。如今怎么了得？且待明日开兵，拿了矮将，不要放下地斩他，他有地行之术，提在空中斩他，怕他又去了不成？"

不表关内之事，再言元帅见青山救回罗章，众将一看，见他面如死灰，四肢不动。元帅大惊说："尉迟将军，方才怎么战法？罗先锋昏迷不省人事，窦将军又被拿去，不知死活存亡，如此奈何？"青山说："小将方才见西番女将与先锋交战，胸前取下了金铃，连摇几摇，罗哥哥就跌下马，窦将军接住，小将即回。"秦汉听了，说："小将昔日在山中学法之时，听得师父说：金刀圣母有个金铃，名曰'摄魂铃'，对人儿摇，魂灵摄去，要一时三刻方还魂，莫非女将这个金铃就是摄魂铃，也未可知。"元帅听了，心中不悦，传令收军。罗章才得醒转，一虎也得回营，细言其事，此话不表。

再言次日，女将又在阵前讨战。秦汉好色之徒，听了一虎之言，上帐请令，愿去会他。元帅依言。秦汉提了狼牙棒出营，赶到阵前，见了女将，笑嘻嘻说道："小姐，你生得齐整，我秦将军爱你不过，随了我去做个夫人罢。"月娥听了大怒，仔细一看，不是昨日矮子，今日又有一个，不要与他开口。就把铃儿对他几摇，秦汉翻身栽倒，被番兵捉住。小姐得胜进关，刁总兵左臂未好，见小姐捉了矮将，抬头一看，不是昨日的，说："拿去砍了！"秦汉才得还魂，只见刀来斩他，他有钻天帽，腾空而去。刁家父女一见，吓得胆战心惊："如何唐营二个矮子，一个钻天，一个入地？大唐有此异人辅助，所以势如破竹，来到这里。我主误听苏宝同，起兵惹出祸来。幸亏我家有金铃宝贝，若无此宝，玄武关焉能保守？"一面打发番兵往朝中求救，一面准备迎敌，此话不表。

再言元帅在营，对众将说道："连日出阵不利，秦将军又被拿去，此关如何得进？"秦汉回营，说起铃儿利害，我没有钻天帽，性命休矣。"程咬金说："这个不难了，只消你二人今夜盗了金铃，就不怕他了。"元帅听了有理。命窦、秦二将：你们二人三更时分，盗金铃来，其功不小。"二将听了，满心欢喜。候到三更，一个上天，一个人地潜进关中。秦汉飞在云端之内，心中想到，我想这番女，花容月貌，师父前日说道：姻缘该配此女。今宵不如先到房中，做个偷香窃玉，眠他一夜，就死也甘心。算计已定，轻轻落下地来，躲在黑暗之中，专等夜深，闯进卧房。不表秦汉呆心妄想，再言刁家父女，连日得胜，商议军情。只见庭前一阵大风，吹落残灯，月娥屈指一算，对父说："今夜不要安睡，恐有刺客进营盗铃。"总兵说："女儿之言有理，交战全赖此铃，倘被盗去，有些不妙。"小姐说："父亲放心，女儿自有奇谋。吾父防他行刺，须要甲兵护身材好。"刁总兵传令，点了五百番兵，弓上弦，刀出鞘，明盔亮甲，灯球火把，照得如同白日，齐齐排列内堂之下，此话不表。

再言一虎到黄昏时候，在地下听得父女之言，说金铃挂在床上，竟往房中探出头来一看，见香房清雅，桌上红烛光明，果见天花板下挂着金铃，连忙取下，挂着衣内。小姐恐怕行刺，同在内营，卧房无人。一虎想到：这样好床，不如睡在床上，天明回去。

不表一虎睡在床上，再言秦汉，挨到三更时分，摸到小姐房中，为何孤灯一盏，静悄悄并无使女。走到床前，只听得鼻息之声，说："妙呵，原来小姐日间交战辛苦，早已睡了。且与他快活一番。"揭开绣帐，叫声"小姐，我来陪伴你。"一虎梦中惊醒，见说小姐，连忙抢住道："小姐你来了吗？"秦汉见不是小姐，原来是师兄，一虎一见是秦汉，二人满面羞惭。一虎道："金铃我盗在此了，回去罢。"秦汉说："师弟不要哄我。"一虎说："谁来哄你？"取金铃一看，秦汉欢喜。一个钻天，一个入地，出了关门，来至营中，天色明了。二将上前交令，此话不表。

再言刁家父女，一夜未睡，守到天明。忽侍女来报：床上不见金铃。总兵听了大惊，连忙问道："女儿金铃失去，如何是好？"小姐笑道："父亲，昨夜大风一起，孩儿就晓得这两个矮子，要盗金铃，将真的藏好，假的就放在床上。父亲昨夜问我真铃，不敢说出，恐怕他听见，却把假铃盗去。"刁爷听了，说："女儿，你志气胜过男儿，为父的不及你了。"

再言秦窦二将，缴令已毕，细说其事。元帅大喜道："令你二人功劳第一，昨夜辛苦了，回营安歇。"二将正要回身，有探子报说："女将又来讨战，指明要盗金铃之人。"元帅即传令，命秦汉、窦一虎二人忙出营会他。二将得令，一同出营，来到阵前，笑嘻嘻把住棍棒。月娥大骂道："昨夜偷盗金铃，就是你二人？看你贼头贼脑，不是好人。今日捉你回去，碎尸万段，以泄我恨。"秦汉、一虎笑道："我的活宝，你如今没有出手货，只怕难捉我，倒不如随了我罢。"月娥听了大怒，舞动双刀，杀将过来，二将连忙接住，一场大战。战了数合，月娥又把金铃一摇，二将见了金铃，钻天入地去了，月娥又来讨战，众将惧怕金铃，不敢出战，元帅传令，高挂免战牌。月娥见了，大笑回关。不知后来如何，且看下回分解。

第三十九回　仙翁查看姻缘簿　迷魂沙乱刁月娥

适才话言不表，再言二将地中逃回，来到营前见了元帅，说："小将弟兄二人，昨夜用尽心机，盗得铃儿，原来是假的，倒被他算计了。今日见阵交兵，几乎落了圈套，亏得地行，不致伤命。被他阻住兵马，焉得征西。"元帅道："这便如何处置？"秦汉道："小将下山之时，师父说：'我该与番女有姻缘之分。'今见刁月娥容貌如花，不觉动了眷恋之心。他金铃利害，小将若回山中，去见师父，问个明白，再来军前效用。"元帅道："秦将军既要前去，限你三日就回。"秦汉大喜退去，戴上钻天帽，腾空而去。一虎在旁听见，想道："我在棋盘山，遇见薛小姐也有了心，后来要盗钹，元帅曾把小姐许我，反被飞钹合住。亏师父救了，我自觉无颜，不好说起，我想师弟此去不远，待我向前，叫他替我问问师父，不知姻缘到底如何。"算计已定，出营地行而去，却被一山挡路。将头伸了出来一看，原来是一座大山，你看松柏成径，翠竹成林，飞崖峭壁，瀑布泉声，好一派山景。一虎心中一想："我方才性急，望地下行来，不知到了什么地方，竟有这样去处，不是神仙所居，就是得道洞府。"一虎正在自言自语，只听得空中叫一声："师兄，你为何也在这里？"一虎见了大喜，说："师弟我对你说。"秦汉落地，一虎叫声："师弟，你为婚姻要往山中问明师父。愚兄也为婚姻，特地追寻你，幸得此间相遇。要拜烦你，千祈代问师父，不知我与薛小姐姻缘若何？代我问一声看。"秦汉说："晓得了。"

正要回身，只见一个白发老翁，打从山曲内走出，手抱竹杖上前，问道："你二人在此

做什么？"二人一看老翁，童颜鹤发，仙风道骨，知他不是凡人。即忙叉手向前，深深一礼，说道："我二人乃王禅老祖门下弟子，因奉师父之命，相助大唐薛元帅麾下征西，只为姻缘大事，要去求见师父问明，所以走此经过。还要请问老翁尊姓大名？"老翁笑道："我乃月下老人，在此乾坤山修炼长生，已得神仙不老之丹。蒙上帝命我掌管人间男女婚姻。你二人既为姻事访师，今日有缘，待我与你取姻缘簿子查查看。"二人听了大喜，便道："仙翁，既有姻缘簿在此处，快快与我二人查一查看。"仙翁道："你们随我进洞，到三生石上查看便了。"

二人听了，同了仙翁来到洞前，上面写着"乾坤洞"三字。进了洞中，面前有一石板，写着"三生石"三字。仙翁说："你们在此等候，我取簿子来看。"二人应诺，仙翁取出簿子，放在三生石上，揭开一看：上写着"窦一虎该配薛金莲，秦汉该配刁月娥，乃宿世姻缘。"看完，仙翁向二人说道："你二个矮子，倒有这等大造化。如今不必耽搁，快去求师父做主为妙。"二人听了，拜谢老人，出了洞门分手。

一虎大悦回营。秦汉即向前行，不觉来到山中，进洞见师父。王禅老祖心早明白，说道："徒弟，你此来莫非为玄武关刁月娥摄魂铃之事吗？"秦汉说："正为如此，故来见师父。"又将遇着老人之言说明，弟子念念不忘，请师父与弟子做主，成就婚姻。老祖说："那刁月娥虽是与你有缘，应该配合。他是竹隐山金刀圣母徒弟，我与你同到竹隐山，求他做主，完就夫妻，好请元帅西下。"秦汉听了大喜，同了师父出门，驾起祥云，片时来到。仙童报进，圣母闻知，出洞接入。问说："承蒙光降，有何见教？望道友说个明白。"老祖说道："贫道无事不敢亲造。只为令徒刁月娥，他把金铃挡住玄武关，元帅不能征西，要道友将金铃收回，并来作伐。"就叫秦汉过来，拜见师父。秦汉拜完，圣母说："此位何人？"老祖说："就是顽徒秦汉，他与月娥有姻缘之分，过来相求。"圣母听了，抬头一看，见他身短体小，面貌不扬，怎好配我徒弟？开言说道："收取金铃容易，若说亲事难成。"王禅老祖言道："道友，贫道也只为小徒容貌丑陋，难配月娥，故来相恳，周全成人之美，我小徒感恩不尽。"圣母暗想："若不允，道友面上不好意思；若允了，刁家父女不肯。"

正在踌躇，有仙女报道说："外面有一个三只眼金面孔道人求见。"圣母听了，连忙出来，迎接进洞，认得是氤氲使者。老母见了大喜，上前相见，分宾主坐下，圣母说："使者此来为何？"使者说："蒙月下老人指引，说唐将窦一虎，与薛金莲有宿世姻缘，秦汉与刁月娥为夫妻。恐他二位美人不嫁丑汉，违逆天命，故此特往乾元山，借了迷魂沙，变俏符，两件宝贝，特来见道友。撮合成亲，完一宗公案。"王禅老祖听了暗喜。圣母听了暗想：他奉了玉帝旨意，配合人间夫妇，逆不得天命。开言叫声："道友，既蒙借得迷魂沙，此时可付与秦汉拿去。待他迷了他，自然允从亲事，贫道再来撮合便了。"秦汉接了迷魂沙，依计而行。又与变俏符一道，道："先对师兄说明，唐营成亲。"氤氲使者见他允从，辞别回复老人，王禅老祖也作别回山。

再说秦汉先到唐营，一虎在那里等。见了秦汉，问事体若何，秦汉细细说明，交付变俏符。飞到月娥营中，其时正打初更，将身钻在纱窗之外，只见月娥卸下妆来，内衬桃红紧身，外罩淡黑背心，下着湘江水浪裙。看她格外齐整，坐定身躯，手托香腮，昏沉睡着，秦汉就胆大了。喜得房中侍女尽皆安睡。就将迷魂沙身边取出，轻轻弹在月娥身上，只见月娥着了迷魂沙，乱了心，似梦非梦，说道："好笑，我家爹爹误我青春，我一向过了，今夜好不耐烦，欲火禁不住。"只见来了一位郎君，面如傅粉，唇若涂朱，却好十六七岁，走近前来，含情带笑，说："小姐，我乃王禅老祖徒弟秦汉，与你有宿世姻缘。今夜前来会你，望小姐不要推却，成就好事。"小姐被迷魂沙乱了心，并无主意，半推半就，被秦汉抱入床中，解带宽衣，落了许多好处。那迷魂沙一时三刻要醒的，睡到天明，吓得月娥魂不在身。身边一摸，睡着一个男子，被他双手搂住，说："不好了，被他放肆了！"只得起身，立刻穿好衣服，大呼小叫，又羞又愧。惊动了刁爷，赶进房中，说："女儿，奸细在哪里？"小姐含羞带泪，并不开口。

秦汉在床上大笑道："老丈人，你家女婿在床上。昨夜已经成亲，伏望岳父不要发怒，待我穿了衣服，好来拜见。"那刁总兵大怒，揭开纱帐一看，说："不好了！你是唐营矮将，赤条条睡在床上，分明女儿被你污了，教我怎好为人？"气冲牛斗，七窍生烟，将他一拧，传令："捉得奸细在此，绑起来，推出辕门，碎剐凌迟示众。"诸将得令，如狼似虎，将秦汉绑着，正要开刀，只见云端内来一仙女，身骑仙鹤，飞下月台说：“刀下留人！”总兵认得是金刀圣母，忙出位迎接，见过了礼，立刻命小姐出来。小姐闻知，出外拜见师父。圣母说：“刁将军，令爱与唐将秦汉，乃宿世姻缘，应当配合。恐月娥嫌其貌丑，有违天命，连师父也不便，故烦氤氲使者，借取乾元山迷魂沙一撮，前来迷乱月娥，实非秦汉之罪，伏乞将军放他。他是王禅弟子，祖父秦琼，封护国公；父亲秦怀玉，当今驸马，三世公侯，不为辱了令爱。看我面上，何不投唐，不失封侯之位。”小姐听了，身子已被所污，钝口无言。刁总兵见女儿从顺，又有金刀圣母来劝，无可奈何，只得允了。命放下秦汉。穿了衣裳上账，拜见圣母，又拜见刁家父女。众将暗笑，好块天鹅肉，倒被这矮子先占食了。不知后事如何，且看下回分解。

第四十回 刁月娥失身秦汉 窦一虎变俏完姻

再言刁总兵对秦汉说道：“你这小畜生，如此无礼。不看金刀圣母之面，立斩汝首。如今归唐，你去说与薛元帅知道，快整备花烛，今晚亲送小女过来完姻。”

秦汉领命出关，回营见了元帅，说明此事，仁贵大悦。吩咐备花烛，等他投降唐营。正在忙碌，忽报桃花圣母来到。金莲小姐连忙出来，迎进圣母。父女营中相见，分宾主坐下，细说前来作伐：“令爱该配窦一虎，元帅当初应允，谁人不知，谁人不晓，今日是团圆之夜，与令爱完姻。”元帅听了，心中不悦；金莲小姐闷闷不乐。圣母见他父女不开口，明知嫌一虎身矮，便说：“这一虎回去，吃了仙丹，能会变化。如不信，唤他出来一看，就明白了。”元帅爷只得传令，唤一虎上前参见。

一虎明知圣母说亲，把变俏符贴在胸前，将身一摇，变了七尺以上，身材美貌郎君。元帅父女看见说：“果然仙家妙术，真能变化。”况是建德之后，又有地行仙术，年前已经许过，只得允了。小姐见父亲允了，含笑应从。元帅说：“既蒙仙母作伐，下官就备花烛成亲便了。”一虎遂上前拜谢。桃花圣母辞别。是夜刁总兵送女来到营门归顺，元帅十分优待。两员矮将，当晚成亲，一虎仍变小了。金莲自知前生之事，况且月娥十分美貌，相配了秦汉，与我命一般的。月娥心内也这般想：金莲也肯配着矮子，同病相怜。此夜洞房花烛，万种风光，真说不尽。

再言元帅次日升帐，传命拔寨进关，养马三日，商议征西。刁总兵说：“元帅西进，左近下官手下有一十七路营寨。不消一月，先平了十七营寨，然后西进。不然，唯恐他在后面，挡住粮道，为害不小。”元帅道：“刁将军之言有理。”命一虎、秦汉、尉迟号怀、尉迟青山、程铁牛、程千忠、罗章等分兵十七路，同了刁总兵一路招安，不从者打破营寨。不消一月，杀得西番营寨，番将番兵逃的逃，降的降，杀的杀。秦汉、刁总兵等得胜回营，此话不表。

再言西番败残兵将，逃入西番，朝见哈迷赤国王，奏明此事，说：“西番被大唐人马杀进，夺去了万里地方，许多关寨。今刁应祥献了玄武关，将女许配敌国，又夺了十七寨。大兵已进西番来了，请旨定夺。”番王听奏，大惊失色，跌倒龙床之下，班中闪出一员大将，头戴金貂，身穿貂裘服，足下乌靴，出班奏道：“臣西云王黑里达，启奏狼主：自古道，兵来将挡，水来土掩。大唐薛仁贵虽然英雄，只怕难敌我邦杨藩。他十分骁勇，镇守白虎关，决能恢复。请狼主再发雄兵，前往白虎关相助。”哈迷王回嗔作喜，说：“王叔之言有理！孤家传旨，即日发兵，往白虎关助战。”众臣朝散。

不表番王之事，再言大唐元帅，平了十七寨，命新降总兵刁应祥：“领兵谨守十七寨，莫被番兵侵夺。”应祥得令，督令精兵，各守关寨，自仍镇守玄武关。元帅领大队人马，离了关头，滔滔一路前行。到了琅琊寨，传令扎营。次日正要打寨，只见寨门大开，番兵献册投降。元帅兵马进琅琊寨，停留寨中。是夜窦仙童生下一子，元帅、夫人大悦，取名薛勇。过三朝出寨，又往前行。行了三月，来到豹尾寨，寨中番兵早已逃去。大兵进了豹尾寨，安下营盘。军中陈金定也产下一子，元帅喜之不胜，对夫人说：“前日孙儿，下官留下名字，今日夫人取名。”夫人笑道：“大孙取名薛勇，二孙取名薛猛。”元帅大喜。传令三朝

之后，拔寨前行。命秦汉、窦一虎带领本部精兵，攻打白虎关。

二将领令出寨，在关前叫骂，说："快报与关主知道，早出来会我！若不献关，我爷打进关中，叫你一关蝼蚁一个不留。"早有番儿报进关中去了。那守关主将姓杨名藩，生得眉浓眼大，面如铁锅，有万夫不当之勇。这日正在私衙，与左右偏将议论薛仁贵之事，忽有小番报进，说："平章爷不好了！大唐兵将实为凶勇，一路势如破竹，兵马已到关前了。有将来讨战，请平章爷定夺。"杨藩听了大怒，吩咐备马，取甲抬刀。左右听了，取过盔甲。那杨藩头戴虎头盔，身穿锁子黄金甲，坐下一匹乌驹马，手执金背大砍刀，领了兵将，来到关门。传令放炮一声，关门大开，落下吊桥，冲出阵来。秦、窦二将敌住交锋五十余合，你看二将是步战的，跳来跳去。杨藩在马上愈觉用力，不能胜他，忙向袋中取出棋子，喝了一声："照打!"二将抬头一看，正中面旁，负痛而逃，败进营中。元帅见了大怒，点偏将十二员出阵，又被金棋子打破，头青鼻肿，大败而回。

元帅说："不知何物，那杨藩敢败我十四将。"带领秦汉、罗章，亲自出阵。三人冲到阵前，敌住杨藩。杨藩大怒说："来者何人？通下名来，好取汝之首级。"元帅听了大怒道："杀不尽的番奴，敢出大言，只怕闻我之名，吓破你的胆，我乃征西大元帅薛便是。"杨藩说："这老匹夫就是仁贵吗？"元帅说："既知我名，何不早早献城！"杨藩说："你家儿子夺我妻杀我岳父、二舅，今日相见，正好报仇。放马过来！"元帅大怒。把手中画戟迎面刺来，秦汉、罗章见主将动手，两条枪蛟龙一般挑来。这里杨藩焉能抵得住，倒拖大刀，败下阵来。元帅后面追赶，杨藩取出金棋子打来。元帅大惊，泥丸宫现出原形，是一只吊睛白额虎，抓住棋子，落下尘埃，才放下胆，举手中戟，喝声："那里走！"拍马追赶。杨藩带转马，把手中刀迎住方天戟，说道："薛蛮子，你头上白虎那里来的？"元帅答道："大唐名将，故有神虎相助。你金棋子都打完了，不能伤我。快快下马投降，免汝一死。"杨藩看来战他不过，把身子一摇，现出三头六臂，青面獠牙，举手中大刀，劈面砍来。元帅看见说："原来是一个怪物，不要与他战。"即忙左手拈弓，右手拨出穿云箭，搭上弦，"飕"的一声，一箭射去。只听杨藩叫声："不好了！"射中左边头上，几乎落马，负痛而逃。元帅也不追赶，鸣金收军。

杨藩败进关门，扯起吊桥，进了帅府。心中想到：果然薛仁贵骁勇，又有神虎来助。不如今晚往观星台一看，就明白了。候到天晚，走上星台，四面观看星象，只见唐营白虎星高照。原来薛仁贵白虎星临凡，故此今日阵上现出白虎，把我金棋子抓落。此处有一座白虎山，正犯他性命。不免明日出兵诈败，诱上山中。把撒豆成兵之术，伤他性命便了。算计已定，下观星台。再言次日杨藩全身披挂，出关讨战，探子报知元帅。元帅大怒，立刻传令，分兵四路出营，排下一个阵图，名为"一字长蛇阵"。元帅喝道："昨日逃去，今日决个雌雄。"说罢，把手中方天画戟一竖，刺将过来。杨藩把大刀往戟上架住，冲锋过去，回转马头，把大刀往面上砍来，仁贵把戟架住旁首。两下交锋，战有三十余合。元帅把戟梢一指，四支兵马围将过来，把杨藩困在垓心。传令："不许放走，必要活擒。"杨藩看来没法，望西而逃。正逢着罗章，喝声："那里走？"把枪劈面刺来，杨藩叫声"不好！"将金棋子打来，正中罗章面旁。手中枪一松，被杨藩杀出重围，落荒而走。元帅传令众将，快追番将。追上二十里，程咬金说："元帅，穷寇莫追，放他去吧。"元帅道："老千岁，那番奴被本帅用长蛇阵围住，要活捉他。他仗金棋子利害，打中先锋，冲阵而逃。不进关中，绝无逃处。此时不擒，更待何时。大小三军，与我追上前去。"众将："得令。"一齐追杀上去。不知如何，且看下回分解。

第四十一回　白虎关杨藩妖法　薛仁贵中箭归天

方才话言不表，且说仁贵看看追到山林地面，探子报道："杨藩逃上高山去了。"元帅道："既然如此，一同追上山去。"元帅当先追上山。程咬金心中疑惑，喊道："啊呀，不好了！众将且慢进去，不要中了番奴之计。"命秦梦快追，请元帅回兵。秦梦答应，飞马追赶。再言元帅追上高山，抬头不见了杨藩，前有山石挡路，传令回兵。元帅正要退兵，忽听得四野鬼叫之声。抬头一看，只见杨藩立于高阜之上，手执葫芦，放出红豆无数，望空一撒，变成千百万的鬼兵，多生的青面獠牙，其形可怕，手执钢刀，把山头围住，只听得鬼哭狼嚎之声。元帅大怒，喝道："番奴！你把妖术惑我军心，你不要走，吃我一戟。"追到山阜上面。这杨藩一见，哈哈笑道："薛蛮子，今番中俺之计，性命难保。"元帅听了，一戟刺去，只见杨藩身子一摇，就不见了，原来杨藩借土遁而回。元帅不觉心惊胆怯，吩咐亲随军兵，且退回去。哪知四下阴兵布满，并无出路，只得再往前山。远看一座庙堂，走到庙前，元帅下马，抬头一看，上写着"白虎山神之庙"。不免进去，来到神前，撮土焚香，祝告一番，立起身来，上马前去。只见鬼卒比前番更多，元帅毫无主意，仰天长叹曰："老天，老天！我薛仁贵英雄无敌，再不想今日中了番奴之计，被困在此，且待天明再处。"

再言窦一虎，天晚不见元帅回营，只得领兵前来，到山下程老将军扎营之处。程老将看见窦一虎来到，说："你家岳父不听我言，追赶杨藩，被他诱上高山，用阴兵围住。我军欲要相救，杀不上去。秦梦杀上几次空回，如何是好？"一虎听了大怒，说："老千岁，独有我窦一虎不怕阴兵，待我上山相救岳父。"说罢领兵杀上。鬼兵挡住，只见磨盘大的石头打下来，吓得三军不敢前进，只好回来。见了程咬金说："老千岁，阴兵果然利害。待小将去见岳母，再来相救。"就领三军回转，禀知岳母。夫人听了，吓得魂飞魄散。金莲小姐胆战心惊，叫声："母亲，爹爹兵困白虎山，此祸不小，女儿夜梦不祥。不如差秦汉释放哥哥前来，必能相救，不然爹爹性命难保。"

夫人听了，传令秦汉，往朱雀关放出丁山救父。秦汉领命，即戴上钻天帽，不消片时，来到关中监牢，放出薛丁山，细说一番。丁山听了大怒，说："番奴如此无礼，困住爹爹，我不去救，谁人去救？"即同秦汉登程。秦汉钻天而回，丁山借了土遁，来到营中，拜见母亲，相见妻房妹子，方知生下两个孩儿。夫人说："你父被困山林，快去相救。"丁山说："谨依母命。"连夜造饭，天明披甲，出营上马，一支兵马飞出，杀到白虎山。见秦梦力战一员番将，丁山大喝一声："我来也！"把马一拍，冲入阵中。秦梦一看，原来是世子，满心欢喜。番将一见来将大怒，提刀挡住，大喝道："来将通下名来。"丁山道："我乃征西二路元帅薛世子是也。番奴，本帅不斩无名之将，快通名来，我好记账。"杨藩听说丁山二字，心中大怒："我白虎关杨藩便是。你这畜生，强夺人妻，罪不容诛。把你碎尸万段，才泄我恨。"举起大刀砍来了。丁山忙把画戟接住，山前大战。战鼓齐鸣，喊杀连天。战到三十余合，杨藩不能取胜，又把金棋子打将过来。丁山身上穿的乃是天王甲，金棋子不能近身，一道金光冲出，杨藩双眼散乱，被丁山提起神鞭，亮一亮正中后背。杨藩叫声："不好了！"口吐鲜血，伏鞍而逃，飞奔进帐。

丁山一心救父，不来追赶。同了程老将军、窦一虎、秦梦、秦汉领兵杀上。五将只见飞沙走石，鬼兵来挡住去路，磨盘大石打将下来，众将魂不附体。丁山心中一想，我闻妖法有撒豆成兵之术，用猪羊狗肉，将喷筒冲去，必然消灭。立刻传令三军："速取羊狗血来，军前听用。"军士："得令！"军士取到狗血喷筒等物，将狗血灌满，望山上喷去，鬼兵鬼将，影踪全无。乱了一日，天色晚了。再言元帅困在山头一日一夜，腹中饥饿，不能行走。立望救兵，心中昏闷，看见天色已晚，坐在拜台上，蒙眬睡去。泥丸宫透出原形，是一只白虎，望山林奔出，正逢丁山领兵前来。五将杀上山来，只见林中奔出一只吊睛白虎，众人一惊。丁山一见，忙左手取弓，右手搭箭，一声响，正中虎头。那白虎大吼一声，回进庙中。众人赶到庙前，下马一看，说："啊呀！不好了！白虎不见，倒射死元帅了。"

丁山抱住父尸大哭。咬金说："你父是白虎星转世，现了原形，被你射死。朝廷知道，其罪不小。"一虎流泪，连忙回报进营，禀岳母细述此事。夫人与小姐一听此言，魂飞魄散，哭倒在地。仙童、金定闻之，吓得魂不附体，连忙走到，叫醒婆婆、姑娘说："此事如何是好？"婆媳四人，骑马哭上高山。来到庙中，见丁山抱着父尸，在拜台上大哭。夫人、小姐也来抱住，放声大哭，叫声："老将军，你盖世英雄，死在西番地面，我和你今日分别，叫我好不伤心。被畜生箭射误伤，真不孝之子，弑父之罪难免。"老夫人哭丈夫，骂丁山。小姐叫一声："父亲，望你早平西番，回家享荣华。再不料番国未平，父亲先丧。恨哥哥不孝，救父反来杀父。"仙童、金定，也是痛哭道："冤家你不孝，误射死公公，难免凌迟之罪。"丁山哭道："母亲、妹子，二位妻房，不是我薛丁山忤逆不孝，有心杀父，只为父亲梦现真形，变成白虎，我哪里知道，以致一箭射去，误伤其命，罪不容诛。且请母亲备棺，收回父

亲尸首，然后奏明圣上，把孩儿以正国法便了。”夫人哭住，传命衣衾棺椁，取到山头，收殓元帅。停在白虎庙中，设其灵位，供在正殿。众将齐来祭奠，人人挂白，个个举哀，按下不表。

再说王敖老祖，晓得是前世冤孽。借了土遁，来到山林，丁山接见，拜见师父。老祖说：“当初薛元帅射死丁山，亏贫道救活。今日元帅也被其射死，无人可救，一报还一报。元帅是白虎星下降，故现白虎。此关名白虎关，又有白虎山，合该命绝。今日丁山弑父，罪犯逆天，宝贝合当取来还我。你自将功赎罪，命或有救。”丁山听了师父之言，不敢不遵，只得将宝贝拿出，交还师父。王敖老祖收了宝贝，驾云而去。咬金看见元帅收殓完毕，于是辞别夫人、众将，备马径往长安，此话不表。再言杨藩败入关中，紧守一月，想道：“为何不来打关？”有番儿报进，说：“平章爷，唐营不知为何皆穿白，莫非主将身亡，不来攻打。”杨藩听了大喜。晚上星台一观，果然白虎将星移位，想道莫非被鬼杀了，也未可知，待我唤鬼兵来问便了。口中念动真言，不料鬼兵被狗血冲杀，其法不应。欲要出兵交战，又怕神鞭利害，前日鞭伤，还未曾好，只得回到衙中。次日，忽报有青脸道人要见。杨藩接了进来，原来是师父，上前拜见。道人说：“葫芦内鬼兵，被薛丁山狗血喷坏，无用的了。我如今有一件宝贝在此，但是未曾炼好。教你方法：闭关一年可用仙丹活火神炉烧炼，名曰‘飞龙镖’，上阵能伤大将。汝当依法修炼，丹成之后，用之不穷。我因国舅苏宝同相求，众道友演说金光阵，不得功夫，即要回去。”将飞龙镖丹药付与杨藩，立刻驾云而去。杨藩往北拜谢，传令紧守关门，多加灰瓶、炮石、弩箭，以防攻打，却自修炼飞龙镖。不知后事如何，且看下回分解。

第四十二回　唐太宗世民归天　唐高宗御驾征西

方才话言不表，再言长安城中，贞观天子在宫中，想起元帅薛仁贵父子征西，屡有捷报，夺了许多关寨，惟处处有异人挡住，不能一旦平复，望他得胜班师，君臣相会，朕才放心。天子思想，身倚龙床，蒙眬睡去。

梦中出了王宫，只见文武上前接驾，天子一看原来是秦叔宝、尉迟恭、罗成、马三保等，多说道：“陛下乃紫薇星君降世，今将复位。臣等文武西班，合当随侍。况左相星、右相星、白虎星，俱已复归原位。请陛下登殿设朝。”天子听了文武之言，随了秦叔宝等，来到云霞之内，只见一座宝殿。秦叔宝、尉迟恭奏道：“此乃陛下北极紫薇殿。”言之未了，只见左相星、右相星、白虎星俯伏朝门接驾。太宗天子传旨：“平身。”三人谢恩。天子龙目一看，原来是左相魏征，右相军师徐茂公，白虎星是征西元帅薛仁贵接驾。太宗进了宝殿，诸臣朝贺，分立两班，天子叫声：“薛王兄，朕命你征伐西番，未曾班师，为何也在这里？”仁贵上前俯伏奏道：“求主恕罪，臣兵到白虎关前，乃大数难逃。另差别将领兵，去平哈迷国。谢恩万岁万万岁！”太宗听说“大数难逃”四字，不觉大惊。忽听景阳钟声，惊醒了天子。睁开龙目一看，不见了两班文武，原来睡在龙床之上，想起梦中之言，难道寡人天命要绝了？梦中之事，不可深信。只听得五更三点，驾临早朝。

文武朝见已毕，天子说：“众卿有事启奏，无事退班。”降旨未了，班中闪出一位大臣，红袍金带，足蹬乌靴，头戴乌纱帽，执笏当中奏道：“臣钦天监监正李云开，有事启奏陛下：臣昨夜司天台夜视星象，见西方一星，其大如斗，坠于番地，应在白虎位下。随后见北极垣中，二小一大，三颗明星落地，主朝中大臣归位。”太宗听奏，一发心惊。又有黄门官捧本进朝，俯伏金阶呈上。天官接了，放在龙案之上。天子龙目观看，原来是左相魏征、军师徐茂公，均已亡故，其子上本。天子见了两本，龙目中滔滔泪下，说道：“他二臣有许多功劳，正好享福，为何一齐归天？朕心好不伤感。”传旨内监，钦赐御祭御葬，王太监领旨前去。黄门官奏道：“臣启陛下，今有鲁国公程咬金，由西番回国，入朝见驾。现在午门，未蒙宣召，不敢擅入。”天子想起三更之梦，魏征、徐勣已应了，老将回朝，薛元帅肯定性命难保。传旨上殿。

咬金俯伏金阶二十四拜，天子说：“程王兄平身。”“谢万岁！”宣上金殿，赐座问道：

“程王兄，西番归国，可知薛元帅何日班师？”咬金听了，眼中泪下，奏道：“征西薛仁贵，兵打白虎关，被番将杨藩使妖法；用阴兵围住白虎山。其子丁山兴兵救父，同老臣一齐上山，谁想山前见一白虎，丁山放箭射死。啊呀！万岁，原来白虎就是元帅真形。箭伤白虎，庙中元帅身亡。望主速定丁山之罪；虽是无心，其罪不小。”

天子听说仁贵射死，哭倒在龙床之上，道：“寡人亏你征东十大功劳，西番未平，良将先丧，叫寡人好不痛心也。如何是好？”哭得心伤，口吐鲜血。吓得两班文武内侍，飞报太子李治。李治惊得魂不在身，来到龙庭，扶住父王。传旨退班回宫，交三更之后，太宗驾崩。

传旨：先将哀诏颁行。各官穿白开丧三日，二十七日行孝，然后新君登位，是为高宗皇帝。文武尽穿大红吉服，分立两旁。只听得东边打起龙凤鼓，西边打起景阳钟，奏乐之声。前面三十二位太监，一声吆喝，新君临殿；后拥二十四名宫娥彩女，随侍龙驾。两把龙凤宫扇分开，来到龙案，身登宝位，珠帘放下。只见底下文武朝见，山呼已毕。李治大喜，说：“诸卿平身。”众臣谢恩起身，分立两班。传旨改元年号，唐高宗皇帝，国号永徽。天子先颁喜诏，通行天下，立王氏娘娘为正宫，立李显太子为东宫。这忙非止一日，天子就把龙袍一转，驾退回宫，珠帘高卷，群臣各散。

次日天子临朝，传旨百官，俱加一级；天下罪犯人等，已结与未结的，尽皆恩赦，内有十恶不赦；钦赐功臣，筵宴已毕。就召魏旭见驾，山呼万岁。天子开言道：“魏征乃先王辅弼，朕不负功臣之子，封卿大夫左丞相之职，恩赐蟒袍纱帽。”魏旭封了左丞相，驾前谢恩。宣徐梁见驾，徐梁上殿前见。天子道：“卿之父与国运筹，以致一统江山，其功不小。封卿袭父军师之职，恩赐锦袍玉带。”“谢恩。”徐梁领旨谢恩。文武恩封已毕，对咬金说：“老王伯，元帅身丧西番，进退两难。朕今同王伯御驾征西，征讨叛逆。”传旨命东宫同魏旭监国，咬金为前队，兵马出了长安。一路滔滔，晓行夜宿，非止一日，出了玉门关，来到金霞关。一路上俱有文武迎送，百姓香花灯烛，好不热闹。不觉来到寒江关，不表。

再言樊梨花母女，孤孤凄凄，苦度衙中。梨花早已晓得仁贵身死，程老将军出关经过，想明日御驾亲来征讨，丁山难逃弑父之罪。待我做成御状告他，我善晓阴阳，丁山不该命绝，惩治他一番，叫他情愿心服。将弑父休妻两大罪写明，扮作村庄妇人，告他一状便了。

次日辰牌时候，只见旌旗曜日，前队藤牌兵，后队短刀兵，步兵多带弓箭，马兵手执长枪。四队雄兵过去，全副銮驾。两班文武，都骑高马。队队分开：文官紫袍金带，武官金甲金盔。羽林军拥护着天子，朝廷身骑龙驹，马前许多太监。程千岁随了天子，看看相近关前，樊夫人同梨花抢出叫屈。天子听得，便问两边军士：“关前何人叫屈，即速捉来。”军士领旨，将二人捉住，来到驾前。手执御状，俯伏在地，口称冤屈。天子想：“此是西番外国之女，有甚冤枉，前来叫屈？如今要把西番化服，理当准状。”传旨：“取状纸过来。”太监领旨，就把状纸送上。天子龙目一看，说：“西番有村女告状。”阅过一遍，便将状纸交咬金说道：“老王伯必知其情。”咬金接来一看，奏道：“樊梨花不但有才，而且有智，真是国家柱石。他献关招亲，果然丁山不是。老臣为媒，他三次休弃，目睹其情，望吾主准状究明。”天子听了，龙颜大怒，传旨：“宣樊家母女见驾。”夫人、小姐领旨，驾前朝见。天子说：“赐卿平身。”龙目一看，果然樊梨花容貌超群，忙开金口道：“你母女情节，程王伯一一奏明，朕已深悉其情，准你状纸，泄恨便了。”樊梨花同母谢恩已毕。朝廷进关，一直西行。

樊家母女回转衙门，夫人说：“儿啊，难得大唐天子，准了状纸，又亏程老千岁在旁，代我母女说明冤屈。此番圣驾到了白虎关，定把丁山问罪，令他请罪。你可放心，夫妻得以完聚。”小姐听了，叫声：“母亲，冤家把我三次休弃，要报他三次仇，磨难他一番，方泄昔日仇恨。”老夫人说：“女儿，你们后生家，偏有许多委屈。据我做娘的看起来，还要三思。”小姐说：“母亲，若不将他磨难一番，焉肯服我？”夫人说：“女儿之言有理。”此话不表。

再言天子行到白虎关前，薛夫人率领众将来接驾，自陈一本，本上不过说射死因由，求主判断。天子看了，吩咐将丁山绑了来见驾。军士领旨，将丁山绑住，俯伏阶前，天子见丁山，心中大怒，传旨：“午时三刻，碎剐凌迟。”军士领旨，专等午时三刻开刀，此时把丁山魂灵吓散。不知生死如何，且看下回分解。

第四十三回 樊梨花诰封极品 薛丁山拜上寒江

适才所言，将薛丁山绑上法场，专等午时三刻开刀。这边有仙童、金定各抱一子，营前活祭，抱头大哭，各诉前情。丁山哭道："二位妻呵，我薛丁山前世做了昧心事，罚我今生颠颠倒倒。事出无心弑父，凌迟之罪难逃。我死之后，须要孝顺婆婆，抚养孩儿，长大成人，与祖父争气。"二妻哭道："樊家妹妹二次救你，你倒三次休弃，所以有这样大祸。"丁山说："二位妻呵！我今悔之已晚，不要埋怨我了。"二妻将一杯酒送上，说："你吃一杯，以尽夫妻之情。"丁山含泪饮了。金莲也来祭兄，同了窦一虎营前活祭，也有一番言语。众将文武，见龙颜大怒，不敢驾前保奏，呆呆相视。内中闪出程咬金，俯伏驾前奏道："老臣想西番未平，逆谋未除，倘斩丁山，苏宝同复起兵来，谁能敌之？丁山虽是不孝，罪不容诛。目下用人之际，臣保他将功折罪。若破番兵，非寒江关樊梨花不可，此人足智多谋，更有仙术。伏望吾王权赦丁山死罪，贬为庶人。令他步行，青衣小帽，到寒江关请樊梨花出兵到来，万事皆休。若不能请到，再行治罪。望乞圣裁。"天子听奏，说："老王伯所见不差。""是，领旨。"正当午时，合家老幼啼哭活祭，只见老将走出来，恐是催斩，吓得众人魂消胆震。刀斧手正要动手，老将连叫："刀下留人。奉朝廷旨意，权赦丁山，贬为庶人。青衣小帽，不许骑马，步到寒江关，请到樊小姐出兵，赦汝的死罪。刀斧手放绑。"丁山山呼万岁，谢了皇恩，合家老小欢喜，都来拜谢，说："若无老千岁保奏，丁山性则命不保。"

丁山死中得活，更换了青衣小帽，别了众人。一路步行，直往寒江关。

再言程咬金复旨，将情细奏："梨花二次功绩，愿王封赠他，重起威风。"天子准奏，御笔封赠，旨下：樊梨花有功于国，封威宁侯大将军之职，钦赐凤冠一顶，蟒袍一领，玉带一条。打发天使飞马前去，天使领旨而去。

再言寒江关樊梨花，善知阴阳，早已知道，等候诏至。这日有探子报进，说："圣旨到，快设香案。"天使开读已毕，樊梨花在香案前谢恩。方知官封侯爵，满心大说。送出天使回转，众将俱来恭贺。重起威风，日日教场操演，以备西征。

不表樊梨花之事，再言丁山在路，渴饮饥餐，凄风冷雨，艰苦异常。走得脚酸腿疼，叫声："天呵！我薛丁山命好苦。樊梨花这贱人，犯了许多恶迹，誓不与他成亲，把他三次休弃。他怀恨在心，此去请他，谅必不从。虽然怪我，已经奉旨请他，不敢违旨。"算计已定，不一日早到关前。身上穿了青衣小帽，无颜问人，伸伸缩缩。看天色要晚，说不得丑媳妇，总要见公婆之面。只得含着羞耻，把头上罗帕一整，身上布衫一理："我官职虽然削去，官体犹存。"摇摇摆摆，进了关门，大模大样，叫道："门官，与我通报夫人、小姐，说薛世子要见。"那门官听得，走过去一看，说："你是什么人，在此大呼小叫。"丁山说："我是薛世子，要见夫人、小姐。"门官说："你云薛世子，如今在哪里？吾好去报。"丁山说："在下便是。"门官说："啶！放你娘的屁！薛世子同元帅前来征西，好不威风。看你这人狗头狗脑，假冒来的。禀了中军，打你半死才好，与我走你娘的路。"丁山听了，满面羞惭。也怪不得门官，世情看冷暖，人面逐高低。只得忙赔笑脸上前说道："门官，我真是薛世子，假不来的。因犯罪，朝廷削去官职，除了兵权，贬为庶人，前来求见。"门官说："你原就是薛世子，犯法削职，令人快活。你可为忘恩负义之人，小姐救你两次性命，你三次休他。今来求见，有何话说？"丁山叫声："大哥，不瞒你说，只为我犯了剐罪，亏得程千岁保奏，奉旨前来，请樊小姐破番邦，将功折罪。相烦与我通报一声。"

门官听了"奉旨"二字，不敢耽搁，禀知外中军。中军连忙传令，里面走出女中军，问道："何人传声？"外中军说："薛世子奉旨前来，请千岁爷出兵。故此传报。"女中军道："且站着，待我通报。"进内衙禀知樊梨花。梨花听了，恨声不绝道："你传话对他说，千岁亲奉圣旨，官封侯爵，永镇寒江，要操演人马，不得功夫接见。既然圣旨要我出兵，拿凭据来看。"女中军领命，出了私衙，叫一声："外中军过来，千岁说：'既然如此，可有凭据？'"外中军、门官说了，丁山听见呆了，前日性急，不曾奏过。凭据全无，如何请得动他？今番空回，性命难保。只得硬了头皮，又要开言。只听三声炮响，就封了门。门军说："薛世子，封门了，外面去，有话明日再禀。”丁山听了，只得回饭店安宿一宵，夜中想起樊梨花，当日十分爱我，故此弑父杀兄，献关招亲。待我明日细告前情，他必然怜念，决是去的。思想一夜不表。

次日天未明，丁山早早抽身，梳洗已毕，穿好衣服，来到辕门。只见大小三军，明盔亮甲，排齐队伍，伺候辕门。只听得三吹三打，三声炮响，大开辕门。内中传令：大小三军起马，往教场操演。那外面答应如雷，人人上马，一队一队，向前而行。后面许多执事，半朝銮驾，前呼后拥，樊梨花坐了花鬃马，头戴御赐凤冠，身穿蟒袍，腰束玉带，足登小乌靴，威风凛凛。丁山不敢上前去禀，掩掩缩缩，满面无颜。却被小姐看见，说：“中军官过来，问那青衣小帽是什么人，闯我道子，莫非奸细？与我绑入教场究问。”八人牌官，一齐答应，将丁山捆绑，带往教场。

梨花来到教场，三声炮响，大小三军分立两旁，一齐跪下。小姐下了马，升了演武厅，坐在金交骑。众将打躬，分立两旁。樊梨花传令带奸细过来。牌官答应，即将丁山放在案前。丁山吓得魂不附体，爬起身来，立而不跪。梨花大怒，喝道：“你这奸细，见本侯倔强不跪！”丁山说：“男儿膝下有黄金，怎肯低头拜妇人？我奉旨前来，你反面无情，不认得我吗？”梨花说：“原来你就是忘恩负义的畜生！既说奉旨前来，圣旨在那里？好设香案开读。”丁山无言可答。梨花说：“一派胡言。女兵们把这畜生打皮鞭一百。”两旁女兵一齐动手，将丁山吊在旗杆之上，皮鞭抽打，打得丁山叫苦连天，说道：“小姐饶命，虽是我忘恩负义，须看我父母之面，饶了我薄情之人。从今以后，再不敢了。”小姐铁面不睬。丁山打了五十，死去魂还，吩咐住手，旗杆放落丁山。小姐说：“旗牌官来，你将薛世子背负回家，调养好了，着他回去见圣上，说千岁爷不奉诏书，断不出兵。”旗牌领命，背世子回到家中。丁山疼痛难当，恨恨之声不绝：“今日把我毒打，全没夫妻之情。嗄！我不仁，他不义，冤冤相报。我寻死罢了，又丢不下我母亲。”哭个不了。旗牌说：“世子，我劝你且免愁烦，不要悲痛。方才千岁爷叫我打发你回去，讨了圣旨，方许起兵。看你遍身打破，如何行走？且在舍下，调养好了，回去。”每日吃了些红花酒，大鱼大肉将养。

丁山身子好了，拜谢旗牌，作别起程。一路思想，心中好不苦楚。怎生见得圣上。也罢，少不得一死，硬了头皮，一路回来，晓行夜宿，不日到了白虎关，营前俯伏。值殿军官启奏，天子宣召进营。丁山俯伏驾前奏道：“臣薛丁山，前往寒江关说相请樊梨花出兵。他道我假称圣旨，并无凭据，将臣痛打五十皮鞭，不肯出兵。前来复旨，望王赦罪。”天子听奏，龙颜大怒，道：“朕前吩咐，若请不到樊氏，以正国法。”传旨：“推出营前斩首。”御林侍卫遂将丁山绑了，推出营前。吓坏两旁文武，闪出军师徐梁，奏道：“世子薛丁山，英雄无敌。国法该斩，臣保他七步一拜，拜到寒江，求得樊梨花回心，前来见驾出兵，以赎前罪。伏乞圣裁。”天子准奏，传旨放了丁山，丁山遂进营谢恩，出营又谢了徐梁。徐梁道：“贤弟，我和你同是功臣之后，为国求贤，何谢之有？我在驾前保奏你七步一拜，拜上寒江关，恳求樊小姐出兵，圣上方赦你死罪。若请不到，其罪难免。”丁山流泪道：“徐恩兄啊，可恨樊梨花，必要圣旨为凭。若无诏书，只怕求恳不动。”徐梁说：“贤弟这件情由，怪你自己不是，不该三次休弃，怪不得他作难。圣上旨意，无非要你拜樊小姐回心，岂有圣旨与你？依我的主见，照七步一拜拜去，樊梨花起了怜念之心，前来见驾，也未可知。”徐梁说罢，别了回去。丁山好不沉闷，不敢回去见母，备了一炷香几案，七步一拜。一路想起，好不伤心，拜得腰酸足痛，饥餐渴饮，吃了多少辛苦。

不表薛丁山路上之事，再言梨花打了丁山，旗牌调养好了，放了他，心中早已算定，差人打听。这一日，探子禀了小姐。小姐说：“你到白虎关打听世子消息如何？”探子立起身，将此事细说明白。小姐说：“如此，再去打听。”探子领命，小姐打发探子出去，心中不胜欢喜：“想你前次休弃我，我今日三次难你。”遂即来到后堂。夫人说：“我问你，丁山打了皮鞭回去，差人回来，说唐王把他什么样了？”梨花将差人之言说了一遍。夫人大喜：“难得唐王与你出气。他七步一拜，前来请你，你须念公婆之情，依他恳求出兵便了。”小姐听了，把手一摇，叫声：“母亲，冤家做得薄情，使我怀恨在心，还要弄他颠颠倒倒，才好心服。”不知弄出什么事来，且看下回分解。

第四十四回　难丁山梨花佯死　薛丁山拜活梨花

适才话言不表，再言梨花叫声："母亲，孩儿有起死回生之术，戏弄他一番。"夫人说："人死焉有回生之理?"梨花道："母亲，孩儿学庄子仙术，待孩儿诈死，传令三军，俱穿白衣，备俱棺木，将儿成殓。正堂可设具灵座，人人大哭，个个悲伤，候冤家到来，母亲还要假哭，痛骂他一番，埋怨他忘恩负义，好叫他心服情愿。"夫人听了，深信女儿变化，满口允承。小姐登时诈病，三日之后死了。三军闻知，均皆痛哭，挂白开丧，件件端正。此话不表。

再言薛丁山吃尽千辛万苦，登山涉水，七步一拜，拜得脚跟肿痛。若还不拜，其罪非轻。打起精神，一路拜来。看看将到辕门，只见辕门挂白，心中大惊："不知死了谁人？不免闯进去，问个明白。"手执香凳，那军士认得的，开言叫声："大哥，那千岁衙门死了那一个？挂白在此?"军门听了，双眼流泪，叫声："世子，不幸千岁得了急病，三朝亡故了。"丁山听了，吃惊非小，跌倒在地，半晌方醒，叫声："天呵，我薛丁山何等命苦。吃辛受苦，拜到这里，只求小姐回心出兵，不料小姐急病而亡，怎好回复圣上？也罢，小姐虽然身死了，待我拜到灵前，诉明心迹，回去死也甘心。"军门听说，报知夫人，夫人吩咐开门。丁山哭拜进堂，见了小姐灵座，放声大哭，叫声："妻啊，我原自己不是，二次救我，三番休你，所以有此大祸。虽然小姐身死，怎好回旨，不知可有遗言吗?"夫人在内听见，走出厅来，带泪骂道："无义畜生！害她身亡，还要在此假哭。与我打出去罢!"一班女将手执皮鞭，打将来了。丁山一见他们打来，转身就走，女将闭上内堂门了。丁山即啼啼哭哭，又被夫人数落一番，不敢讨遗表，只得再回白虎关。一路上许多苦楚，不表。

再言小姐重又开棺，对夫人道："孩儿诈死，难这冤家。只恐朝廷知道，有欺君之罪。不如先上表章，陈情说明，差人先去奏闻，朝廷决不加罪"。夫人道："我儿之言有理，赛过男子，神机妙算。快修表章。"小姐将表章写得情词恳切，甚是分明。内衙拜本，差人连夜起程，不分日夜，赶到白虎关下马，走入内衙，按本天官奏上。皇上见了樊氏奏表，龙心大悦，想西番有这等才女，要三难丁山。朕今用人之际，焉有不准，对程咬金称赞梨花能干。此话不表。

再言丁山一路辛苦，回到御营，哭诉天子。天子假意大怒："朕差你去请樊梨花，说没有凭据，不肯出兵。今次又着你拜上寒江关，为何说梨花身死？明明一派胡言。既然病死，没有遗表？只是怪你三番休他，难你忘恩负义。前日徐军师保奏，若请不到梨花，立行斩首，你还有何说?"传旨："将欺君杀父之罪，乱箭射死。"御林军一声领旨，将丁山绑在旗杆之上，专等行刑旨下。丁山吓得魂飞天外，魄散九霄。惊动了薛老夫人，同了两个媳妇、金莲小姐，看见丁山吊在旗杆之上，四十名弓箭手，扣弓搭箭，等候时辰到。夫人叫声："亲儿，你犯上逆天大罪。两次有人保奏，今番性命难保，叫为娘好不痛心也。你不该三弃梨花，冤仇不解。他今权在手，自然要报仇。指望养儿防老，谁知反送你终。"说罢大哭，姑嫂三人见了，犹如乱箭穿心，营前大哭。程咬金在旁暗笑，连忙御前保奏道："愿吾王准老臣之奏，再赦丁山，三步一拜，拜到寒江关，拜活樊小姐，方免其罪。此番若再请不到，老臣与他同罪。"天子闻言说："老王伯保奏当准。"程咬金谢王万岁，传旨立刻放绑。军上领旨，放了丁山。丁山又死中得活，进营面谢君恩，奏道："臣谢不斩之罪，望王付恩诏，使臣好拜上寒江，拜得他还魂，好领兵西进。"天子难奏，传旨：程老将军赍诏前行。丁山谢恩退出，辞别众将，如今三步一拜，一发难过。程咬金道："世子，老夫马上行得快。你步行，况且又要拜，是慢的了。你先动身，待老夫稍停一二日赶来正好。"丁山道："多谢老千岁。"依然营前拜起。

再言樊梨花正在府中，差官回来说明此事。梨花大悦道："三难冤家也不怕他不死心塌地，自然惧怕我，要他叩头拜回灵魂。"不表私衙之事。再言丁山三步一拜，正是六月炎天，拜得汗流如雨，看看又到寒江。只见后面来了一支人马，相近前来，抬头一看，原来恰是程老千岁奉诏到此。薛丁山上前拜见，咬金道："亏你后生家有此精神，三步一拜，拜得到此。若是我老人家，一拜也不能的。待老夫开读诏书，你慢慢前来，哭活樊小姐便好。”说了这二句，飞马即去。丁山听了，满腹疑心，想道：“方才老千岁之言有因，难道小姐不曾死？我丁山仍有性命。”一路疑疑惑惑拜去。再言咬金到了关前，探子报进，说圣旨到了。老夫人冠带出来迎接，说明此事。且待负义丁山拜活，然后开读，咬金听说，言之有理，就在公馆住下。再言丁山三步一拜，来到辕门，开言叫声：“门军，快与我通报夫人。”夫人吩咐开门。丁山拜进内衙，对了灵座，双膝跪下，哀哀啼哭，诉说情由，均已皆认自己不是：“望小姐前仇莫记，与你夫妻和好，以后再不敢得罪你。你阴魂必然晓得，早早还魂，同去朝见天子，救我一命。倘若再有差池，灵前立刻丧命。”说罢大哭，叩头不止。小姐棺中听得，只是不睬，丫鬟使女，见世子这般悲伤，尽皆下泪，看小姐怎样还魂。听得鼓打一更，丁山依然哭拜，但见灵幡肃静，并无人声。俄说而二更，丁山哭叫不止。鼓打三更，已交半夜，丫鬟侍女，俱皆睡去，独留世子在此，起来拜倒，哭得疲倦，就在拜垫之上，蒙眬睡去。只见一阵明风，鬼哭狼嚎，丁山惊醒，立起身来道：“小姐，你阴魂出现了吗？待我到灵帏里面相会。”只见众侍女沉沉睡去，见了棺木，将身抱住，叫声：“小姐，你阴魂来会我，我在此等你还魂。”忽见棺材盖悠悠揿起来了。丁山本来胆大，把棺盖揭开，只见樊梨花坐起来了，大叫一声：“我好恨！”开眼一看，见了丁山，恨恨之声不绝。丁山大哭，忙扶起小姐，跨出棺材。那侍女丫鬟惊醒，看见了小姐，大家欢喜。忙请夫人，夫人假作啼哭，叫声：“女儿，难得你还魂，叫娘好不欢喜。”丁山大悦，轻轻跪落，说：“恭喜小姐还魂了。”小姐全然不理。夫人说：“女儿，丁山虽然忘恩负义，幸亏朝廷伸你仇恨。如今消却前仇了吧！”小姐听了夫人之言，说道：“既是母亲吩咐，孩儿从命便了。”只见丁山跪在地下，小姐大喝道：“负心人！若不念圣上求贤之心，把你这个冤家，万剐千刀，方泄我恨。快起来，通报公馆，明日宣读圣旨，就此起兵。”丁山大悦，叩谢立起身来，却好天明。

夫人吩咐，去了灵位，以便迎接圣旨。丁山走出，报与老将军知道：“那樊小姐被我拜活了，请前去开诏。”咬金听了哈哈大笑，说道：“贤侄，你信服我吗？你要真心诚意，自然拜活。”丁山道：“多谢老千岁。”同老将军来到官厅，梨花接旨，开读诏书谢恩，然后与咬金相见，说：“老千岁，前日玉翠山薛应龙，不服王化的草寇，被我用计擒他，认为世子，后因急变，又反上山中去了。今起兵西征，正在用人之计，我同老将起兵复旨，着丁山领兵一千，前去收服薛应龙，同来见驾。”程咬金说：“小姐之言有理。”丁山不敢违令，领兵往玉翠山而行。不知后事如何，且看下回分解。

第四十五回　樊梨花登台拜帅　薛丁山奉旨完姻

闲话不表，再说梨花来别夫人。夫人流泪道：“儿呀，你要记着白虎关守将杨藩，他父杨虎，与你父亲相好，将你自幼来配他。后闻他貌丑，虽央求媒妁，而为娘做主，终不允承。今日匹配薛世子，杨藩必不甘休，他若有左道旁门之术，此去大要小心。”梨花道：“谨依母命。”遂叩别了夫人，同老将军点齐大兵，出了寒江关，往白虎关进发。

再言丁山到了玉翠山，放炮鸣金，惊动了山中哨巡逻，报进寨中，启道：“大王，不好了！有官兵杀进来了。”应龙听了大怒。结束披挂上马，带领喽啰，杀下山来。大喝道：“那里来的官军，敢来送死吗？”丁山听了，把马一拍，提枪喝道：“应龙！为父在此，招你入军，同往征西。”应龙猛听此言，满心猜疑。遂道：“休讨便宜，我家继父薛世子，官封二路元帅，正是堂堂将帅，领百万雄兵，好不威风凛凛。你是何等人，敢来假冒，讨我便宜，吃我一枪，放马过来。”将长矛挺起来了。丁山把戟架住，喝道：“休得无礼！为父便是薛丁山。因在白虎关射虎，误伤你祖，朝廷遂将为父官职削去，重用你樊氏母亲，封侯挂帅，统兵征西，罚我在帐前效用，今令我前来招你，一同征西，快随为父回营交令。”应龙听了，即忙倒戈下马，跪在地下，叫声：“父亲，孩儿见父打扮不同，望爹爹恕罪。”丁山喜道：“快随为父前去。”应龙禀说：

“孩儿前被爹爹绑出了辕门，惧怕而回。今后不敢去了。”丁山说：“前事休提，今日不必惧怕。快随我去交令。”应龙听了大悦。立刻传令，带了喽啰，同了丁山，离了玉翠山，

一路下来。再言程咬金同樊梨花，入营朝见天子。谢了恩，山呼已毕，加封梨花，谢恩退出。进营拜见了夫人，夫人遂将前情细述，梨花也诉明因由。仙童等姑嫂三人，前来礼拜，叙了阔别之情。薛勇、薛猛兄弟也来拜见，梨花大喜。各赠黄金手镯，二人拜领。遂备酒筵欢叙。

再言丁山同了应龙，不一日来到营中，朝见天子，复旨谢恩。然后回到营内，见过母亲，一门尽皆欢喜。次日程咬金奉旨到营，合家见旨，皆跪下恭听宣读。诏曰："梨花英雄无敌，智勇兼全，恩封征西大元帅、威宁侯。薛丁山暂赦前罪，封帅府参将，帐前听用，就此完姻。"圣旨读罢，"谢恩。"请过圣旨，排香案供奉。咬金说："今奉旨完姻，大媒为主，趁今黄道吉日，当晚成亲。"梨花欢容满面。丁山暗想：薛应龙与他年纪仿佛，又且相貌齐整。想这贱人隔了二年，不要与他苟合。待我今晚成亲之后，看他完全不完全，就明白了。此夜成了亲，归到营房，解衣宽带上了床上，将梨花两腿扳开，举起王英枪直闯辕门而入。梨花说："冤家，你惯战沙场的好汉，奴家未经破身的英雄，要缓缓而战。"丁山不应答，一枪直入。梨花大叫一声："痛杀我也！"丁山拔出枪来，将白绫绢拭好，拿来一看，多见元红，始悔前番我不是错怪他了吗？丁山回嗔作喜道："小姐怕痛，免了罢。"梨花说："冤家今来试我，我岂不知。但得无疑我是败柳残花的，就罢了，快些睡罢！"丁山仍然上床，骑在身上大弄起来。梨花咬定牙根，痛死也不作声。此事已毕，丁山转言奉承梨花，稍释前恨，一夜欢娱不表。

次日，咬金对丁山道："此后小心，听候元帅呼喊，切勿倔强。"丁山道："这个自然。"再言梨花戎装上殿，当驾前挂了帅印，御手亲赐三杯御酒。梨花谢了恩，退出御营，来到将台。只见总兵官、游击、千把总、参将、参谋、都司、守备，济济一堂。这般武职，都是顶盔贯甲，一齐跪下，请帅爷登账，梨花吩咐站立两旁。秦梦、罗章、尉迟号怀一班公爷俱到账前，说："元帅在上，末将甲胄在身，不能全礼，就此打躬。"梨花说："列位王侯请了。本帅蒙圣恩拜为征西元帅，请众将各宜凛遵，听我号令。一不许奸淫放火，二不许纵兵掳掠，三不许畏刀避箭，违令者军法治罪。"当即点罗章为前部先锋，领兵一万夫到白虎关；命秦汉、窦一虎领兵为左右翼，一同前去；后军点了丁山，又点小将应龙，为军前护卫；点尉迟号怀为头运解粮，二运点秦梦，三运点尉迟青山。诸将一声得令，出营上马，多是金盔金甲，领兵而行。梨花下了将台，令月娥、金莲、仙童、金定四员女将，领了大队人马，放炮起程。朝廷旨下，遂命程铁牛、程千忠父子二人，将薛元帅灵柩，同夫人护送至界牌关巡顿，候平定西番，班师回朝归葬。二将领旨，到营中告知薛老夫人。夫人流泪谢恩。一同到白虎山山神庙内，将仁贵棺柩，移往界牌关。

再言罗章先锋，同秦、窦二将来到关前，一声大叫，说："快报与关主知道，早早出来会我。"小番报进，那关主杨藩，炼宝已成，伤痕平复，正要出关破敌。番儿报道："启上平章爷，不好了！唐王拜樊梨花为帅，有将在关外讨战。"杨藩听了大怒道："可恨这贱人，弑父弑兄，献关降敌，弃旧迎新，另嫁敌国，倒来攻关。"传命抬刀备马，杨藩披甲停当，上马提刀，带领三军，来到关前，吩咐放炮开关。一声炮响，关门大开，放下吊桥，冲到阵前。看见罗章头戴紫金冠，身穿白银甲，外罩白罗袍，坐下小白龙驹，手执梅花枪，面如冠玉，双尾高挑。见了杨藩，喝声："丑鬼！快下马受死，免得小爷爷动手。"杨藩听了大怒道："你乃无名小卒，快叫梨花贱人前来会我。"罗章听了，说："休要多言，看枪！"一枪直刺过来。杨藩把手中刀往枪上一架，冲锋过去，回转一刀，望罗章头上砍来。罗章把枪往刀上一抬，二人战了二十余合。杨藩见不能取胜，忙祭起飞镖，罗章抬头一看，见红光一道，直往面门上冲来，躲避不及，一镖正中肩膀上，坐不住马，仰面一跤，跌下马来。杨藩正待来取首级，被秦、窦二将抵住，有军上救回。梨花看见，忙取灵丹敷好，不一日痊愈。那杨藩见了二将，喝声："杀不尽的矮子，你今又来交战。"秦汉道："今番来取你性命。"棍棒交加，杀得杨藩招架不住，又祭起飞镖，二将看来不好，一个钻天，一个入地，逃走了。

杨藩收了飞镖，匹马杀到营前，大叫道："背夫另嫁的樊梨花，快快出来，与原配丈夫答话。"探子报进，恼了丁山，应龙父子，二人上账，禀说："元帅，末将愿出去活擒杨藩。"梨花说："番将杨藩，指名要我出去，你父子二人与我掠阵，我当亲自出去会他。"随急披甲上马，手执双刀，冲出营来。杨藩抬头一看，见冲出一员女将。但见头戴金凤冠，雉尾高挑，面如西子，貌若昭君，有闭月羞花之貌，胜如月殿嫦娥，身穿锁子黄金甲，外罩绣龙袍，足穿小缎靴，坐下腾云马，手执双刀。两旁四员女将，后面大旗上，写着"大元帅樊"。杨藩见了大怒，恨不得一刀两断。及见了梨花容貌，倒觉满口流涎，说："好一块羊肉，却被薛蛮子夺去，今日必要活擒他回关，成就姻缘，方雪我恨。"

不知擒得来擒不来，且看下回分解。

第四十六回　梨花大破白虎关　应龙飞马斩杨藩

杨藩看见樊梨花，便道："我乃白虎关总兵杨藩。吾父杨虎，与你父同朝之臣，将你许配与我，十有余载，因两地远隔，未曾花烛。你我今已长成，正要央媒完娶，因国舅苏宝同，惹得唐兵西进，两下相争，蹉跎至今。你怎么弃了前夫，另嫁敌国？西番虽是夷虏之地，你也晓得读孔孟之书，会达周公之礼，一女何能匹二夫？纲常廉耻，休得乖乱，莫若随我回关，狼主决不治你弑父杀兄之罪，你去想一想。"樊梨花满面通红，喝道："丑鬼，对亲有何凭据？休得胡言！放马过来。"杨藩耐了性子道："梨花你与我交战，旁观不雅。我是男子汉，倒惧内不成？见你花容月貌，不忍加害，劝你复还原配，免后懊悔迟了。"梨花说："不要多言，放马过来，吃我一刀。"举起双刀，劈面砍来，杨藩将大刀架住，骂道："贱人，不识抬举！我好意劝你，你反生恶心，既不罪你弑父杀兄，又来背夫乱性，真是红颜薄幸，妇人最毒。今日不斩你这贱人，誓不收兵。"忙隔开双刀，将大刀当头就砍来。梨花架在旁首，回转马来，将双刀如雪片舞来。杨藩急架相迎，两人大战，一来一往，战到三十余合，杨藩抵敌不住，带转马就走。梨花拍马追来，杨藩回头一看，见梨花追赶，忙祭起飞龙镖。梨花一看，见一道红光，直射下来，忙取出乾坤帕，往上一迎，只见万道毫光，把飞镖收去。大喝："丑鬼，还有尽数放来。"杨藩又祭起十二支飞镖，在空中飞舞，烈火腾腾，直奔梨花。梨花又将乾坤帕抛起，顷刻万道毫光，把十二支金飞镖，化为乌有。杨藩叫声："不好！"可惜练就一年工夫，一日尽灭了。忙将身子一摇，现出三头六臂，身高数丈，手端六件兵器，复使阴兵杀上，只见鬼哭狼嚎，都是蓬头赤脚，青面獠牙怪鬼，杀奔前来。梨花笑道："这些小技，可骗别人，我不惧你。"把手一指，数万鬼兵，反杀回本阵。杨藩一惊不小，番兵如飞而逃。杨藩见破了他法，带转马头就走，梨花祭起斩妖剑，将杨藩左手指头，斩了下来。杨藩大叫一声，负痛而走，收了法术，退入关中，将关门紧闭。敷好伤痕，打点明日出战，此话不表。再言梨花手下，月娥、金莲、仙童、金定四员女将，杀得番兵七零八落，得胜回营。众将上账称贺不表。

次日天明，探子报进："杨藩又在营前讨战，大骂元帅。"元帅闻报大怒，率领众将出营，来到阵前，喝道："昨日饶你一死，今日又来讨战，只怕性命难逃。放马过来。"杨藩也不答话，抡动大刀砍来。梨花拍马相迎。战至三十合，又不能取胜，回马大败，梨花在后追赶。杨藩祭起金棋子，亮光万道打来。梨花向身边取出金棋盘祭起，也有万道金光，棋子落在盘内，犹如铸就一般。杨藩那里晓得，又把金棋子打来，仍然收去。一连发了三十六个金棋子，都在盘上帖定。拿移不动。梨花收完了棋子，重又杀出，说道："你的棋子都被收了，还有什么宝贝？再放出来。"杨藩听了，魂飞天外，叹道："把我两件宝贝，俱皆收去，今如何是好？"又把身子一摇，现出三头六臂，阴兵依旧杀来。梨花将一个葫芦揭开盖子，放出无数火鸦，把阴兵杀得无影无形。杨藩叫苦连天，正要逃走，梨花祭起飞刀，将杨藩右手指头砍下来，一连几刀，连臂膀也砍下来。杨藩跌下马来，痛倒在地，梨花双刀正要斩他，忽听后面鼓声如雷，回头看见丁山督阵，擂鼓助战，暗思：杨藩虽未成亲，幼时却被爹爹误许姻事。见了丁山，心中倒觉不忍，意欲释放。早被薛应龙赶上，手起刀落，将杨藩杀死。头上一道黑气冲出，直奔梨花，梨花一阵头晕，跌下马来。四员女将，直冲出去，救回营中。只见元帅面上失色，众将上前问安。你道为何？这是杨藩阴魂在樊梨花腹中投胎，后来生下薛刚，薛刚闯祸，害薛世满门三百余口在武则天手内。此是后话不表。梨花传令抢关，众将得令，一齐向前，杀奔关来。番兵见无主将，闭关不出，俱往沙江关去了。番民香花灯烛，出迎元帅，元帅人马进了关，接了圣驾，在帅府驻扎，百官朝贺，出榜安民。遂传令招抚，所管地方官，尽皆投降。停留半月，辞王别驾，起了大队兵马，离

了白虎关，望西进发。

有一个多月，尽是黄沙扑面，好不辛苦，不觉来到沙江渡口。有探子报说："沙江有百里之遥，并无船只，请元帅定夺。"梨花闻报，遂传令扎下营盘，不许乱动。便令秦汉："飞过沙江，劝番民放船过来，渡我兵过江，好打头关。"秦汉领令，戴了钻天帽，片刻飞过沙江，落下地来。只见那番民凑集，买卖生意，与中国一样。那些船上插了红旗，十只一队，共有四百余号，停泊江口。秦汉一想：我奉将令前来诱骗，看他怎样办法，如何说得他们过去？正在踌躇，忽见一队番官，手拿令箭，说与众船道："大老爷吩咐，大唐兵马已到江边，船只不许私开。违令者斩。"众船得令。秦汉心生一计：扮作番军。见番兵皆喂马料，三个成群，四个一队，或斗牌，或闹酒，营房内不见一人。遂将一副衣帽穿好，到一酒店门首，问道："店家，将爷可在这里吃酒吗？"店家说："拿令箭的官儿，在楼上吃酒，寻他请进去。"

秦汉听了，来到里面。走上楼中，只见番官吃得半醉，衣帽脱在旁边，那番官见了秦汉说："你是那个帐下来的？"秦汉哄说："我是大老爷手下的长随，奉将令份作小军，探听军情。爷是那一处的？"巴都儿官番官说："我是大老爷的亲随，不认得你呀？"秦汉说："小可是新充的，不曾拜会。我和你同饮三杯，叙个相识，小可做东。"番官道："说哪里话，自然俺家做东。"二人畅饮。秦汉说："巴都哥，这支令箭，做何公干的？"番官道："你还不知？"秦汉道："小可新到，所以不知。"番官说："我关主将是白虎关杨藩的父亲。因樊梨花降唐，打破了白虎关，将小将杨藩杀死，主将要与儿子报仇，差人往白狼山请红毛道人，并黑脸仙长。因二位仙友，神通广大，早晚必到。犹恐唐兵渡江，差我往各船去吩咐，不许开渡。"秦汉说："原来如此。巴都爷请用酒。"番官竟吃得大醉，伏在桌上睡了。

秦汉即换了他的衣服，拿了令箭，走下楼来，对店家说："有一锭银子在此，你收着。我有伙伴醉在楼上，我有公干去了。"酒家见了银子，说："请便。"秦汉出了店门，来到江边，对众船军说："大老爷有意降唐，吩咐四百号江船，连夜渡载唐兵过江，违令者斩。"众船军都说："稀奇！一日之间，两样吩咐。早上说不许开船，如今又要连夜过江。"秦汉说："你们休管闲事，快些开船。"众船军依令，立刻开船，扯起风帆，滔滔去了。秦汉大喜，脱了衣帽，撇下令箭，飞过江来。此话不表。

再言番官醒来，立起身来，不见了衣帽、令箭，忙下楼问了酒家。酒家说："方才那一位爷，留下一锭银子在此。穿了衣服，到江边去了。"番官听说，魂不附体。说："不好了，中了唐人奸计了！"说罢急忙赶到江边一看，大惊失色，说道："该死了，船只一只都没有了。为何衣帽令箭在江滩上？幸喜无人拿去。"忙穿好衣帽，手执令箭进关，蒙混交令。不知后事如何，且看下回分解。

第四十七回　梨花破关除二怪　秦汉借旗收双徒

却说沙江关主将杨虎，深恨樊梨花不忠不孝，杀子之仇尤深。又闻兵临江边，恨不得活擒梨花，取出心肝，以祭吾儿，方消此恨。忽报红毛道人，黑脸仙长请到了。杨虎大悦，出关迎接，接进官厅见礼，分宾主坐下。二位仙师说："今蒙见召，有何话讲？"杨虎长叹道："奈因小弟单生一子，被恶媳梨花所杀。特请道友来此，共擒此贼人，与此报仇，方泄我恨。"二人听了，恨道："不消道友烦心，要报此仇，有何难处，都在我二人身上。"杨虎大喜，设筵相待。

秦汉见各船俱已渡江，飞向营中缴令，细说此事。梨花大喜，即令三军连夜准备，候江船一到，即要开船。众将得令，各预备停当。将及半夜，船只已到江边，一字排开。元帅传令，趁此明日，即速下船。众将得令，一齐下船，来到西岸。令先锋罗章打关，金鼓连天，炮声不绝。番儿报进，杨虎大惊，说："这事奇怪，我已传令江船，不许过江，唐兵从何而来？"传令番官处斩，即出关迎敌。二位道人说："且免出兵，待贫道先上关去，略施小计，杀他片甲不回。"杨虎说："既然道友有计，相烦立刻开兵。"那道人来到关前，披发仗剑，扬尘舞蹈不表。

且说罗章杀到关下，只见一阵狂风，飞沙走石，天昏地暗。吓得罗章胆丧魂消，三军自相践踏。见两个道人，骑了白鹤，落将下来，大喝道："唐将休走，吃我一剑！"罗章招架不住，拍马而逃。两个道人，在后追赶。后军飞报元帅，元帅大怒，率领四员女将，向前放过罗章。上前迎住，念动真言，喝散飞沙走石。道人大怒，喝道："你是何人，敢破我术？吃我一剑。"梨花看见两道人：一个面如茄子，红须红发；一个面如黑漆，青发青须，眼睛也是青的，仗剑杀来。月娥飞马过来迎住，仙童忙来助战，杀得二道汗流浃背。金莲、金定也上前围住，两个道人那里招架得住，大败而走。四人在后追赶。那红毛道人，现出一条火龙，用烈火烧来，烧得四人败阵逃回。梨花看见，把手一指，有万丈水冲出，将烈火浇灭，火龙大败要逃。梨花喝道："往那里走！"拍马追来，黑脸仙长抢出，说："休伤我道友。"仗剑拦住。梨花手舞双刀来战，杀得他尿屎直流，摇身一变，现出四手八脚，一只螃蟹，口中喷出涎沫，顷刻大雾连天。梨花倒吃一惊，拍马如飞，回转营中。

黑脸道人收了法术，与红毛道人一同进关。杨虎迎住，说："有劳二位道友，今日出阵，胜负如何？"红毛道人说："樊梨花果然神通广大，我将烈火烧他，他将倒海之术浇灭。幸道友用雾迷他，不然，怎得收兵。"老将听了，叹口气道："久闻樊氏利害，不能报仇，誓不两立。"即令家中护送夫人回国。家将领命，遂与夫人流泪而别，杨虎全身披挂，同了二位道人，放炮出关，赶到唐营大骂，梨花倒觉羞惭。应龙上前说："母亲，老匹夫如此无礼！辱骂母亲，孩儿出去，斩此匹夫。"梨花说："我儿出去，须要小心。"

应龙得令，上马提枪，冲出阵前，喝道："老匹夫，你骂那一个？吃我一枪。"杨虎把大刀迎住，一场大战。秦汉、窦一虎二将，见应龙枪法散乱，拍马来迎。两个道人敌住，祭起火球，打中秦汉面门，仰身跌倒。道人仗剑要砍，被一虎救回。复出阵来，道人又祭起火球，一虎地行走了。梨花出阵，对杨虎说道："老将军，天命归唐。征西一路，各处关头，降者降，死者死，劝你归顺天朝，免得生灵涂炭。"杨虎骂道："小贱人，恨不得把你千刀万剐！反来说我投降，吃我一刀。"把大刀往面门砍来。梨花双刀来迎，战了三十余合。旁边恼了金定，提起五百斤大锤，照杨虎头上一锤，打得脑浆迸出，死于马下。两个道人赶出，怒道："伤我道友。"仗剑砍来。二员女将迎住，红毛道人祭起火球，被梨花乾坤帕收去。道人现出原形，乃是一条火龙，大火烧来，那金定回身逃走。梨花念动真言，顷刻大水冲到，四海龙王将火龙围住，不能脱逃，被梨花飞刀斩为两段。半段飞入中原，半段飞入西番，后为混世魔王。那黑脸道人见了，骂道："贱人，连伤我两道友，与你势不两立！"仗剑砍来。梨花又放飞刀，道人慌了，口吐雾沫，将天遮瞒，伸手不见五指。梨花无法，退兵十里，渐见天日。众将逃回缴令。梨花道："大雾迷天，怎得抢关？"月娥道："我师父有五灵旗，能破雾沫，差将前去借得旗来，可除妖道。"梨花大喜，即令秦汉往金刀圣母，求取五灵旗。

秦汉得令，戴上钻天帽，如飞而去。经过一高山，见有两员小将，各带兵马，旗分红白，在山上大战。秦汉飞下说："二位将军不必相斗，有话问你。这相年少英雄，不去干功立业，野战何益？"二将住手问道："你从空飞下，是神，还是鬼怪？说个明白。"秦汉道："我不是神仙，不是鬼怪，乃是王禅老祖弟子，姓秦名汉。随驾征西，路阻沙江关，有妖道喷雾迷人。奉大唐元帅将令，往金刀圣母借旗，走此经过。今见二位英雄，何不随我同去征西，建功立业。岂不为美！"二人听了，下马便拜，说："我姓刘名仁，他姓刘名瑞，均是大汉之后，伐匈奴到此。此间有东西二山，各人把守。他要占我东山，故此相斗。天幸相遇，愿拜为师。"秦汉大喜，收为徒弟，说："待我借了旗回来，同你去见唐王便了。"二将依言，各自回山，收拾人马等候。

秦汉仍飞上云头，片时来到竹隐山仙人洞，只见洞中走出两位仙姑，手提花篮。秦汉

上账前说："烦二位仙姑通报圣母，说王禅老祖弟子秦汉，要见圣母。"仙姑听了，说："原来是刁家妹子之夫秦汉，请说明来意，方可通报。"秦汉说："因奉樊元帅将令，为蟹雾迷阻沙江关，不能进关。我家月娥，说圣母有五灵旗，能灭雾沫，特来求取。除了妖道，即当奉还。"仙姑听了，说道："稍等，待我前去禀知师父。"入洞中来蒲团前说："师父，外面有王禅老祖徒弟，奉樊元帅令，来借五灵旗，去破雾沫。现在洞外伺候。"圣母道："命他进来。"仙姑出来，遂引秦汉来到蒲团之下，见了圣母，跪下说："弟子秦汉拜见。愿师父圣寿无疆。"圣母道："你之来意，我已深知。"取出五灵旗付与秦汉，说："要破雾沫，将旗一展，他性命难逃。"

秦汉拜谢出洞，飞上云端，望着高山飞下。刘仁刘瑞接着，秦汉说："我先去缴令，你们随后就来。"秦汉飞向营中，说知前事。元帅大喜，传令抢关。黑脸道人仍喷出雾来，元帅将旗一展，只听得霹雳一声，雾散云开。众将一看，忽有簸箕大一只死蟹。元帅大喜，吩咐抢关，那番兵倒戈投降。元帅进了关，一面上本报捷，一面出榜安民，又望空拜谢圣母，招降安抚番兵，停留半月。

有探子报道："关外有二员小将，领部卒一千，说是秦将军新收的徒弟，要来投见。未奉军令，不敢放入。"元帅道："命他进来。"刘仁、刘瑞进了帅府，参见元帅。元帅见二人一表人物，心中大喜，遂对秦汉说："他二人是你新收的徒弟，带领本部人马，到你营中学习，立功之日，奏王加封。"秦汉得令，同二人一起拜谢。众将称赞不表。

次日二人拜见了刁月娥，于是二人尽心学习兵祛，刘仁后来与天竺国公主银杏成亲；刘瑞与真童国公主金桃完婚，此是后话。这一本是秦汉收徒弟团圆，欲知樊梨花征西后事如何，且看下回分解。

第四十八回　凤凰山番将挡路　薛应龙神女成亲

话说樊元帅得了沙江关，秦汉收了刘仁、刘瑞为徒，养马三日，查明国库钱粮，起兵西进。仍点罗章为先锋，秦、窦二将为左右翼，大兵五十万，放炮三声，离了沙江关，望西进发。一路上旌旗浩荡，兵将威风，行来尽是沙漠之地。走了半个多月，来到凤凰山。山上有一关寨挡住，传令扎下营盘。一声炮响，营盘扎得坚固。令罗章明日到关讨战，众将得令，放炮停当。此话不表。

且说凤凰山守将，乃是国王御弟，姓乌名利黑。身高一丈，红脸黄发，眼如铜铃，两臂有千斤之力，用两支竹节钢鞭。得异人传授，随身有一件宝贝，名曰"追魂伞"。闻知西番失了许多地方，番儿报说："唐朝人马已到山下。"忙同众将至山下，将唐营一看，果然扎得坚固，号令严明。对众将说："果然樊梨花名不虚传，深通兵法。趁他兵马初到，兵将劳顿，攻其无备，今夜劫他营寨，挫其锐气。"诸将说："千岁神机妙算，我等候令。"乌利黑大喜，回身升帐，点左右先锋蛮子海、蛮子牙："你二人带领兵马一万，下山埋伏山林，听号炮一响，率兵杀入唐营。我有兵接应。"二人得令，领兵下山去了。自己全身披挂，骑上红鬃马，率领铁骑，下了凤凰山，偃旗息鼓而来。再言梨花在营中，同众将赏月，忽听一阵风来，将灯吹灭，元帅大惊。丁山道："这阵大风，须防今夜番兵劫寨。"元帅点头说是，传令众将，休得卸甲离鞍，调遣众将，营外埋伏，留下空营。众将得令，各自去了。且说乌利黑率领众兵，三更时候，炮声一响，杀入唐营，不见一人，只有空营，大叫："中计！"传令将前军作后军急退，唐兵听得炮响，各路杀来。应龙正迎着蛮子牙，罗章正迎着蛮子海。二人心急慌忙，枪法散乱，被应龙、罗章刺死，一万人马杀死大半。丁山冲入中营，正遇着乌利黑，枪鞭并举，两人大战。又来了应龙、罗章二人敌住，乌利黑全然不惧，又见四面八方齐杀来，看来难敌，虚晃双鞭，杀开血路而走。应龙喝道："番奴往那里走？"随后追来，追到凤凰山谷中，却不见了乌利黑。回头又见乱石塞断路口，心中大惊，东奔西走，无路可通。守到天明，再回营去。

再言乌利黑入了山谷之内，却自收拾残兵回凤凰山去。唐兵杀上山来，矢石如雨打下，梨花鸣金收军，计点军士，不见了应龙，即令明早去寻。次日探子报进："乌利黑在营前讨战!”元帅问道:“那位将军出去,擒此番奴。”早有罗章应道:“小将愿往。”元帅道:“先锋出去,须要小心。”罗章上马提枪,冲出阵前。见了乌利黑,大喝道:“番狗昨日败去,今日又来送死,快快下马受缚,免吾动手。”乌利黑大怒说:“唐蛮子休得夸口,放马过来。”一鞭直向罗章打来。罗章把枪架住,两下大战一场,战到一百余合,不分胜负。

元帅令秦、窦二将出阵助战,要活捉番将。二将得令出战,喊道:“罗先锋,我二人来活捉这厮,回营请令。”乌利黑听说大怒,奋舞双鞭,敌住三般兵器,又战了数合,不能取胜。虚晃一鞭,冲开阵脚,大败而走。秦窦二人不舍,飞赶说道:“红脸番贼慢逃,吃我一棍朝。”那乌利黑回头一看,见二将追来,心中大喜。背上取出一柄宝伞,撑将起来,一摇,二将都跌倒在地,番将抢出绑好,乌利黑打得胜鼓回山。罗章欲要来救,见宝伞利害,不敢向前,只得收兵回营,禀知元帅,元帅惊道:“吾知此伞利害,不敢向前,但他怎样拿人?”罗章道:“小将三人大战,番将诈败而走。窦、秦二将追去,他将一柄宝伞,撑开一摇,只见花花绿绿,二将顷刻跌倒,被他捉去。小将想来,必是‘追魂伞’,不敢去救,特来报知。”元帅道:“尚未夺得此山,反失二员大将。想秦、窦二将,俱有法术,必致无害。但本元帅不知应龙下落,如之奈何?”吩咐紧闭营门,众将得令,坚闭营门。

且说秦、窦二将,被追魂伞摄去魂魄,一时三刻,才醒转来。见番将高坐将台,小番报道:“启上大王,昨夜唐营小将,因于东山,他骁勇无比,几次扳藤上树,幸是山高岭峻,不得上来。请千岁爷定夺,如何处置?”乌利黑道:“不妨,待过了五七日,他自然饿死,何消处置。但将捉来二将,推来见我。”小番将二将推来台前,立而不跪。乌利黑喝道:“你两个矮子,既被擒来,为何不跪?还是愿降,还是愿死?快快说来。”二将厉声道:“我二人乃唐朝大将,岂肯降你这番奴?要杀就杀,不必多言。”乌利黑大怒,喝令:“推出砍了!!”小番将二人推出,正要开刀。只见窦一虎往地中去,秦汉往上一纵上天去了。小番看见,尽皆呆了,忙来报知大王,大王大惊道:“怪不得唐兵利害,军中有此异将,所以西番失了许多地方。今日逃去,明日又来,立即斩了,方除此害。”

再言二将一个钻天,一个入地,逃回营中交令。元帅正在纳闷,忽听二将回营。心中大喜,说:“已知二位将军神术,不知怎样逃回。”秦、窦二将,遂一一说明。“小将军也有消息,昨日已饿了一天,快定计救他性命。”元帅说:“既有消息,烦窦将军准备干粮,前去救他。烦秦将军去盗‘追魂伞’,好破他的兵。进了凤凰山,其功不小。秦汉道:“这个何难,也曾盗过飞钹,盗过摄魂铃,料这柄伞,有何难哉?管教手到擒来。”元帅说:“须要小心。”二将领命,分头而去。

再言凤凰山谷中,有一仙女,与薛应龙有七宿姻缘之分,见应龙被困凤凰山谷中,想他前生乃芦花河水神,在王母面前调戏于我,贬下凡尘。遂化在园林一所,等候应龙。应龙在山谷中,困饿一日,听得山头笑话之声。抬头一看,见一班仙女,在山上玩耍,叫道:“姐姐们,救我一救。”梅香道:“你是何人?何故在此?”应龙道:“我乃大唐小将薛应龙,被乌利黑困住在此。如今乞救一命。”使女回禀与仙女。仙女道:“你去对他说,我家公主乃乌利黑之妹,立愿要嫁唐将,你若肯从,救你上来。若不允从,饿死在谷内。”梅香领命转达,应龙即满口应承。遂即放下红绫索,救起应龙。来到亭前,见小姐有倾城之色,又许他招亲,称心满意了,忙上前见礼,说:“小将薛应龙征西到此,困入谷中,承小姐相救。又蒙许以婚姻,小将不才,敢不从命。”小姐微笑道:“我自愿要招中国人物,今日天喜相逢,三生之幸,伏祈勿却。”应龙道:“即蒙美意,何敢不从,趁此良辰,共应花烛。”于是二人就此成亲。真是郎才女貌,春宵一刻,千金难买,此话不表。

再言一虎,奉了将令,地行到谷中,伸头一望,并无音信。找到晚来,一轮明月当空,四处呼唤,不见人声。心中想到:莫非不在此间,抑或有变?睡他一觉,等待明日再寻便了。

再言秦汉飞到番营,听得乌利黑吩咐众将,严守关寨,遂把宝伞系在背上,不脱衣甲,和衣睡了,鼻息如雷。秦汉见帐中灯烛辉煌,幸无人声,遂飞身下来,悄悄潜入帐中,见防护军皆在地下打息,乌利黑隐几而卧,心中大悦。见伞在背上,要动手,谁想伞上铃响起来,乌利黑惊醒了,叫声:“不好了,有贼盗伞了!”喊声未绝,防护众军围上。秦汉措手不及,被乌利黑擒住。要知秦汉性命如何,且看下回分解。

第四十九回　月娥摇动摄魂铃　梨花灵符破宝伞

却说秦汉盗伞，摇动铃响，被乌利黑捉住，众将将他绑了。乌利黑道："这矮子有钻天之术，将他锁在旗杆上，不怕他连旗杆一齐拔出。"众将得令，将秦汉吊在旗杆上，等到天明。次日到营前骂道："不中用的蛮子，怎么使矮子来盗我宝伞，被我拿住，吊在旗杆上，待拿齐众蛮，然后开刀。若有能人会我，快些出来。"刁月娥听见丈夫被捉，忙上账讨命，愿出营会他。元帅说："须要小心。"月娥得令，全身披挂，手舞双刀，骑上青鬃马，冲出阵前。抬头一看，见乌利黑面貌凶恶，遂大喝道："番奴休得无礼，快快还我丈夫，万事全休。若有半字不肯，将你凤凰山踏为平地。"乌利黑见刁月娥十分美貌，笑道："好一位佳人，为何配了矮子？"叫声："娇娇！你丈夫吊在旗杆之上，不若嫁了我罢。"月娥大怒，手舞双刀，劈面砍来，乌利黑说："好一个不中抬举的妇人。夫人不要做，倒要跟这丑汉。"将双鞭迎住双刀，一场大战。元帅放心不下，令仙童、金莲二人掠阵。那秦汉在旗杆上，口中念动真言，铁锁即开，遂拍手哈哈大笑道："番奴我去也。"看守番卒，吓得魂不附体。乌利黑看见，鞭法大乱，虚晃一鞭，败下阵来。月娥心中想道：先下手为强，遂取金铃在手。乌利黑也撑开宝伞在手，说："休得追来，宝贝来也。"月娥说："我也有宝贝在此。"两人各自摇动，各人俱跌下马来。仙童飞马直冲，救了月娥，那边番将也救了乌利黑，各自回营。元帅听了十分烦恼，说："这伞如此利害，摄去月娥灵魂，怎生是好？"

正在此言，一虎回营，说："昨宵备带干粮，到谷中寻觅小将军，遍处不见，特来回令。"元帅不悦道："窦将军，此事如何是好？"秦汉回营上账："元帅不必忧愁，月娥娘子不久就醒转来的。待末将再去盗他宝伞，破之甚易。小将军自有下落。"元帅听了喜道："秦将军若盗得伞来，破了凤凰山，寻到孩儿，其功不小。"说毕，月娥醒将过来，遂摆筵压掠。当夜三更时分，秦汉仍到番营，乌利黑伏几而卧，伞依旧背在身上。心中想到："若要解伞，铃又要响起来，怎能盗得到手？不如将衣襟扯下一幅撕碎，塞了铃口。"轻轻解下伞来，取在手中，喜之不胜。心中想道："若盗了就去，非为好汉。来的明，去的白，叫醒他好去。"把手向桌一拍，喊道："番奴，有刺客来了。"说罢腾空去了。乌利黑忽惊醒，叫道："有贼！"众将俱来防护。乌利黑把双眼拭开，说道："你们可曾见有刺客吗？"众将道："小将等环立在此，未见有刺客。"乌利黑道："方才梦中听桌子一响，叫道：'刺客来了！'如何你们不见？"众将听说，忙往帐外一看，听得云端里笑道："我是秦将军，要刺番奴，今晚且取此伞，明日来取你首级。"说完去了。吓得众将魂不在身，将言回复乌利黑，说："不是刺客，就是昨夜那盗伞的矮子。他说明日来取大王首级，岂不是祸事吗？"乌利黑听了，果不见了背上宝伞，笑道："幸我有先见之明，真伞调换。若盗了真伞去，凤凰山就难保了，须要防他明日再来行刺。"众将乱到天明。次日饱餐战饭，率领众三军下山，杀至唐营，指名要："矮将出来会我。"秦汉忙上账讨令道："他伞已没了，今还要送死，待小将擒来。"元帅应允，秦汉来至阵前，喝道："番奴，你宝伞已失，敢来送死吗？"乌利黑道："盗伞贼不必多言，吃我一鞭。"秦汉将狼牙棒迎住，两下大战。月娥见丈夫出阵，讨令助战，秦汉夫妻与乌利黑大战三十回合。月娥知他宝伞已失，放开胆量忙取金铃在手，正欲摇动，只见乌利黑又有宝伞撑开，各人摇动，三人俱跌下马来。众将抢上，救回月娥夫妻。番兵救了主帅回山。梨花听了大惊道："原来昨夜盗来的伞，乃是假的。他有此妖术，大兵焉能西进。"说毕，秦汉夫妻醒转，上账禀说："要破此伞，待小将去见师父。"元帅依允。

秦汉戴上钻天帽，飞上云端，不一时，早到了仙山洞。王禅老祖驾坐蒲团，早知此事，命童子出洞，唤师兄进来见我。道童奉命出来，果见秦汉，说道："师兄，师父昨已晓得，唤你进去。"秦汉听了大喜。同进洞府，来至蒲团前，倒身下拜。拜毕，王禅老祖说："徒弟，你此来何为？"秦汉将"追魂伞"利害，乌利黑兵阻凤凰山，不能西进之事说了，"弟子奉元帅将令，特来叩求师父破伞之计。"老祖道："此伞易破。我有灵符十二道，你拿去，上阵之时，放在盔内，此伞立破矣。"秦汉大喜，接了灵符，别了师父，出了洞口，飞上云端。不多一会，来到唐营帐下，禀知元帅，说明此事，元帅大悦，传令三军："准备叫战，秦汉、一虎二人速去讨战，我自有兵接应。"二将得令带领兵马出营去了。又点先锋罗章、秦梦、丁山、刘仁、刘瑞，点女将金莲、月娥、仙童、金定，头上皆带灵符，梨花亲率大兵直杀至山下。乌利黑正与秦、窦二人交战，看见四面八方，团团围住。元帅传令，休放他走了。乌利黑杀得走投无路。又将宝伞摇动，见唐将全然不觉，越添精神，乌利黑大惊，杀开血路而逃，被梨花祭起飞刀，红光一闪，斩为两段。"番兵见主将已死，皆下马投降。元帅遂上山，出榜安民，盘查各库，又令秦、窦二将："再往谷中去，寻觅小将军。"二人得令。

再言薛应龙与小姐在花园成亲，不觉七日，已了夙愿。遂备饯行酒席，叫道："郎君，奴非番邦之女，我乃此山仙女。只因与你有七宿仙缘，但天机不可泄露。愿郎君莫负奴心，你母亲已将乌利黑杀了，占了凤凰山，命秦、窦二将前来寻你，须保重向前西进。"应龙听了，双眼流泪，叫声："贤妻，我和你恩爱夫妻，不想今日就要离别。望妻渡我成仙，一同去吧。"小姐道："郎君，天命难违。"不能同去，二人执手依依，叫声："郎君，非是奴心肠硬，你不必留恋，快快去罢。"应龙只得带泪拜别，那小姐送出园门，忽然一阵狂风，飞沙走石，少停风息，不见了花园并神女，却在荒山之中。应龙想到，这也稀奇，难道我学了刘晨、阮肇，误入天台，得遇仙姑，结了姻缘？他说我母亲已斩了乌利黑，差人寻找我。待我拭干眼泪，好去会他。恰好秦汉来了，叫声："小将军，你一向躲在哪里？再寻不着。"应龙说明此事，二人大喜。秦汉笑道："师兄，想为人在世，相貌要生得齐整。我和你前世未修，做了矮子，要对亲，就吃了许多辛苦，央亲眷，托朋友，方能成亲。你看这小将军，生得一表非凡，神女也动起火来。不费半点功夫，就做了亲。"一虎叫声："师弟，闲话不必说了。快去同小将军去见元帅，好起兵西进。"应龙道："此言不差。"三人一路上飞步而行，来到山上，进营拜见母亲。梨花大喜，叫声："我儿，你在谷中，为娘差人寻你，因何今日才回？"应龙就将前事细说一遍，梨花说："仙缘巧遇，甚为奇事，不必挂怀。待征西平定之日，另觅一个美貌媳妇配你。"应龙说："多谢母亲。"元帅差官修捷书申报天子，一面传令拔营西进。放炮起程，离了凤凰山，一路上望西前进。不知后事如何，且看下回分解。

第五十回 捆仙绳阵前收伏 救龟蛇二将腾空

却说樊元帅离了凤凰山，率领大兵望西而来，来到麒麟山，遂传令扎下营盘，明日开兵。放炮一声，齐齐扎下。且说麒麟山守将苏文通，乃苏宝同族弟。闻小番报道，凤凰山已失，唐兵到此，忙令："山上多加灰瓶、石子，小心保守。若有人来讨战，速即报我。"众将得令不表。

次日樊元帅升帐，点齐兵将，说："今日哪一位将军去讨战？"早有一虎应道："小将愿去取关。"元帅说："将军此去，须要小心。"一虎得令。遂率同部兵出营，上山讨战，喊道："山上番狗，快报与主将知道，说大唐兵马来至，快快献关。若言不肯，打进关来，鸡犬不留。"骂声不绝，早有番奴报入帅府禀道："国舅爷，不好了！关外唐将讨战，骂不绝口。"文通听了大怒。吩咐备马抬斧，立刻披甲上马，放炮开关，带领兵卒，亲下山来，冲到阵前。一虎见来的番将，生得尖嘴鬼脸，青面黑须，眼如铜铃，声如破锣，头戴虎头盔，身穿黑金甲，手执宣花斧，坐下花斑豹。拍马前来，竟不答话，将斧望一虎面上砍来，一虎将棍抵住，战有三十余合，忙取出一柄扇子，名曰："羽翎扇"，照一虎头上一扇，一虎叫声："热杀我也！"往下一钻去了。一连几扇，连地皮都扇热红起来了。一虎地中走了数十步，始无热气。回到营中，上账禀知元帅，说："此扇利害，幸亏小将去探阵，被他一扇，我就逃回地中，尚且几乎热死。若别人去，恐化为飞灰，元帅能除此扇才好。"梨花听说："谅众将不能除此火扇，待我亲出以水破之。"传令众将，一同出阵。文通看见，连声喝彩："好一个美貌佳人！"叫一声："女将军，留下名来。"梨花喝道："本帅乃大唐征西大元帅威宁侯樊。"文通喝道："反贼！你果然名不虚传。你枉有这般美貌，何不送进国王做个妃子，岂不富贵。反降敌人，今日须听我言，早早改邪归正。"梨花听了大怒，喝声："匹夫，休得胡言，放马过来。"将双刀砍去，文通气力不加，架不住了，忙向身边取出羽翎扇扇起，顷刻烈火焚来。梨花念动真言，忽然北海水护了唐营，文通看见面前多是大水，吓得魂不在身，拍马便走。

被梨花祭起飞刀，斩为两段。

梨花收了羽翎扇，退了北海水，点齐人马，正要上山破寨，只见山头上飞下一个道人，身穿八卦衣，绿豆眼，尖嘴青脸，手执一把宝剑，大怒道："梨花小贱人，我和你皆是道家弟子，怎敢连伤我两个徒弟，今日替他报仇。"梨花笑道："我何曾认得你两个徒弟？你是何方妖物？敢出此言。"道人道："我乃八卦道人，当初在武当上，你师父黎山老母也曾见过。我家徒弟，就是凤凰山马利黑及苏文通，俱被你斩了，全不念道中情面。快偿他命来。"梨花道："他二人自取灭亡，与本帅无干。况天命归唐，仍执迷不悟，连你狗命难逃。"道人大怒。仗剑砍来，梨花用刀架住，两下交锋，剑去刀迎，刀来剑架。战到数十合，道人虚晃一剑，把口一张，飞出无数火鸦，迎面飞来，梨花将北海水浇灭。道人见破火鸦，就在水里杀来，滔滔大水，全然不惧，仍仗到奔来。梨花道："这妖物却有本事。"忙祭起飞刀，道人慌了，借水遁而走。梨花收了法术，鸣金收军。众将接进，俱皆赞服。梨花道："正要上山破寨，被妖道阻住。他虽借水遁逃去，决然要来。明日姐姐用捆仙绳捉他。"仙童："得令。"次日道人又来讨战。仙童匹马出迎，并不答话，一场交战，到数合，道人口喷出火鸦。仙童取出金瓶，倒出金龙无数，破了火鸦，诈败而走。

道人不知是计，在后追来。仙童祭起捆仙绳，将道人捆了。军士不敢怠慢，上前拿住，解回营中。元帅大喜道："不要被他遁去。"遂把仙符镇压。吊在旗杆之上，道人现了原形，却是武当山龟将，逃在此间，阻住西进。元帅说："待破了关寨，送还武当山，候教主发落。"正言间，探子报进说："又有一道人，口称长寿大仙，与八卦仙好友。闻知吊在旗杆上，特来报仇，在营前大骂。"元帅说："既如此，应龙孩儿出去擒他。"应龙得令，上马提戟，冲出阵前，大叫："妖道，快来会我。"那道人仗剑来迎，二人战有十个回合，道人把口一张，吐出数条火龙，直奔应龙。应龙吓得魂不附体，大败而走。小军报知元帅，元帅令仙童去救应龙。仙童得令，上马出营，正遇应龙，应龙叫："母亲救我！"仙童说："不妨事。"放过了应龙，仙童笑道："些许小技，在我面前弄巧。"随把小金瓶倒出数条水龙，浇灭火龙；祭起捆仙绳，又将道人捆住，解回营中。元帅吩咐：也吊在旗杆上。长寿大仙现了原形，乃系一条大蛇，盘在龟背之上。梨花见了好笑，说："西番多用这般人。"捷书飞报唐王，一面传令抢关。

军士忽然报说，外面有一黑脸道人，要见元帅。梨花吩咐请进，道人走进营中，梨花起身相迎，问道："仙友何处洞府？那座名山？乞道其详。"道人道："贫道乃北极其君座下张大帝便是。"梨花听了，倒身下拜，迎入帐中上坐，说："大帝此来为何？"道人说："因龟蛇二将私逃下山，今被元帅擒住，特来讨个人情，放了他。"元帅听了，顷刻令军士放下，解去捆仙绳，二物复变人形，上前拜见大帝。大帝说："你两个孽障。私逃下山，吊在这里吃苦。吾不来救你，不知吊到几时，快过来拜谢元帅。"梨花也来赔礼毕，便向大帝说："本帅到西番，不知还有险处吗？乞明指示。"大帝说："有两句诗赠你，你谨记着，后有应验：诗曰：

此去芦花有险惊，金光阵上产麒麟。

梨花听了，拜谢大帝。大帝出了营门，带了龟蛇二将，驾云而去，竟往北方不表。却说元帅吩咐三军抢关，番军投顺。得了麒麟山，养马三日，查明府库钱粮，传令起兵面进。出了关门，望西进发。行了数月，来到芦花河，有关挡路，传令扎营不表。

再言苏宝同，向日被二路元帅薛丁山杀得大败，同了铁板道人、飞钹禅师，一齐逃走。飞钹禅师炼了十六面金飞钹，铁板道人炼了二十四面铁板。三人怀恨，想要报仇，到各处名山，请了许多道友，禀知国王：差人往鞑靼国，借兵十万；金萱王叔领兵，波斯国差大将宝竖起兵十万；乌孙国差驸马洛阳起兵十万；鬼空国差山桃起兵十万；彭虚国差红榴起兵十万；天竺国公主银杏起兵十万；真童国公主金桃起兵十万；苏碌国太子名扶桑，起兵十万，前来助战。八国共来兵八十万，连本国兵五十万，共一百三十万，皆在关外驻扎。宝同迎八将进关，设筵接风。次日升帐，传齐八位将军听令道："深恨唐将夺了我国许多地方，十去其八。今欲摆下一个金光阵，复回西番，杀他片甲不回，方消此恨。闻唐兵已到芦花河，烦将军等各带本部兵马，按乾、坎、艮、震、巽、离、坤、兑八方镇守。闻鼓者进，闻金者退，不得有违。"八将齐声："得令！"各带本部兵，按八门镇守去了。有诗为证。诗曰：

一百三十万雄兵到，哪怕唐朝会用兵。

未知破阵如何,且看下回自有分解。

第五十一回 苏宝同布金光阵 樊元帅连抢关寨

却说苏宝同,又请得五位大仙到账,说:“烦李大仙师领青旗一面,镇守东方甲乙木,必要活擒唐将,不可放走。”李若虚仙师接了令,向东方镇守去了。宝同又请仙师赵通明,付红旗一面,镇守南方丙丁火,摆阵活捉唐将,休得放走。赵仙师领命,接旗往南方去了。又请周去命仙师,付白旗一面,镇守西方庚辛金,挡住唐兵,周他师领兵向西方去了。又请钱龙宾仙师,付黑旗一面,镇守北方壬癸水。休要放走唐将。钱仙师接了黑旗,往北方而去。又请仙师文光斗,付黄旗一面,往镇中央戊已土。唐将到此,一鼓而擒。文仙师接令去了。

苏宝同分派毕,对二位军师说:“想梨花虽英雄无敌,只怕难破此金光阵也。”铁板道人、飞钹仙师二人笑道:“国舅演此八门金光阵,更有我们一十六面飞钹,二十四面铁板,安挂在阵门上,梨花纵有本事,若进我阵,顷刻将他打为肉泥,定叫唐兵片甲不回。西番一带,仍归原主。趁势杀到中原,夺他花花世界,何难之有?”宝同听了此言大喜。差人打战书到唐营,明日开兵。关内设筵款待二位军师,此言不表。

再言梨花扎营在芦花关外二十里,商议打关。正与诸将计议,忽见番儿打进战书,说:“金光阵摆完,明日交兵。”元帅见了批允,打发小番回去。与仙童说:“我昔日在师父门下时,听得诸仙讲论阵法,说金光阵灵妙莫测,任凭天仙也解破不来。今宝同请了诸仙,摆了此阵。又借各国雄兵,若要破阵交战,须要计议为主。”仙童笑道:“主帅放心,我主洪福齐天。征西以来,势如破竹,何况什么金光阵。先打破关头,然后破阵,更兼许多法术之将,何惧番兵百万?况苏宝同败兵之将,何足道哉!”

次日点秦、窦二将打关,二将领命,带了人马出营,来到关前大骂。早有小番报进:“启上元帅,有矮子前来攻关,口中大骂。”宝同听了大怒。对二位军师说:“昨已约来破金光阵,今反先来攻关。”铁板道人说:“他既先来攻关,我们出去对一阵如何?”宝同大喜。遂同二位军师,一齐上马。放炮开关,到了阵前,见秦、窦二人耀武扬威,铁板道人遂对飞钹禅师道:“我们曾受他气,如今须要着实防备。”飞钹禅师说:“师兄所见甚是,我们先下手为强,不要上他的当。”

说罢冲将过来,秦窦二将看见,叫道:“师兄,这和尚道士,不正是在锁阳城,用飞钹铁板,败阵逃去的吗?”一虎道:“一些也不差。今日仇人相见,分外眼明,我和你先下手为强。”秦汉道:“是极。”将棍棒抵住僧道,喝道:“屡败之将,今日又来送死。”僧道听了大怒,将刀砍来。四人关前大战,战有数十合,道人祭起铁板打下,一虎身子一扭,往地中去了。和尚祭起飞钹,秦汉往天上去了。僧道各收回宝贝,杀至唐营。早有探子报知元帅,梨花忙点了金定、仙童、金莲、月娥四员女将,说:“你们出战,须防铁板飞钹,小心为主。”四员女将领令出营,正撞着僧道,两边接住,六人大战。杀得僧道满身冷汗,抵敌不住,兜转丝缰,大败而走。金莲、金定不敢追赶,勒马督阵。仙童、月娥二人拍马追来,叫声:“妖僧妖道,往那里走!快快下马受缚。”僧道闻言大怒,回头见他二人追来,放下胆量,转马接住交战,战有数合。仙童想:他飞钹利害,我哥哥尚被他擒住,不如先下手捉住此僧。遂虚晃双刀,回马诈败而走,和尚叫声:“往那里走?”随后追来,仙童祭起捆仙绳,和尚见了,叫声:“不好!”化道红光去了,仙童吃了一惊,收了捆仙绳。再言月娥与道人大战,道人看见和尚逃去,无心恋战。正欲逃走,被月娥摇摄魂铃,那道人跌下马来,被唐兵捆住。鸣金收军,进营禀见。元帅大喜,吩咐:“将妖道推过来。”喝道:“你为何出家之人,又不守清规,修炼妖法,前来助战?今日被擒,有何话说?”道人被摄去魂魄,似死一般。元帅大怒,令刀斧手:“推出辕门,斩讫报来。”左右将道人推出,正要开刀,谁知妖道还魂,定睛一看,始知被人拿住,又见刀斧手将刀砍下,他就借了土遁逃走。刀斧手正要砍下,不见了道人,大惊,禀知元帅。元帅听了惊道:“他也知遁法。有此左道旁门之术,焉能夺过此关,破得金光阵?”秦、窦二将回营禀道:“元帅不必心焦。我二人今夜进关,里应外合,得

了此关，就好破金光阵了。”元帅回嗔作喜，说：:“二位将军仙术高强，今夜前去，须要小心，”见机行事。事成回来报我，我起兵接应。二将得令出营，守到晚来，饱餐夜饭，全身结束，一个上天，一个入地，不到片刻，进了关门。一虎地中钻将出来，秦汉云端走下，说道：“师兄，我们探听军情，怎得两件番衣、腰牌，方可出入。”一虎道：“不难，待我黑夜时分，只可钻入营中，先盗了衣服腰牌，然后行事。”一虎地行进营，只见四个番军，提了灯火，敲锣击柝，走近前来。一虎地中听见四人说道：“哥哥，我想国舅爷，今夜往芦花河演阵去了。只有两位军师在内，今日战败回来，已安息了。叫我们小心巡察关门，莫使唐人窥探。中军等皆不敢睡，须要把锣敲得响亮，闹他一夜便了。”一虎听得明白，心中暗想：等巡军去远了，钻出来。寻秦汉不见，又入地中去了。那秦汉飞到关前，想要盗取番衣，奈他防备甚严，遂提脚缓步，见有两个军士睡倒，心中甚喜。待我剥他衣服，解下腰牌；寻着师兄行事。遂轻轻动手剥下番衣，解下腰牌，上写道“金龙”“金虎”两个名字。心中大喜。拿了衣服腰牌，营前不见一虎。又往营后来寻，遇见一虎。也将四个巡军之言，对秦汉说明了。秦汉道：“说的是，虽然妖僧妖道睡熟，守关军士甚严，我们焉能成事。”秦汉道：“待我回去报知元帅，连夜起兵打关。那时我穿了番衣，开了关门，接他进来，反手而得。”一虎说：“好计，快些去报。我在此打听候你。”

秦汉飞回营中，报知前项之事。“元帅可作速起兵打关。”梨花一听大喜。遂令秦汉仍到番营，会了一虎。此时正打三更，看守番军，多已睡熟。秦、窦二将欢喜，遂杂在守关兵队内安睡，番军无数，哪里来查究？

再言梨花点了丁山、应龙，带领人马，偃旗息鼓，悄地而进，前去打关。二人得令，领兵前行。元帅同了四员女将及刘仁、刘瑞，随后而来。却到四更时分，前军已到关前。一虎遂对秦汉说，关外大兵谅皆已到，可趁番人睡熟，先烧他粮草，然后开关，便能成功。于是将引火之物，置诸粮草里面，烧将起来。关外唐兵见了，喊杀连天。攻打关门，番将梦中惊醒，昏头奞脑，不辨东南西北。喊声：“不好了”！但见火光四起，多去救火。却被秦、窦二将，斩关落锁，放进丁山父子，一拥而进。二将乱砍乱杀，番军弃了芦花关，僧道梦中惊醒，但见四下火光冲天，好不慌张，带了宝贝，前后皆火，只得土遁而走。烧死番军无数。

元帅兵马进关，救灭了火。只道僧道烧死，满心欢喜。次日安民。再言宝同在金光阵中，听报关内火起，大惊，走到阵外一看，叫声：“不好”！即刻领兵来救，正值二位军师逃来。不知去救火否，且看下回分解。

第五十二回　薛应龙劫阵丧命　二刘将公主招亲

却说苏宝同见二位军师，狼狈而至，惊问：“何故如此？”僧道说：“因昨日我们出战，被唐营女将杀败逃回，多吃了几杯酒，正在睡熟。不想被他放火烧营，打进关中，望乞恕罪。”宝同道：“何干二位军师之事，多是本帅不曾预先算定，故有此变。反累二位军师受惊，今关寨已失，谅难破此金光阵及过得芦花河哩！仍烦二位军师，严守阵门，务必杀尽唐兵，方消此恨。”那些败残番兵逃走，分拨添守。

再言樊元帅在关中，打捷书报与唐王。一面同众将出城，往番阵一看，见他摆得十分厉害。旌旗招展，剑戟重重，焰焰红光冲天，必有宝贝在内。主帅说：“日间不好去看，待晚上去看便了。”仙童说：“言之有理。”进入城内，直到帅府。等到黄昏，带了四员女将，悄悄出了城门，来到番阵前。其夜月暗星稀，五人偷看，只见灯球照耀，四面八方，杀气腾腾。八个阵门，俱有红光万道，令人可畏。正在此看阵，只听得阵内喊声道：“阵外有马铃声，莫非有奸细？快出去捉来。”五员女将听得分明，遂道：“我五人在此，倘他阵内杀出，如何抵敌？不如回关去罢。”遂勒转马头，回关去了。阵内番将杀出，五人早已回关，元帅回到关中，众将俱来问看阵如何？元帅说：“不知宝同何处学来，摆得这金光阵，十分厉害。内分八门，按乾、坎、艮、震、巽、离、坤、兑，五方分青、黄、黑、白、红，分为五营。各有番兵把守。阵中红光现出，必有宝贝在内，若探此阵，须要前去请我师父，方可破得。但

我掌帅印，不能亲去，谁去走一遭？"丁山上账说："这金光阵，我师父王敖老祖也晓得。夫人身为元帅，不必擅离军伍。差别将去，黎山老母决不肯来。不如小将前往师父处，问个明白。"梨花道："相公能去更好，须要取十件宝贝来。哪怕苏宝同三十二把飞刀、和尚飞钹、道士铁板。"丁山"得令"，带了梨花手书，星夜前往云梦山不表。

再言应龙见母亲这般说，心中不服。管他什么金光阵？不如瞒了母亲，私去打阵，乘其无备，杀入阵内，破了他阵，是我大功。待至黄昏时候，与刘仁、刘瑞说知同去。二刘将说："这个使不得，想元帅神机莫测，尚未敢去破。况我等凡胎肉质，且未奉将令，倘有不测，如何是好？"应龙变色道："你二人果是小子之见，有我在此怕甚将令？你们胆小，我为前驱，你为后应。"二人不敢违拗，只得答应。是夜天色昏暗，悄悄来到阵前。应龙抬头一看，见阵内扯起三十二盏红灯，照得旌旗闪烁，剑煌戟辉，毫光万道，直透天门。心中欲待退兵，又恐刘家兄弟耻笑，只得硬了头皮，传令手下军士发喊，打入"离"门，那辨东西南北。

只听得一声炮响，一员番将杀出来，生得红脸獠牙，手执狼牙棒，大喝道："乳臭小儿，敢来打阵。"应龙竟不答话，将手中画戟刺来，战未数回，四面番将围来。喊杀连天，应龙手下兵士，杀得七零八落。四面番将，似铁桶一般。后面刘家兄弟，杀入"坎"门。冲出二员女将；金桃、银杏二位公主。四马交兵，杀无数合。后面杀出五位大仙，身穿绯农，坐骑白鹤，飞扑前来，好不利害。刘家兄弟心慌，回马要逃。被绊马索绊住，跌下马来。二员女将抢将过来，活捉回营。五位仙人乘胜杀来，应龙无心恋战，要走投无路。被道人铁板打下马来，可怜身为肉酱。那应龙阴魂不散，飘飘荡荡，到凤凰山与神女成亲，复归神位。此是后话不表。再言刘仁、刘瑞被两个公主活捉回营。银杏私谓金桃曰："我们生长番邦，未曾婚配才郎。今擒来二员小将，这般才貌，且兼有勇，何不劝他归降，许以婚姻如何？"金桃笑应曰："妹也有此意，难得姊妹同心。"吩咐将捉来二将，解至中营发落。小番得令，将二人推来，二人立而不跪。两公主假意喝道："你两个蛮子，死在我手，还有何言？还不下跪么！"二将怒道："我堂堂男子，焉肯跪你，要杀就杀，何必多言。"两公主又道："你两个孩子，倒有烈性胆量，我有话对你说，我二人意欲归附唐朝，奈无人引入，今幸二位将军到此，愿订终身之好。如若不肯，难逃性命，请二位将军三思而行。"二人听了，抬头一看，见两位公主都是绝色，开口说道："若肯归唐，有话说来，无有不允。"两位公主说："二位将军，我姐妹二人因生在番邦，难逢佳遇。见你大唐人物，今不顾羞耻，亲自将言对你说，欲要今宵完其花烛，一起降唐，拜见圣上。郎君意下如何？"刘氏兄弟听了，满心欢喜，说道："既承二位公主不杀之恩，焉得不从？但成了亲，就要归唐。"二人说："这个自然。"于是银杏向刘仁，金桃向刘瑞，亲释其缚。刘仁见番女声姣貌美，遂对刘瑞说道："他既肯降唐，亦不妨许配。"刘瑞曰："今正用人之际，从之以图后举。"遂对两公主曰："你等真心降唐，万事俱允，若图赚婚，万死不从。"两公主皆满口应承道："决不荒唐，以图配合。郎君且请放心。"于是四人玉手相携，一同坐下。吩咐小番："准备花烛成亲。"刘仁配了银杏，刘瑞配了金桃。四人拜过天地，当夜各自成亲。再说樊元帅心中烦闷，一夜未睡。忽听番营喊杀连天，金鼓齐鸣。连忙披挂上账，众将齐立。独不见应龙并刘仁、刘瑞，梨花心内大惊，料此三人私自出兵，凶多吉少。正要起兵去救。忽见探子来营报道："方才三更时分，小将军同刘家二位将军分为前后，打进番阵。小将军被铁板打成肉酱，全军皆没。刘家二位将军，被二员女将用绊马索活捉回营，未知生死。特来告知元帅。"梨花听了流泪道："孩儿未受皇恩，身丧黄泉，反累刘家兄弟，叫娘能不痛心？"大哭起来，众将劝道："小将军既死，不能复生。但刘家兄弟死活未定，元帅不必伤怀。况敌军当前，保重为主。"一虎又对秦汉说："你两个徒弟，虽被擒住，决不丧命，少不得打听个着落。何必烦燥？"元帅听了说："承众将相劝，秦将军也不必忧愁，但候世子取宝贝回来破阵，刘家兄弟就有消息了。"众将俱言说得是。

再言丁山离了关门，上了腾云马，不多日到了云梦山水帘洞，正值王敖老祖驾坐蒲团，有童子报进说："师父，丁山师兄在外，有事来求见。"老祖已知其意，说："令他进来。"童子领命，唤进丁山。"丁山叩见师尊。"老祖说："你与樊梨花夫妇和谐，领兵西进。来此何为？"丁山跪下说："师父，弟子同梨花西进，得了多少关头。来到芦花关，苏宝同摆下金光阵，十分利害。我妻难破，有求救书呈上。"老祖看了，大笑道："那飞刀、铁板飞钹，虽然

利害，但天意归唐。何用假宝，金光阵内，按五方三才八门，要遇青龙黄道吉日，东南从生门杀入，你妻怀中自有宝贝，此阵自破。又有贤人来助，大事不妨。你去罢，少不得后会有期。”

丁山不敢再言，拜谢而去。仍回旧路，来到关前。进营上账参见，将师父之言，说了一遍。梨花听了道：“我的宝贝虽有，难破阵门。但老祖指点，焉能不从，来朝既是青龙黄道吉日。”即点众将，命秦汉、一虎为前队，去打东方第一门。点金莲、月娥、金定、仙童，同本帅前去打南门。丁山为后队，两边接应。来了解粮官尉迟兄弟上账参见。元帅大悦，就点他兄弟二人，领人马为游骑，各路接应。分拨已定，明日五鼓，众将饱餐战饭，披挂上阵。各将领兵分头而进，不知用何宝破阵，且看下回分解。

第五十三回 梨花大破金光阵 产麒麟冲散飞刀

前言不表，再讲秦、窦二将来到东门，摇旗呐喊，早惊动了宝同，便对两位军师说：“樊梨花无谋之人，焉能为帅？前日差小将打阵，全军陷没。数日无人来探。今日呐喊而来，须要绝计把他一网打尽，方算我们手段。”两位军师说：“我想他连日不敢出战，必定请得救兵来了。我们三件宝贝利害，就是黎山老母亲来也无益，难破我阵。”宝同听了，连忙传令，点齐众将，必要杀尽唐兵，不得有违。众将得令，提枪上马，等唐兵来到。只有金桃、银杏与刘家弟兄成亲之后，心中各有投唐之意，对夫君说：“明日全身披挂，等唐兵杀来，并胆同心，破他阵门。”刘仁、刘瑞大喜，准备交战不表。

再言秦、窦二将打入东方阵内，惊动大将宝树，提起双锤杀出迎住。又有仙师李若虚跨鹤而来，将双剑抵住。四人大战，杀得天昏地暗，金鼓齐鸣，喊杀连天。来了铁板道人，祭起铁板打来。秦、窦二将一钻天，一入地。宝树、若虚二人见了大惊，满口称赞说：“唐将果然有法术，名不虚传。”道人收了铁板，地中矮将又钻将出来，喝道：“你铁板只好打别人，我秦、窦二爷不怕的。”接住又战。铁板道人大怒，又祭起铁板，双双又钻去了。东方阵中大乱。

再讲南方仙师赵通明，同了王叔金萱守住阵图。只见杀到二员女将，乃月娥、金莲各舞双刀杀入阵来。道人、王叔接住大战。又来了苏宝同，祭起飞刀来斩二员女将。樊梨花即来将手接住飞刀。宝同见了大怒，抡动钢刀，迎住梨花。这场大战，好不惊人。金莲祭起锦索，月娥摇动摄魂铃，梨花祭起诛妖剑。宝同看见，喊声：“不好了！”先已逃阵。赵通明仙师中了摄魂铃，翻身跌下。仙鹤借其土遁而走。只有金萱王叔没有法术，被红锦索提住，唐兵捆绑而去。三员女将破了南方阵。奋力杀入中阵。只见一道红光冲出，四员番将杀到。扶桑太子手执画戟抵住月娥，洛阳挥马舞刀迎住金莲。番将红韬冲到，又有山桃丑将，手执开山斧，二将迎住樊元帅。七骑大战。又有一仙师文光斗跨鹤来到，直奔助战。

梨花大怒，祭起打仙鞭，将红韬打死。左道人看来不好了，借土遁而逃。山桃吓得魂不附体，倒拖大斧而逃。飞钹和尚大怒，说道：“休要逞能。”喝声漫漫，祭起飞钹打来。梨花说声：“不好”，就将混元棋盘祭起，架住飞钹不能下来。复又交锋，一场大战。宝同、铁板道人、五鹤仙人一齐杀到。山桃看见复又杀转。九人围住梨花。梨花杀得浑身香汗，冲动胎气，叫声：“不好了！腹中疼痛不止，想是要生产了。”左撞右冲，杀不出来，腹又痛，力又软，量身必死。

再表仙童、金定同了丁山三人冲到，闻知元帅被围，杀开血路冲进。梨花见了，心中乃安。外面番兵围得铁桶一般，四人再杀不出。不觉黄昏。梨花腹中疼痛，两泪交流，说：“窦、陈二姐，我今打阵，与番将大战一日，冲动胎气。若非你们杀到，性命难保。”说罢捧定肚皮，大叫：“痛杀我也。”唬得丁山三人没法，说声：“贤妻，天近黄昏，救兵未至，倘或元帅生产，如何是好？你二人两旁拥护元帅上马，待吾冲杀出去，回到营中生产，方可无害了。”仙童说：“元帅生产在此刻了。怎得上马回营？趁此时番将未来交战，且守住阵中。待分娩之后，再计较出阵。”

正在此言，只听得四下炮声大振，金鼓连天，苏宝同南边杀来，铁板道人东方杀来，飞钹和尚西边杀来，五个仙师骑鹤北方杀来，还有各国番将四面八方杀到。唬得夫妻四人魂不附体，只得上马执器械招架，保护梨花。丁山敌住各国番将，仙童迎住铁板道人、金定迎住和尚。梨花一手捧腹，一手提刀，正逢苏宝同，熬其腹痛迎战。那里敌得住？一个筋斗跌下马来，宝同祭起飞刀来斩梨花。只见一道红光冲上，将飞刀化作灰尘。宝同大怒，一连祭起二十四把飞刀，照前一样尽作灰飞，心中倒吃一惊。难道梨花跌下马来，暗使神通坏我飞刀？正要将飞镖打下，只见阵中一声喊，冲出四员将来，是金桃、银杏同刘仁、刘瑞带领人马杀到。因见梨花下马，夫妻四人拼命杀来，敌住宝同交战。

宝同大怒，对金桃、银杏说："你两个贱婢反助大唐，此是何说？"两公主说："我因招了大唐两个小将，做了夫妻，如今一起归唐，正要捉你去献功。"宝同一听此言，急得暴跳如雷，大喝道："贱婢，好不识羞，吃我一刀！"刘仁、刘瑞敌住。梨花跌下马来，产下一子，故有血光冲出，将铁板、飞钹冲作为灰。三人大惊，有法难行。窦仙童祭起捆仙绳，将道人捉住，转身来助陈金定。又祭起捆仙绳，将和尚捉住。同来助公主。苏宝同看见人多都来围住，也被捆仙绳拿住。五鹤仙人看见捉去了三人，思量驾鹤飞腾，谁知五只仙鹤被血光冲坏，有翅难逃，跌倒尘埃。月娥、金莲、秦、窦四将都来拿住。五仙看来不好，各借土遁而逃。此番大破金光阵，杀得各国番将番兵实也伤心，逃的逃，走的走，百万番兵十去其八。姑嫂四人连忙救起元帅，只听得"呱呱"之声，有一小儿。金莲、金定扶起元帅，仙童抱起小儿，割战袍一幅，将来包好。

丁山看见大喜，方信师父之言，怀中至宝就是此子，所以冲破金光阵。梨花定了性，开言说："列位将军，方才唬杀我也。一个筋斗跌下马来，昏晕了，生下孩儿也不知。若没有刘仁、刘瑞同两个番女来救了，不然性命难保，要算四人之功。"对二刘说："你前番同小将军来劫阵，怎样逃脱？又会了二员女将？"刘弟弟兄叫声："元帅，小将被应龙世子邀同打阵，小将军被铁板打死。小将被两位公主所擒。这位是天竺国公主。这位是真童国公主。有意归唐，招我们成亲。同在阵中，等元帅到来，里应外合，前来救元帅。望乞恕罪。"元帅大喜，见了两位公主花容月貌，正是两对夫妻。说道："你二人虽是不遵号令，私自出兵。今日救了本帅，将功折罪。"传令招降番军，带其兵马回营，捷书飞报唐王。又说："本帅十分狼狈，快将苏宝同、僧道一齐推来。"左右将三人推过。元帅见了大怒，指定骂道："你这孽畜，唐主有甚亏你，必要起兵造反，伤害西番数百万生灵。今日把你碎尸万段，难泄此恨。"宝同亦怒道："你这贱婢，生长西番，不思报国，反弑父杀兄，投唐叛逆，种种罪恶，不可胜诛。不自反省，反来罪我，恨不能剥尔皮，抽尔筋，与杨藩父子出气，才雪我胸中之恨。不幸天绝于我，被汝所擒，要杀就杀，何必多言。"

樊梨花被宝同羞辱，不觉大怒，喝令："斩讫报来！"左右将三人推出，解下捆仙绳，换了粗麻绳捆好。正要开刀，只见他三人哈哈大笑说："我去也！"说罢，吹口仙气，化作三道长虹，腾空而去。梨花账上看见，倒却心惊。众将一齐说："奇了，西番有此异人。"元帅说："今被逃去，只怕又起风浪；前来阻我西进。"嗟叹一番。计点将士，单单死了应龙。因兵马连日劳苦，将息半月，再行西进。众将一声答应，关内扎营，卸甲安顿，此话不表。

再言应龙神魂在凤凰山与神女相逢，要归芦花河为神。来到河中，有一孽龙占住，与他大战，反将神女摄去。斗了数月，不分胜败，我也不表。

再言先锋罗章大兵行到芦花河边，只见水波泛滥，兴风作浪，昼夜不息，把行桥冲断，难以过河。军情事重，进营禀知元帅。元帅听了说："奇了，河水阻我西行进，莫非冲犯了河神，故此作祟？"吩咐左右备下三牲礼物拜谢。元帅到河边奠酒，三杯拜毕，焚化金钱，往河中一看，只见风波不息。收拾回营，独宿帐中，交三更之后，蒙眬睡去。只见薛应龙来到，戎妆打扮，上前叫声："母亲"。不知说甚事情，且听下回分解。

第五十四回　丁山神箭射妖龙　应龙芦花为水神

再表梨花看见应龙到来大喜，叫声："孩儿，你一向在哪里？叫娘无日不想，无时不

思。直到今日见我。”应龙听言流泪，叫声：“母亲，孩儿凭血气之勇，私自打阵，身丧铁板，一灵不散，来到凤凰山，会着我妻。神女对我说：‘你前世芦花河水神，合当归位。’发文书前去。谁知有一孽龙先占据水府，将文书扯碎。我妻大怒，同我点起神兵与他交战。神女被他捉去，未知生死。孩儿逃阵，风飘到一山，遇轩辕老祖，说孩儿前世北海小金龙，蒙上帝敕旨，封芦花河内龙神。只因蟠桃会上调戏了神女，谪降下凡二十年。与神女七宿姻缘，今当配合。不想孽龙勇猛。孩儿蒙老祖赐夜明珠一颗，降龙杖一根。拜别老祖，到河内与他大战，三日三夜，不分输赢。望母亲助儿一臂之力，使儿复归本位。”梨花：“孩儿已死，今既为神，被妖龙作祟，不肯让位，为娘与你仙凡远隔，怎能下水助你？”应龙道：“这不难。母亲明日领兵到河边，孩儿引他出水。母亲安排神箭射他。”梨花道：“你们都是龙形，认辨不清。”应龙道：“孩儿是条小金龙，胸前挂一颗夜明珠，爪钩竹杖，这便是孩儿真身。那妖龙生的独角牛头，满身赤黑，两脚铜铃，爪捧蛇矛枪。母亲要细心，方辨妖龙。”说罢，变作龙形而去。

梨花惊醒，大叫一声说：“应龙孩儿，怎么就去了？”开眼一看，原来是梦。不觉天明，元帅升帐，点齐众将，将梦中之言说明，诸将须记在心中。众将一声答应，立刻起马，来到河边。果然河中兴风作浪。众将看见，搭弓在手观望。只见水中一声响亮，现出一条小小金龙，胸有明珠，在水面翻舞。又听得一声响，现出一条乌鳞独角牛头，眼似铜铃，爪抓金枪，腾空来追小金龙。众将一声发喊，万弩齐发。却被丁山神箭，照定妖龙咽喉，“嗖”的一箭，射落波心，几个盘旋翻身，竟直死于水面。那小金龙复下水去了。顷刻风消浪静。元帅大喜，传令抓取妖龙上岸，颈下带着神箭，满身腥臭，吩咐把妖龙头斩下，悬挂关前，身体化为灰尘。令先锋罗章速搭浮桥，成功之日，起兵西进。罗章得令，搭桥不表。

再言小龙来到水府，又巡海夜叉报知黑鱼丞相、鳜鱼右相、虾兵蟹将说：“孽龙被斩，快迎新主复位。”左右丞相撞钟击鼓，传齐众将，笙箫音乐，开了龙门，接入应龙。应龙仍变为人，登了龙位。众将朝参拜毕，新龙君说：“快请神女相见。”黑鱼丞相禀道：“那神女被妖龙擒来，监在牢里。”传法旨：立刻放出。吩咐掩门，然后与神女相见，说：“斩了妖龙，与妻相会。”摆团圆酒庆贺。此话不表。

再言元帅梨花，自斩妖龙之后，停留三日，传令起兵西进。原来那芦花河周回有万里之遥，东渡到西有百里，所以有万丈竹桥可渡。大兵过了芦花河，到了西岸，一路前去，有一关头，高山霸位。传令扎下营盘，明日开兵打关。众将答应，扎下营盘，且亦不表。

再言这高山名曰“金牛山”。山上有一关，关中守将姓朱名崖号太保，国王封为总兵，镇守此关。生得头如笆斗，眼如铜铃，青面獠牙，身长丈二。手下有番兵十万，十分骁勇，且有异术。正在总府与副将青狮、马虎说：“前日国舅同两位军师到来说，叫我紧守，休放唐兵过关。他往莲花洞求师父李道符仙长前来，要报此仇，杀尽唐兵。”二将说：“主将有这等本事，何惧唐将？”正在此讲究，有番儿报进说：“启上帅爷，唐兵已到关下了。”说：“有这等事，传令关上多加灰瓶、石子，若唐兵讨战，速来报我。”番儿得令，各加料理。此言不表。再言大唐元帅升帐，令先锋罗章带领人马前去取关。“是，得令！”罗章顶盔贯甲，上马提枪，带了人马，出了营门，炮响一声，杀到关前。抬头一看，只见金牛山两山并立，高接青云，中关有一座门，在半山之中，大书“金牛关”三字。只见旌旗插满，号带分明，无数番兵守住。罗章赶到半山，令军士大骂。有番儿报进关去了。说：“启帅爷知，关外有将讨战，口中大骂。”朱崖听了大怒，吩咐备马抬斧，结束停当。带了番兵，放炮开关，冲出关外。罗章抬头见关内冲出一员番将，生得十分凶恶，忙挺枪直刺过去。朱崖把手中宣花斧迎住。两下交锋，战有百合，不分胜败，回马就走。罗章不知是计，把马一拍，随后追来。朱崖把身一摇，现出三头六臂。罗章一见大惊，说声：“不好了！杨藩出现了！”回马要走，被朱崖伸出一只神手，轻轻将罗章捉去，收了法相，带了兵士，杀下关来，直奔唐营。唐兵见先锋捉去。先逃回营，报知元帅。

元帅听了大怒道：“朱崖将何妖物敢捉我罗章？”令刘仁、刘瑞出兵迎敌，“快捉番将见我。”二将得令，带了双骑人马，出营杀至关下，正撞着朱崖。朱崖看见刘仁、刘瑞飞马走来，正要迎敌。背后冲出二员副将说：“不必主将动手，待末将活擒这厮。”青狮提起狼牙棒迎刘仁，马虎将降龙杵接住刘瑞，两边大战，四骑交锋，好似龙争虎斗，十六马蹄盘旋回转，并无高下。马虎叫声：“吾儿慢来。”摇身一变，是一只黑虎，扑面抓来，将刘瑞抓去。

刘仁大惊，正欲回马，青狮大叫："我儿那里走！"变成狮子，直奔前来，又将刘仁拿去。二将复了原形，朱崖大喜，拿得胜鼓回关。探子报入营中："二将又被他捉去了。"元帅大惊："他用何术捉去三将？"掠阵官禀道："第一阵罗先锋被朱崖太保现三头六臂，伸手拿去。第二阵二员小将出战，遇他副将青狮、马虎，现出狮子、黑虎拿去。"元帅听了，好不烦闷。秦汉听说徒弟被拿，愿出去讨战。又有金桃、银杏两公主哭上账，也要报仇。元帅屈指一算说："三将拿去，大事不妨，汝等三位不必多虑。今天色已晚，明日开兵。"三人不敢违令，只回本营，当夜不表。

再言次日元帅升帐，点齐众将，亲自出兵。点秦汉、一虎掠阵；仙童、金定为左；金莲、月娥为右；丁山在后监军。自冲中央，直奔关前，喝声："快放唐将出来，万事全休。若有不肯，打破关头，鸡犬不留。"说犹未了，只听得关内炮响，朱崖带兵杀出。来到平阳之地，两边射住阵脚，摆开阵势。朱崖出马，梨花同四员女将也到阵前，说道："谁将出去擒番儿？"后面秦汉、一虎、丁山三将冲出阵来。马虎敌住一虎，青狮迎着秦汉，朱崖接着丁山，分头而战。马虎、青狮被矮将杀得浑身汗流，遍体生津，不能取胜，各现原形，要来擒住矮将。那秦汉见了，飞入云霄，一虎将身入地。青狮、马虎倒吃一惊，摇身收法，来战丁山。元帅看见，令仙童、金定出去助战。二将领令出来，攀助夫主。丁山一发逞威。朱崖又现出三头六臂，伸手来拿丁山。丁山唬得魂不在身，一跤跌下马来。元帅见了，同着金莲、月娥三骑并出赶来。朱崖正要拿人，却被金莲救去。梨花舞刀敌住，不怕三头六臂，祭起诛妖剑，斩落朱崖神手。朱崖大喊一声，神手中又冲出一道红光，复又钻出手来，要捉梨花。梨花倒吃一惊，又祭起诛妖剑砍去，反被神手接去。梨花看来不好，同月娥回马而走，朱崖随后赶来。月娥慌张，取出摄魂铃一摇，朱崖马上翻身跌下，复了原形，借土遁而逃。

再言仙童、金定大战青狮、马虎，不分胜败。青狮、马虎变了原形，来拿仙童。仙童见了，祭起捆仙绳，将二人捆住，唐兵便来拿住。二人复变原人。元帅收兵回营，解进二人，青狮、马虎跪下求道："我们万年修成，望元帅饶恕。"元帅怒道："你两个何人？敢来助恶，阻我天兵。"马虎道："我是财神面前黑虎将军。"青狮道："我是文殊菩萨佛弟子青狮童子。私自下凡，去难唐三藏取经之路，乘兴归投朱崖，焉敢扰阻天兵？望元帅放我，再不敢到来阻住。"元帅道："若不看财神菩萨之面，定斩汝首。"吩咐解放仙绳，"去罢！"二人拜谢而去。此话休表。不知后事如何，且听下回分解。

第五十五回　窦一虎盗仙剑被拿　樊梨花擒番将释放

前言不表，再说元帅失去了诛妖剑，闷闷不乐。秦、窦二将说："我们去盗来，元帅不要心焦。"梨花说："你二人去，须要小心。"二将得令，不觉红日西沉，渐渐黄昏，吃饱夜饭，一个钻天，一个入地，进了关门，钻入帐中。不表。

再言朱崖败进关中，十分焦恼。刘氏夫人接着，问其因由。朱崖说："夫人不要说起，唐将都是神通广大，几乎被摄魂铃摄去魂魄。若非我有九转元功，性命难保。如今西番全恃五山已被夺去凤凰、麒麟二山，只有金牛、铜马、玉龙三山了。若再夺去三山，我主国王世界都无，性命难保。这便如何是好？"夫人道："将军，你休要长他人之志气，灭自己之威风。虽然副将失了，尚有千军万马，又何足惧哉？目下紧守关门，待国中救兵一到，开兵便了。"吩咐丫鬟摆宴，与将军解闷。"多谢夫人。"正在此宴饮，只听一阵狂风吹下瓦片，朱崖屈指一算，说："夫人，今晚唐营有刺客到，须要防备。"夫人听了，也觉心疑，说："唐将有此技能，今晚将虎笼悬挂营前，若有刺客到来，将他擒住，锁在里面，使他上不着天，下不着地，无法可逃了。"那番附耳低言说："如此，如此，管教两个钻天、入地矮将必擒。"朱崖听了大喜。传令三军，戎装披挂，前后守护，齐心捉贼，待等刺客。此话不表。

再言一虎潜入番营地下，抬头一看，见防备甚严，心想："灯烛煌煌，难以下手，叫我如何盗得宝剑？怎好回去缴令？"等到三更之后，越发严备，敲梆鸣锣，摇铃喝号。性急之际，等不耐烦了，在地下钻将出来。见诛妖剑挂在帐前，一虎认得的，满心大喜，只是不能

下手。番将喊一声:"快拿奸细!"一虎吃了一惊,复又钻入地下。只听众将慌乱,原来是秦汉飞落账檐前,解诛妖到,摇动铃儿,番将看见来拿,秦汉跌落尘埃,被众将拿住。一虎地下看见,心中慌张,将身钻出,提棍来救。夫人看见,一个金丸劈面打来,正中面门,一交翻倒,正欲入地,被朱崖抢过,伸手拿住,说道:"这个矮子,放不着地。"把一虎提在手中,开了铁笼,将一虎装在里面,高高挂起。复来拿秦汉着地拖来,秦汉脚下有入地鞋,用力一蹬,说:"我去也。"被秦汉钻入地下去了。朱崖见了倒也一惊,防了他钻天,不想又会入地,闷闷昏昏,心中不乐。夫人叫声:"将军,方才地下钻起来的矮子,被我金丸打坏面门,所以拿住。这个天上落的,也会地行,真是异人了。"朱崖说:"今晚逃去,只怕明晚又来。营中焉得太平?必须再想一个妙计,拿住他们才得安宁?"一夜乱到天明。秦汉回营送上诛妖剑缴令。元帅见了剑大喜,说道:"窦将军为何不回。"秦汉将盗剑被拿,锁了铁笼里面说明。元帅听了大惊说:"窦将军性命难保。"金莲闻知上账,叫声:"元帅,我夫被番将捉住,奴家提兵打关,相救夫主。望嫂嫂发令。"元帅听了说道:"朱崖利害,姑娘未可出战。待本帅算计救窦将军。"金莲苦苦相求,秦汉上账说:"昨日因盗宝剑,不曾访得先锋、徒弟。今日我夫妻愿随窦夫人同行。"元帅应许。金莲得令,同了秦汉、月娥、带了兵丁出营,杀到关下讨战。元帅放心不下,带了仙童、金定随后掠阵。

再言番儿报入关,朱崖大怒,带兵亲出。金丸夫人叫声:"将军,且慢。待妾出去擒来。"朱崖依允。夫人手舞双刀,带了兵马,炮响一声,开了关门,杀到阵前。抬头一看,见了金莲、月娥二员女将,后面大旗书着金莲、月娥名姓。夫人正看之间,不妨秦汉步行赶来,提起狼牙棒喝道:"还我两个徒弟。"照马头打来。金丸夫人倒吃一惊,开眼一看,认得是行刺的矮将,说:"昨宵被你逃去,今日拿住,断不轻饶。吃我一刀!"步马交战。金丸夫人原是将门之女,十分骁勇,杀得秦汉招架不住。金莲、月娥看见说:"你看,这番女将倒生得千娇百媚,万种风流。秦将军是好色之徒,不要中了他计。"双骑并出,叫声:"番女看刀!"金丸夫人看见又来了二员女将,全然不惧,将手中刀敌住三般军器,灯影儿厮杀。又战到数十台,不分胜败。夫人连发三个金丸打来,中了秦汉额角,翻身跌倒,唐兵救回。金莲打了护镜,伏鞍而逃。月娥打中肩膀上,十分疼痛,回马就走。夫人不舍,随后赶来。

元帅在旗门之下看见大怒,手舞双刀,杀到阵前,挡住喝道:"休赶!"夫人抬头一看,见梨花挡住,后面又来了二位女将,背后绣旗书名元帅樊、他童、金定。夫人也不惧,敌住三人。仙童想道:倘金丸来不能招架,先下手为强。忙祭起捆仙绳,将夫人捆住,唐兵拿捉。番军飞报朱崖。朱崖大惊,即刻杀出关来,杀到阵前,抡着宣花大斧,大喝道:"还我夫人,万事全休。若不送出,杀一个你死我活。"三员女将大怒,手执双刀,大战朱崖。朱崖摇身又现出三头六臂,伸手拿人。梨花使隐身法躲过;仙童、金定被朱崖活擒而去。

正走之间,只见前面一座高山挡路,不见了金牛关。走入山林,见一楼台,画栋雕梁,好象寺院。想道:"今朝走错了路,虽然马大,又拖两个女将,好不竭力。且下了马,把女将绑在树上,进去看了一看,不知什么所在。"走到里面,殿宇高大,只听得一声响亮,走出十多个青面獠牙的鬼将,手提钢叉,捉拿朱崖。朱崖大怒,手舞大斧来战鬼将,被鬼将叉伤朱崖左臂,大喊一声说:"好疼痛啊!"欲借土遁而逃。谁知梨花使个移山之术,焉能逃脱?被鬼将拿住,捆进琼楼宝殿。梨花打扮如仙,坐蒲团上,喝声:"朱崖,抬起头来,认得本帅吗?"朱崖方醒,才晓得移山之计。只见外面走进两名女将,一个执刀,一个拿锤,说道:"元帅不必问他,待我打死这个番儿。"朱崖仔细一看,就是被擒的两个女将。有口难言,想性命不保。梨花说:"二位姐姐,暂且饶他一死。"说:"番儿!今日可肯放还唐将,献关投唐吗?"朱崖心中想道:"我要脱身之计,且哄他一哄。"说着:"承蒙女将不杀之恩,如今回关愿送还唐将,献关投唐,求元帅连我夫人一并发还,感恩不尽。"梨花说:"放你夫妻回去,若有改变,赌下誓来。"朱崖道:"若背了元帅释放之恩,倘有负心,死在乱刀之下。"梨花说:"放他回去罢。"顷刻收了移山之法,原在战场。朱崖夫妻得放,带了兵将回关。元帅鸣金收军回营。丁山说道:"既擒朱崖夫妇,正好破关,救取唐将。何故放回?"元帅说:"世子,我岂不知。但是气数未尽,命不该绝。我学诸葛武侯七擒七纵,收服他心,归伏大唐。他立誓而去,焉肯失信?不要虑他。"丁山听了,也不多言,只等献关。

等了二日,朱崖全然不理。元帅大怒,传令众将,齐起兵打关,擒拿失信番儿。秦汉说:"元帅且慢打关,待本将先进关中,探听二刘、先锋、师兄消息再处。"元帅点头道:

"是。"秦汉候晚出营，飞进关中，来到番营打探。且说那朱崖释放回关，夫人十分感念，对朱崖说："将军，我夫妻二人被樊元帅擒去，蒙他不杀之恩，快放这擒来之将，开关献唐。"朱崖听了大怒，说："夫人，我恨樊梨花用移山之法捉我，营中羞辱，此恨未消。况我世代受国王隆重，杀身难报，岂肯降唐作叛逆之臣？不要提起。"夫人听了点头说："将军忠心报国，理所当然。且守住关门，待苏国舅兵到，出战便了。"不知后事如何，且听下回分解。

第五十六回 铁笼火烧窦一虎 野熊摄去二多娇

适才前言不表，再讲到朱崖夫妇正在此言，有番儿报进说："营外有一红面孔三只眼道人，口称孔介山连环洞野熊仙要见。"朱崖听了说："我师父到了。快开中门。"朱崖接进营中，拜见说道："弟子亡命在外，久违师尊，到此何干？"仙师道："徒弟，我山中练就两把钢鞭，能打仙凡。前日逢着苏国舅同僧道各处仙山借宝，要杀唐朝人马，请我到来助你。"朱崖大喜说："难得师父到此，明日开兵。"野熊仙抬头一看说："营前挂着何人？"朱崖说："就是唐营矮将。他有地行之术，行刺被拿，要饿死他。"熊仙笑道："他颇有法术，焉能饿得他死？将他连笼烧为灰烬。"秦汉听了，二刘也不打听，唬得大惊失色，连忙飞到营中说："番将失信，来了师父，要将师兄烧死。"金莲大哭，上账请救；仙童也哭兄长，要救哥哥。元帅说："事不宜迟，将倒海符贴在笼上，救师兄要紧。"秦汉接了符，飞身进关。笼在平阳之地，四面堆起干柴，正要举火，听得一虎在笼内啼哭。秦汉轻轻说道："师兄不要慌，有符在此，将来帖好。"飞身立在云端。只见远远有金光一道到来，彩云里面一位道人。秦汉一看，说："原来是师父。"上前叩见，细说因由。王禅老祖叫声："徒弟，我在山中打坐，心血来潮，屈指一算，晓得大徒弟有火难，故亲自赶来。倒海符只救得一时三刻，长久就不灵了。我借了北海水，又有珊瑚瓶，我和你立在云里面见机行事。"秦汉才放了心。只见下面野熊仙、朱崖令军士将宠烧得正猛，只听得人声说："好大火啊！番儿只用此火，窦将军也不怕。"又拍手大笑。朱崖叫声："师父，大火烧他，他里面大笑，如何怎了？"熊仙说："这不难。他有倒海符，不过一时三刻，再加柴火烧，怕他不死？"果然烧了一日一夜，火光直透云霄。熊仙说："是不见动静，必然烧死了。"朱崖说："非但烧死，铁笼也作灰飞。"正说之间，又听得里面一虎喊道："番儿，就烧我一月也无害于我，枉费这些柴草。"朱崖听了大惊说："师父，烧了他一日一夜还不死，倒在里面骂人，真正妖怪了。"能仙说："我不信，再取干柴去烧。"朱崖吩咐再取柴来，军士禀道："积下数年柴草，都烧完了。"朱崖听说数年积草都烧完，倒吃一惊，即差能事小番，往铜马、玉龙两关借积柴。小番领令而去。烧到天明，烟火尽灭，铁笼不动，懊悔无及，枉将积柴烧完，便与师父商议说："此事如何？"熊仙说："既烧他不死，也罢了。明日开兵。"

不表番营之事，再说王禅老祖用北海水救了一虎，对秦汉说："大徒弟有百日灾难，自有高人破关。我去也！"驾云而去。秦汉拜别师父，回转营中。仙童、金莲看见关内火光直透，心中大惊，两眼下泪。想秦将军此去，灵符不灵。元帅说："大事无妨。二位姐姐，不必伤心。"忽见秦汉来到，众将俱来请问。秦汉上账，将遇师父救了师兄，说灾星未满，大命不妨，说了一遍。众将才得放心。金莲、仙童听了欢喜，望空拜谢老祖。元帅传令，朱崖背信，起兵取关。只见帐下走出两员女将，金桃、银杏上账说："丈夫刘仁、刘瑞被他捉去，未知生死。今日愿去见阵。"元帅叫声："两位公主，那朱崖妖法多端，去不得的。"二将说："丈夫被他捉去，今朝必要报仇，哪怕番儿妖法。"元帅见他二人执意要去，令秦汉夫妇："你二人帮助二徒媳出阵。"四将奉令出营，来到关前叫驾。

小番报进，朱崖大怒披挂。熊仙说："徒弟，我同你出阵，杀尽唐将，与苏国舅报仇。"一同出关，来到阵前，抬头一看，两位公主十分美貌，起了凡心。口中念动真言，飞沙走石，一阵狂风，众将开眼不得，将二公主摄去，藏入山中。秦汉夫妇回营说："元帅，小将夫妻相助二位公主打关，不想关中冲出野熊仙，手舞双鞭，十分厉害，与公主交战。小将正欲冲锋相助，他口中念咒，顷刻飞沙定石，把二位公主擒去。特来报知。"梨花听了大怒："可恨妖道，擒我二公主。今日必要除他。"立刻传令，亲自出阵。同了仙童、金定、丁山、

金莲掠阵，五位将军出营，杀到阵前。再表野熊仙把两位公主摄入山中，藏于野洞，复又驾云来到战场。抬头一看，又见四员女将，又起贪心，开口说道："四位佳人，同我回山洞中轮流作乐。"四将听了大怒，一齐出阵。丁山也向前，将野熊仙围在中间。杀得野熊仙浑身是汗，忙祭起打仙鞭来打，正中丁山肩膀之上，叫声："不好了。"伏鞍败阵。又祭起一鞭打中陈金定背心，吐血而逃。野熊仙好不喜欢，雌雄鞭祭起，一上一下，来打唐将。又使神通，飞沙走石，杀出无数披头散发鬼将。仙童、金莲慌张。梨花大怒，把手一指，沙石鬼将无影。熊仙大惊，复舞动双鞭来战。仙童祭起捆仙绳，熊仙晓得仙家至宝，化道长虹而去，直往西山。

梨花心中不乐，传令收军。回入营中，秦汉说道："世子丁山、金定夫人被鞭打伤，发昏营中，不得醒转。乞元帅处治。"梨花、仙童、金莲三将听了，魂不在身，连忙观看。三人两泪交流，梨花说："这仙鞭如此利害，定是八卦炉中之物。"忙将救药敷好，二人才得醒转，疼痛不止。梨花说："必须黎山求得师父丹药，方可止痛。谁与我走一遭?"仙童说："我师黄花圣母也有。待我前往。"梨花说："事不宜迟，就此起行。"仙童打扮，扮作道姑，骑了腾云驹，日行千里，别了元帅、众将，起程而去。此话不表。

再言元帅说："我看妖道一道黑气在头上出现，决是妖魔鬼怪，化作长虹而去，直往西方，必定有个巢穴，所以不进关门。想两位公主决然也在那里。谁将前去打听下落便好。"秦汉说："二位徒媳已被拿去，小将愿往。"元帅说"秦汉肯去，我放心了。"秦汉奉命出营，飞上云端，直往西方，约行数千里，只见一道黑气冲天。秦汉想道："是了"。按下云头一看，是一座高山。走进山去，见一石洞，两扇门半开，走出数个小妖。秦汉见了避开。听得小妖两个说："我家大王有兴，前日往金牛关去，捉得两个美貌佳人。叫我买办，今夜成亲。连我们也有酒吃。"秦汉听了，方知公主有着落。让过了小妖，闪入洞中，果见酒席完备。秦汉见了大怒，提起狼牙棒乱打。众妖一起上前敌住，被秦汉打得落花流水，将台凳尽皆打碎。小妖报到里面说："大仙，不好了！外面有一矮将十分凶勇，口口声声要还公主。洞府打得雪片相似，众妖打死一半，如今要打进来了。"

野熊听了大怒，手舞双鞭杀将出来，说："你这矮子好生无礼。我正要做亲，坏我好事，将我酒席打碎。尔来得，去不得了。吃我一鞭！"秦汉举棒相迎，洞中大战。熊仙张口，吐出毒气，直奔秦汉。秦汉见了，倒拖棒且战且走，被熊仙追出石洞。秦汉飞身而去。熊仙进洞，看见众妖，都是头破脑裂，心中不快，无心到里面，也不成亲，守把洞门，恐防再来。秦汉在云中一看，不见野熊追赶，不如见师父求救两位公主。算计已定，不消片刻，早到仙山。只见洞门开着，有两个童儿出来，见了秦汉说："师兄不去征西，到此何干?"秦汉将遇野熊仙之事说了，"特来叩见师父。"童儿说道："师父请客，不便通报。"秦汉听了，心中烦恼："我师父家法甚严，不好进洞，如何是好?"又问声："师父今日请什么客?"童儿说："师父请二郎神杨戬老爷。"秦汉听了大喜，"我师也曾说道，二郎神有七十二变化，孙行者大闹天宫，被他降过。若是求得他去，野熊就好除了。只是不能见他一面。"正在此想，只听得师父笑声，手挽杨戬双双出洞来了。不知后话如何，且听下回分解。

第五十七回　二郎神大战野熊　圣母收服二牛精

前言不表，再说秦汉连忙跪下，伏在路旁，口叫："师父救命！"王禅老祖一看，认得徒弟，说道："我前番在金牛关，借北海水救了一虎。今日又来求救于我。你且起来，说与我知。"秦汉听得，立起身来说："金牛关交兵，来了野熊仙，将金桃、银杏两位公主摄去。元帅命我前往追寻。寻到一山，有一石洞，乃野熊巢穴。强逼成亲，被弟子打破筵席，洞中大战。野熊妖法多端，被他杀败，特来求师父救公主要紧。"王禅老祖说道："徒弟，那野熊仙千年修道，变化多端，神通广大，在八卦炉中炼成双鞭，曾偷王母仙桃，我也降他不来。莫要惹他，快快回营去罢。"秦汉听了，叫声："师父不救，两位公主性命休矣。"流泪不止。二郎神听了老祖之言，当中神目睁起，大怒道："道友说哪里话来? 我和你同是道门弟子，岂可长妖精之志气，灭自己的威风。那野熊虽偷仙气，终究畜类。令徒有难，我当代汝去

救。”老祖听了大喜，叫声：“道友发慈悲之心，同我顽徒去收熊精。”二郎神别了老祖，变一喜鹊，往西去了。秦汉飞身要去，老祖叫声：“徒弟，那熊仙利害，知你必来求我。我备酒请杨戬老爷到此，我将言语激他，他大怒而去，必然收服，梨花好进金牛关。去罢！”

秦汉拜别，飞身也往西来，到了孔介山野熊洞口，喜鹊先在树上，叫声：“秦汉你来了吗？”回说：“弟子驾云来迟。望神君恕罪。但是妖精紧闭洞门，怎好进去？”杨戬说：“不难。”飞下树来原变二郎神，手执金枪，立看洞门，关得密不通风。秦汉将狼牙棒来打，洞门里面惊动了野熊。那小妖报知说：“唐朝矮将又来打门。”野熊说：“不要理他，今晚要做亲。”秦汉打得手酸，洞门不动。杨戬看见，叫声：“不要打了，待我看看。”一看，只见洞门旁边有条碎缝。杨戬变作一苍蝇钻将进去，说：“妖精逃出，你就打死他，”秦汉应诺。

杨戬钻进里面，洞内宽大，只见这些小妖安排筵席，野熊当中坐着，吩咐小妖说：“你去请两位美人出来成亲。他若倔强，剥了衣服，绑来见我，取他心肝下酒。”小妖听了，便往里去了。二郎神听了，仍变为人，提手中枪，照野熊劈面刺去，喝声：“妖怪，不得无礼。我杨老爷来了！”野熊吃了一惊，抬头一看，在天宫会过，认得是二郎神，唬得魂不在身，连忙走到里面，取出双鞭迎住，说：“二郎神君，我今夜成其好事，你来破亲。既到我洞，吃我一鞭。”二人大战，野熊吩咐小妖一齐上前围住，那杨神君吹口气，变有数百神君来打野熊。野熊看来难敌，拖了双鞭，逃出外面。神君里面赶出，小妖开了洞门，野熊逃出洞外。秦汉看见，将手中狼牙棒照头打下，他就化一道红光而去，秦汉吃了一惊。

杨戬走将出来说：“妖精呢？”秦汉说：“弟子见妖精败出洞来，被弟子一棒打去，他化红光逃了，竟往西南。”杨戬说：“他气数未尽，造化了他。你进洞救出两位公主，放火烧洞，尽行烧死小妖，破其巢穴，他无处栖身，再不敢来阻你西进。”秦汉奉命，回身打进洞中，将小妖尽皆打死，里面救出两位公主，回身一把火，烧得洞中乱烟直喷。那二位公主外面拜谢二郎神说：“回去有万里之遥，焉能得见元帅？”神君说：“这倒容易，借阵风送你回去。”那杨戬念动真言，忽起一阵神风，将两位公主送去。又叫：“秦汉，我去见你师父，说妖精驱逐。你速往军中，叫元帅快进兵取关。”秦汉叩谢。杨戬化一阵风而去。秦汉飞身回转，此言不表。

再言元帅梨花同众将营中昏闷。丁山、金定俱遭鞭打，不时发昏。仙童此去可求得仙丹？两位公主被风摄去，秦汉追寻未有回音。正在此言，听得帐外狂风从空吹落二人。元帅同众将来看，原来是金桃、银杏。令女兵扶入帐中，众将大喜。元帅问起因由，两公主将秦师父能干，求得二郎神逐去妖精之事说了一遍。秦汉也回营缴令。元帅称赞说：“多亏将军莫大之功。但窦姐姐上仙山求药一去不回，烦秦将军走一遭，催促他早回，好救丁山、金定，然后开兵。”秦汉奉令，飞身竟往黄花山而来，此话不表。

再说窦仙童为何不回，有个缘故。那一日行到一高山，忽听得山中喊杀连天，金鼓之声。仙童心中想道：“深山旷野，那有人厮杀？”走下山头一看，只见山凹内有两支人马，东边一员将，红脸乌须，手执宣花斧；西边一员将，黑脸红须，手执大刀。各带人马，两下交战。仙童山上喝彩说：“好武艺！可惜埋没山中。”二将听了，各住了手，抬头一看，见了仙童，红脸将叫声：“贤弟不要比武了，你看山上有一位仙姑，单身独马看我们。和你赶去，夺得到手，做个压寨夫人。”黑脸听了大喜，二人拍马赶来，大叫道：“那里来女将？擅敢观我山寨，快随我去，做个压寨夫人。”仙童听了大怒，手舞双刀敌住。一女两男，杀得天昏地暗。红脸将看来难胜，摇身一变，变一火牛，衔了仙童飞走上山。进了独角殿，现了原形，放下仙童，令送房中，明日成亲。殿中摆酒，黑红二将饮酒。黑脸说：“大哥，此女决此凡人，不要逼他。待慢慢地弟与为媒，劝他顺从。”红脸将说：“多谢贤弟。”

不表二人饮酒，仙童被捉。再言秦汉奉了将令飞到九龙山，来到洞口，只见两个仙姑出来，见了秦汉，叫声：“师兄何处来的？”秦汉道：“我乃王禅老祖门下弟子秦汉，要求见圣母，望乞通报。”二姑听了，连忙进洞，禀知圣母说：“外面有王禅老祖徒弟秦汉，有事求见。”圣母说：“唤他进来。”仙姑奉命，唤进秦汉。秦汉见圣母倒身下拜。圣母说：“闻你下山相助丁山征西，今有何事见我？”秦汉听了，倒吃一惊：难道仙童还未到此？只得上前禀道：“弟子因薛世子、金定被鞭打伤，二人发昏，前日令窦仙童到来求丹药，不知何故尚未回去。元帅放心不下，令弟子再来相求，望师父速赐丹药相救，打发仙童速归。”圣母听了秦汉之言，说道：“仙童徒弟不曾到此，决定路上阻隔。你去寻了仙童同来，付你丹药，相

救世子二人。"秦汉想道:"地阔天涯那里去寻,这题目难了。"只得回身出洞,打从旧路飞腾。来到一高山,只听喊声。却是为何?谁知那黑脸将劝仙童与红脸成亲,仙童大骂,杀将起来。黑脸变一水牛,把仙童捉去,后山捆住。秦汉看见,认得是仙童,提起狼牙棒,喝声:"不得无礼。"劈头打来。黑脸将抬头一看,见了秦汉,不解其意,喝声:"那里来的矮子,吃我一刀!"大战一场,杀得黑脸招架不住。

小妖报入寨中说:"大王,不好了!二大王被一矮子杀得不能招架。大王快去相救。"红脸听了,备马出寨杀来,迎着秦汉,张开大口,放出火来,直奔面门。秦汉心慌而走,红脸变了火牛赶来,要捉秦汉。秦汉飞上云端。红脸大王见矮将飞去,倒觉心惊。正要进寨,秦汉又飞下来,举棒又打,打伤左臂,跌倒在地。秦汉又要来打,黑脸大王大叫:"休伤我大哥。"将大刀架住。一场交战,黑脸又杀不过,口喷大水。顷刻波浪滔天,摇身一变,变一水牛,来拿秦汉。秦汉还飞云端。水牛收了法,用药敷好火牛,紧守寨门。秦汉寻到后山,只见仙童捆着,几个小妖看守。秦汉说道:"窦夫人不必烦恼,我来救你。"小妖报知大王,那两个妖精大怒。赶到后面,一个吐火,一个喷水,来拿秦汉。

秦汉正要飞腾,云端来了黄花圣母,大喝道:"两个孽畜,休得无礼!"红黑二精抬头一看,见一道婆。弃了秦汉,来战圣母。圣母念动真言,云端落下一位天神,头戴金盔,凤翅分开,身穿金甲,手执降龙杵,口称:"圣母有何法旨?"圣母说:"今有火水二牛作怪,与我收去。""领法旨。"那神将大喝一声,将杵打下,变现火牛。骑在背上,将红绳贯穿在鼻孔说:"孽畜,快随我去。"只见那只火牛扁扁服服,驾火随了那位神将飞空而去。那黑脸将见了大怒,喝声:"妖道,如何拿我哥哥去了?"手舞大刀杀来,圣母将金如意迎住。黑脸张开口喷出大水来了。圣母笑道:"孽畜,孽畜,留你在世,仍旧害人。收服你回山去罢。"口中念咒。又见云端来了一位天神,头戴金箍,红发披耳,身穿绣龙短袄,面如锅底,脚下乌靴,双手打拱,口称:"圣母有何法旨。"圣母说:"银河水将,速将水牛收归回去。""领法旨!"那水将跳入水中,将牛连打三下,骑在牛背上,穿了鼻孔,随水而去。

山中大小众妖见主将拿去,各自逃散。秦汉大喜,解放仙童。仙童叩见师父救命之恩。圣母说:"徒弟,你来意我尽知,该有二牛之难,亏秦汉寻得到此,救了你。我有金丹一粒,速回去救丁山、金定。后诸仙阵再会。"说罢腾云而去。仙童、秦汉望空拜谢。仙童骑上腾云驹,秦汉戴着钻天帽回营。元帅正在营中等候,秦汉先到,说起此事。元帅听了说:"亏了秦将军寻到圣母收牛,不然我姐性命难保。"望空拜谢圣母。不多时仙童到了,元帅迎接。接送营中,诉说一番,取出金丹,毫光万道,"师父命我将金丹救世子、陈妹妹。"便将金丹调好,来到后营。一看见二人只有一息之气,把药敷在伤处,不消片刻,二人醒转,床上坐起。元帅说明,二人走下床来,拜谢秦汉。营中排筵,与秦汉贺功。金桃、银杏两位公主也来拜谢秦汉。秦汉吃得大醉说:"明日我还要进关,访两个徒弟、罗章、窦师兄他们的下落。"知后事如何,下回便见。此一回乃秦汉救金桃、银杏、仙童小团圆。

第五十八回　芙蓉设计杀朱崖　梨花兵打铜马关

话说秦汉等到三更,飞入关中,往番营一看,见铁笼悬挂着。想道:不要饿坏了。叫一声:"窦师兄。"笼内应道:"师弟,你来了么。事体如何?快来救我。"秦汉说:"师兄你安心守着,待我刺死了朱崖,便来救你。"

说罢,飞入后营。见番兵防备甚严,难以下手。又到后边伏在檐上。听得下面有人言语,乃刘仁、刘瑞对罗章说:"……我想元帅因而不打关。又听到二公主被野熊摄去,性命决然不保。"罗章说:"二位兄弟,我和你亏了监军款待,不致饿死,真感他恩。没有他夫妻照管,决然此命难保,想他无益。昨日闻得监军沃利说:'朱崖好色之徒,抢了民间有夫之女,名唤赵芙蓉,十分美貌,强要为妾。此女不从,夫人苦劝,只是不听。只要在他身上刺死了朱崖,此关好破了。"正在此言,忽听落下一人说:"你三人做事,要行刺朱崖,我要出首了。"三人大惊。

罗章抬头一看,原来是秦汉,放下了心,说道:"将军到此,二公主消息如何?"秦汉将

二郎神救公主之事细说一遍。二刘大喜，望空拜谢二郎神，又拜秦汉。秦汉说：“我方才屋上听得此计甚妙，须要通知赵芙蓉。我外面打关，双路夹攻，金牛关立破。”三人听了大喜。秦汉飞出关外，报知元帅，说明此事。梨花听了大喜，今秦汉先进关中帮他行事。传令整备打关，此言不表。

再讲监军沃利，待三将甚好，不甚吃苦，每日倒有好酒肉。那夜沃利送了晚膳进来，见三将流泪。沃利开言说：“我看你往常虽然愁烦还好，今夜为何悲苦？说与我知。”三将叫声：“恩人，我们被擒到此，难以脱身。若得恩人相救，事当图报。”沃利说：“我久有心放你归唐，但本官厉害。若能除了他，就好解救献关。”三人听了，双膝跪下说：“恩人，果然救我，我已有计了。只要通知赵芙蓉，他若依允，除朱崖不难。”沃利说：“容易，待我对妻子讲明，来报你们。”三人吃完夜膳，沃利收拾进内，与连氏说知。那连氏妻子笑道：“我又不是貂蝉，如何做得美人计？”沃利说：“娘子又不要行计，要你引他进去，见了赵芙蓉，此计必成。”连氏说：“这容易。”沃利大喜，来到监中，通知三将，如此这般。

罗章与二刘打扮成番女模样，同了沃利来到家中，见了连氏。那连氏也是爱风流之女，见了二刘，十分得意，只少一杯清水，恨不得将二人吞在肚中。有丈夫碍眼，忙挽了二刘手，张灯引进后营。只听得连氏对芙蓉说：“你明日只说依允，将酒灌醉朱崖，刺死了他，才得夫妻团圆，免至失节。”芙蓉说：“我胆小，只怕做不来。”连氏说：“我三个小妹十分有力。你大胆行去，决不妨事。过来见了大娘。”那三个假番女上前拜见芙蓉，算计停当。次日沃利报与朱崖说道：“芙蓉被我劝他心转，今晚完其花烛，成就美事。”朱崖说：“难得你劝他心转，其功不小。”命左右快备筵席，今晚与芙蓉成亲。

金丸夫人晓得，走出外面，见了朱崖，夫妻坐下。朱崖说：“夫人，今日出堂何干？”夫人道：“将军，妾思唐兵驻扎关外，野熊一去杳无音信，须备退兵之计为妙。如何不思忠心报国，今日反做贪花好色？快快放还芙蓉，商议破敌方好。”朱崖说：“不劳夫人费心。若说敌兵临境，已杀他胆散魂消，料他不敢再来攻关。况且芙蓉生得美貌，下官见了他十分得意。夫人休要吃醋，进去罢。”夫人看来劝不转，流泪归房。

果然其夜朱崖中计，芙蓉假作欢笑，陪朱崖酒，击鼓催花。朱崖大喜，饮得大醉，说：“夫人扶我房中去睡罢。”扶入房中，朱崖和衣而睡，鼻息如雷。芙蓉想道：此时不下手，等待何时？将采衣脱落，床头取出青风宝剑，正要动手，倒却心惊。满身发抖说：“不得不如此了！”放下胆，拉开锦帐，将宝剑砍去，中在左臂。朱崖大叫一声：“不好了！疼死我也。”走下床，将芙蓉推倒外面。罗、刘三人铜锤打开门，各拔出腰刀，将朱崖乱斩乱砍，杀死了朱崖，急忙扶起芙蓉。正要杀出，只听得关外喊声震天，元帅大兵攻关。秦汉铁笼内放出一虎，二人在内杀出，斩关落锁，放进大兵。番兵遭此一劫，也有砍破脑的，也有杀死的，也有枪伤的，也有刀刺的。番兵见无主帅，杀死大半，不死的俱逃往铜马关去了。金丸夫人闻报，唬得魂飞天外，披挂赶出洞房，里面杀出三个小将，大喝道：“蛮婆那里走！”夫人见了，喝道：“你三个什么人？擅敢无礼！外面唐兵破关，快请将军拒敌。”三人喝道：“你丈夫被我们砍为数段，你若不信，进去快看来，应了背信赌咒之罪。”夫人大惊，忙走进房，见了朱崖尸首，大哭一场。番女报进说：“大唐人马已杀进府中来了。”三将正要动手，夫人说：“你们不必如此，我夫已死，难道我独生？”望空遥拜，拜毕拔出宝剑自刎而亡。

三将迎接元帅入内升坐，请出芙蓉，说：“小妹子一计斩了朱崖，待奏闻圣上，赏赐大功。”送芙蓉回家，芙蓉拜谢而去。又称金丸夫人尽节，命棺椁埋葬。屯兵关中。那一虎、秦汉、刘仁、刘瑞进营拜谢元帅。元帅命薛金莲、金桃、银杏会了窦一虎，刘仁、刘瑞。三

对夫妻悲喜交集,俱亏了秦将军救命之恩。元帅令三对夫妻拜谢秦汉。秦汉谦逊说:"是你自己福分,与我何干?"六人都上前拜谢。

元帅一面捷报唐王。其时正是寒冬天气,唐天子大悦,差钦差赐锦袍赏赐将士。不一日送到金牛关,元帅接旨谢恩。再停半月,商议西进,放炮起行。先锋罗章上账说:"小将同刘家兄弟若无监军沃利照管,此命难保。望元帅谢他救命之恩。"元帅说:"罗将军之言有理;命他镇守金牛关。"沃利上前叩谢。离了金牛关,往西而进,大雪纷纷,朔风凛凛。传令扎住平阳之地安营,待天晴起程。众将得令,一声炮响,扎下营盘。营中排宴赏雪,顷刻雪高三尺。同三个孩儿一同饮酒,薛勇、薛猛,年六岁。元帅所生薛刚,年方三岁,生得赤黑,象烟熏太岁,水磨金刚。丁山说:"我奉旨西征,只望早平西番。不想在路破关夺寨,耽搁年久。父亲骸骨不曾安葬。母亲又不能侍奉。心中好不烦恼。"梨花说。"今西番十去其八,只有铜马、玉龙两关,有何难处?待擒了番主,回朝有日,不必介怀,暂且饮酒。"仙童、金定皆劝丁山,此话不表。不觉住了一月,天气晴和,传令起兵。又行了半月,到了铜马关。传令安营,候明日打关。众将一声答应,放炮安营,此话不表。

再讲那铜马关守将,乃弟兄二人,把守东西两座关头,俱封王位。长名花伯赖,次名花叔赖,皆有万夫不当之勇。花伯赖闻报金牛关已失,不日兵到铜马,忙请兄弟到衙,说:"兄弟,我闻樊梨花用兵如神,有许多法术,勇将甚多,与你商议怎生拒敌?"叔赖说:"哥哥不要着忙,关内有雄兵十万,何足惧哉?弟前年通好诸番,偶到五龙山经过,那山中有五位仙女,分青、黄、赤、白、黑,乃龙王之女,俱有神术,神通广大。正在演阵,见了兄弟收为徒弟,赠我神鞭,又有火眼金莺,十分厉害,上阵交战,啄人眼睛。有了这两件宝贝,何惧唐兵百万?"花伯赖听了大喜,说:"兄弟,你既有神鞭、金莺,还要写书到五龙山,请他姊妹到来,破唐兵甚易。"叔赖说:"哥哥之言有理。"一面修书往五龙山,一面整顿交战。此话不表。不知后事如何,且听下回分解。

第五十九回 盗金莺秦窦逞能 摄魂铃擒花伯赖

适才话言不表,再说唐营。次日天明,元帅升帐,令先锋罗章领兵一万打关。罗章领令,结束停当,顶盔贯甲,上马提枪,领兵出营。来到关前,抬头一看,两山环绕,中间关城。令军士大骂。

小番报入关中。花家兄弟闻报,全身披挂,带领番兵,放炮开关,冲出两支人马,来到阵前。罗章抬头一看,见为首二将,俱是红扎巾,狐尾当头,雉尾高挑,身穿金甲,一人提枪,一人拿鞭,脸分白黄;都骑高马,一样打扮。罗章明知花氏兄弟,挺枪出马,直刺花伯赖。伯赖大怒,举枪相迎,战有二十回合。叔赖见兄不胜,提鞭出阵助战。罗章全不在心,一条枪敌住两般军器,一场大战,又战到五十余合。罗章全不惧怯,越战越有力。叔赖放出金莺,飞空扑面冲来。罗章大惊,回马就走,被叔赖一鞭打来,正中肩上,伏鞍大败而走。花氏兄弟在后赶来。

探子报入营中说:"罗先锋被番将鞭打肩上,大败而走,请元帅发兵接应。"梨花听了大怒,令丁山出阵接战。刘仁、刘瑞为左右救应。三将得令,领兵冲出。让过罗章,接住花家兄弟交战。刘仁、刘瑞也向前,杀得花家兄弟汗流浃背。伯赖拖枪回马就走。丁山在后赶杀。叔赖独战二将,又放出神莺扑面飞来。刘仁、刘瑞看见,回马就走。叔赖又祭起鞭来,正中二将背上,几乎落马。众将救回。丁山正追伯赖,听得二将被打,正欲回身来救,叔赖神鞭已到面前,打中肩上,伏鞍大败而逃。花氏兄弟大喜,驱兵掩杀,杀得唐兵一大半。探子报入营中,元帅大惊,令秦汉、月娥、一虎、金莲四将速挡花家人马,快救回三将。"得令!"四将领兵出营。那花氏兄弟大杀唐兵,见红日沉西,又见大唐人马冲出,鸣金收军,进关排宴庆贺,此话不表。

再言元帅梨花。众将救回三将,四员大将俱皆打伤,忙将丹药敷好,一时痊愈。元帅说:"罗将军,番将用何法术将诸将打伤,连输二阵,损兵大半。"罗章说:"小将今日出去打关,见关上扯起绣旗,书着花伯赖、花叔赖。关旁两座高山,东西两将镇守。那叔赖身边有一只火眼金莺放出，要吃人眼目。小将招架不住，被神鞭打中。”元帅说：“他有金莺利害，伤损我兵。明日出阵，众将须要小心防备。”众将依令不表。

再言秦汉对一虎说：“元帅也防备金莺。待我与你今晚盗取金莺，明日出战，自然得胜。”一虎依言，当夜瞒了元帅，一个钻天，一个入地，私进关中。来到番营，想道：“金莺乃叔赖之物，必在西营。”叔赖身边有两个爱妾，一个名爱娘，一个名欢娘。欢娘乃贪淫之女，俱皆绝色。这欢娘因叔赖不进他房，在灯下长叹，怨言仇恨。

秦汉在屋上听得明白，想道：“原来此女怨恨，待我看一看。”飞落阶前，往房中一看，果见此女手托香腮，眼中流泪。秦汉看见，进房抱住番女。那欢娘一看，大惊说道：“你这矮子，是人是鬼，快快说来。”秦汉笑道：“你不要看轻了我，我虽身矮，乃大唐名将秦汉，有钻天之术，来探军情，见美人弹琵琶声声怨言，惊得我在云端内跌入你房。今夜与你成其好事，胜自空房独宿，休错过良辰美景。”那欢娘听了说：“看你不出，倒是唐朝上将。既蒙见爱，今晚从了你，待破了关，要娶我的。”秦汉说：“这个自然。”正要上床，那一虎在地下听得明白，钻将出来，喝道：“你两个做得好事。”唬得二人大惊。欢娘一看，又是一个矮子。秦汉说：“师兄为何也在此？”一虎说：“师弟不要贪色，和你既进关来，盗金莺要紧。”秦汉对欢娘说：“夫人，我和你后会有期。不知金莺放在何处？”欢娘说：“那金莺乃夫主防身之宝，东房去寻。”秦汉说：“承指引了。待破了关，娶你成亲。”秦汉飞入东房；一虎地行入内。欢娘想道：怪不得唐朝女元帅杀得西凉势如破竹，关门指日可破。二大王呵，我不负你，你偏待我。我今日打点归唐，只候破关。

不表水性杨花之女，再言两员矮将飞到东房，见房中灯烛辉煌，照得如同白日。房中也有一个女娘，坐在床前，也生得绝色，也口出怨言。对于锦帐，叫声：“冤家，为何象死人一样睡了？不念奴家青春，正好云情雨意，鸾凤颠倒，醉得如此！快快醒来，脱了衣服好睡。”叫了几声，鼻息如雷，只是不应。那爱娘无奈，脱了衣裳，露出了嫩粉肌肤，斜露酥胸，钻入帐内，唉声叹气。秦汉在帐外见了他明眉，好不动火，想道：“这番儿，好受用。”正当三更时分，好下手了，但不知金莺放在何处？立在栏杆边团团寻觅。只见一虎钻出对秦汉说：“师弟，你不见床头前挂着的不是金莺吗？”秦汉一看果然。忙走到床前，取下笼来。谁想金莺大叫起来，床上叔赖惊醒，翻身坐起一看，秦汉接了一虎的莺笼，飞在云端。叔赖下床，见一矮子大怒，取过神鞭打下。一虎身手一扭不见了。叔赖大惊说：“这人倒有地行之术。”抬头一看，不见了莺笼，唬得魂不附体，说：“矮子不曾拿去，为何不见了？又是奇事。”只听得半空中金莺叫声，连忙出外，抬头见云端又有一个矮子，提了笼儿，说道：“花叔赖，你靠着这只金莺儿，昨日阵上伤我四员上将。我秦将军盗取了。”说罢飞去。叔赖说：“可惜金莺，蒙师父五龙公主赠我，上阵至宝。不料唐营有钻天入地之人，要来行刺也不难。”传令兵士营中守护，乱到天明。此话不表。

再言秦、窦二将回入营中。秦汉说：“师兄盗莺，未奉军令，倘元帅知道治罪不便。”一虎说：“师弟，将莺踹死，埋其形迹。”秦汉点头，果然将莺连踹数踹，登时而死。二人不睡，候到天明。

元帅升帐，众将分立两旁。元帅说：“昨日伤了四员将。今日谁去打关。”闪出天蓬黑脸陈金定，上帐说：“末将愿去打关。”元帅说：“姊姊虽然勇猛，不可独往。”令月娥同去，两员女将得令。金定提锤，月娥使双刀，全身披挂，上马出营。带了人马，杀到关下叫骂。那花叔赖不见了金莺，正与伯赖商议，听得番儿报说：有二员女将攻关。二人一听大怒，开关出阵。叔赖接住金定；伯赖迎住月娥。二女两男，一场大战。伯赖与月娥战到数十合，伯赖实难取胜，回马诈败而走。月娥喝声：“那里走！”随后赶来，取出摄魂铃一摇，伯赖马上坐不住，迎面一交，跌下马来。番兵正要来取，被月娥轻舒猿臂，捉过马来，回马飞奔进营献功。那叔赖实战不过金定，见兄被捉，回马大败而逃。金定在后追赶，叔赖不进关中，落荒而走。一路追去，追到山凹内面，叔赖说：“好厉害的蛮婆，叫我前去无路，后有追兵，我命休矣！”

只见骑鹤一仙女落下说：“陈金定休得无礼！俺公主在此。”手执雌雄宝剑，敌住金定。金定昔日在武当圣母处认得的，喝声：“赤龙公主，你是出家修仙学道之人，也来管闲事，待我擒番将献功。”公主大怒说：“陈金定，那花叔赖是我姊妹的徒弟，焉能不救。你若赢得我手中宝剑，我便还你。”金定性子急猛，听此言大怒说：“休得夸口！”举起铁锤打去。

公主将双剑交迎，两下大战。叔赖见了大喜说：“救兵到了！飞马逃入关中。二人正在厮杀，听得虚空鹤叫，又来了四位仙女。金定看来不对，回马而去。五龙公主也不追赶，驾鹤进关。叔赖接入营中，说道：“金莺被矮子盗去，哥哥又被捉拿，方才若无师父相救，弟子性命难保。”五位公主说：“徒弟不须烦恼。梨花依黎山门下，伤我同道之人甚多。今我姊妹承你书来相请，今下山来，我们摆下一阵，与他分个高下，比一比手段。若破得我五龙阵，方算梨花有本事。若不能破，管叫唐兵百万尽为飞灰，归复西番地方，中原可得。只少上将雄兵，有了这两件，就容易了。”叔赖说：“这不难。待弟子修本进朝求救，自然有雄兵猛将。”五龙公主说：“徒弟，事不宜迟，快些修本，奏知朝廷。”不知修本进朝如何，且看下回分解。

第六十回　哈迷王坐朝议敌　梨花观看五龙阵

适才适言不表。再言那哈迷国王驾坐早期，文武朝见已毕，分立两班。便开金口说：“寡人因国舅苏宝同起兵伐唐，反被薛仁贵父子领兵西进，夺去我国许多地方，杀死无数兵将。可恨樊梨花贱婢，弑父诛兄，投降唐王。前年闻报白虎关杨藩父子身丧，薛仁贵身亡。彼时唐王反把樊梨花为帅，夺我地方。他法术利害，金牛关朱崖夫妻尽节。目下兵犯铜马关，花家兄弟未知胜负，诸卿有何主见？”

班中闪出一位大臣，头戴乌纱，狐尾当头，身穿蟒袍，脚踏乌靴，俯伏奏道：“臣雅里丞相有事启奏。”“奏来。”“臣因国舅苏宝同被樊梨花大破金光阵，血光冲散而逃，已有表章奏闻，他往名山各处洞府求神仙法术，要剿灭大唐，复夺中原，以报大仇。一去之后，并无信息，使唐兵打到铜马关。今有花叔赖表章进上，狼主龙目观看。”奏毕，将本章呈上。

接本官接了，放在龙案之上。国王一看，方知五龙公主摆五龙阵，缺少上将，故来请命。狼主问：“两班文武，谁将去铜马关搭救？”王言未了，武班中闪出驸马苏定国，执笏当胸，奏道：“臣愿领兵，保举四将同往。”国王说：“卿保举何人？”“臣保举殿前云必显、指挥方万春、平章忽突大、黄毛洞主郝麒麟，臣同四将前往，立破大唐兵将，自然奏凯回朝。望我主免忧。”国王听了龙心大悦，传旨宣召。四将一齐朝见，三呼谢恩，当殿插花赐酒，封五将为神武大将军，到铜马关听五龙公主调用。五将谢恩出朝，国王驾退回宫，文武朝散。次日驸马苏定国到教场，点齐人马大兵十万，带同四将，离了都城。到十里长亭，各官设酒饯行。定国等下马立饮三杯，辞了百官，竟往东而进。你看旌旗浩荡，号带分明，三军司令，一路而行，此话不表。

再言陈金定进营，参见元帅，将追花叔赖遇着五龙公主救去之事，说了一遍。元帅说：“月娥活擒花伯赖，已入囚车，奏主发落。姊姊遇着五龙公主，如今倒有一番厮杀，传令把兵马退下十里，且慢打关。”众将一声得令。只有秦汉、一虎二将不服要去，上帐说：“元帅休长他人志气，灭自己威风，且慢退兵。虽然五龙公主利害，小将明日再去打关，探其法术，再计议未迟。”元帅听了说：“二位将军言之有理。”传令紧守营盘，放炮一声，营盘扎得坚固，不表。

再言次日元帅升帐，点秦、窦二将出营打关。二将得令，领兵杀到关下。番兵报入关中，叔赖听报，忙来参见师父，说：“前日盗莺的上天入地二人又来打关，如何退得？”白龙公主说：“徒弟，不必慌，待我们前去拿他进关，斩首号令，出你的气。”叔赖大喜，点兵开关。白龙公主骑鹤来到阵前。秦汉抬头一看，是一位仙姑，头戴鱼尾金冠，身穿鹤氅白衫，手舞双刀，骑下仙鹤。见了秦汉、一虎喝道：“你两个无名小卒，快叫梨花出来见我。”二将大怒，喝道：“妖妇，我元帅岂可见你的吗？吃我弟兄棍棒！”照白龙公主打来。公主大怒，将双刀敌住两人，大战数十余合不见输赢。公主想道：“果然二将勇猛，话不虚传。”即忙取下乾坤小伞说道：“矮将看伞！”把宝伞撑开，放出五色祥云，把二人眼目罩住，一个筋斗，跳进伞中去了。白龙公主收兵进关，唬得唐兵胆销魂落。回营报知元帅说：“秦、窦二将被番兵一员骑鹤道姑撑开伞，二将就不见了。那道姑收兵进去了，特来报知元帅。”元帅大惊说：“我晓得五龙公主法术多端，昨日退兵十里，计议与他厮杀。那二将倚勇不

服，打关，至被擒去。如何是好？”月娥、金莲二将上账说：“元帅，那妖妇拿我丈夫，我们明日打关要救回来。”元帅依言，当夜不表。

再言公主进关，叔赖接入帐中，叫声：“师父，两个矮将怎么样了？”公主说：“我已拿在伞中，此时化为血水。”叔赖大喜，吩咐摆酒贺功。五位公主朝南坐着，叔赖下面相陪。酒至三杯，听得伞内开声说：“我王禅门下，有九转元功。你虽然吃酒，不免要斩你五条妖龙。”叔赖听了大惊。黄龙公主叫声：“五妹，你的宝伞有灵，拿人就死，今日为何不灵？”白龙公主说：“这也奇了。”忙取宝伞撑开，只见两个矮子一个筋斗跳将出来。公主大怒，吩咐拿捉。番兵正要动手，只见二人拍手大笑说：“不劳你们拿捉，我去也。”秦汉飞上天去，一虎钻入地去。五位公主看得呆了，倒觉心惊。叔赖说：“先前说过的，他有钻天入地之术，谁想又被他逃了。”黄龙公主说：“方才不听他说么，他说王禅门下，九转元功，练就真身，不得化为血水。待我明日出关，祭火珠烧死唐兵百万，才见五龙山手段。”叔赖甚喜不表。

再言秦、窦二将回营，参见元帅。元帅大喜，说：“二位将军被乾坤伞拿去，我心甚忧，我王洪福，恭喜回营。说与我知。”二将说道：“元帅，那宝伞果然利害，见他撑开，有万道毫光，把我二人眼目遮瞒，跌入伞中。若是凡人化为血水，幸我们师父传授金丹，防身之宝，遇有急难，吞在肚中，不能坏身。放开伞来，逃走回营，得见元帅。”元帅大喜，说：“今日金莲、月娥二员女将要去打关，你二将去助阵，须要小心。”秦窦二将说：“愿去帮助。”夫妻俩对喜欢，整备打关。

有番营差官下战书说：“唐将停留数日，待摆五龙阵完了，见个雌雄。”元帅批允。差官回入关中，报下叔赖说：“唐元帅批允。”叔赖与五位公主摆阵，缺少兵将。正在此言，番儿报进说：“朝廷差驸马苏定国领兵十万、大将四员到了，请二大王出关迎接。”叔赖大喜，出西关接进营中见礼，设酒接风。

次日五位公主操演人马，演熟出关，摆下五阵，东西南北中央。第一阵名曰黑龙阵，黑龙公主守将台督阵，点大将郝麒麟守住阵门，内中黑气冲天，变化多端，凭你神仙入阵，性命难保。第二阵名曰白龙阵，白龙公主督阵，大将忽突大守住阵门，内中白雾漫天，变化无穷。第三阵名曰赤龙阵，赤龙公主坐中军，点大将云必显把守阵门，内中红光焰焰，好不怕人。第四阵名曰青龙阵，青龙公主督阵，点大将方万春守住阵门，内中青云惨惨。第五阵名曰黄龙阵，黄龙公主守将台督阵，驸马苏定国守住阵门。十万雄兵，按分五行，金、木、水、火、土，分五阵操演，操了五日，精熟。

五龙公主见阵图已完，到六日各驾仙鹤到唐营讨战。梨花闻报，摆队伍出营，旗分五色，一队一队而出。梨花头戴金冠，身穿锦袍，内穿金甲。男左女右一字摆开，众将戎装，兵士精神抖擞。五位公主见了说：“名不虚传，果然行军有法，纪律分明。”叫声：“樊梨花出来会我。”梨花听了出阵说：“五龙公主，我与你风马牛不相及，为何摆下阵图阻我西进？若不回兵，不要怪我无情。”五位公主说：“樊梨花，你仗了梨山门下欺我教门，故此我姊妹们不服，摆下一阵。你若破得，我姊妹们让你。若不能破，休怪我等。”梨花说：“我一路征西，破了多少阵图，何在这小阵，你且闪开，待本帅看看，好破你阵。”公主说：“你既看看，这也随你，不要害怕。我且回阵。”梨花同了月娥、金莲三骑马来到阵前，喝道：“五龙公主，本帅既来看阵，休放冷箭。”公主说：“放冷箭，非为好汉。”说罢进阵去了。梨花一看，果然阵图利害，前呼后应，变化无穷，左冲右击，阵中宝光腾腾焰焰，顶上五云结盖，看了到也惊骇。正在踌躇，不好进阵。五龙公主在阵中冲出说：“樊梨花，如今可晓得阵中利害吗？”梨花说：“这些小技，有何难破？”说罢三人回营，不知怎样破阵，且听下回分解。

第六十一回　樊梨花一打五龙阵　窦一虎求借芭蕉扇

前话不表。再言梨花在马上想道：方才一时许他破阵，若惧不去，被他们笑我无能。想五龙阵，无非按五行生克，但阵中毫光万道，宝贝不少。凡人不能进去，须有术之士、仙教弟子，方可去得。就传令月娥、金莲二将，付灵符一道，保护其身：“去打青龙阵，须要小

心。”二将领令而去。点秦汉、窦一虎：“你有金丹保命，去打赤龙阵。”二将领令而去。又点仙童、金定二员女将：“各带灵符护身，防他宝贝伤人，去打白龙阵。”二将领令而去。梨花想道：“军中能知仙法只有八人，已差去六人。我与丁山去打黄龙阵。只一黑龙阵谁去打？”正在此想，只见尉迟青山解粮到来，参见元帅。元帅大喜说：“你竹节钢鞭乃仙传之宝，可以去得。”他黑脸黑甲，正应黑龙。命他同先锋罗章付灵符一道，去打黑龙阵。二将高兴，领兵而去。令刘仁、刘瑞、金桃、银杏同众将守住营盘，不可轻动。众将领令。

梨花、丁山去打中央黄龙阵，见阵中杀气冲天。再表月娥、金莲打入青龙阵内，只见阵中冲出一员番将，好不利害。见他青盔青甲青脸，坐下青鬃马，手执开山大爷，大旗一面，书名大将方万春。出马拦住阵门，大喝道：“二位佳人休来送命，倒不如阵前投服，收留成亲。”二将听了大怒，说：“不必多言。”将双刀劈面砍去。方万春使斧相迎，战有数十合，月娥将摄魂铃摇动，方万春倒撞下马。金莲正欲去斩，只见青龙公主骑鹤而出，喝声：“休伤我将！”执剑砍来。月娥、金莲双刀架住，三人大战。公主摇动百灵旗，忽听得阵中一声响亮，赶出无数怪兽，张开血盆大口，飞奔前来吃人。二人唬得魂不在身，回马出阵，败归大营。

那秦汉、一虎打入赤龙阵，见阵中红光中冲出一员番将，脸如红枣，红盔红甲，骑下胭脂马，手执大刀，旗上书名云必显，舞刀拦住说：“你两个矮东西也来打阵，吃我一刀。”二将棍棒相迎，杀得番将招架不住，回马就走。二将正要追赶，赤龙公主飞鹤而出敌住，祭起雌雄剑，当头砍来。秦汉、一虎看来不好，俱入地走了。

再说仙童、金定二将，杀入白龙阵，见白雾漫天，冲出番将忽突大，白盔白甲，坐下银鹤马，手执银枪，挡住厮杀。战未数合，番将大败而走。白龙公主冲出，撑开宝伞，二将见了，叫声：“不好！”各人大败逃回。白龙公主收了宝伞回阵。那尉迟青山、罗章杀入黑龙阵，阵中黑气冲天、冲出番将郝麒麟，接住厮杀。郝麒麟岂是尉迟青山对手，战不数合，回马就走。里面冲出黑龙公主，把百叶幡摇动。二将幸得灵符在身，不能化为血水，跌下马来，陷在阵内。

再言梨花同丁山杀入黄龙阵，只见黄沙漠漠，冲出番将苏定国，金盔金甲金脸，坐下黄骠马，象秦琼转世，手执黄金锏，冲出拦住说：“通下名来。”丁山说：“我乃平辽王世子薛丁山，同妻元帅樊梨花到你阵，快快下马受死，免污手中戟。”苏定国听了，大怒说：“国王正要拿你二人，要碎尸万段，方雪此恨。”丁山、梨花大怒，戟刀向前，要斩定国。定国把双锏相迎，一场大战。黄龙公主冲出助战，祭起火珠，满阵大火。梨花借火遁而逃。丁山陷在阵中，幸得灵符护身，不致损命。梨花回营，众将都说阵中宝贝利害，不能破阵，回来缴令。惟世子丁山、尉迟青山、先锋罗章三将陷在阵中，未知性命如何。元帅听了，闷闷不乐说：“三人大命不妨。”传令紧守营盘，三日之后，计议救他。

忽报朝廷差军师徐梁赐锦袍到，元帅出营指旨。开读已毕，山呼谢恩，香案供着。然后与军师见礼。徐梁说：“为何世子丁山、尉迟青山、罗章不见请来，好领锦袍。”元帅将破五龙阵陷在阵内说了一遍。徐梁军师说：“既是如此，不必烦闷。你师广有神通，差人去请来，好破此阵，以救三将。”梨花听了，如梦初醒，说：“承教。”军师辞别，元帅同众将送出营门，回身修下书信，差秦汉、一虎速往黎山老母处投上。

二将领书，钻天入地而去。不一日，早到黎山。秦汉落下云头，来寻洞府。一虎也在地中钻将出来，说道：“师兄，那边苍松成径，翠柏成林，却不是洞府么！”二人来到洞口，叩门三下，洞门开了，走出二位女道童，见了二人说：“莫非王禅老祖门下秦汉、窦一虎吗？”二人大惊说：“女师兄怎么晓得？”女仙童说：“我师父说，命你进去。”秦、窦共同进洞，但见仙鹤成群，仙鹿成对，仙花仙草满洞。二人行至中殿，见老母坐在禅床。二人跪下叩拜，送上书信。老母说：“你来意我尽知，薛丁山三将该有五十日灾难。你二人可往南海落珈山观音菩萨座下，求善才去，好破此阵。一往西方火焰山牛魔王夫人铁扇公主借芭蕉扇，好破火珠。去罢。”二人拜谢出洞。一虎说：“师兄，你往南海可以飞过去。我地行往火焰山牛魔王夫人处借扇。”说完，二人分头而去。

那一虎地行日行千里，夜行八百。在地中行了半月，钻出头来一看，只见一个村坊，鸡犬相闻，田地肥美。见一老翁在溪边抬头看云，说：“不要下雨便好。”一虎叫声：“老丈。”上前作揖。老翁听得，回转身来，连忙还礼，笑道：“你这人短小，想是矮人国来的吗?”一虎说:“我是大唐国来的。”老翁说:“小哥,你来骗我了。大唐国到这里九万余里,要过许多险路,除非是齐天大圣孙行者方到这里。你又非孙行者,焉能到得这里?”一虎叫声:“老丈,齐天大圣是那一个?”老翁说:“小哥,你不知道吗?那齐天大圣也是大唐人,和尚唐三藏的大徒弟,法名孙悟空。唐僧奉旨往西天取经,在此经过。西北上有一座火焰山,一向这里热不过,亏他往铁扇公主借芭蕉扇,将火焰山扇灭了。如今这里也温和了。”一虎闻言,喜之不胜,说:“孙行者是佛教,我是仙教,所以同生大唐,不认得的。”老翁说:“小哥,想你大唐到这里,是有意思的人。到此何干?”一虎说:“老丈,你不知道,那西凉国造反,大兵西进到铜马关。有五龙公主摆阵,阻住唐兵。奉元帅将令,要往火焰山借扇去,经过此地。请问这里往火焰山还有多少路?老翁说:“你原来也要借扇的。如今这火焰山被孙行者扇灭了火,连山都不见了,若要借扇,须往翠云山仙洞铁扇公主处。他如今也皈依佛教,不管闲事。此去西方一百里就是翠云山了。”一虎问明,拜谢作别,起身往地中去了。老翁一见骇然,说:“唐朝多是异人,这人身虽短小,倒会遁法。”

不表老翁之言,再言一虎约行百里,钻出一看,原来一座土山,但见苍松成径,翠柏成林,好一个所在。只听得半山之上石磬声传,白云缭绕。一虎前行,寻见一个洞府,上写着:“翠云洞”三字,好不欢喜。将洞门连敲三下,里面走出女子说道:“这里修行之地,那个叩门?”开门出来,一虎见两个丫鬟,连忙叫声:“姐姐,见礼了。我是大唐国樊元帅差来,要见公主娘娘,借芭蕉扇去破阵的。烦通报一声。”丫鬟说:“你这矮子也是大唐来的?前番我家公主受了大唐和尚之气,如今发愿修行,不管闲事,不敢去报。”一虎说:“二位姐姐,我是王禅老祖门下弟子,不辞千山万水跋涉,特地到此,请姐姐方便,对公主说一声。”丫鬟说:“王禅老祖,我娘娘常常说起。你就是他徒弟?我与你说一声看。”“多谢姐姐。”

丫鬟进内,来到殿上。公主正在那里打坐,丫鬟禀道:“娘娘,今日外面又来了一个大唐人,说是王禅门下弟子,来借宝扇,去破五龙阵。现在洞外,不敢放入。”娘娘听了说:“既是老祖徒弟,必有神通,前番受了猴子的气,今番此人不同,与我唤他进来。”丫鬟奉命出洞说:“娘娘唤你过去。”一虎连忙进洞,好个仙界,来到殿上,见公主坐在蒲团之上。一虎跪下叩拜,说起因由,借扇破五龙阵。不知肯借否,且听下回分解。

第六十二回 善才途中战秦汉 五公主阵上收宝

适才话言不表,再言公主娘娘说:“你既是老祖门下,姓甚名谁,有何本事,敢来借扇。”说:“弟子窦一虎,有地行之术,日行千里。”公主说:“这宝扇,当时有火焰山,断断不借的。被孙行者将火扇灭,留在洞中也无用处,借便借,你破了阵就要还的。”一虎说:“这个自然。”丫鬟付与一虎。一虎接在手中一看,是一柄蒲扇,能大能小,叩谢出洞,还从地行而回。

再说那秦汉上天,飞了数日,早到南海,按落下来,立在海边,见天连水,水连天。秦汉想道:“这项钻天帽在平地上腾云,跌下来不过在地上。这海如何过去?硬了头皮飞上云端,两眼紧闭,听得耳边风声,片时落在山上。秦汉开眼一看,原来已是南海。来到大士山门,上写着:“慈航禅院”。少停,见两个和尚笑声走出说:“你就是王禅徒弟秦汉吗?”秦汉惊,想道:“菩萨早已晓得。”忙施礼说:“法弟就是。”两个和尚回礼说:“我两个是菩萨座前弟子,法名都罗、吉缔便是。今菩萨朝天去了。曾有法旨,说今日有个大唐差来王禅弟子秦汉到此,求善才去破五龙阵。教他先去。菩萨朝回,就遣善才来。命我回复你回去罢。”

秦汉不敢久停,拜别二位,飞上云端,两耳风声,不消一时,来到东土。下落云头,心中大喜。仍旧飞上云端,一路而行,离了东土,来到西凉国。落下山头一看,见一村坊,有山有池,树木成林,中有茅房草舍,桑麻遍野,鸡犬成群,好一个村居之所。秦汉正在观看,见房中走出一个婆婆,说道:“这位客人也是东土来的吗?”秦汉大惊:这婆子倒有仙气!说:“你因何晓得东土来的?”婆婆说:“昨夜有一矮子,与你一样身材,在此借宿,肩上一柄芭蕉扇,是翠云山借来的。今日早上出门,来了一个孩童,头上梳着丫髻,两手带镯,

脚踏火轮，手拿齐眉短枪，身穿绣龙锦袄，大红裤子，一双赤足。为甚的见了扇子大怒起来，与矮子交战。那矮子杀得大败而走，孩童赶去，不知死活。"

秦汉听了，"这分明是我师兄一虎。"说："婆婆，承教了。"飞上云头，向西望去，前面喊杀连天。秦汉下落云头，见一虎战孩童不过，且战且走，好不吃力。秦汉叫声："小童，不得无礼！我来也。"童子回头一看，又见一个矮子，并不回言，举起火尖枪就刺。秦汉把棒相迎，战未数合，那里战得孩子过？棒法乱了。一虎见师弟来了，回身双战孩子，二人也战不过。

秦汉架住枪说："童子，通上名来。"孩童说："我坐不改名，行不改姓。我乃牛魔王之子，铁扇公主所生，吃人无数，火云洞红孩儿便是。只为要吃唐僧肉，遇了齐天大圣孙行者，求灵山观世音菩萨收服。归正五十三年，参拜佛爷，方成正果。在南海紫竹林中菩萨座下，同去朝天。蒙法旨往西方助唐破阵，驾轮来到村坊，遇着这矮子偷我母亲芭蕉扇。快快还我，饶你两人性命。若恃强不还，将你二人活吃。"秦汉听了笑道："我道是谁？原来善财童子。你是菩萨弟子，我两人王禅老祖门下，释道一般，不必动怒。出家须发慈悲之心，不比当初在枯骨山吃人。我奉黎山老母法旨，教师兄往令堂娘娘前借芭蕉扇，要去破阵。我往落珈山相求令师菩萨，请座下善才相助破五龙阵收宝。遇着都罗、吉缔，说菩萨朝天，同善才、龙女去了。叫我先回，就打发善才来西方破阵。我驾云而来，见你们杀得高兴，下山看看。这柄扇是借来的，不是偷的。"善才听了，心下明白，说道："既如此，何不早说？若秦师兄不来，窦师兄将被我刺死。"一虎笑道："你虽是吃人肉的人，若要打死我尚早。若再杀不过，就钻下地中，那里来寻我？你二人慢慢驾云而来，我往地中先回唐营。"说罢，身子一扭，往地中去了。红孩儿说："窦师兄有地行之术，秦师兄有何仙术？"秦汉说："我有钻天之术，一日能行千里。请问善才师兄有什么仙术？善才说："我有风火二轮，日行万里，比你两个更好。"秦汉说："事不宜迟，快快起程。"二人双双驾云而来。此话慢表。再言五龙公主说："打阵之后，一月有余，不来破阵，紧闭营门。请花弟子到来，明日出兵踹营，剿灭樊氏，好夺唐朝世界。"齐声说："有理。"令军士传请。花叔赖忙到阵中见礼，"请问师父有何吩咐？"黄龙公主说："徒弟，那唐营紧闭，计穷力竭。明日亲领人马，杀到唐营，踹为平地。"叔赖听了大喜，传令三军，来日破唐。众将齐声答应，整备交战，此话不表。

再言樊梨花对众将说："秦、窦二将往黎山一去许久，有四十余日，还不回来。三将陷在阵中，性命难保。"众将齐言说："那二人不来，我们明日去破阵。"正在此言，有番儿打进战书，约明日交锋。梨花批允，对仙童、金定说："我夫与二将陷阵，秦、窦二人一去不回。花叔赖打战书，我批允明日出战，听天由命便了。"仙童、金定说："既为上将，何惧番兵？明日各要努力，为国亡身，也无怨心。"众将齐愤愤不平，待等明日交战，此言慢表。

次日元帅升帐，点月娥为头阵，金莲为二阵，金定第三阵，仙童第四阵，元帅领大兵为五阵，刘仁、刘瑞为左右翼。正要出兵，有秦梦解粮到，交卸明白，参见元帅说："今日出兵，不点男将，却点女将。不知为何？"元帅说明此事。秦梦大怒说："可恶番兵猖獗，我今出阵，必要活擒番将献功。"元帅说："将军解粮而来，一路辛苦，鞍马劳顿，不敢相烦，后营将息。"秦梦必欲请战。元帅依允说："五龙阵厉害，上阵须要小心。""得令！"秦梦见久不上阵，昂昂得意，全身披挂，手持金装锏，骑下呼雷豹，带领本部人马出营。

那番将花叔赖领兵出阵。五龙公主守住阵脚。冲出唐营，见唐营炮响，冲出一员大将飞到阵前，喝道："俺大将军秦叔宝孙秦梦在此，快出来，决一死战。"一声大叫，花叔赖大怒，飞马冲出，提鞭就打。秦梦双锏相迎，大战五十余合，杀得叔赖汗流浃背，回马大败而走。秦梦喝声："番将那里走！"拍马随后追来。五龙公主大怒，即驾鹤出阵。五员女将也齐冲出喝道："休得逞能！"各执军器杀去。五龙公主各舞双剑相迎。仙童祭起捆仙绳，被白龙撑起伞来收去仙绳。月娥摇动摄魂铃，也被宝伞收去。梨花大怒，传祭乾坤圈、混元棋盘，来打五龙公主，都被宝伞收去，各样宝贝尽皆收去，五员女将大惊，各带转马头大败而走。五龙公主在后面追赶。

黑龙公主祭起雌雄剑来斩梨花，忽见云端落下一童子，大喝道："黑龙公主休得无礼，我来也。"梨花抬头一看，见云端飞下孩童，脚踏双轮，十分勇猛，手执火尖枪来刺黑龙公主。那公主认得，叫声："红孩儿，你也来管闲事？"收了双剑。五龙公主一齐围住，一场大战。五员女将也来助战。

秦汉正在云端赶路，听得下面杀声，按住云头一看，认得哥哥秦梦追赶花叔赖，看着追近，叔赖祭起神鞭，秦梦不曾防备，打落马下。叔赖正要取首级，秦汉飞下说："休伤我兄，俺来也。"举棒就打。叔赖一看，认得是盗莺的，大怒，提鞭相迎。唐兵抢上救回秦梦。叔赖又祭鞭打来，秦汉飞纵云端。叔赖收鞭回转。五龙公主不能取胜，说："红孩儿、樊梨花，今日天色已晚，明日再战。"两边各自收兵。

元帅回营，见伤了秦梦，将药敷好。请红孩儿相见。正欲拜谢，秦汉前来缴令，细说老母之事，请得这位小英雄破阵。梨花听了大悦，上前拜见善才，说："方才若无师兄相救，几乎一命难逃，礼当拜谢。"善才说："俺也有一拜。"各人拜毕。一虎回营缴令，将借扇之事细说一遍。元帅大喜，设酒庆贺。善财童子乃佛教的，戒酒除荤，命备素筵。众将席中议论说："宝伞利害，收去许多宝贝。宝贝焉能回来！"善财童子笑道："他伞虽妙，不及我灵仙太极圈。待我明日出阵，收回宝贝送还。"众将听说大喜。梨花说："全仗师兄大法力。"酒至半酣罢席，各归营寨安歇不表。未知后事如何，且听下回分解。

第六十三回 元帅营中产薛强 善才大破五龙阵

适才话言不表，再言次日天明，元帅升帐。善才请令破阵。元帅道："今日破阵，全仗师兄，须要小心。"点秦汉、一虎为左右翼，相助打阵。善才同了秦、窦点兵出营。元帅又点仙童、金定为救应，点月娥、金莲在后接应两支人马。元帅同刘仁、刘瑞、金桃、银杏四将五人中路而行，听得阵破，一齐向前杀出。

不表元帅分派已定，再言黄龙公主收兵回营，闷闷不乐，对四位公主说："我和你心厌龙宫，在山修道有数千余年，方得长生不老。今因小忿下山，扶助花叔赖阻住唐兵，指望得胜。谁知画虎不成，他请红孩儿到此。我一向闻他在枯骨山火云洞吃人，积骨如山，乃万恶魔君，今皈佛教，广大神通，焉能敌得过他？不如回山去罢。"白龙公主叫声："姊姊说哪里话来？我五龙公主声名也不小，岂惧红孩儿，就要回山！明日不要与他野战，叫他打阵，自然一网而擒。"三位公主都说道："五妹之言有理，只要引他进阵，红孩儿必定遭擒。也显五龙山公主手段。"黄龙公主依言。

次日五位驾鹤而出，只见唐营大开，冲出三员步将，四员女将，奔到阵前，喝道："五龙公主，快快投降，免汝一死。"五龙公主大喝道："红孩儿，今日不与你野战，敢来打阵吗？"红孩儿说："这个何难？俺来也。"五龙公主听言，一齐飞入阵中等候。那善才乖巧，对秦、窦二位说："师兄，他五龙阵按金、木、水、火、土，相生相克，生门青龙，和你们打进青龙阵。"二将说："师兄之言有理。"杀进阵中，只见一道青烟冲出。一员番将喝道："三个孩子慢来，俺大将方万春在此。"三将并不搭话，举棒就打。青龙公主将灵旗摇动，见一群怪兽，张开血盆大口，奔来吃人。两名矮将心慌。善才笑道："些许小技，敢来逞能！"颈上除下项圈，这是灵山太极圈，祭在空中，将灵旗打折，百兽化为乌有。青龙公主大怒，"呵唷，这孩子敢伤我宝。"飞鹤冲出，将宝剑交迎，那里杀得善才过？大败回身。番将被秦汉一棒打死。四员女将见阵已破，也进阵中。青龙公主无处逃生，把口一张，冲出万道清泉，在水中一滚，变一条青龙随水而去。

红孩儿说："他既逃去，不必追他，再打赤龙阵。"阵内冲出一道红光，声如雷鸣，来了一员番将，喝道："大将云必显在此。"举大刀直劈三将，三将执器相迎。不一合被红孩儿挑于马下。赤龙公主大怒，仗雌雄剑跨鹤而来，祭起双剑。被红孩儿用太极圈打下。公主把口一张，放出万道红光，把身一摇，现了原形，乃一条赤蟒，一滚直去。

赤龙阵已破，来破黑龙阵。见阵中一道黑气冲出，番将郝麒麟手执金瓜锤敌住。被一虎打中。黑龙公主跨鹤而出，手持百叶幡祭起，好不怕人。两员矮将跌倒。红孩儿笑道："这妖幡骗凡人，俺红孩儿久炼成钢，真身不坏，奈我不得。"将太极圈打去，分为两段。两员矮将登时苏醒。公主把口一张，冲出黑水，腥臭难闻，变一条黑龙，在黑水中一个筋斗就不见了。黑水消灭，破了黑龙阵。四女将杀入阵中，救起尉迟青山、罗章。可怜他二

人陷在阵中四十余日，饿得七死八活。一虎令小校背负回营。一齐杀到白龙阵。

见白雾茫茫，冲出番将忽突大，手执银枪，直刺善才。善才一枪挑下马来，被四员女将活擒而去。白龙公主驾鹤而出，把伞撑开，冲出万道毫光，矮将、四员女将立脚不住，都跌倒在地。唯有红孩儿端然不动，大笑道："白龙，白龙，你这柄伞今日也要出脱了。"说罢，祭起宝圈，将宝伞打碎。众将死而复醒，大怒向前。梨花取了乾坤圈、混元棋盘，仙童收了捆仙绳。白龙见打碎伞，破了阵，把口一张，喷出白雾，万道寒泉，水中一滚，化白龙遁去。

又来打黄龙阵。只见黄沙漠漠，阵中一声炮响，冲出驸马苏定国，用黄金锏来打善才。善才这火尖枪好不厉害，定国那里敌得住？杀开血路逃生。众将正要追去。黄龙公主舞剑出来，喝道："休追我将。"举剑来战，祭起火珠，听得霹雳一声，迸出万团烈火冲来。众将唬得魂不附体，撞着烧得焦头烂额而逃。红孩儿呵呵笑道："黄龙、黄龙，你不晓我生在火焰山，住在火云洞，那里怕你火？"飞身入火内，与黄龙公主大战。元帅说："火珠利害，快取芭蕉扇入阵救火。"一虎听了。将芭蕉扇连扇几扇，顷刻火熄。将火珠跌下。黄龙公主大怒说："呵唷，可恼，可恼！你们借了铁扇公主芭蕉扇，坏我宝贝，与你杀个你死我活。"抖擞神威，现出三头六臂，象哪吒三太子一般。众将见了大惊，独有红孩儿不怕，说："黄龙，你的法术不足为奇。"把手一放，吹口仙气，阵中杀出无数小红孩儿，手中多执火尖枪，围住黄龙。众将见了大家称异，果然神通广大。杀得黄龙招架不住。红孩儿祭起定圈打来，那番害怕，现了原形，是一条黄龙，涌起万丈波涛，顶戴火珠，水中遁去。顷刻大水不见。

红孩儿破了黄龙阵，众将救起丁山，见他面色蜡黄，不省人事。妻、妹看了伤心，安排暖车送回营中。今日大破五龙阵，多亏善才之功。看看日落西山，元帅收兵回营。灵丹救醒三将，摆宴犒赏，令明日打关。当夜元帅打阵辛苦，生下一子取名薛强，军中停留三日，此话不表。

再言苏定国阵中逃回，叔赖接进关中，问道："唐兵打阵，胜负若何？"定国将红孩儿破阵，五龙公主逃去，捉了大将忽突大，伤了三人，我亏坐骑逃回。细说一遍。叔赖大惊，令兵将紧守关头，多加灰瓶、石子、强弓、弩箭，与驸马各守东西，告急表章进朝，专等救兵到关。

再言元帅静养三日升帐。一虎说："小将借扇破阵已毕，理当送还。"元帅说："是。"走上善才说："俺奉菩萨法旨，破阵就回。久不见母亲，这柄扇待我拿去。"此扇能大能小，大放在肩上，小安在口中。《西游记》内载的，闲言不表。

元帅传令打关。有秦梦要报一鞭之恨，请令打关。元帅许之。带了人马，来到关前大骂，番兵只当不知。恼了秦梦，令军士扳城而上。只见上面箭如飞蝗射下，兵不能上，倒伤了无数兵士。元帅大兵已到，把人马扎在关下。秦梦禀说："关门雄固，兵不能上。请令定夺。"秦汉上前说："前番小将同一虎进关盗莺、会番女之时，说明今日原要我去通知欢娘，里应外合，才好破关。"元帅说："你前番私进关中，该当有罪。今晚破得此关，将功折罪。"秦汉得令，当晚飞进关中，来到后房，下落云头。窗外一看，见欢娘手托香腮流泪，好似西施一样。秦汉大喜，想道：他终身许我。跨窗走进，欢娘一见说："冤家，一向因何不来？害我望得眼穿。"秦汉道："美人，自从那夜别去，哪有工夫脱身。"将此事细说一遍。"今番房内无人，与你成其好事。"欢娘笑道："啐，废物东西，青天白日，羞答答说这样话来。倘丫头进房看见，丑也丑杀了。"秦汉说："有了，只要刺死了花叔赖，与你做长久夫妻，你不快活。"欢娘大喜说："有了，待奴整备酒筵，差丫鬟去请他来到赏端阳。将他灌醉，刺死了他，那时同去降唐。"秦汉说："倘苏定国提兵来时，如何处置？"欢娘一想说："有了，只消如此如此。事有成了，全仗将军帮助。"不知刺得成刺不成，且听下回分解。

第六十四回　欢娘刺死花叔赖　梨花兵打玉龙关

再言秦汉听了此言说："此计甚高，我回营禀知元帅，同师兄进关助你。"说罢，飞上云端，回营对梨花说，遇欢娘如此设计，好破关门。元帅听了想道："矮子个个多贪色的，但愿成功。"开言令秦、窦二将进关帮助，我准备雄兵打关，里应外合。二将大喜，接令出营，上天入地，进关不表。再言花赖叔闻欢娘相请，来到东房。欢娘接进，二人见礼坐定。欢娘说："今日端阳佳节，妾备一杯水酒请大王。但是大王贪恋西房，太觉显然。"叔赖笑道："美人，咱欢喜二人，无分厚薄。一向间阔，今日补请，与美人畅饮一杯。"叔赖上坐，欢娘下陪，丫鬟斟酒。将叔赖热一杯，冷一杯，灌得大醉，立起身来，一手搭在欢娘肩上，一手举杯，一连几杯，醉得糊涂，立脚不住，丫鬟扶到床上，人事不知睡倒。欢娘说："众丫鬟过来，筵席收去，你们吃个尽醉。"说："多谢夫人。"收了酒席，都往外房吃酒。

正当二更，欢娘拿了剑，欲要砍下，自己身子战栗起来。秦汉飞下进房，接剑在手，将叔赖砍死，说："事不宜迟，传令出去，请驸马来议事。说大王意欲降唐。令刀斧手三百，埋伏帐下，若他不允，将他斩首，开关降唐。"欢娘打扮军装，拿了令箭。只见地下钻出一虎说："秦师弟，这女子传令，我和你开关迎接大兵。"秦汉答应，又对欢娘说："你不要慌，我暗中助你行事。"说罢，上天入地行事去了。欢娘喜甚，提灯走出营门传令，旗牌分立两旁。欢娘说："大王有令箭，请驸马前来商议军情，不得有违。"旗牌接了令箭，往西营不表。

再言爱娘正在房中，丫鬟报进说："东房欢娘手执令箭传驸马，有刀斧手埋伏帐下，不知何事。"爱娘听了说："这贱人传驸马必要杀我。不如赶进东房，求大王做主救我。"算计已定，提灯来到东房。见众丫坏都醉倒，走进房内，冷冷清清，床中一看，见大王杀死，叫声："不好了！"大哭一场。"待我与他报仇。"结束停当，手执双刀杀出。

再言驸马闻叔赖相请，心中疑惑，带了亲随兵三百，明火执仗来到东营。不见叔赖出迎，便上账说："花将军夜深请下官何事？"忽听云板一声，走出一个女将说："俺家大王计穷力竭，大王爷被捉去，不知死活，意欲开关降唐。请驸马爷来相议。"定国听了此言大怒道："罢了！罢了！花叔赖逆贼，待我进去杀他。"欢娘正要传刀斧手，听得里面杀出，爱娘手执双刀。驸马说："奸贼使残人杀我吗？"拔出宝剑将二人杀死。惊动帐下刀斧手出来救护，被三百余随兵尽行杀死，回身杀到衙中，不分老少，尽行杀完。见叔赖先被杀死床上，倒觉稀奇，猜疑不出，回身杀出营门。探子飞报进说："大唐二员矮将潜入关内，把门军杀死，大开关门。大唐兵马如潮涌进来了。"驸马听了，唬得魂不附体，带了亲随，逃出西门，往玉龙关去了。

元帅进了关，传令休伤百姓。进内衙中，见杀死军人无数，方知欢娘、爱娘俱被定国杀死，定国逃去。秦汉说声："可惜佳人。"吩咐将叔赖、欢娘、爱娘埋葬，番兵尽皆收殓，出榜安民。放出花伯赖、忽突大，二人上前叩见。元帅说："你二人无名小将，杀之无益。放你回去，教玉龙关守将早早献关，捉哈迷番王，解上京都定罪。我主若有好生之德，你君臣的造化。去罢。"二将拜谢，诺诺连声而去。元帅吩咐摆宴犒赏三军，奏本进朝。养息三日，传令起兵，取玉龙关。点罗章为前部先锋，丁山为护卫，军分三路而进。

那罗章早到关前，一马当先讨战。番儿报进。那守关将乃国王长子罕尔粘镇守。前日间苏定国回来说起，心中一惊；又见花伯赖、忽突大二将放回报说；今又闻番儿报说，大唐兵关外讨战。唬得魂不在身，忙集众将商议："谁人出关开兵？"连问数声，并无人答应。太子无法，正在烦恼，报苏国舅到。吩咐请进，宝同朝拜太子。太子道："国舅少礼。前闻金光阵内走去，今日回来必有神通退得唐兵。"宝同奏说："臣自从金光阵大败，欲起兵复仇，前往各处仙山，请仙借宝。蒙教主金壁凤祖师借我一匹神兽，名曰'黑狮子'，驾云而来。闻说唐兵杀到关口，可来讨战吗？"太子说："国舅，目下兵临关下，将士寒心，无人出战。难得国舅到来，计将安出？"宝同说："付臣一万人马，杀他片甲不回。"

太子听说大喜，点起雄兵一万，战将十员，放炮开关，冲杀阵前。罗章抬头一看是苏宝同，大怒，挺枪直刺宝同。宝同将刀接住，战有三十余合，宝同不能取胜，把马一拍，那黑狮驹双蹄起在空中，鼻内喷出烟火。罗章两眼难开，回马就走。三军烟得无处投奔，自相践踏。伸手不见五指。那火一发厉害，大者车轮，小者炭火，飞来粘在身上，烧得焦头烂额，一万人马，去其大半。宝同大喜，收兵回关，摆宴贺功。

不表君臣得意，再言罗章大败，收拾败残人马回营。元帅大兵已到山下扎营，罗章回营告罪。元帅说："罗章既为先锋，见机而进，如何被他杀得大败。"罗章禀道："元帅，小将

正在打关，冲出番儿苏宝同，骑下神兽，鼻内生烟，口中喷火，四足生风。小将挡不住，三军烧死战场，亏得坐骑跑得快，不然也被烧死。望元帅恕罪。"元帅说："苏贼又来，决有神通。你暂退外，计议出兵打关。"罗章退出。元帅封门，退到内营。金定、仙童接着说："元帅为何不乐？"梨花说："今日罗先锋打关，被苏宝同借得黑狮驹，将先锋烧得大败。想他逃去日久，又纠合左道旁门到来，阻我西进。不知几时可得太平班师，好不烦闷。"仙童说："他败兵之将，有甚本领。明日出兵，除其恶兽，就好西进。"梨花点头，各自安睡，当夜不表。

次日与仙童计议已定，捉苏宝同取黑狮驹。忙升帐，点秦汉、窦一虎二将领本部人马前去打关，二将得令而去。冲出关前，只听得关内炮响，大开关门，冲出人马，乃苏宝同。二将见了喝道："屡败之将，敢来送死！"棍棒交迎。宝同说："你两个又会着了，吃我一刀！"三人大战，宝同把黑狮驹一拍，鼻口喷出烟火冲来。秦、窦二将，张眼不开。一个上天，一个入地，逃出有二里远近。唐兵大败。元帅远望我兵败来，心中大怒，同仙童、金定杀出敌住。宝同见了梨花，怒气冲天，把驹一拍，四足生风，鼻中出烟，烟降满天；口中喷火，大如车轮，直奔三人。仙童、金定见了回马就走。梨花念动真言，顷刻大水冲来，烟消火熄。宝同唬得魂不附体，驾兽而逃，往前竟走。见一座高山挡路，说："好了，方才几乎淹死，亏坐骑腾云而逃，可怜番兵淹死。怎好进关？"日已沉西，下落青山，远远听得钟声，走进一看，是一座庵院，写着"比邱禅院。"想道："天色已晚，就在此庵借宿，明日去求师兄帮助。"想罢，下了驹，拴在树上，走进山门。殿上琉璃隐隐，钟声沉沉，有几众女尼在那里做夜课，诵完了出来关门。

见了宝同，问道："将军黉夜到此，有何事干？"宝同说明阵上之事。女尼笑道："原来败兵之将，来此投宿。但是我们女庵不便留你，别处去宿罢。"宝同说："如今天色昏暗，教我那里去？乞师父行个方便，就在廊下权宿一宵，明日早行。"再三求告；有一少年尼姑说："师兄们，他苦苦哀求，里面有一个囚老虎的铁笼，锁在里面，大家安心。"众女尼齐声说："有理。"对苏宝同说："我们出家人，慈悲为本，方便为门，都是女众，不便留男客，将军必要借宿，有一囚笼在此，倒也宽大，尽可容身。你在笼内权宿一夜，明日放你出来便了。"宝同该倒运了，上了这当，连声答应说："使得，使得。"不知如何，且听下回分解。

第六十五回　梨花仙法捉宝同　神光扇软窦仙童

前言不表，那女尼里面扛出铁笼，放在殿上，宝同身不由己钻入笼内，将来锁上。一众女尼都不见了，只听外面吆喝一声，进来一位官府绅士，随坐在殿上，喝道："苏贼，认得本帅吗？"宝同抬头一看，说："不好了！这是梨花仙法捉住，我性命休矣。"哀求道："女元帅，你是正大光明英雄，饶了我命，以后再不敢来犯了。"梨花大怒说："反贼，你无事生非，惹动干戈，以害生灵，几次逃脱，罪不容诛。你有八九元功炼成虹影，刀剑不能斩你。"令左右将灵符贴上，抛在海内。宝同再三哀求，梨花不听，军士扛了，连笼抛入海中，沉于海底。巡海夜叉飞报龙王。金钟三响，龙王升殿。鳜鱼丞相，鲤鱼大夫，虾兵蟹将朝见，齐集两班。赤鱼门官启奏说："巡海夜叉探得有铁笼囚一将军，沉于海中。特来奏知。"龙王传旨："令龟鳖二将去扛来，待寡人一看。"二将领旨。同了夜叉将笼扛进。龙王说："笼内是人是怪？被何仙擒住？说与寡人听。"宝同一看，方知龙宫，开言说："大王，我乃西番国舅苏宝同，被樊梨花用倒海移山之术擒住，将我沉于海底。望乞放我。"龙王说："久慕大名，怎样放你？"宝同说："只要将笼上灵符去落，我就去也。"龙王依奏，将符揭下。宝同大喜，化道长虹而去。龙王大怒说："此人无礼，谢也不谢一声，径直去了。点将拿他。"鲤鱼大夫上前奏道："既去罢了，拿他成仇。"龙王准奏不表。

再言宝同进去见师父，路遇铁板道人、飞钹和尚驾云而来。见了宝同大喜，三人见礼。宝同说起此事，僧道恨极说："国舅，你失了黑狮驹，怎好去见教主？不如寻李道符师尊到来，擒樊梨花报仇。"宝同说："既如此，二位军师先到关中帮助太子，我不日就来。"三人作别，分头而去。那樊梨花收了法术进营。次日令刘仁、刘瑞打关，架起云梯，攻打甚

急。太子唬杀说:“国舅昨日出战,一去不回。今日打进关来。如何是好!”

忽报二位军师到了,太子大喜,令进来。僧道进营参见,太子说:“少礼,赐座。请问师尊,唐兵临关有何妙计?”僧道说:“千岁放心,我二人驾云而来,路逢国舅,命我二人先来守关。既唐兵打关,我二人出战,立擒唐将。”太子令点兵二千,开关迎战。刘仁、刘瑞正在打关,听得关中炮响,知有兵出战,退到平阳之地,摆开阵势,准备厮杀。僧道二人带兵出关,来到阵前,并不搭话,四人大战。二刘虽然勇猛,难敌僧道,回马而走。

元帅在将台看见认得僧道,叫声:“不好了!他逃去已久,今番又来,必有异宝。二将乃无术之士,枉送性命。”令“秦汉、一虎快去救两个徒弟回营。”二将得令,飞身出营。远望二将飞跑,大叫:“休慌,我二人来救你。”二将听得有救兵,复回马去,叫道:“妖僧休赶,与你决个雌雄。”提枪直刺。僧道说:“走的非为好汉。”举起剑棒相迎,战未数合,妖僧祭起蟠龙宝塔打将下来,刘仁躲闪不及,打死马下。刘瑞心慌,正要逃走,又被宝塔打落马下。僧道回身,正要枭首,秦、窦冲出敌住。唐兵救两人尸骸而回。僧道认得秦汉、一虎,知他手段高强,忙将宝塔打下。一个上天,一个入地。僧道大怒,冲锋杀过阵来,丁山敌住。元帅令仙童、金定、月娥、金莲四员女将飞马而出,围住僧道。僧道焉能杀得过,又祭起塔来,打中丁山、金定。仙童大怒,祭起捆仙绳,妖僧见了,化道长虹而去。妖道扇起神光宝剑,仙童手足动弹不得,遍身麻软,如醉如痴。月娥、金连见了,双骑杀出,救了仙童。月娥取摄魂铃,妖道晓得宝贝利害,也化长虹而去。番兵败进关中,紧闭关门。

唐兵回营,计点将士,打死四将:金定及夫君、二刘。梨花大哭说:“妖僧、妖道两个仇人,打死亲夫、姊妹、刘仁、刘瑞,此恨怎消?”金桃、银杏也哭二位亲夫。营中六神无主。听得云端落下两位仙翁。一虎见了说:“师父、师伯到了。”进营通报。元帅住哭,同仙传弟子出营,接进王禅老祖、王敖老祖。二位仙翁下落仙鹤,步进帐中。众弟子参见已毕,问道:“丁山、金定、仙童为何不见?”梨花哭禀说:“被塔打死,被扇扇坏。”二祖一看,说:“不妨,他四人被蟠龙塔打死。”取出四粒金丹,放入口中,四人悠悠醒转,见了师尊,连忙叩拜。二祖说:“仙童如醉如痴,被神光扇扇坏。”把手中拂尘连拂三拂,口念真言,仙童手脚活动,叫声:“妖道,好妖法。”叩拜师父。二祖说:“樊梨花,我有灵幡一面,可破神光扇。明珠一粒,可破蟠龙塔。他二桩宝,乃从教主金壁风那里借来的。他教下都是一班妖魔,神通不小。我二祖虽有仙术,力不能破他。到时须要谨慎。待众仙聚会,共破诸仙阵。”梨花拜谢,接了两件宝贝。二祖驾云冉冉而去。众弟子望空拜谢。专等明日打关。

再言太子清晨升帐,僧道二人参见。赐座两旁,说:“千岁,昨日大胜,打死唐将。今日出关,立斩梨花,必建奇功。”太子大喜。点兵出关,到唐营讨战。探子报入营中说:“妖僧、妖道讨战。”元帅大怒,说:“不斩二妖,如何破关?谁将出去除此二贼。”仙童、金定深恨二妖,上帐请令。元帅说:“须要小心。”又令世子丁山说:“你师父付你两件宝贝,同去出阵,擒此妖僧、妖道。”丁山接了宝贝,要报昨日之仇,带领飞龙将出营。

那仙童、金定来到阵前,僧道大惊说:“那两个女将,丑的被塔打死,齐整的被扇扇呆。如今又出阵,唐营有起死回生之术。今日必要捉进关中献功。”算计已定,举剑轮鞭来战,不能取胜。祭起塔来,二女拍马回身。丁山赶到,祭起明珠,金光闪闪。塔上蟠龙见了珠来抢,丁山把手一招,塔随珠而落,收了宝贝。女将回马交战,唬得僧道大惊,宝塔被他收去,取出神光扇来扇两员女将。丁山摇动灵幡,仙童祭起捆仙绳,僧道见了,双双化虹进关。唐兵追来,番兵紧闭关门,灰瓶、石子打下,只得回兵。元帅大悦,传令明日打关。

那僧、道进关见太子。太子说:“两位师尊,小校报道两桩宝贝被他所破,孤家正在慌张。复来见孤,有何计迎敌?”僧道说:“殿下休惊,国舅借兵去了,决有神仙来降。目下紧守关门,我二人去会了国勇,请下诸仙,破那樊梨花。”说罢拜别,化虹而去。太子惊说:“果然法术高强。”传令关上多加灰瓶、石子,日夜严守。我且不表。

再言苏宝同到蓬莱岛紫金山莲花洞,拜见李道符师尊,两泪交流,双膝跪说:“蒙师父传我法术,要报父仇。被薛仁贵杀得大败,后被樊梨花大破阵图,化虹而逃。西凉国地方俱被夺去,只有玉龙关,此关若破,国家休矣。望师父发慈悲下山,收服樊梨花,复转地方,与弟子报仇。”仙师听了大怒说:“樊梨花,你仗了黎山门下欺毁我教。既神仙犯了杀戒,同去见教主,请齐群仙,好退梨花。”宝同说:“弟子前日往教主借黑狮驹,被他用计夺去,不好再去见教主。”仙师说:“就将此事激怒师尊,诸仙聚会,一网打尽梨花等众,出你

的气。”宝同大喜。同了师父出洞，驾云来到金山逍遥宫。看不尽许多山景，异草奇花，青松翠柏，来到洞外。里面走出两个散仙，见了师徒说：“李师长同令徒到此何干？”道符说：“有事见师尊。”二仙进洞禀说：“李仙师要见教主。”金壁风说：“李道符仙翁与我不同教，请进来。”二仙领了法旨出洞，令二人进见。师徒进洞，见琼楼玉殿，彤庭瑶阶，教主坐在蒲团，八名仙童手内捧宝立在西傍。道符上前参拜，命赐座。宝同朝拜，愿师尊圣寿无疆。拜毕起立。金壁风教主说：“李仙翁今日同令徒到来，还黑狮驹吗？”李道符说：“师尊不要说起，今日小徒到我山中说……”不知说出什么来，且听下回分解。

第六十六回 仙翁触动金教主 妖仙大战樊梨花

再言李仙师说：“蒙师借驹击破大唐，被樊梨花用倒海移山之术夺去宝驹，将徒弟擒捉笼中。说教主借来的，乞见他还。他非但不还，口中不逊，说教主自来也要擒住。连笼沉于海底。亏他化长虹来见我。”金壁风教主问：“宝同，果有此事吗？”宝同说：“真的说出教主之名，他辱骂不堪，说我教非人类，都是畜生。”阶下恼了许多弟子。野熊仙、金鲤仙、黑鱼仙、老牛仙、花马仙、神犬仙、野狐仙、鸡冠仙、花凤仙大怒，上殿朝拜说：“樊梨花欺我教太甚，我等一同去到玉龙关见个雌雄。”教主说：“众弟子不可造次，樊梨花助中原国君，黎山老母门下神通广大，不要管闲事。”野熊仙说：“弟子在金牛关，被他请二郎神烧我洞府，伤我教门弟子甚多。老师不管，金山再无修行学道之人了。”

那教主耳软的，听了此言说：“你们先到玉龙关摆诸仙群会阵。还了黑狮驹便罢；他若不还，我当亲临，显二教高下。”令道符师徒先到关下搭起芦蓬，迎接诸仙。道符大喜，同宝同化虹先到玉龙关。

众仙辞别师尊，各驾妖云而来。路上逢着僧道二位，说失了两件宝贝。花马仙大怒说：“二师，那教主命我十代弟子来助西蕃，管教大唐百万尽为飞灰。事不宜迟，径往玉龙关去。”僧道听了大喜回关。苏宝同先进关中，请太子焚香迎接诸仙。不消片时，下落云头，太子一一接进，见礼坐下，说：“孤家有何德，敢劳众仙下降，相助破唐。”神犬仙、花马仙笑说：“要破唐兵何难，待我二人出关，捉唐将如反掌。”众仙道：“我们一同出去看，怎样一个樊梨花？说他如此利害。”大家说得有理，一同上马，出了辕门，带领妖兵，探头点脑，要想吃人。唬得番民家家下闼，户户关门。道符仙师见了如此，扎营关外，免害生灵。宝同领兵，炮响开关。那丁山同秦汉、一虎正要打关，只见关中冲出一队，人人尽是奇形怪状，如畜兽一般好笑。“番邦用了这班人，国家该灭。”正在观看，旗门下杀出二人，挡住说：“来将回去，唤樊梨花出来纳命。”丁山大喝道：“呔！你两个狗头马面的妖道，不必多言，看枪罢！”挺枪刺去。妖道双双来迎，一场大战，二妖看来难胜，口中喷出妖雾腥气，罩住天光。丁山伸手不见五指，被他拖下马来。秦汉敌住，一虎救回。又冲出四个妖仙围住秦汉。顷刻天光明亮，一虎放了丁山，复冲出助战。那金鲤仙顶上放出毫光，黑鱼仙口中喷青烟，神龟仙眼中放出红火，鸡冠仙冠中放出五彩，飞在空中，结成一块磨盘大的东西，照定二人头上打来。那秦汉亏得入地鞋，见势不好说：“师兄，我们去罢。”两个上天入地去了。四妖大惊，收了妖术。

唐兵报与元帅。元帅见丁山毒气所伤，吃丹醒转。听得二将败回，说明此事。梨花闷闷不乐。为何关关都有异人？如今来了许多妖仙，如何能破？仙童说：“前日两位师尊说：‘玉龙关群仙斗法，’想是这班妖仙。待明日出战，见机行事。”梨花依言，传令紧守营门，恐防妖仙劫营。众将得令，紧守不表。

再言李道符犹恐众妖扰民，就关外安营。次日唐营冲出三员女将。野熊仙性不能忍，听见女将出阵，舞剑冲出。见梨花骑黑狮驹，两旁金定、仙童各骑宝马。梨花一见野熊大怒说：“妖道，前日在金牛关逃去，今日饶你不过。”轮刀杀去，围住野熊。野熊难敌三将，众妖正要向前，梨花拍马吐出烟火。野熊唬得魂不在身。宝同见物伤心，不敢出战，紧闭营门，对众仙说：“黑狮驹利害，被他所得，若盗得它来，送还教主便好。”花凤仙说：“这个何难？今夜包管盗来。”宝同说：“全仗师兄大力。”当夜驾云往唐营。

正当元帅得胜，令秦汉巡营，见云中来了一位女仙，来盗黑狮驹。飞上云端与他厮杀，惊动众将，照定仙女乱射。花凤仙心慌，弃驹而逃。秦汉牵了黑狮驹回来禀元帅不表。那花凤仙巡回番营，将遇矮将驾云夺回，说了一遍。国舅好不烦闷，无计可施。

次日唐兵杀到，番营一班妖道各显神通，只见乌云猛雨，现出无数怪物，尽是豺狼虎豹。仙童见了大惊。梨花笑道："这些小术，三岁孩儿也晓。"念动真言，用红绿豆撒在空中，霎时雨散云收。神龟仙大怒，冲出阵来，喝道："樊梨花，你用撒豆成兵之术，我有法擒你。"梨花一看，见此妖尖头，绿眼，黑脸，嘴上微须，身穿八卦道袍，手执鹅翎扇，背上一柄红光刻冲来。将扇子一扇，扇出万丈波涛，水内钻出，拔出红光剑，来斩梨花。梨花念动真言，波涛尽退，将手接住宝剑，祭起诛妖剑，神龟仙躲闪不及，砍在背上，现了原形，乃一个大乌龟。将绳索穿了琵琶骨，贴上灵符，吊在旗杆之上，出其大丑。众妖见了，不战而逃。梨花见天色晚，收兵进营，明日交兵。此话不表。再言众妖同了僧道、国舅来见师父，说起："龟仙被捉，我教扫尽面皮，望师父救回。"李道符仙师说："龟仙被符镇住，待教主亲临方可解救。但是神仙犯了杀戒，我当亲出斩那梨花。"宝同等拜谢，各归营安歇。

再言梨花对众将说："今日出战，须要大破番兵，活擒众妖，好夺关门。"众将说："是。"点秦汉、一虎冲头阵，刘家兄弟第二阵，月娥、金莲第三阵，第四阵点金桃、银杏，第五阵点仙童、金定。自领后阵。丁山、罗章为救应。分派已定，大开营门出阵。秦、窦二将冲到阵，喝道："这班妖道，快快出来纳命。"众妖大怒，犬、马二仙敌住秦、窦二将。

又冲出刘仁、刘瑞，番营花凤仙、野狐仙出阵。见了二刘说："大唐好人物，果然生得标致，待我捉他回营成亲。"算计已定，各骑仙鹤出阵，娇滴滴声音说："二位郎君，快通名来，我好拿你。"兄弟抬头一看，见二女仙道姑打扮，好似仙子下凡，都是绝色。开言说："我刘仁、刘瑞就是，自出阵以来，无有不胜。你二人不如投降，我与你配一个风流佳婿，夜夜快活。若不然，我这枪杆厉害。"二仙姑笑道："你枪无情，我双刀也不善。"举刀砍来，二刘把枪相迎。

第三队月娥、金莲杀到旗门。野熊仙、老牛仙接住，思量要活捉二员女将。老牛抵住月娥，杀得天昏地暗。金莲迎住野熊。老牛口吐青烟，霞光喷出。月娥摇动摄魂铃，老牛跌下马来。现了原形，是一只白牛。吩咐军校，穿了鼻孔，牵回本阵。又来助金莲。野熊见老牛捉去，一发心慌，摇身变了飞熊，眼如铜铃，口似血盆，来捕捉金莲。那月娥冲到说："郡主不要慌，我来也。"取铃摇动，野熊跌倒，被手下捆捉回营。

二员女将正要回营，抬头见两公主敌住金鲤仙、黑鱼仙。二妖口中吐出海市蜃楼。金桃、银杏眼前花花绿绿，如醉如痴。二妖正待擒拿，金莲、月娥大喝道："休伤我将！"手舞双刀架住。两个鱼妖大怒，思量一网而擒。哪知月娥铃子利害，对了妖道一摇，二妖跌落马前，现出双鱼，涌出清泉，借水遁而逃。那四员女将杀过对阵，冲出飞钹和尚、铁板道人、苏宝同，鸡冠道人，敌住四员女将。元帅冲锋上前。李道符大怒敌住，喝声："呔！樊梨花妄自尊大，不看仙翁眼内，今日相逢，断不饶你。"梨花抬头一看，见道符仙风道骨，相貌不凡，五绺长须，飘洒胸前，头戴纶巾，身披鹤氅，手执仙剑，不象妖道之辈。说道："仙长，我与你素不相识，风马牛不相及，说什么断不饶的话来。"道符说："樊梨花，你不认得我吗？我与师同列仙班，弟兄相称。道友宝同，是我弟子，虽兴兵抱怨大唐，也各为其主。你不看师叔之面，处他无情。今日我不与你甘休。"说罢，举剑向梨花面上砍来。不知后事如何，且听下回分解。

第六十七回　教主摆列诸仙阵　二教斗法有高低

前言不表，再讲樊梨花双刀架住说："原来是道符师叔，既是上古神仙，该识天命，也不该来助恶为虐。该命你弟子改邪归正，教番主降唐纳款，自然唐主收兵，各分疆界。何劳师叔到关前与我为难。"李仙师听了大怒说："樊梨花，你说哪里话来！天下者非一人之天下，唐王坐了中原，贪心不足，夺取西番世界。好好把番国地方退还，收兵回去，叫唐王年年进贡，岁岁来朝，我便饶你。"梨花听了，叫声："师叔，这句话讲错了。中原大国到反

进贡小邦,你如何做得大罗神仙? 快快归山,可全体面。若再无知,休怪弟子无情。"道符听了怒容满面,说:"贱人,休得多言!"用剑劈面砍来。梨花又架住说:"师叔,我看黎山师父之面,让你两剑。若是再来,决不让你。"道符又举剑砍来。梨花将刀相迎,战有数十合,不分胜负。梨花想道,他法术高强,先下手为妙。祭起打仙鞭来打仙翁。仙翁大笑,把袖一拂,鞭落在袖中。把身一摇。背后五道金光飞来罩住,梨花眼花缭乱。忽仙翁提剑赶到,唬得魂不附体,说:"性命休矣! 五遁不能逃脱。"只听得霹雳一声,五道金光不见。李仙翁正欲砍梨花,听霹雳打散神光,大怒。抬头一看,见黎山老母跨了一匹金鳌飞下,说:"李道友,休伤我徒弟。不该请教主炼宝摆阵,害我座下众弟子。如今也不与你计较,你看那边云彩冉冉,教主法驾来也,我且暂退。"仙翁见了老母,欲要相杀,听教主驾到,回头一看,远望西方祥云五色到来,忙传令收兵接驾。那花凤仙、野狐仙正与二刘交战,听得收兵,俱皆罢战,退回本阵,接教主。

那樊梨花在金光中,五遁不能逃脱,忽师父降临,说退道符。收兵回营迎接师父进账,领众参见,拜谢救命之恩。拜毕起立两旁。老母说:"如今金壁风教主炼四口宝剑,要摆诸仙群会阵,见二教高下。与我等斗法。你去营外搭起芦蓬,迎接诸仙下降。"梨花奉命,传令罗章营前台上挂红结彩,请老母坐在当中,香烟不断。又设交椅公座,笙箫细乐。

不表营营齐整,再言金壁风带了数代弟子,捧了宝剑,那剑红光闪闪,五色毫光。谁知弥勒佛座下黄眉童子,他在西天小雷音寺骗捉唐僧,有徒弟孙行者求得佛祖收去。不料弥勒往西天如来佛那里去了,黄眉童子私下山来。见了五色毫光,决有宝物,忙驾云而来,撞着教主宝剑放光,说:"老道士,这剑送与我罢。"教主一看,原来是个童子,说:"这宝剑要到玉龙关摆阵斗法,你要来何用?"童子说:"我爱他五色毫光,心中所喜。"教主说:"快快回去,我要行路。"那童子将布袋抛起收了宝剑,起身要走。教主晓得此袋是佛藏天袋,乃法门至宝。故将好话与童子说:"童子过来,我有话对你讲。你在弥勒佛座下,不见干戈。今日同我往玉龙关摆阵,你把剑还我,斩了樊梨花,与你剑罢。"童子笑道:"既如此,同去看看。这剑原要送我的。"教主说:"这个自然。"驾云来到玉龙关。那仙师命宝同搭起高台,香花灯烛迎接教主仙驾。只听得半空音乐,道符同了三弟子,九仙妖,一齐迎接教主。教主下云,坐在高台,众仙参见。李仙师傍坐,众弟子侍立两列。道符说:"起初捉去神龟仙,高吊旗杆,又捉去老牛仙、野熊仙。今日亲出,将金光罩住,欲捉梨花,被黎山老母救去。专等教主法旨,大显神通,除此樊梨花。"教主听了说:"黑狮驹盗不回,反失三仙。我全仗这匹神兽,好建奇功。"便命弟子飞云、飞翠二位女仙,"与你两道灵符,前去盗骑。"

二仙女领法旨,接了灵符,驾云来到唐营。往下一看,见黑狮驹拴在莲花帐前,三仙高吊旗杆,奈有人守不能偷盗。等到晚来,直至三更,将士带甲安睡,二仙大喜,飞云对飞翠说:"师兄,你去盗骑,我去旗杆上放三仙。"飞翠说:"师弟,须要小心。""晓得。"那飞翠来到帐前,取出灵符一照,那神兽认得灵符,挣断丝缰,四足腾空。飞翠大悦,骑了驾云而回。那飞云上高杆,将灵符一照,老牛、野熊大喜,脱其绳索而逃。独有神龟仙逃不脱,一汪眼泪。仙女说:"他两个见了灵符,脱身而逃。你这乌龟还不快走。"神龟说:"仙女,你不知道。他铁链容易脱身,我是捆仙绳,要窦仙童亲念咒语,方能解得。"飞云听说,无可如何,只得同了二仙回营,来见教主,说:"弟子奉法旨,老牛、野熊回来,神龟被捆仙绳捆住,不能脱身。回来交旨。"教主驾坐蒲团,也知神龟灾难未除。老牛、野熊也来叩谢。飞翠盗了黑狮驹,也来交旨。教主见了黑狮驹,心中大悦,吩咐迁往后营,待天明乘坐,阵前好会唐兵。此言不表。

再言唐营元帅升帐,守狮小校禀说:"昨夜三更,只见半天毫光一闪,那匹黑狮驹叫一声,驾云而去。"梨花大惊,决是金山法力摄去黑狮驹,又是一番周折,闷闷不乐。又小军报进:旗杆逃去二妖,单剩乌龟。梨花一发心惊,忙上芦蓬,叩见师父,说此因由。老母说:"徒弟,昨夜音乐嘹亮,想教主已到。待他布了阵图,候诸仙一道破阵。"梨花听师父之言,抬头观看,见番营顶上,五花祥云如同华盖。忙下芦蓬传令出营,后面老母驾鳌而出。那番营教主,带了众弟子,骑上黑狮驹出阵,说:"唐朝将士,请黎山老母出来会贫道。"那老母乘鳌而出,见了教主,说:"道友请了,我和你上古神仙,万劫修身,上朝金阙,何故来降红尘?"金壁风叫声:"道友,你徒弟樊梨花背后恶言毁骂我教。今我下山,只叫樊梨花出来，待我拿上宫中，问明还你。”老母说：“你的门下多有搬嘴，道友不可听他。”教主说：“我既下红尘。摆一阵图，今且暂回，明日分二教高下。”老母说：“且摆完了再处。”说罢，两下一拱，各自收兵回营。梨花听得教主之言，闷闷不乐。

教主回营，吩咐国舅，进关祭祷山神海岳天地神祇。国舅领命。请出太子拜祷。然后教主摆起诸仙群会阵，按四方悬宝剑四口，凭你神仙杀到，削去三花，梨花性命难逃。宝同奉命依法整备。次日教主登台，点金鲤、黑鱼二仙，“你守南方丙丁火，暗藏三百甲士，若有神仙进阵，祭起宝剑，绝他性命。”二妖领旨，镇南方。点白牛、野熊二妖，“带甲士三百，镇东方甲乙木。若有神仙进阵，祭起宝剑斩他。”二妖领法旨而去。点犬、马二妖，镇守西方庚辛金，付剑一口，二娇领旨而去。点花凤、野狐，将剑一口，镇守北方壬癸水。分派已定，对黄眉童子说：“你随贫道到来，烦你一烦。”童子说：“我佛门慈悲为念，不晓武艺，叫我如何上阵？”教主说：“只要你将布袋抛起，一概收在袋中，其功不小。非但宝剑送你，国王还有许多宝贝赏你。”童子贪财，说：“就去。”同道符守中央戊己土，二人领旨而去。又令苏宝同、飞钹和尚、铁板道人、鸡冠仙四队，分为左右救应。自骑黑狮驹，手执令旗指麾。摆阵已完，众将严守。

那唐朝元帅见番营毫光直透云端，明知摆阵已完，忙见师父说：“看此阵十分厉害，师父一人焉能成事？若众弟子进阵，枉送性命。”老母叫声：“徒弟，你看那边彩云几朵，诸仙来也。快些迎接。”梨花听了下篷，众弟子跪迎。只见骑龙、骑凤、骑鹤、骑象、骑狮、骑牛、骑虎，都下云端，接入篷上与老母相见，列班而坐。蒲团第一位轩辕老祖、王敖老祖、王禅老祖、张果老、李靖、谢应登、孙膑、张仙共八位仙师，坐在东首。西首坐着五元仙母，金刀圣母、武当圣母、桃花圣母、黎山老母，随来仙女手捧宝瓶，奏动仙乐。梨花同众弟子叩见。薛丁山是王敖弟子，秦汉、窦一虎是王禅弟子。金莲，桃花圣母徒弟。金定，武当圣母徒弟。月娥，金刀圣母徒弟。今日师徒相逢，甚是欢喜，吩咐摆列素筵，款待仙众，说及破阵之事，不知后来，可能破得诸仙阵否，若知后事，且看下回分解。

第六十八回　老祖大破诸仙阵　教主群妖俱已逃

且表黎山圣母说：“金壁风听一面之言，妄动干戈，摆了恶阵，与我教斗法。奉轩辕老祖执掌帅印，发兵破阵。”众仙俱说是。

梨花捧上兵符帅印，老祖接了。往下一看，众弟子不得进阵，有伤性命，便说：“今日承众位道友推贫道执掌帅印，也犯杀戒，以应劫数，黎山老母、五元仙母二位道友，带弟子梨花领兵杀入南阵，取宝剑砍倒朱雀旗，其阵立破，可到中央会兵。”“是。领法旨。”又命：“王敖、王禅二位道友，带弟子丁山、一虎、秦汉去打东阵，收取宝剑，砍倒青龙旗，杀到中央会兵。”“领法旨。”四仙带领弟子去了。命：“张果老、李靖、谢应登、孙膑、张仙五位道友，带刘仁、刘瑞领兵杀到西阵，取剑砍倒白虎旗，中央会兵。”“领法旨。”五仙驾鹤乘虎而去。命：“武当圣母、金刀圣母、桃花圣母三位道友，带金定、月娥、仙童去打北阵，取剑砍倒元武旗，中央会兵。”三仙领法旨而去。自执黄旗，坐下青狮，到中央会合。

再言二位老母，杀入南阵。只见红光冲出，那宝剑盘旋滚滚下来。二仙恐防有失，顶上现出两朵金莲，托住宝剑。五元圣母，用手一指，摘取宝剑。黎山老母砍倒朱雀旗，红光尽灭。阵中鼓响，杀出金鲤、黑鱼二妖，敌住二仙。梨花祭起金棋子，将二妖打死，现了原形，是两鱼精。老母提刀斩了两个鱼头，杀入中央。

那王敖、王禅老祖，杀入东阵。只见一道青烟，随着宝剑如龙舞而来。二位老祖一见，即时顶上现出彩云托住宝剑。王禅收了宝剑，王敖将青龙旗砍倒，同弟子杀入阵中。只听连珠炮响，冲出白牛、野熊提剑来迎。被秦汉一棒打死白牛。野熊正要逃脱，被二祖一指捉住。杀入中央。

再言五位仙翁杀入西阵，见白光万道，夹住宝剑杀将出来，好不厉害，如光芒飞舞，杀气腾空。五仙一见，即时顶上现出金光托住。孙膑收了宝剑，张仙砍倒白旗，冲出犬、马二妖迎敌，被刘家兄弟双戟刺死，现了原形，乃一犬一马。杀入中央不表。再言三位老母

来到北阵，见一道黑气漫天遍地，对面不见人，忽然宝剑如虹而来。三位圣母知得宝剑利害，每位的头上放出金莲托住宝剑。桃花圣母砍倒黑旗，收取宝剑。忽听锣鸣，冲出花凤仙、野狐仙。仙童祭起捆仙绳，将二妖捉住回篷。便往中央大会诸仙。轩辕正与道符斗法。道符祭神光珠来罩轩辕，轩辕笑道："顽仙，你有明珠我有钵盂。"托在手中，一道金光现出一条金龙，擒住明珠。道符看到诸仙杀到，明珠阵破了，打点逃身。金壁风叫声："不好了！"吩咐童子祭宝。童子笑道："诸位善男信女，大家看看我的宝贝来了。"将布袋抛起，把诸仙弟子一齐收入袋内。单走了轩辕、李靖、孙膑、谢应登、黎山老母五位祖师，余者都被收去。

谁知来了救星，是唐僧奉旨取经，收了三个徒弟，孙行者、猪八戒、沙和尚。遭了八十一磨难，才到西天，取得三藏真经，脱了凡胎，竟回东土。师徒四个在云端经过，听得下面争斗之声。唐僧叫声："徒弟，自离西天，早归东土。这里什么地方，有毫光冲天，杀气腾空，是何意思？"行者道："师父，你忘记吗？前日在西天，见佛取经的时节，那如来佛前殿弥勒佛笑对你说：'唐三藏你归东土，到西凉国地方，有群仙斗法，擒妖捉怪，千万不要管闲事，恐有祸到。'想此正是西凉国地方，由他们罢，问他做甚。"话犹未完，只见面前黑暗，伸手不见五指。师父与八戒、沙僧霎不见了。孙行者大惊，叫声："师父"。那边答应说："徒弟，我和你方才讲话，日色当中，一时天色黑暗，想是夜了。"八戒笑说："就是夜了，也有星光月色。想是西边沙漠之地，是落沙天了。为何眼珠都张不开？"急得行者无法，想是师父又有灾难了。想一想说："是了，这里定有妖魔，又将我师父缠住，弥勒佛早晓得，待我往西天向明，便知道了。"算计已定，东钻西钻，没有缝路。呵呀！好奇怪！为何还在暗中？且住，我孙行者天宫地府龙宫都走过的，到了东土，寸步难行。我一个筋斗行十万八千里，这些世界有限。团团看去，有一线亮光，好似菜籽大。行者喜说："如今有出路了。"变一蜜蜂钻出。看见天光，一个筋斗早到西天。走进山门，有四天王、八菩萨拱手说："大圣，你同唐僧归东土，为何又来？"行者说："不要说起，在西凉国经过，被妖魔把我师徒四周罩住，昏天暗地！无处逃身。我变化钻出，特来求见世尊，问个明白，好除妖怪。"金刚菩萨不敢拦阻，引见世尊。行者上前唱喏说："如来佛，老孙唱喏。"世尊笑道："这猴精！同师父回归，为何不来？"行者说起此事，要如来查明是何妖魔。世尊说："诸天菩萨查看，何处妖怪在西凉作难三藏？"有弥勒佛越班而出："启世尊，我座下黄眉童子私自下界有三刻，失去如意乾坤袋，又在那里戏侮唐僧。"世尊说："烦弥勒佛前去收回，放唐僧回东土，完了功业，早来佛地以成正果。""谨领佛旨。"

同了行者驾云来到西凉，立在云端之上，望下一看，只见黄眉童子祭袋欲害诸仙。弥勒佛去下念珠，收了布袋，放出诸仙、唐僧师徒三人。黄眉童子见了主人，叩头礼拜。宝同僧道见收了袋大惊。那金壁风、李道符大怒，仗剑驾云，见了弥勒喝道："你这胖和尚！出家人也管闲事，吃我一剑。"恼了孙行者，手举金箍棒，喝声："齐天大圣在此，吃我一棒！"教主、道符听说齐天大圣，唬得魂不附体。晓得闹天宫，玉帝也降他不得。回身化二道金光而去。行者笑道："我老孙棒不曾打下，这两个野道就不见了。"弥勒佛叫声："悟空，你同师父速往东土，我回西去也。"带了童子驾云往西。

那师徒下落云头，诸仙接见说："四位师父是甚菩萨，收了宝袋，前来救贫道等众？"三藏回礼说："贫道乃唐玄奘，奉旨往西天取经回来，被如意袋收去。大徒弟孙行者逃往西天见佛，求得弥勒佛前来，收了袋，放出诸位仙长仙母。"众仙说："原来师父就是西天取经圣僧，如今唐王扎住白虎关，速去复旨。"师徒大喜，作别回东不表。

那诸仙对谢应登仙翁说："如今阵已破，金壁风、李道符逃去。只有苏宝同、铁板道人、飞钹和尚未曾剿除，恐有后患。道友在此剪除，我等辞别先行。"应登领命。诸仙各驾祥云去了。众弟子跪送师尊。元帅传令，杀到玉龙关。唬得太子两泪交流，说："如今怎样处？"宝同、僧道逃回见太子。太子说："国舅，今唐兵大破诸仙阵，教主与李仙翁杀得大败而走。如今计将安出？"宝同叫声："殿下，吩咐严守关门，设计破之。"正在此言，番儿报进说："大唐兵马架云梯攻打甚急。"太子大惊说："如何是好？"宝同说："太子不必着忙，我们二人同去守护。"太子说："孤也同去。"四人来到关上，往下一看，见唐兵如潮涌，围得水泄不通。令军士多备灰瓶、石子、劲弓、弩箭坚守。不知后事如何，且听下回分解。

第六十九回　番王纳款朝金阙　圣主班师得胜回

闲话休提，再言唐营元帅请师叔发落诸妖。那白牛精被秦汉打死；犬、马精被刘仁、刘瑞刺死；金鲤、黑鱼被金棋子打死；鸡冠仙被乱刀砍杀。剩下野熊、神龟、花凤、野狐四个妖魔，被捆仙绳捆住，跪落尘埃，苦苦哀求说："我虽是妖精，修炼千年方得人身，叨天地之灵气，受日月之精华，同归截教。误被苏宝同诱来抗阻天兵，望大仙释放，从今改邪归正，再不敢妄为。"谢仙师笑道："你们虽归仙数，人面兽心，欲待放你，后来又要害人。"秦汉禀道："师叔，那野熊精兽在金牛关助朱崖，捉去金桃、银杏。亏二郎神逐此妖精，救回二女。断断放他不得。"仙翁点头，取出葫芦，放在桌上一拱道："请宝贝转身。"只见一毫是光，变成剪刀，双翅扑来。野熊深恨宝同，追悔莫及，顷刻头落。又斩了野狐，恐后害人。神龟无能，放他去罢。解了捆仙绳，乌龟拜谢而去。花凤仙原是仙禽，度他成仙，放在仙山。花凤得放，一声响亮，飞向岐山，安逸以待圣人不表。

且说谢仙翁发落众妖已完，元帅即令："秦汉、一虎今夜进关，擒太子破关。"二将得令，来到关中。等到三更，太子在城上，身子困倦。那些番军东倒西困。二人大喜，取出绳索，将太子绑了，将长绳坠下，唐营军士接住。太子梦中惊醒说："不好了，身子已被捆住。"泪如雨下。解进营中，令："囚禁后营，待本帅破了关发落。提兵打关。"二位矮将斩关落锁，放进唐兵。宝同、僧道闻知，提刀上马，杀下城来，迎着三员女将。铁板道人敌住金定；宝同迎着仙童；飞钹和尚撞着金莲。一场大战。

三人虽是骁勇，见城池已破，无心恋战，恐防祭起宝贝，各化长虹而逃。谢应登见三人逃去，打下定光珠。三虹跌落尘埃，被捆仙绳捆住。正当天明，元帅传令安民。秦、窦二将缴令；女将绑进三人。梨花请谢仙翁到营，说道："苏宝同、铁板道人、飞钹和尚俱已拿到。他三人有化虹之术，弟子不能除他。请师叔除此逆贼。"谢仙翁吩咐摆香案，请出葫芦供着。朝上一拱："请宝贝诛凶。"只听一声响，飞出剪刀，扑开二翅，三人恶贯满盈，飞宝立时斩首。仙翁说："我已除三害，可将太子绑在军前，杀入西番。他君臣归伏，就可班师。我去也！"收了葫芦，驾鹤而去。一众弟子拜送。元帅见仙翁已去，传令将太子捆在军前，杀入西凉。

那哈迷王正坐早朝，一连三报进朝。番王召进探子，奏道："启上狼主，不好了。大唐兵马打破玉龙关，杀了苏国舅、二位军师，捉去太子，大兵直杀到西凉了。"番王听了，唬得魂飞天外，惊倒龙床之上，有一个时辰方醒。大哭说："多是国舅惹祸，大唐起兵杀到边城，太子捉去。目下有谁出去退敌？为孤分忧？"连问数声，两班文武无人答应。雅里丞相道："臣启主公，不必惊慌，备下降书降表，到唐营纳款，将造反之罪推在国舅身上。大唐仁德之君，必然允从，自然还回太子。再备金珠玉帛女子，唐师必退。"

番王依了丞相之言，修了降书，宫中取出宝贝，装载数车，同了文武，离了王城，迎接先差。通事番官往唐营说："我邦狼主误听苏宝同之言，触犯天朝。今日天兵到来，追悔无及。今带领文武众臣，出郊迎接元帅，情愿纳款投降，年年进贡，岁岁来朝。望将军转达元帅，番邦幸甚。"先锋罗章听说，叫军士收下降书，"待我转报元帅。"番官送上降书。先锋扎住营，飞报元帅。

元帅大喜，此事苏宝同打战书到中原，引起一番征战。今见君臣拜伏马前；令丁山传言说："番国君臣请起，我元帅奉旨征西，欲灭你国。既然君臣悔罪，苏宝同已斩，暂准投降。我主扎住白虎关，班师带汝君臣去覆旨。"番王叩谢起身，请元帅入马进朝。同众将进了番城，那番民香花灯烛，挂红结彩，迎接元帅。进了朝门，到银銮殿，番王君臣拜见，摆宴殿廷，又送出许多奇珍异宝，元帅收下。传令起兵出城，带领番国君臣，将太子释放，立刻班师。不比来时，归心如箭，过了玉龙、铜马、金牛三关；芦花河祭过应龙，起兵到沙江关，过了寒江，回到白虎关。

先有捷书报与唐王，龙颜大喜："难得平西太平。"差程千岁前往迎接元帅，自同文武出关十里候迎。程咬金飞马来到，元帅大喜，细说一遍。咬金称赞，并马前行。见唐主龙驾，樊梨花看见，同众将下马，拜伏道旁。天子将手一起道：“诸卿平身。”起驾进关朝贺。

天子说：“卿家夫妇征服西番，其功不小。”樊梨花奏说：“番国君臣纳款投降，带在军中，请旨定夺。”将降书送上。天子一看，喜动颜色，传旨：“宣哈迷王见驾。”那番王奉召，忙到驾前，口称：“大唐圣主，番邦小臣哈迷赤朝见。”山呼拜毕，奏说：“臣误听奸臣苏宝同，触犯天朝，罪该万死。愿献西番地方数万里，苟全性命。望王准奏。”天子说：“朕念你系小邦之君，误听邪言，兵犯上国。今既悔过，放汝归国。西番地界自沙江关之东，尽归唐朝，以西汝仍管辖。退班。”番王谢恩出朝。同了太子、文武割地求和，回转本国。

西天来了唐僧师徒，下落云端，送上真经。天子大悦，传旨回朝封赏。三藏奏道：“贫僧出家人，发愿西天取经，今喜回东回驾，已不愿留在红尘，望我主恩放归山。”天子不忍苦留，御赐袈裟宝杖，准奏谢恩。三藏山呼万岁，师徒四众辞圣驾云往西不表。

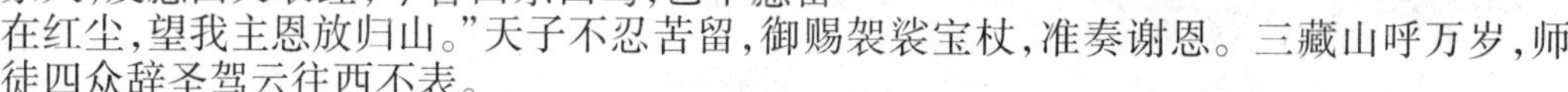

那丁山想父亲白虎山归天，夫妇往山祭奠哭拜，重修白虎庙。来日天子封一虎镇守白虎关镇西侯，带兵十万；金莲封一品夫人。夫妻谢恩就职。秦汉封青龙关定西侯，月娥封一品夫人。夫妻谢恩。丁山夫妇俱来作贺说：“此一别不知何日再会。”秦、窦二将说：“后会有期。”来日起驾，过了玄武关，不日又到青龙关。秦汉驻守。

行到寒江关，梨花来见母亲。丁山设祭岳父、二舅，请僧超度。丁山说：“贤妻不必悲伤，请岳母同去享受荣华。”老夫人说：“我本不忍离故国，单有女儿随去便了。”备车起程。又行到界牌关。天子召丁山说：“朕当先行。卿同妻搬父棺到京，往山西安葬。”丁山谢恩。

御驾还朝，太子同文武迎接。驾进长安，升了金銮，百官朝贺。有张士贵之孙，志豹之子，君左、君右俱为丞相。朝罢进宫，王后妃嫔朝见，细说征西十有八年，朝中又见一番景况。次日天子入寺观行香见武氏，收纳宫内，荒淫无度。不久废了王皇后，立武氏为正宫，名唤则天。为尼之时，丑声闻外。今为皇后，一发无忌。天子十日不坐朝，文武撞钟击鼓，天子正与皇后欢乐。听得升殿，丞相魏旭上朝奏道：“万岁征西回宫，耽于酒色。倘外夷晓得，为祸不小。”。天子听奏，封秦梦为护国公，袭父职。罗章为越国公。陈云、刁应祥已经阵亡，立庙祭祀。刘仁、刘瑞封都督，出守河南，二人谢恩赴任。随征将士俱加恩赏；阵亡将士子孙受职。文武谢恩。天子驾退还宫不表。

再言丁山夫妻见柳氏老夫人叩头。夫人问道：“妹子为何不来？”丁山说：“妹夫封守白虎关，妹子受封同享。”夫人流泪。丁山说：“少不得差人问候。”丁山与老夫人、妻小到灵柩前哭拜，奉旨扶棺还乡。军士挂白如同霜雪。到玉门关地方，官府俱来迎接。早到长安，将棺停在寺中，入朝见驾。程咬金也复旨。不知天子有何言语，且听下回分解。

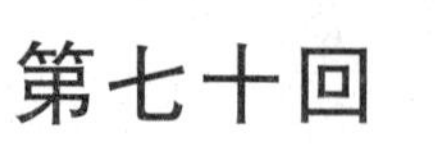

第七十回　丁山奉旨葬仁贵　应举投亲遇不良

话说大唐高宗皇帝征西回京，西番进贡者七十二国，俱来朝见。龙颜大喜，当日坐朝。程咬金启奏薛氏功劳，天子准奏加封，封薛丁山为两辽王，命工部在长安督造王府。工部领旨。封长子薛勇红罗总兵，次于薛猛云南总兵，三子薛刚登州总兵，四子薛强雁门总兵，大夫人仙童封定国夫人，二夫人金定保国夫人，三夫人梨花功劳最大，封威宁侯。仁贵身丧西凉，谥文定，立庙祭祀。柳氏、樊氏俱封一品太夫人。丁山父子谢恩，回府又拜谢程咬金。文武俱来贺喜,不表。

且表那工部督造王府三月完工,请薛爷进府享受。长子薛勇、次子薛猛辞父上任,各府小爵主俱来送行,不必细表。再言丁山在府对四子薛强说:“吾儿,你二兄上任去了,我有一件事,因你年幼,不好差你。”薛强跪下说:“爹爹有甚事,说与孩儿知道。”丁山说:“我在西番曾许下太房州还愿,欲差三子薛刚前去,他性暴好饮,恐生事故,留在京中。你往雁门是顺路,所以唤你前去。”薛强应诺,拜别父亲、三位母亲。大夫人再三嘱咐:前去小心。二夫人、三夫人也一番嘱咐。薛强领命,带了家将,望四川而去。

另再回言丁山想起父亲骸骨未葬,便与三位夫人商量。大夫人说:“这是大事,必须辞王别驾,速扶棺往山西安葬公公是好。”丁山说:“夫人有所不知。目前朝廷隆重,就上辞表,未免唐突。”夫人说:“这不难。烦徐先生保奏,自必无妨。”

丁山忙写表章,次日上朝。一面向鲁国公程咬金说:“要在山西葬父,烦老柱国保奏。”咬金听言呵呵大笑,说:“这是你孝心,老夫自然保奏。”丁山拜谢回府,端整明日上朝,不表。再言次日高宗驾坐早朝,文武朝毕,只见班中闪出一位大臣,象简紫袍,俯伏金阶奏道:“臣两辽王薛丁山启奏。”“奏来。”“臣父仁贵,没于王事,丧白虎山,蒙恩命臣扶棺归葬。今臣扶棺往山西安葬,愿王赐恩。”高宗将表一看说:“朕欲留卿在朝,以报卿之功劳。今既要葬王叔,依卿所奏。待朕差官御祭御葬,留威宁侯在朝辅政。钦此。”丁山谢恩。驾退回宫,各官朝散。

丁山回府,与三位夫人及二位太夫人说知。次日同柳氏太夫人、二位夫人送父骨往山西祭葬。三夫人梨花同三爵主薛刚在府。朝廷差行人司同到山西御祭御葬。丁山又上朝谢恩。有左丞相徐敬业、右丞相魏旭,又秦梦、尉迟弟兄、文武百官等,俱送到十里长亭,都助丧费银两。朝廷又赐黄金千两,白银万两,金瓜月斧,“倘山西有不称职官员,任卿先斩后奏,三年之后来京就职。”丁山望阙谢恩。各官送别。丁山对鲁国公说:“老柱国,晚生有一言相告。今三子薛刚在京,倘或生事闹祸,求老柱国处治。”咬金说:“不消嘱咐,老夫自当照管,你放心前去。”丁山又与梨花嘱托一番,唤过薛刚,一番吩咐,不必细表,丁山竟往山西,一路不消尽说。咬金、梨花各回府中,我也不表。

再讲薛刚在京无事,结交一班小英雄。秦梦之子秦红,诨名“阔面虎”,尉迟景诨名“白面虎”,罗昌诨名“笑面虎”,王宗立诨名“金毛虎”,太岁程月虎,长安城中人人害怕他,皆云五虎一太岁。一日,众小英雄都来探望,与薛刚意气相投,结拜为兄弟。每日在酒店中饮酒,到教场中走马射箭,玩要回来又生事,凭你文武都要让他几分。就是鲁国公程咬金也管他不住,无可奈何。这日合当有事。有一人姓薛名应举,夫妻二人,也是山西人,到长安投亲。不想张君左之子张保,带领许多家将在街上走,张保在马上看见王氏生得美貌,满心欢喜,呼家丁唤他到府中,有话问他。家将领命来到薛应举面前说:“大爷唤你夫妇到府,有话问你。”应举摸不着头路,问道:“我与你家大爷又不相识,唤我怎么?”家丁说:“你见了我家大爷,自有好处。”扯了就走。王氏再三哀告,只是不听,竟扯了应举夫妻走。王氏大喊说:“清平世界,又不犯法,拿吾则甚?”街上这些百姓晓得张府势耀,哪里敢来相劝,凭他拿去府中。家丁禀道:“唤到了。”张保一见,满面笑容说:“尊姓大名?贵处那里?说与我知道”。

应举初然间家丁拿来,倒有几分害怕。今见张保如此相问,便放心说:“大爷,小人家住山西,姓薛名应举,偕妻王氏,到京投亲不着,流落在此。求大爷发放回去,感恩不浅。”张保说:“你既投亲不着,在京无益,留你妻子在此,多打发盘缠回去。”应举一闻此言,大怒说:“我堂堂男子,满腹经纶,要来求取功名难道我卖老婆不成?快放了我回去。”张保说:“你来得去不得了,休想回去。”吩咐:“把王氏拿进后堂,交婢女们看守,把这奴才赶出府门。”王氏见了扯住丈夫,口中百般大骂说:“清平世界,强逼人妻,若奏闻圣上,依律处死。”张保大怒,吩咐家丁:“将应举送往长安府,当作强盗,要他处斩,以除后患。”家丁应诺,将薛应举锁住,拿往长安府去了。应举喊破喉咙,那个来管你。竟到衙门,那知府听了张府家人之言,认其为盗,将应举苦打成招,问成死罪,明日立斩。那王氏被张保拿进后堂,便抱住亲嘴。王氏把脸侧开,大喊,两泪如雨,大哭起来。叫道:“丈夫快来救吾。”张保笑嘻嘻说:“不要叫了,若肯从我,少不得做个小夫人;若不愿从,你也休想回去。你丈夫做了强盗,料不能活的。”王氏听了,两脚乱蹬,将头向张保乱撞。张保正欲势强,忽

家人报说："老爷回朝，唤公子。"张保无法，就交付老婢："看守在后园，晚上来与他成亲。"竟往外面去了。老婢同王氏来到后园，王氏哭诉冤情，老婢哀怜，说："大娘，你如今好了。你既有冤情，我也晓我。我晚上放你。那公子怕老爷，不敢乱为。"王氏跪下说："妈妈救了我，我没世不忘。"啼哭不住。老婢说："也罢，我开园放你去。"王氏叩谢救命之恩。老婢扶起而别。不表王氏逃走，再言老婢做成圈套，公子问起，只说王氏投池身死，谅来不究。那张保留在书房，不许进内。这是老婢造化。再言王氏逃走，一路啼哭，天色又晚，就投庵过夜。明日仍上街打听。听得人说，明日午时要斩大盗。王氏闻言，问道；"要斩何人？"旁人说："昨日张府失盗，拿位正盗，叫薛应举。"王氏听了，这是我丈夫呀，叫一声："张保，天杀的、我与你无冤无仇，为甚将我丈夫处斩？好不疼杀我也！"大叫一声，晕倒在地。

这回薛刚同一班小英雄在酒店饮酒回来，在状元街游到金字牌坊玩耍，见一妇人跌倒在地，啼啼哭哭。众小英雄问道："你何故在此啼哭？"王氏细说名姓："山西人氏，丈夫薛应举，小妇王氏，来到长安投亲不着，被张君左家人哄骗进府。张君左之子张保要强奸小妇，因我不从，将我夫当强盗送到知府，苦打成招，明日将我夫斩首。今求仁人君子化一口棺木，收殓丈夫，我也尽一点孝心。"薛刚大怒说："难得此女贞节，明日我等救你丈夫，回去罢。若被张贼晓得，你性命就活不成了。"王氏拜谢回庵。小英雄回府，众人说："造化了，遇着薛三爷，谅必得救了。"不知如何去救，且看下回分解。

第七十一回 劫法场御赐金锤 鞭张保深结冤仇

前言不表。单言次日薛刚同秦红等结束停当，暗藏器械，都到状桥，只见长安府监斩，薛应举绳索绑捆，身上斩条插了，一声锣，一声鼓，迎将来了。薛刚一看，拔出身边短刀，大喊一声，将知府一刀，众人一齐动手，杀了刽子手，劫了法场，救了应举。众百姓纷纷逃命。薛刚叫声："众兄弟，你们各自回去，不要连累。自古好汉做事，一身承当。"小英雄听了，各自分散。

薛刚单身同应举夫妻一路，只说是哥嫂被张保陷害。圣上问起，要说明白的。商量已定，来到午门，请天子坐殿。上前奏说："臣有堂兄嫂来投王府，不想被张保陷害，绑赴法场。今臣救了，奏闻圣上，除却奸臣。"天子龙颜大怒，问君左。君左回奏："臣实不知。被人冒了姓名，也未可知。"天子也不究，罚俸一年，修金字牌坊。封薛刚为通城虎，赐金锤两柄，朝中打奸臣，民间打土豪。

薛刚谢恩出朝，同应举夫妻回家，见母樊梨花假言兄嫂。樊夫人以礼相待。薛刚对母亲说："孩儿不喜做官，登州总兵哥哥去做。孩儿在京扶持母亲。"夫人大喜。次日设酒送行，应举夫妻感恩不尽，拜别往登州上任而去。薛刚有御赐金锤，朝中大臣那个不惧？日日同了小英雄五虎一太岁往教场比武玩要。

薛刚用的铁棍乃异人传授，有三十六棍，天下英雄闻名，称为黑三爷，犹如水墨金刚，烟熏太岁，好力气。秦红便金锏。罗昌用梅花枪。尉迟景用水磨铁鞭。王宗立用长枪。程月虎用抱月金斧。又有某人某人等，在教场中走马射箭，不止一日。

那日正在玩要，不想张保带了家丁也来观看地，被巡捕官看见，报与薛刚。薛刚听了，叫拿上来。众人竟将张保拿进教场。薛刚明晓得是张保，只做不认得说："你是歹人，擅敢偷看。"吩咐左右拿下去捆打四十。张保大叫："我是丞相之子张保。我父现在朝中为相，不要认错了。"众小英雄说："张君左那有此子？分明是偷贼，打他二十。"不由分说，竟将张保打了二十大棍。打得皮开肉绽，鲜血迸流，一跌一拐回去。众人大笑而回。

张保见父说明此事，薛刚如此长短。君左大怒，父子进后宰门，哭奏天子。天子说："该打。你父子生事教场，先帝封典二十四家国公。你是文官，不教尔子攻书，如何去射箭，此事朕也不究。"君左父子愤恨回家。父子商议，薛刚朝廷宠用，另寻别事算计他不表。

再言一日君左父子进朝，宫中武后看见张保生得美貌，奏知圣上，将张保承继为子。

天子耽于酒色，听武后言，将张保为了殿下。自此丑声外闻，是不必说。

再讲丁山到山西葬父骨，安享三年，奉旨钦召进京。文武相送，离了山西，竟上长安，到自己府中。三夫人梨花、薛刚迎接安宴，是有一番言语，欢会一宵已过。次日上朝，有左相徐敬业、魏相等相见，各叙久阔寒温。金鞭三响，驾坐早朝。丁山上前朝见。天子大悦："久不见王兄，朕相念之甚。"丁山谢恩。天子赐宴。次日又去拜望各公爷。至鲁国公府，咬金请酒，说起薛刚之事，"闯祸劫法场，亏天子洪恩，也不深究。贤侄回府必须教训一番。"丁山允诺回府，埋怨夫人，唤薛刚要痛责。梨花是护短的，丁山又不好在夫人面上难为，吩咐将薛刚关进书房，不许外出生事。

再表高宗李治天子宠幸武后，朝中大臣进谏，天子不准。武后知帝昏懦，易于煽惑，且垂帘于政，言听计从。遂肆意荒淫。与僧怀义、张保、张昌宗等污浊后宫，丑声闻外。魏相、徐敬业觉见不雅，将张保等禁止于外，不许妄入宫禁。武后情思不得遂欲，阴使心腹奏帝，调徐敬业外任；魏相告老，朝廷大政尽归武氏，中外称为二圣。此话不表。

再言丁山见朝廷颠倒，思念母亲柳氏，次日上本回家养亲，天子准奏回府。各公爷都来辞别。吩咐家丁五百看守王府，同夫人梨花、薛刚出了长安，行至长亭，各官送行。鲁国公程咬金说："两辽王，你回山西安享。想吾等，唐朝天下亏我们打成，世界不久要归武氏，深为可惜。"丁山说："老柱国，身为臣子尽忠而已，不必虑他，须要在朝立谏，自然太平。谅圣上明白。"各公爷也有一番言语，我也不表。

丁山辞别，竟往山西。到王府一家完聚，拜见柳氏、樊氏二位母亲，设家宴。次日拜客，茫茫然非只一日。再言柳氏太太思想女儿下泪，丁山上前，双膝跪下说："孩儿叨祖父母亲福庇，做了一介藩王，不能报答。母亲今日正当受享荣华，为何不悦？莫非孩儿不孝之罪？"太太说："非为别事，你妹妹金莲同你大舅窦一虎镇守西凉白虎关，久无音信，意欲差人问候，但未有其人。"薛刚上前说："孩儿前往问候姑夫、姑娘。"太太大喜说："孩儿肯去，吾愿足矣。"

丁山说："母亲，三孩儿不可去，他吃酒生事闯祸，其实不好的。"梨花说："孩儿勇猛，路上虽有毛贼，谅他不在心上，万无一失。"夫人窦仙童也想兄弟一虎，也来撺掇。丁山说："要去，须要戒酒。"薛刚说："这个何难，今日就戒起。"丁山说："要立个誓来。"薛刚说："从今后开了酒，杀吾全家。"丁山大怒说："畜生，胡言乱语。"薛刚说："不要慌，杀尽了，还有吾报仇。"丁山气得目睁口呆。

梨花说："相公不要听他，他是呆子，颠倒说的。"陈金定也来相劝。丁山见母亲要他去，三位夫人又来说，只得允从。端正礼物，带了家人数名。

次日薛刚拜别，离了山西，竟往西凉而去。一路上果然并不饮酒，又不生事。一日打从天雄山经过，只听得一棒锣声，跳出数百喽啰，拦住要讨买路钱。薛刚大怒，打死头目喽啰。喽啰报上山中说："大王，不好了！方才小人们出去巡山，路逢数人，内中一人黑面的使棍，十分勇猛，将头目打死，特来报知大王。"

大王大怒，带马得枪冲下山来，见了薛刚，大叫一声，说："不要逞强，俺来也。"薛刚见了大王，白面银牙，相貌堂堂，来者不善，不如先下手。照头就是一棍打来。大王说声："来得好！"把手中银枪往棍上噶啷一声响，架在旁边，冲锋过去，圈得马转来。薛刚又是一棍打来，大王又架在一旁。一连数棍，杀得大王浑身是汗，两臂苏麻，大叫一声："好棍！"杀到后来，棍也轻了一半，被大王一连数枪，薛刚只是招架，没有还棍之力。拼命将棍招住枪说："狗大王，认得你黑三爷吗？"大王道："那个黑三爷？"薛刚说："我乃两辽王薛丁山世子薛刚。"

大王听了，就下马说："得罪，莫怪俺不晓得，三爷为何在此经过？乞道其详。"薛刚也下了马说道："壮士下问，吾家父亲差往西凉探亲，在此经过，不想遇着壮士，三生有幸。"大王邀薛刚同到山中。薛刚问起姓名说："吾乃姓伍名雄，祖父伍云召，隋朝南阳侯，战死在沙场。父亲伍登已经去世。故弟在此落草。"薛刚说："原来是南阳侯之子，久慕大名，恨相见之晚也。"吩咐家人："先往西凉，我就来。"家人领命而去。伍雄拜薛刚为兄，留在山中。当日饮酒办席，薛刚辞谢说："我在家中家父面前立誓戒酒。"伍雄说："伯父恐兄道路之中生事，所以戒酒。今日在山中只有吾兄弟二人，饮酒何妨？"薛刚说："兄弟只是要少吃些。"当夜饮酒。次日前后山玩耍，此话不表。

再言长安高宗天子，在长安宫中酒色太过，终日昏花，不理朝事。武后奏主："圣上二目不明，明春上元佳节，大放花灯，主上看灯，二目就明亮了。"天子大喜，旨下："明春大放花灯，与民同乐。"正月十三日上灯，十八日下灯，朝中大小衙门俱端正花灯，外省行台节度俱送名灯进京。不表。

再言薛刚在山中同伍雄情投意合，走马射箭，比较武艺。正南上离数十里有一山，名曰双雄山。山中有一大王，姓雄名霸，雄阔海之孙，在山落草，与伍雄相好往来的。有喽啰报说："伍大王那边有什么黑三爷在山比武，客人不敢过往。"雄霸听了备马，带了喽啰来到天雄山。伍雄闻知下山迎住，接进独角殿，说起薛刚一事，雄霸大喜。三人结拜弟兄。薛刚见雄霸仪表非俗，豹头环眼，燕额虎须，声如铜钟，身长一丈，两臂有千斤之力。想道："不枉西凉走一道，若在家中，怎能会二位兄弟。"心中大喜，当夜兄弟饮酒，吃得大醉，各去安歇。次日又在山中玩耍。雄霸接薛刚、伍雄到双雄山饮酒。不觉年尽。有儿郎来报："拿得灯匠十余名，求大王发落。"伍雄说："拿进来。"喽啰将一班灯匠拿到独角殿。问："你这班是什么人？"朱健上前说："小人奉南唐萧大王之命，明春圣上大放花灯，解灯进京的，并无财物。乞大王发放。"薛刚看见朱健身材长大，也是一个好汉，说："兄弟，他说解灯，拿灯上来看。"十余盏名灯拿上来。朱健说："大熬山灯进于天子，小熬山灯送中山王武三思，凤凰灯送张太师。"伍雄、雄霸叫喽啰灯俱留下，打发他回去。薛刚说："不可，不可。"不知说出什么话来，下回分解。

第七十二回 众英雄大闹花灯 通城虎打死内监

再表薛刚说："二位兄弟，不可将灯一齐留下。大敖山灯送天子的，教他拿去。小敖山、凤凰灯他送与奸臣，我们留下。大敖山灯拿去。"朱健说："大王留下二灯尤可，小人回去难见萧大王。望大人留下凤凰灯，还了小人敖山灯。"伍雄说："若再啰唆，一齐留下。"朱健无奈，拜谢而去。当下便将二灯挂上，弟兄三人赏灯。薛刚对伍、雄说："我要到长安走走，看看灯。"雄霸说："既然哥哥要去看灯，吾弟兄二人相陪。"薛刚说："不可。山寨乃是根本，离不得的。况且长安城中去，许多做公人看见兄弟相貌不凡，恐妨惹祸。待弟单身前往，枪马留在此山。"

过了年正月二十日，薛刚别了伍雄、雄霸，单身而走。来至临潼山，见一伙人推一辆囚车，认得是朱健。薛刚身无尺铁，怎生相救？见路旁有一枣树，将来拔起，打死众人，救了朱健。问其何事装入囚车，解往那里去？朱健说："解灯进京，张太师道我大王不送与他，因此大怒，要将我斩首。我说明此事，将我解到南唐萧大王那里发落，不想壮士救了小人，如今又冤杀了众人，教小人有家难奔，望壮士救我。"薛刚说："不难，你到天雄山落草。"朱健说："他那里不肯收留怎处？"薛刚道："我有鸾带，叫你拿去，伍雄自然收用。"朱健拜谢，接了鸾带，竟上天雄山。伍雄问明，叫他搬家小上山来，此话不表。

那薛刚来到长安，到秦红府。家人报知，秦红接进，叙起久阔。吩咐家人去请这班小英雄到来相见，大家欢喜，准备看灯。到十五日夜，众人多去看灯。只见那六街三市、勋戚衙门、黎民百姓奉天子之命，与民同乐。家家户户结彩悬灯，今晚要点通宵长烛，如有灯火昏暗不明者，俱已军法究治。就是宰府门首，也扎个过街楼灯。小英雄看到那些走马撮戏，舞枪弄棍，做鬼装神，闹嚷嚷填满街市。

不多时已到中山王门首。那楼与兵部衙门的一样，灯却不是一样的。挂的是一种凤凰灯，上面牌匾四个金字："天朝仪凤"，旁边一对金字对联："凤翅展丹山，天下咸欣兆"。薛刚等看了回来，又在天汉桥酒店中吃了酒，多有些酒醉了，下楼又往皇城内来。五凤楼前闲人挨塞得紧，楼前有两个内监，带五百净军，都穿着团花袄，每人拿一根朱红齐眉短棍，守着这座灯楼。薛刚看见好灯，大呼小叫。内监见了大怒，喝叫："拿下！"净军听了，拿了齐眉棍上前来打。这班小英雄大怒，抢了短棍，反将净军打得东跑西蹿。薛刚赶上，将内监打死。内宫有人认得是通城虎，报知天子。丞相张君左下五凤楼观看，认得果然是薛刚，奏知圣上说："通城虎闹花灯，打死内监。"天子大惊，二目不明，下五凤楼，失足跌下楼。文武俱散,天子进宫。张君左叫拿薛刚,天子说:"非关他事,只怕不是薛刚。他回家已久,面貌相同,也未可知。明日细查。"张君左见圣上不准,只得回家。

这班小英雄都到秦红家中,程月虎言:"我回去走走。"众人说:"你去去就来饮酒。"月虎回家,咬金说:"你们这班出去闯祸,大闹花灯,打死内监。张君左要拿薛刚,亏圣上念有功之臣。明日还要细查,倘或查,你们这班畜生性命都不保,教薛刚快走。"月虎听了,忙来至秦红家说:"祖太爷叫三哥快走,明日祸至。"宗立说:"私进长安,打死内监,连累薛叔父也不好了。"薛刚听了大惊,拜别弟兄,出了长安。至天雄山相见伍雄,说起闹花灯一事。伍雄说:"不如在此住下,老伯父要晓得,自然打本进京,谅来也无事。"朱健过来拜谢救命之恩,此话不表。

再言天子闷在宫中,张君左奏说:"果是薛刚。圣上差官往山西拿丁山到来究问,就明白了。"天子不言。武后奏说:"丞相所奏不错,速召丁山来京。"天子言道:"今日各处查到,并无薛刚,反要劳动功臣,面上不好看了。"张君左又奏。天子无奈,命钦差王令到山西问两辽王,可是薛刚否?王令领旨来到山西开读。丁山接了天使,来到王府,开读已毕,吩咐摆香茶供着。旨上不过说:"薛王兄,尔子在家否?"这句话。丁山谢过恩说:"天使大人,小儿上年往西凉望姑夫窦一虎、姑母金莲,奉母命的。不晓得有这一事,望天使说明。"王令说:"今年正月十五元宵,大闹花灯,打死内监。丞相张君左奏主拿问,圣上原不信的。旨上问有无,两辽王表本上写明白回旨。下官告别了。"

丁山送去天使,连夜修成表章,差薛贵抱本星夜进京。天子将本一看大喜,宣张君左道:"薛丁山上年奏母命,差薛刚往西凉去探亲,不在家里。若是依你,反害好人,以后不必多奏。退班。"张君左无颜,谢恩退朝。天子赐黄金千两,彩缎千端,差官出京,钦赐丁山,此言不表。

另回言武昭皇后请旨盖造御花园,天子准奏,传旨晓谕各处,有好花都要送上。命张保监工,人夫数千,开池,造御书楼,堆假山。百姓劳苦,万民嗟怨。命张大郎号昌宗同太监把守后宰门,不许闲杂人等进去。那御花园与后宫相近,张保、昌宗不时进宫与武后淫乐,不必说。

再言薛刚在天雄山同伍雄、雄霸在山饮酒。报说:"拿得一班解花木的十余人,救大王发落。"伍雄问众人:"你们解这花木那里去的?"众人跪下说:"小的奉南唐萧大王送花木上长安,圣上要修造御花园,进上的,望大王发放。"伍雄叫喽啰拿上花来观看,说:"余花发还,牡丹花叫留下。"薛刚说:"不可,前番留下二灯,教朱健吃苦,如今还他去罢。"众人闻言拜谢,下山而去。又过了几日,薛刚说:"我今别了二弟,要上长安走走。"伍雄说:"不可。前番去闹了花灯,连累父母。如今且不可去。"薛刚说:"不妨。我今去会弟兄,打听朝中之事。现今敕赐金锤,怕他则甚?"雄霸也劝。薛刚只是要去。伍雄阻挡不住,内中选数名喽啰扮作家丁,跟了三爷,扶持前去,叫他不要生事,早早就回。

薛刚依言下山,带了喽啰,竟往长安。吩咐:"喽啰城外住着,我进城去就来。"喽啰说:"三爷去就回,小人们在此等候。"薛刚进城,来到秦红家。小英雄都到,说起花灯一事,"打得爽快。三哥不在,吾等无兴,目下天子昏懦,多用了一班奸党张君左弟兄、父子。内有武后盖造御花园,劳民伤财。太老程千岁也不进朝。"薛刚听得大恼:"今日同兄弟御园走走。"众人说:"不可去,去不得。前后有人把守,进去不得的。"薛刚说:"有我在此不妨。"众小英雄都无主意的,内中有高兴地说去得。若有个老年人在内决然阻挡。一班俱是后生不知利害,所以有一番大是非。当晚就在秦府饮酒。

次日五虎一太岁高高兴兴一路来至园首,见一班人扛抬一块假山石,好用力,口口声声说:"工钱克减,我们吃苦。"薛刚看见问道:"你们讲甚话?"众工人说:"张爷要百姓做工,工钱又少,又受鞭打,累死人无数。这一块大石,叫我们哪里抬得动,又有限期,迟了些受责。"薛刚说:"不妨。待吾等与你扛了进去。"工人说:"你们进不得的,我们都有字号识认,所以进去。"秦红说:"既有记号就好了,快拿记号来。"工人身边都有腰牌写姓名,张三、李四、某人、某人。众人巴不得替他,忙解下付与薛刚。薛刚付与五虎一太岁,带在腰边。六人忙将大石轻轻地扛起,不甚费力,竟抬进御园。守门的看见有腰牌挂着,不来查究。众人来到里面,将石放落,果然好一个大花园。但见许多人在那里挑泥种花,不计其数。只见上面坐着一人,又有许多绿衣人侍立两旁。又见送酒饭鱼肉拿上去给张保吃

的，薛刚叫留下，“待吾来吃。”有人见了报与张保。薛刚不知利害，吃得大醉。众英雄劝他不要进去，他不肯信，倒走进去。秦红等只得出去，恐其连累，都到秦红家计议救他。且听下回分解。

第七十三回 御花园打死张保 劫法场惊死高宗

再言薛刚乘酒兴走到牡丹台，将牡丹花插在发边，张保大怒，叫手下人拿薛刚。薛刚大怒，两手一拉，跌倒数人，夺一条棍子，赶上前将张保一棍打死。众人大喊说：“不好了，千岁被薛刚打死。”忙报与张君左。薛刚到御书楼大醉，睡在龙床，不表。

再言张君左闻报儿子被薛刚打死，大哭，一面差人到御书楼将薛刚绑住，一面进宫奏闻天子。旨下：到御书楼捉拿薛刚。张君左奏主：“今夜即刻开刀。”天子说：“君王避醉汉。”传旨将薛刚监在天牢，明日处斩。四虎一太虎打听详细，忙来到咬金府中说明此事。咬金说：“你们这班小畜生做的好事！如今身家不保。我如今一百多岁的人了，我也救不得薛刚。况朝中徐、魏二人又去位，张氏弟兄当朝。天子虽然明白，武后因他打死心上人，决不干休。吾不能挽回。老公爷死的死了，去的去的，孤掌难鸣。一身做事一身当。你们有计较去做来，吾是做不来的。”罗昌说：“要救得三哥便好。况吾等结同生死之交，若明日斩了三哥，侄孙们都有不便。”那程月虎上前说：“要祖太爷出个主意。”咬金说：“不得不如此。尔等把家小搬去长安，明日打点劫法场，都到西凉去，京中有吾在不妨。”众人别去，齐齐打点劫法场。

次日天子想道：江山亏了薛家父子平东西二路，今日要斩他，心中不忍。但是法律上去不得。朕今只斩薛刚，免其余犯之罪。传旨王独：午时处斩薛刚，五凤楼前开刀，余犯不究。监斩官领旨，将薛刚绑出午门外去了。咬金在南门下等候，这班小英雄结束停当，身藏暗器，带了家将，来到午门，假做活祭，杀死监斩官王独。尉迟景杀死刽子手。薛刚看见这班小弟兄，挣断绳索，夺过腰刀，杀散众人。军士看见杀了监斩官，报与张君左。

君左听报，一惊非小。传令五城兵马司，带领兵马活擒这班强盗，不许放走一人，违令者斩。小英雄那里放在心上，杀散兵马，出了长安南门。咬金说：“你们快走。有吾在此不妨。”内官来报天子，奏说：“有一班劫了法场，杀死监斩官、刽子手，杀伤军士不计其数。”天子一闻此言一惊，大叫一声而死。在位二十四年。

张君左与武后商议，命武三思带兵三千追赶，一路而来。至南门见咬金坐着，三思问：“老千岁为何在此？”咬金说：“吾要南海去烧香。”三思下马说：“老千岁可见薛刚否？”咬金说：“不见，想是他不出南门，往西门去了。”三思不敢出南门，上马往西门而去。咬金大笑出南门，会见众人。薛刚说：“祖太爷先去。我要到天雄山去取枪马。”两下分别。薛刚到天雄山住下。咬金同众人往西凉，此言不表。

再言三思追不着薛刚，回见昭仪武后。立太子李显为君，为中宗，葬先帝于皇陵，大赦天下。中宗在位五月，武后贬天子湖广房州，为庐陵王。张君左请武后登位，国号大周，则天皇帝。张君左、张君右封为左右丞相。武三思为中山王。怀义和尚封御禅师。张昌宗为驸马。文武各加升级。则天皇帝思念张保被薛刚杀了，深恨于骨。与张君左计议，必要杀尽薛家，方雪此恨。须差铁骑拿捉。君左奏道：“臣想已久，此仇必报，但是薛丁山勇冠三军，三妻多有法术。万岁即差官往山西钦召进京，说新君初位，赏有功之臣。若拿捉，逼其反也。”武则天依奏，传旨一道，差官往山西召两辽王进京复命，到京就职。钦差领旨，竟往山西。

再言丁山，柳氏母亲、樊氏母亲身故，祭葬已毕，在府守孝。这一日有家将报说：“三爷大闹御花园，打死了殿下，众小英雄劫了法场，惊死天子。程千岁已反了。武娘娘自立为帝，称为大周。差官钦召千岁进京就职。”丁山听了，大叫一声：“畜生做得好事！”仰面一跤，跌倒在地。左右救醒，扶进后堂。三位夫人问起：“为甚事相公这般着恼？”丁山如此长短说了一遍。梨花说：“钦召一事是假，将相召进京中，性命难保。”陈金定说：“我们反了罢。”丁山说：“胡说。我薛氏父子忠良，这祸是畜生闯出来的，粉身碎骨也应得的。

今朝廷不来拿捉，是为幸也。今来钦召。国恩难报。君要臣死，不死则不忠。”梨花把指来阴阳一算，应该金童星归位。三儿白虎关杨藩转世，死于丁山之手，冤冤相报。张保乃张士贵之孙。仁贵杀了士贵，薛刚又打死孙子，前数已定，今该如此。此话不表。再说钦差来到王府，开读已毕。丁山谢过恩，同了三位夫人，离了山西来到长安。则天命三思将丁山夫妻拿下，发落天牢。又差铁骑五百，到山西山府，一门三百余口，尽行拿下，解上京都，监在天牢。张君左奏道：“薛丁山虽落天牢，还有长子薛勇，次子薛猛，四子薛强，都有万夫之勇。倘闻父被拿捉，兴兵杀上长安，无人抵敌，速差兵分头捉拿。命邻近州府，须要拼力擒拿。如纵放者，与本犯同罪。”武则天依奏。旨下：“命大刀王殿，带兵三千，走云南捉薛猛。又命阔斧陈先，带兵三千，走红罗关拿薛勇。命姜通带兵三千，走雁门关，捉拿薛强。若是要放走漏一人，本官处斩。”众将领兵分头而去。

再言阔斧陈先带兵到红罗关，将薛勇一家尽捉拿，起解进京。再言朝中徐贤，是大臣徐茂公之侄孙，原任户部尚书，见朝廷不正，告老在家。闻得拿薛勇进京，对夫人王氏说：“薛氏一门受害。薛勇有子名唤蛟儿，才年三岁。我也有子徐青，也是三岁，小夫人莫氏所出。吾欲将徐青抱去，调换蛟儿，存了薛氏一脉。”王氏夫人埋怨相公：“我虽有子徐青，也是相公一点骨血，于心何忍教他也受一刀？”徐贤说：“夫人有所不知。蛟儿受害，绝了薛氏宗嗣。”

夫人一想：吾与薛勇之妻，有姑舅姊妹至亲，应承了。只说烧香，上轿，一路下来至临潼上，见薛勇夫妻解来。徐夫人在大路上，报与薛勇之妻相见。薛夫人命从人退后，表姊妹相见。徐夫人说：“将来与你换子，留你一脉。”二人调换。徐夫人只说烧香而去。

陈先起程上长安。旨下：把薛勇夫妻下在天牢。丁山见子伤心。薛勇把徐夫人换子说一遍，一家大哭。狱官俞元看见薛氏一家受枉，来对妻子说：“薛丁山父子有大功于朝，不幸一门俱要遭害，我想薛氏后代绝矣。吾欲将俞荣也是三岁，此子算命养不大的，又且多病，换了薛蛟，后来有靠。”杜氏夫人听了，想道：“此子乃前妻所出，非关他事。况自己年轻，看薛蛟相貌端严，换了此子，后来必有好处。”说：“相公见识不差。”忙对众人说明。

丁山想：此子乃徐贤子之调换来的，既然狱官好意，只得允了。开言说：“既承美意，无门可报。”杜氏抱了假薛蛟到后园玩耍。有阴风山莲花洞欧兜祖师在云端经过，看见了薛蛟，一阵风带回山去。杜氏夫人说：“此子命该如此。”夫妻嗟叹一声，此言不表。另回言云南总兵薛猛对夫人王氏说：“下官夜梦不祥，心惊肉跳，莫非吾家有甚祸事吗？”夫人说：“相公，日有所思，夜有所梦。思念公婆，所以如此，不必多愁，放心为主。”有家将报进说：“老爷，不好了！长安朝中三爷闯祸，害了千岁，如今差大刀王殿来拿老爷，相近云南。请老爷作速筹备。”薛猛不听犹可，一听此言，大叫一声：“我那爹娘吓！”跌倒在地。夫人闻知忙来扶起。只见老爷面如白纸，不知性命如何，且听下回分解。

第七十四回　武后下旨捉丁山　三百余口尽遭灾

再言薛猛惊倒，半晌方醒。夫人说：“相公为何如此？”薛猛说：“方才家将报说：三爷闯祸，连累父兄。如今差铁骑拿我，我去也不去？”夫人说：“公公一家俱下天牢，只有相公。若到京都，性命难保。依妻之言，尽起云南兵马，杀上长安，救了公婆叔叔，除了昏后，更立新君。此计如何？”薛猛说：“夫人之言差矣。吾上不能报故主之恩，下不能答父母之恩。吾薛氏二世忠良，有功于国。况朝中首相张君左当朝，各国公俱已退位。倘一举动，反情有露，落其圈套，遗臭万年，断乎不可。”夫人哭道：“我家只有孩儿，才交三岁，名唤薛蚪，也叫他受害？”薛猛说：“吾看家将中只有薛兴忠义，我与他结为兄弟，将蚪儿过继与他为子，教他逃往他方，存薛氏一脉。”薛兴说：“老爷在上，小人不敢当。”薛猛说：“如今托孤与你，休要推辞。蚪儿过来，拜叔叔为父。”

薛兴拜别，抱了公子，离了云南，竟往别方而去。息报钦差到了。薛猛自刎而亡。夫人大哭一场，撞阶而死。大刀王殿听报进见。果然死了，心中想道：“做什么冤家？”吩咐埋了。带兵回长安，奏知武后说：“薛猛自刎，夫人撞阶而死。”旨下，既死不究。

再讲姜通到雁门关,入报说:"两月前不见薛强。薛强原到太行山进香,在路闻知,不回雁门关,落荒而去。"姜通只得回朝复旨。

张君左奏知天子:"前年故君斩薛刚,劫了法场逃去,并无下落。今晚四更,将薛丁山满门斩首,以除大害。倘露消息,为害不小。"旨下:"命刑部何先,速斩薛氏一家,无违。"何先奉旨,打扫法场,传齐刽子手,到牢中将薛氏一家绑赴法场。法场上四面兵马围住,四更开刀。旨意又下:"命武三思、张君左监斩。"其夜灯球火把,照耀如同白日。

那刽子手到牢中,见了禁子商议说:"薛家父子万夫之勇,那里绑得他住。不如用个苦肉计。"众人说:"好计。"来到里面见了丁山,齐齐跪下,说道:"小人们求千岁看顾,小人家中都有父母妻子。"有数百叩头不起。丁山听了哈哈大笑说:"是今夜朝廷要杀吾吗?"众人道:"然也"。薛勇听得此言,叫声:"爹爹不好了!今晚要杀吾一家,孩儿有话告禀。"丁山说:"孩儿有话讲来。"薛勇说:"爹爹在此,三位母亲也在此,依孩儿之言,反出牢门,杀上皇宫,除了妖后,更立新君,不可守死而已。"

丁山一听此言大怒,说:"畜生,讲这些乱话!今日父死为忠,子死为孝,母死为节,家丁死为义。忠孝节义出我一门。"吩咐刽子手:"将我先绑将起来。"薛勇无奈,也叫绑了。共三百余人,一齐绑了。家人们大哭,出了监门来到法场。你看阴风惨惨,怨雾腾腾。今晚屈斩忠良,天愁人怨。

樊梨花抬头一看,"吾不救他,更待何时?"口中念起咒语,但见豁拉拉一阵狂风,飞沙走石,千年老树连根拔起,法场人都立脚不住。唬得武三思、张君左魂不在身,灯火都吹灭了。梨花将身一抖,绳索都落下,起在空中,驾在云端,往下一看:"待吾救出薛家。"

不表梨花救薛家,且言黎山老母驾坐蒲团,心血来潮,轮指一算说:"不好了,徒弟梨花要救薛家,违犯天条。"忙驾云到长安,按落云头,见樊梨花作法,叫一声:"徒弟,今日金童星合当归位,犹恐你救他抗违御旨,斩仙亭有凌迟之罪。"

梨花见了师父,听得此言,不敢违天命,同了师父回山。此言不表。今有八宝山连环洞彭头老祖在云端经过,见一道杀气冲天。往下一看,原来周天子斩薛氏一家,数该如此。"内有孤儿不该绝命,待吾救他。"将手一指,带回山去。少停风息,张君左查点人犯,单单不见樊梨花、薛蛟,恐防又有变局,传令开刀,将薛丁山一家斩首,复旨天子。就罢了。张君左又奏说:"薛强不知去向,薛刚逃避,恐有后患,画影图形,到处张挂,捉拿那薛刚、薛强。将威宁侯王府拆去,开为铁丘坟。"旨意下了:"依卿所奏。"君左领旨,将王府拆得干干净净,把丁山一门尸首,颠倒埋在下面。将生铁铸成馒头一样,叫永世不得翻身。内有家人王六,充作工匠,暗暗把尸排好,其余家丁都是乱放的。

张君左传念:"各处天下文武官员,有人拿住薛强、薛刚出首者,封万户侯;匿藏不报者,与本犯一体治罪。"旨意下了,好不厉害。各处关津渡口盘诘,画影图形到处张挂。铁丘坟四面,武三思命大刀王殿带三千人马守左道;又命阔斧陈先带三千人马把守右首。又命儿郎日夜巡察。想:薛刚这厮必来上坟,若来必定要捉住,碎尸万段。武三思与张君左算计已定,自不必表。

再言薛强不回雁门关,欲往西凉。这一日来到八叉山,一声锣响,跳出无数喽啰拦住去路,要讨买路钱,被薛强杀败。报上山说:"山下一人经过,小人去讨买路钱,此人十分英雄,头目被他杀得大败。特来报知。"那大王姓朱名林,有女儿金镖公主,守住八叉山,官军不敢迎敌。一闻此言大怒,吩咐带马抬枪,带了儿郎冲下山来。一看薛强耀扬威,大怒说:"小子不得逞强,俺来也。"薛强看见此人红面长须,手执大刀,身骑高马。薛强看此人来者不善,善者不来。将手中银枪劈面一枪,朱林把枪一架,刀枪并举,二人连战三十回合。朱林招驾不住,欲待回马,只听得后面金镖公主大叫说:"爹爹,孩儿来也。"薛强看见一员女将十分美貌,弃了朱林,来战女将。不上数合,公主将红锦索抛起,薛强措手不及,被他拿住,带往山中。吩咐绑了,问起姓名。薛强说:"吾乃两辽王四子,原任雁门关总兵官薛强便是。"朱林听得大惊,下阶亲解绳索,扶上聚义亭,纳头下拜:"不知爵主,误犯有罪。"薛强答礼,也有一番言语不表。再说金镖公主乃圣母娘娘徒弟,师父吩咐后与薛强姻缘之分,当夜与薛强成亲,在山招兵买马,积草屯粮,报父母之仇。

不言薛强在山,再表薛刚在天雄山,报说:"雄霸到。"二人上前迎进。雄霸见了薛刚,大骂说:"一身做事一身当,你犯了弥天大罪,害了父母、兄嫂满门斩首。如今各处拿你,你还不知，天下之不孝就是你。”薛刚一听此言，晕倒在地，半日方醒，大哭不止。伍雄说：“破釜沉舟，哭也无用。商议一个计较报仇要紧。”薛刚说：“那里等得。吾先要到长安祭扫父母。”伍、雄阻挡不住。薛刚拜二人，在路上果见关津村坊张挂榜文。薛刚日间不敢行走，夜间而行，来到潼关。潼关尚未开启，到相国寺下马，进方丈来见当家和尚。和尚法名梁乘，认得是薛刚，说：“三爷好大胆，你看处处张挂，要拿你。上长安，怎进去？且在寺中住下，有机会就进去。”薛刚心焦惹起病来。

这日小和尚来报，魏相到寺行香。当家和尚前来迎接。和尚摆斋，说起丁山受屈而死，魏相下泪。和尚又说：“三爷为此，只是不能进长安。”薛刚说：“孙儿唯恐不能进长安，进了长安就不怕了。”魏相低头一想果然。进长安倒没有什么，说：“侄孙，你既要进长安，躲在我轿中可进。”薛刚拜谢太祖。魏相回到府中下轿。唤出薛刚，收拾三牲祭礼，一条铁棍当作扁担挑好，天晚出门。魏相吩咐说：“你祭过父母，不许到我府中。速出城去，恐妨有人知觉，性命就难逃了。”薛刚拜谢，挑了物件，来至坟前，十分苦楚。打死更夫，大步上前，将锁扭断，走进栅门，用石板顶好，到里边祭奠，名为“一祭铁丘坟”。外面惊动守坟的兵将，不知此处捉拿否，且听下回分解。

第七十五回 薛刚一扫铁丘坟 武则天借春天顺

再表那薛刚坟前大哭，正在悲伤，又有更夫上前来，看见前面更夫尸首，又见坟内有灯，前来报与王殿、陈先，飞马报知张君左、武三思。二人闻报，传令各处添兵围住坟前，城门多加关锁，吩咐不许放走，点起灯球火把，不计其数。

薛刚在内听见外边有人守住，收起祭礼，打开石板，一条铁棍无人抵挡，杀将出来。只是寡不敌众，越杀越多，三军四面围住，喊声大震，口口声声“快拿薛刚！”薛刚说：“今晚我命休矣。”当有饭店夫妻二人，乃是秦汉、刁月娥奉香山李靖之命，在此相救。二人一路杀来，放出宝贝，无人阻挡。杀至城门池边，斩关落锁，救出城来。秦汉夫妻借土遁回西凉去了。

薛刚出城门，天大明了，撒开大步而行。只听得后面喊杀连天，尘头起处有无数人马赶来。为首一将，声如巨雷，金五大将军武安国，手执铁锤，大叫：“薛刚那里去！”薛刚回头一看，“不好了，我是战了一夜，困乏得很，那里战得过他。也罢，只得拼命而战。”只见三军将箭往前乱射，薛刚身上中了三箭，正在危急。薛刚乃上界披头五鬼星转世，所以忽然头上透出原形，变了五头，身长数丈，倒杀转来。武安国被薛刚一棍打死。三军见了这般形象竟大败，三停去了两停，将城门紧闭。

薛刚按定元神，开目一看，只见尸横遍野，自己不知不觉，不晓什么意思，慢腾腾回至相国寺，别过了和尚，取了枪马，要走天雄山，走错了路，来到季龙山。一声锣响，走下一将，上前大战一场。问出名姓，原来是黑三爷，请上山饮酒，季龙有女名鸾英，与薛刚成亲，招兵买马，要报父母之仇。

不表薛刚在季龙山安身，再讲天子在朝，国家无事，天下太平。与怀义和尚、张昌宗在宫淫乱，百官谏阻不听。一日宣百官在万花楼说：“朕贵为天子，万民之尊，今十月小冬万花凋零，朕今借春三月，百花尽放。未知天意顺否？”百官闻言奏说：“万岁金口玉言，花神怎敢违旨？”天子甚喜。百官皆散。次日果然天气温和，御花园百花开放。樏树花不开，天子大怒，贬在岭外。武则天果然真命帝王，天下各处万花尽放，应十月小阳春。

天子召男妇赴鸳鸯大会，赐百官宴万花楼，赐各命妇宴于后宫。众夫人谢恩就席，天子逐名问起：“爱卿你成亲怎样行房？”怎么长？怎么短？众夫人都是害羞害怕，亦只得实奏头一夜怎样，第二夜怎样，如此问到第三夜。十二席中有一夫人，面黄不堪、喘息不定。天子说道：“你丈夫本事如何？”夫人奏说：“臣妾夫乃卷帘大使薛敖曹，他本事甚好，妾亦不堪受。”如此长短说了一遍。天子大悦，宣入宫中，与薛敖曹交好，果然称心满意，通宵不倦，封为如意君，百般快活。后一年生一子，面如驴头，命宫娥丢在后园金水河中，有西番莲花洞魔张祖师带往山中修仙学道，此言不表。

再言薛刚在季龙山招兵，杀进长安，要报父母之仇。探子报上长安，张君左奏知则天："薛刚造反，速请征讨，恐养成贼势，为害不小。"武则天依奏，命中山王武三思为元帅。姜通前部先锋，武状元郭青为后应，张君右总行粮草，起兵十万，择日兴师，兵走河南。正走之间，报说："启上元帅，季龙山在山西近界，有三条大路，东河南，西山东，中山西。"传令兵过河南，走山西一路。三军司令浩浩荡荡。这一日报说："启爷，兵至季龙山前了。"吩咐："前军哨探，后军慢行，放炮停行安营。""得令！"按下不表。

再言季龙同薛刚夫妻在山言谈，忽喽啰报上山来说："大王爷，不好了！朝廷差武三思带兵十万，大将千员，将山前山后团团围住，水泄不通，要杀上山来，擒拿大王。"季龙一听此言，大怒，带领喽啰走马下山相杀。果然好利害，季龙一条枪刺死三军无数。武三思催动大兵当先。有姜通使开枪，正撞着季龙，二人搭上手，两马相交，双枪并举，不上三四个回合，马打六七个照面，姜通枭开季龙的枪，"招爷爷的家伙罢！"一枪刺进来，季龙叫声不好，招架不及，被姜通照咽喉一枪刺死。

喽啰见大王已死，大喊一声，四散逃命。薛刚夫妻闻知季龙身死，大哭，走马下山，大战数合，姜通败走。三思传令："休教放走反贼！""嗄！"一声答应，那些三军团团围住，姜通、郭青同了众将，又杀上山来。好厉害！夫妻在内大战，足有三日三夜。武三思命副将冲上山中，杀散喽啰，放火烧山，连山寨都烧了。薛刚抬头一看，见满山俱红，自思不能取胜，虚晃一枪，跳出圈子，落荒而走。

鸾英见丈夫走了，也杀出重围，见山上四处火光，大败而逃，心中苦楚，到茂林自尽。有香山李靖，叫声："鸾英，你不必寻短见，后来自有夫妻相会，母子团圆。我与你随身短袄，前途自有安身之处。"鸾英听了，拜谢救命之恩。抬头一看，一道红光不见了。鸾英望空拜谢，收拾打扮，往前而行。

走了数日，见一庄院借宿。老夫妻二人并无男女，家当充足。见了鸾英，问起姓名，"家住何方，说与我知。"鸾英说："公公，妾住河南归德府人氏，姓陈名鸾英，因武三思征讨季龙山，逃难到此。望公公收留奴家借宿一宵，明日早行。"员外说："原来是逃难的。老汉夫妇年近六十，并无儿女。我家也姓陈，过继与我，拜我二人为父母，在我住下。日后会见亲戚，然后回去。"鸾英大喜，上前拜陈老夫妻为父母。只因大战吃苦，腹中疼痛，生下一子，雷公嘴，黄毛头发，后取名薛葵。按下不表。

再言武三思大获全胜，班师回京，上表奏知天子说："季龙山征平，复旨。"朝廷大悦，敕赐三思红袍玉带，以下将官俱各升赏，赐宴金銮殿。

话分两头。再说薛刚走到天雄山借兵复仇，不料伍雄有病，雄霸又不在。想妻子不知存亡，度日如年。在山想起当初救过薛应举，今在登州，离此不远，不如走走去。别过伍雄，来到登州，进了城门，来至总兵府前。有人报知应举，应举听知大惊，只得出来迎接。进了私衙，夫妻见礼，谢救命之恩，设酒款待。薛刚说："吾一家受害，今见兄嫂借兵，如我报仇，不忘大德。"薛应举开言说："恩兄，你不知我登州地方又小，兵马又少，待吾差官往莱州、青州两处借兵，共我处兵马有三处，与恩兄前去报仇。"薛刚拜谢。

夫妻进房商议说："我又在武三思门下投拜为师，武后目下势大，天下全盛。薛刚一人，干得甚事？现今奉旨拿得薛刚者，官封万户侯，妻封一品夫人。收留者全家处斩。我今将薛刚出首，朝廷自有加封。"夫人道："言虽如此，只是太负人心也。他前年在长安救你性命，今该恩将恩报才是。反要把恩兄出首，天理何在？"再三苦劝，应举不听，出外去了。夫人自思，忘恩之贼！身家难保，不如先自尽，竟自缢而死。家人报与应举，应举叹道："他没福做一品夫人。"

次日买棺成殓。当晚将薛刚灌醉酒，命家将绑捆，下在监中。应举有一家人薛安，原是丁山旧时家人，只因举主母之命，同到登州扶持应举。见此不仁，夫人又死，心中大怒。送饭到监，见了薛刚，说此因由，"应举害主之心，小人无由得救。"薛刚说："薛安，不要走漏消息。你快去往天雄山，请伍雄前来救吾。"薛安说："这喽啰不肯放我上山。"薛刚说："不妨，我有鸾带一条，拿出他认得的，见了鸾带，自然放你上山。"薛安应声而去。按下不表。

再说薛应举命差官赍本进京，叫先见武三思。若要活的，点兵来护送；若要死的，本处斩首。差官对三思说明，三思听说大喜，说："这贼也有今日，恶贯满盈。"明日五更上朝奏知武后说："登州总兵捉拿薛刚，下在牢中"。将表呈上。武后一看，龙颜大悦，旨意下：命薛须领兵五千，将薛刚护送来京，朕亲自发落。三思谢恩退朝。不知薛刚性命如何，且听下回分解。

第七十六回　骆宾王移檄起义　薛刚二扫铁丘坟

前言不表，再说应举送礼到青州，知会拿住薛刚。薛安上前讨差，要往青州。应举吩咐路上小心，薛安领命，带了家丁，拿了礼物，离了登州，不往青州，竟往天雄山大道而行。

再说程咬金同这班小英雄在路旁，有香山李靖指点说："薛刚有难，教他往天雄山驻扎。"咬金领命。在路行了多日，来到三叉路口，撞着薛安，被家将拿住来见。程咬金问明薛安，说起此事。咬金同薛安来到天雄山，伍雄下山迎接进寨，取义厅拜见程千岁并众英雄，摆庆贺筵席。席上说："薛刚监在牢中，差薛安前来讨救。"伍雄说："三哥有难，合当相救。日下多少英雄在此，齐点兵马杀进登州，救出三哥，何等不美？"咬金说："不可，登州城池坚固，又有青州、莱州为助。若一举动不打紧，倒害了薛刚性命。须要里应外合，劫牢为上。"众英雄说："祖太爷言之有理。"

咬金传令伍雄扮作和尚，雄霸扮作道人，尉迟景扮作卖膏药，罗昌扮作书生测字算命。在城中府前左右打听。城外炮响一齐动手，打入牢中，救出薛刚要紧。薛安路熟在城中知会。点秦红带喽啰三百名，十一日晚上打东南二门。王宗立金毛太岁、程月虎带喽啰三百名，打西北二门。咬金自守山寨。众将得令，分头下山。

伍雄来到登州府门首左右，坐下念佛；雄霸念三官经。城外放炮，有探子报进说："响马攻城。"应举闻说，点兵出府，被伍雄、雄霸二人双棍齐起，将应举捆住带往天雄山发落不表。尉迟景入监中乱打，放出薛刚。薛刚打入府中，将应举一家老少尽行打死，同伍雄、雄霸杀得三军大败，往北门而逃。尉迟景杀至城下，大开城下，请进英雄，打开府库，抢劫钱粮，装载车上，运往山上，将登州府劫掠一空。众英雄然后放炮出城。回天雄山而去。来到山中，薛刚拜谢众位弟兄救命之恩。然后咬金出来，薛刚跪下说："孙儿非祖公相救，焉得在世。"咬金说："你父兄之事都是你闯出来的。你众兄弟一个公位都不做，特来帮护你，要报父兄之仇，连老夫一家国公都送掉了。"秦红说："祖太爷不要说了，今日与三哥贺喜。将应举交与三哥自己发落。"即将应举绑出。薛刚一见大怒说："你这负义的贼！当时那样，只有我薛刚有眼无珠，当你做个好人，认汝为兄弟，将一个总兵与你做。今日不想你恩将仇报，汝有何言？"命喽啰："今他捆绑，待我取出心肝看看。"一刀刺入，五脏齐出，血流满地，哀哉畅哉！众英雄俱说："造化了他。"当晚尽饮而散不表。

再讲登州城有佐贰官查点，杀死百姓不计其数，总兵薛应举一门受害，升报进朝。差官背本上长安，至中途遇一队人马乃是薛须。上前说起，一同回到京中，参见武三思，说起响马劫牢，杀死总兵薛应举，薛刚越狱逃遁，杀死官军，伤残百姓不计其数。武三思听了大惊，抱本上殿，奏知天子。武则天大怒，旨下："命青州、莱州先行起兵征讨天雄山、擒捉薛刚。"然后"命武三思操演三军，征伐天雄山"。三思领旨出朝，对张君左说："薛刚一人尚不能擒捉，今有助恶多雄，必须起大兵征讨。"三思操演兵马不表。

再言程咬金在天雄山，喽啰报上来说："青州、莱州兵马围住山前，声声要拿大王。"咬金一听此言说："兵来将挡，水来土掩。今有兵有将，何足惧哉！"吩咐伍雄、雄霸带喽啰下山，杀莱州兵马；秦红、尉迟景带人马下山，杀退青州兵；自领薛刚、罗昌、程月虎、王宗立冲中路，帮杀二处人马。莱州总兵郭大忠同众将在山下讨战，见山上冲下一队人马，内有二将，勇不可当。郭大忠那里挡得住？杀得大败。青州总兵又战不过秦红、尉迟景，在那里抵死相杀，听得莱州兵马大败，无心恋战，虚晃一鞭，败下阵来。怎挡得山上冲下三将，杀得二处人马四分五裂。莱州总兵郭大忠、青州总兵雷明败下去有三十里路，见后面不来追，收拾败残兵马，三停去了二停。回到本州上表进朝，贼寇势力不能抵敌，请兵添将，保护城池。差官星夜进京不表。

再言咬金对薛刚说："今虽退去二处人马，朝廷必然大怒，起大兵前来，如何抵敌？必

须你去房州奏明小主，我等扶助庐陵王兴兵伐周，名正言顺。若在此久，终非善事。你去走一遭。"薛刚领命，拜别下山，竟往房州，不止一日。在登云山经过，那山上大王一名吴琦，一名马瓒，都有万夫之勇，守住山寨，喽啰数百。有儿郎报上山来说："小的们拿得牛子，求大王发落。"吴琦说："拿去砍了。"薛刚被绊马索跌倒，拿往山中，听得喝声"砍了！"叹道："可惜吾薛刚死在这里，不能见到小主，负了众弟之情。"马瓒听得，喝声："住着！"亲自下阶问："谁是薛刚？"薛刚说："吾乃通城虎薛刚。"马瓒听得，亲解其缚，扶入厅上，纳头便拜。

薛刚扶起二人，问起姓名。吴琦说："小人姓吴名琦，此位结盟兄弟名马瓒。今日误犯三爷，是有罪了。如今要往那里去？"薛刚说明此事，要往房州见小主。吴、马二人说："三爷要到房州，吾兄弟同去。"薛刚大喜。当晚三人结拜生死之交，在山饮酒。次日兄弟二人吩咐头目："看守山寨，同三哥到房州，不数日就回。"头目领命。吴、马二人同了薛刚竟到房州。这一日元帅王荆周在教场演武，看试射箭。有人射进红心者赏，不中者罚；有大刀一把，重一百二十斤，有人舞动者赏，舞不动者罚；有铁香炉一个，约重千斤，有人拿得起者赏，拿不起者罚。薛刚等看见这些将军有中一箭的，有一箭不中的。这大刀也有将官拿得起的，就气喘呼呼，香炉越发无人拿得起。马瓒高兴，走进教场，一连三箭俱中红心。众军喝彩。吴琦见了，也入场中，将大刀抡起如飞。薛刚左手撩衣，右手拿炉，走出圈外，又走进来，放在原处，面色如常，气也不喘。元帅一见大惊，开言说："要壮士周全本帅体面。"薛刚等下拜。元帅扶起，传令散操，一同至彩山殿见驾。元帅奏道："臣往教场操演，遇着三位英雄，十分武艺，都有万人之敌。千岁有此三员将，江山可复也。"庐陵王闻言大喜，传旨："宣上来。"薛刚等闻言，进彩山殿，三呼跪下。小主问起姓名，吴、马二人上前俯伏奏道："臣吴琦、马瓒。"又问薛刚，薛刚不肯说名姓："臣有大罪，望小主敕赐免死牌，方说姓名。"小主说："赦卿无罪。"薛刚谢恩，奏道："臣祖薛仁贵，父薛丁山，平定东西，有功于朝。臣薛刚罪该当死，打死张保，武后将臣父母一门杀害，颠倒埋入铁丘坟。有程咬金千岁在天雄山，请主登位，杀进长安，以接大位。"

小主闻奏下泪说："卿无罪。尔父尔祖有大功于国，孤家尽知。方才所奏到长安接大位，焉有子伐母之理？此言休说。今封卿为忠孝王，马、吴二卿为左右都督，在房州造王府住下。秦、程二卿不日钦召。母后天年之日定夺。"薛刚谢恩，住在王府，日日同元帅操军不表。

再言朝中武三思看见青、莱二州表章上本，起大兵征讨天雄山。有探子报到朝中说："扬州都督英国公徐敬业，与南唐萧大王，同骆宾王谋以匡复庐陵王为辞，移檄州县，起大兵三十万，打破城池，甚是利害，声声要去武后，更立新君庐陵王，不得不报。"武三思大惊，奏明天子，武后看檄文："一抔之土未干，六尺之孤何托？"后问："谁人？"对曰："骆宾王。"后曰："此人不用，宰相之过也。天雄山小事且慢，江南徐敬业等乃心腹之患。"遂将大将李孝逸封为元帅，魏元忠为参谋，武顺为后应，起大兵五十万，良将数百员，择日兴师，兵发江南。此话不表。

再言天雄山合当造化，亏徐敬业起兵，天下响动。朝中只顾江南，哪管天雄山。不要说别的，就是断其水道，山上不战而自乱矣。

再言薛刚在房州，到秋后小主同文武在教场望空祭祖。薛刚想起父母，见了伤心，上前奏道："臣父母在长安铁丘坟内，今奏过主公，要去上坟。"小主说："卿家要去，须要小心。"薛刚谢恩，同了吴、马二人一路下来，逢州过府，无人盘问。薛家之事有三年之外，官府也不在心。三人来到长安城外，饭店中吃酒，收拾祭礼进城上坟。至坟前天色将晚，薛刚上前打掉锁，往里而行。将石块顶住栅门，到里面青草茂盛，没有道路。三人将草拔去，摆下三牲祭礼，薛刚哭拜。有巡捕官见了，说声："不好，想必薛刚又来偷祭了。"忙报知武三思说："薛刚偷祭上坟。"武三思传令："架起襄阳大炮打死他。命大刀王殿、阔斧陈先领兵四面围住，开放大炮，城门紧闭，多加闩锁。点十万大兵，桥头巷口处处摆卡把守。"巡城官打锣，口叫："小心捉拿薛刚。"百姓家家闭户。武三思在铁丘坟前把守，喊声大震。薛刚同吴、马二人在里面祭过父母，三人饮酒，名曰"二扫铁丘坟。"不知外面如何，且听下回分解。

第七十七回　薛刚三扫铁丘坟　西唐借兵招驸马

再说这铁丘坟，三思为何不杀进来？有道是虎怕人，人怕虎。吴琦说：哥哥，外面有兵马守住，我等慢慢地吃了饭，夜深出去。”薛刚说：“不可，外面有大炮，恐防打进来。我等早早出去。”二人闻言，结束停当，手执军器，带马开了栅门。外面大刀王殿叫人开放大炮，有丁山灵魂保护，炮倒转来，把王殿打为灰土，死伤军人数千。薛刚、吴、马三人一冲上前大战，那里杀得出？街道不比战场，百姓家家在楼上，将砖瓦、摇车、台机塞满街道。只听四下叫声：“不要放走薛刚。”

三人正在危急，有饭店夫妻二人，乃窦一虎、薛金莲奉李靖之命，说：“你侄儿有难，快去相救。”窦一虎同金莲扮作乡村夫妻，地行至长安，果见三人不得出城。金莲将纸团六个，口中念咒，喝声“起！”都变了六丁六甲神人，有一丈五尺长，将街上这些东西搬去，上前开路。三人乘势杀到城边。城门紧闭，窦一虎一口气吹开城门，三人一涌而出。薛刚拜谢姑父、姑母说起丁山，金莲流泪，话不叙烦，恐人知觉，窦一虎夫妻地行回西凉去了。

薛刚、吴、马回登云山。儿郎报说：“自大王去后，有九炼山两个贼人杀来，把山寨粮草尽行抢去，山寨馨空。”薛刚、吴、马三人大怒说：“这两个毛贼，吃了豹子心，老虎胆，这般放肆。待俺去拿来，连九炼山踏为平地。”行至九炼山大骂，有二人下山，问名姓，下马即说：“我姓南名见，弟柏青，奉香山李靖令，来请三哥。闻说不在，故我先把粮草金银收拾在此了。三哥必来寻找，故此我二人等候。请上山去。”薛刚大喜，一同上山饮酒。对薛刚说：“此山宽大，方圆四十里，左接正定，右接幽州，好招兵买马，积草屯粮，好报父母之仇。”五人说得投机，结拜弟兄。次日薛对吴琦、马瓒说：“烦二位贤弟到天雄山接程老千岁、众弟兄到九炼山驻扎。”

二人奉命来到天雄山，见了咬金，倒身下拜，说起“三哥到房州，遇着晚生，同到房州比武，封忠孝王。我二人左右都督。祭铁丘坟，至九炼山。”如此长短说了一遍。“命吾二人来请老千岁往九炼山驻扎，好招兵买马，兴兵杀上长安，除了伪周，立小主为君。”咬金闻言大喜，同众英雄下山。伍雄、雄霸守了山寨，送别下山。来至九炼山，薛刚接上，唤南见、柏青过来拜见。咬金欢喜。见九炼山果然雄伟，底下有三关，四面高山围定，上有忠义堂，聚义厅，群房数百余间，有河有水，又有战场，比天雄山好数倍，立起招军旗，来投军的不计其数，聚兵数万。命吴、马二人到房州见小主说：“兵已招足，缺少粮米，请立为帝。”

吴、马二将领命竟往房州，先见元帅王荆周，次日上朝见驾。小主问道：“薛刚为何不来见孤？”吴、马二将奏说：“臣薛刚在九炼山招兵，奉程老千岁之令，来请殿下，到长安为君，复兴唐室。要借粮米五万石，救众军之食。”小主说：“兴唐且慢。先发粮米五万石，付与二卿前去。”吴、马二人谢恩。领粮米回至九炼山。咬金说：“兵少成不得事，如何是好？”想到西唐国先前与唐天子交好，他听元帅丁天钦之言攻打雁门关，被吾家元帅薛仁贵擒拿，以礼相待。国王投降。送还元帅归国，有恩于他。命薛刚到那里借得兵十万，就好动手。

薛刚领命，带了吴、马二将至雁门关。守关总兵朱魁，原是丁山手下副将，闻报有三爷来见，朱魁一见认得是薛刚，只做不认得。问起名姓，薛刚更姓换名说：“关外走走。”朱魁放过关，对薛刚说：“三爷，我是认得你的，因耳目众多，只做不认得。须要早早回来。明年我不在此做官，要升任去。”

薛刚拜谢，出了雁门关来到西唐国。府前冷冰冰，问守门人为何静悄悄？那人说：“国王同了公主在教场招驸马，所以兵将不在这里。”薛刚说：“原来公主招亲，有这一事，明日也去看看。”三人在饭店中住下。次日来到教场，有多少英雄在此。张天宝坐在彩山殿，有女披麻公主比武，一连三日并无对手。吴琦上去也败，马瓒上去又败。薛刚上前与公主战了数十合，薛刚虚晃一枪。假败下来。公主不料是计，追上来，被薛刚活捉过马。彩山殿鸣锣，请驸马下骑。薛刚拜见张天宝，问起名姓，原来是通城虎，与公主成亲。请

吴、马二将至王府。是夜二人成亲。次日薛刚说起借兵一事,张天宝说:"粮足发兵。"过了三日,薛刚先打发吴、马二将先回九炼山,"见老千岁说我粮草一足,即刻起兵。"二将奉命上马,进了雁门关,来到九炼山,见程千岁说:"三哥一到,招了驸马,粮草一足,即时起兵。"咬金大喜,一面就差官打本到房州,见千岁报喜说:"薛刚到西唐国借兵,明天准到。一到就开兵。"小主甚喜,留二将住在房州,此话不表。

再讲长安魏相先打发家眷去房州,自己来别徐贤,二人谈论。魏相说:"我要到房州去见见小主,特地前来别你。"徐贤说:"小弟也要就来。"魏相见一少年立在旁边,问起说:"是何人?"徐贤说:"小弟之子徐青。"魏相见了竟像薛勇,流泪而去。徐贤画了画图,乃征东故事,叫蛟儿前来观看。蛟儿不知,说:"爹爹,孩儿不知,望乞讲明。"徐贤说:"这白袍是你曾祖父薛仁贵,穿红袍是祖父丁山,这一位是你父亲薛勇,红罗总兵。"将此事说明。蛟儿听了大哭,要去祭奠坟墓。徐贤把阴阳一算说:"不妨,你出去祭过,作速就回。"

蛟儿收拾祭礼,挂一口宝剑,晚上出门,到铁丘坟来。自古道:"官无三日紧。"此事有十二年了,无人把守。蛟儿打掉了锁,来到里面,摆下三牲礼物,大哭:"祖父、父母有灵,孙儿来祭奠,望阴灵保佑孙儿,报复此仇。"有巡城兵看见,报知张君左、张君右、武三思说:"薛刚又来偷祭,在铁丘坟。"武三思带十万人马,四门大炮,围住铁丘坟。吩咐:城门多加闩锁,到处排围,把守城池,喊声大震。不料又被窦一虎救去。蛟儿在里面看见,欲要自尽。有丁山灵魂,头戴三山帽,身穿百月袍,叫声:"孙儿,闭了眼,救你出去。"将蛟儿提出铁丘坟,三叉路口放下。

蛟儿入梦中,眼睁一看,认得是秦驸马府中后园。蛟儿跳入园中,在白花亭上住下。有待女看见,报知公主,公主宣入问道:"你是谁人?为何到我园中?"蛟儿跪说:"我乃两辽王薛丁山之孙。"将冤情说明,今日来上坟,虚空有人提出来到园中,望娘娘救命。"公主说:"不妨。将蛟儿去了男衣,扮作女子。明日少不得奸臣来搜,处治他去。丫头小翠有病将死,改换他的衣服,睡在卧房。"算计已定。

再言武三思同张君左弟兄,看里面不见动静,一定是窦一虎土遁去了。忽见半空中有人出来,在三叉路口,往秦府花园内去了。有人报知武三思、张氏弟兄说:"这是先皇的公主,秦怀玉之妻,惊动不得。"张君左说:"千岁,他是朝廷钦犯,怕什么银瓶公主?"

次日上朝,奏明天子,旨下:"命张氏弟兄到秦府捉拿薛刚。"张君左弟兄带领五百家将,将秦府围住。有人报进说:"娘娘,外面张氏弟兄围住府门,不知为何?"公主一听此言大怒,吩咐:"开了府门,放他们进来。"家人领命,把府门开了。张氏弟兄看见开了府门,公然进来。不知后事如何,且听下回分解。

第七十八回　张君左秦府出丑　九炼山薛刚团圆

前言不表,再言君左弟兄来到银銮殿,公主接旨。开读已毕,公主谢恩。张君左弟兄朝见公主,立在两旁,禀道:"臣奉天子之命,今有薛刚逃在娘娘后园,娘娘必知,望乞放出。"公主说:"二位先生且听。自驸马去世之后,朝中大政哀家不管。你谎奏朝廷,说什么薛刚在此,你去回复圣上。"张君左说:"难复旨意,容臣搜明。"公主道:"两位先生不信,但凭搜来。"

张君左吩咐去仔细检搜。那些军士一声喊,到处搜寻,前房耳房,高楼后围,地板天花板,俱已掘开看过,回复不见薛刚。张君左好不着急,吩咐再搜。军士说:"只有娘娘卧房,小人们不敢搜。"君左说:"管什么卧房,快去搜来。"军士闻言,赶到卧房。卧房门关了的,军士打将进去,只听叫声:"不好了!"郡主惊死床上,侍女出来,报知公主。

公主大怒,吩咐左右:"将这两奸臣锁着,待哀家见圣上发落。"张君左弟兄大惊,唬得魂不在身,只得哀求。公主哪里肯听,被这班侍女将二人剥下衣衿,纱帽红袍除去,将大链锁住。"公主乘辇出来,将二人带在辇前,出其大丑。

到金銮见了武后,朝拜已毕。公主奏说:"哀家公公秦叔宝打成唐朝天下,驸马秦怀玉征东平西战死沙场,有大功于国。今日张君左谎奏圣上,来搜薛刚。哀家怎敢藏匿?

驸马亡过之后，不理朝中之事。今明明来抢臣家，先王钦赐金银，被他唤狠奴抢得罄空，惊死郡主，前后楼房尽行打坏。望圣速拿二奸贼，以正国法。”天子听奏说：“皇姑息怒，朕当处治。”宣张氏弟兄上殿。武后一看，见二人好笑，不象官体，好似囚犯。旨下：“罚张君左弟兄修驸马府，赔还金银。御妹惊死，尔弟兄做孝子，奉旨开丧，百官祭奠，送上丘坟。命中山王武三思代朕往皇姑府请罪。”“谢恩。”银瓶公主谢恩出朝。张氏吃了一场大亏。小翠倒有福气，受百官祭奠，开丧忙忙碌碌，自有一番打点。我也不表。

再言诈了张氏许多金银，将小翠送上丘坟已毕，满心大悦。想留蛟儿终久无益，恐有人知道，欺君之罪不小。假说烧香，好将蛟儿带出城外，换了男衣，叫他逃往房州。蛟儿拜谢，竟往大路而行。公主往秦安州烧香回府不表。

再言蛟儿不曾经过风霜，一路上凄凄惨惨，前面猿啼虎啸，好不怕煞，欲投涧而死。旁有香山李靖，叫声：“蛟儿不要慌张，闭了眼睛立在乌帕上，我救你去。”李大仙同了蛟儿驾起祥云飞在空中，不消一个时辰来到香山，下落云头。蛟儿拜谢。大仙说：“蛟儿你拜我为师，传你枪法。”吩咐童儿取枣子与他吃。蛟儿吃了枣子，长力千斤。蛟儿拜了大仙为师，教习枪法，此话不表。

再言徐贤叫蛟儿出去祭坟，先打发家小往房州。自己在府中，闻得张君左弟兄被银瓶公主算计得颠颠倒倒，心中大悦。唯恐泄漏，连夜往房州而去。

再言江南扬州徐敬业以匡复庐陵王为名，起兵讨武氏。朝廷差李孝逸，相杀数年，被孝逸因风送火，敬业大败，逃海而去。报捷到长安，天子大悦。百官上表奏驾。旨下，命李孝逸镇守江南，以防边患。自敬业在江南兴兵十余年，不把薛刚放在心上，故存此患，不必细表。

再说蛟儿在香山枪法已熟，气力充足，欲要下山寻叔父，来见师父。李大仙说：“徒弟既要下山寻叔父，我日后送枪马来与你。”

蛟儿拜别下山，一路行来，见一庄坊，腹中饥饿，上前去唱道请化斋。有一妇人出来，见蛟儿相貌堂堂，留吃饭，送他白米五升，钱三十文。庄客报说：“少爷回来。”薛葵回家一见，便大骂蛟儿，喝声：“野道童！”将拳就打。妇人喝住，问起名姓，就是薛蛟。妇人说：“原来是侄儿。”蛟儿问起，说是薛葵。鸾英上前相见，说起缘由。蛟儿说：“婶娘放心，我同兄弟去房州访问叔父。”庄客说：“有人送兵器马匹在外。”原来是李靖差仙童送来的。二人一看，好马好枪。薛葵说：“这枪马那个送你的。”薛蛟说：“是师父李大仙送的。”说起传授枪法，一一说明。问薛葵说：“兄弟，你兵器马匹也有吗？”

薛葵说：“兄弟那年在山玩耍，遇见二虎相斗。兄弟去拿它。二虎见了跑入洞中，被弟拿住虎尾拖将出来，不见了虎，竟变了两柄铁锤，重有四百多斤，有笆斗大。山中有一老道教习我法，也精熟了。有一匹马也稀奇，牛马相交养出来的，牛头马身。待弟牵出来与哥哥看。”果然后槽牵了马，里面拿出锤。薛蛟大喜说：“兄弟本事高强，好与祖父报仇。”二人拜别鸾英。鸾英说：“你弟兄路上小心。”薛葵说：“母亲放心。”

二人并马而行，来至房州，访问薛刚，并无下落。在城外饭店中楼上吃酒，兄弟说得投机，大笑起来。楼板是稀的，把那些灰尘落将下来，楼下面也有人喝酒，灰尘落在酒碗内。吃酒的柏青大怒，大喝道：“楼上的×娘贼，蹬你娘的×怎么？”薛葵上面听见，心头火发，纵起身来，飞奔下楼。柏青、南见弟兄早已立起身来等打。薛葵性急走得快，不料脚下一块青石一滑，仰面一跤，跌倒在地。二人上前拿住，将拳打下。吴琦喝住：“不可，他失足跌倒，你要打他，不像好汉。放手！”薛蛟也下楼来帮打。听见说得有理，不再动手，薛葵立起身来要打。”薛蛟说：“不可，恐伤了人。”吴琦说：“二位爷不象这里人的口气。”薛蛟说：“我乃山西绛州龙门县人氏，姓薛名蛟。我兄弟薛葵。来房州寻叔父薛刚。”吴、马二人听了，原来是忠孝王之子侄：“得罪了，我四人与你叔结拜兄弟，我乃吴琦，此是马瓒、柏青、南见。”薛蛟大喜说：“原来是四位叔叔。”同薛葵上前拜见，重新吃酒，当夜不表。

次日同薛蛟弟兄至王府门首，问黄门官要见驾。黄门说：“千岁在御花园搭彩楼招驸马。”薛氏兄弟行到御花园，彩球打中薛蛟。庐陵王传旨宣驸马进朝。问起姓名，薛蛟奏明。小主大悦：“原来是忠孝王之子侄。”招薛蛟为驸马，与公主成亲。薛葵封为大都督。说起：“尔父上年往西唐借兵，至今未见回来。闻他招为驸马，耽搁在那里。命你二人回家，接你母亲同到房州安享。”薛蛟弟兄谢恩，二人回府。

次日薛蛟弟兄转至陈家庄，接了鸾英一同下来。这日天晚投庙中夜宿。道士接见。说是薛蛟驸马，道士大悦，留上房歇宿。有八叉山朱林差人到庙查问。道士说是薛驸马及薛刚之子薛葵，接太夫人一同在此庙内。儿郎报知朱林、薛强、薛孝叔侄二人听了大喜，一同到庙上前相会，当有一番话说不表。次日差官先送母亲到九炼山，同叔叔相见。薛葵兄弟二人要出雁门关寻父，此话不表。

再言薛刚与披麻公主点兵十万，将少不能动身。又到西凉请十弟兄，乃征东仁贵结拜的周青、姜兴霸、李庆红、薛贤徒等、有功于国，封守西凉为总兵，世袭镇守。闻薛三爷相请，各助兵一万。李大元、姜兴、姜霸、薛飞、周龙等共有十人，与薛刚拜为弟兄，一同来到雁门关。总兵吴忠不肯开关，分兵把守。薛葵大怒，催开坐骑抢进关上，一锤打死吴忠。众军见主将已死，四散奔过。薛蛟斩关落锁，大开关门。

薛刚同公主进关，到九炼山。咬金大喜，当日相会鸾英，一番言语不表。次日吴琦、马瓒拜本上房州，见小主说明此事。小主大悦，敕封薛刚为兵马大元帅，咬金为军师，诏下九炼山，程咬金等谢恩。命薛蛟、薛葵弟兄二人解粮。邻近州府都来归附，声势浩大。山东，山西、湖广之文武官员都归顺马州，要立小主为帝，灭伪周武氏。探子报入长安，武三思闻报大惊，忙上本见驾。旨下：命武三思为大元帅，姜通为先锋，马立为后应，带兵五十万，出了长安，旌旗浩荡，杀奔九炼山。不知后来如何，且听下回分解。

第七十九回　武三思四打九炼山　程咬金夜劫周营寨

前言不表，再言周兵相近九炼山，有探子报上山来说：“朝廷点武三思为帅，良将千员，起大兵五十万。前部先锋姜通好不利害。报与元帅知道。”薛刚说：“知道了。”赏探子银牌一面，羊酒十樽。探子谢赏。

咬金差人往天雄山，请伍雄、雄霸都到九炼山。元帅在山，令四虎把守栅门，摆下檑木，以备厮杀。

再言武三思来到山前，摆开阵势，先锋姜通在山下差军士大骂。薛刚带领众将下山迎敌，两边射住阵脚。姜通说：“薛刚且住着，听我一言。你三次偷祭铁丘坟，也算英雄。何不依我归顺大周，散去诸寇，保汝为将。”薛刚大怒说：“你这贼我乃大唐臣子，奉小主之命，收回旧业。汝食君禄，不报君恩，实为无耻之徒。且待我杀这无名之将。”一马冲出阵来，姜通大怒，奋勇将手中大刀砍进。薛刚将棍挡住。一往一来，战有三十余合，薛刚棍法散乱，众将看见助战。姜通手下大将许琦等，也各纷纷出战。两边混杀。秦红使双锏来助薛刚，杀退姜通，天色已晚，各自收军。薛刚回山。

次日武三思摆一个五虎把山阵。旗分五色，有五员虎将守住阵门，五门有兵五万。姜通计战，薛刚同众将下山。伍雄出马，大战姜通，有数十余合。雄霸见伍雄战不过姜通，出马双战。被五虎将围将拢来，二人抵敌不住，大败而走。众英雄纷纷出马接战，那里挡得住？薛刚迎住姜通，那里战得过？竟大败落荒而逃。姜通在后追赶，正在危急，只见薛葵解粮来到，见姜通追赶薛刚，薛葵大喝道：“不得无礼！休伤我父。”只一声不打紧，就似春雷响震一般。

姜通大惊，抬头一看，不认得薛葵，抛了薛刚来战薛葵，把手中大刀一举，照顶门砍将来。那薛葵不慌不忙，把锤往上一举，当的一声响，把大刀打断了。姜通叫声：“不好了！”震开双手虎口，带转马没命地跑了。薛葵催开牛头马赶来，喝声：“那里走！”锤打来，姜通要走来不及，打得脑浆迸出，连马打成肉酱而死。三军见主将已死，阵图已破。秦红双锏打死许琦。尉迟景鞭打士超下马而死。五虎将俱被罗昌、王宗立二人杀得大败。程月虎使动大斧，一斧一个好杀。外面薛刚同薛葵杀将进来，五万兵马去了四万，只一万逃奔大营。

武三思见前军已失，先锋诸将尽亡，传令安营。那里扎得住？被薛葵双锤打进，那里挡得住？人撞锤就死，杀进一条血路，众军士遭其一劫。武三思看见大势已去，抛了众军，逃往临阳关，计点军士，折其大半。折手伤足者不计其数。吩咐把关门紧紧闭好，城垛上多加炮石檑木，与总兵程飞虎修本进朝讨救。朝廷见表大惊说："中山王丧师辱国，败奔临阳。那位爱卿出征与朕分忧？"班中闪出张君左道："今有武状元郭青，金吾大将俞荣，此二人有文武全才，去往临阳，同中山王一同征讨。"天子大喜，宣二人上殿，钦赐金花御酒，封为左右副元帅，带兵二十万，副将二百员。二将下教场祭旗，离了长安，来到临阳。参见元帅，然后发兵，共有四十万，来打九炼山，此乃二打九炼山。离山十里，放炮安营。一声炮响，三军扎下营盘。吾也不表。

儿郎报上山去说："朝廷命武状元郭青、金吾大将俞荣同武三思起兵四十万，又来打九炼山，请大王定夺。"薛刚说："知道了。"咬金说："郭青、俞荣乃是名将，元帅不可轻敌，须当小心。"大将李大元、姜兴、周龙、薛飞等数人上前说："元帅，小弟在此，未曾破敌。今我等兄弟出阵。"薛刚说："既然兄弟们出去，须要小心。""得令！"

再言武三思来到九炼山，摆左右二营，中间立一个大营。摆一个四牛斗底阵。两边密密伏下弓弩手，以防薛葵冲营。武三思说："他以力为强，追来即放炮为号，两下一齐射出。他如回马，我兵乘乱奋杀，他绝奔逃上山。我这里分兵断截各处水道。山上无水，不战而自乱矣。"传令已毕，令郭青讨战。忽山上冲下一队人马，喊杀连天。郭青来到山前，大叫一声："那个纳命的，出来会吞？姜兴、周龙冲出。大将郭青说："无名小卒看枪！"照姜兴面上一枪刺进来。姜兴不慌不忙，把手中大刀抵住。刀枪并举，战有二十合。郭青虚晃一枪，往左营而走。姜兴不舍，把马一鞭追上前来。郭青见来将将近，即按住钢枪，取弓在手，搭箭当弦，照定来将尽力一箭。姜兴听得弓弦响，急待要躲，来不及，正中咽喉，倒撞马下而死。

姜霸见兄被射，使动双鞭杀出救兄。被俞荣挡住，大战三十回合，被俞荣一刀砍下马来。李大元见二姜阵亡，大哭。同周龙一齐杀出，两下混战。薛飞步战出阵，使五百斤大锤，身长二丈四尺，貌若金刚，杀入中营，听得号炮一声，万弩齐发。薛飞身中七箭，大败而回。李、周又抵敌不住，三军围将拢来。正在危急，忽山上冲出无数人马，伍雄、雄霸、秦红等杀入周阵，救出李、周二将，分头迎敌。一场好战！天色已晚，两下收兵。薛刚见姜氏兄弟阵亡，伤悼不已，计点军士，折兵大半。咬金说："胜败兵家常事，今晚去劫寨，必然全胜。"薛刚说："此计甚妙。"吩咐秦红、尉迟景带领一支人马，往左边下山打入左营。罗昌、王宗立带领一支人马往右边下山，打入右营。薛飞、李大元、周龙、伍雄、雄霸带大队人下山，直冲中营，杀武三思要紧。果然周营不防备，被秦红、尉迟景扳开鹿角，杀入右营。郭青正在睡梦中，听得有人劫营大惊，披衣起来，满寨通红，忙上马，遇着尉迟景黑脸钢鞭打将进来；郭青却待迎敌，昏头奋脑，被尉迟景一鞭打死。秦红用双锏打得三军乱逃，儿郎一个个动手杀死。杀得尸横遍野，号哭之声不绝。

左边一样如此。薛飞打入中营，军士昏睡，要射箭也来不及，弓箭也不知放在那里。半夜之中，一场大杀。武三思往后营而逃，薛飞等追赶有三十里。鸣金收军，大获全胜，所得军器粮草无数。天色大明，收兵上山庆贺不表。再言武三思见不来追，计点军士折了七、八万，损了郭青、俞荣上将数十员，走入临阳关住扎，意图报复，连夜差人赍本进朝求救。

使命到京，奏上表章，天子看了大惊，亲问使者曰："中山王大兵四十万，何故又至大败？"使者将初阵斩了贼将两员，不料中贼计，当夜冲营劫寨，丧了二位副元帅，折兵八万，走入临阳，细说了一遍。

武后问丞相张君左："薛刚反乱山东，十分猖獗，何以制之？"张君左奏道："中山王被贼偷营，非战之过。再差御营总兵赵仁为先锋，成国公上官仪为将，广信侯姚元为副将，成魁、钱通为左右使，武探花屈松彭为后应，齐国公冯贞护送粮草，起大兵十万，去到临阳关，与中山王一同征讨，薛刚可擒矣。"天子大喜："依卿所奏。"旨下。上官仪奉旨教场点兵，出长安来到临阳关，与中山王合兵，商议九炼山之事。教场操演人马，习练阵图，以备征进，此话不表。

再讲薛刚得报，朝廷又点上官仪、姚元、成魁、钱通、屈松彭、赵仁等兵扎临阳，操演三军，不日出兵。薛刚大惊，忙与程咬金商议说："老千岁，如今伪周又点兵马到来，怎么迎敌？"咬金说："上官仪文武全才，尚不足虑。唯有太阳枪赵仁，十分厉害，使开枪能在花光中他见你，你见不着他，取上将之首如探囊取物。屈松彭青面獠牙，用金顶锏，重百六十

斤，甚是凶勇。余不足介怀。”薛刚闻言，准备迎敌。不知后事如何，且听下回分解。

第八十回 尉迟景鞭打太阳枪 净道人圈打众英雄

适才话言不表，再讲武三思到了山前，三声大炮扎住阵脚。先锋赵仁同左右使成魁、钱通顶盔贯甲，挂剑悬鞭，令军士在山下大骂。

儿郎报上山说：“启元帅，今周营先锋讨战，实是了不得。”薛刚闻报问：“那位哥哥出去会他？”旁边闪出四员大将，吴琦、马瓒、南见、柏青上前说：“待吾兄弟们出去会他。”薛刚说：“周将利害，兄弟们须要小心。”四将得令，冲下山来。咬金说：“周将骁勇，四将不能胜他，传令尉迟景。秦红带领三万人马下山掠阵。”二将得令，领兵下山。

吴琦四将来到山前，摆开阵势，射住阵脚。只见周阵拥出三员大将。南见抬头一看，赵仁面容恶相，黑脸铜铃豹眼，腮下短短桃红竹根须，身长九尺，使一把太阳枪。成魁、钱通又重得凶恶，喝声：“狗强盗，快下马受死。”柏青见了大怒说：“不得猖獗。”放马过去，劈面一刀砍住。南见看柏青战不过赵仁，一马冲出，双战赵仁。吴琦、马瓒纷纷出马。那边成魁、钱通两下敌住，一场大战。那赵仁果然厉害，使开枪左插花，右插花，枪花中只见日光闪闪，罩定柏青、南见开眼不得，被赵仁一枪挑死柏青，回手一枪又结果了南见。尉迟景大怒，一马冲出，照日光一鞭，赵仁叫声：“不好了！肩上着了一鞭散了日光，大败而回。吴琦战住钱通，听见柏青、南见落马，回头一看，被钱通砍死。马瓒被成魁枪挑而亡。秦红见二将已死，大叫一声：“不要走，我来也。”用双锏敌住成魁。尉迟景战住钱通，两下大战。

薛刚闻报失了四将，恐防二将有失，鸣金收军。秦红、尉迟景听得鸣金，弃了成魁、钱通，走马上山。成、钱二将也不追赶，各自收兵。薛刚点军折了一万人马，死了四将，伤感不已。传令紧闭寨门，安排檑木炮石以防攻打。

再说赵仁虽然全胜，也伤了肩膀。钱通、成魁来问安。赵仁说：“不妨。”葫芦取出丹药敷好，片时痊愈。来到中营，参见武三思说：“杀了贼将四员，大败归山。”三思大喜，重赏三军，上表进京报捷。次日赵仁等又在山前讨战。山上众将说：“太阳枪利害，不敢出阵。”

再讲薛蛟弟兄解粮到中路，遇着师父李靖。薛蛟下拜。李大仙说：“徒弟，赵仁太阳枪厉害，众将不能抵敌。赠你定阳针插在头上，好捉赵仁。”薛蛟拜谢。一阵轻风不见了。薛蛟来到山前，见赵仁耀武扬威，薛葵把粮草推过。薛蛟上前，大叫一声：“赵仁，不得无礼！少爷来也。”赵仁看见薛蛟，也不放在心上，说：“那里狗头？休来纳命。”劈面一枪。薛蛟还转一枪，战有二十回合。赵仁用这太阳枪法罩住自身，薛蛟头上插了定阳针，不见什么太阳。法被薛蛟破了，赵仁心慌，成魁、钱通看见上前，双马齐出夹攻。薛葵大怒，展开双锤，一马冲出敌住成魁、钱通。

山上薛刚得报，点诸将分头下山。薛飞用大锤打入周阵，众将纷纷落马。薛葵与成魁、钱通战不到三个回合，都被薛葵打死。赵仁与薛蛟大战，未及防备，被薛葵冲上来，大叫一声说：“哥哥，待兄弟打死这贼。”赵仁大惊，被薛蛟一枪挑于马下。诸将见薛氏兄弟成功，勇加百倍。各皆突入中营。连斩副将四员。上官仪横刀而出，正遇秦红，约战数合，尉迟景也来攻打，上官仪虽然勇猛，那里挡得二员大将。又被罗昌从后面杀进来，看见秦、尉迟二将战住，上官仪被罗昌从后面一枪刺死马下。薛葵用大锤追杀官军，薛蛟兄弟大踹周营。武三思往后营便走。于是三军尽皆奔逃。众英雄拼力奋进，杀得周兵尸横遍野，血流成河，哭声震天，弃下衣甲刀枪无数，被薛军收回。咬金传令收军。诸将把马勒转，大小三军都次第回山，所得粮单衣甲不可胜计。摆筵席庆贺薛氏弟兄。此话不表。

再言武三思败下去有一百里，看见兵将不来追赶，才得放心。传令收拾败残人马，点一点不见了大半。赵仁、上官仪、成魁、钱通阵亡，杀死副将数十员，后队屈松彭又到，心中稍安。屈松彭参见，武三思说：“我自起兵以来，遭薛刚三次大败，俱损兵折将，无颜再请救兵。”副将姚元说：“千岁在上，今日这场大败，多害在使双锤的小蛮子之手，不料他如此凶勇，先锋太阳枪尚被他破掉杀死。目下屈将军到此，再整兵马，调各路总兵与他大战，除剿了他，余者不足介意。"三思听了，安下营盘调兵。

有军士报进说："辕门外有一道人要见。"三思说："令进来。"道士来到营帐前说："千岁在上，贫道稽首。"武三思看见道人仙风道骨，行步不凡，说："仙长少礼。那座名山？何处洞府？到此有何见教？"道人说："贫道乃清虚山无心洞净山道人。我已入仙界，不染红尘。奈徒弟赵仁被薛葵所害，因此贫道愤愤不平。今又算千岁洪福，薛刚命该如此，所以动了杀戒，方入红尘。除了薛葵大事完矣。"三思大喜，大营设筵款待道人。次日武三思离了大营，整顿人马，不及半天，来到九炼山。日已过午，不及开兵。当夜在营备酒，席上言谈，饮至半酣，方才营中安歇。

次日清晨，摆开队伍出营。道人上马端剑，屈松彭上马举斧在营前掠阵。道人催开坐骑，相近山前，高声叫道："山上的快报与薛贼子知道，叫他速整下山与贫道答话。"那薛刚立起身来说："诸位兄弟，前日他被我等杀得大败，今日为何又有野道人讨战？待我亲自出去，杀这野道，除了武三思，杀进长安，灭了伪周，立小主为帝。"咬金说："元帅不可轻出，三军司命全在于你。令薛蛟兄弟下山擒此妖道。"薛刚应诺。

薛蛟、薛葵换了盔甲、结束停当。底下众英雄齐声要去杀武三思。薛刚说："须要小心。"俱已结束上马，带了军士，冲下山来。秦红说："看这道人身体软弱，有何能处？前日阵上长大英雄，被俺这里杀得大败。待吾出去取他性命。"大喝一声："妖道，俺来也。"一马冲出。道人呼呼大笑说："你可知贫道本事利害！薛葵伤我徒弟，故来取他的命。你不是薛葵，你去罢。"秦红听了，说："好自在的话儿，看得这样容易。"把锏一摆，喝声："招锏！"一锏当头打下。净山道人将锏敌住，不止教会，道人祭起连环圈打来。秦红叫声："不好！"却待要走，被照头一圈，打落马下。急待向前来取首级，得尉迟景抵住，众军救回秦红。尉迟景又被打伤。一连打伤伍雄、雄霸、罗昌，俱带伤大败而回。

薛葵飞马舞锤迎住道人，当头就是一锤。道人把剑往上一迎，那里迎得住，两臂酸麻，看来敌不住，回马就走，祭起圈来，将薛葵打落牛头马下。道人仗剑纵马要伤薛葵。薛蛟大叫："妖道休伤我弟！"飞马舞枪抵住。薛蛟上前救回薛葵，道人与薛蛟战不数合，薛蛟看来不搭对，恐防他又放这圈，搭转马就走。道人赶来，两边众将吩咐军士放箭，军士得令一齐放箭，道人回马，各自回营。

众将扶着带伤英雄，俱上山寨安息在床，秦红等昏迷不醒，尚有一线气在口中。薛蛟等着急，往忠义堂说明此事。薛刚大惊，同咬金前来看视。只见众人闭目合口，面无血色，伤处四周发紫。咬金说："此必受妖道圈所伤，毒气追心。无药可救。不知阵上还有何人与他交战？一定也要受伤，多凶少吉，只可高挑免战牌，保守山寨，寻了医家，救了众人性命，然后开关。"若知后事，下回分解。

第八十一回　俞荣丹药救诸将　武三思月下遇妖

适才话言不表。众英雄俱被毒圈打伤。次日，道人又来讨战。见山前高挑免战牌，道人呼呼大笑，回进帅营。

武三思、屈松彭接到里面坐定，说："师父今日开兵辛苦了。吩咐摆酒上来。"道人说："千岁屡次失利，起兵三次，未闻一阵成功。今贫道下山与徒弟报仇，没有半日交战，伤他数十员将，杀得他高挑免战牌，紧闭寨门。贫道这连环圈乃毒药炼成，受日月之精华，打在身上，不消七日必死。"武三思大喜道："望大仙早擒薛刚，班师回朝，朝廷自有升赏。"道人说："不消费心，这都在贫道身上，待伤了薛葵，贫道仍回山修道，不染红尘。"当夜饮酒不表。

再言八宝山连环洞彭头老祖正坐蒲团，有徒弟俞荣，前年在长安救来的假薛蛟，老祖教习枪法，两臂有千多斤之力，年长十六岁，身长八尺，貌若灵官。这日立在师父身边，老祖叫声："徒弟，现有薛刚被净山道人阻住九炼山，逆天行事，打伤数员大将。我今有丹药一葫芦在此，你拿去救众将性命。"俞荣跪在地下说："弟子从师父到此年久，从不曾说起。今日师父说要去救薛刚，望师父指示明白。"老祖就将从前之事说了一遍。

俞荣带泪拜别师父，骑上草龙，不消片时，来到九炼山，按落云头。有程月虎在山前，见空中落下一道童来，吃了一惊，大喝："妖道何来，快拿去见三哥。"俞荣说："休要鲁莽，我乃八宝山连环洞彭祖之徒弟。今见你诸将有难，奉师父之命，特为相救。快报进去。"程月虎听了，叫声："得罪，三哥在堂上正与我祖太爷商议，无计可救诸将。快请进去看视。"俞荣随了月虎来至堂上，见了咬金拜见。问起俞荣，俞荣将往昔调换薛蛟，被师父救去，今奉师父之命来救诸将如此一说，薛刚大喜说："原来是我家大恩人。"当殿拜为弟兄，就看视诸将。

俞荣看了伤痕，忙向葫芦中取出丹药，敷在伤处。又取丸药，将汤灌入口中。登时入肚腹中，响了三声。诸将悠悠醒转，说："嗳唷，好昏闷人也。"两眼睁开，身上觉得爽快，倏然都坐在床上。薛刚、咬金二人大喜，薛刚道："今有俞贤弟在此相救，快快拜谢。"众人见俞荣立在旁边，即下床叩拜谢恩。薛刚吩咐摆酒款待。席上说起妖道连环圈厉害，诸将难敌。俞荣说："不妨，师父曾吩咐说：净山道人若祭连环圈打来，与你一件宝物，名曰'紫金尺'，可破连环圈。"薛刚大喜，席上言谈，自不必表。

次日，道人闻报山前去了免战牌，武三思传令，屈松彭摆大队人马来至山前。道人上马提剑，摇旗擂鼓，冲将出来，令军士大骂说："这些死不尽的下山纳命。"报知山上。薛刚同众将上马，放炮一声，带了三军，冲下山来，攒箭手射住阵脚。俞荣顶盔贯甲，上马提枪，冲入战场。薛强麾旗，薛蛟掠阵，还有王宗立、程月虎在两旁护阵，战鼓频催。

那边道人正撞着俞荣，便不搭话，两下交锋，战有数合，道人回马便走。俞荣不舍赶来，道人祭起连环圈打来。俞荣不慌不忙，袋中取紫金尺祭起，往上一迎，只见那连环圈套在紫金尺上，一阵红光，竟不见了。道人看见破了法宝，大怒，回转马来与俞荣交战。

那些众将见道人个个恨之切齿，只害怕这圈儿。今见俞荣破了他圈，众将胆更大了。尉迟景执鞭当头就打；秦红双锏照肩膀乱打；薛葵用双锤打下去，件件惊人。大将齐出，叫声："要活擒妖道。"那净山道人虽附着邪法，十分本事，经不起众将，恐防有失，借土遁走了，薛葵一锤打去，金光散乱，不见了道人，众将惊骇。

屈松彭在后掠阵，见薛军战住道人，大喝一声，把马一冲，跑出阵来，举起金顶束，好不骁勇，照定俞荣，喝声："小孩子看束！"豁喇一响，望顶门便砍来，那俞荣用枪架开。本事厉害！如今两下杀在一堆，战在一处，有数十合，俞荣不能取胜。那些诸将因不见了道人，又见俞荣与屈松彭大战，都围将上来。尉迟景把钢鞭来战，秦红也上前，三员将战住屈松彭。屈松彭那里放在心上，用金顶束敌住三般军器。又战了数合，又不能胜。薛飞用五百斤大锤大步出阵，喝声："三位兄弟少住，待吾来活擒这厮。"屈松彭正与三将大战。抬头见一大汉来到，心中防备。薛飞举起大锤，照屈松彭打击。屈松彭叫声："不好！"把金顶束一抬。原来好厉害，三将也挡不起。那里战得四将？屈松彭虽有本事，束法精通，怎挡得四般兵器？却也心慌意乱，实难招架。被俞荣一枪刺中咽喉，跌下马来，尉迟景下马取了首级，得胜回山。

武三思在后面帅营闻报说："道人不知去向，屈松彭阵亡。"听了大惊，传令拔寨退后而走，离山百里安营下寨，安摆鹿角、灰瓶、炮石，攒箭手把守敌楼，恐防薛兵追赶。三思闷坐帐中。

其夜月明如昼，三思出外步月，往后营上马，不带军士，悄悄的行了数里。见一所庄房，倒也幽雅，见一年少女子立在月下。三思一看："嗄唷！好绝色女子。"面如傅粉红杏，泛出桃花春色，两道秀眉，一双凤眼，十指尖尖，果然倾城倾国，好象月里嫦娥，犹如出塞昭君。三思不看犹可，见了之时，神魂不定，心中按落不下。月下看去，果然又齐整，开言道："小娘子，黄昏夜静独自出来何干？"

那女子听得回转头来，看三思戎装打扮，绝非下贱之人，开言说："将军不知，妾因独坐无聊，出来看月，不想遇着将军，三生有幸。不弃贱妾，同入草庄，奉待香茗。"三思大喜，同了那女子走进庄房。房屋虽小，倒也精致。走出几个丫鬟，也生得清秀。吃过香茗，三思问起姓名。女子说："妾姓白名玉，父亲唐朝人白太玄阵亡，母亲陈氏死过三年。上无兄，下无弟，只生妾一人。年近二九，婚姻未配，颇有庄田，尽可度日。不知将军为何到此？"武三思就将失机之事说了一遍。女子说："原来是中山王，贱妾不知，多有得罪。妾生长将门，晓得武艺，又遇异人传授兵法，与将军前去复仇。"三思欢喜，同女子出了草庄，来至帅营。大小三军因当夜不见三思，俱各处寻打，忽闻千岁回营，众将大喜。

问安已毕，其夜女子同三思苟合，次日封为白玉夫人。调河南北人马前来征剿。河南总兵方天定，带领勇将数十员，人马两万。前日旨下调兵，整兵正要启程，今闻中山王令箭来催，同了河北总兵桑十朋，一齐来到帅营。军士报知，方天定同了桑十朋进营，参见三思。三思命白玉夫人操演三军，然后征剿九炼山，此话不表。

再讲阴风山莲花洞殴兜祖师救了徐青，带回山中，教练枪法，传授兵法，力有千斤。这一日在山中无事，同了仙童玩耍。忽一阵大风吹来，徐青看见一个斑毛豹跳出，被徐青拿住，打了几下。"那豹偏偏伏伏立着。徐青骑在豹上，竟走入洞中。老祖说："徒弟，你如今有脚力了，你快往九炼山去见薛刚，好帮助小主杀进长安，灭却伪周，复立大唐。你功行完满，依原上山，修成正果。你到半路，遇这穿鼠色衣、尖嘴微须的黑面道人，枭了首级，前去请功。"说毕将斑毛豹一吹，念了咒语。

徐青拜别，骑上豹。只见那豹四足腾云而起，不一时来到中路，下落豹来，果见一道人喘息方定，在那里坐着。徐青便问："仙长是那座名山？何处洞府？从哪里来？"道人抬头一看，原来是个道童，身不满四尺，面貌不雅。开言说："道童你不知。我乃清虚山无心洞净山道人，因薛葵伤吾徒弟，吾下落红尘，与薛家开兵。不想他收我法宝，我意欲回山再炼宝贝，会同各洞仙长，再来算仇。"徐青一听此言，说："踏破铁鞋无觅处，得来全不费功夫。"把手中枪夹背心一下，透心而过。道人不防备的，大叫一声，跌倒在地。徐青取了首级，将尸埋了，上了豹，竟往九炼山而来。且听下回分解。

第八十二回　莲花洞徐青下山　三思五打九炼山

话分两途。再讲徐青来到山前，儿郎报知上山，来见薛刚。薛刚问起说："仙童那里来的？"徐青说："小侄乃阴风山莲花洞殴兜祖师徒弟。向年斩两辽王之时，被师父救去，十有六年。今奉师命下山来见叔父。路上遇着净山道人，被我斩了，为进见之功。"

薛刚大喜拜谢，逊上坐，满腹疑心想道："吾侄儿现在营里，怎么又有薛蛟救出？待吾问程老千岁，便知端的。开言叫声："老柱国，这些事情谅必晓得。"咬金呼呼笑道："我久在长安，怎么不得知？前日破圈的，是狱官之子。这个小将军是徐贤之子，临潼关调换的。不知以后怎么样。"徐青说："果然师父有言，与这位老千岁说来一点不差。"薛刚欢悦不过，摆酒庆贺，同了这班小弟兄在堂饮酒，我也不表。

再言武三思看见白玉夫人操演兵马已熟，点起大队人马，放炮一声，兵至九炼山。离山半里，扎下营盘，摆队出营。身骑高马，手提白刃绣凤鸾刀。后面跟了二十四名女将，是狐狸精。两旁方天定、桑十朋带同众将，后随五百名钩镰枪，准备拿人，恐防前日一样，又被救出。安排停当，令军士叫骂。

山上得知，薛刚众将下山，摆开阵势。薛葵出阵一看，原来是一员绝色女将，不觉大喜，说："公子爷会你了。"白玉夫人一见说："这病鬼，也要与娘娘打阵吗？叫薛刚出来。"薛葵说："俺家王爷那里来会你这贱婢！你还不晓得公子爷双锤利害，也罢，我看你千妖百媚，这般绝色，走遍天涯，千金难买。我还没有妻子，待吾活擒你过来，与我结为夫妻罢。"白玉夫人闻言，满面通红，大怒道："我把你这蠢汉乱道胡言，招刀罢！"这一刀望薛葵面上砍下来。薛葵叫声："好！"把手中双锤往下一声响，架在一边，冲锋过去。薛葵把双锤望马头上一击，打将过去。白玉夫人看来不好，把双刀用力一架，一声响火星迸发，几乎跌下马来，花容上泛出红来了。想这蠢汉虽小，力气倒大，不如放出宝珠伤了他罢。口中一喷，吐出圆果大一粒红珠，往薛葵劈面打来，光华射目。薛葵眼前昏乱，看不明白，把头低了一低，正打在额角包巾上，叫声"痛杀我也！"在马上一晃，扑通翻落尘埃。白玉夫人把口一张，那红珠还收在口内。这里雄霸、伍雄上前去救，被那边钩镰枪搭位拿了去。伍雄、雄霸、薛强、薛孝、王宗立等四虎一太岁都被拿去。方、桑二将大喜，得胜回营，吩咐乱箭射住。

薛蛟等大哭回山。薛刚闻知，含泪对咬金说："老千岁，向年为吾父兄受害，今要兴兵

报仇。不料又将吾薛氏弟兄连累,诸姓兄弟都被拿去。复仇之事休矣,要这性命何用?”拔剑欲自刎。咬金夺住剑说:“元帅不必如此,吉人天相。”徐青说:“师父有言,诸将合当有些小灾,不致伤命,自有人相救。叔父不必忧虑。”俞荣也来相劝。薛刚无奈,半信半疑,此话不表。

再讲武三思见白玉夫人本事高强,满心大悦:令拿下诸将,打入囚车,差副将孔大振带兵五百,护送到长安,朝廷发落。吩咐摆酒庆贺夫人,此话不表。

再言薛兴奉主命与薛猛拜为弟兄,将子薛蚪拜薛兴为父,逃奔定军山。闻薛猛已死,就在定军山落草,十有六年。薛蚪长十九岁,力大无穷,身长一丈,使一把开山大斧,重百六十斤。就近草寇,尽皆归伏,喽啰数千。这日闻知薛刚在九炼山复仇,来见薛兴说:“叔父在九炼山招兵,孩儿意欲前去。但不知爹爹心下如何?”薛兴听了说:“我儿,一向道你年小,不好对你说。如今已长成人,我就对你说明。”将往事一一说来。薛蚪听了大哭,执意要去报仇。

薛兴就分散了喽啰,放火烧山,带了数十名心腹小校,离了汉中府,一路下来。来到临阳关相近,只见一队人马,有十数轮囚车上来。薛兴上前打死孔大振,薛蚪杀敌众军,救出薛葵诸将军,一一上前拜谢救命之恩。说起原来是弟兄,俱各大喜。薛强说:“侄儿如此英雄,不如先取临阳关,然后到九炼山,杀那武三思。接小主起兵取长安,除去张氏弟兄,父母之仇报矣。”诸将一齐欢喜。伍雄说:“四哥之言有理。”薛葵一马当先,诸将随后,打入临阳关,程飞虎措手不及,薛葵一锤将程飞虎打死,占有了临阳关,差人去报九炼山不表。

再讲武三思在营,有人报说:“中路有草寇杀死孔大振,救去诸将。”三思大惊,向白玉夫人出马,拿捉薛刚。山上薛刚闻知,薛蛟要出去。咬金说:“薛氏一门,只有你不可出阵,恐伤性命。”薛蛟说:“叔父、弟兄俱被贱人捉去,难道我薛蛟不与报仇,不要在阳间为人了。”二膝把马一夹,冲下山来。薛刚阻挡不住,吩咐众将下去掠阵。薛蛟来到阵前。白玉夫人抬头一看,但见营前来了一人,甚是齐整,面如满月,傅粉妆成,两道香眉,一双凤眼,鼻直口言,好似潘安转世,宋玉还魂。薛蛟见白玉夫人看他,开言说:“你这淫妇,把我叔父弟兄们捉去,快快放出来。若不放出,吾与你誓不两立,不挑前心透后背,怎能出我胸中之气。招枪罢!”一枪劈面挑进去,白玉夫人把刀架开,冲锋过去,回转马来。白玉夫人把刀一起,往着薛蛟头上砍将下来。薛蛟把枪逼在一边。二人在战场上杀到十余合,白玉夫人心中暗想:这人相貌又美,枪法又精,不要当面错过。不若引他到荒僻所在,与他成其好事。算计已定,把刀虚晃一晃,叫声:“我的儿,娘娘不是你对手,我去也。休得来追。”带转马往野地走了。薛蛟说:“贱妇,不要走!”把枪一串,二膝一催马,追上来了。有十余里,白玉夫人躲在庙中。蛟儿下马,被白玉夫人戏弄。薛蛟色胆如天,阳精被白玉夫人收去而回。蛟儿四肢无力,不能起身,洋洋死去。

有李靖在云头经过,看见徒弟被狐狸精弄死,按落云头,来到庙中,用金丹救醒薛蛟,传他法术,教他明日如此如此。蛟儿吃了丹药,精神倍常,拜谢师父回山。再讲薛飞、徐青、俞荣、李大元见薛蛟与白玉夫人相杀,夫人败去,薛蛟赶去,不知去向。众将上前,杀进周营。方天定、桑十朋挡住大战。俞荣杀死方天定,徐青枪挑桑十朋,周军大乱。忽见白玉夫人飞马来到,众将大惊。薛刚鸣金收军。白玉夫人看见伤了二将,料不能胜,吩咐收军。武三思见伤了二将不悦,白玉夫人说:“今日虽伤了二将,薛蛟被吾杀死荒郊,除其大害。”当夜不表。

次日白玉夫人出阵。再讲薛蛟当夜回山,对薛刚说明此事,“师父说狐狸精明日必死。”薛刚听了大喜。次日白玉夫人讨战,薛蛟仍又下山,与白玉夫人交战。两下相与过的,旧情复发,又追到庙中,双双又重新做,弄得夫人神魂颠倒。薛蛟吃过丹药,精神倍增。夫人快活不过,口中吐出珠来,呐在薛蛟口中,被薛蛟一口咽下肚中去了。

白玉夫人大惊,满身是汗,大叫道:“罢了!罢了!可惜千年德行,一旦被你收去。若要此珠,再不能够了。”只得起身含泪而回。回到营中,武三思一见大惊说:“为何夫人神采俱失,想必沙场辛苦,后营歇息罢。”夫人无心无意来到后营,身体困倦,伏几而卧。当夜三思看完兵书,来到后营;见几上卧着一个狐狸,心中大怒,拔出宝剑,一剑斩了。众女兵见斩了老狐,吱哩哩一声叫出后营,俱逃去了。这话不表。

再讲薛蛟吃了红珠，满心大悦，出庙门回山，说明此事。闻报薛强等在临阳关已夺了关寨，请哥哥攻前，兄弟攻后，杀却武三思，好进长安。薛刚闻说大喜，明日点兵下山。次日点了众将一齐冲下山来。不知后事如何，且听下回分解。

第八十三回 武三思大败回京 薛蚪走马取红泥

前言不表，再言武三思见斩了白玉夫人，心头不快，又闻报道临潼已失，后面杀来。又报山上薛刚起大队人马杀下山来。武三思大惊说："两头夹攻，吾命休矣！"同了诸将齐上马快些逃命，留大将断后。弃了大营，不管好歹，竟自走了。外边烟尘兜乱，喊杀连天，叫声不绝，营头大乱，夺路而走。后面薛刚等领了了三军冲杀上来。这条铁棍好不厉害，撞在马前就是一棍，打人如打弹，呐喊雷。又有薛飞、李大元、周龙、周虎、徐青、俞荣领三千人马冲踹周营。徐青使动银枪，见一个挑一个，见两个挑一双。俞荣使动宝剑，见人乱砍乱杀。薛飞举起大锤见人便打。李大元、周龙、周虎使动金背刀见人乱斩乱剁。人头滚滚，血水滔滔，伤人性命无数。周兵大乱只要逃命。那里厮杀。四面营帐都杀散了，归到一条路上逃命。后面薛强、四虎一太岁听得那杀声震耳，炮响连天，提了兵器，领了人马从后面杀来。杀得周兵人马无处投奔，可怜尸弃荒郊，血流沟壑。这一杀不打紧，杀下去有百里路，逃命者无数，伤残者尽有。武三思有众将保护，只是唬得魂不附体，伏在马上半死的了。同着诸将不敢走临阳关，向大路，竟往青州。

有青州总兵来接，接进城中。诸将上前叫声："千岁苏醒，已到青州了。"三思那时才醒，"嗄唷！唬死俺也。"吩咐传令诸将出去收军，三通鼓完，周兵四十万不见了十万，只剩得三十万，还是伤手折脚，倒有二真正万。大将共伤了十六员。三思说："俺自起兵五次，未尝如此大败。今杀得如此模样，何颜立于朝廷？也罢么！"吩咐紧守青州，"俺回朝再添兵复仇。"诸将得令，武三思连夜回长安不表。

再言薛刚发令，吩咐鸣金收军。一声锣响，各将扣定了马，大小三军兵将都归一处，退回九炼山。薛强说起薛兴相救，一一说明。薛刚大喜，见了薛兴拜谢，还称为弟兄。薛蚪过来拜见叔父。今日父子叔侄团圆，举家拜谢天地，作庆贺筵席，不表。

薛刚对薛强说："张君左弟兄之仇未报，吾今有兵有将，杀入长安，报复此临仇。"咬金说："这个使不得，擅自兴兵，难逃背反之罪。不如弃下九炼山，扎兵在阳。差官到房州请小主登位，然后杀入长安。名正言顺，复立大唐。吾等恪守臣节，张氏弟兄之仇何报矣。"薛强说："老千岁之言不错。"薛刚依言，命伍雄、雄霸守山，五千人把守各路山口，以备退归。自带领众将大小三军来到临阳关住扎，查盘府库钱粮，各处该管地方命将镇守。然后差薛蛟往房州报捷，接驾登位。

薛蛟奉命来到房州，先见了大元帅王荆周，同上银銮殿，奏知小主。小主大悦，命忠教王兴兵取长安。旨下，薛刚谢恩。立起忠孝王旗号，然后下教场操演有半个月，演好了就此发兵，点明队伍，共兵马二十万。点薛兴带一万人马为先锋，要逢关斩将，遇水搭桥，侯元帅到了，然后开兵打阵。薛兴得令，好不威风。鲁国公程咬金护国军师，点解粮小将薛葵双锤利害，护送粮草。薛飞第二路催攒粮草。薛强第三路护粮。点齐已毕，然后薛刚同了诸将，离了临阳关。留大将李大元、周龙、周虎等诸将守关。因前丧了姜氏弟兄，故此留他守住关。

再说薛刚往西而进，不一日到了红泥关，传令放炮安营。一声炮响，安营已毕。因武三思战败，命各守将日夜当心。红泥关有一位镇守总兵，你道什么人？姓莫名天佑，其人身长八尺，面黑短腮，两臂有千斤之力，善用一条丈八蛇矛，其人骁勇不过。莫天佑正在私衙与偏将们论中山王失机，临阳关已失，少不得要来打红泥关。正说未了，探子报进说："启上将军，不好了。小人打听得薛军二十万，薛刚立起忠孝王旗号，护国军师程咬金，带了数十员战将，底下的合营总兵官，前来攻打红泥关了。"莫天佑听报不觉骇然："离关多少路?"探子说："前部先锋到了关前。"莫天佑吩咐大小三军："关上多加灰瓶、炮石、强弓弩箭。若薛兵一到，速来报知本镇。"得令去了。

再言先锋薛兴领了一万人马，先侯元帅。只听炮响，薛兴远相接说："元帅，末将在此候接元帅。"薛刚吩咐围住关前，说："那位兄弟去讨战?"闪过薛蚪上前说："叔父，侄儿同父亲愿去取关。"薛刚说："侄儿须要小心。""得令!"来到关前。"呔！报知主将得知，大兵到了。早早出关受死。"探子报进："启将军，薛将在外讨战。"莫天佑听了，吩咐备马抬枪，顶盔贯甲，上马提枪，来到关上。吩咐发炮开关。一声炮响，关门大开，放下吊桥，直奔上前。把枪一起，照薛蚪面上刺来，叫声："反贼看枪!"薛蚪叫声："来得好!"把枪一架。莫天佑在马上二三晃："嗄唷！好厉害。"勉强战了七、八合，招架不住，却待要走，被薛蚪一枪，劈前心挑进来了，要招架也不及，一枪正中前心，跌下马来。薛兴上前取了首级，令军士抢关。那边军士闭关不及，杀进关中。那时候各府官员都闻报了，有偏正牙将们，顶盔贯甲，上马提刀，杀上前来。薛兴、薛蚪父子二人，两条枪好不厉害，来一个刺一个，来两个刺一双。识时务的口叫："走呀！走吓!"都往宁阳关去了。有一大半下马投降。

元帅同众将进了关，咬金说："果然贤侄孙骁勇，取了红泥关。薛氏该兴旺，枪法利害。"薛刚大喜说："承老柱国妙赞，还是枪法不能完美。"咬金说："说哪里话来？有其父必有其子，得了头功。"薛蚪拜谢元帅。查点钱粮，盘查府库，当夜设筵，与薛兴、薛蚪贺功。养马三日，放炮起兵，进兵宁阳关。离城十里，传令前军哨探，后军慢行。放炮三声，扎下营盘，明日开兵。有探子报入关中，此言不表。

再说镇守宁阳关总兵姓孙名国贞。这一日升堂，有探子报进："启爷，薛刚已夺临阳关、红泥关，莫将军阵亡，关寨已失。薛家兵将实力骁勇，大兵已到关外。"孙国贞听得失了红泥关，吓得胆战心惊，说："本镇知道，再去打听。"一面差官保本上长安取救兵。失了二关，宁阳旦夕不保。差官领令竟往长安。一面吩咐小心把守关头。此话不表。

再讲次日请元帅升帐，聚齐众将，两旁听令。薛兴父子披挂上前，薛蚪叫声："叔父，侄儿愿取此关。"薛刚说："侄儿，你想前日红泥关被你取了，其功不小。此关利害，点别将去罢。"薛蚪说："叔父，此关利害不利害，待侄儿走马成功，取此关头以立微功，乞帅老爷发令。"咬金说："好，贤侄孙之言有理，实乃少年英雄，但要小心在意。"

"得令!"顶盔贯甲，悬剑挂鞭，提枪上马，同了薛兴，带领军士，冲出营门。走到关前，大叫一声："呔！关上的快报占你孙国贞知道，今大唐元帅要杀尽你们这班妖党。红泥关已破，早早出关受死。"一声大叫，关上探子报进来："启爷，关外薛兵人马已到，有将讨战。"孙总兵所了大怒说："无名小将也来讨死。"吩咐："取盔甲过来。"备马抬刀，打扮结束停当。带过马，跨大雕鞍，提刀出府，来到关前，吩咐开关。一声炮响，大开关门，放落吊桥，带领兵将冲出。薛蚪抬头一看，见来将生得凶恶，面如蓝靛，发如朱砂，一脸黄须，头戴铁盔，身披龙鳞铁甲，坐下一骑青鬃马，手持大刀，喝声如霹雳，叫一声："看刀!"往薛蚪头上劈将下来。薛蚪叫声："来得好!"把枪往上只一枭，国贞叫声："不好!"刀直往自己头上绷转来了。一马冲锋过去，薛蚪把手中枪紧一紧，喝："去罢!"一枪当心挑进来，未知孙国贞性命如何，且听下回分解。

第八十四回　薛蚪兵打临阳关　薛孝争夺打潼关

再讲孙国贞叫得一声："呵呀！不好了。"躲闪不及，正中前心，咕咚一响，刺下马来，复一枪结束了性命。吩咐诸将快抢关，叫得一声："抢关!"一骑先冲上吊桥。营前先锋在那里掠阵，见继子抢挑了孙国贞，已上吊桥，把枪一串说：“诸位将军快抢吊桥。”有秦红、尉迟景、罗昌、王宗立、程月虎等上马提枪、使剑、用鞭、报批，抢过吊桥来了。

那些周兵往关中一走，闭关也不及，被薛兴一枪一个好挑哩。众将把剑砍的，鞭打的，斧砍的，枪挑的，好杀。这些兵马也有半死的，也有折臂的，也有破膛的，见来不搭对，皆下马投降。关外请元帅同军师咬金，大小三军陆续进关，来到府衙，盘查钱粮，开清在簿。薛蚪上前缴令。薛刚对薛兴说：“亏哥哥教侄儿武艺有功，真是走马取关，哥哥其功不小。”薛兴大悦。咬金说：“真乃将门之子，算得个年少英雄。”

那薛孝在旁听得称赞薛蚪，忍耐不住，走上前对薛刚说：“哥哥已取了两关，前面潼关待侄儿去取，以立功劳。”薛刚说：“潼关守将利害不过，姓盛名元杰，年有六十开外，骁勇无比。有三个孩子武艺精通。雄兵十万。周朝算为第一。”咬金说：“盛元杰吾晓得他的本事。幼年在我标下为将，果然凶勇。还是你弟兄同去的好，不要伤了和气。”薛蚪说：“兄弟，你年轻力小，还是做哥哥的去取。”薛孝说：“哥哥不是小视我，就在叔父面前比势，赢得的便去。”薛蚪说：“兄弟先来。”各皆上马。薛刚喝住说：“今日起兵，与祖报仇。你兄弟争论，倘比起武艺来，若有一失，吾今休矣。照常起兵。”薛孝说：“一样侄儿，功劳大家得上的，休要偏向。”咬金说：“二位小将军本事高强，老夫晓得的。且下潼关非比前二关，须立左右先锋。薛兴为正先锋，薛蚪为副先锋，薛孝右先锋。”二人拜谢。薛刚大喜说：“老柱国之言有理。”

一面差官到房州报本，接驾镇守临阳，催赶粮草。差官领令，来到房州，见了驸马薛蛟，说起此事。薛蛟大喜。次日上朝见过小主，将表章呈上。庐陵王看完大喜，向众人同到临阳。御酒赏诸将士。为何薛蛟在房州不来？有个缘故，徐贤在房州，魏相也在那里，小主封为左右丞相。薛蛟见了徐贤，拜谢救命之恩，又是继父，故此耽搁。这些言语不必细表。

再讲薛刚在临阳关扯起忠孝王旗号，养马三月，放炮起程。离了临阳关，三军如猛虎，众将如天神。一路上前往潼关进发，好不威风！探子预先在那里打听，闻得失了临阳关，飞报进潼关去了。这里在路行兵三日，来到关外，把人马扎住。后队大元帅人马已到，吩咐离一里安营。放炮一声，安营已毕，传令明日开兵。

再说潼关守将盛元杰，同于盛龙、盛虎、盛彪，都有万夫不当之勇。有一女儿年方二八，美貌超群，英雄得了不得，用两口双刀，乃金刀圣母徒弟。有两件宝贝，小小圈儿带在手上，名为四肢酥。这日盛老爷正坐私衙，有探子报进说：“薛刚已得三关，如今大兵已到关外了。”盛元杰听报大惊说：“再上打听。”盛总兵一面修本到长安，一面吩咐三军：“关上多加灰瓶、石子、小心保守。兵马一到，报与本镇知道。”“得令！”此话不表。再讲差官到长安上表求救，武后荒淫无极，耽于酒色，不理朝政。武三思丧师辱国，损兵折将，朝廷不行查究。告急表张都被张君左兄弟纳住不奏，圣上并不知道。此言不表。

再讲薛刚次日令薛兴、薛蚪、薛孝攻打潼关。三将得令，带了三军，来到关前讨战。有军士报进关中：“启爷，今有薛将在外讨战。”元杰闻报问：“那个孩儿出去会他？”盛龙上前说：“孩儿愿去杀此反贼。”“你出去，须要小心。”

“得令！”上马提枪来到关前，吩咐开关。炮声一响，开了关门，放下吊桥。盛龙冲出关前，后拥三百多攒箭手射住阵脚。薛兴抬头一看，见一个年少后生，往吊桥上冲来。见他头戴束发紫金冠，身穿索子黄金甲，坐下一匹黄花马；左悬弓、右插箭，手执一条蛇矛枪，直奔上前，把枪一起，薛兴把银枪架定说：“呔！来将留下名来！”盛龙说：“你要问少爷之名么！我乃镇守潼关盛元帅大公子盛龙便是。你可要晓得少爷枪法利害之处吗？你这老匹夫想是活得不耐烦，前来少爷马前受死？这枪不挑无名之将，通下名来，少爷好挑你。”

薛兴说：“你要问某家之名么，洗耳恭听。吾乃忠孝王大元帅麾下前部先锋薛兴便是。难道不闻久占定军山薛大王的本事利害吗？快快献了潼关，还封你家一个总兵。若有半声不肯，打进潼关，杀得鸡犬不留。”盛龙呼呼笑道：“原来就是定军山草寇。薛刚尚要活擒，何在你这狗强盗。”薛兴大怒说：“休得胡言，招某家的枪罢。”把枪一起，插一个月内穿梭，直往盛龙面上挑将过去。盛龙不慌不忙，把枪架住。一来一往，二人正是对手。战到有四十个回合，盛龙越有精神，枪法如雨点，左插花，右插花，好枪法。薛兴是五旬之外的人了，本事那里及得少年人。只有招架，没有还兵之力。薛蚪、薛孝在那里掠阵，见薛兴不能胜，大叫一声，拍马向前，冲出夹攻。盛龙只好战一人，那里又来了薛蚪，就当不起了，勉强战了几合，看看敌不住，面上失色。薛蚪扯出折将鞭在手中，才得交肩过，喝声："招打罢！"盛龙一闪，打中肩膀上。盛龙大喊一声，口吐鲜血，伏在马上，大败而走。

薛兴父子说："你要往那里去。我来取你命也。"催开双骑，追上来了。盛龙败过吊桥，那边军士把吊桥扯起，乱箭就射。薛兴、薛蚪扣住马说："关上的，快快报与老匹夫知道，叫他早早献关就罢了，如若闭关不出，打入关中，踏为平地。某家且自回营。"勒马回到帅营，说："元帅，末将打败关中守将盛龙，前来交令。"薛刚说："哥哥、侄儿果然英雄，明日再到关前讨战。"此话不表。

再讲盛龙败进关中，来见父亲说："爹爹，薛将果然厉害，第一次遇着一员老将，本事却也平常，与孩儿战有四十余合。正要枪挑他，不料又来了一员年少将军，本事高强。孩儿肩膀上被他打一鞭，甚是厉害，吐血而回，来见爹爹。"盛元杰听了说："孩儿受伤辛苦，且回私衙将息。"盛龙应诺，回衙不表。

再言盛虎、盛彪来见父亲说："今日开兵，胜负若何？"盛元杰说："我儿子不要说起。今回薛刚大队人马已夺了三关。今日你哥哥出去交战，被他打了一鞭，好不疼痛。"盛虎、盛彪不听犹可，听了此言大怒说："孩子儿们出去与哥哥报一鞭之根。"盛元杰说："两个孩儿动不得。薛家父厉害不过。哥哥本事尚且不胜，何况你们。"盛虎说："爹爹，不妨。将门之子，未及十岁，就要与皇家出力，况且孩儿年纪算不得小，正在壮年，不去报仇，谁人肯与爹爹出力。"盛元杰说："我儿虽英雄，还是年轻力小，骨肤还嫩，枪法不精，只怕你兄弟二人不是他的对手。"那盛老爷有意归唐，故此这般说，不道他两个儿子这股倔强！只得说道："我儿不可出去，待等到救兵到了，为父的与你一同开兵。"盛虎说："爹爹，孩儿们在后花园中，日日操演枪法，什么皆精。今日定要出去报一鞭之根。"盛老爷说："今日晚了，明日开兵。"盛虎、盛彪兄弟二人，顶盔贯甲，上马出关，与薛兵交战。不到三个时辰，兄弟二人大败进关。盛老爷说："如何？你两个不听吾言，被他杀得大败。"盛虎、盛彪说："爹爹，他们兵将甚多，孩儿杀他不过。待等救兵一到，管叫杀得他片甲不留。"不知后事如何，且听下回分解。

第八十五回　盛兰英仙圈打将　美薛孝帅府成亲

前话不表。再讲闺房小姐名唤兰英，闻知哥哥打伤，二兄又杀败，来到堂上，只见二兄与爹爹言谈，走上前说："爹爹为何愁闷？"盛老爷说："女儿不知，你哥哥被他打了一鞭，肩膀打伤。二兄又皆杀败。故此在这里与二兄商议。"小姐说："爹爹不必忧闷，待女儿出去，必要杀却薛将，以洗二兄之根。"盛老爷说："不可。你三兄尚且如此，何况于你。不要去罢。"兰英说："爹爹不知，女儿有师父传授，双刀精通，法术高强，哪怕三头六臂。定要出去！"盛虎、盛彪听言大喜，说："贤妹既有法宝，待二兄与你掠阵。"盛爷无奈，想道：这女孩儿不听父言，命也难保，凭他罢。

再讲薛营诸将正要打关。报："头运督粮官薛葵到了。"来到营中，见了父亲，拜见已毕。薛刚说："兵多将广，正缺粮草，上了功劳簿。"有二运催粮官薛飞到，薛刚说："解粮有功，升赏。"问："那位将军前去打关？"旁边薛飞说："小弟到此，未见功劳，待我前去打关。"薛刚大喜说："兄弟前去取关必破。同薛葵一同前去，须要今日攻破潼关，好进长安。""得令！"二将来到关前，会齐薛氏弟兄，吩咐军士叫关。关内得报，兰英听了说："该死的到了。"

小姐跨上了马，手执两口绣花鸾刀，来到关前。后随二兄带领兵将，吩咐开关。一声炮响，关门大开，放下吊桥，冲出阵前。抬头一看，只见金刚大的一人步战，手提大锤，喝声："婆娘看锤！"一锤往小姐面上打下来，犹如泰山一般，好利害！小姐叫声："不好！"把双刀用力一架，不觉火星直冒，两臂酥麻，花容上泛出红来。想这大汉力大，不如放起宝贝伤了他。把手中圈起在空中，念动真言，青光冲起，指头点定，直取薛飞。薛飞抬头一

看，好玩耍，原来是圈儿在空中旋下来，倒有井栏圈大，薛飞叫声："不好！"拳头打开，往项梁上打下来了。薛飞把头偏一偏，那里来得及，打中脑盖，身子打为肉酱。此圈收去。

薛葵看见薛飞身死大怒，把牛头马一拍，双锤一起，大叫一声："乌婆休得无礼，我来也。"冲出阵前，把双锤一起，"招打罢！"那小姐当不起锤，又将圈起在空中，打将下来。薛葵见势头不好，下马往本阵而走，竟打死了牛头马。兰英马上呼呼大笑说："来将许多夸口，竟不上两合，死的死，走的走，有本事的出阵会我。"

这里薛孝对薛蚪说："此功劳让了兄弟罢，今日不与哥哥报仇，不要在阳间为人了。"把双膝一催，哗啦啦追上来了。那小姐抬头一看，嗄，原来是齐整的后生，貌若潘安，美如宋玉，我若嫁了此人，三生有幸，也不枉在世间。开言说："小将军，你是何人？姓甚名谁？乞道其详。"薛孝说："你要问少爷之名姓么，吾乃雁门关总兵薛强之子，忠孝王之侄，薛孝便是。"小姐说："原来功臣之后嗣。俺家今年十六岁，我父潼关总兵。奴家还未适应，意欲与将军结成丝罗之好。况你是总兵之子，我又是总兵之女，正是天赐良缘。未知允否？"薛孝听了大怒说："好一个不知羞的贱婢！你把我薛飞叔父打死，少爷不稀罕你这贱人成亲。休得胡思乱想。看枪罢！"着实一枪，直往咽喉刺进去。小姐把刀架住说："小将军休要烦恼，你的性命现在奴家手中。你若允，奴家与父兄商议投降，献此潼关；若不允，我把指头取出宝圈，就要取你性命了。"于是放起圈来，小姐哪里舍得打他，把指头点定。薛孝大惊说："既承小姐美意，待吾回去与叔父商量，就来议亲。圈儿不可打下来。"小姐说："不妨，吾指头点定不下来的。"心中好不欢喜，说："小将军一言为定，驷马难追。你且回去，明日来议亲。"

薛孝惧怕圈儿，只得回军。薛蚪说："兄弟，你好造化，在阵上对了一个绝色佳人。"薛孝说："哥哥休如此说，那圈儿利害，勉强应承的，与叔父算计，除了这圈，潼关好破了。"二人同诸将来到帅营，见了薛刚，说起此事。薛刚一闻此言大怒，说："畜生，他打死薛飞，应该报仇，反与敌人对亲，要你这畜生何用？"吩咐："斩乞报来。"左右将薛孝绑定，正要推出辕门。薛孝唬得魂不附体，众将在旁，见元帅怒气不息，不敢上前去劝。

只见程咬金说："刀下留人！"对薛刚说："元帅不必发怒，老夫有一言相告。"薛刚说："老千岁有何话说？薛刚领教。"咬金说："潼关盛元杰乃是忠厚君子，况且他女儿美貌，又有宝圈阻住潼关，长安何日得进？父兄之仇难报。况且名门旧族，正好匹配。待进了潼关，长安指日可破，父母之仇可报，尔弟只生一子，若斩了他，去其手足，依老夫之言，待吾唤孩儿程千忠为媒，成就秦晋，并讨伪周，此乃全美。"薛刚听了甚喜，开言说道："果然我失于其计。"吩咐放了绑，令薛孝拜了咬金，此话不表。

再言盛兰英见薛孝回军，收了圈儿，回进关中，来见父亲。盛虎、盛彪弟兄二人在关外掠阵，见妹子打死薛飞，打走薛葵，心中大喜。又见妹子在阵上与薛孝当面议亲，心中大怒。一见妹子进关来到堂上，二人各拖出宝剑来斩兰英。兰英也拔出剑来挡住，元杰大喝住。盛虎说："这贱人如此无耻，在阵上私自对亲。"一一说了。元杰说："我儿你不知，为父的本是大唐臣子，今武后灭唐改周，武三思丧师辱国，又失三关。目下小主在房州，不久为帝，难道我助周不成？况且薛氏弟兄世代忠良，赤心为国，武后将他满门斩首，难道他子孙不要报仇吗？你妹子的师父金刀圣母对我言过，后来与薛孝有姻缘之分。前生已定，孩儿不必如此。"盛虎听了，默默无言。盛龙说："明媒正娶的好，阵上对亲，岂非苟合？还要三思。"正在此言谈，在军士报进说："启总爷，关外有鲁国公子孙程千忠将军要见。"元杰问道："他带多少人来？"军士说："他一人一骑，四名家丁跟随。"说："既如此，大孩儿出去请进来。"盛龙领命，接进千忠，来到堂上，宾主相见。

这程千忠也有七旬之外年纪，头发斑白，与元杰年纪差不多。元杰见了程千忠说："将军到贱地，有何见教？"千忠说起求亲一事，"与薛孝为媒，与令爱求婚。"元杰满口应承，将庚帖送过。千忠接了回去。次日薛刚亲送薛孝同诸将进关。正是黄道吉日，作乐挂彩，当日就在盛府成亲。此话不表。

如今潼关上扯起大唐忠孝王旗号，停留半月起兵，竟往临潼关。三军司命，浩浩荡荡，大队人马，杀奔临潼关，离城十里，放炮停行，一声炮响，安营已毕，明日开兵。

再讲临潼关离长安二百余里，若临潼关一破，长安就不能保，这镇守总兵官名陈元泰。这一日升堂，有探子报进说："老爷，不好了！薛刚打破潼关，已到临潼关了。请爷定

夺。”陈元泰不听犹可，听了此言，唬得魂飞魄散，手足无措。想临潼关乃小小关津，怎能挡住大兵？况且兵微将寡，不如上表进京求救。关上多加灰瓶、石子，紧闭关门，不与你交战，待朝廷救兵到了，然后开兵。

差官星夜到京，见了武三思：“薛刚打破潼关，事在危急，乞千岁奏明圣上，请救兵保守临潼关，以退薛兵。”武三思听了大惊，如今耽搁不住，抱本上殿，奏知天子。武后见表大惊失色，忙问差官：“薛刚叛贼怎能得到临潼？”差官奏道：“薛刚先居临阳，兴兵三十万，其兵不可挡。打破三关，潼关总兵盛元杰献了潼关，与敌人对亲。今兵以到临潼前了。请旨定夺。”武后传旨，如有人退得薛兵者，官封万户侯。两班文武闭口不言。连问数次，并无人答应。武后大怒。班中闪出武三思奏道：“臣闻大厦将倾，一人难扶。且今库藏空虚，都城虽有兵十万，没有良将。愿陛下张挂榜文，有人退得薛刚，重爵加封，彼此出死力以解此危。”武后说：“此言甚是有理。”

一面将圣谕张挂，一面整顿兵马，前去救援保护。不知后事如何，且听下回分解。

第八十六回　驴头揭榜认太子　梨花仙法斩驴头

适才话言不表，再讲西番莲花洞魔张祖师，这一日在洞中，驾坐蒲团，屈指一算，晓得武则天有覆国之祸，忙唤徒弟薛驴头到来，说：“你在我山一十八年，力长千斤，枪法精通。向你下山到长安见你母后，领兵前去活捉薛刚，不可伤他性命。牢牢记着。”薛驴头跪在地下说：“弟子不知，望师父说明，好去认父母，以退薛兵。”师父说：“你不知吗？你父薛敖曹，与武后交好，生下你来，将你抛在金水河中。我救你回山，传授枪法。你母后被薛刚打破潼关，事在危急。作速前往。”

驴头醒悟，带了火尖枪，骑上狮子马，师父又与他一件宝贝，名曰飞锉，祭起拿人。驴头拜别师父，跨了狮子马，把马一拉，四足腾空而去。不片时已到长安，按落云头，来到前门，果见榜文。命军士通报武三思。武三思得报，正在用人之际，急忙请进，说起情由一同来到朝中。驴头朝见说：“母后在上，臣儿朝见。”武后一看，见其人诧异，驴马头，人身子，道童打扮，问道：“缘何称朕母后！”驴头奏说：“臣父薛敖曹，向年与母后交合，生下臣儿，抛在金水河中，被师父救去，今已年长。师父命臣儿下山，立擒薛刚，扫灭薛兵，天下太平。”武后听了，心中觉得大悦，封驴头太子兵马大元帅，张昌宗为军师，起兵十万，出了长安，来到临潼关。总兵官陈元泰出城迎接。接过千岁、军师，到了帅府，下拜已毕，摆酒接风。他们三人俱是一样格式。你道为何？原来都是酒色之徒。二人一到，就接几个粉头前来陪酒。一个叫作就地滚，一个叫作软如锦。筵散就在帅府房中行乐。二女客极其奉承，弄得太子快活不过。

次日问陈元泰道：“薛兵到关几日了？”陈元泰道：“前日到的，打关二日，没将出去应战，紧闭关门。千岁到了，传令开关迎敌。”太子说：“且慢，明日开兵。行兵打阵之事，再不必提起，只是饮酒，夜间多唤几个粉头陪吾。”陈元泰应诺，奉承得驴头太子不亦乐乎。

军师张昌宗对高力士说：“朝廷用酒色之徒为将，国家休矣。武兵春秋甚高，其情不忘。不如弃了周朝去投南唐，此事如何？”高力士说：“老爷言之有理。”当夜主仆二人逃出临潼，竟往南唐。后来高力士成了阉人，唐朝皇宫内为太监，此后话不表。

再言薛刚领了三军在关外，对诸将说：“本帅起兵以来，未尝亲自交锋。今已得四关，这临潼关待本帅亲自讨战。”诸将皆曰：“元帅对阵，弟等愿为掠阵”，薛刚大喜，带领徐青、俞荣来到关前，诸将在后跟随。吩咐军士叫骂：“那关上的，报与主将知道，大兵到了三日，尔等闭关不出。今若再不出战，要踹进关来，踏为平地。”

关上军士听得，报入帅府：“启上将军，不好了。薛军骂了三天，今若不出，要踹进关了。”驴头太子正在吃酒，听得此言大怒，吩咐备狮子马，抬枪。顶盔贯甲，打扮已毕，来到关前，吩咐放炮开关。一声炮响，大开关门，放下吊桥，一马冲出，来到阵前。陈元泰同三军分立两旁。薛刚抬头一看，见来将生得怪异，莲蓬嘴，尖耳长鼻，铜铃眼；头带紫金盔，身穿索子乌金甲，坐下一匹千里狮子马，声如雷鸣。叫一声：“谁敢前来纳命？”

薛刚大怒，拍马向前，把手中棍一起说："留下名来。"太子说："孤家乃当今武后所生驴头太子是也。可知孤家枪法利害吗？"劈面一枪，照前心刺进来了。薛刚说："来得好！"将手中铁棍往上一迎，冲锋过去，带转马来，回手一棍。太子把枪一架，一来一往，战到二十回合，马有十个照面。驴头念动真言，祭起飞铓，一道红光，黄金力士凭空将薛刚拿住，只剩得一匹马。

薛葵见父亲被拿，大惊，拍马出阵，不二合又被红光拿去了。徐青、俞荣叫声："不好了！"双马齐出来战。与驴头战到十余合，又见红光飞出，大惊，借土遁而回。驴头太子打得胜鼓回关。这里诸将面面相觑，出声不得。咬金见了流泪说："此番拿去，性命不保。报仇之事休矣！"薛强护粮来到，听得兄被拿，大哭，欲同薛蚪、薛孝上去救护。

徐青晓得阴阳，屈指一算说："四将军，元帅拿去不妨，自有仙人相救，明日必到。临潼不日可得。"薛强说："果有此事吗？"徐青说："阴阳算定，一些也不错。"薛强无奈，半信半疑，收军回营不表。

再言驴头太子拿了薛刚父子，打入囚车，解往长安，朝廷发落。陈元泰设酒贺喜说："千岁拿了巨魁，功劳非小。"太子说："待孤家明日拿尽了薛氏，班师回京。"当晚在帅府行乐不表。

再言囚车解薛刚父子在路上，薛刚怨气冲天，惊动了樊梨花。他在云端走过，被五鬼星怨气冲开云头，往下一观，方知薛刚父子有难。"待我救了他。"一阵风将薛刚父子提出囚车，往临潼关外，按落云头。薛刚见是母亲，侧身下拜说："母亲久别多年，今日来救孩儿。"樊梨花说："孩儿，你不知驴头邪法多端，待为母的除了他，好进长安。"正在此说，军士报入营中说："元帅回了。"薛强大喜，同众将出营迎接。接进营中，薛强拜见母亲，薛蚪兄弟拜见祖母，众将又过来见礼，自有一番细说不表。

再讲解囚车军士见大风一阵，开眼不看，风息一看，不见了薛刚父子。大惊，忙回报与太子，太子一听此言大怒说："念番拿住，当地斩首。"传令开关，一声炮响，关门大开，冲出阵来，厉声大叫："快叫叛贼早早出来会我。"这里探子报进营中。薛刚大惊。樊梨花说："孩儿不必心焦，待为母的出去斩也。"薛刚甚喜，点起大队人马，来到阵前。驴头太子抬头一看，原来是员女将，说："可教薛刚出来，你是妇人，有甚本事，枉送性命。"梨花大怒，把手人剑劈面砍来。太子把枪一架，战有数合，太子祭起飞铓，红光一道冲起，被梨花把手一指，红光倒往后去了，梨花把袖一张，将铓收了。驴头见收他飞铓大怒，把手中枪照前心刺来，梨花把剑一指，那枪跌落地下，两手动弹不得，被梨花赶上前，一剑砍死。薛刚母亲砍死驴头，吩咐诸将抢关。陈元泰闭关不及，被众将杀入关中，将陈元泰杀死。取了临潼关，立起大唐忠孝王旗号。樊梨花对诸将说："吾不染红尘，今救了吾儿，我去也。"一阵轻风归山。若知后事，且听下回分解。

第八十七回　狄仁杰一语兴唐　唐中宗大坐天下

适才话言不表，樊梨花化一阵清风而去，薛刚等望空下拜。养马三日，盘查国库。次日起大兵六十万，三声炮响，望长安而来，离城十里，放炮停行，一声炮响，扎营已毕。传令明日开兵攻城。此话不表。守城军士报入午门，当驾官奏道："驴头太子阵亡，临潼关已失。今薛军六十万，战将千员，其锋不可当。请陛下定夺。"武则天听奏，唬得魂飞魄散，跌下龙床，半时方醒。问道："那位爱卿与朕分忧。"闪出一位大臣娄师德上前奏道："不若遣一能言善辩之士，陈说君臣之义，令其罢兵，庶其可解此危。"武后道："卿举何人前去？"娄师德奏道："臣保举谏议大夫前往，可解国难。""依卿所奏。"宣狄仁杰上殿，狄仁杰上殿俯伏。武后开言说："今日兵部尚书娄师德保奏说，卿往薛营，将大义说他讲和退军，回朝朕当封土"狄仁杰奏道："陛下春秋鼎盛，宾天之后，并无后嗣。今庐陵王乃先帝之子，去周复唐，天下太平。武三思丧师辱国，张君左弟兄纳表不奏，一并拿下，送入刑部天牢，候新主发落。若不依臣，臣不敢往。"

武则天想："所言不差。我八十多岁的人了，朝不保暮，久后必归庐陵王。若不依奏，

恐薛刚打入长安，自立为帝，唐家朝代绝矣。”开言道：“依卿所奏，传旨将武三思、张君左兄弟二人发下天牢。钦此谢恩。”

狄仁杰退朝，出了长安，来到薛营。只见行营方正，遍处刀枪，千军万马。命军士通报，说朝廷遣谏议大夫狄仁杰要见。军士报进：“启元帅，营外有一员朝臣狄仁杰要见。”薛刚说：“令进来。”狄仁杰随了军士而入，好齐整，两旁刀斧手直摆到辕门，两边列坐着大小众将，中间坐着薛刚，咬金旁坐。狄仁杰上账说：“薛将军，下官皇命在身，不能全礼。”薛刚忙起身迎说：“狄大人此来有何见谕？”狄老爷说：“今特来参谒，有一言相告。但不知将军肯容纳否？”薛刚说：“大人有话见教，但有可捉者，无不从命，如不可行者，不必多言，大人谅之。”咬金见狄仁杰气概不凡，连忙出位逊坐。

狄仁杰公然坐着，开言说：“将军起兵，为何旗上扯起忠孝王，倒要请教？”薛刚说：“大人不知。我父母遭奸臣所害，今起兵与父母报仇，尽忠于国，小主封为忠孝王。今到都城长安已破在目下，拿住佞臣碎尸万段，方泄此恨。不必在此饶舌，去罢。”狄仁杰说：“将军不必发怒，待下官说明。将军祖父受朝廷大恩，封为王位，封将军登州总兵，圣恩极矣。尔不去为官，劫法场打死长安府。张君左所奏，先帝不准，赐尔金锤一柄，上打奸臣，下打恶人。君待臣不过如此矣。后归山西，尔私进长安，大闹花灯，打死张保，惊死天子，尔之罪不小。周主将尔父拿捉，尔该挺身而出，却公然远避他方。尔父母兄嫂尽忠而死，你不忠不孝，勾连草寇，劫夺关梁。后世叛逆之名难免，请将军三思。”薛刚一听此言立起身，逊狄大人上坐说：“末将不明，愿大人教之。”

狄老爷说：“将军，你不知目下小主在房州，应迎接到长安为帝。张君左弟兄与武三思，圣上今已拿下天牢，候新主一到，奉旨施行。奸臣可除，冤仇可泄，岂不是忠孝两全。上匡以报先帝，下救民以安社稷。不知将军心内如何？”薛刚听了大喜，传令去了忠孝王旗号，扯起大唐元帅旗来，差官到房州接驾。狄老爷说：“将军前去接小王，待下官回朝同文武大臣打扫金銮，候接小主。”薛刚领命，送出辕门。狄仁杰回都城不表。再将薛刚传令：“军士不可乱离队伍，侯小主一到。一同进城。取民间一物者，军法枭首。”“得令。”

再讲庐陵王闻报薛刚得胜，大悦。分差官来接，同了徐贤、魏相、驸马薛蛟一路下来，来到长安。薛刚闻知，同程咬金、四虎一太岁诸将出寨，跪迎俯伏，接进小主，安慰一番，一同进长安。百姓香花灯烛，挂红结彩，满朝文武俱出远迎。

咬金传令昭告天地社稷，然后请小主上金銮殿登位，受百官三呼万岁，复国号为唐，是为中宗。圣天子传旨：“赐宴百官，君臣共乐。”众官酒过数巡，俱皆谢恩而散。朝廷退朝，忽报武后宾天。朝廷大哭。次日哀诏颁行天下文武各官，二十七日国丧。非一日之功，足足忙了一月。立韦氏娘娘为正宫，在朝文武各皆升赏。狄仁杰加少保，娄师德为吏部尚书，徐贤封英国公，魏相封太保，封薛刚忠孝王大元帅。薛强袭父职封西辽王。薛孝封红罗都督。薛蛟驸马都尉。薛蚪封为青州总兵。薛葵封无敌大将军。秦红、尉迟景、王宗立、罗昌、程月虎世袭国公。程咬金年高爵重，无可加封，命家居安享，赐黄金万两，彩缎千端，荣归山东。子铁牛，孙千忠俱封侯爵。伍雄封南阳侯。雄霸为西平侯。大将阵亡者，子孙世袭，在生者各加爵禄，还乡。余外各路总兵，俱皆加级。旨意一下，众皆谢恩，此话不表。

再讲次日又出赦书颁行天下，犯十恶大罪不赦，其余流徙斩绞，不论已结未结，已发觉未发觉，俱一概赦免。中宗以前，周朝钱粮尽行赦除。颁行天下，百姓欢呼载道，万民乐业。薛刚上殿哭奏说：“臣祖仁贵平定东辽，臣父丁山扫清西番。被奸臣张君左、张君右屈陷，将臣父三百余口尽行杀害，颠倒葬铁丘坟。臣兄子薛蛟，亏徐贤、俞元将亲儿调换。他子被仙人救去，俱皆下山帮扶。徐青、俞荣大恩未报。武三思助恶不忠。伏望圣上恩仇报明。特此奏闻。武三思、张氏弟兄应该何罪？”天子听言大怒说：“朕晓得三人罪恶。吓，王兄你将三人拿来，任凭怎样处治，与父报仇。待朕请罪薛王兄便了。”薛刚谢恩，出朝归府不表。

再讲又有旨意下来，命徐青、俞荣认父，封节义侯。命开掘铁丘坟，将两辽王夫妇及薛勇夫妇骸骨归葬山西金项御葬，地方官春秋二祭。命先禄寺备筵，程王伯代朕御祭。将三将斩首，坟前活祭。两辽王府重新起造。不知后回还有何言，且听下回分解。

第八十八回 笑杀程咬金哭杀铁牛 打开铁丘坟报仇雪耻

前话不表。再讲程咬金领旨,同薛刚往监中提出三人,来到铁丘坟。摆下祭礼,鸿胪寺读过祭文。程咬金代圣行礼。薛氏弟兄还拜毕,然后望北谢恩。薛刚、薛强大哭,行了八跪八拜;然后薛蛟、薛孝、薛蚪、薛葵俱皆叩首。薛刚立起身来,同了薛强各扯出一口宝剑,叫声:"父母兄嫂有灵,今日陛下命程老千岁亲在此赐祭。大仇人在此,孩儿与父母报仇了。"就把宝剑往张君左弟兄心内"豁绰"一刺,鲜血直冒,把手一捞,两指扭出心肝。张氏弟兄跌倒尘埃,两个奸臣往阴司里去了。下面那武三思唬得魂飞天外,束落落乱抖。薛刚、薛强把这两颗心肝放在坟前桌上说:"仇人心肝在此活祭,父兄慢慢饮三杯安乐酒,前去超生仙界。"程咬金说:"薛千岁,你儿子在此祭奠,放心去罢。"

薛刚命将武三思斩首。咬金说:"张氏弟兄是尔之仇人,三思他无大恶,乞宽免之。"薛刚依言,将武三思当坟前打了四十大棍,岭南充军。传令将张君左弟兄子孙满门家丁三百余口斩首东市。

吩咐军士匠人掘开铁丘坟。那里掘得开?是生铁铸成馒头一样,年深月久,不能动弹。薛刚无计可施,只得命薛强打开,越打越亮,薛刚等拜谢天地。只见樊梨花按落云头,叫道:"若要开铁丘坟,且待今宵半夜间。待做娘的今夜前来摄去铁盖,好等你安葬。"薛刚听得此言,望空拜谢。当夜弟兄子孙在坟守到半夜,只听得一阵大风,梨花命黄巾力士揭去。一声响,众人一看,不见了铁盖,众皆大喜。大家上前,看见一堆白骨,不分皂白,那里认得出父母兄嫂骨殖?茫茫然乱到天明。吩咐军士将榜文张挂,若有人晓得薛千岁骸骨者,官封总兵。不行出首者,将造坟匠人不分男女,一齐斩首。

榜文一挂,来了一位老军,名唤王六,来见薛刚说:"千岁骨殖我晓得。"薛刚大喜,一同来看。王六说:"这一堆老千岁,这一堆大夫人,这一堆二夫人,这两堆大老爷,大夫人。余下这些乱骨,都是家人妇女。"薛刚听了说:"你怎么晓是?"王六说:"小人向在千岁府中服侍。晓是千岁遇害,小人冲了匠人安排好的。"薛刚称谢,提他官职以报大恩。王六说:"小人不敢受封。"薛刚看他不愿做官,赏银千两。王六叩谢而去。薛刚将父母兄嫂骨殖安放杉坊,停在坟中。余骨安放城外埋葬。在坟旁开丧七日,文武大臣俱来吊丧不表。

再讲徐青认明了父亲徐贤,抱头大哭,说起衷肠。王氏夫人已生二子,徐青见有了兄弟,拜别父母上山修道。徐贤夫妻不忍儿子离去,再三苦留。徐青说:"爹爹、母亲,不必悉烦。师父有言,不可久在红尘,早早回头。"徐贤苦留不住,次日上表辞官,飘然而去。俞荣访问父亲死过多年,窦氏母亲生了一子,也回家去。也上本辞官,往山中去了。

再讲程咬金祭过丁山,回家想起我贾柳店结拜三十六人,都已人亡物去。吾一百二十岁多的了,看薛仁贵投军征东平辽,今他孙子开铁丘坟,如今五代见面,好不快活杀人也。呼呼大笑,一口气接不下来,竟笑杀也。

程铁牛也有九十八岁的人了,看见父亲死了,大哭一场,竟哭死了。

其子千忠打本进朝说:"臣祖臣父身死。"天子闻言,亲自祭奠。有百官俱来上祭,茫茫然过了七日。旨下:命千忠送丧归山东安葬。文武百官、薛氏弟兄送出城外,回山东不表。笑杀程咬金,哭杀程铁牛。此回书已说过了。

再讲薛刚在京半月,次日弟兄辞皇别驾,往山西安葬。满朝大臣送出都城百里。天子差官到山西御葬。一路下来,逢州过府,俱皆祭奠,扶灵到两辽王府开表。一省文武俱来吊奠。薛刚等守制三年,回朝复命。自不必说。直到唐明皇,薛家子孙还在朝中。唐中宗即位以来,风调雨顺,国泰民安,四方朝贺,安享太平。在位五年而崩。传位玄宗,明皇登基。唐朝共有二十二主,相传三百余年而终。有歌为证:

唐太高武中睿玄,肃代德宗宪穆传。
敬宗文武宣宗续,懿僖昭帝与昭宣。
高宗以后多女乱,肃宗以后多强藩。
相传二十有二主,几及唐朝三百年。

第八十九回 山后薛强通旧友 汉阳李旦暗兴师

今日不表武三思弄权之事，且说先朝有一个开国功臣，姓李名靖号药师，晚年学道，云游四方。一日屈指一算，笑说："今皇上气数将终，是有一个新君即位。该是薛强夫妻子女等三人辅佐，我当往山后指点他。"遂驾起云头，来到山后，把云头落下，在演武场前。时薛强在演武场中，教子习学武艺。李靖上前一揖道："驸马别来无恙？"薛强抬头一看，认得是李靖，即忙下堂还礼道："前日在小神庙蒙老师指点，得成佳偶，生男育女，时时纪念老师，不敢忘情。未知老师今日要往何处？"李靖道："我今日特来指点汝，但此处不是说话之处，请到府中告明。"

薛强遂引李靖来到府中，重新施礼。薛强又唤八子二女亦上前施礼，礼毕坐下。薛强问道："老师此来有何教训？"李靖道："方今大唐皇帝，八月中秋有杀身之害。大位该是高宗王娘娘所生太子讳旦，如今住在汉阳。汝当去辅佐他，方能重整李氏江山，复兴唐朝社稷。"薛强道："气数如此，愚弟子即日兴师前去。"李靖道："依我愚见，你今予俱皆英雄，二女亦精韬略。况又有九环公主之才，如此威风，何患不克。汝今率公主并八子二女，军士不可太多，只带五百，暗过雁门关，悄悄至汉阳，告知李旦。吩咐李旦发兵之时，亦只要好用五百人，合一千军；分作了一百队，只许一将统领，皆要扮作商贾模样，或先或后，接踵而进。到长安时，只要分五十队，进城伏在皇宫左右，俟中秋半夜之时，宫内喧哗，喊杀起来，即时放号炮，会集军士，一齐杀入宫中，锁拿奸人。其余五十队，分伏在四门，缉获叛党，自然成功。汝当毋忘我言。"李靖遂起身告别。薛强又再三留之不住，无奈送出府门。一道紫云，只见李靖跳在云中，作揖而去。

薛强即时进入府中，把李靖之言一一对九环公主说了。孟九环道："李老师往往有先见之明，不可不从。"明早薛强同九环公主一齐到大宛城，将情由奏知国王。国工准奏。薛强遂同九环公主领八子二女，点起五百军陆续起程，暗往雁门关而进。

再言李旦自兴唐宗，请和之后，遂偏安汉阳，每以天下为念，终日训练兵卒，积聚粮草，以待无时。一日升殿，与徐孝德共议大事。徐孝德道："臣昨日观天象，帝心不明，后来必有大患。立公一星朗耀，天下不久必属主公。又兼列宿扶向主公一星，将来必有勇将来助。"忽见黄门官来报说："山后虎头寨武三王薛强举家来此，现今在府门候旨。"唐王命宣进来。黄门官传出钧旨。薛强遂同了九环公主及八子二女相率上殿，行了君臣之礼。唐王离座回礼道："王兄今日到寒国有何见教？"薛强道："臣因前朝李靖颇识天运，下界指点下臣。臣欲举家来助主公，共兴大唐江山。"遂将李靖所教一一说明。旁边徐孝德道："真神人也，主公不可不依。"

李旦大喜，大设筵席款待薛强父子，令后宫胡后亦排筵席，款待九环公主母女、次日乃是八月初一日，李旦选五百多军士，令李贵、袁成守城，自同徐孝德、马周众将人等，偕薛强夫妇、八子二女，共一千军，皆份作商贾模样，分作一百队，陆续进长安而来。

又言黎山老母在黎山岛掘指一算，知中宗气数已终，派薛强辅佐李旦即位。其中奸党未能尽获，又该薛刚在长安城外缉获，方无漏网，但薛刚乃是凡胎，安能先知其事？必须无魔女下山去指点，方能有济。遂唤樊梨花出来问道："汝知大唐天子之事乎？"梨花道："弟子已知皇上气数已终，应该薛强辅佐李旦为君，但虑薛刚不知共成其事耳。"老母道："然也，你今当下山去指点薛刚成事，待事成之日，速速回山，不可久恋红尘，以加罪恶。"

梨花道："弟子知道。"遂驾起云头来到会稽，在薛刚门首按落云头。当时薛刚已削去兵权，安顿在会稽，门庭下寥落，只有一个老家人看守大门，忽见樊太君来到，忙入内报知薛刚。薛刚忙出外迎接樊太君到府内，就唤妻子与侄儿并媳妇出来叩见。大家参拜毕，梨花道："吾儿，我算皇上气数，该有害身之祸。应尔弟薛强辅佐李旦为君。你当引十八家丁，悄悄到长安城外，共拿奸贼，帮助成功。速速前去，不可迟误。我当指引你成事。"

薛刚领命，即便领了家丁，扮作卖药算命模样，同樊梨花向长安而来。到八月十五

日，离长安城只有十里，樊梨花吩咐扎住等候。不知后事如何，且看下回分解。

第九十回　仇怨报新君御极　功名就薛府团圆

再说李旦同薛强并将士人等，分作一百队，行到八月十五日已到长安。各队将士陆续进城，四处埋伏停当，准备夜间号炮一响，即出来行事。那武三思这回安排杀君之法，既已停当，走入宫来，适遇中宗在御花园游玩未回，遂悄悄告知韦后："今夜行杀之事，可保无虞，我已决矣。"韦后忙问："如何行弑？"三思道："夜宿卫壮士皆我心腹，无敢违逆我，今已安排妥当。况今夕又是中秋佳节，正好与陛下畅饮赏月，候陛下微醉，暗将药酒毒死。只说是醉后中风而崩，众臣自然无话。明日便可登位，必得行所欲。纵有不测，现有宿卫壮士抵御，不足畏也。"韦后道："此计甚善，宜速行也。"

及至日暮，中宗回宫。韦后道："今夕是中秋佳节，当与陛下登楼赏月消遣。"中宗道："正合朕意。"遂唤宫娥及武三思随驾上青桥楼。果见天色无尘，明月皎洁，遂排宴楼中，饮酒作乐。饮至半酣，中宗微醉。暗地里武三思将毒药放在酒里，进上劝饮。中宗吃了一杯，不多时药性发作，跳起身来，大叫一声，呜呼哀哉！妇嫔宫女见君惨死，不觉大惊，喧嚷起来。

平时太子重后知武三思有不良之意，是日闻父王与三思在楼上饮酒，心甚不安，暗点几个御林军在楼前楼后听其动静。忽闻楼上喧嚷，又见天星落下如雨，知其有变，遂唤军士杀人。谁知三思亦暗伏军士在楼下，忽见太子杀入，两军交战，喊声大震。外面李旦、薛强等闻得喊声震地，遂放起号炮，四面伏军齐出午门，一齐杀入。

武三思一闻外面杀入，大惊失色，欲从御苑后门逃出。手执宝剑才欲下楼，适太子方到楼门，不提防三思出来。竟被三思一剑砍死。武三思忙忙逃出御苑后门，走到城门，天色微明，城门已开，只见军士相争。三思杂在军中，亦大呼拿人，暗暗逃出南门，走了十里，竟被樊梨花、薛刚一班人拿住，解入城来。城内薛强、马周众将人等杀入午门，逢人便捉。当时武后年七十余，睡觉起来，忽听得呐喊之声动天震地，吃了一惊，不觉跌倒，呜呼哀哉！

韦后正欲逃脱，被薛强拿住。不多时，天已日出，军马稍定，各拿奸人献功。李旦逐一查问，不见了武三思，心甚抑郁。忽见南门走进薛刚，手拿奸犯武三思。李旦并不深究，即令众将千刀砍碎，只要留一个首级，悬在午门外示众。

徐孝德同众将，皆请唐王早即大位，以安人心。李旦再三谦逊，众将固请，然后登金銮殿，即皇帝位，是为睿宗。受君臣山呼万岁毕，令御林军将韦后绑到法场，碎剐其身，又将武后尸首扛出斩首，以报母后王娘娘之仇。韦后一家不论老少，尽行剿灭。凡为武三思同党者，亦皆斩首。其余百官，概不查问，各居原职。追赠王后为皇太后，立胡后为正宫皇后，申妃为偏宫贵妃，立子隆基为皇太子。封徐孝德为太尉、护国军师兼武宁王。封薛强为上将军兼中书令。王钦、贾彪、殷国泰、贾清、柳德、李奇，俱为兴国公。薛霸、薛琼、薛瑶、薛璜、薛璟、薛瑛、薛璃、、薛魁、张籍、常建高、郭马赐皆为中兴侯。袁成、李贵皆为中兴伯。李相君为镇国夫人。孟九环为秦国夫人。薛金花、薛银花为中兴贤女。大赦天下，免一年赋税。凡前日阵亡功臣，及前朝被杀功臣，俱各加封赐谥，子孙复职。又前朝所表功臣，及削去兵权在家闲住功臣俱各加封职，入京调用。群臣受封，皆叩首谢恩。睿宗就令以王礼收殓中宗，择日安葬。朝罢，诸臣退出。薛刚、薛强及九环公主、八子二女，俱回至薛府。樊梨花先在府中，众人来见毕，樊梨花起身要回山去，薛刚再三苦留。樊梨花道："我灾难将满，岂可又恋红尘，更加罪过。今日来此，是要指点你们立了此功，使你们一门团圆。今你功成名遂，我有何求？"遂驾云而去。

再过几日，薛刚子侄及家眷俱到。大家相见行礼毕，薛刚、薛强就命大排筵席，一家欢喜畅叙，又杀牛宰马，重赏随征军士。文武百官皆来庆贺，足足闹了一月，方安排安定。正是：骨肉团圆，一门欢悦，富贵之盛，一言难尽。有诗为证：

大闹花灯不可当，全家连累走他乡。

多少英雄怀国恨，诸人义气为君王。
阳州保驾扶王室，灭韦除奸姓氏香，
报仇可雪先人恨，复正河山兴李唐。